DIE CHRONIK DER UNSTERBLICHEN

Am Abgrund

Die Chronik der Unsterblichen:

Band 1: Am Abgrund
Band 2: Der Vampyr
Band 3: Der Todesstoß

Über den Autor:

Wolfgang Hohlbein, 1953 in Weimar geboren, zählt zu Deutschlands erfolgreichsten Autoren phantastischer Unterhaltung. Mit seinem Roman »Märchenmond«, den er zusammen mit seiner Frau Heike verfasste, gewann er 1983 den ersten Preis beim Ueberreuter-Science fiction- und Fantasy-Wettbewerb, sein 1993 veröffentlichter Roman »Das Druidentor« rangierte fast ein Jahr lang auf den Bestsellerlisten. Inzwischen haben seine Bücher eine Gesamtauflage von über 8 Millionen Exemplaren erreicht.
Wolfgang Hohlbein lebt mit seiner Frau, sechs Kindern sowie einer stattlichen Anzahl von Katzen und Hunden in der Nähe von Neuss.

Wolfgang Hohlbein

Die Chronik der Unsterblichen

Am Abgrund

Roman

Weltbild

Besuchen Sie uns im Internet:
www.weltbild.de

Genehmigte Lizenzausgabe für Verlagsgruppe Weltbild GmbH,
Steinerne Furt, 86167 Augsburg

Umschlaggestaltung: Johannes Frick, Neusäß / Augsburg
Umschlagmotiv: Illustrationen von Lukas Frese, München
Gesamtherstellung: CPI – Clausen & Bosse, Leck
Printed in the EU
ISBN 978-3-86800-836-4

2015 2014 2013 2012
Die letzte Jahreszahl gibt die aktuelle Lizenzausgabe an.

1

Ein dünner Ast peitschte in sein Gesicht und hinterließ einen blutigen Kratzer auf seiner Wange. Die Wunde war nicht tief und würde so schnell heilen wie alle anderen Verletzungen, die er sich im Laufe seines Lebens zugefügt hatte. Der Schmerz war sowieso ohne Bedeutung – nachdem er Raqi und seine gerade erst geborene Tochter auf grausame Art verloren hatte, gab es nichts mehr, was ihn wirklich berührte. Und doch riss ihn das dünne Blutrinnsal auf seiner Wange für einen Moment aus seinen düsteren Gedanken. Andrej Delãny sah auf, unterzog seine Umgebung einer flüchtigen Musterung – und zügelte überrascht sein Pferd.

Er war zu Hause.

Er hatte geglaubt, ziellos durch das Land geritten zu sein, seitdem er sofort nach der improvisierten Beerdigung aufgebrochen war, aber dem war nicht so. Er war wieder am Ort seiner Geburt angekommen. Über den sanften Hügel, den sein Pferd hinaufgetrabt war, war er als Kind zusammen mit seinen Freunden getollt. Er erkannte die verkrüppelte, mächtige Buche, deren Äste sich wie die vielfingrigen Hände eines freundlichen Riesen in alle Richtungen reckten. Als Kind war er mehr als einmal von ihrem Wipfel gefallen, ohne sich auch nur ein einziges Mal einen Knochen zu brechen oder sich anderweitig zu verletzen.

Während er den gewaltigen Baum betrachtete, erschien ihm das immer unglaublicher – bis ihm klar wurde, dass die Buche aus der Sichtweite eines Kindes viel riesiger und furchteinflößend gewirkt hatte, gerade recht, um seinen Freunden seinen außergewöhnlichen Wagemut zu beweisen. Der Gedanke ließ ihn erschauern. In wie viele verrückte und gefährliche Situationen hatte er sich freiwillig begeben, nur um den anderen zu beweisen, dass er der Mutigste war? Und später hatte er dann oft daraus keinen Ausweg gefunden – wie nach dem verhängnisvollen Kirchenraub in Rotthurn, als er einem sogenannten Freund aus einer verzwickten Lage geholfen hatte, obwohl dieser eigentlich keine Hilfe verdient hatte. Mit gerade erst sechzehn Jahren war er so zum Ausgestoßenen geworden, ein Verdammter, dessen Leben nun keinen normalen Verlauf mehr nehmen konnte. Die Folgen dieser Entscheidungen hatten seinen ganzen Werdegang geprägt und letztlich auch dazu geführt, dass er Jahre später seinen Sohn Marius in einer Nacht-und-Nebel-Aktion zu Verwandten ins Tal der Borsã hatte bringen müssen, ohne die Aussicht, ihn je wieder besuchen zu können.

Wieso also war er hierher zurückgekommen?

Nachdem er Raqi und seine Tochter beerdigt hatte – das zweite Kind, das ihm nun wieder entrissen worden war, nachdem er schon seinen Sohn hatte weggeben müssen –, war er tagelang ziellos durch Transsilvanien geritten. Wie viele Tage es gewesen waren, hätte er nicht mehr zu sagen vermocht. Fünf, zehn oder hundert: Was machte das schon für einen Unterschied? Er hatte jedes Zeitgefühl verloren und war keiner bestimmten Richtung gefolgt, sondern hatte sich vom Zufall, der Willkür der Wegführung und dem Instinkt seines Pferdes leiten lassen – mit der einzigen Ausnahme allenfalls, dass er bewusst die Nähe von Menschen mied und sich nur gelegentlich auf irgendeinem abgelegenen Bauernhof mit Proviant versorgte.

Es konnte kein Zufall sein. Wollte er wider alle Vernunft ein Wiedersehen mit seinem Erstgeborenen erzwingen, den er nun schon vor langer, langer Zeit seinen Verwandten überlassen hatte mit der Bitte, ihn wie ihr eigen Fleisch und Blut aufzuziehen? Dieser Gedanke behagte ihm nicht, war er doch verbunden mit den allzu schmerzlichen Erinnerungen, vor denen er nun schon so lange davonlief. Da wäre es schon einfacher gewesen, dem Vorbild seines Stiefvaters zu folgen und hinauszuziehen in all jene fernen Länder und Kontinente, von denen Michail Nadasdy ihm im begeisterten Tonfall vorgeschwärmt hatte.

Andrej hatte anfangs nicht viel mit dem alten Haudegen anfangen können. Als Michail Nadasdy aus Alexandria nach Transsilvanien zurückgekehrt war, der alte Herumtreiber, der Frau und Stiefkinder schmählich im Stich gelassen hatte, und sich dann, wie aus einer plötzlichen Laune heraus, als Vater und Lehrer aufspielen wollte, da hatte er ihn regelrecht gehasst. Nach einigen Monaten schlimmer Szenen und trotziger Verweigerung hatte Andrej schließlich einsehen müssen, dass sein Widerstand nicht nur aufreibend, sondern auch sinnlos war: Michail war tatsächlich ein weiser und stets geduldiger Lehrer, der es aufs trefflichste verstand, seine durch die vielen abenteuerlichen Reisen gewonnene Lebenserfahrung und Kampfkunst an ihn weiterzugeben.

Wenn er zurückblickte, musste er gestehen, dass es fast so etwas wie der Anfang seines bewussten Lebens gewesen war, als sich Michail seiner angenommen hatte. Der einzige Wermutstropfen war, dass sie schon kurz nach Michails Rückkehr das Dorf fast fluchtartig hatten verlassen müssen: seine Mutter, Michail und er selbst. Aus einem Grund, den er bis heute noch nicht ganz verstanden hatte, waren dem Weltreisenden nicht nur Neid und Ablehnung entgegengeschlagen, sondern auch ein abgrundtiefer Hass, der sich schließlich in einer blutigen Gewalttat entladen hatte, bei dem Gott sei Dank niemand ernsthaft zu Schaden gekommen war. Noch in derselben Nacht hatten sie all ihre Habseligkeiten zusammengepackt und waren Hals über Kopf in die Berge aufgebrochen, wo sie für die nächsten Jahre unter vielen Entbehrungen ein sehr einfaches Leben geführt hatten. Er war der Einzige gewesen, der noch recht lange zu gelegentlichen Besuchen ins Dorf aufbrach und von einem Onkel oder einer Tante heimlich etwas zugesteckt bekam – allen voran von Barak, der nie einen Hehl daraus gemacht hatte, dass er die Vertreibung von Andrejs Familie missbilligte.

Aber es hatte auch noch einen anderen Anfang gegeben, später, nachdem er Michail und seine Mutter verlassen hatte, um in die Welt hinauszuziehen – und um mit seinen sechzehn Jahren dann doch nur bis Rotthurn zu kommen und durch den Kirchenraub für immer und alle Zeiten gebrandmarkt zu werden. Einsam und verwirrt hatte er sich auf den Rückweg zu dem einfachen Haus seiner Mutter gemacht. Auf dem Weg dorthin, mitten in abgelegenem Berggebiet, war er auf Raqi gestoßen. Auch sie war auf der Flucht gewesen. Zusammen hatten sie bei seiner Mutter und Michail Unterschlupf gefunden, bis einer nach dem anderen von ihm gegangen war.

Kurz nachdem Raqi zu ihnen gestoßen war, hatte es angefangen. Zuerst waren es nur merkwürdige Geräusche gewesen und Fußspuren, die sich in den kärglichen Boden eingegraben hatten, auf dem sie ihre Hütte errichtet hatten. Später dann war es zu hinterhältigen Angriffen durch Unbekannte gekommen, derer sie nie hatten habhaft werden können.

Inzwischen waren sie alle tot. Seine Mutter hatten sie erwischt, als sie ihren kleinen Kräutergarten gejätet hatte. Bevor Michail und er, durch einen schrecklichen Tumult angelockt, den hinter einem Hügel gelegenen Garten erreicht hatten, war es schon zu spät gewesen. Mit groben Steinen und spitz zulaufenden Holzlatten war seine Mutter fast zu Tode geprügelt worden – die Täter hatten sie nie ausfindig machen können.

Von den Folgen des Angriffs hatte sich seine Mutter nie erholt. Wenige Wochen danach war sie an ihren Verletzungen elendiglich zugrunde gegangen. Nur zwei Jahre später war Michail Nadasdy nach einem heimtückischen Attentat an den Folgen eines Schwerthiebs nach tagelangem Siechtum in seinen Armen verblutet. Raqi war dagegen auf natürliche, aber nicht minder entsetzliche Weise im Kindbett gestorben – und mit ihr seine Tochter, die kaum das Tageslicht erblickt hatte, bevor sie der Herr zu sich geholt hatte.

Es hatte in dieser Zeit nicht einen Tag, nicht eine Stunde gegeben, in der er nicht daran gedacht hätte, seinem Leben selbst ein Ende zu setzen. Er hatte keine Angst vor dem Tod. Ganz im Gegenteil; der Tod erschien ihm wie ein sanfter alter Freund, der alle Sorgen und alle Trauer von ihm nehmen würde. Denn wie er es auch drehte und wendete: Er hatte die Menschen, die ihm auf der ganzen Welt am meisten bedeuteten, mit eigenen Händen beerdigt. Nur ihm war die Gnade des Todes bisher nicht zuteil geworden.

Was also hatte ihn hierhergeführt? Ein Instinkt, wie er manche Tiere dazu brachte, an den Ort ihrer Geburt zurückzukehren, um dort zu sterben? War er es Raqi schuldig, ihr zu folgen und seinem Leben ein Ende zu setzen? Oder vielleicht ein noch viel, viel älteres Gefühl – Einsamkeit?

Andrej zögerte lange, bevor er sich endgültig zum Weiterreiten entschied. Er hatte nichts zu verlieren. Borsã, der Ort seiner Geburt, lag auf der anderen Seite des Hügels, unmittelbar am Ufer des Brasan, an dessen Wassern sich die Bauernburg erhob. Konnte man sich dort noch an ihn erinnern, oder war es zu lange her, seit er, Michail Nadasdy und seine Mutter das Dorf verlassen hatten? Als er viele Jahre später Marius hierhergebracht hatte, war er kurz nach der Einbruch der Nacht angekommen und – um von niemanden als Andrej Delãny und damit als einer der angeblichen Kirchenräuber von Rotthurn enttarnt zu werden – kurz vor Sonnenaufgang wieder aufgebrochen.

Doch gerade weil das so war, hatte er auch nichts zu verlieren. Ihn beunruhigte mehr und mehr die Frage, warum er hierhergekommen war. War es wirklich nur der Instinkt eines Vaters und die Sorge um sein Kind gewesen, das Erbe seiner tierischen Vorfahren, wie Michail Nadasdy es immer genannt hatte, ohne dass er jemals wirklich verstand, was damit gemeint war? Möglicherweise irgendeine … *Ahnung*? Delãny wollte lächeln, doch es misslang ihm. *Sprich niemals abfällig über deine Ahnungen*, wisperte Michail Nadasdys Stimme in seinem Kopf. *Wer weiß, vielleicht sind diese Botschaften ein Teil von uns, der Dinge sieht, die dem Rest verborgen bleiben …*

Aber vielleicht war nichts davon der Grund, aus dem er hier war. Dennoch blieb es dabei: Es konnte nichts schaden, wenn er die paar Meter weiterritt und einen Blick auf das unter ihm liegende Borsã warf. Er schnalzte mit der Zunge, um das Pferd zum Weitertraben zu bewegen. Michail Nadasdy hatte ihn gelehrt, um wie vieles besser ein Pferd gehorchte, wenn man es mit viel Liebe und Geduld dazu erzog, auf gesprochene Befehle zu gehorchen, statt ihm mit der Peitsche den Gehorsam einzuprügeln, und er hatte nicht lange gebraucht, um zu begreifen, wie viel Weisheit in diesem Rat steckte – nicht nur in Bezug auf Pferde.

Oben auf dem Hügel hielt er noch einmal an. Das Borsã-Tal lag unter ihm, wie er es erwartet hatte. Und zumindest aus dieser großen Entfernung heraus betrachtet, schien es ihm fast, als sei die Zeit stehen geblieben.

Nichts hatte sich verändert. Der Wehrturm ragte düster und majestätisch aus den kristallklaren Wassern des ruhiges Flussarms empor, ein uraltes Monument, dessen charakteristische Linien die Zeit glatt geschliffen, aber nicht gebrochen hatte. Im Gegenlicht, im

Schein der rötlich glühenden Nachmittagssonne, wirkten seine Mauern fast schwarz. Andrej glaubte dennoch, die eine oder andere Veränderung zu erkennen: Hier und da war ein Schaden ausgebessert, eine abgebrochene Zinne erneuert, ein Dachstuhl der hölzernen Nebengebäude verändert worden. Nichts davon hatte die Bauernburg mit dem zentralen Turm jedoch wirklich verändert. Der Wehrturm stand so unberührt und trutzig da, wie er schon vor zweihundert Jahren dagestanden hatte und wie er wohl auch noch nach weiteren zweihundert Jahren dastehen würde.

Der Turm wird den Türken wahrscheinlich nicht wichtig genug sein, um ihn irgendwann einmal zu schleifen, dachte Andrej spöttisch. Auch die hölzerne Brücke, die vom Nebenarm des Flusses zu dem kleinen Ort an seinem Ufer führte, stand noch wie in den Tagen seiner Kindheit – als wäre sie für die Ewigkeit gebaut. Dabei hatten sie schon in seiner Kindheit heimlich Wetten darauf abgeschlossen, wie lange es noch dauern mochte, bis der nächste heftige Sturm sie endgültig davonblies.

Er ritt weiter und ließ seinen Blick nun auch über Borsã schweifen. Im Gegensatz zur Bauernburg hatte sich der Ort stark verändert. Er war nicht einmal viel größer geworden, aber die Gassen waren nun befestigt, und viele Häuser hatten richtige Dächer aus Holzschindeln, statt mit Stroh und Ästen gedeckt zu sein. Borsã war offensichtlich zu bescheidenem Wohlstand gekommen.

Was es verloren hatte, das waren seine Bewohner. Das fiel Delãny erst auf, als er den Weg vom Hügel hinab schon zu mehr als der Hälfte zurückgelegt hatte.

Nirgendwo in den wenigen Gassen Borsãs rührte sich etwas. Aus keinem Kamin kräuselte sich Rauch. Selbst die Pferdekoppeln, die er von hier aus sehen konnte, waren leer.

Er ließ sein Pferd wieder anhalten. Sein Herz schlug ein wenig schneller – nicht aus Furcht, sondern infolge leichter Anspannung –, und er senkte die Hand auf die Waffe an seiner Seite, um die grauen Stofffetzen zu entfernen, mit denen er den Griff umwickelt hatte, damit das exotische Sarazenenschwert nicht zu viele neugierige Blicke auf sich zog oder gar die Aufmerksamkeit von Dieben erregte.

Andrej glaubte eigentlich nicht wirklich, dass er die Waffe brauchen würde. Borsã wirkte wie ausgestorben, aber über dem Ort lag nicht der Geruch von Tod und Verwesung. Am Himmel kreisten keine Aasvögel, und er konnte zumindest aus der Entfernung keine Spuren eines Kampfes erkennen.

Es musste eine andere Erklärung für diese vollkommene Abwesenheit von Leben geben. Alle Dorfbewohner mochten auf den Feldern sein, im Wald, um Holz zu schlagen, oder zum Fischen an den großen Weihern, die hinter den Hügeln lagen und seinen Blicken somit entzogen waren. Vielleicht hatten sie sich auch in der Bauernburg versammelt, um dort ein Fest zu feiern.

Und dazu hatten sie alle ihre Hunde und Katzen, Schweine und Ziegen, Pferde und Kühe mitgenommen? Wohl kaum. Es musste einen anderen Grund dafür geben, dass alles Leben aus Borsã geflohen zu sein schien.

Delãny hörte auf, sich den Kopf über etwas zu zerbrechen, worauf er sowieso keine Antwort finden würde, und ließ das Pferd ein wenig schneller traben. Am Fuße des Hügels schwenkte er nach links und ritt – mit schlechtem Gewissen – ein kurzes Stück über einen frisch umgepflügten Acker, bis er den festgestampften Teil der Straße erreichte, der gut zwanzig Meter vor der eigentlichen Ortschaft begann.

Er wurde wieder langsamer. Die Stille schlug ihm wie eine Wand entgegen, und mit jedem Schritt, den er dem Ort näher kam, schien sich ein immer stärker werdender, erstickender Druck auf seine Seele zu legen.

Es war die Last der Erinnerung, die er spürte. Dies war der Ort seiner Kindheit, der Platz, an dem er aufgewachsen war, wo er gehen und reiten gelernt hatte, wo er Freundschaften geschlossen hatte – aber es war zugleich auch der Ort einer verletzenden Schmach und tiefen Enttäuschung. Nachdem er in noch sehr jungen Jahren in Zusammenhang mit dem Kirchenraub ins Gerede gekommen war – an dem er selbst tatsächlich nicht teilgenommen hatte –, war er noch einmal ins Dorf gekommen. Er hatte nicht geahnt, dass man ihn mittlerweile in ganz Transsilvanien gesucht hatte, dass die Pfaffen nichts Besseres zu tun gehabt hatten, als ihn landauf, landab als Kirchenschänder und frechen Dieb zu diffamieren.

Die Dorfbewohner hatten ihn nicht gerade freundlich empfangen. Mit Schimpf und Schande hatten sie ihn die Dorfstraße hinuntergejagt, hinein in einen gleißend heißen Tag, dessen Helligkeit mit unglaublicher Brutalität in seine äußerst lichtempfindlichen Augen stach. Sie hatten mit Steinen und Kot nach ihm geworfen, ihn einen Ketzer und Teufelsanbeter genannt. Er hatte damals nicht gewusst, was mit ihm geschah – und eigentlich wusste er es ja auch heute noch nicht! –, er hatte einfach nur Angst gehabt. Er hatte geweint, geschrien, seine Freunde angebettelt, doch endlich auf ihn zu hören, Freunde, die plötzlich zu Feinden geworden waren, weil *sie* glaubten, dass er ein Gotteshaus geschändet hatte. Heute verstand er sie. Er hegte keinen Groll mehr gegen sie. Aber das linderte nicht den Schmerz, den die Erinnerung mit sich brachte.

Er dachte an seinen Großonkel Barak, und ein flüchtiges warmes Gefühl breitete sich in seinem Inneren aus. Barak war vielleicht der Einzige gewesen, der damals zu ihm gehalten hatte; möglicherweise nicht einmal aus Freundschaft oder auch nur aus Sympathie, sondern aus ererbter Loyalität seinem Dorf gegenüber. Aber ganz gleich, warum – Barak hatte er es jedenfalls zu verdanken, dass er damals nicht auf der Stelle gesteinigt, sondern nur aus Borsã gejagt worden war. Er bedauerte, ihn seither nicht wenigstens noch ein einziges Mal wiedergesehen zu haben.

Ein Geräusch ließ ihn aufmerken. Etwas hatte geklappert – vielleicht nur der Wind, der mit einer losen Dachschindel oder einem Fensterladen spielte. Bestimmt nur der Wind. Trotzdem beschloss Delãny, dem Geräusch nachzugehen.

Es wiederholte sich nicht, aber er hatte sich die Richtung gemerkt, aus der es gekommen war. Wie erwartet fand er nichts außer einem lockeren Fensterladen, der sich knarrend im Wind bewegte und gelegentlich gegen den Rahmen schlug.

Da er nun schon einmal hier war, konnte er das Haus auch genauer in Augenschein nehmen. Er stieg aus dem Sattel, schob die Tür vorsichtig mit der linken Hand auf und trat ein, die Rechte auf dem Griff des kostbaren Sarazenenschwertes, des einzigen wertvollen Besitzes, den sein Stiefvater von seinen abenteuerlichen Reisen mit nach Hause gebracht hatte.

Einen Moment lang glaubte er ein rasches Huschen in den Schatten vor sich wahrzunehmen; ein erschrockenes Seufzen, das Tappen federleichter eilender Schritte. Und er glaubte, etwas zu *spüren* – die Anwesenheit eines oder mehrerer Menschen, die ihn heimlich und misstrauisch beäugten.

Delãny blieb stehen, zog das Schwert zwei Finger weit aus der Scheide und versuchte, die Dämmerung vor sich mit Blicken zu durchdringen. Gleichzeitig lauschte er konzentriert.

Die Schatten blieben Schatten, und er hörte auch nichts mehr. An diesem mit Erinnerungen überladenen Ort durfte er seinen Sinnen nicht trauen – vielleicht gaukelte ihm sein Gedächtnis etwas vor, das nicht da war.

Er durchsuchte das Haus, schnell, aber gründlich. Der Eindruck, den er schon von weitem gehabt hatte, bestätigte sich: Die Bewohner dieses Hauses waren keine armen Leute, und es mussten andere sein als die, die er hier als Hausbewohner in Erinnerung hatte. In der Truhe der Hausfrau befanden sich zwei Kleider – was bedeutete, dass sie *drei* besaß, wenn sie nicht nackt auf die Straße gegangen war. Und ihr Mann, der wohl das Tischlerhandwerk ausgeübt haben mochte, verfügte über eine wohlsortierte Werkstatt. Wenn er die

Möbel, mit denen das Haus ausgestattet war, selbst gebaut hatte, dann war er in seinem Beruf ein Meister gewesen.

Delãny schüttelte ärgerlich den Kopf, als ihm klar wurde, dass er mehr und mehr in der Vergangenheitsform von diesen Leuten zu denken begann. Noch hatte er keinen Beweis dafür, dass sie tot waren, ja, dass ihnen überhaupt etwas zugestoßen war.

Er verließ das Haus, untersuchte auch noch das benachbarte und stieg schließlich wieder in den Sattel. Es hatte keinen Sinn, Stunden damit zuzubringen, das ganze Dorf zu durchkämmen; er würde zu keiner anderen Erkenntnis gelangen als zu der, die er schon besaß: Es war niemand da. Die einzige Spur von Leben, auf die er gestoßen war, war eine halb verhungerte Katze gewesen, die ihn aus den Schatten heraus angemaunzt hatte, vielleicht in der irrigen Hoffnung, einen Leckerbissen von ihm zu ergattern.

Er musste in die Bauernburg, um sich dort nach Möglichkeit Klarheit über den Verbleib der Dorfbewohner zu verschaffen.

Sein Pferd in Richtung der Holzbrücke zu lenken, die zu der auf der Felsinsel gelegenen Bauernburg inmitten des ruhigen Flussarms hinüberführte, verlangte ihm noch mehr Überwindung ab, als es ihn gekostet hatte, in den Ort zu reiten. Er hatte Angst davor, auch hier niemanden zu finden. Andererseits – wenn sich die Dorfbewohner vor irgendeiner Gefahr hatten in Sicherheit bringen wollen, dann ganz gewiss hier. Er hoffte, seinen Sohn Marius im Kreise seiner Verwandten wohlbehütet vorzufinden, aber irgend etwas in ihm fürchtete sich davor, dass diese Hoffnung in jähes Entsetzen umschlagen könnte, wenn er weiterritt und auf eine grausige Wahrheit stieß, die vielleicht besser unentdeckt blieb.

Delãny sah an sich herab. Er war auf die landesübliche Art gekleidet: Sandalen und Kniestrümpfe, ein Untergewand und darüber einen Überwurf aus Leinenstoff mit Schlüsselloch-Ausschnitt, der von einer einfachen Fibel zusammengehalten wurde, und ein einfaches Haarband, das seine wilde Mähne bändigte. Die Schärpe, die er trug, hatte er vor vielen Jahren auf einem Markt erstanden – Raqi hatte viele Talente gehabt, aber das Schneidern hatte nicht dazugehört –, und sie verdeckte ganz bewusst den Waffengurt, den er zusammen mit dem Schwert von Michail geerbt hatte. Nein, er war nicht auffällig gekleidet und konnte bei einigem guten Willen als der Bewohner eines der etwas weiter entfernten Nachbardörfer durchgehen. Zudem hatte er sich in den letzten Jahren so stark verändert, dass ihn selbst der alte Barak wohl nicht mehr erkannte hätte: auch dann nicht, wenn er ihm direkt gegenübergestanden hätte.

Das war ihm wichtig, denn es war ihm durchaus klar, dass er auch nach all den Jahren hier immer noch nicht willkommen geheißen werden würde, wenn man ihn erkannte. Er galt nach wie vor als Kirchenschänder und Dieb und musste sich vorsehen, dass er nicht unversehens zur Zielscheibe einer Hetzjagd wurde, bei der er durchaus zu Tode kommen konnte: Die Menschen in Transsilvanien waren nicht gerade als zimperlich bekannt, wenn es darum ging, Ketzern oder vermeintlichen Langfingern den Garaus zu machen.

Und in ihren Augen war er eine Mischung aus beidem.

Je näher er der Brücke kam, desto unruhiger wurde er. Die Wand aus Stille, die Borsã umgab, setzte sich auch hier fort. Sie schien sogar noch massiver geworden zu sein. Es schien Andrej fast, als müsse er gegen einen körperlichen Widerstand ankämpfen. Selbst das Pferd ging im unnatürlich langsamen Schritttempo über die Brücke – vielleicht spürte das Tier ja etwas, das er noch nicht wahrnehmen konnte. Ein seltsames Gefühl breitete sich in ihm aus, fast so etwas wie eine Vorahnung, dass er nur Fremde auf der Bauernburg vorfinden würde. Falls überhaupt jemanden – denn noch nicht einmal das stand ja fest.

Er erreichte die Insel und kurz darauf das Tor. Es stand weit offen. Nichts rührte sich.

Delãny stieg aus dem Sattel, tätschelte dem Pferd, das immer nervöser – oder womöglich ängstlicher? – wurde, beruhigend den Hals und ging mit langsamen Schritten weiter. Das niedrige Torgewölbe warf das Geräusch seiner Schritte verzerrt zurück, und in den Ecken und Winkeln flüsterten Schatten Geschichten aus längst vergangenen, düsteren Zeiten – erzählten aber auch von kommendem Schrecken, der noch nicht wirklich Gestalt angenommen hatte.

Delãny schüttelte den Gedanken ab und ging schneller. Er hatte genug mit den Problemen der Gegenwart zu tun. Das Vergangene war vergangen, und das Kommende war sowieso nicht mehr aufzuhalten.

Er betrat den kleinen Innenhof mit seinen einfachen hölzernen Nebengebäuden und drehte sich mit in den Nacken gelegtem Kopf einmal um seine Achse. Die jahrhundertealten Mauern der Bauernburg ragten lotrecht um ihn auf, hoch genug immerhin, um für einen nicht allzu entschlossenen Heerestrupp ein unüberwindbares Hindernis zu sein. Der Himmel war nur ein verwaschener Fleck trüber Helligkeit, die keine wirkliche Substanz zu haben schien, und das war auch gut so: Über die Jahre waren seine Augen immer lichtempfindlicher geworden, weshalb er helle Tage mied und im Sommer am liebsten in der Morgen- oder Abenddämmerung unterwegs war.

Nichts rührte sich. Es war, als stünde er in einem Grab, das für Riesen gemacht worden war.

War es das?, fragte sich Delãny schaudernd. Es mochte eine mögliche Erklärung sein: Die Bewohner des Dorfes konnten sich vor einem anrückenden feindlichen Heer in den Wehrturm geflüchtet haben, wo sie und die Verteidiger dann gemeinsam ihr Schicksal ereilt hatte.

Aber dann hätte er Spuren eines erbitterten Kampfes vorfinden müssen. Der Hof war jedoch leer; und viel aufgeräumter und sauberer, als er es jemals gewesen war, als Andrej noch hier gelebt hatte.

Delãny drehte sich mit einer entschlossenen Bewegung um und ging auf den Wehrturm zu. Die große, zweiflügelige Tür war nur angelehnt, und als er sie öffnete, knarrte sie noch genauso wie in seiner Jugend. Er trat hindurch, senkte die Lider und gab seinen Augen damit Gelegenheit, sich an das ewige Zwielicht zu gewöhnen, das in dem großen Raum mit den viel zu kleinen Fenstern herrschte. Er hatte keine Angst, dadurch verwundbar zu sein – seine Sinne würden ihn zuverlässig vor jeder Gefahr warnen. Er hörte leise, undeutliche Geräusche: die Laute, die eine große Halle von sich gibt, wenn man ganz still dasteht und lauscht – das Heulen des Windes, der durch ein offen stehendes Fenster eindrang, das Prasseln einer Fackel, etwas, das ein Stöhnen sein mochte, vielleicht aber auch nur das Knarren von Holz. Der Geruch eines Feuers lag in der Luft, und noch etwas, das ihm auf furchtbare Weise vertraut vorkam.

Als er die Augen öffnete, fand er seine schlimmsten Befürchtungen bestätigt.

Hier waren die Toten, nach denen er gesucht hatte. Sie lagen säuberlich aufgereiht auf den Fliesen vor dem großen Kamin; viele, nicht annähernd so viele, wie es hätten sein können, aber trotzdem *viele.* Die meisten waren jung; Männer in einem Alter, in dem auch er gewesen war, als er den Wehrturm von Borsã das letzte Mal gesehen hatte, aber es gab auch ein paar Alte unter ihnen und zwei oder drei, die kaum dem Kindesalter entwachsen waren.

Wie es aussah, hatte es keinen wirklichen Kampf gegeben. Einige schienen sich gewehrt zu haben – an dem einen oder anderen Schwert klebte Blut, hier und da sah er eine blutige Hand, ohne dass diese eine Verletzung aufwies, einen dunklen, eingetrockneten Fleck auf einem Hemd. Doch der Kampf konnte nicht lange gedauert haben, und offensichtlich hatten sich nur sehr wenige daran beteiligt.

Die meisten schienen regelrecht hingerichtet worden zu sein. Man hatte ihnen die Kehlen durchgeschnitten. Zwei junge Männer waren enthauptet worden.

Während Delãny langsam an der Reihe nebeneinanderliegender Leichname vorbeiging, ergriff ihn ein Gefühl unbeschreiblichen Grauens. Er war ein Meister des Schwertkampfes. Michail Nadasdy hatte ihn alles gelehrt, was er im Land der Sarazenen gelernt hatte, und am Schluss war er besser gewesen als sein Lehrer: Aber er hatte, von ein paar üblen Schlägereien abgesehen, im Grunde noch nie wirklich gekämpft. Er hatte das Kämpfen gelernt, aber das Töten …?

Ganz am Ende der Reihe von gut dreißig Toten blieb er stehen. Der Anblick des letzten Leichnams erschütterte ihn ganz besonders – obwohl er allen Grund gehabt hatte, diesen Mann in der grauen Priesterkutte zu hassen. Dieser verfluchte Dummschwätzer war als Mönch ins Dorf gekommen, als Andrej vielleicht zehn Jahre alt gewesen war, und hatte später die Dorfbewohner so lange gegen seine Familie und vor allem gegen Michail Nadasdy aufgehetzt, bis sie allesamt aus dem Dorf gejagt worden waren. Bei ihm hatten sich die Schlächter nicht darauf beschränkt, ihm die Kehle durchzuschneiden. Seine Augen waren ausgestochen; sein Körper wies zahlreiche Schnittwunden auf, die nicht dem Zweck gedient hatten, zu töten, sondern nur dem, Schmerz zuzufügen, und selbst am Ende waren seine Peiniger nicht so barmherzig gewesen, ihn mit einem schnellen Schnitt von seiner Qual zu erlösen. Die klaffende Wunde in seiner Kehle hatte nicht geblutet. Er war schon tot gewesen, als man sie ihm zugefügt hatte. Statt dessen hatte man ihn mit Händen und Füßen an den Boden genagelt, so dass er langsam verblutet war.

»Großer Gott!«, flüsterte Delãny. »Was ist hier geschehen?«

Er drehte sich einmal um die eigene Achse und ließ

seinen Blick in die Runde schweifen; das Töten und Morden, das hier stattgefunden hatte, erschreckte ihn tief, aber noch schlimmer empfand er die Ungewißheit, die berechtigte, fast panische Sorge um Marius, seinen Sohn. Er hatte ihn hier, im Schutz des Dorfes, zurückgelassen, in der sicheren Erwartung, es könne ihm im Borsã-Tal nichts Ernsthaftes zustoßen: Das war offensichtlich ein kapitaler Fehler gewesen.

Er musste ihn finden; jetzt und sofort.

Wie zur Antwort hörte er wieder diesen sonderbaren Laut – und diesmal war er sicher, dass es sich um ein Stöhnen handelte! Es kam von oben, vom Ende der Treppe, oder von den wenigen Gemächern, die sich daran anschlossen.

Delãny fuhr herum, stürmte die Treppe hinauf und zog im Laufen sein Schwert. Eine der Türen war nur leicht angelehnt, und die Dämmerung dahinter schien noch blasser als das schwache Licht in der Halle. Er sprengte die Tür mit der Schulter auf, stürmte hindurch – und prallte entsetzt zurück.

Der Raum war leer – bis auf eine geschnitzte Truhe und das übergroße Bett, in dem zu seiner Zeit der Dorfschulze geschlafen hatte. Jetzt saß eine gebeugte, langhaarige Gestalt mit schwarzem Bart und rotfleckigem Hemd darin, halb aufgerichtet und mit ausgebreiteten Armen, zugleich aber leicht nach vorne gesunken. Sie konnte nicht ganz zusammensinken, denn jemand hatte ihre Hände in einer perfiden Kreuzigungshaltung an das Kopfteil des Bettes genagelt. Der abgebrochene Schaft eines Speeres ragte aus ihrer Seite.

Und doch war es nicht der Anblick dieser neuerlichen

Grausamkeit, die Andrej für eine Sekunde regelrecht erstarren ließ.

Es war das Gesicht. Unter all dem Blut und Dreck, unter dem dicht wuchernden Bart und dem tief eingegrabenen, unsäglichen Schmerz verbargen sich Züge, die er … *kannte.*

Er war älter geworden, natürlich, aber nicht so alt, wie er hätte sein müssen. Falten und Runzeln bedeckten sein Gesicht, und vielleicht war auch die eine oder andere Narbe neu hinzugekommen. Aber es war, unmöglich oder nicht, ganz eindeutig …

»Barak?«, hauchte Andrej fassungslos. Schon der bloße Klang dieses Namens schien der pure Hohn. Und doch öffnete die sterbende Gestalt beim Klang ihres vertrauten Namens das eine verbliebene Auge, das ihr nicht ausgestochen worden war, und sah zu ihm hin.

»Andrej?«

Es konnte nicht sein, dass er ihn nur am Klang seiner Stimme wiedererkannt hatte, nicht nach so langer Zeit!

Andrej näherte sich langsam dem Bett. Eisige Schauer liefen ihm über den Rücken, als er sah, wie grässlich sie Barak zugerichtet hatten. Er hatte nicht gewusst, dass ein menschlicher Körper imstande war, solche Qual auszuhalten.

Er trat an das Bett heran und wollte das Schwert zurückstecken, aber Barak schüttelte den Kopf – es schien Andrej der einzige Körperteil, den er überhaupt noch bewegen konnte –, und er behielt das Sarazenenschwert in der Hand.

»Endlich«, stöhnte Barak. »Es ist gut … dass du es bist, der gekommen ist … ich habe so lange … gewartet.«

»Gewartet?«, wiederholte Andrej verwirrt. »Aber …«

»Ich habe gehofft, dass jemand … zurückkehren würde«, flüsterte Barak. »Aber es hat … so lange … gedauert. Erlöse … mich.«

Und endlich verstand Andrej. Ihm war jetzt klar, wieso Barak ihn sofort erkannt hatte: Er musste darum gefleht haben, dass jemand kam, um ihn zu erlösen. Und er musste gewusst haben, dass es nur jemand aus seiner Vergangenheit sein konnte, der *nicht* erschlagen unten in der Eingangshalle lag. Wahrscheinlich waren ihm ständig Gesichter und Namen aus seinem langen Leben durch den Kopf geglitten – auf der Suche nach einem Erlöser seiner Schmerzen.

Er hatte auf ihn oder einen der anderen Dorfbewohner gewartet. Und er hatte Andrej erkannt, weil er ihn für den Tod hielt, der ihn von seiner Qual erlösen würde. War es nur das, was er für alle seine Freunde war? Der Tod?

»Erlöse mich«, murmelte Barak.

Andrej zwang sich, Barak einer genaueren Betrachtung zu unterziehen, und sei es nur aus der völlig unmöglichen Hoffnung heraus, ihn doch noch retten zu können.

Er konnte es nicht. Die Nägel, mit denen sie Barak an das Bett genagelt hatten, waren so dick wie ein Finger und bis ans Heft in seine Hände und das Holz getrieben. Der Zimmermann war nicht sehr behutsam gewesen. Mehrere von Baraks Fingern waren gebrochen. Wenn er versucht hätte, die Nägel herauszuziehen, hätte allein der Schmerz den Mann umgebracht.

Noch schlimmer war die Wunde an seiner Seite. Die

Speerspitze war zur Gänze in seinen Leib eingedrungen. Von Michail Nadasdy hatte Andrej eine Menge über die menschliche Anatomie gelernt. Er wagte sich nicht einmal vorzustellen, was der geschliffene Stahl in Baraks Körper angerichtet hatte.

Und er verstand immer weniger, warum Barak überhaupt noch lebte. Es war nicht nur sein Alter, das geradezu unglaublich erschien – er musste annähernd *hundert* sein! –, da war noch etwas: Der Überfall auf die Bauernburg war länger her als nur ein paar Stunden, das hatte ihm schon der Leichengeruch draußen in der Halle verraten. Gestern, vielleicht vorgestern war es geschehen.

»Gott im Himmel, Barak, wie lange …?«

»Zu lange«, stöhnte Barak. »Erlöse mich, Andrej, ich flehe dich an!«

Andrej zog sein Schwert. Es hätte noch so viel gegeben, was er Barak hätte fragen wollen, so viel, was er wissen *musste.* In allererster Linie ging es ihm um das Schicksal seines Sohnes. Und dann um die Frage, wer für das alles hier verantwortlich war, warum es geschehen war – und warum ausgerechnet Barak als Einziger noch lebte.

Er stellte nicht *eine* dieser Fragen. Jede Minute, die er Barak zwang, weiter am Leben zu bleiben, war wie eine Ewigkeit in der Hölle. Er schloss nur noch einmal die Augen und lauschte in sich hinein, suchte nach etwas – der Gewissheit, dass er richtig handelte, wenn er Barak tötete, dass es kein Mord sein würde, sondern eine Erlösung, wie er sie seinem alten Gönner schuldig war.

Das Schicksal hatte Barak einen besonders üblen

Streich gespielt. Er verfügte über die fast schon sprichwörtliche Zähigkeit der Delãnys und das unglaubliche Durchhaltevermögen ihrer Familie, das ihn geradezu zwang, sein Leben nicht einmal in dieser verzweifelten Situation einfach aufzugeben. Es war eine erstaunliche Lebenskraft in ihm, die ihn länger hatte leben lassen als all seine Altersgenossen im Dorf und die ihn nun dazu zwang, die Qualen der Hölle Tage zu ertragen statt nur Stunden.

Andrej hob das Sarazenenschwert und stieß Barak die Klinge fast bis ans Heft in die Brust.

Das Leben blieb noch eine einzelne, endlose Sekunde in den Augen des uralten Mannes. Dann brach es. Baraks Kopf sank nach vorn auf seine Brust, und über seine Lippen strömte ein letzter Atemzug wie ein erleichtertes Seufzen.

Andrej senkte das Schwert, und hinter ihm sagte eine Stimme: »Das war sehr tapfer von Euch, Herr.«

Erschrocken fuhr er herum und sah sich einem vielleicht zwölf- oder dreizehnjährigen Knaben mit blassem Gesicht und schulterlangem rötlichen Kraushaar gegenüber.

»Er hat mich angefleht, ihn zu erlösen, und ich ... ich wollte es auch tun. Aber ich hatte nicht den Mut. Ich war feige.«

»Es hat nichts mit Feigheit zu tun, wenn man einen Freund nicht töten kann«, antwortete Andrej. Er senkte sein Schwert. »Wer bist du?«

»Frederic, Herr«, antwortete der Junge. Sein Blick begegnete dem Andrejs offen und vollkommen ohne Scheu. »Frederic Delãny vom Borsã-Tal. Und Ihr?«

Da er sich Barak gegenüber schon als Andrej zu erkennen gegeben hatte, war es wenig sinnvoll, sich nun mit einem anderen Namen vorzustellen. Das hätte das Misstrauen des Jungen geweckt. »Mein Name ist Andrej Delãny«, antwortete er.

»Delãny?« Die Augen des Jungen leuchteten einen Moment lang auf, aber die Erleichterung machte fast augenblicklich Misstrauen und durchaus begründeter Vorsicht Platz. »Ich erinnere mich jetzt. Es muss ein paar Jahre her sein, dass ich Euch gesehen habt, wie Ihr im frühen Morgengrauen das Dorf verlassen habt. Ihr habt Marius hierhergebracht, und die Frauen haben sich erzählt, Ihr wärt ein entfernter Verwandter von ihm – aber ein Delãny: Nein, das könnt Ihr nicht sein.«

Delãny schloss einen schmerzhaften Herzschlag lang die Augen. *Marius.* Er hatte seine Gründe gehabt, seine Vaterschaft nicht an die große Glocke zu hängen. Und es war ihm auch lieber gewesen, dass bis auf ein paar Eingeweihte im Dorf niemand wusste, dass er seinen Sohn weggeben hatte, weil er ihn hier sicherer geglaubt hatte als in den Bergen, in denen sich gleichermaßen rätselhafte wie bedrohliche Vorfälle gehäuft hatten – die mit dem Mord an Michail und seiner Mutter geendet hatten. Abgesehen davon brauchte niemand zu wissen, dass er Andrej Delãny war, der Mann, den man mit dem Kirchenraub in Rotthurn in Verbindung brachte.

»Ich … gehöre zu einem fernen Zweig der Familie. Einem sehr kleinen.« Mit einer Geste auf seinen toten Großonkel fügte er hinzu: »Barak hat mich erkannt.«

Frederic nickte mit nachdenklichem Gesicht. »Barak hat Euch erkannt«, bestätigte er. »Und Ihr habt seinen

Namen genannt, als Ihr hereingekommen seid ... Aber das hat doch überhaupt nichts zu bedeuten.«

»Es ist mir nicht wichtig, für wen du mich hältst«, sagte Delãny barsch und voller Unruhe. »Sag mir lieber, wo Marius ist. Ich muss sofort zu ihm.«

»Marius?«, echote Frederic. »Ich ... ich ... weiß nicht.« Als er Andrejs drohenden und mittlerweile vor Sorge fast irrsinnigen Gesichtsausdruck sah, zuckte er zusammen, als ob er geschlagen worden wäre. »Ich ... ich«, stotterte er.

»Ja?«, fragte Andrej leise. Irgend etwas tief hinten in seiner Kehle zog sich in Erwartung einer schlechten Nachricht so schmerzhaft zusammen, dass er kaum noch Luft bekam. »Was weißt du, Bursche? Spuck es aus.«

Frederic verzog ängstlich das Gesicht und tat so, als dächte er angestrengt nach. »Marius ist nicht hier«, sagte er schließlich. »Vor einer Woche oder so ... sie haben ihn nach Kertz gebracht. Er sollte dort aushelfen.«

Andrej spürte eine Welle der Erleichterung und Hoffnung durch seinen Körper jagen. »Ist das auch wirklich wahr?«, bohrte er nach.

Frederic nickte eifrig. »Aber ja, Herr«, sagte er. »So wahr ich hier stehe. So und nicht anders ist es gewesen.«

Delãny atmete ein paar Mal tief durch. Es dauerte einen Moment, bevor er sich so weit beruhigte, dass er weitersprechen konnte. »Du fragst dich, wer ich bin. Und das fragst du zu Recht, nach alldem, was hier passiert ist. Ich denke, du hast ein Recht auf eine vernünftige Antwort.«

Der Junge legte den Kopf schief und nickte. »Das wäre nicht schlecht«, bekannte er.

»Nun gut«, sagte Andrej. »Du sollst die Wahrheit wissen. Ich war lange nicht mehr hier. Viele Jahre. Ich wusste nicht einmal, dass Barak noch am Leben ist. Ich bin gekommen, um … ihm einen Freundschaftsbesuch abzustatten.«

»Da habt Ihr Euch einen schlechten Zeitpunkt ausgesucht, Herr«, sagte Frederic düster. Er zuckte mit den Schultern. »Vielleicht auch einen guten. Wäret Ihr zwei Tage eher gekommen, dann wärt Ihr jetzt wohl auch tot.«

»Was ist passiert?«

Frederic setzte zu einer Antwort an, doch dann wanderte sein Blick wieder zu Barak hin, und sein Gesicht verdüsterte sich. Bisher hatte sich der Junge erstaunlich gut in der Gewalt gehabt angesichts dessen, was er erlebt und mit angesehen hatte, aber nun begannen sich seine Augen mit Tränen zu füllen.

»Gehen wir nach draußen«, schlug Andrej vor. »Dort redet es sich besser.«

Frederic widersprach nicht, sondern drehte sich rasch um und verließ mit schnellen Schritten nicht nur das Zimmer, sondern eilte auch, ohne zu zögern, die Treppe hinunter. Andrej wollte dem Jungen die Möglichkeit geben, sich ein wenig zu beruhigen, und unterdrückte deshalb in letzter Sekunde den Ausruf, mit dem er ihn eigentlich hatte aufhalten wollen. Stattdessen warf er einen letzten Blick auf Barak und nahm in Gedanken von ihm Abschied; erst dann drehte er sich um und folgte dem jungen Delãny, der die schmale Treppe bereits so schnell hinuntergeeilt war, als sei ihm der Leibhaftige auf den Fersen. Bevor Frederic durch die

Tür aus seinem Blickfeld verschwand, warf er Andrej einen ängstlichen Blick zu, und für einen grotesken Moment hatte Delãny das Gefühl, als wollte der Junge etwas vor ihm verbergen.

Die Treppe hinabzusteigen war viel schlimmer, als er geglaubt hatte. Andrej hatte die ganze Zeit über die Toten im Blick, und jetzt, nachdem er Barak getötet hatte, kam ihm das Schicksal jedes einzelnen von ihnen noch viel monströser vor als vorhin, als ihn der erste Schock kaum Einzelheiten hatte erkennen lassen. Wahrscheinlich würde er den Anblick der vielen unschuldig Erschlagenen, die unter ihm den Raum füllten, sein ganzes Leben lang nicht mehr vergessen. Zudem schlug ihm der süßlich-herbe Verwesungsgestank auf die Lungen, und er hatte das Gefühl, keine Luft mehr zu bekommen. Aber das war schließlich kein Wunder: Der Turm hatte sich in eine riesige Gruft verwandelt. Vielleicht würde er ihn nie wieder betreten können, ohne diese schrecklichen Bilder vor Augen zu haben.

Er hatte die Halle schon halb durchquert, als ihm eine Kleinigkeit auffiel, eine kaum wahrnehmbare Ähnlichkeit bei einem der Toten, die mit von ihm abgewandten Gesichtern und verkrümmten Körpern nahe der Mauer lagen … sein Herz setzte ein paar Schläge aus, und als es wieder einsetzte, schien es ihm bis zum Hals zu schlagen.

Der Schock der Erkenntnis traf ihn den Bruchteil einer Sekunde später: Es war Marius, sein Sohn, der sich eigentlich in Kertz aufhalten sollte. Aber … das konnte doch gar nicht sein! Hatte Frederic gelogen, hatte er ihm verschweigen wollen, dass sein Sohn tot war …

Mit zwei, drei schnellen Schritten war Andrej bei dem Toten, starrte voller Entsetzen auf ihn hinab. Er konnte es einfach nicht fassen. Marius' Haut wirkte blass und fast durchsichtig, wie die einer wertvollen Porzellanpuppe, aber bis auf den Holzpflock, der seine Brust durchbohrt hatte und in seinem Herzen stak, und Bissspuren an seinem Hals, schien er vollkommen unverletzt zu sein. Seine gebrochenen Augen starrten anklagend ins Nichts, beinahe so, als habe er seinen Mörder gekannt und sich nicht vorstellen können, dass er die grausige Tat vollbringen würde.

Andrej spürte, dass seine Augen feucht wurden. Er begriff es nicht. So viel Leid. So viel Entbehrung. So viel Verzicht. Nur, um seinen Sohn zu schützen, dieses letzte Bindeglied zu seiner Familie, zu Raqi, die nun schon seit Wochen tot war, gestorben, als sie ihr zweites Kind zur Welt hatte bringen wollen. Er hatte einen Bogen um Borsã gemacht, er hatte sich fern gehalten von seiner Vergangenheit, alte Fäden abgeschnitten – nur um nicht ruchbar werden zu lassen, dass Marius sein Sohn war, um ihn nicht der Schande auszusetzen, mit einem Mann in Verbindung gebracht zu werden, der als Kirchenschänder und Dieb galt.

Doch damit, das begriff er erst jetzt, hatte er alles Lebendige, alles Fröhliche und alles Glück aus seinem Leben ferngehalten, er hatte die Chance verstreichen lassen, seinen Sohn aufwachsen zu sehen, sich an seinem Heranwachsen zu erfreuen – für nichts weiter als eine vage Hoffnung auf eine bessere Zukunft, die nun endgültig zerstört war.

Andrej hielt es nicht länger neben der Leiche seines

Sohnes aus. Das Gefühl von Verwirrung und Schmerz wurde übermächtig und drohte, den Damm einzureißen, den sein Verstand angesichts Raqis Tod errichtet hatte, um ihn nicht endgültig in Verzweiflung und Irrsinn abdriften zu lassen. Warum verbreiteten die Körper derer, die man im Leben geliebt hatte, im Tode so großen Schrecken?

Als er die Tür des Wehrturmes hinter sich schloss, musste Andrej sich erst einmal dagegenlehnen. Er hatte das Gefühl, seine Beine würden jeden Augenblick ihren Dienst verweigern. Sein Magen fühlte sich an, als hätte ein Riese seine Faust hineingedrückt und seine Eingeweide von rechts nach links gedreht. Er übergab sich.

Frederic stand ein wenig abseits auf dem Hof. Er rührte sich nicht von der Stelle. Offensichtlich hatte er begriffen, dass Andrej Marius gefunden hatte. »Ich wollte … ich hatte Angst … ich wusste ja nicht, wie Ihr darauf reagiert, wenn ich Euch die Wahrheit sage.«

»Schon gut«, stieß Andrej mühsam hervor. Er ging auf Frederic zu – der wich zuerst zwei Schritte zurück, als fürchte er, Andrej wollte seine Wut und seinen Schmerz an ihm auslassen – und legte dann fast sanft seinen Arm auf die Schultern des Jungen. »Gehen wir«, sagte er. »Lassen wir den Toten ihren Frieden.« Und nach einer kleinen Pause fügte er hinzu: »Später werden wir zurückkommen und sie beerdigen.«

Gemeinsam verließen sie den Hof in Richtung Brücke. Als sie das Tor durchquerten und Frederic Andrejs weißen Hengst sah, blieb er stehen und riss erstaunt die Augen auf.

»Seid Ihr ein Edelmann, Herr?«

»Wie kommst du darauf?«, fragte Andrej, ohne den dunklen Schleier, der sich über seine Gedanken gelegt hatte, zerreißen zu können.

»Weil nur Edelleute ein so kostbares Pferd besitzen«, antwortete Frederic.

Andrej lächelte voller Schmerz. In gewissem Sinne war der Hengst ein Abschiedsgeschenk von Michail Nadasdy – der dritte oder vierte Nachkomme jenes prachtvollen Tieres, das sein Stiefvater aus einem fernen Land namens Arabien mitgebracht hatte.

»Nein«, antwortete er. »Ich bin kein Edelmann.«

»Dann seid Ihr reich?«

»Mein Schwert und dieses Roß sind alles, was ich besitze«, antwortete Andrej. »Möchtest du es reiten?«

Frederics Augen weiteten sich. »*Dieses* Pferd?«

»Warum denn nicht dieses Pferd?« Andrej hob Frederic in den Sattel, ohne seine Antwort auch nur abzuwarten. Der Junge strahlte.

Delãny griff den Hengst am Zügel. Während er das wertvolle Tier langsam den Weg in Richtung Borsã zurückführte, schweiften seine Gedanken ab. So hatte er sich all die Jahre über das Wiedersehen mit seinem Sohn Marius vorgestellt: Ihn auf sein Pferd zu setzen und gemeinsam mit ihm loszuziehen, um die nähere und weitere Umgebung zu erkunden, und ihm die Plätze zu zeigen, die ihm im letzten Drittel seiner Kindheit ans Herz gewachsen waren.

Ein paar Schritte weiter richtete er sich fragend an Frederic: »Und jetzt erzähle, was hier geschehen ist. Wer hat das getan? Die Türken? Eine Räuberbande?

Oder ein Fürst, der Machtpolitik mit dem Abschlachten von Menschen verwechselt?«

»Nein, Herr«, antwortete Frederic. Seine Stimme war plötzlich ganz leise. Sie zitterte.

»Vergiss den Herrn«, sagte Andrej. »Mein Name ist Andrej.« Er nickte Frederic so freundlich zu, wie er das in diesem Moment fertig brachte. »Immerhin sind wir Verwandte – wenn auch nur weit entfernte.«

Vielleicht nicht einmal so weit entfernt, wie der Junge annehmen mochte. Es war gut möglich, dass er der Nachzügler aus der Familie eines seiner Onkel war – oder der Erstgeborene eines Cousins. Und doch verkniff sich Andrej die Frage, wie Frederics Vater geheißen hatte. Irgendwie war in Borsã ohnehin jeder mit jedem verwandt. Und wie es aussah, war dieser Junge sowieso der Einzige aus der Familie, der noch am Leben geblieben war.

»Andrej, gut«, sagte Frederic wenig überzeugt. Sein Blick wanderte nach Süden, suchte die dunstigen Berggipfel am Horizont ab. Ein eigenartiger Ausdruck erschien in seinen Augen, an denen Andrej erst jetzt auffiel, dass ihre Farbe auf verblüffende Weise den klaren Fluten des Brasan ähnelte. Andrej fühlte sich schuldig, weil er diesem Jungen zumutete, all das Grauenhafte noch einmal zu durchleben.

»Sie kamen vor zwei Tagen«, sagte er. »Abends, mit dem letzten Licht des Tages. Es waren viele … bestimmt so viele Männer, wie Ziegen in unserer Herde sind.«

»Und wie viele Ziegen umfasst eure Herde?«, fragte Andrej, erntete aber nur ein verständnisloses Achselzucken als Antwort. Frederic konnte nicht zählen – nur wenige hier konnten das.

Es spielte auch keine Rolle. Es mussten schon viele gewesen sein, wenn es ihnen gelungen war, dieses Massaker anzurichten – auch wenn sich die Männer des Dorfes aus irgendeinem Grund kaum gewehrt hatten.

»Soldaten?«, fragte er.

»Ja«, antwortete Frederic. »Männer mit Waffen. Kostbare Waffen, solche, wie Ihr … wie *du* eine trägst. Ein paar hatten Rüstungen. Aber es waren auch Mönche dabei. Und ein Papst.«

»Ein *was*?«

»Ein … Kardinal?«, schlug Frederic schüchtern vor.

Andrej lächelte und bedeutete ihm, weiterzusprechen. Er wollte den Jungen nicht noch mehr in Verlegenheit bringen, als er es sowieso schon getan hatte. Klar war, dass ein höherer kirchlicher Würdenträger nach Borsã gekommen war – und warum auch nicht? Die Dorfbewohner hatten stets ein gutes Verhältnis zur Kirche gepflegt. Zu Andrejs Zeiten war Borsã eines der wenigen Dörfer in der Umgebung, das einen eigenen Mönch hatte.

Der damals den ersten Stein nach ihm geworfen hatte.

»Am Anfang waren sie freundlich«, fuhr Frederic fort. »Sie baten um Unterkunft für eine Nacht und ein Gespräch mit dem Dorfältesten, und natürlich haben sie beides bekommen. Bis spät in die Nacht konnte man das Lachen und Singen vom Turm herab hören. Aber im Dorf gingen Gerüchte um, von Kriegern und Mönchen, die durch das Land zögen und auf der Suche nach einem Zauberer seien.«

»Einem *Zauberer*?« Delãny blieb stehen und sah Frederic zweifelnd an, aber der Junge schüttelte nur um so heftiger den Kopf.

»Ich sage die Wahrheit. Ein mächtiger Hexenmeister, der mit dem Satan persönlich im Bunde sei, heißt es.«

»Glaubst du an Zauberei?« Andrej ging weiter und lachte laut, vielleicht ein bisschen zu laut und zu heftig, um den bohrenden Schmerz über seinen frischen Verlust übertönen zu können – den er in seiner ganzen grausamen Bedeutung wahrscheinlich sowieso erst in ein paar Tagen begreifen würde. Zudem begann ein ungutes Gefühl schleichend Besitz von ihm zu ergreifen. Er hätte sich fast gewünscht, dass Frederic nicht weitersprechen würde.

»*Sie* taten es jedenfalls«, antwortete Frederic düster. »Noch in der Nacht sandte Barak einen Boten ins Dorf, der jeden Mann, jede Frau und jedes Kind für den nächsten Morgen in die Burg bestellte. Dort haben sie dann alle umgebracht.«

Andrej schauderte es. Er war froh, dass Frederic es so kurz gemacht hatte. Natürlich würde er ihn über alle Einzelheiten befragen müssen, aber nicht jetzt. Er hatte schon viel zu viel gehört.

»Alle?«, fragte er erschüttert.

»Alle, die du gesehen hast«, antwortete Frederic. »Die anderen haben sie in Ketten gelegt und mitgenommen, ebenso alles Vieh und alle Schätze, die sie finden konnten.«

»Raubritter also«, knurrte Andrej. Zorn erfüllte ihn. Über ganz Transsilvanien hing die Türkengefahr wie ein Damoklesschwert, und es hätte ihn nicht verwundert, wenn Borsã Opfer eines der kleineren Scharmützel geworden wäre, die größere Abwehrschlachten gegen die expansionslüsternen Türken zu begleiten pflegten. Aber Raubritter? Das Dorf selbst war nie besonders friedlich gewesen und in seiner mittlerweile schon recht langen Geschichte mehr als einmal in eine Fehde mit einem Nachbarort verwickelt gewesen, wobei es durchaus des Öfteren selbst einen Zwist vom Zaun gebrochen hatte. Auch wenn sie es niemals laut zugeben würden: Sie hatten stets in dem Bewusstsein gelebt, eines Tages an den Falschen geraten zu können, der ihnen eine bittere Niederlage zufügen konnte, möglicherweise sogar eine vernichtende. Damit hätte Andrej sich abfinden können. Es wäre bitter gewesen, und sicher hätte er im ersten Moment auch blutige Rache geschworen, aber er hätte damit leben können.

Doch sein einziger Sohn, seine gesamte Familie, *das Borsã-Tal*, ausgelöscht von gemeinen Räubern? Das war unvorstellbar!

Frederic schüttelte den Kopf. »Nein, es waren keine Räuber. Ich sagte doch, es waren Kirchenmänner. Bruder Toros hat einen von ihnen gekannt. Sonst hätte Barak ihnen doch nie vertraut!«

Andrej dachte an den selbstgefälligen und bösartigen Mönch, dem er vor Jahren oft die Pest auf den Hals gewünscht hatte und der nun mit ausgestochenen Augen und unter schwerster Folter für all seine Sünden hatte büßen müssen – was für ein grausamer Scherz des Schicksals. »Bruder Toros hat immer noch bei euch gelebt? Oder ist er etwa erst mit den anderen zurückkommen?«

»Er war unser Gottesmann«, belehrte ihn Frederic. In

seiner Stimme schwang hörbarer Stolz, der nur zu verständlich war, da bei weitem nicht jedes Dorf einen eigenen Gottesmann vorzuweisen hatte.

»Wie konntest du entkommen?«, fragte er.

Frederic senkte beschämt den Blick, und es dauerte eine ganze Weile, bis er antwortete. Vielleicht so lange, wie er gebraucht hatte, um sich eine glaubhafte Geschichte auszudenken.

»Ich war der jüngste Sohn meines Vaters«, sagte er, »und für die Ziegen verantwortlich. Ich treibe sie morgens aufs Feld und am Abend wieder zurück, weißt du? An dem Abend, an dem die Fremden kamen, war ich unaufmerksam.«

»Du hast ein paar Tiere verloren«, vermutete Andrej. Das Gefühl kannte er. Er erinnerte sich noch jetzt an die fürchterliche Tracht Prügel, die ihm *sein* Vater verabreicht hatte, als er einmal mit drei Tieren weniger zurückkam, als er am Morgen mitgenommen hatte.

»Zwei«, sagte Frederic. »Es war meine Schuld. Ich sah all diese Reiter und Männer in Richtung Dorf ziehen und war neugierig. Ich bin auf einen Felsen geklettert, um besser sehen zu können. Als ich zurückkam …«

»Waren die Ziegen weg«, vermutete Andrej.

Frederic nickte niedergeschlagen. »Ich habe meinem Vater nichts davon gesagt. Ich hatte Angst, dass er mich schlagen würde. Aber spät in der Nacht, als alle schliefen und auch in der Burg die letzten Feuer erloschen waren, habe ich mich noch einmal aus dem Haus geschlichen, um nach den Ziegen zu suchen. Ich habe sie nicht gefunden.«

»Aber dadurch hast du die Versammlung verpasst«,

vermutete Andrej. »Danke Gott dafür, dass dir die beiden Ziegen weggelaufen sind, mein Junge. Vielleicht hat er dir befohlen, sie zu suchen, um dein Leben zu retten.«

»Ich kam zu spät«, fuhr Frederic fort. Andrej hatte jetzt kaum noch das Gefühl, dass er zu ihm sprach. Vielmehr schien es, als sei er plötzlich gar nicht mehr in der Lage, die Worte zurückzuhalten. Vielleicht musste er das Grauen einfach in Worte kleiden, um ihm auf diese Weise etwas von seinem namenlosen Schrecken zu nehmen.

»Alle waren schon fort, zum Wehrturm. Ich lief hinterher, aber ich ging nicht durch das Haupttor, weißt du? Ich hatte Angst, Ärger zu bekommen, aber es gibt einen geheimen Weg zum Turm, eine schmale Bresche unter der Mauer, so schmal, dass nur Kinder ihn nehmen können.«

Andrej lächelte flüchtig. Er kannte den Weg, von dem der Junge sprach. Er hatte ihn als Kind oft genug selbst genommen.

»Der Weg endet auf einer schmalen Galerie hoch oben über dem großen Saal. Von dort aus kann man alles sehen und hören, ohne selbst gesehen zu werden. Ich ... ich hatte mich dort versteckt, um zu lauschen. Ich dachte, auf diese Weise könnte ich später vielleicht erzählen, dass ich dort gewesen sei und mein Vater mich nur nicht bemerkt habe. Ich ... ich dachte, der Kirchenmann wollte mit uns zusammen beten. Oder den Dorfältesten irgend ... irgend etwas Wichtiges ... mitteilen.«

Er stockte jetzt immer öfter. Seine tränenerstickte Stimme bebte. Trotzdem musste er weitersprechen.

»Aber er wollte etwas ganz anderes. Er ... brachte schwere Anschuldigungen vor. Das Dorf, so behauptete er, hätte sich dem Teufel verschrieben.«

»Das Dorf?«, vergewisserte sich Andrej.

»Das ganze Borsã-Tal«, bestätigte Frederic. »Sie sagten, wir stünden mit der Hölle im Bunde und betrieben Zauberei und Hexenwerk. Am Anfang haben alle gelacht, am lautesten Barak. Aber die Vorwürfe wurden immer schlimmer, und dann hörten sie auf zu lachen. Und plötzlich haben ... haben die fremden Männer Waffen unter ihren Gewändern hervorgezogen und alle überwältigt und gebunden.«

»Und niemand hat sich gewehrt?«

»Nur wenige waren bewaffnet«, antwortete Frederic traurig. »Wer bringt schon ein Schwert mit zum Gottesdienst? Ein paar der Männer haben sich gewehrt, aber die Fremden waren in der Überzahl. Am schlimmsten waren die drei Ritter in den goldenen Rüstungen.«

»Goldene Rüstungen?«

»Ich schwöre es«, beharrte Frederic. »Ich habe so etwas noch nie zuvor gesehen. Niemand hat das, glaube ich. Sie ... waren wie die Teufel. Schreckliche Krieger, die keinen Schmerz und keine Angst vor dem Tod zu kennen schienen.«

Andrej sagte nichts mehr dazu. Die Erinnerungen des Jungen waren vor Angst getrübt und spielten ihm einen Streich. Später, wenn er hinlänglich Zeit gehabt hatte, den schlimmsten Schmerz zu verarbeiten, würde er noch einmal mit ihm reden, um herauszufinden, was es mit diesen drei Rittern in *goldenen Rüstungen* wirklich auf sich hatte.

»Und dann?«, fragte er.

»Dann haben sie angefangen, Bruder Toros und Barak zu foltern«, antwortete Frederic. »Am grausamsten Bruder Toros, wenigstens am Anfang. Er hat Gott im Himmel angefleht, dass sie aufhören mögen, und bei seinem Seelenheil geschworen, dass er nichts von Zauberei und Hexenwerk wisse. Aber es hat nichts genutzt. Sie haben immer weitergemacht. Am schlimmsten waren die drei goldenen Teufel. Es war fast, als ... als bereite es ihnen Freude, Bruder Toros zu quälen. Am Schluss hat Bruder Toros dann alles zugegeben. Dass er den Teufel beschworen und ihm seine Seele verkauft habe, dass das ganze Borsã-Tal der schwarzen Magie anhänge und manchmal Hexen und schreckliche Dämonen unter uns weilten.«

»Das hat er nur gesagt, damit sie aufhören«, murmelte Andrej. »Bruder Toros war noch nie ein besonders tapferer Mann.«

Frederic antwortete nicht darauf, aber etwas an seinem Schweigen gefiel Andrej nicht. Er sah zu ihm hoch und gewahrte einen Ausdruck auf den Zügen des Jungen, der ihm noch sehr viel weniger gefiel.

»Du glaubst diesen Unsinn doch nicht etwa?«, fragte er. »Frederic, du hast gesehen, was sie ihm angetan haben! Unter dieser Folter würde jeder alles gestehen! Im Borsã-Tal gibt es keine Zauberei!«

»Es gab ... Gerüchte«, sagte Frederic unbehaglich. »Schon lange.«

»Barak.« Er wich Andrejs Blick aus. »Er ... war zu alt. Kein Mensch kann so alt werden, wie er es war. Er war niemals krank, und es heißt, wenn er sich verletzte oder in der Schlacht verwundet wurde, dann schlossen sich seine Wunden in Tagen, wo die Heilung bei anderen Wochen gebraucht hätte.«

»Barak war schon immer ein zäher Bursche«, antwortete Andrej. »Und es gibt Menschen, die sehr alt werden. Schon in der Bibel wird davon berichtet. Hat dir Bruder Toros nie von Methusalem erzählt?«

Frederic verneinte. Andrej bezweifelte, dass Bruder Toros jemals die Bibel gelesen hatte.

»Und da war noch … diese andere Geschichte«, sagte Frederic leise.

»Welche andere Geschichte?«

Frederic wand sich wie unter Schmerzen. »Niemand spricht laut darüber«, sagte er, »aber es heißt, dass vor vielen Jahren der Reliquienschrein aus der Kirche von Rotthurn entwendet wurde. Von einem Mann, der mit dem Bösen in Verbindung stand – dem Sohn eines Sarazenen, der sich unter dem falschen Namen Michail Nadasdy bei uns eingeschlichen hat.«

Andrej drehte sich rasch um, damit der Junge den entsetzten Ausdruck auf seinem Gesicht nicht sah. Es war unmöglich! Nicht solch ein Unsinn und nicht nach so langer Zeit!

»Was für ein … Unfug.« Er räusperte sich. Seine Gedanken rasten. »Ich kann verstehen, was du über Barak gedacht hast. Du bist jung, und er war schon immer ein komischer alter Kauz. Aber diese Geschichte … Das entbehrt jeder Grundlage!«

»Die Fremden haben es jedenfalls geglaubt. Sie haben alle gebunden und fortgebracht und … viele getötet.«

»Warum nur?«, fragte Andrej. Er war noch immer zutiefst erschüttert. Es fiel ihm schwer, Frederics Worten überhaupt noch zu folgen. Hatte das Schicksal ihn nur hierhergeführt, um ihm zu zeigen, dass er zum Todesengel geworden war, der am Ende jedem den Untergang brachte, der seinen Weg kreuzte, selbst seinem eigenen Sohn?

»Ich weiß es nicht«, antwortete Frederic stockend. »Einer der goldenen Ritter hat die ausgewählt, die getötet werden sollten. Mein Vater und … und mein älterer Bruder waren auch dabei.«

»Das tut mir leid«, sagte Andrej leise. »Wirklich.«

Er versuchte seine Gedanken wieder in halbwegs klare Bahnen zu zwingen. Er hatte nicht das Recht, nicht nur alle Schuld, sondern auch allen Schmerz der Welt für sich allein zu beanspruchen. Dieser Junge hatte mehr durchgemacht als er, und in kürzerer Zeit. Außerdem war er ein unfreiwilliger Augenzeuge dieses furchtbaren Blutbades geworden. Und er hatte eindeutig Anspruch auf Hilfe.

Vielleicht hatte ihn das Schicksal ja gar nicht hierhergebracht, um ihn zu quälen …

»Nachdem es vorbei war«, fuhr Frederic mit brechender Stimme fort, »haben sie Barak in sein Zimmer gebracht. Ich konnte ihn schreien hören … lange.«

Seine Stimme versagte. Er schluchzte ein einziges Mal auf, und es war auch nur eine einzige Träne, die über sein Gesicht lief, ehe er sie mit dem Handrücken fortwischte.

»Du musst jetzt nicht fortfahren«, sagte Andrej leise. »Wir können später weiterreden. Oder auch gar nicht, wenn du möchtest.«

Frederic schüttelte den Kopf und schluckte die Tränen hinunter. »Nachdem sie gegangen waren und ich festgestellt habe, dass von den Gefolterten niemand mehr am Leben waren, bin ich ihnen gefolgt. Ich wollte wissen, wohin sie meine Mutter bringen und … und die anderen. Sie haben sie aneinandergebunden wie Tiere und dann aus dem Borsã-Tal getrieben.«

»Wohin?«

Frederic deutete nach Süden, auf die einzige Straße, die nach Borsã hinein und vom Dorf wegführte. »Ich bin ihnen ein Stück gefolgt. Nicht weit. Ich hatte Angst und wusste einfach nicht, was ich tun sollte. Ich wollte meine Mutter nicht im Stich lassen, wirklich, aber …«

»Es ist gut«, sagte Delãny. »Es war sehr klug von dir, ihnen nicht weiter zu folgen. Du hättest nichts für deine Familie tun können, und wahrscheinlich hätten sie dich am Ende auch noch gefangen genommen oder getötet.«

»Zum Schluss bin ich zurückgegangen«, fuhr Frederic im Flüsterton fort. »Ich wollte Barak und meinen Vater begraben, wenn meine Kraft schon nicht ausreichte, um sie alle zu bestatten. Aber Barak war noch am Leben, und so … habe ich gewartet.«

»Wie lange?«

»Einen Tag und eine Nacht und dann noch einmal fast einen ganzen Tag«, antwortete Frederic. »Ich habe gebetet, dass Gott Barak endlich von seinen Leiden erlösen möge, aber er hat es nicht getan. Das … das hast erst du getan.«

Andrej räusperte sich. War das Gespräch vorhin schon unangenehm gewesen, so wurde es jetzt geradezu quälend.

»Zwei Tage Vorsprung also.« Er blickte nach Süden. Es würde noch eine Stunde lang hell bleiben, vielleicht auch etwas länger, aber das Licht war bereits blasser geworden. Von den Bergen herab floss Nebel ins Tal, als hätte sich eine Wolke an den scharfen Graten aufgeschlitzt und ergösse ihren Inhalt nun auf die Erde. »Das ist nicht viel. Sie können mit all diesen Gefangenen nicht sehr schnell sein.«

»Du willst ihnen folgen?« Frederics Gesicht verhärtete sich. »Wirst du sie töten?«

Andrej schüttelte den Kopf und nickte zugleich. »Zuerst beerdigen wir Marius, Barak und deine Familie«, sagte er. »Danach folgen wir ihnen.« *Und dann*, fügte er in Gedanken hinzu, *werden wir sehen, was diese drei goldenen Ritter tun, wenn sie uns gegenüberstehen …*

2

Andrej hatte sein Versprechen gehalten und Marius, Barak und Frederics Vater sowie seinem Bruder ein christliches Begräbnis zuteil werden lassen. Ihre Kräfte hatten nicht ausgereicht, Gräber für mehr als zwanzig Tote auszuheben, so dass sie die Leichname der anderen Erschlagenen in den Hof hinausgetragen und verbrannt hatten. Das war sicher nicht das, was Bruder Toros ein christliches Begräbnis genannt hätte, aber das Einzige, was sie noch für die Ermordeten tun konnten.

Während Andrej dastand – so nahe am Feuer, dass die Hitze auf seinem Gesicht schmerzte und sich seine Augenbrauen und Wimpern kräuselten – und eines der wenigen Gebete sprach, das er kannte, kamen ihm zum ersten Mal Zweifel daran, ob es so etwas wie einen allmächtigen Gott überhaupt gab.

Dass er allgegenwärtig und gütig war, daran glaubte er ohnehin schon lange nicht mehr. Das Leben hatte ihm zu viel genommen, und er hatte zu viel Leid und Willkür gesehen, um an einen gütigen – oder auch nur gleichgültigen – Gott glauben zu können. Nun aber begann er sich zu fragen, ob es so etwas wie eine allmächtige Wesenheit im Universum überhaupt gab, irgendwo in den Ödnissen zwischen den Sternen am Himmel, von denen Michail Nadasdy behauptet hatte, jeder einzelne sei eine Welt, so groß wie die ihre und möglicherweise von Menschen gleich ihnen bewohnt. Andrej glaubte das nicht. Und wenn er es geglaubt hätte, so hätte er es sich nicht vorstellen können. Seine Welt war viel kleiner als die, von der Michail Nadasdy erzählt hatte; selbst kleiner als die, in der Michail Nadasdy *gelebt* hatte. In Andrejs Welt war kein Platz für einen Gott, der grausam genug war zuzulassen, dass einem Kind wie Marius so etwas widerfuhr.

Trotzdem blieb er wie in stummem Gebet weiter reglos stehen, bis auch der Junge sein Gebet beendet hatte und die Hände herunternahm. Als Frederic mit einem gemurmelten *Amen* schloss, da bewegte er lautlos die Lippen, als spräche er dasselbe Wort, aber er wich seinem Blick aus, als sie sich herumdrehten und schweigend nebeneinander den Hof verließen. Es spielte in diesem Moment keine Rolle, was er *glaubte.* Nachdem er für seinen Sohn nichts mehr tun konnte, brauchte schließlich dieser Junge jedes bisschen Hilfe, das er bekommen konnte.

Die Plünderer hatten nicht alle Lebensmittelvorräte mitgenommen, so dass sie sich, bevor sie am nächsten Morgen aufbrachen, noch ein reichhaltiges Mahl gönnen und die Satteltaschen ihres Pferdes auffüllen konnten. Andrej hatte trotz intensiver Suche nichts mehr von Wert gefunden, was sie mitnehmen konnten. Er bedauerte das. Er wollte gewiss nicht selbst zum Plünderer werden, aber sie hatten möglicherweise einen langen Weg vor sich und mochten auf etwas angewiesen sein, das sie verkaufen oder eintauschen konnten. Die Eindringlinge waren jedoch gründlich gewesen. Andrej nahm an, dass sie einige Übung darin hatten, alles Wertvolle an einem Ort aufzuspüren.

Die beiden Delãnys brachen mit dem ersten Tageslicht auf und folgten den Spuren der Angreifer nach Süden, was nicht besonders schwer war. Alles in allem mussten es an die achtzig Menschen gewesen sein, die vor zwei Tagen aus dem Borsã-Tal aufgebrochen waren. Die Spuren würden noch nach einer Woche deutlich zu sehen sein. Sie mussten sich also nicht übermäßig beeilen.

Zu zweit auf einem Pferd kamen sie ohnehin nicht schnell voran. Frederic stieg nach einer Weile wieder ab und schlug vor, immer abwechselnd zu reiten, doch das erwies sich als unpraktisch, so dass Andrej es vorzog, ihn wieder in den Sattel zu heben und es dem Pferd zu überlassen, ein praktikables Tempo zu finden.

Sie sprachen sehr wenig an diesem Tag. Frederic starrte die meiste Zeit mit leerem Blick vor sich hin und schlief ein paarmal im Sattel ein. Einmal wäre er dabei fast vom Pferd gestürzt, aber Andrej weckte ihn trotzdem nicht. Der Junge brauchte vor allem Zeit, um das Erlebte zu verarbeiten, und Schlaf half, die Zeit zu verkürzen.

Er wünschte, er wäre auch so glücklich dran gewesen. Nachdem Raqi und seine Tochter gestorben waren, hatte er geglaubt, nichts könnte ihn mehr erschüttern. Das war ein Irrtum gewesen. Es gab immer eine Steigerung des Grauens, und er hatte gestern eine erlebt: Der Tod seines Sohnes hatte die Wand seiner betäubenden Trauer eingerissen und ein so tiefes Entsetzen in ihm ausgelöst, dass er sich am liebsten gleich in sein Schwert gestürzt hätte.

Aber bevor er solch selbstzerstörerische Gedanken

weiter verfolgte, hatte er noch eine Kleinigkeit zu erledigen.

Sie rasteten auf einer Waldlichtung, aßen von den mitgebrachten Vorräten und tranken Wasser aus einem Bach. Und sie mieden vor allem die Nähe menschlicher Ansiedlungen. Solange er nicht wusste, was in Borsã wirklich geschehen war, konnte er keinem Menschen trauen.

In der zweiten Nacht schlief Frederic besser. Er wurde noch immer von Alpträumen geplagt und schrak mehr als einmal schreiend hoch, aber dazwischen gab es auch Phasen, in denen er vollkommen ruhig dalag und schlief. Einmal – wenn auch nur für einen flüchtigen Moment – glaubte Andrej sogar die Andeutung eines Lächelns auf seinem Gesicht zu erkennen.

Während er den schlafenden Jungen betrachtete, überkam ihn ein Gefühl von sonderbarer Vertrautheit, ja, fast Zärtlichkeit. Das Schicksal hatte ihm einen Sohn genommen, einen Jungen, den er kaum gekannt, aber nichtsdestoweniger geliebt hatte. Doch im gleichen Moment hatte ihm das Schicksal einen Sohn geschenkt – keinen leiblichen zwar, aber vielleicht einen, mit dem er so vertraut werden konnte, wie Michail nach einigen Jahren mit ihm vertraut gewesen war. Wenn das Leben einen Sinn hatte, hatte Raqi einmal gesagt, so den, es weiterzugeben. Wozu für eine bessere Welt kämpfen, wenn es niemanden gab, der darin leben konnte? Nun, jetzt *hatte* er jemanden.

Andrej verscheuchte den Gedanken. Er war melancholisch. Und er war ganz eindeutig nicht in der Verfassung, über *so etwas* nachzudenken. Außerdem war es mehr als ungewiss, ob er und Frederic mehr als ein paar Tage zusammenblieben.

Sie hatten noch eine Stunde, bis die Sonne aufging, aber Andrej spürte, dass er ohnehin keinen Schlaf mehr finden würde. Er stand auf, ging ein paar Schritte und zog schließlich sein Schwert. Um auf andere Gedanken zu kommen, aber auch, um der Kälte zu trotzen, entfernte er sich etwas von dem Schlafenden und absolvierte ein paar Schwertübungen.

Am Anfang war er nicht gut, er spürte es selbst; seine Bewegungen waren steif und ungelenk. Es war Wochen her, dass er das letzte Mal mit der Waffe geübt hatte, aber er hatte das Gefühl, als seien es schon Monate. Er brauchte lange, bis er spürte, wie seine gewohnte Geschmeidigkeit zurückkehrte, und noch länger, bis sich die noch viel wichtigere innere Ruhe und Ausgeglichenheit einstellte.

Er übte eine halbe Stunde, dann war er vollkommen außer Atem und am ganzen Leib in Schweiß gebadet, trotzdem aber wieder von einer Stärke und Kraft erfüllt, die er viel zu lange nicht mehr gespürt hatte.

Als er sein Schwert einsteckte und sich herumdrehte, hatte Frederic sich aufgesetzt und sah ihn an. Andrej wusste den Ausdruck auf seinem Gesicht nicht zu deuten, aber er war nicht ganz sicher, ob er ihm gefiel.

»Wie lange siehst du mir schon zu?«

»So habe ich noch nie jemanden kämpfen sehen«, sagte Frederic beinahe andächtig.

»Ich hab' es von jemandem gelernt«, antwortete Andrej, »der in dieser Kunst in einer sehr fernen Stadt unterwiesen wurde.«

»In Rom?«, fragte Frederic. »Oder in Venedig?«

»Oh nein«, antwortete Andrej. »Er erlernte es in einem Land, das viel weiter entfernt ist.«

»Weiter als Rom?« Frederic klang zweifelnd.

»Vielleicht wirst du es eines Tages einmal kennen lernen«, sagte Andrej achselzuckend. Dann machte er eine Handbewegung, mit der er das Thema abschloss. »Wenn du ohnehin schon wach bist, können wir auch weiterreiten.«

Frederic nickte, stand aber trotzdem nicht auf, sondern zog fröstelnd die dünne Decke, in die er sich zum Schlafen gewickelt hatte, enger um seinen Körper.

»Bringst du mir bei, so zu kämpfen?«, fragte er.

Andrej sah ihn eine Sekunde lang schweigend an. »Wozu?«, fragte er dann.

Frederic suchte nach einer Antwort, aber Andrej schnitt ihm mit einem Kopfschütteln das Wort ab, ging zu ihm und ließ sich neben den Jungen ins nasse Gras sinken.

»Dein Bruder und dein Vater – konnten sie mit dem Schwert umgehen?«

»Derek hat in einer großen Schlacht gekämpft«, sagte Frederic stolz. »Und mein Vater sogar in dreien. Er hat eine Menge Türken erschlagen.«

»Und darauf bist du stolz«, vermutete Andrej.

»Natürlich«, antwortete Frederic.

Andrej schwieg ein paar Sekunden. »Diese … Feinde, die dein Vater und dein Bruder erschlagen haben«, fuhr er leise fort, »was meinst du – ob sie Familien hatten? Frauen und vielleicht Söhne … wie dich?«

Frederic sah ihn argwöhnisch an und sagte nichts.

»Wie hättest du dich gefühlt, wäre dein Vater von einer dieser Schlachten nicht mehr nach Hause gekommen?«

»Ich wäre zornig gewesen«, antwortete Frederic.

»Nur zornig? Nicht auch traurig und voller Kummer?«

»Natürlich!«, antwortete Frederic. »Aber ...«

»Also, dann verrate mir, was gut daran ist, seine Feinde zu erschlagen«, fiel ihm Andrej ins Wort.

Für einen Moment starrte ihn Frederic einfach nur verwirrt an, aber dann machte sich jene Art von Trotz auf seinem Gesicht breit, zu dem nur Kinder imstande sind und gegen den zu argumentieren vollkommen sinnlos ist.

»Wenn es so ist, wie du sagst, wieso bist du dann ein so guter Schwertkämpfer?«

»Wer sagt dir, dass ich das bin?«

Frederic deutete mit einem Ausdruck von noch größerem Trotz in die Richtung, in der Andrej seine Schwertübungen absolviert hatte. »Du musst ein großer Krieger sein.«

»Vielleicht bin ich das«, murmelte Andrej. »Aber das bedeutet nicht, dass ich Freude daran habe.« Er stand auf. »Ich sattle das Pferd. Geh zum Bach, und hol uns frisches Wasser. Danach reiten wir weiter.«

Frederic sah ihn noch einige Sekunden lang auf eine Art an, die Andrej beinahe erschreckte, und in seinen Augen glomm dabei etwas auf, das weit über kindlichen Trotz hinausging. Dann aber erhob er sich wortlos und ging, um Andrejs Befehl auszuführen.

3

Die Spuren wurden deutlicher. Offenbar waren die Männer, hinter denen sie her waren, nicht annähernd so schnell vorangekommen, wie Delãny vermutet hatte. Er nahm an, dass sie die Bande noch im Laufe des Tages einholen würden.

Und dann?

Andrej hatte es bisher vermieden, allzu genau über diese Frage nachzudenken. Natürlich würden sie versuchen, die Gefangenen zu befreien und die Mörder seines Sohnes Marius, Baraks und der anderen zu bestrafen, aber irgend etwas in Andrej war bisher davor zurückgeschreckt, über das *Wie* nachzudenken. Ginge es nach Frederic – und auch nach einer leisen, aber beständig flüsternden Stimme in ihm selbst –, dann würde er sie alle töten.

Was in der Praxis wohl kaum möglich sein würde. Frederic zufolge handelte es sich bei den Angreifern um gut zwanzig Mann, einen Trupp wahrscheinlich vor allem Kirchenmänner, die er mit etwas Glück und ein wenig Umsicht austricksen konnte, sofern ihm diese goldenen Ritter nicht in die Quere kamen. Wenn ihm das Glück hold war, mochte es ihm so vielleicht gelingen, die Gefangenen zu befreien, um mit ihnen gemeinsam den Rückweg nach Borsã anzutreten – aber dann? Wie sollte er diese Menschen beschützen, wenn die Ritter Jagd auf sie machten? Er würde unter den entführten Dorfbewohnern wohl kaum waffenfähige Männer finden, die ihn dabei unterstützen konnten, sondern vor allem Frauen, Kinder und Greise.

Als andere Möglichkeit bot sich an, zuerst die Ritter auszuschalten. Doch bei allem Vertrauen in seine Fähigkeiten: Eine überlegende Klinge treffsicher einsetzen zu können bedeutete nicht, es gleichzeitig mit mehreren kampferprobten Männern aufnehmen zu können. Wenn es ihm nicht irgendwie gelang, sie in eine Falle zu locken, musste er am Ende auf der Strecke bleiben. Aber wem war damit geholfen?

Auch das hatte ihm Michail Nadasdy beigebracht: Niemals blind draufloszuschlagen, sondern sich zuvor zu überlegen, wie er die Schwächen seiner Gegner zu seinem Vorteil nutzen konnte. Doch wenn er ganz ehrlich war: Nach dem, was Frederic erzählt hatte, vermochte er bei den goldenen Rittern nicht auch nur eine Schwäche zu erkennen. Es blieb ihm also nichts anderes übrig, als abzuwarten, in der Hoffnung, ein Zufall könnte ihm einen Trumpf in die Hand spielen.

Gegen Mittag teilte sich die Spur. Andrej und Frederic hatten einen weiteren in einer endlosen Kette flacher, mit spärlichem Grün bewachsener Hügel überquert. Vor ihnen fiel das Gelände steil ab und erweiterte sich am Fuße der Erhebung zu einem schmalen, aber sehr lang gestreckten Tal, um auf der anderen Seite ebenso steil wieder anzusteigen. Obwohl der Boden sehr felsig war, war die Spur unübersehbar: Sie zog sich schnurgerade durch die Senke und die gegenüberliegende Böschung hinauf. Andrej schätzte, dass es drei oder vier Reiter gewesen sein mussten, die ungefähr in der Mitte des Tales im rechten Winkel vom Haupttrupp abgewichen waren. Ihre Spur verlor sich nach wenigen Schritten zwischen Felsen und Geröll.

»Worauf wartest du?« Frederic hatte bisher hinter Andrej im Sattel gesessen. Nun glitt er mit einer fließenden Bewegung aus dem Sattel des Pferdes und lief unruhig ein kleines Stück voraus. Das Pferd schnaubte nervös, und nach kurzem Zögern stieg auch Andrej aus dem Sattel. Er war beunruhigt, und seine Unruhe übertrug sich entweder auf das Pferd, oder das Tier spürte eine Gefahr, die seinen viel weniger empfindlichen menschlichen Sinnen noch verborgen blieb. Das wiederum beunruhigte ihn noch mehr.

Er antwortete erst mit einiger Verspätung auf Frederics Frage. »Ich bin nicht ganz sicher, welcher Spur wir folgen sollen.«

»Der Hauptspur, natürlich«, sagte Frederic. »Wir haben sie fast eingeholt. Noch ein paar Stunden, und …«

»Du solltest einen Gegner nie unterschätzen«, fiel ihm Andrej ins Wort. Er griff nach den Zügeln und begann das Pferd vorsichtig den Hang hinabzuführen. Unter den Hufen des Tieres lösten sich kleine Felsbrocken und Steine und polterten zu Tal. Es war eine vernünftige Idee gewesen, abzusteigen. Der Boden war abschüssiger, als es von oben den Anschein gehabt hatte. Das Pferd hatte selbst ohne Reiter Mühe, sich auf den Beinen zu halten, und die Spuren, denen sie folgten, bewiesen, dass es den Verfolgten kaum anders ergangen war. Etliche von ihnen mussten gestürzt sein. Andrej fand eingetrocknetes Blut auf den Felsen. Es war noch nicht sehr alt.

Unten im Tal angekommen, hielt er abermals an.

Sein Blick irrte unschlüssig zwischen den beiden unterschiedlich breiten Spuren hin und her.

»Worauf wartest du?«, fragte Frederic erneut.

Andrej hob die Schultern. »Ich … weiß nicht«, sagte er zögernd, während er gleichzeitig seine empfindlichen Augen abschattete. »Irgend etwas stimmt hier nicht. Ich habe kein gutes Gefühl.«

»Ich auch nicht«, versetzte Frederic scharf. »Wenn wir noch lange hier herumstehen, dann entkommen sie uns am Ende noch.«

Andrej sagte nichts dazu, aber er musterte seinen Begleiter mit einem langen, sehr nachdenklichen Blick. In Frederics Stimme war ein Ton, der ihm nicht gefiel. Der Junge brannte nicht nur darauf, seine Familie wiederzusehen und die Mörder seines Vaters und seines Bruders zu bestrafen. Da war noch mehr. Er konnte nicht genau sagen, was es war, aber er war ziemlich sicher, dass es ihm nicht gefallen würde.

»Du hast recht«, sagte er lahm. »Lass uns weitergehen.«

Der Überfall erfolgte, als sie die Kuppe des gegenüberliegenden Hügels erreicht hatten. Die Spur verlor sich. Es gab keinen vorgezeichneten Weg durch den Wald, aber die Bäume standen so licht, dass das Durchkommen kein Problem gewesen wäre. Und dieser Waldrand war nicht menschenleer. Jemand war hier. Andrej spürte es so deutlich, als könne er ihn *sehen*.

Die Gestalt erschien wie aus dem Nichts, ein gewaltiger, goldschimmernder Riese, aus dessen Helm Hörner wuchsen und der mit einem gellenden Kampfschrei auf ihn losstürmte. Delãny riss sein Schwert aus dem Gürtel und wich gleichzeitig in einer komplizierten Dreh- und Rückwärtsbewegung vor dem Angreifer zurück.

Der gehörnte Dämon stürzte mit einem gellenden Schrei auf ihn zu. Sein Schwert, groß wie ein Mann, beidseitig geschliffen und sicherlich mehr als einen Zentner schwer, bewegte sich mit unfassbarer Schnelligkeit, und Delãny wusste, dass es treffen würde; ebenso sicher und zuverlässig, wie er umgekehrt immer genau spürte, wenn *er* treffen würde. Die Klinge bewegte sich in tödlicher Präzision auf seine Kehle zu. Andrejs Sarazenenschwert zuckte hoch, aber er war nicht schnell genug; die Strecke, die die Klinge zurücklegen musste, um das Schwert des Dämonenkriegers abzufangen, war einfach zu lang. Der Angreifer würde ihn enthaupten.

Sein Fuß verfing sich an einem Stein. Delãny kippte nach hinten, und der gewaltige Bihänder des Dämonenkriegers fügte ihm eine bis auf den Knochen reichende, heftig blutende Wunde an der Schläfe zu, statt ihm den Kopf abzuschlagen.

Andrej stürzte, rollte wimmernd vor Schmerz auf die Seite und kämpfte mit aller Gewalt gegen eine drohende Ohnmacht an. Blut lief ihm in die Augen. Für einen Moment war er fast blind, und der Schmerz hinter seiner Stirn wurde immer schlimmer.

Aber der Schmerz hatte auch noch eine andere, unerwartete Nebenwirkung. Aus dem gehörnten Dämon wurde wieder das, was er *wirklich* war: ein Mann in einem polierten Messingharnisch, der einen mit angedeuteten Hörnern versehenen Helm aus dem gleichen Material trug und einen anderthalb Meter langen Bihänder schwang. Er war groß, erschreckend breitschultrig und stark, aber kein Gigant und schon gar kein Dämon.

Dennoch fast so gefährlich.

Der Mann musste ein erfahrener Kämpfer sein, denn er ließ sich von Andrejs heftig blutender Kopfwunde keine Sekunde lang täuschen, sondern sprang mit einem Satz über den Stein hinweg, über den Andrej gestolpert war, spreizte die Beine, um festen Stand zu haben, und schwang seine Waffe hoch über den Kopf, um zu Ende zu bringen, was ihm gerade misslungen war.

Sein Angriff überschwemmte Andrej mit einer Flut purer, destruktiver Energie. Es war die gleiche, hell lodernde Kraft, die er auch bei Michail Nadasdy fast körperlich gespürt hatte, wenn sie bei einem Übungskampf zu hart aneinandergeraten waren, nur dass Michail nicht darauf abzielte, ihn zu vernichten, sondern ihm vielmehr mit seinen Attacken den Weg weisen wollte, mehr zu sich selbst und damit auch zu einem konzentrierten Kampfstil zu finden. Den goldenen Krieger hielt dagegen das Feuer des Vernichtungswillens gepackt. Er wollte nichts weiter, als ihn zu töten; und das möglichst rasch und ohne eigenes Risiko. Doch damit weckte er in Andrej den Reflex des hervorragend trainierten Kämpfers, und etwas in ihm machte ihn sich – fast ohne sein Zutun – zu eigen und fachte den erlöschenden Lebensfunken in ihm neu an.

Als der Bihänder herabsauste, war Andrej schon nicht mehr da. Die gewaltige Klinge schlug Funken aus dem Stein und pflügte eine zweifingertiefe Scharte in den Boden, exakt dort, wo sich kurz zuvor sein Hals befunden hatte.

Delãny hörte einen enttäuschten Schrei. Ein Geräusch, als schlüge Metall auf Stein oder auf hartes Holz. Noch in der Bewegung, mit der er in die Höhe sprang, wechselte er das Sarazenenschwert von der rechten in die linke Hand und schlug aus diesem vorteilhaften Winkel heraus zu. Er traf nicht, zwang seinen Gegner aber zu einem hastigen Rückzug und hätte diesen Vorteil vielleicht weiter ausbauen können, hätte er nicht gleichzeitig aus dem Augenwinkel eine Bewegung registriert, die nur zu einem weiteren Angreifer gehören konnte. Eine kleinere, aber nicht minder tödliche Klinge züngelte nach seinem Hals.

Delãny vollführte eine komplizierte, rasend schnelle Pirouette, wechselte das Schwert abermals in die andere Hand und führte einen blitzschnellen, geraden Stich nach der Brust des Angreifers. Der rasiermesserscharfe Stahl seiner Klinge stieß fast ohne Widerstand durch den schimmernden Harnisch und fügte dem Mann eine hässliche Fleischwunde zu, sie so manchen Gegner außer Gefecht gesetzt hätte. Ihn hielt sie zumindest auf, und mehr brauchte Andrej im Augenblick nicht. Er machte einen weiteren Schritt zurück, nahm einen Schnitt an der Schulter hin, ohne mit der Wimper zu zucken, und wandte eine jener Kampftechniken an, die er von Michail Nadasdy gelernt hatte, um dem Angreifer mit einem Tritt die Kniescheibe zu zerschmettern.

Der Mann brüllte, ließ sein Schwert fallen und brach zusammen. Er war doch nicht so hart im Nehmen, wie er befürchtet hatte. Der Angriff hatte ihn nachhaltig kampfunfähig gemacht, und Andrej konnte sich wieder dem Gegner in der Messingrüstung zuwenden.

Wie sich zeigte, keine Sekunde zu früh. Der Kerl war zäh, selbst für einen Hünen, der mit einem Schwert kämpfte, das mancher Bauernjunge noch nicht einmal zu heben vermocht hätte. Andrej hatte sich kaum zwei oder drei Sekunden mit dessen Kumpan beschäftigt, aber diese kleine Zeitspanne hatte ihm gereicht, um den Schmerz seiner Verletzung zurückzudrängen; er hatte den Zweihänder in den Boden gerammt und stemmte sich taumelnd an dem Schwertgriff in die Höhe.

Delãny schmetterte ihn mit einem Fußtritt zurück, fegte das Schwert davon und setzte dem stürzenden Krieger aus der gleichen Bewegung heraus nach. Sein Schwert zielte nach dem Gesicht des Mannes. Er verfehlte sein Ziel, zerschmetterte aber den Helm und fügte dem Goldenen einen Kratzer zu. Über die Lippen des Riesen kam nicht der mindeste Laut, aber Andrej wusste, was er in diesem Moment empfand – Schmerz, Todesangst. Die absolute Gewissheit, dass es vorbei war.

Er genoss es.

Eine winzige Bewegung seines Handgelenks hätte gereicht, um der Sache ein Ende zu machen. Das Sarazenenschwert war scharf genug, um Muskeln und Knochen mit einem Hieb zu durchtrennen.

Aber er zögerte. Er *wollte*, dass der Mann litt. Er gehörte zu denen, die seine Familie ausgelöscht hatten, und vielleicht war er sogar der Mörder seines Sohnes. In jedem Fall war er aber einer von denen, die Barak auf so grässliche Weise zu Tode gefoltert hatten; und Andrej wollte, dass er dafür bezahlte, jeden Schmerz, jede Sekunde der Qual hundertfach zurückbekam. Sein

Schwert machte zwei, drei blitzartige Bewegungen, die den Helm des Goldenen endgültig zerteilten und blutige Spuren in dem Gesicht darunter hinterließen. Diesmal *kam* ein Schmerzenslaut über die Lippen des Besiegten. Andrej genoss ihn wie einen kostbaren, süßen Wein.

Die Wunden waren oberflächlich und nichts weiter als eine kleine, grausame Spielerei. So sehr er diesen Mann auch verabscheute: Er war es einfach nicht wert, dass er sich so weit vergaß und zu einer Bestie wurde, die Genugtuung dabei empfand, einen Gegner zu Tode zu quälen. Er hörte auf, an seinem Gesicht herumzuschnitzen, und setzte seine Klinge an die Kehle des Mannes. Etwas in ihm schrie vor Enttäuschung auf. Er *wollte* diesen Mann nicht töten. Nicht so schnell. Nicht so *leicht*. Das schwarze Feuer brannte noch immer in ihm, und diese Flamme verlangte, dem anderen Qualen zu bereiten.

»Tu es … endlich, Delãny«, stöhnte der Goldene. »Bring es … zu … Ende.«

Seine Schwäche war nur gespielt. Unter all dem Blut und Schmutz gewahrte Andrej ein starkes, auf eine sonderbare Weise gutaussehend-brutales Gesicht. Das Gesicht eines Kriegers, der es gewohnt war, Schmerzen zu ertragen und seine Chancen abzuwägen. Delãnys Schwert drückte gegen seine Kehle, und das auf eine Art, die jede Gegenwehr unmöglich machte. Er wartete. Er versuchte, Zeit zu gewinnen, vielleicht einen winzigen Moment der Unaufmerksamkeit abzupassen, in dem er der tödlichen Klinge an seinem Hals entwischen und Andrej überwältigen konnte.

»Wer bist du?«, fragte Andrej.

Der andere lachte. »Was willst du?«, fragte er. »Meinen Namen oder meinen Kopf?« Er hatte einen sonderbaren, schweren Akzent, den Andrej noch nie zuvor gehört hatte.

»Die Namen der anderen«, antwortete Andrej. »Ich will wissen, wohin sie gehen. Und warum ihr das getan habt.«

»Lässt du mich am Leben, wenn ich sie dir verrate?«

»Du kannst dir aussuchen, ob du schnell stirbst oder ob es so lange dauert wie bei Barak«, sagte Andrej düster. »Warum habt ihr diesen alten Mann gequält? Er hat niemandem etwas getan.«

Hinter ihm erscholl ein gellender Schrei. Ein Schrei aus der Kehle eines Kindes; schrill, hoch, ein Laut, der aus fürchterlicher Qual und schierer Todesangst geboren war.

Drei ... schoss es Andrej durch den Kopf.

Er hatte einen fürchterlichen Fehler gemacht. Es waren die Spuren von *drei* Männern gewesen, die sich vom Haupttrupp getrennt hatten!

Delãny war nur für den Bruchteil einer Sekunde abgelenkt, aber schon dieser winzige Moment reichte seinem Gegner. Ohne Rücksicht darauf zu nehmen, dass das Sarazenenschwert eine blutige Spur in seine Schulter pflügte, wirbelte er herum, brachte sich vor der tödlichen Klinge in Sicherheit und trat gleichzeitig mit beiden Beinen nach Andrejs Fußgelenk.

Er traf nicht, aber die Attacke zwang Andrej zurückzuweichen; sein nachgesetzter Stich verwundete den Mann nicht so schwer, wie er gehofft hatte, ließ ihn aber trotzdem stolpern und auf die Knie fallen. Möglicherweise war das die Entscheidung. Ein blitzschneller Schritt, um ihm nachzusetzen, und diesmal würde er keine Sekunde zögern, sondern den Kampf mit einem sauberen Hieb beenden. Der Fremde war zu gut, um ihm eine zweite Chance zu geben.

Aber hinter ihm schrie Frederic noch immer. Andrej setzte dem Goldenen nach, warf aber in der Bewegung einen Blick über die Schulter zurück.

Was er sah, ließ ihn vor Entsetzen schier erstarren. Es *waren* drei Männer gewesen, aber nur zwei hatten sich – wohl im Vertrauen auf die vermeintliche Überlegenheit des Kriegers in der Messingrüstung – an dem Überfall auf ihn beteiligt.

Der dritte jagte Frederic.

Bisher schien es dem Jungen gelungen zu sein, sich zwischen den Felsbrocken und Bäumen auf dem Hang in Sicherheit zu bringen. Nun aber hatte ihn der Angreifer in die Enge getrieben und stand mit hoch erhobenem Schwert über ihm.

Andrej reagierte, ohne nachzudenken. Er hatte die Wahl, ein Leben zu nehmen oder eines zu retten, und er entschied sich instinktiv richtig: Statt den hilflos vor ihm Knienden zu enthaupten, wirbelte er herum und schleuderte sein Schwert. Die Waffe verwandelte sich in einen silbernen Blitz, traf den Mann über Frederic zwischen den Schulterblättern und schmetterte ihn zu Boden.

Aber den Bruchteil eines Atemzuges, bevor dies geschah, senkte sich sein Schwert auf Frederic hinab … Die Schreie des Jungen verstummten, und Andrej rannte los. Er konnte hören, wie der Goldene hinter ihm ein überraschtes Grunzen ausstieß und in die Höhe taumelte. Zweifellos würde er sich im nächsten Moment nach seiner Waffe bücken und ihn erneut angreifen.

Andrej verschwendete nicht einmal einen Gedanken daran. Frederic durfte nicht tot sein. Nicht auch noch er! Der Junge war alles, was ihm geblieben war. Mit fünf, sechs gewaltigen Sätzen erreichte er die Felsen, zwischen denen sich Frederic verkrochen hatte. Der tote Krieger war über dem Jungen zusammengebrochen, das Schwert war seiner Hand entglitten. Andrej registrierte entsetzt, dass die Klinge voller Blut war.

Mit einer gewaltigen Kraftanstrengung hievte er den Toten von Frederic herunter.

Der Körper des Jungen war voller Blut. Sein Hemd war aufgerissen, und das Fleisch darunter glitzerte im frischen Rot des Todes.

Er war zu spät gekommen, vielleicht nur um den Bruchteil einer Sekunde, aber trotzdem zu spät.

Frederic war tot.

Und im ersten Moment wollte er nichts anderes als Rache.

Der Schmerz, den er erwartet hatte, kam nicht. Er war nicht einmal wirklich erschrocken, aber die schwarze Flamme in seinem Inneren explodierte jäh zu einer brüllenden Feuersbrunst, die nach Nahrung schrie, nach Blut, um den Schmerz wegzuwischen, der ihm angetan worden war. Er fuhr herum, riss das Sarazenenschwert aus dem Körper des toten Kriegers und wandte sich wieder dem Waldrand zu. Er spürte noch immer nichts;

nur diese schreckliche, verzehrende Kälte, mit der das schwarze Feuer in ihm nach Rache schrie.

Wie erwartet hatte der Goldene die Gelegenheit genutzt, sich aufzurichten und seine Waffe wieder an sich zu nehmen. Aber er verzichtete darauf, ihn anzugreifen. Der Mann in der goldschimmernden Rüstung stand hoch aufgerichtet, aber fast reglos am Waldrand und sah auf ihn herab.

Delãny machte einen Schritt auf ihn zu, blieb jedoch wieder stehen, als der Fremde den Kopf schüttelte.

»Nicht jetzt, Delãny«, sagte er.

»Komm her«, antwortete Andrej. »Bring es zu Ende – so oder so!«

»Nicht jetzt«, wiederholte der Fremde. »Du bist gut, Delãny – aber noch nicht gut genug. Wir sehen uns wieder, das verspreche ich dir.«

Und damit verschwand er, so schnell und lautlos, wie er aufgetaucht war. Andrej spürte seine Nähe noch für einen winzigen Augenblick, doch dann erlosch auch dieses Gefühl einer dunklen, dräuenden Präsenz, die bisher wie ein übler Geruch über dem Waldrand gelegen hatte.

Und endlich kam der Schmerz.

Andrejs Hände begannen zu zittern. Das schwarze Feuer in seiner Seele erlosch, doch zurück blieb keine Asche, sondern ein roter, brodelnder See aus schierer Pein. Seine Augen füllten sich mit Tränen, und seine Hände zitterten immer stärker. Er hatte Mühe, sein Schwert einzustecken, und die winzige Bewegung, sich zu Frederic herumzudrehen und auf den Jungen hinabzublicken, überstieg fast seine Kräfte.

Frederic lag auf dem Rücken. Seine Augen standen weit offen, und der Ausdruck darin schwankte zwischen Verständnislosigkeit und allmählich aufkeimendem, fassungslosen Entsetzen.

»Was … ist passiert?«, murmelte er. »Hast du ihn getötet?«

Für die Dauer eines Herzschlages war Andrej einfach nicht fähig zu begreifen, was er sah. Frederic lebte. Er lag in einem See von Blut, seine Kleider waren zerfetzt, und er musste furchtbar schlimm verletzt sein, aber er *lebte*!

Andrejs Fassungslosigkeit machte einer jähen, fast schmerzhaft tiefen Erleichterung Platz.

»Nicht bewegen!«, sagte er hastig. »Um Gottes Willen, rühr dich nicht! Bleib ganz ruhig liegen!«

Er ließ sich neben Frederic auf die Knie sinken und drückte die Schultern des Jungen zurück, als der sich aufrichten wollte.

»Hast du ihn getötet?«, wiederholte Frederic. Seine Stimme klang belegt. Vielleicht war die Schwäche, die Andrej darin hörte, schon die erste Berührung des Todes.

Er schüttelte den Kopf. »Nein«, sagte er. »Aber das spielt jetzt keine Rolle. Du musst …«

Andrej brach mit einem überraschten Stirnrunzeln ab. Während er sprach, hatte er behutsam mit den Fingern den Leib des Jungen abgetastet, um die Schwere der Verletzung zu erkunden, die ihm das Schwert zugefügt hatte. Frederics Brust war voller Blut, aber die Haut darunter war unversehrt.

»Du bist … nicht verletzt?«, fragte er zweifelnd.

Frederic richtete sich benommen auf – diesmal ließ Andrej es zu –, sah an sich hinab und machte eine Bewegung, die irgendwo zwischen einem Achselzucken und einem Kopfschütteln lag.

»Nein«, sagte er zögernd. Es klang eher wie eine Frage als wie eine Feststellung.

Andrej starrte ihn an. Er hatte nicht *wirklich* gesehen, wie das Schwert Frederic getroffen hatte. Vielleicht hatte er einfach Glück gehabt. Vielleicht hatte die Klinge des Mörders nur sein Hemd zerfetzt, ohne die Haut darunter auch nur zu ritzen, und vielleicht stammte all das Blut tatsächlich nur von dem Toten, der über ihm zusammengebrochen war. Aber vielleicht … er verscheuchte erschrocken den Gedanken. Er musste sich hüten, mehr in Frederic zu sehen, als da war. Es war ein Zufall, ein unglaublicher Zufall, aber mehr auch nicht.

Um seine eigene Verwirrung zu überspielen, zwang er sich zu einem nervösen Lächeln und stand mit einer viel zu heftigen Bewegung auf.

»Hast du Schmerzen?«, fragte er.

»Nein.« Diesmal *war* es eine Feststellung. Frederic drehte sich schwerfällig herum, so dass er für kurze Zeit reglos auf Händen und Knien dahockte, schüttelte den Kopf und stand dann übertrieben umständlich auf. Andrej beobachtete ihn sehr aufmerksam, bereit, beim geringsten Anzeichen von Schwäche sofort einzugreifen.

Es war nicht nötig. Frederic zitterte am ganzen Leib, war aber ganz offensichtlich wirklich unverletzt, auch wenn es an ein Wunder grenzte. Vielleicht hatte sich das

Schicksal einfach entschieden, einen winzigen Teil der Schuld zurückzuzahlen, die es ihm gegenüber hatte.

Frederic drehte sich unsicher zu ihm um, sah einen Moment lang ihn und einen sehr viel längeren Augenblick den Krieger an. Dann holte er aus und trat dem Toten so wuchtig in die Rippen, dass der auf die Seite rollte. Andrej wollte ihn ganz instinktiv zurückreißen, führte die Bewegung dann aber nicht zu Ende, sondern legte ihm nur sanft die Hand auf die Schulter.

Frederic schüttelte sie ab und holte zu einem weiteren Tritt aus, setzte den Fuß dann aber wieder ab. Auf seinem Gesicht kämpften die widersprüchlichsten Gefühle miteinander, aber am stärksten waren wohl doch Furcht und Hilflosigkeit.

»Warum hast du das getan?«, fragte Andrej leise.

Frederic starrte ihn trotzig an und schwieg.

»Weil er dich töten wollte?«, fragte Andrej. »Oder weil er zu denen gehört, die Borsã überfallen haben?«

Frederics Augen wurden schmal. »*Du* hast ihn getötet«, sagte er.

»Das war etwas anderes«, widersprach Andrej. Er sah die Verwirrung, die seine Worte auf Frederics Gesicht auslösten, und ganz plötzlich begriff er, wie wichtig dieser Moment für den Jungen war. Was immer er jetzt sagte, mochte vielleicht darüber entscheiden, wie Frederics Leben weiter verlief.

»Warum?«, fragte Frederic trotzig. »Weil du ein Krieger bist und ich ein Kind?«

»Weil er dich töten wollte«, antwortete Delãny. »Ich habe ein Leben ausgelöscht, um ein anderes zu retten.«

»Und wer gibt dir das Recht dazu?«

Andrej fühlte sich hilflos. Michail Nadasdy hatte ihn so vieles gelehrt, aber auf eine Situation wie diese hatte er ihn nicht vorbereitet.

»Ich weiß es nicht«, gestand er nach kurzem Zögern. »Vielleicht gibt es keinen Grund, der schwer genug wiegt, ein Leben auszulöschen. Aber wenn ich wieder vor der Entscheidung stünde, würde ich es wieder tun.«

»Hast du den goldenen Ritter deshalb verschont?«, fragte Frederic böse. Seine Feindseligkeit war nichts als Trotz, kindlicher Zorn und vor allem Furcht, die ein Ventil suchte und dafür verantwortlich war, dass der Junge einfach auf den ersten Menschen losging, den er sah. Sie hätte von Andrej abprallen sollen, ohne ihn zu verletzen, aber das genaue Gegenteil war der Fall. Die Worte taten so weh, dass er für einen Moment nicht in der Lage war, etwas darauf zu erwidern.

»Ich bin nicht ganz sicher, wer wen verschont hat«, sagte er schließlich. »Aber wir werden uns wiedersehen, keine Sorge.«

Er drehte sich mit einem Ruck herum. »Komm mit«, sagte er. »Wir haben einen Gefangenen. Ich bin sicher, er hat eine Menge interessanter Dinge zu erzählen.«

Der dritte Angreifer hatte versucht, sich davonzuschleppen und den Waldrand zu erreichen, aber seine Kräfte hatten ihn auf halber Strecke verlassen. Er lag wimmernd im Gras. Als Andrej und Frederic herankamen, hob er die Arme vors Gesicht und schluchzte vor Angst. Vielleicht auch vor Schmerz. Sein rechtes Knie war zertrümmert. Andrej musste nur einen einzigen, flüchtigen Blick darauf werfen, um zu wissen, dass es nie wieder heilen würde.

Der Anblick versetzte ihm einen leichten, aber überraschend schmerzhaften Stich. Auch das war etwas, worauf Michail Nadasdy ihn nicht hatte vorbereiten können. Er hatte ihn gelehrt, mit Fußtritten, Ellbogenstößen und Schlägen der bloßen Hand armdicke Holzscheite zu zertrümmern, und er hatte ihm gesagt, dass er mit der gleichen Leichtigkeit Knochen zerbrechen und Schädel einschlagen konnte.

Aber es gab einen Unterschied zwischen *Wissen* und *Erleben*, und dieser Unterschied war entsetzlich.

Er bedeutete Frederic mit einer Kopfbewegung, zurückzubleiben, ließ sich neben dem Verwundeten auf die Knie sinken und zwang mit sanfter Gewalt seine Arme herunter.

»Du brauchst keine Angst zu haben«, sagte er. »Ich werde dir nichts tun.«

Seine Worte zeigten keine Wirkung. Die Furcht in den Augen des Mannes explodierte zu nackter Panik, er begann am ganzen Leib zu zittern.

»Nein!«, wimmerte er. »Rühr mich nicht an! Du bist der Teufel! Es ist wahr, was sie über dich erzählen.«

»Was erzählen sie denn?«, fragte Andrej.

»Dass ihr mit dem Teufel im Bunde seid«, wimmerte der Krieger.

»Wir?«

»Die Delãnys«, antwortete er. »Ihr seid Zauberer. Hexer, die sich der schwarzen Magie verschrieben haben.«

Andrej sah aus den Augenwinkeln, wie Frederic zusammenzuckte, widerstand aber der Versuchung, sich zu dem Jungen herumzudrehen.

»Habt ihr Barak deshalb gefoltert?«, fragte er.

»Ihr seid Hexer«, beharrte der Mann. »Ihr seid mit dem Teufel im Bunde. Niemand kann euch töten.«

»Wenn du das wirklich glaubst, dann war es ziemlich töricht von euch, es überhaupt zu versuchen«, antwortete Andrej. Er zwang sich, das verletzte Bein des Mannes einer zweiten, eingehenderen Untersuchung zu unterziehen, jedoch ohne zu einem anderen Ergebnis zu gelangen. Der Verletzte würde für den Rest seines Lebens ein Krüppel bleiben, falls er nicht in den nächsten Tagen an Wundbrand starb. Andrej konnte nichts für ihn tun – außer vielleicht seine Schmerzen ein wenig zu lindern. Ohne auf die schwachen Proteste des Mannes zu achten, tastete er nach einem der versteckten Nervenknoten, die Michail Nadasdy ihm gezeigt hatte, und übte für einige Momente einen schwachen Druck darauf aus. Die Schmerzen des Mannes würden nicht völlig verschwinden, aber doch auf ein weitaus erträglicheres Maß herabsinken. Wenigstens für eine Weile.

»Bevor du es sagst«, bemerkte er. »Das war keine Zauberei und auch kein Teufelswerk, sondern nur eine uralte Heilkunst aus einem fernen Land.«

Es war sinnlos. Die Angst auf den Zügen des Mannes erreichte ein Maß, das Andrej nicht mehr nachempfinden konnte. Es war gleich, was er zu ihm sagte oder was nicht, der Krieger war nicht mehr in der Verfassung, irgend etwas anderes zu empfinden als Angst.

»Wie ist dein Name?«, fragte er.

»Draškovic«, antwortete der Krieger.

»Draškovic, gut.« Delãny nickte und legte sich seine nächsten Worte sehr sorgfältig zurecht. Es war möglich, dass er den Krieger umbrachte, wenn er die falsche Frage stellte oder Draškovic die falsche Antwort gab.

»Wer hat euch nach Borsã geschickt, Draškovic?«, fragte er.

»Vater Domenicus«, antwortete Draškovic. »Lass mich in Ruhe! Geh! Töte mich, wenn du willst, aber ich … ich werde nicht mehr mit dir reden.«

»Ich werde dich nicht töten, Draškovic«, sagte Andrej ruhig. Er hasste sich für seine nächsten Worte, aber als er sie aussprach, klang seine Stimme so kalt und drohend, dass er fast Angst vor sich selbst bekam. Vielleicht war das schwarze Feuer in ihm nicht erloschen, sondern hatte etwas in Brand gesetzt, das nun tief am Grunde seiner Seele wie ein böses Geschwür heranwuchs.

»Ich werde dich nicht töten, Draškovic«, wiederholte er. »Weder jetzt noch später. Wenn du meine Fragen ehrlich beantwortest, wird dir nichts geschehen. Wenn du dich weigerst oder lügst, werde ich deine Seele nehmen.«

Draškovic starrte ihn an. Er wollte etwas erwidern, aber seine Stimme verweigerte ihm den Dienst.

»Ich bin kein Zauberer, und ich bin auch nicht der Teufel«, fuhr Andrej fort. »Aber ich weiß, wie man ihn ruft. Wer ist Bruder Domenicus, und warum habt ihr die Delãnys überfallen?«

Draškovic zitterte immer heftiger, und die Angst in seinen Augen wurde zu etwas, das die Grenzen des Wahnsinns berührte.

Dann begann er zu reden.

4

Es würde wohl Mitternacht werden, bis sie Constãntã erreichten, und diese Nacht war schon jetzt viel kälter als die zurückliegenden. Seit einer Stunde konnten sie das Meer riechen, und die Temperaturen schienen mit jeder Meile, die sie sich der Küste näherten, weiter zu fallen. Der Winter war noch zu weit entfernt, als dass sie mit Schnee rechnen mussten, aber kalt genug dazu war es, zumindest nach Andrejs Empfinden.

Delãny wickelte sich zitternd enger in der Decke ein, die er um die Schultern geschlungen hatte, und wechselte auf die andere Seite des Pferdes, um auf diese Weise dem schneidenden Wind zu entgehen, der ihnen entgegenblies. Es half nichts. Er fror immer stärker, als käme die Kälte gar nicht von außen, sondern kröche aus seinem Inneren hervor.

Obwohl sie seit Einbruch der Dämmerung auf den Schutz des Waldes verzichtet hatten und auf der schlecht gepflasterten Straße reisten, die nach Constãntã und zur Küste führte, kamen sie viel langsamer voran, als Andrej erwartet hatte. Sie konnten es nach wie vor nicht riskieren, mit Menschen zusammenzutreffen; nun vielleicht weniger denn je. Frederic hatte die letzten Tage über kaum ein Wort gesprochen, und Andrej konnte einfach nicht voraussagen, wie er reagieren würde, wenn sie einem Fremden begegneten.

Er konnte nicht einmal mit Bestimmtheit vorhersagen, wie er reagieren würde.

Das Gespräch mit Draškovic hatte lange gedauert, und was Andrej erfahren hatte, das hatte ihn nicht nur mit einer Mischung aus Entsetzen und Zorn erfüllt, die noch jetzt in ihm wühlte, sondern ihn auch zutiefst erschüttert. Möglicherweise sogar mehr, als ihm zu diesem Zeitpunkt bewusst war.

»Wie weit ist es noch?«, fragte Frederic leise.

Delãny sah den Jungen einen Augenblick lang besorgt und zugleich abschätzend an. Frederic hatte kaum noch mit ihm gesprochen, seit sie das kleine Tal verlassen hatten, aber heute war er besonders schweigsam gewesen. Seit Einbruch der Dunkelheit waren es überhaupt die ersten Worte, zu denen er sich herabließ. »Noch ein gutes Stück«, sagte er schließlich. »Zwei oder drei Stunden. Vielleicht auch mehr.«

Frederic zog mit der linken Hand die Decke zusammen, in die er sich ähnlich wie Andrej gewickelt hatte, und sah von der Höhe des Pferderückens nachdenklich auf ihn herab. Obwohl sie sich ganz nahe waren, reichte das Licht nicht aus, um den Ausdruck auf seinem Gesicht zu erkennen. Der Mond war zu einer schmalen Sichel zusammengeschmolzen, und ein guter Teil der Sterne am Himmel verbarg sich hinter schwarzen, tiefhängenden Wolken. Vielleicht war es gut, dass er Frederics Blick nicht genau sehen konnte. Der Junge hatte keinen Hehl daraus gemacht, dass er Draškovic am liebsten getötet hätte, und er verachtete Andrej dafür, dass dieser es nicht getan hatte.

»Wieso reiten wir so langsam?«, fragte er nach einer Weile.

Weil wir ihnen zu nahe sind, dachte Delãny. *Und weil ich nicht weiß, was ich tun soll, wenn wir sie tatsächlich einholen.*

Er hütete sich, diesen Gedanken laut auszusprechen, aber Tatsache war, dass sie Vater Domenicus und seine Schergen leicht hätten einholen können, hätte er es wirklich gewollt. Ihr Vorsprung betrug höchstens noch eine Stunde, eher weniger. Allein seit Einbruch der Dunkelheit glaubte Andrej die Nähe anderer Menschen gespürt zu haben, zweimal mindestens; ganz schwach nur, wie den ersten Schimmer von nicht mehr ganz so tiefem Schwarz am Horizont, kurz bevor der Morgen zu grauen beginnt – mehr Ahnung als Wissen. Aber das Gefühl war da gewesen, und schließlich fand er auch Spuren, die auf eine größere Menschengruppe hinwiesen, die kurz vor ihm hier entlanggekommen war. Er hatte jedes Mal angehalten und hatte sich genauer umgesehen; das verdächtige Aufblitzen von Metall im letzten Sonnenlicht oder die Reflexion glatt polierten Zaumzeugs wären ihm wohl ebenso wenig verborgen geblieben wie das Schnauben der Pferde und das Klirren von Waffen. Schließlich hatte er keine besondere Lust, in einen zweiten und diesmal sicher besser vorbereiteten Hinterhalt zu tappen.

»Du hast Angst«, sagte Frederic, als Andrej nicht auf seine Frage antwortete. Seine Stimme troff vor Verachtung.

»Ich bin müde«, sagte Andrej leise. »Genau wie du. Die Wunden, die ich mir im Kampf zugezogen habe, sind noch nicht vollständig verheilt …«

»Sie sind schneller verheilt, als sie es sollten«, sagte Frederic gehässig. »Zumindest ist damit bewiesen, dass du ein Delãny bist. Du wirst wahrscheinlich genauso lang leben wie Barak – bis dich jemand gewaltsam tötet!«

»Das könnte schneller passieren, als dir lieb ist«, sagte Andrej ärgerlich. »Ich fühle mich bei weitem noch nicht in der Lage, einen weiteren Kampf gegen so überlegene Gegner wie die goldenen Ritter durchzustehen. Zumal sie es uns beim nächsten Mal nicht mehr so leicht machen werden.«

»Du *hast* Angst«, beharrte Frederic. »Du bist kein großer Krieger, Andrej Delãny. Du bist nur ein Aufschneider, der gelernt hat, ein bisschen mit dem Schwert herumzufuchteln.«

Vielleicht hat er damit sogar recht, dachte Andrej. Er *hatte* Angst, wenn auch aus einem ganz anderen Grund, als Frederic annahm.

»Wir haben Zeit«, sagte er leise. Diese Worte klangen selbst in seinen eigenen Ohren nach nichts anderem als einer billigen Ausrede, und Frederic ließ sich nicht einmal zu einer Antwort herab. Trotzdem fuhr Andrej nach ein paar Sekunden fort: »Wir wissen, wohin sie wollen.«

»Wenn der Kerl die Wahrheit gesagt hat«, grollte Frederic. »Wahrscheinlich hat er gelogen, damit wir in eine Falle laufen.«

»Das glaube ich nicht.« Andrej schüttelte überzeugt den Kopf. Der Mann hatte Todesängste ausgestanden. Und er hatte *geglaubt*, was Andrej über den Teufel und seine Seele gesagt hatte. Ein Mensch in dieser Verfassung war nicht imstande zu lügen.

»Wir brauchen einen Platz für die Nacht«, sagte er, ganz bewusst das Thema, aber auch Tonfall und Lautstärke wechselnd. »So, wie wir aussehen, erregen wir zu großes Aufsehen.«

»Um diese Zeit?« Frederic schüttelte heftig den Kopf. »Niemand wird uns aufnehmen.«

»Niemand wird einen frierenden Mann und einen verletzten Jungen fortschicken, die mitten in der Nacht an die Tür klopfen«, widersprach Andrej. »Du brauchst frische Kleider und ein paar Stunden Schlaf – und ich auch«, fügte er etwas leiser hinzu. Vor allem aber brauchte er Zeit, um sich einen vernünftigen Plan zurechtzulegen und sich über vieles klar zu werden. Frederic schien seine Gedanken zu erraten; er widersprach zwar nicht, doch in seinen Augen blitzte es so zornig auf, dass Andrej es trotz der Dunkelheit deutlich sehen konnte. Die Verachtung des Jungen schmerzte. Viel stärker, als sie hätte sollen.

Sie versanken wieder in das gleiche, unangenehme Schweigen, in dem sie einen Großteil des Tages verbracht hatten. Die Kälte wurde immer schlimmer. Andrejs Zähne begannen zu klappern, und der Wind, der wie mit unsichtbaren Nadeln in seine Hände und sein ungeschütztes Gesicht biss, schien sich mit der Kälte in seinem Inneren zu vereinen, als wollte er alles Leben mit dem eisigen Feuer der Hölle aus ihm herausbrennen.

Eine gute halbe Stunde ritt Frederic schweigend neben ihm her. Wäre die Nacht klarer gewesen, dann hätten sie das Meer und vielleicht sogar Constãntã schon sehen können; so aber war alles, was Delãny von der

Hafenstadt wahrnahm, ein blassrosa Schimmer am Himmel. Es musste wohl so sein, wie Michail Nadasdy behauptet hatte: Die großen Städte schliefen niemals. Andrej war über diese Erkenntnis jedoch nicht besonders erfreut. Ihre Chancen, unbemerkt in die Stadt zu kommen, sanken auf diese Weise dramatisch.

Frederic richtete sich plötzlich im Sattel auf und blickte konzentriert nach vorne, und erst als Andrej seinem Blick folgte, sah auch er den Lichtschein, der ein Stück vor ihnen am Wegesrand aufgetaucht war. Ein Haus, vielleicht auch ein kleines Gehöft, in dem trotz der späten Stunde noch Licht brannte.

Andrej blieb einen Moment lang stehen und horchte in die Nacht hinaus. Aber da war nichts; kein verdächtiges Geräusch, das auf die Anwesenheit von Menschen hinwies, die hier auf sie lauern mochten.

Trotzdem waren alle seine Sinne bis zum Zerreißen angespannt, als sie sich dem Gebäude näherten. Dass Domenicus mit seinen Leuten nicht hier war, bedeutete nicht, dass er nicht ein paar seiner Männer zurückgelassen hatte, die auf Frederic und ihn warteten. Der goldene Ritter hatte gesagt, dass sie sich wiedersehen würden, und dies war die einzige Straße, die von Norden her nach Constãntã führte. Draškovic hatte berichtet, dass sie die Gefangenen auf ein Schiff bringen würden, und Constãntã war der größte Hafen weit und breit: Eine aus transsilvanischer Sicht riesige Hafenstadt am Schwarzen Meer, auf die die Türken begehrlich blickten, konnte man von hier aus doch wichtige Handelswege ins Landesinnere und bis hoch zum Donaudelta und zu den Karpaten kontrollieren.

Wenn es eine Falle war, dann war sie so gut vorbereitet, dass er sie nicht erkennen konnte. Die Nacht blieb still. Niemand stürzte sich aus der Dunkelheit auf sie, und auch, als sie sich dem Gebäude selbst näherten, blieb alles ruhig.

Es war ein großes, offenbar vor noch nicht allzu langer Zeit errichtetes Gasthaus, an das sich noch mehrere andere, in der Dunkelheit allerdings nur schemenhaft zu erkennende Gebäude anschlossen. Durch die geschlossenen Fensterläden drang unverständliches Stimmengemurmel, und vor der Tür waren vier Pferde und zwei oder drei schlecht genährte Maulesel angebunden. Andrej unterzog insbesondere die Pferde einer schnellen, aufmerksamen Musterung, deren Ergebnis ihn jedoch beruhigte. Die Tiere sahen nicht so aus, als gehörten sie Kriegern.

Er band den Hengst neben den drei Mauleseln an, hob Frederic ohne viel Federlesens aus dem Sattel und überzeugte sich davon, dass sein mit eingetrocknetem Blut besudeltes Hemd vollkommen unter der Decke verborgen war, die sich der Junge umgeworfen hatte.

»Wenn wir hineingehen, überlässt du mir das Reden«, sagte er eindringlich.

Frederic starrte ihn trotzig an und presste die Lippen aufeinander, aber er widersprach wenigstens nicht, und Andrej drehte sich wieder herum und betrat das Gasthaus.

Ein Schwall abgestandener Luft schlug ihm entgegen und ein Durcheinander von Gerüchen und Geräuschen – vor allem aber die behagliche Wärme eines Feuers, das in einem gewaltigen Kamin an der gegenüberliegenden Wand prasselte. Bedachte man die fortgeschrittene Stunde, dann hielt sich noch eine erstaunliche Anzahl von Gästen in der Herberge auf. Andrej schätzte, dass mindestens ein Dutzend Männer unterschiedlichen Alters an den einfachen Tischen saßen, sich lautstark unterhielten und tranken. Niemand schien daran Anstoß zu nehmen, dass Frederic und er noch zu so später Stunde hereinkamen. Die meisten Gäste sahen zwar kurz von ihrem Getränk auf oder unterbrachen ihre Unterhaltung, aber kaum einer schenkte ihnen mehr als einen flüchtigen Blick. Abgesehen von dem Wirt vielleicht, dessen Interesse aber wohl eher geschäftlicher Natur war. Nun, sie waren nicht mehr in Borsã, sondern in der Nähe einer großen Stadt, deren Einwohnerzahl in die Tausende ging. Wahrscheinlich verlief das Leben hier nach anderen Regeln als im Borsã-Tal.

Andrej bugsierte Frederic ins Haus, schloss mit der linken Hand die Tür hinter sich und deutete gleichzeitig mit einer Kopfbewegung auf den freien Tisch, der dem Kamin am nächsten war. Mittlerweile nahm kaum noch einer der Gäste von ihnen Notiz. Aber er konnte spüren, wie ihnen die misstrauischen Blicke des Wirtes folgten, während sie zum Tisch gingen und sich daran niederließen.

Kaum hatten sie das getan, kam er auch schon hinter der Theke hervor und steuerte auf sie zu. Er war ein sehr großer, fast kahlköpfiger Mann mit schwieligen Händen und einem Gesicht, das älter aussah, als es wohl tatsächlich war. Er trug einfache Kleidung und darüber eine fettige Lederschürze.

»So spät noch unterwegs?«, sagte er anstelle einer Begrüßung.

Andrej nickte. »Wir sind froh, dass wir Euer Gasthaus gefunden haben. Wir wollten nach Constãntã, aber der Weg scheint doch weiter zu sein, als wir geglaubt haben«, antwortete er, wobei er die Erschöpfung in seiner Stimme nicht einmal schauspielern musste.

»Das geht vielen so«, sagte der Wirt. »Was kann ich für euch tun?«

»Ein Bier wäre nicht schlecht«, antwortete Andrej. »Und für meinen Bruder vielleicht ein Glas heiße Milch.«

»Ich nehme auch ein Bier«, protestierte Frederic.

»Ein Bier und eine Milch also«, sagte der Wirt ungerührt. »Könnt ihr denn auch bezahlen?«

Das unverhohlene Misstrauen, das aus dieser Frage sprach, ärgerte Andrej. Aber er verbiss sich die scharfe Antwort, die ihm auf der Zunge lag, griff statt dessen in die Tasche und zog einige der kleinen Münzen heraus, die sie Draškovic und dem toten Krieger abgenommen hatten. So vollkommen unberechtigt, wie es ihm im ersten Moment erschienen war, war das Misstrauen des Mannes eigentlich gar nicht. Noch vor ein paar Tagen hätte er die bestellten Getränke nicht bezahlen können.

Der Mann steckte die Münzen ein und fragte: »Auch etwas zu essen?«

»Wenn in der Küche noch ein Feuer brennt, wäre das wunderbar«, antwortete Andrej. Er war nicht einmal besonders hungrig, aber Frederic brauchte etwas in den Magen. Ein nicht geringer Teil seiner niedergeschlagenen Stimmung rührte vielleicht von dem profanen

Grund her, dass sie seit dem frühen Morgen nicht mehr als eine Hand voll Beeren zu sich genommen hatten.

»Kalter Braten und Kohl«, antwortete der Wirt. »Und bevor du fragst: Es ist kein Zimmer mehr frei, aber ihr könnt im Pferdestall schlafen. Es kostet nichts.«

»Danke«, antwortete Andrej überrascht. »Das nehmen ...«

»Wir müssen weiter«, fiel ihm Frederic ins Wort. »Wir haben versprochen, heute in der Stadt zu sein, hast du das schon vergessen?«

»Wir nehmen Euer Angebot gerne an«, sagte Andrej. Er warf Frederic einen scharfen Blick zu. »Es spielt keine Rolle, ob wir heute nacht oder morgen in aller Frühe ankommen.«

Der Wirt zuckte mit den Schultern und ging, um ihre Bestellung zu holen. Frederic spießte Andrej mit seinen Blicken regelrecht auf.

»Ihr kämt sowieso nicht in die Stadt, Junge.«

Andrej drehte sich umständlich auf dem harten Stuhl herum, um den Mann anzusehen, der sich in ihr Gespräch gemischt hatte. Es war einer der Gäste vom Nebentisch, ein Mann von etwa vierzig Jahren mit schulterlangem braunem Haar und in einer Kleidung, die für Andrejs Geschmack viel zu bunt war. Sein Gesicht wirkte exotisch, ohne dass Andrej genau sagen konnte, warum, und die Art, wie er sprach, ließ erkennen, dass er den hiesigen Dialekt nicht in der Kinderstube gelernt hatte. Aber er hatte ein freundliches, offenes Gesicht und Augen, denen man ansah, dass sie gerne und oft lachten.

»Wieso?«, fragte Frederic.

Der Fremde griff nach seinem Bierkrug und nahm einen gewaltigen Schluck daraus, ehe er antwortete. »Sie schließen die Stadttore nach Einbruch der Dunkelheit«, sagte er. »Niemand kommt ohne einen Passierschein in die Stadt hinein oder aus ihr heraus. Habt ihr das nicht gewusst?«

»Nein«, antwortete Andrej. »Wir waren … noch niemals hier.«

»Und wie es scheint, auch noch in keiner anderen größeren Stadt, wie?« Der Mann lachte, und die drei anderen, die mit ihm am Tisch saßen, stimmten darin ein. Doch noch bevor Andrej entscheiden konnte, ob der Spott in ihren Stimmen nun verletzend war oder nicht, setzte er seinen Bierkrug ab und machte eine einladende Geste.

»Warum setzt ihr euch nicht zu uns?«, fragte er. »Ihr seht aus, als könntet ihr ein paar Ratschläge gebrauchen – und wir sind begierig darauf, Fremde kennen zu lernen, die interessante Geschichten zu erzählen haben.« Er streckte die Hand aus. »Ich bin Ansbert. Das sind meine Brüder Vranjevc, Sergé und Krusha.«

Andrej zögerte einen Moment, griff dann aber nach der dargebotenen Hand und drückte sie. »Andrej Delãny«, antwortete er, »vom Borsã-Tal. Das ist mein Bruder Frederic.«

»Vom Borsã-Tal?«, wiederholte Ansbert. »Ihr kommt aus Transsilvanien?«, fügte Sergé fragend hinzu.

Andrej nickte und stand gleichzeitig auf, um am Nachbartisch Platz zu nehmen. Frederic war es seinem Trotz schuldig, noch einen Moment lang sitzen zu bleiben, schließlich folgte er ihm aber.

»Ja, wir kommen aus Borsã, einem Dorf, das an dem Fluss Brasan liegt«, sagte er. »Sagt jetzt nicht, ihr hättet noch nie was von diesem Fluss gehört.«

Er behielt die Gesichter Sergés und seiner drei Brüder scharf im Auge, während er dies sagte. Es war nicht ganz ungefährlich, sich unter seinem richtigen Namen vorzustellen – vor allem nach dem, was vor wenigen Tagen im Borsã-Tal passiert war –, aber er würde nichts in Erfahrung bringen, wenn er nicht zugleich auch bereit war, ein gewisses Risiko einzugehen. Auf den Gesichtern der drei Männer zeigte sich jedenfalls nicht die geringste Reaktion.

Ansbert schüttelte heftig den Kopf. »Ein Fluss namens Brasan?«, wiederholte er. »Nie gehört.« Er lachte. »Aber jetzt sei nicht beleidigt, Delãny. Wir sind nicht aus der Gegend. Du könntest die größte Familie Transsilvaniens anführen oder sogar der Thronfolger der Walachei sein, und wir wüssten wahrscheinlich trotzdem nicht, wer du bist.« Er trank wieder von seinem Bier und musterte Andrej und Frederic über den Rand des schweren Tonkruges hinweg. »Aber du siehst nicht aus, als wärst du ein Thronfolger«, fügte er hinzu.

»Wie sehe ich denn aus?«, erkundigte sich Andrej.

»Was wollt ihr in Constãntã?«, fragte Sergé, ehe sein Bruder antworten konnte. Hinter der Frage steckte mehr als bloße Neugier, das spürte Andrej. Und plötzlich begriff er auch, dass die Männer Frederic und ihn nicht nur aus purer Freundlichkeit an ihren Tisch gebeten hatten. Sie verfolgten eine ganz bestimmte Absicht. Er wusste nur noch nicht, welche.

»Wir … wollen meine Schwester besuchen«, antwortete er vorsichtig. »Sie hat vor fünf Jahren nach Constãntã geheiratet. Seither haben wir sie nicht mehr gesehen.«

»Ihr kommt aus Transsilvanien hierher, nur um einen Familienbesuch zu machen?«, fragte Krusha. »Das ist ein weiter Weg.«

»Vater ist im letzten Frühjahr gestorben«, sagte Frederic plötzlich. »Jemand muss es Lugova sagen.«

Andrej unterdrückte den Impuls, dem Jungen einen überraschten Blick zuzuwerfen. Frederic hatte bis jetzt geschwiegen – aber das bedeutete ganz offensichtlich nicht, dass er nicht *zugehört* hatte. Vielleicht spürte er ja auch, dass mit diesen vier Männern irgend etwas nicht stimmte.

»Wisst ihr denn, wo eure Schwester wohnt?«, fragte Sergé. »Constãntã ist eine ziemlich große Stadt, mein Junge. Du kannst eine Woche nach jemandem suchen, ohne ihn zu finden.«

»Oder auch zwei oder drei«, fügte Ansbert hinzu. »Vor allem jetzt.«

»Wieso jetzt?«, fragte Andrej.

»Es ist Markt«, antwortete Ansbert. »Die Menschen strömen von überall her in die Stadt.« Er machte eine ausholende Geste. »Das ist auch der Grund, weshalb meine Brüder und ich in dieser Kaschemme logieren statt in einer Herberge, die uns angemessen wäre. Es gibt in ganz Constãntã kein freies Zimmer mehr.«

»Ist das auch der Grund, aus dem sie nachts die Stadttore schließen?«, erkundigte sich Andrej.

Sergé starrte ihn mit einem Ausdruck von Überraschung an, der zu spontan war, um gespielt zu sein.

»Dieses Borsã muss wirklich sehr weit entfernt sein«, sagte er. »Ihr wisst anscheinend nicht, was in der Welt vorgeht.«

»Was *geht* denn vor?«, fragte Andrej.

Sergé und sein Bruder tauschten einen vielsagenden Blick, bevor Ansbert antwortete. »Krieg, Delãny«, sagte er.

»Krieg?«, fragte Andrej. »Wer gegen wen?«

»Irgendwer führt immer gegen irgendwen Krieg«, antwortete Ansbert achselzuckend. »Wer gegen wen ... das spielt doch keine Rolle mehr, oder?« Er zuckte die Achseln. »Noch ist er nicht ausgebrochen, aber man erzählt sich so einiges von der Türkengefahr. Schlechte Zeiten ziehen schlechte Menschen an, ist es nicht so?«

»Aber das ist manchmal nicht das Schlechteste, was einem passieren kann«, fügte Krusha hinzu.

Andrej sah aufmerksam von einem zum anderen. »Worauf wollt ihr hinaus?«, fragte er geradeheraus.

Ansbert lachte. »Ich habe mich nicht in dir getäuscht, Delãny«, sagte er. »Du scheinst ein kluger Mann zu sein.«

Der Wirt kam und brachte ihre Bestellung: einen Krug Bier für Andrej, heiße Milch für Frederic und zwei Portionen kalten Braten und nicht minder kalten Kohl. Der bloße Anblick der Mahlzeit ließ Andrej das Wasser im Munde zusammenlaufen, obwohl sie im Grunde alles andere als appetitlich aussah.

Sie unterbrachen ihr Gespräch, bis der Wirt wieder außer Hörweite war. Frederic begann das Essen in sich hineinzuschaufeln, und auch Andrejs Magen ließ ein lautstarkes Knurren hören, was Ansbert zu einem leisen Schmunzeln verleitete. Delãny griff nach dem Messer und dem hölzernen Löffel, die ihm der Wirt neben den Teller gelegt hatte, fing aber noch nicht an zu essen.

»Jedenfalls nicht klug genug, um zu verstehen, was ihr von uns wollt«, sagte er.

Ansbert nippte an seinem Bier. »Warum kommt ihr nicht mit uns?«, fragte er. »Du siehst nicht aus wie ein Schwächling. Meine Brüder und ich sind Schausteller. Wir können immer einen Mann gebrauchen, der zupacken kann und keine Angst vor Arbeit hat. Und für deinen Bruder finden wir auch eine Aufgabe.«

Für einen Moment konnte Andrej die Spannung, die zwischen den vier Brüdern in der Luft lag, fast mit den Händen greifen. Er wollte antworten, aber in diesem Moment … hörte er von draußen das Klirren von Waffen und eine Stimme, deren fremdartiger Dialekt ihm nur zu bekannt vorkam.

Es war wie ein Schlag in den Magen. Andrej stockte für Sekundenbruchteile buchstäblich der Atem. Das Gefühl einer fremden, durch und durch *bösartigen* Präsenz schlug mit fast körperlicher Wucht über ihm zusammen, so schnell und brutal, dass er für die Dauer von zwei oder drei schweren Atemzügen nicht einmal in der Lage war, einen klaren Gedanken zu fassen, geschweige denn, irgendwie zu *reagieren*.

Es wäre ohnehin zu spät gewesen.

Die Tür flog auf, und drei, dann vier und schließlich fünf Männer in schweren Wollmänteln und Helmen betraten den Gasthof. Andrej wusste sofort, dass sie zu seinen Verfolgern gehörten.

Der goldene Ritter, der ihn mit dem Bihänder fast erschlagen hatte, war nicht dabei.

5

Ein sechster Mann betrat den Raum und zog mit einem übertrieben zur Schau gestellten Frösteln die Tür hinter sich zu. Als er sich herumdrehte, klaffte sein Mantel zwei Finger breit auseinander, und Andrej gewahrte darunter ein flüchtiges Aufblitzen wie von mattem Gold, vielleicht auch Messing, das durch die Kälte und Feuchtigkeit der Nacht beschlagen war.

Andrej senkte gerade rasch genug den Blick, um nicht aufzufallen. Alle Gäste hatten die Männer neugierig angestarrt, als sie hereinkamen, scheuten aber zugleich auch den direkten Blickkontakt mit den bewaffneten und nicht sonderlich freundlich aussehenden Gestalten.

Andrej hoffte, dass sein Verhalten in dieses Muster passte. Der Mann in dem Messingharnisch schenkte ihm jedenfalls keinerlei Beachtung, sondern gesellte sich mit schnellen Schritten zu seinen Kameraden am Schanktisch und bestellte dasselbe wie sie: ein Bier.

Die Gespräche im Raum setzten – allerdings deutlich leiser als zuvor – wieder ein, und auch Andrej beugte sich wieder über seinen Teller und begann zu essen. Er nahm den Geschmack kaum wahr, so wenig wie die überraschten Blicke, die Ansbert und seine Brüder tauschten, oder sonst irgend etwas anderes. Die Präsenz des goldenen Ritters erfüllte die Gaststube mit einer solchen Macht, dass sie jeden anderen Sinneseindruck einfach erschlug. Es war nicht der Mann, gegen den er am Morgen gekämpft hatte.

Andrej sah aus den Augenwinkeln, wie Frederic sein Essbesteck sinken ließ. Der Junge war leichenblass geworden. Er hatte sich gut genug in der Gewalt, um die Männer an der Theke nicht anzustarren, aber seine Hände zitterten, zuerst ganz sacht, dann immer stärker, bis das Zittern seine Arme und Schultern hinauflief und schließlich von seinem ganzen Körper Besitz ergriff.

»Du musst dich beherrschen«, murmelte Andrej.

Zu seiner Überraschung reagierte Frederic mit einem nervösen Nicken auf seine Worte. Er fuhr sich unsicher mit der Zungenspitze über die Lippen und presste beide Hände flach neben seinem Teller auf den Tisch, um das Zittern zu unterdrücken.

»Kennt ihr diese Männer?«, fragte Sergé leise.

»Nein«, antwortete Andrej. »Jedenfalls … nicht direkt.«

Selbst das Sprechen fiel ihm schwer. Die Gegenwart des goldenen Ritters und seiner fünf Begleiter erfüllte den Raum wie ein erstickender Geruch, der ihm den Atem nahm und sich klebrig lähmend über seine Gedanken legte. Seine rechte Hand glitt in einer verstohlenen Bewegung vom Tisch und unter die Decke, in die er sich gewickelt hatte, und tastete nach dem Griff seines Schwertes. Nur um bereit zu sein. Er durfte es um keinen Preis zu einem Kampf kommen lassen, nicht gegen sechs Krieger zugleich, von denen ihm zumindest einer ebenbürtig, wenn nicht überlegen war, und vor allem nicht hier in der Herberge. Selbst wenn er gewann – woran er nicht wirklich glaubte –, würde ein Handgemenge in diesem engen, überfüllten Raum zu einem unbeschreiblichen Blutbad führen. Und es waren schon zu viele Unbeteiligte gestorben.

Worauf warteten die Männer? Warum musterten sie nicht die Gäste? Warum stellten sie dem Wirt nicht peinliche Fragen, um herauszubekommen, ob er Andrej kannte und etwas über seinen Aufenthaltsort wusste?

Sergé nahm einen großen Schluck aus seinem Bierkrug, wischte sich mit dem Handrücken den Schaum vom Mund und erhob sich. Andrejs Herz klopfte heftig in seiner Brust, als er sah, wie Sergé die Hand hob und den Männern an der Theke zuwinkte.

»Ihr Herren«, sagte er.

Frederics Augen wurden schwarz vor Angst, und Andrejs Herz schlug noch heftiger als zuvor. Hatte Sergé den Verstand verloren, oder wollte er sie verraten? Seine Hand schloss sich fester um den Griff des Sarazenenschwertes. Wenn der Gaukler glaubte, sich ein schnelles Kopfgeld verdienen zu können, würde er nicht mehr lange genug leben, um es in Empfang zu nehmen.

»Ihr Herren, entschuldigt bitte«, rief Sergé noch einmal.

Andrej widerstand mit einiger Mühe dem Drang, sich herumzudrehen, aber er konnte hören, wie mindestens zwei, drei Männer näher kamen.

»Was willst du?«, fragte eine barsche Stimme.

Sergé setzte ein betrunkenes Grinsen auf und prostete jemandem zu, der unmittelbar hinter Andrej stand. »Bitte entschuldigt die Störung, edle Herren«, lallte er mit schwerer Zunge, »aber meine Brüder und ich haben uns gefragt, ob wir nicht miteinander ins Geschäft kommen könnten.«

Andrej trank an seinem Bier und versuchte aus den Augenwinkeln einen Blick auf den Mann neben sich zu erhaschen. Er sah wenig mehr als einen Schatten, der zu dunkel und zu klein war, um zu dem goldenen Ritter gehören zu können. Seine Hand schloss sich fester um den Griff des Sarazenenschwertes.

»Was bringt dich auf die Idee, dass wir an einem Geschäft mit euch interessiert sein könnten?«, fragte der Mann.

»Und was hättet ihr uns zu bieten?«, fügte eine zweite Stimme hinzu.

»Ihr seid auf dem Weg nach Constãntã, habe ich recht?«, fragte Sergé.

»Und wenn es so wäre?«

»Meine Brüder und ich haben dasselbe Ziel«, antwortete Sergé. »Wir fragen uns, ob wir gemeinsam weiterreiten könnten?«

»Wozu?« Diesmal hörte Andrej einen deutlichen Unterton von Misstrauen in der Stimme des Fremden heraus.

»Wir sind reisende Künstler«, sagte Sergé. »Morgen ist Markttag. Ein guter Standplatz ist bares Geld wert. Aber den werden wir nicht bekommen, wenn wir erst morgen früh nach Constãntã hineinkommen.«

»Das ist euer Problem«, mischte sich eine weitere Stimme mit einem Akzent ein, den er nicht vergessen würde – nicht, nachdem sich das Bild des goldenen Ritters auf seine Netzhaut eingebrannt zu haben schien, der mit dem drohend erhobenen Bihänder über ihm gestanden hatte und später, als sich das Blatt gewendet hatte, zu ihm gesagt hatte: »Was willst du? Meinen Namen oder meinen Kopf?«

»Wieso gibst du dich überhaupt mit diesem Gesindel ab, Bogesch?«, fuhr der Mann mit dem schweren Akzent fort. »Wir haben keine Zeit für solchen Unsinn.«

Der Mann näherte sich, trat mit schnellen Schritten um den Tisch herum und blieb auf der anderen Seite stehen. Andrej wusste sofort, dass er es war. Er war sehr groß, hatte schulterlanges, gewelltes blondes Haar und wirkte deutlich jünger als der goldene Ritter, gegen den er vor ein paar Tagen gekämpft hatte. Sein Gesicht hätte sympathisch wirken können, wäre in seinen Augen nicht ein Ausdruck von Gier gewesen, der Delãny zutiefst erschreckte.

»Wir sind kein Gesindel«, lallte Sergé. Er spielte den Betrunkenen wirklich überzeugend. »Wir sind Künstler!«

»Künstler ..., soso.« Der goldene Ritter zog eine Augenbraue hoch. »Mir kommt ihr eher vor wie fahrende Diebe, die von einem Markt zum anderen reisen und nach Dummköpfen Ausschau halten, die sie um ihr Geld erleichtern können.«

Während er sprach, glitt sein Blick von einem Gesicht zum anderen. Zu Andrejs Überraschung musterte er ihn selbst kaum länger als die anderen, sah Frederic dafür aber um so aufmerksamer an.

»Verzeiht meinem Bruder, edler Herr«, sagte Ansbert. »Er ist betrunken und weiß nicht, was er tut. Sergé – entschuldige dich!«

»Was ist mit dem Jungen?« Der Ritter machte eine Kopfbewegung in Frederics Richtung. »Ist er krank?«

Frederic senkte den Blick und griff mit einer zitternden Hand nach seinem Löffel. Er hustete.

»Eigentlich nicht«, antwortete Ansbert. »Aber die Leute sind großzügiger, wenn sie glauben, ein krankes Kind zu sehen.«

»Er sieht nicht aus wie euer Bruder«, fasste der Goldene misstrauisch nach. »Eigentlich seht ihr alle nicht aus wie Brüder.«

Ansbert lachte leise. »Das kommt vielleicht daher, dass wir alle verschiedene Väter haben.«

»Die noch dazu aus verschiedenen Teilen der Welt zu stammen scheinen …«, ergänzte der Blonde argwöhnisch. »Woher kommt ihr? Aus dem Norden?«

»Dort ist nichts zu holen«, antwortete Ansbert kopfschüttelnd. »Wir haben den Sommer bei dem Türkenpack verbracht und wollten nun hinauf nach Transsilvanien, doch ich glaube, der Weg lohnt nicht.«

»Hör auf, deine Zeit mit diesem Gesindel zu vertrödeln«, rief einer der Männer von der Theke her. »Wir müssen weiter. Malthus erwartet uns in einer Stunde.«

Der Ritter antwortete nicht sofort auf diese Bemerkung. Wieder sah er Frederic an, und ein sehr nachdenklicher Ausdruck machte sich auf seinem Gesicht breit, fast so, als wäre er überrascht, hier auf ihn zu treffen. Aber das war natürlich undenkbar. Der Mann und Frederic konnten sich überhaupt nicht kennen – jedenfalls nicht, wenn der Junge ihm den Ablauf des Überfalls auf Borsã korrekt wiedergegeben hatte. Aber was dann hatte die Reaktion des Ritters zu bedeuten? Spielte er ein Spiel mit ihnen?

»Überlegt Euch unser Angebot, edler Herr«, sagte Sergé mit schwerer Zunge. »Wenn Ihr uns mit in die Stadt nehmt, dann wäre uns das sicher ein hübsches Sümmchen wert.«

»Hört nicht auf ihn«, sagte Ansbert. »Wir haben gerade genug, um unser Bier zu bezahlen.« Er wandte sich in scharfem Ton an seinen Bruder. »Halt endlich den Mund! Ich habe keine Lust auf Ärger!«

Der Ritter starrte die beiden noch einen Moment lang abwechselnd an, dann aber zuckte er mit den Schultern und ging. Nur wenige Augenblicke später konnten sie hören, wie ein paar Münzen auf der Theke klimperten, und kurz darauf verließen die Männer den Schankraum.

Andrej atmete innerlich auf und löste endlich die Hand vom Schwert, wenn auch nur zögernd und beinahe widerwillig. Die Fremden waren gegangen, und mit ihnen verschwand auch das Gefühl ihrer mächtigen, feindseligen Gegenwart. Aber dennoch war er zutiefst verwirrt und nicht annähernd so erleichtert, wie er hätte sein sollten.

Er warf Sergé einen zornigen Blick zu, wandte sich aber zuerst an Frederic. Der Junge zitterte noch immer am ganzen Leib – wenn auch nicht mehr ganz so stark wie eben noch – und war so blass, dass er nun tatsächlich krank wirkte. Auf seiner Stirn und seiner Oberlippe perlte kalter Schweiß.

»So, ihr kennt diese Männer also nicht ...«, bemerkte Sergé spöttisch.

Andrej ignorierte ihn. »Das war einer von denen, die du in der Burg gesehen hast«, vermutete er.

Frederic nickte abgehackt. Praktisch in der gleichen Bewegung schüttelte er den Kopf. »Zwei«, sagte er.

»Zwei?« Andrejs Gesicht blieb unbewegt, aber er konnte nicht verhindern, dass seine Stimme erschrockener klang, als vielleicht gut war.

»Der an … an der Theke«, antwortete Frederic stockend. »Er war auch dabei. Es waren die beiden in den goldenen Rüstungen.«

»Das war kein Gold, Junge«, sagte Krusha. Er schüttelte heftig den Kopf. »Jedes Kind könnte mit einem rostigen Nagel diesen Brustharnisch aus Messing oder Kupfer durchdringen. Nur ein Dummkopf trägt einen solchen Panzer.«

Oder jemand, dem es gleich ist, fügte Delãny in Gedanken hinzu, *weil er keine Waffe fürchtet.*

»Zwei?«, fragte er. »Es waren diese zwei?«

»Diese zwei und der eine, gegen den du gekämpft hast«, sagte Frederic. »Ich vergesse ihre Gesichter nie.«

Ein Gefühl dumpfen Entsetzens machte sich in Andrej breit. Wenn diese Männer auch nur im entferntesten geahnt hätten, wer er und Frederic waren, hätten sie kaum mehr als noch ein, zwei Minuten zu leben gehabt.

Trotzdem war er einen Moment lang der Verzweiflung nahe. Er hatte den Kampf vor ein paar Tagen mit Mühe und Not überstanden; und wenn er ganz ehrlich war, verdankte er dies mehr dem Glück als seiner Geschicklichkeit im Kampf. Wie aber sollte er gegen gleich *drei* nahezu unverwundbare Feinde bestehen?

Einer der Männer am Nebentisch stand auf und schlurfte zur Theke, um seine Zeche zu zahlen; offensichtlich wollte er aufbrechen. Andrej wandte sich mit einem zornigen Schnauben an Sergé. »Bist du wirklich betrunken, oder hast du nur einen sehr sonderbaren Humor?«, fragte er.

Sergé hielt seinem Blick gelassen stand. »Ich weiß nur gerne, mit wem ich es zu tun habe«, sagte er ruhig. »Ihr seid nicht auf dem Weg nach Constãntã, um eure Schwester zu besuchen. Was sind das für Kerle?«

»Keine, mit denen ihr euch abgeben solltet«, antwortete Andrej. Er warf Frederic einen auffordernden Blick zu und wollte aufstehen, aber Sergé streckte rasch die Hand über den Tisch und hielt seinen Arm fest. Andrej sah stirnrunzelnd an sich hinab, und der Schausteller zog die Hand nach einer Sekunde fast trotzig wieder zurück, fuhr aber dennoch in ruhigem Ton und mit einem breiten Lächeln fort: »Nicht so schnell, mein Freund. Vielleicht kommen wir ja doch noch ins Geschäft.«

»Das glaube ich kaum«, antwortete Andrej. »Wir sollten jetzt besser gehen.«

Sergés Blick wurde auf einmal hart, entspannte sich aber sofort wieder. Andrej spürte, dass sein Gegenüber alles andere als ein Feigling war, doch Sergé schien instinktiv zu wissen, dass er mit diesem sonderbaren Fremden besser keinen Streit anfing. Er hob nur die Schultern und setzte wieder sein gespielt-betrunkenes Lächeln auf. Andrej trat nun endgültig vom Tisch zurück und machte eine Geste in Frederics Richtung, ihm zu folgen.

Mittlerweile hatte der Mann, der vor ihnen aufgestanden war, die Tür erreicht und versuchte sie zu öffnen.

Es gelang ihm nicht.

Andrej verfolgte auch diese Bewegung nur aus den Augenwinkeln, aber irgend etwas daran alarmierte ihn über die Maßen, ohne dass er selbst genau sagen konnte, was es war. Er richtete sich angespannt auf, schlug mit der linken Hand die zum Mantel umfunktionierte Decke zurück und legte die andere auf den geschnitzten Elfenbeingriff des Sarazenenschwertes. Sergés Augen wurden groß, als er die kostbare Waffe in Andrejs Gürtel gewahrte, doch dann folgte er dessen Blick – und auf einmal wirkte auch er sehr besorgt.

Der Gast – er war nicht mehr ganz nüchtern, aber auch nicht völlig betrunken – zerrte noch einmal vergeblich am Türgriff und wandte sich dann leicht schwankend zu dem Wirt hinter der Theke um. »Die Tür ... geht nicht auf.«

»Du bist besoffen, Kerl«, antwortete der Wirt grinsend. »Ich habe gar kein Schloss an der Tür.«

»Aber ich will ... raus«, lallte der Gast.

Sergé schob seinen Bierkrug beiseite und stand langsam auf. Seine rechte Hand glitt unter den Mantel, wo er zweifellos eine Waffe trug. »Da stimmt etwas nicht«, murmelte er. Das Gefühl einer drohenden Gefahr wurde so intensiv, dass Andrej es fast greifen konnte.

»Aber ich will raus«, lallte der Gast erneut. Der Wirt reagierte nur mit einem Achselzucken, und der Angetrunkene drehte sich wieder herum und begann ungeschickt an dem Fensterladen neben der Tür herumzuhantieren.

»Dann ... klettere ich eben aus dem Fenster«, nuschelte er.

»Nein«, flüsterte Andrej. Und dann schrie er: »*Nein! Weg vom Fenster*!«

Es war zu spät. Der Mann hatte den Riegel zurückgeschoben und öffnete den in der Mitte geteilten Laden. Kaum hatte er das getan, zischte von draußen ein brennender Pfeil herein und traf ihn in die Brust.

Die Wucht des Treffers war so gewaltig, dass der Mann meterweit zurückgeschleudert wurde, ehe er mit rudernden Armen gegen einen Tisch prallte, den er im Zusammenbrechen mit sich zu Boden riss. Aus seiner Brust züngelten Flammen.

Die Gaststube verwandelte sich von einer Sekunde auf die andere in einen Hexenkessel. Die Männer sprangen entsetzt von ihren Stühlen hoch, schrien und rannten wild durcheinander. Krüge und Becher zerbrachen, und der Getroffene begann mit hoher, fast unmenschlich schriller Stimme zu schreien. Ein zweiter Brandpfeil flog durch das Fenster herein und bohrte sich kaum eine Handbreit neben dem Wirt in die Wand, und plötzlich erbebten auch die Läden vor den anderen Fenstern unter einer Folge harter, dumpfer Schläge. Zuckender roter Feuerschein vertrieb die Dunkelheit. Etwas Kleines, Dunkelfarbiges kam durch das offen stehende Fenster hereingeflogen, prallte auf die Theke und zerbarst – und plötzlich erfüllte ein charakteristischer, scharfer, unverkennbarer Geruch den Raum.

»Öl!«, keuchte Ansbert. »Großer Gott – macht *das Feuer aus*!«

Natürlich kam seine Warnung zu spät. Ein dritter Brandpfeil flog durch das Fenster herein und bohrte sich in die Theke; und praktisch unmittelbar darauf verwandelte sich der Bereich vor der Tür in eine lodernde Hölle aus züngelnden roten und gelben Flammen. Seit dem Augenblick, in dem der Betrunkene das Fenster geöffnet hatte, waren kaum mehr als zwei Atemzüge vergangen.

In der Schenke brach endgültig das Chaos aus. Die Gäste gerieten schlagartig in Panik, wichen entsetzt vor den Flammen zurück, schrien und rannten durcheinander. Der Wirt tauchte hinter seiner brennenden Theke auf und deutete heftig gestikulierend auf eine niedrige Tür in der Wand dahinter. »Hinten raus! Schnell!«

»Nein!«, brüllte Sergé. »Tu das nicht!«

Der Wirt hörte seine Worte vermutlich gar nicht. Schreiend riss er die Tür auf, tat einen Schritt in den dahinter liegenden Raum – vermutlich die Küche – und taumelte augenblicklich wieder zurück. Aus seinem Hals ragte der Schaft eines brennenden Pfeils.

Mehr und mehr Geschosse trafen die Fensterläden oder flogen durch das geöffnete Fenster direkt in den Raum. Die Theke stand bereits auf ganzer Länge in Flammen, und auch durch die Ritzen der noch geschlossenen Läden fraß sich bereits gelbes Feuer. Die Luft war heiß und voll erstickenden Rauches, und die Flammen hatten mittlerweile mit erstaunlicher Geschwindigkeit auf das trockene Strohdach übergegriffen. Funken und brennendes Stroh regneten auf Andrej herab. Er konnte kaum noch atmen; die Hitze war so gewaltig, dass ihm der Schmerz die Tränen in die Augen trieb.

Hustend sah er sich nach Frederic um. Seit dem ersten Pfeil war noch nicht einmal eine Minute vergangen, doch wie dieser heimtückische Überfall enden würde, stand jetzt schon außer Zweifel. Gut ein Drittel des Raumes und ein erschreckend großer Teil des Dachs standen bereits in Flammen, und das Feuer breitete sich mit unheimlicher Schnelligkeit aus. Wer nicht in dem beißenden Rauch erstickte, würde in den nächsten Minuten qualvoll verbrennen.

Endlich entdeckte er Frederic. Der Junge hatte sich in einen Winkel neben den Kamin gekauert und die Decke schützend über den Kopf gezogen. Funken regneten auf ihn herab, und am unteren Saum der Decke züngelten die ersten Flammen. Andrej stieß eine brüllende Gestalt zur Seite, sprang zu Frederic hin und riss ihn in die Höhe. Mit der freien Hand schlug er die Flammen aus, die aus der Decke züngelten.

Frederic hustete qualvoll. Seine Augen tränten so heftig, dass er vermutlich kaum noch etwas sah, und sein ohnehin zerfetztes Wams wies dunkle Brandspuren auf.

»Nicht atmen!«, keuchte Andrej. »Versuche, den Rauch nicht einzuatmen, hörst du?«

Frederics Antwort ging in einem qualvollen Husten und den entsetzten Schreien der Gäste unter. Andrej presste den Jungen schützend an sich, als ein gut metergroßes Stück des Strohdaches brennend auf sie herabstürzte, fegte Flammen und schwelendes Heu beiseite und sah sich verzweifelt nach einem Fluchtweg um.

Zwei weitere Männer hatten versucht, das zur Todesfalle gewordene Gasthaus durch die Küche zu verlassen, und diesen Versuch mit dem Leben bezahlt, ein dritter war verzweifelt genug gewesen, sich durch die Flammen zur Tür durchzukämpfen, und brannte nun selbst lichterloh. Die Hitze hatte längst die Grenzen des Vorstellbaren erreicht und wurde noch größer. Jeder Atemzug schien Andrejs Lungen zu versengen, und er konnte spüren, wie sich sein Haar kräuselte und seine Augenbrauen und Wimpern verkohlten. Frederic wimmerte vor Schmerz und Angst. Er musste den Jungen hier herausbringen, irgendwie. Wenn er nicht in den nächsten Augenblicken ein Wunder vollbrachte, würden sie beide sterben!

Andrej stieß Frederic unter einen Tisch, sprang selbst mit einem Satz hinauf und riss sein Schwert aus dem Gürtel. Die Klinge schnitt widerstandslos durch das brennende Stroh des Daches, zerteilte einen der Sparren und prallte von einem zweiten ab. Delãny ließ das Schwert sinken, griff mit bloßen Händen nach dem brennenden Stroh und riss es in Fetzen heraus. Seine Decke brannte inzwischen ebenfalls, die Flammen versengten seine Hände und ließen seine Haut in großen Blasen aufplatzen, und der frische Sauerstoff, der durch das Loch hereinströmte, das er mit verzweifelter Anstrengung in das Dach riss, fachte das Feuer zu noch gewaltigerer Glut an. Der ganze Raum schien nur noch aus Gluthitze zu bestehen. Der Tisch, auf dem er stand, brannte, und über Andrejs Kopf erhob sich ein Baldachin aus Flammen.

Delãny hatte längst aufgehört zu schreien. Seine Lungen waren versengt, seine Lippen aufgeplatzt und blutig. Trotzdem riss und zerrte er mit verzweifelter Gewalt weiter, zerschmetterte einen zweiten Dachsparren mit der bloßen Hand und zog sich mit einer letzten, verzweifelten Anstrengung auf das brennende Dach hinauf.

Ein Pfeil jagte aus dem Nichts heran. Obwohl er Andrej verfehlte, war diesem klar, dass er noch lange nicht in Sicherheit war. Die Angreifer verbargen sich in der Dunkelheit, während er selbst von Flammen eingerahmt ein deutlich sichtbares Ziel bot. Selbst wenn ihn das Feuer nicht umbrachte, würden ihm die Bogenschützen nicht die Zeit lassen, Frederic zu sich hinaufzuziehen.

Er wich einem zweiten Pfeil aus und kroch auf Händen und Knien über das brennende Dach. Seine Kleider hatten längst Feuer gefangen. Er schlug nach den Flammen, kroch schreiend vor Schmerz und ununterbrochen hustend weiter und versuchte sich durch einen Schleier von Feuer hindurch zu orientieren. Inzwischen brannte mehr als die Hälfte des Dachstuhls. Orangerote, brüllende Flammen schlugen aus den offen stehenden Fenstern unter ihm. Das Feuer vertrieb die Nacht mit zuckenden roten und gelben Lichtspeeren. Er sah hastende Gestalten, Männer und Frauen aus den benachbarten Gebäuden, die dieses Inferno aus dem Schlaf gerissen hatte, aber auch Männer mit Bögen und Schwertern, die am Rande des unregelmäßigen Lichtkreises scheinbar sinnlos hin und her hasteten wie Tausende Insekten, vom Feuer angezogen.

Wie lange noch konnte Frederic durchhalten? Die Hitze im Haus musste mittlerweile unvorstellbar sein und die Luft kaum noch zu atmen. Delãny stemmte sich hoch, taumelte über das brennende Dach und spürte einen heftigen Schlag gegen die Hüfte. Er fiel, rollte hilflos über das Dach und fiel zwei Meter tief auf steinharten Boden.

Der Aufprall raubte ihm fast das Bewusstsein. Er *hätte* es ihm geraubt, wäre da nicht der grausame Schmerz gewesen, mit dem sich die Pfeilspitze noch tiefer in seine Hüfte bohrte, bevor das Geschoss abbrach … und wäre da nicht der Gedanke an Frederic gewesen, den einzigen Menschen auf der Welt, der ihm geblieben war, das Einzige, was seinem Leben noch Sinn gab. Wimmernd rappelte er sich auf Hände und Knie hoch, riss die Pfeilspitze aus seinem Bein und kroch durch brennendes Stroh und Flammen davon.

Irgendwoher nahm er die Kraft, sich vollends in die Höhe zu stemmen und weiterzutaumeln. Seine Schulter glitt an der Wand entlang; diese war so heiß, dass sie seine Haut verbrannt hätte, wäre sie nicht schon längst angesengt gewesen. Er konnte kaum noch etwas erkennen. Alles war verschwommen und grell, alles war … Schmerz. Er taumelte weiter, fiel auf die Knie und kippte zur Seite, als die heiße Wand neben ihm plötzlich nicht mehr da war.

Für einen ganz kurzen Moment verlor er nun wirklich das Bewusstsein, und als er wieder erwachte, war er nicht mehr allein. Vor ihm bewegte sich etwas – jemand. Er hörte Schreie, Geräusche wie von einem Kampf, hektische Bewegung. Das gellende Schreien eines Kindes … Frederic.

Dieser Gedanke gab ihm noch einmal neue Kraft. Er taumelte in die Höhe, wankte blind auf die schattenhafte Bewegung vor sich zu und erkannte zwei tanzende Schemen, das Schimmern von Metall. Andrej fuhr sich mit dem Handrücken über die Augen, wischte Tränen, Blut und Hautfetzen fort und konnte nun tatsächlich etwas besser sehen. Er befand sich an der Schmalseite des Hauses, unweit der Tür, durch die der Wirt unglückseligerweise zu entkommen versucht hatte. Nur wenige Schritte von ihm entfernt befanden sich zwei Männer in dunklen Mänteln, unter denen das Metall wuchtiger Schuppenpanzer schimmerte. Einer von ihnen hatte sich auf ein Knie herabgelassen, der zweite stand nur einen Schritt hinter ihm. Beide waren mit Langbögen bewaffnet und hatten eine Anzahl Pfeile griffbereit vor sich in den Boden gesteckt – bereit, auf jeden zu schießen, der versuchte, sich durch die Hintertür aus dem brennenden Gebäude zu retten.

Andrej zog sein Schwert und griff, ohne zu zögern, an … doch keiner der beiden Männer machte auch nur einen Versuch, sich zu wehren.

Der kniende Mann hatte einen Pfeil auf der Sehne. Er hätte schießen können – Andrej war *überzeugt* davon, dass er schießen würde, und wappnete sich gegen den Schmerz und den heftigen Schlag –, aber er kniete einfach nur reglos da und starrte den brennenden Dämon an, der brüllend, in einen Mantel aus Flammen gehüllt, auf ihn zustürmte. Für die beiden Bogenschützen musste Andrej in diesem Moment wirklich wie ein Dämon aussehen, der direkt aus der Hölle emporgestiegen war, um sie zu holen.

Es war das Letzte, was sie in ihrem Leben sahen. Andrej tötete sie beide – schnell, gnadenlos und ohne auch nur einen Sekundenbruchteil zu zögern.

Ein Gefühl schrecklicher Kälte breitete sich in ihm aus. Er empfand nichts, während er die beiden Männer umbrachte, weder Triumph noch Erleichterung. Es war nicht so, als hätte er Menschen getötet. Er … *beseitigte ein Hindernis*, mehr nicht. Jede Gefühlsregung schien plötzlich von ihm abgefallen zu sein, als hätten Furcht und Schmerzen alles Menschliche aus ihm herausgebrannt. Für einen Moment wurde er zu einem … Ding, das eine Aufgabe hatte und diese um jeden Preis erfüllen würde.

Sein Blick glitt taxierend über das brennende Haus und den Bereich dahinter, in dem sich Licht und Dunkelheit einen verbissenen Kampf lieferten. Er erkannte drei, vier, vielleicht fünf Gestalten, mindestens eine davon in die Farbe geschmolzenen Goldes gehüllt. Später.

Andrej wandte seine Aufmerksamkeit wieder ausschließlich dem Haus zu. Die linke Seite des Gebäudes stand mittlerweile vollständig in Flammen, an allen Ecken und Enden brodelte schwarzer, fettiger Qualm heraus. Aus den Fenstern, deren Läden unter der enormen Hitze längst zu Asche zerfallen waren, schossen brüllende Feuerzungen wie aus den Klappen offen stehender Brennöfen. Die Hitze dort drinnen musste mittlerweile groß genug sein, um Eisen zu schmelzen; eigentlich konnte keiner der Gäste mehr am Leben sein. Trotzdem glaubte er unter dem Getöse der Flammen Schreie zu vernehmen, und plötzlich taumelte eine brennende Gestalt aus der Tür, stürzte und wälzte sich schreiend über den Boden.

Andrej schob das Schwert in den Gürtel, setzte über den sterbenden Mann hinweg und riss die Arme vor das Gesicht, während er in das brennende Haus hineinstürmte. Gleißendes Licht und unerträgliche Hitze schlugen ihm entgegen. Er konnte nicht mehr atmen.

Seine bereits angesengte Haut riss weiter auf. Aber er hörte jetzt *wirklich* Schreie, und wenn er auch nicht sagen konnte, ob es Frederic war, gab ihm allein der Klang einer menschlichen Stimme in dieser Flammenhölle neuen Mut.

Er durchquerte die winzige, lichterloh brennende Küche, stürmte in den Schankraum und stolperte über die Leiche des Wirtes. Er fiel nicht, taumelte aber ein paar Schritte weit hilflos in den Raum hinein und verlor die Orientierung. Um ihn herum war nichts als Hitze, gleißendes Licht, Flammen und zuckende Bewegung. Unmöglich, irgend etwas zu sehen oder auch nur zu sagen, wo inmitten des brennenden Hauses er sich befand.

Aber plötzlich … *spürte* er, wo Frederic war. Für einen kurzen Moment war es, als hätte sich ihm ein neuer, nie gekannter Sinn eröffnet: Frederic lebte. Er befand sich unmittelbar vor ihm, und er litt unsägliche Furcht und unerträgliche Schmerzen. Andrej sprang vor, spürte brennenden Stoff und griff zu. Er war mittlerweile vollkommen blind und nahm nur noch die flirrende Hitze wahr. Die Schmerzen hatten bereits die Grenze des Vorstellbaren überschritten und peinigten ihn dennoch immer weiter – und doch war es gerade diese unerträgliche Qual, die ihm die Kraft gab, Frederic an sich zu pressen und in die Richtung zu schleppen, in der er die Tür vermutete. Der Schmerz würde nicht aufhören. Die Barmherzigkeit des Todes, die der Qual ein Ende setzte, blieb ihm versagt. Er prallte gegen die Theke, streifte mit dem Fuß ein weiches, regloses Hindernis und wusste, dass er auf dem richtigen Weg war. Blind vor Schmerzen und Atemnot taumelte er weiter, stieß gegen den Türrahmen und wankte mit letzter Kraft durch die brennende Küche hindurch aus dem Haus.

Zwei Schritte jenseits der Tür versagten seine Kräfte endgültig. Er fiel auf die Knie, ließ Frederic fallen und versuchte, ihn über den Boden zu wälzen, um die Flammen zu ersticken, die aus seinen Kleidern züngelten; aber er war nicht sicher, ob ihm das gelingen würde. Hilflos kippte er auf die Seite, löschte mit bloßen Händen den Schwelbrand in seinem Haar und kämpfte mit einem winzigen Rest verbliebener Kraft darum, nicht das Bewusstsein zu verlieren. Er wusste nicht, was geschehen würde. Er war niemals zuvor so schwer verletzt worden. Vielleicht würde es Stunden dauern, bis er wieder erwachte, vielleicht sogar Tage, vielleicht würde er aber auch schon in ein paar Minuten tot sein. Aber die Männer in den goldenen Rüstungen würde das nicht davon abbringen, Frederic zu töten. Er musste durchhalten – schon um den Jungen von hier fortzubringen.

Irgendwie schaffte es Andrej, die Augen zu öffnen und sich auf Hände und Knie hochzustemmen. Er konnte immer noch nicht richtig sehen, nahm aber immerhin wahr, dass Frederic unmittelbar neben ihm lag und offensichtlich bei Bewusstsein war. Der Junge krümmte sich vor Qual und stieß abgehackte, wimmernde Schmerzenslaute aus. Andrej war fast froh, dass er sein Gesicht in diesem Moment nicht richtig erkennen konnte.

Er kroch auf Frederic zu und streckte die Hand aus, um ihn herumzudrehen, doch da traf ihn ein brutaler Fußtritt in die Rippen und schleuderte ihn auf die Seite.

»Malthus hat mir von dir berichtet, Delãny. Und davon, dass er dir ein Wiedersehen mit uns versprochen hat. Allerdings hätte ich nicht geglaubt, dass es tatsächlich dazu kommen würde – und noch dazu so schnell.«

Andrej erkannte die Stimme nicht. Doch sie hatte den gleichen merkwürdigen Akzent wie die des Hünen, der ihn mit seinem Bihänder fast in zwei Hälften geschlagen hätte. Die golden schimmernde Gestalt über ihm verschwamm wieder vor seinen Augen, und die drohende Bewusstlosigkeit, gegen die er so mühsam angekämpft hatte, meldete sich mit aller Macht zurück. Aber er durfte ihr nicht nachgeben. Wenn er es tat, würde ihn der goldene Ritter umbringen. Zuerst ihn und dann Frederic.

Seine Hand tastete zum Gürtel, um das Schwert zu ziehen. Der Goldene lachte hämisch, fegte Andrejs Hand mit einem Fußtritt zur Seite und zog sein eigenes Schwert.

»Du bist wirklich zäh, Delãny«, sagte er. »Es ist fast schade, dass du nicht lange genug leben wirst, um zu einem gleichwertigen Gegner zu werden.«

Andrejs Blick klärte sich jetzt rasch. Er konnte regelrecht spüren, wie die schrecklichen Verletzungen heilten, die die Flammen seinem Körper zugefügt hatten, aber er fühlte auch, wie seine Kräfte immer mehr dahinschmolzen. Die unheimliche Macht, die es ihm nicht erlaubte, hier und heute zu sterben, verlangte ihren Tribut. Er würde die Besinnung verlieren, in wenigen Augenblicken, so oder so.

Die Schwertspitze des Ritters berührte seine Kehle und wanderte zu seinem Herzen hinab, aber er stieß noch nicht zu, sondern sah Andrej aus eng zusammengepressten Augen an und legte den Kopf auf die Seite.

»Du hast noch nie dem Tod ins Auge geblickt, wie?«, fragte er. »Es überrascht dich, was mit dir geschieht, und es macht dir ein bisschen angst.« Er nickte, als hätte Andrej tatsächlich darauf geantwortet. »Es lohnt sich kaum, einen Grünschnabel wie dich zu töten.« Er lachte. »Doch leider lohnt es sich noch viel weniger, dich am Leben zu lassen.«

Er ergriff das anderthalb Meter lange Schwert mit beiden Händen, spreizte die Beine und schwang seine Waffe hoch über den Kopf … und plötzlich stürzte aus der Dunkelheit eine Gestalt heran und riss ihn von den Füßen.

Andrej hatte nicht einmal mehr die Kraft, den Kopf zu drehen, um den Kampf zu verfolgen. Er hörte den Ritter schreien – der Laut klang eher überrascht und zornig als erschrocken –, dann taumelte eine zweite Gestalt mit versengten Kleidern und rußgeschwärztem Gesicht an ihm vorbei. Er glaubte, Sergé zu erkennen, war sich dessen aber nicht sicher.

Ein Schwert blitzte auf. Ein dumpfer, knirschender Laut, wie von Stahl, der sich durch Metall und Fleisch bohrt. Es spielte keine Rolle. Nichts spielte mehr eine Rolle.

Andrej verlor das Bewusstsein.

6

Diesmal musste er ziemlich lange ohne Bewusstsein gewesen sein. Noch bevor er die Augen aufschlug, spürte er, dass eine geraume Zeit vergangen war … Stunden. Plötzlich war er sehr hungrig und verspürte quälenden Durst.

Er öffnete die Augen nur einen Spalt breit, konnte aber nicht mehr erkennen als einen dunklen, sternenklaren Himmel und die Silhouetten dürrer, blattloser Äste. Irgendwo neben ihm murmelte eine unverständliche Stimme etwas vor sich hin.

Andrej lauschte einen Moment konzentriert in sich hinein. Er hatte keine Schmerzen mehr, und als er vorsichtig zuerst seine Bein- und dann seine Armmuskeln anspannte, stellte er erleichtert fest, dass sie ihm gehorchten. Er war nicht gefesselt. Das – und die Erkenntnis, dass er diesen Gedanken überhaupt denken konnte und somit noch am Leben war – ließ ihn zumindest *vermuten*, dass er kein Gefangener von Domenicus und seinen drei goldenen Rittern war.

Andrej drehte vorsichtig den Kopf und erkannte zwei schattenhafte Gestalten, die neben einem fast heruntergebrannten Lagerfeuer saßen. Er konnte ihre Gesichter nicht erkennen. Einige Sekunden lang versuchte er vergeblich, dem gemurmelten Gespräch zu lauschen, dann gab er es auf und drehte den Kopf auf die andere Seite.

Frederic lag zwei Meter neben ihm auf dem Rücken

und schlief, hatte vielleicht ebenfalls das Bewusstsein verloren. Aber er lebte. Andrej konnte sehen, dass sich seine Brust regelmäßig hob und senkte.

Er richtete sich auf, kroch auf Händen und Knien zu Frederic hin und schlug die angesengte Decke zurück, die jemand über den Jungen gebreitet hatte. Im ersten Moment erschrak er. Frederics Kleider waren verkohlt. Sein Haar war bis auf die Kopfhaut abgesengt, seine Augenbrauen und Wimpern verschwunden. Aber sein Gesicht und der Teil seiner Brust, den Andrej unter dem zerfetzten Wams erkennen konnte, schienen unversehrt zu sein.

Er streckte die Hand aus, berührte zögernd Frederics Schläfe und spürte, wie rasend schnell der Puls des Jungen ging. Seine Stirn glühte.

»Mach dir keine Sorgen, Delãny«, sagte eine Stimme hinter ihm. »Er hat Fieber, aber das ist auch schon alles.«

Andrej blickte auf und sah in ein vom Feuer verheertes Gesicht. Sergés linkes Auge war zugeschwollen, das Fleisch darunter bis zur Kinnspitze rot und nässend. Seine Lippen waren so aufgequollen, dass er Mühe hatte, verständlich zu sprechen.

»Der Junge muss den besten Schutzengel diesseits des Schwarzen Meeres haben«, fuhr Sergé fort. »Genau wie du übrigens.«

In seiner Stimme lag etwas, das Andrej alarmierte. Sergés verbliebenes Auge glitzerte vor unübersehbarem Misstrauen. Seine linke Hand war mit einem blutgetränkten Lappen umwickelt, aber die rechte lag griffbereit auf dem Schwert, das aus seinem Gürtel ragte.

»Dann sollten wir ihn schlafen lassen«, sagte Andrej und erhob sich. Frederic stöhnte und bewegte die Hände. Aber er wachte nicht auf.

Sergé trat einen halben Schritt zurück und machte gleichzeitig eine einladende Geste mit der verletzten Hand. Die andere blieb weiter auf dem Schwertgriff liegen. Sie blieb auch dort, während Andrej ihm die wenigen Schritte bis zum Lagerfeuer folgte.

Seine Augen hatten sich mittlerweile an das schwache Licht gewöhnt, so dass er Krusha erkannte, noch bevor er sich auf Sergés Wink hin – der genau genommen nichts anderes als ein Befehl war – zu ihm ans Lagerfeuer setzte. Auch Krusha war verletzt, wenn auch nicht annähernd so schwer wie sein Bruder. Sein Gesicht und seine Hände waren mit einer Unzahl winziger roter Brandflecken gesprenkelt, und er hatte eine üble Schnittwunde am rechten Unterarm.

»Habt ihr mich hergebracht?«, fragte Andrej.

Natürlich war das eine überflüssige Frage, aber Andrej fühlte sich auf eine sonderbare Weise befangen. Er war es nicht gewohnt, in der Schuld anderer zu stehen.

»Sie haben das Feuer gelöscht«, sagte Krusha, ohne direkt auf seine Frage zu antworten. »Bevor die Flammen auf die anderen Gebäude übergreifen konnten. Es hat eine Menge Tote gegeben. Die Leute sind sehr zornig.«

Andrej blickte aufmerksam von einem zum anderen. Krushas Gesicht war versteinert, während es Sergé sichtlich schwerfiel, sich zu beherrschen. Sicherlich hatte er starke Schmerzen.

»Wo ... sind eure Brüder?«, fragte Andrej zögernd.

Krusha deutete hinter sich, ohne den Kopf zu wenden. »Vranjevc ist nicht rausgekommen«, sagte er tonlos.

Andrejs Blick folgte der Geste. Das schwache Licht des beinahe erloschenen Feuers reichte nur wenige Schritte weit – er hatte die reglos am Boden liegende Gestalt bisher nicht einmal bemerkt. Er stand auf, zögerte einen Moment und bewegte sich dann mit langsamen Schritten um das Feuer herum. Weder Sergé noch Krusha erhoben Einwände.

Man musste kein Heilkundiger sein, um zu erkennen, dass Ansbert die Nacht nicht überstehen würde. Gesicht und Schultern waren nahezu unversehrt, doch der Rest seines Körpers war schrecklich verbrannt. Seine Brüder hatten ihn ausgezogen, wohl um zu verhindern, dass die verbrannten Kleider auf seiner Haut scheuerten und ihm zusätzlich Schmerzen bereiteten; aber dies war – wenn überhaupt – nur eine schwache Hilfe. Andrej dachte an die schrecklichen Augenblicke in dem brennenden Haus zurück und hoffte inständig, dass sich Ansbert – obschon noch bei Bewusstsein – in einem Zustand befand, in dem er keine Schmerzen mehr spürte. Aber er glaubte nicht recht daran.

»Es wäre barmherziger, ihn von seiner Qual zu befreien«, sagte Krusha. »Aber ich kann es nicht. Er ist nicht wirklich mein Bruder, aber ich liebe ihn, als wäre er es.«

Andrej reagierte nicht auf die Bitte, die sich kaum verhohlen in diesen Worten verbarg, sondern wandte sich schaudernd ab und ging wieder zum Feuer zurück. Sergés Blick folgte seiner Bewegung voller Misstrauen –

vielleicht Feindseligkeit? –, während Krusha weiter dumpf in die erlöschende Glut starrte.

»Ich danke euch«, begann er umständlich. »Ihr habt Frederic und mir wahrscheinlich das Leben gerettet.«

»Nicht wahrscheinlich«, sagte Sergé hart. »Du hattest das Schwert schon an der Kehle.«

»Du hast den Mann angegriffen?«, fragte Andrej.

»Bild dir nichts darauf ein«, antwortete Sergé. »Ich habe es nicht deinetwegen getan.« Er starrte Andrej auf eine Weise an, die man kaum anders als *hasserfüllt* nennen konnte.

»Ich danke dir trotzdem«, sagte Andrej.

»Ich habe ihn getötet«, sagte Sergé hart. »Vielleicht töte ich dich auch noch. Ich hätte es wahrscheinlich schon getan, aber Krusha war dagegen.«

Andrejs Hand glitt fast ohne sein Zutun zum Gürtel, aber das, wonach er suchte, war nicht da.

Sergé lachte leise, griff neben sich und hob Andrejs Sarazenenschwert auf. »Suchst du das, Delãny?«, fragte er. »Eine interessante Waffe. Sie muss sehr wertvoll sein. Ich habe solch ein Schwert noch nie zuvor gesehen.« Er zog das Sarazenenschwert bedächtig aus der ledernen Umhüllung und ließ seinen Blick prüfend über die rasiermesserscharfe Klinge gleiten. »Vor allem nicht bei einem Kerl aus Transsilvanien«, fügte er hinzu. Er ließ die Klinge zweimal fast spielerisch durch die Luft sausen und lauschte eine Sekunde lang auf das summende Geräusch, das dabei entstand. Dann richtete er die Waffe mit einer langsamen Bewegung auf Delãny.

Es war Andrej unangenehm, die Waffe in Sergés Hand zu sehen. Er hatte es nie zugelassen, dass irgend jemand außer ihm selbst oder Raqi sein geheiligtes Sarazenenschwert berührte. Trotz seiner Schwäche wäre es ihm ein Leichtes gewesen, Sergé das Schwert zu entringen, aber er beherrschte sich und sagte nur sehr ruhig: »Sei vorsichtig damit. Die Klinge ist sehr scharf.«

»Nenn mir einen triftigen Grund, warum ich sie nicht an deiner Kehle ausprobieren sollte, Andrej Delãny«, sagte Sergé.

»Es wäre dumm«, antwortete Andrej. »Und du machst nicht den Eindruck eines Dummkopfes.«

»Dumm?«

Andrej deutete ein Schulterzucken an. »Ihr habt Frederic und mich mühsam hierhergebracht«, sagte er. »Wozu die Mühe, wenn ihr mich dann doch erschlagen wollt?«

Für die Dauer von zwei, drei Atemzügen starrte ihn Sergé einfach nur an. Dann verzog er die Lippen zu etwas, das vielleicht ein Lächeln sein sollte, möglicherweise aber auch das genaue Gegenteil. »Vielleicht, weil ich dir vorher noch ein paar Fragen stellen will, Delãny«, sagte er.

»Und welche?«

»Die Fremden«, sagte Sergé. »Die Männer, die das Gasthaus angezündet und meine Brüder getötet haben – wer sind sie?«

»Wieso glaubst du, dass ich das weiß?«, fragte Andrej ausweichend.

»Weil sie deinetwegen gekommen sind, Delãny«, sagte Sergé zornig. »Du wusstest es.«

Andrej wollte widersprechen, aber er konnte es nicht. Er schwieg lange, dann hob er langsam die Hand und drückte die Klinge hinunter, die Sergé noch immer auf sein Gesicht gerichtet hielt.

»Ich wusste, dass sie Frederic und mich suchen«, gestand er. »Das ist wahr. Aber ich wusste nicht, dass sie so weit gehen würden, das schwöre ich.«

»Ich glaube dir, Delãny«, sagte Sergé. »Aber ich frage mich, was an dir so gefährlich ist, dass sie lieber einen ganzen Gasthof niederbrennen und ein Dutzend Männer töten, statt dich einfach zu überwältigen, wie sie es mit Leichtigkeit hätten tun können. Was bist du, Delãny – ein Zauberer? Oder der Teufel?«

»Nichts von beidem«, antwortete Andrej. »Ich verstehe es so wenig wie du. Vielleicht macht es ihnen einfach Spaß, Menschen zu töten.« Er deutete auf Frederic. »Sie haben seine ganze Familie ausgelöscht. Vollkommen grundlos.«

»Wer sind sie?«, fragte Sergé. Er hob das Sarazenenschwert erneut, und diesmal fiel es Andrej wirklich schwer, ihm die Waffe nicht einfach zu entreißen.

»Warum willst du das wissen?«, fragte er.

»Weil ich sie töten werde«, sagte Sergé hart. »Ich habe einem von ihnen meinen Dolch ins Herz gestoßen, doch sie waren zu dritt. Ich werde sie suchen, und ich werde sie töten, ob mit oder ohne deine Hilfe. Aber mit deiner Hilfe geht es schneller.«

Krusha hob die Hand und drückte Sergés Arm herunter, der das Sarazenenschwert hielt. »Verzeiht meinem Bruder, Delãny«, sagte er leise. »Der Schmerz trübt seine Sinne.«

Sergé funkelte ihn an. »Er ist es uns schuldig!«

»Halt den Mund, Sergé«, sagte Krusha müde. Er

schüttelte den Kopf, seufzte tief und nahm seinem Bruder schließlich die Waffe aus der Hand. Umständlich schob er die Klinge in ihre lederne Scheide zurück und reichte sie dann Andrej.

»Ihr seid uns nichts schuldig, Delãny«, sagte er leise. »Verzeiht meinem Bruder. Nehmt den Jungen und geht, wenn ihr wollt. Wir werden euch nicht aufhalten.«

Andrej nahm sein Schwert entgegen und warf einen sehr langen, nachdenklichen Blick zu Frederic hinüber, ehe er antwortete. »Es tut mir wirklich leid«, sagte er leise. »Ich wollte, ich könnte ungeschehen machen, was geschehen ist. Aber das kann niemand.«

»Und du kannst uns auch nicht helfen, die Männer zu finden«, sagte Sergé verächtlich.

»Vielleicht kann ich es«, antwortete Andrej. Dann verbesserte er sich und sagte: »Ich könnte es. Aber ich würde euch damit einen schlechten Dienst erweisen.«

»Einen noch schlechteren, als du uns schon erwiesen hast?«, fragte Sergé verächtlich. »Vranjevc und Ansbert sind tot. Und ich werde für den Rest meines Lebens an diese Nacht erinnert werden.« Er deutete auf sein Gesicht. »Welcher Dienst könnte wohl noch schlechter sein?«

»Ihr könntet ebenfalls sterben«, antwortete Andrej ernst. »Glaub mir, Sergé – mit diesen Männern ist nicht zu spaßen.«

»Mit mir auch nicht«, antwortete Sergé böse. »Einen von ihnen habe ich bereits getötet. Und auch die beiden anderen werden sterben – ob mit oder ohne deine Hilfe!«

Andrej antwortete nicht mehr. Sergé war nicht in der

Verfassung, ein vernünftiges Gespräch zu führen. Der Schmerz und der Kummer über den Verlust seiner Brüder hatten ihn fast an den Rand des Wahnsinns getrieben. Und er war ohnehin nicht sehr beherrscht, ganz im Gegensatz zu seinem Bruder Krusha. Trotzdem war Andrej sich nicht sicher, welcher von den beiden vertrauenswürdiger war – wenn überhaupt.

»Es wird bald hell«, sagte Krusha in das immer unbehaglicher werdende Schweigen hinein. »Wir können nicht hierbleiben. Die Familie des Gastwirtes hat in die Stadt um Hilfe geschickt. Sie werden den Wald durchkämmen, um die Mörder zu finden. Vielleicht ist es besser, wenn wir den Soldaten nicht begegnen.«

»Habt ihr einen Grund, ihnen nicht begegnen zu wollen?«, fragte Andrej.

»Was interessiert das dich?«, fragte Sergé feindselig.

Andrej antwortete auch jetzt nicht sofort. Er fühlte sich schuldig. Es spielte keine Rolle, dass Frederic und er ebenfalls Opfer des heimtückischen Anschlages waren – Vranjevc und die anderen Männer waren nur gestorben, weil sie zufällig in dieses Gasthaus eingekehrt waren … und weil Andrej so hochmütig und naiv gewesen war, anzunehmen, er könne die drei goldenen Ritter täuschen. Wie hatte er das auch nur eine Sekunde lang wirklich glauben können! Diese Männer hatten im Laufe ihres Lebens wahrscheinlich schon jede Art von Finte, Betrug und Intrige kennen gelernt. Sie würden sich wohl kaum von einem Bauerntölpel aus Transsilvanien an der Nase herumführen lassen, nur weil dieser von seinem Stiefvater zu einem hervorragenden Schwertkämpfer ausgebildet worden war.

»Ihr seid wirklich entschlossen, diese Männer zu suchen«, sagte er.

»Und wenn es das Letzte ist, was ich tue«, bekräftigte Sergé.

Krusha starrte weiter in die erlöschende Glut. Nach zwei oder drei Augenblicken nickte er.

»Sagt mir noch eines«, fuhr Andrej fort. »Warum habt ihr uns wirklich an euren Tisch gebeten? Ihr seid keine Schausteller. Jedenfalls keine, die einen Mann und einen Jungen brauchen, der ihren Wagen belädt und Wein und Brot für sie holt.«

»Und wenn dem so wäre?«, fragte Sergé.

»Ihr seid Diebe«, fuhr Andrej fort. »Ihr hättet Frederic und mich mitgenommen, uns verköstigt und unser Zimmer bezahlt, und in ein oder zwei Tagen wäre in die Schatzkammer von Constãntã eingebrochen worden oder in eine Kirche oder das Haus eines reichen Kaufmanns ...«

»Und sie hätten einen Teil der Beute bei euch gefunden und den Jungen und dich aufgehängt«, führte Sergé den Satz zu Ende. Er lachte hart. »Das wolltest du doch sagen, oder?«

»So ungefähr«, sagte Andrej. »Hätte ich recht gehabt?«

»Wer weiß«, sagte Sergé. »Du bist gar nicht so dumm, Andrej Delãny – für einen Hinterwäldler jedenfalls.« Er grinste, aber Andrej entging keineswegs, dass seine Hand zum Gürtel kroch und wie durch Zufall in der Nähe des Dolches liegen blieb. »Und was hast du jetzt vor? Willst du zu den Soldaten laufen und ihnen erzählen, was du erfahren hast?«

»Nein«, antwortete Andrej. »Ich wollte nur wissen, woran ich bin.«

»Dann geht es dir genau wie mir«, sagte Sergé lauernd. »Wo wir schon einmal dabei sind, Delãny – warum erzählst du uns nicht, wer du wirklich bist und was du mit diesen Männern zu schaffen hast, die das Gasthaus niedergebrannt haben?«

Andrej warf einen langen Blick zu Frederic hinüber. Der Junge schlief, aber er hatte noch immer keine Ruhe gefunden. Seine Hände bewegten sich ununterbrochen, und manchmal stöhnte er leise. Wäre es nur um Frederic und ihn gegangen, dann wäre er wohl spätestens jetzt aufgestanden und hätte die beiden angeblichen Brüder verlassen. Aber es ging nicht nur um sie beide. So unbehaglich ihm selbst bei dem Gedanken zumute war – er brauchte Hilfe.

Er löste den Blick mit einiger Mühe von dem schlafenden Jungen, sah einen Moment lang Sergé und dann sehr viel länger Krusha an … und dann begann er schließlich mit leiser, fester Stimme zu erzählen.

7

Andrej schwamm mit ruhigen, kraftvollen Zügen durch die Brandung. Das Wasser war so kalt, dass er zitterte, und statt ihn zu erfrischen, schien die Kälte nur noch mehr an seinen Kräften zu zehren. Trotzdem schwamm er nicht zum Ufer zurück, sondern bewegte sich mit einem Dutzend wuchtiger Schwimmstöße weiter aufs offene Meer hinaus.

Er achtete streng darauf, niemals länger als eine Minute unter Wasser zu bleiben, ehe er wieder auftauchte und einen tiefen Atemzug nahm. Er traute den Brüdern nicht unbedingt und wollte auf alles gefasst sein. Außerdem wollte er Frederic nicht mit Sergé alleine lassen. Der Junge planschte irgendwo weit hinter ihm am Strand in der Dünung, und Sergé wartete auf die Rückkehr seines Bruders. Andrej war sicher, dass der vorgebliche Schausteller ihn beobachtete.

Seit jenen Stunden am Lagerfeuer, in denen sie ihr zerbrechliches Bündnis geschlossen hatten, waren zwei Nächte und ein Tag vergangen. Sergé hatte zwar keine entsprechende Bemerkung gemacht, aber man musste keine außergewöhnliche Menschenkenntnis besitzen, um zu spüren, dass er misstrauisch geworden war. Zwei seiner Brüder waren tot und er selbst schwer verletzt, während Andrej vor aller Augen durch die Flammen geschritten war, ohne dabei mehr als sein Haar und die Augenbrauen einzubüßen. Die sprichwörtliche Zähigkeit der Delãnys hatte schon oft Misstrauen erregt, doch es war vielleicht noch nie so berechtigt gewesen wie jetzt. Andrej verstand selbst nicht, warum er und der Junge sich so schnell von ihren Brandverletzungen erholten – es hatte etwas geradezu Unheimliches an sich, wie schnell sich die verbrannte Haut abgestoßen hatte, um Platz zu machen für neues, zartrosa Gewebe.

Delãny tauchte auf, atmete tief durch und bewegte sich einen Moment lang wassertretend auf der Stelle. Er erschrak ein wenig, als er sah, wie weit er sich vom Ufer entfernt hatte. Es wurde Zeit, den Rückweg anzutreten.

Sein Blick suchte aufmerksam das Ufer ab, während er versuchte, seinen Rhythmus dem der Brandung anzugleichen, damit sie ihm half, schneller zum Strand zurückzugelangen, statt gegen sie ankämpfen zu müssen. Das fiel ihm alles andere als leicht; sein Körper war noch immer so geschwächt, dass er ihm keine Höchstleistungen abverlangen konnte – obwohl es mehr als erstaunlich war, dass er sich überhaupt schon wieder bewegen und schwimmen gehen konnte. Er konnte Sergés Misstrauen anlässlich seiner schnellen Genesung verstehen. Bislang hatte er die faszinierende Fähigkeit seines Körper, mit Verletzungen und Verwundungen aller Art fast spielerisch fertig zu werden, für ein Geschenk Gottes gehalten. Mittlerweile war er sich gar nicht mehr so sicher, *wer* ihm diese Gabe vermacht hatte.

Er entdeckte Frederic am Strand, ziemlich genau an der Stelle, wo er ihn zurückgelassen hatte. Der Junge hatte sich vom Meer fasziniert gezeigt, konnte aber nicht schwimmen – genau wie Andrej übrigens, als er in seinem Alter gewesen war.

Sergé hingegen war verschwunden. Andrej suchte den ganzen Strand ab, konnte ihn aber nirgends entdecken. Ein schwacher Anflug von Sorge machte sich in ihm breit. Sergés Verletzungen waren schwerer, als es im ersten Moment den Anschein gehabt hatte. Er hatte hohes Fieber, und auch wenn er zu stolz war, es zuzugeben, war doch unübersehbar, dass er unerträgliche Schmerzen litt. Andrej war klar, dass er Sergé so wenig trauen konnte wie dessen Bruder. Sie hatten ein Zweckbündnis geschlossen, das genau so lange halten würde, wie sich die beiden anderen einen Vorteil davon versprachen – und keinen Moment länger. Trotzdem fühlte er sich für die beiden angeblichen Schausteller verantwortlich, vor allem für das, was ihnen im Gasthaus zugestoßen war. Wenn einer von ihnen an seinen Verletzungen starb, dann wäre es für Andrej beinahe so, als hätte er ihn selbst getötet.

Warum war alles so kompliziert? Michail Nadasdy hatte ihn so vieles gelehrt, und trotzdem kam Andrej mit jeder Stunde deutlicher zu Bewusstsein, wie wenig er im Grunde über das Leben wusste. Um nicht zu sagen: nichts! Die Zeit, die er in selbstauferlegter Isolation mit Raqi verbracht hatte, war sicher die glücklichste Zeit seines Lebens gewesen, und doch erwies sich diese Isolation nun mehr und mehr als Fluch. Er wusste nichts von der Welt, nichts vom Leben und vor allem nichts von den Menschen. Abgesehen von Raqi hatte er in den letzten Jahren mit keinem Menschen länger Kontakt gehabt, als nötig gewesen war, um ein Stück Fleisch zu kaufen, einen Sack Mehl oder ein Stück Stoff, aus dem sich Raqi ein neues Kleid schneiderte. Er wusste einfach nicht, wie weit er Sergé und seinem Bruder trauen konnte und ob überhaupt.

Er erreichte das Ufer, richtete sich auf und legte die letzten Schritte mit einem Wanken zurück. Sein Herz hämmerte. Das Wasser hatte ihn bis auf die Knochen ausgekühlt, und er zitterte am ganzen Leib. Wahrscheinlich würde er noch Tage brauchen, um seine ursprüngliche körperliche Verfassung zurückzuerlangen.

Tage, die er nicht hatte.

»Andrej!« Frederic kam mit weit ausgreifenden Schritten auf ihn zugerannt. Unter seinen nackten Füßen spritzte das Wasser hoch, und zum ersten Mal seit der vorletzten Nacht sah Andrej wieder ein Lachen auf seinem Gesicht. Wären sein fast kahler Kopf und seine abgesengten Augenbrauen und Wimpern nicht gewesen, man hätte fast vergessen können, dass es die schrecklichen Minuten in dem brennenden Gasthaus überhaupt gegeben hatte. Der Junge winkte aufgeregt mit beiden Armen und legte die letzten Schritte mit komischen Hüpfern zurück; ein ausgelassenes Kind, das einfach die Schönheit des Augenblickes genoss, ohne sich um den nächsten irgendeinen Gedanken zu machen. Für einen Moment verspürte Andrej einen absurden Neid auf diese kindliche Unbefangenheit, die er für immer verloren hatte.

»Ich war schon in Sorge um dich«, sagte Frederic lachend, als er heran war. »Du warst lange weg.«

»Und du hast geglaubt, ich wäre ertrunken?« Andrej ließ sich in die Hocke sinken und bespritzte Frederic lachend mit Wasser. »Zu früh gefreut! Ich bin ein ausgezeichneter Schwimmer!«

Frederic wich kichernd zurück und hob die Hände vors Gesicht. Andrej bespritzte ihn weiter mit Wasser. Der Junge machte zwei weitere ungeschickte Schritte rückwärts, stolperte und fiel prustend in den Sand.

Für einen Moment war Andrej einfach nur glücklich. Er warf sich mit weit ausgebreiteten Armen auf Frederic, riss ihn vollends zu Boden und rollte lachend und prustend mit ihm durch die Brandung. Alle Sorgen fielen von ihm ab. Indem er Frederic umarmte und lachend und ausgelassen mit ihm durch den Sand rollte, war es, als fließe ein Teil der jugendlichen Kraft und Energie des Knaben in ihn selbst. Andrej war sich darüber im Klaren, dass dies nur Selbstbetrug war; aber es war eine süße Lüge, ein kurzer, kostbarer Augenblick des Glücks, der ihm vielleicht nicht zustand, der aber trotzdem unbeschreiblich gut tat.

Schließlich hörten sie auf, sich lachend in der Gischt zu wälzen, und lagen schwer atmend und leise lachend nebeneinander im Sand. Andrej blinzelte in das grelle Licht der Morgensonne, und selbst der beißende Schmerz, den die dünnen Lichtpfeile in seine Augen sengten, erschien ihm in dieser Situation wie ein Geschenk. Schmerz bedeutete Leben. Vielleicht war Schmerz sogar das Einzige, was den Unterschied zwischen Leben und Tod *wirklich* definierte.

»Wieso kann ich nicht schwimmen wie du?«, fragte Frederic lachend.

Andrej richtete sich auf die Ellbogen auf und wischte sich mit dem Handrücken das Salzwasser aus den Augen. »Ich nehme an, weil du es nie gelernt hast«, antwortete er. »Wäre das eine passende Erklärung?«

»Wann hast du es gelernt?«, fragte Frederic.

Der Augenblick unschuldigen Glücks zerschmolz. Plötzlich war er wieder ein junger Mann, stand zitternd vor Furcht in einem Boot in der Mitte eines Sees, und Michail Nadasdy saß grinsend zwei Meter vor ihm und warf sich rhythmisch von rechts nach links und wieder zurück, mit keinem anderen Ziel, als das Boot – und vor allem ihn! – aus dem Gleichgewicht zu bringen.

»Ein ... guter Freund hat es mich gelehrt«, antwortete er zögernd. Aus seinem absurden Neid auf Frederic wurde ein ebenso absurder Groll, dass der Junge den Augenblick kindlicher Unschuld mit dieser harmlosen Frage zerstört hatte. Schon in der nächsten Sekunde fühlte er sich dieses Gedankens schuldig, und sein schlechtes Gewissen meldete sich. Ein Teufelskreis – albern, dumm, aber quälend.

»Und?«, fragte Frederic. »Bringst du es mir auch bei? Ich würde gerne schwimmen können.«

»Ich fürchte, das ist nicht möglich«, antwortete Andrej. Es war wie ein kalter Wasserguss; unendlich kälter, als die eisige Brandung jemals sein konnte. Er setzte sich auf, legte die Unterarme auf die angesengten Knie und musste für einen Moment mit aller Kraft darum kämpfen, seinen unsinnigen Groll auf Frederic nicht zu vollkommen absurdem Hass werden zu lassen.

Er sah den Jungen nicht einmal an, und trotzdem konnte er spüren, wie dessen Stimmung plötzlich umschlug. Ganz wie bei ihm selber waren die jugendliche Unschuld und Fröhlichkeit mit einem Schlag verschwunden, und eine dumpfe Traurigkeit ergriff von Frederic Besitz.

»Du hast mich gerettet, Andrej«, sagte er leise. »Ich wäre verbrannt, hättest du mich nicht aus dem Haus geholt.«

»Du hättest dasselbe für mich getan, wenn du gekonnt hättest«, sagte Andrej. Es klang dumm; es *war* dumm.

»Ich ... muss dir etwas sagen, Andrej«, sagte Frederic zögernd. Die Worte kamen schleppend. Andrej spürte, wie schwer es dem Jungen fiel, sie auszusprechen. Und er wusste auch, was er als Nächstes sagen würde. Er wollte es nicht hören.

»Nein«, sagte er. »Das musst du nicht.« Es kostete ihn große Kraft, den Kopf zu drehen und Frederic ins Gesicht zu blicken. Er sah genau das, was er erwartet hatte: Frederics Gesichtsausdruck war gequält. Er hatte Angst vor dem, was er sagen wollte, und unendlich viel mehr Angst vor der Antwort, die er vielleicht erhalten mochte.

»Aber du ...«

»Ich weiß, was du sagen willst«, fiel ihm Andrej ins Wort. »Ich will es nicht hören. Wir werden deine Mutter und die anderen Dorfbewohner befreien. Darauf gebe ich dir mein Wort. Mehr kann ich nicht tun. Ich wollte, ich könnte es – aber ich kann es nicht.«

Etwas an der Art, wie Frederic ihn ansah, irritierte – ja, *erschreckte* – ihn. Aber er gestattete sich nicht, den Gedanken weiter zu verfolgen. Es zu tun hätte vielleicht bedeutet, sich endgültig einzugestehen, dass *er* das Unglück über Borsã gebracht hatte. Diesen Gedanken könnte er nicht ertragen – nicht jetzt.

Andrej stand auf, drehte sich herum und registrierte

erleichtert, dass Sergé wieder da war. Er kam aus einer völlig anderen als der erwarteten Richtung auf ihn zu und schien es ziemlich eilig zu haben. Er rannte noch nicht, war aber auch nicht mehr sehr weit davon entfernt. Nur wenig später tauchte auch Krusha über den Dünen auf. Er hatte sich tief über den Hals seines Pferdes gebeugt und trieb das Tier mit aller Kraft an.

»Da stimmt etwas nicht«, murmelte Andrej.

Er registrierte Frederics Reaktion nur aus den Augenwinkeln, aber sie schockierte ihn dennoch: Frederic stand auf und drehte sich zu den beiden näher kommenden Männern herum, und auf seinem Gesicht erschien plötzlich ein Ausdruck von Ernst, der im krassen Gegensatz zu seiner Jugend stand. Nicht zum ersten Mal, seit er Frederic kennen gelernt hatte, kam ihm zu Bewusstsein, wie wenig *Kind* Frederic manchmal war. Nicht oft – aber manchmal eben doch – zeigte der Junge eine Abgeklärtheit, die ihm nach Andrejs Meinung nicht zustand. Und vielleicht war das sogar der wirkliche Grund, aus dem sie jetzt hier waren. Vater Domenicus und seine Begleiter hatten mehr getan, als Borsã das Rückgrat zu brechen und die Menschen, die sie liebten, zu töten – sie hatten nicht nur Marius, sondern auch Frederics Jugend gestohlen, das kostbarste Gut eines Menschen.

Die Brüder trafen nahezu gleichzeitig bei ihnen ein. Krusha wirkte erschöpft. Vom Maul seines Pferdes troff flockiger weißer Schaum, und er selbst war am ganzen Leib in Schweiß gebadet. Er musste die ganze Strecke von Constãntã bis hier im Galopp zurückgelegt haben.

»Was ist passiert?«, fragte Frederic, noch bevor Krusha ganz aus dem Sattel gestiegen war. »Wirst du verfolgt?«

»Nein.« Krusha ließ sich schwerfällig zu Boden gleiten und wandte den Kopf in die Richtung, aus der er gekommen war. »Jedenfalls glaube ich es nicht«, fügte er etwas leiser hinzu.

»Warum bist du dann so schnell geritten?«, hakte Andrej nach. Er ergriff die Zügel von Krushas Pferd, zog den Kopf des Tieres zu sich herab und streichelte beruhigend seine Nüstern. Das Tier zitterte vor Anstrengung und war nicht fähig stillzustehen. Noch ein kurzes Stück weiter, dachte Delãny zornig, und Krusha hätte es zuschanden geritten.

»Weil ich interessante Neuigkeiten habe«, antwortete Krusha gereizt. Er machte aber keine Anstalten, diese Worte irgendwie zu erklären, sondern ging steifbeinig zwischen Andrej und Frederic hindurch, ließ sich kurz vor der Brandungslinie in die Hocke sinken und schöpfte mit beiden Händen Wasser, um sein Gesicht zu kühlen.

Andrej folgte ihm. Er beherrschte sich nur mit Mühe. Er hatte längst eingesehen, dass es ein Fehler gewesen war, sich mit Krusha und seinem Bruder einzulassen. Aber er hatte keine andere Wahl gehabt.

Krusha schüttete sich eine weitere Ladung Wasser ins Gesicht, stand auf und strich sich mit beiden Händen das nasse Haar aus der Stirn, ehe er sich wieder zu ihnen herumdrehte.

»Es war eine gute Idee, nicht nach Constãntã zu gehen«, begann er. »Die Stadt ist in Aufruhr wegen des Brandes. Sie suchen uns.«

»Uns?«, fragte Frederic erschrocken.

»Wieso uns?«, fügte Sergé verwirrt hinzu.

»Nicht direkt *uns*«, antwortete sein Bruder. »Nicht dich oder mich oder die beiden da. Ich meine: Sie wissen nicht, wer wir sind, aber sie suchen nach ein paar Männern, die nach dem Brand aus dem Gebäude gelaufen und im Wald verschwunden sind. Einer von ihnen sah aus wie ein transsilvanischer Dörfler und hatte langes Haar.«

»Aber wieso denn?«, fragte Sergé.

Sein Bruder lächelte humorlos. »Acht Tote sind kein Pappenstiel«, erklärte er. »Selbst wenn es sich nur um ein paar dumme Bauern und einen fetten Schankwirt handelt. Die Menschen zahlen Steuern. Sie verlangen dafür eine Gegenleistung.«

»Einen Moment«, sagte Sergé. »Du willst damit sagen, dass sie … *uns* für den Brand verantwortlich machen?«

Krusha hob die Schultern. »Auf jeden Fall hat der Herzog seine persönliche Leibwache ausgeschickt, um nach den Männern zu suchen, die man ihm beschrieben hat.«

»Aber wir haben den Brand nicht gelegt!«, protestierte sein Bruder.

»Warum reitest du dann nicht in die Stadt und gehst zum Herzog, um ihm genau das zu sagen?«, fragte Andrej spöttisch.

Sergé wollte auffahren, aber Krusha brachte ihn mit einer harschen Geste zum Schweigen. »Wir sind nicht in Gefahr«, sagte er. »Jedenfalls glaube ich das nicht. Immerhin sind wir fast zehn Meilen von der Stadt entfernt.« Er wandte sich an Andrej. »Ich habe die Männer gefunden, nach denen ihr sucht.«

»Wo sind sie?«, fragte Andrej.

»Nicht so schnell, Delãny. Ich habe sie gefunden, und ich glaube, ich weiß auch, wo eure Leute sind. Aber bevor ich es dir sage, müssen wir noch etwas klären.«

Andrej bemerkte aus den Augenwinkeln, dass Frederic auffahren wollte, und versuchte ihn mit einer Geste zu beruhigen. »Wir haben eine Abmachung«, sagte er. »Ich wüsste nicht, was es noch zu klären gibt.«

»Abmachungen sind dazu da, gegebenenfalls geändert zu werden«, entgegnete Krusha ungerührt. »Du hast uns nicht die Wahrheit gesagt, Delãny.«

»Inwiefern?«, fragte Andrej. Natürlich hatte er Krusha und Sergé nicht die *ganze* Wahrheit gesagt, als er von den Geschehnissen in Borsã und dem Wehrturm seiner Vorväter berichtet hatte. Aber er hatte auch nur wenig weggelassen und sich der Wahrheit so weit angenähert, wie es gerade noch ging.

»Du hast uns nicht gesagt, dass wir es mit der Inquisition zu tun haben«, erklärte Krusha und behielt sein Gegenüber bei diesen Worten scharf im Auge, als warte er auf eine ganz bestimmte Reaktion – oder vielleicht auch auf ihr Ausbleiben.

»Die … römische Inquisition?«, murmelte Sergé. »*Hier*? Am Schwarzen Meer? Das kann nicht sein.«

Sein Bruder starrte weiter unverwandt Delãny an. »Aber es ist so«, fuhr er fort. »Und ich habe mich umgehört. Den richtigen Leuten ein Bier ausgegeben, eine Kleinigkeit für eine Information bezahlt …« Er zuckte mit den Schultern. »Es war nicht besonders schwer. Vater Domenicus ist kein Raubritter, der sich als Geistlicher tarnt. Er ist im Auftrag der Kirche hier. Es heißt, sie seien eigens nach Transsilvanien gekommen, um einen Hexer zu suchen, der in der Abgeschiedenheit des Borsã-Tals sein Unwesen treibt.«

»Und jetzt glaubst du, ich sei dieser Hexer«, meinte Andrej lachend. Auch Krusha verzog kurz das Gesicht, aber sein Lächeln hielt nur eine Sekunde, und seine Augen blieben kalt.

»Ich könnte mich schon fragen, wie es kommt, dass du vor unseren Augen in ein brennendes Haus gerannt und wieder herausgekommen bist, ohne größeren Schaden genommen zu haben«, sagte er. »Aber das wäre ziemlich undankbar von mir, nicht wahr? Immerhin hast du Sergé und mir das Leben gerettet. Hättest du die beiden Bogenschützen nicht erschlagen, hätten sie uns getötet.«

»Und es wäre auch nicht besonders klug«, fügte Frederic hinzu. »Wenn wir wirklich Hexer wären, wäre es sogar ziemlich dumm, uns herauszufordern.«

»Nein, das wäre wirklich nicht klug«, gab Krusha zu. Aber er betonte diese Worte auf eine Weise, die Delãny nicht zu deuten vermochte.

»Was willst du, Krusha?«, fragte er. »Uns erklären, dass dir die Sache zu gefährlich wird? Erzähl mir nicht, dass du Angst vor der Kirche hast.«

»Nein«, antwortete Krusha. »Ich frage mich nur, was du uns noch alles verschwiegen hast.«

»Ich habe nichts von der Inquisition gewusst; es hätte ohnehin nichts geändert!«

»Für uns einiges«, sagte Krusha. »Du verstehst anscheinend immer noch nicht, Delãny. Es ist nicht damit getan, deine Leute zu finden und zu befreien. Vater Domenicus und seine Männer sind in offizieller Mission hier. Sie sind Gäste auf dem Schloss.«

»Jetzt verstehe ich«, murmelte Sergé. »Deshalb fragt auch niemand, wer das Feuer im Gasthaus wirklich gelegt hat.«

»Und unsere Leute?«, fragte Andrej.

Krusha machte eine schwer zu deutende Handbewegung. »Ich weiß es nicht genau. Aber ich nehme an, dass sie im Kerker des Schlosses sitzen. Ich habe mich für heute Abend mit einem Mann verabredet, der mir Nachrichten darüber verkaufen will.«

»Und was willst du nun von mir?«, fragte Andrej. Er ahnte die Antwort auf seine Frage, und Krusha enttäuschte ihn nicht.

»Es ist eine Sache, es mit einer Bande von Straßenräubern aufzunehmen«, sagte er. »Aber jetzt haben wir es mit dem Herzog zu tun. Und seiner ganzen Armee.«

»Es wird ihnen nichts nutzen«, grollte Sergé. »Ich werde sie töten, und wenn sie sich im Vatikan selbst verstecken sollten!«

»Sei kein Narr, Sergé«, versuchte Andrej den Aufbrausenden zu beruhigen. »Dein Bruder hat recht. Solange sich die Männer im Schloss aufhalten …«

»… sind sie auch nicht sicherer als anderswo«, fiel ihm Krusha ins Wort. »Sie werden die Nacht nicht überleben. Aber ich fürchte, wir können nichts für eure Leute tun.«

»Ihr seid Feiglinge!«, begehrte Frederic auf.

»Es hat nichts mit Mut zu tun, in ein Verlies einzudringen, das von zwanzig Soldaten bewacht wird, mein Junge«, entgegnete Krusha ruhig. »Sondern allerhöchstens mit Dummheit.«

»Ihr seid feige!«, beharrte Frederic. Er setzte ein grimmiges Gesicht auf. »Aber geht ruhig! Andrej und ich werden sie allein befreien!«

»Natürlich«, sagte Krusha. »Und dann bringt ihr sie aus der Stadt, besorgt Lebensmittel und Wasser für fünfzig Personen und marschiert in aller Ruhe in euer Dorf zurück, und der Herzog steht wahrscheinlich am Straßenrand und winkt euch wohlgefällig zu.« Er lachte abfällig. »Vielleicht weiß ich ja einen anderen Weg.«

»Und welchen?«, fragte Andrej.

Krusha lächelte dünn. »Das kommt ganz darauf an, was dir meine Ratschläge wert sind, Delãny.«

8

Constãntã war die mit Abstand größte Stadt, die Delãny jemals gesehen hatte. Michail Nadasdy hatte ihm von Städten erzählt, die hundertmal größer und tausendmal prachtvoller seien, deren Straßen angeblich mit Gold gepflastert seien und deren Türme so hoch seien, dass ihre Spitzen den Himmel zu berühren schienen. Aber er hatte niemals eine Stadt *gesehen*, die nennenswert größer als Rotthurn gewesen wäre, und die größte Menschenmenge, in der er sich jemals aufgehalten hatte, mochte gerade einmal fünfhundert Köpfe gezählt haben.

Constãntã erschlug ihn regelrecht. Die Stadtmauer erschien ihm höher als die himmelstürmenden Pyramiden, die er ebenfalls aus Michail Nadasdys Erzählungen kannte, und der Marktplatz, auf den sie gelangten, nachdem sie das gigantische Tor passiert hatten, war tatsächlich groß genug, um ganz Borsã und auch noch einen Teil des Schlosses aufzunehmen.

Er war schwarz vor Menschen.

Andrej versuchte erst gar nicht, sie zu zählen oder ihre Zahl auch nur zu schätzen. Dutzende von Marktständen und Karren waren zu einem engen, aber sinnreichen System schmaler Gassen aufgereiht, zwischen denen sich die Menschen in so dichten Trauben drängten, dass Andrej sich unwillkürlich fragte, wieso sie nicht erstickten oder von der sie umgebenden Menge zerquetscht wurden. Der Lärm war unbeschreiblich, und das Durcheinander von angenehmen, fremdartigen, aber zum Teil auch unangenehmen Gerüchen marterte seine Nase ebenso, wie die grellen Farben und das Chaos aus Bewegung seine Augen überwältigten.

»Ich wusste nicht, dass es so viele Menschen auf der Welt gibt!«, sagte Frederic. Seine Stimme zitterte vor Staunen und Furcht. Auch Andrej flößte der Anblick der überfüllten Straßen Angst ein.

Schon als sie sich der Stadt genähert hatten, musste sich Andrej eingestehen, dass es ein gewaltiger Fehler gewesen war, jahrelang das Leben eines Einsiedlers zu führen. Lange Zeit hatte er geglaubt, das zurückgezogene Leben allein mit Raqi würde ihm alles geben, was er jemals im Leben benötigte, aber das stimmte nicht, so glücklich diese Jahre auch gewesen sein mochten. Raqi war stets an seiner Seite gewesen und schließlich gestorben, als gerade ein neuer Lebensabschnitt beginnen sollte – nach der Geburt ihres zweiten Kindes hatten sie vorgehabt, die Berge zu verlassen und woanders ihr Glück zu versuchen, um später vielleicht sogar Marius zu holen und wieder bei sich aufzunehmen. Aber wenn er ehrlich war: Er wusste nichts von einem Leben ohne seine Frau und ohne seine Kinder. Vielleicht war es das gewesen, was Michail Nadasdy gemeint hatte, als er ihn warnte, sich zu ernsthaft mit einer Frau einzulassen.

Delãny schob diesen Gedanken beiseite. Diese Stadt machte ihm angst. Diese unvorstellbare Anzahl von Menschen war ihm nicht geheuer, aber im Moment hatten sie ein viel dringenderes Problem zu lösen. Eine ganze Menge davon, um genau zu sein …

»Ich wusste schon, dass es so viele Menschen gibt«, antwortete Andrej mit einiger Verspätung auf Frederics Frage. »Ich wusste nur nicht, dass sie alle heute Abend hierherkommen würden.«

Er lachte, doch Frederic hatte seine Antwort in all dem Lärm und Stimmengewirr entweder nicht verstanden, oder er begriff den Scherz nicht, denn er sah Andrej nur irritiert an und drängte sich gleichzeitig enger an ihn.

Nur den Bruchteil einer Sekunde war Andrej abgelenkt, da wurde er von jemand so unerwartet angerempelt, dass er fast das Gleichgewicht verloren hätte. Gleichermaßen überrascht wie verärgert drehte er sich um, darauf gefasst, es mit einem unangenehmen Zeitgenossen zu tun zu bekommen, der ihn absichtlich aus dem Weg hatte stoßen wollen. Doch zu seiner Überraschung sah er sich einem jungen, hübschen Mädchen gegenüber, mit dunklen, über die Schultern wallenden Haaren, braunen Augen und vollen Lippen, die ihrem Gesicht etwas Verheißungsvolles verliehen.

»Ja?«, fragte das Mädchen und zog in gespieltem Erstaunen die Augenbrauen hoch.

»Ich, ich …«, stammelte Andrej. Das, was er gerade noch hatte sagen wollen, war ihm komplett entfallen; dafür kamen ihm tausend Dinge in den Sinn, die er hätte sagen können: Wenn er nur in der Lage gewesen wäre, ein weiteres Wort hervorzubringen.

Auch sie verharrte einen kurzen Moment lang, und ihre Blicke trafen sich und verfingen sich in vollkommen unsinniger Weise ineinander. Es waren vielleicht nur ein, zwei Sekunden, aber sie kamen Andrej wie eine

Ewigkeit vor. Er begriff nicht, was in ihm vorging, und schon gar nicht verstand er, warum ihm der Anblick dieser jungen Frau geradezu den Atem raubte – beinahe so, als hätte er noch nie ein attraktives weibliches Wesen gesehen.

Sie lächelte ihn scheu an und warf ihm ein kurzes »Entschuldigt bitte« zu, bevor sie von der Menschenmenge mitgerissen wurde und in ihr verschwand.

Frederic, der ein paar Schritte weitergeeilt war, bevor ihm klar wurde, dass Andrej nicht mehr an seiner Seite war, drehte sich mit panisch suchenden Augen um und sah ihn erstaunt, ja fast vorwurfsvoll an.

»Wo bleibst du? Du siehst aus, als wäre dir ein Geist begegnet«, sagte er zu Andrej.

Andrej sah dem Mädchen kopfschüttelnd nach, wurde abermals angerempelt und entschloss sich nun, Frederic an die Hand zu nehmen und an den Straßenrand zurückzuweichen.

Die beiden waren staunend stehen geblieben, nachdem sie das Tor durchschritten hatten, während auf der Straße ein emsiges Kommen und Gehen herrschte. Trotz der gewaltigen Zahl von Menschen, die unentwegt durch das Stadttor hinausgingen oder hereinkamen, erregten sie womöglich Aufsehen. In den ersten Minuten, die sie in der Stadt zugebracht hatten, war ihm Krushas Warnung, dass nach ihnen gesucht werde, geradezu lächerlich vorgekommen. Wer wollte in diesem Gedränge einen einzelnen Menschen ausfindig machen? Aber möglicherweise galt das nur so lange, wie sie sich nicht anders als der Rest dieser gewaltigen Menschenmenge verhielten.

»Glaubst du, dass wir das Gasthaus finden?«, fragte Frederic. Er musste fast schreien, um sich über das Stimmengewirr hinweg mit seinem Begleiter zu verständigen. Andrej zuckte zur Antwort nur mit den Schultern.

Das Gasthaus war eindeutig die falsche Formulierung. Andrejs Blick flog über das bunte Durcheinander von Marktständen, aufgespannten Schirmen und Stoffdächern und über die Fassaden der Häuser, die den Marktplatz umgaben. Keines von ihnen hatte weniger als drei Stockwerke. Viele Fassaden waren mit aufwendigen Schnitzereien oder Steinmetzarbeiten verziert, die Dächer mit gleichmäßig gearbeiteten Holzschindeln gedeckt, manche auch mit Schiefer- oder Tonziegeln. Constãntã musste eine unvorstellbar reiche Stadt sein – und sie war vor allem unvorstellbar *groß*. Es musste hier mindestens ein Dutzend Gasthäuser geben.

»Versuchen wir es«, sagte er.

»Und wie?«

Andrej hob hilflos die Schultern. Sie würden sich durchfragen müssen, aber er war nicht einmal sicher, ob es auf diesem mit Menschen überfüllten Platz überhaupt ein Durchkommen gab. Und sie hatten nicht alle Zeit der Welt. Krushas Vorschlag, getrennt in die Stadt zu gehen und sich erst dort zu treffen, war ihm am Morgen vernünftig erschienen. Jetzt aber fragte er sich, ob es nicht doch ein Fehler gewesen war. Wenn sie zu spät zu der Verabredung kamen oder das fragliche Gasthaus gar nicht fanden, waren die Überlebenden aus Borsã praktisch verloren. Krusha hatte mit seinen Informationen gegeizt, ihm aber glaubhaft versichert, dass die Gefangenen noch in dieser Nacht weggebracht werden sollten.

Er drehte sich hilflos einmal im Kreis, bedeutete Frederic mit einer Geste, sich nicht von der Stelle zu rühren, und ging zum Tor zurück. Vorhin, als sie die Stadt betreten hatten, waren sie von dem Posten am Tor kaum eines Blickes gewürdigt worden. Bestimmt machte der Mann sich nicht die Mühe, sich auch nur eines der zahllosen Gesichter einzuprägen, die tagtäglich an ihm vorbeizogen.

Außerdem schien er seine Aufgabe nicht sonderlich ernst zu nehmen. Er hatte sich gelangweilt auf seinen Speer gestützt und fühlte sich ganz offensichtlich gestört, als Delãny auf ihn zukam. In seinem orangerot und weiß gestreiften Waffenrock wirkte er überdies eher lächerlich als respekteinflößend, zumindest in Andrejs Augen.

»Bitte verzeiht die Störung«, begann Andrej.

Der Posten richtete sich ein wenig auf, machte sich aber nicht einmal die Mühe zu antworten, sondern bedachte den Fremden nur mit einem abschätzend-verächtlichen Blick.

»Mein Neffe und ich sind zum ersten Mal in der Stadt«, begann Andrej. »Wir waren hier mit meinen Brüdern verabredet, aber ich fürchte …«

Er sprach bewusst nicht weiter, sondern ließ den Satz mit einem hilflosen Achselzucken und einem dazu passenden Gesichtsausdruck unbeendet ausklingen. Die Reaktion seines Gegenübers fiel so aus, wie Andrej gehofft hatte: Die Verachtung in den Augen des Uniformierten wurde noch größer, und er antwortete mit einer Art von Häme in der Stimme, die oft mit erstaunlichem Großmut einhergeht.

»Und jetzt siehst du zum ersten Mal in deinem Leben eine Stadt mit einer Mauer drumherum und mehr als zehn Häusern und würdest dir vor Angst am liebsten in die Hosen pinkeln, wie?«, fragte er spöttisch.

Andrej zuckte mit den Schultern und setzte ein verlegenes Gesicht auf. »Sie ist ... sehr groß«, gestand er. »Ich habe nicht mit so vielen Menschen gerechnet. Und wir haben nur noch eine Stunde Zeit, um das Gasthaus zu finden.«

»So, so.« Der Mann stemmte sich an seinem Speer in die Höhe und warf einen vollkommen überflüssigen, nachdenklichen Blick an Andrej vorbei in die Stadt hinein. Vielleicht suchte er nach dem *Neffen*, von dem Andrej gesprochen hatte; möglicherweise war dessen Erwähnung ein Fehler gewesen.

»Weißt du wenigstens den Namen des Gasthauses, in dem ihr euch verabredet habt, mein Freund?«

»›Zum Einäugigen Bären‹«, antwortete Andrej.

»Eine Spelunke«, meinte der Torwächter. »Selbst für einen Mann wie dich kaum der richtige Ort, wie mir scheint. Hast du Geld?«

»Nicht viel«, antwortete Andrej. »Warum?«

»Oh, keine Angst, ich will nichts davon«, sagte der Wächter. »Ich wollte dir nur raten, gut darauf Acht zu geben. Dort, wo du hinwillst, treibt sich eine Menge Gesindel herum. Wenn deine Brüder dort verkehren, solltest du über deine Familie nachdenken.« Er seufzte. »Aber was geht mich das an ...? Es ist leicht zu finden. Ihr müsst den Markt überqueren, und dann folgt ihr der Straße bis zum Schloss. Dort biegt ihr rechts ab, bis ihr zum Hafen kommt. Jeder dort kennt den ›Einäugigen

Bären‹. Aber seht zu, dass ihr bis zum Einbruch der Dämmerung wieder aus dieser Gegend verschwunden seid.«

Andrej war verwirrt. Trotz des unüberhörbaren Spotts registrierte er auch eine Gutmütigkeit, die er von einem Soldaten im Dienste des Herzogs zuallerletzt erwartet hatte. Er wollte sich bedanken, doch in diesem Moment ging eine erstaunliche Veränderung mit dem Posten vonstatten: Er richtete sich kerzengerade auf und wirkte plötzlich kein bisschen gelangweilt mehr, sondern angespannt, fast schon sprungbereit. Seine Augen wurden schmal, und auf seinem Gesicht erschien ein Ausdruck, der zwischen Erschrecken und unterdrücktem Zorn schwankte. Im allerersten Moment dachte Andrej, der Uniformierte hätte erkannt, wer vor ihm stand, aber dann wurde ihm klar, dass er gar nicht ihn anstarrte, sondern einen Punkt irgendwo hinter seinem Rücken. Andrej drehte erschrocken den Kopf – und fuhr heftig zusammen.

Hinter ihnen war plötzlich eine Gruppe von zehn, zwölf Reitern aufgetaucht. Die Männer sprengten in scharfem Tempo heran, ohne auch nur die mindeste Rücksicht darauf zu nehmen, dass die Straße voller Menschen war. Die meisten trugen die gleichen orange und weiß gestreiften Waffenröcke wie der Mann vor ihm, aber einer von ihnen war in einen dunkelroten Samtumhang gehüllt, zu dem er einen übergroßen Hut mit breiter Krempe trug. Die beiden Reiter zu seiner Rechten und Linken trugen schwarze Mäntel, unter denen es mitunter goldfarben aufblitzte.

Andrej musste nicht einmal in ihre Gesichter sehen,

um zu wissen, mit wem er es zu tun hatte. Nachdem Sergé einen der drei goldenen Ritter nach dem Wirtshausbrand erstochen hatte und drei minus eins zwei ergab, war wahrscheinlich auch der hünenhafte Mann unter ihnen, mit dem er seinen ersten wirklichen Kampf auf Leben und Tod ausgefochten hatte. Es konnte natürlich auch sein, dass in Constãntã noch weitere goldene Ritter stationiert waren und dass die heutige Leibwache des Inquisitors aus ihm gänzlich unbekannten Männern bestand – wenn das so war, dann musste er sich warm anziehen.

Ohne zu zögern, drehte er sich wieder herum und starrte zu Boden. Das war eine ebenso hilflose wie unsinnige Reaktion: In einer solchen Masse von Menschen würde dem Inquisitor und seinen Schergen ein einzelner Mann wohl kaum auffallen. Im Gegenteil, erst durch sein Verhalten brachte er sich in Gefahr, die Aufmerksamkeit der Stadtwache auf sich zu lenken. Hastig korrigierte er seinen Fehler – zu hastig, wie eine ärgerliche Stimme in seinem Inneren bemerkte – und hob den Kopf, nicht viel, sondern so, dass es der demütigen Haltung eines Mannes gleichkam, der sich auf keinen Fall mit den falschen Leuten anlegen wollte.

Und tatsächlich – das Wunder geschah. Der Reitertrupp jagte vorbei, ohne auch nur sein Tempo zu mindern, und das bedrohliche Gefühl in seinem Inneren schwand mit jedem Meter, den er sich von ihm entfernte. Andrej widerstand der Versuchung, den Reitern nachzublicken, als sie dicht hinter ihm durch das Tor sprengten, aber er registrierte trotzdem aus den Augenwinkeln, wie einer der beiden goldenen Ritter den Kopf hob und einen suchenden Blick in die Runde warf. Vielleicht hoffte er, ihn hier irgendwo zu entdecken. Vielleicht hatten ihn die jahrelangen Kämpfe auch nur vorsichtig werden lassen; aber möglicherweise hatte Andrej sein Entkommen auch einem viel banaleren Umstand zu verdanken – nämlich dem, dass ihn der Brand im Gasthaus seiner langen Haare und eines Großteils seiner Kleidung beraubt hatte. Mit seinem fast kahlen Schädel und gehüllt in das beinahe orientalisch anmutende Gewand, das Krusha ihm geliehen hatte, hätte vermutlich selbst Frederic Schwierigkeiten gehabt, ihn aus einiger Entfernung zu erkennen; noch dazu von hinten und inmitten einer größeren Menschenmenge.

Er bemühte sich, nicht hörbar aufzuatmen, als der Reitertross durch das Tor verschwunden war und in der Menschenmenge untertauchte – zwar in langsamerem Tempo als zuvor, aber angesichts der überfüllten Straße noch immer viel zu schnell. Bis die Reiter ihr Ziel erreicht hatten, würde es eine Menge blauer Flecke und Rippenbrüche geben, wenn nicht Schlimmeres.

»Wer … war das?«, fragte er zögernd.

Der Posten starrte noch einige Sekunden lang aus eng zusammengekniffenen Augen in die Richtung, in die die Reiter entschwunden waren, ehe er Andrejs Frage beantwortete.

»Die Leibgarde des Herzogs«, sagte er, »zusammen mit diesem verdammten Pfaffen!«

Andrej blickte den Mann fragend und gleichzeitig überrascht an. Der Reiter im roten Samt war Vater Domenicus gewesen? Er hatte ihn sich sehr viel älter und von vollkommen anderem Habitus vorgestellt – insbesondere aufgrund von Frederics Bericht über die Vorfälle im Borsã-Tal. Er hatte einen alten, grausamen Kirchenfürsten erwartet, aber der Begleiter der beiden goldenen Ritter war keinen Tag älter als fünfunddreißig und von sportlicher, schlanker Statur. Und er hatte das Gesicht eines Kriegers – hart, aber auf eine eigentümliche Weise gutaussehend.

»Mögt Ihr … die Kirche nicht?«, fragte er zögernd – ein Fehler, wie er im gleichen Moment begriff, in dem er die Worte aussprach; denn als ihn der Posten jetzt ansah, lag ein misstrauischer Ausdruck in seinen Augen.

Aber nur für einen Moment, dann schüttelte er den Kopf und sagte: »Doch. Aber ich schlage drei Kreuze, wenn dieser verdammte Inquisitor wieder dort ist, wo er hingehört. Seit er und seine drei seltsamen Begleiter in der Stadt sind …« Er sprach den Satz nicht zu Ende, so, als wäre ihm erst jetzt bewusst geworden, mit wem er sich unterhielt – einem vollkommen Fremden nämlich, von dem er nicht wissen konnte, ob er wirklich das war, wonach er aussah, und wohin er sich als nächstes wenden und mit wem er reden würde.

»Verschwinde jetzt«, sagte er. »Ich habe zu tun. Und du solltest dich sputen, wenn du rechtzeitig im ›Einäugigen Bären‹ sein willst.«

Andrej bedankte sich mit einem Kopfnicken und eilte zu Frederic zurück. Er fand den Jungen nicht dort, wo er ihn zurückgelassen hatte. Die Reiter hatten Spuren auf der Straße hinterlassen: Andrej sah mehrere Männer und Frauen, die schreckensbleich geworden waren und die Hände gegen ihre Arme und Rippen pressten, und genau dort, wo er Frederic erwartete, hockte ein

Greis auf dem Boden und hielt mit schmerzverzerrtem Gesicht seinen Knöchel, der offensichtlich gebrochen war.

Andrejs Gesicht verdüsterte sich vor Zorn. Für ihn selbst war ein gebrochener Knöchel schon hinderlich genug, aber dennoch eine Verletzung, die irgendwann wieder verheilen würde. Für den Alten aber konnte dies das Ende bedeuten. Selbst wenn der Knochen wieder zusammenwuchs, ohne dass er zum Krüppel wurde, war es durchaus denkbar, dass er im nächsten Winter verhungerte oder erfror, weil er seiner Arbeit nicht hatte nachgehen können. Was waren das für Menschen, die so rücksichtslos mit dem Leben anderer umgingen?

Andrej beantwortete sich diese Frage selbst: Die gleichen Menschen, die ein Haus mit einem Dutzend Unbeteiligter in Brand setzten, um einen einzelnen Mann und einen Jungen zu töten oder in ihre Gewalt zu bringen.

Andrej sah sich suchend nach Frederic um. Er hatte dem Jungen eingeschärft, sich nicht von der Stelle zu rühren, doch genau das hatte er offensichtlich getan. Gerade als Andrej zornig zu werden drohte, tauchte Frederic aus einer wenige Schritte entfernten Gasse auf. Er war leichenblass und kam heftig gestikulierend auf ihn zu.

»Andrej!«, sprudelte er los. »Ich habe sie gesehen! Sie waren hier, und …«

»Ich weiß«, unterbrach ihn Delãny und warf ihm einen fast beschwörenden Blick zu. »Nicht so laut!«

»Nein, du verstehst nicht!« Frederic senkte die Stimme, sprach aber nicht weniger aufgeregt weiter. »Ich meine nicht die beiden goldenen Reiter! Der Mann bei ihnen! Das war …«

»Vater Domenicus«, fiel ihm Andrej ins Wort. »Der Mann, der Barak und deinen Bruder Toras gefoltert hat.«

Frederic war verwirrt. »Woher weißt du das?«

»Der Mann am Tor hat es mir gesagt«, antwortete Andrej. »Aber ich glaube, ich hätte mir das auch selbst zusammenreimen können.« Er brachte Frederic, der etwas erwidern wollte, mit einer Handbewegung zum Schweigen. »Er hat mir auch den Weg zum ›Einäugigen Bären‹ erklärt. Es ist ziemlich weit. Wir sollten uns lieber beeilen. Krusha wird nicht erfreut sein, wenn wir zu spät kommen.«

Frederics Reaktion erschreckte ihn. In den Augen des Jungen blitzte es trotzig auf, und für einen ganz kurzen, aber unglaublich intensiven Moment wurde dieser Trotz zu purem Hass, der sich gegen niemand anderen als gegen Andrej richtete – wenn auch wahrscheinlich aus keinem anderen Grund als dem, dass er das erste Ziel war, das sich Frederic bot.

»Ist das alles, was dich interessiert?«, zischte er. »Diese beiden dahergelaufenen Diebe? Ich habe dir gesagt, dass ich den Mann gesehen habe, der meinen Vater und die anderen umgebracht hat! Er kann noch nicht weit sein! Wir können ihn einholen!«

Andrej warf einen raschen Blick in die Runde, ehe er antwortete. Frederic hatte laut genug gesprochen, um noch in etlichen Schritten Entfernung verstanden zu werden. Gottlob schien aber niemand seinen Worten besondere Bedeutung beizumessen. Er erwiderte nichts, sondern ergriff Frederic plötzlich hart bei den Schultern, drehte ihn herum und stieß ihn grob vor sich her.

»Ja, das *ist* alles, was mich interessiert«, zischte er, leise, aber so scharf, dass es einem Schreien gleichkam. »Diese beiden dahergelaufenen Diebe stellen nämlich im Moment die einzige Möglichkeit dar zu erfahren, wo deine Mutter und die anderen gefangen gehalten werden! Was zum Teufel willst du? Rache – oder das Leben deiner Familie retten?«

Frederic riss sich los und funkelte ihn an. »Ich wollte, ich hätte ein Schwert!«, erwiderte er. »Ich wollte, ich wäre erwachsen und müsste mich nicht herumkommandieren lassen!«

Andrej riss endgültig der Geduldsfaden. Er packte Frederic erneut bei den Schultern, riss ihn herum und schüttelte ihn so heftig, dass die Zähne des Jungen aufeinander schlugen.

»Jetzt hör mir mal zu!«, sagte er wütend. Er schrie fast. »Wenn du glaubst, es sei so leicht, ein Leben zu nehmen, dann täuschst du dich! Du willst ein Schwert? Bitte! Du kannst meines haben. Meinetwegen geh hin und versuche, diesen Mann umzubringen! Vielleicht gelingt es dir ja sogar! Er wird kaum damit rechnen, von einem Kind angegriffen zu werden! Und dann?«

»Wie … meinst du das?«, fragte Frederic irritiert.

»Selbst wenn es dir gelingt«, fuhr Andrej fort, »und selbst wenn du in all der Aufregung und dem Durcheinander entkommen solltest – was dann? Glaubst du, es wäre damit getan, einem Mann ein Schwert ins Herz zu stoßen? Das ist es nicht! Er stirbt nämlich nicht einfach, weißt du? Er wird weiterleben, in dir!« Er hob die Hand und stieß Frederic so hart mit Mittel- und Zeigefinger vor die Stirn, dass es den Jungen schmerzen musste. »Du wirst sein Gesicht sehen, jedes Mal, wenn du die Augen schließt. Er wird dir im Schlaf erscheinen. Er wird dich in deinen Träumen heimsuchen, und er wird dich fragen, warum du ihm das Leben genommen hast! Für lange, sehr lange Zeit. Vielleicht für den Rest deines Lebens!«

Frederic starrte ihn an, und Andrej las etwas in seinen Augen, das ihn noch mehr schockierte als der aus Schmerz geborene Hass, der kurz zuvor in ihnen gewesen war. Frederic verstand nicht, was er ihm zu sagen versuchte. Schlimmer noch: Es war ihm vollkommen gleichgültig. Möglicherweise tat Andrej ihm unrecht. Vielleicht war Frederic einfach zu jung, um zu begreifen, welch himmelweiter Unterschied darin lag, einen Mann in Selbstverteidigung zu töten oder ihn kaltblütig umzubringen. Dennoch wusste Andrej einen Augenblick lang selbst nicht, ob er nun Angst *um* oder *vor* Frederic haben sollte. Vielleicht kamen alle Worte, die er sagen konnte, längst zu spät; vielleicht hatte das Grauenvolle, das Frederic mit anzusehen gezwungen worden war, seine Seele schon zerstört; vielleicht konnte der Junge gar nicht mehr anders, als ebenso hart und gnadenlos zu fühlen und zu handeln wie seine Peiniger.

Und vielleicht war das allein schon Grund genug, Vater Domenicus und die zwei noch verbliebenen goldenen Ritter zu töten, die mit ihm im Borsã-Tal gewesen waren – und jeden weiteren goldenen Ritter, sofern ihm noch mehr von ihrer Sorte über den Weg liefen.

»Das ist eine wirklich eigenartige Methode, einem

Kind Respekt vor dem Leben beizubringen«, bemerkte eine Stimme hinter ihm.

Andrej richtete sich zornig auf und fuhr herum. »Was mischt Ihr Euch …«

Er sprach nicht weiter. Er wusste nicht, was oder wen genau er erwartet hatte – aber hinter ihm stand die junge, dunkelhaarige Frau, mit der er vorhin im Menschengewirr bereits zusammengestoßen war. Inmitten der dichtgedrängten Menge hätte sie eigentlich wie verloren wirken müssen, aber das genaue Gegenteil war der Fall. Sie war kaum größer als Frederic und trug ein dunkelgrünes Samtkleid, das ihre schlanke Statur betonte, aber sie wirkte nicht verwundbar. Es war schwer in Worte zu fassen … irgend etwas *Kraftvolles* ging von ihr aus. Möglicherweise lag es an ihren Augen, die ihn fröhlich und ohne jegliche Scheu – wie die eines Kindes – anblickten und die dennoch viel zu alt und viel zu wissend waren für das geradezu kindliche Gesicht, in das sie eingebettet waren. Oder war es die Selbstsicherheit, mit der sie ihr dunkles Haar trug, das in offenen Locken bis weit über die Schultern hinabfiel? Oder gar der zierliche, juwelenbesetzte Dolch an ihrem Gürtel?

Andrej wurde sich des Umstandes bewusst, dass er die junge Frau auf eine Art und Weise anstarrte, die leicht als unziemlich, zumindest aber als *unhöflich* angesehen werden konnte. Er flüchtete sich in ein verlegenes Lächeln. »Verzeiht«, sagte er. »Ich wollte nicht …«

»*Ich* sollte um Verzeihung bitten«, unterbrach ihn die Dunkelhaarige. »Ich habe eigentlich kein Recht, mich einzumischen … aber Ihr versteht nicht viel von Kindern, oder? Ist das Euer Sohn?«

»Nein«, antwortete Andrej verwirrt.

»Nein, es ist nicht Euer Sohn, oder nein, Ihr versteht nichts von Kindern?«, fragte die Fremde lachend.

Andrejs Verwirrung wuchs mit jedem Augenblick. Es waren nicht so sehr ihre Worte, es war vielmehr die bloße Anwesenheit der jungen Frau, die ihn zunehmend verlegener machte. Dass er wie vorhin keinen vernünftigen Satz zustande brachte, lag nicht nur an ihrem ungewöhnlichen Aussehen oder an ihrem noch ungewöhnlicheren Auftreten. Seine Augen konnten sich von ihrer fast zerbrechlich zu nennenden Statur nicht losreißen, und er spürte ein vollkommen unverständliches Verlangen, sie nicht gehen zu lassen, nicht noch einmal. Das Begehren, sie einfach in die Arme zu nehmen und nie wieder loszulassen, erschreckte ihn selbst über alle Maßen, schien es ihm doch nicht nur vollkommen deplatziert, sondern auch wie ein Verrat an Raqi.

Ihre Brust hob und senkte sich, ihr Atem ging schneller und unregelmäßig und eine zarte Röte auf ihren Wangen zeigte Andrej, dass es ihr womöglich ähnlich erging wie ihm – oder dass sie sich über alle Maßen über den Burschen ärgerte, der sie so unverhohlen anstarrte. Dennoch: Sie erwiderte seinen Blick so offen und frei, dass er nicht anders konnte, als sich in ihren dunklen Augen zu verlieren, die ihm wie zwei abgrundtiefe Bergseen vorkamen, gleichermaßen tief wie rein.

»Beides«, brachte Andrej schließlich mit belegter Stimme hervor und durchbrach damit die knisternde, kaum noch zu ertragenen Pause. »Aber …«

»Dann lasst Euch gesagt sein, dass man ein Kind nicht mittels Angst erziehen sollte«, fuhr sie befangen fort.

»Furcht ist ein schlechter Lehrmeister.« Die letzten Worte flüsterte sie fast.

»Ich habe keine Angst«, sagte Frederic mit Trotz in der Stimme.

»Natürlich nicht.« Sie lachte leise. »Kein richtiger Junge hat vor irgend etwas Angst. Wie ist dein Name, kleiner Held?«

»Frederic«, antwortete Frederic misstrauisch. »Aber ich bin schon lange nicht mehr *klein.*« Seine Augen verengten sich. »Warum wollt Ihr das überhaupt wissen?«

»Oh, entschuldige, ich wollte dich nicht beleidigen. Ich weiß nur gerne, mit wem ich rede. Mein Name ist Maria. Und wie heißt Ihr?«, fragte sie an Delãny gewandt.

»Andrej«, antwortete Delãny. »Frederic ist mein … mein Neffe.« Die Worte klangen nicht einmal in seinen eigenen Ohren überzeugend. Was war nur mit ihm los? Das letzte Mal, dass er so auf einen Menschen reagiert hatte, war, als er Raqi kennen gelernt hatte.

Allein dieser Gedanke versetzte ihm einen tiefen Stich. Irgendeinen Menschen – ganz gleich, wen – mit seiner geliebten Raqi zu vergleichen, bedeutete einen Verrat an ihrer Liebe.

»Ich … es tut mir leid«, sagte er unbehaglich. »Aber wir sind ein wenig in Eile. Wir haben eine Verabredung und … und noch einen weiten Weg vor uns.«

»Und zweifellos hat Euch Eure Mutter den guten Rat gegeben, Euch nicht von fremden Frauen ansprechen zu lassen«, fügte Maria mit übertrieben gespieltem Ernst hinzu. Dann lachte sie – ihre Stimme war so hell und klar wie der Klang einer gläsernen Glocke – und streckte Frederic die Hand entgegen. »Hast du vielleicht noch genug Zeit, dir von mir eine Zuckerstange schenken zu lassen, Frederic?«

Der Junge war nun vollends verwirrt – und Andrej kaum weniger. Sie lebten nicht in einer Zeit, in der eine Frau einen fremden Mann einfach auf offener Straße ansprach, nicht einmal, wenn es sich um eine so ungewöhnliche Frau wie diese Maria handelte. Aber das allein war es nicht. Irgend etwas an ihrer bloßen Anwesenheit erschreckte ihn so sehr, dass er am liebsten auf der Stelle davongerannt wäre.

Und wahrscheinlich hätte er das auch getan, wäre da nicht dieser sonderbare Ausdruck auf Frederics Gesicht gewesen. Der Junge wirkte immer noch erschrocken und verunsichert, aber da war auch noch etwas anderes.

»Es tut mit leid«, wollte Andrej die Unterhaltung beenden, »aber wir …«

Doch Frederic sagte: »Gerne«, als hätte er Delãnys Worte überhaupt nicht gehört.

Maria ließ erneut dieses helle, glockenhafte Lachen ertönen, in dem eine deutliche Spur von – wenn auch gutmütigem – Spott mitschwang. Ihre Augen funkelten.

»Frederic!«, sagte Andrej streng.

»So herzlos könnt Ihr nicht sein, Andrej«, versuchte Maria ihn umzustimmen, »einem Kind eine Zuckerstange zu verweigern, das zum ersten Mal in seinem Leben in der Stadt ist und noch nie einen richtigen Markt gesehen hat.«

»Woher wisst Ihr das?«, fragte Andrej misstrauisch.

Maria lachte erneut. »Es steht euch in den Gesichtern

geschrieben.« Sie streckte wieder die Hand nach Frederic aus und machte mit der anderen eine auffordernde Geste.

Frederic hob den Arm, um ihre Bewegung zu erwidern, drehte sich dann aber halb zu Andrej herum und warf ihm einen flehenden Blick zu. Seine Gesichtszüge entgleisten schlagartig, als er in Andrejs Richtung sah.

Wie erstarrt stand er da und sah über die Köpfe der vielen Menschen hinweg. Im ersten Moment glaubte Andrej, Domenicus sei mit seinem Gefolge zurückgekehrt, und der Junge sei im Begriff, eine Dummheit zu begehen, würde sich vielleicht mit einem Aufschrei auf den Mörder seiner Familie stürzen, ohne die unausweichlichen Konsequenzen zu bedenken. Dennoch zwang sich Delãny dazu, nicht panisch herumzufahren, sondern nur leicht den Kopf zu drehen, so dass er aus den Augenwinkeln in dieselbe Richtung blicken konnte, in die Frederic so entsetzt starrte.

Es waren nur zwei Reiter, die ihre Tiere im leichten Schritttempo durch die Menge lenkten, und im ersten Moment wollte Andrej schon aufatmen – bis er sie erkannte. Sein Herz schien einen Moment auszusetzen und dann mit schmerzhafter Wucht weiterzuhämmern, als er die zwei Silhouetten gewahrte. Es waren die beiden goldenen Ritter, die ihn in dem Wirtshaus aufgespürt hatten, und er konnte sich nur zu lebhaft vorstellen, was sie mit ihm anfangen würden, wenn sie auf ihn aufmerksam wurden. Sie ritten sehr langsam, fast gemächlich, so, als suchten sie jemanden – er wusste nur zu gut, wen –, und er spürte fast körperlich die Bedrohung, die von ihnen ausging.

Während Andrej die zwei aus den Augenwinkeln weiter zu beobachten versuchte, wandte er sich wieder Maria zu. »Ich will ja kein Spielverderber sein«, sagte er hastig und ohne das Entsetzen vollständig aus seinem Gesicht drängen zu können. »Aber heute haben wir wirklich keine Zeit dafür. Vielleicht ein anderes Mal?«

Marias Gesicht war anzusehen, dass sie die unerwartete Wendung des Gespräches enttäuschte und dass sie nicht begriff, was plötzlich mit ihm los war. Doch darauf konnte er nun wirklich keine Rücksicht mehr nehmen. Das Gespräch mit der jungen Frau hatte für ihn plötzlich und unerwartet eine ganz andere Bedeutung bekommen: Die Ritter ließen ihre Blicke ganz unverhohlen über die Menge schweifen, aber sie würden auf der Suche nach einem Mann und einem Jungen sein und nicht damit rechnen, dass sich die beiden Gesuchten in ein Gespräch mit einer jungen Schönheit vertieft hatten.

»Oh nein, das könnt Ihr mir doch nicht antun«, sagte Maria hilflos. Sie machte nicht den Eindruck, als würde sie Andrej und Frederic vollkommen kampflos davonziehen lassen. »Wollt Ihr wirklich so herzlos sein, mich hier einfach stehen zu lassen?«

Andrej versuchte zu lächeln, aber es wurde nur eine Grimasse daraus. Es fehlte noch, dass er die junge Frau in Gefahr brachte, weil sie zusammen mit ihm gesehen wurde. »Es tut mir leid«, stieß er hervor, »aber wir müssen leider weiter. Vielleicht will es das Schicksal, dass wir uns unter günstigeren Umständen wiedersehen?«

Er wartete keine Antwort ab, packte Frederic am Arm und zog ihn hinter sich her. Maria blieb nun ihrerseits nichts anderes übrig, als den Jungen loszulassen, den sie bis zu diesem Zeitpunkt immer noch am Arm ergriffen hatte. Ihrem Gesicht war deutlich anzusehen, dass sie darüber nicht sehr glücklich war und dass sie nicht begriff, was plötzlich in Andrej gefahren war. Sie rief ihnen noch etwas hinterher, doch Delãny konnte ihre Worte nicht verstehen; sie wurden von den auf- und abschwellenden Marktgeräuschen verschluckt.

Es wurde höchste Zeit. Aus den Augenwinkeln heraus bemerkte Andrej das Aufblitzen eines goldenen Brustpanzers. Er beschleunigte sein Tempo, ohne auf Frederic Rücksicht zu nehmen, und zog ihn regelrecht hinter sich her. Ein weiterer Blick bestätigte seine Befürchtung. Die goldenen Ritter lenkten nun ihre Pferde quer über den Marktplatz und strebten, ohne auf die Marktbesucher Rücksicht zu nehmen, in ihre Richtung.

»Sie sind auf uns aufmerksam geworden«, zischte er Frederic zu. »Beeil dich, sonst haben sie uns gleich.« Nach diesen Worten musste Andrej nicht mehr gegen den Widerstand des Jungen ankämpfen, ganz im Gegenteil hatte er nun Mühe, mit ihm mitzuhalten. Frederic schlängelte sich wie ein Aal durch die Menschenmenge.

So erreichten sie unbehelligt das andere Ende des Marktplatzes und liefen nun in eine schmale, mit Unrat und Abfällen übersäte Gasse hinein. Hier kamen sie endlich etwas schneller voran, obwohl sie immer noch von fliegenden Händlern und zum Markt strebenden Menschen behindert wurden. Andrej legte seine Hand auf den Griff seines Schwerts und schlug eine noch raschere Laufgeschwindigkeit an. Als sie das Ende der

Gasse erreichten, hielten sie kurz inne, bogen dann aber, ohne weiter zu zögern, nach links ab und strebten mit schnellen Schritten auf eine weitere Gasse zu. Auf diese Weise wechselten sie noch zwei- oder dreimal die Richtung, wahllos und Stück für Stück langsamer werdend. Schließlich bewegten sie sich nur mehr genauso schnell wie alle anderen in ihrer Umgebung.

Das Pferdegetrappel ihrer Verfolger war jetzt schon eine ganze Zeit lang nicht mehr zu hören. Trotzdem war sich Andrej darüber im Klaren, dass sich die Ritter nicht so schnell geschlagen geben würden. Vermutlich ritten sie jetzt nach und nach alle Gassen ab, um seiner doch noch habhaft zu werden. Er konnte nur hoffen, dass sie sich ihrer Sache nicht sicher waren und die Verfolgung nur pro forma aufgenommen hatten; andernfalls würde es in der Stadt gleich von Soldaten wimmeln, die ganz gezielt jedes Haus und jede Gasse nach ihnen absuchten – bis sie sie früher oder später aufgestöbert hatten.

So weit wollte es Andrej nicht kommen lassen. Nur ein knappes Dutzend Schritte entfernt gewahrte er eine schmale, aber einladend offen stehende Toreinfahrt, sah sich verstohlen um und steuerte darauf los.

Sie erreichten unbehelligt den Durchgang. Andrej stellte mit einem kurzen Blick fest, dass er zu einem kleinen, auf allen Seiten von mannshohen Mauern umschlossenen Hof führte, auf dem sich Berge von Unrat und kniehohe Stapel modernden Holzes auftürmten. Er trat rasch durch den gemauerten Bogen, blickte nach links und rechts und sah seinen ersten Eindruck bestätigt: Nicht nur der schmuddelige Hinterhof, sondern auch das dazugehörige Haus machten einen ebenso heruntergekommenen wie verlassenen Eindruck. Es gab nur eine einzige, aus morschen Brettern grob zusammengezimmerte Tür, die ins Haus hineinführte. Die fünf, höchstens sechs Fenster, die er von hier aus sehen konnte, waren ebenfalls mit Brettern vernagelt.

Andrej trat rasch auf die Tür zu, schloss für einen Moment die Augen und lauschte. Er konnte den Lärm vom Marktplatz und die Geräusche der Straße noch immer deutlich hören, aber aus dem Haus selbst drang nicht der mindeste Laut. Es musste leer stehen.

Kurz entschlossen schob er die Hand durch einen Spalt in der Brettertür, packte zu und hätte fast das Gleichgewicht verloren, als das morsche Holz unter seinem Griff zerfiel. Ohne zu zögern, brach er die Tür vollends auf und zog Frederic mit sich ins Innere des Hauses.

Staubiges Zwielicht umfing sie, eine schon fast gespenstische Leere und unangenehme, modrige Gerüche, die beherrscht waren von einem scharfen, süßlichen Gestank, welcher verriet, dass in diesem Haus vor nicht allzu langer Zeit jemand gestorben war, den man nicht rechtzeitig beerdigt hatte. Vielleicht war das ja auch der Grund, weshalb das Gebäude ungenutzt blieb.

Andrej zog die halbverfallene Tür hinter sich zu, trat zu einem Fenster an der gegenüberliegenden Wand und spähte durch die fingerbreiten Lücken zwischen den Brettern, mit denen es vernagelt war. Er sah die Straße, auf der sie vor wenigen Augenblicken zu diesem Gebäude gekommen waren. Sie war noch immer voller Menschen, aber niemand schien das Verschwinden der beiden seltsamen Fremden in der Toreinfahrt bemerkt zu haben. Vielleicht war Constãntã einfach zu groß, als dass die Menschen zwei einsamen Passanten noch irgendwelche Beachtung schenkten, mochten diese auch noch so merkwürdig aussehen.

Frederic, der vollkommen erschöpft wirkte, sah sich kurz um und ließ sich erst dann im Schneidersitz auf den Fußboden nieder. Andrej folgte seinem Beispiel, jedoch nicht, ohne zuvor sein Schwert zu ziehen und es griffbereit neben sich zu legen. »Ruh dich ein wenig aus«, sagte er dann, »wir werden bis zum Einbruch der Dunkelheit hierbleiben.«

Dabei war er sich nicht einmal sicher, ob ihr Versteck wirklich klug gewählt war. Wenn man sie hier aufspürte, würde es keine schnelle Fluchtmöglichkeit geben. Seine einzige Chance würde in einem solchen Fall dann darin bestehen, sich freizukämpfen – doch selbst, wenn ihm das gelänge: Wohin sollten sie sich anschließend wenden in dieser verfluchten Stadt, wenn erst einmal die Tore geschlossen waren und ihnen Dutzende, vielleicht sogar Hunderte von Soldaten auf den Fersen waren?

Schon nach ein paar Minuten fühlte er seine schlimmsten Befürchtungen bestätigt. Es war ganz eindeutig das Getrappel einiger weniger Pferde, das laut und bedrohlich von den Hauswänden widerhallte und von Reitern kündete, die sich dem Haus näherten. Andrej sprang geradezu auf. Öliger Schweiß stand auf seiner Stirn, und seine Hand, die das Sarazenenschwert hielt, zitterte leicht. Er spähte durch eine Lücke zwischen den Brettern in die Gasse, konnte aber nichts erkennen.

»Siehst du jemanden?«, fragte Frederic mit zitternder Stimme.

»Still jetzt«, zischte Andrej. »Da sind sie.«

In dem schmalen Ausschnitt, den die Lücke zwischen den Brettern in die Wirklichkeit schnitt, sah er das Stück einer Pferdemähne, einen Stattelknauf, das gepanzerte Bein eines Ritters, eine Schwertscheide, die durch das Auf und Ab des Rittes leicht schwankte ... Seine Hand klammerte sich automatisch fester um den Griff seiner eigenen Klinge. Die zwei Männer in den goldenen Rüstungen ritten sehr langsam und schienen sich gründlich umzusehen. Andrej erwartete jeden Moment, einen Halteruf zu hören oder das Scharren eines Pferdehufes, das davon kündete, dass einer der Reiter sein Tier gezügelt hatte.

Aber nichts dergleichen geschah. Nach Sekunden, die ihm wie eine Ewigkeit vorkamen, waren sie endlich – endlich! – vorbei. Andrej blieb noch eine ganze Weile in gespannter Haltung stehen, jederzeit darauf gefasst, dass die beiden Reiter anhielten, um zurückzukehren und sich das verlassene Haus noch einmal genauer anzusehen. Doch dann verklang das Pferdegetrappel und ließ sie zurück in einem Versteck, das sie für den Moment gerettet hatte – und sich doch jederzeit als Todesfalle entpuppen konnte.

9

»Der Einäugige Bär« entsprach so genau der Beschreibung, die Andrej von dem Wachposten bekommen hatte, dass er ihn auch ohne das unbeholfen gemalte Schild über der Tür gefunden und erkannt hätte. Die beiden Delãnys hatten weit über eine Stunde gebraucht, um den Hafen und damit die Straße zu erreichen, in der das Gasthaus lag, denn Andrej war sorgsam darauf bedacht gewesen, den Patrouillen auszuweichen, die in immer größerer Zahl aus dem Schloss strömten und die Straßen durchstreiften.

Trotzdem blieb Andrej in einigen Schritten Abstand zu dem niedrigen Fachwerkgebäude noch einmal stehen und sah sich aufmerksam um. Die Straße wirkte so heruntergekommen und ungastlich, wie er es nach der Beschreibung des Postens erwartet hatte. Die Häuser am Hafen waren allesamt kleiner, älter und vor allem schäbiger als die im westlichen Teil der Stadt; und die Menschen, die hier lebten, wirkten auf Andrej ärmlich und wenig vertrauenerweckend.

Andrej warf einen neuerlichen sichernden Blick in die Runde, schob das unheimliche Gefühl, aus den Schatten heraus belauert zu werden, endgültig auf seine unerklärliche Unsicherheit und betrat schließlich die Schenke.

Das Innere des »Einäugigen Bären« erinnerte auf beinahe unheimliche Weise an das Gasthaus, in dem sie vor zwei Tagen gewesen und in dem Ansbert und Vranjevc ums Leben gekommen waren: Es gab einen großen, rechteckigen Raum mit nur wenigen Fenstern und einem Boden aus festgestampftem Stroh und Lehm. Die Theke bestand aus einer Anzahl leerer Fässer, auf die jemand mit entschieden mehr Begeisterung als Zimmermannskunst ein paar grobe Bohlen genagelt hatte, und auch die wenigen Stühle und Tische hätten ohne weiteres aus dem niedergebrannten Gasthaus stammen können.

Vielleicht sahen ja alle Spelunken in diesem Teil des Landes so aus, überlegte Andrej: einfach, aber massiv genug, um auch die eine oder andere freundschaftliche Prügelei zu überstehen. Zumindest solange sie nicht mit Brandpfeilen und ölgefüllten Tonkrügen ausgetragen wurde.

Obwohl der »Einäugige Bär« fast bis auf den letzten Platz gefüllt war, entdeckte er die Brüder auf Anhieb – zumindest Krusha. Das Gesicht der zusammengekauerten Gestalt neben ihm verbarg sich hinter einem Tuch, das aus einer Art ungeschickt gewickeltem Turban hing und ihn fast wie einen Muselmanen aussehen ließ. Angesichts der augenblicklichen Expansionsgelüste der Türken und des damit wachsenden Widerstands gegen alle Muslime war es in Constãntã nicht ganz ungefährlich, mit einem Turban auf dem Kopf durch die Stadt zu laufen. Doch immerhin entsprachen sein einfacher Überwurf und die bunte Schärpe, mit der dieser zusammengehalten wurde, der hier üblichen Kleidung.

Beim Näherkommen erkannte Andrej, dass sich seine

geheime Befürchtung bewahrheitete. Es war nicht der Informant, der hier wie verabredet mit Krusha auf ihn warten sollte, sondern Sergé. Obwohl ihm die Verkleidung des Mannes etwas übertrieben vorkam, musste er zugeben, dass er sie zu Recht trug: Die Stadtwache suchte nach dreisten Brandstiftern und würde sich deshalb Männer mit frischen Brandwunden nicht durch die Lappen gehen lassen.

Frederic und er steuerten auf den bis auf zwei Bierkrüge leeren Tisch zu, an dem die beiden angeblichen Gaukler saßen. Krusha blickte ihnen vollkommen ausdruckslos entgegen, während es in Sergés einzigem noch intakten Auge – hinter dem groben Schleierersatz war das so ziemlich alles, was man von seinem Gesicht erkennen konnten – erst ungläubig und einen Moment später voller Zorn aufblitzte.

Die Delãnys ließen sich grußlos auf den beiden einzigen noch freien Stühlen nieder. »Da sind wir!«, sagte Andrej herausfordernd. »Ich dachte, wir wären hier mit einem Informanten verabredet. Wo ist er?«

Die Brüder sahen ihn finster an. »Wir dachten schon, ihr kommt gar nicht mehr, man hätte euch verhaftet, oder ihr hättet es euch anders überlegt. Wieso kommt ihr so spät?« Sergé, dem bei seinen Worten das Tuch im Gesicht verrutschte, sah sie beide vorwurfsvoll an. Mit einer theatralischen Bewegung richtete er seinen Schleier wieder so her, dass außer einem Augenschlitz sein Gesicht verhüllt wurde.

»Weil wir den Wachen des Herzogs aus dem Weg gehen mussten. Wir sind heute morgen den goldenen Rittern über den Weg gelaufen, und dummerweise haben sie Verdacht geschöpft. Aber ich glaube nicht, dass sie uns wirklich erkannt haben«, fügte er schnell hinzu, als Sergés entsetzten Gesichtsausdruck bemerkte, »sonst hätten sie ganz anders reagiert. Sie haben mich mit langen Haaren und transsilvanischer Kleidung in Erinnerung – das ist mein Vorteil.«

»Ein schöner Vorteil«, schimpfte Sergé, »wenn sie dann dennoch Jagd auf dich machen!«

»Vielleicht haben sie uns auch nur für Diebe gehalten – was weiß ich.«

»Das wird ja immer schöner«, knurrte Sergé. »Was habt ihr bloß angestellt?«

»Nichts«, sagte Andrej rasch, aber aus irgendeinem Grund sah er plötzlich Marias Gesicht vor seinem inneren Auge. Er wollte Sergé schon von ihr berichten – doch dann verwarf er den Gedanken wieder. Schließlich ging das die beiden Brüder nun wirklich nichts an.

»Es kann auch sein, dass die Aufregung in der Stadt weniger mit uns zu tun hat«, fuhr er fort.

»Weniger? Hat sie es denn nun – oder nicht?«

Andrej zuckte mit den Schultern. »Ich habe heute auf dem Markt ein paar Gesprächsfetzen aufgeschnappt. Die Menschen hier befürchten, die Türken könnten Constãntã auf die Liste ihrer nächsten Eroberungsfeldzüge gesetzt haben. Vielleicht hat der Herzog ja auch deshalb die Patrouillen verstärken lassen.«

Sergé griff sich automatisch an den Kopf und rückte seinen Turban zurecht. Er sah alles andere als glücklich dabei aus. »Hoffentlich halten sie mich nicht für einen dieser verdammten Muselmanen.«

Andrej warf ihm einen abschätzigen Blick zu. »Ich

glaube kaum«, sagte er dann. »Sie werden dich eher für einen ganz gewöhnlichen Dieb halten.«

Sergé funkelte ihn mit seinem einen Auge wütend an, verkniff sich aber eine Antwort.

»Mein Informant hat mir ganz Ähnliches berichtet«, mischte sich nun Krusha ein. »Es heißt, die Türken sammeln sich ein paar Tagesritte weiter südlich von hier. Das ist auch der Grund, warum er die ganze Aktion auf morgen verschieben musste.«

»Was heißt das?«, fragte Andrej überrascht. »Ich denke, wir wollten die Sache schnell hinter uns bringen?«

»Ja«, sagte Krusha ruhig. »Nur ist im Leben leider nichts gewiss. Aber keine Sorge«, fügte er schnell hinzu, als Delãny aufbegehren wollte, »im Prinzip bleibt alles beim Alten. Ich habe immerhin in Erfahrung bringen können, dass die Gefangenen morgen Nacht weggeschafft werden sollen.«

»Ja und?«, sagte Frederic aufgebracht. »Wir können sie doch trotzdem schon heute befreien!«

»Du hast keine Ahnung, Grünschnabel«, sagte Sergé abfällig. »Glaubst du etwa, das sei ein Spaziergang? So etwas muss genauestens geplant werden. Was nutzt es uns, wenn wir zwar die Gefangenen finden, sie aber nicht aus der Stadt herausbekommen? Also halte dich raus, Kleiner, wenn Erwachsene miteinander reden.«

»Das heißt also, wir könnten auch noch in einem Türkenkrieg zwischen die Fronten geraten«, sagte Delãny betroffen.

Krusha schüttelte den Kopf. »Nein«, sagte er bestimmt. »Wir wollen ja schließlich hier nicht Wurzeln schlagen. Wir erledigen, was zu tun ist, und sind verschwunden, ehe noch die ersten Krummsäbel vor den Stadttoren aufmarschieren.«

»Können wir denn heute nacht nicht wenigstens mit meinen Angehörigen Kontakt aufnehmen?«, bohrte Frederic nochmals nach. »Dann wissen wir immerhin schon mal, wie es ihnen geht und ob ...«

»Nein!«, zischte Krusha. »Wir müssen bis morgen warten. Ohne meinen Informanten läuft gar nichts.«

»Auch das noch«, fluchte Andrej, dem es gar nicht gefiel, von einem Unbekannten abhängig zu sein. »Am besten, man sieht uns bis dahin nicht mehr zusammen. Frederic und ich werden uns irgendein Rattenloch suchen, in dem wir so lange unterschlüpfen können. Wann treffen wir uns morgen?«

»Zur gleichen Zeit wie heute«, flüsterte Krusha den beiden über den Tisch hinweg zu. »Verspätet euch aber nicht wieder!«

In diesem Moment kam der Wirt, um ihre Bestellung aufzunehmen. Sergé winkte ab und sagte ihm, dass seine Freunde nicht länger bleiben könnten. Andrej und Frederic warteten seine Erwiderung erst gar nicht ab, sondern standen unverzüglich auf und verließen ohne jede weitere Verzögerung das Gasthaus. Auf dem gleichen umständlichen Weg, der sie durch Dutzende kleiner Gassen zum Treffpunkt geführt hatte, kehrten sie wieder in ihr Versteck zurück. Delãny sah sich währenddessen immer wieder verstohlen um; es kam ihm so vor, als würden ihn in der Dunkelheit tausend Augen beobachten und genau ausspähen, was er vorhatte. Ob er es wollte oder nicht: In dieser Stadt fühlte er sich wesentlich befangener und unsicherer als unter freiem Himmel.

Und dazu hatte er auch allen Grund. Ganz Constãntã schien von einer merkwürdigen Unruhe ergriffen zu sein. Es waren nur noch wenige Menschen unterwegs, und die meisten Männer und Frauen, denen sie begegneten, wirkten nervös und angespannt – sie hetzten an ihnen vorbei, ohne ihnen auch nur einen Blick zu schenken. Andrej war das natürlich ganz recht. Und doch zuckte er jedes Mal zusammen, wenn er Schritte vernahm oder eine Bewegung in dem Halbdunkel zu erkennen glaubte. Seine Sinne waren aufs äußerste gespannt und darauf ausgerichtet, ihnen eine unangenehme Begegnung zu ersparen. Und tatsächlich mussten sie zweimal in eine Seitengasse ausweichen, um Männern aus dem Weg zu gehen, die das herzogliche Wappen auf ihren orange-weißen Uniformen trugen. Jedes Mal schob seine Hand dabei die Schärpe zurück, die er so über den Griff des Sarazenenschwertes platziert hatte, dass die Waffe damit halb verdeckt war – und keine neugierigen Blicke auf sich ziehen konnte –, sich aber dennoch blitzschnell ziehen ließ.

Andrej atmete erst auf, als sie das verlassene Haus wieder erreicht hatten, ohne einer Stadtwache in die Arme gelaufen zu sein. »Das wirft unsere Pläne erst einmal über den Haufen«, sagte er, nachdem sie in das Haus eingestiegen waren, »aber immerhin dürften wir für heute Nacht hier sicher sein. Mach es dir bequem. Ich werde noch mal losziehen, um mich ein bisschen umzuhören. Vielleicht erfahre ich ja noch etwas Wichtiges. Außerdem werde ich versuchen, etwas Essbares aufzutreiben.« Er fuchtelte mit dem alten, bereits gesprungen Tongefäß vor Frederics Nase herum, das er unter der schmalen Stiege gefunden hatte. »Und damit werde ich dir Wasser holen – damit du mir nicht noch verdurstest!«

»Ich warte doch nicht, bis du die Gnade hast, mir etwas zu trinken zu bringen«, sagte Frederic empört. »Ich bleibe auf keinen Fall allein hier.«

Als Andrej etwas erwidern wollte, fuhr der Junge noch lauter fort: »Ich komme natürlich mit. Ausgeruht habe ich mich vorhin schon. Du tust ja gerade so, als wäre ich ein kleiner Junge!«

Andrej seufzte. Es war Frederic anzuhören, dass es ihm überhaupt nicht behagte, hier allein in dem alten Gemäuer zurückzubleiben. Das war kein Wunder; in dieser für einen transsilvanischen Bauernjungen nicht nur fremden, sondern auch bedrohlichen Umgebung im Dunkeln allein zu sein, mochte für Frederic schon furchterregend genug sein, aber dann auch noch zu wissen, dass die gesamte herzogliche Wache einschließlich ein paar geheimnisvoller goldener Reiter hinter einem her war: das war zu viel.

»Wir müssen jedes unnötige Risiko vermeiden«, sagte er dennoch. »Wenn wir um diese Zeit zu zweit losziehen, fallen wir viel mehr auf, als wenn ich alleine gehe.«

Frederic wollte sich auch damit nicht zufrieden geben, aber schließlich wurde es Andrej zu bunt, und er unterbrach seine weiteren Einwände mit einer ärgerlichen Handbewegung. »Du wirst hier die Stellung halten und damit basta«, entschied er. »Und ich rate dir gut: Komm mir nicht die Quere! Es könnte sonst sein, dass du damit die Befreiung deiner Verwandten von vornherein zunichte machst.«

»Du willst mir drohen?«, fragte Frederic gleichermaßen entsetzt wie halsstarrig.

»Ja, ich will dir drohen«, bestätigte Andrej. »Und ich will dir klarmachen, dass nicht du es bist, der hier die Spielregeln bestimmt: Es sind der Herzog, die goldenen Ritter, Vater Domenicus und auch die beiden Spießgesellen, denen wir uns anvertraut haben. Erst ganz zum Schluss kommen wir beide.«

Er drehte sich ohne ein weiters Wort um und verließ das baufällige Haus auf demselben Weg, auf dem sie es betreten hatten. Während er die schmale Gasse entlangschritt, die ihn über mehrere Abzweigungen zu den größeren Straßen bringen würde, versuchte er sich wieder zu beruhigen. Frederic hatte eine Art an sich, die ihm zunehmend auf die Nerven ging. Es gab keine Entscheidung, keine Handlung, die er nicht irgendwie kommentierte oder kritisierte. Dabei war es nicht ungefährlich, zu streiten, solange sie sich in Constãntã befanden. Ein unbedachtes Wort, eine zu laut erhobene Stimme – das konnte nicht nur die Stadtwache auf ihre Spur bringen, sondern sogar über Leben und Tod der gesamten noch lebenden Bevölkerung von Borsã entscheiden.

Wie von selbst war er in Richtung Marktplatz gegangen. Warum er ausgerechnet diesen Weg wählte, hätte er nicht einmal genau zu sagen vermocht. Er genoss es jedenfalls, dass er einmal allein sein konnte, ohne die Begleitung des aufsässigen Jungen, der keine Gelegenheit ausließ, um ihn in Rage zu bringen. Sobald er das alte Tongefäß, das er in der Hand trug, an einem der öffentlichen Brunnen mit Wasser gefüllt hatte, würde er es zurückbringen – um ihm seinen Inhalt bei der nächsten frechen Antwort über den Kopf zu schütten.

Er schlenderte durch die mäßig belebten Gassen – immer auf der Hut vor Uniformen und dem Geklirr von Waffen – und fand sich plötzlich an dem Ort wieder, wo er heute Nachmittag dem Mädchen begegnet war. Der Marktplatz bot ihm um diese Zeit ein vollkommen anderes Bild als am helllichten Tag. Der Geruch, der über dem Platz lag, war eine übelriechende Mischung aus Abfällen, Kot, aber auch Obst- und Gemüseresten, wobei Letztere durchaus noch essbar sein konnten – bei ihm führte die Gesamtmischung jedoch erst einmal dazu, dass sich ihm der Magen umdrehte.

Obwohl die Sonne schon fast untergegangen war, herrschte noch reges Treiben auf dem Platz. Einige Marktschreier waren damit beschäftigt, die restlichen Waren für den nächsten Tag in Sicherheit zu bringen, andere machten sich auf den Weg zu ihrer Schlafstatt. Doch nicht wenige hatten es sich neben ihrer Ware auf dem gepflasterten Boden so bequem wie möglich gemacht, wohl um sich gleich früh morgens nicht das erste Geschäft entgehen zu lassen. Andrej vermutete allerdings, dass etliche unter ihnen eine schmale Pritsche in einer Herberge vorgezogen hätten, wenn sie sich diesen Luxus hätten leisten können.

Ob er nun wollte oder nicht: Angesichts der leeren Marktstände fing sein Magen laut zu knurren an. Möglichst unauffällig sah er sich nach etwas Essbarem um. Wenn er noch etwas hätte kaufen können, hätte er den Großteil der wenigen Geldstücke, die in seiner Tasche klimperten, für ein Stück Brot und etwas Käse geopfert. Doch so blieb ihm nichts anderes übrig, als sich nach einem kostenlosen Nachtmahl umzusehen – etwas, das er unterwegs im Wald oder auf Feldern durchaus gewohnt war, was aber in den Städten wohl nicht ganz so üblich war; schließlich sprossen hier keine Pilze, Beeren oder essbaren Kräuter aus dem Boden.

Dennoch hatte er Glück. Inmitten einer schmalen Gasse aus nun leeren Holzwagen stolperte er geradezu über ein paar gelbe Rüben und Kohlrabi, die mit ein paar Holzspänen zusammen weggekehrt worden waren. Sie sahen zwar nicht mehr sehr appetitlich aus, aber zumindest noch genießbar. Er wickelte seine Schätze in einen alten Leinenfetzen, den jemand achtlos fortgeschmissen hatte, und machte sich auf den Weg zu einem kleinen Rondell in der Nähe des Platzes, das ihm durch seine abgeschiedene Lage bereits heute Morgen als ein halbwegs brauchbares Versteck aufgefallen war – außerdem befand sich in seiner Mitte ein Brunnen.

Das Bedürfnis, seinen brennenden Durst zu stillen, wurde übermächtig. Ohne seiner Umgebung noch die nötige Aufmerksamkeit zu schenken, hastete er zu dem vollkommen menschenleeren Rondell und trat an den Brunnen heran, um den an einer Kette befestigten Eimer hinabzulassen und Wasser zu schöpfen. Nachdem er seinen ersten Durst gestillt hatte, füllte er das Tongefäß, um noch einmal in Ruhe zu trinken – bevor er mit seinen gesammelten Schätzen wieder zu Frederic zurückkehren und sich seine ewigen Litaneien anhören musste. *Kein schlechtes Nachtmal*, dachte er, *vielleicht stimmt das den Jungen etwas friedlicher.* In diesen Gedanken hinein legte sich fast sanft eine Hand auf seine Schulter.

In einer blitzschnellen Drehung wirbelte Andrej herum und zog zeitgleich sein Sarazenenschwert. Kampfbereit stand er da, auf alles vorbereitet – oder zumindest auf fast alles. Doch als er seinem *Gegner* in die Augen sah, kam er sich nur noch lächerlich vor.

Es war Maria, eingehüllt in ein weites Cape, die Kapuze so tief ins Gesicht gezogen, dass er sie nur an ihren fröhlich sprühenden Augen erkannte. »Ich ergebe mich«, rief sie gespielt ängstlich. »Glaube mir bitte, ich habe nichts bei mir, womit ich kämpfen könnte.«

Andrej war die Situation unendlich peinlich. Umständlich ließ er das Sarazenenschwert wieder in die Scheide gleiten. Eine leichte Röte machte sich auf seinem Gesicht breit, was nicht gerade dazu führte, dass er sich besser fühlte.

»Wo kommt Ihr denn her?«, fragte er unsicher.

»Das hört sich aber nicht so an, als ob Ihr Euch freuen würdet, mich wiederzusehen«, erwiderte Maria. Mit einer raschen Bewegung zog sie sich die Kapuze vom Kopf, und ihr dunkelbrauner Haarschopf fiel ihr über die Schultern. In ihren Augen funkelte der Schalk. »Heute Morgen habt Ihr ja richtig Reißaus vor mir genommen.«

»Das … das hatte nichts mit Euch zu tun«, stammelte Andrej.

»Soso«, machte Maria. »Ihr habt also Geheimnisse. Lasst mich raten: Es geht um eine Frau, habe ich recht?«

»Nein.« Delány schüttelte so schnell den Kopf, als ob er sie nachhaltig überzeugen wollte. »Es hatte nichts mit einer Frau zu tun. Jedenfalls nicht in dem Sinne, den Ihr meint.«

»Aha«, spottete Maria und zog die Stirn kraus, was den schalkhaften Ausdruck in ihrem Gesicht verstärkte. »Wie habe ich es denn gemeint?«

»Eh … ich weiß nicht«, stotterte Andrej unglücklich, während er spürte, dass sein Gesicht langsam die Farbe einer reifen Tomate annahm. »Heute Morgen ging es jedenfalls um Frederics Verwandte.«

»Seine Verwandten müssten doch eigentlich auch die Ihren sein, wenn ich mich nicht täusche«, lächelte Maria zuckersüß.

»Äh … ja. Natürlich.« Andrej spürte, wie ihm immer heißer wurde. »Aber ich habe sie lange nicht mehr gesehen.«

»Soso. Und was seht Ihr jetzt?« Maria trat einen halben Schritt näher heran und stellte sich auf die Zehenspitzen.

»Ich«, krächzte Andrej. Sein Herz schlug ihm bis zum Halse. »Ich sehe …«

»Ja?«, forderte ihn Maria mit heiserer Stimme auf. »Was seht Ihr?«

Andrej Gedanken – oder was davon noch übrig war – überschlugen sich. »Seid Ihr«, brachte er schließlich mühsam hervor, »seid Ihr um diese Zeit etwa alleine unterwegs?«

Maria legte den Kopf schief, und ihr erwartungsvolles Lächeln wurde um eine Nuance kühler. »Ihr sprecht wie mein Bruder. Den habe ich aber zu Hause gelassen. Sonst hätte ich mich Euch so nicht nähern und Euch nicht überraschen dürfen. Ich habe mir gedacht, nein, ich wusste, dass ich Euch hier wiedersehen würde. Wo habt Ihr Euren kleinen Neffen gelassen?«

»Der ist in unserer Unterkunft«, antwortete Andrej, während er spürte, wie ihm ein Schweißtropfen die Stirn herunterrann. »Bei unseren Freunden.«

Maria öffnete nun auch noch die Knöpfe ihres Capes und setzte sich auf den Rand des Brunnens. Sie stützte sich rechts und links mit den Armen auf dem Brunnen ab und beugte sich leicht nach vorne, was ihr Dekolleté noch mehr betonte. Der Ansatz ihres Busen hob und senkte sich bei jedem Atemzug. Andrej konnte ihr Verhalten nun beim besten Willen nicht mehr als zufällig deuten. Es hatte schon vor Raqi zwei, drei Gelegenheiten gegeben, bei denen er mit einem drallen Bauernmädchen im Heu verschwunden war, nachdem sie ihm schöne Augen gemacht hatten. Aber das hier – das war anders.

Das war der komplette Wahnsinn.

Wie hypnotisiert kam Andrej immer näher und sagte mit leicht belegter Stimme: »Das solltet Ihr lieber nicht machen.«

»Was sollte ich lieber nicht machen, Fremder?«, fragte Maria und sah ihm treuherzig entgegen. »Ist es etwa verkehrt, dem tiefsten, innersten Gefühl zu folgen? Ist es etwa verkehrt, dem Schicksal etwas auf die Sprünge zu helfen?«

»Ich … nein.« Andrej dachte an die Stadtwachen, die hier irgendwo in der Gegend herumlungern mochten. Er dachte an die Gefahr, in der er schwebte, wenn man ihn entdeckte … ihn, den *Hexer*, der doch im Moment selbst das Gefühl hatte, geradewegs verhext zu werden.

»Es ist nur so«, begann er hilflos, »ich bin doch nur ein einfacher Mann aus einem abgelegenen transsilvanischen Dorf.«

»Und was hat das damit zu tun?«, fragte Maria lächelnd, während sie sich noch ein Stück weiter vorbeugte. »Sind transsilvanische Männer keine richtigen Männer – oder was wollt Ihr mir damit sagen?«

»Doch ... natürlich«, antwortete Andrej hilflos – und einen Herzschlag lang war er nahe dran, aufzuspringen und vor dieser jungen, fordernden und verheißungsvollen Frau wegzulaufen wie vor einem überlegenen Feind. Doch dann brach die Wahrheit aus ihm heraus, ohne dass er sie aufzuhalten vermochte: »Es könnte sein ... dass ich im Begriff bin, mich ... mich in Euch zu verlieben.«

»Und was ist dabei, wenn zwei Menschen sich lieben oder im Begriff sind, sich ineinander zu verlieben? Ist das nicht das Normalste der Welt? Du ... Ihr gefallt mir nun einmal besonders gut – als ob Ihr das noch nicht gemerkt hättet.« Maria ließ ihr glockenhelles Lachen erklingen.

Andrejs spürte eine Art der Erregung in sich, die ihm gleichzeitig wie ein Verrat an Raqi vorkam, auf der anderen Seite aber alles in ihm hinwegschwemmte, was an Verstand, Zurückhaltung und Vorsicht in ihm war. Er wusste, dass es verkehrt war, sich auf das gleichzeitig verführerische und teuflische Spiel Marias einzulassen, er wusste, dass er für sie nicht mehr als Zeitvertreib sein konnte, ein Nervenkitzel, den sie auszukosten gedachte in einem ansonsten wahrscheinlich sehr bequemen, aber ereignislosen Leben.

Aber es war ihm egal.

Mit einem letzten Schritt war er bei ihr. Seine Hände fanden wie eigenständige Wesen ihren Weg, glitten über ihren Rücken, während er sie gleichzeitig an sich zog. Jeden Moment erwartete er, dass sie ihn zurückwies, dass sie um Hilfe schrie, so lange und so laut, bis die Stadtwache kam und ihn als lüsternen Frauenverführer festnahm, nur um kurz darauf zu entdecken, dass ihr Fang noch viel fetter war als erwartet und dass es Vater Domenicus anstehen würde, über ihn zu richten. Während er schon ihren bebenden und gleichermaßen fordernden Körper in den Händen hielt, schoss ihm der Gedanke durch den Kopf, dass sie nur ein hinterhältig böses Spiel mit ihm spielte, das letztlich nur darauf abzielte, ihn in die Falle der goldenen Ritter zu locken.

Aber dem war nicht so.

Wie ausgehungert presste er sie an sich, überschüttete ihre Wangen mit seinen unbeholfenen und doch fordernden Küssen. Zu seiner Verblüffung erwiderte sie seine Begierde: Sie nahm sein Gesicht in die Hände und zog ihn sanft zu sich, und ihre Lippen trafen sich in einem nicht endenwollenden Kuss. Es ging alles viel schneller, als es eigentlich sollte, es war eine Selbstverständlichkeit in der Art, wie sie sich berührten, die all seine Hemmungen mit sich fortriss und es ihm unmöglich machte, sich gegen diesen plötzlichen Ausbruch der Leidenschaft zu wehren.

Ihre Körper wurden eins, schienen miteinander zu verschmelzen. Seine Hand streichelte ihre Schulter, wanderte langsam, aber sehr zielstrebig zu ihren Brüsten. *Zu schnell, zu schnell, zu schnell* … Unter seiner Berührung schien ihr gesamter Körper zu beben, und es war diese Resonanz, die es ihm unmöglich machte, mit dem aufzuhören, was er begonnen hatte. Er hatte mittlerweile längst vergessen, wo er sich befand, hatte vergessen, dass jederzeit jemand vorbeikommen konnte, um Zeuge dieses leidenschaftlichen Schauspiels zu werden.

Sein Mund wanderte ihren Hals entlang, während sie und er gleichzeitig den Ausschnitt ihres kostbaren Kleides weiter nach unten schoben, wie in geheimem Einverständnis. Schließlich fanden seine fordernden Lippen wie von selbst zu ihren Brüsten, strichen sanft über die Rundungen, bevor sie zu ihren Brustwarzen vorstießen, die sich jetzt keck aus dem Kleiderausschnitt hervorschoben. Seine Zunge stieß weiter vor und liebkoste die rosafarbenen Spitzen ihrer Brust, die sich ihm steil und hart entgegenreckten. Ihre Hände streichelten ihm sanft über den Kopf, den Hals entlang und ließen sich auf seinem Rücken nieder. In einer innigen Umarmung rutschten sie langsam vom Brunnenrand hinab auf den harten Boden. Die Welt um sie herum geriet vollkommen in Vergessenheit. Was war schon die Welt, im Gegensatz zu dem, was ihnen gerade widerfuhr?

»Ich habe dich gesucht«, flüsterte Maria Andrej zärtlich ins Ohr. »Vom ersten Moment an, als ich dich sah, wusste ich, dass ich dich haben wollte. Ich weiß ja, es ist nicht schicklich, dass ich dir das sage, aber …«

Weiter kam sie nicht. Andrej verschloss ihre Lippen mit einem Kuss und flüsterte ihr zu: »Mir geht es genauso. Irgend etwas ist mit uns geschehen … Mir ist, als hättest du mich verzaubert.«

Das Geräusch leiser Schritte war zu vernehmen, und ein siedendheißer Schrecken durchfuhr ihn. Plötzlich wurde er sich wieder bewusst, wo er sich befand. Mit einem entsetzten Ruck stieß er Maria zurück und sprang auf; seine Hand fuhr wie von selbst zum Griff seines Schwertes, und er war auf alles gefasst: auf einen Hinterhalt, in den ihn Maria gelockt hatte, auf eine Patrouille der Stadtwache, die durch ihre lustvollen Laute auf sie aufmerksam geworden war, oder auf ein paar grobe Kerle, die zufällig vorbeigekommen waren und sich das Schauspiel zweier Liebender nicht entgehen lassen wollten, die alles um sich herum vergessen hatten.

Es war nichts von alledem.

»Frederic«, stöhnte Andrej gleichermaßen überrascht wie entsetzt, während seine Augen wachsam die Umgebung absuchten nach einem Hinweis, dass der Junge nicht allein wie ein Spukgespenst in der Nacht aufgetaucht war. »Was, um Gottes willen, machst du denn hier?«

»Ich hatte ... ein Geräusch gehört«, stammelte Frederic.

»Hat dich jemand verfolgt?«, fragte Andrej scharf.

»Nein.« Der Junge schüttelte unglücklich den Kopf. »Ich glaube nicht.«

»Hat dich jemand aus unserem Versteck vertrieben?«

Wieder schüttelte der Junge den Kopf. »Ich hatte nur ... *Angst.*«

Andrej atmete tief ein. Am liebsten hätte er diesen missratenen Delãny an den Ohren gepackt und sie ihm mit einem kräftigen Ruck vom Kopf gerissen. »Warte dort, im Schatten des Hauses, an der Ecke auf mich«, herrschte er ihn an. »Ich komme gleich nach. Und wehe, du tust dieses eine Mal nicht das, was ich von dir verlange!«

Frederic brachte keinen Ton mehr hervor; offenbar hatte er begriffen, dass er zu weit gegangen war. Mit einem stummen Nicken gab er Andrej zu verstehen, dass er ihn verstanden hatte und tun würde, was von ihm verlangt worden war, wandte sich um und rannte mit schnellen, aber leisen Schritten davon.

Delãny drehte sich wieder zum Brunnen, um Maria die Situation so gut wie möglich zu erklären. Doch dort, wo sie sich gerade noch aneinandergeklammert hatten, lag jetzt nur noch der Leinenbeutel und sein umgekippter Wasserkrug: Sie selbst war verschwunden.

»Verflucht«, murmelte Andrej. Seine Gefühle waren ein einziges Durcheinander. Die sinnesverwirrende Erregung, die ihn noch gerade gepackt gehalten hatte, war einem Gefühl von Verlust und Sehnsucht gewichen. Gerade hatte er ihren lockenden Körper noch unter seinen Händen gespürt, und nun würde er sie vielleicht nie mehr wiedersehen. Zudem war er sich nicht darüber im Klaren, wie viel sie noch von dem Gespräch mit Frederic mitbekommen hatte. Wenn er an ihrer Stelle gewesen wäre, würde er sich jetzt eine Menge Fragen stellen – beispielsweise, von welchem Versteck Andrej gesprochen hatte und warum er Angst hatte, dass sein Neffe verfolgt worden sein konnte.

Vielleicht war sie nach Frederics überraschendem Auftauchen aber auch so schnell und erschrocken verschwunden, dass ihr der Sinn von Andrejs schroffen

Worten entgangen war. Er konnte es nur hoffen. Andernfalls konnte ihm die junge Frau, die ihn so nachhaltig verwirrt hatte, durchaus gefährlich werden. Ein kleiner Hinweis, den sie ihrem Bruder gab und der das Misstrauen dieser gewiss hochgestellten Persönlichkeit erregte, mochte schon ausreichen, um eine Hetzjagd auf sie zu veranstalten – sei es, weil man ihn für den Brandstifter hielt oder für einen Auskundschafter der Türken.

10

Andrej konnte lange nicht einschlafen. Immer wieder war er in Gedanken bei Maria, er konnte förmlich den Geruch ihrer Haut riechen, und auf dem Rücken überlief ihn ein wohliges Schaudern, bei der Vorstellung, ihre Hände würden ihn streicheln und ihre Fingernägel würden sich sanft in seine Haut graben. Aber da waren auch andere Bilder, die sich dazwischenschoben. Bilder von Leid und Gewalt, von dem brennenden Wirtshaus, in dem sechs unschuldige Menschen den Tod gefunden hatten – nur weil die goldenen Ritter ihn hatten töten wollen. Beide Erinnerungen schoben sich ineinander, so als würden sie zusammengehören, und auf der zerbrechlichen Grenze zwischen Schlaf und Wachen überkam ihn das abstruse Gefühl, dass beides in Zusammenhang stand.

Aber wie sollte das möglich sein?

Erst im Morgengrauen fiel er in einen erlösenden Schlaf. Schon wenig später erwachte er wieder, schweißgebadet und erschöpft. Er benötige ein, zwei Sekunden, bevor ihm bewusst wurde, wo er sich befand. Leise stand er auf, ging zum Fenster hinüber und starrte durch den schmalen Bretterspalt auf die Gasse hinaus. Es herrschte ein für die Tageszeit erstaunlich reges Treiben. Ein paar Seeleute gingen mit ihren geschulterten Seesäcken in die Richtung, die er noch nicht erkundet hatte; wahrscheinlich befand sich dort irgendwo hinter den angrenzenden Häusern eine Abkürzung zum Hafen. Andrej wusste, dass Constãntã seinen Reichtum ausschließlich seiner günstigen Lage am Schwarzen Meer verdankte. Als Venedig des Ostens hatte es eine zentrale Bedeutung – und enge Beziehungen sowohl zu anderen Hafenstädten am Schwarzen Meer als auch am nicht weit entfernten Mittelmeer.

Aber es waren nicht nur Seeleute unterwegs. Ein Händler, der auf einem hölzernen Karren Gemüse vor sich herschob und sich dabei durch ärmlich gekleidete und aufgeregt schnatternde Frauen drängen musste, transportierte wahrscheinlich gerade frische Ware zum Markt. Nicht weit hinter ihm jagte eine johlende Kinderschar die Gasse entlang. Bei ihrem Anblick fühlte Andrej einen schmerzhaften Stich im Herzen. Auch sein Sohn Marius hätte unter diesen Kindern sein können – oder Frederic, dessen Jugend in dem Moment geendet hatte, als Vater Domenicus und die goldenen Ritter in Borsã eingeritten waren. Sein Blick wanderte zu dem schlafenden Jungen. Wenigstens im Schlaf – er lag zusammengekauert, die Beine fast bis zum Kinn herangezogen, auf der Seite, sein Gesicht ruhte auf den wie zum Beten gefalteten Händen – durfte er Kind sein.

Plötzlich öffnete Frederic seine Augen, sah Andrej überrascht an und fuhr erschrocken hoch. »Oje! Habe ich verschlafen?«

»Nein«, antwortete Andrej. »Kein Grund zur Aufregung. Wir müssen den Tag sowieso irgendwie herumkriegen. Vor den Abendstunden brauchen wir nicht im ›Einäugigen Bären‹ zu sein.«

»Und was tun wir bis dahin?«

»Wir werden uns etwas in der Stadt umsehen«, sagte Delãny. »Aber vorsichtig – und ohne aufzufallen.«

»Und warum bleiben wir nicht hier?«, fragte Frederic.

Andrej schüttelte den Kopf. Er hatte über diese Frage lange Zeit nachgedacht. »Wir sollten dieses Quartier nur im Notfall benutzen«, sagte er. »Es könnte sein, dass die Soldaten jedes Haus in der Stadt auf den Kopf stellen. Wenn sie hierherkommen, will ich jedenfalls nicht mehr da sein.«

Sie brachen zügig, aber ohne Hast auf und warteten auf einen günstigen Moment, um unbemerkt aus dem Haus zu schleichen. Andrejs Sinne waren zum Zerreißen gespannt. Er musterte verstohlen jeden Menschen, der ihnen begegnete, und war jederzeit darauf gefasst, sich zusammen mit Frederic beim Auftauchen einer orange-weißen Uniform schnell und unauffällig zu verdrücken. Und dennoch: Er beschloss, den Stier bei den Hörnern zu packen. Die goldenen Ritter und die Stadtwache würden wohl kaum damit rechnen, dass er offen durch die großen Straßen Constãntãs schritt. Wenn sie ihn tatsächlich suchten, würde sie eher jede verborgene Ecke der Stadt durchkämmen und jedes Schlupfloch auszuräuchern versuchen. Deswegen hatte er auch das verfallene Haus wieder so hergerichtet, wie er es vorgefunden hatte: Wenn die Soldaten es in ihrer Abwesenheit durchsuchten, sollten sie keinen Hinweis auf ihn oder Frederic vorfinden. Nur so war gewährleistet, dass ihnen das Versteck für einen Notfall – oder eine weitere Nacht – noch einmal zur Verfügung stand.

Es war kein Zufall, dass er den Weg in Richtung Schloss wählte. Wie auch immer die Befreiungsaktion ablaufen würde: Das Schloss spielte dabei eine zentrale Rolle, und es konnte sich durchaus als lebenswichtig erweisen, sich in dem verwinkelten System der zu ihm führenden Gassen und Straßen auszukennen. Also war es nur konsequent, die gesamte Umgebung zu erkunden. Er prägte sich Straßenverläufe und Besonderheiten der Bebauung möglichst genau ein und versuchte selbst dann, vollkommen unbefangen zu wirken, wenn sie an herzoglichen Wachen vorbeikamen.

Immerhin bekamen sie weder goldene Ritter noch die Schergen des Inquisitors zu Gesicht.

»Ich bin sehr gespannt, wie mich unser Informant da hineinschleusen will«, flüsterte Andrej Frederic zu, bevor sie wieder den Weg Richtung Hafen einschlugen.

Es war gar nicht so einfach, in diesem geschäftigen Trubel einer Stadt so zu tun, als würde man dazugehören. »Lass uns lieber wieder zum Marktplatz gehen, da sind mehr Leute, und im Gedränge fallen wir weniger auf«, sagte er, als ihm der Sonnenstand und seine lichtempfindlichen, brennenden Augen verrieten, dass es Mittagszeit sein musste.

Wie schon am Vortag hatten sie große Mühe, sich durch die Menge zu schieben, ohne sich dabei aus den Augen zu verlieren. Immer wieder wurden sie angerempelt und herumgeschubst. Ein Menschenpulk hatte sich gebildet, als einer der Gemüsestände ins Wackeln kam, den Halt verlor, um schließlich mit einem lauten Krachen umzukippen. Alle wollten etwas von den Köstlichkeiten haben, die nun zu ihren Füßen lagen. Auch Andrej und Frederic bückten sich, doch als sie sahen, dass die Wachen des Herzogs angeritten kamen, um für

Ordnung zu sorgen, strebten sie in die andere Richtung davon. Aus sicherer Entfernung beobachteten sie das Geschehen, das in einem ausgewachsenen Streit zwischen dem Gemüsehändler auf der einen Seite und einigen besonders vorwitzigen Marktbesuchern auf der anderen Seite gipfelte – auf welche Seite sich die Wachen schlagen würden, die bereits drohend ihre Schwerter gezogen hatten, war noch nicht abzusehen.

»Wir verschwinden besser«, zischte Andrej. »Bevor wir da auch noch mit reingezogen werden.« Er drehte sich um, um den Marktplatz so schnell wie möglich zu verlassen – und erstarrte mitten in der Bewegung.

Direkt vor ihnen stand Maria.

»Was … wie kommt Ihr denn hierher?«, stotterte er. Tausend Dinge schossen ihm durch den Kopf. Die Ereignisse der letzten Nacht kamen ihm wie ein ferner Traum vor, der sich durch keinen noch so großen Zauber mehr zurückholen lassen würde. Was auch immer geschehen war: Für diese junge Dame aus besserem Haus war er wahrscheinlich nicht viel mehr als ein Spielzeug. Er konnte sich nur zu gut vorstellen, was sie zu ihrer Verführungsszene getrieben hatte: Nachdem sie sich mit ihrem Stallburschen und Kammerdiener vergnügte hatte, machte sie jetzt Jagd auf fremde, naive Männer, denen sie den Kopf verdrehen konnte.

»Ich habe Euch dort hinten gesehen.« Sie deutete hinter sich auf die zum Schloss führende Straße. »Das heißt, ich hatte gehofft, dass Ihr es seid. Schließlich habe ich doch noch Schulden bei dem jungen Mann hier, und ich bleibe ungern jemandem etwas schuldig: Vor allem, wenn es sich um eine Zuckerstange handelt!«

Verwirrt sah Frederic von einem zum anderen.

»Also gut«, sagte Andrej. »Aber wir haben wirklich …«

»… nicht viel Zeit, ich weiß«, führte Maria seinen Satz zu Ende. »Ich übrigens auch nicht. Mein Bruder wartet sicher schon auf mich. Also kommt.«

Sie ergriff Frederics Hand und lief so schnell los, dass sie den Jungen im ersten Moment beinahe hinter sich her zerrte, ehe er den gleichen Rhythmus fand wie sie. Andrej schloss sich den beiden an und ließ seinen Blick aufmerksam von rechts nach links und wieder zurück schweifen. Mit Ausnahme der immer noch beunruhigend großen Menschenmenge, die sie nun von allen Richtungen umgab, bemerkte er jedoch nichts Außergewöhnliches. Trotzdem fragte er sich einen Moment lang ernsthaft, ob er eigentlich den Verstand verloren hatte. Wahrscheinlich bestand kein Grund, Maria gegenüber misstrauisch zu sein – aber andererseits konnte er sich des merkwürdigen Gefühls nicht erwehren, dass sie ihm etwas äußerst Wichtiges verschwieg. Konnte es sein, dass jemand sie auf ihn angesetzt hatte mit dem Ziel, sein Vertrauen zu gewinnen und seine geheimen Pläne zu erforschen?

Er wusste selber, dass er Unsinn dachte, aber er konnte nicht dagegen an. Seine Gefühle dieser jungen Frau gegenüber waren äußerst zwiespältig. Auf der einen Seite fühlte er sich auf eine Art und Weise von ihr angezogen, die ihn geradezu hilflos machte und seine Hände allein schon bei dem Gedanken erzittern ließen, sie wieder zu berühren. Auf der anderen Seite konnte er ihrem allzu forschen und selbstsicheren Auftreten nichts abgewinnen. Sie war … äußerst ungewöhnlich und von einer geradezu erschreckenden Offenheit, wie er sie zuvor bei noch keiner Frau kennen gelernt hatte – nicht einmal im entferntesten. Vielleicht war sie die Tochter eines reichen Adligen oder die Frau eines Ritters, der als Gast auf dem Schloss weilte. Aber so, wie die Dinge lagen, durften sie einfach *niemandem* trauen – ganz abgesehen davon, dass sie kaum noch genug Zeit hatten, pünktlich zu ihrer Verabredung zu kommen. Aber wenn er es schon nicht für sich selbst tat: Vielleicht war er Frederic diese wenigen kostbaren Minuten einfach schuldig.

Sie überquerten den Marktplatz, wobei Maria trotz des Gedränges ein so scharfes Tempo vorlegte, dass Andrej Mühe hatte, mit Frederic und ihr Schritt zu halten. Schließlich erreichten sie einen Stand, an dem außer Obst und frischem Gemüse auch Zuckerstangen und andere Leckereien feilgeboten wurden. Maria bedeutete Frederic, sich etwas auszusuchen, und der Junge traf sorgsam und mit großem Bedacht seine Wahl.

Andrej konnte ein Lächeln nicht unterdrücken, als er den seligen Ausdruck auf dem Gesicht seines Schützlings sah. Frederics Hände zitterten ganz leicht, und er wirkte so angespannt wie ein Goldschmied, der Edelsteine für ein besonders kostbares Geschmeide auswählt. Schließlich nahm er aber genau das, was die junge Frau ihm von Anfang an in Aussicht gestellt hatte: eine Zuckerstange.

Maria drehte sich zu Andrej um und lächelte. Sie war unglaublich schön und wirkte plötzlich nicht nur viel jünger als wenige Augenblicke zuvor, sondern so verheißungsvoll, dass Andrej keinen klaren Gedanken mehr fassen konnte. Und sie schien an diesem schmutzigen, lauten Ort so fehl am Platze zu sein, wie man sich das nur vorstellen konnte. Obwohl Andrej nicht anders konnte, als sie hingerissen anzustarren, fiel ihm auf, dass sie keine Anstalten machte, die Zuckerstange zu bezahlen. Der Verkäufer schien das ganz selbstverständlich zu finden. Andrej nicht. Aber er weigerte sich in diesem Moment, darüber nachzudenken.

»Nun, Andrej«, fragte sie sanft, »ist dieses Lächeln nicht ein paar Augenblicke wert?«

Anfangs kamen Delãny diese Worte fast lächerlich vor. Wie Maria so dastand mit ihrem fröhlichen Lächeln, beschienen vom hellen Sonnenlicht, das Funken in ihr dunkles Haar zauberte, erschien sie ihm selbst kaum älter als der Junge. Allein ihr unbeschwertes Lachen ließ sein Herz höher schlagen, und ihre Fröhlichkeit konnte dem Jungen nur gut tun – und doch war etwas an ihr, dass ihn beinahe ängstigte. Das Gefühl, dass sie ein dunkles Geheimnis umgab, wurde übermächtig.

»Ja«, gab er dennoch achselzuckend zu und wich ihrem Blick aus. Andrej fühlte sich befangen, fast verlegen, und dass er aus dem Zwiespalt seiner Gefühle nicht herausfand, verschlimmerte diesen Zustand noch.

Maria gab jedoch nicht so leicht auf. »Wo kommt Ihr her, Andrej?«, fragte sie. »Aus dem Westen?«

»Sieht man das so deutlich?«, fragte Andrej, während ihm bewusst wurde, wie viel sie voneinander trennte.

»Ich weiß es nicht. Ich selbst bin noch nie durch Transsilvanien gereist – so etwas überlasse ich meinem Bruder –, aber man hat mir erzählt, dass in den Bergen noch barbarische Stämme leben sollen, die heidnische Götter anbeten.« Sie stutzte, und plötzlich huschte ein betroffener Ausdruck über ihr Gesicht.

»Das … das war jetzt nicht so gemeint«, sagte sie stockend. »Ich wollte damit nicht sagen, dass Ihr ausseht wie ein heidnischer Barbar, sondern nur, dass …« Sie verhaspelte sich, brach endgültig ab und rettete sich in ein Kopfschütteln und ein verlegenes Lachen. »Mein Bruder hat recht«, schloss sie. »Ich rede manchmal einen ziemlichen Unsinn, fürchte ich.«

»Nur gibst du es normalerweise nicht zu«, ließ sich plötzlich eine Stimme hinter Delãny vernehmen. »Jedenfalls nicht, wenn ich in der Nähe bin.«

Andrej wollte sich umdrehen, um Marias Bruder zu begrüßen, stockte aber, als er Frederics Reaktion bemerkte. Aus dem Gesicht des Jungen war jegliche Farbe gewichen. Seine Augen waren so groß, dass sie fast aus den Höhlen zu quellen schienen … und schwarz vor Furcht. Er zitterte am ganzen Leib.

Andrej drehte sich mit einem Ruck herum – und hatte plötzlich selbst Mühe, einen überraschten Schrei zu unterdrücken. Hinter ihm stand ein sehr großer, breitschultriger Mann mit dunklen Augen und kurzgeschnittenem, schwarzen Haar. Der rote Umhang wirkte jetzt, da er nicht mehr im Sattel saß, eher protzig als ehrfurchtgebietend, und den merkwürdigen Hut mit dem breiten Rand hatte er abgesetzt und hielt ihn in der linken Hand. Vor seiner Brust hing ein goldenes Kreuz, das mindestens ein Pfund wiegen musste und mit kostbaren Juwelen besetzt war.

Vater Domenicus streifte Andrej mit einem raschen,

aber sehr aufmerksamen Blick, bevor er sich mit einem übertriebenen Kopfschütteln wieder an Maria wandte. »Es ist schon so, wie ich immer sage«, seufzte er. »Man kann dich keinen Moment aus den Augen lassen. Ich hoffe, meine Schwester hat Euch nicht belästigt. Sie ist manchmal ziemlich keck, müsst Ihr wissen.«

Andrej entgegnete nichts auf diese Bemerkung, und er war sich ziemlich sicher, dass Domenicus eine Antwort nicht einmal zur Kenntnis genommen hätte. Der Inquisitor war kein Geistlicher von der Art, wie Andrej sie kannte – kein Mann des Volkes, sondern einer, der über dem Volk stand und das Wissen darum wie einen unsichtbaren Schild vor sich her trug.

Und er war vor allem der Mörder seines Sohnes, Baraks und der anderen aus dem Borsã-Tal.

Diese Erkenntnis traf Andrej mit einigen Sekunden Verzögerung, dafür aber mit um so heftigerer Wucht. Plötzlich begannen auch *seine* Hände zu zittern, und für einen Moment verschwamm die Gestalt des Geistlichen vor seinen Augen. Sein Herz raste, er musste sich mit aller Macht beherrschen, nicht sein Schwert zu ziehen und den Mann auf der Stelle zu töten. Hätte Domenicus ihn in diesem Moment angeblickt, hätte er in Andrejs Augen zweifellos dessen Gedanken gelesen.

Der Inquisitor sah aber nicht ihn, sondern Frederic an, und er tat dies auf eine sehr sonderbare Art; nicht einmal unfreundlich, aber doch in gewisser Weise misstrauisch und zugleich auch verwirrt.

»Warum bist du so erschrocken, Kleiner?«, fragte er. »Kennen wir uns?«

»Ihr … Ihr seid …«, stammelte Frederic.

Domenicus seufzte. »Ich verstehe«, sagte er. »Ja, du hast recht, mein Junge. Ich bin Vater Domenicus, und bevor du fragst: Ja, ich *bin* der Inquisitor, der zu Gast im Schloss ist. Aber was immer man dir auch erzählt haben mag, du hast keinen Grund, mich zu fürchten.«

»Aber Ihr …«

»Sei still, Frederic«, sagte Andrej. Auch seine Stimme zitterte. Er räusperte sich, zwang sich, einen möglichst gleichmütigen Gesichtsausdruck aufzusetzen, und wandte sich mit einer steifen Bewegung wieder Domenicus zu.

»Bitte, verzeiht meinem Neffen, Hochwürden. Er ist ein dummes Kind, das jeden Unsinn glaubt, den es aufschnappt.«

»Welchen Unsinn *hat* er denn aufgeschnappt?«, fragte Domenicus kühl. Er lächelte, aber es war das kälteste Lächeln, das Andrej jemals auf den Lippen eines Menschen gesehen hatte. Seine linke Hand spielte gedankenverloren mit dem goldenen Kreuz, das vor seiner Brust hing.

»Ich weiß es nicht«, antwortete Andrej. »Bitte, verzeiht noch einmal, dass wir Euch belästigt haben. Wir müssen nun wirklich gehen. Frederic – komm!«

Frederic schien seine Worte gar nicht wahrzunehmen, sondern starrte weiterhin den Inquisitor an. Schließlich packte Andrej ihn an der Schulter und zog ihn zu sich heran. Mit einem kurzen Nicken in Marias Richtung drehte er sich um und wollte gehen, doch da sagte Vater Domenicus völlig unerwartet: »Aber warum habt Ihr es denn so eilig? Ich würde gerne noch ein wenig mit Euch plaudern, Andrej Delãny.«

Andrej erstarrte mitten in der Bewegung. Seine Hände schlossen sich fest um Frederics Schulter, und sein Herzschlag verlangsamte sich und wurde so schwer, dass er ihn bis in die Fingerspitzen fühlen konnte.

Nach und nach löste er die Hand von Frederics Schulter, schob den Jungen unauffällig ein Stück von sich fort und drehte sich wieder zu Domenicus herum. Seine rechte Hand schlug den zerrissenen Mantel zurück und legte sich auf den Griff des Sarazenenschwertes.

Der Inquisitor war nicht mehr allein. Hinter ihm standen zwei Männer in schwarzen Lederrüstungen und knöchellangen, schweren Wollmänteln; Andrej musste sich nicht umschauen, um zu wissen, dass auch hinter *ihm* Bewaffnete aufgetaucht waren. Von den goldenen Rittern war nichts zu sehen, aber er konnte sich gut vorstellen, dass sie sich hier in der Nähe aufhielten.

Sein Blick suchte den Marias. Die junge Frau sah vollkommen verwirrt von ihrem Bruder zu ihm und wieder zurück. Entweder verstand sie nicht, was vor sich ging, oder sie war die beste Schauspielerin, die er je kennen gelernt hatte.

»Domenicus, was …«

»Du solltest jetzt besser gehen, Maria«, sagte der Geistliche. »Es könnte gefährlich werden.«

»Was soll das heißen?!« Marias Stimme klang scharf, fast aggressiv. »Ich verlange eine Erklärung! Du kennst diesen Mann?«

»Das soll heißen, dass Ihr mich in eine Falle gelockt habt«, sagte Andrej. »Wie ich vermute, hat Euch Euer Bruder gestern auf uns aufmerksam gemacht – auch wenn er es vermutlich sehr geschickt angestellt hat.«

Maria erbleichte. »Ist das wahr?«, fragte sie. »Domenicus?!«

Ihr Bruder sah sie kurz an, zog die linke Augenbraue hoch und wandte sich wieder an Andrej, ohne ihre Frage zu beantworten. »Gebt auf, Delãny!«, sagte er. »Ihr habt keine Chance.«

»Wir werden sehen«, entgegnete Andrej.

Er wirkte äußerlich vollkommen gefasst, in seinem Innersten jedoch tobte das reinste Chaos. Die beiden Soldaten rechts und links des Geistlichen hatten die Hände auf ihre Schwerter gesenkt, die Waffen aber noch nicht gezogen. Trotzdem war die Anspannung, unter der sie standen, deutlich zu spüren. Die Männer hatten Angst, was sie unberechenbar und damit um so bedrohlicher wirken ließ.

»Ich weiß, wie gefährlich Ihr seid, Andrej Delãny«, antwortete Domenicus ernst. »Zweifellos könntet Ihr einen oder zwei meiner Männer töten, bevor wir Euch überwältigen. Aber ich bitte Euch zu bedenken, wo wir sind. Es könnten Unschuldige zu Schaden kommen. Wollt Ihr das wirklich?«

Andrej spürte förmlich, dass sich ihm auch von hinten mindestens zwei Männer näherten, vermutlich mehr, und höchstwahrscheinlich war auch mindestens einer der goldenen Ritter in der Nähe.

»Ergebt Euch ohne Widerstand, und ich sichere Euch einen fairen Prozess zu«, fuhr Domenicus fort, als Andrej immer noch nicht reagierte. Er lächelte, wirkte zugleich aber auch ein wenig nervös.

»So wie Barak?«, fragte Delãny nach einer endlos erscheinenden Pause.

»Barak?« Domenicus schien einen Moment lang über die Bedeutung dieses Namens nachdenken zu müssen. Dann nickte er. »Der halsstarrige alte Mann im Borsã-Tal.«

»Ihr vergesst rasch die Namen von Männern, die Ihr zu Tode gefoltert habt«, sagte Andrej. »Oder sind es schon so viele, dass Ihr sie Euch nicht mehr merken könnt?«

»Barak Delãny war ein Hexer«, erwiderte Domenicus kalt. »Er hat zugegeben, seine Seele dem Teufel verkauft zu haben. Seid Ihr auch ein Anhänger Satans?«

»Wenn ich es wäre, dann müsstet Ihr es wissen«, sagte Andrej. »*Frederic! Lauf!*«

Er wirbelte herum, versetzte Frederic einen Stoß, der den Jungen haltlos zurücktaumeln ließ, und registrierte aus den Augenwinkeln eine hektische Bewegung. Er hatte sich getäuscht. Hinter ihm waren nicht zwei, sondern sehr viel mehr Soldaten aufgetaucht, unter ihnen auch ein goldener Ritter: Es war der Hüne, gegen den Delãny schon einmal gekämpft und um ein Haar verloren hätte! Er hatte ihm versprochen, dass sie sich wiedersehen würden – aber Andrej hätte sich nie träumen lassen, dass das mitten in Constãntã und im Beisein des Inquisitors sein würde.

Zwei der Männer attackierten Delãny mit gezogenen Schwertern. Mit einer geschickten Körperbewegung wich er einem beidhändig geführten, wuchtigen Schwerthieb aus, der kräftig genug gewesen wäre, ihn auf der Stelle zu enthaupten; er glitt aus und fiel auf die Seite. Eine zweite Klinge schlug unmittelbar neben seiner linken Schulter Funken aus dem Stein.

Er rollte herum, trat dem Angreifer, der sich zu weit vorgewagt hatte, die Beine unter dem Leib weg und sprang aus der gleichen Bewegung heraus hoch. Der Mann, der ihn zu enthaupten versucht hatte, attackierte ihn erneut. Andrej duckte sich unter der heranzischenden Klinge weg, schlug die Arme des Mannes zur Seite und schlug ihm mit der Handkante gegen die Kehle. Der Hieb hätte tödlich sein können, war aber zu schlecht gezielt und mit zu geringer Kraft ausgeführt worden; der Soldat ließ sein Schwert fallen, taumelte zurück und presste würgend die Hände gegen den Hals, hielt sich aber mühsam auf den Beinen.

Delãny täuschte gegen den dritten Angreifer einen Fußtritt an, sprang blitzschnell zurück und hatte so für einige wenige Sekunden Luft. Rasch drehte er sich einmal um die eigene Achse und versuchte, sich schnell eine Übersicht über die Lage zu verschaffen.

Seit dem kurzen Handgemenge waren nur wenige Sekunden verstrichen, aber die Situation hatte sich trotzdem total verändert: Nur drei der vier Männer beteiligten sich direkt an dem Angriff auf ihn. Der vierte hatte offensichtlich versucht, Frederic zu packen, den Jungen aber verfehlt und war schwer auf die Knie gefallen. Sein Gesicht war schmerzverzerrt, und er war sichtlich nicht in der Lage, aus eigener Kraft aufzustehen. Der goldene Ritter – es war der Mann, gegen den Andrej im Wald gekämpft hatte – stand in einiger Entfernung reglos da und beobachtete Andrej mit einer Mischung aus Neugier und heiterer Gelassenheit. Er hatte sich bisher nicht einmal die Mühe gemacht, seine Waffe zu ziehen, und wahrscheinlich hatte er das auch nicht vor. Andrej begriff instinktiv, dass er von diesem Gegner keinen fairen Kampf erwarten durfte. Er würde einfach abwarten, bis seine Kumpane Andrej überwältigt oder zumindest weit genug in die Enge getrieben hatten, ehe er dann im entscheidenden Moment zuschlug.

»Gebt auf, Delãny!«, forderte Domenicus ihn in scharfem Tonfall auf. »Oder wollt Ihr unbedingt sterben, Ihr Narr?«

Die beiden Männer zur Rechten und Linken des Inquisitors machten keine Anstalten, Andrej anzugreifen. Einer von ihnen hatte Maria ergriffen und hielt sie mit deutlich mehr als sanfter Gewalt fest. Der andere hatte sein Schwert gezogen und sich schützend zwischen Andrej und seinem Herrn postiert. Aus irgendeinem unerfindlichen Grund versuchten die Söldner, einen Kampf mit Andrej zu vermeiden.

Und plötzlich begriff Delãny schlagartig, warum.

Sie waren nicht allein. Die Menschen in ihrer unmittelbaren Umgebung hatten sich panikartig in Sicherheit gebracht, als die Soldaten ihre Waffen zogen, und bildeten nun eine lebende, mehr als zehn Schritte messende Arena, in deren Zentrum sich Andrej und seine Gegner befanden. Aber es gab Dutzende von Zeugen, wahrscheinlich sogar Hunderte. Weder dem goldenen Ritter noch dem angeblichen Inquisitor konnte daran gelegen sein, dass Andrej hier und jetzt sein Leben aushauchte – sie wollten ihn unter der Folter und dann auf dem Scheiterhaufen sehen.

Auch Delãny hatte sein Schwert bisher nicht gezogen. Er benötigte keine Waffe, um mit einem oder zwei gewöhnlichen Angreifern fertigzuwerden.

Hinter ihm erscholl in dieser Sekunde ein keuchender Schrei. Andrej warf einen raschen Blick über die Schulter zurück und erkannte mit schierem Entsetzen, dass sich der vierte Soldat wieder erhoben und Frederic nun doch gepackt hatte. Der Junge wehrte sich nach Kräften, aber er hatte gegen den Erwachsenen natürlich keine Chance. Der hünenhafte Ritter war schräg hinter die beiden getreten und hatte die Hand auf sein Schwert gelegt. Er lächelte kalt. Andrej wägte blitzschnell seine Aussichten ab, den Mann mit einem Schritt zu erreichen und Frederic zu befreien, verwarf diesen Gedanken aber augenblicklich wieder. Der Soldat wäre tot, ehe er richtig begriff, was überhaupt geschah, aber Andrej zweifelte nicht daran, dass der Goldene Frederic, ohne zu zögern, töten würde.

»Gebt auf, Andrej Delãny!«, sagte Vater Domenicus noch einmal. »Es ist schon zu viel unschuldiges Blut vergossen worden. Ihr habt mein Wort, dass Euch Gerechtigkeit widerfahren wird.«

Andrej erwog für die Dauer eines Atemzugs, sich statt auf Frederic auf den Geistlichen zu stürzen und *ihn* als Geisel zu nehmen, um ihn am eigenen Leibe spüren zu lassen, was Gerechtigkeit bedeutete. Aber er verwarf auch diesen Gedanken, allein schon deshalb, weil er auf dem Gesicht des Inquisitors las, dass dieser mit solch einem Versuch rechnete und darauf vorbereitet war. Domenicus war keiner von den Geistlichen, die ihre Tage ausschließlich mit Beten und frommen Exerzitien zubrachten. Andrej erkannte einen Krieger, wenn er ihm in die Augen blickte.

Er sah, aber mehr noch spürte er, wie die drei Männer

sich ihm aus verschiedenen Richtungen näherten. Sie wirkten angespannt – sie hatten Angst.

»*Jetzt*!«, befahl der hünenhafte goldene Ritter.

Die drei Soldaten sprangen in einer fast perfekt aufeinander abgestimmten Bewegung nach vorne. Andrej wurde klar, dass sie diese Art des koordinierten Angriffs lange geübt hatten; eine Technik, die alles andere als ritterlich, aber dafür um so wirkungsvoller war. Selbst der beste Schwertkämpfer war kaum in der Lage, drei Attacken abzuwehren, die gleichzeitig aus drei verschiedenen Richtungen ausgeführt wurden.

Andrej versuchte es gar nicht erst. Sein Sarazenenschwert sirrte mit einer Bewegung aus der Scheide, die zugleich ein Ziehen und ein Angriff war, und verharrte eine halbe Sekunde reglos an seinem weit vorgestreckten Arm. Die Klinge war so schnell durch Leder und Fleisch geglitten, dass an dem rasiermesserscharfen Stahl nicht einmal ein Tropfen Blut zurückgeblieben war. Der Soldat war bereits tot, nur sein Körper schien das noch nicht bemerkt zu haben: Er torkelte mit vorgestrecktem Schwert weiter auf Andrej zu, und auf seinem Gesicht erschien ein Ausdruck, der zwischen Überraschung und resignierendem Erkennen angesiedelt war, während seine Lederrüstung auseinanderklaffte und den Blick auf seine Brust freigab, auf der eine dünne, wie mit einer feinen roten Feder gezogene Linie zu sehen war.

Delãny trat dem Mann mit ruhigem Schritt entgegen und vollführte gleichzeitig eine blitzartige halbkreisförmige Bewegung mit dem Sarazenenschwert. Wie beabsichtigt traf er keinen der beiden anderen Angreifer, zwang die Soldaten aber auf diese Weise, ihre Attacken aufzugeben und sich hastig in Sicherheit zu bringen. In dem Moment, in dem der Sterbende an ihm vorbeitorkelte und langsam in die Knie ging, führte Andrej seine Drehbewegung zu Ende und ließ sie in einen grätschbeinigen Sprung übergehen, der ihn mit wehendem Mantel auf Domenicus und seinen Leibwächter zukatapultierte.

Rings um ihn herum gellten Schreie auf. Die Arena, in deren Zentrum sie sich befanden, explodierte förmlich, und aus unbeteiligten Zuschauern wurden Menschen, die sich unvermittelt mit einer ganz konkreten Gefahr für ihr eigenes Leben konfrontiert sahen.

Irgendwo am Rande von Andrejs Gesichtsfeld blitzte es goldfarben auf. Er hörte Frederic schreien. Nichts davon war wichtig. Andrej verschmolz mit seinem Schwert; er bemühte sich nicht, seinen Körper zu bewegen, sondern *wurde selbst* zu einer einzigen rasend schnellen, fließenden Bewegung, die ihn vor den Augen der entsetzten Zuschauer zu einem huschenden Schatten machte – so schnell, dass er kaum noch zu erkennen war. Das Sarazenenschwert zerteilte die Luft mit dem Geräusch von zerreißender Seide.

Auch Domenicus' Beschützer reagierte. Andrej registrierte mit leiser Verblüffung, dass der Mann tatsächlich bereit war, sein Leben für den Inquisitor zu geben – und er war schnell; erstaunlich schnell für einen Mann, der nicht von einem Michail Nadasdy jahrelang in geheimen Kampfkünsten trainiert worden war.

Doch im Vergleich zu Andrej war seine Reaktion geradezu lächerlich langsam; und vollkommen sinnlos dazu. Das Sarazenenschwert war scharf genug, den Mann zu enthaupten und selbst den hinter ihm stehenden Inquisitor noch tödlich zu treffen.

Andrej hatte jedoch nicht vor, Vater Domenicus zu töten. Sein Tod hätte unweigerlich auch Frederics Tod zur Folge gehabt – und vermutlich auch den der gefangenen Menschen aus Borsã.

11

Der Hieb war sanft im Vergleich zu dem, was er hätte anrichten können, aber trotzdem wuchtig genug, um dem Soldaten auf der Stelle das Bewusstsein zu rauben und ihn gegen den Geistlichen zu schleudern.

Andrej gönnte sich keine Atempause. Das Sarazenenschwert eilte wie von selbst seiner Bewegung voraus; die Waffe vollführte eine tänzelnde Welle und zischte plötzlich von unten nach oben durch die Luft. Doch plötzlich traf sie auf Widerstand.

Der Soldat, der auf Domenicus' Wink hin Maria gepackt hatte, starrte verständnislos an sich herab und sank langsam in die Knie. Noch bevor er vollends am Boden lag, war Andrej schon bei der Schwester des Inquisitors, hatte sie an sich gerissen und ihr den Arm auf den Rücken gedreht. Das Sarazenenschwert verharrte reglos einen halben Zoll vor ihrer Kehle. Seit er seine Waffe gezogen hatte, waren weniger als drei Herzschläge vergangen.

»Nicht bewegen«, sagte Andrej. Er sprach schnell und sehr leise. Die Worte waren nur für Maria bestimmt. »Ich tue dir nichts. Keine Angst.« Dann schrie er laut: »Niemand rührt sich, oder sie stirbt!«

Die junge Frau erstarrte in seinen Armen, und die beiden Soldaten, die sich langsam und unbeholfen – wie Marionetten in der Hand eines ungeschickten Spielers – herumgedreht hatten, um sich auf ihn zu stürzen, verharrten unschlüssig mitten in der Bewegung. Einzig der goldene Ritter reagierte schnell genug. Mit einem raschen Schritt in Andrejs Richtung eilte er heran und riss Frederic an sich; in seiner linken Hand blitzte ein Dolch.

»*Malthus! Nein*!«

Domenicus erhob hastig mit einer abwehrenden Geste den linken Arm in Richtung des Ritters, den anderen richtete er mit einer fast identischen, zugleich aber auch flehenden Bewegung auf Andrej. Er blutete aus einer kleinen Platzwunde an der Stirn, die er sich zugezogen haben musste, als der Soldat ihn mit zu Boden gerissen hatte.

Malthus ging einen weiteren Schritt auf Andrej zu und bog Frederics Kopf in den Nacken zurück. Delãny sah, dass der Junge schreien wollte, aber nicht genug Luft bekam. In den Augen des goldenen Ritters erschien ein kaltes, boshaftes Glitzern. Er schenkte weder Domenicus' Geste noch seinen Worten auch nur die geringste Beachtung.

»Malthus, bleibt stehen!«, sagte der Inquisitor scharf. »Ich befehle es Euch!«

Der Ritter machte noch einen Schritt, ehe er endlich innehielt und auch Frederics Kopf wenigstens so weit freigab, dass der Junge wieder richtig atmen konnte.

»Lasst meine Schwester los!«, sagte Dominicus im Befehlston zu Andrej. Er war ein Mann, der mit Macht umzugehen wusste, das war deutlich zu spüren. Und wenngleich auch der gequälte Ausdruck in seinem Blick seine Worte Lügen zu strafen schien, klang seine Stimme doch hart und unnachgiebig.

»Ich fürchte, das kann ich nicht tun, ehrwürdiger Vater«, entgegnete Andrej spöttisch. »Das wäre nämlich äußerst dumm. Und ich hasse es, etwas Dummes zu tun.«

»Lass sie los, oder der Junge stirbt!«, rief Malthus.

»Und wenn ich sie freigebe, lasst Ihr uns gehen?«

Malthus wollte antworten, aber Domenicus unterbrach ihn mit einer herrischen Geste.

»Ihr wisst, dass wir das nicht tun werden, Delãny«, sagte er. »Macht es nicht noch schlimmer. Ich gebe Euch mein Wort, dass wir diesen Zwischenfall hier vergessen werden, wenn Ihr Maria freigebt. Er wird keinerlei Einfluss auf Euren Prozess haben.«

Es war beinahe grotesk – aber Andrej glaubte ihm. Er hatte gerade vor Domenicus' Augen zwei seiner Männer getötet, und trotzdem war der Inquisitor bereit, diesen *Zwischenfall* einfach zu vergessen. Entweder liebte er seine Schwester abgöttisch, oder ein Menschenleben war ihm so gleichgültig wie der Schmutz unter seinen Schuhsohlen. Vielleicht beides.

Andrejs Gedanken rasten wie wild. Die Situation entsprach dem, was Michail Nadasdy ein klassisches Patt genannt hätte – aber das würde nicht mehr lange so bleiben. Das Kräfteverhältnis verschob sich mit jedem Moment weiter zu seinen Ungunsten. Die meisten Zuschauer waren mittlerweile verstummt. Sie sahen dem Geschehen mit morbider Neugier zu; die Nervosität setzte sich wie die Wellen eines ins Wasser geworfenen Steines in der Menschenmenge fort. Wie lange würde es noch dauern, bis die Soldaten des Herzogs auftauchten, denen das Wohl Marias vermutlich weniger am Herzen lag als ihrem Bruder?

»Ich meine es ernst, Domenicus«, sagte Andrej. »Gebt den Jungen frei und lasst uns gehen, dann passiert Eurer Schwester nichts. Ich habe nichts mehr zu verlieren.«

Er hasste sich selbst für das, was er jetzt tat, aber um seinen Worten den gehörigen Nachdruck zu verleihen, ritzte er mit einer winzigen Bewegung des Sarazenenschwerts Marias Haut. Wahrscheinlich spürte sie den Kratzer kaum; trotzdem sog sie scharf die Luft ein und versteifte sich in seinen Armen. Ein einzelner roter Blutstropfen lief an ihrem Hals herab.

Domenicus Augen weiteten sich, und seine Linke schloss sich impulsiv um das schwere Goldkreuz vor seiner Brust.

Andrej bemerkte aus den Augenwinkeln heraus, dass nun genau das geschah, was er befürchtet hatte: Auf dem Marktplatz war eine Art stiller Panik ausgebrochen; die Menschen versuchten, schnell vom Ort des Geschehens zu flüchten – wenn auch nur die wenigsten wissen konnten, *was* überhaupt vorgefallen war. Doch aus der Richtung des Schlosses näherte sich ein halbes Dutzend Lanzenspitzen, die über den Köpfen der Flüchtenden zu pendeln schienen; und unter diesen Spitzen schimmerte es orangerot und weiß. Frederic und ihm würde eine Minute bleiben, schätzte Andrej; im besten Fall zwei, wenn die Menge die Soldaten lange genug aufhielt.

Auch Domenicus hatte die Soldaten bemerkt, aber Andrej las in seinen Augen, dass er keineswegs triumphierte. Vielmehr schien er sich der Gefahr, die das Erscheinen der Uniformierten für seine Schwester bedeutete, bewusst zu sein. Hinter seiner Stirn arbeitete es. Er ballte die rechte Hand zur Faust, schloss für einen Moment die Augen und nickte dann.

»Lasst den Jungen los!«, befahl er.

Malthus schnaubte vor Wut. Statt Frederic freizugeben, zog er seinen Dolch langsam über die Kehle des Jungen. Der Schnitt war kaum tiefer als der, den Andrej Maria zugefügt hatte, aber viel länger. Ein schneller und abrupt wieder endender Schwall Blutes schoss aus Frederics Hals und versickerte in seiner Kleidung.

»*Malthus*!« Domenicus' Stimme war nur noch einen Deut davon entfernt, zu einem Schrei zu werden. »Lasst ihn los! *Sofort*!«

Für einen entsetzlich langen Moment reagierte der goldene Ritter nicht, sondern starrte Andrej nur mit einem Hass an, den dieser nicht verstand. Der blutige Dolch in seiner Hand bewegte sich, seine Spitze bohrte sich in das weiche Fleisch unter Frederics Kinn, so dass der Junge nun von sich aus den Kopf so weit in den Nacken bog, wie er nur konnte.

Domenicus rief noch einmal: »*Malthus*!«, und endlich ließ der Ritter den Dolch sinken. Gleichzeitig versetzte er Frederic einen Stoß, der diesen nach vorne taumeln und unmittelbar vor Andrej auf die Knie fallen ließ.

»Ich freue mich schon auf unser nächstes Zusammentreffen, Delãny«, höhnte er. »Ich hoffe für dich, dass du dann auch wieder eine junge Frau bei dir hast, hinter der du dich verstecken kannst.«

Die Verachtung, die er in seine Stimme legen wollte, war jedoch nicht echt. Andrej verstand zwar nicht, warum, aber er spürte ganz deutlich, dass sich hinter dem aufgesetzten Spott im Tonfall seines Feindes nichts anderes als Furcht verbarg. Vielleicht lag das daran, dass bei Delãnys letztem Zusammentreffen mit den Goldenen einer von ihnen tot zurückgeblieben war – zwar durch Sergés und nicht durch seine eigene Waffe gefällt, aber das konnte Malthus ja nicht wissen; wahrscheinlich ging er davon aus, dass Andrej den Ritter in einem Handgemenge nach dem Wirtshausbrand getötet hatte.

»Gilt Euer Wort, Andrej Delãny?«, fragte Domenicus.

Andrejs Schwert blieb weiterhin einen halben Finger breit vor Marias Kehle liegen, aber er ließ mit der anderen Hand ihren Arm los und half Frederic auf die Füße. Der Schnitt am Hals des Jungen blutete nicht mehr, aber zwischen seinen Fingern quollen einige zähe Tropfen hervor, die die gleiche Farbe hatten wie Domenicus' Mantel.

»Delãny!«

Andrej wandte sich wieder dem Inquisitor zu. »Eurer Schwester wird nichts geschehen«, sagte er. »Ich lasse sie frei, sobald wir in Sicherheit sind.«

Er trat einen Schritt zurück. Domenicus versuchte nicht, ihn aufzuhalten. Der Geistliche war klug genug, die Situation richtig einzuschätzen. Aber er sagte: »Ihr kommt niemals aus der Stadt heraus, das ist Euch doch klar?«

»Wir werden sehen«, antwortete Andrej und machte einen weiteren, vorsichtigen Schritt zurück. In dieser Sekunde trat Frederic neben ihn, zog den schmalen Dolch aus Marias Gürtel und schleuderte die Waffe nach Vater Domenicus. Der Junge handelte so schnell, dass Andrej nicht den Hauch einer Chance hatte, ihn noch aufzuhalten.

Der Dolch drang bis ans Heft in die Kehle des Inquisitors und fuhr im Nacken wieder heraus. Domenicus presste beide Hände gegen den Hals, stieß einen gurgelnden Schrei aus und spie Blut. Maria kreischte schrill und wie unter Schmerzen und stürzte so ungestüm vor, dass Andrej gerade noch Zeit fand, das Sarazenenschwert zur Seite zu ziehen, damit sich die junge Frau nicht selbst enthauptete. Malthus riss mit einem zornigen Knurren das Schwert aus dem Gürtel, prallte aber in seiner Hast gegen einen der Soldaten und fiel mit einem gellenden Wutschrei zu Boden.

Endlich überwand Andrej sein Entsetzen, drehte sich auf der Stelle herum und schleifte Frederic mit sich fort. Er sah noch, dass Maria von ihrem Bruder mit zu Boden gerissen wurde, als dieser zusammenbrach – dann tauchten die beiden Fliehenden in die auseinanderstiebende Menge ein. Rings um sie herum gellte erneut ein Chor entsetzter Schreie auf.

Andrej verschwendete keine Zeit darauf, sich nach möglichen Verfolgern umzublicken, sondern bahnte sich rücksichtslos einen Weg durch die Menge. Als sie auf eine schmale Gasse zwischen zwei weiß getünchten Häusern zustürmten, blickte er schließlich doch über die Schulter zurück. Sie wurden tatsächlich verfolgt, wenn auch nicht von Malthus oder einem der Gefolgsmänner des Inquisitors, sondern von einem halben Dutzend Soldaten des Herzogs von Constãntã. Die Männer in den orange-weißen Uniformen drängten weit skrupelloser durch die Menge als Frederic und er und machten notfalls auch von ihren Waffen Gebrauch, um schneller voranzukommen. Tatsächlich verringerte sich der Abstand zwischen ihnen von Sekunde zu Sekunde.

Andrej schwenkte nach links, rannte mit weit ausgreifenden Schritten auf einen Marktstand mit Gemüse zu und führte drei blitzartige Hiebe mit dem Sarazenenschwert aus. Der Marktstand brach augenblicklich zusammen und löste sich in eine Lawine aus rollenden Kohlköpfen, Lauchstangen und Rüben auf, über die Andrej und Frederic mit einem gewaltigen Sprung hinwegsetzten. Nachdem er dieses Manöver an einem weiteren Marktstand durchgeführt hatte, sah Andrej beim Blick über die Schulter, wie die Hälfte ihrer Verfolger auf einem Sturzbach zerbrechender Tontöpfe und Trinkbecher ausglitt und die andere Hälfte unter einem flatternden Tuch von der Größe eines kleinen Segels begraben wurde. Er versuchte sein Tempo noch einmal zu beschleunigen, aber es gelang ihm nicht. Die Menschenmenge durch die sie sich kämpfen mussten, bremste ihren Schritt.

Schließlich erreichten sie das andere Ende des Marktplatzes und liefen in eine schmale Straße hinein. Nach ein paar Metern erkannte Andrej diese Gasse; es war die gleiche, durch die sie schon am Vortag geflüchtet waren.

Nun hatten sie wenigstens eine Chance, ihren Verfolgern zu entkommen. Sie kamen rasch voran, niemand machte auch nur den Versuch, sie aufzuhalten. Obwohl sie immer wieder die Richtung wechselten, wusste Andrej genau, wo er hinwollte. Es musste ihnen nur gelingen, ihre Verfolger in eine falsche Richtung zu locken, und sie würden frei sein – zumindest für den Moment. Um nicht unnötig aufzufallen und um wieder ein wenig zu Atem zu kommen, verlangsamten sie ihre Schritte.

»Wo willst du hin?«, fragte Frederic.

»Was glaubt du denn?«, zischte Andrej. »Meinst du, nach deiner Glanzleistung können wir uns noch irgendwo blicken lassen?«

Obwohl ihnen die Menschen, an denen sie vorbeihasteten, aus dem Weg gingen oder sich zumindest bemühten, sie nicht zu auffällig zu mustern, spürte er ihr Misstrauen. Es war kein Wunder, dass sie auffielen: Er trug das außergewöhnliche Sarazenenschwert deutlich sichtbar am Gürtel, und auch Frederics blutverschmierte Kehle war nicht gerade ein alltäglicher Anblick. Andrej war sich darüber im Klaren, dass sie nur ein ungewöhnliches Versteck retten konnte, wenn sie nicht schon innerhalb kürzester Zeit denunziert werden wollten. Zumindest aber mussten sie unverzüglich die auffälligsten Spuren beseitigen, die die Ereignisse der letzten Minuten auf ihrer Kleidung und Frederics Körper hinterlassen hatten.

Wenn sie Glück hatten, konnten sie ihren alten Unterschlupf noch einmal nutzen.

Vom Marktplatz her drang noch immer Lärm und ein Durcheinander aufgeregter Stimmen und Schreie zu ihnen herüber, und Andrej zweifelte nicht daran, dass die Jagd auf Frederic und ihn sich längst ausgeweitet hatte. Ein fast kahlköpfiger, in ein auffälliges Gewand gehüllter Fremder mit einem kostbaren Schwert und ein ebenfalls seiner Haare beraubter Junge mit einer frischen Schnittwunde am Hals … Sie würden nicht schwer aufzuspüren sein, nicht einmal in einer Stadt dieser Größe.

Fast wäre Andrej an der Toreinfahrt vorbeigelaufen, die zu dem baufälligen Haus führte, doch dann entschied er sich anders; sie waren heute nacht hier nicht entdeckt worden und würden vielleicht nochmals für ein paar Stunden Schutz in dem alten Gemäuer finden. Der Lärm und die Schreie aus der Richtung des Marktes wurden lauter, aber zumindest hier schien im Moment niemand von ihnen Notiz zu nehmen. Er blieb stehen, sah sich noch einmal nach allen Seiten um. Als er sich sicher war, nicht beobachtet zu werden, packte er Frederic am Arm und zog ihn mit sich.

Raschen Schrittes eilte er zusammen mit dem Jungen durch den gemauerten Torbogen und dann zielstrebig auf die morsche Tür des verfallenden Hauses zu. Ein letzter sichernder Blick bestätigte ihm, dass sich hier tatsächlich niemand für sie interessierte. Er konnte den Lärm vom Marktplatz und die Geräusche der Straße noch immer deutlich hören, aber aus dem Haus selbst drang nicht der mindeste Laut; es hätte ihn auch gewundert, wenn sich hier in der Zwischenzeit jemand eingenistet hätte.

Nachdem er die morschen Türbretter beiseitegezogen hatte, schob er Frederic unsanft hindurch und gab ihm einen Stoß, der ihn regelrecht in den Raum purzeln ließ. Wie auch beim letzten Mal empfing sie staubiges Zwielicht und ein süßliche Gestank, der ihn fast zum Würgen brachte. Doch das war ihm im Moment vollkommen egal. Die Ruine erschien ihm ganz im Gegenteil wie ein altvertrauter, guter Freund, der ihnen in einer verzweifelten Situation uneigennützig zur Seite stand.

Er zog die morsche Tür hinter sich zu, eilte durch den Raum zu dem grob zugenagelten Fenster an der gegenüberliegenden Wand, von dem er wusste, dass es ihm einen Überblick über die Straße gestatten würde, und spähte durch die Lücke zwischen zwei Brettern hindurch. Es waren hier nur wenige Menschen unterwegs, und sie schienen so mit sich selbst beschäftigt zu sein, dass sie ihrer Umgebung kaum Aufmerksamkeit schenkten. Andrej konnte nur hoffen, dass sich keiner von ihnen Gedanken über zwei auffällige Fremde machte, die sich hier heimlich Zugang verschafft hatten.

Langsam drehte er sich zu Frederic um. Der Junge hatte einen Streifen aus dem Saum seines Gewands gerissen und versuchte ungeschickt, sich selbst einen Verband anzulegen. Soweit Andrej erkennen konnte, blutete die harmlose Schnittwunde schon längst nicht mehr, aber vielleicht dachte Frederic ja ebenso wie er – dass diese eigentümliche Verletzung nämlich ein unverwechselbares Stigma war, anhand dessen man sie leicht identifizieren konnte. Er sah seinem Schützling eine geraume Weile dabei zu, wie er ungeschickt und erfolglos versuchte, den viel zu steifen Stoff hinter seinem Nacken zu verknoten; dann streckte er die Hand aus.

Als Frederic näher kam, um sich helfen zu lassen, versetzte Andrej ihm eine Ohrfeige, die den Jungen zu Boden schleuderte. Frederic gab keinen Laut von sich, sondern blieb zwei oder drei Sekunden lang reglos liegen, ehe er sich benommen aufrichtete. Der improvisierte

Verband war seinen Fingern entglitten. Statt dessen presste er die Rechte gegen seine Wange, auf der Andrej trotz des Zwielichts in diesem düsteren Raum einen deutlichen roten Abdruck erkennen konnte. Ihm wurde klar, dass er viel fester als beabsichtigt zugeschlagen haben musste.

Streng genommen hatte er den Jungen überhaupt nicht schlagen wollen – es war einfach so geschehen. Aber so sehr er auch danach suchte, es fand sich keine Spur von Bedauern in ihm. Ganz im Gegenteil: Er musste sich plötzlich beherrschen, nicht über Frederic herzufallen und ihn windelweich zu prügeln.

»Warum … hast du das getan?«, murmelte Frederic. Seine Augen schimmerten plötzlich feucht, aber seine Stimme klang nicht im entferntesten weinerlich. Ihr leichtes Zittern und die Tränen in den Augen des Jungen hatten nur einen Grund: *Wut.*

»Danke Gott, dass du nicht zehn Jahre älter bist«, sagte Andrej kalt. »Sonst würde ich dich jetzt vielleicht töten.«

Er erschrak, als er den Klang seiner eigenen Stimme hörte. Nicht nur die Kälte darin erschreckte ihn, sondern noch mehr die Erkenntnis, dass er diese Worte vollkommen ernst meinte.

Frederic starrte ihn fassungslos an. Das feuchte Schimmern in seinen Augen versiegte so rasch, wie es gekommen war. Nach einer Weile nahm er die Hand herunter, tastete, ohne hinzusehen, nach seinem Stoffstreifen und stand vom Boden auf, als er ihn gefunden hatte.

»Verrätst du mir auch, warum?«, fragte er in einem

Ton, als interessiere ihn die Antwort nicht im geringsten.

»Das fragst du wirklich?« Andrej musste sich zusammennehmen, ihn nicht erneut zu schlagen oder anzubrüllen. »Hast du denn gar nichts von all dem verstanden, was ich dir beigebracht habe?«

»Nein.« Frederic verknotete den Stoffstreifen auf eine Art in seinem Nacken, die ihm eigentlich den Atem abschnüren musste. Er funkelte Andrej an. »Ich habe es nicht verstanden. Und ich glaube, ich will es auch nicht verstehen. Weißt du, es fällt mir nämlich schwer, Worte von Frieden und Sanftmut aus dem Mund eines Mannes zu hören, der so zu kämpfen versteht wie du – und auch noch an ihre Ernsthaftigkeit zu glauben!«

»Du *hast* nichts verstanden«, sagte Andrej traurig.

»Wie auch?!« Andrej registrierte mit einiger Verblüffung, dass es plötzlich Frederic war, der ihn anschrie. »Wie kann ich Worte von Frieden und Vergebung aus deinem Munde glauben, wenn du wie der Teufel selbst kämpft? Du hättest sie alle sechs töten können, nicht wahr? Ohne dich auch nur anzustrengen!«

»Nein«, sagte Andrej ruhig. »Am Ende hätten sie mich erwischt. Aber ich hätte einige von ihnen mitgenommen.«

»Wie lange hast du gebraucht, bis du so mit dem Schwert umgehen konntest?«, gab Frederic herausfordernd zurück. »Zehn Jahre? Zwanzig? Die Hälfte deines Lebens? Oder mehr? Du hast den größten Teil deiner Lebenszeit damit zugebracht, das Töten zu lernen!«

»Ich habe das *Kämpfen* gelernt«, antwortete Andrej, »nicht das Töten.«

Verwirrt stellte er plötzlich fest, dass er nicht mehr *antwortete*, sondern sich *verteidigte*. Das war so ziemlich das Letzte, womit er gerechnet hatte, aber plötzlich sah er sich in die Defensive gedrängt – von einem *Halbwüchsigen*!

»Das ist natürlich ein gewaltiger Unterschied«, bemerkte Frederic hämisch. »Wie viele Männer hast du in deinem Leben schon getötet, Andrej? Hundert? Zweihundert?«

»Sechs … Und den ersten, um *dein* Leben zu retten.« *So wie alle anderen auch*, fügte Andrej in Gedanken hinzu. Aber es hätte nichts genutzt, es laut auszusprechen. Frederic hätte mit Sicherheit auch den Sinn dieser Worte nicht verstanden. Aber wenn er sie ausgesprochen hätte, hätten womöglich Andrejs eigene Gedanken einen Weg eingeschlagen, den er nicht beschreiten wollte.

»Ich glaube dir nicht.« Frederic schien doch ein wenig verunsichert zu sein. »Ich … ich habe *gesehen*, wozu du fähig bist!«

Andrej schloss die Augen und atmete tief durch, ehe er antwortete. Seine Gefühle waren in Aufruhr. Er musste Acht geben, nicht Dinge zu sagen oder auch nur zu denken, die er vielleicht später bereuen würde.

»Ich habe nie einen Menschen getötet, und ich werde nie einen Menschen töten, außer um mein Leben oder das eines anderen zu retten«, sagte er ruhig. »Du hast in einem Punkt recht, Frederic: Ich habe viele Jahre meines Lebens damit verbracht, den Schwertkampf zu erlernen. Und ich hatte den besten Lehrer, den es jemals auf dieser Welt gegeben hat. Doch er hat mich nicht nur gelehrt, mit dem Schwert umzugehen; er hat mich noch etwas anderes gelehrt … etwas viel Wichtigeres: *Ehrfurcht.*«

»Vor wem?«

»Vor dem Leben, Frederic. Dem einzigen Gut, das auf dieser Welt überhaupt irgendeinen Wert hat. Niemand hat das Recht, ein Menschenleben einfach so auszulöschen. Ich nicht, und du auch nicht.«

»Aber Vater Domenicus«, erwiderte Frederic spöttisch. »Wie konnte ich das nur vergessen! Er handelt ja in Gottes Namen! Warum hast du Barak das nicht gesagt? Ich bin sicher, er hätte die zwei Tage genossen, die dieses … *Vieh* ihn hat foltern lassen!«

Der Hass, der in Frederics Stimme zitterte, ließ Andrej erschauern. Es war nicht richtig, dass ein Kind einen solchen Hass empfand.

»Ich weiß nicht, ob es einen Gott gibt«, fuhr der Junge leise fort. »Aber wenn, dann handeln Männer wie Domenicus nicht in seinem Namen. Sie behaupten es, aber es ist nicht wahr … Er hatte den Tod verdient!«

»Er hatte mein Wort«, antwortete Andrej. »Du hast mich entehrt, indem du es gebrochen hast.«

Frederic verdrehte die Augen, aber Andrej schnitt ihm mit einer herrischen Geste das Wort ab. Er hatte endgültig begriffen, dass Frederic nicht verstehen *wollte*, was er ihm zu sagen versuchte. Und vielleicht hatte der Junge ja sogar recht. Vielleicht war er, Andrej, derjenige, der sich irrte, vielleicht war die alttestamentarische Vorstellung von Rache und blutiger Vergeltung, die Frederics Handeln und Denken bestimmte, die richtige Reaktion auf das, was im Tal und im Wehrturm von Borsã geschehen war. So oder so: Andrej wollte nicht darüber nachdenken und änderte seine Taktik.

»Dir ist anscheinend nicht klar, was du getan hast«, fuhr er fort.

»Ich habe einen Mann getötet, der es verdient hat«, antwortete Frederic trotzig. »Du warst ja zu feige dazu!«

»Du hast mehr als das getan«, sagte Andrej ernst. »Wir haben jetzt praktisch keine Chance mehr, die Menschen aus deinem Dorf zu befreien. Falls sie überhaupt noch am Leben sind.«

Diesmal erschrak Frederic wirklich. »Was ... soll das heißen?«, fragte er stockend.

Andrej lachte bitter. »Du weißt es nicht besser«, bemerkte er leise. »Woher auch? Aber das alles ist nicht so leicht zu erklären, wie du denkst. Du hast mich gefragt, wie lange ich gebraucht habe, um das Kämpfen zu lernen. Lange. Viel länger, als selbst Ritter mit ihren Waffen trainieren. Aber es ist nicht damit getan, ein Schwert führen zu können.«

Er zog das Sarazenenschwert, drehte die Waffe herum und hielt Frederic den geschliffenen Elfenbeingriff hin. »Du willst es lernen?«, fragte er. »Nimm es. Es dauert ein Jahr, bis du gut bist, und zwei, bis du mich fordern kannst. Aber das ist längst nicht alles. Es ist nicht einmal das Wichtigste. Es gibt Regeln, Frederic: Man bricht sein Wort nicht; nicht einmal seinem Todfeind gegenüber. Ja, gerade einem Feind gegenüber bricht man es nicht.«

Frederic betrachtete die Waffe auf eine Art, die Andrej schaudern ließ. Nicht zum ersten Mal fragte er sich, ob die Saat der Gewalt in dem Jungen nicht schon längst aufgegangen war. Und schlimmer noch: Was, wenn die Ereignisse der letzten Tage nur Beschleuniger einer gefährlichen Veranlagung gewesen waren? Wenn dieser Junge einfach böse war; noch ein Kind zwar, das jedoch schon den Keim in sich trug, zu einem Menschen heranzuwachsen, der vielleicht auf andere Weise ebenso grausam und gnadenlos wie Domenicus oder der goldene Ritter in dessen Gefolge war?

Andrej wusste buchstäblich *nichts* über Frederic, kaum mehr als seinen Namen. In seinem Bemühen, möglichst wenig von seiner eigenen Geschichte und vor allem von seinen Familienbanden preiszugeben, war er jedem Gespräch ausgewichen, das über allgemeine Fragen hinausging.

Frederic zog die Hand zurück, und Andrej steckte das Sarazenenschwert mit einem erleichterten Seufzen wieder ein. Er wusste nicht, was er getan hätte, hätte der Junge nach der Waffe gegriffen.

»Es ist im Grunde nichts anderes als ein Spiel«, knüpfte er an das unterbrochene Gespräch an, leiser und in ruhigem, fast resigniertem Ton. »Es gibt Regeln, Frederic. Man gibt sein Wort, und man hält es, ganz gleich, was geschieht. Indem du Domenicus getötet hast, hast du Malthus und den anderen einen Freibrief gegeben, zu tun und zu lassen, was immer sie wollen.«

»Das tun sie doch ohnehin!«, entgegnete Frederic zornig.

»Nicht so«, beharrte Andrej. Aber er spürte selbst, dass er nicht in der Lage war, dem Jungen zu erklären, was er wirklich meinte. Trotzdem fuhr er fort: »Sie werden Rache nehmen, Frederic. Vielleicht werden sie einige von deinen Leuten töten. Vielleicht alle. Und wenn wir ihnen das nächste Mal gegenüberstehen, dann wird es kein Verhandeln mehr geben.«

»Dann töte ich sie ebenfalls!«

Andrej resignierte. Es war sinnlos. Frederic konnte oder wollte nicht verstehen, was er ihm zu vermitteln versuchte. Für einen Moment hatte Andrej fast Angst vor diesem Kind.

Da er nicht wollte, dass Frederic dieses Gefühl in seinen Augen las, drehte er sich mit einem Ruck herum und trat wieder ans Fenster. Seine Gefühle waren in Aufruhr. Er hatte die Wahrheit gesagt, als er behauptete, niemals zuvor einen Menschen getötet zu haben, und er hatte *mehr* als die Wahrheit gesagt, als er behauptete, dass es ein schreckliches Erlebnis gewesen war. Er hatte sein Leben, beziehungsweise das Frederics, verteidigt, und das konnte er verantworten. Aber trotzdem wusch es nicht das Blut von seinen Händen.

Das Treiben draußen auf der Straße hatte sich inzwischen verändert. Die Menschen hasteten nicht mehr herum, sondern standen in kleinen Gruppen beieinander und redeten erregt über das, was sie gehört oder vielleicht sogar gesehen hatten. Der Lärm vom Marktplatz her hatte sich gelegt, aber über der ganzen Stadt schien nun eine Atmosphäre beinahe greifbarer Spannung zu liegen.

Frederic hatte viel mehr getan, als einen Mann zu töten. Er hatte einen Inquisitor umgebracht, einen Kirchenfürsten, der noch dazu Gast des Herzogs gewesen war. Andrej wusste nicht viel über die Macht und den Einfluss, die die Kirche in diesem Teil des Landes besaß, aber sie konnten nicht gering sein, sonst hätte Domenicus niemals so auftreten können, wie er es Andrej gegenüber getan hatte. Der Herzog musste nun auf diese Herausforderung reagieren, ob er wollte oder nicht – gerade auch angesichts der Türken, die womöglich schon für einen Angriff auf Constãntã rüsteten. In solch einer prekären Lage konnte sich der Herzog nicht die geringste Schwäche leisten.

Andrej hörte, wie sich Frederic von ihm entfernte und die morsche Treppe ins obere Geschoss hinaufstieg, aber er sah ihm nicht nach. Einen Augenblick lang wünschte er sich, alles ungeschehen machen zu können, die Zeit zurückzudrehen bis zu jenem Punkt, als er – Jahre nach seiner Vertreibung – ins Borsã-Tal zurückgekehrt war. Im Nachhinein betrachtet schien ihm jeder Schritt, den er seither getan hatte, jedes Wort, das er seither gesprochen hatte, falsch gewesen zu sein.

Kurz darauf erregte eine Bewegung auf der Straße seine Aufmerksamkeit. Zwei Soldaten in den Farben des Herzogs näherten sich mit schnellen Schritten dem Haus. Zwischen ihnen bewegte sich eine Gestalt in dunkelgrünem Samt. Die drei schritten in scharfem Tempo auf der gegenüberliegenden Straßenseite dahin, und die Menschen traten hastig zur Seite, um ihnen Platz zu machen.

Als sie genau gegenüber seinem Versteck waren, drehte Maria den Kopf und sah ihn an.

Andrejs Herz raste wie wild.

Natürlich sah die junge Frau nicht direkt *ihn* an – es war völlig unmöglich, dass sie ihn wirklich sah oder auch nur ahnte, dass er hier war.

Tatsächlich verlangsamte sie nicht einmal ihren Schritt, sondern eilte, ohne zu zögern, weiter, und doch glaubte Andrej für einen Moment den Blick ihrer dunklen Augen wie die Berührung einer unsichtbaren Hand auf seinem Gesicht gespürt zu haben.

Selbst über die große Entfernung hinweg konnte er sehen, wie bleich Maria war. Ihr Gesicht war ein einziger weißer Fleck, der selbst vor der gekalkten Wand dahinter noch hell wirkte. Sie presste ein weißes, blutgetränktes Taschentuch gegen den Hals, und in der anderen Hand hielt sie etwas, von dem Andrej glaubte, dass es Domenicus' goldenes Kreuz war. Ihr kostbares Kleid war mit hässlichen, eingetrockneten Flecken übersät … dem Blut ihres toten Bruders.

Maria blickte weiterhin nachdenklich zum Haus hinüber – Andrej war *sicher*, dass sie das Fenster ansah, hinter dem er stand – und wandte ihre Aufmerksamkeit erst wieder nach vorne, als sie das Gebäude schon längst passiert hatten. Andrej schaute ihr nach, bis sie aus seinem Gesichtsfeld verschwunden war, und selbst danach stand er noch lange reglos da und starrte ins Leere.

Es verging fast eine halbe Stunde, ehe Frederic die Treppe wieder heruntergepoltert kam. Andrej hatte sich an der Wand unter dem Fenster zu Boden sinken lassen und den Kopf gegen den mürben Stein gelehnt.

Als Frederic nun die schmale Stiege herunterkam, ächzte die altersschwache Konstruktion unter seinem Gewicht. Eine der morschen Stufen löste sich, und eine gewaltige Staubwolke wirbelte hoch, als sie auf den Boden fiel und zerbrach. Andrej blickte auf und sah, dass der Junge nicht mit leeren Händen zurückkam, sondern mehrere unordentlich zusammengeknüllte Kleidungsstücke über dem Arm trug. Es fiel ihm sichtlich schwer, auf den morschen Stufen das Gleichgewicht zu halten.

Andrej erhob sich und ging ihm ein Stück entgegen, machte aber keine Anstalten, ihm zu helfen. »Was hast du da?«, fragte er überflüssigerweise.

»Andere Kleider«, antwortete Frederic. »In unseren alten Sachen fallen wir überall auf. Sie suchen doch bestimmt schon nach uns.«

»Woher hast du das?«

»Oben im Haus gefunden«, behauptete Frederic. »In einer alten Kiste.«

Andrej griff wortlos nach einem langen Leinenhemd und roch daran. »Du lügst. Die Sachen sind frisch gewaschen.«

Frederic presste trotzig die Lippen aufeinander, zuckte aber schließlich mit den Schultern und fügte mit einer Bewegung, die wohl ein Kopfnicken darstellen sollte, hinzu: »Man kann von oben in den benachbarten Hof hinuntersteigen. Die Sachen hingen auf der Leine. Niemand hat mich gesehen. Bestimmt nicht!«

Andrej verschluckte die ärgerliche Bemerkung, die ihm auf der Zunge lag, und sichtete statt dessen die Kleidungsstücke. Es handelte sich um einfache Hosen, bunte Schärpen und steife Gewänder, die Andrej wohl knapp, dem Jungen dagegen überhaupt nicht passen würden. Trotzdem würden sie in diesen Sachen natürlich viel weniger auffallen als in der blutbesudelten und ihren Häschern nur allzu gut bekannten Kleidung, die sie momentan trugen.

Nachdem sie sich umgezogen hatten, meinte Andrej: »Wir können nicht hier bleiben.«

Frederic krempelte die Ärmel des viel zu großen Gewandes auf und schlang sich die Schärpe um die Hüften, wodurch der zu üppig bemessene Stoff noch mehr als zuvor auftrug. Er wirkte ziemlich lächerlich in dieser Aufmachung. »Wäre es nicht besser, wenn wir hier bleiben, bis es dunkel ist?«, fragte er.

»Wahrscheinlich. Aber ich fürchte, unsere Nachbarin wird nicht sehr erbaut sein, wenn sie feststellt, dass ihr jemand die Wäsche von der Leine gestohlen hat. Außerdem müssen wir Krusha und seinen Bruder treffen – jetzt dringender denn je.«

12

Es war ein merkwürdiges Gefühl, zu wissen, dass es nun gleich ernst werden würde. Dabei konnte Delãny nur hoffen, dass der Informant heute im »Einäugigen Bären« auf sie wartete und die Sache tatsächlich ohne weitere Verzögerung über die Bühne ging. Jede Stunde, die sie länger als unbedingt nötig in Constãntã blieben, brachte sie dem Kerker ein Stück näher – aber auf dem direkten Wege und nicht bei dem Versuch, die verbliebenen Dorfbewohner aus Borsã zu retten.

Andrej riss einen gut armlangen Streifen aus dem Gewand, das ihm Krusha geliehen hatte, und wickelte das Sarazenenschwert darin ein. Dann wandte er sich an Frederic.

»Lass mich nach deinem Hals sehen.«

Frederic legte die linke Hand auf den schmutzigen Verband an seinem Hals und wich kopfschüttelnd einen halben Schritt zurück. »Das ist nur ein Kratzer«, wiegelte er ab.

»Aber er muss weh tun.«

»Nicht sehr. Und ich bin nicht aus Zucker.«

Andrej seufzte, beließ es aber dabei. Frederic war viel zu stolz, um zuzugeben, dass er Schmerzen hatte. Nicht sehr vernünftig, aber in Anbetracht seines Alters verständlich. Außerdem war jetzt nicht der richtige Zeitpunkt, um darüber zu diskutieren.

Andrej deutete mit einer müden Kopfbewegung zur Tür: »Gehen wir.«

Um den Patrouillen des Herzogs und den Schergen des Inquisitors nicht in die Arme zu laufen, nahmen sie einen größeren Umweg in Kauf. Zwar gewährte ihnen die Kleidung, die Frederic gestohlen hatte, einen gewissen Schutz: Aber jetzt waren die Männer in Weiß und Orange direkt hinter ihnen her und würden nicht eine Sekunde zögern, sie anzugreifen, wenn sie sie als Mörder von Vater Domenicus erkannten. Hinzu kam, dass Andrej sich zunehmend unsicherer fühlte, je mehr sie sich dem Schloss näherten. Mit großer Wahrscheinlichkeit waren die beiden goldenen Ritter dort, sofern sie sich nicht an der Suche nach den *Mördern* des Inquisitors beteiligten – was Andrej allerdings bezweifelte –, und vor allem würde Maria auf dem Schloss weilen. Andrej wusste natürlich, wie unsinnig diese Vorstellung war, trotzdem musste er sich plötzlich mit aller Macht des Gedankens erwehren, dass die junge Frau nur einen zufälligen Blick aus dem Fenster werfen musste, um ihn zu erkennen und sein Auftauchen unverzüglich den Wachen zu melden.

Natürlich geschah das nicht, dennoch atmete Andrej erleichtert auf, als sie das Schloss – das eigentlich eher einer Trutzburg glich – endlich passiert hatten und in Richtung Hafens abbogen. Er schalt sich in Gedanken einen Narren, der sich benahm, als sei er das allererste Mal in einer gefährlichen Situation; aber tief in seinem Inneren fühlte er den wahren Grund seiner Verunsicherung.

Es war das Mädchen. Er hätte sie niemals so nahe an

sich heranlassen dürfen. Maria hatte irgend etwas in ihm geweckt, das er lieber in sich begraben gelassen hätte.

Die Zahl der Patrouillen nahm zu, als sich Andrej und Frederic dem Hafengebiet näherten. Mehrmals mussten sie hastig die Richtung wechseln und in einer schmalen Gasse oder einem Hinterhof Schutz suchen, bis die unmittelbare Gefahr vorüber war. So kam es, dass sie erst zwei Stunden nach dem verabredeten Zeitpunkt den »Einäugigen Bären« erreichten und den einfachen Schankraum betraten.

In ihren zerschlissenen, schlecht sitzenden Kleidern fielen sie in dieser Umgebung kaum auf; und das Schwert, das Andrej unter dem Hemd verborgen trug, war beileibe nicht die einzige Waffe, die in diesem Raum von ihrem Träger griffbereit gehalten wurde. Die Warnung des Torwächters hatte durchaus ihren Sinn gehabt, aber das war nicht das einzige Grund, warum heute die Spannung in der Gaststube fast körperlich spürbar war: Durch den Mord an Vater Domenicus, der wohl von einigen mit der Türkengefahr in Zusammenhang gebracht wurde, drohte das explosive Gemisch aus Alkohol, wilden Spekulationen und Aggressivität jeden Moment hochzugehen. Wenn die Männer hier auch nur eine Sekunde in Erwägung gezogen hätten, dass die gesuchten Täter sich unter sie mischen könnten, wäre ihr Leben wohl keinen Pfifferling mehr wert gewesen. Andrej konnte sich nur zu gut vorstellen, dass der Herzog oder Maria ein beträchtliches Kopfgeld auf sie ausgesetzt hatten, das sich so mancher hier gerne verdienen würde.

Fast widerstrebend bahnten sich Andrej und Frederic einen Weg durch die eng stehenden Tische und Bänke. Die Spelunke war zum Bersten voll. Die Gespräche an den Tischen wurden laut und hitzig geführt, und immer wieder tauchten darin die Worte *Mörder* und *Türken* auf. Der Trubel hatte immerhin den Vorteil, dass die zwei Neuankömmlinge kaum eines Blickes gewürdigt wurden.

Wie Andrej vermutet hatten, saßen die beiden Brüder wieder an dem kleinen Tisch in der hintersten Ecke. Sergé verbarg sein Gesicht noch immer hinter seinem auffällig ungeschickt gewickelten Turban, und Krusha unterhielt sich aufgeregt mit einem fremden, wesentlich älteren Mann mit einem verwitterten Gesicht und grauem Haar, dessen schlichte, aber nicht ganz billige Kleidung nicht so recht hierherpassen wollte.

Als sich Andrej und Frederic dem Tisch näherten, wurde das Gespräch schlagartig unterbrochen, und alle drei starrten ihnen mit zornigen Augen entgegen. Schweigend sahen sie zu, wie sich die beiden Delãnys auf die freien Stühle setzten.

»Du hast Nerven, Delãny«, zischte Sergé unter seinem Tuch hervor. »Wer bist du, dass du es wagst, hierherzukommen, nach allem, was du angerichtet hast? Bist du dumm oder einfach nur dreist?«

»Vor allem durstig«, antwortete Andrej. »Aus welch anderem Grund sollte ich wohl sonst in ein Gasthaus gehen?«

Krusha lachte leise, winkte dem Wirt und hob zwei Finger. Der grauhaarige Fremde schwieg währenddessen, als ginge ihn das Ganze nichts an. Doch seine Augen waren die ganze Zeit auf Andrej gerichtet, und sein Blick wurde von Sekunde zu Sekunde durchdringender.

»Außerdem waren wir verabredet, wenn ich mich richtig erinnere«, fügte Andrej nach einer kurzen Weile hinzu.

»Das war, bevor du den Pfaffen umgebracht und dem Herzog damit einen Vorwand geliefert hast, die ganze Stadt auf den Kopf zu stellen!«, sagte Sergé noch immer erregt. »Du musst völlig verrückt sein, jetzt noch herzukommen!«

Andrej blickte ihn nachdenklich an. »Neuigkeiten scheinen sich schnell herumzusprechen«, sagte er.

»Und um so schneller, je schlechter sie sind«, bestätigte Krusha. »Der Herzog hat einen Preis auf deinen Kopf ausgesetzt, Delãny. Und zwar *nur* auf deinen Kopf, wenn du verstehst, was ich meine.« Er seufzte. »Fünfzig Pfund in Gold. Und keine Fragen.«

»Das ... ist eine Menge Geld«, murmelte Andrej überrascht.

»Ein Vermögen«, bestätigte Krusha. »Genug, um sogar mich in Versuchung zu führen ... Aber nicht genug, um mich meine beiden toten Brüder vergessen zu lassen.«

Andrej war nicht sicher, was er von der letzten Aussage halten sollte. Krusha war sicher der intelligentere der beiden überlebenden Brüder, aber das bedeutete natürlich nicht, dass er auch vertrauenswürdig war.

»Soll ich wieder gehen?«, fragte er.

»Nein«, antwortete Krusha. Der Wirt kam und stellte zwei nur halb gefüllte Krüge mit dünnem Bier auf den Tisch, die Krusha sofort bezahlte. Sie warteten, bis sich der Mann wieder entfernt hatte, dann fuhr Krusha fort: »Ich gebe zu, wir haben nicht mehr damit gerechnet, dass du kommst. Andererseits haben wir eine Abmachung. Du willst doch sicher immer noch deine Leute befreien?«

»Wäre ich sonst hier?« Andrej warf einen fragenden Blick auf den Grauhaarigen, aber Krusha versuchte ihn mit einer raschen Geste zu beruhigen.

»Ják ist vertrauenswürdig«, sagte er. »Keine Angst. Du kannst offen reden.«

Andrej trank einen Schluck Bier. Es schmeckte noch dünner, als es aussah, aber das machte nichts. Was er jetzt vor allem brauchte, war ein klarer Kopf.

»Es tut mit leid, dass …« Er zögerte einen winzigen Augenblick, gerade lange genug, um zu dem Schluss zu kommen, dass Krusha nicht alle Einzelheiten zu wissen brauchte. »… der Zwischenfall auf dem Marktplatz passiert ist.«

»Du nennst es einen *Zwischenfall*, einen persönlichen Gast des Herzogs und hohen Abgesandten der Kirche umzubringen?«, krächzte Sergé.

»Bedauerst du seinen Tod?«, erkundigte sich Andrej in fast freundlichem Tonfall.

»Nein, überhaupt nicht«, antwortete Krusha an Stelle seines Bruders. »Aber er macht alles schwieriger. Eure Tat bringt den Herzog in eine unangenehme Lage – und das gerade jetzt, wo er unter Umständen schon bald auf Verbündete angewiesen ist, falls die Türken wirklich angreifen. Er wird alles in seiner Macht Stehende tun, um eurer habhaft zu werden. Das Risiko, mit euch gesehen zu werden, ist gestiegen.«

»Und damit auch der Preis, den ihr für eure Hilfe verlangt«, vermutete Frederic.

»Er hat sich verdoppelt, fürchte ich«, bestätigte Krusha die Vermutung des Jungen ohne jegliche Regung in seiner Stimme.

Andrej hatte Mühe, den Gedanken des angeblichen Schaustellers zu folgen. »Verbessere mich, wenn ich etwas Falsches sage«, sagte er. »Aber wenn ich mich richtig erinnere, dann haben wir noch gar nicht über die Summe gesprochen, die du für deine Hilfe verlangst.«

Krusha grinste. »Du erinnerst dich richtig, Delãny.«

»Wie also kannst du sie verdoppeln?«

Krusha trank einen gewaltigen Schluck von seinem Bier, ehe er antwortete. »Streiten wir nicht über Kleinigkeiten«, bemerkte er lächelnd und deutete auf den Grauhaarigen. »Ják hat zuverlässige Informationen, was den Aufenthaltsort eurer Leute angeht – und auch ihr weiteres Schicksal.«

»Und was verlangt er dafür?«, fragte Andrej.

»Nur einen Anteil von dem, was *wir* verlangen«, sagte Krusha.

Andrej musste sich beherrschen, um nach außen hin wenigstens noch halbwegs ruhig zu bleiben. Krusha genoss es in vollen Zügen, ihn auf die Folter zu spannen. »Und was verlangt *ihr*?«, fragte Andrej mit erzwungener Ruhe nach.

»Nicht viel, wenn man bedenkt, was du dafür bekommst und welches Risiko wir dafür eingehen. Nur das, was sich in der Schatztruhe des Herzogs befindet.«

Andrej blinzelte ungläubig. »Was?«

»Die persönliche Schatztruhe des Herzogs«, wiederholte Krusha. »Es heißt, sie sei gut gefüllt. Und noch um etliches besser, seit sich der Inquisitor als Gast auf dem Schloss aufhält. Aber keine Sorge«, fügte er mit einem humorlosen Lächeln hinzu, »es dürfte wiederum nicht so viel sein, dass ein kräftiger Bursche wie du nicht in der Lage wäre, es zu tragen.«

»Ihr seid ja wahnsinnig«, sagte Andrej leise, aber aus tiefster Überzeugung.

»Keineswegs«, entgegnete Krusha gelassen. »Wie ich schon sagte: Wir gehen ein gewaltiges Risiko ein, indem wir dir helfen. Unser Leben ist verwirkt, wenn man uns zusammen mit euch aufgreift. Hohes Risiko, hoher Preis.« Er zuckte mit den Schultern. »Aber es ist natürlich deine Entscheidung.«

»Aber lasst Euch nicht zu viel Zeit damit«, fügte Ják hinzu. Es waren die ersten Worte, die er sprach, seit sich Andrej an den Tisch gesetzt hatte. Er hatte eine leise, aber sehr klare Stimme, die so gar nicht zu seinem verwitterten Gesicht passte. »Eure Leute sollen noch in dieser Nacht fortgebracht werden.«

»Wohin?«, fragte Andrej.

Ják lächelte und schwieg.

»Also?«, fragte Krusha. »Hast du dich entschieden?«

»Habe ich denn eine Wahl?«, antwortete Andrej dumpf.

»Nein«, sagte Krusha unumwunden. »Du wirst alles Nötige erfahren, sobald wir im Besitz der Schatztruhe sind. Wir verlangen nichts Unmögliches. Ják arbeitet im Schloss, er wird dich hineinschmuggeln, sobald die Sonne untergegangen ist. Und er wird dir auch den Weg zu den Gemächern des Herzogs zeigen. Alles, was du zu tun hast, ist, die Wachen auszuschalten und den Inhalt der Schatztruhe in zwei oder drei Lederbeutel umzufüllen, die du dann aus dem Fenster wirfst. Sergé und ich werden zur verabredeten Stunde draußen stehen, um sie aufzufangen.«

»Wir sind keine Diebe!«, begehrte Frederic auf, aber Andrej brachte ihn mit einer unwilligen Geste zum Schweigen.

»Wenn es so einfach ist, warum tut ihr es dann nicht selbst?«, fragte er.

»Niemand hat behauptet, dass es *einfach* wäre«, antwortete Krusha gelassen. »Außerdem: Warum ein unnötiges Risiko eingehen, wenn man die Arbeit anderen überlassen kann?«

Andrejs Gedanken rasten, schienen sich zugleich aber wie durch zähen Morast zu bewegen. Krushas Vorschlag gefiel ihm überhaupt nicht, und er roch zudem geradezu nach einer Falle. Aber wenn der Grauhaarige tatsächlich die Wahrheit gesagt hatte, blieb ihm gar keine andere Wahl.

»Und wer sagt mir, dass ich euch trauen kann?«, fragte er, wobei er abwechselnd Krusha und Sergé anblickte.

»Niemand«, antwortete Krusha gelassen. »Aber wenn wir dich hätten verraten wollen, um in den Besitz des Kopfgeldes zu kommen, hätten wir das leichter haben können. Wie gesagt: Es ist deine Entscheidung. Die Gefangenen sollen eine Stunde nach Mitternacht weggebracht werden. Du hast also noch ein wenig Zeit, über unser Angebot nachzudenken.«

»Sagen wir, bis ich mein Bier ausgetrunken habe«,

fügte Sergé hämisch hinzu. Krusha verdrehte unwillig die Augen, schwieg aber.

»Ihr habt den Schmerz über den Tod eurer Brüder anscheinend schnell überwunden«, bemerkte Andrej bitter.

»Keineswegs.« Krushas Blick wurde hart. »Einer der drei Mörder ist bereits tot, und auch die beiden anderen werden diese Stadt nicht lebend verlassen. Aber das eine hat mit dem anderen nichts zu tun.«

»Und hättest du den Pfaffen nicht getötet, dann hätte ich es getan«, fügte Sergé hinzu. Er hob seinen Bierkrug, leerte ihn in einem einzigen Zug und knallte ihn so wuchtig auf die Tischplatte, dass ihnen einige der anderen Gäste stirnrunzelnde Blicke zuwarfen. »Also?«

Andrej sah den Grauhaarigen an. »Wie komme ich ins Schloss hinein?«

13

Nach Einbruch der Dunkelheit sah das Schloss noch weniger wie ein Schloss aus, ja, es wirkte nicht einmal mehr wie eine Burg oder Festung; der gewaltige Umriss erinnerte Andrej eher an einen düsteren, von Dämonen bewohnten Berg, dessen Grate und Gipfel in unbestimmbarer Entfernung mit der Schwärze des Himmels verschmolzen und aus dessen Flanken ihn winzige, boshafte Teufelsaugen anstarrten.

Nichts davon war mehr als eine optische Täuschung oder das, was seine überreizten Nerven in dieses Durcheinander aus Schatten und kantiger Dunkelheit hineininterpretierten; aber diese Erkenntnis änderte nichts daran, dass dem riesigen Bauwerk etwas Unheimliches und Drohendes anhaftete.

Krushas Stimme unterbrach den morbiden Fluss seiner Gedanken und holte Andrej jäh in eine Wirklichkeit zurück, die allerdings auch nicht wesentlich angenehmer war. »Das Fenster dort oben.«

Sein Begleiter deutete auf eines der erleuchteten Fenster in den Mauern der Türme.

»Das Schlafzimmer des Herzogs. Die Wachen patrouillieren in unregelmäßigen Abständen auf dem Wehrgang darunter. Du musst also Acht geben, dass dich niemand sieht.«

»Und wo werdet ihr sein?«, fragte Andrej.

»Mach dir keine Sorgen um uns.« Krusha griff unter

sein Gewand und förderte drei Lederbeutel zutage, die größer waren, als Andrej angenommen hatte. Als er danach griff und sie flüchtig untersuchte, stellte er fest, dass sie gut zur Hälfte mit kleinen Korkstücken gefüllt waren.

»Wasser?«

»Wir warten in einem Boot unterhalb der Mauer«, bestätigte Krusha. »Sobald du die Beutel aus dem Fenster geworfen hast, verschwindest du. Wir treffen uns im ›Einäugigen Bären‹. Sergé und ich werden dort bis Mitternacht auf dich warten.«

Das war in gut drei Stunden – nicht viel Zeit, wenn er bedachte, was vor ihm lag; zugleich konnten drei Stunden aber auch eine Ewigkeit sein. Ihr Vorhaben würde entweder schnell oder gar nicht gelingen.

Er schob die Lederbeutel unter den weiß und orange gestreiften Waffenrock, den Ják ihm vor einer halben Stunde gebracht hatte, und betrachtete das Ergebnis einen Moment lang kritisch; dann schob, drückte und quetschte er so lange, bis sich die Beutel zumindest nicht mehr überdeutlich unter dem groben Stoff abzeichneten. Der ausgestopfte Waffenrock sah trotzdem lächerlich aus – und genauso fühlte er sich auch: lächerlich und vollkommen hilflos. Dieses ganze Unternehmen war Wahnsinn. Seine Verkleidung würde nicht einmal einer flüchtigen Musterung standhalten, geschweige denn einem argwöhnischen Blick.

Andrej mochte vielleicht wie ein Mann der herzoglichen Garde aussehen, aber er wusste weder, wie er sich zu bewegen, noch, wie er sich zu verhalten hatte; und spätestens, wenn er angesprochen wurde, musste der Schwindel auffliegen.

»Geh jetzt«, sagte Krusha. »Ják wartet am Tor auf dich.«

Andrej starrte ihn wortlos an, dann drehte er sich zu Sergé und Frederic herum und reichte dem Jungen schweren Herzens das in die Fetzen seines Gewandes gewickelte Sarazenenschwert.

»Pass gut darauf auf«, sagte er. Allein diese Worte auszusprechen kostete ihn Kraft. Andrej war selbst ein wenig überrascht, *wie* schwer es ihm fiel, sich von der Waffe zu trennen. Das Sarazenenschwert war viel mehr als ein Schwert für ihn. Seit Michail Nadasdys Tod hatte er die Waffe fast ununterbrochen getragen, und sie war *niemals* außerhalb seiner Reichweite gewesen. Aber es war unmöglich, sie mit ins Schloss zu nehmen. In seinem Gürtel steckte statt dessen ein plumpes, schlecht gearbeitetes Schwert, wie es zur normalen Bewaffnung der herzoglichen Garde gehörte – Andrejs Meinung nach kaum mehr als ein Stück Altmetall, nicht das Eisen wert, aus dem es geschmiedet war.

»Das werde ich tun«, versprach Frederic feierlich.

»Und wenn ich nicht zurückkomme, dann denk daran, was ich dir über diese Waffe erzählt habe.«

»Wie rührend«, bemerkte Sergé spöttisch. »Mach dir keine Sorgen, Delãny. Sollte dir etwas zustoßen, dann geben wir schon auf deinen *Bruder* acht. Und auch auf dein Schwert.«

Welchen Sinn hatte es schon, dieses Gespräch fortzusetzen? Andrej ersparte sich jede Antwort, drehte sich auf dem Absatz herum und setzte den lächerlichen, an eine Barbierschüssel erinnernden Helm auf, bevor er mit schnellen Schritten losging.

Er verlangsamte nicht sein Tempo, aber seine Unsicherheit wuchs mit jedem Schritt, mit dem er sich dem Schloss näherte. Er hatte jetzt nicht mehr das *Gefühl*, einen schrecklichen Fehler zu begehen, er *wusste*, dass es ein Fehler war. Er war kein Dieb, und doch wurde er nun schon wieder unschuldig in einen Diebstahl verwickelt – als ob der Kirchenraub in Rotthurn sein Leben nicht schon genug in Unordnung gebracht hätte. Einen Moment lang fragte er sich, warum er nicht das Nächstliegende getan und die Antworten, die er haben wollte, einfach aus Ják und den beiden angeblichen Brüdern herausgeprügelt hatte.

Wenig später näherte er sich dem Tor, das zwar weit offen stand, aber von gleich vier Bewaffneten flankiert wurde, denen man schon von weitem ansah, dass sie ihre Aufgabe weit ernster nahmen als der Mann, mit dem er am Stadttor gesprochen hatte. Von Ják war nichts zu sehen.

Andrej senkte den Blick – nicht so sehr, dass es auffiel, aber doch tief genug, dass der größte Teil seines Gesichts unter dem Rand seines breitkrempigen Helmes verborgen war –, beschleunigte seine Schritte ein wenig und ließ die Schultern zugleich leicht nach vorne sinken; so hoffte er, den Eindruck eines Mannes zu erwecken, der nach einem langen Tag erfolgloser Suche erschöpft zurückkehrte und nicht mehr in der Stimmung war, zu reden oder auch nur einen freundlichen Blick mit seinen Kameraden zu tauschen. Von Ják wusste er, dass wegen der Türkengefahr im Schloss an die hundertfünfzig Soldaten stationiert waren – das waren zwar viele, aber bei weitem nicht genug, um ein unbekanntes Gesicht als etwas Selbstverständliches hinzunehmen.

Drei der vier Männer ignorierten ihn tatsächlich oder warfen ihm lediglich einen flüchtigen Blick zu. Die Atmosphäre äußerster Anspannung, die den ganzen Tag über der Stadt gelegen hatte, war auch hier deutlich zu spüren. Vielleicht herrschte im Schloss ja ein solches Kommen und Gehen, dass es die Männer am Tor einfach müde waren, jede Gestalt in Weiß und Orange einer genaueren Prüfung zu unterziehen.

Auf drei dieser Männer traf dies zweifelsfrei zu. Der vierte aber sah zu Andrejs Erschrecken genauer hin, straffte sich plötzlich und trat ihm mit einem schnellen Schritt in den Weg. Andrej konnte im letzten Moment den Impuls unterdrücken, nach seiner Waffe zu greifen. Stattdessen blieb er stehen und sah dem Posten fest in die Augen.

Bevor er oder der andere jedoch etwas sagen konnten, erscholl im Inneren des Torhauses ein halblauter Ruf, und als Andrej aufsah, erblickte er Ják, der eilig auf sie zukam. Er trug jetzt einen schlichten, aber geschmackvoll geschneiderten Mantel und dazu eine Mütze aus dunkelrotem Samt. Allein aus der Reaktion der Wachtposten konnte Andrej schließen, dass Ják mehr als ein untergeordneter Höfling oder nur irgendein Dienstbote im Sold des Herzogs war.

»Andrej!«, rief er. »Wo bleibt Ihr? Glaubt Ihr vielleicht, dass es einen guten Eindruck macht, wenn Ihr an Eurem ersten Tag gleich zu spät kommt?« Er gab dem Soldaten einen Wink. »Lasst den Mann passieren!«

Er sagte nicht *bitte.* Sein *Tonfall* sagte nicht *bitte.* Er befahl, und er war es gewohnt, zu befehlen. Der Posten trat diensteifrig zurück und senkte hastig den Blick; Ják wedelte erneut unwillig mit der Hand.

Andrej beeilte sich, dieser Aufforderung zu folgen. Rasch und mit demütig gesenktem Blick trat er an dem Wachtposten vorbei in das eigentliche Torhaus hinein, das größer war, als er erwartet hatte – und wesentlich älter.

Der Geruch von feuchtem Stein und Schimmel lag in der Luft, und die wuchtigen Balken, die gut fünf Meter über seinem Kopf die Decke trugen, waren vom Alter sowie dem Ruß und Staub der Jahrzehnte, wenn nicht Jahrhunderte, pechschwarz geworden. Das Holz des gewaltigen zweiflügeligen Tores, das sie passierten, schien längst zu Stein geworden zu sein, aber Andrej entging nicht, dass die Scharniere gut geölt waren. Er glaubte das Rätsel, weshalb sich diese Trutzburg mitten *innerhalb* der Stadtmauern befand, inzwischen gelöst zu haben: Sie war, von den Hafenanlagen einmal abgesehen, der älteste Teil der Stadt. Constãntã war erst im Laufe der Zeit um diese Burg herum gewachsen, wie kleine Schösslinge, die rings um die Wurzeln eines uralten, mächtigen Baumes aus dem Boden sprießen.

Was Andrej jedoch weniger denn je verstand, war die Frage, warum dieses Bauwerk den Eindruck erweckte, als befände es sich schon jetzt im Belagerungszustand. Der Herzog von Constãntã schien sich bei den Einwohnern der Stadt keiner allzu großen Beliebtheit zu erfreuen – oder er schien schon sehr bald mit dem Auftauchen einer türkischen Streitmacht zu rechnen.

»Ihr kommt spät«, murmelte Ják, als Andrej ihn eingeholt hatte. Sie liefen schnellen Schrittes auf das zweite, innere Tor zu.

»Wir müssen uns jetzt beeilen.«

»Wieso?« Andrej sah seinen Begleiter nicht an. Er wusste zwar weniger denn je, wer der Grauhaarige war, hatte aber aus den Reaktionen der Männer am Tor geschlossen, dass es den einfachen Soldaten des Herzogs nicht erlaubt war, den direkten Blickkontakt mit Adligen zu suchen. Vielleicht jedoch fürchteten sich die Untergebenen des Herzogs auch nur.

»Weil ich gewisse Vorbereitungen getroffen habe«, antwortete Ják. Obwohl er jetzt sehr leise sprach, war seine Stimme noch immer so klar und durchdringend, dass Andrej fast fürchtete, man könne sie überall im Schloss hören. Das Reden gehörte sicherlich zu Jáks Aufgaben hier am Hof. »Das ganze Schloss ist in Aufruhr! Hätte ich vorhin auch nur geahnt, was Ihr mit Eurem feigen Mordanschlag auf Vater Domenicus angerichtet habt, hätte ich den Teufel getan, mich auf dieses Unternehmen einzulassen!«

»Warum habt Ihr es überhaupt getan?«, fragte Andrej. Als Ják nicht direkt antwortete, sondern ihm nur einen spöttisch-fragenden Blick zuwarf, fügte er hinzu: »Ich meine: Ihr seid ein Edelmann, habe ich recht? Kein einfacher Bediensteter, wie Ihr Krusha und seinen Bruder glauben machen wollt, sondern ein Mitglied des Hofstaates. Vielleicht sogar ein enger Vertrauter des Herzogs selbst.«

»Ihr habt ein scharfes Auge, Delãny«, sagte Ják.

»Wieso bestehlt Ihr Euren Herrn? Wenn Ihr gefasst werdet, wird man Euch hängen.«

»Hängen? Oh nein, so gnädig ist unser Herr nicht.« Ják lachte leise. »Um Eure Frage zu beantworten: Auch Edelleute müssen essen, ihre Ländereien unterhalten und ihre Bediensteten bezahlen. Es gibt manche, die die Ehre, für den Herzog arbeiten zu dürfen, als hinreichende Belohnung ansehen. Leider aber füllt Ehre keine leeren Bäuche. Und unser Herr ist nicht besonders großzügig.« Er deutete ein Achselzucken an. »Darüber hinaus haben etliche der Goldstücke, die jetzt in seiner Schatztruhe sind, ihren Weg aus meinem Geldbeutel dorthin gefunden. Und jetzt schweigt. Hier haben die Wände Ohren.«

Sie hatten den Hof mittlerweile zur Hälfte überquert, und Andrej sah sich verstohlen um. Die Anlage der Festung war einfach, aber sehr zweckmäßig konzipiert: Links vom Torhaus erhob sich ein halb aus Stein, halb aus einfachem Fachwerk erbautes Gebäude, das wahrscheinlich die Stallungen sowie die Waffen- und Vorratskammer beherbergte. Daneben befand sich eine Anzahl kleinerer Häuser – Gesinde- und Wirtschaftsgebäude, wie Andrej annahm –, die aussahen, als stammten sie aus verschiedenen Jahrhunderten; und dem Tor gegenüber lag schließlich der Palas, ein beinahe freundlich wirkendes, dreigeschossiges Haus mit großen Fenstern, einer einladenden Freitreppe und einer Anzahl kleiner, offensichtlich nur der Zierde dienender Türmchen und Erker.

Beherrscht wurde die gesamte Anlage jedoch von einem gewaltigen, mindestens hundert Fuß hohen Donjon, dessen Architekturstil und Baumaterial sichtlich älter waren als der gesamte Rest der Festung. Der

Eingang befand sich auf zwanzig Fuß Höhe am Ende einer schmalen, leicht zu verteidigenden Treppe, und es gab nur wenige, an Schießscharten erinnernde Gucklöcher. Dieser Turm war für sich genommen schon eine Festung, eine Burg innerhalb der Burg, die zu stürmen so gut wie unmöglich sein musste.

»Beeindruckend, nicht wahr?«, fragte Ják. Andrejs prüfender Blick war ihm nicht entgangen. »Er wurde im Laufe seiner Geschichte ein dutzendmal belagert, aber niemals eingenommen.«

Andrej blickte nach oben, zu dem einzigen trüb erleuchteten Fenster unterhalb der zinnengesäumten Spitze des Turmes. »Ich frage mich, was das für ein Mensch sein mag, der es vorzieht, in einem so düsteren Gemäuer zu leben statt in einem Haus.« Er deutete auf den Palas.

»Vielleicht ein Mensch, der Sicherheit dem Luxus und der Verweichlichung vorzieht«, antwortete Ják und lachte spöttisch. »Die Welt ist schlecht, Andrej. Constãntã hat viele Neider.« Er machte eine knappe Geste. »Still jetzt!«

Sie hatten den Hof überquert und näherten sich dem Turm. Um ihn zu erreichen, mussten sie entweder einen ebenso überflüssigen wie auffälligen Bogen schlagen oder nahe an der Freitreppe vorbeigehen, die zum Palas hinaufführte ... Und selbstverständlich öffnete sich genau in dem Moment, in dem Andrej und Ják darunter vorbeiliefen, die Tür am oberen Ende der Treppe.

Ein halbes Dutzend Bewaffnete sowie einer der beiden Goldenen, dessen Namen er nicht kannte, und die Schwester des Inquisitors traten heraus. Andrej senkte sofort den Blick, unterdrückte aber den Impuls, seinen Schritt zu beschleunigen. Für einen kurzen, ihm dennoch unendlich lang erscheinenden Augenblick glaubte er, dass ihn der Ritter erkannt hatte, ja erkennen müsste, wenn er nur für einen Moment den Kopf zu ihm wandte. Doch der Goldene lief mit schnellen Schritten die Treppe hinab, ohne auch nur einmal aufzusehen. Maria und die Männer des Herzogs folgten ihm etwas langsamer. Domenicus' Schwester trug das Haar nun zu einem strengen Knoten hochgesteckt. Ihr blutbesudeltes Kleid hatte sie gegen ein schlichtes schwarzes Gewand getauscht, und ihr Gesicht verbarg sich hinter einem halbtransparenten, durchbrochenen Schleier. Sie sah noch schöner aus als bei ihrer Begegnung am Morgen auf dem Marktplatz.

»Macht Euch keine Hoffnungen, Andrej«, sagte Ják spöttisch. »Eine solche Frau ist nichts für Euch. Sie wäre es nicht einmal, wenn Ihr ihrem Bruder keinen Dolch in den Hals gerammt hättet.«

Andrej war irritiert. Sah man ihm seine Gefühle so deutlich an? Ein einziger Blick in Jáks Gesicht genügte, um diese Frage mit einem klaren Ja zu beantworten. Andrejs Verwirrung verwandelte sich in Schrecken. Was war mit ihm los? Er war auf dem Weg in die Höhle des Löwen, er brauchte jedes Quäntchen Konzentration, um die nächste halbe Stunde zu überstehen – und er hatte nichts Besseres zu tun, als über eine *Frau* nachzudenken!

Sie betraten den Turm nicht über die Treppe, wie Andrej erwartet hatte, sondern Ják führte ihn zu einem kleinen, offenbar nachträglich an die Seite des Donjons angebauten Gebäude aus klobigen Felssteinen, öffnete eine niedrige Tür und winkte ungeduldig mit der Hand. Andrej bückte sich unter dem niedrigen Sturz, drehte sich dann aber noch einmal um und sah über den Hof. Maria und ihre Begleiter befanden sich auf halbem Wege zum Tor. Trotz der vorgerückten Stunde wollte die junge Frau das Schloss offensichtlich noch einmal verlassen – deshalb auch die Eskorte, die der Herzog ihr mitgegeben hatte. Der goldene Ritter hingegen steuerte mit schnellen Schritten auf den Pferdestall zu. Andrej sah ihm nach, bis er darin verschwunden war.

»Ein unheimlicher Bursche, nicht wahr?«, fragte Ják. »Genau wie die beiden anderen. Ich bin froh, wenn sie wieder weg sind.«

»Wer sind sie?«, fragte Andrej, während er nun vollends durch die Tür trat, sich aufrichtete und sich in dem düsteren Raum zu orientieren suchte – und sich dabei verzweifelt fragte, warum Ják von insgesamt *drei* goldenen Rittern gesprochen hatte, wo doch Sergé einen von ihnen bereits getötet hatte. Irgendwie ging die Rechnung nicht auf.

»Sie stehen im Dienste des Inquisitors, aber viel mehr weiß niemand über sie. Ich glaube, nicht einmal der Herzog selbst.« Ják deutete auf eine Tür in der gegenüberliegenden Wand. »Von hier aus müsst Ihr allein weitergehen. Aber Ihr könnt den Weg im Grunde nicht verfehlen. Die Treppe hinauf, bis ins letzte Stockwerk. Das Schlafzimmer des Herzogs liegt ganz am Ende des Ganges.« Er lächelte flüchtig. »Ihr werdet es leicht erkennen. Vor der Tür steht ein bewaffneter Posten. Normalerweise sind es zwei, aber der Herzog hat fast alle seine Männer losgeschickt, um nach Domenicus' Mördern zu suchen.«

»Wie komme ich an ihm vorbei?«, fragte Andrej.

Jáks Lächeln wurde noch kälter. »Er darf keine Zeit finden, um Hilfe zu rufen«, sagte er. »Draußen auf dem Wehrgang patrouillieren Männer. Nicht so viele wie sonst, aber ein Mann hört einen Schrei so gut wie fünf, nicht wahr?«

»Ihr verlangt also, dass ich ihn töte«, sagte Andrej grimmig. »Einen Eurer eigenen Männer.«

»Einen Soldaten«, erwiderte Ják achselzuckend. »Wozu sind Soldaten da, wenn nicht zum Sterben? Und wenn Euch Euer Gewissen plagt, Andrej, seht es von diesem Standpunkt aus: Ihr nehmt ein Leben und rettet dafür fünfzig.«

»Was sollte mich daran hindern, diese Rechnung mit Euch auszumachen?«, fragte Andrej leise. »Ihr wisst, wo die Gefangenen sind.« Er legte die Hand auf den Gürtel.

Ják lächelte zynisch. »Lasst Eure Waffe stecken, Delãny«, sagte er. »Ihr wollt wissen, wo die Gefangenen sind? Ich sage es Euch. Wir sind ganz in ihrer Nähe. Der Kerker befindet sich unmittelbar unter unseren Füßen. Ihr müsst nur der Treppe nach unten folgen statt nach oben, um sie zu finden. Ihr könnt den Gestank so wenig ignorieren, wie Ihr das Gejammer überhören werdet. Es sind nicht einmal viele Wachen da. Zwei, vielleicht drei ...« Er zuckte mit den Achseln. »Für einen Mann wie Euch kein Hindernis, nehme ich an. Aber wie wollt Ihr fünfzig Menschen unbemerkt aus dem Schloss bringen, von denen noch dazu die Hälfte krank oder verletzt ist?«

Andrej starrte Ják an, ohne zu antworten. Aber plötzlich spürte er eine Regung in sich, die neu war: Er hatte das Bedürfnis, diesen Mann zu schlagen – nicht um ihn für etwas zu bestrafen oder um eine Information aus ihm herauszupressen, sondern einfach, weil er ihm *weh* tun wollte.

»Wisst Ihr, Ják«, sagte er nach einer kurzen Pause, in der er versuchte, seine Fassung wiederzugewinnen, »ich kenne Euren Herrn nicht – aber ich bin ziemlich sicher, dass Ihr und er hervorragend zusammenpasst.«

»Besser, als Ihr ahnt, Delãny. Falls Ihr Mitternacht überlebt, treffen wir uns im ›Einäugigen Bären‹. Dann habt Ihr Zeit genug, mich nach Herzenslust zu beschimpfen.«

Er deutete noch einmal auf die Tür hinter sich, nickte Andrej zu und trat dann wortlos an ihm vorbei auf den Hof hinaus. Einen Augenblick später fiel die Tür zu, und Andrej fand sich in fast vollständiger Dunkelheit wieder. Für einen kurzen Moment war er felsenfest davon überzeugt, dass er in der nächsten Sekunde das Geräusch des Riegels hören würde, mit dem Ják ihn einschloss; dann aber erinnerte er sich, dass der Riegel auf der Innenseite der Tür war. Er war auf dem besten Wege, Gespenster zu sehen. Wenn sein Helfer ihn in eine Falle locken wollte, dann hätte er das schon längst getan.

Andrej streckte den linken Arm aus, ging mit vorsichtigen kleinen Schritten los und erreichte die Tür, die Ják ihm gezeigt hatte. Sie war nicht verschlossen. Als Andrej sie behutsam einen Spaltbreit öffnete, fiel ihm flackerndes, düsteres rotes Licht entgegen. Auf der anderen Seite befand sich die Treppe, von der Ják gesprochen hatte. Sie war viel schmaler, als Andrej angenommen hatte, vermutlich aber nur eine von mehreren, die im Inneren des Donjons in die Höhe führten.

Andrej lauschte. Die mehr als meterdicken Wände des Turmes verschluckten jeden Laut von außen, aber das bedeutete keineswegs, dass es hier drinnen still gewesen wäre. Aus der Tiefe des Treppenschachtes drangen dumpfe, im Einzelnen kaum zu identifizierende Laute zu ihm empor. Er gestattete seiner Fantasie nicht, sie mit dem in Verbindung zu bringen, was Ják ihm vor wenigen Minuten berichtet hatte; das hätte ihn womöglich stärker von seiner Aufgabe abgelenkt, als er es sich erlauben durfte.

Schnell, aber ohne zu rennen, bewegte er sich die Treppe hinauf. Auch von oben drangen ihm Geräusche entgegen, die aber eindeutig natürlichen Ursprungs waren: Das an- und abschwellende Heulen, mit dem der Wind durch die steinernen Zinnen des Turmes fuhr, manchmal ein Knistern und Ächzen, das die uralten Balken und mächtigen Steinquader des gewaltigen Gebäudes von sich gaben. Diese Art von Geräuschen erschreckte Andrej nicht, denn er kannte sie. In seiner Kindheit hatte er oft unerlaubt im Wehrturm von Borsã gespielt, einem vielleicht nicht ganz so großen, aber mindestens ebenso alten und kaum weniger wuchtigen Bauwerk.

Er kam nur dann und wann an einer der Fackeln vorbei, die flackerndes, aber nur schwaches Licht sowie Ruß verbreiteten; dazwischen gab es immer wieder große, vollkommen lichtlose Bereiche – und der Weg nach oben schien einfach kein Ende nehmen zu wollen.

Die Treppe endete nach gut zweihundert Stufen vor einer aus massiven Bohlen gefertigten Tür, die zusätzlich mit schweren Eisenbändern verstärkt war. Das Holz war so alt, dass es sich wie Stein anfühlte, und obwohl die Tür nicht verschlossen war, kostete es Andrej enorme Anstrengung, sie weit genug aufzuschieben, um durch den Spalt hindurchschlüpfen zu können. Der Riegel auf der anderen Seite war so massiv, dass er wahrscheinlich dem Ansturm von hundert tobenden Stieren standgehalten hätte. Ják hatte mit seiner Bemerkung, der Herzog lege großen Wert auf Sicherheit, nicht übertrieben.

Nachdem er sich durch den Spalt gequetscht hatte, schob Andrej die Tür wieder sorgfältig zu und sah sich aufmerksam um. Er befand sich in einer schmalen Nische, die auf einen weitaus breiteren und besser beleuchteten Gang hinausführte. Die Treppe, über die er heraufgekommen war, stellte vermutlich nicht den offiziellen Aufgang dar, sondern war möglicherweise ein geheimer Fluchtweg für den – unwahrscheinlichen – Fall, dass der Turm doch einmal gestürmt wurde. Der Herzog hatte wirklich an alles gedacht.

Andrej schob sich behutsam vor und lugte um die Ecke. Wie Ják gesagt hatte, endete der Gang nach zehn oder fünfzehn Schritten vor einer geschlossenen Tür, die von einem Soldaten in den Farben des Herzogs bewacht wurde. Es wäre geschmeichelt gewesen zu sagen, dass der Mann seine Aufgabe nicht ernst nahm. Er stand, halb auf seinen Speer gestützt, halb gegen die Wand gelehnt, da und schnarchte so laut, dass Andrej dies selbst von seinem Versteck aus deutlich hören konnte. Andrej warf einen raschen, sichernden Blick in die andere Richtung, um sich zu vergewissern, dass Jáks Behauptung, es gebe zur Zeit nur diesen einen Wachtposten, zutraf; dann trat er aus der Nische heraus und bewegte sich schnell und nahezu lautlos auf die Tür am Ende des Korridors zu.

Er war vollkommen sicher, keine unvorsichtige oder gar falsche Bewegung gemacht zu haben – trotzdem musste der Posten etwas gehört haben oder vielleicht auch nur die Nähe eines anderen Menschen gespürt haben. Denn plötzlich fuhr der Mann zusammen und blinzelte erschrocken in Andrejs Richtung. Erschrocken, aber kein bisschen benommen oder müde.

Andrej änderte blitzschnell seine Taktik. Er schritt rascher und mit energischen Bewegungen aus, begann mit der rechten Hand zu gestikulieren und sagte in scharfem Ton: »Was fällt dir ein, auf deinem Posten zu schlafen, Kerl? Wenn der Herzog davon erfährt, lässt er dich auspeitschen, ist dir das klar?«

Der Mann starrte ihn verwirrt an. Er war natürlich erschrocken, weil man ihn bei seiner kleinen Verfehlung ertappt hatte, aber Andrej las ebenso deutlich in seinen Augen, dass er sich fragte, wer zum Teufel der Kerl überhaupt war, der da auf ihn zukam; und sein Misstrauen gewann schnell Oberhand über seine Verlegenheit.

»Wer …?«, begann er.

»Ich habe eine Nachricht vom Herzog an dich«, fiel ihm Andrej ins Wort. Noch zwei Schritte, und er hatte ihn erreicht.

»Was für eine Nachricht?«, fragte der Posten misstrauisch. »Der Herzog war …«

Andrej stand jetzt dicht vor dem Posten und machte eine wedelnde, zornige Geste mit der rechten Hand, die dem einzigen Zweck diente, den Mann noch einmal abzulenken; mit der anderen riss er das Schwert aus dem Gürtel. Die Waffe fuhr in einer geraden, ungemein wuchtigen Bewegung nach oben. Der Kopf des Soldaten wurde mit einem dumpfen Knall gegen den Türrahmen geschmettert, als ihn der Schwertknauf mit der Wucht eines Hammerschlages unter dem Kinn traf.

Andrej stieß die Waffe in die Scheide zurück und fing den Soldaten auf, der auf der Stelle zusammenbrach. Er versuchte, den Speer des Überwältigten aufzufangen, verfehlte ihn aber, so dass die Waffe mit einem lauten Scheppern und Klirren zu Boden fiel.

Andrej hielt für einen Moment den Atem an. Das metallische Klirren hallte so lange und durchdringend in seinen Ohren wider, dass er felsenfest davon überzeugt war, es müsse im gesamten Schloss zu hören sein. Aber es geschah nichts. Draußen auf dem Wehrgang wurden keine Schreie laut, und er hörte auch keine Schritte, die hastig die Treppe heraufpolterten. Es waren nur seine Nerven. Dieb, dachte er bitter, war eindeutig *nicht* der richtige Beruf für ihn.

Er rückte das Gewicht des bewusstlosen Soldaten in seinen Armen zurecht, stieß die Tür zum Gemach des Herzogs mit dem Knie auf und bugsierte den Mann ächzend in den dahinterliegenden Raum. Andrej sah sich aufmerksam um und prüfte, ob er tatsächlich allein war, dann ließ er den Mann zu Boden sinken, trat noch einmal aus dem Zimmer auf den Gang und hob die Hellebarde auf. Nachdem er die Tür sorgsam hinter sich geschlossen hatte, ließ er sich neben dem Soldaten auf die Knie sinken und untersuchte ihn flüchtig. Der Mann war bewusstlos, und das so tief, dass er vermutlich erst nach Stunden wieder erwachen würde – aber er lebte. Ják würde sich wohl oder übel damit abfinden müssen, dass er in diesem Punkt von ihrem ursprünglichen Plan abgewichen war.

Andrej stand wieder auf, ging zur Tür und legte den Riegel vor. Erst danach unterzog er das Zimmer einer zweiten, sehr viel eingehenderen Untersuchung.

Und was er sah, entsprach im Großen und Ganzen dem Bild, das er sich von dem Bewohner dieser Gemächer gemacht hatte, ohne ihn zu kennen: Die Einrichtung war einfach und nach Gesichtspunkten der Zweckmäßigkeit ausgewählt, nicht nach denen der Schönheit. Trotzdem lag ein Hauch von Luxus über dem Raum, was vermutlich einfach an seiner Größe lag. Das Schlafgemach des Herzogs musste einen Großteil des gesamten Stockwerkes einnehmen. Die Möbel, obwohl für sich betrachtet wuchtig und schwer, wirkten in der Weite des rechteckigen Raumes geradezu winzig, so dass sich jeder Besucher – Andrej eingeschlossen – hier einfach verloren vorkommen musste: Ein Effekt, der vermutlich beabsichtigt war und mehr über den Bewohner dieses Raumes aussagte, als dieser ahnen mochte.

Innerhalb weniger Sekunden hatte sich Andrej alles eingeprägt, was er wissen musste. Die Schatztruhe stand genau dort, wo Ják es ihm beschrieben hatte: auf einer kleinen Kommode neben dem Bett. Doch bevor er dorthin ging, trat er ans Fenster und blickte hinaus. Wäre es heller gewesen, hätte Andrej die ganze Stadt überblicken können. So hingegen sah er nur eine scheinbar endlose Fläche kantiger Schatten, in der überraschend wenige schwache Lichter glommen. Das Fenster lag allerdings auch in Richtung auf den Hafen und das Meer; vermutlich hätte sich ihm zum Marktplatz hin ein anderer Anblick geboten.

Andrej beugte sich weiter vor und begriff erst jetzt den Sinn von Krushas Warnung, er solle vorsichtig sein, in seiner vollen Tragweite. Der Turm, der zugleich Teil der äußeren Verteidigungsanlage war, überragte die Mauer mit den aufgesetzten hölzernen Hurden um ein gutes Stück – mindestens zwanzig Fuß, wenn nicht mehr. Trotzdem mochte ein zufälliger Blick von jemandem, der dort unten vorbeiging, durchaus genügen, um ihn zu entdecken.

Im Augenblick war allerdings nichts von einer Patrouille zu sehen, so dass Andrej es wagte, sich noch ein Stück weiter vorzubeugen und nach unten zu schauen. Der rückwärtige Teil des Schlosses endete in einem Wassergraben, vielleicht auch einem kleinen, künstlich angelegten See, auf dem er die Umrisse eines Bootes ausmachen konnte. Krusha und sein Bruder waren bereits dort unten.

Obwohl Andrej fast sicher war, dass sie es nicht sehen konnten, winkte er ihnen zu und trat dann vom Fenster zurück. Es wurde Zeit, dass er seine Beute einsammelte und von hier verschwand. Also begab er sich, ohne weiter zu zögern, zu der Truhe und wollte deren eisenbeschlagenen Deckel öffnen, stellte aber ohne sonderliche Überraschung fest, dass er verschlossen war.

Er zog seinen Dolch aus dem Gürtel und versuchte

das Schloss zu öffnen; doch es erwies sich als erstaunlich widerstandsfähig, so dass er schließlich das Schwert zu Hilfe nahm. Wenn die Stabilität der Truhe Rückschlüsse auf den Wert ihres Inhaltes zuließ, musste sich ein Vermögen darin verbergen. Andrej schlug drei- oder viermal mit aller Kraft den Schwertknauf auf das Schloss, ehe der Mechanismus endlich mit einem leisen Knirschen kapitulierte und er die Truhe öffnen konnte.

Sie war gut zur Hälfte mit kleinen, runden Goldmünzen unterschiedlicher Größe gefüllt; hinzu kamen zwei kleine Säckchen aus Samt, die Edelsteine der verschiedensten Art und Farbe enthielten. Für einen kurzen Augenblick drohte Andrej der Versuchung zu erliegen, einige der Münzen einzustecken. Wenn Ják Wort hielt und es ihm gelang, Frederics Angehörige zu befreien, würden sie nicht nur Glück brauchen, um den Rückweg zu bewältigen, sondern auch Geld. Doch er entschied sich dagegen. Angesichts seiner Situation war das vielleicht ein Fehler, aber er war nun einmal kein Dieb.

Hastig steckte er das Schwert wieder ein, zog die drei mit Kork gefüllten Lederbeutel unter seiner Uniform hervor und verteilte den Inhalt der Schatztruhe auf sie. Als er fertig war und die Säckchen sorgsam verknotete, stellte er fest, dass sie ziemlich schwer waren. Er war nicht sicher, ob sie tatsächlich auf dem Wasser schwimmen würden, hoffte aber, dass Krusha – und vor allem Ják – wussten, was sie taten.

Andrej überprüfte die Knoten noch einmal auf ihre Festigkeit, ehe er ans Fenster trat und vorsichtig hinausspähte. Nur wenige Armeslängen unter ihm schritten zwei Soldaten des Herzogs über den Wehrgang. Die

Männer hatten es nicht besonders eilig; sie schlenderten gemächlich dahin und blieben von Zeit zu Zeit sogar stehen, um einen Blick auf die Stadt hinabzuwerfen. Es dauerte eine geraume Weile, bis sie endlich außer Sichtweite waren – und noch erheblich länger, bis Andrej sicher war, dass sie ihn mit Bestimmtheit nicht mehr sehen konnten.

Dann holte er entschlossen aus und warf den ersten Beutel so weit aus dem Fenster, wie er nur konnte. Das Boot mit Krusha und seinem Bruder war nicht zu sehen, aber Andrej zweifelte nicht daran, dass ihre Blicke gebannt auf das erleuchtete Fenster unter der Turmspitze gerichtet waren.

Als er den zweiten Beutel aus dem Fenster werfen wollte, raschelte es hinter ihm, und eine leise, aber sehr klare Stimme sagte: »Das reicht jetzt, Delãny.«

Andrej fuhr erschrocken herum, ließ den Beutel fallen und griff nach seinem Schwert, zog die Waffe jedoch nicht, als er bemerkte, dass Ják hinter einem roten Samtvorhang hervortrat; offenbar musste sich hinter diesem Vorhang eine Geheimtür verbergen.

»Ják?«, murmelte er. Dann verfinsterte sich sein Gesicht. »Seid Ihr verrückt? Was tut Ihr hier? Und wieso … habt Ihr mir nichts von dieser Geheimtür gesagt?«

Doch sein vermeintlicher Verbündeter reagierte nicht, sondern ging mit raschen Schritten zu dem bewusstlosen Posten und kniete neben ihm nieder. Als er sah, dass der Mann noch am Leben war, runzelte er die Stirn und sagte: »Ihr habt ein zu weiches Herz, Delãny.«

»Ich habe Euch etwas gefragt, Ják«, bemerkte Andrej scharf. »Was tut Ihr hier?« Irgend etwas stimmte nicht.

»Wir müssen unsere Pläne ändern.« Ják deutete mit einer Kopfbewegung auf die beiden Lederbeutel, die zu Andrejs Füßen lagen. »Werft sie bitte nicht auch noch hinaus! Es wäre doch zu schade, wenn ihr Inhalt irgendwie zu Schaden käme, oder?«

»Ják, verdammt!«, schnappte Andrej. Er trat einen Schritt auf den Grauhaarigen zu, blieb dann aber wieder stehen. Seine Gedanken überschlugen sich. Was ging hier vor? Was um alles in der Welt hatte das zu bedeuten?

»Wie gesagt: Wir müssen unsere Pläne ändern – geringfügig.« Ják seufzte und zog einen schmalen Dolch unter seinem Gewand hervor, mit dem er dem bewusstlosen Soldaten die Kehle durchschnitt.

Andrejs Augen weiteten sich. »Was …?!«

Ják erhob sich, war mit zwei Schritten bei der Tür und zog deren Riegel zurück. Im selben Atemzug fügte er sich mit der Mordwaffe eine fingerlange, heftig blutende Schnittwunde auf dem Rücken seiner linken Hand zu. Dann stieß er die Tür auf und schrie mit lauter Stimme: »Wachen!«

Andrej zog sein Schwert und wollte sich auf ihn stürzen, aber es war schon zu spät. Ják ließ den Dolch fallen, sprang zur Seite und fuchtelte mit seiner verletzten Hand wild in der Luft herum. Der Raum füllte sich so schnell mit Männern in Orange und Weiß, als hätten die Soldaten des Herzogs auf dem Gang nur auf ihren Einsatz gewartet. Und so war es wohl auch! Andrej wich hastig zur Wand zurück und führte einen weit ausholenden, kraftvollen Hieb aus, der zwar keinen seiner Gegner traf, ihm aber wenigstens für einen kurzen Augenblick Luft verschaffte.

Verzweifelt hielt er Ausschau nach einem Fluchtweg – aber es gab keinen. Vom Gang stürmten immer mehr Bewaffnete herein, und Andrej stand jetzt schon annähernd einem Dutzend Männern gegenüber, die ihre Schwerter und Speere auf ihn gerichtet hatten. Er hatte zwar keine Angst davor, gegen mehrere Gegner gleichzeitig zu kämpfen, aber diese Übermacht war selbst für ihn zu groß. Für Bruchteile von Sekunden zögerte er, doch dann legte er das Schwert vor sich auf den Boden und hob die Arme. Einer der Soldaten trat auf ihn zu und setzte ihm das Schwert an die Kehle.

»Halt!«, rief Ják scharf. »Rührt ihn nicht an! Ich will ihn lebend!«

Der Soldat senkte sein Schwert und trat hastig einen Schritt zurück. »Sehr wohl, Herr«, sagte er.

Andrej blinzelte, starrte Ják an und wiederholte in fragendem Tonfall: »Herr?«

»Herr«, bestätigte der Herzog von Constãntã.

14

Draußen musste längst der nächste Tag angebrochen sein, aber vielleicht war es auch schon wieder Nacht. Andrej hatte keine Möglichkeit, das Verstreichen der Zeit nachzuvollziehen, denn sein Verlies hatte keine Fenster. Seit dieses Gebäude errichtet worden war, hatte die von Menschen willkürlich geschaffene Unterteilung des Tages in Stunden und Minuten in diesem Raum ebenso ihre Gültigkeit verloren wie der ewige Wechsel zwischen Tag und Nacht.

Das einzige Licht, das in unregelmäßigen Abständen Andrejs Kerker ein wenig erhellte, war ein rußiges rotes Flackern, das durch das vergitterte Fenster in der Tür zu ihm hereindrang. Es war aber nur manchmal da, mal für kurze Augenblicke, mal für Minuten. Andrej hatte es längst aufgegeben, irgendeine Regelmäßigkeit in diesem Aufflackern und Erlöschen erkennen zu wollen; und er hatte es auch aufgegeben, die Zeitspanne zu schätzen, die er schon in diesem Loch verbracht hatte. Sie bewegte sich zwischen vielen Stunden und wenigen Tagen – aber die genaue Zahl dieser Stunden und Tage war ihm inzwischen gleichgültig geworden. Solange er keine Möglichkeit zur Flucht sah, brauchte er sich auch keine Gedanken darüber zu machen, wie lange er schon in seinem Gefängnis saß.

Und er sah keine Möglichkeit. Andrej bezweifelte, dass Ják Demagyar wusste, wen er hier eingekerkert hatte;

doch der Herzog schien auf jeden Fall der Meinung zu sein, dass es sich bei seinem Gefangenen um einen äußerst gefährlichen Mann handelte. Andrej war nicht nur in das tiefste und sicherste Verlies des Schlosses gebracht worden, sondern man hatte ihn zusätzlich noch mit schweren Ketten an Händen und Füßen gefesselt und ihm einen eisernen Kragen angelegt, der durch eine kurze Kette mit einem eisernen Ring in der Wand verbunden war; diese Kette war so kurz, dass Andrej sich weder richtig setzen, geschweige denn aufrecht an die Wand gelehnt stehen konnte. Seine Glieder schmerzten angesichts der unbequemen Lage, und zusätzlich rumorte sein Magen; denn seit er hier unten war, hatte er weder etwas zu essen noch einen Schluck Wasser bekommen.

Plötzlich tauchte in dem rechteckigen, kaum handtellergroßen Fenster in der Tür wieder dieses flackernde rote Licht auf. Diesmal jedoch erlosch es nicht nach wenigen Sekunden, sondern wurde heller; gleichzeitig hörte er Schritte und Geräusche von Menschen, die eindeutig näher kamen. Womöglich ein Scharfrichter, der schon einmal Maß nehmen wollte. Andrej hatte sich schon mehrmals gefragt, auf welche Weise man ihn wohl hinrichten wollte. Das Enthaupten war eine beliebte Methode, aber wenn Vater Domenicus den Herzog vor seinem Tod noch davon überzeugt hatte, dass dieser Delãny ein Hexenmeister war, würde Herzog Demagyar sich gewiss eine langwierigere und schmerzvollere Todesart einfallen lassen. Andrej hatte gehört, dass man Hexen gerne verbrannte – auch eine hübsche Methode, doch bei weitem nicht einmal die grausamste, die er sich vorstellen konnte …

Andrej verscheuchte diese unangenehmen Gedanken, richtete sich auf, so gut er konnte, und wandte seine Aufmerksamkeit ganz der Tür zu – auch wenn er das Gefühl nicht los wurde, dass die Besucher, die gleich zu ihm hereinkommen würden, wahrscheinlich nicht sehr viel angenehmer als seine Schreckensvisionen waren.

Und Andrej täuschte sich nicht. Ein Schlüssel knarzte im Schloss, und kurz darauf öffnete sich die Tür. Er blinzelte und verzog das Gesicht, denn seine an tagelange Dunkelheit gewöhnten Augen wurden von dem grellen Licht einer Fackel gemartert. Zwei, vielleicht drei Gestalten traten in seine Zelle. Im Zwielicht konnte er sie im ersten Moment nur als verschwommene Schemen erkennen. Dann vernahm er eine sehr klare – und sehr zornige – Stimme: »Wer hat das getan?«

Andrej blinzelte die Tränen weg, die das Licht in seine Augen getrieben hatte, und blickte in das Gesicht Ják Demagyars. Die Augen des Herzogs funkelten vor Zorn, aber dieser Zorn galt nicht ihm.

»Ich hatte befohlen, den Gefangenen gut zu behandeln!«, rief Demagyar in scharfem Ton. »Jetzt seht ihn euch an! Er ist mehr tot als lebendig! Und er stinkt zum Himmel!«

»Es … es tut uns leid, Herr«, stammelte einer der beiden Soldaten in seiner Begleitung. »Aber wir dachten …«

»Wenn ich will, dass ihr *denkt*, dann sage ich es euch!«, unterbrach ihn Demagyar. »Jetzt geh, und hol etwas zu essen für diesen Mann! Und Wasser und Seife! Ich will nicht, dass er wie ein Ziegenbock stinkt!«

Der Mann beeilte sich, rückwärts gehend die Zelle zu verlassen, und Andrej hörte, dass er zu rennen begann, kaum dass er draußen war.

Demagyar wandte sich an den zweiten Mann. »Lass uns allein!«, befahl er.

Der Soldat zögerte. »Seid Ihr sicher, Herr? Er … er ist gefährlich.«

Der Herzog schnitt eine verächtliche Grimasse. »Glaubst du, dass er seine Ketten aus der Wand reißt oder sich in einen Raben verwandelt, der mir die Augen auskratzt?«, fragte er höhnisch. »Verschwinde! Ich rufe dich, wenn ich dich brauche!« Er streckte fordernd die Hand aus und ließ sich die Fackel geben. Auch dieser Soldat hatte es plötzlich sehr eilig, aus dem Verlies zu verschwinden. Herzog Ják Demagyar schien bei seinen Leuten nicht unbedingt für seine Langmut bekannt zu sein.

Demagyar kam näher, blieb jedoch in respektvollem Abstand stehen, als traue er Andrejs Ketten doch nicht in solchem Maße, wie er gerade noch behauptet hatte. Er schwenkte die Fackel hin und her, wechselte sie von der rechten in die mit einem sauberen weißen Verband umwickelte linke Hand und hielt sie etwas höher, als die Hitze der Flammen auf seinem Gesicht zu brennen begann.

»Es tut mir wirklich leid«, bemerkte er. »Ich wollte nicht, dass man Euch so behandelt, Delãny. Aber Ihr wisst ja, wie man sagt: Wenn du sicher sein willst, dass etwas in deinem Sinne erledigt wird, dann tu es selbst.«

»Eure Sorge um mich rührt mich zu Tränen«, entgegnete Andrej bitter. »Ich würde Euch umarmen, wenn ich könnte.«

Demagyar lachte. »Versteht mich nicht falsch, Andrej. Es bereitet nur wenig Vergnügen, einen bereits halbtoten Mann hinrichten zu lassen, das ist alles.«

Andrej schwieg. Was er *wissen* wollte, würde der Herzog ihm ohnehin nicht sagen.

»Für einen Mann, der ohne einen Schluck Wasser seit zwei Tagen an eine Wand gekettet ist, seht Ihr erstaunlich gut aus«, fuhr Demagyar nach einer Weile fort. Er sagte das nicht ohne Hintergedanken, das spürte Andrej. Demagyar wusste mit ziemlicher Sicherheit nicht, wer sein Gefangener wirklich war – welchen Grund die drei goldenen Ritter und Vater Domenicus wirklich gehabt hatten, das Borsã-Tal heimzusuchen: Ihm würden sie es wohl kaum auf die Nase gebunden haben. Aber der Herzog hegte offenbar den Verdacht, dass Andrej irgendein Geheimnis zu verbergen hatte. Zumindest musste er spüren, dass er es nicht nur mit einem einfachen transsilvanischen Barbaren zu tun hatte.

»Wir Delãnys sind zäh«, antwortete Andrej. »Es ist nicht leicht, uns umzubringen.«

»Ja, das habe ich auch gehört.« Der Herzog zuckte mit den Schultern. Die Fackel in seiner Hand zitterte und ließ eine Armee winziger roter Lichtreflexe über die Wände ausschwärmen. »Aber ich werde mein Möglichstes tun.«

»Warum?«, fragte Andrej ruhig.

»Warum ich Euch hinrichten lasse?« Demagyar blinzelte, als überrasche ihn diese Frage wirklich, lachte aber zugleich leise. »Immerhin habt Ihr versucht, mich zu bestehlen, Delãny. Und Ihr habt einen meiner Soldaten getötet.« Er blickte auf seine bandagierte Hand und fügte in aufrichtig klingendem Bedauern hinzu: »Er war ein guter Mann. Es wird nicht leicht sein, ihn zu ersetzen. Zuverlässige Männer sind heutzutage schwer zu finden.«

»Liebt Ihr solche grausamen Spiele einfach nur, oder gibt es einen tieferen Grund, weshalb Ihr Euch selbst bestehlt und Eure eigenen Soldaten umbringt?«

Demagyar versuchte seine Überraschung zu verbergen, aber Andrej entging keineswegs der rasche, fast erschrockene Blick, den er zur Tür hin warf, ehe er antwortete. »Wenn es einen Grund gäbe«, sagte er dann, »so wäre es nicht sehr klug von mir, ihn Euch zu verraten, nicht wahr?«

Also *gibt* es einen Grund, dachte Andrej; und er hatte sogar eine ungefähre Vorstellung, wie dieser Grund beschaffen sein mochte, auch wenn er diese Gedanken nicht präzise zu formulieren vermochte.

»Warum seid Ihr dann gekommen, Herzog?«, erkundigte er sich spöttisch. »Nur um Euch zu überzeugen, dass es mir schlecht geht?«

»Eigentlich könnt Ihr Euch doch gar nicht beklagen, Delãny«, antwortete Demagyar. Dann schüttelte er den Kopf. »Ich bin gekommen, um Euch davon in Kenntnis zu setzen, dass Euer Prozess in zwei Stunden beginnen wird.«

»Mein ... Prozess?«

»Ihr scheint wirklich eine schlechte Meinung von mir zu haben«, seufzte Demagyar. »Natürlich bekommt Ihr einen fairen Prozess.«

»Unter Eurem Vorsitz, vermute ich. Und das Urteil steht gewiss schon fest.«

»Selbstverständlich«, antwortete Demagyar trocken und deutete auf seine verletzte Hand. »Allein für den Angriff auf den Herzog von Constãntã ist Euch der Tod gewiss, Delãny. Ich könnte Euch nicht einmal retten, wenn ich es wollte. Es gibt Gesetze, an die auch ich mich halten muss.«

»Wie bedauerlich.«

Demagyar ließ sich von Andrejs sarkastischer Bemerkung nicht aus der Ruhe bringen. »Trotzdem bin ich hier, um Euch ein Angebot zu unterbreiten«, fuhr er fort. »Ihr werdet sterben, aber es liegt an Euch, ob es ein schneller und schmerzloser Tod sein wird oder ob Euer Sterben Stunden dauert oder vielleicht sogar Tage.«

»Ich nehme die Tage«, versuchte Andrej abermals sein Gegenüber zu provozieren. »Ich bin genusssüchtig, wisst Ihr?«

»Ihr wisst nicht, wovon Ihr sprecht«, erwiderte der Herzog ernst. »Mein Scharfrichter ist ein Meister seines Fachs. Und er genießt, was er tut.«

»Was wollt Ihr?«, fragte Andrej. Er war kein Feigling, aber er war auch nicht verrückt.

»Nur eine Auskunft. Vater Domenicus ... der Inquisitor. Wer ist er?«

»Ich fürchte, ich ... verstehe nicht«, sagte Andrej stockend.

»Spielt nicht den Dummkopf.« Demagyar schien in der Tat verärgert. »Ihr wisst genau, was ich meine. Domenicus ist ... war kein gewöhnlicher Inquisitor. Der lange Arm Roms reicht für gewöhnlich nicht bis hier; wir halten es eher mit den Kirchenvätern von Byzanz und dem Patriarchen von Konstantinopel, dessen Verhältnis zum Vatikan – sagen wir einmal – etwas gespannt ist. Es muss für unseren allseits geschätzten König also einen triftigen Grund geben, der Inquisition zu gestatten, hierherzukommen und nach Belieben Leute abzuschlachten.«

»Vater Domenicus hat er es offensichtlich erlaubt«, sagte Andrej.

»Ja, und ich frage mich, warum. Was ist an einem Tal in Transsilvanien so Besonderes, dass der König es zulässt, dass Soldaten aus einem fremden Land ein ganzes Dorf auslöschen?«

»Ich weiß es nicht«, antwortete Andrej wahrheitsgemäß. Nach einer kurzen Pause fügte er hinzu: »Vielleicht hat er es ja gar nicht gewusst.«

Der Herzog schüttelte nachdenklich den Kopf. »Daran habe ich auch schon gedacht, aber die Papiere des Inquisitors sind in Ordnung. Mehr als das. Ich kann es nicht beweisen, aber es hat den Anschein, als wären Domenicus und seine unheimlichen Begleiter im direkten Auftrag des Vatikans hier. Und dass sie nicht längst abgereist waren, ehe Ihr hier eintraft, spricht dafür, dass sie auf Euch gewartet haben. Ein etwas übertriebener Aufwand, um einen einzelnen Mann und einen Jungen umzubringen, meint Ihr nicht auch, Delãny?«

»Diese Arbeit werdet Ihr ihnen ja nun abnehmen, nicht wahr?«, fragte Andrej. Seine Ketten klirrten leise. »Aber warum sollte ich Euch helfen, selbst wenn ich es könnte? Ich habe keine Angst vor dem Tod. Und Schmerz vergeht.«

»Und wenn ich Euch mein Wort gebe, den Jungen am Leben zu lassen?«

»Frederic?« Es gelang Andrej nicht ganz, das Entsetzen in seiner Stimme zu verbergen. »Ihr habt ihn?«

»Was habt Ihr erwartet?«, fragte Demagyar in einem Ton ehrlicher Verblüffung. »Ihn und auch diese beiden Narren, die geglaubt haben, mich berauben zu können. Sagt mir, warum der Inquisitor wirklich nach Transsilvanien gekommen ist, und der Junge bleibt am Leben.«

»Er hat Domenicus getötet«, erinnerte Andrej den Herzog.

»Und?« Demagyar machte eine wegwerfende Geste mit der freien Hand. »Er hat mir damit einen Dienst erwiesen. Also? Was ist das große Geheimnis des Borsã-Tals?«

»Ich weiß es nicht«, antwortete Andrej wahrheitsgemäß.

Demagyars Gesicht verfinsterte sich. »Dann tut es mir leid. In diesem Fall kann ich nichts mehr für Euch tun.«

Er starrte Andrej noch einen Moment lang an und machte keinen Hehl daraus, dass er fast verzweifelt darauf wartete, dass Andrej es sich doch noch überlegen und antworteten würde; und ebenso wenig verhehlte er seine Enttäuschung, als das nicht geschah. Schließlich drehte er sich mit einem angedeuteten Achselzucken zur Tür und verließ ohne ein weiteres Wort die Zelle.

Andrej blieb allein in der Dunkelheit zurück. Vielleicht hatte er gerade seinen letzten Fehler begangen.

15

Kurze Zeit darauf erschienen vier Männer in Andrejs Zelle, die ihn von den Ketten befreiten und ihm Wasser und saubere Kleider brachten, so dass er sich waschen und umziehen konnte. Die Soldaten hatten ständig die Hände griffbereit auf dem Schwertknauf, und Andrej konnte hören, dass auf dem Gang noch weitere Männer warteten. Ein Fluchtversuch wäre zum jetzigen Zeitpunkt nicht nur vollkommen aussichtslos gewesen, sondern zudem äußerst dumm. Er musste abwarten, bis sich eine Gelegenheit ergab, die seine Bewacher ablenkte und ihm einen Vorteil verschaffte. Vielleicht würde sie nie kommen ... vielleicht war sie aber auch nur Minuten entfernt. Es galt einfach, die Nerven zu behalten und den richtigen Moment abzuwarten. Andrej hatte nicht vor, sich widerstandslos abschlachten zu lassen – weder schnell noch langsam.

Als er erneut in Ketten gelegt und aus der Zelle geführt wurde, ließ er alles bereitwillig mit sich geschehen. Wie erwartet befand sich seine Zelle im tiefsten Kerker des Schlosses. Sie gingen einen schmalen, finsteren Gang entlang, der so niedrig war, dass sich die Männer nur gebückt darin bewegen konnten, und an dessen Ende sich eine schmale, steil nach oben führende, endlos lange Treppe befand. Nachdem sie eine Tür aus massiven Eichenbohlen passiert hatten, gelangten sie in das eigentliche Gefängnis, das weit oberhalb seiner Zelle lag.

Als sie den Gefängnistrakt betraten, konnte Andrej das Leid, das in der Luft lag, fast körperlich spüren. Nicht nur er, sondern sogar seine Bewacher hatten im ersten Augenblick Mühe, überhaupt zu atmen. Die beiden großräumigen Zellen hinter riesigen Eisengittern, die den Gang flankierten, waren hoffnungslos überfüllt. Der Gestank menschlicher Exkremente vermischte sich mit dem von Krankheit und Tod; außerdem drang von beiden Seiten ein unentwegtes, gedämpftes Stöhnen und Wehklagen auf sie ein. Angesichts der gut fünfzig Männer, Frauen und Kinder, die in den beiden Zellen zusammengepfercht waren, erschienen Andrej diese Geräusche erstaunlich leise. Viele der Gefangenen hatten wohl nicht einmal mehr die Kraft, ihrem Leid Ausdruck zu verleihen.

Der Anblick zog Andrejs Herz zu einem harten, eisigen Klumpen zusammen, so dass er mehrmals hastig die Augen niederschlug, um ihn nicht länger ertragen zu müssen. Als man ihn in seinen Kerker gebracht hatte, war er ohne Bewusstsein gewesen, da einer der Soldaten ihn niedergeschlagen hatte; er war erst wieder zu sich gekommen, als man ihn bereits in seiner Zelle angekettet hatte. Jetzt begriff er, dass dies eine Gnade gewesen war. Die Tage, die er allein mit sich und seinen Gedanken dort unten verbracht hatte, waren schlimm genug gewesen; aber mit den Bildern dessen vor Augen, was Demagyar den gefangenen Dorfbewohnern angetan hatte, wären sie zur Hölle geworden. Zwar hatte er gewusst, dass sich Frederics Familie und Freunde hier unten befanden, aber *diese* Wirklichkeit hier war um etliches schlimmer als alles, was er sich in seiner Fantasie ausgemalt hatte.

So unangenehm ihm diese Bilder des Schreckens auch waren, Andrej zwang sich doch, sich noch einmal nach beiden Seiten umzusehen. Er sah graue, von Leid und Schmerz und vor allem *Furcht* gezeichnete Gesichter, aber dasjenige Frederics war nicht unter ihnen. Wenn Demagyar die Wahrheit gesagt hatte und sich der Junge in seiner Gewalt befand, wurde er an einem anderen Ort gefangen gehalten.

Sie gingen weiter nach oben und traten schließlich auf den Hof hinaus. Andrej schloss geblendet die Augen und hob ganz instinktiv die Hand, um sich vor dem grellen Sonnenlicht zu schützen. Sofort hob einer seiner Begleiter sein Schwert und setzte die Klinge an Andrejs Kehle, und ein zweiter drückte ihm die Spitze seiner Hellebarde in den Magen. Andrej erstarrte für einen Moment zur Reglosigkeit. Was immer Demagyar oder Domenicus über ihn erzählt haben mochten – die Soldaten des Herzogs hatten einen höllischen Respekt vor ihm. Diesen Umstand würde er zu seinen Gunsten ausnutzen können. Aber nicht jetzt. Neben allem anderen, was dagegen sprach, machte es ihm allein schon die Tatsache, dass der Herzog auch Frederic in seiner Gewalt hatte, vollkommen unmöglich, jetzt zu fliehen.

Vorsichtig senkte er die Hand wieder, wartete ab, bis die Soldaten ihre Waffen zurückgezogen hatten, und zwang sich zu einem leicht verunglückten Grinsen. War das Angst, was er auf den Gesichtern dieser Männer las, oder war es Hass? Immerhin glaubten sie, dass er einen ihrer Kameraden getötet hatte.

Während sie weitergingen, sah sich Andrej ein zweites Mal aufmerksam auf dem Innenhof der Burganlage um. Seine Augen gewöhnten sich rasch an das grelle Tageslicht, aber der Anblick, der sich ihm bot, wurde dadurch nicht angenehmer. Die Festung wirkte auch am Tage so düster und abweisend wie in der Nacht, nur konnte man diesen Eindruck jetzt nicht mehr auf die Dunkelheit und die gespenstischen Schatten schieben. Andrej sah einen abweisenden, kalten Ort, an dem ihm jede menschliche Regung und jedes Lachen fehl am Platze schienen.

Die Soldaten führten ihn in einen großen, spärlich möblierten Saal in der ersten Etage des Palas – Ják Demagyars Thronsaal, wie Andrej vermutete. Der Raum wurde von einem großen, zur Zeit allerdings erloschenen Kamin beherrscht, über dem das Wappenschild der Demagyars hing, darunter ein mit einem Morgenstern gekreuztes Schwert. Beide Waffen dienten nicht nur der Dekoration, sondern zeigten ebenso wie der Schild deutliche Spuren früherer Kämpfe.

Vor dem Kamin war eine lange Tafel aufgestellt worden, an der Demagyar und drei Andrej unbekannte Männer Platz genommen hatten. Nur einer von ihnen trug die Farben des Herzogs, die beiden anderen waren in zivile, allerdings sehr kostbare Gewänder gekleidet. Vermutlich handelte es sich um Würdenträger der Stadt. Zwei weitere Plätze an der Tafel waren noch frei, einer davon direkt neben dem Herzog.

»Ihr wisst, warum Ihr hier seid«, begann Demagyar unmittelbar.

»Um Eure Gastfreundschaft zu genießen?«, fragte Andrej. »Wenn dem so ist, dann hätte ich eine Beschwerde, was mein Zimmer anbe…«

Einer der Soldaten schlug ihm mit solcher Wucht in den Nacken, dass er taumelte. Andrej tat ihnen nicht den Gefallen, zu stöhnen, sondern biss die Zähne zusammen und blinzelte ein paarmal.

»Ihr scheint Euch immer noch nicht über den Ernst der Lage im klaren zu sein, Delãny«, sagte Demagyar stirnrunzelnd.

»Die Freundlichkeit der Bedienung lässt auch zu wünschen übrig«, murmelte Andrej. Er spürte, wie der Mann hinter ihm erneut ausholte, und spannte sich, aber der Herzog hob abwehrend die Hand, und der erwartete Hieb blieb aus.

Dann wandte sich Demagyar mit einem angedeuteten Kopfschütteln an den Mann zu seiner Linken. »Wie ich Euch gesagt habe, Graf Bathory – er ist ein transsilvanischer Barbar. Anscheinend ist ihm nicht einmal bewusst, in welcher Situation er sich befindet.«

Der Angesprochene hob die Hand, um den Herzog zum Schweigen zu bringen, und wandte sich direkt an Andrej. »Ist das so, Delãny?«, fragte er. »Wisst Ihr überhaupt, warum Ihr hier seid? Was man Euch vorwirft?«

Andrej verstand immer weniger, was hier vorging. Dass dieser ganze sogenannte Prozess nichts anderes als eine Farce sein würde, war ihm vollkommen klar; Demagyar hatte ihm ja offen gesagt, dass das Urteil bereits feststand. Nach Graf Bathorys Worten wäre der fast beschwörende Blick, den der Herzog ihm zuwarf, kaum mehr nötig gewesen, um klarzumachen, dass seine Richter ihm eine goldene Brücke bauen wollten. Aber was sollte das alles?

»Ich sage Euch doch, Graf Bathory«, beharrte Demagyar, als Andrej immer noch nicht antwortete, »er ist ein Narr. Seine Komplizen haben ihn vorausgeschickt, weil er dumm genug ist, sich auf ein solch aussichtsloses Unternehmen einzulassen.«

»Das mag sein«, mischte sich jetzt der zweite Fremde ein. »Ich bin trotzdem dafür, ihn einer peinlichen Befragung zu unterziehen. Vielleicht spielt er ja nur den Dummkopf.«

»Was sollte ihm das nutzen, Florescu?«, fragte der Herzog. »Er weiß, dass er keine Gnade zu erwarten hat.« Er räusperte sich, sah Andrej einen Moment lang ausdruckslos an und erhob sich.

»Also gut, Andrej Delãny vom Borsã-Tal, ich beschuldige Euch offiziell folgender schwerer Verbrechen: Da wäre zum Ersten der versuchte Diebstahl des herzoglichen Schatzes sowie der Einbruch in unser Schloss und insbesondere in unsere Schlafgemächer. Ferner der tätliche Angriff auf Ják Demagyar, den Herzog von Constãntã und Stellvertreter des Königs.« Er wedelte mit seiner verletzten Hand. »Du weißt es vielleicht nicht, Wilder, aber nach unserer Rechtsprechung muss jeder tätliche Angriff auf den Herzog unverzüglich mit dem Tode geahndet werden. Gibst du diese Verbrechen zu?«

Den toten Soldaten erwähnte er nicht einmal. Aber schließlich hatte der Mann ja auch nur das getan, wozu Soldaten in Demagyars Augen da waren: Er war gestorben.

»Habe ich denn eine andere Wahl?«, fragte Andrej.

Diesmal hielt Demagyar den Soldaten nicht davon ab, ihn zu schlagen. Andrej gab aber auch jetzt keinen

Laut von sich, wenngleich es ihm schwerfiel, sich auf den Beinen zu halten.

»Es ist sinnlos«, seufzte der Herzog. »Trotzdem will ich Euch noch eine Chance geben.«

Er stand auf, ging zu einem kleinen Tischchen, das neben dem Kamin aufgestellt war, und kam mit zwei bauchigen Lederbeuteln zurück.

»Ihr wurdet mit drei von diesen Beuteln überrascht, Andrej Delãny«, sagte er, während er die zwei angeblichen Beweisstücke vor sich auf den Tisch stellte, »in denen Ihr Euer Diebesgut fortbringen wolltet. Zwei konnten Euch entrissen werden, aber mit dem dritten sind Eure Komplizen entkommen – und das heißt: unglücklicherweise auch mit einem Drittel unseres Vermögens.« Er lächelte gezwungen. »Wir hätten dieses Drittel gerne zurück, Andrej Delãny.«

Andrej verstand nun gar nichts mehr. Ják Demagyar wusste vermutlich als Einziger hier im Raum, wo sich Krusha und Sergé und mit ihnen auch der Rest der Beute befanden. Warum wollte der Herzog sich selbst bestehlen?

»Ich weiß nicht, wovon Ihr redet«, sagte Andrej.

Florescu schlug wütend mit der flachen Hand auf den Tisch. »Werde nicht unverschämt, Kerl! Du solltest besser antworten. Wenn nicht, so verfügen wir durchaus über gewisse Methoden, deine Zunge zu lösen!«

»Wer sind deine Komplizen?«, fragte Graf Bathory. »Wo habt ihr euch verabredet? Und wer hat euch von der Schatztruhe des Herzogs erzählt?«

»Oder wart Ihr am Ende gar nicht hinter dem Geld her?«, fügte Demagyar hinzu und hob mit einer dramatischen Bewegung seine verletzte Hand. »Sollte Euer Messer am Ende meine Kehle treffen, nicht nur meine Hand?«

»Wenn ich Euren Tod gewollt hätte, dann könntet Ihr diese Frage jetzt nicht mehr stellen«, entgegnete Andrej ruhig. Er spannte sich, aber der erwartete Schlag in den Nacken blieb aus.

Der Herzog seufzte, blickte erst zu Andrej, dann zu dem Soldaten hinter dem Angeklagten und bewegte fast unmerklich den kleinen Finger der rechten Hand; praktisch im selben Moment explodierte ein so grässlicher Schmerz in Andrejs Nieren, dass er mit einem Stöhnen auf die Knie sank und sekundenlang gegen eine drohende Bewusstlosigkeit ankämpfte.

»Unsere Geduld ist bald erschöpft, Delãny«, sagte Demagyar kalt. »Ich hasse es, einen Mann foltern zu lassen, aber ich werde nicht zögern, das zu tun, wenn Ihr weiter so verstockt seid! Nennt uns die Namen Eurer Komplizen, und sagt uns, wo sie sich versteckt halten, dann werde ich vielleicht noch einmal Gnade vor Recht ergehen lassen!«

Andrej kämpfte sich mühsam auf die Beine hoch. Ihm war übel, und sein Rücken schmerzte unerträglich. Er hatte Mühe, Demagyars Worten zu folgen. Allerdings hätte er das vermutlich selbst dann gehabt, wenn er von dem Soldaten nicht an den Rand der Bewusstlosigkeit geprügelt worden wäre. Immerhin begriff er allmählich, dass dieser sogenannte Prozess ein sorgsam vorbereitetes Theaterstück war, das vermutlich Florescu und Bathory galt. Was aber versuchte Demagyar ihnen vorzugaukeln?

»Ich weiß nicht, wo sie sind«, sagte er stockend. »Ich

weiß nicht einmal genau, *wer* sie sind. Ich habe sie erst vor ein paar Tagen kennen gelernt.«

»Wo?«, fragte Bathory.

Andrej starrte ihn trotzig an. Graf Bathory hielt seinem Blick einige Sekunden lang stand, ehe er einem der Soldaten hinter ihm zunickte. Der Mann ging mit schnellen Schritten an Andrej vorbei, legte ein in Leinen eingeschlagenes Bündel vor Graf Bathory auf den Tisch und nahm rückwärts gehend wieder seine vorherige Position ein.

Graf Bathory wickelte das Päckchen rasch aus, und Andrej erkannte, dass es die zerrissenen Kleider enthielt, die Frederic und er in dem leerstehenden Haus zurückgelassen hatten.

»Gehören diese Kleider dir?«, fragte Graf Bathory. »Wenn ja, dann erkläre mir, warum sie zerrissen wurden.«

»Was spielt das für eine Rolle?«, fragte Andrej. »Ich habe doch schon zugegeben, dass ich versucht habe, den Herzog zu bestehlen.«

»Was deinen sicheren Tod bedeutet«, bemerkte Florescu. »Ich frage mich nur, warum ein Mann zusätzlich noch schwere Qualen in Kauf nimmt, nur um zwei Komplizen zu schützen, die er angeblich erst seit ein paar Tagen kennt.«

»Bedenke deine nächsten Worte genau, Delãny«, fügte Graf Bathory hinzu. »Dein offensichtlich verbranntes Haupthaar ist Beweis genug dafür, dass du und deine Freunde auch für den Brand in dem Gasthaus vor zwei Tagen verantwortlich seid, was ein weiteres schweres Verbrechen darstellt.«

»Ihr könnt mich nur einmal töten, oder?«, fragte Andrej kühl. Er sah Demagyar an. Der Herzog gab sich alle Mühe, ein finsteres Gesicht zu machen, aber es gelang ihm dennoch nicht völlig, das triumphierende Glitzern in seinen Augen zu unterdrücken. Andrej wusste noch immer nicht genau, worauf Demagyar hinauswollte, aber diese Vernehmung schien sich ganz in seinem Sinne zu entwickeln.

»Du irrst dich, Andrej Delãny«, entgegnete Florescu. »Dein Tod wird keine kurze Angelegenheit sein. Mir widerstrebt es ebenso wie Ják Demagyar, einen Mann der Folter zu unterziehen, aber deine Verbrechen wiegen zu schwer. Das Volk schreit nach Gerechtigkeit. Wenn du weiter so verstockt bist, wird sich dein Tod über einen ganzen Tag hinziehen.«

»Es sei denn«, fügte Graf Bathory hinzu, »du gibst die Namen deiner Komplizen preis. Und den eures Auftraggebers.«

»Ich verstehe nicht, was Ihr meint«, sagte Andrej – und das entsprach in diesem Moment sogar der Wahrheit.

»Dann will ich es dir ein wenig leichter machen«, sagte Florescu. »Du bist nicht so einfältig, wie du uns glauben machen willst. Niemand ist so dumm zu glauben, er könnte ungesehen in das Schlafgemach des Herzogs eindringen, seine Schatztruhe ausrauben und dann auch noch entkommen. Ich will dir sagen, was deine wirkliche Absicht war: Du wolltest den Herzog ermorden.«

»Was zweifellos sehr viel leichter ist, als nur sein Geld zu stehlen«, bemerkte Andrej sarkastisch.

»Vielleicht hast du ja gehofft, in dem Durcheinander nach dem Tode des Herzogs entkommen zu können«, beharrte Florescu.

Graf Bathory wirkte äußerst nachdenklich, auch ein wenig erschrocken. Demagyar hingegen konnte seine Zufriedenheit nicht verbergen.

»Sag uns den Namen eures Auftraggebers und das Versteck deiner Komplizen, und …« Florescu hielt für einen ganz kurzen Moment inne; gerade lange genug, um sich mit einem fragenden Blick an Demagyar zu wenden, den dieser mit einem angedeuteten Nicken beantwortete. »… du bleibst am Leben«, schloss Florescu.

Graf Bathory runzelte die Stirn. »Verzeiht, Florescu, aber dieser Mann …«

»*Dieser Mann*«, fiel ihm der Angesprochene ins Wort, »ist nicht mehr als ein Werkzeug. Es nutzt wenig, den Dolch zu zerbrechen, wenn man nicht weiß, wessen Hand ihn geworfen hat.«

Graf Bathory setzte zu einer Erwiderung an, doch er kam nicht zu Wort. Draußen wurden wütende Stimmen laut, dann wurde die Tür aufgestoßen, und zwei hilflos mit den Armen fuchtelnde Wachtposten stolperten rückwärts in den Gerichtssaal, gefolgt von einem dunkelhaarigen Racheengel, aus dessen Augen Blitze schossen; begleitet wurde die aufs höchste erregte Frau von zwei Männern in polierten Brustharnischen aus Messing, die Andrej nur zu gut kannte: Einer von ihnen war der hünenhafte Malthus, der ihn bereits einmal fast getötet hatte, den zweiten hatte er zum ersten Mal in dem anschließend verbrannten Gasthaus gesehen.

Herzog Demagyar erhob sich halb aus seinem Stuhl. »Komtess!«, begann er. »Was ...?«

»Was geht hier vor?!«, unterbrach ihn die Schwester des Inquisitors scharf. Sie war nahe daran, zu schreien.

»Bitte, verzeiht, Komtess«, sagte Demagyar unbehaglich, »aber ich muss Euch bitten, wieder zu gehen. Wir sitzen zu Gericht, und ...«

»Über einen Mann, den wir beanspruchen!«, unterbrach ihn Maria zornig.

»Wie bitte?« Demagyar blickte die Frau fragend an.

Maria ignorierte die beiden Männer, die unbeholfen versuchten, ihr den Weg zu versperren oder sie auf andere Weise aufzuhalten, ohne dabei in die peinliche Situation zu geraten, die junge Frau berühren zu müssen; sie stürmte entschlossen auf Demagyar zu und blieb herausfordernd vor dem Tisch stehen.

»Spart Euch Euer vornehmes Getue, Demagyar«, fuhr sie ihn scharf an. »Ihr habt kein Recht, diesen Mann zu verurteilen! Das Recht, Gericht über den Mörder meines Bruders zu halten, steht allein mir zu! Und ich nehme dieses Recht in Anspruch!«

Der Herzog antwortete nicht sofort auf diese Forderung, sondern blickte Maria nur auf eine schwer zu deutende Art an. Auch Florescu wirkte ebenso verwirrt wie betroffen, während Graf Bathory wenigstens den Versuch unternahm, die Situation ein wenig zu entspannen. Andrej sah aus den Augenwinkeln, wie die beiden goldenen Ritter näher kamen und wie zufällig rechts und links hinter ihm stehen blieben. Er glaubte jedoch nicht, dass sie ihn angreifen würden. Sie konnten es sich so wenig leisten, ihn vor den Augen Demagyars und der anderen zu töten, wie sie das bei ihrem letzten Zusammentreffen auf dem Marktplatz in Anwesenheit all der unliebsamen Zeugen gekonnt hatten.

»Komtess, Ihr könnt versichert sein, dass wir Euren Schmerz verstehen und teilen«, sagte Graf Bathory. »Dennoch …«

»Dennoch habe ich Demagyars Wort«, unterbrach ihn Maria. »Oder habt Ihr bereits vergessen, dass Ihr mir versichert habt, ihn und den Jungen an mich auszuliefern, Herzog?«

Demagyar deutete ein Kopfschütteln an. »Keineswegs«, antwortete er mit steinernem Gesicht. »Aber das war, bevor Delãny ins Schloss eingedrungen ist und versucht hat, mich zu ermorden.«

Maria warf Andrej einen fast erschrockenen Blick zu. »Ist … das wahr?«

»Nein«, antwortete Andrej ruhig.

Der Herzog lachte. »Natürlich leugnet er. Was habt Ihr erwartet?«

»Dass Ihr Euer Wort haltet, Herzog.«

»Aber so versteht doch, Komtess«, seufzte Demagyar. »Ich *kann* Delãny nicht an Euch ausliefern, nicht einmal, wenn ich es wollte.«

»Er sagt die Wahrheit.« Graf Bathory deutete auf Andrej. »Delãny hat sich mehrerer schwerer Verbrechen schuldig gemacht. Es ist uns gar nicht möglich, ihn an Euch – oder irgend jemand anderen – auszuliefern. Nicht bevor der Gerechtigkeit hier Genüge getan ist.«

Maria ballte die Fäuste. Für Sekundenbruchteile zitterte sie am ganzen Leib. Andrej konnte sich vorstellen, was in der jungen Frau vorging. Aber sie beherrschte sich. Nach einem weiteren Augenblick öffnete sie die Fäuste, entspannte sich sichtbar und trat zwei Schritte zurück.

»Das werden wir sehen«, sagte sie gepresst. »Ich würde Euch jedenfalls nicht raten, ihn anzurühren.«

»Bitte beruhigt Euch, Komtess«, sagte Demagyar sanft. »Ich verstehe Euren Schmerz, aber ich kann leider nichts für Euch tun.«

»Ihr versteht anscheinend nicht, worum es geht«, entgegnete Maria kühl. »Wenn mein Bruder stirbt, dann werdet Ihr Euch fragen lassen müssen, weshalb Ihr Euch weigert, den Mörder eines Inquisitors auszuliefern. Wollt Ihr wirklich den Zorn der römischen Kirche herausfordern?«

Wenn mein Bruder stirbt?, dachte Andrej verblüfft. »Euer Bruder ... lebt?«, fragte er.

»Schweigt!«, donnerte Demagyar. »Ihr habt nur zu reden, wenn man Euch dazu auffordert.«

Maria antwortete trotzdem: »Er lebt. Aber ich weiß nicht, wie lange noch. Wenn er stirbt, dann gnade Euch Gott, Andrej Delãny. Von mir jedenfalls habt Ihr keine Gnade zu erwarten.« Sie wandte sich wieder an den Herzog. »Und für Euch gilt dasselbe, Ják Demagyar. Ich weiß, dass ihr hier nicht allzu viel von der römischen Kirche haltet, aber mein Bruder ist kein gewöhnlicher Geistlicher. Er hat mächtige Freunde, die sich fragen werden, wie er zu Schaden kommen konnte, während er sich im Schutze Eurer Gastfreundschaft befand. Und bedenkt: Wenn die Türken wirklich zum Schlag gegen Constãntã ausholen, werdet auch Ihr Freunde brauchen!«

Demagyar erwiderte nichts auf diese Drohung, aber man sah ihm deutlich an, wie wenig sie ihn beeindruckte. Die junge Frau hatte wohl unbeabsichtigt die Wahrheit gesagt: Das Wort des Vatikans galt in diesem Teil des Landes nicht besonders viel. Rom war zwar mächtig, aber Rom war auch sehr weit entfernt. Und wenn die Türken wirklich versuchen sollten, Constãntã einzunehmen, würde der Papst sie nicht daran hindern können – selbst wenn er wollte.

»Wenn ich Euch nun bitten dürfte zu gehen«, sagte er nach einer Weile, freundlich, aber in wesentlich kühlerem Ton. »Ich werde mich später gerne mit Euch unterhalten.«

»Vergesst nicht, was ich Euch gesagt habe«, sagte Maria. Sie drehte sich herum, streifte Andrej mit einem eisigen Blick und verließ in Begleitung der beiden Goldenen den Raum.

16

Das absurde Verhör dauerte noch annähernd zwei Stunden und endete damit, dass Demagyar Andrej einschärfte, bis zum nächsten Morgen noch einmal in sich zu gehen. Anschließend wurde der Gefangene nicht wieder in seine Zelle im tiefsten Kerker des Turmes gebracht, sondern in ein winziges Zimmer im Palas, das zwar kaum größer als das Turmverlies war und eine ebenso massive Tür hatte wie dieses, aber über ein Fenster und eine spärliche Möblierung verfügte. Es gab auch hier einen massiven eisernen Ring an der Wand, an den er gekettet wurde; allerdings schränkte die Kette ihn hier in seiner Bewegungsfreiheit weit weniger ein. Offensichtlich wurde Demagyars Gerichtssaal oft genug benutzt, dass sich ein solches *Zwischenlager* für Gefangene lohnte.

Außerdem bekam er etwas zu essen und eine Schale mit Wasser. Kaum eine halbe Stunde, nachdem man ihn wieder eingesperrt hatte, wurde die Tür plötzlich aufgerissen, und Maria sowie einer der beiden goldenen Ritter betraten den Raum.

Andrej war überrascht. Nach ihrem Auftritt im Gerichtssaal hatte er nicht damit gerechnet, die junge Frau so schnell wiederzusehen; und wenn überhaupt, dann allerhöchstens mit einem Messer in der Hand, um ihm die Kehle durchzuschneiden.

Zorn und Hass waren jedoch vollkommen aus ihrem

Gesicht gewichen. Sie wirkte traurig, vielleicht ein bisschen verbittert, aber nicht mehr zornig.

Andrej erhob sich von seiner Liege, soweit seine Kette das zuließ. »Komtess.«

»Lasst den Unsinn, Delãny«, sagte Maria müde. »Ich bin keine Adlige.« Sie schloss die Augen, schwieg einige Sekunden, die Andrej wie eine Ewigkeit erschienen, und fragte dann ganz leise: »Warum?«

Er verstand sofort, was sie meinte, aber er antwortete nicht gleich, sondern starrte den Goldenen an. Der Mann hielt seinem Blick mit scheinbar ungerührter Miene stand, aber in seinen Augen stand ein düsteres Versprechen geschrieben, und die Kälte, die Andrejs Seele berührte, schien für einen Moment noch an Intensität zuzunehmen.

»Ich möchte allein mit Euch reden«, sagte er schließlich.

Der Ritter lachte hart auf und sagte etwas in einer Sprache, die Andrej fremd war.

»Sprecht so, dass er uns versteht«, antwortete Maria und ohne sich zu ihrem Begleiter umzudrehen. »Lasst uns allein.«

»Ich bitte Euch, Maria!«, widersprach der Goldene. »Dieser Mann ist …«

»An Händen und Füßen gefesselt und zusätzlich an die Wand gekettet, Kerber! Was soll er mir schon tun?«

Kerber schürzte wütend die Lippen. »Er ist ein Mörder!«, sagte er. »Und er ist gefährlich, in Ketten oder nicht.«

»Was soll er mir schon tun?«, wiederholte Maria scharf. »Seine Ketten zerreißen? Oder sich in einen Wolf verwandeln, um mir die Kehle durchzubeißen? Geht, Kerber! Ich befehle es Euch!«

Der Blick des Ritters machte zumindest Andrej klar, dass sie ihm eigentlich nichts zu befehlen hatte. Dennoch zuckte er mit den Schultern, drehte sich auf dem Absatz herum und schlug mit der geballten Faust gegen die Tür. Als sie geöffnet wurde, sah Andrej, dass draußen auf dem Gang mehrere Soldaten warteten. Sie trugen nicht das Weiß und Orange der herzoglichen Truppen, sondern die schmucklosen schwarzen Lederrüstungen der Soldaten, die in Domenicus' Begleitung gekommen waren.

»Also?«, sagte Maria. »Jetzt *sind* wir allein.«

»Was Eurem Bruder widerfahren ist, tut mir aufrichtig leid, Maria, und es hat nichts mit uns zu tun«, begann Andrej. »Ich wollte nicht, dass das geschieht, bitte, glaubt mir.«

Marias Gesicht verhärtete sich. »Ich bin nicht gekommen, um zu erfahren, was Ihr wolltet, Delãny. Warum hat er es getan? Ein ... ein Kind, großer Gott! Wie kann ein Kind einen Menschen so hassen, dass es versucht, ihn umzubringen?«

»Vielleicht, weil er seine ganze Familie ermordet hat«, antwortete Andrej.

»Domenicus?« Maria schüttelte mit einem ungläubigen Ausdruck auf ihrem hübschen Gesicht den Kopf. »Niemals. Ihr lügt!«

»Ich war dort«, sagte Andrej. »Ich habe gesehen, was die Soldaten Eures Bruders getan haben. Ich sage nicht, dass ich Frederics Verhalten billige, aber ich kann ihn verstehen.«

Irgend etwas in Marias Blick erlosch, noch bevor er diesen Satz zu Ende gesprochen hatte. Sie war gekommen, um … Nein, Andrej wusste nicht, warum sie gekommen war. Aber keineswegs nur, um ihm Vorwürfe zu machen oder ihm zu drohen, sondern noch aus einem weiteren, vollkommen anders gearteten Grund. Doch was immer es gewesen war, es war fort – und nun machten sich wieder Zorn und Verbitterung in ihrem Blick bemerkbar.

Bevor sie etwas sagen konnte, fuhr Andrej fort: »Was wisst Ihr über die goldenen Ritter?«

»Nicht viel«, gestand Maria. »Sie sind die Leibwächter meines Bruders. Und die treuesten, die Ihr Euch vorstellen könnt. Sie würden ihr Leben geben, um ihn zu beschützen.«

Andrej lächelte. »Ja – aber im entscheidenden Moment haben sie es nicht getan.«

Marias Gesicht verfinsterte sich weiter. Sie hatte seine Worte – natürlich – als pure Häme verstanden, aber so hatte sie Andrej nicht gemeint. Rasch hob er die Hand und sagte über das Klirren der Ketten hinweg: »Bitte verzeiht! Das war dumm. Aber beantwortet mir eine Frage: Ihr wart nicht dabei, habe ich recht? Ihr seid hier in Constãntã geblieben, während Euer Bruder nach Borsã gereist ist.«

»Mein Bruder nimmt mich niemals auf seine Missionen mit«, antwortete Maria. Sie starrte Andrej noch immer mit einem Zorn an, der an Hass grenzte – ohne diese Grenze bereits überschritten zu haben –, doch ihre Stimme klang ein wenig verunsichert.

»Mit gutem Grund«, erklärte Andrej. »Ich weiß nicht

viel vom Geschäft Eures Bruders, Maria, und ich weiß auch nicht genau, was ein Inquisitor tut und warum. Aber ich weiß, was ich gesehen habe. Borsã ist mein Geburtsort. Als ich ihn verließ, lebten dort weit über hundert Menschen. Als ich vor einer Woche zurückkam, fand ich nur noch einen sterbenden alten Mann vor, den man auf grausamste Weise gefoltert hatte, und einen Jungen, der mit angesehen hatte, wie sein Vater und sein Bruder abgeschlachtet wurden.«

Maria starrte ihn an. Sie schwieg, aber Andrej konnte regelrecht sehen, wie es hinter ihrer Stirn arbeitete. Sie glaubte ihm nicht – und wie sollte sie auch?

»Die Männer Eures Bruders«, fuhr er erbarmungslos fort, »haben auch meinen Sohn und die Hälfte der Einwohner Borsãs getötet und die andere Hälfte verschleppt. Ich weiß nicht, warum sie das getan haben – und es interessiert mich auch nicht. Es gibt keine Rechtfertigung dafür, so etwas zu tun, weder im Namen der Kirche noch in dem eines weltlichen Herrn.«

»Domenicus ist in Gottes Auftrag unterwegs«, antwortete Maria. Diese Erklärung klang … wie auswendig gelernt. Vermutlich hatte sie diese Worte so oft gehört, dass sie sie einfach wiederholte, ohne darüber nachzudenken. Vielleicht hatte sie das noch nie getan.

»In Gottes Auftrag?« Andrej schüttelte den Kopf. »Bestimmt nicht, Maria. Und wenn es wirklich Gottes Wille ist, dass so etwas geschieht, dann kann mir euer Gott gestohlen bleiben.«

»Allein dafür würde Domenicus Euch auf den Scheiterhaufen bringen«, sagte Maria. Aber es klang nicht wie eine Drohung, sondern eher erschrocken. Dann schüttelte sie so heftig den Kopf, dass ihre Haare flogen.

»Ich hätte nicht kommen sollen«, sagte sie. »Ich dachte, ich könnte verstehen, warum Ihr das getan habt, aber das war ein Fehler. Ich war dumm.«

Sie seufzte traurig, senkte den Blick und machte Anstalten, zu gehen. Andrej streckte instinktiv den Arm aus, als wollte er sie zurückhalten, aber die Kette stoppte seine Bewegung, noch bevor er sie zu Ende führen konnte. Dennoch blieb Maria so abrupt stehen, als hätte er sie zurückgerissen.

»Wartet«, sagte er. »Ich bitte Euch!«

»Wozu?«, fragte Maria traurig. »Um mir noch mehr Lügen anzuhören?« Ihre Augen füllten sich mit Tränen. »Genügt es Euch nicht, dass mein Bruder sterben wird? Müsst Ihr auch noch sein Ansehen besudeln? Ihr seid nicht besser als Demagyar.«

Andrej verstand den letzten Satz nicht, aber das spielte in diesem Augenblick auch keine Rolle. »Ihr glaubt mir nicht«, sagte er, »und das kann ich verstehen. Aber ich bitte Euch um eines: Geht ins Verlies.«

»Wie bitte?«

»Geht in Demagyars Kerker«, wiederholte Andrej. »Seht Euch die Menschen an, die dort gefangen gehalten werden. Redet mit ihnen. Fragt sie, wer sie sind und woher sie kommen.«

»Das … Verlies?« Maria schien wirklich nicht zu wissen, wovon er sprach. Konnte es sein, dass sie überhaupt keine Vorstellung hatte, was ihr Bruder und seine drei Leibwächter getan hatten? Oder hatte sie es vielleicht bislang einfach nicht wissen wollen?

»Geht dort hinunter – falls Demagyar es Euch erlaubt«, bat Andrej noch einmal. »Und falls ich dann noch am Leben bin, kommt zurück, und wir reden weiter. Und … redet bitte nicht mit Kerber und Malthus darüber.«

Maria blickte ihn aus tränenverschleierten Augen an. Sie kämpfte jetzt nicht mehr gegen das Weinen an, unterdrückte aber jeden Laut. Andrej konnte nicht mit letzter Bestimmtheit sagen, *warum* die Tränen über ihr Gesicht liefen. Ohne ein weiteres Wort wandte sie sich schließlich um und klopfte leise gegen die Tür, die so schnell geöffnet wurde, als hätte der Mann draußen mit der Hand am Riegel gewartet, und Maria verließ die Zelle.

Andrej blieb in einem Zustand tiefster Verwirrung zurück. Es war wie bei den anderen Zusammentreffen mit ihr gewesen: Marias bloße Gegenwart machte es ihm nahezu unmöglich, auch nur einen klaren Gedanken zu fassen. Selbst die wenigen Worte, die er gesprochen hatte, hatten ihn unglaublich viel Kraft gekostet.

Was war das? Verwirrte Maria ihn nur so sehr, weil sie so vollkommen anders war als ihr Bruder? Oder sprach sie etwas in ihm an, das tiefer ging? Nicht zum ersten Mal fragte er sich, ob er sich in diese junge Frau … nicht wirklich verliebt hatte. Ob sein Gefühl nicht mehr war als nur die Reflexion des Spiels, das sie in einer Nacht voller Zauber und Spontaneität an einem einsamen Brunnen in Constãntã getrieben hatten. Und auch der Gedanke, wie aussichtslos eine solche Liebe wäre, half ihm nicht über seine Verwirrung hinweg.

17

Als es dunkel wurde, brachten ihm seine Bewacher eine weitere Mahlzeit. Andrej verschlang sie mit dem gleichen Heißhunger wie die vorige, ohne jedoch das Gefühl zu haben, auch nur annähernd gesättigt zu sein. Während der letzten Tage hatte er wenig und nur unregelmäßig gegessen, seinem Körper dafür aber um so mehr zugemutet. Zum ersten Mal fragte er sich, wie es wäre, schlichtweg zu verhungern. Aber so wie die Dinge lagen, würde er jetzt wohl nicht mehr in die Verlegenheit kommen, die Antwort auf diese Frage herauszufinden.

Etwas mehr als eine weitere Stunde verging, dann wurden draußen auf dem Gang wieder Schritte laut, und die Tür seiner Zelle wurde abermals geöffnet; drei Männer betraten den Raum, von denen ihn zwei mit ihren Hellebarden bedrohten, während der dritte seine Ketten löste und statt dessen seine Handgelenke mit einem groben Strick zusammenband.

Andrej wurde aus seinem Verlies geführt. Vor der Tür warteten zwei weitere Männer mit grimmigen Gesichtern und gezogenen Waffen auf ihn – Demagyars Soldaten schienen wirklich eine unvorstellbare Furcht vor ihrem Gefangenen zu haben.

Andrej erwartete, dass man ihn wieder in den Gerichtssaal bringen würde, aber stattdessen führten ihn die Männer auf den Hof, wo bereits ein halbes Dutzend aufgezäumter Pferde, der Herzog und ein weiterer

Mann, den Andrej erst auf den zweiten Blick als Graf Bathory identifizierte, auf sie warteten. Als Andrej und seine Begleiter die Treppe herunterkamen, schwang sich Demagyar in den Sattel und machte eine winkende Armbewegung zum Tor hin. Andrej hörte, wie das Fallgitter hochgezogen und mindestens einer der großen Torflügel geöffnet wurden.

»Machen wir einen Ausritt?«, fragte er.

Einer der Soldaten holte aus, um ihn zu schlagen, aber Graf Bathory hielt ihn mit einer Handbewegung zurück.

»Spart Euch Euren Spott, Delãny«, sagte er. »Genießt den Ritt lieber. Es könnte nämlich gut Euer letzter sein ... Es sei denn, Ihr nehmt endlich Vernunft an und sagt uns, in wessen Auftrag Ihr gekommen seid.«

Andrej blickte ihn fragend an. Er verstand wirklich nicht, was Graf Bathory meinte, aber er hatte kein gutes Gefühl bei der Sache.

»Wir werden Euch mit einigen Eurer Opfer konfrontieren, Delãny«, fügte Demagyar hinzu. »Es ist leicht, einen Mann aus dem Hinterhalt zu töten, aber nun werden wir sehen, wie Ihr Euch fühlt, wenn Ihr einem Eurer Opfer in die Augen sehen müsst.«

»Ich halte es immer noch für einen Fehler«, sagte Graf Bathory, während er sich zu seinem Pferd herumdrehte und aufsaß. »Wir hätten ihn besser herbringen sollen.«

»Ihr habt gehört, was der Arzt gesagt hat«, entgegnete Demagyar. »Der Mann würde den Weg in die Stadt nicht überleben. Es ist ein Wunder, dass er überhaupt so lange durchgehalten hat.« Er warf Andrej einen vorwurfsvollen Blick zu. »Ein weiteres unschuldiges Opfer, das diese Nacht womöglich nicht überleben wird, Delãny.«

»Ich verstehe nicht, wovon Ihr redet«, sagte Andrej.

»Wir reden davon, dass Ihr nicht gründlich genug wart, Delãny«, erwiderte der Herzog. »Eines Eurer Opfer hat überlebt. Vor einer Stunde erreichte uns eine Nachricht aus dem Gasthaus, das Ihr niedergebrannt habt. Ihr hättet Euch überzeugen sollen, dass auch wirklich alle tot sind, Delãny.«

»Von wem … redet Ihr?«, fragte Andrej verwirrt.

»Von einem der anderen Gäste, Delãny«, sagte Graf Bathory ernst. »Er hat Euch und Eure Komplizen belauscht. Ihr wart etwas zu leichtsinnig, scheint mir.« Er sah Andrej einige Sekunden lang durchdringend an, ehe er leiser und in verändertem Tonfall hinzufügte: »Es ist ein weiter Weg dort hinaus, Delãny. Warum erspart Ihr uns und Euch nicht die Unbequemlichkeit und sagt uns endlich die Wahrheit?«

»Ihr meint, ich soll Euch verraten, wer mich wirklich zu dem Einbruch ins Schloss angestiftet hat?«

Während er diese Frage stellte, blickte Andrej den Herzog scharf an, und diesmal hatte sich Demagyar nicht so vollständig in der Gewalt wie noch am Nachmittag. Er schrak ein wenig zusammen, nicht sehr und auch nicht für lange, aber vielleicht doch lange genug, um Graf Bathorys Argwohn zu erwecken.

Und tatsächlich runzelte der Edelmann die Stirn und musterte den Herzog auf eine sonderbar nachdenkliche Art. Demagyar lächelte gequält. Andrej wusste von Graf Bathory wenig mehr als seinen Namen und dass

Demagyar ihn offenbar nicht so einfach übergehen konntc. Der Eindruck, den Andrej schon am Nachmittag gehabt hatte, verstärkte sich: Graf Bathory war offensichtlich jemand, der dem Herzog an Rang und Einfluss kaum nachstand. Und er gehörte nicht unbedingt zu Demagyars Freunden.

»Spart Euch die Mühe, Graf Bathory«, sagte Demagyar schließlich. »Er versucht doch nur, seinen Kopf aus der Schlinge zu ziehen, das ist alles.«

Bathory antwortete nicht auf diese Bemerkung, aber sein Schweigen war auf eine Weise vielsagend, die Demagyar noch mehr zu beunruhigen schien. Der Herzog riss sein Pferd mit einer auffallend schnellen Bewegung herum und befahl in scharfem Ton: »Aufsitzen!«

Hinter Andrej stiegen vier Soldaten in die Sättel. Sie ritten los. Als sie das Tor erreichten, gesellten sich zwei weitere Männer in den Farben des Herzogs zu ihnen, und Sekunden später hatten sie die Schlossmauern hinter sich gelassen. Graf Bathory und Demagyar ritten an der Spitze der kleinen Kolonne, nebeneinander, aber in so großem Abstand, dass eine Unterhaltung praktisch ausgeschlossen war. Andrej fragte sich, welche Absichten Demagyar verfolgte. Irgend etwas hatte er vor, das stand außer Zweifel. Andrej war sicher, dass es bei dem Brand im Gasthof keine Überlebenden gegeben hatte; und selbst wenn: Er hatte mit niemandem etwas besprochen, was irgend jemand hätte belauschen können. Und Demagyar musste das wissen. Wozu also dieser stundenlange, vollkommen überflüssige Ritt?

Er bekam die Antwort auf diese Frage, als sie ungefähr die halbe Strecke vom Schloss zur Stadtmauer zurückgelegt hatten. In Constăntă herrschte gespenstische Stille. Schon in der vergangenen Nacht war Andrej aufgefallen, wie wenige Lichter die Stadt nach Einbruch der Dunkelheit erhellten. Doch heute schienen die Straßen, durch die sie ritten, geradezu wie ausgestorben. Und die wenigen Menschen, auf die sie trafen, zogen sich so hastig in ihre Häuser zurück, dass es schon fast einer Flucht gleichkam. War es die Türkengefahr, oder sollte das wirklich nur darauf zurückzuführen sein, dass sich Ják Demagyar bei seinen Untertanen keiner sonderlich großen Beliebtheit erfreute?

Plötzlich spürte Andrej, dass irgend etwas nicht stimmte. Es war einfach zu still. In den Häusern rechts und links der schmalen Straße, über die sie nun ritten, brannte nicht ein einziges Licht. Die Hufschläge der Pferde ließen metallische, lang nachhallende Echos von den Wänden zurückprallen. Ein fast körperlich spürbares Gefühl von Gefahr lag in der Luft.

Und Andrej schien nicht der Einzige zu sein, der dies fühlte. Die beiden Männer rechts und links von ihm wirkten plötzlich ebenfalls äußerst angespannt. Vor allem Demagyar sah immer wieder nervös nach rechts und links, als würde ihn etwas beunruhigen ... oder als würde er auf etwas warten.

Dann hörte Andrej ein Sirren. Der Mann links von ihm schrak plötzlich zusammen, hob die Hände und erstarrte mitten in der Bewegung. Aus seiner Brust ragte ein handlanger, gefiederter Bolzen. Für die Dauer eines letzten, qualvollen Atemzuges saß der Soldat noch stocksteif im Sattel, dann kippte er mit einem kaum hörbaren Seufzen zur Seite und fiel vom Pferd.

In der gleichen Sekunde brach die Hölle los. Weitere Armbrustbolzen zischten heran, und gleichzeitig flogen überall entlang der Straße Türen auf, aus denen Männer in schwarzen Mänteln und mit gezogenen Schwertern ins Freie stürmten.

Andrejs Pferd bäumte sich auf, als ein Armbrustbolzen seinen Hals streifte und einen langen, blutigen Kratzer darauf hinterließ. Er versuchte sich festzuhalten, aber seine gefesselten Hände rutschten am Sattelknauf ab, so dass er rücklings aus dem Sattel kippte. Mit letzter Anstrengung schaffte er es noch, sich im Sturz so zu drehen, dass er, statt auf die Schulter oder gar auf den Schädel zu fallen, nur wie bei einem ungeschickten Sprung schmerzhaft mit dem linken Knie aufschlug.

Einen Sekundenbruchteil später rollte er sich mit einer verzweifelten Bewegung auf dem nassen Kopfsteinpflaster zur Seite, um den wirbelnden Hufen seines Pferdcs zu entgehen, und sprang aus der gleichen Bewegung heraus auf die Füße.

Eine Gestalt in einem wehenden schwarzen Mantel drang auf ihn ein. Andrej riss instinktiv die Hände vors Gesicht, aber der Mann zögerte aus einem unerfindlichen Grund, zuzuschlagen, obwohl er das von seiner Position aus ohne Schwierigkeiten hätte tun können. Andrej konnte sich Hemmungen dieser Art in seiner augenblicklichen Lage nicht leisten. Er schleuderte den Angreifer mit einem Fußtritt zu Boden, spürte eine Bewegung hinter sich und warf sich instinktiv zur Seite. Eine Schwertklinge zischte an seinem Gesicht vorbei und prallte funkensprühend gegen die Wand.

Andrej beendete seine begonnene Drehung und registrierte überrascht, dass ihn einer der Männer des Herzogs attackiert hatte; und seine Verblüffung nahm noch zu, als ihm klar wurde, dass der Mann offenbar absichtlich danebengezielt hatte. Er verschob die Auseinandersetzung mit diesem neuerlichen Rätsel auf später, tänzelte einen Schritt zur Seite und fegte auch diesen Soldaten mit einem Fußtritt zu Boden. Der Mann fiel, ließ sein Schwert fallen und schloss die Augen.

Der Uniformierte war kein besonders guter Schauspieler. Er war weder bewusstlos noch nennenswert verletzt oder gar tot, sondern *spielte* nur den Bewusstlosen. Andrej verstand nicht, was er damit bezweckte. Der Kampf in der Gasse war so gut wie entschieden. Die Angreifer waren in der Überzahl, und sie hatten im ersten Ansturm fast die Hälfte der herzoglichen Garde ausgeschaltet. Selbst wenn dieser Soldat der größte Feigling unter den Männern des Herzogs war, konnte er durch sein Schauspiel nur verlieren; denn die maskierten Angreifer würden sich zweifellos davon überzeugen, dass ihre Opfer auch wirklich alle tot waren. Die einzige Chance, dieses Gemetzel zu überleben, bestand in einer schnellen Flucht.

Wie es aussah, gab es diese Chance allerdings für Andrej selbst nicht mehr. Ják Demagyar und Graf Bathory verteidigten sich Rücken an Rücken und mit erstaunlichem Erfolg, aber außer ihnen standen nur noch ein einziger Soldat und Andrej selbst auf den Füßen. Die Zahl ihrer Gegner musste indessen mindestens ein Dutzend betragen. Andrej verstand nicht, weshalb dieser Kampf nicht schon längst vorüber war.

Als hätte dieser Gedanke dem Schicksal ein Stichwort

gegeben, fiel in eben dieser Sekunde der letzte von Demagyars Männern, von gleich zwei Schwertern durchbohrt; praktisch im selben Augenblick wurde auch der Herzog getroffen. Funken stoben aus seiner Schulter, als eine Klinge gegen das Kettenhemd prallte. Demagyar schrie auf, ließ sein Schwert fallen und ging in die Knie, wodurch plötzlich Graf Bathorys Rücken ungeschützt war. Nur einen halben Herzschlag darauf prallte ein Schwert mit der flachen Seite gegen dessen Hinterkopf. Graf Bathory stöhnte auf, ließ seine Waffe fallen und kippte stocksteif nach vorne.

Andrej sah verwirrt nach beiden Seiten. Links von ihm standen drei der maskierten Angreifer, auf der anderen Seite vier, und dabei hatte er nicht einmal diejenigen mitgezählt, die Demagyar und Graf Bathory ausgeschaltet hatten. Diese Männer verstanden mit ihren Waffen umzugehen, während er selbst gefesselt war. Er hatte keine Chance. Selbst wenn er sein Sarazenenschwert zur Hand gehabt hätte, wäre er kaum in der Lage gewesen, sich einer solchen Übermacht zu erwehren.

Trotzdem hob er die gefesselten Hände und suchte mit leicht gespreizten Beinen nach festem Stand. Er atmete tief ein, versuchte sich zu entspannen und lockerte gleichzeitig seine Muskeln auf jene schnelle, äußerlich kaum bemerkbare Art, die Michail Nadasdy ihn gelehrt hatte. Fast augenblicklich spürte er, wie sich seine gewohnte Gelassenheit und innere Stärke wieder einstellten. Er war zuversichtlich, mindestens zwei oder drei der Angreifer ausschalten zu können, bevor sie ihn überwältigten.

Nur – die Männer griffen ihn nicht an. Stattdessen hörte er, wie sich hinter ihm eine Tür öffnete. Delãny wollte herumfahren, aber seine Reaktion kam zu spät. Ein harter Schlag in den Nacken löschte sein Bewusstsein aus.

18

Nicht zum ersten Mal in den letzten Tagen erwachte Andrej mit schmerzendem Kopf, einem widerwärtigen Geschmack im Mund und gefesselten Händen und Füßen. Doch eines war neu: Diesmal hatte man ihm auch die Augen verbunden, so dass er keine Möglichkeit hatte, seine Umgebung zu untersuchen. Aber er spürte, dass er nicht allein war, und er spürte auch, dass er sich nicht unter freiem Himmel befand, sondern in einem geschlossenen und offensichtlich sehr großen Raum – wahrscheinlich einem Lagerhaus. Ein wildes Durcheinander von verschiedensten Gerüchen stürmte auf ihn ein: nasses Stroh, Mehl, Getreide und längst verfaultes Gemüse, Holz und Gewürze; alles durchdrungen von einem sachten, aber penetranten Salzwassergeruch. Sein neues Gefängnis lag am Hafen.

Und er vernahm auch Geräusche: Männer hasteten hin und her, Metall klirrte, etwas offensichtlich sehr Schweres wurde getragen. Niemand sprach.

Andrej war in aufrechter Haltung an einen Pfeiler oder Balken gebunden worden. Zusätzliche Stricke um seine Beine und die Stirn verhinderten, dass er auch nur die geringste Bewegung ausführen konnte; ja, er konnte nicht einmal den Kopf drehen. Wer auch immer ihn in seine Gewalt gebracht hatte – dieser Jemand wusste offensichtlich nur zu gut, wozu er *fähig* war. Delãny spannte dennoch unauffällig die Muskeln an und prüfte die Festigkeit seiner Fesseln, kam aber zu demselben Ergebnis wie zuvor: Die Stricke waren fest genug, um einen tobenden Bullen zu halten – und mindestens zwei Dutzend Männer, mochten diese auch noch so wütend sein.

Andrej beschloss, seine Kräfte nicht länger sinnlos zu vergeuden, sondern sich auf das zu konzentrieren, was ihm seine Sinne verrieten. Rings um ihn herum herrschte hektische Betriebsamkeit. Andrej schätzte, dass sich mindestens ein Dutzend Männer in diesem Raum aufhielten, die damit beschäftigt waren, eine große Menge an Waren herein- oder hinauszuschaffen. Etliche Gegenstände, mit denen sie sich abmühten, schienen sehr schwer zu sein, wie man aus den schnaubenden Atemzügen sowie gelegentlichem Ächzen und Stöhnen schließen konnte. Seltsam war nur, dass niemand ein Wort sprach.

Andrej versuchte die Geräusche der Arbeitenden zu ignorieren, um die anderen, darunter verborgenen Laute herauszufiltern. Das gelang ihm auch, aber er erfuhr dadurch nichts wesentlich Neues. Befremdlich klang nur ein gelegentliches Ächzen und Knarren, das von etwas sehr Großem, das sich bewegte, herrühren musste. Aber er konnte diesen Laut nicht genau einordnen.

Zeit verging. Andrej hatte keine Möglichkeit festzustellen, wie viel, aber es war lange, mindestens eine Stunde, vielleicht sogar zwei oder drei. Schließlich hörte er Schritte, die schnell und zielstrebig auf ihn zukamen; und noch bevor die Binde von seinen Augen gerissen wurde, spürte er, dass sich mehrere Männer in seiner

Nähe aufhalten mussten. Andrej blinzelte ein paarmal und öffnete vorsichtig die Lider, um nicht geblendet zu werden. Trotzdem dauerte es einige Sekunden, bis der verschwommene Fleck vor seinen Augen schließlich die Konturen eines Gesichts annahm.

Eines Gesichts, das er gut kannte.

»Seid Ihr wach, Delãny?«, fragte Ják Demagyar. »Ich hoffe doch, der Schlag war nicht zu fest.«

»Nur keine Sorge, Herzog. Der Bursche ist zäher, als er aussieht.« Malthus, der seitlich versetzt hinter dem Herzog stand, schlug seinen Mantel zurück, so dass der schimmernde Brustharnisch darunter zum Vorschein kam, und lachte leise. »Sogar viel zäher.«

»Bindet mich los, und ich zeige Euch, wie zäh«, antwortete Andrej. Diese Worte waren lächerlich, geradezu kindisch. Aber es war das Einzige, was er im Moment überhaupt sagen konnte. Er war verwirrt. Wieso stand Demagyar unverletzt und als freier Mann vor ihm? Gleichzeitig aber hatte er ein nicht weniger verwirrendes, gegenteiliges Gefühl: nämlich, dass dieser Umstand genau ins Bild passte – auch wenn er dieses Bild in seiner Vorstellungskraft noch nicht vollständig zusammenzusetzen vermochte.

»Nur Geduld, Delãny«, antwortete Malthus. Sein Lächeln erlosch, und seine Augen blitzten plötzlich wie Stahl. »Dein Wunsch wird in Erfüllung gehen, aber es dauert noch eine Weile. Nicht sehr lange.«

Demagyar blickte stirnrunzelnd von ihm zu Andrej und wieder zurück.

»Für zwei Männer, die sich erst vor kurzem zum ersten Mal begegnet sind, hasst ihr euch ziemlich inbrünstig«, bemerkte er nachdenklich. Dann zuckte er mit den Schultern. »Aber das soll nicht meine Sorge sein. Tötet ihn, Malthus, und dann lasst uns unser Geschäft zu Ende bringen.«

»Noch nicht«, entgegnete der goldene Ritter.

Der Herzog schaute ihn verwirrt an. »Aber ich dachte …«

»Dass ich ihm die Kehle durchschneide, wenn er hier gefesselt und wehrlos vor mir steht?«, fiel ihm Malthus ins Wort. Er schüttelte zornig den Kopf. »Ich bin kein Meuchelmörder, Herzog. Delãny wird sterben, aber in einem fairen Kampf.«

»Ganz wie Ihr meint«, bemerkte Demagyar abfällig, sogar leicht verächtlich.

Andrej fragte sich, ob der Herzog, als er diese Worte sprach, wusste, dass er einem Mann gegenüberstand, der schon wegen weniger getötet hatte. Der wahrscheinlich nicht einmal einen Grund zum Töten brauchte. Vermutlich aber wusste er das nicht; und er war sich auch nicht der Gefahr bewusst, die es bedeutete, Malthus zu reizen. Denn Ják Demagyar gehörte zu jenen Menschen, die mit der gleichen Überheblichkeit über das Leben anderer entschieden, mit der sie sich selbst für unantastbar hielten.

»Wo bleibt denn nur dieser Heide?« Demagyar sah sich fragend um.

Malthus lächelte ebenso flüchtig wie kalt. »Wenn ich Euch einen Rat geben darf, Herzog«, sagte er spöttisch, »dann solltet Ihr nicht so reden, wenn er es hören kann … oder einer seiner Leute. Viele von ihnen sprechen Eure Sprache.« Er streckte die Hand aus: »Das Schwert.«

Demagyar wirkte für einen Moment verärgert, zuckte aber dann erneut mit den Schultern und griff unter seinen Mantel. Er förderte ein längliches, gut meterlanges Paket zutage, das in schmutzige Lumpen eingehüllt war. Allerdings machte er keine Anstalten, es dem Ritter zu überreichen, sondern ignorierte Malthus ausgestreckte Hand und entfernte mit schnellen Bewegungen die verrotteten Lumpen. Darunter kam Andrejs Sarazenenschwert zum Vorschein.

»Eine fantastische Waffe«, sagte er mit aufrichtiger Bewunderung. »Ein Schwert wie dieses habe ich noch nie zuvor gesehen. Ich frage mich, was eine solche Klinge wohl wert ist.«

»Mehr als ein Menschenleben, Herzog.« Die Drohung in Malthus Worten war beim besten Willen nicht mehr zu überhören, aber Demagyar ignorierte sie trotzdem und fuhr an Delãny gewandt fort: »Wem habt Ihr sie gestohlen, Delãny?«

Andrej starrte das Sarazenenschwert an. Sein Herz raste wie wild. Der Anblick dieser Waffe in den Händen des Herzogs war ein Schock für ihn, mit dem er nur schwer fertig wurde. Zumal er nicht wusste, worauf der Mann abzielte.

»Woher … habt Ihr dieses Schwert?«, fragte er stockend.

»Seine bisherigen Besitzer hatten keine Verwendung mehr dafür«, antwortete Demagyar lächelnd. »Was sollen tote Männer auch mit einer Waffe?«

»Ihr habt sie …?«

»Jetzt erzählt mir nicht, Ihr hättet Mitleid mit diesen beiden Strauchdieben«, sagte Demagyar. »Ein Mann mit verbranntem Gesicht und ein berufsmäßiger Dieb und Mörder. Beide hätten früher oder später ohnehin am Galgen geendet. Darüber hinaus hätten sie Euch, ohne zu zögern, geopfert, Delãny, glaubt mir.«

»Und Frederic?«, fragte Andrej.

»Der Junge?« Der Herzog zögerte einen ganz kurzen Moment. Dann sagte er: »Es war besser so für ihn.«

»Ihr habt auch ihn … getötet?«

»Unser Freund hier …« Demagyar deutete mit einer Kopfbewegung auf Malthus. »… sowie eine gewisse, sehr zornige junge Dame haben mit Nachdruck auf seiner Auslieferung bestanden. Ihr könnt Euch sicher vorstellen, warum. Gegen das, was ihn erwartet hätte, war ein schneller Stich ins Herz eine Gnade, glaubt mir.«

»Ihr … Ihr habt Frederic getötet?«, murmelte Andrej noch einmal. Und dann, urplötzlich, brach es mit solcher Wucht aus ihm heraus, dass er fast vor sich selbst erschrak.

»Du Mörder!«, brüllte er. »Du verdammtes, blutrünstiges Ungeheuer! Warum hast du das getan?!«

Er tobte. Er schrie, er brüllte, warf sich mit aller Macht gegen seine Fesseln und schrie seinen Schmerz und seine Wut hinaus, bis seine Kräfte versagten und er erschöpft und atemlos in sich zusammensank.

Der Herzog schüttelte den Kopf und sah ihn mit einem Ausdruck an, der echtes Bedauern hätte sein können, wäre Ják Demagyar nicht der gewesen, der er nun einmal war. »Ihr müsst diesen Jungen sehr geliebt haben, Delãny«, sagte er. »Glaubt mir: Ich habe ihm großes Leid erspart.«

Frederic geliebt? Oh ja, das hatte er. Und zwar viel intensiver, als ihm das bisher auch nur annähernd bewusst gewesen war. Andrej schwieg, starrte zu Boden und kämpfte mit aller Macht gegen die Tränen an. Sein Schmerz war unbeschreiblich. Dieser Junge war alles gewesen, was ihm noch geblieben war – die einzige Erinnerung an seine Familie, das einzige Verbindungsglied zu seinem früheren Leben. All das hatte Demagyar ihm genommen, nicht aus Grausamkeit oder Berechnung, sondern aus einem viel banaleren und schlimmeren Antrieb: aus reiner Bedenkenlosigkeit.

»Ich werde dich töten«, sagte Andrej leise, ausdruckslos und so kalt, dass ihm vor seiner eigenen Stimme schauderte. »Ich weiß noch nicht, wie oder wann, aber ich verspreche dir: Ich werde dich töten! Und wenn ich von den Toten zurückkehren müsste, um dich in die Hölle zu schicken.«

Ják Demagyar starrte ihn fassungslos an. Er versuchte zu lachen, aber der Laut, der über seine Lippen kam, geriet allenfalls zur Andeutung eines Lachens, das ihm jäh auf den Lippen erstarb.

Malthus streckte wortlos den Arm aus, nahm Demagyar das Sarazenenschwert aus den Händen und lehnte es an den Balken, an den Andrej gefesselt war.

»Was für eine Verschwendung«, seufzte Demagyar. »Aber wie Ihr meint ... Wo bleibt denn nur dieser ...«

»Mohr?«, fiel ihm eine Stimme von der Tür her ins Wort. Eine hochgewachsene, vollständig in schwarze Tücher gehüllte Gestalt betrat die Lagerhalle. Der Mann war mindestens zwei Meter groß, dabei aber nicht so breitschultrig wie Malthus, sondern schlank; sein Gesicht war dunkelbraun, fast schwarz. Der Fremde trug einen ebenfalls schwarzen Turban, so dass einzig die schweren Ringe an seinen Fingern und der juwelenbesetzte Griff des Krummsäbels, den er an der Seite trug, dieser düsteren Erscheinung etwas Farbe verlieh. Während er mit langsamen Schritten näher kam, fuhr er fort: »Pirat? Heide? Sprecht es getrost aus, Herzog. Nichts davon wäre falsch.«

»Abu Dun.« Malthus senkte andeutungsweise den Kopf. »Pünktlich wie immer.«

»Was man von Eurem Geschäftspartner nicht behaupten kann«, entgegnete der Muselman, ohne seinen Blick von dem Herzog abzuwenden. Abu Dun hatte sonderbare Augen, tiefblau und durchdringend, wobei die Farbe des einen leicht von der des anderen abwich.

»Die Männer sind unterwegs«, sagte der Herzog. Seine Stimme klang ein wenig verunsichert. »Es ist nicht leicht, fünfzig Männer und Frauen durch die halbe Stadt an diesen Ort zu bringen, ohne dass es auffällt. Aber sie werden pünktlich hier sein.«

»Das hoffe ich«, sagte Abu Dun. »Wir müssen mit der Flut auslaufen. Das Schiff kann nicht bis Tagesanbruch im Hafen bleiben.«

»Sie werden pünktlich hier sein«, versicherte Demagyar noch einmal. »Vorausgesetzt, wir haben unseren Handel bis dahin abgeschlossen.«

Abu Dun warf Malthus einen fragenden Blick zu, aber der Ritter zuckte nur gleichmütig mit den Achseln. »Er bekommt ein Drittel der vereinbarten Summe«, sagte er. »Im Voraus.«

»Ich habe die Sklaven noch nicht einmal gesehen«, bemerkte Abu Dun. »Was, wenn sie nichts wert sind?«

»Ich bitte Euch, mein Freund«, erwiderte Malthus, »wir machen seit Jahren gute Geschäfte miteinander, und wir haben Euch niemals übervorteilt. Also fangt jetzt nicht an zu feilschen.«

»Ich gehe ein großes Risiko ein«, fügte Demagyar hinzu. »Allein das Einlaufen eines muslimischen Piratenschiffes im Hafen von Constãntã zuzulassen – und das zum jetzigen Zeitpunkt, wo sich die Türken zum Angriff sammeln! – ist schon die Summe wert, die Malthus mir genannt hat.«

»Piratenschiff?« Abu Dun lachte kurz, dann wurde er um so ernster und sah Demagyar auf eine Art an, die den Herzog erbleichen ließ. »Bringt mich nicht auf neue Gedanken, Herzog!«

Abu Dun und Demagyar entfernten sich ein paar Schritte von Andrej, redeten aber im Gehen weiter und gerieten allmählich in ein heftiges Gestikulieren. Offensichtlich schien sich der Fremde nicht an Malthus' Rat zu halten, auf das Feilschen und Schachern zu verzichten.

»Ein Pirat«, murmelte Andrej.

»Sklavenhändler«, verbesserte ihn der Ritter. »Das Wort Pirat hört er nicht so gerne – obwohl er zweifellos auch das ist.«

»Warum?«, fragte Andrej. »Ich ... verstehe das nicht, Malthus. Ich begreife, dass Ihr mich töten wollt; und ich kann zumindest nachvollziehen, warum Ihr Barak getötet habt – auch wenn ich Euch verachte für die Art, wie Ihr es getan habt. Aber all die anderen? Ihr überfallt ein Dorf und nehmt seine Einwohner gefangen, um sie als *Sklaven* zu verkaufen? Selbst ein Mann wie Ihr sollte sich doch einen Rest von Ehre bewahrt haben!«

Für einen kurzen Moment flammten Malthus' Augen in purem Hass auf, aber er beherrschte sich und unterdrückte einen Wutausbruch. »Es war nicht meine Idee«, sagte er. »Außerdem: Man muss leben. Es ist nicht billig, im Namen des Herrn zu reisen und die Welt von den Dienern des Teufels zu befreien.«

Der Spott in seiner Stimme war nicht zu überhören. Und Andrej war nicht einmal sonderlich erstaunt über diese zynische Bemerkung. Er hatte Vater Domenicus nur ein einziges Mal gesehen, aber er wusste, wie gnadenlos dieser Inquisitor war; auch wenn Domenicus unter dem Banner und im Namen der Kirche seine *Missionen* erfüllte, war er doch ein Ungeheuer.

»Wissen Eure Freunde in Rom, auf welche Weise Ihr die Botschaft des Herrn verbreitet?«, fragte er.

Malthus schnitt eine Grimasse. »Ihr stellt zu viele Fragen, Andrej Delãny«, erklärte er. »Zumal Ihr ja mit den Antworten doch nichts mehr anfangen könntet. Das Schiff läuft in einer Stunde aus. Sobald der letzte Mann an Bord gegangen ist, werde ich Euch töten.«

Andrej deutete mit den Augen auf sein Sarazenenschwert. »Damit?«

»Mit Eurem Schwert?« Malthus schüttelte den Kopf. »Das ist für Euch, Delãny. Ich habe Euch einen fairen Kampf versprochen, und Ihr werdet ihn auch bekommen.«

»Wie großzügig.« Andrej lachte höhnisch.

Malthus seufzte. »Ihr seid noch sehr jung, zumindest für einen von uns. Wie viele habt Ihr schon getötet?« Er sah Andrej fragend an, aber als der keine Antwort gab, erschien ein Ausdruck ehrlicher Verwunderung auf seinem Gesicht. »Noch … keinen? Ihr habt tatsächlich noch keinen von uns getötet? Ihr habt niemals die *Transformation* erlebt?«

»Ich habe nicht einmal die blasseste Ahnung, wovon Ihr überhaupt sprecht«, erwiderte Andrej verächtlich. »Ich verspüre keinen Drang danach, Männer zu töten, nur weil sie so sind wie Ihr oder ich.«

Malthus sah ihn mit einem Gesichtsausdruck an, den ein Vater aufsetzen mochte, wenn sein Sprössling eine besonders dumme Antwort gegeben hatte. »Wisst Ihr denn gar nichts über Euch selbst?«, fragte er fast enttäuscht.

»Genug, um zu wissen, dass ich nicht werden will wie Ihr«, antwortete Andrej.

»Keine Angst, Delãny, das werdet Ihr auch nicht. Mein Schwert wird Euch aus dieser Zwangslage befreien. Aber keine Sorge: Ich ziehe es vor, Euch im fairen Zweikampf zu schlagen, statt Euch einfach hier und jetzt niederzustechen.«

»Und danach werdet Ihr Euch das nächste Dorf aussuchen, dessen Bewohner Ihr einfach zu Tode quälen könnt?«, fragte Delãny. »Ich frage mich dabei nur, was für ein Genuss es für Euch sein muss, einem Jungen wie meinem Sohn Marius einen Holzpflock durchs Herz zu stoßen. Oder habt Ihr Euch an ihm etwa gar nicht die Hände schmutzig gemacht? Habt Ihr das einem Eurer Lakaien überlassen?«

Malthus wirkte einen Herzschlag lang verwirrt. »Dieser Junge war Euer Sohn?«, fragte er ungläubig, aber in einem Ton, der erkennen ließ, dass er ganz genau wusste, wen Delãny gemeint hatte.

»Ja. Er war mein Sohn.« Delãny kämpfte nicht gegen die aufsteigenden Tränen an. »Und ich werde nicht eher ruhen, bis ich mich an seinen Mördern gerächt habe.«

Malthus schien seine Antwort gar nicht gehört zu haben. Er starrte Andrej nur mit einer Mischung aus Staunen und Unglauben an; aber Andrej glaubte in den Augen seines Feindes auch einen Hauch von Betroffenheit zu erkennen.

»Wenn Ihr mit diesem feigen Mord etwas zu tun habt, dann sagt es mir besser gleich«, stieß er wütend hervor. »Und falls das so ist, dann seid versichert: Ich werde Euch töten, was immer Ihr auch unternehmt!«.

Der Ritter wirkte jetzt eher verwirrt als betroffen. »Ihr habt tatsächlich überhaupt keine Ahnung«, sagte er kopfschüttelnd und seufzte tief. »Ich hätte doch auf Kerber oder Biehler hören sollen. Sie haben mich von Anfang an vor Euch gewarnt. Aber nun ist es zu spät ...«

»Kerber und Biehler?«, fragte Andrej voller Abscheu. »Eure beiden Kumpane?«

»*Kumpane*?«, ächzte Malthus. »Das ist wohl kaum das richtige Wort ...«

»Aber es sind doch die Männer, die gleich Euch in goldenen Rüstungen nach Borsã gekommen sind, um die Dorfbevölkerung auszulöschen und meinen Sohn umzubringen?«, fragte Andrej scharf. »Oder wollt Ihr mir etwa weismachen, ich hätte mir die ganzen Toten im Wehrturm nur eingebildet?«

Der Hüne starrte ihn nur schweigend und mit einem Gesichtsausdruck an, der Andrej mehr als deutlich zeigte, dass ihm die Wendung des Gesprächs überhaupt nicht behagte.

»Redet!«, schrie er. »Ich will wissen, ob Ihr etwas mit diesem feigen Hinterhalt zu tun habt, in den Vater Domenicus die Dorfbevölkerung gelockt hat, um sie Euch als Fraß vorzuwerfen!«

Malthus nickte, ganz langsam und fast bedächtig. »Wenn Ihr es von diesem Blickwinkel aus sehen wollt ... ja.«

»Wenn Ihr selber es schon zugebt«, flüsterte Delãny voller Entsetzen. »Dann seid Ihr der Mörder meines Sohnes!«

Malthus versuchte, seinem Blick standzuhalten. Aber es gelang ihm nicht; schon nach wenigen Augenblicken starrte er an Delãny vorbei ins Nichts. »Ich bin *nicht* der Mörder Eures Sohnes«, sagte er dann.

So wie er es sagte, schien er Andrej auf vollkommen unbegreifliche Art und Weise gleichzeitig die Wahrheit und die Unwahrheit zu sagen.

Ein paar Sekunden herrschte ein fast unerträgliches Schweigen. Delãny fühlte ein so abgrundtiefes Grauen in sich, dass er dem goldenen Ritter das Herz aus dem lebendigen Leib gerissen hätte, wenn er die Hände freigehabt hätte. Er hatte die letzten Tage versucht, jeden Gedanken an Rache zu vermeiden und sich ganz auf die Aufgabe zu konzentrieren, die überlebende Dorfbevölkerung von Borsã zu retten. Aber jetzt dem Mann gegenüberzustehen, der indirekt zugegeben hatte, seinen Sohn eigenhändig ermordet zu haben – das war zu viel.

»Bindet mich los«, sagte er. »Damit ich es gleich hier und jetzt zu Ende bringen kann.«

»Nicht ganz so hastig«, widersprach Malthus. »Ihr sollt Eure Chance haben. Aber erst, wenn der letzte

Mann an Bord gegangen ist.« Er stieß ein hartes Lachen aus. »Und glaubt mir: Ihr könnt von Glück sagen, wenn ich Euch nicht noch in letzter Sekunde Kerber oder Biehler überlasse!«

Es dauerte einen Moment, bevor die Wortes des Ritters in Andrejs aufgewühlten Verstand einsickerten. Sergé hatte einen der goldenen Ritter getötet; in dem Moment, als der Mann ihn nach dem Wirtshausbrand hatte töten wollen. Es konnten also nicht mehr alle drei am Leben sein!

»Wieso Kerber *oder* Biehler«, stammelte er, als er die Tragweite von Malthus' Worten begriff. »Das kann doch nicht sein ... Einer von euch muss tot sein!«

»Ihr habt doch in Constãntã selber noch mit Kerber gesprochen«, sagte Malthus höhnisch. »Sah er etwa tot aus?«

»Er sah weder tot aus, noch war er der Mann, den ich meine«, stellte Andrej fest, während er spürte, wie ihm der Schweiß ausbrach. »Es war der Mann, den Ihr Biehler nennt: Er wollte mich umbringen, nachdem ich mich aus dem brennenden Gasthaus gerettet habe. Aber Sergé hat ihn erschlagen.«

Malthus reagierte auf eine sehr überraschende Art und Weise: Er legte den Kopf in den Nacken und lachte. »Das ist gut«, sagte er, als er sich wieder halbwegs beruhigt hatte. Er schüttelte den Kopf. »Ich habe nicht gewusst, *wie* naiv Ihr seid.«

»Was hat das mit Naivität zu tun?«, fragte Andrej, während er die Panik in sich niederzukämpfen versuchte, die sich mit der Ahnung einer unglaublichen Wahrheit vermischte. »Sergé wird sich überzeugt haben, dass Euer Freund tot ist. Er war in diesen Dingen sehr gründlich.«

»Das kann ich mir vorstellen«, spottete Malthus. »Allerdings hat ihm das nicht viel Glück gebracht. Mittlerweile dient er nur noch als Fischfutter.«

Andrej starrte den Ritter mit einer Mischung aus Entsetzen und Abscheu an. »Und genau dieses Schicksal habt Ihr mir jetzt auch zugedacht«, vermutete er. »Nachdem Ihr meinen Sohn mit einem Holzpflock zu Tode gefoltert habt, wollt Ihr mich jetzt erschlagen und ins Meer werfen.«

»Aber nein.« Malthus schüttelte verwundert den Kopf. »Wie kommt Ihr nur auf diesen Gedanken?« Sein Gesicht hatte wieder den gewohnt überheblichen Ausdruck angenommen. »Wisst Ihr, was Ihr für ein Problem habt? Ihr wisst nichts über Euch selbst und über Eure geheimste Natur. Natürlich hat dieser Sergé Biehler getötet. Aber das bedeutet nicht, dass Biehler tot liegen geblieben ist. Denn im Gegensatz zu Euch hat Biehler schon mehrere *Transformationen* hinter sich.«

Andrej öffnete und schloss mehrmals hintereinander den Mund, wie ein Fisch, der nach Luft schnappt. »Er hat *was*?«

»Mehrere *Transformationen* hinter sich«, wiederholte Malthus und runzelte in einer Geste gespielter Überraschung die Stirn. »Wie sonst, glaubt Ihr, erlangt man ein Stück Unsterblichkeit?«

19

Nachdem er sich offenkundig mit Abu Dun geeinigt hatte, war Ják Demagyar aufgebrochen, um seinen Gefangenen und deren Wächtern entgegenzugehen. Der Zeitpunkt, für den er seine Rückkehr zugesichert hatte, war längst verstrichen, aber noch war weder von ihm noch von den Verschleppten auch nur eine Spur zu sehen. Malthus und der schwarze Sklavenhändler zeigten mittlerweile deutliche Anzeichen von Nervosität, auch wenn sich zumindest der Goldene alle Mühe gab, seine wahren Gefühle zu unterdrücken.

Die beiden standen weit genug von Andrej entfernt, um ihn ihre Gespräche nicht mithören zu lassen, aber man musste ihre Worte gar nicht verstehen, um zu erkennen, dass sie alles andere als Freundlichkeiten austauschten. Abu Dun gestikulierte wild, während sich Malthus auf kurze, wütende Gesten beschränkte.

Lange nach Ablauf der verabredeten Frist drangen endlich Geräusche von draußen herein: Hufgeklapper, Schritte und ein Rumoren, das auf die Ankunft einer größeren Menschenmenge schließen ließ. Einen Augenblick später wurde die Tür geöffnet, aber herein trat nicht Demagyar, wie Andrej und offensichtlich auch Malthus und Abu Dun erwartet hatten, sondern Maria in Begleitung der beiden anderen goldenen Ritter: Kerber und Biehler.

Biehler war tatsächlich der Mann, den Sergé erschlagen hatte. Er wies nicht einmal einen Kratzer auf.

»Also doch«, rief Maria, bevor Andrej auch nur einen klaren Gedanken fassen konnte.

Malthus schaute fragend zu ihr hinüber und setzte zu einer Antwort an, aber die Schwester des Inquisitors ließ ihn nicht zu Wort kommen, sondern rauschte an ihm vorbei und steuerte auf Delãny zu.

»Bindet diesen Mann los!«, befahl sie entschieden. »Auf der Stelle!«

Malthus tauschte einen fragenden Blick mit Kerber und Biehler, erntete von beiden aber nur ein Achselzucken.

»Habt Ihr mich verstanden, Malthus?«, fragte Maria scharf. »Ihr sollt ihn losbinden!

Als der Angesprochene nicht reagierte, zerrte und riss sie selbst an Andrejs Fesseln herum, gab dieses für sie aussichtslose Unterfangen aber bald wieder auf. Mit hochrotem Gesicht fuhr sie zu Malthus herum und herrschte ihn an: »Was ist los? Rede ich so undeutlich, oder seid Ihr plötzlich mit Taubheit geschlagen?«

»Bitte, Maria«, begann Malthus unbehaglich, »ich kann …«

»Ich habe Euch einen Befehl erteilt«, unterbrach ihn Maria. »Gehorcht! Sofort!«

Malthus trat ein paar Schritte auf sie zu, wich aber ihrem Blick aus. »Das kann ich nicht«, sagte er.

»Was soll das heißen?«

»Es wäre nicht im Sinne Eures Bruders«, erklärte Biehler an Malthus' Stelle.

»Nicht im Sinne …?« Maria stockte und atmete tief

durch, als wolle oder könne sie nicht glauben, was sie gerade gehört hatte. Dann fuhr sie gepresst, aber mit beherrschterer Stimme fort: »Im Augenblick spreche *ich* im Sinne meines Bruders. Und ich befehle Euch, diesen Mann auf der Stelle loszubinden!«

»Nein«, sagte Biehler ruhig.

»Nein?«

»Nein«, bestätigte der Ritter.

»Bitte, versteht doch, Maria …« Malthus' Stimme klang gequält. »Wir alle lieben und verehren Euch. Wir würden unser Leben für Euch geben, ohne zu zögern, aber die Befehle Eures Bruders waren eindeutig. Dieser Mann ist ein Hexer. Wir werden ihn seiner gerechten Strafe zuführen.«

»Ein Hexer.« Maria betonte das Wort sonderbar nachdrücklich und bedachte Andrej mit einem langen, sehr nachdenklichen Blick, ehe sie sich wieder zu Malthus herumdrehte.

»Und all diese Leute dort draußen?«, fragte sie mit noch seltsamerer Betonung. »Sind das auch alles … Hexer?«

»Sie gehören zu ihm.« Der Goldene deutete auf Andrej. »Sein ganzes Dorf war mit dem Teufel im Bunde. Es war der Befehl Eures Bruders, sie gefangen zu nehmen und nach Rom zu bringen, wo ihnen der Prozess gemacht werden soll.«

»Nach Rom?«, warf Andrej ein. »Nicht vielleicht eher nach Alexandria? Oder nach Akkad?« Er lachte hart. »Seht Euch den Kapitän dieses Schiffes genau an, Maria. Für mich sieht er aus wie ein nubischer Sklavenhändler.«

Maria unterzog Abu Dun, der nur wenige Schritte von ihnen entfernt war, tatsächlich einer langen, eingehenden Musterung. Dann wandte sie sich wieder an Malthus und fixierte ihn mit einem eisigen Blick. »Ist das wahr?«, fragte sie.

»Maria, Ihr werdet diesem Mörder und Satansbündner doch nicht glauben«, warf Kerber ein. »Er versucht seinen Hals aus der Schlinge zu ziehen, mit allen Mitteln!«

Doch Maria würdigte den Leibwächter ihres Bruders keines Blickes, sondern starrte weiter Malthus an. »Ist das wahr?«, fragte sie noch einmal.

»Wir folgen nur den Befehlen Eures Bruders«, beharrte Malthus.

»Die darin bestehen, Christen als Sklaven zu verkaufen?« Maria schnaubte vor Wut. »Ich glaube Euch kein Wort.«

»Diese Menschen sind keine Christen«, antwortete Malthus. »Und es war der Befehl Eures Bruders.«

»Was er im Moment leider nicht bekräftigen oder abstreiten kann«, erwiderte Maria grimmig. »Wie praktisch für Euch. Aber Ihr solltet genau überlegen, was Ihr tut. Noch ist mein Bruder nicht tot.«

»Und wir beten zu Gott, dass er den feigen Mordanschlag dieser Hexer überleben wird«, gab Malthus zurück. »Solange er jedoch am Leben ist und uns nicht selbst von seinen Befehlen entbinden kann, müssen wir tun, was er uns zuletzt aufgetragen hat. Es tut mir leid.«

»Ihr solltet an Bord gehen, Maria«, sagte Kerber. Und Biehler fügte hinzu: »Euer Bruder ist bereits auf dem Schiff. Die ›Möwe‹ liegt zum Auslaufen bereit.«

»Ich gehe nirgendwo hin«, sagte Maria entschlossen. »Und ich lasse nicht zu, dass …«

»Bitte zwingt uns nicht, Euch gewaltsam an Bord bringen zu müssen«, unterbrach sie Malthus. Aber wir würden auch das tun, fügte sein Blick hinzu.

Einige Augenblicke lang stand Maria reglos und wie erstarrt da, dann wandte sie sich Andrej zu, warf ihm einen langen hilflosen Blick zu, wirbelte mit einem Ruck herum und lief mit schnellen Schritten nach draußen. Kerber folgte ihr auf der Stelle, wenige Augenblicke darauf stürzte auch Biehler hinaus.

Abu Dun, der diese Szene schweigend, aber mit offenkundigem Unverständnis verfolgt hatte, schüttelte den Kopf. »Unglaublich«, murmelte er. »Ihr Christen werft uns vor, wir seien Barbaren und ungebildete Wilde, aber ihr gestattet euren Weibern, auf eine Art mit euch zu reden, für die ich sie auf der Stelle töten würde.«

»Sie ist die Schwester unseres Herrn«, sagte Malthus. »Solange er lebt, sind wir ihr gleichen Respekt schuldig wie ihm.«

Abu Dun legte den Kopf auf die Seite. »Und wenn er nicht mehr lebt?«

»Ihr solltet zu Eurem Schiff gehen«, erwiderte Malthus kühl. »Ich nehme doch an, dass Ihr das Verladen der Sklaven überwachen wollt.«

Der Sklavenhändler runzelte die Stirn. Er wirkte leicht verärgert, sagte aber nichts, sondern schürzte nur verächtlich die Lippen; schließlich drehte er sich ohne ein weiteres Wort um und ging.

Malthus folgte ihm, blieb eine geraume Weile an der Tür stehen und blickte dem Sklavenhändler nach. Dann schüttelte er den Kopf, kam mit langsamen Schritten auf Andrej zu, zog sein Schwert und holte weit aus.

Malthus gewaltige Klinge schien sich in einen silbernen Blitz zu verwandeln, und Andrej spannte all seine Muskeln an. Doch statt ihm den Kopf von den Schultern zu trennen, sauste das Schwert haarscharf an seiner Schulter vorbei, schrammte an seinem Arm entlang, ohne ihm auch nur einen Kratzer zuzufügen, touchierte seine Hüfte und fetzte schließlich handlange Holzsplitter aus dem Boden. Als der Ritter das Schwert wieder hob und ein paar Schritte zurücktrat, fielen Andrejs Fesseln zerschnitten zu Boden.

Delãny wankte, geriet ins Stolpern, konnte sich aber mit einiger Mühe wieder fangen. Als er nach dem Sarazenenschwert greifen wollte, schüttelte Malthus den Kopf.

»Nicht so hastig, Delãny«, sagte er. »Ihr habt Stunden an diesem Pfahl gestanden. Wartet, bis Euer Blut wieder richtig fließt. Wärmt Eure Muskeln und macht sie geschmeidig. Oder habt Ihr es so eilig mit dem Sterben?«

Andrej blickte den hünenhaften Goldenen ungläubig an, aber Malthus nickte noch einmal zur Bekräftigung seiner Worte. Er meinte es ernst. Andrejs Zweifel verflogen. Wenn sein Gegner ihn hätte hinterrücks erschlagen wollen, hätte er wohl kaum seine Fesseln durchtrennt. Trotzdem ließ er Malthus keine Sekunde aus den Augen, während er sich ein paar Schritte von ihm entfernte.

In seinen Armen und Beinen prickelte es, zuerst sanft, dann heftiger, schließlich geradezu quälend. Malthus hatte recht: Andrej hätte in diesem Moment nicht einmal die Kraft aufgebracht, das Sarazenenschwert zu halten, geschweige denn, mit ihm zu kämpfen.

»Warum tut Ihr das?« Andrej begann damit, abwechselnd seine Handgelenke zu massieren und die Finger zu spreizen und zur Faust zu schließen. Doch zunächst schienen diese Lockerungsübungen ihm nicht zu helfen. Sein Blut strömte zum ersten Mal seit langer Zeit wieder frei durch die Adern, aber dieses Fließen erschien ihm fast noch unerträglicher als die Schmerzen, die er in den letzten Tagen ununterbrochen hatte ertragen müssen.

»Es macht nicht besonders viel Spaß, einen Gegner zu besiegen, der sich nicht wehren kann«, erklärte Malthus.

»Das meine ich nicht. Kerber. Biehler. Was habt Ihr mit diesen … Verrückten zu schaffen? Ihr seid nicht wie sie.«

Der Goldene lachte leise. »Ihr habt recht, Delãny. Sie sind verrückt. Das Töten macht ihnen Spaß.«

»Euch etwa nicht?«

»Nur, wenn es sein muss. Die beiden sind verrückt, aber sie sind auch nützlich. Irgendwann werde ich sie töten. Aber das hat noch Zeit.«

»Nützlich?«, wiederholte Andrej. »So wie Vater Domenicus, der unschuldige Menschen abschlachten lässt?«

»Irgendwann wird der Tag der Befreiung kommen«, entgegnete Malthus ernst. »Und es gibt viele von uns, viel mehr, als Ihr ahnt, Delãny.«

»Und Ihr lasst sie Euch von Domenicus und diesen beiden Wahnsinnigen vom Halse schaffen.«

»Jeder wählt seinen eigenen Weg, Delãny«, sagte Malthus. »Auch Ihr hättet das getan, wären wir uns nicht begegnet. Glaubt Ihr, ich würde Euch nicht verstehen? Ich war einmal wie Ihr. Auch ich habe mit dem Schicksal gehadert und geschworen, dass ich nicht so werden will. Ich wollte nicht töten müssen, um leben zu können. Es hat Jahre gedauert, bis ich den Ersten von unserer Art getötet habe. Und noch sehr viel länger, bis ich begriff, dass es *richtig* war. Das Töten ist nun einmal unsere Bestimmung.«

»Ihr tötet, um länger leben zu können?«, fragte Andrej. Er verstand noch nicht einmal ansatzweise, was hier vorging und von was Malthus die ganze Zeit über redete. »Ihr behauptet im Ernst, unverwundbar und unverletzlich zu sein?«

»Oh nein.« Der Ritter schüttelte entschieden den Kopf. »Wir sind sehr wohl verwundbar. Aber wenn man uns nicht auf die richtige Weise zu töten versteht – dann kommen wir wieder.«

»Teufelswerk«, murmelte Andrej, während ihm ein eiskalter Schauer über den Rücken rann.

»Teufelswerk?«, wiederholte Malthus, als habe er selber schon öfter über die Bedeutung dieses Wortes nachgedacht. »Wohl kaum. Ist Euch noch nie aufgefallen, wie sehr sich einzelne Menschen unterscheiden? Wir sind nur eine kleine Abweichung von dem, was die Menschheit unter normal versteht. Versteht mich recht: Wir kommen nicht aus der Hölle wieder. Wir werden verletzt, wir bluten wie jeder andere: Aber die Wunden schließen sich viel schneller und gründlicher als bei anderen Menschen – solange wir von einem ganz besonderen Lebenssaft gespeist werden.«

Ein ganz besonderer Lebenssaft – Andrej konnte sich nur zu gut vorstellen, was er damit gemeint hatte. All das, was er sich in seinen kühnsten Alpträumen zusammengeträumt hatte, war wahr – und nicht nur das. Die Wahrheit war tausendmal schlimmer, als er es sich je hatte vorstellen können. Malthus ließ ihn einen Blick hinter den Vorhang der Wirklichkeit werfen, und Andrej sah, was dahinter lauerte: der Wahnsinn, und etwas, gegen das alle Schrecken des Todes verblassten. Es gab eine zweite Wirklichkeit hinter den Dingen, und wenn er erst einmal bereit war, das zu akzeptieren, dann waren die Folgerungen aus diesem Gedankengang schlichtweg entsetzlich.

All die Jahre, in denen ihn Michail Nadasdy trainiert hatte, hatte er ihn nie gefragt, warum er ihn überhaupt dieser Anstrengung unterzog. Er war nie auf die Idee gekommen nachzuhaken, was für einen Sinn es machen sollte, einen transsilvanischen Bauernsohn zu einem begnadeten Schwertkämpfer zu erziehen. Es war für ihn selbstverständlich gewesen, dass Michail die besten Jahre seines Lebens damit verschwendete, ihn tagtäglich zu drillen, als würde irgendwann einmal das Leben seines Stiefsohns davon abhängen.

Er hatte deswegen nicht danach gefragt, weil er es die ganze Zeit über insgeheim gewusst hatte. Irgendetwas in ihm hatte von einem Erbe gewusst, das ihn zum Außenseiter machte – nicht einmal so sehr in Borsã, wo einige Menschen mehr oder minder mit dem Fluch dieses Erbes gestraft waren und damit in relativer Ruhe zu leben verstanden, nicht einmal in Transsilvanien, wo dieses Phänomen womöglich häufiger auftrat als im Rest der Welt –, sondern im Angesicht ganz normaler Menschen wie Maria.

»Ihr schweigt, als hättet Ihr endlich begriffen«, sagte Malthus. »Ich kann nur hoffen, dass es so ist. Es wäre mir furchtbar, wenn Ihr ohne das nötige Wissen in den Tod gehen würdet.«

»Ich habe überhaupt nichts begriffen«, antwortete Delãny gehässig. »Außer, dass Ihr der Mörder meines Sohnes seid.«

Malthus schwieg eine ganze Weile. »Es täte mir leid, wenn das alles ist, was Ihr verstanden habt«, sagte er schließlich. »Zumal es nicht die Wahrheit ist. Jedenfalls nicht in diesem Sinne.« Er beugte sich ein ganz kleines Stück vor. »Jeder von uns stirbt nach einer mehr oder minder normalen Lebensspanne – wenn er nicht zuvor zerstückelt, zerquetscht wird oder lichterloh verbrennt. Warum, glaubt Ihr wohl, verbrennt man schon seit Anbeginn der Zeiten Menschen, die im Verdacht stehen, mit dem Bösen im Bunde stehen? Warum steinigt man Ketzer, bis ihr Körper zur Unkenntlichkeit zertrümmert ist? Warum vierteilt man Außenseiter, denen man ruchlose Verbrechen angehängt hat?«

»Ihr wollt damit sagen …«, stammelte Andrej.

»Ich will damit sagen, dass uns die *normalen* Menschen durchaus häufig genug erkennen und erbarmungslos ausrotten, wenn sie unserer habhaft werden«, sagte Malthus bitter. »Sie kennen keine Gnade mit uns. Und sie würden uns noch viel bestialischer jagen, wenn sie unser Geheimnis kennen würden.«

»Welches Geheimnis?«

Der Ritter zögerte, und Andrej spürte den Zweifel, der Malthus daran hinderte, einfach draufloszureden. »Was soll es«, sagte er dann doch. »Ihr habt ein Recht zu wissen, zu welcher Art Ihr gehört.«

»Zu welcher Art gehöre ich denn?«, fragte Delãny mit klopfendem Herzen.

»Ein Teil des Geheimnisses ist, dass man uns viel leichter töten kann, als selbst die wenigen Eingeweihten glauben: Ein gezielter Stich ins Herz genügt.«

So, wie er es sagte, war das bei weitem nur der kleinere Teil der Wahrheit. »Was gehört noch zu unserem Geheimnis?«, fragte Delãny heiser.

Malthus lächelte traurig. »Wir leben zwar länger als andere – aber nicht ewig. Es sei denn …«

»Es sei denn was?«

»Es sei denn, wir nähren uns vom Blut unserer eigenen Art. Es sei denn, wir töten einen der unseren – und laben uns an seinem Saft.«

Andrej starrte ihn fassungslos an. Sein Herz raste, und seine Hände zitterten, als hätte er soeben eine große Anstrengung vollbracht.

»Damit wir uns recht verstehen, Delãny«, sagte Malthus ruhig. »Es geht in unserem Kampf darum, wer am Ende die Kraft des anderen aufnehmen kann. Um einen weiteren Schritt in die Unendlichkeit zu tun.«

Andrej gab keine Antwort mehr. Jedes weitere Wort war sinnlos. Malthus war in der Tat anders als Kerber und Biehler. Zweifellos war er der Gefährlichste der drei – aber möglicherweise hatte er auch ein tragischeres Schicksal durchlitten als seine beiden Kumpane.

Und er glaubte an das, was er Andrej gerade versucht hatte zu verdeutlichen. Irgendwann, vor sehr langer Zeit, musste Malthus an der Erkenntnis dessen, was er für seine Bestimmung hielt, innerlich zerbrochen sein.

Auch der Ritter schien das Interesse an einem weiteren Wortgefecht verloren zu haben; er trat zwei oder drei Schritte zurück und ließ sein Schwert mehrmals spielerisch durch die Luft pfeifen. Andrej erschrak, als er sah, mit welcher Leichtigkeit Malthus die schwere Waffe handhabte. Sein Gegner war viel stärker als er, und wie gut er mit dem Schwert umzugehen verstand, hatte Andrej ja schon einmal am eigenen Leib erfahren. Zwar hatte er ihn damals fast besiegt, aber das war kaum mehr als Glück gewesen; wahrscheinlich hatte er seinen Sieg nur dem Umstand zu verdanken gehabt; dass Malthus ihn unterschätzt hatte. Ein zweites Mal würde ihm dieser Fehler gewiss nicht unterlaufen.

Andrej dehnte seine Lockerungsübungen nach und nach auf sämtliche Körperteile aus. Schließlich zückte er sein Schwert und führte zwei, drei erste Übungsschläge aus. Seine Muskeln waren noch nicht ganz so geschmeidig, wie er das gewohnt war – und vor allem, wie das gegen *diesen* Gegner notwendig war; trotzdem bewegte er sich absichtlich nicht so schnell, wie er das selbst in seinem jetzigen Zustand gekonnt hätte. Malthus beobachtete ihn aufmerksam. Andrej würde jeden noch so geringen Vorteil dringend brauchen, um gegen diesen Mann zu bestehen – allerdings glaubte er nicht wirklich, dass er den Mann besiegen konnte, dem auf dem Weg zur Unsterblichkeit jedes Opfer recht zu sein schien.

Denke nie über deine Chancen nach!, flüsterte Michail

Nadasdys Stimme ihm zu. *Ergreife sie! Und wenn du keine hast, dann schaffe dir welche! Die meisten Kämpfe werden im Kopf entschieden!*

... Und wenn du unterliegst, wirst du den Kopf selbst verlieren, fügte Andrej in Gedanken hinzu. Er lächelte, senkte das Schwert und stand fast eine Minute lang reglos und mit geschlossenen Augen da.

Als er die Lider wieder hob, waren alle Zweifel und alle Furcht verschwunden. Er war vollkommen ruhig und fühlte sich zugleich von einer großen Kraft erfüllt. Mit äußerster Konzentration absolvierte er drei verschiedene Angriffstechniken, dann senkte er das Schwert, wandte sich langsam zu seinem Gegner um und nickte ihm zu.

»Ich bin bereit«, sagte er.

»Eine bemerkenswerte Technik«, sagte Malthus. »Ich habe sie bisher nur einmal gesehen.«

»Und wo?«

»Bei einem Mann, der aus einem sehr fernen Land kam. Er war ein mächtiger Krieger. Ich habe ihn getötet«, antwortete Malthus. Und in derselben Sekunde griff er an.

Für einen Mann seiner Größe bewegte er sich unglaublich schnell. Ja, er schien heute noch schneller und noch beweglicher zu kämpfen als während ihrer ersten Auseinandersetzung im Wald. Und anders als damals versuchte er nicht, Andrej mit seiner ausgefeilten Technik oder geschickten Finten zu überrumpeln, sondern er setzte ausschließlich auf seine Kraft und seinen massigen Körper – gepaart mit seiner unerwarteten Schnelligkeit eine geradezu mörderische Mischung.

Andrej blieb gar keine andere Wahl, als sich mit einem hastigen Satz in Sicherheit zu bringen und mehr schlecht als recht den wuchtigen Schwerthieb zu parieren, mit dem Malthus diese erste Attacke begleitete.

Schon der erste Treffer schlug ihm um ein Haar die Waffe aus der Hand, und er taumelte zurück. Den nächsten Angriff des Goldenen erahnte er mehr, als dass er ihn sah; diesen Schwerthieb konnte er erst im buchstäblich allerletzten Moment abwehren – allerdings um den Preis, dass er endgültig aus dem Gleichgewicht geriet und sich nur durch einen instinktiven Ausfallschritt vor dem Sturz schützen konnte.

Auf diese Blöße hatte Malthus nur gewartet. Er wirbelte mitten in der Bewegung herum, ohne dabei auch nur einen Deut langsamer zu werden. Sein Schwert prallte dicht über dem Handschutz gegen Andrejs Sarazenenschwert und riss dessen Arm in die Höhe; im selben Atemzug schmetterte er ihm die geballte Faust ins Gesicht. Andrej taumelte zurück, spie Blut und war für Bruchteile von Sekunden so gut wie blind. Dennoch gelang es ihm, Malthus' nächsten Hieb mit letzter Anstrengung noch abzublocken – aber der Fußtritt, den dieser Riese ihm nun versetzte, fegte ihm die Beine weg. Andrej schlug schwer auf dem Boden auf und rollte sich blitzschnell zur Seite; dann spürte er einen brennenden Schmerz, denn Malthus hatte ihm nachgesetzt und ihm mit einem weiteren Hieb eine tiefe Fleischwunde quer über der Brust zugefügt.

Der Ritter lachte, trat einen Schritt zurück und ließ kurz sein Schwert sinken. Er war nicht einmal außer Atem, während Andrej schon Mühe hatte, sich auf die

Ellbogen zu stützen und seinen Körper einer Musterung zu unterziehen. Die Wunde in seiner Brust war nicht tief genug, um ihn nachhaltig zu schwächen. Aber Malthus hätte ihm bei dieser letzten Attacke leicht auch die Kehle durchtrennen oder ihn gleich enthaupten können.

Wahrscheinlich hatte er das nur deshalb nicht getan, weil ihm ein solch leichter Sieg keinen Spaß bereitete.

Andrej stemmte sich mühsam hoch, ergriff das Schwert fester und nickte seinem Gegner auffordernd zu. Malthus hob seine Waffe, salutierte spöttisch und deckte Andrej im nächsten Augenblick mit einem solchen Hagel von Hieben, Stichen und Finten ein, dass diesem Hören und Sehen verging. Diesmal hatte der Hüne seine Taktik geändert. Statt mit brutaler Gewalt auf ihn einzustürmen, überzog er ihn mit unglaublich schnellen, dabei aber äußerst präzise geführten Hieben; dabei verzichtete er bewusst darauf, das Gewicht seiner Waffe einzusetzen, sondern verließ sich einzig auf seine Schnelligkeit und seine perfekte Technik.

Und diese Technik *war* der seinen überlegen.

Andrej begriff dies nur allmählich – aber als er es begriff, war es wie ein Schock. Er musste die unglaubliche Tatsache hinnehmen, dass er der Körperkraft seines Gegners genauso wenig entgegenzusetzen hatte wie seiner Erfahrung. Andrej hatte von Michail Nadasdy sämtliche Techniken und Kunstgriffe gelernt, mit denen sein Lehrer im Laufe vieler Jahre die alte Fechtkunst der Sarazenen weiter und weiter verfeinert hatte. Und er hatte Andrej weismachen wollen, damit jedem nur denkbaren Gegner gewachsen zu sein. Dass das pure

Übertreibung gewesen war, musste er jetzt schmerzhaft erfahren.

Was nichts anderes hieß, als dass Andrej am Ende Malthus unterliegen würde. Und Malthus wusste das.

Auf seinem Gesicht erschien ein siegessicheres Lächeln, doch seine Aufmerksamkeit ließ deshalb keinen Sekundenbruchteil nach. Er trieb Andrej erbarmungslos vor sich her, und diesem blieb keine andere Wahl, als sich mit verzweifelten Paraden und Ausweichbewegungen zur Wehr zu setzen.

Trotzdem wurde er erneut getroffen.

Diesmal fegte Malthus Andrejs Sarazenenschwert mit einem kurzen, ansatzlosen Hieb zur Seite und trieb seinem Gegner die Klinge mit der nächsten Attacke in einer Abwärtsbewegung eine Handbreit tief in den Leib. Ein grausamer Schmerz explodierte in Andrejs Magen und breitete sich in Wellen in seinem ganzen Körper aus. Er krümmte sich, ließ das Sarazenenschwert fallen und sank auf die Knie. Andrej wartete auf den tödlichen Hieb – doch der blieb aus.

Statt den schon Bezwungenen zu enthaupten, wich Malthus zwei Schritte zurück, senkte seine Waffe und wartete, bis das Leben aufhörte, in einem pulsierenden, dunkelroten Strom aus Andrejs Leib herauszuquellen.

Andrej griff mit seiner blutverschmierten Hand nach dem Sarazenenschwert und stemmte sich, auf die Klinge gestützt, schwerfällig wieder auf die Beine. Er wankte von einer Seite auf die andere, und seine Knie vermochten kaum das Gewicht seines Körpers zu tragen. Zum ersten Mal begriff er, dass das Erlernen einer überlegenen Kampfkunst allein nicht Unbesiegbarkeit bedeuten musste. Sein Körper war noch nicht zerstörerisch getroffen worden; aber der Blutverlust schwächte ihn. Und diese Schwäche verflog weniger schnell als der Schmerz.

»Du bist gut, Delãny«, sagte Malthus ernst. »Anscheinend hattest du einen hervorragenden Lehrer. Aber eines hat er dir wohl nicht beigebracht: Versuche nie, deine robuste Natur als Waffe einzusetzen! Sie ist ein unzuverlässiger Verbündeter.«

Und ohne Vorwarnung griff er erneut an.

Und diesmal machte er ernst.

Andrej kam seinem Angriff einen Sekundenbruchteil zuvor, indem er sich nach hinten fallen ließ und nach Malthus' Knien trat, noch bevor seine Schultern den Boden berührten. Er traf, aber der Tritt reichte nicht aus, einen so großen und schweren Mann zu stoppen oder auch nur nennenswert aus dem Rhythmus zu bringen.

Immerhin brachte Delãny den Angreifer so weit aus dem Gleichgewicht, dass dessen nachgesetzter Schwerthieb Andrejs Hals verfehlte und stattdessen nur eine tiefe Scharte in den Boden der Lagerhalle riss.

Andrej sprang auf, stieß mit dem Schwert blind nach hinten und spürte, dass er irgend etwas getroffen hatte. Er vernahm ein schmerzerfülltes Grunzen, wendete sich mit einer instinktiven Bewegung um – und sah Malthus wie einen wütenden Stier auf sich losstürmen; es hatte den Anschein, als würde die tiefe Stichwunde in seiner Brust für Malthus gar nicht existieren.

Andrej versuchte erst gar nicht, diesen Angriff zu parieren ... Jeder Versuch, diesen tobenden Riesen aufhalten zu wollen, wäre einem Selbstmordversuch gleichgekommen. Statt dessen ließ sich Andrej abermals nach hinten fallen, verwandelte diesen Sturz aber mit größter Behändigkeit in einen Sprung, so dass er wieder auf den Beinen stand, als der Wütende auf ihn einhieb, ihn aber um Haaresbreite verfehlte. Im selben Atemzug holte Andrej aus, und die Klinge des Sarazenenschwertes fuhr tief in Malthus' Oberschenkel, gerade in der Sekunde, als dieser an ihm vorüberstürmte; der Ritter fiel mit einem gellenden Schmerzensschrei zu Boden.

Trotz der tiefen und heftig blutenden Wunde in seinem Schenkel war Malthus sofort wieder auf den Füßen. Sein Gesicht war schmerzverzerrt, und es fiel ihm schwer, sich auf den Beinen zu halten. Doch als Andrej versuchte, diesen vermeintlichen Vorteil zu nutzen und den Angeschlagenen zu attackieren, empfing dieser ihn mit einer wütenden, dabei aber so gekonnten Schlagkombination, dass er größte Mühe hatte, den Hieben auszuweichen.

Andrej glaubte dennoch, dass sich der Ritter nicht mehr lange würde halten können. Schon nach ein paar Sekunden musste er begreifen, dass das ein verhängnisvoller Irrtum war. Vollkommen gegen alle Regeln der Natur versiegte der Blutstrom aus Malthus' Bein von einem Moment auf den andern. Obwohl Andrej wusste, was kommen würde, sah er ungläubig und vollkommen fassungslos zu, wie der Ausdruck von Schmerz von seinem Gesicht verschwand und sich der Goldene wieder zu seiner vollen Größe aufrichtete.

Das war unmöglich! Selbst nach Malthus' ausführlichen Erklärungen hatte Delãny immer noch nicht richtig begriffen, was seine Worte eigentlich bedeuteten; sein Gefühl hatte sich gegen den dahinterliegenden Sinn gesperrt. Andrej konnte nicht die Augen davor verschließen, dass auch bei ihm selbst Wunden schneller heilten als bei anderen Menschen – aber das hier war völlig anders. Kein Mensch konnte sich nach einer solchen Verletzung so schnell wieder fangen! Bei keinem Menschen konnte sich eine klaffende blutende Wunde so schnell wieder schließen!

Aber andererseits – es passte zu seinen eigenen, unleugbaren und doch nie hartnäckig hinterfragten Erfahrungen. Es passte dazu, dass ihm selbst Verletzungen viel weniger anhaben konnten als jedem anderen Menschen, den er kannte – von Frederic und Barak einmal abgesehen. Es passte dazu, dass Bruder Toros ihn aus dem Borsã-Tal vertrieben hatte, als sei er der Leibhaftige. Es passte dazu, dass die Kirche Vater Domenicus geschickt hatte, um die Delãnys für immer und alle Zeiten auszulöschen. Es passte zu ihm und den goldenen Rittern, wie die linke zur rechten Hand passte …

Es war ein Augenblick, in dem alles in Andrej zusammenstürzte, sein ganzes Weltbild, sein Verständnis der Zusammenhänge, die sein Leben trieben, der Glaube, der ihn am Leben erhielt und ihm die Zuversicht gab, trotz allen erlittenen Schmerzes immer weiter- und weiterzumachen. Für diesen ganz winzigen Augenblick nur begriff er die ganze und vollständige Wahrheit – dann entglitt sie ihm wieder und stieß ihn wieder hinaus in eine nicht minder bedrohliche Wirklichkeit.

»Du bist gut, Delãny«, sagte Malthus mit leicht zitternder Stimme. Die Wut in seinen Augen war geblieben. »Aber nun ist es genug. Ich habe keine Zeit mehr, weißt du? Mein Schiff läuft gleich aus.«

Es gelang Andrej, den nächsten Schwerthieb zu parieren, aber schon die bloße Wucht des Schlages ließ ihn zurücktaumeln.

Erneut wechselte Malthus seine Taktik. Jetzt griff er weniger ungestüm an und vertraute stattdessen auf eine Kombination aus ausgefeilter Technik und brutaler Kraft. Andrej wehrte seine Attacken zwar mühelos ab, aber jeder Schlag jagte rasch aufeinanderfolgende Wellen fürchterlich vibrierender Schmerzen durch seine Arme und Schultern. Mit jedem Angriff wurde Andrej müder. Schritt für Schritt wich er vor Malthus zurück, aber der Riese trieb ihn mit unerbittlicher Beharrlichkeit weiter in die Enge – und seine Hiebe verloren nichts von ihrer Wucht.

Andrej war der Verzweiflung nahe. Seit Beginn dieses Kampfes war er ausschließlich in der Defensive gewesen – und nach allem, was Michail Nadasdy ihn gelehrt hatte, war dies der sicherste Weg, einen Kampf zu verlieren. Aber Malthus gab ihm einfach keine Gelegenheit, selbst die Initiative zu ergreifen.

Wenn du schwächer bist als dein Gegner, hörte er erneut Michail Nadasdys Stimme in seinem Kopf, *dann suche nach* seiner *Schwäche!*

Aber dieser Kerl hatte keine Schwäche! Unerbittlich trieb er Andrej vor sich her, und jeder seiner Hiebe erschütterte diesen noch ein wenig stärker als der vorhergehende. Der Augenblick, in dem einer dieser mit brutaler Gewalt ausgeführten Angriffe seine Deckung durchbrechen und ihn schwer verletzen würde, war absehbar. Ein drittes Mal würde Malthus ihn gewiss nicht verschonen.

Andrej parierte einen weiteren Hieb und verletzte seinen Gegner dabei an der Hand – allerdings eher zufällig; zwar war die Wunde, die er ihm zufügte, nicht gefährlich, trotzdem aber mit Sicherheit schmerzhaft. Malthus grunzte, und erneut flammte mörderische Wut in seinen Augen auf. Seine nächste Attacke kam mit solcher Wucht, dass Andrej Mühe hatte, auf den Beinen zu bleiben.

Aber Andrej spürte: Selbst dieser Mann war besiegbar.

Er war weit davon entfernt zu triumphieren, aber er fasste immerhin wieder ein wenig Hoffnung. Neun Zehntel seiner Aufmerksamkeit waren nach wie vor nötig, um die immer ungestümer werdenden Angriffe des Goldenen abzuwehren – aber das übrige Zehntel seiner Gedanken beschäftigte sich unruhig mit der Frage, wie er diesen möglichen Schwachpunkt seines Gegners zu seinem Vorteil nutzen konnte. Er musste Malthus wütend machen, denn ein wütender Gegner beging Fehler.

Als Malthus' Schwert das nächste Mal herabsauste, parierte Andrej den Hieb auf eine Art, die ihn fast den letzten Rest seiner noch verbliebenen Kraft kostete; nichtsdestotrotz wirkte diese Parade geradezu spielerisch. Delãny lachte laut. »Vielleicht habt Ihr recht, Malthus«, sagte er. »Es wird allmählich Zeit, mit diesen Albernheiten aufzuhören. Und … wisst Ihr was? Im Gegensatz zu mir seid Ihr nicht gut. Nur groß und stark und alt. Zu alt. Aber nicht wirklich gut.«

Malthus antwortete nicht, aber seine Lippen verzogen sich zu einem schmalen, blutleeren Strich, und in seinen Augen loderte pure Mordlust auf. Er schlug mit solcher Gewalt zu, dass dieser Hieb Andrej bei einem Treffer vermutlich in zwei Teile gespalten hätte. Doch der Bedrängte wich im letzten Augenblick zur Seite und schraubte sich mit einer tänzelnden Bewegung um seinen Gegner herum. Allerdings verzichtete er darauf, Malthus an der Schulter zu verletzen, was er in dieser Situation gekonnt hätte. Stattdessen trat er ihm mit der ganzen ihm zur Verfügung stehenden Kraft in den Hintern und lachte ihm ins Gesicht, als der Hüne sich mit einem zornigem Knurren wieder zu ihm herumdrehte.

»Warum gebt Ihr nicht endlich auf, Malthus?«, fragte Andrej provozierend, während er das Schwert spielerisch ein paarmal von der rechten in die linke Hand und wieder zurück wandern ließ. »Wer weiß, vielleicht lasse ich Euch ja sogar am Leben ... Es macht keinen besonderen Spaß, einen so ungeschickten Gegner wie Euch zu töten.«

Malthus brüllte wie ein verwundeter Stier, riss sein Schwert in die Höhe und stürmte mit der Unaufhaltsamkeit einer Naturgewalt auf ihn ein.

Andrej versuchte gar nicht erst, ihn aufzuhalten, sondern ließ sich auf die Knie fallen, packte das Sarazenenschwert mit beiden Händen und riss die Klinge im letzten Augenblick schräg nach oben, während er sich gleichzeitig zur Seite wegdrehte. Der rasiermesserscharfe Stahl drang beinahe ohne spürbaren Widerstand durch Malthus' Körper, durchtrennte seine Wirbelsäule und trat auf halber Höhe des Rückens wieder heraus.

Der Ritter erstarrte. Über seine Lippen kam einzig

ein seufzender Laut, in dem Andrejs Empfinden nach vielleicht sogar ein Hauch von Erleichterung mitschwang. Seine Finger öffneten sich, das Schwert klirrte zu Boden, und der riesige Mann sank ganz langsam vor Andrej in die Knie.

Andrej hielt den Griff seiner Waffe noch immer mit beiden Händen fest umklammert. Er spürte, wie sich die Klinge weiter bewegte und unvorstellbare Verheerungen in Malthus Körper anrichtete. Blut lief über die Lippen des Riesen, er keuchte vor Schmerz, seine Augen waren trüb, und er zitterte am ganzen Leib. Andrej wollte diesem Mann keinen Schmerz zufügen. Er wollte *niemandem* Schmerz zufügen. Aber er hatte keine Wahl – und so bewegte er das Schwert weiter. Malthus stieß ein wimmerndes Keuchen aus, und ein weiterer Schwall tiefdunklen Blutes quoll über seine Lippen. Andrej verabscheute sich in diesem Moment selbst für das, was er tat, aber wenn er diesem Giganten auch nur die Spur einer Chance gab, würde er das mit seinem eigenen Leben bezahlen.

Obwohl er die Antwort im vorhinein wusste, fragte er dennoch: »Wenn ich dich leben lasse, wirst du dann gehen?«

»Keine … Chance … Delãny«, würgte Malthus hervor. »Wenn du … mich verschonst … töte ich … dich.«

»Dann lässt du mir keine Wahl.« In Andrejs Worten schwang ehrliches Bedauern mit.

»Töte … mich«, hauchte Malthus. »Aber zuvor beantworte mir … noch eine Frage.«

»Welche?«

»War ich … wirklich … dein Erster?«

Andrej nickte.

»Dann wirst du … gleich eine Überraschung erleben«, stöhnte Malthus. »Wir sehen uns, Delãny. Vielleicht schneller, als du … denkst. Und jetzt tu es endlich!«

Die letzten Worte hatte er mit äußerster Kraftanstrengung aus sich herausgeschrien. Andrej starrte ihm noch einmal fest in die Augen, dann sprang er auf, riss das Schwert mit einem Ruck aus Malthus' Körper und ließ die Klinge aus der gleichen Bewegung durch die Luft pfeifen und das Herz des Ritters durchstoßen.

Malthus blieb noch für die Dauer eines einzelnen, trotzigen Herzschlages reglos und aufrecht auf den Knien hocken, dann fiel er langsam nach vorne und schlug mit einem dumpfen Geräusch auf den schmutzigen Holzbrettern auf.

Andrej trat einen Schritt zurück, schüttelte mit einem unbewussten, harten Ruck das Blut von der Klinge des Sarazenenschwertes und steckte die Waffe ein.

Er fühlte sich … leer. Was immer er erwartet hatte, es kam nicht. Er empfand weder Triumph noch Befriedigung, ja, er fühlte nicht einmal Erleichterung darüber, dass es vorbei war. Er war einfach nur erschöpft. Was immer Malthus gemeint hatte, als er von der Überraschung sprach, die Andrej bei seiner ersten *Transformation* erwartete – es geschah nicht. Er hatte den Ersten seiner Art getötet, aber er kam sich in diesen Sekunden nur wie ein Mörder vor, obwohl er zu dieser Tat gezwungen worden war. Er hatte diesen Mann nicht töten wollen.

Dann geschah etwas, das ihn im höchsten Maße entsetzte. Er ging mit langsamen Schritten auf den Toten zu. Im ersten Augenblick fürchtete er, die gebrochenen Augen würden sich wieder schließen, blinzeln, um sich dann mit einem eiskalten Blick auf ihn zu richten. Er glaubte in der Schwerthand des Toten ein leises Zittern zu sehen, eine kaum wahrnehmbare Bewegung, die sich über seinen Körper fortpflanzte, bis er sich schließlich aufrichten und auf ihn zukommen würde …

Aber es war reine Einbildung. Malthus war so tot, wie ein Mensch – *Mensch*? – nur sein konnte. Trotzdem – er hatte nur das Wort des toten Ritters, dass ihn ein Stich durchs Herz wirklich zu töten vermochte. Vielleicht brauchte er ja nur etwas länger, diesmal, um wieder zu sich zu kommen und Kraft zu sammeln für den nächsten Schlag gegen einen Gegner, den er immer noch besiegen konnte. Vielleicht hatte er ihm das Märchen mit dem Stich durchs Herz nur aufgetischt, um ihn anschließend umso besser verhöhnen zu können.

Es mochten Gedanken sein, die nahelagen – aber irgendetwas tief in Andrej war sicher, dass sie nicht zutrafen. Und dieses Etwas wusste ganz genau, was er tun musste.

Delãny ging neben dem Toten in die Hocke. Sein rechtes Knie berührte ganz leicht und fast zärtlich den Arm des Toten. Zu seiner eigenen Verblüffung ruhte er in diesem Moment vollkommen in sich selbst, tiefer noch als nach Durchführung der Übungen, die ihm Michail als Kampfvorbereitung empfohlen hatte, aber gleichzeitig war er meilenweit von sich selbst entfernt; er empfand nichts weiter als die Gewissheit, dass er nun tun würde, was getan werden musste.

Sein Gesicht wanderte zum Kopf des Toten hinab, auf seinen Hals zu. Die Sonne, die hier nur mit sanften, gebrochenen Strahlen einfiel, schien sich gleichzeitig zu verdunkeln und ihn immer stärker zu blenden. Es war eine explosionsartige Steigerung seiner Lichtempfindlichkeit, die ihn zwang, die Augen zu schmalen Schlitzen zusammenzukneifen, so dass er sein Opfer kaum noch wahrnehmen konnte. Gleichzeitig glaubte er eine eiskalte, grauenhafte Hand nach seinem Herzen greifen zu fühlen, um es erbarmungslos zusammenzudrücken. Alles lechzte nach der Nahrung, die ihm viel zu lange verweigert worden war. Alles in ihm schrie danach, endlich dem Ruf seiner Bestimmung zu folgen.

Seine Zähne berührten den Hals des Toten, und einen entsetzlichen Herzschlag lang begriff er, was er zu tun bereit war. Seine Hände und Knie zitterten, als ihm die ganze fürchterliche Bedeutung dessen aufging, was ihm Malthus hatte beibringen wollen. Aber wie eine Hyäne, die ihr totes Opfer gefunden hatte und sich durch nichts als durch rohe Gewalt von ihrer grausigen Mahlzeit würde abhalten lassen, vollbrachte er die Tat, mit der er sich seine ganz spezielle Nahrung einzuverleiben gedachte.

Seine Zähne gruben sich in die Halsschlagader des Ritters.

Im gleichen Moment zuckte die sengende Hitze purer Lebenskraft durch seinen Körper. Während er saugte und saugte, raste Welle auf Welle unglaublicher Energie durch seine Adern, versengte ihn und fraß sich in seine Gliedmaßen und seinen Leib – als wollte sie ihn vernichten.

Er schrie in purer Agonie. Ein unglaublicher Schmerz hämmerte in seinem Körper, Hitze und Qual pulsierten in einem nie gekannten Ausmaß durch seinen Leib, in immer heftigeren, immer rascher aufeinanderfolgenden Wellen; aber zugleich spürte er auch einen stärker werdenden Strom schierer Lebenskraft in sich eindringen, deren Gewalt alles übertraf, was er sich je hatte vorstellen können, und die jede Zelle seines Körpers überflutete und sie schier zum Bersten zu bringen schien.

Und dann ... war Malthus da.

Mit der Energie, die diese *Transformation* brachte, strömte noch etwas anderes in Andrej hinein. Nichts Körperliches – es war nicht so, als nähme er das Bewusstsein des Goldenen in sich auf, dessen Gedanken, Gefühle oder Erinnerungen. Vielmehr war es die reine *Idee* dieses Mannes, das, was Malthus ausgemacht hatte; seine Verbitterung, sein Zorn und seine dumpfe Resignation gegenüber einem Schicksal, das er sich nicht freiwillig ausgesucht hatte, ja, das er tief im Grunde seines Herzens vielleicht nie hatte haben wollen. Und in all dem, was von Malthus zu Andrej hinüberströmte, waren zudem noch die Kraft und die Lebensenergie all derer enthalten, die Malthus getötet und deren Blut er in sich aufgenommen hatte ... durchpulste Energie, die er zu einem Teil seiner selbst gemacht hatte ... jedoch nicht rein, sondern umgeformt und zu etwas verwandelt, das viel mehr Malthus glich als dem früheren Ich seiner bezwungenen Gegner.

Der Kampf war hart, unvorstellbar hart, und Andrej war lange nicht sicher, dass er ihn gewinnen würde.

Mehr als einmal lief er Gefahr, zu Malthus zu werden, statt dessen Ich zu einem Teil seines eigenen Selbst zu machen. Es war seine erste *Transformation*. Er hatte keinerlei Erfahrung mit diesem unheimlichen Vorgang, wusste nicht, was mit ihm geschah – und er wusste vor allem nicht, was er tun konnte oder sollte, um sich gegen die Überflutung seines Ichs durch eine rein negative Energie zu wehren.

Andrej drohte in einem Strudel aus Verbitterung und Hass zu versinken, der seinen Geist überflutete wie eine Woge aus schwarzem, klebrigen Teer, der ihn in die Tiefe reißen und seine Seele verschlingen wollte; aber plötzlich war er nicht mehr allein. In der Dunkelheit, die um ihn herum herrschte, erschienen plötzlich die Gesichter Raqis und Michail Nadasdys, der größten und einzigen Liebe seines Lebens und des väterlichen, besten Freundes, den er je gehabt hatte. Raqi, jung und strahlend schön wie an dem Tag, an dem er sie das erste Mal gesehen hatte, lächelte ihm zu, während er auf Michail Nadasdys Gesicht das vertraute, gutmütig-spöttische Stirnrunzeln entdeckte.

Tief in sich spürte Andrej, dass sie nicht wirklich anwesend waren. Aber das spielte keine Rolle. Seine Hände versuchten sich aus dem Dunkel hinauszutasten, als könnten sie die vertrauen Gesichter berühren; und mochte das alles auch eine Illusion sein – er schöpfte allein aus der Erinnerung an diese beiden Menschen schon neue Kraft. Es war gleich, ob sie hier waren oder nicht – was zählte, war das, was Raqi und Michail Nadasdy ihm bedeuteten.

Doch dann war es fast leicht. Der blutrote dunkle

Strom, der Andrej eben noch mit sich fortreißen wollte, bäumte sich ein letztes Mal auf – und erlosch. Die Kraft, die von Malthus ausgeströmt war, war noch immer spürbar, aber sie war nun zu einem Teil von ihm selbst geworden; sie war nicht länger sein Feind, sondern ein stilles, tiefes Reservoir auf dem Grunde seiner Seele, aus dem er schöpfen konnte. Vielleicht hatte er Malthus und die anderen in gewisser Weise sogar erlöst ... Er hoffte es.

Andrej kniete mit offenen Augen neben dem Toten. Er fühlte sich ausgelaugt und entkräftet wie nie zuvor in seinem Leben, aber zugleich auch von einer Kraft durchdrungen, die er mit Worten nicht beschreiben konnte.

In diesem Augenblick erklang ein reißendes Sirren, und ehe er ausweichen konnte, durchbohrte ein gefiederter, kaum handlanger Pfeil seine linke Schulter, riss ihn herum und nagelte ihn regelrecht an den Pfeiler, vor dem er hockte. Andrej keuchte vor Schmerz; seine rechte Hand griff nach dem winzigen Geschoss und versuchte es herauszureißen, aber er fügte sich damit nur noch größere Schmerzen zu. Stöhnend ließ er die Hand sinken, drehte den Kopf und sah zur Tür, darauf gefasst, gleich einem der beiden anderen goldenen Ritter gegenüberzustehen. Stattdessen sah er Herzog Ják Demagyar, der zwei Schritte hinter der Tür stehen blieb, ohne die geringste Hast seine Armbrust hob – und mit einem gezielten Schuss auch noch Andrejs rechte Hand an den Balken nagelte.

»Unglaublich«, murmelte er, während er kopfschüttelnd näher kam und dabei einen weiteren Bolzen auf die Armbrust legte. »So ungefähr muss es gewesen sein, wenn die alten Götter miteinander gefochten haben ... Und ich habe Euch für einen ungebildeten Barbaren gehalten!«

Andrej kämpfte mit all seiner Willenskraft gegen den Schmerz an, spannte die Muskeln und versuchte, seine Hand loszureißen – aber es ging nicht. Der Bolzen hatte sich so tief ins Holz gebohrt, dass er schon beide Hände gebraucht hätte, um ihn herauszuziehen.

Natürlich bemerkte Demagyar Andrejs Versuch, sich loszureißen. Er schüttelte bedächtig den Kopf, hob die Armbrust und zielte diesmal auf Andrejs Herz. »Versuch es erst gar nicht, Delãny«, sagte er. »Ich habe gesehen, wie schnell du bist.«

Aber offensichtlich hast du nicht alles gesehen, dachte Andrej, *sonst würdest du mich sofort töten*. Trotzdem stellte er seine verzweifelten Bemühungen ein. Es hatte keinen Sinn, sich selbst weitere Schmerzen zuzufügen, wenn es dabei doch nichts zu gewinnen gab.

»Was bist du, Delãny?«, fragte Demagyar. »Bist du ... ein Magier? Oder hatte Domenicus recht, und du bist wirklich mit dem Teufel im Bunde?«

Andrejs Gedanken rasten. Ják Demagyar war offensichtlich Zeuge der *Transformation* geworden, und mit ziemlicher Gewissheit hatte er auch die letzten Augenblicke des Kampfes verfolgt. Aber er wusste nicht alles. Anscheinend glaubte er noch immer, Andrej durch einen einzigen Schuss seiner Armbrust ausschalten zu können. Und außerdem würde er sich kaum noch Zeit nehmen, mit ihm zu sprechen, wenn er begriffen hatte, was es mit Andrej wirklich auf sich hatte. Jedenfalls nicht, wenn auch nur ein Funken Verstand in seinem Kopf war.

»Wer weiß«, antwortete Andrej mit einiger Verspätung. »Aber wenn das zuträfe, wäre es nicht sehr klug von Euch, mich anzugreifen.«

Der Herzog lachte nur. »Ihr gebt nicht auf, wie? Niemals? Aber macht Euch nichts vor – ich werde Euch töten, wie ich den Jungen getötet habe. Doch beantwortet mir noch eine Frage.«

»Warum sollte ich das tun?«

»Nun, vielleicht deshalb, weil Ihr immerhin noch so lange am Leben bleibt, wie ich mit Euch rede.« Demagyar wedelte belustigt mit seiner Armbrust, ging dann aber zu Malthus' Leichnam, bückte sich und ergriff nach einem kurzen Zögern das gewaltige Zweihänderschwert des Riesen. Er war gewiss kein Schwächling, dennoch bereitete es ihm einige Mühe, die Waffe mit beiden Händen zu heben und mit ausgestreckten Armen zu halten.

»Lasst mich nachdenken«, sagte er versonnen. »Es ist geschehen, nachdem Ihr … sein Herz mit dem Schwert durchbohrt habt.« Er sah Andrej fast versonnen an. »Ich frage mich, ob wohl dasselbe mit Euch geschieht …«

Ein eisiger, lähmender Schrecken durchzuckte Andrej. Die Vorstellung war geradezu absurd: Nach allem, was er durchgestanden hatte, sollte er nun auf diese Weise sterben? Instinktiv bäumte er sich auf, aber es war sinnlos; seine Schulter und seine Hand waren fest an die Wand genagelt, und er hockte in einer demütigenden Haltung auf dem Boden, ohne auch nur eine Bewegung machen zu können.

»Ja«, sagte Demagyar. Er hatte Andrejs Reaktion richtig gedeutet. »Es geschieht.«

Er kam näher und hob das Schwert, doch plötzlich stutzte er. Sein Blick verharrte auf Andrejs rechter Hand, und auf seinem Gesicht erschien ein überrascht nachdenklicher Ausdruck.

Auch Andrej sah an sich herab. Seine Hand hatte aufgehört zu bluten.

»Was …?«, murmelte Demagyar.

Draußen vor der Tür polterte etwas, dann erscholl ein Laut, und es erklang ein erstickter Schrei, aber Andrej war sich nicht sicher, was er da gehört hatte. Sekundenbruchteile darauf glaubte er das Klirren von Metall zu vernehmen.

Auch Demagyar hatte es gehört und fuhr auf der Stelle herum. »Lauft nicht weg, Delãny«, bemerkte er zynisch. »Ich komme gleich zurück.«

Er näherte sich mit schnellen Schritten der Tür, und in dem Moment, als er höchstens noch einen Schritt von ihr entfernt war, flog sie mit solcher Wucht auf, dass sie laut gegen die Wand knallte und sich der Herzog nur durch einen hastigen Sprung zurück davor schützen konnte, dass sie gegen seinen Körper prallte. Ein Soldat in einem weiß und orange gestreiften Waffenrock stolperte rückwärts in die Lagerhalle, machte noch zwei taumelnde Schritte und fiel dann unmittelbar neben dem Herzog zu Boden.

Wenn er überhaupt eine Chance hatte, dann jetzt. Andrej mobilisierte seine Kräfte, wappnete sich innerlich gegen den Schmerz und riss seine rechte Hand los. Im allerersten Moment war er sich nicht einmal sicher, ob es ihm tatsächlich gelungen war, aber dann spürte er, dass er seinen Arm frei bewegen konnte. Der Armbrustbolzen steckte noch immer fest in der Wand – aber Andrej hatte sich zur Hälfte aus seiner erzwungenen Bewegungslosigkeit befreit.

Ihm wurde übel vor Schmerz. Er wäre wohl zusammengebrochen, aber das zweite Geschoss in seiner Schulter hielt ihn weiterhin in einer aufrechten Haltung an den Pfeiler genagelt.

Ják Demagyar hatte sich mittlerweile der Tür weiter genähert und kampfbereit das Schwert erhoben. Aber er hielt plötzlich in der Bewegung inne und blieb wie erstarrt auf dem Fleck stehen. Vor Andrejs Augen verschwamm alles, doch obwohl er Demagyars Gesicht nur von der Seite erkennen konnte, bemerkte er, dass alle Farbe daraus gewichen war. Seine Augen waren ungläubig aufgerissen und schwarz vor Entsetzen.

Andrej biss die Zähne zusammen, hob die Hand und versuchte nach dem Pfeil zu greifen, der in seiner Schulter steckte, aber seine Finger verweigerten ihm den Gehorsam. Und dennoch war er sich jetzt ganz sicher, dass er über die gleichen Fähigkeiten wie Malthus verfügen würde – zumindest im Moment.

Sein Körper würde sich so schnell regenerieren wie der des Hünen nach dem vernichtenden Schlag, mit dem ihm Andrej fast sein Bein durchtrennt hatte. Aber das würde Zeit kosten. Er hatte keine andere Wahl, als so lange abzuwarten, bis die durchtrennten Muskeln und Sehnen seiner rechten Hand wieder zusammengewachsen waren. Allerdings wusste er nicht, ob der Prozess schnell genug abgeschlossen sein würde.

Herzog Demagyar schien im Moment allerdings jegliches Interesse an ihm verloren zu haben. Er trat zitternd einen Schritt zurück und ließ das Schwert sinken, möglicherweise war die Waffe einfach zu schwer, als dass er sie lange auf diese Weise halten konnte.

»Nein«, stammelte er. »Das … das kann nicht sein.«

Andrej hob erneut die Hand und griff nach dem Bolzen. Jede Bewegung bereitete ihm entsetzliche Schmerzen, jeder einzelne seiner Finger schien in Flammen zu stehen. Aber es ging.

Demagyar wich einen weiteren Schritt zurück. Vor ihm in der Tür zur Lagerhalle standen Graf Bathory und ein hochgewachsener Mann in einem schwarzen Kettenhemd. Beide waren mit Schwertern bewaffnet, und Graf Bathory trug einen Verband um die Stirn.

Das Entsetzen des Herzogs galt jedoch nicht dem Edelmann oder seinem Begleiter – Demagyar starrte eine viel kleinere, in zerschlissene, mit eingetrocknetem Blut besudelte Kleider gehüllte Gestalt an, die zwischen Graf Bathory und dem Soldaten im Kettenhemd stand.

»Aber das … das kann nicht sein«, stammelte Demagyar erneut. »Ich habe dich *getötet*!«

»Ja«, antwortete Frederic. »Das hast du.« Er öffnete sein Gewand – aus seiner Brust ragte der Griff eines Dolches heraus.

Andrej erstarrte. Für einen Moment war er nicht einmal mehr in der Lage, auch nur einen klaren Gedanken zu fassen.

»Aber beim nächsten Mal solltet Ihr direkt aufs Herz zielen – und nicht knapp daneben«, fuhr Frederic fort. Langsam hob er die Hand, schloss die Finger um den

Dolchgriff – und begann die Waffe vorsichtig herauszuziehen. Aus der Wunde quoll Blut, und das Gesicht des Jungen färbte sich aschgrau. Er wankte, stieß ein tiefes, qualvolles Stöhnen aus und wäre um ein Haar gestürzt, aber im letzten Moment fand er doch sein Gleichgewicht wieder. Stück für Stück zog er den Dolch weiter heraus, und praktisch in demselben Augenblick, als die Spitze der fast handlangen Klinge aus seinem Körper glitt, hörte die Wunde auf zu bluten.

»Ihr hättet es anders tun sollen«, fuhr Frederic mit brechender Stimme fort. Er taumelte auf Demagyar zu, hob die blutige Hand mit dem Dolch und sagte: »Ungefähr so.«

Mit diesen Worten trieb er Demagyar die Klinge schräg von unten in die Brust.

Frederics Bewegung war langsam – kaum schneller als diejenige, mit der er die Waffe eben aus seiner eigenen Brust herausgezogen hatte. Trotzdem unternahm Demagyar nicht einmal den Versuch, sich zu wehren. Er stand einfach da und starrte entsetzt den Dolch an, den Frederic ihm gleichermaßen langsam wie erbarmungslos in die Brust trieb; schließlich sank er mit einem tiefen Seufzer auf die Knie.

Als sich ihre Gesichter auf gleicher Höhe befanden, riss Frederic die Hand zurück und vollzog vor dem Kopf des Herzogs eine blitzschnelle, wischende Bewegung. Demagyar ließ das Schwert fallen, griff sich mit beiden Händen an die Kehle und kippte röchelnd nach hinten. Zwischen seinen Fingern quoll hellrotes Blut hervor.

»Seht Ihr, Herr«, sagte Frederic mit beängstigend ruhiger Stimme, »so macht man das.«

Graf Bathory trat mit zwei schnellen Schritten neben den sterbenden Herzog und sah einen Moment lang kalt auf ihn herab; dann näherte er sich Andrej. Ohne ein Wort zu sagen, schob er sein Schwert in die Scheide, griff mit beiden Händen nach dem Armbrustbolzen und zog ihn mit einem harten Ruck heraus.

Andrej stöhnte vor Schmerz laut auf, hielt mühsam sein Gleichgewicht und presste die Hand auf die Wunde, die sofort wieder heftig zu bluten begann. Das Mitleid auf Graf Bathorys Gesicht hielt sich jedoch in Grenzen.

Frederic kam langsam auf ihn zu. Auf seinem Gesicht lag ein angedeutetes, fast schüchternes Lächeln. Wäre da nicht etwas in seinen Augen gewesen, das Andrej erschauern ließ, man hätte ihn in der Tat für ein ganz gewöhnliches, vielleicht etwas zu schmächtig geratenes Kind halten können.

»Das war es, was ich dir die ganze Zeit sagen wollte«, sagte Frederic. »Aber es fiel mir unglaublich schwer. Und außerdem hast du mir ja nie richtig zuhören wollen.«

Vielleicht stimmt das sogar, dachte Andrej. Tief in seinem Inneren hatte er es vermutlich schon die ganze Zeit über gespürt; und endlich gestand er sich ein, dass er es hätte merken *müssen*, spätestens nach dem Brand im Gasthaus. Er hatte es einzig deshalb nicht bemerkt, weil er es nicht bemerken wollte.

»Bist du jetzt stolz auf dich?«, fragte er bitter. »Ist es dir wenigstens leichtgefallen, deinen zweiten Menschen zu töten? Ich meine, allmählich müsstest du doch Übung darin haben.«

»Du hast eine seltsame Art, danke zu sagen«, maulte Frederic. »Wenn wir nicht …«

»Wenn er Demagyar nicht getötet hätte, hätte *ich* es getan«, mischte sich Graf Bathory ein.

»Ihr hättet Euren Herzog …?« Andrej blickte den Edelmann ungläubig an und verharrte in einer etwas merkwürdigen Haltung. Die Wunde in seiner Schulter hatte aufgehört zu bluten, der Schmerz war erloschen – trotzdem presste er weiter die Hand dagegen und versuchte, den Anschein zu erwecken, als könne er sich nur mit Mühe auf den Beinen halten.

Graf Bathorys Blick machte allerdings deutlich, was er von Andrejs schauspielerischem Talent hielt.

»Er war ein schlechter Herrscher«, erklärte der Edelmann. »Und nicht sehr beliebt bei seinen Untertanen. Früher oder später hätte ihn ohnehin irgendjemand umgebracht. Ihr habt sein … *Schloss* gesehen. Glaubt Ihr, er hat es grundlos in eine Festung verwandelt?« Er schüttelte abfällig den Kopf. »Ják Demagyar war ein grausamer Despot. Und ein Dummkopf dazu. Ich habe die Geschichte von dem angeblichen Diebstahl keinen Augenblick lang geglaubt … so wenig übrigens wie diesen schlecht gespielten Überfall in der Nacht.«

»Ich wundere mich, dass Ihr noch lebt«, sagte Andrej.

»Gott bewahre!« Graf Bathory lachte leise. »Ich musste überleben. Demagyar brauchte einen glaubwürdigen Zeugen für den gemeinen Anschlag auf sein Leben. Das hätte ihm einen Vorwand gegeben, die Steuern und Abgaben noch weiter zu erhöhen – und sich vor allem einiger Kritiker zu entledigen, die ihm schon lange lästig waren. Wie gesagt: Ják Demagyar war ein Ungeheuer.

Macht Euch keine Sorgen, niemand wird ihm eine Träne nachweinen – und niemand wird viele Fragen stellen, wie es zu seinem Tod kommen konnte.«

Andrej sah nachdenklich auf den Dolch, der in Frederics Gürtel steckte. Er wollte etwas sagen, aber Graf Bathory schüttelte den Kopf und sagte noch einmal und mit leicht erhobener Stimme: »Niemand wird viele Fragen stellen, Delãny ... es sei denn, Ihr zwingt sie dazu.«

Andrej verstand. Er hatte in den letzten Tagen viele Dinge gesehen, die er nicht hatte sehen wollen, und vermutlich war es wirklich besser, wenn er gar nicht herauszufinden versuchte, was das alles zu bedeuten hatte.

»Es wäre ratsam, wenn der Junge und Ihr die Stadt verlasst«, fuhr Graf Bathory fort. »Wenigstens für eine Weile.« Plötzlich lachte er. »Schließlich müsste ich Euch doch noch hinrichten lassen. Stellt Euch nur das Gesicht des Scharfrichters vor, wenn er am Ende völlig verzweifelt aufgeben müsste. Und außerdem ... Ehrlich gesagt, ich möchte gar nicht wissen, was mit euch beiden wirklich los ist. Ich verstehe es nicht, aber ich bezweifle zugleich, dass ihr oder irgend jemand sonst es mir erklären könntet.«

Andrej blieb ernst. »Ihr lasst uns gehen?«

»Es wäre viel zu kompliziert, irgend etwas anderes zu tun«, antwortete Graf Bathory mit deutlicher Nervosität in seiner Stimme, während sein Blick nochmals Andrejs Schulter streifte, sich dann jedoch erschrocken von der schon fast vollständig verheilten Wunde abwandte.

»Und ...«, Andrej deutete auf Frederic, »... seine Familie?«

»Das Schiff ist ausgelaufen.« Graf Bathory antwortete

im Tonfall ehrlicher Überraschung. »Ebenso wie das andere.«

»Welches andere?«

»Die ›Möwe‹«, erwiderte Graf Bathory. »Vater Domenicus' Schiff. Es legt in diesem Moment ab.«

Andrej wollte herumfahren, aber Graf Bathory legte ihm beschwichtigend die Hand auf den Unterarm und schüttelte den Kopf.

»Es hat keinen Sinn, Delãny«, sagte er. »Ihr werdet niemanden finden, der Euch hilft, das Schiff eines Inquisitors aufzuhalten.«

Andrej riss sich los. »Und der Pirat?«

»Ist längst auf dem Meer«, sagte Graf Bathory. »Aber ich denke, ich kann Euch sagen, wohin sie wollen.« Er seufzte tief. »Aber Ihr müsst Euch entscheiden, welchem der beiden Schiffe Ihr folgen wollt, Delãny. Sie laufen verschiedene Häfen an ... Es sei denn, Ihr wäret in der Lage, gleichzeitig an zwei verschiedenen Orten zu sein.«

Der Blick, mit dem er diese Worte begleitete, ließ keinen Zweifel daran, dass er selbst dies mittlerweile nicht mehr für ausgeschlossen hielt – und dass er abermals auf eine Antwort lieber verzichtete.

Andrejs Blick wanderte zu Frederic, zu Graf Bathory und schließlich wieder zu dem Jungen. Dann sagte er: »Abu Dun.«

Und danach die beiden goldenen Ritter, fügte er in Gedanken hinzu. *Sie mögen nahezu unbesiegbar sein, aber sie wissen nicht, was es heißt, den Zorn eines Delãny herauszufordern.*

DIE CHRONIK DER UNSTERBLICHEN

Der Vampyr

Die Chronik der Unsterblichen:

Band 1: Am Abgrund
Band 2: Der Vampyr
Band 3: Der Todesstoß

Über den Autor:

Wolfgang Hohlbein, 1953 in Weimar geboren, zählt zu Deutschlands erfolgreichsten Autoren phantastischer Unterhaltung. Mit seinem Roman »Märchenmond«, den er zusammen mit seiner Frau Heike verfasste, gewann er 1983 den ersten Preis beim Ueberreuter-Science fiction- und Fantasy-Wettbewerb, sein 1993 veröffentlichter Roman »Das Druidentor« rangierte fast ein Jahr lang auf den Bestsellerlisten. Inzwischen haben seine Bücher eine Gesamtauflage von über 8 Millionen Exemplaren erreicht.
Wolfgang Hohlbein lebt mit seiner Frau, sechs Kindern sowie einer stattlichen Anzahl von Katzen und Hunden in der Nähe von Neuss.

Wolfgang Hohlbein

Die Chronik der Unsterblichen

Der Vampyr

Roman

Weltbild

Besuchen Sie uns im Internet:
www.weltbild.de

Genehmigte Lizenzausgabe für Verlagsgruppe Weltbild GmbH,
Steinerne Furt, 86167 Augsburg

Umschlaggestaltung: Johannes Frick, Neusäß/Augsburg
Umschlagmotiv: Illustrationen von Lukas Frese, München
Gesamtherstellung: CPI – Clausen & Bosse, Leck
Printed in the EU
ISBN 978-3-86800-836-4

2015 2014 2013 2012
Die letzte Jahreszahl gibt die aktuelle Lizenzausgabe an.

1

Er kannte den Tod, doch an das Töten selbst würde er sich nie gewöhnen. Aber manchmal blieb ihm keine andere Wahl, als seine Skrupel zu überwinden.

Andrej presste sich mit angehaltenem Atem in den schwarzen Schlagschatten unter der Treppe und lauschte. Ihm war entsetzlich kalt. Er zitterte am ganzen Leib. Sein Herz hämmerte so laut, dass es jedes andere Geräusch zu übertönen schien, und jeder Muskel in seinem Körper war zum Zerreißen angespannt. Er hielt das Schwert mit solcher Kraft umklammert, dass es schon beinahe wehtat.

Obwohl rings um ihn herum vollkommene Dunkelheit herrschte, wusste er, dass Blut von der Klinge tropfte und sich zwischen seinen Füßen zu einer schmierigen Pfütze sammelte. Er glaubte den Dunst des Blutes riechen zu können, vergegenwärtigte sich aber, dass es das Schiff war, dessen düsteren Odem er in sich aufnahm.

Es roch *falsch*. Andrej war in seinem Leben schon auf vielen Schiffen gewesen, und er wusste, wie sie riechen sollten: nach Meer. Nach Salzwasser und Wind, möglicherweise nach Fisch, nach faulendem Holz und moderndem Tauwerk, nach nassem Segelzeug oder auch nach den exotischen Gewürzen und kostbaren Stoffen, die sie transportiert hatten.

Dieses Schiff jedoch stank nach Tod.

Aber schließlich war er auch nie zuvor an Bord eines Sklavenschiffes gewesen.

Schritte näherten sich, polterten einen Moment auf dem Deck über ihm und kamen noch näher, entfernten sich dann wieder. Andrej atmete auf. Er hätte den Seemann mit einem Stich ins Herz getötet, rasch, lautlos und vor allem *barmherzig*, aber er war froh, dass er es nicht hatte tun müssen. Sein Stiefvater Michail Nadasdy hatte ihn zu einem überragenden Schwertkämpfer ausgebildet, der im Notfall blitzschnell zu töten vermochte, aber Andrej war nicht hier, um ein Blutbad anzurichten.

Dabei war er fest dazu entschlossen gewesen, genau das zu tun, als Frederic und er sich an die Verfolgung des Sklavenschiffes gemacht hatten. Hätten sie Abu Duns Sklavensegler sofort eingeholt oder auch nur am nächsten Tag, hätte er wahrscheinlich versucht, nach und nach die gesamte Mannschaft des Seelenverkäufers auszulöschen. Aber das war nicht geschehen – und Andrej dankte Gott dafür. Es hatte in den letzten Tagen schon genug Tote gegeben, und er selbst hatte Dinge getan, die weitaus schrecklicher waren als alles, was er sich je hatte vorstellen können. Mit Schaudern dachte Andrej an Malthus, den goldenen Ritter, und an das, was passiert war, nachdem er ihn getötet hatte …

Andrej verscheuchte den Gedanken. Wenn das alles hier vorbei war, hatte er genug Zeit, um nachzudenken – oder auch, um zur Beichte zu gehen, obwohl er gerade das sicherlich nicht tun würde. Im Moment galt es wichtigere Fragen zu klären: Wie sollte er ein Schiff in seine Gewalt bringen, auf dem sich mindestens zwanzig schwer bewaffnete Männer befanden, ohne sie alle umbringen zu müssen?

Er wusste, dass er gut war. Sein Schwert war nicht umsonst gefürchtet. Aber er kannte auch seine Grenzen. Einer gegen zwanzig, das war unmöglich; selbst, wenn dieser eine so gut wie unsterblich war. Unglückseligerweise bedeutete *unsterblich* nicht auch automatisch *unverwundbar.*

Andrej trat lautlos unter der Treppe hervor und sah nach oben. Die Luke zum Deck stand offen. Es war tiefste Nacht. Der Himmel hatte sich mit Wolken zugezogen, die das Licht der Sterne auslöschten und den Mond verdunkelten, der nicht mehr als ein vage angedeuteter, grauer Kreis war. Abgesehen von den Schritten, die sich nun wieder dem Einstieg näherten, war es vollkommen still. Eine Wache, die vermutlich nur auf dem Deck des dickbäuchigen Seglers hin- und herging, um die Langeweile zu vertreiben und nicht im Stehen einzuschlafen; vielleicht auch, um die Kälte zu verscheuchen, die vom Wasser aufstieg und in die Glieder biss. Das Sklavenschiff hatte an einer flachen Sandbank beinahe in der Flussmitte Anker geworfen. Abu Dun war ein vorsichtiger Mann. Wenn man vom Sklavenhandel lebte, musste man das wohl sein.

Um ein Haar hätte diese Vorsicht Andrejs Plan schon in den ersten Sekunden vereitelt. Es hatte sich als nicht sonderlich schwierig erwiesen, zur Flussmitte hinauszuschwimmen. Das Donauwasser war eisig und die Strömung weitaus stärker, als er erwartet hatte. Jeder andere Mann wäre an dieser Aufgabe gescheitert und schon auf halbem Wege ertrunken, aber Andrej war kein gewöhnlicher Mann, und so war er – wenn auch erst im dritten Anlauf, weil die Strömung ihn immer wieder von der Sandbank wegspülte – lautlos an Bord des Schiffes geklettert. Der Posten oben war leicht zu täuschen gewesen. Andrej hatte gelernt, sich lautlos wie eine Katze zu bewegen und mit den Schatten zu verschmelzen, sodass er nur einen günstigen Moment abpassen musste, um über das dunkle Deck zu huschen und in der offenen Luke zu verschwinden.

Dummerweise war es die falsche Luke gewesen.

Andrejs Plan sah vor, sich in Abu Duns Quartier zu schleichen und den Sklavenhändler in seine Gewalt zu bringen, um sein Leben gegen das der Sklaven einzutauschen, die im Bauch des Schiffes in Ketten lagen. Ein simpler Plan, aber gerade das war es, was Andrej daran gefallen hatte. Die meisten guten Pläne waren einfach.

Aber unter der Luke, die er gefunden hatte, befand sich nicht Abu Duns Schlafgemach, sondern ein Raum mit einer einzelnen, äußerst massiven Tür, hinter der vermutlich die Sklavenquartiere lagen. Zwei Krieger bewachten den Raum. Andrej hatte einen von ihnen töten müssen und den anderen niedergeschlagen und geknebelt. Er war genauso überrascht gewesen wie die beiden Wächter, die angesichts der fortgeschrittenen Zeit ohnehin nicht mehr aufmerksam waren. Hätte er nur den Bruchteil einer Sekunde später reagiert, es hätte für ihn nicht so günstig ausgehen können …

Andrej verscheuchte auch diesen Gedanken.

Sein Blick wanderte noch einmal durch den Raum und blieb an der eisenbeschlagenen Tür jenseits der Treppe hängen. Er wusste nicht, was dahinter lag, aber er konnte es sich ziemlich gut vorstellen. Ein dunkler, möglicherweise mit Gitterstäben in noch kleinere Käfige unterteilter Raum, groß genug für fünfzig Menschen, in dem mehr als hundert Sklaven aneinandergekettet in ihrem eigenen Schmutz lagen. Die Überlebenden aus dem Borsã-Tal, das auch ihm einst Heimat gewesen war. Menschen, die zum großen Teil – wenn auch nur entfernt – mit ihm verwandt waren. Die von Vater Domenicus' Schergen verschachert worden waren, um seinen inquisitorischen Feldzug gegen angebliche Hexen und Teufelsanbeter zu finanzieren.

So etwas wie seine Familie.

Nun, nicht ganz. Schließlich hatten diese Menschen ihn schon vor einer Ewigkeit aus ihrer Mitte vertrieben, hatten ihn als Ketzer und Dieb gebrandmarkt, als ruchbar wurde, dass er – wenn auch unfreiwillig – in den Kirchraub in Rotthurn verstrickt gewesen war. Aber trotzdem konnte er nicht so tun, als wären sie ihm vollkommen fremd. Vielleicht hätte er sich sogar um ihre Befreiung bemüht, wenn ihn mit diesen Menschen gar nichts verbunden hätte, abgesehen davon, dass sie Menschen waren und er die Sklaverei für das schändlichste aller Vergehen hielt.

Außerdem hatte er seinem Zögling Frederic versprochen, alles für die Rettung seiner Verwandten aus dem Borsã-Tal zu tun.

Die Verlockung war groß, die Tür zu öffnen und die Gefangenen zu befreien. Es gab nicht einmal ein Schloss, sondern nur einen schweren, eisernen Riegel. Aber es war unmöglich, gut hundert Gefangene zu befreien, ohne dass irgendjemand auf dem Schiff etwas davon merken würde. Sie waren jetzt so lange in Gefangenschaft, dass es auf ein paar Augenblicke mehr oder weniger nicht mehr ankam.

Er überzeugte sich noch einmal davon, dass sein Gefangener nicht nur immer noch bewusstlos, sondern auch sicher geknebelt und gefesselt war, dann legte er das Schwert aus der Hand, ließ sich neben dem toten Wächter auf die Knie sinken und zog ihm das Gewand aus. Dabei bemühte er sich, so wenig Lärm wie möglich zu machen, um den Wächter oben an Deck nicht zu alarmieren. Es kostete ihn erhebliche Überwindung, den einfachen Kaftan überzustreifen, der nass und schwer war und stank. Der Mann hatte heftig geblutet, und im Augenblick des Todes schien er die Beherrschung über seine Körperfunktionen verloren zu haben.

Der Turban stellte ein Problem dar. Andrej hatte keine Ahnung, wie man einen Turban band. Also wickelte er sich das Stück Tuch einfach ein paar Mal um den Kopf und hoffte, dass das etwas missglückte Ergebnis in der Dunkelheit nicht auffiel. Dann hob er sein Schwert auf und ging schnell und leicht nach vorne gebeugt, sodass sein Gesicht nicht zu sehen war, nach oben.

Der Wächter befand sich am anderen Ende des Schiffes, würde aber gleich kehrtmachen, um die zweite Hälfte seiner Runde zu beginnen. Das Schiff war nicht groß; allenfalls dreißig Schritte. Er konnte eine Konfrontation mit dem Wächter nicht riskieren, und so wich er mit langsamen Schritten zur anderen Seite des Schiffes aus und lehnte sich lässig gegen die Reling. Sein Herz klopfte. Er versuchte den Wächter unauffällig aus den Augenwinkeln heraus zu beobachten. Seine Hand fingerte nervös am Griff des Schwertes herum, das er so hielt, dass es nicht zu sehen war. Irgendetwas stimmte nicht. Er spürte es. Der Großteil der Mannschaft lag auf einem niedrigen Aufbau und schlief; ein paar schnarchten so laut, dass er es deutlich hören konnte. Der Posten, der sich nun herumdrehte, bewegte sich auf eine Art, die zeigte, dass er zum Umfallen müde war und darum kämpfte, nicht im Gehen einzuschlafen. Alles *schien* in Ordnung.

Aber das war es nicht. Irgendetwas war hier nicht so, wie es zu sein vorgab. Eine Falle?

Andrej konnte keinen Grund dafür erkennen. Abu Dun konnte nicht wissen, dass er hier war. Der Pirat war der Falle, die Graf Bathory ihm gestellt hatte, durch ein geradezu geniales, allerdings auch mehr als riskantes Segelmanöver entkommen. Er hatte sofort Kurs auf den Bosporus genommen, als wolle er durch das Marmarameer die Ägäis ansteuern und direkt auf die großen arabischen Sklavenmärkte zuhalten. Doch dann hatte er sein gedrungenes Frachtschiff eine überraschende Wende vollziehen lassen, um geradewegs wieder nach Norden zu steuern: an Constăntă vorbei, das sie erst kurz zuvor verlassen hatten, und bis hoch ins Donaudelta hinein. Offenbar wollte er flussaufwärts Richtung Tulcea fahren, eine Stadt, die fast so alt wie Rom war und durch ihre günstige Lage den Zugang zu allen drei Donauarmen kontrollierte.

Frederic und er hatten das Schiff fast eine Woche lang vom Ufer aus verfolgt, immer in sicherem Abstand, um von den Piraten an Bord nicht entdeckt zu werden – was alles andere als einfach war, denn das Donaudelta war ein verwirrend großes Gebiet ineinander verwobener Wasserwege, Seen, von Schilf bedeckter Inseln, tropischer Wälder und Sanddünen. Das Schiff war sehr langsam in den unteren der drei Donauarme hineingefahren und hatte einmal sogar fast einen halben Tag auf der Stelle gelegen, sodass Andrej vermutete, dass der Pirat und Sklavenhändler auf jemanden wartete; vielleicht auf einen anderen Piraten, vielleicht auch auf einen Kunden, dem er seine lebende Fracht verkaufen wollte.

Aber so weit würde Andrej es nicht kommen lassen.

Der Wächter rief ihm irgendetwas zu, was Andrej nicht verstand; es musste Türkisch oder auch Arabisch sein, die Sprache einer der beiden Völker, aus denen sich der größte Teil der Besatzung rekrutierte. Immerhin hörte er den scherzhaften Ton heraus, hob die linke Hand und gab ein Grunzen von sich, von dem er wenigstens hoffte, dass es als Antwort genügte.

Offensichtlich verfehlte es seine Wirkung nicht, denn der Mann lachte nur und setzte seinen Weg fort. Andrej atmete auf. Er konnte hier an Deck keinen Kampf anzetteln. Ganz gleich, wie schnell er den Piraten auch tötete, er konnte nicht ausschließen, dass der noch einen Warnschrei ausstieß, der die schlafenden Männer auf dem Achterdeck weckte.

Aber die Wache ging vorüber, ohne weitere Notiz von ihm zu nehmen, und nach einem kurzen Augenblick setzte Andrej seinen Weg fort. Nachdem er durch die falsche Luke geklettert war, hatte er zumindest eine ungefähre Vorstellung davon, wie es unter Deck des Schiffes aussah. Er hatte Abu Dun mehrmals aus der Ferne dabei beobachtet, wie er in der Luke verschwand oder auch daraus auftauchte, einmal nur zur Hälfte bekleidet. Deshalb hatte er angenommen, der Mann schliefe dort, wo in Wirklichkeit die Sklaven untergebracht worden waren. Diesen Fehler galt es jetzt zu korrigieren. Trotzdem musste Abu Duns Quartier sich dort unten befinden.

Er bewegte sich schnell und lautlos die Treppe hinunter und blieb kurz stehen, um sich zu orientieren – was in der herrschenden Dunkelheit allerdings fast unmöglich war. Er befand sich in einem schmalen, nur wenige Schritte langen Gang, der so niedrig war, dass er nur gebückt darin stehen konnte. Der Gang endete vor einer Wand aus massiven Balken, die ihm eigentlich viel zu wuchtig für ein relativ kleines Schiff wie dieses schienen, bis er begriff, dass er nun auf der anderen Seite des Sklavenquartiers stand, das offensichtlich den Großteil des gesamten Rumpfes einnahm.

Die Erkenntnis erfüllte ihn mit neuem Zorn, denn sie bedeutete nichts anderes, als dass Abu Dun keineswegs nur ein Pirat war, der in der Wahl seiner Beute nicht sonderlich wählerisch war. Dieses Schiff war eigens für den Transport lebender Fracht gebaut worden. Sklaven. Sein Entschluss stand fest: Er würde Abu Duns Sklavenschiff auf den Flussgrund schicken. Die Mannschaft würde er schonen, obwohl sie vermutlich auch nur aus einer Bande von Mördern und Halsabschneidern bestand, aber das Piratenschiff selbst würde er versenken.

Dazu musste er jedoch erst einmal Abu Dun finden und ausschalten.

Erneut beschlich ihn das Gefühl, dass hier irgendetwas nicht stimmte. Er versuchte, dieses Gefühl einzuordnen, aber es gelang ihm nicht, und so konzentrierte er sich wieder auf seine Umgebung. Er war schon viel zu lange hier. Frederic war am Ufer zurückgeblieben, und er hatte ihm eingeschärft, sich nicht von der Stelle zu rühren, ganz egal, was geschah, aber er war nicht sicher, wie weit er sich auf Frederic verlassen konnte. Der Junge hatte sich verändert, seit sie Constãntã verlassen hatten, und Andrej war mit jedem Tag weniger sicher, ob ihm diese Veränderung gefiel.

Etwas polterte. Andrej fuhr erschrocken zusammen, bevor ihm klar wurde, dass der Lärm nicht in seiner unmittelbaren Nähe, sondern irgendwo über seinem Kopf seinen Ursprung hatte. Hinter einer der beiden Türen, die rechts und links des schmalen Ganges abzweigten, war Abu Dun.

Er umschloss sein Schwert fester, öffnete wahllos die Tür auf der linken Seite und betrat den Raum.

Er hatte Glück.

Der Raum war winzig, und er wirkte noch kleiner, denn er war bis zum Bersten gefüllt mit Kisten, Truhen, Säcken und Bündeln. Eine kleine, aber anscheinend aus purem Gold gefertigte Öllampe, die unter einem schwarzen Rußfleck an der Decke hing, spendete flackerndes, rotes Licht, das gerade ausreichte, den Raum mit hin und her huschenden Schatten und der Illusion von Bewegung zu erfüllen. Es gab nur ein winziges, mit buntem Bleiglas gefülltes Fenster. Abu Dun lag – nackt bis auf eine knielange baumwollene Hose – auf einer schmalen, aber mit Seide bedeckten Liege direkt unterhalb des Fensters und schlief. Er schnarchte mit offenem Mund. Auf einem kleinen Tischchen neben ihm stand ein bauchiger Weinkrug, daneben lag ein umgestürzter Trinkbecher, der ebenfalls aus Gold bestand und reich mit Edelsteinen und kunstvollen Ziselierungen bedeckt war. Roter Wein war ausgelaufen und bildete eine klebrige, dunkel glitzernde Lache. Abu Dun schien es mit den Suren des Korans nicht allzu genau zu nehmen, was die kleinen Annehmlichkeiten des Lebens anging.

Er war allerdings nicht annähernd so betrunken, wie Andrej gehofft hatte. Obwohl Andrej so gut wie keinen Laut verursachte, öffneten sich Abu Duns Lider mit einem Ruck. Er brauchte nur den Bruchteil eines Atemzuges, um die Situation zu erfassen und richtig zu reagieren. Sofort sprang er in die Höhe und griff nach dem Weinkrug auf dem Tisch neben sich, um ihn nach Andrej zu werfen.

Andrej machte keinen Versuch, dem Wurfgeschoss auszuweichen, sondern brachte mit einer blitzartigen Bewegung das Schwert in die Höhe. Gleichzeitig trat er gegen den Tisch.

Der Krug prallte mit solcher Wucht gegen das Schwert, dass ihm die Waffe aus der Hand gerissen wurde, aber auch Andrejs Angriff zeigte Wirkung. Der Tisch kippte um. Die Kante aus hartem Eichenholz prallte gegen Abu Duns Knie und brachte ihn zu Fall. Der riesenhafte Pirat kippte mit einem Schmerzensschrei zur Seite, und Andrej nutzte die winzige Chance, die sich ihm bot, und stürzte sich auf ihn.

Eine Mischung aus Überraschung, Schrecken und Verachtung blitzte in Abu Duns Augen auf. Der Pirat war mehr als eine Handbreit größer als Andrej – und viel breitschultriger. Jetzt, als Andrej ihn nahezu unbekleidet sah, wurde ihm erst bewusst, wie muskulös und durchtrainiert der Sklavenhändler war: ein Bär von einem Mann, gegen den er mit bloßen Händen nicht die Spur einer Chance hatte. Abu Dun schien seine Meinung zu teilen, denn er erwartete gelassen seinen Angriff.

Andrej beging nicht den Fehler, sich nach dem Schwert zu bücken, das er fallen gelassen hatte, sondern rammte Abu Dun das Knie ins Gesicht. Der Pirat keuchte vor Schmerz und kippte nach hinten, umschlang Andrej aber trotzdem in der gleichen Bewegung mit beiden Armen und riss ihn mit sich. Andrej ächzte, als er spürte, dass er den Piraten falsch eingeschätzt hatte: Er war viel stärker, als er geglaubt hatte. Andrej wurde in die Höhe gerissen und rang nach Luft. Seine Rippen knackten. Er spürte, wie zwei oder drei brachen. Der bittere Kupfergeschmack von Blut füllte seinen Mund, und der Schmerz wurde für einen Moment so schlimm, dass er das Bewusstsein zu verlieren drohte.

Verzweifelt strampelte er mit den Beinen, schlug zwei-, dreimal mit der Faust in Abu Duns Gesicht und versuchte schließlich, ihm die Finger in die Augen zu bohren. Abu Dun drehte mit einem wütenden Knurren den Kopf zur Seite und drückte mit noch größerer Kraft zu. Andrejs Rippen brachen wie trockene Zweige. Dann erscholl ein lautes, trockenes Knacken. Jegliches Gefühl wich aus Andrejs unterer Körperhälfte. Er erschlaffte in Abu Duns Armen. Auch der Schmerz war nicht mehr zu spüren.

Abu Dun sprang in die Höhe, wirbelte ihn herum und warf ihn quer durch den Raum an die gegenüberliegende Wand. Andrej fiel hilflos zu Boden, schlug mit dem Kopf gegen die eisenbeschlagene Kante einer großen Holzkiste und verlor für einen Augenblick das Bewusstsein.

Er kam zu sich, als Abu Duns riesige Hand sich in sein Haar grub und seinen Kopf mit einem brutalen Ruck herumriss. Die andere Hand des Piraten war zur Faust geballt und zum Schlag erhoben.

»Nein«, sagte Abu Dun. »So leicht mache ich es dir nicht.«

Er ließ Andrejs Haar los, richtete sich auf und versetzte ihm einen Tritt, der Andrej weitere Rippen gebrochen hätte, hätte Abu Dun Stiefel oder nur Schuhe getragen. So jagte nur ein dumpfer Schmerz durch Andrejs Körper, der ihn gequält aufstöhnen ließ.

Abu Dun lachte. »Tut das weh? Nein, es tut nicht weh. Es ist nichts gegen das, was dich noch erwartet.«

Die Tür wurde aufgerissen, und zwei mit Schwertern bewaffnete Männer stürmten, vermutlich angelockt vom Lärm des Kampfes, herein. Abu Dun fuhr mit einer schlangengleichen Bewegung herum, funkelte sie an und sagte einige wenige Worte in seiner Muttersprache. Andrej verstand nicht, was er sagte, aber der Ausdruck auf den Gesichtern der beiden Männer war nicht schwer zu deuten. Abu Dun war nicht begeistert, dass es einem bewaffneten Attentäter gelungen war, bis in sein Schlafgemach vorzudringen. Er würde die beiden Männer bestrafen; und Andrej war ziemlich sicher, dass er es nicht bei ein paar Peitschenhieben belassen würde.

Abu Dun verwies die beiden Männer mit einer zornigen Handbewegung des Raumes, warf Andrej noch einen verächtlichen Blick zu und verschwand dann aus seinem Gesichtsfeld.

Andrej versuchte, sich zu bewegen, aber es ging nicht. Von seinem Rücken ging ein stechender Schmerz aus. Er konnte Arme und Hände bewegen, aber es kostete ihn unendliche Mühe, und es war mehr ein Zittern als eine wirkliche Bewegung.

Der Pirat hantierte irgendwo außerhalb seines Blickfeldes. Andrej hörte ein Klappern, dann das Rascheln von grobem Stoff. Erneut versuchte er sich zu bewegen, und diesmal gelang es ihm wenigstens, den rechten Arm ein kleines Stück auszustrecken, wenn auch nicht besonders weit und in keine Richtung, die ihm einen Vorteil eingebracht hätte.

Abu Dun musste die Bewegung wohl gehört haben, denn er lachte roh und sagte: »Gib dir keine Mühe, Hexenmeister. Ich habe dir das Kreuz gebrochen. Deine Zaubertricks nutzen dir nichts mehr.«

Immerhin schloss Andrej aus diesen Worten eines: Dass es nicht das erste Mal war, dass Abu Dun einen Gegner auf diese Weise ausgeschaltet hatte. Wie er selbst vertraute der Pirat weniger auf seine Waffen als auf seine körperlichen Fähigkeiten. Der Kerl war so stark wie ein Bär. Andrej biss die Zähne zusammen, als ein neuerlicher Schmerz durch seinen Rücken schoss. Seine Beine begannen zu kribbeln.

Abu Dun kam auf ihn zu. Er trug jetzt einen grauen Kaftan und darüber einen blütenweißen, weiten Mantel, aber noch keinen Turban.

»Ich bin noch nicht sicher«, sagte er nachdenklich, »ob ich meine Männer bestrafen oder dir Respekt zollen soll, dass es dir gelungen ist, so weit zu kommen. Das ist vor dir noch keinem geglückt. Allah hat sie entweder mit Blindheit geschlagen, oder du bist gefährlich wie eine Schlange.«

Seine Augen wurden schmal. »Der Inquisitor hat mich vor dir gewarnt. Er hat gesagt, du wärst mit dem Teufel im Bunde. Ich gestehe, dass ich ihm nicht geglaubt habe. Sie reden einen solchen Unsinn, diese selbst ernannten heiligen Männer … aber in diesem Fall hat er wohl die Wahrheit gesagt.« Er hob seufzend die Schultern. »Ich werde meine Männer wohl nicht bestrafen. Oder ich werde sie auspeitschen und dich dann ihrem Zorn überlassen, was meinst du?«

Andrej antwortete nicht, sondern biss stattdessen die Zähne so fest aufeinander, dass sie knirschten. Abu Dun mochte das für einen Ausdruck von Qual halten, und damit hatte er Recht: Andrejs Rücken fühlte sich an, als würde er ganz langsam in Stücke gerissen, obwohl das genaue Gegenteil der Fall war. Das Leben kehrte in seine Beine und seinen Leib zurück, aber es war ein qualvoller, unendlich schmerzhafter Prozess.

Der Pirat beugte sich vor und schnüffelte. »Du stinkst, *Giaur*«, benutzte er das arabische Wort für Ungläubiger.

Andrej antwortete nicht darauf. Es gelang ihm jetzt kaum noch, einen Schrei zu unterdrücken, und er musste all seine Willenskraft aufbieten, um die Beine still zu halten. Die Regeneration war fast abgeschlossen. Wenn Abu Dun jetzt begriff, dass er nicht so hilflos war, wie es den Anschein hatte, dann war es um ihn geschehen.

»Bist du allein gekommen, oder hat Bathory dir eine Abteilung seiner Spielzeugsoldaten mitgegeben?«, fragte Abu Dun, beantwortete seine eigene Frage aber gleich selbst, indem er den Kopf schüttelte und fortfuhr: »Nein. Hättest du Hilfe, wärst du das Risiko nicht eingegangen, dich hier einzuschleichen … aber was ist mit dem Jungen? Ist dieser Teufelsbengel auch bei dir? Man hat mir gesagt, er wäre tot, aber dasselbe habe ich auch über dich gehört. Ich denke, er ist auch irgendwo in der Nähe. Es ist wohl besser, wenn ich ein paar dieser unfähigen Narren ans Ufer schicke, um nach ihm zu suchen.«

Diesmal hatte Andrej sich nicht mehr gut genug unter Kontrolle, um Abu Dun nicht sehen zu lassen, wie nahe er der Wahrheit gekommen war. Frederic war tatsächlich am Ufer zurückgeblieben und wartete auf ihn. Natürlich würde der Junge sehen, dass nicht er es war, der zurückkam, sondern Abu Duns Männer, aber das beruhigte Andrej nicht. Frederic war ein Kind, das dazu neigte, schreckliche Risiken einzugehen, wie es Kindern eigen ist. Und er vertraute viel zu sehr auf seine vermeintliche Unverwundbarkeit.

Abu Dun lachte. »Dann wirst du deinen jungen Freund ja bald wiedersehen«, sagte er. »Ihr werdet zusammen sterben.« Er wandte sich um. »Lauf nicht weg«, sagte er höhnisch, während er hinausging.

2

Nachdem ihn der Pirat allein gelassen hatte, gestattete sich Andrej einen tiefen, lang andauernden Schmerzenslaut und ließ den Kopf zurücksinken. Seine Beine zuckten unkontrolliert. Das Leben kehrte mit Feuer und Gewalt in seine Glieder zurück. Er war schon oft verwundet worden, aber selten so schwer.

Indem er sich zu entspannen versuchte und jeden Gedanken abschaltete, konnte er die Heilung beschleunigen. Auf diese Weise gab er seinem Körper Gelegenheit, seine ganze Energie auf das Regenerieren zerrissener Muskeln und zerbrochener Knochen zu richten. Aber dieser Vorgang brauchte Zeit. Wie lange würde Abu Dun brauchen, um seinen Männern Anweisung zu geben und zurückzukommen? Sicher nicht mehr als wenige Minuten. Aber diese Zeit musste reichen.

Sie reichte.

Andrej versank in eine Art Trance, in der er zuerst jeden bewussten Gedanken, dann sein Zeitgefühl und schließlich sogar den Schmerz abschaltete. Sein Körper erholte sich in dieser Zeit, schöpfte Energie aus geheimnisvollen Quellen, deren Natur selbst Andrej nicht klar war, und kehrte in seinen unversehrten Zustand zurück. Als er Abu Duns Schritte draußen auf dem Gang hörte, öffnete er die Augen und lauschte noch einmal konzentriert in sich hinein. Er war bereit. Seine Verletzungen waren verheilt, aber er war noch sehr schwach. Die Heilung hatte ungewöhnlich viel Kraft gekostet. Er war auf keinen Fall in der Lage, einen zweiten Kampf mit Abu Dun durchzustehen.

Der Pirat kam herein – zu Andrejs Erleichterung allein –, warf die Tür hinter sich zu und lachte böse, als er sah, dass Andrej die Hand in Richtung des Schwertes ausgestreckt hatte, ohne es zu erreichen.

»Eines muss man dir lassen, Hexenmeister«, sagte er. »Du bist zäh. Du gibst nicht auf, wie?«

Dann kam er auf eine leichtsinnige Idee: Er zog einen Krummsäbel unter dem Kaftan hervor und schob mit ihm das Sarazenenschwert in Andrejs Richtung.

»Du willst kämpfen, *Giaur*?«, höhnte er. »Tu es. Nimm dein Schwert und wehr dich!«

Andrejs Hand schloss sich um den Griff der vertrauten Waffe, des einzigen wertvollen Besitzes, den ihm sein Stiefvater Michail Nadasdy hinterlassen hatte. Abu Dun lachte noch immer, und Andrej trat ihm mit solcher Wucht vor den Knöchel, dass er haltlos zur Seite kippte und auf einen Tisch fiel, der unter seinem Aufprall in Stücke brach. Noch bevor er sich von seiner Überraschung erholen konnte, war Andrej auf den Füßen und über ihm. Sein Schwert machte eine blitzartige Bewegung und fügte Abu Dun eine tiefe Schnittwunde auf dem Handrücken zu. Der Krummsäbel des Piraten polterte zu Boden, und Andrejs Sarazenenschwert bewegte sich, ohne innezuhalten, weiter und ritzte seine Kehle: Zu leicht, um ihn zu töten, aber doch so tief, dass sich eine dünne, rasch mit Rot füllende Linie auf seinem Hals abzeichnete. Abu Dun keuchte und erstarrte.

»Du hättest besser auf Vater Domenicus gehört, Abu Dun«, sagte Andrej kalt. »Manchmal reden die heiligen Männer nämlich nicht nur Unsinn, weißt du?«

Abu Dun starrte ihn aus hervorquellenden Augen an. Er begann am ganzen Leib zu zittern. »Aber … aber wie kann das sein?«, stammelte er. »Das ist unmöglich! Ich habe dir das Kreuz gebrochen!«

Andrej bewegte das Schwert, sodass Abu Dun gezwungen war, den Kopf immer weiter in den Nacken zu legen und sich schließlich rücklings und in einer fast unmöglichen Haltung in die Höhe zu stemmen.

»Teufel!«, presste er hervor. »Du … du bist der Teufel! Oder mit ihm im Bunde!«

»Nicht ganz«, sagte Andrej. »Aber du kommst der Wahrheit schon ziemlich nahe.« Er sah den neuerlichen Schrecken auf Abu Duns Gesicht und bedauerte seine Worte fast. Ihm war nicht wohl dabei, dass er Abu Dun nun töten musste. Jedoch: Das Geheimnis seiner Unverwundbarkeit musste gewahrt bleiben, um jeden Preis!

Trotzdem fuhr er fort: »Vielleicht solltest du dir genau überlegen, was du jetzt sagst. Du solltest dir möglicherweise mehr Gedanken um deine Seele als um deinen Hals machen, Pirat.«

»Töte mich«, sagte Abu Dun trotzig. »Mach mit

mir, was du willst, aber ich werde nicht vor dir kriechen.«

»Du bist ein tapferer Mann, Abu Dun«, sagte Andrej. Er dirigierte den Piraten mit dem Schwert weiter zurück, bis er rücklings auf die Liege fiel. »Aber ich hatte nicht vor, dich zu töten. Deshalb bin ich nicht gekommen.«

Abu Dun schwieg. In seinen Augen war eine so grenzenlose Angst, wie Andrej sie noch nie zuvor im Blick eines Menschen gesehen hatte, aber gerade das machte ihn nur umso vorsichtiger. Angst konnte aus tapferen Männern wimmernde Feiglinge machen, aber manchmal machte sie auch aus Feiglingen Helden.

»Du weißt, weshalb ich hier bin«, sagte er.

Abu Dun schwieg weiter, doch Andrej sah, wie sich sein Körper unter den Kleidern ganz leicht spannte. Er bewegte das Schwert, und an Abu Duns Hals erschien eine zweite rote Linie.

»Du wirst die Gefangenen freilassen«, sagte er. »Du wirst deinen Männern befehlen, den Anker zu lichten und ans Ufer zu fahren. Sobald die Gefangenen an Land und in sicherer Entfernung sind, lasse ich dich laufen.«

»Das ist unmöglich«, sagte Abu Dun gepresst. »Es ist viel zu gefährlich, bei Dunkelheit das Ufer dieses unberechenbaren Donauarms anzulaufen. Was glaubst du, warum wir in der Flussmitte vor Anker gegangen sind?«

»Dann wollen wir hoffen, dass deine Männer so gute Seeleute sind, wie man es von türkischen Piraten allgemein behauptet«, sagte Andrej. Er wusste, dass Abu Dun recht hatte. Es gab Untiefen, Sandbänke und sogar Felsen in Ufernähe. Aber bis Sonnenaufgang würde noch viel Zeit vergehen. So lange konnte er nicht warten.

»Sie werden nicht auf mich hören«, sagte Abu Dun. »Die Gefangenen … sie erwarten eine hohe Belohnung, wenn wir sie abliefern.«

»Abliefern?« Andrej wurde hellhörig. »Wo? An wen?«

Abu Dun presste die Lippen aufeinander. Augenscheinlich hatte er schon mehr gesagt, als er vorgehabt hatte.

»An wen?«, fragte Andrej noch einmal; diesmal lauter. Er musste sich beherrschen, um seiner Frage nicht mit dem Schwert mehr Nachdruck zu verleihen. Zu nichts verspürte er größeres Verlangen, als diesem Ungeheuer in Menschengestalt die Kehle durchzuschneiden, und er würde es tun. Aber nicht jetzt. Und er würde ihn nicht quälen.

Abu Dun schürzte trotzig die Lippen. »Töte mich, Hexenmeister«, sagte er. »Von mir erfährst du nichts.«

Andrej tötete ihn nicht. Aber er machte eine blitzschnelle Bewegung mit dem Schwert und schlug Abu Dun die flache Seite der Klinge vor die Schläfe. Der Pirat verdrehte die Augen, seufzte leise und verlor auf der Stelle das Bewusstsein.

Er würde nicht lange ohnmächtig bleiben. Rasch durchsuchte Andrej das Zimmer, bis er zwei passende Stricke gefunden hatte. Mit einem davon band er Abu Duns Fußgelenke so aneinander, dass der Pirat zwar gehen, aber nur unbeholfene kleine Schritte machen konnte, dann wälzte er den schweren Mann mit einiger Mühe herum, band seine nach oben gebogenen Handgelenke aneinander und schlang das Ende des Stricks um seinen Hals. Wenn Abu Dun auch nur versuchen sollte, sich zu befreien, würde er sich unweigerlich selbst erwürgen; kein Akt unnötiger Grausamkeit, sondern eine Vorsichtsmaßnahme, die ihm bei einem Mann wie Abu Dun angebracht zu sein schien.

Der Pirat kam wieder zu sich, kaum dass Andrej seine Aufgabe beendet hatte. Prompt versuchte Abu Dun, sich loszureißen und schnürte sich dabei den Atem ab. Andrej sah ihm einige Augenblicke lang stirnrunzelnd zu, dann sagte er ruhig: »Lass es. Es sei denn, du willst mir die Mühe abnehmen, dir die Kehle durchzuschneiden.«

Abu Dun funkelte ihn an. Die Furcht in seinen Augen war einer mindestens ebenso großen Wut gewichen. Er bäumte sich auf, schnürte sich abermals die Luft ab, und Andrej trat zufrieden zwei Schritte zurück, legte das Schwert aus der Hand und schlüpfte aus dem besudelten Gewand. Die Sachen, die er darunter trug, waren noch immer feucht und hatten einen Teil des üblen Geruchs angenommen. In einem Punkt hatte Abu Dun recht gehabt: Er stank.

Er steckte das Schwert ein, zog stattdessen einen rasiermesserscharfen, zweiseitig geschliffenen Dolch aus dem Gürtel und machte eine auffordernde Geste.

»Lass uns nach oben gehen«, sagte er. »Ich bin neugierig darauf, wie viel deinen Leuten dein Leben wert ist.«

Abu Dun schürzte verächtlich die Lippen, stand aber dann gehorsam auf. Jedenfalls versuchte er es. Anscheinend hatte er noch gar nicht bemerkt, dass auch seine Füße gefesselt waren, denn er fiel mit einem überraschten Laut auf die Knie und wäre um ein Haar ganz nach vorne gestürzt. Als er versuchte, sein Gleichgewicht zurückzuerlangen, schnürte sich der Strick erneut enger um seinen Hals. Er hustete qualvoll. Andrej wartete, bis er sich wieder beruhigt und umständlich in die Höhe gearbeitet hatte, dann öffnete er vorsichtig die Tür, trat einen Schritt zur Seite und machte eine wedelnde Bewegung mit dem Dolch.

»Warum sollte ich tun, was du von mir verlangst?«, fragte Abu Dun trotzig. »Du tötest mich doch sowieso.«

»Möglicherweise«, antwortete Andrej kalt. »Die Frage ist nur, ob ich auch deine Seele fresse.«

Abu Dun lachte. Aber es klang unecht, und in seinen Augen loderte die Furcht höher. Er widersprach nicht mehr, sondern senkte den Kopf, um durch die niedrige Tür zu treten. Andrej folgte ihm, wobei er die Spitze des Dolches zwischen seine Schulterblätter drückte.

»Du solltest dafür sorgen, dass deine Männer nicht zu sehr erschrecken, wenn sie uns sehen«, sagte Andrej. Zumindest der Gang, in den sie traten, war leer, aber durch die offen stehende Luke am oberen Ende der Treppe drangen aufgeregte Stimmen und Lärm. Die gesamte Besatzung des Sklavenseglers war nun wach und auf den Beinen. Es war ein irrsinniges Risiko, jetzt dort hinauf zu gehen, aber er hatte keine andere Wahl.

Abu Dun arbeitete sich mit ungeschickten kleinen Schritten zum Anfang der Treppe vor, blieb stehen und rief einige Worte in seiner Muttersprache. Von oben antwortete eine Stimme, dann erschien ein Schatten in dem grauen Rechteck, und ein überraschter Laut erscholl. Der Schatten verschwand, und für einen kurzen Moment brach oben auf dem Deck Tumult los. Dann rief Abu Dun wieder etwas in seiner Muttersprache, und nach einigen Augenblicken erschien die Gestalt erneut in der Öffnung.

»Sie werden dich in Stücke schneiden, Narr«, sagte Abu Dun. »Auf mich werden sie keine Rücksicht nehmen.«

»Dann tragen wir beide dasselbe Risiko, nicht wahr?«, fragte Andrej. »Los!«

Er verlieh seinen Worten mit dem Dolch Nachdruck, und Abu Dun begann umständlich und schräg gegen die Wand gelehnt die Treppe hinaufzusteigen. Die Fußfesseln waren etwas zu kurz, sodass er kaum in der Lage war, die Stufen zu bewältigen. Oben fiel er auf die Knie. Einer seine Männer wollte ihm zu Hilfe eilen, aber Andrej fuchtelte erneut mit dem Dolch herum, und Abu Dun scheuchte ihn mit einem gebellten Befehl zurück.

Als sie auf das Deck hinaustraten, begann Andrejs Herz schneller zu schlagen. Aber keiner von Abu Duns Männern machte Anstalten, seinem Anführer zu Hilfe zu kommen.

»Jetzt gib Befehl, den Anker zu lichten und das Ufer anzulaufen«, sagte Andrej.

Abu Dun sagte tatsächlich etwas in seiner Muttersprache, aber keiner seiner Männer reagierte. Die Piraten umringten sie. Die meisten hatten ihre Waffen gezogen.

»Ich habe es dir gesagt«, sagte Abu Dun. »Sie werden nicht gehorchen.«

Andrejs Gedanken rasten. Es gab nicht viel, was er tun konnte. Wenn er Abu Dun tötete, würden sich die Piraten auf ihn stürzen und ihn in Stücke reißen. Er hob das Messer höher und setzte die Spitze seitlich auf Abu Duns Hals.

»Ob sie gehorchen, wenn ich dir die erste Sure des Korans in die Wange schnitze?«, fragte er.

Der Pirat sagte nichts, aber Andrej konnte seine Furcht beinahe riechen. Er berührte mit der Klinge Abu Duns Wange und fügte ihm einen winzigen Schnitt zu, den der Pirat kaum spüren konnte, der aber sichtbar blutete. Ein erschrockenes Murren ging durch die Reihen der Piraten, und Abu Dun sagte:

»Es ist gut. Sie werden gehorchen.« Er wiederholte seine Aufforderung, lauter und in herrischem Ton. Auch jetzt erfolgte nicht sofort eine Reaktion, aber der Pirat wurde lauter und schrie nun, und endlich senkten einige seiner Männer ihre Waffen und setzten sich in Bewegung. Andrej atmete auf. Er hatte noch nicht gewonnen, aber er hatte die erste und wichtigste Hürde genommen. Abu Duns Macht über seine Männer schien doch nicht so begrenzt zu sein, wie er behauptet hatte.

»Bete zu deinem Gott, dass keiner deiner Männer etwas Unbedachtes tut«, sagte Andrej. »Vielleicht bleibst du dann ja doch am Leben.«

Sein Zorn auf Abu Dun war kein bisschen kleiner geworden, aber er würde die Welt nicht besser machen, wenn er ihn tötete. Er war kein Richter. Und was Abu Dun anschließend über den Mann erzählte, dessen Verletzungen auf geheimnisvolle Art in Augenblicken heilten und der so gut wie unsterblich war, konnte ihm gleich sein. Die Welt war voller Geschichten von Zauberern, Dämonen und Hexenmeistern, die im Grunde niemand glaubte. Welche Rolle spielte es schon, ob es eine mehr gab oder nicht? Wenn Abu Dun ihm die Möglichkeit dazu gab, würde er ihn am Leben lassen.

Andrej sah sich unauffällig um. Die meisten Piraten standen immer noch mit den Waffen in den Händen da und starrten ihn finster an, aber einige waren auch davongeeilt und mit irgendetwas beschäftigt, das er nicht zu erkennen vermochte. Es war nicht das erste Mal, dass Andrej sich an Bord eines Schiffes befand, aber er war kein Seefahrer, und es war einfach zu dunkel, um Einzelheiten zu erkennen. Er konnte nur hoffen, dass die Männer taten, was Abu Dun ihnen aufgetragen hatte, und nicht irgendeine Teufelei vorbereiteten.

Rückwärts gehend und Abu Dun wie einen lebenden Schutzschild vor sich haltend, bewegte er sich bis zur Reling und lehnte sich leicht dagegen. So konnte sich wenigstens niemand von hinten anschleichen. Sein Blick richtete sich aufmerksam in die Runde.

Das Deck ächzte leise, und er glaubte ein Zittern zu spüren, das vorher noch nicht da gewesen war. Er vermutete, dass einer der Männer dabei war, den Anker einzuholen. Zwei weitere waren bereits in die Takelage hinaufgeklettert.

Andrej versuchte zum Ufer zu sehen, konnte es aber nicht erkennen; nicht einmal als dunkle Linie. Die Wolkendecke vor dem Himmel hatte sich mittlerweile vollkommen geschlossen. Selbst der Fluss war nur noch eine endlose schwarze Fläche, auf der sich nicht der geringste Lichtschimmer zeigte. Es war dunkel wie in der Hölle und sehr kalt.

Als hätte er seine Gedanken gelesen, sagte Abu Dun: »Wohin willst du gehen – sollte es dir tatsächlich gelingen, uns zu entkommen?«

»Ich wüsste nicht, was dich das anginge«, knurrte Andrej.

»Nichts«, antwortete Abu Dun. »Es ist nur so, dass ich mich frage, was du mit hundert befreiten Gefangenen anfangen willst, die dem Tod näher sind als dem Leben. Du willst sie nach Hause bringen?« Er lachte. »Ihr würdet Wochen brauchen, wenn nicht Monate. Keiner von ihnen hat die Kraft, das durchzustehen. Und selbst wenn – es ist Krieg, hast du das vergessen?«

»Was geht mich euer Krieg an?«, fragte Andrej. Er wusste, dass es ein Fehler war, überhaupt zu antworten. Abu Dun wollte ihn in ein Gespräch verwickeln, womöglich ablenken, damit seine Leute eine Gelegenheit fanden, ihn zu befreien.

»Bis hinauf zu den Karpaten befindet sich das Land in der Hand Sultan Selics«, antwortete Abu Dun.

»Und was seine Truppen nicht besetzt halten, das verwüsten die versprengten Haufen der Walachen, Kumanen und Ungarn, die sich untereinander nicht weniger erbittert bekriegen als die großen osmanischen und christlichen Heere. Du glaubst tatsächlich, du könntest eine Karawane halb toter Männer, Frauen und Kinder durch dieses Gebiet nach Hause bringen?« Er schüttelte den Kopf. »Nein. So dumm bist du nicht, Hexenmeister.«

»Was willst du damit sagen?«, fragte Andrej.

»Ihr braucht ein Schiff«, antwortete Abu Dun. »Und ich habe eines.«

»Das ist gar keine schlechte Idee«, sagte Andrej. »Wir könnten dich und deine Männer über Bord werfen und mit dem Schiff weiterfahren.«

Abu Dun lachte. »Sei kein Narr. Selbst wenn ihr es könntet, wie weit würdet ihr kommen, bis ihr auf die ersten Truppen des Sultans trefft? Oder auf die Ungarn – was im Zweifelsfall keinen Unterschied für euch macht?« Er bewegte sich leicht, erstarrte aber sofort wieder, als Andrej den Druck auf die Messerklinge verstärkte. »Sei kein Dummkopf, Hexenmeister«, fuhr er fort. »Ich schlage dir ein Geschäft vor. Du zahlst mir das, was ich für die Sklaven bekommen hätte, und ich bringe dich und deine Leute sicher nach Hause. Oder zumindest so nahe heran, wie es mir möglich ist.«

Beinahe hätte Andrej gelacht. »Wie kommst du auf die Idee, dass ich dir traue?«

»Weil du ein kluger Mann bist«, antwortete Abu Dun in einem Ton, der überzeugender klang, als es

Andrej lieb war. »Ich mache Geschäfte. Mir ist es gleich, wofür ich mein Gold bekomme. Und hundert Passagiere sind angenehmer zu transportieren als hundert Sklaven, die man bewachen muss. Außerdem«, fügte er mit einem Grinsen hinzu, »hast du im Moment eindeutig die besseren Argumente.«

Obwohl er es nicht wollte, übten Abu Duns Worte eine gewisse Anziehungskraft auf Andrej aus. Die Frage, wie er die gut hundert zu Tode erschöpften Gefangenen eigentlich nach Hause bringen sollte, hatte ihn in den letzten Tagen beschäftigt wie keine andere, aber eine wirkliche Antwort hatte er noch nicht gefunden.

Natürlich war es grotesk, auch nur mit dem *Gedanken* zu spielen, dass er dem Piraten trauen konnte. Trotzdem fragte er: »Und Vater Domenicus? Er wird nicht erfreut sein, wenn er hört, dass du ihn verraten hast.«

Abu Dun machte ein abfälliges Geräusch: »Was geht mich dieser lügnerische Pfaffe an? Er hat mir eine Ladung Sklaven zum Kauf angeboten. Er hat mir nicht gesagt, dass sie unter dem Schutz eines leibhaftigen Dämonen stehen. Ist es eine Lüge, einen Lügner zu belügen?«

»Ist es klug, einem Verräter zu trauen?«, gab Andrej zurück.

»Ich bin kein Verräter«, antwortete Abu Dun. »Ich mache Geschäfte. Aber ich verstehe, dass du mir misstraust. Ich an deiner Stelle täte es wohl auch. Gut. Dann werde ich dir den Beweis meiner Ehrlichkeit liefern. Sieh zum Bug.«

Andrej gehorchte – und sein Herz machte einen erschrockenen Satz in seiner Brust.

Vor der kurzen Rammspitze des Schiffes waren zwei von Abu Duns Kriegern aufgetaucht, die eine dritte, wesentlich kleinere Gestalt zwischen sich hielten. Es war Frederic.

»Großer Gott«, murmelte er.

»Der wird dir jetzt wohl auch nicht mehr helfen«, sagte Abu Dun ruhig. »Spielst du Schach, Hexenmeister?«

Andrej antwortete nicht, sondern starrte Frederic aus ungläubig aufgerissenen Augen an. Der Junge hing schlaff in den Armen eines der Piraten. Er schien bewusstlos zu sein. Der zweite Pirat hatte seinen Krummsäbel mit beiden Händen ergriffen und suchte mit gespreizten Beinen nach festem Stand; wohl um Frederic mit einem einzigen Hieb zu enthaupten – was selbst für einen Delãny den sicheren Tod bedeuten würde. Andrej fragte sich, ob es Zufall war oder Abu Dun ihm die ganze Zeit etwas vorgemacht hatte und er sehr viel mehr über sie wusste, als er zugab.

»Tätest du es«, fuhr Abu Dun fort, »wüsstest du, dass man eine solche Situation ein Patt nennt. Unangenehm, nicht? Wenn du mich tötest, töten sie ihn, und wenn sie ihn töten, tötest du mich. Jetzt ist die Frage nur, wessen Leben mehr wert ist. Das des Jungen oder meines.«

Andrejs Gedanken überschlugen sich. Er kannte die Antwort auf Abu Duns Frage. Im Zweifelsfall würden seine Männer vermutlich wenig Rücksicht auf sein Leben nehmen. So etwas wie Piratenehre gab es nur in Legenden. Aber wenn er nachgab, bedeutete das ihrer beider sicheren Tod. Er wusste nicht, was er tun sollte.

»Ich will es dir leicht machen«, sagte Abu Dun. »Lasst den Jungen los!«

Den letzten Satz hatte er laut gerufen, und er bediente sich wohl absichtlich Andrejs Sprache, damit er ihn verstand. Die beiden Männer, die Frederic gepackt hatten, reagierten nicht sofort. Auf ihren Gesichtern erschien ein unwilliger Ausdruck.

»Ihr sollt ihn loslassen, oder ich lasse euch bei lebendigem Leib die Haut abziehen!«, brüllte Abu Dun.

Die beiden Piraten zögerten noch einmal einen Moment, aber dann ließ der eine sein Schwert sinken und der andere trat einen halben Schritt zurück und ließ Frederic los. Der Junge fiel auf die Knie, kippte auf die Seite und stemmte sich benommen auf Händen und Knien hoch, aber nur, um gleich wieder zu fallen. Er war mehr bewusstlos als wach. Erst beim dritten Versuch kam er in die Höhe, sah sich aus glanzlosen Augen um und torkelte auf Andrej und den Piraten zu.

»Jetzt bist du an der Reihe, Hexenmeister«, sagte Abu Dun. »Du musst dich entscheiden, ob du mir traust oder nicht.«

Selbstverständlich vertraute Andrej dem Piraten nicht. Ebenso gut konnte er einem Krokodil die Hand ins Maul legen und darauf hoffen, dass es satt war. Das Schlimme war nur: Abu Dun hatte recht.

Die Gefangenen an Land zu bringen bedeutete nicht das Ende, sondern erst den Anfang ihrer Probleme. So unglaublich es ihm auch selbst erschien, er hatte die Augen vor diesem Problem bisher einfach verschlossen.

»Ich kann dir nicht trauen«, sagte er. Seine Stimme verriet mehr von seinem Zweifel, als er wollte.

»Dann wirst du mich wohl töten müssen«, sagte Abu Dun. »Entscheide dich! Jetzt! Ich bin es müde, darauf zu warten, dass du mir die Kehle durchschneidest.«

Andrej wusste nicht, was er tun sollte. »Verrate mir noch eins«, sagte er. »Wohin wolltet ihr die Gefangenen bringen? Was hat dir Vater Domenicus gesagt?«

»Nichts«, antwortete Abu Dun unwillig. »Ich hatte vor, die Donau hinaufzufahren und sie an einen anderen Händler zu verkaufen. Es ist Krieg. Jeder braucht Sklaven. Sie bringen einen guten Preis.«

Andrej spürte, dass das nicht die Wahrheit war.

»Du weißt, was dir passiert, wenn du mich hintergehst«, sagte er. »Du kannst mich töten, aber ich werde wiederkommen, und dann werde ich dich und alle deine Männer töten und eure Seelen in die Hölle schicken.«

»Da kommen sie sowieso hin, fürchte ich«, seufzte Abu Dun. »Aber ich bin nicht besonders versessen darauf, dass es schon heute geschieht. Haben wir eine Abmachung?«

Andrej zögerte eine unendlich lange, quälende Weile. Dann trat er zurück, durchtrennte mit einem schnellen Schnitt Abu Duns Fesseln und ließ den Dolch sinken.

»Nun?«, fragte Andrej. »Haben wir eine Abmachung?«

Abu Dun betrachtete seine Fingerspitzen. Dann sah er auf, runzelte die Stirn noch tiefer und nickte schließlich.

»Ja«, sagte er. »Das haben wir.«

Und damit schlug er Andrej die Faust mit solcher Wucht ins Gesicht, dass dieser auf der Stelle das Bewusstsein verlor.

3

Als er erwachte, lag er auf einer weichen, angenehm warmen Unterlage, und schon beim ersten Räkeln wurde ihm bewusst, dass seine Arme und Beine ungefesselt waren. Andrej öffnete die Augen, blinzelte verständnislos und benötigte einen kurzen Moment, um zu begreifen, dass er sich in Abu Duns Kabine befand. Er lag auf der gleichen seidenbezogenen Liege, auf der er den Piraten vorhin aufgespürt hatte. Außerdem war er nicht allein. Frederic saß auf dem Schemel neben dem Bett, wach und unversehrt.

»Wie ...?«, begann Andrej und wurde sofort von Frederic unterbrochen.

»Der Pirat hat dich hergebracht«, sagte Frederic. »Du warst nur einen kurzen Moment besinnungslos. Draußen vor der Tür steht eine Wache.«

Das hatte Andrej gar nicht fragen wollen. Er setzte sich auf, stützte die Unterarme auf die Knie und ließ die Schultern nach vorne sinken. Seine Lippe blutete. Er hob die Hand und wischte das Blut weg, ehe er den Kopf wieder hob und Frederic mit einem zweiten, sehr viel längeren Blick maß.

Der Junge erwiderte ihn mit einer Mischung aus Trotz und Schuldbewusstsein. Er war vollkommen durchnässt, und seine Kleider hingen in Fetzen an ihm herab.

»Was ist passiert?«, fragte Andrej ruhig.

»Ich wollte dir helfen«, antwortete Frederic. Er sprach schnell, laut und in aggressivem Ton.

Andrej verstand nicht genau, was Frederic überhaupt meinte. »Helfen?«

»Es hätte auch geklappt, wenn du nicht dafür gesorgt hättest, dass die Piraten alle wach und an Deck waren«, sagte Frederic. »Niemand hätte mich bemerkt.«

Andrej riss die Augen auf. »Du bist …«

»… dir nachgeschwommen«, fiel ihm Frederic ins Wort. »Und? Niemand hätte mich bemerkt!«

»Und was hattest du vor?«, wollte Andrej wissen.

»Warum hast du dem Piraten nicht einfach die Kehle durchgeschnitten?«, fragte Frederic. Seine Augen blitzten. »Wir hätten sie alle töten können! Sie haben geschlafen! Und jetzt erzähl mir nicht, dass du nicht in der Lage gewesen wärst, die Wache an Deck zu überwältigen! Ich weiß, wie schnell du bist!«

Andrej blickte den Jungen betroffen an. »Du sprichst von zwanzig Männern, Frederic«, sagte er.

»Zwanzig *Piraten*«, erwiderte Frederic gereizt. »Hast du Skrupel? Auf diesem Schiff sind hundert von unseren Leuten! Ist ihr Leben vielleicht weniger wert? Ich glaube nicht, dass Abu Dun Probleme hätte, sie zu töten.«

»Und genau das ist der Unterschied zwischen ihm und uns«, sagte Andrej leise. Er war nicht zornig, sondern nur betroffen. Er hatte Frederic eingeschärft, an Land zurückzubleiben und sich nicht von der Stelle zu rühren, ganz egal, was geschah. Aber er war nicht einmal besonders überrascht, dass Frederic nicht gehorcht hatte. Er war ein Kind. Und er hatte in bester Absicht gehandelt. Er hatte ihm helfen wollen.

Und sie damit beide zum Tode verurteilt:

»Es tut mir leid«, sagte Frederic niedergeschlagen. »Ich wollte dir nur helfen.«

»Schon gut«, sagte Andrej. »Es hätte sowieso nicht geklappt.«

Dir Tür ging auf, und Abu Dun kam herein. Andrej spannte sich instinktiv, ließ sich aber fast in der gleichen Bewegung wieder zurücksinken. Selbst wenn er Abu Dun überwältigen würde – was hätte er gewonnen?

Der Pirat schloss die Tür hinter sich, lehnte sich dagegen und verschränkte die Arme vor der Brust. Einige Augenblicke lang sah er Andrej nur an, dann fragte er: »Was macht dein Gesicht, Hexenmeister? Tut es weh?«

»Andrej«, bekam er zur Antwort. »Mein Name ist Andrej Delãny. Und die Antwort auf deine Frage ist nein, Sklavenhändler.«

Abu Dun lachte. »Schade«, sagte er. »Obwohl ich es mir eigentlich hätte denken können. Aber diesen Schlag war ich dir einfach schuldig.« Er hob die Hand und berührte mit den Fingerspitzen die beiden dünn verschorften Linien an seinem Hals, dann lachte er, griff unter den Mantel und zog Andrejs Schwert hervor. Immer noch leise lachend, hielt er ihm die Klinge mit dem Griff voran hin.

Andrej starrte verständnislos auf das schlanke Sarazenenschwert.

»Nimm es«, sagte Abu Dun. »Es gehört dir.«

Zögernd griff Andrej nach der kostbaren Waffe, immer noch sicher, dass Abu Dun sich nur einen grausamen Scherz mit ihm erlaubte. Aber der Pirat ließ das Schwert los und sah schweigend zu, wie Andrej es einen Moment in der Hand drehte und dann in den Gürtel schob.

»Du … gibst mir meine Waffe zurück?«, fragte er ungläubig.

»Wir haben eine Abmachung, oder?«, gab Abu Dun zurück. »Nun, da wir Partner sind, geziemt es sich nicht, dass du waffenlos vor mir stehst.« Er lachte leise. »Du hast gedacht, ich verrate dich.«

»Ja«, gab Andrej ehrlich zu.

»Genau das solltest du«, erwiderte Abu Dun grinsend. »Nach dem, was du mir angetan hast, tut dir ein kleiner Schrecken ganz gut, meine ich. Aber ich stehe zu meinem Wort.«

»Vor allem, wenn es dir einen hübschen Profit einbringt«, vermutete Frederic.

Abu Dun würdigte ihn keines Blickes. »Womit wir beim Thema wären«, sagte er. »Unsere Vereinbarung. Bevor ich meinen Leuten Anweisung gebe, die Gefangenen loszuketten, würde mich eines interessieren, Delãny: Wie gedenkst du für ihre Überfahrt zu bezahlen? Du hast jedenfalls kein Geld bei dir, davon konnte ich mich überzeugen.«

»Wir haben genug Geld in unserem Dorf«, sagte Frederic. »Ihr werdet großzügig entlohnt.«

»Frederic, sei bitte still«, sagte Andrej. Ihr Dorf war arm, wie die meisten Dörfer und Städte in diesen Kriegszeiten. Das wenige von Wert, was sie besessen hatten, hatten Vater Domenicus' Männer geplündert und mitgenommen. Andrej war ziemlich sicher, dass Abu Dun das wusste.

»Wir besitzen nichts. Weder meine Leute noch ich.«

»Es ist gut, dass du nicht versucht hast mich zu belügen«, sagte Abu Dun. »Du hast also kein Geld, aber du bietest mir trotzdem einen Handel an.«

»Genau genommen hast du ihn mir angeboten«, antwortete Andrej. »Ich nehme an, du hast vergessen, dass ich dein Leben in die Waagschale geworfen habe.«

»So viel ist das nicht wert«, sagte Abu Dun. Dann machte er eine Kopfbewegung zur Tür. »Geh nach hinten zu deinen Leuten, Junge. Einige von ihnen sind krank. Vielleicht kannst du ihnen helfen. Kranke Sklaven will niemand haben. Sie sind nur Ballast, den wir über Bord werfen.«

Frederic funkelte ihn an. »Ich denke nicht daran …«

»Geh«, sagte Andrej leise. Frederics Zorn drohte sich nun auf ihn zu konzentrieren, aber dann stand er doch auf und stürmte aus der Kabine. Abu Dun wartete, bis er die Tür hinter sich zugeworfen hatte, dann wandte er sich mit einem fragenden Blick an Andrej.

»Du feilschst mit mir und hast nichts zu bieten, Delãny?« Er schüttelte den Kopf. »Du enttäuschst mich.«

»Das hast du gewusst, als du mir diesen Vorschlag gemacht hast«, sagte Andrej.

»Vielleicht«, sagte Abu Dun. Seine Augen wurden

schmal. Er musterte Andrej auf eine Art, die diesem nicht gefiel.

»Also, was willst du?«, fragte Andrej. »Ich habe nichts.«

»Du hast etwas«, behauptete Abu Dun. »Dich.«

»Mich?« Andrej blinzelte. »Du verlangst *mich*? Als Sklaven?«

»Das wäre ziemlich töricht«, antwortete Abu Dun. Er klang jetzt ein bisschen unruhig. »Wer würde schon einen Sklaven halten, der fähig ist, Dinge zu tun, wie du sie tun kannst; und dich zu verkaufen wäre nicht sehr klug. Tote Kunden sind keine sehr zufriedenen Kunden.«

»Was willst du dann?«, fragte Andrej. Er hatte ein ungutes Gefühl.

»Ich will so werden wie du«, sagte Abu Dun gerade heraus.

Es dauerte einen Moment, bevor Andrej antwortete. Er wählte seine Worte sehr sorgfältig.

»Damit ich dich richtig verstehe, Abu Dun«, begann er. »Du hältst mich für einen Dämon, aber du willst trotzdem, dass …«

»Du bist so wenig ein Dämon wie ich«, unterbrach ihn Abu Dun. »Ich glaube nicht an all diesen Unfug von Dämonen und Geistern, und ich glaube auch nicht, dass ich mein Seelenheil aufs Spiel setze, wenn ich mich mit dir einlasse. Wenn es so etwas wie den Teufel gibt, so gehört ihm meine Seele ohnehin schon. Ich habe also nichts zu verlieren. Aber eine Menge zu gewinnen. Ich will deine Geheimnisse kennen lernen, Delãny.«

»Selbst wenn ich es wollte, könnte ich sie dir nicht verraten«, sagte Andrej.

»Wieso nicht?«, fauchte Abu Dun.

»Weil ich sie nicht kenne«, erwiderte Andrej. »Ich bin, was ich bin. Aber ich weiß nicht, wer mich dazu gemacht hat. Oder warum. Oder gar *wie.*«

»Und wenn du es wüsstest, würdest du es mir nicht verraten«, sagte Abu Dun nickend. »Ich verstehe.« Er schüttelte ein paar Mal den Kopf. »Ich habe von Männern wie dir gehört, Andrej Delãny. Männer, die sich unsichtbar machen können. Die durchs Feuer schreiten und sich schnell wie der Wind zu bewegen vermögen und die unsterblich und unverwundbar sind. Ich habe gedacht, es wäre nur ein Märchen, aber nun stehe ich einem von ihnen gegenüber.«

»Das meiste von dem, was du gehört hast, ist zweifellos übertrieben«, sagte Andrej vorsichtig.

»Du bist zu bescheiden, Delãny«, sagte Abu Dun. »Ich *weiß*, was ich gesehen habe.« Er kam näher, streckte die Hand aus und machte dann eine blitzartige Bewegung, sodass einer der mit schweren Edelsteinen besetzten Ringe an seinen Fingern Andrejs Wange aufriss. Der Kratzer tat nicht besonders weh, aber er blutete.

Andrej wollte die Hand an die Wange heben, aber Abu Dun ergriff blitzartig sein Gelenk und zwang den Arm herunter. In seinen Augen war nicht die geringste Regung zu erkennen, als er dabei zusah, wie sich der Schnitt in Andrejs Wange schloss.

»Und ich weiß, was ich sehe.«

Andrej riss sich los. »Du irrst dich, wenn du glaubst,

dass ich dir dazu verhelfen könnte«, sagte er. »Ebenso gut könnte ich von dir erwarten, mich so schwarz zu machen, wie du es bist.«

»Das glaube ich dir sogar, Delãny«, sagte Abu Dun. »Also, hier mein Vorschlag: Ich setze deine Leute im nächsten Hafen ab, von dem aus sie sicher in ihr Heimatdorf zurückkehren können. Sie bleiben unter Deck, und sie bekommen zu essen und zu trinken. Ich lasse ihre Ketten lösen, wenn du es wünschst, aber ich will sie nicht an Deck sehen. Die Reise wird vier oder fünf Tage dauern, allerhöchstens sechs. Sie sind dort unten besser aufgehoben als oben an Deck.«

»Und was verlangst du dafür?«, fragte Andrej misstrauisch.

»Ich hatte erhebliche Unkosten«, sagte Abu Dun. »Ich habe für deine Leute bezahlt, Delãny. Sie essen und trinken, und ich werde nichts für sie bekommen. Meine Mannschaft verlangt den Anteil an einem Gewinn, den ich nicht haben werde, und der Schwarze Engel weiß, was uns auf dem Weg die Donau hinauf erwartet. Du hast es selbst gesagt: Dein Freund Domenicus wird nicht begeistert sein, wenn er erfährt, dass ich deine Familie nach Hause gebracht habe, statt sie auf dem Sklavenmarkt zu verkaufen.«

»Anscheinend ist alles wahr, was man sich über arabische Markthändler erzählt«, stellte Andrej fest. »Was willst du?«

Abu Dun lächelte. »Dich«, sagte er. »Für ein Jahr. Du wirst bei mir bleiben, als mein Sklave und Leibwächter.«

»Ich bin kein Pirat«, sagte Andrej entschieden.

»Das bin ich auch nicht«, antwortete Abu Dun. »Jedenfalls nicht immer. Ich werde nicht von dir verlangen, dass du gegen deine Landsleute kämpfst. Du wirst mein Leibwächter, mehr nicht. Ich werde dich ein Jahr lang beobachten und versuchen, hinter dein Geheimnis zu kommen. Nach einem Jahr kannst du gehen.«

»Und wenn ich ablehne?«, fragte Andrej.

»Dann machen wir weiter, wo wir gerade aufgehört haben«, antwortete Abu Dun ungerührt. »Wir werden kämpfen. Vielleicht wirst du mich töten, aber dann werden meine Männer dich töten, den Jungen und wahrscheinlich alle deine Leute. Vielleicht werde ich auch gewinnen, und dann werden meine Krieger ausprobieren, wie unverwundbar du wirklich bist.«

Er sprach ganz ruhig. In seiner Stimme war keinerlei Drohung. Aber er meinte die Worte auch ganz genau so, wie er sie sagte.

»Wenigstens bist du ehrlich«, sagte Andrej und stand auf. »Ein Jahr, nicht länger?«

»Von heute an gerechnet,« sagte Abu Dun.

»Dann haben wir einen Handel.«

Der Himmel begann sich grau zu färben, als Frederic aus den Gefangenenquartieren zurückkehrte. Er war ungewöhnlich still, und soweit Andrej das in dem blassen Licht erkennen konnte, hatte sich seine Gesichtsfarbe der des verhangenen Himmels über ihnen angepasst.

»Nun?«, fragte Andrej. Er hatte sich im Bug des

Schiffes niedergelassen und die Beine an den Körper gezogen. Seine Kleider waren mittlerweile getrocknet, und Abu Dun hatte ihm eine Decke gebracht, aber er zitterte trotzdem vor Kälte. Er würde nicht krank werden, das wusste er, aber seine Fähigkeit zu leiden war so groß wie die jedes anderen Menschen. In seiner Stimme war ein leises Zittern, von dem er sich einredete, dass es hauptsächlich an der Kälte lag, die in Wellen von der Wasseroberfläche hochstieg.

Frederic warf einen sehnsüchtigen Blick nach achtern, bevor er sich neben ihm niederließ. Keiner der Piraten hatte in dieser Nacht geschlafen. Die Männer hatten sich um ein Becken mit glühender Kohle geschart, und Andrej konnte sich gut vorstellen, was jetzt in Frederic vorging. Auch er hätte eine Menge dafür gegeben, dort hinten in der Wärme zu sitzen. Die Vorstellung, dass diese Männer für das nächste Jahr seine Kameraden sein würden, erschien ihm absurd.

»Es ist schrecklich«, murmelte Frederic. »Viele sind krank. Ich glaube, einige werden sterben.«

»Die Delãnys sind zäh«, sagte Andrej.

»Du«, antwortete Frederic. »Ich. Die meisten anderen nicht. Warum bist du nicht nach unten gekommen?«

Vielleicht aus dem gleichen Grund, aus dem er so viele Jahre gezögert hatte, nach Hause zu gehen, dachte Andrej. Diese Leute *waren* seine Familie. Manche von ihnen waren mit ihm verwandt; hätte er sich die Mühe gemacht, die Geschichte des Dorfes weit genug zurückzuverfolgen, hätte er vermutlich festgestellt: alle. Sie waren die einzige Familie, die er hatte. Und doch hatte er fast Angst vor dem Moment, in dem er sie wiedersehen würde.

»Es gibt einen Grund, aus dem ich damals weggegangen bin«, sagte er nach einer Weile.

»Ich weiß.« Frederic setzte sich neben ihn.

»Woher?«

»Weil ich ihnen gesagt habe, dass du hier bist«, sagte Frederic. »Sie sollen wissen, dass du dein Leben riskiert hast, um sie zu retten. Obwohl sie dich damals davongejagt haben.«

»Sie wussten es nicht besser«, sagte Andrej. »Vielleicht hätte ich nicht anders gehandelt, an ihrer Stelle.«

»Sie sind Dummköpfe«, beharrte Frederic. »Sie haben Angst vor uns, weil wir anders sind als sie.«

»Wir?«, fragte Andrej.

»Wir«, beharrte Frederic. »Ich bin wie du, nicht wie diese undankbaren Narren. Ich habe ihnen gesagt, was du getan hast, damit sie ihre Freiheit zurückbekommen. Man sollte meinen, dass sie dankbar sind, aber ich habe nicht viel davon gespürt.«

»Menschen fürchten die Dinge, die sie nicht verstehen«, sagte Andrej. »Das ist nun einmal so.«

»Abu Dun scheint das nicht so zu sehen.«

»Abu Dun ist Abu Dun«, sagte Andrej ausweichend. »Er ist … anders als die meisten Männer.«

»Und du bist ganz sicher, dass du wirklich mit ihm gehen willst?«, erkundigte sich Frederic, nachdem Andrej ihm von dem Handel erzählt hatte.

Sicher? Nein, das war er ganz gewiss nicht. Ihm fielen auf Anhieb zahlreiche Dinge ein, die er lieber getan hätte. Trotzdem nickte er. »Es ist am besten so. Du wirst sie nach Hause begleiten, und ich werde nachkommen. Etwas später.«

»Nach einem Jahr!«

»Ein Jahr ist kurz«, sagte Andrej. »Es bedeutet nicht viel. Für mich noch weniger als für die meisten anderen.«

»Du glaubst tatsächlich, dass Abu Dun Wort hält«, sagte Frederic. »Er wird warten, bis er hat, was er von dir will, und dich dann töten.«

»Es ist nicht so leicht, mich zu töten.«

»Kann man dich ...« Frederic verbesserte sich. »Kann man *uns* überhaupt töten?«

»Oh ja«, antwortete Andrej. Es war nicht das erste Mal, dass Frederic versuchte, das Gespräch auf dieses Thema zu lenken. Bisher hatte Andrej es stets unterbunden. Frederic war viel zu jung. Er konnte einfach nicht mit allem fertig werden, was auf ihn einstürmte. Und da war noch etwas: Manchmal glaubte er, etwas Dunkles an dem Jungen zu spüren, das ihn erschreckte.

Aber sie würden nicht mehr lange zusammen sein, und es gab ein paar Dinge, die er Frederic sagen musste.

»Es gibt viele Methoden, uns zu töten, Frederic. Wenn man dich enthauptet, bist du tot. Wenn man dir das Herz aus dem Leib reißt, bist du tot. Wenn man dich verbrennt, bist du tot ... Wir sind nicht unverwundbar, Frederic, und schon gar nicht unsterblich. Unsere Körper sind nur ...« Er suchte nach Worten. »Erheblich widerstandsfähiger als die der meisten anderen. Unsere Wunden heilen schneller.«

»Wie bei einem Salamander, dem ein Schwanz oder ein Bein nachwächst, wenn man es ihm abschneidet«, sagte Frederic.

»Wenn man einem Salamander den Kopf abschneidet, ist er tot«, sagte Andrej ernst. Frederic wollte etwas erwidern, aber Andrej schüttelte den Kopf und fuhr fort: »Du darfst deine Unverwundbarkeit niemals als Waffe einsetzen, hörst du? Niemand darf davon erfahren.«

»Das weiß ich längst«, sagte Frederic. »Außerdem wissen schon viele um dieses Geheimnis. Vater Domenicus und …«

»Er wird es niemandem erzählen«, unterbrach ihn Andrej, »selbst wenn er es tatsächlich überlebt haben sollte, dass du ihm einen Dolch durch die Kehle gestoßen hast.«

»Ich wollte nur, ich wäre sichergegangen, dass er wirklich tot ist«, sagte Frederic feindselig.

»Vielleicht ist er ja auch schon längst tot«, sagte Andrej leise, während ein ganz anderes Bild als das des grausamen Kirchenfürsten vor seinem inneren Auge aufstieg: das von Domenicus' Schwester Maria, die er in Constãntã unter dubiosen Umständen kennen gelernt hatte. Zu behaupten, Maria hätte ihm den Kopf verdreht, wäre maßlos untertrieben gewesen. Doch Frederic hatte den verhassten Inquisitor Domenicus auf dem Markplatz von Constãntã niedergestochen: Mit dieser Tat hatte er seine von der Inquisition ermordeten oder verschleppten Verwandten rächen wollen, doch zwischen ihm und Maria war es deswegen zum Bruch gekommen. Im Grunde genommen hatten Andrej und die verwöhnte junge Frau von Anfang an zwei feindlichen Lagern angehört. Das allerdings änderte nichts daran, dass er noch immer tiefe Gefühle für das schlanke, dunkelhaarige Mädchen hegte.

Fast gewaltsam riss er sich von seinen Erinnerungen los.

»Und Abu Dun und seine Piraten? Du wirst sie töten, sobald wir in Sicherheit sind, habe ich recht?«

»Nein, Frederic, das werde ich nicht tun«, sagte Andrej ernst. Da war sie wieder, diese Dunkelheit, die er manchmal in Frederic spürte und die ihn erschreckte. Der Junge sprach in letzter Zeit ein bisschen zu viel vom Töten. »Nur weil unsere Leben länger dauern als ihre und wir schwerer zu töten sind, sind wir nicht besser. Wir haben nicht das Recht, nach Belieben Menschen niederzumetzeln.«

»Piraten«, sagte Frederic verächtlich.

»Wir sind nicht ihre Richter«, sagte Andrej scharf. »Willst du so werden wie die Männer in den goldenen Rüstungen?«

»Du bist doch auch ein Krieger, oder?«

»Ich bin ein Schwertkämpfer«, antwortete Andrej. »Ich wehre mich, wenn ich angegriffen werde. Ich verteidige mich, wenn es um mein Leben geht. Ich töte, wenn ich es muss. Aber ich ermorde niemanden.«

»Und du glaubst, das wäre ein Unterschied?«

Andrej seufzte. »Du musst noch sehr viel lernen, Frederic«, sagte er.

»Zeit genug dazu habe ich ja«, sagte Frederic düster. »Werde ich immer ein Kind bleiben?«

»Ich glaube nicht«, sagte Andrej. »Ich bin gealtert, seit … es geschah. Wir sind nicht unsterblich. Ich weiß nicht, wie alt wir werden, doch irgendwann werden auch wir sterben. Vielleicht in hundert Jahren, vielleicht in tausend …« Er hob die Schultern. »Hab keine Angst. Du wirst nicht für immer ein Kind bleiben.«

»Wer sagt, dass mir das Angst macht?« Frederic grinste. »Manchmal ist es ganz praktisch, für ein Kind gehalten zu werden. Die Menschen neigen dazu, Kinder zu unterschätzen.« Er wurde übergangslos wieder ernst. »Werden sie mich auch davonjagen, wenn sie … es bemerken?«

Andrej hätte Frederic gerne belogen, schon um ihm den Schmerz zu ersparen, den auch er nur zu gut kannte. Aber er tat es nicht. »Das weiß ich nicht,« sagte er ausweichend. »Du hast es gerade selbst gesagt, erinnerst du dich? Sie fürchten alles, was sie nicht verstehen. Ich will dir nichts vormachen.« Er rang sich ein Lächeln ab. »Aber du hast noch Zeit. Sicher einige Jahre, bis …«

»Bis sie merken, dass mit mir etwas nicht stimmt«, führte Frederic den Satz zu Ende. »Dass ich mich nicht verletzen kann. Dass ich niemals krank werde. Und dass ich nicht altere.« Er sah Andrej durchdringend an. »Was ist das, was mit uns geschieht, Andrej? Ein Segen oder ein Fluch?«

»Vielleicht bekommt man das eine nicht ohne das andere«, antwortete Andrej. »Du siehst müde aus, Frederic. Du solltest ein wenig schlafen.«

»Du hast mir niemals gesagt, wie es dazu gekommen ist«, sagte Frederic, ohne auf seine Worte einzugehen. »Wie bist du … unsterblich geworden?«

Andrej registrierte das Zögern in seiner Stimme. Frederic hatte etwas anderes sagen wollen, war aber im letzten Moment vor dem Wort zurückgeschreckt. »So wie du«, sagte er.

»Ich? Aber ich weiß nicht, wie!«

»Erinnerst du dich an die Nacht, in der ich dich aus dem brennenden Gasthaus gerettet habe? Du warst schwer verletzt. So schwer wie noch nie zuvor in deinem Leben.«

Frederic schauderte. Natürlich erinnerte er sich. Es war erst wenige Wochen her.

»Du hast lange auf Leben und Tod gelegen«, fuhr Andrej fort. »Bei mir war es genauso. Ein dummer Unfall. Ich war leichtsinnig und fiel vom Pferd, und ich hatte das Pech, mit dem Schädel auf einen Stein zu schlagen. Drei Tage lag ich auf Leben und Tod. Ich hatte hohes Fieber und habe wild fantasiert. Aber ich überlebte es. Und von diesem Tag an …« Er hob die Schultern. »Ich weiß nicht, was es ist. Vielleicht hat mein Körper eine Grenze durchbrochen. Vielleicht muss man sterben, um zurückzukommen und unsterblich zu sein.«

»Sterben.« Frederics Augen blickten für einen Moment ins Nichts. Andrej konnte sehen, wie ein Schaudern durch seinen schmalen Körper lief. »Ich … erinnere mich. Ich war an … an einem dunklen Ort. Einem schrecklichen Ort. Vielleicht … haben wir etwas von dort mitgebracht.«

»Vielleicht ist es auch ganz anders«, sagte Andrej. Auch er fröstelte, aber diesmal war es ganz eindeutig *nicht* die äußere Kälte, die ihn schaudern ließ. Frederics Worte erfüllten ihn mit einer Furcht, gegen die er fast wehrlos war. »Es ist nur eine Idee. *Meine* Idee, Frederic. Vielleicht ist es nur eine Laune der Natur.«

»Das glaube ich nicht«, antwortete Frederic.

»Ganz gleich, was es auch ist, wir müssen damit leben«, sagte Andrej leichthin. »Und weißt du, wir werden sehr viel Zeit haben, darüber zu reden.« Er machte eine Kopfbewegung zum Heck des Schiffes hin. »Die Männer wissen nicht, dass du ... so bist wie ich. Das sollte auch so bleiben.«

»Und Abu Dun?«

Andrej war nicht ganz sicher. »Ich glaube, er ahnt es«, sagte er. »Aber er weiß es nicht, und ich finde, das ist auch gut so. Du musst sehr vorsichtig sein, solange du noch an Bord dieses Schiffes bist. Gib Acht, dass du dich nicht verletzt. Schon ein kleiner Schnitt könnte fatale Folgen haben.«

Frederic runzelte die Stirn. »Du meinst, weil wir uns praktisch nicht verletzen können, müssen wir besonders darauf achten, uns nicht zu verletzen?«

»Ganz genau das meine ich.« Andrej nickte. »Das mag merkwürdig klingen, aber es ist lebenswichtig.«

»Das ist nur zu wahr«, sagte Frederic. »Es klingt komisch.« Aber er lachte, und nach einem kurzen Moment stimmte Andrej in dieses Lachen ein. Er rutschte ein Stück zur Seite und hob die Decke, die Abu Dun ihm gebracht hatte.

»Komm näher, junger Unsterblicher«, sagte er. »Du

bist vor Messern gefeit, aber nicht vor der Kälte. Ich weiß das, glaub mir. Ich habe zusammengerechnet schon mehr Jahre gefroren, als du alt bist.«

Frederic kroch zu ihm unter die Decke, und nachdem Andrej sie um seine Schulter gelegt hatte, schmiegte er sich enger an ihn. Nach einer Weile hörte er auf zu zittern, und nach einer weiteren Weile schloss er die Augen und seine Atemzüge wurden langsamer. Er war eingeschlafen.

Und wenigstens für diesen kurzen Augenblick war er nicht mehr als ein verängstigtes, frierendes Kind, das sich im Schlaf an die Schulter eines Erwachsenen kuschelte.

Vielleicht waren es die letzten Tage seines Lebens, in denen er noch Kind sein durfte.

4

Obwohl er es nicht gewollt hatte, war er doch noch eingeschlafen, wenn auch nur kurz. Er erwachte, als sich das Schiff mit einer schwerfälligen Bewegung und einem Geräusch, das an das Seufzen eines müden Wals erinnerte, leicht auf die Seite legte und den Bug in die Strömung drehte. Irgendwo über seinem Kopf erklang ein schweres, nasses Klatschen, und graues Licht drang durch seine halb geschlossenen Lider.

Etwas stieß unsanft in seine Rippen. Andrej hob widerwillig die Lider und war nicht überrascht, Abu Dun mit finsterem Gesicht über sich aufragen zu sehen. Der Pirat trug jetzt wieder seinen Turban, und aus seinem Gürtel ragte der Griff eines gewaltigen Krummsäbels, auf den er die linke Hand gelegt hatte.

»Wach auf, Hexenmeister«, sagte Abu Dun und stieß ihn abermals mit dem Fuß an; diesmal so hart, dass es wehtat. »Es ist heller Tag, und es geziemt sich nicht, dass mein Leibwächter wie ein Hund hier oben an Deck schläft.«

»Mein Name ist Andrej«, murmelte der Angesprochene verschlafen. »Und ich bin noch nicht dein Leibwächter. Erst wenn wir unser Ziel erreicht haben.« Die Nacht war einem Tag gewichen, der nicht wirklich ein Tag war. Klamme Feuchtigkeit hüllte das Schiff ein, und die Umgebung war hinter einer grauen

Wand verschwunden. Nebel war aufgekommen, und es war sehr kalt.

Andrej wartete einen Moment lang vergeblich darauf, dass Abu Dun irgendetwas erwiderte, dann stand er vorsichtig auf, breitete die Decke über Frederic aus, der ungerührt weiterschlief, und entfernte sich ein paar Schritte. Abu Dun folgte ihm. Er sagte nichts, aber in seinen Augen funkelte es spöttisch.

Andrej sah sich mit ärgerlich gerunzelter Stirn um. Abu Duns Männer hatten das Segel gesetzt und arbeiteten schnell, aber sehr präzise, um das plumpe Schiff endgültig in die Strömung zu drehen. Sie hatten bereits Fahrt aufgenommen, aber Andrej konnte das Ufer so wenig sehen wie in der Nacht, denn es wurde anstelle der Dunkelheit nun von einer Wand aus wattigem grauem Nebel verborgen.

»Was soll das, Abu Dun?«, fragte er. »Soll ich ein paar Knoten für dich knüpfen oder deinen Männern helfen, die Segel zu setzen?«

Abu Dun ignorierte seine Worte einfach. Er war wieder stehen geblieben und sah nachdenklich auf Frederic hinab, der sich im Schlaf in die Decke eingedreht und auf die Seite gewälzt hatte.

»Was ist das mit dir und diesem Jungen?«, fragte er. »Ist er wie … wie du?«

»Nein«, antwortete Andrej. Er war ziemlich sicher, dass Abu Dun spürte, dass er log. Trotzdem fuhr er fort: »Er ist nur ein Junge. Ich mag ihn, das ist alles. Vielleicht, weil er so einsam ist wie ich. Er hat niemanden, weißt du?«

Abu Dun schwieg eine ganze Weile. Dann sagte er

etwas, das Andrej erschreckte: »Du solltest dich nicht zu sehr an ihn binden, Delãny. Der Junge ist nicht gut. Etwas Dunkles lauert in seiner Seele.«

»Du bist also nicht nur Pirat und Sklavenhändler, sondern kannst auch in die Seelen von Menschen blicken.« Der Spott klang selbst in Andrejs Ohren schal, und Abu Dun machte sich nicht einmal die Mühe, darauf zu antworten. Er sah nur den schlafenden Jungen einige Augenblicke lang an, dann deutlich länger Andrej und machte eine wegwerfende Handbewegung.

»Der Himmel wird sich lichten, sobald die Sonne ganz aufgegangen ist«, sagte er. »Das Wetter wird gut heute. Wenn wir günstigen Wind haben, werden wir ein gutes Stück Weg schaffen. Wir müssen …«

Er unterbrach sich, als ihm einer seiner Männer etwas zurief. Andrej verstand nicht was, aber auf Abu Duns Gesicht erschien ein überraschter, vielleicht auch erstaunter Ausdruck.

»Probleme?«, fragte er spöttisch.

Abu Dun winkte ab, aber diesmal wirkte es eindeutig ärgerlich. »Nichts, was dich beunruhigen müsste«, sagte er harsch. »Hast du nicht selbst gesagt, dass du nichts von der Seefahrt verstehst?«

»Aber ich bin für Euer Wohl verantwortlich, Herr«, sagte Andrej spöttisch. »Also gestattet mir, dass ich mir Sorgen mache.«

»Mach dir lieber Sorgen um deine Zunge«, grollte Abu Dun. Aber er lachte bei diesen Worten. Nach einem Augenblick fuhr er fort: »Der Mann im Ausguck glaubt ein anderes Schiff gesehen zu haben.«

»Und was ist daran so ungewöhnlich?«, fragte Andrej. »Ich meine: Wir sind mitten auf der Donau. Dann und wann sollten auf großen Flüssen schon Schiffe gesichtet worden sein.«

»Kein Kapitän, der seine fünf Sinne noch beisammen hat, würde bei diesem Nebel lossegeln«, sagte Abu Dun. »Es ist viel zu gefährlich.«

»Ach?«

Abu Dun spießte ihn mit Blicken regelrecht auf, als er Andrejs Grinsen bemerkte. »Ich bin aus genau diesem Grund losgesegelt«, sagte er. »Weil niemand sonst es täte.«

»Noch einer hat es getan«, antwortete Andrej.

»Ja«, bestätigte Abu Dun. »Und genau das gefällt mir nicht. Bring den Jungen unter Deck, Hexenmeister, und dann komm zurück. Und bring dein Schwert mit – nur für alle Fälle.«

Andrej sah ihn fast bestürzt an. Es überraschte ihn kaum, zu begreifen, dass Abu Dun ihm vielleicht doch etwas verschwiegen hatte. Was ihn beunruhigte, war der besorgte Ausdruck auf Abu Duns Gesicht.

Wortlos drehte er sich zu Frederic herum und schüttelte ihn wach. Im selben Moment, in dem der Junge die Augen aufschlug, wehte ein dumpfer Knall durch den Nebel herüber. Gleichzeitig erscholl ein gellender Schrei; ein Mann stürzte vom Mast herunter und schlug kaum einen Meter neben Abu Dun auf die Decksplanken. Abu Dun fuhr auf, riss sein Schwert aus dem Gürtel und sprang zur Seite. Er begann in seiner Muttersprache zu brüllen, und überall auf dem Schiff rissen die Piraten ihre Waffen hervor und machten sich zur Verteidigung bereit.

Nur dass es niemanden gab, gegen den sie sich verteidigen konnten. Dem Schuss, der den Mann im Ausguck getötet hatte, folgte kein weiterer. Die graue Wand, die das Piratenschiff einschloss, schien lautlos näher zu kriechen, aber sie spie keine Angreifer aus.

»Was ist geschehen?«, fragte Frederic. »Andrej!«

»Nichts«, antwortete Andrej,. »Ich weiß es nicht. Geh unter Deck, schnell. Und bleib dort, egal, was geschieht. Und tu diesmal, was ich dir sage!«

Frederic blieb einen Moment trotzig stehen, dann drehte er sich um und verschwand mit raschen Bewegungen in der offen stehenden Luke. Andrej wartete, bis er aus seinem Blickfeld verschwunden war, und trat erst dann an Abu Duns Seite.

»Dieser verlogene Christenhund«, sagte Abu Dun gepresst. »Möge der Teufel seine Seele fressen!«

»Ich glaube, das hat er bereits getan«, sagte Andrej. »Falls wir von dem gleichen Mann sprechen: Vater Domenicus.«

Abu Duns Blick fuhr immer hektischer über die stumpfe graue Wand, die das Schiff einschloss. Aus dem Nebel drangen Geräusche, leise und sonderbar gedämpft, aber eindeutig als die eines Schiffes zu identifizieren, das allmählich näher kam.

»Ich hätte wissen müssen, dass er mich hintergeht«, sagte Abu Dun. »Trau niemals einem Christen!«

Er sah auf den toten Seemann neben sich, und Andrej folgte seinem Blick. Der Mann war aus mehr als zehn Metern Höhe herabgefallen und musste sich alle Knochen gebrochen haben, aber davon war er nicht gestorben: Seine Brust war voller Blut. Er war erschossen worden. Und das bedeutete, dass die Angreifer nahe waren. Sie befanden sich in der Mitte des Flusses. Selbst der beste Schütze hätte den Mann nicht vom Ufer aus treffen können.

»Da!«

Abu Dun deutete nach rechts. Eine plötzliche Windböe riss den Nebel auseinander, und aus den grauen Fetzen tauchte ein riesiges Schiff auf, dessen Rumpf und Segel vor Nässe glänzten. In seinem Bug, der das Deck des Piratenseglers um mindestens zwei Meter überragte, standen drei hoch aufgerichtete Gestalten. Andrejs Atem stockte, als er den Schriftzug las, der am Bug des Schiffes prangte: »Möwe«.

Es war Vater Domenicus' Schiff.

»Hund!«, sagte Abu Dun hasserfüllt. »Verdammter, verräterischer Hund! Dafür töte ich ihn! Macht euch bereit! Sie wollen uns entern!«

Andrej teilte seine Meinung nicht. Die »Möwe« hielt weiter auf sie zu, doch nun, als er den ersten Schrecken überwunden hatte, sah er auch, dass das Schiff nicht annähernd so riesig war, wie es im ersten Moment den Anschein gehabt hatte. Sein Deck lag ein gutes Stück höher als das des Sklavenseglers, aber es war viel kleiner, und es war kein Kriegsschiff, sondern ein plumper Frachter.

»Da stimmt etwas nicht«, sagte er.

Abu Dun nickte grimmig. Er mochte ein Mörder

sein, aber er war kein Dummkopf. »Vielleicht glaubt er ja, dass sein Christengott ihn beschützt«, sagte er. »Also gut, dann entern wir ihn. Ich will diesen Pfaffen lebendig, hört ihr?«

Den letzten Satz hatte er geschrien, aber seine Männer machten auch jetzt keine Anstalten, seinem Befehl zu folgen. Denn der Wind frischte auf, und eine weitere Böe riss den Nebel endgültig auseinander und gewährte ihnen einen Blick auf ein zweites, viel größeres Schiff, das aus der anderen Richtung auf sie zuhielt.

Diesmal war Andrej nicht sicher, ob er das Schiff tatsächlich sah oder in eine schreckliche Vision hinabglitt.

Das Schiff sah aus, als hätte die Hölle selbst es ausgespien.

Es war schwarz. Es musste mindestens doppelt so groß sein wie Abu Duns Sklavensegler. Die Reling war mit runden Schilden und gefährlich aussehenden metallenen Dornen gespickt. Auch Segel und Takelage waren schwarz. Das Einzige, was nicht schwarz an ihm war, war ein riesiger feuerroter Drache, der auf dem Hauptsegel prangte.

»Scheijtan!«, keuchte Abu Dun. Scheijtan – das arabische Wort für Teufel.

»Nicht ganz«, murmelte Andrej. »Aber ich fürchte, du bist nahe dran.« Mühsam riss er seinen Blick von dem schwarzen Segler los und deutete wieder zur »Möwe«.

Vater Domenicus' Schiff war mittlerweile nahe genug herangekommen, dass er die drei Männer erkennen konnte, die in seinem Bug standen. Domenicus und seine beiden dämonischen Krieger, die Männer in den goldenen Rüstungen. Domenicus stand zwar hoch aufgerichtet zwischen den beiden goldenen Rittern, aber nur, weil diese ihn unter den Armen ergriffen hatten und ihn stützten. Die Verletzung, die Frederic ihm zugefügt hatte, war offenbar noch lange nicht verheilt.

»Da sind sie!«, schrie Domenicus. »Tötet sie! Verbrennt die Teufelsbrut! Tötet sie alle!« Er machte eine wedelnde Bewegung mit dem linken Arm, die ihn um ein Haar das Gleichgewicht gekostet hätte, und hinter der Reling des schwarzen Seglers erschien eine einzelne, bizarre Gestalt.

Der Mann war riesig. Er musste weit über zwei Meter messen, und Andrej war nicht einmal sicher, dass es sich wirklich um einen Mann handelte, denn sein Gesicht war so wenig zu erkennen wie irgendetwas von seinem Körper. Er trug eine dunkelrote Rüstung, die die Farbe geronnenen Blutes hatte und über und über mit fingerlangen Stacheln und Dornen gespickt war. Sein Gesicht verbarg sich hinter einem Visier, das der Form nach einem mythischen Fabelwesen nachempfunden worden war. Vermutlich war es der Drache, den das Schiff auch im Segel führte.

»Verbrennt die Hexen!«, schrie Domenicus mit schriller, fast überschnappender Stimme.

Der rote Ritter hob den Arm. Hinter ihm glomm ein winziger, aber höllisch weißer Funke auf dem Deck des Schiffes auf. Andrej schloss geblendet die Augen und wandte sich ab, aber es nutzte nichts.

Aus dem Funken wurde eine Linie aus orangerotem Feuer, die wie ein glühender Finger in die Höhe und dann wieder hinunter und nach dem Piratenschiff griff. Sie bewegte sich träge, fast gemächlich, und sie war zu kurz gezielt: Der Halbkreis aus flüssigem Feuer verfehlte das Schiff und prallte zwei Meter vor dem Bug aufs Wasser.

Die Flammen erloschen nicht.

Andrej beobachtete fassungslos, dass das Wasser das Feuer nicht löschte, sondern das Feuer den Fluss in Brand setzte!

Abu Dun sog ungläubig die Luft zwischen den Zähnen ein. »Was ist das?!«, keuchte er. »Das ist Zauberei!«

Nicht ganz, dachte Andrej entsetzt. Aber es kommt ihr nahe. »Griechisches Feuer!«, murmelte er. »Großer Gott, das ist Griechisches Feuer!«

Abu Duns Antwort ging in einem gellenden Schrei unter. Der Feuerstrahl war weitergewandert, berührte den Bug des Schiffes und setzte die Reling in Brand. Die Männer prallten entsetzt zurück, aber einer der Piraten reagierte nicht schnell genug. Nur ein Spritzer der brennenden Flüssigkeit berührte sein Gewand, aber schon dieser winzige Spritzer reichte, ihn wie eine lebende Fackel auflodern zu lassen. Schreiend torkelte der Mann einige Schritte zurück und brach zusammen, während vor ihm der gesamte Bug des Schiffes in Flammen aufging.

»Bei Allah!«, keuchte Abu Dun. »Bringt euch in Sicherheit! Ins Wasser!«

Falls seine Männer die Worte über dem Prasseln

der Flammen und dem Chor gellender Schreie überhaupt hörten, so blieb ihnen keine Zeit mehr, darauf zu reagieren. Der Finger aus flüssigem Höllenfeuer wanderte weiter und setzte das gesamte Vorderschiff in Brand. Die Hitze war selbst hier so unerträglich, dass Andrej abwehrend die Arme vor das Gesicht riss und für einen Moment keine Luft mehr bekam. Zwei, drei weitere von Abu Duns Männern wurden von den brodelnden Flammen ergriffen und verzehrt, den anderen gelang es, sich in Sicherheit zu bringen, und auch Andrej erwachte endlich aus seiner Erstarrung. Er fuhr herum und rannte mit Riesenschritten auf die Luke zu, in der Frederic verschwunden war.

»Lauft!«, schrie er. »Bringt euch in Sicherheit!«

Aber wie? Er wusste, dass das Schiff verloren war. Nichts, keine Macht der Welt, konnte Griechisches Feuer löschen. Der gesamte Bug des Schiffes stand bereits in hellen Flammen, die erst dann erlöschen würden, wenn es nichts mehr gab, was sie verzehren konnten. Wer immer an Bord des Drachenseglers die teuflische Maschinerie bediente, die einen längst vergessen geglaubten Schrecken aus vergangener Zeit auf das Schiff schleuderte, er tat es mit erschreckender Präzision. Der Feuerstrahl fraß sich durch das Vorderdeck des Schiffes, spritzte lodernde Flammen in die Takelage und setzte die Segel in Brand.

Andrej hatte Abu Dun längst aus den Augen verloren. Die Hitze war beinahe unerträglich. Er stürmte die Treppe hinunter und sah gerade noch, wie Frederic die schwere Tür zum Sklavenquartier aufschob, eine Aufgabe, die seine gesamte Kraft zu beanspruchen schien.

»Nein!«, brüllte er. »Nicht!«

Frederic hielt mitten in der Bewegung inne und drehte sich verwirrt zu ihm um. Er hatte offensichtlich keine Ahnung, was direkt über seinem Kopf geschah. Andrej war mit einem einzigen gewaltigen Satz bei ihm und riss ihn zurück.

»He!«, schrie Frederic. »Was …?«

Die Hitze war mittlerweile selbst hier unten zu spüren. Ein böses, loderndes Licht füllte die Luke aus, durch die Andrej heruntergekommen war. Er hatte keine Zeit für irgendeine Erklärung. Ohne auf Frederics Widerstand zu achten, zerrte er ihn herum, riss ihn in die Höhe und trug ihn zur Treppe zurück. Hitze schlug ihm wie eine unsichtbare Hand entgegen und nahm ihm den Atem, aber er stürmte weiter.

Das Deck war eine Hölle aus Hitze, Licht, Schreien und tobender Bewegung. Frederic stieß einen keuchenden Schrei aus. Andrej versuchte erst gar nicht, sich zu orientieren, sondern rannte blindlings in die Richtung, in der das Licht am wenigsten grell war und ihm die Hitze nicht das Gesicht verbrannte. Eine in Flammen gehüllte Gestalt torkelte vorüber und brach zusammen, dann prallte Andrej gegen die Reling und wäre fast gestürzt. Ohne darüber nachzudenken, was er tat, schleuderte er Frederic in hohem Bogen über die Reling, fort von dem grausamen, verzehrenden Licht.

»Schwimm!«, schrie er. »Zum Ufer!«

Noch bevor Frederic mit einem gewaltigen Platschen im Wasser verschwand, schwang auch er sich über die Reling und sprang von Bord.

Nach der grausamen Hitze, die auf dem Deck des Piratenseglers geherrscht hatte, war das eisige Wasser ein Schock. Andrej schnappte instinktiv nach Luft, schluckte Wasser und spürte, wie sein Herz aus dem Takt geriet, während er von der Wucht des Aufpralls meterweit unter die Wasseroberfläche gedrückt wurde.

Automatisch begann er zu paddeln, kam wieder nach oben und rang keuchend nach Luft, als er die Wasseroberfläche durchbrach. Die Luft verbrannte seine Kehle und füllte seine Lungen mit weißem, flüssigem Schmerz. Er schrie, ging abermals unter und kam irgendwie wieder nach oben, ohne zu wissen, wo er war und in welche Richtung er sich bewegte.

Neben ihm war plötzlich eine Gestalt, eigentlich nur eine Bewegung. Er glaubte, es sei Frederic, griff zu und spürte, dass er sich getäuscht haben musste. Die Gestalt war zu groß, viel zu schwer und vollkommen reglos. Der Mann war ohnmächtig oder bereits tot. Statt ihn jedoch loszulassen, drehte sich Andrej auf den Rücken, lud sich den Mann so auf die Brust, dass sein Gesicht über Wasser blieb und er atmen konnte, und schwamm los.

Er konnte nur hoffen, dass er sich in die richtige Richtung bewegte.

Diesmal war das Schicksal ausnahmsweise auf seiner Seite gewesen. Schon nach wenigen Augenblicken hatte ihn die an dieser Stelle außergewöhnlich starke Strömung ergriffen. Er hatte nicht versucht, dagegen anzukämpfen, sondern war nur bemüht gewesen, in einen möglichst gleichmäßigen und Kräfte sparenden Rhythmus zu gelangen.

Der Fluss war an dieser Stelle voller Wirbel und reißender Unterströmungen, die einen Schwimmer meilenweit davontragen konnten, aber es gab unweit des Ufers eine Felsgruppe, an der sich das Wasser brach, bis es in größer und langsamer werdenden Spiralen ans Ufer schwappte.

Andrej erreichte die Stelle mit letzter Kraft, schleppte sich auf den sanft ansteigenden Streifen aus nassem Sand und kleinen, scharfkantigen Steinen und zerrte mit einer Hand den Mann hinter sich her, den er gerettet hatte. Er bemerkte erst jetzt, dass es Abu Dun war. Er war ohne Bewusstsein, atmete aber, und Andrej verwandte sein letztes bisschen Kraft darauf, ihn an Land zu bringen und auf die Seite zu drehen. Dann fiel er auf den Rücken und war für die nächsten Minuten zu nichts anderem mehr fähig, als in den Himmel zu starren und in tiefen, gierigen Zügen ein- und auszuatmen.

Eine Reihe qualvoller, würgender Geräusche riss ihn in die Wirklichkeit zurück. Mühsam stemmte er sich hoch, drehte den Kopf und sah, dass Abu Dun sich ebenfalls halb aufgerichtet hatte und sich keuchend ins Wasser übergab.

Der Anblick ließ auch in ihm Übelkeit aufsteigen.

Hastig drehte er den Kopf in die andere Richtung und sah auf den Fluss hinaus.

Der Nebel hatte sich weiter aufgelöst, wenn auch nicht vollkommen. Der graue Dunst, der über dem Wasser hing, reichte gerade aus, die Konturen der Dinge zu verwischen und die Szenerie noch gespenstischer erscheinen zu lassen.

Der Sklavensegler hatte sich in einen schwimmenden Scheiterhaufen verwandelt. Er brannte lichterloh vom Bug bis zum Heck. Takelage und Segel hatten sich in der infernalischen Hitze des Griechischen Feuers längst aufgelöst, und gerade, als Andrejs Blick ihn streifte, brach der Mast brennend in zwei Teile und stürzte ins Wasser. Selbst der Fluss brannte.

Sowohl die »Möwe« als auch der schwarze Drachensegler waren wieder auf respektvollen Abstand gegangen, um nicht von dem Inferno erfasst zu werden, das sie selbst entfesselt hatten. Sie kamen Andrej vor wie zwei Raubtiere, die ihre Beute geschlagen hatten und nun geduldig abwarteten, bis sie ausgeblutet und ihr Todeskampf vorüber war.

An Bord des Piratenschiffes konnte niemand überlebt haben. Andrej erinnerte sich an die Hitze, die selbst zehn Meter entfernt im Wasser schier unerträglich gewesen war. Niemand konnte diese Hölle länger als einige Augenblicke überstehen. Andrej betete, dass es so war.

Sein Blick suchte die »Möwe«. Sie befand sich noch immer auf der anderen Seite des brennenden Piratenschiffes, und das gleißende Licht ließ sie zu einem bloßen Schemen werden, sodass er die drei Gestalten, die hoch aufgerichtet in ihrem Bug standen, nicht erkennen konnte. Vermutlich waren sie schon gar nicht mehr da, sondern vor der Hitze geflohen, die selbst in zwanzig oder dreißig Metern Entfernung noch enorm sein musste. Er stellte sich Vater Domenicus' Gesicht so deutlich vor, als stünde dieser Teufel im Inquisitor-Gewand auf Armeslänge vor ihm. *Verbrennt die Hexen!* Und sie waren tot. Seine Familie, beinahe jeder, den er gekannt hatte, jeder, der seines Blutes gewesen war, war ausgelöscht. Nun gab es nur noch ihn und Frederic. *Verbrennt die Hexen!*

»Du wirst mir jetzt sagen, was du geplant hattest, Pirat«, sagte er, leise, kalt und mit einer Stimme, die so schneidend war wie Stahl.

Abu Dun hatte aufgehört sich zu übergeben und starrte wie er aus glasigen Augen auf den Fluss hinaus. Sein Gesicht war mit großen Brandblasen übersät.

»Wir hatten nichts ...«

»Sag es mir, Abu Dun!«, unterbrach ihn Andrej. »Oder bei Gott, ich schwöre dir, dass ich dir das Herz herausreiße und dich dabei zusehen lasse!«

Er sprach nicht sehr laut, und in seiner Stimme war fast kein Gefühl, aber vielleicht war es gerade das, was Abu Dun erkennen ließ, wie bitter ernst diese Worte gemeint waren. Der Pirat schwieg noch eine Weile, dann riss er seinen Blick mit erkennbarer Mühe von dem lodernden Scheiterhaufen los, der im Fluss schwamm.

»Wir hatten nichts geplant«, murmelte er. »Domenicus' Schergen haben mich hierherbestellt. Wir wollten uns treffen, eine knappe Tagesreise weiter flussaufwärts.«

»Wozu?«

»Sie haben gesagt, sie hätten einen Käufer für die Sklaven«, antwortete Abu Dun. »Einen Mann, der einen guten Preis für kräftige Arbeiter und fleißige Weibsstücke zahle.«

»Und warum hat er sie dann nicht selbst zu ihm gebracht?« Andrej beantwortete sich seine Frage: Ein Inquisitor, der mit Sklaven handelte? Ausgeschlossen!

»Er hat das geplant«, murmelte Abu Dun. »Dieser … dieser verlogene Hund! Er wollte uns alle töten! *Mich!*«

Verbrennt die Hexen!

Einen ganz kurzen Moment lang hatte sich Andrej gefragt, ob Domenicus vielleicht von Abu Duns plötzlichem Sinneswandel erfahren hatte und dieser heimtückische Überfall seine Antwort darauf war. Aber selbstverständlich war das unmöglich. Der Drachensegler war nicht aus dem Nichts aufgetaucht. Eine Falle wie die, in die sie gelaufen waren, bedurfte langer und sehr sorgfältiger Vorbereitung.

Er löste seinen Blick von der »Möwe« und dem brennenden Schiff davor und wandte sich dem Drachensegler zu. So wenig er Vater Domenicus und die beiden goldenen Ritter wirklich erkennen konnte, so deutlich sah er den Riesen in der blutfarbenen Rüstung. Sie verfehlte ihre Wirkung nicht.

»Ich werde ihn töten«, sagte Abu Dun. »Und wenn es das Letzte ist, was ich tue.«

»Nein«, sagte Andrej leise. »Das wirst du nicht, Pirat.« Er stand auf. »*Ich* werde es tun. Zuerst ihn und dann Domenicus und seine beiden Schergen.« Er legte eine hörbare Pause ein, in der er Abu Dun durchdringend und eisig ansah. »Und wenn es sein muss, jeden, der sich mir in den Weg stellt.«

Abu Dun wirkte für einen Moment regelrecht erschrocken, dann drehte er sich herum und schöpfte mit den Händen Wasser aus dem Fluss, um sich das Gesicht zu waschen.

»Ich habe mich noch gar nicht bei dir bedankt, dass du mir das Leben gerettet hast, Hexenmeister«, sagte er. »Ich werde dir zum Dank zwei Monate von deiner Schuld erlassen – oder sagen wir besser drei. Niemand soll Abu Dun nachsagen, dass ihm sein eigenes Leben nichts wert ist.«

»Schuld?« Andrej schüttelte den Kopf. »Ich schulde dir nichts, Pirat. Unser Handel ist hinfällig. Deine *Ware* ist gerade verbrannt.«

»Und du sagst, *ich* wäre ein harter Verhandlungspartner?« Abu Dun spie ins Wasser, stand auf und zog eine Grimasse, als er mit spitzen Fingern die Brandblasen auf seinem Gesicht betastete.

»Du hast mich gerettet und den Jungen nicht«, sagte er nachdenklich.

»Frederic kann auf sich selbst aufpassen«, antwortete Andrej. Er starrte weiter in Richtung des Drachenseglers. Auf dem großen Schiff waren mittlerweile gut zwei Dutzend Männer erschienen, aber Andrej hatte nur Augen für den Mann in der blutfarbenen Rüstung.

»Der Junge ist so wie du«, sagte Abu Dun. »Warum

überrascht mich das nicht? Er wird trotzdem nicht besonders erfreut sein, dass du ihn im Stich gelassen hast, um das Leben eines Piraten zu retten.«

»Er ist vor allem nicht so geduldig wie ich.« Andrej antwortete, ohne eigentlich zu wissen, was er sagte. Sein Blick brannte sich währenddessen geradezu in den Drachenritter ein. Der Mann stand reglos wie eine aus rotem Stein gemeißelte Statue im Bug seines unheimlichen schwarzen Schiffes, das Gesicht in Richtung des brennenden Piratenseglers gerichtet, und trotzdem hatte Andrej das Gefühl, dass er wusste, wer ihn vom Ufer aus beobachtete. Eine spürbare Bosheit schien von der Gestalt in der roten Rüstung auszugehen; reine Gewalt, die Gestalt angenommen hatte.

»Soll das eine Warnung sein?«

»Nein«, antwortete eine Stimme aus dem Wald hinter ihnen, bevor Andrej es tun konnte. »Ein Versprechen. Gib mir einen Grund, und ich reiße dir die Kehle heraus und trinke dein Blut.«

Frederic stolperte aus dem Wald heraus und kam mit kleinen, ein wenig unsicher wirkenden Schritten auf ihn zu.

»Frederic«, sagte Andrej müde.

Frederic sah aus zornig funkelnden Augen zu ihm hoch, aber er sagte nichts mehr, sondern ging wortlos an ihm und Abu Dun vorbei und stieg auf einen Felsen, der in Ufernähe aus dem Sand ragte. Es war vollkommen unnötig. Er musste das nicht tun, um freie Sicht auf den Fluss und das brennende Schiff zu haben; Andrej kam sein Verhalten seltsam unangemessen vor. Vor allem, als er in sein Gesicht sah. Frederic war nicht entsetzt. Da war keine Trauer. Kein Zorn. Nicht einmal diese schreckliche, saugende Leere, die Andrej am Anfang gefühlt hatte und auch jetzt noch fühlte. Obwohl ihn der bloße Gedanke entsetzte, schien ihm alles, was er auf Frederics Gesicht erblickte, so etwas wie gelindes Interesse zu sein. Er betrachtete den Tod all seiner Freunde und Verwandten auf die gleiche Weise, mit der er einem eindrucksvollen, aber nicht besonders originellen Schauspiel gefolgt wäre.

»Wir sollten von hier verschwinden«, sagte Abu Dun. »Dieser Teufel wird vielleicht das Ufer absuchen lassen, um sicher zu gehen, dass es keine Überlebenden gibt.«

»Das braucht er nicht«, sagte Andrej leise. »Er weiß, dass wir hier sind.«

Und als hätte er seine Worte gehört, drehte sich der Ritter in der stachelbewehrten roten Rüstung herum und sah ihn an.

5

Nicht nur wegen Abu Duns Befürchtung, Domenicus und sein unheimlicher Verbündeter könnten das Ufer nach Überlebenden absuchen, brachen sie kurze Zeit später auf. Sie bewegten sich flussaufwärts, entgegen der Strömung, die sie ans Ufer getragen hatte. Wäre es nach Frederic gegangen, dann wären sie unverzüglich wieder ins Wasser gestiegen, um zur »Möwe« und anschließend zum Drachensegler zu schwimmen und furchtbare Rache für den Tod der Delãnys zu nehmen. Auch ein Teil von Andrej schrie nach Blut, so laut, dass es ihm immer schwerer fiel, die Stimme zu überhören. Auch er wollte die beiden goldenen Ritter und vor allem Vater Domenicus tot sehen. Aber es wäre töricht gewesen, diesem Wunsch auf der Stelle nachzugeben.

Schon, weil sie diesen Kampf verloren hätten.

»Was hast du jetzt vor?«, fragte Frederic, nachdem sie eine Weile unterwegs waren. Da sich der Nebel vollends gehoben hatte, waren nicht nur die beiden ungleichen Schiffe deutlich zu erkennen gewesen – auf der »Möwe« und dem Drachensegler musste nur jemand mit nicht einmal allzu scharfen Augen in ihre Richtung blicken, um sie sofort zu sehen, sodass sie gezwungen waren, sich im Schutz des Waldes fortzubewegen. Ihr Tempo war dadurch noch weiter gesunken.

»Ich meine, nur wenn die Frage gestattet ist und ich nicht zu unwürdig und dumm bin, um Kenntnis von deinen genialen Plänen zu haben«, fuhr Frederic in bösem Tonfall fort, als Andrej nicht sofort antwortete. Diese Worte waren die ersten, die er gesprochen hatte, seit sie aufgebrochen waren. Aber er hatte auf eine ganz bestimmte Art geschwiegen, die Andrej nicht gefiel.

»Du bist vor allem ein Kind, das sich am Rande einer Tracht Prügel bewegt«, sagte Abu Dun, als klar wurde, dass Andrej auch jetzt nicht antworten würde. »Lehrt man Kinder bei euch, so mit Erwachsenen zu reden?«

Frederic würdigte ihn nicht einmal einer Antwort, sondern schenkte ihm nur einen verächtlichen Blick. Dann wandte er sich noch einmal und in noch herausfordernderer Art an Andrej: »Also? Was haben wir vor?«

»Etwas sehr Wichtiges«, sagte Andrej mit fast ausdrucksloser Stimme. »Am Leben zu bleiben.«

»Oh«, machte Frederic in höhnisch gespielter Überraschung. »Warum hast du das nicht gleich gesagt? Das ist also dein großartiger Plan?«

»Ja«, sagte Andrej. »Das ist er.« Er war nicht einmal sonderlich wütend über den unverschämten Ton des Jungen, aber er musste sich trotzdem beherrschen, um ihm nicht die Tracht Prügel zu verabreichen, die Abu Dun ihm gerade angedroht hatte.

»Aber wenn du vor Tatendrang gar nicht mehr weißt, was du tun sollst, dann lauf in den Wald und such ein bisschen trockenes Feuerholz. Wir sind weit genug entfernt. Ich möchte rasten und meine Kleider trocknen.«

»Ein Feuer!«, höhnte Frederic. »Was für eine wunderbare Idee. Damit man den Rauch von den Schiffen aus sieht und sie uns nicht erst umständlich zu suchen brauchen!«

Andrej konnte ein Feuer entzünden, das ohne Rauch brannte, und Frederic wusste das sehr genau. Trotzdem antwortete er: »Dann hättest du doch, was du dir wünschst.« Er schüttelte müde den Kopf und schnitt Frederic mit einer entsprechenden Geste das Wort ab, als dieser etwas erwidern wollte. »Geh!«

Natürlich gehorchte Frederic nicht sofort, sondern starrte ihn noch einen Moment aus trotzig funkelnden Augen an, aber dann wandte er sich um und verschwand mit stampfenden Schritten im Wald.

Abu Dun sah ihm kopfschüttelnd nach. »Warum legst du den Bengel nicht übers Knie und ziehst ihm den Hosenboden stramm?«, fragte er.

»Lass ihn«, sagte Andrej leise. »Er ist verzweifelt, das ist alles. Es war seine Familie, die auf dem Schiff verbrannt ist.«

»Verzweiflung ist noch lange kein Grund, seinen Verstand abzuschalten«, knurrte Abu Dun. »Man kann keine Rache üben, wenn man tot ist.«

Statt zu antworten, deutete Andrej mit einer Kopfbewegung auf eine Gruppe halb mannshoher Findlinge in vielleicht hundert Schritten Entfernung, die fast bis ans Wasser heranreichten und durch eine Laune des Zufalls so angeordnet waren, dass sie ihnen einen perfekten Sichtschutz zu den beiden Schiffen hin boten.

Abu Dun runzelte die Stirn, widersetzte sich aber nicht, sondern folgte ihm zu der bezeichneten Stelle. Erst, als Andrej sich nach einem letzten sichernden Blick zu den Schiffen hin zwischen den Felsen niedergelassen hatte, knüpfte er an das unterbrochene Gespräch an.

»Diese drei Ritter, die Domenicus begleiten – sie sind wie du, habe ich recht?«

»Zwei«, sagte Andrej ruhig. »Es sind nur zwei.«

Abu Dun setzte sich mit untergeschlagenen Beinen neben ihn und schüttelte heftig den Kopf. »Du bist schlecht informiert, Hexenmeister«, sagte er. »Du solltest deine Feinde kennen. Es sind drei. Ich habe sie selbst gesehen.«

»Sie waren zu dritt«, erwiderte Andrej. »Ich habe einen von ihnen getötet.«

»Dann sind sie nicht unsterblich.«

»Doch«, sagte Andrej. Er wollte nicht reden, aber Abu Dun war offensichtlich nicht gewillt, einfach nachzugeben.

Der Pirat machte ein verwirrtes Gesicht. »Das verstehe ich nicht«, sagte er. »Erst sagst du, sie sind wie du, und dann wieder …« Er schwieg einen Moment, und ein sonderbares Funkeln erschien in seinen Augen.

»Ich verstehe«, murmelte er.

»Das glaube ich nicht.«

»Ihr seid gar nicht unsterblich«, fuhr Abu Dun unbeeindruckt fort. »Man kann euch töten.«

»Vielleicht«, sagte Andrej. »Aber bevor du jetzt etwas tust, das dich womöglich deinen Hals kostet, lass dir gesagt sein, dass es nicht leicht ist, einen von uns umzubringen. Selbst ich kenne nur eine sichere Methode.«

»Würdest du sie mir verraten?«, fragte Abu Dun mit ernstem Gesicht.

Andrej sah ihn kurz skeptisch an und musste dann gegen seinen Willen lachen.

»Ich werde nicht schlau aus dir, Pirat«, sagte er. »Was bist du? Dumm oder nur dreist?«

»So ähnlich geht es mir auch«, antwortete Abu Dun grinsend. »Ich verstehe allmählich die Welt nicht mehr. Bis jetzt habe ich geglaubt, dass jeder Mann mit einem guten Messer zu töten ist. Dann habe ich dich kennen gelernt, und als wäre das nicht genug…«, er suchte nach Worten, »… *wimmelt* es plötzlich rings um mich herum von Hexenmeistern, die nicht zu töten sind. Das ist verrückt!«

»Was willst du?«, fragte Andrej, noch immer mit einem leisen Lächeln in der Stimme, aber mit ernstem Blick. »Wieso bist du noch bei uns?«

»Die Frage ist, was willst *du*?«, entgegnete Abu Dun. »Ich bin jetzt ein mittelloser Mann. Das Schiff und seine Ladung waren alles, was ich besaß. Ich kann nicht einfach in meine Heimat zurückkehren.«

»Weil du ohne dein Vermögen und eine Bande von Halsabschneidern in deiner Begleitung nicht sicher wärst«, vermutete Andrej. »Mir bricht das Herz, Abu Dun.«

Der Pirat grinste noch breiter, aber die nässenden Brandblasen auf seinem Gesicht ließen das Grinsen eher zu einer erschreckenden Grimasse werden. »Es tut gut zu wissen, dass man noch Freunde hat.«

»Wir sind keine Freunde«, antwortete Andrej. »Und du solltest dir das auch nicht wünschen, Pirat. Meine Freundschaft bringt nur zu oft den Tod. Wir werden uns trennen. Du kannst dich an unserem Feuer aufwärmen und deine Kleider trocknen, aber danach geht jeder von uns seiner Wege.«

Abu Dun seufzte. »Und wohin führen dich deine Wege?«

»Warum willst du das wissen?«, fragte Andrej. »Es lohnt nicht mehr, uns auszurauben. Wir haben nichts mehr, was man uns noch nehmen könnte.«

»Jetzt bist du es, der *mir* das Herz bricht«, sagte Abu Dun seufzend. »Aber wer weiß … vielleicht habe *ich* ja etwas, das *du* haben willst?«

»Und was sollte das sein?«

Abu Dun schüttelte den Kopf. »Nicht so vorschnell, Delãny. Wenn wir einen Handel abschließen, muss ich erst sicher sein, auch auf meine Kosten zu kommen. Ich kann es mir nicht mehr leisten, großherzig zu sein.«

Andrej hatte bisher gar nicht gewusst, dass Abu Dun dieses Wort überhaupt kannte. Und er war auch ziemlich sicher, dass Abu Dun nichts hatte, was ihm oder Frederic von Nutzen sein konnte. Wahrscheinlich wollte der Pirat einfach nur im Gespräch bleiben. Aber was hatte er schon zu verlieren, wenn er ihm zuhörte?

»Was verlangst du? Vielleicht, dass ich dich am Leben lasse?«

»Mein Leben? Das habe ich dir jetzt schon ein paar Mal abgeschachert. Eine Ware verliert rasch an Wert, wenn man zu leichtfertig damit wuchert.«

»*Abu Dun!*«

»Schon gut.« Der Pirat hob die Hände vors Gesicht, als hätte er Angst, dass Andrej ihn schlug. »Nun lass mir doch meinen Spaß. Handeln gehört nun mal zum Geschäft. Wo bleibt denn da der Spaß, wenn man vorher nicht ein bisschen feilscht?«

Andrej war für einen Moment unschlüssig, ob er laut lachen oder Abu Dun die Faust auf die Nase schlagen sollte. Der Pirat amüsierte ihn, aber das durfte nicht sein. Abu Dun war ein Mörder und Sklavenhändler und vermutlich noch einiges mehr. Er durfte nicht zulassen, dass ihm dieses Ungeheuer in Menschengestalt sympathisch wurde!

»Also gut«, sagte Abu Dun. »Höre zuerst, was ich verlange. Ich will dich begleiten. Wenn schon nicht als dein Freund, dann als dein … ach, such dir was aus.«

»Begleiten? Begleiten?«, fragte Andrej noch einmal. »Aber ich weiß ja selbst noch nicht einmal, wohin ich will.«

»Siehst du? Das ist genau meine Richtung. Lass mich eine Weile mit dir ziehen. Ich verlange nichts.«

»Da du bisher auch nichts geboten hast, ist das ein fairer Preis«, sagte Andrej. Er begann allmählich den Spaß an dem Spiel und damit die Geduld zu verlieren.

»Vielleicht weiß ich ja, wohin du willst«, sagte Abu Dun. »Du suchst Rache, nicht wahr? Ich kann dir dazu verhelfen.«

»Und wie?«

»Der Mann in der roten Rüstung.«

Andrejs Interesse erwachte schlagartig. »Der Drachenritter? Du weißt, wer er ist?«

»Nicht wer«, antwortete Abu Dun hastig. »Aber was.«

»Verdammt, sprich endlich!«, herrschte Andrej ihn an. »Wer ist dieser Mann? Woher kennst du ihn?«

»Was, nicht wer«, korrigierte ihn Abu Dun noch einmal. »Die Ritter des Drachenordens. Sie kämpfen gegen Selics Truppen wie gegen alle Osmanen, aber man sagt, dass sie auch ihre eigenen Landsleute abschlachten, wenn gerade keine Muselmanen zur Stelle sind.«

»Der Drachenorden?«, wiederholte Andrej. Er suchte konzentriert in seinem Gedächtnis, aber da war nichts. »Von dem habe ich noch nie gehört.«

»Seine Männer sind berüchtigt für ihre Grausamkeit«, sagte Abu Dun. »Man sagt, sie hätten noch nie eine Schlacht verloren. Aber es sind nicht viele.«

»Eine Schlacht?« Andrej verzog angewidert das Gesicht. »Das war keine Schlacht, Abu Dun. Er hat meine Leute verbrannt wie … wie *Vieh!*«

»So wie meine«, pflichtete ihm Abu Dun bei. »Aber urteile nicht vorschnell, Delãny. Ich will ihn nicht verteidigen, aber wenn man zu sehr darauf versessen ist, den Falschen zu bestrafen, dann kommt der wirklich Schuldige vielleicht am Ende davon.«

Für einen Mann wie Abu Dun war dies ein überraschend weitsichtiger Gedanke, fand Andrej. Er hatte nicht vergessen, was Domenicus gerufen hatte. *Verbrennt die Hexen!* Er würde es nie vergessen.

»Und wo finde ich diese ... Drachenritter?«, fragte er.

»Das ist es ja, was ich nicht verstehe«, sagte Abu Dun. »Wir sind viel zu weit im Osten. Sie herrschen über einen kleinen Teil des Gebiets, das zwischen Ost-, Süd- und Westkarpaten eingebettet ist ... Die Sieben Burgen nennt ihr es, glaube ich.«

Er meinte ganz offensichtlich Siebenbürgen, den östlichen Teil der Walachei, dachte Andrej, der von einigen Menschen auch Transsilvanien genannt wird: das Land jenseits der Wälder. »Was tut der Ritter dann hier?«

»Das ist eine interessante Frage«, sagte Abu Dun. »Auch ich weiß nicht viel über die Drachenritter. Nur so viel eben, dass sie ihre Ländereien selten verlassen sollen, außer im Krieg. Aber ich habe niemals gehört, dass einer von ihnen so weit im Osten gesehen worden wäre.« Er lachte leise. »Es wäre auch tollkühn.«

»Warum?«

»Sultan Selic hat einen hohen Preis auf den Kopf jedes Drachenritters ausgesetzt«, antwortete Abu Dun. »Und bei ihren eigenen Landsleuten sind sie auch nicht sonderlich beliebt.«

»Ein Zustand, den du ja kennen dürftest.«

»Ich habe niemals Menschen getötet, nur weil es mir Freude bereitet«, antwortete Abu Dun. »Ich bin kein Heiliger. Ich bin nicht einmal ein ehrlicher Mann.

Aber glaube mir, im Vergleich zu den Drachenrittern bin ich ein Ausbund an Frömmigkeit und Sanftmut.« Er machte ein nachdenkliches Gesicht. »Dein Freund Domenicus war nicht gut beraten, sich mit ihnen einzulassen. Wie immer der Handel war, den er mit ihnen geschlossen hat: Er wird dabei schlechter stehen.«

Andrej glaubte ziemlich genau zu wissen, warum Domenicus den Piratensegler in diese teuflische Falle gelockt hatte. Er hatte niemals vorgehabt, die Delãnys leben zu lassen. Aber selbst in seiner Position als Vertreter der Heiligen Römischen Inquisition konnte er es sich kaum leisten, einhundert Menschen in aller Öffentlichkeit abzuschlachten. Wenn sie hingegen von einem Sklavenhändler verschleppt wurden und bei einem Befreiungsversuch starben … Und wenn besagter Sklavenhändler und seine gesamte Besatzung dabei gleich mit ums Leben kamen – umso besser. Er verstand nur noch nicht ganz, welche Rolle der geheimnisvolle Drachenritter dabei spielte. Noch nicht.

Frederic kam spät von seiner Holzsuche zurück – gerade in dem Moment, in dem Andrejs Sorgen um seinen Verbleib in den Impuls umschlugen, nach ihm zu suchen. Der Junge trug eine Ladung trockener Äste auf den Armen, die ausgereicht hätte, einen halben Ochsen darüber zu braten, und er sah Andrej auf eine herausfordernde Art an. Er wusste genau, dass er viel zu lange weggeblieben war, und wartete nur auf einen Verweis.

Andrej hätte ihm auch gerne einen solchen erteilt, aber er schluckte die Worte hinunter, die ihm auf der Zunge lagen, als er in Frederics Gesicht sah. Es glänzte rosig und so frisch, als hätte Frederic es sich nicht nur gerade gewaschen, sondern auch ausgiebig geschrubbt. Wahrscheinlich hatte er geweint und wollte nicht, dass man es ihm ansah. Andrej respektierte das, empfand aber eine vage Trauer. Vielleicht war Frederic einfach noch zu jung, um zu begreifen, dass ein geteilter Schmerz manchmal leichter zu ertragen war.

Frederic ließ das gesammelte Feuerholz beinahe auf Abu Duns Füße fallen, was dem Piraten ein erneutes, ärgerliches Stirnrunzeln entlockte.

»Was macht der noch hier?« Frederic deutete mit einer zornigen Kopfbewegung auf Abu Dun. »Ich dachte, wir gehen allein weiter?«

»Ich habe meine Pläne geändert«, sagte Andrej ruhig. »Abu Dun wird uns begleiten. Wenigstens für eine Weile.«

»Ach, ich verstehe«, sagte Frederic böse. »Verbünden wir uns jetzt mit Piraten?«

Abu Duns Gesicht verfinsterte sich, und Andrej begriff, dass der Sklavenhändler am Rande seiner Beherrschung stand. Frederic machte es ihm wirklich nicht leicht.

»Er weiß, wo wir den Drachenritter finden«, sagte er rasch.

»Ich auch«, sagte Frederic. Er machte eine entsprechende Kopfbewegung. »Gleich dort hinten.« Seine Augen sprühten Funken. »Wir brauchen keinen Sklavenhändler, der uns hilft. Warum gehen wir nicht zurück und töten diese Hunde?«

»Weil wir es nicht können«, antwortete Andrej. »Womöglich könnten wir sie überrumpeln, aber wenn es zum Kampf gegen sie käme, würden wir verlieren. *Ich* würde getötet. Und du auch.«

»Du hast Angst«, behauptete Frederic.

»Ja«, gestand Andrej unumwunden. »Und das solltest du auch.«

»Oder ist es etwas anderes?« Frederics Augen wurden schmal. »Ich verstehe. Es ist dieses Weibsstück, nicht? Maria. Du glaubst, sie wäre an Bord des Schiffes.«

Abu Dun blickte fragend, und Andrej musste sich abermals beherrschen, um nicht in gänzlich anderem Ton mit Frederic zu sprechen. Der Junge war verletzt und zornig, aber das gab ihm nicht das Recht, auch anderen wehzutun. Es war ihm bis jetzt gelungen, die Erinnerung an Domenicus' Schwester zu verdrängen, aber Frederics Worte riefen die qualvollen Bilder wieder wach. Er versuchte, sie zurückzudrängen, aber natürlich gelang es ihm nicht. Für einen Moment sah er Marias engelsgleiches Gesicht so deutlich vor sich, dass er sich beherrschen musste, nicht die Hand zu heben, um sie zu spüren.

»Meine Entscheidung steht fest«, sagte er. »Abu Dun begleitet uns. Wir brauchen ihn. Und jetzt hilf mir, Feuer zu machen. Es ist kalt.«

Frederic setzte zu einer scharfen Entgegnung an, doch dann schien ihn irgendetwas – vielleicht etwas, das er in Andrejs Augen las – zu warnen, und er tat, was Andrej von ihm verlangte. Nachdem er einen kleinen Teil des gesammelten Feuerholzes zu einer leicht schiefen Pyramide aufgeschichtet hatte, entzündete Andrej das Feuer mittels zweier trockener Äste, die er so lange aneinander rieb, bis ein dünner Rauchfaden aufstieg und die ersten Funken glommen. Er brauchte nun nur noch wenige Minuten, bis er ein Feuer entfacht hatte, das tatsächlich nahezu rauchlos brannte.

Abu Dun sah ihm mit wachsendem Erstaunen zu. »Es zahlt sich tatsächlich aus, in deiner Nähe zu sein, Hexenmeister«, sagte er. »Feuer ohne Feuerstein, wie praktisch.«

»Und vor allem eine Idee, die aus deiner Heimat stammt«, sagte Andrej in leicht spöttischem Ton. »Aber gut, wie ich sehe, hast du schon den ersten Teil deiner Bezahlung erhalten. Jetzt bist du an der Reihe. In welche Richtung müssen wir gehen?«

Abu Dun hielt die Hände über die prasselnden Flammen. »Du bist ein zu guter Schüler, Hexenmeister«, grollte er. »Oder ich ein zu guter Lehrer. Wir müssen nach Westen, mehr weiß ich im Moment auch noch nicht. Der Weg ist weit. Ein Schiff wäre ideal, aber wir werden keines bekommen. Vielleicht sollten wir versuchen, uns Pferde zu besorgen.«

»Du meinst stehlen«, sagte Andrej.

»Hast du Geld dabei, um sie zu kaufen?«, fragte Abu Dun ungerührt. Er lachte. »Keine Sorge, Christ. Ich will nicht, dass dein Seelenheil Schaden nimmt, weil du gegen eines eurer Gebote verstößt. Ich werde uns eine Transportmöglichkeit besorgen. Und auch alles andere, was wir brauchen.«

»Du wirst niemanden töten«, sagte Andrej eindringlich.

»Natürlich nicht«, versprach Abu Dun. »Ich schwöre es bei meinem Seelenheil.«

»Dann kann ich ja ganz beruhigt sein«, sagte Andrej spöttisch.

»Sei nicht *zu* unbesorgt«, warnte Abu Dun. »Wie ich dir bereits sagte: Wir werden bald auf Sultan Selics Truppen stoßen. Ich bin einigermaßen sicher, dass sie mir nichts tun werden, aber wir müssen trotzdem vorsichtig sein.« Er wiegte den mächtigen Schädel. »Ihr seid Christen. Es wird nicht leicht zu erklären sein, wieso ihr in meiner Begleitung reist.«

»Nicht anders wird es uns in deiner Begleitung gehen«, sagte Andrej. Worauf wollte Abu Dun hinaus?

»Genau wie umgekehrt«, bestätigte der Pirat. »Das Beste wird sein, ich gebe euch als meine Sklaven aus, sollten wir auf Männer des Sultans treffen.«

Frederic riss die Augen auf, und Andrej ergänzte rasch: »Und natürlich sagen wir das über dich, wenn es christliche Truppen sind.«

»Natürlich«, sagte Abu Dun.

»Du scherzt«, mischte sich Frederic ein. »Du willst nicht im Ernst ...«

»... am Leben bleiben?«, unterbrach ihn Andrej. »Doch.«

»Bis dahin vergeht noch Zeit«, sagte Abu Dun rasch. »Tage. Die Gegend hier ist ziemlich ruhig. Es gibt nichts von Interesse. Das ist ja der Grund, aus dem ich mich hier zum … Geschäftemachen treffen wollte.«

Frederic entging das Stocken in Abu Duns Stimme nicht. Seine Augen wurden schmal.

»Es ist genug jetzt«, sagte Andrej. »Lasst uns eine Weile ausruhen, bis unsere Kleider getrocknet sind. Danach brechen wir auf.«

»Etwas zu essen wäre nicht schlecht«, sagte Abu Dun. »Ich sterbe vor Hunger.«

»Die Wälder sind voller Wild«, sagte Andrej. »Warum schwatzt du dem Wald nicht einen fetten Braten ab?«

»Warum schneiden wir dir nicht eine Hand ab und braten sie?«, fragte Abu Dun. »Sie wächst doch sicher nach.« Er warf einen Ast ins Feuer und sah zu, wie er knackend zerbarst und einen kleinen Funkenschauer aufsteigen ließ.

»Kannst du schwimmen, Hexenmeister?«, fragte er.

»Ich kann nicht auf dem Wasser gehen, wenn du das meinst«, sagte Andrej spöttisch.

»Ich meine: Musst du atmen, wenn du unter Wasser bist?«

»Genau wie du«, bestätigte Andrej. »Aber ich kann die Luft ziemlich lange anhalten. Warum?«

»Mein Schiff«, antwortete Abu Dun. »Der Fluss ist nicht sehr tief, dort, wo es gesunken ist. Jemand könnte hinuntertauchen und etwas von dem Gold in meiner Schatztruhe holen. Wir könnten es sehr gut gebrauchen.«

»Warum tust du es nicht selbst?«, fragte Andrej. »Du kennst dich besser auf deinem Schiff aus als ich.«

»Im Prinzip schon«, sagte Abu Dun ausweichend. »Es gibt da nur ... eine kleine Schwierigkeit.«

»Und welche?«

Abu Dun druckste einen Moment herum. »Ich kann nicht schwimmen«, gestand er endlich.

Andrej blinzelte verwirrt. »Wie?«

»Ich kann nicht schwimmen«, wiederholte Abu Dun finster. »Ich habe es nie gelernt. Wozu auch? Ich hatte ein Schiff.«

»Ein Pirat, der nicht schwimmen kann?«, fragte Andrej ungläubig.

»So wie ein Hexenmeister, der nicht hexen kann.«

»Ich bin kein Hexenmeister.«

»Und ich kein Pirat.« Abu Dun zog eine Grimasse. »Was ist? Wirst du es tun?«

Andrej überlegte einen Moment. Er war ein ausgezeichneter Schwimmer, und er konnte lange die Luft anhalten; möglicherweise wirklich lange genug, um zum Wrack des Sklavenseglers hinabzutauchen und etwas aus Abu Duns Gemach zu holen. Der Pirat hatte recht: Sie würden jede einzelne Münze, die er vielleicht aus dem versunkenen Piratenschiff bergen konnte, brauchen.

Aber es war riskant. Das Wasser war eiskalt, und er hatte die enorme Kraft der Strömung am eigenen Leib gespürt. Er kannte sich auf dem Schiff nicht aus, und dazu kam, dass er nicht wusste, in welchem Zustand sich das Wrack befand. Griechisches Feuer entwickelte eine unvorstellbare Hitze. Möglicherweise war von Abu Duns Schatz nichts mehr da.

»Also gut«, sagte er. »Wir warten eine Weile. Wenn

sie verschwunden sind, versuche ich es. Wenn nicht, machen wir uns zu Fuß auf den Weg.«

Es verging eine erhebliche Zeit, bis sie es wagten, ihr Versteck zwischen den Felsen zu verlassen. Kurz vor Ablauf der Frist, die Andrej willkürlich gesetzt hatte, setzte die »Möwe« ein einzelnes, für den plumpen Rumpf entschieden zu kleines Segel, drehte sich in die Strömung und nahm Fahrt auf, und auch der Drachensegler löste sich mit einer behäbigen Bewegung aus seiner Position und begann sich auf der Stelle zu drehen. Andrej hatte es am Morgen nicht bemerkt, aber nun sah er, dass das Schiff nicht allein auf das riesige Segel mit dem blutroten Drachensymbol angewiesen war, sondern über mehr als ein Dutzend mächtiger Ruder verfügte, die mit gleichmäßigen Bewegungen ins Wasser tauchten und das Schiff langsam von der Stelle bewegten.

Andrej hatte hastig das Feuer gelöscht, und sie hatten sich eng zwischen die Felsen geduckt und gewartet, bis der unheimliche schwarze Segler vorübergeglitten war. Er bewegte sich genau in der Flussmitte, weil das Wasser dort am tiefsten war, aber der Nebel war endgültig fort, und auch die Wolken hatten sich fast vollkommen aufgelöst, sodass er das Schiff viel deutlicher als in der Nacht erkennen konnte.

Es wirkte auch im hellen Tageslicht unheimlich und Furcht einflößend, aber nicht mehr annähernd so majestätisch wie in der Nacht. Von der morbiden Schönheit, die es trotz allem gehabt hatte, war nichts geblieben; es wirkte einfach nur schäbig. Von dem Ritter in der blutfarbenen Rüstung war nichts zu sehen. Trotzdem beobachtete Andrej das Schiff so konzentriert, wie er konnte. Es fuhr nur langsam vorüber, denn selbst die gewaltigen Ruder hatten es nicht leicht, gegen die Strömung anzukämpfen.

Das Schiff war von älterer Bauart und sehr groß, wenn auch nicht so gewaltig, wie es ihm in der Nacht vorgekommen war. Die Kombination aus Segeln und Rudern machte es vermutlich sehr beweglich, aber auch langsam. Das Segel mit dem aufgestickten roten Drachen war zerrissen und an zahllosen Stellen geflickt, und die schwarze Farbe, mit der jeder Zentimeter des Rumpfes bedeckt war, erwies sich als Teer – auch wenn Andrej sich nicht vorstellen konnte, welchem Zweck er diente. Ein knappes Dutzend Männer hielt sich an Deck auf, auch sie waren ausnahmslos in Schwarz gekleidet und ziemlich heruntergekommen. Sie waren zu weit entfernt, als dass er wirklich Einzelheiten erkennen konnte, aber er hatte eher den Eindruck, es mit Sklaven zu tun zu haben statt mit Kriegern; oder zumindest mit Männern, die zum Dienst gezwungen worden waren.

Er prägte sich jedes noch so winzige Detail ein, während das Schiff langsam vorüberglitt. Andrej war ein wenig enttäuscht, seinen unheimlichen Kapitän nicht noch einmal aus der Nähe sehen zu können, zugleich aber auch fast erleichtert. Er war nicht mehr sicher, ob der Drachenritter vorhin nur durch einen Zufall in seine Richtung geblickt hatte.

Selbst als der schwarze Segler schon außer Sicht gekommen war, blieb Andrej noch im Schutze der Felsen liegen, ehe er aufstand und sich mit seinen Begleitern auf den Weg zurück zu der Stelle machte, von der aus sie vor nicht allzu langer Zeit aufgebrochen waren.

Frederic versuchte, ihn von seinem Vorhaben abzubringen, aber Andrej ließ sich nicht beirren. Er zog seine Kleider aus, wies Frederic und Abu Dun an, ein neues Feuer zu entzünden, stieg ins Wasser und schwamm zu der Stelle, an der Abu Duns Schiff untergegangen war. Der Pirat hatte ihm erklärt, wo er zu suchen hatte, und er machte sich unverzüglich an die Arbeit.

Der Fluss war an dieser Stelle tatsächlich nicht besonders tief, aber das Schiff lag auf der Seite, und es war fast bis zur Unkenntlichkeit zerstört. Das Wasser war so trüb, dass er praktisch blind war. Er brauchte allein drei Versuche, um Abu Duns Quartier zu finden.

Es dauerte lange, bis er mit seiner Beute zum Ufer zurückkam. Sie war mager genug. Er hatte zwei Beutel mit Goldmünzen gefunden, die einen enormen Wert darstellen mochten, Abu Dun aber ganz und gar nicht zufriedenstellten. Statt Lob schüttete er einen Schwall von Verwünschungen und Vorwürfen über Andrej aus. Andrej ließ die Vorhaltungen des Piraten schweigend über sich ergehen. Er konnte ihn sogar verstehen. In der Kabine des Piraten hatte er ganze Kisten voller Geschmeide und Edelsteine entdeckt, aber nichts davon mitgenommen. Es hatte ihn sogar einige Mühe gekostet, die beiden schmalen Beutel mit Münzen zu finden. Sie brauchten keinen Schmuck, sie brauchten *Geld*.

Zumindest für die Reise, die vor ihnen lag, würde

ihre Barschaft reichen. Er tröstete Abu Dun mit dem Hinweis, dass er ja später wiederkommen und sein Schiff und seine kostbare Fracht bergen lassen konnte, zog seine Kleider wieder an und drängte zum Aufbruch. Frederic konnte sich eine bissige Bemerkung nicht verkneifen, aber Abu Dun hüllte sich für die nächste Zeit in beleidigtes Schweigen – zumal Andrej keine Anstalten machte, ihm seinen vermeintlichen Besitz zurückzugeben, sondern die beiden Geldbeutel sicher unter seinem Gürtel verstaute.

Es war fast Mittag, als sie die Felsgruppe hinter sich ließen, in der sie am Morgen das Feuer gemacht hatten. Auch Andrej hatte mittlerweile Hunger und war so müde, dass er am liebsten gleich wieder eine Rast eingelegt hätte, um eine Weile zu schlafen. Das war der Preis, den er für seine Beinahe-Unverwundbarkeit zu zahlen hatte. Sein Körper vermochte Wunden mit fast unheimlicher Schnelligkeit zu heilen, aber er brauchte dafür Energie. Vielleicht mehr, als er ihm im Moment zur Verfügung stellen konnte.

Sie marschierten noch ein paar Dutzend Schritte weiter, dann blieb Abu Dun plötzlich stehen und deutete die Uferböschung hinauf. »Da oben scheint mir der Weg besser zu sein«, sagte er.

Andrej folgte seinem Blick. Abu Dun hatte recht. Der Wald lichtete sich dort oben. Das Unterholz war nicht mehr so undurchdringlich wie an den meisten Stellen, und zwischen den Bäumen schimmerte es hell. Vielleicht war es nur ein schmaler Streifen, der die Uferböschung flankierte. Im Gegensatz dazu wurde das Gelände unmittelbar am Wasser stetig unwegsamer. Im Sand türmten sich immer mehr Felsen und scharfkantige Steine, die das Vorankommen zu einer mühsamen und kräftezehrenden Angelegenheit machen würden.

»Einverstanden«, sagte er. »Außerdem haben wir von dort aus einen besseren Überblick.«

»Und werden auch besser gesehen«, sagte Frederic beunruhigt.

»Das Risiko müssen wir schon eingehen«, antwortete Andrej. »Hier unten kommen wir zu langsam voran.«

»Aber …«, begann Frederic.

»Du kannst ja hier bleiben«, fiel ihm Andrej scharf ins Wort. »Meinetwegen kannst du auch schwimmen!« Seine Geduld war zu Ende. Er hatte bis jetzt Nachsicht mit dem Jungen geübt, soweit es ihm möglich war, aber nun war es genug. Er funkelte Frederic zornig an, dann fuhr er herum und ging mit weit ausladenden Schritten die Böschung hinauf. Oben blieb er stehen, nicht nur, damit Abu Dun und Frederic zu ihm stoßen konnten, sondern auch, um sich umzusehen.

Der Wald war hier oben eigentlich kein Wald mehr, sondern nur noch ein schmaler Streifen, hinter dem das Gelände wieder sanft abfiel und zum größten Teil mit Gras, vereinzelten Büschen und wenigen, zumeist halbhohen Bäumen bewachsen war. Das Gehen würde ihnen auf diesem Untergrund weitaus leichter fallen. Weit entfernt glaubte er einen leichten Dunstschleier in der Luft wahrzunehmen. Vielleicht war es Rauch. Eine Stadt?

Abu Dun kam mit gemächlichen Schritten auf ihn zu und grinste zufrieden. »Das wäre dann ein weiterer Punkt zu meinen Gunsten«, sagte er. »Ich muss allmählich anfangen, Buch zu führen, um den Überblick nicht zu verlieren.«

»Ein Punkt für dich?« Andrej schüttelte den Kopf. »Nur wenn du uns trägst.«

»Du lernst schnell, Hexenmeister«, sagte Abu Dun. Er lachte. »Komm. Der Tag ist noch jung.«

»Das ist Wahnsinn«, beschwerte sich Frederic. »Wir sind über Meilen hinweg zu sehen.«

»Und warum auch nicht?«, fragte Andrej, während sie losgingen. »Wir sind harmlose Reisende, die nichts zu verbergen haben. Wir suchen Menschen, Frederic.« Er wies im Gehen auf den Dunst am Horizont, von dem er mittlerweile sicher war, dass es sich um den Rauch von Kaminfeuer handelte. »Mit etwas Glück können wir dort ein Pferd kaufen oder einen Wagen. Hast du Lust, ein paar hundert Meilen zu Fuß zu gehen?«

Er gab sich Mühe, in freundlichem Ton zu sprechen. Sein Zorn war schon wieder verflogen. Frederic schien auch nicht daran gelegen zu sein, den Streit fortzusetzen, denn er beließ es nur bei einem störrischen Blick. Er wirkte sehr unruhig.

»Vielleicht finden wir ja ein paar Beeren«, rief Abu Dun, der vorausging. »Oder auch ...«

Er stockte, blieb mitten in der Bewegung stehen und machte dann plötzlich einen Schritt nach rechts, um sich in die Hocke sinken zu lassen. Andrej trat zu ihm und tat es ihm gleich. Er fuhr überrascht zusammen, als er sah, was Abu Dun aus dem Gras aufhob.

Auf den ersten Blick war es nicht mehr als ein ganz normaler Hase. Aber er war schrecklich zugerichtet. Eines seiner Ohren war abgerissen. Beide Augen waren herausgedrückt, und als Abu Dun sein Maul öffnete, sah er, dass auch seine Nagezähne herausgebrochen waren.

»Bei Allah«, murmelte Abu Dun. »Welches Tier tut so etwas?«

Andrej konnte diese Frage nicht beantworten. Er konnte sich beim besten Willen nicht vorstellen, welches Raubtier seine Beute so zurichten würde. Ein Raubtier, egal ob Katze, Wiesel oder Fuchs, hätte sich kaum damit begnügt, ihn zu töten, ohne wenigstens einen Teil seiner Beute zu verschlingen.

»Fällt dir nichts auf?« Abu Dun schüttelte den Hasen leicht hin und her. Der winzige Körper bewegte sich auf sonderbar falsche Weise, und Andrej begriff, dass jeder Knochen im Leib des Hasen zerschmettert sein musste. Er schüttete trotzdem den Kopf.

Abu Dun griff nun auch mit der anderen Hand zu – und riss zu Andrejs Entsetzen den Kopf des Hasen mit einem einzigen Ruck ab!

»Verdammt!«, rief Andrej erschrocken. »Was soll das? Bist du …«

Dann sah er, warum Abu Dun das getan hatte.

»Kein Blut«, sagte Abu Dun düster. »Jemand hat diesem Tier alles Blut ausgesaugt.«

Er ließ den zerteilten Hasen fallen, stand auf und wischte sich angeekelt die Hände an den Kleidern ab.

Sein Blick irrte in die Runde. »Was ist das für eine Teufelei? So etwas tut doch kein Tier!«

»Was denn sonst?«, fragte Frederic bissig. »Glaubst du etwa, hier treibt ein Dämon sein Unwesen?« Er deutete auf den zerteilten Hasen. »Warum braten wir ihn nicht, jetzt, wo du ihn schon halb zerlegt hast?«

Abu Dun starrte ihn fassungslos an, und auch Andrej spürte ein eisiges Frösteln. Schon bei dem bloßen *Gedanken*, dieses Tier zu verzehren, drehte sich ihm schier der Magen um.

»Wir finden schon etwas anderes zu essen«, sagte er. »Kommt, gehen wir weiter.«

6

Sie waren nach einer Weile auf eine Straße gestoßen, die grob in westliche Richtung führte, aber der Tag neigte sich bereits dem Ende zu, bis sie auf die ersten Menschen trafen. Was Andrej in der Ferne gesehen hatte, war tatsächlich der Rauch von Kaminfeuer gewesen; eine kleine Stadt. Aber sie war viel weiter entfernt, als er geschätzt hatte, und die Straße führte keineswegs in gerader Linie darauf zu, sondern schlängelte sich in Windungen. Obwohl sie breit ausgebaut und in gutem Zustand war, begegnete ihnen den ganzen Tag über kein Mensch.

Als sie sich der Ortschaft näherten, sah Andrej, dass es sich eher um eine kleine Festung als um ein Dorf zu handeln schien. Eine mehr als zwei Meter hohe, hölzerne Palisadenwand umgab die gut zwei Dutzend einfacher Gebäude, von denen einige in grober Fachwerkbauweise, die meisten aber aus Felsgestein und Lehm errichtet waren. Es gab auch einen hölzernen Wachturm, von dessen gut acht Meter hoher Plattform aus man das Land in weitem Umkreis überblicken konnte, und ein zwar weit offen stehendes, aber sehr massiv wirkendes Tor. Die ganze Verteidigungsanlage war alt und an zahllosen Stellen geflickt und ausgebessert worden, aber in tadellosem Zustand.

Die Dorfbewohner begegneten ihnen mit dem natürlichen Misstrauen einfacher Leute, aber trotzdem freundlich. Es gelang Andrej, für einen überraschend geringen Preis ein Nachtquartier für Frederic, Abu Dun und sich zu erstehen und für die kleinste Münze aus Abu Duns Beutel ein Abendessen.

Es gab gebratenen Hasen.

Obwohl der Ort klein war, hatte er einen überraschend großen Gasthof mit gleich mehreren Zimmern, dessen Schankraum sich rasch zu füllen begann, kaum dass die Sonne untergegangen war. Frederic – der als Einziger mit wirklichem Appetit zugegriffen hatte, als er den gedünsteten Hasen erblickte – hatte sich direkt nach dem Essen zurückgezogen, aber Andrej und Abu Dun waren noch geblieben. Auch Andrej hätte nichts lieber getan, als nach oben zu gehen und sich in einem bequemen Lager auszustrecken. Seit einiger Zeit hatte er nur auf nacktem Boden geschlafen, allenfalls mit seinem Sattel als Kopfkissen, und die Vorstellung, sich in einem richtigen *Bett* ausstrecken zu können – selbst wenn es nur aus einem strohgefüllten Sack bestand –, erschien ihm geradezu paradiesisch.

Doch sie brauchten Informationen. Sie mussten wissen, wo genau sie sich befanden, wer in diesem Teil des Landes herrschte, welche größeren Städte es in der Umgebung gab und welche davon sie besser mieden … tausend Fragen, von denen vielleicht jede einzelne über Leben und Tod entscheiden konnte. Und sie brauchten Pferde.

Andrej wusste, dass sie diese Fragen nicht unvermittelt stellen konnten. Die Menschen in dieser einsamen Gegend waren begierig auf Neuigkeiten, aber sie hassten es, wenn jemand selbst zu viele neugierige Fragen stellte. Und allein die wehrhafte Palisadenwand, die den ganzen Ort umgab, machte deutlich, dass sie einen Grund hatten, Fremden gegenüber misstrauisch zu sein.

Abu Dun erwies sich jedoch als überraschend geschickt darin, ein Gespräch in Gang zu bringen. Am Anfang waren sie noch allein. Zweifellos erfüllte schon der Anblick alles Fremden die Menschen mit Furcht, aber Abu Dun lachte laut und viel, gab dem Wirt Anweisung, an jeden Tisch einen Krug Bier auf seine Kosten zu bringen, und schließlich siegte die Neugier. Nach einer Weile hatten sich fast ein Dutzend Männer an ihrem Tisch versammelt, die auf ihre Kosten tranken, den Geschichten lauschten, die Abu Dun zum Besten gab – und die zweifellos alle ausgedacht, aber sehr kurzweilig waren –, und ihnen dabei nach und nach alle Informationen gaben, die sie brauchten.

Andrej hielt sich die meiste Zeit zurück, aber er kam nicht umhin, Abu Duns Geschick im Umgang mit Worten mehr und mehr zu bewundern. Der Muselman verstand es ausgezeichnet, das Misstrauen der Dörfler nicht nur zu zerstreuen, sondern auch eine Stimmung zu erzeugen, in der sie mehr von sich aus zu erzählen begannen. Geraume Zeit, nachdem Frederic sich zurückgezogen hatte, hätte man meinen können, eine Runde guter alter Freunde säße zusammen und lausche den Erzählungen eines der ihren, der von einer langen, abenteuerlichen Reise zurückgekehrt war.

Es musste auf Mitternacht zugehen, als draußen auf der Straße Lärm aufkam. Andrej glaubte einen Schrei zu hören, aufgeregte Rufe und Schritte. Er sah irritiert zur Tür, und auch einige der anderen blickten in die gleiche Richtung. Zwei Männer standen auf und verließen das Gasthaus, und auch Andrej wollte schon aufstehen, ließ sich aber dann sofort wieder zurücksinken, als er einen warnenden Blick aus Abu Duns nachtschwarzen Augen auffing; und ein kaum sichtbares, angedeutetes Kopfschütteln. Natürlich hatte der Muselman recht: Was immer dort draußen geschah, ging sie nichts an.

Abu Dun hob seinen Becher und winkte dem Wirt damit zu, der eine neue Runde brachte, und es gelang ihm tatsächlich, das für einen Moment ins Stocken geratene Gespräch noch einmal in Gang zu bringen, wenn die Stimmung auch nicht mehr ganz so gelöst war wie zuvor. Die Männer, die bei ihnen am Tisch saßen, blickten immer wieder unruhig zur Tür, hin- und hergerissen zwischen dem Verlangen, Abu Duns faszinierenden Geschichten zu lauschen, und der Neugier, zu erfahren, was sich dort draußen abspielte. Zumindest war es kein überraschender Angriff der Türken, dachte Andrej in dem vergeblichen Versuch, sich selbst zu beruhigen. Der Lärm war fast ganz verstummt. Weit entfernt glaubte er eine Frau weinen zu hören, aber nicht einmal dessen war er sich ganz sicher.

Die Tür flog auf, und einer der Zecher kam zurück, ein großer, ausgemergelter Mann mit schulterlangem schwarzem Haar, der gerade noch am Tisch gesessen und besonders ausgiebig und lang über Abu

Duns Anekdoten gelacht hatte. Jetzt war er leichenblass. Seine Hände zitterten, und in seinen Augen stand ein Flackern, als wäre er dem Leibhaftigen selbst begegnet.

»Was ist passiert?«, fragte einer der Männer am Tisch.

»Miroslav«, antwortete der Dunkelhaarige. Auch seine Stimme bebte. »Sie haben … Miroslavs Tochter gefunden.«

Er schloss die Tür hinter sich, kam mit unsicheren Schritten näher und griff nach dem erstbesten Becher auf dem Tisch, um ihn mit einem einzigen Zug zu leeren. Bier lief an seinem Kinn herab und tropfte auf sein Hemd, aber er schien es nicht einmal zu merken.

»Was ist mit ihr? Erzähle!«

Der Mann stellte den Becher zurück und sah sich auf eine Art um, als hätte er Mühe, die Gesichter der Anwesenden einzuordnen. Ganz besonders lang starrte er Abu Dun an, wie es Andrej vorkam.

»Tot«, sagte er schließlich. »Sie ist tot.«

Einen Atemzug lang war es vollkommen still, doch dann brach ein regelrechter Tumult los. Die Männer schrien durcheinander und sprangen von ihren Stühlen hoch. Einige rannten aus dem Haus, und alle redeten gleichzeitig, bis der Mann, der den Dunkelhaarigen schon vorhin angesprochen hatte, mit einem scharfen Ruf für Ruhe sorgte.

»Erzähl!«, sagte er, während er dem Dunkelhaarigen einen zweiten Becher Bier reichte, den dieser zwar entgegennahm, aber nicht trank.

»Da gibt es nicht viel zu erzählen«, sagte er nervös. »Sie haben sie gerade gefunden, vorne beim Tor. Sie muss hinausgegangen sein, ich weiß nicht warum.« Er schüttelte sich. »Ich habe sie gesehen. Es war grauenhaft. Jemand hat ihr die Augen ausgestochen und …«

Er sprach nicht weiter, aber der Ausdruck in seinen Augen machte deutlich, dass dies längst nicht das Einzige war, was man dem Kind angetan hatte. Womöglich nicht einmal das Schlimmste.

Er trank einen Schluck Bier. »Grauenhaft«, murmelte er. »Sie wurde regelrecht geschlachtet.«

Andrej musste sich mit aller Kraft beherrschen, um nicht erschrocken zusammenzufahren. Er versuchte, einen Blick mit Abu Dun zu tauschen, aber der Pirat sah den Dunkelhaarigen an und schien voll und ganz auf das konzentriert zu sein, was er sagte. Sein Gesicht war ausdruckslos, seine Miene wie erstarrt.

Andrej spürte den Blick eines der anderen auf sich ruhen. Er ignorierte ihn einen Moment lang, drehte sich aber dann betont langsam zu dem Mann herum und sah ihm fest in die Augen. Der Ausdruck, den er darin erblickte, gefiel ihm nicht.

»Das ist schrecklich, nicht wahr?«, fragte er.

Der Mann nickte. »Ja. Zumal so etwas noch nie vorgekommen ist. Jedenfalls bis heute nicht.«

»Was willst du damit sagen?«, fragte Andrej.

»Nur das, *was* ich sage«, antwortete der andere. »Wir leben hier in Frieden. Es gibt keine Mörder hier. Jedenfalls bis jetzt nicht.«

»Bevor wir gekommen sind, meinst du?«, mischte sich Abu Dun ein. Andrej fragte sich, ob er den Verstand verloren hatte.

»Zum Beispiel.«

»Sei kein Narr, Usked«, sagte der Dunkelhaarige. »Sie waren die ganze Zeit hier. Außerdem kann es kein Mensch gewesen sein.«

»Wieso nicht?«

»Weil kein Mensch zu solch einer Grausamkeit fähig wäre«, antwortete der Dunkelhaarige schaudernd. »Sie wurde regelrecht in Stücke gerissen, ihr Blut ...« Er rang einen Moment nach Worten, dann schüttelte er noch einmal entschieden den Kopf. »Nein. Es muss ein Tier gewesen sein. Auch wenn ich mir kein Tier vorstellen kann, das zu so etwas fähig wäre.«

»Vielleicht war es ja auch ein Zauberer«, sagte der Mann stur.

»Jetzt reicht es aber«, mischte sich der Wirt ein. Er war um seine Theke herumgekommen und hatte sich zu ihnen gesellt. In der rechten Hand hielt er einen gefüllten Bierkrug, aber es sah nicht so aus, als wolle er daraus ausschenken, sondern eher, als überlege er, auf welchen Schädel er ihn schlagen sollte.

»Zauberei! Was für ein Unsinn! Es ist ein Kind zu Tode gekommen. Da geziemt es sich nicht, solch gotteslästerlichen Unsinn zu reden!« Er hob den Krug. »Das ist die letzte Runde, danach geht ihr nach Hause.«

»Er hat recht«, sagte der Dunkelhaarige. »Es ist spät. Wir sollten schlafen gehen. Wenn es hell ist, finden wir vielleicht Spuren und können die Bestie jagen, die das getan hat.«

Keiner der Männer verspürte noch Durst auf die letzte Runde, die der Wirt angeboten hatte. Sie gingen, und als Letzter verließ auch Usked die Gaststätte, wenn auch nicht, ohne Andrej und insbesondere Abu Dun einen langen, misstrauischen Blick zugeworfen zu haben.

Der Wirt sah ihm kopfschüttelnd nach. »Ich muss für sie um Verzeihung bitten, die Herren«, sagte er. »Sie sind …«

»Das ist schon gut«, unterbrach ihn Andrej. »So etwas ist furchtbar. Ich nehme es ihnen nicht übel. Kanntest du das Kind?«

»Hier kennt jeder jeden«, sagte der Wirt.

»Also sind die einzigen Fremden auch ganz selbstverständlich sofort verdächtig«, fügte Abu Dun hinzu. »Nur gut, dass wir die ganze Zeit hier gesessen und getrunken haben. Sonst ginge es uns jetzt vielleicht an den Kragen.«

»Ja«, sagte der Wirt. »Aber ihr wart ja hier.«

Abu Dun schien der Ton, in dem er dies sagte, nicht zu gefallen, denn er fragte: »Du glaubst doch diesen Unsinn nicht, dass wir Zauberer oder gar Hexenmeister sind?«

Der Wirt zögerte eine Winzigkeit zu lange, bevor er antwortete. »Ich weiß nicht, was ich glauben soll«, sagte er. »Vielleicht gibt es Zauberei, vielleicht nicht. Ich weiß nur, dass ihr hier wart und es genug Zeugen dafür gibt.« Er machte einen Schritt, um zur Theke zurückzugehen, und blieb dann wieder stehen.

»Aber wenn ich euch einen Rat geben darf …«

»Nur zu«, sagte Andrej aufmunternd.

»Ihr habt die Leute hier erlebt«, sagte der Wirt. Die Worte bereiteten ihm sichtliches Unbehagen. »Sie sind sehr erschrocken und zornig, und es sind einfache Leute. Sie werden einen Schuldigen suchen.«

»Du meinst, es wäre besser, wenn wir gleich morgen verschwinden«, sagte Andrej.

»Ihr habt nach Pferden gefragt«, sagte der Wirt, statt direkt zu antworten. »Ich habe drei Tiere, die ich euch überlassen kann. Sie sind alt und nicht besonders gut zum Reiten geeignet, aber sie können euch nach Tandarei bringen, einen Tagesritt von hier entfernt. Ich gebe euch den Namen meines Bruders. Er hat einen Stall dort. Bei ihm könnt ihr gute Pferde kaufen. Er wird euch einen fairen Preis machen, wenn er hört, dass ich euch schicke.«

»Du vertraust uns einfach so drei Pferde an?«, fragte Abu Dun. »Das ist ziemlich leichtsinnig.«

»Es sind alte Klepper«, antwortete der Wirt. »Ihr könnt froh sein, wenn sie bis Tandarei durchhalten. Zahlt mir dasselbe, was mir der Schlachter geben würde. Mein Bruder wird euch den Betrag anrechnen.«

»Das ist ein faires Angebot, meine ich.« Abu Dun stand auf. »Es sei denn, bei euch werden alte Klepper in Gold aufgewogen.«

Der Wirt blieb ernst. »Gute Nacht, die Herren«, sagte er.

Andrej wartete, bis er verschwunden war, dann trank er noch einen letzten Schluck Bier und stand ebenfalls auf. »Er kann uns gar nicht schnell genug loswerden, wie?«

»Ich glaube, er meint es ernst«, antwortete Abu Dun. »Denkst du an dasselbe wie ich?«

»Das weiß ich nicht«, log Andrej. »Woran denkst du denn?«

»An den Hasen.«

»Das mag Zufall sein«, sagte Andrej. »Vielleicht wirklich ein Raubtier, das sein Unwesen hier treibt.« Er hob die Schultern. »Wer weiß, vielleicht tragen wir wirklich einen Teil der Schuld, weißt du? Vielleicht haben wir das Raubtier ohne Absicht hierhergeführt.«

»Vielleicht ist es ja bei uns«, sagte Abu Dun.

»Was willst du damit sagen?«, fragte Andrej scharf.

»Nichts«, antwortete Abu Dun. »Es war … nur so eine Idee. Eine dumme Idee. Verzeih.« Er machte eine Kopfbewegung zur Treppe. »Geh nach oben und leg dich schlafen.«

»Und du?«

»Ich schlafe bei den Pferden. Auf diese Weise kann ich sie mir auch gleich ansehen und mich überzeugen, ob die Klepper in der Lage sind, uns bis nach Tandarei zu bringen.«

Er verließ ohne ein weiteres Wort den Raum. Andrej ging nach oben und betrat das Zimmer, das er für Frederic und sich – und eigentlich auch Abu Dun – gemietet hatte. Es war dunkel. Das einzige schmale Fenster war geschlossen, aber es war überraschend kalt. Andrej schloss die Tür hinter sich, so leise er konnte, und blieb stehen, damit sich seine Augen an die herrschende Dunkelheit gewöhnen konnten.

Das Zimmer war groß, aber bis auf die drei schmalen Betten und eine grob gezimmerte Truhe vollkommen leer. Frederic lag komplett angezogen auf dem mittleren dieser drei Betten und schlief.

Aber schlief er wirklich?

Andrej sah noch einmal zum Fenster und trat dann lautlos an Frederics Bett heran. Der Junge hatte sich auf die Seite gerollt. Seine Augen waren fest geschlossen, und seine Atemzüge waren flach und gleichmäßig. Andrej streckte die Hand nach ihm aus, zog sie dann aber wieder zurück, ohne ihn zu berühren. Frederic schlief zweifellos.

7

Sie brachen am nächsten Tag im Morgengrauen auf. Der Abschied war kurz und kühl. Der Wirt machte jetzt keinen Hehl mehr daraus, dass er die drei Fremden lieber gehen als kommen sah, und mehrere Dorfbewohner hatten sich bereits am Tor versammelt; vermutlich, um nach Spuren zu suchen, wie es der Dunkelhaarige am vergangenen Abend vorgeschlagen hatte. Andrej behielt Frederic unauffällig im Auge, während sie an dem halben Dutzend Männer vorüberritten. Der Junge wirkte müde, und er betrachtete die kleine Versammlung mit einer Mischung aus kindlicher Neugier und Verwirrung. Andrej hatte ihm nicht erzählt, was passiert war.

Die Pferde waren tatsächlich nicht viel mehr als heruntergekommene Mähren, die reif für den Abdecker waren. Sie kamen nicht wesentlich schneller voran, als wären sie zu Fuß unterwegs, aber doch um einiges bequemer. Spät am Nachmittag erreichten sie Tandarei und fragten sich zum Besitzer des Stalles durch, dessen Namen ihnen der Wirt gegeben hatte. Sie bekamen neue Pferde, und als der Mann erfuhr, wer sie geschickt hatte, wies er ihnen auch den Weg zu einem einfachen Gasthaus, in dem Fremde willkommen waren und wo keine neugierigen Fragen gestellt wurden.

Am nächsten Morgen ritten sie weiter. Abu Dun hatte sich noch einmal genau nach dem Weg erkundigt und in Erfahrung gebracht, dass sie von Tandarei aus am besten nach Buzau, dann ein Stück nach Westen bis Cîmpîna und schließlich nach Kronstadt ritten, um nach Siebenbürgen und damit zu den Drachenkriegern zu gelangen; ein Weg, der auch mit guten Pferden mindestens eine Woche in Anspruch nehmen würde. Aber er war sicherer als der direkte, denn auf diese Weise umgingen sie den größten Teil der Gebiete, in denen sie auf Sultan Selics Truppen stoßen konnten.

Sechs Tage lang bewegten sie sich auf dem vorgegebenen Weg, wobei sie versuchten, Städte und Menschenansammlungen nach Möglichkeit zu meiden. Sie übernachteten in einfachen Gasthäusern auf dem Lande oder auf Gehöften, sofern sie einen Bauern fanden, der bereit war, sie in seiner Scheune oder auf dem Heuboden nächtigen zu lassen. Als Abu Dun nach einer Weile auffiel, dass Andrej Frederic praktisch keine Sekunde aus den Augen ließ, machte er nicht eine Bemerkung in diese Richtung, aber sein Schweigen war sehr beredt.

Ohnehin wurde Abu Dun immer mehr zu einem Problem, je weiter sie nach Westen kamen. Die Menschen fürchteten sich vor Muselmanen – viele wohl zu Recht, wie Andrej annahm –, und fast alle begegneten ihnen mit Misstrauen, einige mit Hass. Es fiel Andrej immer schwerer, eine glaubhafte Erklärung für die Anwesenheit des schwarzen Riesen zu finden. Ein paar Mal war es wohl nur Abu Duns Schwert, dessen Anblick die Menschen davon abhielt, ihren wahren Gefühlen Ausdruck zu verleihen.

Und trotzdem war es Abu Dun, der ihnen am Abend des sechsten Tages vermutlich das Leben rettete. Sie waren früh aus der Nähe von Kronstadt Richtung Schäßburg aufgebrochen, und Andrej rechnete damit, noch vor Sonnenuntergang Rettenbach zu erreichen, ihre letzte Zwischenstation auf dem Weg nach Petershausen, wo es – nach Abu Duns Überzeugung – in der Nähe des Flusses Arges und des Poenari-Felsens einen Stützpunkt des *ordo draconis* geben sollte, der Ritter des Drachenordens. Sie waren wenigen Menschen begegnet, aber dafür hatten sich die Gerüchte gemehrt, dass sich türkische Truppen in der Umgebung herumtreiben sollten. Sultan Selics Heer war noch mehrere Tagesreisen entfernt, und Andrej glaubte nicht, dass es überhaupt bis zu ihnen vordringen würde. Er interessierte sich nicht sonderlich für den Verlauf des Krieges. Es ging dabei um Dinge, die er nicht verstand und die ihn nichts angingen. Er war zu unbedeutend, um die Aufmerksamkeit der Mächtigen auf sich zu ziehen; und letztlich konnte es ihm egal sein, welches Herren Fahne über dem Land flatterte. Die einfachen Leute, mit deren Blut und Tränen dieser Krieg letzten Endes geführt wurde, würden unter osmanischer Herrschaft kaum schlechter leben als unter dem Banner der Walachen-Fürsten, die dafür bekannt waren, ein blutiges Regime zu führen.

Trotzdem hatte er mitbekommen, dass die Sache nicht gut für die Walachen stand, die drohten zwischen den Ungarn und den Türken wie zwischen zwei mächtigen Mahlsteinen zerrieben zu werden. Die heranstürmenden Osmanen schienen nicht aufzuhalten zu sein, auch wenn sie nicht jede Schlacht gewannen. Andrej bezweifelte dennoch, dass sie *hier* auf sie stoßen würden. Die Stoßrichtung der Angreifer lag viel weiter westlich. Ihre Ziele waren Budapest und Wien – und danach der Rest Europas, nicht *Petershausen.* Dennoch bestand die Gefahr, dass sie auf einen versprengten Teil des türkischen Heers trafen oder vielleicht auch nur auf eine Patrouille, die Selic ausgeschickt hatte.

Wäre das Land hier so eben gewesen wie weiter im Osten, wo ihre gemeinsame Reise begonnen hatte, so hätten sie eine gute Chance gehabt, eine Falle rechtzeitig zu erkennen und ihr auszuweichen. So aber bemerkten sie die Gefahr erst, als es zu spät war. Sie hatten einen der steilen Hügel überquert, die für diesen Teil des Landes typisch waren, und ritten nebeneinander aus dem Wald heraus, da stießen sie auf ein Dutzend Reiter.

Die Männer hatten abgesessen und waren offensichtlich damit beschäftigt, ein provisorisches Nachtlager aufzuschlagen. Einige hatten ihre Speere gegen Bäume gelehnt und die Schilde und Harnische abgeschnallt, und die meisten Pferde waren mit den Fesseln aneinandergebunden, damit sie nicht wegliefen.

Andrej überschlug blitzschnell ihre Chancen, auf der Stelle herumzufahren und davonzugaloppieren. Sie standen vielleicht gar nicht schlecht. Die Männer waren mindestens ebenso überrascht wie sie, keiner von ihnen saß im Sattel, und sie würden etliche Zeit brauchen, um die Verfolgung aufzunehmen. Aber Abu Dun hob so rasch die Hand, dass er nicht einmal dazu kam, den Gedanken ganz zu Ende zu denken, und zischte: »Rührt euch nicht und zeigt um Allahs willen keine Angst! Ich regle das.«

»Bist du verrückt?«, keuchte Frederic. »Wir müssen weg!«

»Still!«, schnappte Abu Dun. »Keinen Laut mehr – oder wir sind alle tot.«

Frederic schien den Ernst der Situation zu begreifen, denn er schwieg tatsächlich. Abu Dun warf ihm einen letzten warnenden Blick zu und drehte sich dann wieder im Sattel nach vorne. Fast bedächtig hob er die Hand und sagte etwas in seiner Muttersprache, bekam aber keine Antwort.

Die fremden Krieger hatten sich mittlerweile nicht nur von ihrer Überraschung erholt, sondern waren von einer Sekunde auf die andere kampfbereit. Mit gezückten Krummsäbeln kreisten sie Andrej und seine beiden Begleiter ein.

Andrej hatte noch niemals zuvor einen der Krieger gesehen, die sich im Moment wie eine unaufhaltsame Flut vom Südwesten nach Europa ergossen, aber das musste er auch nicht, um zu wissen, dass er türkische Krieger vor sich hatte. Die meisten von ihnen waren nicht sehr groß; sie hatten dunkle, scharf geschnittene Gesichter mit schwarzen Haaren und noch schwärzeren Augen. Bewaffnet waren sie mit Krummsäbeln, Lanzen und glänzenden, runden Schilden. Manche trugen spitze Helme, die mit roten

Tüchern verziert waren. Andrej sah nirgendwo das Symbol des gefürchteten Halbmondes. Seine Hand wollte zur Waffe greifen, aber er konnte den Impuls im letzten Moment unterdrücken. Es wäre wahrscheinlich der letzte seines Lebens gewesen.

Abu Dun wiederholte seine Worte und begleitete sie mit einem rohen Lachen, und diesmal bekam er wenigstens eine Antwort. Andrej verstand die Worte nicht, aber die Tonart war alles andere als freundlich.

Abu Dun lachte trotzdem noch einmal, deutete erst auf Andrej und dann auf Frederic und schwang sich dann aus dem Sattel. »Steigt ab«, sagte er. »Benehmt euch ganz normal. Es ist alles in Ordnung.«

Das bezweifelte Andrej. Die türkischen Krieger betrachteten sie alles andere als freundlich. Viele hatten ihre Waffen gesenkt, aber längst nicht alle, und Andrej war noch nicht ganz aus dem Sattel gestiegen, da trat einer der Krieger hinter ihn und zog das Schwert aus dem Gürtel.

»Was bedeutet das?«, fragte Frederic.

»Sei still!« Abu Dun warf ihm einen zornigen Blick zu und hob die Hand, als wolle er ihn schlagen, ließ die Hand aber dann im letzten Moment wieder sinken. Dann wandte er sich wieder an die muslimischen Krieger und lachte roh.

»Er hat recht«, stieß Andrej gepresst hervor. »Sei still, Frederic, ich bitte dich! Er wird es schon regeln.«

»Regeln?« Frederics Stimme wurde schrill. »Bist du blind? Er hat uns in die Falle gelockt! Sie werden uns die Kehlen durchschneiden!«

Andrej kam nicht dazu, zu antworten, denn Frederic und er wurden ein paar Schritte weggeführt und grob zu Boden gestoßen. Andrej rechnete damit, dass sie gefesselt würden, aber die Türken verzichteten darauf. Zwei von ihnen bedrohten sie jedoch mit ihren Speeren, und auch etliche andere blieben mit den Waffen in der Hand in der Nähe.

»Ich hab ihm von Anfang an nicht getraut«, fauchte Frederic. »Du wirst sehen, was du von deiner Gutgläubigkeit hast.«

Andrej sagte gar nichts dazu – und er hätte sich gewünscht, dass auch Frederic den Mund hielt. Dass Abu Dun türkisch oder irgendeine andere morgenländische Sprache mit den schwarzäugigen Kriegern sprach, bedeutete nicht, dass die Männer ihre Sprache nicht beherrschten.

Während Abu Dun weiter mit dem Mann debattierte, den auch Andrej mittlerweile für den Anführer der Patrouille hielt, nutzte Andrej die Gelegenheit, die fremdländischen Krieger unauffällig etwas genauer in Augenschein zu nehmen.

Er musste seine etwas vorschnell gefasste Meinung über die Männer revidieren. Es waren fast zwei Dutzend, und sie waren in nicht annähernd so schlechtem Zustand, wie er zuerst geglaubt hatte. Sie waren nicht ausgemergelt, sondern einfach von kleinerem und schlankerem Wuchs, wirkten dabei aber erschreckend zäh. Ihre Kleider waren zerschlissen und an zahlreichen Stellen geflickt, doch ihre Waffen befanden sich in tadellosem Zustand. Einige von ihnen trugen frische Verbände. Andrej nahm an, dass sie erst vor kurzer Zeit in einen Kampf verwickelt gewesen waren.

Eine kleine Ewigkeit schien zu vergehen, bis Abu Dun zu ihnen zurückkehrte. Er grinste, aber Andrej hatte längst begriffen, dass das bei dem Sklavenhändler ebenso gut alles wie auch nichts bedeuten konnte.

»Nun?«, fragte er.

»Es ist alles in Ordnung«, sagte Abu Dun. »Macht euch keine Sorgen.«

»Um uns oder um dich?«

»Es ist alles in Ordnung«, sagte Abu Dun noch einmal. »Er glaubt mir. Die Hauptsache ist, dass ihr mitspielt. Wir bleiben bei dem, was wir besprochen haben. Ihr seid meine Sklaven. Wir sind auf dem Wege zu Selics Heer, weil ich mich als Kundschafter und Dolmetscher anschließen will.«

»Und das haben sie dir geglaubt?« Frederic machte ein abfälliges Geräusch. »Komisch, dass ich dir nicht glaube.«

Abu Dun ignorierte ihn. »Aber wir haben ein Problem«, fuhr er fort. »Die Männer sind auf dem Weg zum Heer des Sultans. Es lagert keine zwei Tagesmärsche von hier.«

»Und sie haben vorgeschlagen, dass wir sie begleiten«, vermutete Andrej.

»Vorgeschlagen.« Abu Dun wackelte mit dem Kopf. »Nun ja. So kann man es auch nennen.«

»So viel dazu, dass sie dir trauen«, sagte Andrej.

»Das spielt jetzt keine Rolle«, sagte Abu Dun. »Im Moment jedenfalls sind sie nicht unsere Feinde. Alles andere wird sich zeigen.«

»Wir müssen fliehen«, zischte Frederic.

»Wir müssen vor allem die Nerven behalten«, sagte

Abu Dun. »Und vorsichtig sein. Ich bin nicht sicher, ob nicht doch einer von ihnen eure Sprache versteht.«

»Aber er hat recht«, sagte Andrej. »Wir dürfen auf keinen Fall …«

»Das weiß ich selbst«, unterbrach ihn Abu Dun. »Wir werden Selics Heer frühestens in zwei Tagen erreichen. Das ist eine lange Zeit. Also tut nichts Unbedachtes. Sie glauben mir, aber das heißt nicht, dass sie mir vorbehaltlos vertrauen. Wir müssen auf eine günstige Gelegenheit warten.«

»Und warum sollten wir dir trauen?«, fragte Frederic böse.

Abu Dun sah ihn fast traurig an und wandte sich dann mit einem Blick an Andrej, der deutlich machte, dass er eine ganz bestimmte Reaktion von ihm erwartete. Aber Andrej schwieg.

So elend er sich selbst bei diesem Gedanken fühlte – Frederic hatte recht. In den Tagen, die sie zusammen unterwegs gewesen waren, hatte er fast vergessen, wer Abu Dun wirklich war: nämlich ein Pirat und Sklavenhändler und vor allem ein Muselman. Bei Selics Heer war er so gut wie bei seinen Leuten, zumindest aber in Sicherheit.

»Ich verstehe«, sagte Abu Dun nach einer Weile. Er klang ein wenig verletzt. Dann erschien wieder das gewohnte breite Grinsen auf seinem Gesicht, bei dem seine Zähne fast unnatürlich weiß blitzten. »Nun, eigentlich kann ich dich verstehen. Ich an deiner Stelle würde wohl nicht anders reagieren. Kann ich mich darauf verlassen, dass wir bei dem bleiben, was wir besprochen haben? Du bist mein Diener und Leibwächter – ich musste mir etwas einfallen lassen, um zu erklären, warum du ein Schwert trägst.«

Welche Wahl hatte er schon? Andrej nickte.

»Und ich?«, fragte Frederic.

Abu Dun sah ihn nachdenklich an. »Mein Lustknabe?«, schlug er schließlich vor.

Frederics Gesicht verdüsterte sich vor Zorn, und Andrej sagte rasch: »Er ist mein Sohn. Wir bleiben bei der Geschichte. Wir haben einige Übung darin.«

»Wenn er dein Sohn ist, möchte ich seine Mutter nicht kennen lernen«, seufzte Abu Dun. »Aber gut. Bitte bewahrt einen kühlen Kopf. Wir haben viel Zeit.«

Er gab den Männern, die Andrej und Frederic bewachten, einen Wink. Andrej entging zwar nicht, dass sie einen fragenden Blick zu ihrem Anführer hin warfen und auf sein zustimmendes Kopfnicken warteten, aber schließlich senkten sie ihre Waffen, und nach einem weiteren Augenblick wagte es Andrej auch, langsam aufzustehen. Niemand versuchte ihn daran zu hindern, aber die beiden Krieger, die ihn bisher bewacht hatten, folgten ihm in zwei Schritten Abstand, als er Abu Dun begleitete.

Der Mann, mit dem Abu Dun gesprochen hatte, sah ihm aufmerksam und noch immer ein wenig misstrauisch entgegen. Obwohl sein Gesicht einen undurchdringlichen Ausdruck hatte, wirkte es doch zugleich auch offen. Er sah Andrej gerade lange genug durchdringend an, um seinen Blick unbehaglich werden zu lassen, dann wandte er sich mit einer

Frage an Abu Dun und machte eine komplizierte Handbewegung. Abu Dun antwortete und wandte sich dann an Andrej.

»Er sagt, du siehst nicht aus, als wärst du mein Leibwächter«, sagte Abu Dun.

Andrej verzog nur flüchtig die Lippen. Er konnte den Mann verstehen: Abu Dun war ein gutes Stück größer als er, und sein schwarzes Gesicht ließ ihn noch bedrohlicher erscheinen. Wenn man sie nebeneinander sah, konnte man höchstens annehmen, dass Abu Dun *sein* Leibwächter war.

»Und?«, fragte er schließlich.

»Er will, dass du es beweist«, sagte Abu Dun.

»Beweisen? Wie soll das gehen?«

Die Aufforderung beunruhigte Andrej mehr als nur ein bisschen: Bevor Abu Dun antworten konnte, reichte ihm der türkische Kommandant sein Schwert, zog mit der anderen Hand seine eigene Waffe und machte eine auffordernde Kopfbewegung.

»Was soll das?«, fragte Andrej.

»Er will, dass du mit ihm kämpfst«, sagte Abu Dun. »Du musst ihm beweisen, dass du wirklich mein Leibwächter bist.«

»Ich kämpfe nicht zum Spaß«, antwortete Andrej. »Das habe ich noch nie getan.«

»Dann wird es Zeit, dass du damit anfängst«, sagte Abu Dun. »Denn wenn du es nicht tust, wirst du ernsthaft kämpfen müssen. Möglicherweise gegen alle.«

Andrej schwieg. Abu Dun hatte natürlich recht. Es wäre närrisch zu glauben, dass ein Mann wie der

Kommandant der türkischen Patrouille jedem Fremden, den er zufällig traf, sofort vertraute – mitten im Feindesland und noch dazu in Begleitung zweier Feinde. Aber er konnte es sich im Grunde gar nicht leisten, mit diesem Mann zu kämpfen. Andrej zweifelte nicht daran, dass er ihn besiegen würde; er war bisher nur auf sehr wenige Männer getroffen, die ihm im Kampf mit dem Schwert ebenbürtig oder gar überlegen gewesen wären. Das Problem war ein ganz anderes: Weder durfte er den Mann schwer verletzen noch das Risiko eingehen, selbst verwundet zu werden. Er durfte nicht einmal einen Kratzer abbekommen. Wenn die Menschen in dem Dorf, in dem sie vor einer Woche gewesen waren, schon nicht an Zauberei glaubten: diese heidnischen Krieger taten es bestimmt. Wenn sie sahen, dass sich seine Verletzungen in Sekundenschnelle wieder schlossen, dann würden sie alle zu ihren Waffen greifen und ausprobieren, wie weit seine Unverwundbarkeit wirklich reichte.

»Also gut«, sagte er schweren Herzens. Er trat einen Schritt zurück und hob sein Schwert. »Aber ich will ihn nicht verletzen. Der Kampf endet, sobald einer von uns entwaffnet ist.«

Abu Dun verstand, was er meinte. Er übersetzte Andrejs Worte, und der Türke erklärte sich mit einem Nicken einverstanden. Auch er hob sein Krummschwert und machte gleichzeitig eine befehlende Geste mit der freien Hand, woraufhin seine Krieger einen vielleicht fünf Meter durchmessenden Kreis rings um sie herum bildeten. Dann griff er ohne weitere Verzögerung an.

Andrej spürte sofort, dass er es mit einem ernst zu nehmenden Gegner zu tun hatte. Der Mann war gut. Nicht so gut wie er, aber *gut*, und vor allem: Er war entschlossen, vor seinen Männern nicht das Gesicht zu verlieren. Andrej parierte seine ersten Angriffe mit vorgetäuschter Mühe, um sich ein Bild von der Kraft und Schnelligkeit seines Gegners zu machen, dann löste er sich von ihm, griff an und legte alle Kraft in einen einzigen Hieb.

Der Türke war stärker, als er geglaubt hatte. Es gelang Andrej nicht, ihm das Schwert aus der Hand zu schlagen. Aber er wusste, wie schmerzhaft ein solcher Schlag war. Der Mann taumelte mit schmerzverzerrtem Gesicht zurück, und Andrej setzte ihm blitzartig nach, trat ihm wuchtig vor das linke Knie und brachte ihn damit endgültig aus dem Gleichgewicht. Der türkische Krieger stürzte, und Andrej war mit einem einzigen Schritt über ihm. Sein Schwert senkte sich auf die Hand, die das Schwert hielt, verletzte sie aber nicht.

Der Krieger erstarrte. Seine Augen weiteten sich in einer Mischung aus Unglauben und Entsetzen.

»Er sollte die Waffe loslassen«, sagte Andrej. »Bevor ich sie ihm aus der Hand nehme. Sag ihm das.«

Abu Dun übersetzte getreulich (wenigstens hoffte Andrej das), und der Türke zögerte noch einen Herzschlag lang – und ließ dann zu Andrejs unendlicher Erleichterung das Schwert los.

Andrej trat rasch einen Schritt zurück, schob sein Schwert in den Gürtel und streckte dann die Hand aus, um dem gefallenen Krieger auf die Füße zu helfen. Der Türke blickte seine ausgestreckte Rechte einen Moment lang an, als wüsste er nichts damit anzufangen, aber dann griff er danach und ließ sich von ihm aufhelfen. Seine Mundwinkel zuckten, als er das verletzte Bein belastete, aber der Ausdruck in seinen Augen hatte sich vollkommen gewandelt. Er sagte etwas zu Andrej und lachte, und aus dem Wald hinter ihnen zischte ein Armbrustbolzen heran und traf ihn mitten in die Stirn.

Dann brach die Hölle los.

Noch während Andrej blitzschnell herumfuhr und das Schwert wieder aus dem Gürtel riss, zischten weitere Bolzen und Pfeile heran. Gleichzeitig stürmte eine Anzahl dunkel gekleideter Gestalten aus dem Unterholz, die die vollkommen überraschten Türken mit Speeren, Schwertern und Äxten angriffen. Fast die Hälfte der muselmanischen Krieger fiel unter dem ersten Angriff, bevor es dem Rest gelang, seine Waffen zu ergreifen und eine Verteidigung zu organisieren.

Andrej stand volle zwei Sekunden lang reglos mit dem Schwert in der Hand da, ohne dass irgendjemand auch nur Notiz von ihm zu nehmen schien, dann aber attackierten ihn gleich zwei der feindlichen Krieger. Andrej wehrte den Angriff des ersten mit einer reflexartigen Bewegung ab, die den Mann zurücktaumeln ließ, ohne ihn zu verletzen, dem zweiten versetzte er eine tiefe Stichwunde in den Unterarm, die ihn seine Waffe fallen ließ. Dann war plötzlich alles voller kämpfender Männer, Schreie, blitzender Waffen, und es blieb ihm keine Zeit mehr, auch nur einen klaren Gedanken zu fassen. Er wehrte ab, parierte, wich aus, konterte und griff seinerseits an, alles in einer einzigen, rasend schnellen Bewegung und ohne genau zu wissen, gegen wen er kämpfte oder warum eigentlich. Abu Dun war dicht neben ihm, und er kämpfte mindestens so hart wie er, wenn nicht härter, denn er wurde nicht nur von den überraschend aufgetauchten Gegnern attackiert, sondern auch von den Türken, die ihn offensichtlich für einen Verräter hielten.

Es stand nicht gut um ihn. Er schlug sich wacker, aber er hatte es gleich mit drei Gegnern zu tun; eine Übermacht, gegen die er auf Dauer nicht bestehen würde. Er blutete bereits aus einer tiefen Schnittwunde im Oberarm.

Andrej hackte und schlug sich rücksichtslos zu ihm durch und erreichte ihn im buchstäblich allerletzten Moment. Irgendwie war es Abu Dun gelungen, zwei seiner Gegner mit einem einzigen Hieb des gewaltigen Krummschwertes zurückzutreiben, aber er konnte sich dabei gegen den dritten nicht mehr verteidigen. Der nutzte diese Schwäche, um einen tödlichen Stich nach Abu Duns Herzen zu führen. Andrej schmetterte die Klinge so knapp beiseite, dass sie in der Abwärtsbewegung Abu Duns Gewand zerfetzte. Dann schleuderte er den Mann mit einem Tritt zurück und stellte sich hinter den Piraten. Sie kämpften Rücken an Rücken. Aber es war aussichtslos.

Andrej begriff mit entsetzlicher Klarheit, dass sie verlieren würden. Ganz gleich, welche Seite siegte, Abu Dun und er gehörten zu ihren Feinden.

Er war noch nicht einmal sicher, wer den Sieg davontragen würde. Die Angreifer waren zahlenmäßig hoffnungslos überlegen. Der überraschende Angriff hatte den Türken schreckliche Verluste zugefügt – aber im Gegensatz zu den zerlumpten und schlecht ausgebildeten Bauern und Milizionären waren sie geübte Krieger, die ihr Handwerk verstanden und es leicht mit jeweils zwei oder auch drei Gegnern aufnahmen. Wer immer diesen Überfall geplant hatte, war dabei nicht sehr geschickt vorgegangen.

Dann geschah etwas, das alles änderte.

Andrej sah, wie einer der türkischen Krieger mit zerschmettertem Schädel zurücktaumelte und zusammenbrach. Hinter ihm trat eine riesenhafte Gestalt in einer blutfarbenen Rüstung aus dem Wald, die über und über mit Stacheln und eisernen Dornen gespickt war. In der Rechten hielt sie einen Morgenstern mit drei Kugeln; vielleicht nicht die wirkungsvollste, aber mit Sicherheit die furchteinflößendste Waffe, die Andrej kannte.

Er starrte das Visier der blutroten Rüstung an.

Es war der Drachenritter. Der Mann, der Abu Duns Schiff versenkt und seine gesamte Familie ausgelöscht hatte.

»Du!«, schnappte Andrej. Und dann schrie er, noch einmal und mit kreischender, fast überkippender Stimme: *»DU!!«*

Nichts anderes mehr zählte. Die Schlacht und die Krieger ringsum wurden bedeutungslos. Es gab nur noch den Drachenritter, den Mörder seiner Familie, den er sterben sehen wollte.

»Du!«, brüllte Andrej noch einmal. *»Du gehörst mir! Stell dich!«*

Der Kopf des Drachenritters ruckte mit einer schlangengleichen Bewegung herum. Ein türkischer Krieger attackierte ihn. Der Ritter schlug ihn mit seinem dornenbesetzten Handschuh zu Boden, hob seinen schrecklichen Morgenstern und machte eine spöttische, winkende Bewegung, mit der er die Herausforderung annahm.

Andrej stürmte los. Niemand versuchte ihn aufzuhalten. Vielleicht hatten die Männer trotz des tobenden Kampfes bemerkt, was zwischen ihm und dem Drachenritter vorging, aber vielleicht war da auch etwas in seinem Gesicht und seinen Augen, was die Männer erschreckte.

Der Drachenritter hob seinen Morgenstern höher, und Andrej führte einen zornigen Hieb gegen seinen Arm aus, um ihn zu entwaffnen.

Er hatte seinen Gegner unterschätzt. Der Drachenritter ignorierte seinen Angriff und verließ sich – zu Recht! – darauf, dass seine Rüstung dem Schwerthieb Stand halten würde. Gleichzeitig schlug er mit seinem stachelbewehrten linken Handschuh zu.

Trotzdem musste Andrejs Schwerthieb den Arm des Drachenritters gelähmt haben, denn er ließ den Morgenstern fallen und taumelte zurück, aber auch sein Hieb traf, und die Wirkung war verheerend. Andrej sank in die Knie. Ein grausamer Schmerz explodierte in seinem Leib, als die zehn Zentimeter langen Dornen in sein Fleisch bissen, und er spürte, wie schlagartig alle Kraft aus seinem Körper wich. Er ließ das

Schwert fallen, kippte nach vorne und erbrach würgend Blut und Schleim. Aus den Augenwinkeln sah er, wie der Drachenritter mit einem raschen Schritt sein Gleichgewicht fand und sich nach seiner Waffe bückte.

Dann sah er etwas anderes, das ihn selbst den Drachenritter für den Moment vergessen ließ.

Auch Frederic hatte sich mit einem Schwert bewaffnet, das er wohl einem toten Krieger abgenommen hatte. Er stürmte heran, tauchte unter einem Speer hindurch, mit dem ein türkischer Krieger nach ihm stocherte und versetzte dem Mann aus der gleichen Bewegung heraus einen tiefen Stich in die Wade. Der Mann brüllte vor Schmerz und Wut, fuhr herum und schlug Frederic den Speer quer über den Rücken. Frederic stürzte mit weit nach vorne gestreckten Armen zu Boden und ließ das Schwert fallen. Der Türke führte seine Bewegung zu Ende, drehte den Speer herum und stieß ihm die Spitze zwischen die Schulterblätter.

Andrej schrie auf, als hätte ihn selbst die tödliche Speerspitze getroffen, sprang in die Höhe und warf sich auf den Krieger. Mit einem einzigen Hieb schleuderte er ihn zu Boden, riss den Speer aus Frederics Rücken und tötete den Mann mit seiner eigenen Waffe. Dann ließ er sich neben Frederic auf die Knie fallen und drehte ihn herum.

Frederic war bei Bewusstsein, hatte aber große Schmerzen. Er weinte. Die Wunde in seiner Brust hatte sich noch nicht ganz geschlossen, hörte aber bereits auf zu bluten. Der Stich hatte sein Herz verfehlt. Die Wunde war nicht tödlich.

»Entspanne dich«, sagte er. »Du darfst nicht dagegen ankämpfen! Lass deinen Körper die Arbeit tun!«

Er wusste nicht, ob Frederic ihn überhaupt hörte, und ihm blieb auch keine Zeit, sich weiter um ihn zu kümmern. Doch auch wenn der Drachenritter die Gelegenheit nicht nutzte, um zu Ende zu bringen, was er angefangen hatte, war der Kampf noch nicht vorüber, und er wurde sofort wieder attackiert. Ein weiterer türkischer Krieger drang auf ihn ein.

Andrej war im Moment waffenlos. Er ließ sich zur Seite fallen, hörte ein Schwert über sich hinwegzischen und schlug instinktiv die Arme vors Gesicht, als der Krieger mit seinem Schild nach ihm stieß.

Die Abwehrbewegung kam zu spät. Andrej wurde hart getroffen und fiel nach hinten, griff aber auch im gleichen Moment zu und packte mit beiden Händen den Schild. Mit einem kräftigen Ruck brachte er den Mann aus dem Gleichgewicht, schleuderte ihn über sich hinweg und nutzte den Schwung seiner eigenen Bewegung, um mit einer Rolle wieder auf die Füße zu kommen. Noch bevor der Krieger vollends zu Boden gestürzt war, war Andrej über ihm, entriss ihm seine Waffe und stieß ihm die Klinge ins Herz.

Ein harter Schlag traf seinen Rücken. Er stolperte nach vorne, fand mit einem raschen Ausfallschritt seine Balance wieder und wirbelte herum. Ein weiterer Krieger hatte ihn angegriffen. Blut lief über seinen Rücken, aber die Wunde war nicht tief. Andrej griff den Mann sofort und mit kompromissloser Wucht an. Der völlig verblüffte Krieger parierte seinen Hieb zwar, wurde aber zurückgetrieben, stolperte über irgendetwas und stürzte mit hilflos rudernden Armen nach hinten.

Als er zu Boden fiel, stürzte sich Frederic auf ihn.

Es ging zu schnell, als dass Andrej es verhindern konnte.

Er hätte ohnehin nichts mehr tun können, um Frederic zurückzuhalten. Der Junge warf sich auf den gestürzten Krieger, presste ihn durch die schiere Wucht seines Angriffs zu Boden und grub die Zähne in seine Kehle. Der Türke brüllte vor Schmerz und bäumte sich auf, aber es war aussichtslos: Frederics Zähne zerfetzten seinen Kehlkopf und seine Halsschlagader in Sekundenschnelle. Aus seinem Schrei wurde ein schreckliches, nasses Gurgeln, und seine Arme und Beine begannen unkontrolliert zu zucken.

Aber Frederic hörte nicht auf. Sein Gesicht wühlte sich weiter in die Kehle des sterbenden Mannes, und seine zu Krallen gewordenen Finger tasteten nach seinen Augen. Er begann das Blut des Mannes zu trinken.

Endlich löste Andrej sich aus seiner Erstarrung. Er ließ das erbeutete Schwert fallen, stürzte vor und riss Frederic von seinem Opfer fort. Der Junge wehrte sich wie von Sinnen, schrie und schlug nach ihm. Er bot einen furchtbaren Anblick. Sein Mund war blutverschmiert, die Zähne rot vom Lebenssaft seines Opfers, den er getrunken hatte. In seinen Augen loderte etwas, das schlimmer war als Wahnsinn.

Andrej schüttelte ihn, so fest er konnte. »Frederic!«, schrie er. »Hör auf! Um Gottes willen, *hör auf!*«

Frederic hörte nicht auf, sondern wehrte sich nur mit umso größerer Kraft, sodass es Andrej kaum noch möglich war, ihn zu halten. Schließlich sah er keine andere Wahl mehr: Er holte aus und versetzte Frederic einen Fausthieb ins Gesicht, der dem Jungen auf der Stelle das Bewusstsein raubte. Frederic erschlaffte in seinen Armen. Andrej ließ ihn sanft zu Boden sinken und richtete sich auf.

Die Schlacht war nahezu vorbei. Hier und da wurde noch gekämpft, aber die Angreifer hatten gesiegt. Die wenigen türkischen Krieger, die noch am Leben und nicht zu schwer verletzt waren, versuchten sich von ihren Gegner zu lösen und zu fliehen. Der Drachenritter selbst beteiligte sich nicht mehr am Kampf. Er stand in einiger Entfernung da und starrte ihn an. Andrej wurde klar, dass er auch die unheimliche Szene mit Frederic beobachtet haben musste.

Er nahm sein Schwert, trat dem unheimlichen Ritter einen Schritt entgegen und machte eine auffordernde Geste. Da war noch etwas zwischen ihnen, was darauf wartete, zu Ende gebracht zu werden.

Der Drachenritter nickte.

Doch er nahm Andrejs Herausforderung damit nicht an. Hatte er wirklich geglaubt, dass dieser Mann *fair* kämpfte?

Andrej registrierte ein Geräusch hinter sich, aber er kam nicht einmal mehr dazu, sich umzudrehen. Ein harter Schlag traf seinen Hinterkopf und löschte sein Bewusstsein aus.

8

Als er zu sich kam, war er an Händen und Füßen gefesselt. Er lag bäuchlings im Sattel eines Pferdes, vielleicht auch eines Maultiers, dem schwankenden Gang nach zu schließen. Man hatte ihm einen Sack über den Kopf gestülpt, sodass er nicht nur blind war, sondern auch nur mühsam atmen konnte.

Wenigstens konnte er hören. Hufschläge, *sehr viele* Stimmen, die mannigfaltigen, einzeln kaum identifizierbaren Laute, die in ihrer Gesamtheit die typische Geräuschkulisse eines Trosses abgaben, manchmal ein Wortfetzen, den er verstand. In seiner Umgebung wurden verschiedene Sprachen gesprochen, was gewisse Rückschlüsse auf die Zusammensetzung des Trupps zuließ, der die türkische Patrouille überfallen hatte.

Eine sehr lange Zeit verging auf diese Weise. Aber Andrej wusste, wie sehr das Zeitgefühl eines Menschen getäuscht werden konnte.

Plötzlich bemerkte er eine Veränderung. Der Tross wurde langsamer, und die Geräusche hörten sich anders an. Die Hufschläge der Pferde riefen nun hallende Echos hervor, als brächen sie sich an steinernen Wänden, und er hörte noch andere, neue Laute, die ihm verrieten, dass sie eine Stadt erreicht hatten, vielleicht auch eine Burg. Kurz darauf hielten sie an. Andrej wurde unsanft vom Rücken des Tieres gezerrt und auf die Füße gestellt. Jemand durchtrennte seine Fußfesseln. Er konnte gehen, aber an einen Fluchtversuch war gar nicht zu denken. Mindestens zwei Männer hielten ihn, und wie viele noch in seiner Nähe waren, war nicht auszumachen.

Andrej wurde grob vorangestoßen und in ein Haus bugsiert, dann ging es eine steile Treppe hinunter und in einen kalten, muffig riechenden Raum. Ein dunkler, rötlicher Lichtschimmer durchdrang den groben Stoff der Kapuze, die man ihm übergestülpt hatte, und er hörte Metall klirren. Auch seine Handfesseln wurden durchtrennt, aber seine Arme wurden sofort von jeweils zwei kräftigen Händen gepackt und nach oben gezwungen. In seinem Rücken spürte er harten Stein. Seine Gelenke wurden weit über seinem Kopf mit eisernen Handfesseln angekettet. Erst danach rissen ihm seine Peiniger die Kapuze vom Kopf.

Andrej blinzelte ein paar Mal. Nicht weit von seinem Gesicht entfernt brannte eine Fackel, deren Licht ihm unangenehm grell erschien, sodass er im ersten Moment kaum etwas sehen konnte.

Immerhin erkannte er, dass seine Einschätzung richtig gewesen war: Er befand sich in einem niedrigen Gewölbekeller, dessen Wände aus nur grob behauenem Felsgestein bestanden. Auf dem Boden lag übelriechendes Stroh, und hoch unter der Decke gab es ein schmales Fenster, hinter dem aber kein Tageslicht zu sehen war. Abgesehen von ihm selbst befanden sich noch drei weitere Männer hier unten; zwei der zerlumpten Soldaten, die die türkische Patrouille überfallen hatten, und der Drachenritter. Er stand in einigem Abstand da und starrte ihn durch die Sehschlitze seiner unheimlichen Maske durchdringend an.

Andrej hörte ein gedämpftes Stöhnen, drehte den Kopf nach links und sah, dass das Kellerverlies noch einen weiteren Bewohner hatte: Abu Dun war neben ihm an die Wand gekettet. Er bot einen schrecklichen Anblick. In sich zusammengesunken wurde er nur noch von den eisernen Ringen um seine Handgelenke gehalten. Er war kaum noch bei Bewusstsein, und sein Gesicht zeigte, dass man ihn schwer geschlagen hatte.

»Es ist gut.«

Der Drachenritter machte eine befehlende Geste, und die beiden Männer verließen hastig den Keller. Andrej kam es vor, als flüchteten sie aus der Nähe ihres Herrn.

Der Drachenritter kam mit langsamen Schritten näher. Statt des Morgensterns trug er ein Schwert mit einer gezahnten Klinge im Gürtel, eine Waffe, die zum Verletzen und Verstümmeln gemacht zu sein schien. Im flackernden, roten Licht der Fackel sah seine Rüstung nun wirklich aus, als wäre sie in Blut getaucht worden. Einen Moment lang sah der Ritter Andrej an, dann schlenderte er fast gemächlich zu Abu Dun hin, legte die Hand unter sein Kinn und hob seinen Kopf an. Abu Dun stöhnte und versuchte die Augen zu öffnen, aber seine Lider waren zugeschwollen.

Der Ritter ließ sein Kinn los, kam auf Andrej zu

und hob abermals die Hand. Andrej ahnte, was kommen würde, aber er versuchte nicht, sich zu wehren oder auch nur den Kopf zu drehen. Es wäre ohnehin zwecklos gewesen, und er wollte dem Drachenritter nicht die Genugtuung gönnen, ihn in Angst versetzt zu haben.

Langsam drehte der Ritter die Hand. Andrej biss die Zähne zusammen, als einer der rasiermesserscharfen Dornen auf dem Rücken seines Handschuhs seine Wange aufriss. Warmes Blut lief über sein Gesicht. Der Ritter zog die Hand zurück, wartete einen Moment und wischte dann das Blut von seiner Wange. Die Augen hinter den schmalen Sehschlitzen weiteten sich.

»Tatsächlich«, sagte er. »Ich habe mich nicht getäuscht.« Er schwieg einen Moment, dann ging er wieder zu Abu Dun hin und ritzte auch seine Wange. Der Pirat stöhnte vor Schmerzen, hatte aber wohl nicht einmal die Kraft, den Kopf zur Seite zu drehen.

»Nein«, sagte der Drachenritter. »Bei ihm funktioniert es nicht.«

»Warum tust du das?«, fragte Andrej, »Macht es dir Spaß, Menschen zu quälen?«

»Ja«, antwortete der Ritter. »Das größte Vergnügen überhaupt. Obwohl ich nicht sicher bin, ob ihr überhaupt Menschen seid.« Er kam wieder näher. »Bei diesem Mohr natürlich schon, aber bei dir? Was bist du?«

»Mach mich los und gib mir eine Waffe, dann zeige ich es dir«, knurrte Andrej. »Oder mach mich einfach nur los. Das würde schon reichen.«

Der Ritter lachte. »Das werde ich nicht tun. Aber ich gebe dir mein Wort, dass ich nicht versuchen werde, dich daran zu hindern, dich aus eigener Kraft zu befreien. Hast du schon einmal einen Fuchs gesehen, der in eine Falle gegangen ist? Manchmal beißen sie sich selbst die Pfote ab, um sich zu befreien. Ich frage mich, ob du das auch könntest. Und ob deine Hand vielleicht nachwachsen würde.«

»Du bist tatsächlich ein außergewöhnlich tapferer Mann«, höhnte Andrej. »Es gehört schon eine Menge Mut dazu, einen Mann zu verspotten, der hilflos an die Wand gekettet ist.«

»Ich bin tapfer«, antwortete der Drachenritter ruhig. »Aber nicht dumm. Welche Chance hätte ich schon gegen einen Mann, der nicht verletzt werden kann?«

Andrej lachte, obwohl ihm ganz und gar nicht danach zumute war. »Willst du mich foltern? Das hätte wenig Zweck.«

»Oh, ganz im Gegenteil«, antwortete der Drachenritter lachend. »Es würde vieles für mich vereinfachen. Dieses Bauernpack hält nicht viel aus. Ich brauche ständig neues Material, und in Zeiten wie diesen ist es manchmal nicht leicht, ausreichend Nachschub zu bekommen. Du würdest dieses Problem für eine ganze Weile lösen. Ich könnte mich lange mit dir amüsieren. Sehr lange.«

»Willst du mir Angst machen?«, fragte Andrej.

»Nein«, antwortete der Drachenritter. »Ich werde dich morgen wieder aufsuchen, und bis dahin hast du Zeit, über meine Worte nachzudenken.«

»Welche Worte?«, fragte Andrej trotzig. »Du hast ja noch gar nichts gesagt.«

»Dein Geheimnis«, sagte der Ritter. »Ich will, dass du es mich lehrst.«

Andrej lachte böse. »Du musst wahnsinnig sein, wenn du glaubst, dass ich einem Monster wie dir ein solches Geheimnis anvertrauen würde – selbst wenn ich es könnte.«

»Wahnsinnig ... Wer weiß? Aber das spielt für dich keine Rolle, nicht wahr? Du wirst reden, so oder so, aber ich mache dir ein für mich ungewohnt großzügiges Angebot. Ich verspreche einen schnellen und schmerzlosen Tod, wenn du redest. Er kann aber auch Tage dauern. Wochen, wenn du willst.«

»Du willst mich foltern?« Andrej zwang sich zu einem Grinsen. »Mach dich nicht lächerlich.«

»Wer spricht von dir?«, fragte der Drachenritter. »Wie wäre es mit ihm?« Er deutete auf Abu Dun. »Ich habe gerade von seinem Volk exquisite Tötungsarten gelernt, die ich gerne einmal an ihm ausprobieren würde. Es liegt bei dir – oh ja, und selbstverständlich müsstest du dabei zusehen. Und außerdem: Hast du dich noch nicht gefragt, wo dein junger Freund geblieben ist?«

»Frederic?«, entfuhr es Andrej. »Was ist mit ihm?«

»Frederic. Das ist also sein Name. Um deine Frage zu beantworten: Nichts. Es geht ihm gut. Noch.«

»Wenn du ihm etwas antust ...«

»... wirst du noch aus der Hölle zurückkommen und mich töten, ja, ja«, unterbrach ihn der Drachenritter. »Ich weiß. Aber es liegt ganz bei dir.«

»Ich kann dir nicht geben, was du willst«, sagte Andrej. »Es ist nichts, was man lernen kann.«

»Dann stille wenigstens meinen Wissensdurst«, sagte der Drachenritter spöttisch. »Schlaf eine Nacht darüber. Du musst die spartanische Unterkunft verzeihen, aber wir haben Krieg, und in solchen Zeiten muss man manchmal auf den gewohnten Luxus verzichten. Wenn du irgendwelche Wünsche hast, klingle einfach nach dem Diener.« Er lachte noch einmal, drehte sich dann um und ging. Der Raum hatte keine Tür, sodass Andrej hören konnte, wie seine Schritte draußen auf der Treppe verklangen.

Er blieb jedoch nicht lange allein. Es vergingen nur Augenblicke, bis er erneut Schritte hörte und einer der beiden Soldaten zurückkam. Er bedachte Andrej nur mit einem flüchtigen Blick, ging dann zu Abu Dun und hob seinen Kopf an. Auf seinem Gesicht breitete sich ein Ausdruck von wachsendem Schrecken aus, als er Abu Duns zerschlagenes Antlitz betrachtete.

»Gott im Himmel«, murmelte er erschüttert. »Dieses ... *Vieh.*«

»Hast du keine Angst, dass dein Herr hört, wie du über ihn sprichst?«, fragte Andrej.

»Tepesch?«

»Ist das sein Name? Der des Drachenritters?«

»Fürst Vladimir Tepesch«, bestätigte der Soldat. »Aber er nennt sich selbst gerne Dracul. Du kannst ihn ruhig so ansprechen. Es macht ihm nichts aus. Ich glaube, es schmeichelt ihm. Er will, dass die Menschen ihn fürchten.« Er wies mit einer Kopfbewegung auf Abu Dun. »Ist er ein Freund von dir?«

»Ja«, antwortete Andrej. »Auch wenn er ein Araber ist.«

»Wir sind hier auf dem Balkan, da hat so ziemlich jeder ein bisschen morgenländisches Blut in seiner Ahnenreihe. Selbst Tepesch – aber das sollte man ihm besser nicht ins Gesicht sagen. Vielleicht würde er dann doch böse.« Er legte den Kopf auf die Seite. »Ich bin Vlad. Wie ist dein Name?«

»Andrej. Vlad?«

»Eigentlich Vladimir«, antwortete Vlad achselzuckend. »Aber seit Dracul über Burg Waichs und damit über die Walachei und ganz Transsylvanien herrscht, ist dieser Name nicht mehr besonders beliebt. Keine Sorge – der Name ist alles, was ich mit ihm gemein habe.«

»Und dass du ihm dienst.«

»Die andere Alternative wäre, zu Draculs Kurzweil beizutragen.« Vlad zog eine Grimasse. »Wo kommt ihr her, dass ihr so wenig über ihn wisst. Er genießt einen gewissen Ruf.«

»Von ... ziemlich weit her«, antwortete Andrej ausweichend.

»Ich verstehe.« Vlad nickte. »Du willst nicht darüber reden. Es geht mich auch nichts an. Brauchst du etwas? Ich kann dir Wasser bringen oder auch ein Stück Brot.«

»Ein Arzt für Abu Dun wäre gut.«

»Das ist unmöglich. Wenn Dracul davon erführe ...« Er schüttelte den Kopf.

Andrej nahm sich das erste Mal die Zeit, Vlad genauer zu betrachten. Er war ein Mann schwer zu schätzenden Alters mit einem scharf geschnittenen, harten Gesicht und dunklen Augen, etwas größer als Andrej, aber auch deutlich schlanker. Er hatte einen wachen Blick, der einen schärferen Geist verriet, als sein zerlumptes Äußeres und seine Art, sich zu geben, vermuten ließen. Andrej traute ihm nicht – und wie konnte er? –, aber er hütete sich auch, ihn gleich als erbitterten Feind einzustufen. Der Grat zwischen angezeigter Vorsicht und krankhaftem Misstrauen war schmal.

»Vielleicht könntest du tatsächlich etwas für mich tun«, sagte er. »Da war ein Junge bei uns. Sein Name ist Frederic. Ich möchte wissen, was ihm geschehen ist.«

»Ich werde keine Fragen stellen«, sagte Vlad. »Dabei verliert man zu schnell seine Zunge. Aber ich werde die Ohren offen halten. Vielleicht höre ich etwas.«

»Danke«, sagte Andrej. »Und ein Schluck Wasser wäre vielleicht doch nicht schlecht.«

9

Vlad kam tatsächlich nach einiger Zeit zurück und brachte ihnen Wasser und ein kleines Stück Brot. Doch ansonsten blieben sie für den Rest der Nacht allein. Andrej schlief ein paar Mal ein, wachte aber immer wieder durch die Schmerzen auf, die durch die Art seiner Fesselung verursacht wurden. Seine Handgelenke schmerzten unvorstellbar. Jeder Muskel von seinen Schultern aufwärts war verkrampft und gefühllos. Was Abu Dun erleiden mochte, wagte er sich nicht einmal vorzustellen.

Der Pirat hatte die ganze Nacht über hohes Fieber und fantasierte laut in seiner Muttersprache, aber als sich in dem kleinen Fenster über ihnen das erste Morgenlicht zeigte, erwachte er aus seinem Fiebertraum. Seine Augen waren dunkel vor Schmerz, und sein Gesicht sah nun viel mehr grau als schwarz aus; aber zumindest schien er das Fieber überwunden zu haben.

»Hexenmeister«, murmelte er. »Ich wollte, ich könnte sagen, dass ich mich freue, dich zu sehen. Aber das wäre eine Lüge.« Er sprach so undeutlich, dass Andrej Mühe hatte, ihn zu verstehen, denn seine Lippen waren unförmig geschwollen. Seine Zähne waren rot von seinem eigenen, eingetrockneten Blut.

»Und ich freue mich, dass du noch lebst«, antwortete Andrej.

»Wahrscheinlich fragst du dich, warum«, nuschelte Abu Dun. »Wenn du die Antwort gefunden hast, verrate sie mir. Ich habe noch nie gehört, dass Tepesch einen Muslim am Leben gelassen hätte. Und wenn, hat sich dieser vermutlich gewünscht, er hätte es nicht getan.«

Er versuchte sich aufzurichten und stieß einen keuchenden Schmerzenslaut aus, als die eisernen Fesseln in seine wundgescheuerten Handgelenke schnitten.

»Du wusstest also, wer er ist«, sagte Andrej.

»Ich habe von ihm gehört«, brachte Abu Dun stöhnend hervor. »Der Schwarze Engel ist der schlimmste der Drachenritter. Aber ich wusste nicht, dass *er* es ist. Es heißt, dass nicht viele Menschen sein Gesicht bisher gesehen haben.«

»Woher weißt du dann …«

»Weil ich nicht taub bin«, unterbrach ihn Abu Dun. »Ihr habt laut genug geredet.«

»Du hast den Bewusstlosen gespielt?«

»Das erschien mir angeraten«, antwortete Abu Dun. »Es macht keinen Spaß, einen Mann zu quälen, der den Schmerz nicht spürt. Ich bin kein sehr tapferer Mann, habe ich dir das schon erzählt?«

»Du bist ein Lügner.«

Abu Dun versuchte noch einmal, in eine andere Position zu gelangen, und diesmal schaffte er es. »Ich hoffe, du überlegst dir deinen Standpunkt noch einmal. Ich bin nicht versessen darauf, Draculs Erfindungsreichtum kennen zu lernen.«

»Glaubst du etwa, er würde dich am Leben lassen?«, fragte Andrej. »Oder auch nur sein Wort halten?«

»Nein«, gestand Abu Dun nach kurzem Überlegen. Er rang sich ein gequältes Grinsen ab. »Wenn du wirklich ein Hexenmeister bist, wäre jetzt vielleicht der Moment, ein paar deiner Zaubertricks vorzuführen.«

»Wenn ich zaubern könnte, wären wir nicht hier«, antwortete Andrej.

»Ja, auch das habe ich befürchtet«, seufzte Abu Dun. »Und was tun wir jetzt?«

»Abwarten«, antwortete Andrej. »Es sei denn, du hast eine bessere Idee.«

»Nein«, sagte Abu Dun. »Was habe ich nur getan, dass Allah mich so bestraft?«

»Ich könnte es dir erklären«, antwortete Andrej. »Doch ich fürchte, dazu reicht unsere Zeit nicht.« Er bewegte vorsichtig die Hände. Es tat sehr weh, aber entgegen seiner eigenen Erwartung konnte er es. Prüfend zerrte er an der Kette, begriff aber sofort, wie sinnlos es war. Sie war stark genug, einen Ochsen zu halten.

»Das hat keinen Zweck«, sagte Abu Dun. »Dracul hat gesehen, wozu du fähig bist. Und der Junge auch. Ich habe es übrigens ebenfalls gesehen.«

Andrej schwieg, obwohl er die Botschaft durchaus verstand, die sich in dieser harmlos erscheinenden Bemerkung verbarg.

»Lass mich nicht dumm sterben, Hexenmeister«, sagte Abu Dun nach einer Weile. »Erzähle es mir. Das bist du mir schuldig.«

»Du wirst nicht sterben«, beharrte Andrej. »Und ich bin dir nichts schuldig.«

»Über eine dieser beiden Behauptungen können wir jetzt lange streiten«, sagte Abu Dun. »Also?«

»Ich kann es nicht«, sagte Andrej. »Glaub mir. Ich kenne das Geheimnis selbst nicht. Eines Tages bin ich aufgewacht und ... und es war einfach so.« Er zögerte einen Moment. »Malthus ... der goldene Ritter, den ich getötet habe, er hat mir einiges erzählt. Aber ich weiß nicht, ob es die Wahrheit ist.«

»Ich habe es gesehen«, sagte Abu Dun. »Der Junge hat Blut getrunken. Und nicht das erste Mal.«

Andrej wusste, was er damit sagen wollte, überging es aber. »Es ist nicht seine Schuld«, sagte er. »Ich wusste es nicht, aber er muss wohl gesehen haben, was bei Malthus' Tod geschah. Er hat es falsch verstanden. Er *musste* es falsch verstehen. Wenn überhaupt, dann trage ich die Schuld. Ich hätte es ihm erklären müssen.«

»Was? Dass ihr Blut trinken müsst, um am Leben zu bleiben?«

»Aber so ist es nicht!« Andrej war selbst ein wenig über die Heftigkeit erschrocken, mit der er widersprach. »Nicht wirklich.«

»Dann habe ich mir nur eingebildet, es gesehen zu haben.«

»Nein. Aber es bringt uns keine Kraft, das Blut eines normalen Menschen zu trinken. Es muss einer der unseren sein. Jemand, der so ist wie wir. Ich wusste es selbst nicht, bevor ich Malthus' Blut getrunken habe.« Selbst bei der Erinnerung an das schreckliche Erlebnis seiner ersten *Transformation* begann seine Stimme zu zittern. Es war grauenhaft gewesen, die entsetzlichste – und zugleich berauschendste – Erfahrung seines bisherigen Lebens. Er konnte Abu Dun unmöglich erklären, was er gespürt hatte, denn er verstand es selbst nicht genau. Aber er versuchte es.

»Ich habe lange Zeit geglaubt, ich wäre der Einzige«, sagte er. »Ich wusste nicht, dass es mehrere wie mich gibt. Und ich wusste nicht, dass wir das Blut eines der unseren trinken müssen. Vielleicht ist das der Preis, den wir für das bezahlen, was wir sind.«

Abu Dun kniff eines seiner zugeschwollenen Augen noch weiter zu. »Ihr müsst euch gegenseitig töten, um am Leben zu bleiben? Das glaube ich nicht.«

»Es ist aber so«, beharrte Andrej. »Ich glaube nicht einmal, dass es das Blut ist. Es ist wohl nur eine Art … Symbol, wenn du so willst. Es ist die Lebenskraft, die wir aufnehmen.«

»Das ist unmöglich«, beharrte Abu Dun. Obwohl es ihm Schmerzen bereiten musste, schüttelte er heftig den Kopf. »Wenn es so wäre, dürftest du gar nicht hier sein. Ihr hättet euch längst gegenseitig ausgerottet.«

»Vielleicht ist es der einzige Grund, aus dem wir *euch* noch nicht ausgerottet haben«, antwortete Andrej.

Darüber musste Abu Dun eine Weile nachdenken. Schließlich sagte er: »Das ist … unheimlich. Unnatürlich.«

»Du wolltest es wissen«, antwortete Andrej.

»Vielleicht will ich es nicht glauben«, gestand Abu Dun. »Obwohl es wohl wahr sein muss. Allahs Wege sind wahrlich rätselhaft. Leider hilft uns das im Moment nicht weiter.«

»Vielleicht kann ich euch weiterhelfen.« Vlad trat gebückt durch die niedrige Tür und kam näher. Er sah sehr müde aus. Anscheinend hatte er die ganze Nacht kein Auge zugetan. Andrej fragte sich voller Unbehagen, wie lange er schon dort stand und wie viel er gehört hatte.

»Ich kann nicht lange bleiben«, fuhr Vlad fort, während er näher kam. »Aber ich habe etwas über den Jungen in Erfahrung gebracht.«

»Frederic? Lebt er?«

Bei dem Wort *Leben* hob Vlad kurz die linke Augenbraue, aber er sagte nichts, sondern kam näher und setzte einen Becher mit brackig schmeckendem Wasser an Andrejs Lippen. Er wartete, bis er ihn mit gierigen, tiefen Zügen zur Hälfte geleert hatte, dann nahm er ihn fort und ging zu Abu Dun, um auch dessen schlimmsten Durst zu stillen. Erst dann beantwortete er Andrejs Frage.

»Er ist bei Tepesch«, sagte er. »Ich habe gehört, dass er ihn nach Petershausen bringen lässt und von dort aus vielleicht zur Burg Waichs. Die Türken sind im Anmarsch. Wir werden Rettenbach noch heute verlassen und uns ebenfalls nach Petershausen zurückziehen. Dort ist es sicherer. Die Stadt ist befestigt. Nicht sehr gut, aber sie ist befestigt. Vielleicht scheint sie den Türken nicht lohnend genug, um sie zu belagern und zu stürmen.«

»Und Dracul selbst?«

Vlad hob die Schultern. »Es heißt, er käme im Laufe des Tages zurück, um noch einmal mit dir zu reden. Aber ich weiß es nicht. Er teilt mir seine Pläne nicht mit.« Er wandte sich wieder zur Tür. »Ich komme später noch einmal und bringe euch Wasser. Mehr kann ich nicht für euch tun.«

Aber vielleicht war das schon mehr, als sie verlangen konnten.

Vlad kam noch zweimal an diesem Tag, einmal, um das versprochene Wasser, und einmal, um ein wenig Brot zu bringen, mit dem er sie zu gleichen Teilen fütterte. Abu Dun weigerte sich am Anfang zu essen, aber Andrej überredete ihn schließlich dazu. Es war entwürdigend, wie ein hilfloser Säugling gefüttert zu werden. Die Situation war Andrej ebenso peinlich wie ihm. Aber allein der Umstand, dass sie angekettet waren und sich nicht von der Stelle rühren konnten, brachte einige noch viel peinlichere Dinge mit sich. Abu Dun beugte sich schließlich seinem Argument, dass sie womöglich jedes bisschen Energie brauchen würden, das sie bekommen konnten.

Beim dritten Mal – es war schon später Nachmittag – war es nicht Vlad, der die Treppe herunterpolterte, sondern Vladimir Tepesch. *Dracul.* Er trug auch jetzt seine bizarre blutfarbene Rüstung, obwohl es eine schiere Qual sein musste, sich den ganzen Tag über darin zu bewegen. Er kam nicht allein, sondern in Begleitung Vlads und drei weiterer Männer.

»Ich sehe, ihr habt die Nacht in meinem bescheidenen Gästehaus genossen«, begann er spöttisch. »Hattest du Zeit, über meinen Vorschlag nachzudenken?«

»Das hatte ich«, antwortete Andrej.

»Und?«

»Fahr zur Hölle.«

Tepesch lachte. »Nein, ich fürchte, diese Gnade wird Gott mir nicht erweisen«, sagte er. »Dort würde ich mich vermutlich wohl fühlen. Also fürchte ich, dass ich in den Himmel komme, um dort für alle Ewigkeiten Höllenqualen zu erleiden.«

»Du langweilst mich«, sagte Andrej. Er starrte an Dracul vorbei ins Leere.

Tepesch lachte. »Oh, mir würden da schon ein paar Dinge einfallen, um unsere Unterhaltung etwas kurzweiliger zu gestalten«, sagte er. »Ich fürchte nur, dass unsere Zeit dazu nicht reicht.«

Er deutete mit einer Kopfbewegung auf Abu Dun. »Seine Brüder sind auf dem Weg hierher. Sie sind noch eine gute Strecke entfernt. Wir müssen uns an einen sichereren Ort zurückziehen. Aber grämt Euch nicht, lieber Freund. Wir werden unterwegs viel Zeit haben, um zu reden.«

»Was hast du mit Frederic gemacht?«, fragte Andrej.

»Deinem jungen Freund? Nichts. Es war nicht notwendig. Der Junge ist viel einsichtiger als du. Ich glaube, dass wir Freunde werden könnten.«

Genau das war die größte Angst, die Andrej hatte. Er machte sich schwere Vorwürfe, nicht schon längst und ganz offen mit Frederic gesprochen zu haben. Das Schicksal hatte dem Jungen einen grausamen Streich gespielt, ihm seine Unverwundbarkeit so früh zu schenken. Er hatte noch nicht einmal Zeit genug gehabt, herauszufinden, wer er war. Wie sollte er da begreifen, *was* er war. Nicht einmal Andrej wusste es genau. Wenn Frederic unter den Einfluss eines Ungeheuers wie Tepesch geriet …

Andrej wagte sich nicht einmal vorzustellen, was dann aus ihm werden konnte.

»Nun, ich erwarte jetzt keine Antwort von dir«, fuhr Tepesch fort, als Andrej beharrlich schwieg. »Wir brechen gleich auf. Bis dahin müssen wir allerdings dafür sorgen, dass ihr wieder einigermaßen menschlich ausseht. Und riecht.« Er gab Vlad einen Wink. »Wascht sie und gebt ihnen saubere Kleider. Ich erwarte euch unten am Fluss.«

Er ging. Vlad und die drei anderen Männer blieben zurück und ketteten erst Abu Dun und dann Andrej los, waren aber dabei sehr vorsichtig, sodass Andrej nicht die geringste Chance gehabt hätte, einen Ausbruchsversuch zu wagen, selbst wenn er die nötige Kraft dazu besessen hätte.

Sie wurden unsanft aus dem Keller nach oben befördert, wo erst Abu Dun und dann ihm die Kleider von Leib gerissen wurden. Dann tauchte man sie in einen bereitstehenden Zuber mit eiskaltem Wasser, bis sie einigermaßen sauber waren; allerdings auch halb erstickt. Sie bekamen neue Kleider, und Vlad nutzte die Gelegenheit gleich, um Abu Duns schlimmste Wunden zu verbinden, was den Piraten mit einigem Erstaunen zu erfüllen schien. Anschließend wurden ihre Hände auf den Rücken gebunden und Andrej zusätzlich noch eine Fußfessel angelegt.

»Habe ich dein Wort?«, fragte Vlad, als sie sich daranmachten, das Haus zu verlassen.

»Mein Wort worauf?«

»Dass du nicht zu fliehen versuchst«, antwortete Vlad ernst. »Oder mich verhext.«

»Wohin sollte ich schon gehen?«, fragte Andrej spöttisch. »Und wie? Außerdem ist Frederic bei deinem Herrn. Ich würde mich selbst dann zu Dracul begeben, wenn ich die freie Wahl hätte.«

Vlad sah ihn einen Moment lang prüfend an, dann drehte er sich um und wandte sich an die drei Bewaffneten in seiner Begleitung.

»Bringt den Mohren zu Fürst Tepesch«, sagte er. »Und behandelt ihn gut. Wir brauchen ihn vielleicht noch. Falls wir auf die Türken stoßen, kann er uns als Geisel von Nutzen sein.«

Andrej hatte mit Widerspruch gerechnet, aber das genaue Gegenteil war der Fall. Die drei Männer und ihr Gefangener verschwanden so schnell, dass es fast einer Flucht gleichkam, und es dauerte auch nur einen Moment, bis er begriff, dass es genau das war: Die drei Soldaten waren froh, aus seiner Nähe verschwinden zu können.

»Warum tust du das?«, fragte er, als sie allein waren.

»Was?«

»Du weißt genau, was ich meine«, antwortete Andrej. »Dein Herr wird nicht glücklich sein, wenn er hört, dass du mich gut behandelst.«

»Dracul ist nicht mein Herr«, sagte Vlad. Für einen Moment schwang fast so etwas wie Hass in seiner

Stimme mit. Dann fand er seine Beherrschung wieder und zuckte mit den Schultern. »Vielleicht hat er mich ja angewiesen, genau das zu tun, um mich in dein Vertrauen zu schleichen.«

»Unsinn«, sagte Andrej.

»Vielleicht habe ich auch euer Gespräch heute Morgen gehört«, fuhr Vlad fort, »und mir meine Gedanken dazu gemacht.«

»Vielleicht. Was soll das heißen?«

Vlad hob zur Antwort nur die Schultern, ließ sich plötzlich in die Hocke sinken und durchtrennte mit einem schnellen Schnitt seine Fußfesseln.

»Geh.«

Andrej versuchte nicht noch einmal, in Vlad zu dringen. Er traute ihm immer noch nicht völlig, aber ob er es nun ehrlich meinte oder nicht, im Augenblick hatte eindeutig er die bessere Position.

Er folgte Vlads Aufforderung und verließ das Haus. Da er gesehen hatte, dass sich Abu Dun und seine drei Begleiter nach links gewandt hatten, wollte er in die gleiche Richtung losmarschieren, aber Vlad schüttelte den Kopf und deutete in die entgegengesetzte Richtung. Andrej gehorchte.

Zum ersten Mal sah er die Stadt, in der sie gefangen gehalten wurden – wobei er nicht ganz sicher war, ob *Stadt* tatsächlich die richtige Bezeichnung war. Rettenbach war ein winziges Nest, das nur aus einer Hand voll Häuser bestand, die sich rechts und links einer einzigen, morastigen Straße drängten. Die meisten waren klein und ärmlich, und er sah kaum einen Menschen auf der Straße. Wahrscheinlich waren viele bereits geflohen, um sich vor den heranrückenden Türken in Sicherheit zu bringen.

»Ich bin Roma«, begann Vlad, nachdem sie eine Weile schweigend nebeneinanderher gegangen waren. »Weißt du, was das ist?«

Andrej schüttelte den Kopf, und Vlad schürzte die Lippen; verletzt, aber nicht so, als überrasche ihn diese Antwort.

»Dann sagt dir das Wort Zigeuner vielleicht mehr«, sagte er bitter.

Nun wusste Andrej, wovon er sprach. Er nickte.

»Das wundert mich nicht«, sagte Vlad bitter. »Weißt du, woher dieser Name kommt? Wir haben ihn nicht selbst gewählt. Er bedeutet: ziehende Gauner. Das sind wir in euren Augen. ziehende Gauner, nicht mehr. Aber es macht uns nichts aus. Wir sind es gewohnt, mit eurer Verachtung zu leben. Wir sind ein Volk ohne Land, das gewohnt ist, herumzuziehen und ein Nomadenleben zu führen. Wir wollen es nicht anders.«

Andrej spürte, wie schwer es Vlad fiel, darüber zu sprechen. Er fragte sich, warum er es tat.

»Ich war einst Mitglied einer großen Sippe, Andrej«, fuhr Vlad fort. »Einer sehr mächtigen und sehr großen Sippe. Wir fühlten uns frei, und wir fühlten uns stark. Zu stark. Und eines Tages begingen wir einen Fehler. Vielleicht war es Gottes Strafe für unseren Hochmut. Wir waren fast achthundert, weißt du? Heute gibt es nur noch wenige von uns. Vielleicht bin ich der Letzte.«

»Was war das für ein Fehler?«, fragte Andrej. Er spürte, dass Vlad diese Frage von ihm erwartete.

»Wir kamen hierher«, antwortete. Vlad. »Nicht in diese Stadt, aber in dieses verfluchte Land. Wir waren gewarnt worden, aber wir haben diese Warnung in den Wind geschlagen. Wir fühlten uns so stark. Aber wir rechneten nicht mit der Bosheit dieses … Teufels.«

»Tepesch.«

»Dracul, ja.« Vlad spie den Namen regelrecht hervor. »Wir wurden gefangen genommen. Alle. Männer, Frauen, Kinder, Alte, Kranke – alle ohne Ausnahme. Dracul ließ drei von uns bei lebendigem Leibe rösten. Sie wurden in Stücke geschnitten, und wir mussten ihr Fleisch essen.«

Andrej blieb stehen und starrte den Mann mit aufgerissenen Augen an. »*Was*?«

Vlad nickte. »Wer sich weigerte, dem wurden die Augen ausgestochen und die Zunge herausgeschnitten«, sagte er. »Die anderen hatten die Wahl, unter Tepeschs Fahne gegen die Türken zu kämpfen oder ebenfalls zu sterben. Die meisten entschieden sich für den Kampf.«

»Du hast …?«

»Ich habe das Fleisch meines Bruders gegessen, ja«, unterbrach ihn Vlad. Seine Stimme bebte. »Du brauchst mich dafür nicht zu hassen, Andrej. Das tue ich schon selbst, in jedem Augenblick, der seither vergangen ist. Aber ich wollte leben. Vielleicht bin ich der Einzige, der sein Ziel erreicht hat. Fast alle anderen fanden den Tod im Kampf oder wurden von Dracul umgebracht.«

»Dieses Ungeheuer«, murmelte Andrej erschüttert.

»Warum erzählst du mir das alles? Du musst dich nicht rechtfertigen. Ich weiß, was es heißt, zu etwas gezwungen zu werden.«

Vlad antwortete nicht. Er drehte sich mit einem Ruck um und ging weiter, und er achtete nicht einmal darauf, ob Andrej ihm folgte oder nicht. Andrej blieb auch tatsächlich einen Moment stehen, folgte ihm dann aber. Er war nicht nur schockiert von dem, was er gehört hatte, er war auch vollkommen verwirrt und fragte sich, warum Vlad ihm diese Geschichte erzählt hatte. Sicher nicht nur, um sein Gewissen zu erleichtern.

Sie gingen noch eine ganze Weile weiter, dann hatten sie die Stadt hinter sich gelassen. Da wurden sie einer unheimlichen Szenerie gewahr. Andrej blieb mit einem Gefühl vollkommenen Entsetzens stehen. Er hatte geglaubt, dass Vlads Geschichte das Schlimmste sei, was ein Mensch an Grausamkeiten ersinnen konnte, aber das stimmte nicht.

Andrej weigerte sich zu glauben, was er sah.

Vor ihnen waren drei gut vier Meter hohe, armdicke Pfähle aufgestellt worden, die lotrecht in den Himmel ragten. Auf jeden dieser Pfähle war ein nackter Mensch aufgespießt; zwei Männer und eine Frau.

»Großer Gott«, flüsterte Andrej.

Vlad ergriff ihn am Arm und zerrte ihn so grob mit sich, dass er ins Stolpern geriet. Andrejs Entsetzen wuchs mit jedem Moment. Sein Magen revoltierte, und er verspürte ein unsägliches Grauen, das nicht nur Übelkeit, sondern ganz konkreten körperlichen Schmerz in ihm auslöste.

Die bedauernswerten Opfer dieser Gräueltat waren nicht aufgespießt worden wie Schmetterlinge auf die Nadel eines Sammlers. Die armdicken Pfähle waren zwischen ihren Beinen in ihre Leiber gerammt worden, hatten ihren Weg hinauf durch ihre Körper gesucht und waren in der Halsbeuge wieder hervorgetreten, was ihre Köpfe in eine absurde Schräghaltung zwang. Noch während Andrej glaubte, nunmehr die absolute Grenze dessen erreicht zu haben, was ein Mensch an Grauen überhaupt ertragen konnte, sah er sich abermals getäuscht.

Einer der Männer … *lebte noch!*

Seine Augen waren geöffnet. Pein, nichts anderes als unvorstellbare Pein, stand in sein Gesicht geschrieben.

»Drei Tage«, sagte Vlad leise. »Sein Rekord liegt bisher bei drei Tagen, die ein Opfer überlebt hat.«

»Tepesch?«, murmelte Andrej.

Vlad machte ein sonderbares Geräusch. »Wusstest du nicht, dass man ihn den Pfähler nennt?«

»Nein«, antwortete Andrej. Und hätte er es gewusst, so hätte er sich nichts darunter vorstellen können. Er hatte von Grausamkeiten gehört, die Menschen einander antaten. Er hatte mehr davon gesehen, als er je gewollt hatte, aber so etwas hätte er sich bis zu diesem Moment nicht einmal *vorstellen* können.

»Warum … zeigst du mir das?«, würgte er mühsam hervor.

Statt gleich zu antworten, zog Vlad einen Dolch aus dem Gürtel, streckte den Arm in die Höhe und befreite die gepeinigte Kreatur mit einem schnellen Stoß von ihrer Qual. Er wischte die Klinge im Gras ab und steckte sie zurück, ehe er sich zu Andrej herumdrehte.

»Damit du weißt, mit wem du es zu tun hast«, sagte er. »Nur falls du geglaubt haben solltest, dass dieser Mann auch nur noch einen Funken Menschlichkeit in sich haben könnte.«

Andrej machte sich von dem entsetzlichen Anblick los (warum übte das Grauen nur eine solche Faszination auf Menschen aus?), drehte sich weg und atmete ein paar Mal tief ein und aus, bis sich die Übelkeit allmählich zu legen begann.

»Und wozu er fähig ist.«

»Menschen sind prinzipiell zu allem fähig«, murmelte Andrej. Dann schüttelte er den Kopf. »Nein. Das hätte ich mir nicht vorstellen können.«

»Jetzt kannst du es«, sagte Vlad bitter. »Ich wollte, dass du das siehst, bevor ich dir meine Frage stelle.«

Obwohl Andrej eine ziemlich konkrete Vorstellung davon hatte, wie diese Frage lautete, fragte er: »Welche?«

»Ich habe euer Gespräch heute Morgen belauscht«, sagte Vlad. »Und ich habe gehört, was die Männer erzählt haben, die beim Kampf gegen die Türken dabei waren.«

»Und?«, fragte Andrej.

»Ich weiß, was du bist«, sagte Vlad.

»Dann weißt du mehr als ich.«

»Es gibt Legenden, die von Männern wie dir berichten«, fuhr Vlad fort. »Männer, die nachts ihre Gestalt verändern und auf schwarzen Schwingen fliegen. Die unsterblich sind und Blut trinken.«

»Du hast es gerade selbst gesagt, Vlad«, antwortete Andrej. »Legenden. Märchen, mit denen man Kinder erschreckt.«

»Du bist ein Vampyr«, sagte Vlad. »Ich weiß es.«

»So nennt man uns?« Andrej wiederholte das Wort ein paar Mal und lauschte auf seinen Klang. Es hörte sich düster an, nach etwas Uraltem, Unheiligem. Es gefiel ihm nicht.

»Selbst wenn ich so ein … Vampyr wäre«, sagte er, »was sollte ich schon für dich tun?«

»Nicht für mich«, antwortete Vlad. »Es gibt nichts, was irgendein Mensch auf der Welt noch für mich tun könnte – es sei denn, mir einen gnädigen Tod zu gewähren. Aber ich kann nicht sterben, solange dieses Ungeheuer noch lebt.«

»Ich verstehe«, sagte Andrej. »Du willst, dass ich ihn töte.« Er lachte, sehr leise und sehr bitter. »Du hältst mich selbst für ein Ungeheuer, und du willst, dass ich ein anderes Ungeheuer für dich töte.«

»Nicht für mich«, widersprach Vlad. »Für die Menschen hier. Für das Land. Für *sie.*« Er deutete auf die drei Gepfählten. »Auch für deinen jungen Freund. Willst du, dass er so wird wie er?«

»Was geht mich das Land an?«, fragte Andrej kalt. »Du hast es selbst gesagt: Die Menschen halten uns für Ungeheuer. Glaubst du, sie würden auch nur einen Finger rühren, um mir zu helfen oder Frederic?«

»Ich verlange es nicht umsonst«, sagte Vlad.

»Nicht? Was könntest du mir schon bieten?«

»Ich weiß, was du bist«, antwortete Vlad. »Vergiss nicht, was *ich* bin. Wir sind Roma. Wir haben kein Land, aber wir haben Geschichten. Wir kennen alle die alten Geschichten und Legenden. Ich könnte dir sagen, woher ihr kommt und warum ihr da seid.«

»Warum?«, fragte Andrej.

Vlad schüttelte den Kopf. »Nein. Ich habe zu wenig, um etwas davon verschenken zu können. Du musst dich nicht jetzt entscheiden. Dracul wird dir nichts tun und auch dem Jungen nicht. Ihr seid viel zu kostbar für ihn. Denk über meinen Vorschlag nach. Ich könnte dir von Nutzen sein.«

»Das werde ich«, versprach Andrej. Doch er hatte sich längst entschieden. Er würde dieses Ungeheuer vom Antlitz der Erde tilgen, nicht für Vlad, nicht für die drei unglückseligen Opfer vor ihnen, nicht für das Land und seine Menschen, sondern einfach, weil er eine Bestie war, ein Tier, das den Namen Mensch nicht verdiente und kein Recht hatte, zu leben.

»Das werde ich«, sagte er noch einmal.

10

Wie sie es vorausgesehen hatten, stießen sie auf Tepesch und die anderen. Nach Draculs Worten hatte Andrej eine Armee erwartet, aber der Drachenritter hatte keine drei Dutzend Männer bei sich, von denen ein Gutteil nicht einmal Krieger zu sein schienen. Abu Dun saß auf einem Pferd neben Tepesch. Seine Hände waren nicht nur aneinander-, sondern auch an den Sattelknauf gebunden, und zwar so, dass er keine Möglichkeit hatte, die Zügel zu fassen. Falls sie in einen Kampf verwickelt wurden, war er so gut wie verloren.

»Ihr kommt spät«, begrüßte sie Tepesch.

»So? Ich dachte, wir kämen genau zur verabredeten Zeit«, antwortete Andrej.

»Dann wollen wir hoffen, dass sich die Brüder deines Freundes auch an den verabredeten Zeitplan halten«, sagte Tepesch mit einer Kopfbewegung auf Abu Dun. »Sie sind schon ganz in der Nähe. Es wird Zeit, dass wir das Feld räumen.«

Andrej drehte sich halb herum und sah zum Dorf zurück. Aus der Entfernung betrachtet wirkte Rettenbach noch kleiner und ärmlicher – und vor allem wehrloser. Der Ort hatte keine Mauern, keine festen Häuser, keine Türme. Die Türken würden keine Mühe haben, ihn einzunehmen und mit seinen Bewohnern nach Belieben zu verfahren. Andrej konnte nur hoffen, dass die vermeintlichen Heiden barmherziger waren als der Mann, der angeblich im Namen Christi kämpfte. Tepesch überließ sie einfach ihrem Schicksal – aber das war vielleicht nicht das Schlimmste, was ihnen durch diesen Mann widerfahren konnte.

»Spar dir deinen Atem«, sagte Dracul. »Ich könnte nichts für sie tun, selbst wenn ich es wollte.«

»Du könntest sie mitnehmen«, sagte Andrej.

»Und mich von diesem Bauernpack aufhalten lassen?« Dracul lachte. »Sie sind nur Ballast. Vlad – sein Pferd.«

Vlad zerschnitt mit seinem Messer Andrejs Handfesseln, entfernte sich und kam kurz darauf mit zwei Pferden zurück. Andrej stieg in den Sattel und streckte die aneinandergelegten Handgelenke aus, aber Dracul schüttelte nur den Kopf.

»Ich bitte dich, lieber Freund«, sagte er hämisch. »So viel Vertrauen muss doch sein, oder? Ich meine, wo wir doch Freunde werden wollen.«

»Wo ist Frederic?«, fragte Andrej.

Tepesch sah ihn einen Moment nachdenklich an und gab dann das Zeichen zum Aufbruch. Erst als sie sich in Bewegung gesetzt hatten, antwortete er auf Andrejs Frage.

»An einem sicheren Ort.«

»Sicher vor dir?«

»Auch«, bestätigte Tepesch ungerührt. »Jedenfalls hoffe ich es.«

»Was soll das heißen?«

Tepesch lachte. »Dass ich nicht genau weiß, wo er

sich im Moment aufhält«, sagte er. »Ich bin nicht dumm. Und ich begehe nicht den Fehler, dich zu unterschätzen. Mein treuester Diener hat ihn weggebracht – an einen Ort, den selbst ich nicht kenne.«

»Burg Waichs?«, vermutete Andrej.

Tepesch seufzte. »Vlad redet zu viel«, sagte er. »Er ist ein zuverlässiger Diener, aber seine Zunge sitzt zu locker. Vielleicht sollte ich sie ihm an den Gaumen nageln lassen ... nein, ich weiß nicht, wo er ist. Er wird zu mir gebracht, sobald ich Burg Waichs unbeschadet erreiche. Sollte mir hingegen etwas zustoßen ...«

»Ich verstehe«, sagte Andrej düster. »Du musst große Angst vor mir haben.«

»Verwechsle Respekt nicht mit Angst«, sagte Tepesch. »Ich habe gesehen, wozu du fähig bist.«

»Und wenn wir in einen Hinterhalt geraten?«

»Dann wäre es um deinen jungen Freund geschehen, fürchte ich«, sagte Tepesch gleichmütig. »Das Leben ist voller Risiken.«

Andrej sagte nichts mehr. Er hatte nicht vor, sich von Tepesch in ein Gespräch verwickeln zu lassen, dessen Verlauf nicht er bestimmte. Der Mann war gefährlich. In jeder Beziehung.

Trotzdem war er es, der das Schweigen wieder brach, nachdem sie eine Weile nebeneinanderher geritten waren. »Es gibt da etwas, das du tun könntest, um mein Vertrauen zu gewinnen.«

»So? Und was?« Tepesch klang nicht sonderlich interessiert. Er drehte nicht einmal den Kopf.

»Abu Dun.« Andrej deutete auf den Piraten, der

mit einem Ausdruck leiser Überraschung den Blick hob, als er seinen Namen hörte. »Lass ihn frei.«

»Und warum sollte ich das tun?«

»Er ist dir nicht von Nutzen«, sagte Andrej. »Nur ein Gefangener mehr, auf den du Acht geben musst.«

»Das stimmt«, sagte Tepesch. »Vielleicht sollte ich ihn töten lassen.«

»Lass ihn frei«, beharrte Andrej. »Lass ihn gehen, und wir reden.«

»Du meinst das ernst«, sagte Tepesch in erstauntem Ton. »Ich hätte nicht gedacht, dass du so billig zu haben bist.«

»Du weißt nicht, wovon du sprichst«, sagte Andrej. »Selbst wenn ich dir gebe, was du von mir erwartest, wäre der Preis höher, als du dir auch nur vorstellen kannst.«

»Ich kann mir eine Menge vorstellen«, sagte Dracul. »Aber gut, ich bin heute großzügig. Der Heide kann gehen: Früher oder später schneidet ihm sowieso jemand die Kehle durch.«

»Dann mach ihn los«, verlangte Andrej.

»Jetzt?« Tepesch schüttelte den Kopf. »Mit dem türkischen Heer auf den Fersen? Das wäre nicht klug. Er wird freigelassen, sobald wir Petershausen erreichen. Darauf hast du mein Wort.«

»Und was ist dein Wort wert?«, fragte Andrej.

Tepesch lachte böse. »Ich würde sagen: Mindestens so viel wie deines. Nicht weniger. Aber auch nicht mehr.«

Sie ritten bis spät in die Nacht hinein und machten auch dann nur eine kurze Rast, gerade ausreichend, um die Pferde zu tränken und den Männern Gelegenheit zu geben, sich die Beine zu vertreten und ihre steif gesessenen Glieder zu recken, dann ritten sie weiter. Andrej war sicher, dass sie ohne längere Rast durchreiten würden, bis sie Petershausen erreichten; was frühestens um die Mittagsstunde des nächsten Tages der Fall sein würde. Draculs Furcht vor der heranrückenden türkischen Armee schien größer zu sein, als er zugab.

Möglicherweise hatte er einen guten Grund dafür.

Es musste Mitternacht sein, als Andrej sich im Sattel herumdrehte und nach Osten zurücksah, in die Richtung, aus der sie gekommen waren. Der Horizont glühte in einem dunklen Rot. Etwas brannte. Etwas Großes. Vielleicht nur das Heerlager der Türken, dessen Lagerfeuer den Himmel erhellte. Vielleicht auch Rettenbach.

Die Nacht zog sich dahin. Als der Morgen graute, legten sie eine zweite, etwas längere Rast ein, in der Tepesch Andrejs erneute Bitte, Abu Dun sofort freizulassen, wiederum abschlug. Sie ritten weiter und erreichten am frühen Nachmittag die bewaldeten Hügel um Petershausen am Oberlauf des Flusses Arges, nicht weit entfernt von Poenari, auf dessen steilen Felsen der Walachen-Fürst gerade eine neue mächtige Burg errichten ließ, wie Andrej gehört hatte. Aber vielleicht war das auch nur ein Gerücht, das Tepesch in die Welt gesetzt hatte, um seine Feinde zu beeindrucken.

Die Stadt Petershausen zumindest war real; sie war deutlich größer als Rettenbach und von einer wehrhaften, gut fünf Meter hohen Mauer umgeben, in die drei gewaltige Rundtürme eingebettet waren. Dahinter, schon fast an der Grenze des überhaupt noch Erkennbaren, erhob sich der düstere Umriss einer mittelgroßen Burg – Waichs, Vladimir Tepeschs gefürchteter Stammsitz.

Als sie sich dem Tor näherten, zügelte Andrej sein Pferd und sah Tepesch auffordernd an. »Abu Dun.«

Auch Dracul hielt an. Andrej war schon fast überzeugt, dass er sich nur einen seiner grausamen Scherze mit ihm erlaubte, aber dann nickte er und machte eine befehlende Geste.

»Bindet ihn los. Er kann gehen. Niemand wird ihn anrühren, habt ihr gehört?«

Nicht nur Andrej war überrascht, als Vlad sein Pferd an das des Piraten heranlenkte und seine Handfesseln durchtrennte. Abu Dun riss ungläubig die Augen auf und starrte abwechselnd seine Hände, Tepesch und Andrej an. Er hatte sichtlich Mühe, zu glauben, was er sah.

»Worauf wartest du, Heide?«, herrschte Tepesch ihn an. »Verschwinde. Reite zu deinen Brüdern und sag ihnen, dass ich auf sie warte.«

»Das … möchte ich nicht«, sagte Abu Dun stockend.

»Wie?« Tepesch legte lauernd den Kopf auf die Seite.

Abu Dun sah nicht ihn, sondern Andrej an. »Ich bleibe bei dir.«

»Was soll denn dieser Unsinn?«, fragte Andrej.

»Es ist kein Unsinn«, antwortete Abu Dun. Er versuchte, gleichmütig zu wirken, aber seine Stimme klang ein ganz kleines bisschen brüchig, und er konnte nicht verhindern, dass sein Blick immer wieder in Draculs Richtung irrte. »Schließlich haben wir eine Abmachung.«

»Du bist verrückt«, sagte Andrej.

»Aber Andrej«, mischte sich Tepesch ein. »Du wirst doch deinem Freund diesen Wunsch nicht abschlagen? Ich bin enttäuscht.« Er richtete sich im Sattel auf und sprach mit lauterer Stimme weiter. »Ihr habt es alle gehört! Der Mohr ist mein Gast, und ihr werdet ihn als solchen behandeln!«

Andrej starrte Abu Dun an und zweifelte für einen Moment ernsthaft an dessen Verstand. Sie in diese Stadt zu begleiten bedeutete Abu Duns sicheren Tod. Bildete sich der ehemalige Sklavenhändler tatsächlich ein, dass Tepesch ein Mann von Ehre war? Andrej war sicher, dass Dracul nicht einmal wusste, was dieses Wort bedeutete.

»Vlad, du wirst mit den anderen weiterreiten«, fuhr Tepesch fort. »Ich sorge dafür, dass unsere Gäste standesgemäß untergebracht werden. Dann folge ich euch.«

Vlad zögerte. Er wirkte regelrecht bestürzt.

»Herr, seid Ihr sicher, dass …«

Tepesch starrte ihn an, und Vlad verstummte und senkte hastig den Blick.

»Wie Ihr befehlt.« Er drehte hastig sein Pferd herum und sprengte los. Der Rest der kleinen Truppe folgte ihm. Für einen Augenblick waren sie allein.

Zwar nur wenige Meter von der Stadtmauer entfernt, aber allein und nicht einmal gefesselt.

»Ich weiß, was jetzt hinter deiner Stirn vorgeht«, sagte Dracul. »Zweifellos bist du dazu fähig, mich anzugreifen und zu töten, bevor mir jemand aus der Stadt zu Hilfe eilen könnte, obwohl ich bewaffnet bin und du nicht. Wirst du es tun?«

»Du *bist* wahnsinnig«, sagte Andrej.

»Mag sein.« Tepesch deutete auf das offen stehende Stadttor Petershausens. »Tu es oder reite dort hinein. Meine Zeit ist knapp.«

Warum tat er es nicht? Andrej war ganz und gar nicht sicher, dass er tatsächlich in der Lage gewesen wäre, den gut bewaffneten und gepanzerten Drachenritter in so kurzer Zeit zu überwältigen. Selbstverständlich würde die Torwache sofort Alarm schlagen; die Männer blickten schon jetzt misstrauisch in ihre Richtung.

Er ließ einige Augenblicke verstreichen, dann wendete er sein Pferd und ritt auf das Stadttor zu.

Unter dem gemauerten Torbogen hielten sie an und stiegen aus den Sätteln. Zwei Männer in Kettenhemden traten ihnen mit langen Spießen entgegen, hielten aber respektvollen Abstand – wenn auch eher zu ihrem Herrn als zu Andrej und Abu Dun.

Tepesch musste den Kopf senken, um nicht in dem Torbogen anzustoßen, machte aber keine Anstalten abzusteigen, sondern gestikulierte zu den beiden Wachen hin.

»Bringt die beiden in den Turm«, sagte er. »Ich bin gleich zurück und will dann mit ihnen reden.«

»Turm?«

»Keine Sorge«, antwortete Dracul. »Es klingt schlimmer, als es ist.«

Die beiden Wächter führten sie eine steile Treppe hinauf in eine winzige, karg eingerichtete Kammer, die im oberen Stockwerk des massigen Turmes lag. Sie wurden nicht angekettet und auch vor dem schmalen Fenster gab es keine Gitter, aber als die Tür hinter ihnen geschlossen wurde, konnten sie das Geräusch eines schweren Riegels hören, der vorgelegt wurde.

Darauf achtete Andrej aber kaum. Die Tür war noch nicht ganz geschlossen, da fuhr er herum und fauchte Abu Dun an: »Was zum Teufel ist in dich gefahren?«

»Ich verstehe nicht«, behauptete Abu Dun.

»Du verstehst ganz genau, wovon ich spreche!« Andrej musste sich beherrschen, um nicht zu schreien. »Was soll dieser Irrsinn? Wieso bist du hier?«

Abu Dun ging zum Fenster und beugte sich neugierig hinaus. »Das sind gute zehn Meter«, sagte er. »Und die Wand ist glatt. Trotzdem könnte man es schaffen.«

»Abu Dun!«, sagte Andrej scharf.

»Nur, was würde es nutzen?«, sinnierte Abu Dun. »Dort draußen wird es spätestens in zwei Tagen von den Kriegern des Sultans wimmeln.« Er drehte sich herum, lehnte sich neben dem Fenster an die Wand und verschränkte die Arme vor der Brust. »Wusstest du, dass zwei der Krieger entkommen sind?«

»Welche Krieger?«

»Türken der Patrouille, die Draculs Männer überfallen haben«, erklärte der Pirat. »Zwei von ihnen sind entkommen, mindestens. Ich würde dort draußen keinen Tag überleben.«

»Oh«, sagte Andrej.

»Sie haben gesehen, wie wir Rücken an Rücken gegen ihre Brüder gekämpft haben, Delãny. Ich bin jetzt ein Verräter. Schlimmer als ein Feind. Jeder einzelne Mann des Heeres würde mir, ohne zu zögern, die Kehle durchschneiden.«

»Tepesch wird dich ebenfalls töten«, sagte Andrej.

»So wie dich«, fügte Abu Dun hinzu. »Sobald er hat, was er von dir will.«

»Ich weiß«, sagte Andrej. »Aber ich habe einen Grund, dieses Risiko einzugehen. Frederic.«

Abu Dun sah ihn auf sonderbare Weise an. »Man könnte meinen, er wäre wirklich dein Sohn.«

»Irgendwie ist er das auch«, murmelte Andrej, »in einem gewissen Sinne.« Er sah sich unschlüssig in der kleinen Kammer um. Es gab kein Bett, aber einen Tisch mit vier niedrigen Schemeln. Er ging hin und setzte sich auf einen davon, ehe er fortfuhr: »Auf jeden Fall ist er alles, was ich noch habe.«

»Vielleicht ist er mehr, als gut für dich ist«, sagte Abu Dun ernst. »Der Junge ist böse, Andrej, begreif das endlich.«

»Das ist er nicht!«, widersprach Andrej heftig. »Er ist jung. Er weiß es nicht besser. Er braucht jemanden, der ihn leitet.«

»Ich glaube, er hat ihn gefunden«, sagte Abu Dun.

»Ich weiß nicht, wen ich mehr bedauern soll – Fürst Tepesch oder ihn.«

»In einem Punkt gebe ich dir recht«, sagte Andrej. »Dracul ist eine Gefahr für ihn. Ich muss ihn aus den Klauen dieses Ungeheuers befreien. So schnell wie möglich.«

Abu Dun stieß sich von der Wand ab und kam mit langsamen Schritten näher. Er setzte sich nicht, sondern blieb mit verschränkten Armen auf der anderen Seite des Tisches stehen und sah auf Andrej hinab, und Andrej fragte sich, ob er wohl wusste, wie drohend und einschüchternd er in dieser Pose wirkte.

»Ist dir schon einmal in den Sinn gekommen, dass es Menschen gibt, die einfach böse geboren werden?«, fragte er.

»Einen davon kenne ich«, sagte Andrej, aber Abu Dun verstand die spitze Bemerkung nicht einmal.

»Und deshalb hast du dich also entschieden, bei mir zu bleiben und auf mich aufzupassen«, fuhr Andrej böse fort. »Ich verrate dir ein Geheimnis: Ich brauche keinen Leibwächter. Man kann mich nicht verletzen.«

»Schade«, sagte Abu Dun. »Wäre es so, dann würde ich dich jetzt windelweich prügeln. So lange, bis du endlich Vernunft annimmst.« Er atmete hörbar ein, schwieg einen Moment und ließ sich dann auf einen der kleinen Hocker sinken. Das Möbelstück ächzte unter seinem Gewicht.

»Lass uns aufhören, miteinander zu streiten«, sagte er. »Das führt zu nichts.«

»Ich habe nicht damit angefangen«, behauptete Andrej trotzig.

Es klang so sehr nach einem verstockten Kind, dass er selbst lachen musste. Auch Abu Dun lachte leise, aber seine Augen blieben ernst.

»Uns bleibt nicht viel Zeit«, sagte er nach einer Weile, jetzt aber in versöhnlichem Ton. »Ich kenne Selics Pläne nicht, aber ich kann zwei und zwei zusammenzählen. Im Moment ist es hier noch scheinbar friedlich, aber das ist ein Trugbild. In zwei, spätestens drei Tagen versinkt dieses Land im Chaos. Ich weiß nicht, ob Selic diese Stadt des Eroberns für wert hält. Ich täte es nicht. Aber selbst wenn er Petershausen ungeschoren lässt, werden seine Krieger das Land ringsum besetzen.«

»Und?«, fragte Andrej.

»Noch können wir fliehen«, sagte Abu Dun.

»Fliehen? Und wohin?«

»Nach Westen«, antwortete Abu Dun. »Waren all deine Racheschwüre nur Gerede? Wir suchen diesen verdammten Inquisitor. Und wenn schon nicht ihn, dann das Mädchen. Oder war auch das nur so dahingesagt?«

»Welches …« Andrej ballte die Hand zur Faust. »Frederic«, murmelte er. »Er redet zu viel. Ich habe ein- oder zweimal über sie gesprochen. Und ich habe niemals gesagt, dass sie mir etwas bedeutet.«

»Du hättest deine Augen sehen sollen, als die Rede auf Maria kam«, sagte Abu Dun grinsend. »Du liebst sie, habe ich recht?«

Andrej schwieg. Er hatte sich diese Frage bisher

nicht gestellt. Vielleicht, weil er Angst vor der Antwort hatte. Es war lange her, dass er die Frau, der er sein Herz geschenkt hatte, zu Grabe getragen hatte, und er hatte sich damals geschworen, sich dem süßen Gift der Liebe nie wieder hinzugeben. Der Preis war zu hoch. Selbst wenn sie ein Menschenleben währte, der Schmerz über den Verlust dauerte länger, so unendlich viel länger.

Trotzdem verging kein Tag, an dem er nicht mindestens einmal an Maria dachte. Das Schicksal hatte sich einen besonders grausamen Scherz mit ihm erlaubt. Der Schmerz war bereits da. Er bezahlte den Preis, ohne die Gegenleistung dafür bekommen zu haben.

»Wenn du ihn nicht jagst, ich tue es auf jeden Fall«, sagte Abu Dun. »Der Kerl hat nicht nur deine Familie ausgelöscht. Er hat auch meine Männer getötet und mich betrogen.«

»Warum gehst du dann nicht ohne mich?«

»Weil ich es nicht kann«, gestand Abu Dun unumwunden. »Araber sind im Augenblick in eurem Land nicht sonderlich beliebt, weißt du? Ich brauche dich. Und du mich.«

»Dann haben wir ein Problem«, sagte Andrej. »Denn ich gehe ohne Frederic hier nicht weg.«

»Wen liebst du mehr, Delãny?«, fragte Abu Dun. »Diesen Jungen oder das Mädchen? Weißt du was? Ich glaube, du weißt es selbst nicht. Oder ist es gar keine Liebe? Kann es sein, dass du dich nur für etwas bestrafen willst?«

Andrej antwortete darauf nicht. Aber für einen

Moment hasste er Abu Dun dafür, dass er diese Frage gestellt hatte.

Vielleicht, weil er tief in sich spürte, dass er recht hatte.

Tepesch kam an diesem Tag nicht mehr zu ihnen. Dafür erschienen nach einiger Zeit mehrere Bediens-tete, die ihnen Strohsäcke zum Schlafen und eine überraschend reichhaltige Mahlzeit brachten. Alle schienen mit Taubheit geschlagen zu sein, denn sie beantworteten keine ihrer Fragen und reagierten nicht einmal auf ihre Versuche, ein Gespräch zu beginnen. Der Tag ging zu Ende, ohne dass sie den Drachenritter oder einen seiner Krieger noch einmal gesehen hatten. Auch am nächsten Morgen blieben sie allein.

Sie durften ihr Quartier zwar nicht verlassen, aber da das einzige Fenster unmittelbar über dem Tor lag, blieb ihnen nicht verborgen, dass in der Stadt ein reges Kommen und Gehen herrschte. Den ganzen Tag über strebten Menschen in die Stadt, manche einzeln, zu Fuß oder in kleinen Gruppen, andere mit Pferdekarren oder Ochsen, auf die sie ihre hastig zusammengerafften Habseligkeiten gepackt hatten. Dieser Anblick erschreckte Andrej, denn er machte ihm klar, was in der Stadt vorging.

Petershausen wappnete sich für den Krieg. Die Menschen kamen nicht, weil Markttag war oder ein Fest bevorstand. Sie hatten ihre Höfe und Dörfer verlassen, weil sie vor einer Gefahr flohen, die noch nicht zu sehen war, aber fast greifbar in der Luft lag.

Erst, als sich die Sonne bereits wieder den Bergen im Westen entgegensenkte, bekamen sie Besuch. Es war jedoch nicht Tepesch, sondern Vlad. Er wirkte unausgeschlafen und übernächtigt. Unter seinen Augen lagen dunkle Ringe, und seine Hände zitterten leicht. Etwas war geschehen, das spürte Andrej.

»Dracul schickt mich«, sagte er, ohne sich mit einer Begrüßung aufzuhalten. »Ich soll ihn entschuldigen. Er hätte gerne selbst mit euch gesprochen, aber er wurde aufgehalten.«

»Er musste ein paar Leute hinrichten, nehme ich an?«, fragte Andrej.

»Selic ist im Anmarsch«, sagte Vlad. »Sein gesamtes Heer.«

»Hierher?«, fragte Andrej zweifelnd.

»Mehr als dreitausend Mann«, bestätigte Vlad. »Tepesch und die anderen Ritter des Drachenordens waren fast davon überzeugt, dass sie Petershausen und Waichs meiden würden, um sich unverzüglich mit dem Hauptheer zu vereinigen, das sich im Westen zum Angriff auf den ungarischen König Matthias Corvinus sammelt, aber seine Kundschafter berichten, dass sie auf direktem Wege hierher sind. Petershausen wird fallen. Und Burg Waichs zweifellos auch.«

»Mir bricht das Herz«, sagte Abu Dun.

Vlad sah ihn kurz und feindselig an, ohne jedoch auf seine Bemerkung einzugehen. Andrej sagte rasch: »Was hat er jetzt vor?«

»Fürst Tepesch erörtert seine Pläne nicht mit mir«, antwortete Vlad. »Aber ihr könnt ihn selbst fragen.

Ich bin zusammen mit zwanzig Männern hier, um euch abzuholen. Er will euch sehen.«

»Was für eine Ehre«, spöttelte Abu Dun. »Ich nehme an, er braucht unsere Schwerter, um im Kampf gegen Selics Truppen zu bestehen.«

Vlad warf ihm einen neuerlichen, noch zornigeren Blick zu, und Andrej spürte, wie schwer es ihm fiel, die Fassung zu wahren. Er sagte jedoch auch dieses Mal nichts, sondern drehte sich wieder ganz zu Andrej herum und griff unter sein Wams.

Andrej stockte der Atem, als er sah, was Vlad darunter hervorzog.

»Er sagte, ich solle dir das geben«, sagte Vlad. »Du wüsstest schon, was es bedeutet.«

Andrej griff mit zitternden Fingern nach dem Stück Tuch, das ihm Vlad hinhielt. Es bestand aus feinem, dunkelblauem Linnen, das an einer Seite mit einer kunstvollen Goldborte verziert und offensichtlich aus einem größeren Stück herausgerissen worden war.

Aus einem Kleid. Er kannte es. Es war das Kleid, dass Maria in Constãntã getragen hatte, als …

Er wagte nicht, den Gedanken zu Ende zu denken, sondern schloss die Faust um den Stofffetzen.

»Ich sehe, du weißt es«, sagte Vlad.

Andrej sagte nichts, sondern starrte Vlad nur an, sodass dieser fortfuhr: »Gestern Nacht kamen Gäste auf Burg Waichs.«

»Ich nehme an, sie kamen ungefähr so freiwillig wie wir«, vermutete Abu Dun.

Diesmal antwortete Vlad. »Sie waren nicht in Ketten, wenn du das meinst«, sagte er. »Aber ich hatte auch nicht das Gefühl, dass sie vollkommen freiwillig gekommen sind.«

»Wie sahen sie aus?«, fragte Abu Dun.

»Zwei von ihnen müssen Ritter sein«, antwortete Vlad, »und der Dritte wohl ein Geistlicher. Er ist krank, glaube ich. Er konnte nicht aus eigener Kraft gehen.«

»Domenicus«, grollte Abu Dun. Sein Gesicht verfinsterte sich, aber im nächsten Moment lachte er. »Scheinbar hat er sich mit dem Falschen eingelassen. Der Fuchs ist dem Wolf in die Falle gegangen.«

»Und das Mädchen?«, fragte Andrej.

Vlad hob abermals die Schultern. »Ich habe sie nur bei ihrer Ankunft gesehen«, sagte er. »Sie ist nicht verletzt, das ist alles, was ich euch sagen kann.« Er machte eine Kopfbewegung auf das blaue Tuch in Andrejs Hand. »Sie bedeutet dir etwas?«

»Viel«, gestand Andrej, ohne auf Abu Duns mahnenden Blick zu achten. »Aber ich frage mich, woher *er* das weiß.«

»Das fragst du dich wirklich?«, sagte Abu Dun. »Dein junger Freund redet eben gerne.«

»Warum sollte er …« Andrej sprach nicht weiter. Es war vollkommen sinnlos, das Gespräch fortzusetzen. Und es spielte im Grunde auch gar keine Rolle. Jetzt nicht mehr. Das Stück blauen Tuches in seiner Hand änderte alles.

Er steckte es ein und stand mit versteinertem Gesicht auf. »Gehen wir.«

11

Sie hatten Mühe, die Stadt zu verlassen. Andrej hatte bisher kaum etwas von Petershausen gesehen, aber er glaubte nicht, dass die Stadt mehr als drei- oder vierhundert Einwohner hatte. Jetzt musste es die doppelte Anzahl von Menschen sein, die ihre Mauern füllte, und durch das wuchtige Tor drängten immer noch Flüchtlinge herein. Sie kamen ausnahmslos zu Fuß, denn vor dem Tor stand eine Truppe Bewaffneter, die die Menschen zwang, ihre Wagen stehen zu lassen und nur mit dem weiterzugehen, was sie auf dem Leib trugen. Ihre Wagen und Karren waren ein Stück vor der Stadt zu einem unregelmäßigen Karree zusammengestellt. Andrej bemerkte etwas, das ihn keineswegs überraschte: Vielleicht dreißig oder vierzig von Tepeschs Männern waren offensichtlich dazu abgestellt, das zurückgelassene Hab und Gut der Flüchtlinge zu bewachen, aber nicht wenige taten das Gegenteil: Sie plünderten.

Es kam ihm grausam vor, dass man die Menschen, die bereits fast alles zurückgelassen hatten, was sie besaßen, nun auch noch zwang, diesen letzten kümmerlichen Rest herzugeben, aber er sah auch ein, dass es keine andere Möglichkeit gab. Die Stadt platzte schon jetzt aus ihren Nähten.

Auf den Wehrgängen und hinter den Zinnen der großen Türme gewahrte er nur wenige Wachen.

Wenn Petershausen sich auf eine längere Belagerung vorbereitete, dann geschah dies nicht sehr durchdacht.

»Wie groß ist Draculs Heer?«, wandte er sich an Vlad, während sie sich der kleinen Gruppe bewaffneter Reiter näherten, die in geringer Entfernung auf sie wartete.

»Nicht allzu groß«, antwortete Vlad. »Vielleicht einhundertfünfzig Mann. Der Rest sind einfache Soldaten, Söldner oder Bauern und Gefangene, die zum Dienst gezwungen worden sind.« Er überlegte einen Moment. »Alles in allem vielleicht gut fünfhundert Mann. Möglichweise auch siebenhundert, aber nicht mehr.«

»Gegen dreitausend kampferprobte Männer auf Selics Seite.« Abu Dun schüttelte den Kopf. »Das ist Selbstmord.«

»Du solltest niemals Menschen unterschätzen, die um ihr nacktes Leben kämpfen«, sagte Vlad.

Abu Dun nickte. »Das tue ich nicht«, sagte er. »Ich weiß, wozu sie fähig sind. Ich habe genug von ihnen getötet.«

Andrej war erleichtert, dass sie mittlerweile die wartenden Pferde erreicht hatten und aufstiegen.

Vlad hob die Hand zum Zeichen, dass sie aufbrechen sollten; eine Geste, die Andrej mehr über ihn sagte, als er vielleicht wusste. Sie kam zu selbstverständlich, zu schnell. Vlad war es gewohnt, zu befehlen. Und er war es gewohnt, dass seinen Befehlen Folge geleistet wurde.

Der kleine Trupp setzte sich in Bewegung. Sicher

nicht durch Zufall hielten die Reiter zwar einen deutlichen Abstand zu ihnen, gruppierten sich aber zu einem lang gestreckten Oval, das sie von allen Seiten einschloss und so jeden Fluchtversuch unmöglich machte. Andrej hatte auch nicht vor, zu fliehen. Er brannte darauf, Burg Waichs – und damit Fürst Tepesch – zu sehen.

Allerdings schlugen sie nicht den direkten Weg zur Burg des Drachenritters ein, sondern bewegten sich nach Osten.

Sie ritten eine Weile in nordöstlicher Richtung, nicht allzu schnell, aber stetig, und kamen Burg Waichs in dieser Zeit nicht sichtbar näher, sondern bewegten sich fast parallel zu der düsteren Burg, die wie ein Bote aus einer fremden, unheimlichen Welt am Horizont aufragte. Andrej bedauerte es, Waichs nicht genauer erkennen zu können – ganz egal, wie lange es dauern würde, irgendwann würden sich Tepesch und er mit dem Schwert gegenüberstehen, und jedes Detail, das er über die Festung des Drachenritters in Erfahrung brachte, mochte über Leben oder Tod entscheiden – aber zugleich war er auch beinahe erleichtert. Von Waichs schien etwas … Düsteres auszugehen. Er konnte es nicht wirklich erfassen, aber es war da.

Sie ritten einen sacht ansteigenden, aber langen Hang hinauf, und als sie seine Kuppe erreicht hatten und anhielten, lag Sultan Selics Heerlager direkt unter ihnen. Andrej stockte der Atem, als er die ungeheure Masse aus Zelten, Männern und Tieren – zum größten Teil waren es Pferde, aber Andrej erblickte zu seiner Überraschung auch etliche Kamele – unter sich sah. Sie waren noch Meilen entfernt, aber sicherlich mehr als dreitausend Mann. Er hatte noch nie so viele Menschen auf einmal gesehen. Hätte man ihm in diesem Moment erzählt, dass das Heer zehntausend Mann umfasste, er hätte es geglaubt.

Vlad ließ ihm Zeit, das osmanische Heer zu betrachten, dann berührte er seinen Arm und deutete in die entgegengesetzte Richtung. Andrejs Blick folgte der Geste. Tepeschs Heer lagerte auf der anderen Seite der flachen Hügelkette, kaum zwei Meilen von den Türken entfernt. Es mochten sechshundert Mann sein, aber gegen das türkische Heer wirkten sie hilflos.

»Soll ich die Türken allein angreifen, oder reitest du mit mir?«, fragte Andrej spöttisch.

Vlad warf ihm einen warnenden Blick zu, sagte aber nichts. Abu Dun fügte hinzu: »Gib mir Zeit, um auf die andere Seite zu gelangen. Du treibst sie vor dir her, und ich mache sie alle nieder.«

»Ein interessanter Vorschlag, Heide«, sagte eine Stimme hinter ihnen. »Ich werde darüber nachdenken: falls mein eigener Plan fehlschlägt.«

Andrej drehte sich im Sattel herum – und fuhr so heftig zusammen, dass sein Pferd scheute und nervös mit den Vorderhufen zu scharren begann. Tepesch war nur wenige Schritte hinter ihnen aufgetaucht; Andrej hatte seine Stimme erkannt, noch bevor er sich herumgedreht hatte, und blickte nun auf den Drachenritter in seiner blutroten Rüstung. Auch sein Pferd war auf die bizarre Art gepanzert und sah aus wie ein Fabelwesen. Tepesch hatte zusätzlich eine kurze Lanze im Steigbügel stecken, an der eine schwarze Flagge mit einem blutroten Drachen befestigt war. Andrejs Erschrecken galt aber nicht Dracul.

Es galt den beiden Rittern, die etwa zwanzig Meter hinter ihm aufgetaucht waren. Sie waren ebenso außergewöhnlich gekleidet wie Tepesch, aber nicht in Rot, sondern in blitzendes Gold gerüstet. Biehler und Körber, die Handlanger von Vater Domenicus.

»Oh ja«, sagte Tepesch spöttisch, als er Andrejs Erschrecken bemerkte. »Fast hätte ich es vergessen. Ich habe lieben Besuch mitgebracht. Ich war sicher, du würdest sie gerne begrüßen und ein wenig mit ihnen über alte Zeiten plaudern, aber leider ist der Augenblick dazu nicht besonders günstig. Zunächst muss ich einen Krieg gewinnen.«

Andrej hörte kaum hin. Er starrte die beiden goldenen Ritter an. Sie hatten ihre Helme abgenommen und vor sich auf die Sättel gelegt. Andrej war es unmöglich, den Ausdruck auf ihren Gesichtern zu deuten. Er selbst empfand nichts als Hass, blindwütigen, roten Hass, der ihn dazu bringen wollte, sich unverzüglich auf die beiden Ritter – die beiden Vampyre! – zu stürzen und ihnen das Herz aus den Leibern zu reißen!

»Ich sehe, du freust dich mindestens so sehr wie sie über das Wiedersehen«, höhnte Tepesch.

Andrej reagierte noch immer nicht. Er begann am ganzen Leib zu zittern. Die Heftigkeit seiner eigenen Reaktion überraschte ihn. Er hatte diesen beiden Männern den Tod geschworen, aber er hatte nicht gewusst, wie sehr er sie hasste. Sein Zorn grenzte an Raserei.

»Ihr wollt Selic angreifen?«, fragte Abu Dun.

»Das ist im Allgemeinen der Zweck einer Armee«, antwortete Dracul spöttisch, »eine andere Armee anzugreifen.«

»Bei einem so unterschiedlichen Größenverhältnis? Das ist Wahnsinn!«

»Die Größe einer Armee bestimmt nicht immer den Ausgang der Schlacht«, antwortete Tepesch. »Ich weiß zwar nicht, warum ich dir meine Schlachtpläne offenlegen soll, aber bitte: Selic rechnet nicht mit einem Angriff.«

»Du glaubst wirklich, er hätte deinen kleinen Aufmarsch nicht bemerkt?«

»Seine Späher waren so nahe, dass ich ihren Atem riechen konnte«, antwortete Tepesch. »Aber er denkt wie du, dass wir es nicht wagen werden, ihn anzugreifen. Graf Oldesky wartet mit tausend Husaren einen Tagesritt westlich von hier, um sich mit uns zu verbünden und die Osmanen zu zerschmettern, bevor sie in Ungarn einfallen können. Selic erwartet, dass wir dorthin reiten, um ihn mit vereinten Kräften schlagen. Außerdem sind die Muselmanen abergläubische Narren, die nicht bei Nacht kämpfen. Wir greifen bei Einbruch der Dunkelheit an, mit dem Vorteil der Überraschung auf unserer Seite.«

»Und viel weniger Kriegern.«

»Ich habe Verbündete, mit denen Selic nicht rechnet.« Tepesch drehte sich wieder zu Andrej um. »Die habe ich doch, oder?«

»Wenn ich dir sagen würde, dass du dich mit dem Teufel verbündet hast – würde dich das beeindrucken?« Es fiel Andrej schwer, überhaupt zu sprechen. Sein Blick hing wie gebannt auf den Gesichtern der beiden Ritter. Er konnte nicht sagen, ob sie zornig, triumphierend oder hasserfüllt aussahen, aber sie starrten ihn ebenso konzentriert an wie er sie.

»Die Wahl liegt bei dir«, sagte Tepesch. »Wir werden angreifen. Spätestens, wenn die Sonne untergeht. Es ist deine Entscheidung, ob *sie* an meiner Seite reiten oder ob du es tust.« Er griff neben sich und löste ein Schwert vom Sattel, das Andrej als sein eigenes erkannte, als er es ihm hinhielt. Er rührte keinen Finger, um danach zu greifen.

»Was hast du mit Domenicus gemacht?«, fragte er, »und …«

»Und mit seiner entzückenden Begleitung?« Er senkte das Schwert, steckte es jedoch nicht ein, sondern legte es quer vor sich über den Sattel.

»Ihnen ist nichts geschehen, keine Sorge. Sie sind meine Gäste. Sie werden mit der gleichen Zuvorkommenheit behandelt wie dein junger Freund. Solange ich am Leben bin, heißt das. Sollte ich in der Schlacht fallen, sterben sie. Ebenso wie du und dein schwarzgesichtiger Freund.« Er hob abermals das Schwert. »Sollten wir aber siegen … dann wäre es keine Frage, welcher Seite meine Sympathien gehören. Überdenke deine Entscheidung also gut.«

»Geh zum Teufel«, sagte Andrej.

»Wie du willst.« Tepesch befestigte Andrejs kostbares Sarazenenschwert wieder an seinem Sattel und wandte sich mit erhobener Stimme an die Krieger: »Ihr bleibt hier und gebt auf sie Acht. Sollte ich fallen, tötet ihr sie.«

Er riss sein Pferd herum und sprengte los. Neben Biehler und Körber angekommen, blieb er noch einmal stehen und wechselte ein paar Worte mit ihnen, dann setzten die zwei goldenen Reiter ihre Helme auf, und sie galoppierten zu dritt weiter.

»War das klug?«, fragte Abu Dun. Er klang nicht ängstlich, aber deutlich besorgt.

»Nein«, gestand Andrej. »Aber mit ihm zu gehen, wäre ebenso dumm. Er reitet in den sicheren Tod.« Er drehte sich halb im Sattel herum, um sich an Vlad zu wenden. »Werden sie es tun?«

»Euch töten?« Vlad hob die Schultern. Er lenkte sein Pferd näher heran und senkte die Stimme, damit die anderen seine Worte nicht hörten. »Das kann ich nicht sagen. Dracul ist bei seinen Männern nicht beliebt, aber sie gehorchen seinen Befehlen.«

»Auch wenn er tot ist?«, fragte Abu Dun.

Vlad hob zur Antwort nur noch einmal die Schultern. Andrej hingegen war noch nicht endgültig davon überzeugt, dass Fürst Tepesch wirklich in den sicheren Tod ritt, wie Abu Dun anzunehmen schien. Dracul mochte sein, was er wollte: Er war kein Dummkopf, und er war kein Selbstmörder. Wenn er diesen Irrsinnsangriff tatsächlich ausführte, dann hatte er noch einen Trumpf im Ärmel.

»Wenn wir zu fliehen versuchen«, murmelte er, »wirst du uns helfen?«

Vlad sah ihn durchdringend an. Er antwortete nicht.

Sie waren aus den Sätteln gestiegen. Die Männer, die Dracul zu ihrer Bewachung dagelassen hatte, hatten ein Feuer entzündet, denn mit dem hereinbrechenden Abend wurde es rasch kühler. Andrej hatte zwei- oder dreimal versucht, ein Gespräch mit den Männern in Gang zu bringen, aber sie waren nicht nur einer Antwort, sondern selbst seinen Blicken ausgewichen. Sie gaben sehr gut auf Abu Dun und ihn Acht. Der Pirat und er konnten sich zwar scheinbar frei in dem kleinen Lager bewegen, aber doch keinen Schritt tun, ohne dass mindestens drei der Männer diskret in ihrer Nähe waren.

Am Anfang war Andrej ein wenig erstaunt über den vermeintlichen Leichtsinn, in Sichtweite des osmanischen Heeres nicht nur ein Lager aufzuschlagen, sondern auch ein so weithin sichtbares Feuer zu entzünden. Aber dann erinnerte er sich an Draculs Worte. Die Türken wussten längst, dass sie hier waren. Es schien sie nicht sonderlich zu stören – und warum auch? Sie fühlten sich vollkommen sicher.

Fürst Tepesch hielt Wort. Kurz bevor die Sonne unterging, kam Bewegung in sein Heer: Die Männer stiegen auf ihre Pferde und gruppierten sich zu drei unregelmäßigen Trupps, die sich ohne weiteres Zögern in Gang setzten. Natürlich konnte das auch den Türken nicht verborgen bleiben, aber Andrej musste widerwillig zugeben, dass Dracul geschickt vorging: Das Heer näherte sich den Türken nicht direkt, sondern schlug einen Weg ein, der es – wenn auch gefährlich nahe – am Heerlager der Türken vorbeiführen würde. Selics Späher mussten annehmen, dass sie sich auf den Weg machten, um sich mit der wartenden Verstärkung im Westen zu vereinigen.

Natürlich würden sie das nicht zulassen. Es war leichter, zwei schwache als einen starken Gegner anzugreifen, und Selic reagierte so, wie es Andrej an seiner Stelle ebenfalls getan hätte – was genau in Tepeschs Plan zu passen schien: Er ließ einen Teil seiner Reiter aufsitzen und das Lager verlassen, um Tepeschs Tross zu umgehen und ihm in die Flanke zu fallen.

»Dumm ist er nicht«, sagte Abu Dun, der neben Andrej stand und wie er auf die Vorgänge im Tal hinabblickte. Es war ein fast unheimlicher Anblick. Sie sahen kaum mehr als ein großes, schwerfälliges Wogen und Gleiten, das sich in vollkommener Lautlosigkeit zu vollziehen schien. Andrej musste sich mit immer größerer Mühe in Erinnerung rufen, dass es nicht nur Schatten und zufällige Bewegungen waren, sondern Menschen. Menschen, die in wenigen Minuten aufeinanderprallen und sich gegenseitig töten würden. Sein Blick suchte Dracul und seine beiden unheimlichen Begleiter. Sie ritten an der Spitze des mittleren Zuges. Zwei goldene Funken, die selbst im rasch verblassenden Licht des Abends deutlich zu erkennen waren.

Mühsam riss er sich von dem Anblick los. »Was?«

»Tepesch«, erklärte Abu Dun und machte eine entsprechende Geste. »Er ist nicht dumm. Er bringt Selic dazu, seine Kräfte aufzuspalten. Ich an seiner Stelle würde dasselbe tun. Ich verstehe nur nicht ganz, wieso Selic darauf hereinfällt.«

»Er ist dort unten und wir hier oben«, sagte Vlad. »Er sieht nicht, was wir sehen.«

Wieder vergingen etliche Minuten, in denen sie dem Aufmarsch unter sich in gebanntem Schweigen zusahen.

Andrej sah nicht, welches Zeichen Dracul seinen Männern gab, aber die drei langen Reihen bisher eher gemächlich dahintrabender Reiter schwenkten plötzlich herum und wurden gleichzeitig schneller. Es war nicht mehr still. Aus dem Tal drang das Dröhnen hunderter eisenbeschlagener Hufe herauf, und Andrej glaubte fast zu spüren, wie die Erde unter ihnen zu vibrieren begann. Das nur allmählich anschwellende, aber Furcht einflößende Kriegsgeschrei aus Dutzenden von Kehlen drang an sein Ohr.

Obwohl die Türken den feindlichen Heereszug genau beobachtet hatten, schien die Überraschung komplett zu sein. Die drei Abteilungen strebten keilförmig auf einen Punkt dicht innerhalb des türkischen Heerlagers zu, an dem sie sich vereinigen würden. Sie hatten den größten Teil ihres Weges bereits zurückgelegt, bevor ihre Gegner auch nur auf den Gedanken kamen, eine Verteidigung zu organisieren. Einige wenige Pfeile zischten den Angreifern entgegen, und ein paar trafen ihr Ziel, aber sie vermochten den Ansturm der Reiterarmee nicht zu verlangsamen, geschweige denn aufzuhalten. Tepeschs Heer krachte wie eine riesige stählerne Faust in das osmanische Lager und zerschmetterte die hastig aufgebaute Verteidigungslinie.

»Es ist trotzdem Wahnsinn«, murmelte Abu Dun.

»Sie werden sie zwischen sich zermalmen.« Er deutete nach Westen. Die türkischen Reiter hatten Halt gemacht, als sie bemerkten, was geschah. Sie würden nur wenige Minuten brauchen, um zurückzukehren und in den Kampf einzugreifen.

Tepeschs Reiterei begann allmählich an Ausdauer zu verlieren. Die Spitze des wieder vereinten Heeres, angeführt von Dracul selbst und seinen beiden goldschimmernden Begleitern, hatte fast das Zentrum des türkischen Heerlagers erreicht, aber ihr Tempo sank mit jedem Schritt, den sie sich weiter auf das Herz des Lagers, und damit Sultan Selics Zelt, zu kämpften. Die stählerne Wand, die unaufhaltsam vorwärts stürmte und dabei alles niedermachte, was sich ihr in den Weg stellte, begann auseinanderzufallen. Statt eines einzigen gewaltigen Heranstürmens zerfiel die Schlacht in immer mehr einzelne kleine Kämpfe. Noch wichen die Verteidiger zurück, entsetzt von der Wucht des selbstmörderischen Angriffs, aber sie begannen ihre Fassung zurückzugewinnen. Irgendwann würde ihre schiere Übermacht die Entscheidung herbeiführen.

Auch Dracul selbst und seine beiden Begleiter wurden immer heftiger attackiert. Sie hatten Selics Zelt, das unschwer an seiner Größe und den zahlreichen bunten Wimpeln und Schilden zu erkennen war, fast erreicht. Andrej vermutete, dass Tepesch um jeden Preis den Sultan selbst in seine Gewalt zu bringen versuchte. Vielleicht hoffte er, die Schlacht auf diese Weise entscheiden zu können, bevor die türkische Verstärkung zu ihnen stoßen würde. Selics

Krieger kämpften jedoch mit einer Entschlossenheit und einem Mut, die ihresgleichen suchten. Viele wurden von den schwer gepanzerten Pferden einfach niedergeritten und unter ihren Hufen zermalmt, aber die Überlebenden kämpften nur umso verbissener. Noch wichen sie zurück, aber langsam kam der Rückzug zum Erliegen.

Andrej sah von der Höhe ihres improvisierten Feldherrenhügels aus noch etwas, das Tepesch von seiner Position dort unten aus verborgen bleiben musste: Das türkische Heer hatte begriffen, welche Gefahr seinem Anführer drohte. Aus allen Richtungen strömten Krieger herbei, um ihren Herrn zu beschützen.

»Was hat er vor?«, murmelte Abu Dun. »Nicht mehr lange – und sie werden sie einfach überrennen!«

»Warte ab«, sagte Vlad. Andrej sah kurz und verwirrt in seine Richtung, und er bemerkte dabei etwas, das ihn mit neuer Sorge erfüllte. Die meisten der Krieger in ihrer Nähe folgten der Schlacht ebenso gebannt wie Abu Dun und er, denn auch, wenn sie nicht unmittelbar daran beteiligt waren, so entschied sich mit ihrem Ausgang doch auch ihr Schicksal.

Etliche Krieger sahen immer wieder Abu Dun und ihn an, und ihre Hände lagen auf den Schwertgriffen. Seine Frage an Vlad, ob die Männer Draculs Befehl auch ausführen würden, wenn ihr Herr vor ihren Augen fiel, schien damit beantwortet zu sein.

Doch Dracul fiel nicht.

Es waren die beiden goldenen Ritter, die die Entscheidung herbeiführten. Ihr Vormarsch war endgültig zum Stehen gekommen. Sie kämpften gegen eine mindestens zehnfache Übermacht muselmanischer Soldaten, die sie nun ihrerseits einzukreisen begann. Die Hälfte der Reiter in Tepeschs unmittelbarer Umgebung war bereits gefallen, und die Überlebenden wurden einer nach dem anderen aus den Sätteln gerissen. Draculs Morgenstern und die Schwerter der beiden Goldenen wüteten fürchterlich unter den Angreifern, die gerade noch Verteidiger gewesen waren, aber ihre Zahl wuchs trotzdem unaufhaltsam. Auch die türkische Reiterei war mittlerweile zu ihnen gestoßen und fiel Tepeschs Soldaten in den Rücken. Die bisher immer noch geordnete Schlachtreihe des Drachenritters begann zusammenzubrechen. In wenigen Augenblicken würden Selics Krieger Dracul gefangen nehmen und damit den Kampf entscheiden.

Da taten Biehler und Körber etwas scheinbar vollkommen Wahnsinniges: Die beiden goldenen Ritter schleuderten ihre Schilde davon und sprangen aus den Sätteln. Ihre gewaltigen Breitschwerter mit beiden Händen schwingend, schlugen und hackten sie sich eine blutige Bahn durch die Reihen der osmanischen Krieger. Ihre Hiebe waren so gewaltig, dass Schilde zerbarsten und Helme gespalten wurden. Die schiere Wut ihres Angriffs trieb die Verteidiger noch einmal ein Stück zurück. Trotzdem konnten sie das Blatt selbst auf diese Weise nicht mehr wenden. Wären sie normale Menschen gewesen, wären sie innerhalb weniger Augenblicke überwältigt und getötet worden.

Aber sie waren Vampyre, so gut wie unverwundbar und fast unbesiegbar.

Sie wurden getroffen, einer von ihnen von einem Speer, der sich in seinen Rücken bohrte, der andere von gleich zwei Pfeilen, die aus unmittelbarer Nähe auf ihn abgefeuert worden waren und von denen einer seine Rüstung und einer seinen Hals durchbohrte.

Die beiden Vampyre wankten nicht einmal. Körber riss den Speer aus seinem Rücken und tötete wahllos den ihm am nächsten stehenden Krieger mit der Waffe, an deren Spitze noch sein eigenes Blut klebte, während Biehler die Pfeilspitze abbrach, die aus seinem Hals ragte, und dann das Geschoss auf der anderen Seite herausriss. Eine hellrote Blutfontäne sprudelte aus seinem Hals und versiegte fast augenblicklich. Noch bevor er den Pfeil aus seiner Brust herausriss, tötete der goldene Ritter zwei weitere Türken mit einem einzigen wütenden Schwerthieb, und auch die Klinge des anderen Vampyrs hielt blutige Ernte unter den Muselmanen. Erneut wurden sie getroffen, und erneut waren sie nicht aufzuhalten, sondern töteten im Gegenteil die Krieger, die sie verletzt hatten.

Unter den osmanischen Soldaten brach Panik aus; spätestens in dem Moment, in dem auch Tepesch aus dem Sattel sprang und mit fürchterlichen Hieben seines Morgensterns in den Kampf eingriff. Für die Türken musste es aussehen, als kämpften sie gegen den Leibhaftigen selbst, der gemeinsam mit zwei unverwundbaren Dämonen aus der Hölle emporgestiegen war. Mehr und mehr Osmanen warfen ihre Waffen weg und wandten sich in kopfloser Panik zur Flucht, aber Dracul und seine beiden Höllenkrieger kannten kein Erbarmen. Unterstützt von den wenigen Reitern, die ihnen geblieben waren, setzten sie ihnen nach und fielen über Selic und seine Leibgarde her. Es dauerte nur noch Augenblicke, bis der Heerführer der Muselmanen in ihrer Hand war.

»Das ist Selic«, sagte Abu Dun. »Ich erkenne ihn an dem albernen Turban.«

»Ach?«, sagte Andrej. »Ich dachte, du hättest mit dem Krieg nichts zu schaffen.«

Abu Dun grinste nur, wandte sich aber ohne eine Antwort wieder dem Geschehen unter ihnen zu. Die panische Flucht hielt an. Von Westen her rückte der osmanische Ersatz heran, aber außer Tepeschs Reitern strömten ihnen nun immer mehr ihrer eigenen Landsleute entgegen. Die Nachricht, dass der Teufel selbst unter sie gefahren war, machte in Windeseile die Runde.

Das also war die tödliche Überraschung, die Tepesch für Selic bereitgehalten hatte, dachte Andrej. Biehler und Körber waren keineswegs zufällig verwundet worden. Sie hatten gewollt, dass das geschah, um Furcht und Entsetzen in die Herzen ihrer Feinde zu säen. Andrej war aber noch nicht ganz sicher, ob Tepeschs Rechnung aufging. Immer mehr Türken ergriffen die Flucht, aber die Verstärkung rückte fast mit der gleichen Schnelligkeit heran. Aus schmerzhafter Erfahrung wusste Andrej, dass Schlachten nur zu oft eine eigene Gesetzmäßigkeit entwickelten, die jeden noch so genialen Plan zunichte machen konnten.

Indessen kämpften sich immer mehr Reiter ihren Weg zu Selics Zelt frei. Plötzlich waren es die Drachenritter, deren Hauptquartier sich im Herzen des türkischen Lagers befand und die von allen Seiten bedrängt wurden. Viele Osmanen befanden sich immer noch in panischer Flucht, aber der weitaus größere Teil drängte heraus und trieb Tepeschs Reiter dabei vor sich her.

»Was tut er da?«, murmelte Abu Dun stirnrunzelnd.

Andrej konnte nur mit den Schultern zucken. Dracul hatte den Mann mit dem auffällig bunten Turban niedergeschlagen, aber offensichtlich nicht getötet. Biehler und Körber hatten den Sultan an den Armen gepackt und hielten ihn nieder, während Dracul heftig mit beiden Armen gestikulierte und Befehle gab. Mit wenigen, schnellen Bewegungen rissen sie Selics Zelt nieder, bis nur noch der drei Meter hohe, mittlere Pfahl stand. Vielleicht hatte Tepesch vor, sein Drachenbanner daran zu hissen. Das Zelt war auf einem kleinen Hügel errichtet, sodass die Flagge auf dem ganzen Schlachtfeld zu sehen gewesen wäre. Vielleicht auch Selics Kopf, falls Tepesch ihn enthaupten und darauf aufspießen ließ.

Vielleicht aber auch …

»Nein«, flüsterte Abu Dun. »Das kann er nicht tun!«

Aber Tepesch tat es. Während er selbst und die beiden Vampyre Selic niederdrückten, rissen einige seiner Krieger den Pfahl aus dem Boden und schleppten ihn heran.

Andrej und die anderen sahen mit wachsendem Entsetzen zu, wie Tepesch selbst – wenn auch mit Hilfe einiger seiner Krieger – den Pfahl herumdrehte und sein blutiges Handwerk begann.

Er hatte sich gefragt, wie lange eine solch grässliche Tat dauern würde, und war überrascht, wie schnell es ging. Natürlich war es unmöglich, aber trotzdem bildete er sich ein, Selics grässliche Schreie selbst über den Schlachtenlärm hinweg zu hören. Binnen weniger Augenblicke wurde er gepfählt, dann trugen die Krieger den Pfahl an seinen Platz zurück und richteten ihn wieder auf.

Damit endete die Schlacht.

Hatte vorher schon die Nachricht die Runde gemacht, dass der Teufel selbst auf Tepeschs Seite kämpfte, so erschütterte der Anblick ihres gepfählten Anführers die Krieger endgültig. Wer es bisher noch nicht getan hatte, der ließ spätestens jetzt von seinem Gegner ab und wandte sich zur Flucht.

»Es scheint, als könnten wir euch noch eine Weile am Leben lassen«, sagte Vlad. »Das ist gut. Ich hätte Dracul ungern eine Lüge aufgetischt, wieso ihr uns entkommen seid.«

Andrej war nicht ganz sicher, was er von diesen Worten halten sollte. Ohne dass er einen Grund benennen konnte, hatte Vlad eine Menge seiner Sympathien eingebüßt, seit sie ihr Lager auf dem Hügel aufgeschlagen hatten.

In einem hatte er jedoch vollkommen recht: Der

Kampf war vorbei. Das Töten würde noch eine Weile andauern, denn Tepeschs Reiter verfolgten nun die flüchtenden Osmanen. Tepesch hatte gewonnen.

»Dieser Teufel«, murmelte Abu Dun. Seine Stimme war flach, fast ohne Ausdruck, und Andrej konnte das Entsetzen in seinem Blick verstehen. Ihm selbst erging es kaum anders. Innerhalb kürzester Zeit waren Hunderte von Männern gestorben, und trotzdem entsetzte ihn der Anblick des gepfählten Heerführers wie kaum etwas anderes. Vielleicht war es auch etwas anderes. Tepesch hatte einfach darauf gebaut, dass die unglaubliche Brutalität dieses barbarischen Akts die Männer unter der Halbmondfahne so entsetzen würde, dass er ihren Kampfwillen brach. Seine Rechnung war aufgegangen.

»Wir sollten von hier verschwinden«, schlug Vlad vor. Er machte eine Geste ins Tal hinab. »Die Heiden sind zwar auf der Flucht, aber ich möchte ungern einem Trupp von ihnen begegnen, den vielleicht nach Rache dürstet.«

»Dein Herr hat gesagt, wir sollen hier warten«, erinnerte Abu Dun.

»Falsch«, verbesserte ihn Vlad. »Er hat gesagt, *wir* sollen hier warten, bis klar ist, ob wir mit oder ohne euch weiterreiten.« Er hob die Stimme. »Auf die Pferde!« Und dann fügte er hinzu, schnell und so leise, dass nur Andrej ihn verstehen konnte: »Ihr müsst fliehen, aber wartet auf mein Zeichen. Wir treffen uns in der ausgebrannten Mühle am Fluss.«

Sie saßen auf. In der gleichen Formation, in der sie schon hierhergekommen waren, ritten sie weiter und näherten sich dem Ort, an dem Sultan Selics Heerlager gewesen war. Obwohl die Nacht schon lange hereingebrochen war, war er jetzt heller erleuchtet als zuvor. Die Kämpfe hatten aufgehört, aber Tepeschs Soldaten waren dabei, das Lager zu plündern, und ganz offensichtlich hatten sie Befehl, alles zu zerstören, was sie nicht mitnehmen konnten.

Andrej sah sich immer unruhiger um, je mehr sie sich dem Heerlager näherten. Das Tal hallte noch immer von Schreien, dem dumpfen Trommeln von Hufen und Waffengeklirr wider; Draculs Reiter machten unbarmherzig weiter Jagd auf die fliehenden Türken. Hätten sich die Muselmanen gesammelt und ihre Kräfte zusammengetan, hätten sie Tepeschs Heer auch jetzt noch mit Leichtigkeit besiegen können. Aber die Männer waren verstört und bis ins Mark erschüttert; ein Zustand, in dem das Kräfteverhältnis kaum noch zählte.

Sie mussten einen schmalen Bachlauf überqueren, als das geschah, worauf Vlad offensichtlich gewartet hatte: Aus der Dunkelheit stürmten mehrere Gestalten mit Turbanen, spitzen Helmen und runden Schilden heran. Viele der Krieger waren verletzt und ganz eindeutig auf der Flucht. Trotzdem kam es augenblicklich zum Kampf. Die Männer, die Dracul zu ihrer Bewachung abgestellt hatte, schienen geradezu begierig auf ein Gemetzel. *Sie* waren es, die die Türken angriffen, nicht umgekehrt.

Vlad riss sein Pferd mit solchem Ungestüm herum, dass das Tier gegen das Andrejs prallte und sich mit einem erschrockenen Wiehern aufbäumte. Auch

Andrejs Pferd scheute. Er hätte es ohne große Mühe wieder in seine Gewalt bringen können, aber er riss so hart an den Zügeln, dass sich das Tier nun ebenfalls aufbäumte und ihn abwarf. Noch während er stürzte, sah er, wie Abu Dun herumfuhr und den Krieger neben sich mit einem bloßen Fausthieb aus dem Sattel schleuderte, dann fiel er ins Wasser, drehte sich herum und schwamm mit kraftvollen Zügen so schnell und weit, bis er das Gefühl hatte, seine Lungen müssten platzen.

Er hatte sich nicht annähernd so weit entfernt, wie er gehofft hatte. Die Osmanen schienen unerwartet heftigen Widerstand zu leisten – möglicherweise hatten sie auch Verstärkung bekommen –, denn er sah ein einziges Durcheinander kämpfender und miteinander ringender Gestalten. Vlad hatte sein Pferd wieder unter Kontrolle bekommen, doch genau in diesem Moment stürzte sich Abu Dun auf ihn und schlug ihn mit zwei, drei harten Hieben aus dem Sattel.

Etwas schlug dicht neben ihm ins Wasser; vielleicht nur ein Stein oder von einem Pferdehuf aufgewirbelter Lehm, vielleicht aber auch eine Waffe, die auf ihn abgeschossen worden war. Er fuhr herum, hielt einen Moment vergeblich nach einem Angreifer Ausschau und schwamm dann abermals unter Wasser weiter.

Da er sich nun vollkommen auf das Schwimmen konzentrierte, legte er ein weitaus größeres Stück zurück, bevor ihn die Atemnot zwang, erneut aufzutauchen. An der Stelle, an der er ins Wasser gefallen war, war der Bach gut einen Meter tief, aber hier war er so seicht, dass seine Hände und Knie bereits den Boden berührten. Er stand auf, watete noch einige Schritte durch das schlammige Wasser und ließ sich dann am Ufer schwer atmend auf Hände und Knie fallen. Der Kampf tobte immer noch. Andrej war jetzt vielleicht vierzig Meter entfernt, aber wenn einer der Männer auch nur einen zufälligen Blick in seine Richtung werfen würde, wäre er zu sehen gewesen. Andrej kroch blindlings weiter, bis er einige Büsche erreichte, verbarg sich im Schutz des Unterholzes und ließ sich auf den Rücken rollen. Sein Atem ging pfeifend, und die Luft brannte in seiner Kehle. Er war so erschöpft, als hätte er an der Schlacht teilgenommen und sie allein zu Ende geführt.

Es vergingen nur wenige Minuten, da knackte es im Geäst hinter ihm, und eine wohlbekannte Stimme sagte: »Du hast wirklich Glück, Hexenmeister, dass ich auf deiner Seite stehe. Und dass ich weiß, dass es keinen Zweck hat, dir die Kehle durchzuschneiden.«

»Was wahrscheinlich der einzige Grund ist, aus dem du auf meiner Seite stehst«, knurrte Andrej. In Gedanken gab er Abu Dun allerdings recht und erteilte sich selbst einen scharfen Verweis. Der Pirat hatte sich an ihn herangeschlichen, ohne dass er es gemerkt hatte.

»Möchtest du noch ein bisschen mit unseren neuen Freunden plaudern, oder verschwinden wir, bevor sie merken, dass ihnen etwas abhanden gekommen ist?«, fragte Abu Dun.

»Und wohin? Ich habe ja keine Ahnung, wo diese verfluchte Mühle ist.«

»Aber ich.« Abu Dun lachte leise.

12

Etliche Zeit später erreichten sie die von Unkraut und Gebüsch überwucherte Ruine, in der Abu Dun den von Vlad vorgeschlagenen Treffpunkt vermutete. Andrej war nicht einmal sicher, dass es sich um den richtigen Ort handelte, als sie über die zusammengestürzten Mauerreste kletterten und nach einem Platz Ausschau hielten, von dem aus sie die Umgebung im Auge behalten konnten, ohne selbst gesehen zu werden. Die Mühle war nicht in diesem Krieg zerstört worden, sondern vor sichtbar langer Zeit. Gebüsch, wild wucherndes Unkraut und sogar einige kleinere Bäume hatten ihre Wurzeln in die Mauerritzen und den vermodernden Holzboden gekrallt.

»Das ist kein guter Treffpunkt.« Abu Dun fasste in Worte, was Andrej fühlte. »Wenn sie anfangen, die Gegend nach Selics Kriegern zu durchsuchen, werden sie garantiert hierherkommen.«

»Falls es überhaupt der richtige Ort ist.« Andrej sah sich voller Unbehagen um. »Warum hast du Vlad niedergeschlagen? Es wäre nicht nötig gewesen. Jedenfalls nicht so hart.«

»Er braucht ein Alibi, um seinem Herrn glaubhaft zu machen, dass wir ihm auch wirklich entkommen sind«, antwortete Abu Dun. »Und falls mein Misstrauen gerechtfertigt ist und er uns belügt, dann hat er es verdient.« Er blieb stehen und deutete nach links. »Da scheint es nach unten zu gehen.«

Nicht zum ersten Mal musste Andrej Abu Duns scharfe Augen bewundern. Er selbst erkannte dort, wohin die Hand des Piraten deutete, nur einen schwarzen Schlagschatten. Doch als sie sich näherten, wurde er tatsächlich der beiden oberen Stufen einer hölzernen Treppe gewahr, die in die Tiefe hinabführte. Als Abu Dun den Fuß darauf setzte, ächzten sie hörbar unter seinem Gewicht.

»Worauf wartest du, Hexenmeister?«, fragte Abu Dun. »Hast du Angst, dass uns dort unten ein Vampyr erwartet?«

Er lachte über seinen eigenen Scherz und verschwand dann mit schnellen Schritten in der Tiefe. Nach einem Augenblick ertönte ein Splittern, dann ein polterndes Krachen, und im nächsten Moment hörte er Abu Dun in seiner Muttersprache fluchen.

»Bist du auf einen Vampyr getreten?«, rief Andrej belustigt. »Oder war es nur ein Werwolf, den du aus seinem Winterschlaf geweckt hast?«

»Komm herunter, Hexenmeister, und ich zeige es dir!«, schrie Abu Dun zurück. »Und ich werde dir nicht sagen, wo die zerbrochene Stufe ist!«

Andrej grinste und stieg – mit gesenktem Kopf und sehr viel vorsichtiger als der Sklavenhändler vor ihm – die steile Treppe hinab. Die Stufen ächzten, aber sie hielten. Als er beinahe unten angekommen war, stieß sein tastender Fuß ins Leere, aber da er darauf vorbereitet gewesen war, verlor er nicht das Gleichgewicht, sondern fing sich wieder. Er erreichte das Ende der Treppe, blieb gebückt stehen und glaubte einen massigen Schatten links neben sich wahrzunehmen. Es war sehr dunkel. Durch die rechteckige Öffnung am oberen Ende der Treppe und die Ritzen der Fußbodenbretter, die nun die Decke über ihnen bildeten, sickerte graues Licht, aber es reichte kaum aus, um die Hand vor Augen zu erkennen.

Andrej richtete sich auf und fluchte, als er mit dem Kopf gegen die niedrige Decke stieß und Staub in dicken Schwaden auf ihn herabrieselte.

Abu Dun lachte schadenfroh. »Ach, was ich dir sagen wollte: Gib Acht, die Decke ist sehr niedrig.«

Nach einer Weile begann der Pirat lautstark in der Dunkelheit herumzustolpern und zu -hantieren.

»Decken«, sagte er plötzlich. »Hier sind Decken. Wasser. Und etwas zu essen ... dein Freund hat gut vorgesorgt.«

Andrej ging mit vorsichtigen kleinen Schritten in die Richtung, aus der Abu Duns Stimme kam. Trotzdem stolperte er unentwegt über Unrat und Trümmer, die den Boden bedeckten, und stieß sich noch zweimal den Kopf an den niedrigen Deckenbalken, bevor er Abu Dun erreichte.

Im hinteren Teil des Kellers war ein kleiner Bereich des Bodens von Unrat und Trümmern freigeräumt worden. Seine Augen hatten sich mittlerweile an das schwache Licht gewöhnt. Vlad hatte tatsächlich einen kleinen Stapel Decken sowie einen Beutel mit Lebensmitteln hier deponiert, und dazu noch einen gefüllten Wasserschlauch.

»Wenn du nach Waffen suchst, muss ich dich enttäuschen«, sagte Abu Dun. »So weit geht sein Vertrauen anscheinend nicht.«

Er setzte sich, und nach einem kurzen Augenblick ließ sich auch Andrej mit angezogenen Knien gegen die Wand neben ihm sinken. Sie bestand aus Lehm und war feucht und von fingerdünnen Wurzelsträngen durchzogen, die ihren Weg bis hier hinunter gefunden hatten.

»Wunderbar«, höhnte Abu Dun. »Was für ein Rattenloch. Es geht abwärts mit uns beiden, Hexenmeister.«

»Worüber beschwerst du dich?«, fragte Andrej. »Vor nicht allzu langer Zeit wärst du fast auf dem Grunde der Donau gelandet. Hier ist es wenigstens trocken.«

»Und wir sind auf die Gnade eines Verräters angewiesen«, knurrte Abu Dun. »Wir sitzen in einem fauligen Loch unter der Erde, ein wahnsinniger Foltermeister und Tyrann setzt vermutlich in diesem Moment ein Vermögen als Preis für unsere Köpfe aus und … oh ja, dort oben gibt es vermutlich im Umkreis von fünfzig Meilen niemanden, der nicht jedem arabischen Gesicht die Kehle aufschlitzen würde. Habe ich noch irgendetwas vergessen?«

»Du befindest dich in der Gesellschaft eines Vampyrs«, sagte Andrej böse. »Und ich hatte schon ziemlich lange kein frisches Blut mehr.«

»Fang dir eine Ratte«, riet ihm Abu Dun.

»Du meinst, weil ihr Blut ohnehin besser wäre als deines?«

Abu Dun lachte, aber es klang nicht echt, und auch

Andrej gemahnte sich zur Disziplin und zog es vor, das Gespräch nicht fortzusetzen. Sie waren beide unruhig und gereizt. Ein einziges falsches Wort mochte genügen, um die Situation außer Kontrolle geraten zu lassen.

»Und was tun wir jetzt?«, fragte Abu Dun nach einer Weile. »Ich meine: Warten wir hier auf deinen Freund, den Zigeuner?«

»Was sonst?«

»Die Nacht ist noch lang«, antwortete Abu Dun. »Bis es hell wird, könnten wir schon viele Meilen weit weg sein.«

»Unsinn«, sagte Andrej. »Wohin willst du gehen? Ich spreche gar nicht von mir, sondern von dir. Selbst wenn du Tepeschs Leuten entkommst ... und dann?«

»Ich bin hierhergekommen, ich komme auch zurück«, sagte Abu Dun. »Ich traue diesem Vlad nicht. Und das solltest du auch nicht.«

»Wer sagt, dass ich das tue?«

Darüber schien Abu Dun eine Weile nachdenken zu müssen, bevor er weitersprach. »Ich habe gesehen, wie diese beiden Krieger gekämpft haben. Sie waren schlimmer als die Teufel. Bist du auch in der Lage, so ... so zu kämpfen?«

Andrej hatte den Eindruck, dass er eigentlich etwas anderes hatte fragen wollen. Er antwortete ganz offen: »Nein.«

Selbst er hatte bisher nicht einmal gewusst, dass es überhaupt *möglich* war. Auch er war schon oft verwundet worden und hatte sich wieder davon erholt, aber niemals so unglaublich *schnell*. Einer der beiden war von gleich zwei Pfeilen getroffen worden, und es hatte ihn nicht einmal behindert!

»Und trotzdem hast du einen der ihren getötet«, fuhr Abu Dun in nachdenklichem Ton fort. »Sag, Hexenmeister: War es ein fairer Kampf?«

»Das dachte ich bis jetzt«, sagte Andrej. Das Thema war ihm unangenehm. Nach dem, was er während der Schlacht gesehen hatte, war er nicht mehr sicher. »Mittlerweile denke ich fast, es war nur Glück.«

»Glück.« Abu Dun lachte hart. »So etwas wie Glück gibt es nicht, Hexenmeister.«

»Dann hatte er vielleicht einen schlechten Tag«, schnappte Andrej. »Ich will nicht darüber reden.«

»Aber das solltest du.« Abu Dun sah ihn durchdringend an. Es war zu dunkel, als dass Andrej sein Gesicht erkennen konnte, aber er spürte seinen Blick. »Irgendetwas stimmt hier nämlich nicht, weißt du?«

»Ja. Du redest zu viel.«

Abu Dun sagte nichts mehr. Aber es war auch nicht nötig.

Er hatte schon deutlich mehr gesagt, als Andrej hören wollte.

Sie waren übereingekommen, bis zur Dämmerung zu warten und sich dann auf eigene Faust auf den Weg zu machen, sollte Vlad bis dahin nicht aufgetaucht sein. Aber sie mussten nicht so lange warten.

Andrej schätzte, dass es auf Mitternacht zuging, als sie Schritte über sich hörten. Die altersschwachen Bodendielen knirschten. Staub rieselte zwischen ihnen hervor und markierte den Weg, den der Mann über ihnen nahm. Abu Dun spannte sich und wollte aufstehen, aber Andrej legte ihm rasch die Hand auf den Unterarm und drückte ihn zurück.

»Das ist Vlad.«

»Wieso bist du da so sicher?«

»Weil er allein kommt«, antwortete Andrej. »Außerdem spüre ich es.«

Die Schritte näherten sich der Treppe und wurden langsamer. Dann kam der Mann herunter. Er übersprang die untere, zerbrochene Stufe, was bedeutete, dass er nicht zum ersten Mal hier unten war, und kam geduckt und mit schnellen Schritten näher.

»Ihr seid da«, begann Vlad. »Gut. Ich war nicht sicher, dass ihr es schafft.« Er ließ sich zwischen Andrej und Abu Dun in die Hocke sinken und legte die Unterarme auf die Knie.

»Was ist mit deinem Gesicht passiert?«, fragte Abu Dun. »War ich das?«

Der Roma hob die linke Hand und tastete mit spitzen Fingern über seine linke Wange. Sie war unförmig angeschwollen, seine Lippen aufgeplatzt und blutig verschorft. Sein linkes Auge würde spätestens morgen früh komplett zugeschwollen sein.

Trotzdem lachte er. »So hart schlägst du nicht zu, Mohr«, sagte er. »Das ist die Belohnung meines Herrn, dass ihr mir entkommen seid.«

»Da fragt man sich doch, warum du noch lebst«, sagte Abu Dun langsam.

»Dracul war guter Dinge«, antwortete Vlad. »Er hat eine Schlacht gewonnen. Außerdem gibt es eine Menge Gefangener, um die er sich kümmern muss. Und ihr seid auch nicht mehr wichtig für ihn.«

»Was meinst du damit?«

»Er hätte euch so oder so töten lassen«, antwortete Vlad. »Er braucht dich nicht mehr, jetzt, wo er die beiden goldenen Ritter hat.« Er sah Andrej durchdringend an. »Die beiden sind Vampyre wie du, habe ich recht? Aber sie sind trotzdem anders als du. Ich weiß nicht wie, aber sie sind anders. Böse.«

»Worauf willst du hinaus?«, fragte Andrej.

»Ihr seid hier nicht sicher«, sagte Vlad. »Ich kann euch in die Burg bringen. Ihre Keller sind tief – und sie sind der letzte Ort, an dem Dracul nach euch suchen würde.«

Andrej wollte antworten, aber Abu Dun kam ihm zuvor. »Warum tust du das für uns, Vlad? Warum sollten wir dir trauen?«

»Ich brauche eure Hilfe«, antwortete Vlad. »Ich verstecke euch. Ich sorge dafür, dass ihr lebt, und ich helfe euch, den Jungen zu befreien. Dafür müsst ihr Tepesch töten. Bevor er so wird wie du, Andrej.«

»So wie …?«

»Ein Vampyr«, sagte Vlad. »Unsterblich und unverwundbar. Er ist schon jetzt ein Ungeheuer, vor dem das Land zittert. Was, glaubst du, würde geschehen, wenn er sich in ein Wesen verwandelt, das nicht zu verletzen ist und das den Tod nicht mehr zu fürchten braucht?«

Das war eine Vorstellung, die zu entsetzlich war, als dass Andrej dem Gedanken auch nur gestattet hätte, Gestalt anzunehmen. Trotzdem schüttelte er überzeugt den Kopf.

»Das ist vollkommen unmöglich, Vlad«, sagte er.

»Wenn es das ist, was er will, dann lass ihn. Er würde nur den Tod dabei finden.«

»Die Alten sagen etwas anderes«, erwiderte Vlad. »Ich kenne die Legenden. Ich weiß, was man über euch sagt. Es heißt, dass ein Mensch zum Vampyr wird, wenn sich ihr Blut vermischt.«

»Ich sagte doch: Das ist vollkommen unmöglich«, beharrte Andrej.

Aber war es das wirklich?

Er musste daran denken, wie es gewesen war, als er Malthus getötet hatte.

Die *Transformation.*

Es war seine erste Transformation gewesen, ein Erlebnis, das so grauenhaft und erschreckend gewesen war, dass er sich geschworen hatte, es nicht wieder zu erleben, auch wenn sich seine Lebensspanne damit auf die eines normalen, sterblichen Menschen reduzierte. Er hatte Malthus' Blut getrunken, aber das war nur ein Symbol gewesen; Teil eines Rituals, das so alt war wie seine Rasse und dessen Ablauf er beherrschte, ohne es jemals zuvor kennen gelernt zu haben.

Aber für einen Moment war Malthus ... in ihm gewesen. Er hatte ihn gespürt, jenen körperlosen, brennenden Funken, den die Menschen Seele nannten, und für einen noch kürzeren Moment wäre es beinahe Malthus gewesen, der ihn übermannte. Er hatte die abgrundtiefe Bosheit seiner Seele gefühlt, die Kraft der zahllosen Leben, die er genommen hatte, und im allerletzten Moment etwas, dessen wahre Bedeutung er vielleicht erst jetzt wirklich begriff: Überraschung. Überraschung, Schrecken und einen Funken von Furcht, dem keine Zeit mehr blieb, zu einer Flamme zu werden.

Was, dachte er, wenn er diesen Kampf verloren hätte? Hätte Malthus dann Gewalt über seine Seele erlangt? Wäre er *zu Malthus geworden?*

Er wollte die Antwort auf diese Frage nicht wissen. Es spielte keine Rolle. Er würde nie wieder Blut trinken, weder das eines Menschen noch das eines anderen Vampyrs. Sollte sein Leben nach fünfzig oder sechzig Jahren enden. Er hatte nicht um diese Art von Unsterblichkeit gebeten.

»Nun?«, fragte Vlad. Er hatte lange Zeit geschwiegen und Andrej nur angesehen, auch diesmal ganz so, als hätte er geahnt, was hinter Andrejs Stirn vorging, und als wollte er ihm ausreichend Zeit geben, eine Entscheidung zu treffen. Vermutlich war es im Moment nicht sonderlich schwer, in seinem Gesicht zu lesen.

»Du solltest dich mit Abu Dun zusammentun, Vlad«, sagte Andrej finster.

»Das heißt, du nimmst an«, sagte Vlad. Er stand auf. »Du tötest Tepesch. Was du mit den beiden Goldenen machst, ist mir gleich, aber du tötest Dracul. Dafür bringe ich dich und den Jungen hier weg.«

»Ja«, sagte Andrej. Ihm war nicht wohl dabei. Er konnte nicht sagen, warum, aber er hatte das Gefühl, einen wirklich schlechten Handel abgeschlossen zu haben. Trotzdem erhob er sich ebenfalls und streckte die Hand aus, um ihren Pakt zu besiegeln.

Abu Dun fuhr mit einer schnellen Bewegung dazwischen. »Nicht so rasch«, sagte er.

Vlad fuhr mit einem ärgerlichen Zischen herum. »Was mischst du dich ein, Heide?«

Abu Dun schluckte die Beleidigung ohne irgendein äußeres Zeichen von Ärger herunter. »Immerhin geht es auch um meinen Hals«, sagte er ruhig. »Woher sollen wir wissen, dass du Wort hältst?«

»Vielleicht allein deshalb, weil du diese Frage stellen kannst, Heide«, sagte Vlad verächtlich. »Ich habe mein Leben riskiert, um die euren zu retten! Wenn du wissen willst, was Tepesch mit Verrätern macht, dann frag deinen Freund.«

»Und wie willst du uns von hier fortbringen?« Abu Dun wirkte keineswegs überzeugt.

»Ich bin vielleicht der Letzte meiner Sippe, aber nicht der Letzte meines Volkes«, antwortete Vlad. »Es sind andere Roma in der Nähe. Jetzt, wo Selics Heer zerschlagen ist, werden sie nach Petershausen kommen. Ihr könnt euch ohne Probleme unter sie mischen und mit ihnen weiterziehen. Nicht einmal du würdest unter ihnen auffallen, Mohr.«

»Und sie würden uns aufnehmen?«

»Wenn ich sie darum bitte, ja«, antwortete Vlad. Er drehte sich wieder zu Andrej um. »Dann sind wir uns einig?«

Diesmal hielt Abu Dun ihn nicht mehr zurück, als er Vlads ausgestreckte Hand ergriff.

13

Burg Waichs erhob sich wie ein Stück geronnener Schwärze gegen den Nachthimmel. Es war genau dieses Bild, das Andrej beim Anblick der Burg durch den Kopf schoss. Kein Vergleich wäre in diesem Moment treffender gewesen. Der massige Turm reckte sich scheinbar endlos hoch über ihnen in den Himmel, eingebettet in das kantige Muster der Nebengebäude und Mauern. Sie sahen nur Schwärze, flache Dunkelheit ohne Details und Tiefe, als hätte sich die Nacht vor ihnen zu substanzloser Materie zusammengeballt.

Andrej war nicht der Einzige, den der Anblick mit Unbehagen erfüllte. Auch Abu Dun war immer stiller geworden, je weiter sie sich Draculs Burg näherten. Selbst die Pferde waren unruhig. Ihre Ohren zuckten nervös, und manchmal tänzelten sie und versuchten auszubrechen, fast als spürten sie mit ihren feinen Instinkten eine Gefahr. »Ab hier gehen wir besser zu Fuß weiter.« Obwohl sie noch gute fünfhundert Meter von der Burg entfernt sein mussten, hatte Vlad die Stimme zu einem Flüstern gesenkt. Andrej versuchte, seine düsteren Gedanken zu verscheuchen. An der Burg war nichts Übernatürliches, und die Schatten ringsum waren nicht mehr als Schatten. Das Einzige, wovor er sich in Acht nehmen musste, war seine eigene Fantasie, die ihn mit immer schlimmeren Trugbildern narrte. Sie hatten auf dem Weg hierher Dinge gesehen, die ihn noch immer verfolgten und es wahrscheinlich auch noch lange Zeit tun würden. Draculs Heer hatte das türkische Lager vollkommen zerstört, und er war auf der Jagd nach Überlebenden äußerst erbarmungslos gewesen. Nun beschäftigte sich das Heer auf seine ganz spezielle Art mit den Gefangenen ... Trotz Vlads Ankündigung ritten sie noch ein gutes Stück weiter, ehe der Roma ihnen endgültig das Zeichen zum Absitzen gab und sich als Erster aus dem Sattel schwang. Sie befanden sich auf der Rückseite der Burg. Der Wald, der ansonsten sorgsam gerodet worden war, um einem anrückenden Feind keine Deckung zu bieten, reichte an dieser Stelle bis auf knapp fünfzig Meter an die Festungsmauern heran, was einem potentiellen Angreifer aber keinen Vorteil brachte. Vor ihnen lagen nur die gewaltigen Mauern des Donjons, die massiv genug aussahen, um selbst einem Beschuss aus Kanonen standhalten zu können. Das Gelände war hier jedoch so unwegsam, dass Pferde kaum von der Stelle gekommen wären. Schweres Kriegsgerät auf diesem Weg herbeizuschaffen war vollkommen unmöglich. Tepeschs Vorfahren, die diese Burg erbaut hatten, waren kluge Strategen gewesen. Waichs war nicht groß, aber ein Angreifer, der die Festung zu stürmen versuchte, würde auf zahlreiche Hindernisse stoßen.

»Wie kommen wir rein?«, fragte Abu Dun. Nachdem sie die Burg umgangen hatten, lag das Tor auf der anderen Seite, und Abu Dun konnte sich wohl ebenso wenig wie Andrej vorstellen, dass es irgendwo einen zweiten, weniger gut bewachten Eingang gab.

»Es gibt einen Geheimgang.« Vlad zögerte fast unmerklich, bevor er diese Information preisgab. »Einer von Tepeschs Ahnen hat ihn anlegen lassen, um die Burg im Falle einer Belagerung unbemerkt verlassen zu können. Er wurde nie benutzt, aber er existiert noch.«

»Und du weißt davon?« In Abu Duns Stimme war wieder eine hörbare Spur von Misstrauen.

»Ich bin Zigeuner«, antwortete Vlad verächtlich. »Verborgene Wege und Geheimgänge sind unsere Welt. Wie könnten wir sonst so gut vom Stehlen leben?«

Andrej brachte ihn mit einem mahnenden Blick zum Verstummen.

Vlad warf dem Piraten noch einen ärgerlichen Blick zu, drehte sich dann aber ohne ein weiteres Wort weg und begann sich suchend umzublicken. Nach nur wenigen Augenblicken ließ er sich vor einem Busch auf die Knie sinken und bog mit spitzen Fingern die mit langen Dornen besetzten Zweige zur Seite.

»Hier ist der Einstieg. Der Gang ist nicht sehr hoch. Ihr werdet kriechen müssen. Aber er führt direkt in den Keller der Burg.«

»Ihr?«, fragte Abu Dun mit hochgezogenen Augenbrauen.

»Ich kann nicht mit euch kommen«, sagte Vlad kopfschüttelnd. »Tepesch hat mir befohlen, in der

Burg auf ihn zu warten. Ich muss vorsichtig sein. Er ist sowieso schon misstrauisch.«

»Wohin genau führt dieser Gang?«, erkundigte sich Andrej. Auch ihm war nicht wohl bei dem Gedanken, nicht zu wissen, was auf sie wartete.

»In einen kleinen Raum, der schon seit vielen Jahren nicht mehr benutzt wird«, antwortete Vlad. »Wartet dort auf mich. Ich werde zu euch kommen, sobald es mir möglich ist.«

»In einer Woche oder zwei, vermute ich«, sagte Abu Dun.

Vlad ignorierte ihn. »Tepesch wird müde sein, wenn er zurückkommt. Menschen zu Tode zu quälen ist ein sehr anstrengendes Geschäft. Ich komme zu euch, sobald er eingeschlafen ist. Zu dem Geheimgang gehört eine verborgene Treppe, die direkt in sein Schlafgemach hinaufführt. Ich zeige sie euch. Und jetzt geht. Es wird bald hell.«

Für Andrej und Abu Dun wurde es zuerst einmal dunkel. Und zwar vollkommen. Sie kletterten ein gutes Stück über uralte eiserne Griffstücke, die in den Fels getrieben worden waren, in eine absolute Finsternis hinab. Dann erreichten sie den Gang, von dem Vlad gesprochen hatte.

Andrej kam schon bald zu dem Schluss, dass Vlad zwar von diesem Gang gewusst, ihn aber wahrscheinlich niemals benutzt hatte. Er war so niedrig, dass sie den größten Teil der Strecke kriechend zurücklegen mussten. Zweimal senkte sich die raue Decke so weit herab, dass Andrej ernsthaft befürchtete, sie würden einfach stecken bleiben; eine grässliche Vorstellung, bei der sein Herz heftig zu schlagen begann. Abu Dun, der vorauskroch, fluchte fast ununterbrochen, sodass Andrej sich sorgte, die Wache oben auf den Mauern könne ihn hören.

Als die drückende Enge endlich wich und der nasse, raue Fels in behauenen Stein überging, wurde es kein bisschen heller; trotzdem hatte Andrej das Gefühl, endlich wieder frei atmen zu können. Die Luft war hier beinahe noch schlechter als in dem niedrigen Gang, und sie stank zusätzlich nach Fäulnis und Moder, als wäre etwas – oder *jemand* – hier drinnen gestorben.

Abu Dun stolperte eine Weile lautstark durch die Dunkelheit, wobei er ununterbrochen irgendetwas umzustoßen und zu zerbrechen schien. Dann knurrte er: »Die Tür ist verschlossen. Von außen.«

»Was hast du erwartet?« Andrej ließ sich mit untergeschlagenen Beinen nieder und lehnte Rücken und Hinterkopf gegen den kalten Stein. Etwas Kleines mit vielen Beinen huschte über sein Gesicht, und er wischte es angeekelt fort.

»Nichts«, murrte Abu Dun. Andrej konnte hören, dass er sich ebenfalls setzte. »Wahrscheinlich sollte ich froh sein, dass es überhaupt eine Tür gibt.«

»Du traust Vlad immer noch nicht.«

»Warum sollte ich?«

»Bisher hat er stets Wort gehalten«, erinnerte Andrej ihn. »Ohne ihn wären wir wahrscheinlich gar nicht mehr am Leben. Zumindest nicht in Freiheit.«

»Das ist es ja gerade«, antwortete Abu Dun. »Ich misstraue Leuten, die mir etwas schenken.«

Es erschien Andrej viel zu mühsam, diesem Gedanken zu folgen. Er war müde. Wie lange war es her, dass er das letzte Mal geschlafen hatte? Er schlief ein. Als er wieder erwachte – mit leichten Kopfschmerzen, einem schlechten Geschmack im Mund und einem Gefühl wie Blei in den Gliedern –, spürte er, dass lange Zeit vergangen war. Er war nicht von selbst erwacht, sondern vom Poltern eines schweren Riegels hochgeschreckt worden. Noch bevor die Tür geöffnet wurde und flackerndes Licht hereinfiel, glitt seine Hand dorthin, wo er normalerweise das Schwert getragen hätte.

Das rote Licht einer Fackel ließ ihn blinzeln. Vlad trat durch die Tür. Er kam nicht ganz herein, sondern ließ das rechte Bein und den Arm, der die Fackel hielt, draußen auf dem Gang. Mit der anderen Hand gestikulierte er unwirsch in ihre Richtung.

»Kommt«, sagte er. »Schnell. Wir müssen uns beeilen.«

Andrej und Abu Dun standen gehorsam auf, aber Andrej musste einen hastigen Schritt zur Seite machen, um seine Balance zu halten. Er war so benommen, als hätte er Ewigkeiten geschlafen. »Warum so eilig?«, fragte Abu Dun. »Bis jetzt hattest du doch auch Zeit.«

»Vor allem nicht so laut«, sagte Vlad. »Man könnte uns hören.«

Abu Dun zog eine Grimasse. »Wer? Ich denke, es kommt nie jemand hier herunter?«

»Tepesch ist zurück«, antwortete Vlad. »Es sind eine Menge Gäste auf der Burg. Nicht alle sind freiwillig hier. Die Kerker quellen über. Es könnte sein, dass dieser Raum gebraucht wird. Folgt mir. Und keinen Laut!«

Er gab ihnen auch gar keine Gelegenheit, noch eine weitere Frage zu stellen, sondern trat rasch wieder auf den Gang hinaus und entfernte sich. Andrej und Abu Dun mussten ihm folgen, wollten sie nicht in der Dunkelheit zurückbleiben. Soweit es die tanzenden Schatten und das flackernde, rote Licht zuließen, sahen sie sich neugierig um. Sehr viel gab es allerdings nicht zu entdecken. Der Gang war schmal und aus Felssteinen zusammengefügt. Die gewölbte Decke war so niedrig, dass Vlads Fackel schwarze Rußspuren darauf hinterließ. Zwei weitere Türen zweigten davon ab, beide äußerst massiv, aber geschlossen, sodass sie nicht sehen konnten, was dahinter lag.

Vlad blieb stehen, als sie die Treppe erreichten, und winkte mit seiner Fackel. »Dort oben liegen die Kerker«, sagte er. »Als ich gekommen bin, war keine Wache da, aber man kann nie wissen. Seid vorsichtig.«

Sie gingen die Treppe hinauf, eine eng gewendelte, steinerne Schnecke, die sicher sechs oder sieben Meter weit nach oben führte, ehe sie in einen weiteren, aber ungleich größeren Kellerraum mündete. Der Keller ähnelte dem Sklavenquartier auf Abu Duns Schiff: Es war ein einziger, großer Raum, der von deckenhohen Gitterstäben in zahlreiche, kleine Käfige unterteilt wurde, zwischen denen nur ein schmaler Gang hindurchführte. In jedem dieser Käfige befanden sich mindestens zwei Gefangene, ausnahmslos türkische Krieger. Viele waren verletzt, ohne dass sich jemand die Mühe gemacht hätte, ihre Wunden zu verbinden. Ein furchtbarer Gestank hing in der Luft, Stöhnen, Murmeln, auch etwas wie ein leises Schluchzen. Einige der Gefangenen schienen zu beten, und nicht wenige sahen hoch und blickten in ihre Richtung, aber niemand sprach sie an.

Vlad griff plötzlich nach Abu Duns Arm und stieß ihn so grob vor sich her, dass er um ein Haar gestürzt wäre. Der Pirat spannte sich, und Andrej hielt erschrocken die Luft an, als er sah, wie sich sein Gesicht vor Hass verzerrte, aber dann entdeckten sie den Posten, der auf einen Speer gestützt vor der Tür am anderen Ende des Ganges stand und neugierig in ihre Richtung sah.

»Beweg dich, Heide!«, herrschte Vlad ihn an. »Und hab keine Angst. Diese Verliese sind nicht für dich. Mit dir habe ich etwas ganz Besonderes vor.«

Abu Dun machte eine Bewegung, wie um sich zu widersetzen, und Andrej trat rasch an Vlads Seite und nahm eine drohende Haltung an. Der Posten am Ende des Ganges blickte jetzt sehr aufmerksam in ihre Richtung.

»Gib auf ihn Acht«, sagte Vlad, in seine Richtung gewandt. »Er darf nicht verletzt werden. Wir wollen uns doch den besten Spaß nicht verderben.«

Er machte eine drohende Bewegung mit der Fackel in Abu Duns Richtung. Hätte der Pirat nicht rasch den Kopf zur Seite gedreht, hätten die Flammen zweifellos sein Gesicht versengt. Abu Dun starrte Vlad noch einen Herzschlag lang wütend an, dann fuhr er herum und setzte sich in Bewegung. Andrej atmete auf, aber ihm war auch klar, dass die Gefahr noch nicht vorüber war. Der Wächter hatte Vlad eindeutig erkannt und sah ihm respektvoll entgegen. Andrej hoffte, dass er sich nicht fragte, warum sein Begleiter eigentlich keine Waffe trug und ihr riesenhaft gebauter Gefangener nicht einmal gefesselt war.

Sie kamen an einem Gitterkäfig vorbei, der weitaus größer als die anderen Verschläge war. Es befanden sich keine Gefangenen darin, aber er enthielt eine Streckbank, Becken mit erkalteten Kohlen und noch zahlreiche andere Folterwerkzeuge. Es war nicht die erste Folterkammer, die Andrej sah, wohl aber das erste Mal, dass er einen solchen Raum inmitten der Gefangenenquartiere erblickte.

Tepesch wollte, dass die Gefangenen sahen, was hier getan wurde, um sich noch zusätzlich an ihrer Angst weiden zu können.

Seine Sorge, was den Wächter anging, erwies sich als unbegründet. Der Mann sah sie zwar sehr aufmerksam und aus wachen Augen an, trat aber gehorsam zur Seite, als Vlad eine befehlende Geste machte.

Sie traten aus dem Verlies in einen weiteren Gang, der nach zwanzig Schritten vor einer steilen Treppe endete. An ihrem oberen Ende schimmerte blasses Licht. Andrej erwartete, dass Vlad unverzüglich die Treppe ansteuern würde oder vielleicht auch die Türen, die rechts und links abzweigten, doch stattdessen blieb er stehen und sagte laut: »Wache!«

Der Mann, an dem sie gerade vorbeigegangen waren, folgte ihnen. Er wollte eine Frage stellen, aber Vlad kam ihm zuvor.

»Halt das«, sagte er und hielt ihm die Fackel hin. Der Mann griff gehorsam zu, und Vlad zog mit einer fast gemächlichen Bewegung einen Dolch aus dem Gürtel und schnitt ihm die Kehle durch.

»Allah!«, entfuhr es Abu Dun. »Warum hast du das getan?«

Die Wache sank röchelnd gegen die Wand, ließ die Fackel fallen und schlug beide Hände gegen den Hals. Vlad fing die Fackel auf, sah aber zu, wie der sterbende Mann in die Knie brach und dann zur Seite kippte.

»Aber … warum?«, fragte nun auch Andrej.

Statt zu antworten, drehte sich Vlad zu Abu Dun herum und hielt ihm die Fackel hin. »Halt das.«

Abu Dun riss die Augen auf. Er rührte keinen Finger, um nach der Fackel zu greifen, und nach einem Moment drehte sich Vlad herum und hielt Andrej die Fackel entgegen. Andrej nahm sie entgegen, und Vlad bückte sich, griff unter die Arme des Toten und schleifte ihn in den Keller zurück. Er legte ihn so neben der Tür ab, dass er nicht sofort zu sehen war, wenn jemand hereinkam, und nahm ihm das Schwert ab. Als er zurückkam, tauschte er die Waffe gegen die Fackel, die Andrej in der Hand hielt.

»Ich habe dich gefragt, warum du das getan hast!«, herrschte Andrej ihn an. Er hielt das Schwert noch in der Hand. »Das war unnötig.«

»Nein, das war es nicht«, antwortete Vlad. »Helft mir!« Er trat an die Wand heran, tastete einen Moment mit spitzen Fingern darüber und winkte dann auffordernd. Sie stemmten sich zu dritt gegen die Wand. Andrej spürte ein Zittern, dann hörten sie das Scharren von Stein auf Stein und ein schmaler Teil der Wand drehte sich um seine Mittelachse und gab einen Spalt frei, durch den sich ein breit gebauter Mann wie Abu Dun nur mit Mühe hindurchzwängen konnte. Vlad leuchtete mit der Fackel hinein, und sie erkannten eine schmale Wendeltreppe, die steil nach oben führte. Der geheime Weg in Tepeschs Schlafgemach.

»Er hätte uns aufgehalten«, sagte Vlad, obwohl eine Erklärung mittlerweile fast überflüssig war.

Andrej steckte das Schwert ein und trat als Erster durch den Spalt. Die Luft dort war so trocken, dass sie zum Husten reizte. Sie roch *alt*, und auf den steinernen Stufen lag eine mindestens fünf Zentimeter dicke Staubschicht. Hier war seit einem Menschenalter niemand mehr gewesen.

Vlad und Abu Dun folgten Andrej und schlossen die Tür. Die Fackel begann zu flackern. Trotz der schlechten Luft wirkte der Treppenschacht wie ein Kamin. Es war kalt.

»Draculs Schlafgemach liegt oben«, sagte Vlad. »Die Treppe führt direkt dorthin. Wenn wir angekommen sind, muss alles sehr schnell gehen. Wenn er auch nur einen Schrei ausstoßen kann, ist es vorbei.«

»Wachen?«, fragte Abu Dun.

Vlad schüttelte den Kopf. »Dracul traut niemandem. Er würde keinen Mann mit einer Waffe in seiner Nähe dulden, solange er schläft. Mit Ausnahme deiner Brüder. Die beiden Vampyre.«

»Sie sind nicht meine Brüder«, sagte Andrej scharf.

»Nenn sie, wie du willst«, sagte Vlad gleichmütig. »Ihr Zimmer liegt jedenfalls auf dem gleichen Flur. Wenn Tepesch um Hilfe schreit …« Er hob die Schultern. »Du hast selbst gesagt, dass du ihnen an Stärke nicht ebenbürtig bist.«

»Nicht beiden zugleich«, berichtigte Andrej.

»Ein Grund mehr, schnell zu sein. Wir gehen hinein, du tötest ihn, und wir gehen wieder hinaus.«

»Wenn es so einfach ist«, fragte Abu Dun, »warum hast du es dann nicht schon längst selbst getan?«

»Wir fliehen auf demselben Weg«, fuhr Vlad mit einem Blick in Abu Duns Richtung, aber ohne ihm zu antworten, fort.

»Falls sie den toten Wachmann bis dahin nicht gefunden haben.«

»Kaum«, antwortete Vlad. »Die Wachablösung ist gerade erst vorbei. Niemand kommt freiwillig dort hinunter.« Er machte eine ungeduldige Bewegung mit der Fackel. »Kommt jetzt!«

»Nicht so schnell«, sagte Abu Dun.

»Die Gefangenen.«

»Unmöglich!«, sagte Vlad erschrocken. »Es sind mehr als zweihundert! Du bräuchtest einen Tag, um sie durch den Geheimgang nach draußen zu schaffen. Und durch das Tor geht es nicht. Im Hof der Burg lagern über hundert bewaffnete Krieger.« Er zögerte einen Moment und fügte dann in schärferem Ton hinzu: »Wir sind nicht hierhergekommen, um deine Landsleute zu befreien, Muselman! Sie sind immer noch unsere Feinde.«

»Du …«

»Er hat recht, Abu Dun«, sagte Andrej rasch. »Aber ihnen wird nichts geschehen. Wenn Tepesch tot ist, werden sie als Kriegsgefangene behandelt … das ist doch so, Vlad? Oder?«

Vlad nickte ein wenig zu schnell. Sie gingen weiter. Die Treppe endete vor einer schmalen, hölzernen Tür. Vlad bedeutete ihnen, still zu sein. Er wies auf ein schmales Guckloch, das in der Tür darin angebracht war. Andrej ließ sich auf die Knie sinken und spähte hindurch. Dahinter lag ein unerwartet geräumiges, nur von einigen Kerzen erhelltes Zimmer.

»Sein Bett liegt auf der rechten Seite, gleich neben der Tür«, flüsterte Vlad. »Wenn du schnell genug bist, wird er nicht einmal spüren, was geschieht.«

Andrej zog sein Schwert aus dem Gürtel. »Frederic?«, flüsterte er.

»Er schläft im Nebenzimmer.« Vlad klang ungeduldig. »Sobald alles vorüber ist, können wir ihn holen.«

»Ich werde Tepesch nicht im Schlaf erschlagen, Vlad«, sagte Andrej. »Ich töte ihn, aber auf meine Weise. Ich bin kein Mörder.«

»Du Narr!«, zischte Vlad. »Willst du uns alle …«

Andrej hörte nicht mehr zu. Er machte sich nicht die Mühe, nach dem Griff oder irgendeinem verborgenen Öffnungsmechanismus zu suchen, sondern sprengte die Tür mit der Schulter auf und stürmte in den Raum. Nur ein Stück neben der Tür, die von dieser Seite aus nicht zu sehen, sondern Teil einer hölzernen Wandtäfelung war, stand ein übergroßes Bett mit einem gewaltigen, reich verzierten Baldachin und geschnitzten Säulen. Tepesch lag darin, aber er schlief keineswegs, wie Vlad behauptet hatte, sondern saß gemütlich an zwei große seidene Kissen gelehnt und hielt einen goldenen Trinkbecher in der Hand. Er wirkte kein bisschen überrascht.

»Das hat aber gedauert«, sagte er stirnrunzelnd. »Ich fing schon an zu befürchten, du hättest es dir anders überlegt.«

Andrej war verwirrt. Tepesch hatte ihn erwartet. Er hatte seinen bizarren Helm abgesetzt und neben sich aufs Bett gelegt, trug aber ansonsten noch immer seine Rüstung, bis hin zu den dornenbesetzten Handschuhen.

»Was hat das zu bedeuten?«, fragte Andrej.

»Zuerst einmal, dass ich mich freue zu sehen, dass du meine Gastfreundschaft offensichtlich hoch zu schätzen weißt, Andrej Delãny«, antwortete Tepesch. »Sonst wärst du ja wohl kaum freiwillig zurückgekommen, oder?«

Er stand auf. Es klirrte, als er die Beine aus dem Bett schwang und sich aufrichtete.

Andrej drehte sich ganz langsam herum. Vlad und Abu Dun hatten hinter ihm den Raum betreten. Abu Dun wirkte alarmiert, während auf Vlads Gesicht nicht die mindeste Regung zu erkennen war.

»Warum?«, fragte Andrej leise.

Bevor Vlad antworten konnte, tat Tepesch es. »Du tust ihm unrecht, Delãny. Er hat dich nicht verraten.«

Andrej sah ihn zweifelnd an, aber Tepesch wiederholte sein Kopfschütteln und wandte sich direkt an Vlad. »Wie lange bist du jetzt bei mir, mein Freund? Drei Jahre? Fünf? Wie auch immer, glaubst du wirklich, ich hätte nicht gewusst, dass in dieser Zeit nicht ein Tag vergangen ist, an dem du mir nicht den Tod gewünscht hast? Ich wusste, dass du der Versuchung nicht würdest widerstehen können.«

»Und du hast trotzdem in Ruhe abgewartet, dass er mich hierherbringt?« Andrej hob sein Schwert. »Das war sehr dumm, Tepesch. Ich werde dich töten.«

Er begann um das Bett herumzugehen, und Tepesch stellte endlich den Trinkbecher aus der Hand und zog stattdessen sein Schwert, wich aber gleichzeitig um einige schnelle Schritte vor ihm zurück.

»Hast du Angst, Dracul?« Andrej lachte böse. »Der Herr der Schmerzen, der Drache, hat Angst?«

»Nein«, antwortete Tepesch. »Nur scheint mir der Kampf ein wenig unfair. Ich kann dich nicht besiegen. Ich habe nichts gegen einen Kampf – aber dann sollte er auch wirklich *fair* sein!«

Andrej sah eine Bewegung aus den Augenwinkeln, wirbelte herum – und erstarrte für eine Sekunde vor Schrecken. Wie aus dem Nichts war eine riesige Gestalt in einem golden schimmernden Brustharnisch hinter ihm erschienen. Körber.

»Ihr hattet recht, Fürst«, sagte der Vampyr, an

Tepesch gewandt, aber ohne Andrej auch nur einen Sekundenbruchteil aus den Augen zu lassen. »Er war tatsächlich dumm genug, hierherzukommen.«

Andrej bewegte sich vorsichtig ein paar Schritte rückwärts und versuchte, Tepesch und Körber dabei gleichzeitig im Auge zu behalten. Tepesch folgte ihm, wenn auch langsam und in respektvoller Distanz, aber Körber rührte sich nicht von der Stelle.

»Ich pflege meine Versprechen normalerweise zu halten«, sagte Dracul. »So oder so.«

Er griff so schnell an, dass es ihm um ein Haar gelungen wäre, Andrej zu überrumpeln. Erst im letzten Moment brachte er sein Schwert hoch, parierte den Angriff des Drachenritters und schlug blitzschnell zurück. Er traf sogar, aber seine Waffe prallte Funken sprühend von der Rüstung des Ritters ab. Die pure Wucht des Schlages ließ Dracul zurücktaumeln, aber er war nicht verletzt.

Andrej wirbelte herum. Sein Schwert vollzog die Bewegung am Ende eines glitzernden tödlichen Dreiviertelkreises nach und kam nur eine Handbreit vor Körbers Gesicht zum Stillstand. Der Vampyr hatte den Moment der Unaufmerksamkeit genutzt und stürmte heran. Kein anderer Gegner hätte schnell genug reagiert, um sich nicht selbst an Andrejs Klinge aufzuspießen, aber Körber schaffte es, sich mitten in der Bewegung zu stoppen. Er hätte fast das Gleichgewicht verloren, prallte gegen die Wand und rollte sich blitzschnell zur Seite. Andrejs Schwert schlug Funken in die Wand neben seinem Gesicht. Körber warf sich mit einem Keuchen noch einmal herum und verlor endgültig die Balance. Er fiel nicht, sank aber auf die Knie und war für einen Moment hilflos. Andrej setzte ihm nach, rammte ihm das Knie ins Gesicht und registrierte voll grimmiger Befriedigung das spritzende Blut, als Körbers Nase brach. Der Vampyr mochte nahezu unsterblich sein, aber er war weder immun gegen Schmerz noch gegen die Gesetze der Physik. Er schrie auf, sein Hinterkopf prallte mit einem trockenen Laut gegen die Wand, und für eine kurze Zeit war er so benommen, dass er das Schwert sinken ließ.

Andrej sprang rasch einen halben Schritt zurück und hob sein Schwert, um den Vampyr zu enthaupten, aber ein dünner, blendend greller Schmerz bohrte sich zwischen seine Schulterblätter in seinen Rücken und ließ ihn vor Qual aufschreien. Haltlos taumelte er gegen die Wand, glitt daran herab und drehte sich halb herum. Er ahnte die Bewegung mehr, als er sie sah, warf instinktiv den Kopf zur Seite und die tödlichen Dornen auf Tepeschs Handschuhen, die diesmal nach seinen Augen zielten, rissen nur seine Schläfe auf. Andrej griff instinktiv zu, verdrehte Draculs Arm und stieß ihn von sich. Einer der schrecklichen Dornen durchstieß seine Hand und peinigte ihn mit einem weiteren, lodernden Schmerz, aber er ignorierte ihn und stieß Tepesch mit so großer Wucht von sich, dass er noch zwei Schritte haltlos rückwärts taumelte und dann mit einem gewaltigen Scheppern zu Boden fiel. Noch bevor er sich wieder hochstemmen konnte, waren Abu Dun und Vlad über ihm.

Andrej blieb keine Zeit, den Kampf zu verfolgen.

Körber hatte die winzige Atempause genutzt, um wieder auf die Beine zu kommen und seine Waffe aufzunehmen. Andrej hatte in den nächsten Sekunden genug damit zu tun, dem Hagel von Hieben und Stichen auszuweichen, den der Vampyr auf ihn niederprasseln ließ. Mit zwei fast ungezielten, aber wuchtigen Schlägen verschaffte er sich Luft, sprang ein paar Schritte zurück und suchte mit gespreizten Beinen nach festem Stand. Körber verzichtete jedoch darauf, ihm sofort nachzusetzen, sondern blieb stehen und schien sich zu sammeln. Bei jedem anderen Gegner wäre Andrej jetzt sicher gewesen, dass dieser einen unverzeihlichen Fehler begangen hatte.

Nicht so bei Körber.

Andrejs Arme und Schultermuskeln schmerzten noch immer. Körbers Schläge waren unglaublich hart gewesen. Der Vampyr war viel stärker als er, und er erholte sich auch deutlich schneller. Die Wunde in Andrejs Gesicht hatte sich schon wieder geschlossen, aber seine Hand blutete noch immer. Körbers zertrümmerte Nase war bereits wieder unversehrt. Der Vampyr schien über ungleich größere Kraftreserven zu verfügen.

Spätestens in diesem Moment begriff Andrej, dass er den Kampf verlieren würde.

Er konnte es in Körbers Augen lesen. Der Vampyr war stärker als er, schneller, er war der bessere Schwertkämpfer, und er war ungleich erfahrener. Und das Entsetzlichste von allem war vielleicht diese Erkenntnis: Er würde den Kampf selbst dann verlieren, wenn er ihn gewann.

Er sah eine Bewegung aus den Augenwinkeln und hörte einen Schrei und das helle Klirren von aufeinanderprallendem Metall; Vlad oder Abu Dun, vielleicht auch beide, die mit Tepesch kämpften. Andrej widerstand dem Impuls, auch nur einen Blick in ihre Richtung zu werfen, aber schon die winzige Ablenkung, die dieser bloße *Gedanke* bedeutete, schien Körber zu genügen, um sich einen Vorteil auszurechnen.

Möglicherweise zu Recht.

Andrej sah den Angriff kommen, reagierte auf die Art, die ihm bei einem so starken und erfahrenen Gegner wie Körber angemessen schien: Er versuchte nicht, seinen Hieb aufzufangen oder auch nur zu parieren, sondern tänzelte leichtfüßig zur Seite und hob sein Schwert gerade weit genug, um Körbers Klinge an seiner eigenen entlanggleiten zu lassen, sodass die immense Kraft seines Hiebes einfach verpuffte. Im letzten Moment machte er eine kreiselnde Bewegung mit dem Schwert, die Körber eigentlich die Gewalt über seine Waffe verlieren lassen und ihm das Schwert aus der Hand prellen sollte. Körber schien jedoch auch dies vorausgesehen zu haben, denn er konterte mit einer ähnlichen, aber viel komplizierteren und schnelleren Bewegung, und plötzlich war es Andrej, der darum kämpfen musste, nicht entwaffnet zu werden. Mit einem fast schon verzweifelten Satz brachte er sich in Sicherheit, konnte aber nicht verhindern, dass Körber ihm eine lange, heftig blutende Schnittwunde am Unterarm beibrachte. Mit einem zweiten Schritt bewegte er sich vollends außer Reichweite des Vampyrs und wechselte das Schwert für einen Moment von der rechten in die linke Hand. Er kämpfte mit links beinahe ebenso gut wie mit rechts. Die Wunde in seinem Arm verheilte bereits.

Trotzdem war es ein weiterer, wenn auch vielleicht nur winziger Vorteil für Körber. Aber der Unsterbliche verzichtete darauf, ihn auszunutzen. Er trat ganz im Gegenteil zurück, senkte seine Waffe und wartete, bis sich der tiefe Schnitt in Andrejs Arm geschlossen hatte. Dann nickte er und machte eine auffordernde Geste.

Es dauerte einen Moment, bis Andrej ihre Bedeutung begriff. Körber wollte, dass er das Schwert wieder in die Rechte wechselte. Der Vampyr hatte seine Fähigkeiten bisher nur getestet und war sich nun seiner Überlegenheit sicher. Er *spielte* mit ihm.

Der Gedanke versetzte Andrej in schiere Raserei. Er musste sich mit aller Gewalt beherrschen, um sich nicht einfach auf Körber zu werfen, was seinen sicheren Tod bedeutet hätte. Wenn er überhaupt eine Chance hatte, diesen uralten, so unendlich viel erfahreneren Krieger zu besiegen, dann nur, wenn er die Nerven behielt und auf eine Schwäche in seiner Verteidigung oder eine Unaufmerksamkeit hoffte.

Körber offerierte ihm weder das eine noch das andere. Er griff wieder an, beschränkte sich aber diesmal auf wenige, blitzartige Attacken, die Andrej zu einem weiteren, hektischen Rückzug zwangen, ihn aber nicht ernsthaft in Gefahr brachten. Andrej wich weiter vor ihm zurück, brachte mit Glück selbst einen

Treffer an und sah voller kalten Entsetzens, dass sich die Wunde wieder schloss, noch bevor Körber ganz zurückgesprungen war. Körber konterte mit einer doppelten, blitzartig geführten Schlagkombination gegen seinen Kopf und seine Schultern, die Andrej zwar abfangen konnte, ohne verletzt zu werden, die aber neue Wellen von dumpf pulsierendem Schmerz durch seinen Arm und die Schultermuskeln sandte.

Es fiel ihm immer schwerer, das Schwert zu heben. Seine Kräfte erlahmten jetzt rasch, während Körber auf unheimliche Weise beinahe Kraft aus jedem wuchtigen Hieb zu gewinnen schien, den er nach ihm führte. Der Vampyr zermürbte ihn, langsam und gnadenlos, aber unaufhaltsam. Der Moment war abzusehen, in dem einer seiner mörderischen Schläge sein Ziel treffen würde.

Er kam schneller, als er gefürchtet hatte.

Körber täuschte einen weiteren Angriff vor, und Andrej wich zurück, um ihn in eine Falle stolpern zu lassen. Statt seinen Angriff im allerletzten Moment abzubrechen, um Andrejs Parade ins Leere gehen zu lassen und ihn somit zum Opfer seiner eigenen Bewegung zu machen – womit Andrej gerechnet hatte –, verdoppelte Körber seine Wucht noch. Andrej, der bereits in einer fließenden Rückzugsbewegung begriffen war, hatte keine Chance. Er wurde gegen die Wand geworfen. Körbers Schwertknauf traf seine Waffenhand und brach sie, sodass er das Schwert fallen ließ. Die gepanzerte linke Hand des Ritters kam hoch, krachte unter sein Kinn und schmetterte seinen Hinterkopf mit solcher Wucht gegen die Wand, dass ihm übel wurde.

Das war das Ende. Seine Beine gaben nach. Hilflos sank er in die Knie. Körber ließ los, stieß Andrejs Schwert mit einem Fußtritt beiseite und versetzte ihm aus der gleichen Bewegung heraus einen fürchterlichen Tritt in die Rippen, der ihm endgültig den Atem nahm. Dann warf er sich auf ihn. Körbers Knie krachten in Andrejs ohnehin gebrochene Rippen und verstärkten den Schmerz. Seine Zähne gruben sich in Andrejs Kehle, rissen sein Fleisch auf und suchten nach seiner Halsschlagader. Andrej bäumte sich auf und versuchte mit verzweifelter Anstrengung, den Vampyr von sich herunterzustoßen, aber seine Kraft reichte nicht aus. Körbers Zähne zerfetzten seinen Hals, und Andrej spürte, wie sein Blut und noch etwas anderes, Unsichtbares, Verborgenes aus ihm herausgerissen wurde. Für einen zeitlosen, durch und durch grauenhaften Moment hatte er das Gefühl, nicht mehr in seinem eigenen Körper zu sein, sondern durch eine schwarze Unendlichkeit geschleudert zu werden, die von den Schreien tausend gepeinigter Seelen erfüllt war, dann griff eine unsichtbare, grausam starke Hand nach ihm und zerrte ihn zurück, aber nicht in seinen eigenen Körper, sondern …

Körber bäumte sich auf. Seine Lippen waren plötzlich nicht mehr an Andrejs Kehle. Er wankte, kippte zur Seite und stieß einen sonderbaren, gurgelnden Schrei aus, während er seine Hände gegen den Hals schlug. Zwischen seinen Fingern ragte die blutige

Spitze eines Dolches hervor, den ihm Vlad in den Nacken gestoßen hatte.

Andrej wollte sich aufrichten. Er musste es. Vlads Eingreifen hatte ihm eine winzige Gnadenfrist verschafft, aber mehr nicht. Nicht einmal diese furchtbare Verletzung würde Körber töten. Er hatte gesehen, wie unvorstellbar schnell sich der Vampyr von Verletzungen erholte. Aber auch er war verwundet, und Körber hatte ihm mehr gestohlen als ein wenig Blut. Er war schwach, unglaublich schwach.

Körber versuchte, mit den Händen in seinen Nacken zu greifen, um den Dolch herauszuziehen, aber Vlad nahm ihm die Arbeit ab: Er riss den Dolch heraus, stieß Körber die Waffe zwischen die Schulterblätter und warf den Vampyr zu Boden. Dann war er mit einem Sprung über Andrej und zerrte ihn hoch.

Andrej wusste nicht, was er vorhatte. Er versuchte ganz instinktiv, sich zu wehren, aber seine Kraft reichte nicht einmal aus, um diesen normalen Sterblichen davonzustoßen. Vlad zerrte ihn herum, warf ihn über Körber und presste sein Gesicht auf Körbers Hals.

»Trink!«, befahl er. »Trink oder du stirbst! Willst du das?!«

Andrej versuchte mit aller Gewalt, sich zu wehren; nicht nur gegen Vlads Griff, sondern viel mehr gegen die dunkle Gier, die in ihm erwachte, kaum dass der erste Blutstropfen seine Lippen benetzt hatte.

Es gelang ihm nicht.

Vlads Griff war erbarmungslos, und die Gier explodierte zu einem lodernden Höllenfeuer, das seinen

Willen einfachbeiseitefegte. Warmes, nach bitterem Kupfer schmeckendes Blut füllte seinen Mund, und dann war da noch etwas anderes.

Es war nicht wie damals bei Malthus. Es war nicht wie gerade bei ihm. Körber war da, aber er musste ihn nicht aus seinem Leib herausreißen, das Wesen des Vampyrs *stürmte heran*, seine Erinnerungen, seine Gedanken, seine Seele und all seine dunklen Gelüste und Wünsche, jede Sekunde seines schon Jahrhunderte währenden Lebens, eine schwarze Flamme, die sich in seine Seele brannte und alles, was Andrej einmal gewesen war, auszulöschen drohte. Er hatte geglaubt, Malthus zu überwinden wäre schwer gewesen, aber Körber war unendlich viel älter und tausendmal stärker. Der Geist des Vampyrs bedrängte ihn ebenso unerbittlich, wie es sein Körper gerade getan hatte. Der Kampf war nicht minder hart, und er dauerte *länger.*

Andrej verlor sein Zeitgefühl. Irgendwann spürte er, wie Körbers Leib unter ihm erschlaffte und das körperliche Leben aus ihm wich. Sein Körper war tot, aber der Geist des Vampyrs existierte weiter, und nun begann das Ringen um den Besitz des einzigen Leibes, den sie noch hatten. Andrej schrie. Er krümmte sich am Boden, schlug mit Armen und Beinen um sich. Die *Transformation* fand statt, aber für lange, lange Zeit war nicht abzusehen, wer wen in sich aufsog.

Und schließlich war es vorbei.

Körbers Geist bäumte sich noch einmal auf – und verging. Die schwarze Flamme erlosch, und zurück blieb nur eine gewaltige saugende Leere, in die Andrej hineinzustürzen drohte. Aber zugleich fühlte er sich auch von einer neuen, nie gekannten Kraft durchströmt. Körber war vergangen, aber trotzdem noch da, tief in ihm, zu einem Teil von ihm selbst geworden.

Langsam richtete Andrej sich auf und hob die Hände vors Gesicht, um sie zu betrachten. Er wäre nicht erstaunt gewesen, statt seiner eigenen schlanken Finger nun die viel kräftigeren, plumpen Hände Körbers zu sehen. Aber sie hatten sich nicht verändert.

Neben ihm erscholl ein ungläubiger Laut. Andrej wandte den Kopf, sah in Vlads Gesicht und begriff, dass der Ausdruck puren Entsetzens in den Augen des Roma nicht ihm galt. Er sah in dieselbe Richtung.

Körber …

… verfiel.

Die Wunde in seinem Hals hatte sich wieder geschlossen, als erinnere sich sein Körper selbst nach seinem Tod noch an die unheimlichen Fähigkeiten, die er einst besessen hatte, aber seine Haut begann zu vergilben. Sie wurde trocken, bekam Risse und sank ein, als sich auch das darunterliegende Fleisch aufzulösen begann.

Andrej war entsetzt, aber auch verwirrt. Als Malthus gestorben war, war das nicht geschehen.

»Großer Gott!«, flüsterte Vlad erschüttert. »Er muss jahrhundertealt gewesen sein.«

Vlad sah Andrej durchdringend an – und dann

bückte er sich blitzschnell nach dem Schwert, das Körber fallen gelassen hatte. Noch bevor Andrej wirklich begriff, was er tat, hatte er die Waffe aufgehoben und setzte ihre Spitze auf Andrejs Herz.

»Was … tust du?«, fragte Andrej verwirrt.

»Ich schneide dir das Herz aus dem Leib, wenn du auch nur mit der Wimper zuckst«, antwortete Vlad drohend. »Vergangene Nacht. Wo seid ihr gewesen? Wo habt ihr euch versteckt?«

»In einer Ruine«, antwortete Andrej verständnislos. »Das weißt du doch!«

»Wo genau?« Der Druck der Schwertspitze auf sein Herz verstärkte sich. »Schnell!«

Andrej warf einen Blick in Abu Duns Richtung. Der Pirat stand breitbeinig über Tepesch, der reglos und mit ausgebreiteten Armen auf dem Boden lag. Abu Dun hatte ihn mit seinem eigenen Morgenstern niedergeschlagen. Er hielt die Waffe in der linken Hand und sah Andrej aus misstrauisch zusammengekniffenen Augen an. Nicht sehr freundlich.

»Also gut«, sagte Andrej. »In einer alten Mühle. Im Keller. Abu Dun ist die Treppe hinuntergefallen. Was zum Teufel *soll das?*«

Die beiden letzten Worte hatte er fast geschrien. Weder Vlad noch Abu Dun zeigten sich davon sonderlich beeindruckt. Das Schwert blieb auf seinem Herzen.

»Auf meinem Schiff«, sagte Abu Dun. »Ich habe dich kampfunfähig gemacht. Wie?«

»Mein Rücken«, antwortete Andrej. »Du hast mir das Kreuz gebrochen.«

Abu Dun nickte fast unmerklich in Vlads Richtung. Der Roma trat zurück, senkte das Schwert und atmete hörbar erleichtert auf.

»Darf ich jetzt aufstehen, oder werde ich geköpft?«, fragte Andrej böse.

»Verzeih«, sagte Vlad. »Aber wir mussten sichergehen, dass du auch wirklich *du* bist.« Er lächelte nervös. »Ich glaube, du bist es.«

»Ich hoffe es wenigstens.« Andrej stand auf. »Eine Weile war ich nicht sicher, ob ich ihn überwinden kann. Er war furchtbar stark.« Schaudernd sah er noch einmal auf Körbers Leiche hinab – oder auf das, was davon noch übrig war; wenig mehr als ein Skelett, an dem noch einige pergamenttrockene Hautfetzen hingen.

»Wie hast du das gemeint: Er muss jahrhundertealt gewesen sein?«, fragte er.

»Die Natur hat sich zurückgeholt, was schwarze Magie ihr jahrhundertelang vorenthalten hat«, antwortete Vlad.

Andrej spürte, dass das die Wahrheit war. Körber war einfach gealtert; in wenigen Sekunden um die ungezählten Jahre, die er der Natur zuvor abgetrotzt hatte. Malthus musste wesentlich jünger gewesen sein, ein Vampyr zwar, der aber trotzdem erst eine normale menschliche Lebensspanne hinter sich hatte.

Er hob sein Schwert auf und schob es in den Gürtel, bevor er sich zu Vlad herumdrehte. »Du weißt eine Menge über …« Vampyre? Dämonen? »… mich.«

Vlad lächelte auf eine sonderbar wissende Art. »Ich sagte dir: Ich kenne all die alten Legenden. Aber ich habe etwas Derartiges noch nie mit eigenen Augen gesehen.«

»Und?«, fragte Andrej. »Habe ich den Test bestanden?«

»Die Legenden erzählen auch von Unsterblichen, die nicht böse sind«, fuhr Vlad unbeeindruckt fort. »Woher sollte ich wissen, zu welcher Art du gehörst?«

Andrej hätte viel dazu sagen können, aber er tat es nicht. Er ging zu Tepesch, drehte ihn auf den Rücken und schlug ihm zwei-, dreimal mit der flachen Hand ins Gesicht, bis der Drachenritter stöhnend die Augen öffnete.

Abu Dun ließ den Morgenstern fallen, zerrte Tepesch hoch und drehte ihm den Arm auf den Rücken; aber nicht, ohne ihn vorher der schrecklichen Dornenhandschuhe beraubt zu haben.

Tepesch keuchte vor Schmerz, aber der einzige Ausdruck, den Andrej in seinen Augen las, war purer Hass.

»Ihr kommt nicht davon«, sagte er gepresst. »Ihr werdet alle sterben. Ich werde mir für euch eine ganz besondere …« Er brach mit einem Schrei ab, als Abu Dun seinen Arm noch weiter verdrehte.

»Frederic!«, herrschte Andrej ihn an. »Wo ist er?«

»Von mir erfahrt ihr nichts!«, antwortete Tepesch.

»Das ist nicht notwendig«, sagte Vlad. »Ich kann euch hinführen.«

»Hast du Mitleid mit ihm?«, fragte Abu Dun.

»Nein. Aber wir haben keine Zeit. Töte ihn meinetwegen, aber tu es schnell.« Er machte eine entsprechende Kopfbewegung. »Der Junge muss in einem der benachbarten Zimmer sein. Alle seine Gäste sind hier oben untergebracht.«

»Fessle ihn.« Andrej gab Abu Dun einen Wink. Der Pirat hielt Tepesch ohne Mühe mit nur einer Hand fest und riss mit der anderen einen Stoffstreifen aus Draculs Bettwäsche, mit dem er seine Handgelenke auf dem Rücken zusammenband. Tepeschs Gesicht war grau vor Schmerz, aber er verbiss sich jeden Laut. Mit einem zweiten, etwas kürzeren Streifen knebelte Abu Dun ihn, dann versetzte er ihm einen Stoß, der ihn nach vorne stolpern und auf die Knie fallen ließ.

»Warum tötest du ihn nicht?«, fragte Vlad. »Sind wir nicht deshalb hergekommen?«

»Später«, antwortete Andrej. »Erst holen wir Frederic.«

Vlad sah nicht überzeugt aus, aber er beließ es bei einem ärgerlichen Blick, packte Dracul bei den gefesselten Händen und stieß ihn grob vor sich her zur Tür. Abu Dun blieb, wo er war.

Vlad und sein Gefangener hatten die Tür erreicht. Während er Tepesch grob gegen die Wand presste, zog er mit der linken Hand den Riegel zurück und öffnete die Tür. Draußen lag ein schmaler, nur von einer einzelnen Fackel erhellter Gang. Er war menschenleer.

Andrej war erstaunt, aber auch alarmiert. Der Kampf zwischen Körber und ihm war alles andere als leise gewesen. Die Wände waren zwar sehr dick, aber die Schreie und das Klirren des aufeinanderprallenden Stahls mussten selbst unten auf dem Burghof noch deutlich zu hören gewesen sein.

»Die zweite Tür«, flüsterte Vlad. Andrej nickte nur, sah sich noch einmal um, machte einen weiteren Schritt und blieb abermals stehen, um sich diesmal ganz herumzudrehen.

»Was ist los?«, fragte Vlad beunruhigt.

Statt zu antworten, machte Andrej nur eine Kopfbewegung in das Zimmer hinter sich. Es war leer. Abu Dun war verschwunden.

»Dieser Narr!«, zischte Vlad. »Er wird sich und alle, die er befreien will, umbringen! Draußen wimmelt es von Soldaten!«

Andrej befürchtete, dass er recht hatte. Nach dem, was er unten im Kerker gesehen hatte, konnte er Abu Dun durchaus verstehen. Aber es blieb Wahnsinn. Selbst wenn es ihm gelang, gute zweihundert Mann – von denen noch dazu etliche schwer verwundet waren – durch den Geheimgang aus der Burg zu schaffen … wohin sollte er sie bringen? Tepeschs Soldaten machten gnadenlos Jagd auf jedes dunkle Gesicht, das sie sahen, und das nächste osmanische Heer war weit weg.

»Er wird es schon schaffen«, sagte er. Es war vollkommen sinnlos, Abu Dun zu folgen. Selbst wenn er ihn eingeholt hätte, wäre es vermutlich unmöglich, ihn von seinem Vorhaben abzubringen. Andrej war mittlerweile sicher, dass der Pirat den Plan im gleichen Moment gefasst hatte, in dem er Draculs Folterkeller das erste Mal betreten hatte.

»Zuversicht.« Vlad schürzte die Lippen. »Davon

könnten wir auch ein wenig gebrauchen, scheint mir.«

Vlad schob Tepesch wie ein lebendes Schutzschild vor sich her, wobei er ihn mit einem Dolch antrieb, dessen Spitze er durch einen schmalen Spalt in seiner Panzerung geschoben hatte. Andrej hoffte, dass Vlad nicht ein wenig zu fest zustieß. Er war immer noch nicht bereit, einen Menschen kaltblütig zu ermorden – nicht einmal ein solches Monster wie Dracul. Es mochte durchaus sein, dass sie ihn noch brauchten, wollten sie lebend hier herauskommen.

Sie erreichten die Tür, die Vlad bezeichnet hatte. Andrej drehte sich noch einmal um und lauschte. Er hörte nichts, und er sah nichts. Sie waren allein. Aber es roch geradezu nach einer Falle.

Andrej schob seine Bedenken beiseite, öffnete die Tür und erkannte, dass er recht gehabt hatte.

Frederic saß auf einem niedrigen Stuhl unter dem Fenster und sah ihn aus starren Augen an. Seine Arme und Beine waren an die Lehnen gefesselt, und er trug einen Knebel im Mund, der ihn wahrscheinlich nur daran hindern sollte, Andrej eine Warnung zuzurufen. Biehler, der letzte der drei Unsterblichen, die in Vater Domenicus' Dienst gestanden hatten, stand hoch aufgerichtet hinter ihm, und Vater Domenicus selbst saß in einem hochlehnigen Sessel und funkelte Andrej zornig an. Auch er war gefesselt: Ein grober Strick um seine Taille verhinderte, dass er aus dem Stuhl fiel. Die Verletzung, die Frederic ihm in Constãntã zugefügt hatte, hatte ihn gezeichnet. Es erschien Andrej wie ein Wunder, dass er überhaupt noch lebte. Im Raum waren außer ihnen acht Armbrustschützen, die mit ihren Waffen auf Andrej zielten.

Vielleicht hätte er es trotzdem riskiert, sich zurückzuwerfen und eine Flucht zu versuchen, selbst auf die Gefahr hin, von einigen der Geschosse getroffen zu werden. Doch in diesem Moment traten Vlad und Tepesch hinter ihm ein. Andrej stolperte einen weiteren Schritt in den Raum hinein. Einer der Armbrustschützen verlor die Nerven und feuerte seine Waffe ab, ohne jedoch zu treffen. Der Bolzen fuhr mit einem dumpfen Laut unmittelbar neben Andrejs Schulter in den Türrahmen, doch Vater Domenicus riss die Hand in die Höhe und dröhnte scharf: *»Nein!«*

Die übrigen Männer schossen nicht, aber ihre Finger blieben auf den Abzügen, während ihr Kamerad hastig seine Waffe nachlud. Andrej erstarrte. Domenicus beugte sich in seinem Stuhl vor, soweit es der Strick um seine Taille zuließ.

»Das ist sehr klug von dir«, sagte er. »Ich weiß, wie schnell du bist. Aber wie du siehst, beschützt mich nicht nur Gott der Herr, sondern auch eine Anzahl tapferer Männer. Sei versichert, dass sie wissen, was sie zu tun haben.«

Er starrte Andrej an und wartete ganz offensichtlich auf eine Antwort. Andrej tat ihm den Gefallen nicht, aber er erwiderte Domenicus' Blick so fest, wie er konnte. Domenicus' Augen flammten vor Hass, aber das war längst nicht alles, was Andrej darin las.

Viel stärker war die Verbitterung und ein Zorn, der mindestens so groß war wie sein Hass. Domenicus' Gesicht war von tiefen Linien zerfurcht, die Schmerz und Krankheit darin hinterlassen hatten. Seine Haut hatte einen ungesunden, talgigen Glanz. Der Mann litt schlimmer, als Andrej sich vielleicht vorstellen konnte.

»Du schweigst«, fuhr Domenicus fort. Es klang ein bisschen enttäuscht. Schließlich stemmte der Kirchenfürst sich in die Höhe, wobei er nur die Arme zu Hilfe nahm.

»Ihr hattet recht, Fürst«, fuhr er in verändertem Ton, und nicht mehr an Andrej gewandt, fort. »Ich muss wohl Abbitte leisten, dass ich an Eurer Einschätzung gezweifelt habe. Ich hätte nicht gedacht, dass er imstande wäre, Körber zu besiegen.«

»Ich erkenne einen Krieger, wenn ich ihn sehe.« Vlad trat einen Schritt zur Seite, durchtrennte Tepeschs Handfesseln mit einem schnellen Schnitt und bewegte sich hastig weiter, als ihm klar wurde, dass er in direkter Schusslinie eines der Armbrustschützen stand.

»Vlad?«, murmelte Andrej. »Du bist …«

»Fürst Vladimir Tepesch der Dritte Draculea«, sagte Vlad mit einer spöttischen Verbeugung.

Tepesch – der falsche – riss mit einer zornigen Bewegung den Knebel herunter, holte aus und schlug Andrej den Handrücken ins Gesicht.

»Vlad!«, sagte Vlad Dracul scharf. »Nicht jetzt. Du wirst Zeit und Gelegenheit genug bekommen, dir Genugtuung zu verschaffen, aber nicht jetzt.« Er machte eine befehlende Geste. »Jetzt geh und suche nach diesem Sklavenjäger, bevor er am Ende noch wirklichen Schaden anrichtet.«

Der falsche Drachenritter fuhr herum und verschwand. Tepesch sah ihm kopfschüttelnd nach, dann streckte er den Arm aus und nahm Andrej das Schwert aus den Händen. »Du gestattest? Ich habe schließlich gesehen, was du damit anzurichten vermagst.«

Andrej ließ es widerstandslos geschehen. Er hätte Tepesch selbst jetzt noch töten können, aber das hätte sein sofortiges Ende bedeutet wie auch das von Frederic.

»Es ist schade um Körber«, fuhr Vater Domenicus fort. »Er hat mir lange und treu gedient. Gott der Herr wird sich seiner Seele annehmen. Er wird seinen gerechten Lohn bekommen.«

»Da bin ich sicher«, sagte Andrej. »Falls es so etwas wie einen Gott gibt, werdet ihr beide bekommen, was euch zusteht.«

Domenicus sah ihn aus glitzernden Augen an, aber die erwartete Reaktion blieb aus. Andrej sah, wie sich Biehler spannte, die Hände aber wieder sinken ließ.

»Du kannst den Namen des Herrn nicht beschmutzen«, sagte Domenicus. »Eine Kreatur des Teufels wie du.«

»Hör mit dem Gerede auf, Domenicus«, sagte Andrej kalt. »Was willst du? Mich töten? Dann tu es, aber erspare mir die Qual, mir vorher dein Geschwätz anhören zu müssen.«

»Töten?« Domenicus machte ein Gesicht, als käme ihm dieser Gedanke jetzt zum ersten Mal. »Ja, das werde ich. Und sei versichert, dass ich mich dieses Mal mit eigenen Augen davon überzeugen werde, dass du tot bist. Du wirst brennen, Hexer.«

Er deutete auf Frederic. »Zusammen mit diesem vom Teufel besessenen Kind.«

»Nicht so schnell, Vater«, mischte sich Tepesch ein. »Wir haben eine Vereinbarung.«

In Domenicus' Augen blitzte es auf. »Eine Vereinbarung? Er hat einen meiner besten Männer getötet!«

»Zwei, um genau zu sein«, verbesserte ihn Tepesch. »Und sie haben es verdient. Ein Krieger, der sich töten lässt, ist nichts wert. Ich habe Euch gewarnt.« Er schüttelte den Kopf. »Delãny gehört mir!«

Der Ausdruck in Domenicus' Augen war blanker Hass. »Ihr wisst nicht, mit wem Ihr sprecht!«

»Mit einem Vertreter der Heiligen Römischen Inquisition«, antwortete Tepesch mit einem spöttischen Kopfnicken. »Aber Rom ist weit, und die Kirche hat hier nur so viel Macht, wie ich es ihr zugestehe. Was würden Eure Brüder in Rom wohl sagen, wenn sie erführen, wen Ihr in Euren Diensten habt, Vater?«

»Überspannt den Bogen nicht, Tepesch«, sagte Domenicus. »Ich bin Euch zu Dank verpflichtet, aber jede Verpflichtung hat ihre Grenzen.«

»Ich habe nicht vor, Euch zu bedrohen«, antwortete Tepesch lächelnd. »Ich erinnere nur an das Abkommen, das wir getroffen haben.« Er deutete auf Frederic, dann auf Andrej. »Ihr bekommt den Jungen, ich ihn.«

»Lasst Frederic da raus«, sagte Andrej rasch. »Das ist eine Sache zwischen dir und mir, Domenicus.«

»Keineswegs«, antwortete der Inquisitor. »Das war es vielleicht – bevor mir dieses *unschuldige Kind* das Rückgrat zerstört hat.«

»Du willst also Rache«, sagte Andrej.

»Nein«, antwortete Domenicus. »Der Junge ist vom Teufel besessen, genau wie du und eure ganze verruchte Sippe. Aber er ist noch ein Knabe. Das Böse hat seine Seele berührt, aber noch ist sie nicht vollends verloren. Ich werde ihn mit mir nehmen und mit dem Teufel um sein Seelenheil ringen.«

»*Du* sprichst vom Teufel?« Andrej hätte fast gelacht. »Wie viele Menschen hast du umbringen lassen – im Namen Gottes?«

»Das Böse ist stark geworden, und Satan ist listig. Man muss ihn mit Stumpf und Stiel ausrotten.« Domenicus wedelte unwirsch mit der Hand. »Schafft mir diesen Teufel aus den Augen. Und bringt mir meine Medizin, ich habe Schmerzen.«

14

Der Raum war klein und hatte nur ein einzelnes, schmales Fenster, das nicht einmal ausreichte, um eine geballte Faust hindurchzuschieben. Die Tür war massiv genug, um einen Kanonenschuss auszuhalten, und verfügte über eine knapp handgroße Luke in Augenhöhe. Es gab einen Stuhl, ein Bett und einen halb mit Wasser gefüllten Eimer, der als Abort diente. Ein eiserner Ring in der Wand ließ über den Zweck dieses Raumes keinen Zweifel mehr aufkommen.

Andrej wurde jedoch nicht angekettet. Tepesch selbst und ein halbes Dutzend schwer bewaffneter Soldaten hatten ihn hierhergebracht. Er wurde nur grob durch die Tür gestoßen und dann allein gelassen. Nach einer Weile wurde die Klappe in der Tür geöffnet, und ein misstrauisch zusammengepresstes Augenpaar sah zu ihm herein. Zwei Männer betraten seine Zelle und hielten ihn mit den Spitzen ihrer langen Speere in Schach, während ein anderer eine reichhaltige Mahlzeit und einen halben Krug Wein brachte.

Andrej hatte das Gefühl, dass es sich nicht um eine Großzügigkeit Tepeschs handelte, sondern um eine Henkersmahlzeit.

Seine Aussichten, diese Burg lebend zu verlassen, waren nicht gut. Es war nicht das erste Mal, dass er sich in einer scheinbar ausweglosen Situation befand, aber bisher hatte er sich stets befreien können.

Diesmal war es anders. Seine Gegner wussten, wer er war. Vor allem aber wussten sie, *was* er war und was zu leisten er imstande war. Tepesch würde ihn nicht entkommen lassen. Er wunderte sich, dass er überhaupt noch lebte. Körber hatte ihn besiegt. Er war *besser* als er gewesen – und er hätte ihn zweifellos getötet, hätte Vlad – Tepesch! – nicht im letzten Moment in den Kampf eingegriffen.

Als er schwere Schritte draußen auf dem Gang hörte, stand er auf und wich auf die andere Seite seiner Zelle zurück, um den Soldaten die Mühe zu ersparen, ihn mit ihren Speeren vor sich her zu treiben. Doch es waren nicht seine Kerkermeister.

Stattdessen betrat Maria die Zelle.

Andrej konnte nichts anderes tun, als einfach dazustehen und sie anzustarren. Er konnte keinen *klaren* Gedanken fassen. Es war ihm bisher trotz allem gelungen, das Wissen um ihre Nähe zu verdrängen, weil dieser Gedanke zu schmerzhaft gewesen wäre.

Nun aber war sie da.

Sie stand vor ihm, nur noch zwei oder drei Schritte entfernt, so wunderschön, wie er sie in Erinnerung hatte, aber viel zerbrechlicher. Etwas wie eine stille Trauer schien von ihr auszugehen. Nachdem er sie einige Zeit betrachtet hatte, wurde ihm klar, dass sie sich auch körperlich verändert hatte. Ihr Gesicht war schmaler geworden. Er sah eine Andeutung derselben dunklen Linien darin, die er auch in dem ihres Bruders Domenicus entdeckt hatte. Sie hatte körperliche Strapazen hinter sich. Der Weg hierher war nicht leicht gewesen. Und wahrscheinlich war sie ihn nicht freiwillig gegangen.

»Maria …«, begann er.

»Nein!« Ihre Stimme war leise, brüchig, aber sie klang gleichzeitig so scharf, dass er verstummte. »Sag nichts. Domenicus weiß nicht, dass ich hier bin, und er darf es auch nicht erfahren. Ich habe nicht viel Zeit.«

Da war etwas in ihrer Stimme, das ihn erschreckte. Und etwas in ihrem Blick. Er blieb stehen, aber es fiel ihm schwer, sie nicht in die Arme zu schließen, ihre süßen Lippen zu schmecken. Alles, was zwischen Constãntã und jetzt geschehen war, schien nicht mehr da zu sein, als hätte jemand die Zeit dazwischen einfach ausgelöscht.

»Ist es wahr?«, fragte Maria. Vielleicht waren es Tränen, die er in ihren Augen schimmern sah. Vielleicht auch nicht.

»Was?«

»Was Domenicus mir erzählt hat«, antwortete sie mühsam. »Dass du … ein Hexer bist?«

»Das hat er gesagt?«

»Nicht dieses Wort«, antwortete Maria. »Aber er hat mir gesagt, dass du mit dem Teufel im Bunde bist. Dass du schwarze Magie praktizierst und … und dass man dich nicht töten kann.«

»Das glaubst du?« Andrejs Gedanken drehten sich wild im Kreis. Er weigerte sich zu glauben, was er hörte, und er weigerte sich noch viel mehr zu glauben, was er in Marias Augen las. Es war unmöglich. Es *durfte* nicht sein! Nicht das.

»Ich weiß nicht mehr, was ich noch glauben soll«, antwortete Maria. »Ich weiß, was ich gesehen habe.«

»Und was ... hast du gesehen?«, fragte Andrej stockend. Er machte einen halben Schritt auf sie zu und blieb sofort wieder stehen, als er sah, dass sie instinktiv vor ihm zurückwich. Wenn es etwas gab, das noch schlimmer war als der Ausdruck in ihrem Blick, dann die Vorstellung, dass sie Angst vor ihm haben könnte.

»Der Junge. Frederic. Biehler hat ihn mit einem Messer geschnitten. Die Wunde hat sich wieder geschlossen. Vor meinen Augen. Es war Zauberei. Hexenwerk.«

»Das hat nichts mit Zauberei zu tun«, sagte Andrej, aber Maria hörte ihn gar nicht.

»Du bist genauso wie er, nicht wahr?« Marias Augen färbten sich noch dunkler. Etwas in Andrej schien zu zerbrechen, als er begriff, dass sie tatsächlich Angst vor ihm hatte. Das war das Schlimmste. Er hätte mit dem Gedanken leben können, sie niemals wieder zu sehen. Er hätte vielleicht sogar noch damit leben können, zu wissen, dass sie seine Liebe nicht erwiderte. Aber die Vorstellung, dass sie ihn fürchten könnte, war unerträglich.

»Ja«, sagte er. »Aber ich bin nicht ...«

»Also ist es wahr. Ihr seid mit dem Teufel im Bunde.«

»Ich weiß nicht, ob es einen Teufel gibt«, antwortete Andrej. »Aber selbst wenn, haben Frederic und ich nichts mit ihm zu schaffen. Ich könnte dir erklären, was wir sind. Ich hätte es längst tun sollen, aber ich ... ich hatte Angst.«

»Angst?«

»Dass genau das passiert, was jetzt passiert ist«, sagte Andrej. »Dass du es nicht verstehen würdest.« Er hob hilflos die Hände. »Was wir sind, ist so schwer zu erklären. Ich verstehe es ja selbst nicht genau und ...« Er brach ab. Er fühlte sich nicht nur hilflos, er klang auch so.

»Maria, bitte«, sagte er verzweifelt. »Wir haben so wenig Zeit, und ich muss dir so viel sagen.«

»Nein«, antwortete Maria. Das Wort traf ihn wie ein Fausthieb, und schlimmer noch war vielleicht das, was sie *nicht* sagte. »Ich will nichts mehr hören. Ich habe es gesehen, und Domenicus ...«

»Dein Bruder«, unterbrach sie Andrej, »ist hundertmal schlimmer als Frederic und ich es jemals sein könnten.« Etwas warnte ihn, weiterzureden. Er spürte ganz deutlich, dass es ein Fehler war, aber zugleich war es ihm vollkommen unmöglich, nicht fortzufahren. Es war, als hätten sich die Worte, einmal aus ihrem Gefängnis befreit, nun vollkommen selbstständig gemacht.

»Er hat Frederics ganze Familie ausgelöscht. Meine gesamte Familie. Das ganze Dorf. Alle. Frederic und ich sind die Einzigen, die übrig sind.«

»Das ist nicht wahr«, sagte Maria. Sie klang eher traurig als erschrocken; als hätte sie etwas gehört, womit sie zwar gerechnet, aber fast flehentlich darauf gehofft hatte, es nicht zu hören. »Diese Menschen wurden fortgebracht, das ist wahr. Aber nur, um über sie zu richten. Um ihren Seelen die Gelegenheit zu geben, sich wieder Gott zuzuwenden.«

»Sie sind tot«, sagte Andrej, so ruhig er konnte. »Sie sind auf Abu Duns Schiff verbrannt, als dein Bruder es anzünden ließ.«

Maria schwieg. Sie starrte ihn an, aber es war Andrej nicht möglich, in ihren Augen zu lesen. Endlich schüttelte sie den Kopf. »Das ist nicht wahr«, sagte sie. »Vielleicht hat es dir der Mohr so erzählt, aber so war es nicht. Mein Bruder ließ das Schiff angreifen, weil er ein Mörder und Dieb ist, der den Tod verdient hat.«

»Tepesch hat sein Schiff verbrannt«, beharrte Andrej. »Auf Befehl deines Bruders, Maria. Verbrennt die Hexen! Das war es, was er gerufen hat!«

»Ein Schiff voller Piraten!«

»Dessen Bauch voller Sklaven war«, fügte Andrej hinzu. »Alle, die aus Constãntã weggebracht wurden. Ich weiß es, Maria. Ich war dabei. Frederic und ich haben es überlebt.«

Marias Blick flackerte. Andrej konnte sehen, dass ein anderer Ausdruck in ihren Augen lag.

»Nein«, sagte sie. »Ich glaube dir nicht. Du lügst. Bruder Biehler hat mich gewarnt. Er hat mir gesagt, dass du versuchen würdest, Zweifel in mein Herz zu säen.«

»Bruder Biehler«, wiederholte Andrej – in einem Ton, für den er sich selbst hasste. »Du weißt, wer er ist?«

»Ein tapferer Mann«, antwortete Maria. »So tapfer wie Körber und Malthus, die du erschlagen hast.«

»In Constãntã hast du noch ein wenig anders über sie gesprochen«, erinnerte Andrej.

»Da wusste ich noch nicht, wer du bist«, antwortete Maria.

»Ich bin …«

»Hör auf!« Maria schlug beide Hände vor die Ohren. »Ich will nichts mehr hören! Schweig!«

»Weil dir nicht gefällt, was du hörst«, sagte Andrej sanft. Er war nicht zornig. Er konnte nicht von Maria erwarten, dass sie ihm glaubte. Nicht jetzt und nicht in dieser Umgebung.

»Weil du lügst!« Maria schrie fast. »Domenicus hat recht! Du bist ein Hexer. Du hast mich verzaubert, schon in Constãntã!«

»Du weißt genau, dass das nicht stimmt«, sagte Andrej leise. Plötzlich musste auch er gegen die Tränen ankämpfen. »Sprich mit Frederic, wenn du mir nicht glaubst.«

»Oder du fragst mich, schönes Kind.«

Maria fuhr erschrocken herum und starrte Vlad an. Er war hereingekommen, ohne dass sie oder Andrej es gemerkt hatten, und Andrej nahm an, dass er auch schon eine Weile draußen auf dem Flur gestanden und ihnen zugehört hatte. Vielleicht von Anfang an.

»Was …?«, begann Maria.

Tepesch unterbrach sie, indem er mit der Hand auf Andrej wies. »Er sagt die Wahrheit. Euer Bruder wusste, dass sich all diese Menschen auf Abu Duns Schiff befanden. Er wollte ihren Tod.«

»Und du hast seinem Wunsch Folge geleistet?«, fragte Andrej.

Tepesch hob die Schultern. »Warum nicht? Ein

Schiff voller Hexen und schwarzer Magier? Wer würde am Wort eines Kirchenmannes zweifeln? Noch dazu eines Inquisitors?«

»Das … das ist nicht wahr«, flüsterte Maria. Dann schrie sie: »Du lügst! Das ist nicht wahr!«

Tepeschs Augen verdunkelten sich vor Zorn. Für einen Moment war Andrej fast sicher, dass er sie schlagen würde. Aber er kam nicht dazu, denn Maria fuhr herum und rannte aus dem Raum.

Dracul sah ihr kopfschüttelnd nach. Als er sich wieder zu Andrej herumdrehte, lächelte er.

»Mach dir nichts daraus, Delãny«, sagte er. »Sie wird sich beruhigen. Sie ist nur ein Weib … und ein verdammt hübsches dazu. Du hast einen guten Geschmack.«

»Nicht, was die Auswahl meiner Freunde angeht«, sagte Andrej.

Tepesch lachte. Er schüttelte den Kopf, drehte sich herum und schloss die Tür. Er wollte nicht, dass jemand sie belauschte.

»Habt Ihr keine Angst, dass ich Euch das Herz herausreißen und vor Euren Augen verspeisen könnte, Fürst?«, fragte Andrej.

»Ehrlich gesagt: nein«, antwortete Dracul. »Ich weiß noch immer nicht genau, was du bist, Andrej, aber eines bist du mit Sicherheit: ein Mann von Ehre.«

»Sei dir da nicht zu sicher«, grollte Andrej.

»Außerdem schuldest du mir ein Leben«, erinnerte Vlad. »Aber ich glaube, daran muss ich dich nicht erinnern.«

Andrej schwieg. Vlad wartete nun bestimmt darauf, dass er ihn fragte, warum er ihm im Kampf gegen den Vampyr beigestanden hatte, aber er sah ihn nur einige Augenblicke lang durchdringend an, dann fragte er: »Was willst du?«

»Warum fragst du nicht zuerst, was ich zu bieten habe?«, gab Vlad zurück.

»Und was sollte das sein?«

»Alles«, antwortete Tepesch. Er machte eine Kopfbewegung zu der Tür hinter sich. »Das Mädchen.« Er hob rasch die Hand, als Andrej etwas erwidern wollte. »Du willst sie. Sie ist ein verdammt hübsches Ding – ein wenig jung für meinen Geschmack, aber verdammt hübsch – und du wärst kein Mann, wenn du sie nicht begehren würdest.«

»Sprich nicht so über sie!«, sagte Andrej zornig.

Tepesch lächelte. »Du willst sie haben. Ich kann sie dir geben.«

»Spar dir deinen Atem, Tepesch«, sagte Andrej wütend. Er musste sich beherrschen, um sich nicht auf diesen gottverdammten Fürsten zu stürzen und ihn totzuprügeln.

»Der Junge«, fuhr Tepesch ungerührt fort. »Biehler. Oder wie wäre es mit Vater Domenicus' Kopf, auf einem Silbertablett?«

Andrej wusste nicht, was ihn mehr erschütterte: der amüsierte Klang von Tepeschs Stimme oder die Gewissheit, dass Dracul ihm diesen Wunsch erfüllen würde, ohne auch nur eine Sekunde zu zögern, sollte er ihn wirklich äußern. Er schwieg.

Tepesch seufzte. »Du bist ein anspruchsvoller Gast,

Andrej Delãny«, sagte er. »Es ist wirklich nicht leicht, dich zufrieden zu stellen. Aber vielleicht hätte ich doch noch etwas, das ich bieten könnte. Dein Freund, dieser Mohr …« Er tat so, als hätte er Mühe, sich des Namens zu erinnern. »Abu Dun?«

»Was ist mit ihm?«, entfuhr es Andrej.

Tepesch lächelte flüchtig. Er schien zu spüren, dass Andrej diese Frage fast gegen seinen Willen entschlüpft war. »Ich fürchte, er ist uns entkommen«, sagte er. »Zusammen mit einigen anderen Gefangenen. Nicht vielen. Vielleicht zwanzig oder dreißig. Wir werden sie wieder einfangen, das steht außer Zweifel. Ich kann die Jagd auf ihn natürlich auch einstellen lassen. Das liegt ganz bei dir.«

»Was stört mich dieser Heide?«, fragte Andrej. Tepeschs Blick nach zu urteilen log er nicht überzeugend. »Was verdammt noch mal *willst du* von mir?«

»Dich«, antwortete Dracul. »Dein Geheimnis, Vampyr. Ich will so werden wie du.«

»Das ist unmöglich«, antwortete Andrej. Er war nicht wirklich überrascht. Jeder, der sein Geheimnis erfuhr, stellte früher oder später diese Forderung. »Und selbst wenn es nicht so wäre …«

»… würdest du lieber sterben, ehe du mich ebenfalls zu einem Unsterblichen machen würdest, ja, ja, ich weiß.« Tepesch klang gelangweilt. »Wir haben dieses Gespräch schon einmal geführt … oder sagen wir: *Du* hast es geführt, mit Vlad.«

»Vlad?«

»Mein treuer Diener, der dann und wann in meine Rolle schlüpft. Er heißt tatsächlich so. Das ist einer der Gründe, aus denen ich ihn ausgewählt habe. Menschen hängen an ihren Namen. Manchmal kann ein Zögern von der Dauer eines Lidzuckens über die Glaubhaftigkeit einer Lüge entscheiden.«

»Du bist ein Lügner«, beharrte Andrej. »Warum sollte ich dir trauen?«

»Weil du gar keine andere Wahl hast«, antwortete Tepesch. »Und weil ich dir das Leben gerettet habe.«

Wieder wartete er einen Moment vergeblich auf eine Antwort. Er ging zur Tür, sah durch die vergitterte Klappe hinaus und bewegte sich schließlich zum Fenster, alles auf eine Art, die Andrej klarmachte, wie sehr er darauf wartete, dass Andrej von sich aus eine Frage stellte.

Andrej dachte nicht daran. Er bedauerte es bereits, überhaupt mit ihm gesprochen zu haben. Was für Draculs Doppelgänger galt, das galt für den wirklichen Vlad Tepesch umso mehr: Er war ein Mann, dessen Redegewandtheit seiner Grausamkeit kaum nachstand. Es war gefährlich, sich mit diesem Mann auf eine Diskussion einzulassen. Dracul hatte die unheimliche Fähigkeit, einen vergessen zu lassen, was für ein Ungeheuer er war.

Nach einer Ewigkeit fuhr Tepesch in vollkommen verändertem Ton, leise, fast wie an sich selbst gewandt, fort: »Wie lange kennen wir uns, Andrej Delãny? Du glaubst, wenige Tage, habe ich recht? Aber das stimmt nicht.«

Er drehte sich um, schüttelte den Kopf und lehnte sich neben dem Fenster gegen die Wand.

»Ich kenne dich erst seit wenigen Tagen, aber ich

weiß seit langer Zeit, dass es Menschen wie dich gibt.« War es Zufall, dachte Andrej verwirrt, dass er den Begriff *Menschen* benutzte – oder auch jetzt wieder nur Berechnung? »Und seit ich von euch weiß, bin ich auf der Suche nach euch. Du hast mich als Vlad, den Zigeuner, kennen gelernt, und es ist mehr von ihm in mir, als du vielleicht ahnst. Ich bin ein Herrscher. Ein Krieger wie du, Andrej. Ich beherrsche dieses Land, und ich bin der Herr über Leben und Tod all seiner Bewohner. Aber eigentlich gehöre ich nicht hierher. Mein Leben lang war ich auf der Suche, Delãny. Auf der Suche nach meiner wahren Bestimmung und nach meinem Volk. Jetzt habe ich es gefunden.«

»Bist du deshalb zu einem solchen Ungeheuer geworden?«, fragte Andrej.

»Du hältst mich für ein Ungeheuer?« Tepesch wirkte nachdenklich. »Ja, ich glaube, viele halten mich dafür. Vlad, den Pfähler – so nennen sie mich, glaube ich.«

»Das habe ich auch gehört«, sagte Andrej spöttisch. »Obwohl ich mir gar nicht vorstellen kann, wieso.«

»Hast du dich nie gefragt, warum ich das tue?«, fragte Tepesch.

»Weil du krank bist?«, schlug Andrej vor.

»Weil Schmerz der Schlüssel ist«, antwortete Tepesch. »Vlad, der Zigeuner, hat die Wahrheit gesagt, als er behauptet hat, alles über dein Volk zu wissen, was es zu wissen gibt, Delãny. Es ist der Tod, der einen Menschen zu dem macht, was ihr seid. Tod und

Schmerz. Nur wer die vollkommene Qual kennen gelernt und den Tod berührt hat, kann die Unsterblichkeit erringen.«

Andrej starrte sein Gegenüber vollkommen fassungslos an. »Das ist …«

»… die Wahrheit!«, unterbrach ihn Tepesch. »Und du weißt es! So wurdest du zu dem, was du bist, und der Junge auch. Du wurdest krank und bist gestorben, und Frederic wurde schwer verbrannt, bevor er starb. Ihr beide wart dem Tode so nahe, wie es nur möglich ist. Das ist das Geheimnis! Deshalb erforsche ich den Schmerz! Wann ist ein Mensch dem Tode näher als im Augenblick der höchsten Qual, wenn er sich wünscht, zu sterben, um endlich erlöst zu werden – und sich zugleich noch immer an das Leben klammert, trotz aller Qual, trotz aller Furcht und Verzweiflung? Wann sind Leben und Tod enger beisammen als in diesem Moment?«

Andrej war erschüttert. Aus Tepeschs Worten sprach nichts anderes als der blanke Wahnsinn, aber zugleich auch eine grässliche Wahrheit.

»Wie viele Menschen hast du deshalb zu Tode gequält, du Wahnsinniger?«, fragte er.

»Welche Rolle spielt das?«, fragte Tepesch. »Wie viele Männer hast du getötet, Delãny?«

»Das ist etwas anderes«, sagte Andrej, aber Tepesch lachte nur. Wann hatte es je Sinn gehabt, mit einem Wahnsinnigen zu diskutieren?

»Ach?«, fragte Tepesch. »War es das? Natürlich, es ist etwas anderes, es selbst zu tun, und Ausreden und Gründe sind schnell zu finden. Du bist nicht besser als ich, Delãny. Wir beide haben Menschen getötet, und es spielt keine Rolle, warum wir es getan haben. Sie sind tot, das allein zählt.«

»Dann habe ich einen Vorschlag für dich«, sagte Andrej böse. »Lass uns zusammen in deinen Folterkeller gehen, und wir finden heraus, ob du recht hast.«

»Du glaubst, ich würde den Schmerz fürchten?« Tepesch lachte. »Du Dummkopf! Wie könnte ich zu einem Meister der Pein werden, ohne sie zu kennen und zu lieben?« Er zog einen schmalen, doppelseitig geschliffenen Dolch aus dem Gürtel, schlug den linken Ärmel seines weißen Hemdes hoch und begann, einen doppelt fingerbreiten Streifen Haut von seiner Schulter bis zum Ellbogengelenk abzuschälen. Seine Mundwinkel zuckten vor Qual, aber über seine Lippen kam nicht der mindeste Schmerzenslaut.

»Du bist ja wahnsinnig«, flüsterte Andrej.

»Vielleicht«, sagte Tepesch. Hellrotes Blut lief an seinem Arm hinab und tropfte am Handgelenk hinunter zu Boden. Er lachte. Langsam steckte er das Messer ein und kam näher.

»Aber was ist schon Wahnsinn? Was ist ein Menschenleben wert, Delãny? Ist dein Leben mehr wert als meines, oder meines weniger als das deines Freundes?« Er schüttelte heftig den Kopf. »Hattest du ein größeres Recht zu leben als der Mann, vor dem ich dich gerettet habe?«

Andrejs Hände begannen zu zittern. Er konnte sich kaum mehr zurückhalten, sich auf Tepesch zu stürzen, die Hände um seinen Hals zu legen und zuzudrücken. Nein. Mehr. Plötzlich erwachte eine düstere, furchtbare Gier ihn ihm. Er wollte …

… ihn packen. Ihn an sich reißen und die Zähne in seinen Hals schlagen. Seine Haut und sein Fleisch zerreißen und sein süßes Blut trinken, das verruchte Leben aus seinem Leib saugen, um …

Es kostete ihn unvorstellbare Mühe, einfach stehen zu bleiben. Dracul stand jetzt fast unmittelbar vor ihm. Der Geruch seines Blutes, süß, klebrig, düster und zugleich unvorstellbar verlockend, schien überall zu sein, trieb ihn fast in den Wahnsinn. Er hob die Hände, unfähig, die Bewegung zu unterdrücken. Tepeschs Gesicht verschwamm vor seinen Augen. Speichel sammelte sich unter seiner Zunge und lief in dünnen, klebrigen Fäden aus seinen Mundwinkeln und an seinem Kinn hinab. Er vernahm einen tiefen, dumpfen Laut, ein Geräusch wie das drohende Knurren eines Wolfes, und er begriff mit ungläubigem Entsetzen, dass dieser Laut aus seiner eigenen Kehle kam. Tepeschs Augen leuchteten auf, und Andrej packte ihn, riss ihn mit brutaler Kraft an sich, seine Zähne näherten sich seiner Kehle –

Und dann stieß er Tepesch mit solcher Gewalt von sich, dass er quer durch den Raum geschleudert wurde und so wuchtig gegen die Wand neben der Tür prallte, dass er mit einem Schmerzensschrei zu Boden ging.

Auch Andrej taumelte rücklings gegen die Wand und sank zitternd in die Knie. In ihm tobte ein Kampf. Die Gier war noch immer da, schlimmer als je zuvor, ein tobendes Ungeheuer, das seinen Willen zu einem wimmernden Nichts degradierte und für nichts anderes Platz ließ als den Wunsch – *den Befehl!* –, sich auf Tepesch zu stürzen und ihn zu zerreißen. Eine Gier, die ihn entsetzte und erschreckte und ihn vor Ekel aufschreien ließ. Er nahm seine Umgebung wie durch einen blutigen Nebel wahr. Von weit her sah er, wie die Tür aufgestoßen wurde und Männer hereingestürmt kamen, angelockt durch seinen eigenen und Tepeschs Schrei. Dracul rief etwas, was er nicht verstand, und die Männer blieben stehen, dann senkte sich der rote Nebel auch über diese Bilder, und er trieb durch eine brodelnde Unendlichkeit, die aus nichts anderem als schierer Qual und unbefriedigter Gier zu bestehen schien.

Schließlich obsiegten Erschöpfung und Schwäche. Er sank zurück, und das brodelnde Feuer in seinem Inneren erlosch, weil es sich selbst verzehrt hatte. Die Anstrengung, den Kopf zu drehen und die Lider zu heben, überstieg den winzigen Rest von Kraft, der noch in ihm war.

Tepesch lag neben ihm auf den Knien. Die große Wunde auf seinem Arm blutete noch immer; es konnte nicht viel Zeit vergangen sein. Sie waren wieder allein. Andrej sah aus den Augenwinkeln, dass die Tür offen stand, aber die Wachen waren fort.

»Warum wehrst du dich?«, fragte Tepesch. »Warum weigerst du dich, anzunehmen, was du bist?«

»Du … Narr«, murmelte Andrej. »Willst du … sterben? Geh … solange du es … noch kannst.«

»Du brauchst keine Furcht zu haben«, sagte Tepesch. »Dem Jungen wird nichts geschehen, und dir auch nicht. Ich habe meinen Männern befohlen, euch gehen zu lassen, sollte ich sterben.«

Andrej antwortete nicht. Er konnte es nicht. Schwäche hüllte ihn ein wie etwas Schweres, Greifbares, etwas, das ihn in einen Abgrund reißen und verzehren wollte. Und in ihm, tief, unendlich tief in ihm, war noch immer diese fürchterliche Gier, etwas, vor dem er entsetzliche Angst und noch größeren Abscheu empfand und das doch zu ihm gehörte.

Tepesch stand auf und entfernte sich ein paar Schritte. Andrej hörte ein Scharren, dann das Reißen von Stoff.

Es verging eine geraume Weile, bis er sich aufsetzen und Tepesch ansehen konnte, ohne Gefahr zu laufen, sich sofort auf den Fürsten zu stürzen und ihm den Kehlkopf durchzureißen.

Tepesch hatte sich auf einen Stuhl sinken lassen und ein paar Streifen aus seinem Hemd gerissen, um sich selbst einen notdürftigen Verband anzulegen. Obwohl die Wunde nicht sehr tief war, war sie doch großflächig und blutete stark, denn auch der Verband hatte sich bereits wieder dunkelrot gefärbt. Als er Andrejs Blick auf sich ruhen spürte, drehte er sich zu ihm herum und lächelte dünn.

»Verzeiht meine Schwäche, Delãny«, sagte er spöttisch. »Aber meine Wunden heilen nicht ganz so schnell wie Eure.«

Andrej richtete sich mühsam auf, musste sich aber sofort wieder gegen die Wand in seinem Rücken sinken lassen. Er fühlte sich matt und ausgelaugt, als hätte er den schwersten Kampf seines Lebens hinter sich. Vielleicht traf das ja auch zu.

»Warum?«, murmelte er schwach.

»Weil ich dich brauche, du Narr!«, antwortete Tepesch heftig. »Und du mich!«

»Ich brauche dich nicht«, murmelte Andrej. »Ich brauche nicht einmal dein Blut!«

Tepesch lachte. »Ich habe alles, was du willst«, sagte er. »Den Jungen. Domenicus. Seine Schwester! Willst du Biehlers Kopf? Du kannst ihn haben.«

»So weit waren wir schon«, sagte Andrej müde.

»Und wir werden noch oft so weit sein, bis du begreifst, dass wir einander brauchen!«, antwortete Tepesch. »Ich habe alles, was du willst! Ich könnte dir drohen, aber das will ich nicht. Ich will, dass du freiwillig zu mir kommst.«

»Warum? Um dich unsterblich zu machen? Damit du weitere hundert Jahre lang Menschen schinden kannst?«

»Das bräuchte ich nicht mehr, würde ich dein Geheimnis kennen«, antwortete Tepesch. »Ist das alles, was du willst? Dass der Pfähler aufhört zu pfählen? Du hast mein Wort. Reite an meiner Seite, Delãny, und es wird keine Pfähle mehr geben! Wozu brauche ich den Schmerz, wenn ich dich habe?«

»Und wozu?«

»Du hast es gesehen«, antwortete Tepesch. »Du und ich, wir können dieses Land von der Geißel der türkischen Invasion befreien. Wir können die christlichen Heere gemeinsam anführen. Du hast mit eigenen Augen gesehen, wie wir die Heiden in die Flucht geschlagen haben.«

»Du kämpfst für das Christentum? Wer soll dir das glauben?«

»Es spielt keine Rolle, warum ich es tue«, sagte Tepesch zynisch. »Und wenn ich weitere Menschen töte – was stört es dich? Wie viele kann ich töten, selbst in hundert Jahren? Fünftausend? Das ist nichts gegen die Opfer, die auch nur eine einzige Schlacht kostet.«

»Dann nimm die Verbündeten, die du schon hast«, sagte Andrej.

»Ich will sie nicht!«, sagte Tepesch mit unerwartetem Nachdruck. »Du hältst mich für böse? Du kennst Domenicus nicht und dieses … Ungeheuer, das an seiner Seite reitet. Selbst ich habe Angst vor ihnen.«

»Wie furchtbar«, sagte Andrej.

»Sie glauben mich zu brauchen«, fuhr Tepesch unbeeindruckt fort. »Wenn das nicht mehr so ist, werden sie mich töten. Oder ich sie.«

»Und was wäre anders, wenn ich an deiner Seite reiten würde?«

Tepesch starrte ihn eine Weile wortlos an, dann stand er mit einem so plötzlichen Ruck auf, dass Andrej zusammenschrak.

»Du willst einen Vertrauensbeweis?«, fragte er. »Also gut. Du wirst ihn bekommen. Morgen früh, bei Sonnenaufgang.«

15

Gegen jede Erwartung fand er in dieser Nacht nicht nur Schlaf, sondern erwachte auch mit einem Gefühl von Stärke und ohne die mindeste Erinnerung an einen Alptraum. Der Kampf, den er ausgefochten hatte, hatte ihn offenbar so erschöpft, dass er dafür keine Kraft mehr übrig gehabt hatte.

Ihm wurde ein Mahl gebracht, dass eines Fürsten würdig gewesen wäre. Er verzehrte es bis auf den letzten Rest und wunderte sich dabei ein wenig über sich selbst; nicht nur über seinen Appetit, sondern auch über die fast unnatürliche Ruhe, die ihn erfüllte. Er sollte entsetzt sein; zumindest empört, aber er fühlte im Grunde gar nichts; allenfalls eine vage Trauer, wenn er an Maria dachte.

Als die Sonne aufging, hörte er Schritte draußen auf dem Flur. Die Tür wurde aufgerissen und zwei Bewaffnete traten herein. Sie sagten nichts, aber Andrej wusste, dass sie gekommen waren, um ihn abzuholen; er hatte Tepeschs Worte vom vergangenen Tag nicht vergessen. Einen Vertrauensbeweis …

Noch etwas hatte sich geändert. Während Andrej aufstand und den Soldaten auf den Flur folgte, beobachtete er sich selbst dabei, die beiden Männer kühl nach ihrer Gefährlichkeit einzuschätzen. Ein Teil von ihm schätzte ihre Bewaffnung, ihre Aufmerksamkeit und die Art ihrer Bewegungen ein und überlegte im nächsten Schritt, wie er sie am schnellsten und mit dem geringsten Risiko ausschalten konnte.

Er erschrak vor sich selbst, aber der Gedanke blieb. Als die Männer hereingekommen waren, hatte er eine deutliche Anspannung verspürt, die nun verflogen war – weil er begriffen hatte, dass sie für ihn keine Gefahr darstellten. Etwas war mit ihm geschehen. Er wusste nicht, was, aber es machte ihm Angst.

Draußen auf dem Gang warteten vier weitere Männer auf ihn, die sich zu einer schweigenden, aber sehr nervösen Eskorte formierten. Andrej drehte sich nicht einmal zu ihnen herum, aber er spürte die Armbrustbolzen, die auf seinen Rücken gerichtet waren.

Anders als gestern schien Burg Waichs nun voller Leben zu sein. Aus der kalten, dunklen Gruft, in der jeder Schritt unheimlich widerhallte, war ein lauter, lärmender Ort geworden, der von Menschen nur so wimmelte und schon fast beengt schien. Zahlreiche Männer – größtenteils, aber nicht ausschließlich Soldaten – kamen ihnen entgegen.

Auch der Hof war voller Menschen. In der Nähe des Tors war ein mehr als mannshoher Stapel mit Kriegsgerät und Beutegut aufgebaut, und auf den Zinnen flatterten neben Tepeschs schwarz-roter Drachenfahne die erbeuteten Wimpel von Selics zerschlagenem Heer im Wind.

Seine Begleiter stießen ihn grob auf den Hof hinaus und signalisierten ihm, stehen zu bleiben und sich nicht von der Stelle zu rühren. Niemand sprach ihn an; die Männer wichen sogar seinem Blick aus. Wahrscheinlich dachten sie, dass er über den bösen Blick verfüge, überlegte Andrej. Niemand hier hielt ihn für einen normalen Kriegsgefangenen. Offensichtlich hatte sich herumgesprochen, dass Burg Waichs im Moment ganz besondere Gäste beherbergte.

Während er wartete, sah sich Andrej aufmerksam um. Er entdeckte weder einen Scheiterhaufen noch einen der gefürchteten Pfähle, nur in einiger Entfernung stand ein einsamer Käfig, der offenbar zur Aufnahme eines Gefangenen bestimmt, im Augenblick aber leer war: ein Würfel von einem guten Meter Kantenlänge, der mit spitzen, nach innen gerichteten Dornen gespickt war. Daneben standen vier Pferde mit einer sonderbaren und Andrej vollkommen unbekannten Art von Geschirr. Eine große Anzahl Bewaffneter bevölkerte den Hof, hielt aber respektvollen Abstand zu Andrej und seinen Begleitern. Während der Zeit, die Andrej tatenlos warten musste, verließen mehrere Abteilungen Reiter die Burg oder kehrten zurück. Einmal trieben sie eine Gruppe zerlumpter und vollkommen entkräfteter Gefangener – die meisten verletzt – vor sich her. Tepesch hatte die Jagd auf Überlebende des muselmanischen Heers noch nicht einstellen lassen. Während die Männer die Gefangenen mit Stockschlägen und Fußtritten auf eine niedrige Tür zutrieben, die vermutlich zu den Verliesen hinabführte, versuchte Andrej möglichst unauffällig, ihre Gesichter zu erkennen.

»Mach dir keine Sorgen, Delãny«, sagte Tepesch hinter ihm. »Dein muselmanischer Freund ist nicht dabei.«

Andrej ließ ganz bewusst einige Zeit verstreichen, ehe er sich zu ihm umdrehte. Tepesch hatte sich ihm wieder einmal genähert, ohne dass er seine Schritte gehört hatte; etwas, das er offensichtlich gut beherrschte. Er fuhr fort: »Ich habe meinen Männern befohlen, den Mohr und seine Begleiter unbehelligt zu lassen. Nimm es als Zeichen meines guten Willens – und als Anzahlung auf unseren Handel.«

»Ich wüsste nicht, dass wir einen hätten«, sagte Andrej.

Tepesch lächelte flüchtig. Er hatte sich verändert, war nun ganz in Schwarz gekleidet und trug einen einfachen Waffengurt mit einem schlichten, fast zierlichen Schwert um die Hüften. Seltsamerweise sah er dadurch fast gefährlicher aus, als hätte er sich in eine barbarische Rüstung gehüllt.

»Wir werden sehen«, sagte er. Mehr nicht, aber die Worte erfüllten Andrej mit einer unguten Vorahnung. Tepesch drehte sich halb herum, hob die Hand – und nur einen Augenblick später wurde das zweiflügelige Tor des Hauptgebäudes geöffnet, und eine sonderbare Prozession verließ den Ort: Es waren vier von Tepeschs Männern, die eine Art lieblos zusammengezimmerter Sänfte zwischen sich trugen, auf der Vater Domenicus saß. Wie zuvor war er auch jetzt auf seinen Stuhl gebunden, allerdings auf eine Art, die Andrej zweifeln ließ, ob die stabilen Stricke tatsächlich nur seiner Sicherheit dienten oder doch Fesseln darstellten. Biehler, der letzte und wohl auch stärkste seiner drei Vampyrkrieger, folgte ihm. Er trug nicht mehr seine goldfarbene Rüstung, hatte aber ein gewaltiges Schwert im Gürtel, auf dessen Griff seine rechte Hand ruhte. Sein Gesicht war unbewegt, aber es gelang ihm trotzdem nicht ganz, seine Unruhe zu verbergen. Maria und als Letzter Frederic folgten ihm. Es gab keine bewaffnete Eskorte, wie bei Andrej, aber der Hof wimmelte von Soldaten.

»Vater Domenicus!« Tepesch ging dem Inquisitor ein paar Schritte entgegen und bedeutete den Trägern zugleich, die Sänfte abzustellen. »Ich hoffe, Ihr hattet eine angenehme Nacht? Vermutlich wird meine bescheidene Burg Euren Ansprüchen nicht gerecht, worum ich um Vergebung bitte, aber meine Diener haben getan, was in ihrer Macht steht.«

Domenicus spießte ihn mit Blicken regelrecht auf. Ohne auf seine Worte einzugehen, hob er die Hand und deutete anklagend auf Andrej. »Was macht dieser Hexer hier? Wieso liegt er nicht in Ketten?«

»Ich bitte Euch, Vater«, antwortete Tepesch lächelnd. »Habt Ihr so wenig Zutrauen zu den Mauern meiner Burg und den Fähigkeiten meiner Krieger?«

Domenicus antwortete irgendetwas, aber Andrej hörte nicht mehr hin. Er versuchte, Marias Blick festzuhalten, aber sie wich ihm aus und blickte zu Boden. Frederic, der direkt neben ihr stand, war nicht mehr gefesselt. Er sah ihn an, aber sein Blick wirkte eher trotzig, fast schon herausfordernd, auch wenn Andrej sich beim besten Willen keinen Grund dafür denken konnte. Aus Biehlers Augen sprühte die blanke Mordlust. Andrej wollte zu Frederic gehen, aber Tepesch hielt ihn mit einer Handbewegung zurück und schnitt Domenicus mit der gleichen Bewegung das Wort ab.

»Genug, Vater«, sagte er. »Ich weiß, wie ich mit meinen Gefangenen zu verfahren habe.«

»Das will ich hoffen«, antwortete Domenicus. »Wenn Ihr jetzt vielleicht die Güte hättet, mir zu sagen, warum Ihr mich gerufen habt. Ich hoffe, es ist wichtig. Meine Wunde ist noch immer nicht ganz verheilt. Jede Bewegung bereitet mir große Schmerzen.«

»Ich wollte Euch nur eine Frage stellen«, antwortete Tepesch. »Eine ganz einfache Frage, von deren Beantwortung jedoch viel abhängt.«

»Und wie lautet sie?«

»Seht Ihr, Vater …«, Tepesch deutete auf Andrej, »ich hatte gestern Abend ein interessantes Gespräch mit dem Mann, den Ihr so gerne als Hexenmeister bezeichnet.«

Domenicus starrte erst ihn, dann Andrej finster an, und Andrej bemerkte aus den Augenwinkeln, wie sich Biehler spannte und unauffällig einen Schritt näher trat. Als Domenicus nicht antwortete, fuhr Tepesch in einem schärferen Ton fort: »Natürlich gilt mir sein Wort bei weitem nicht so viel wie das eines heiligen Mannes und Kirchenvertreters wie Euch, Vater. Aber ich frage mich doch, ob er vielleicht die Wahrheit sagt.«

»Die Wahrheit worüber?«, fragte Domenicus.

»Dass Ihr mich belogen habt«, antwortete Tepesch hart. »Dass Ihr ein Lügner und Mörder seid, der mich als nützliches Werkzeug für seine verruchten Pläne eingesetzt hat.«

In Domenicus' Augen blitzte es auf. »Was erdreistet Ihr Euch, Fürst?«

»Verbrennt die Hexen!«, antwortete Tepesch. »Das waren doch Eure Worte, nicht wahr? Ich habe sie in dem Moment, als Ihr sie ausspracht, nicht ganz verstanden – ging es doch nur um das Schiff eines berüchtigten Piraten, der die Donau hinauffuhr, um dort Beute zu machen.«

Domenicus starrte ihn finster an und schwieg.

»Von den paar Dutzend Männern und Frauen, die unter Deck angekettet waren, habt Ihr sicherlich nur vergessen mir zu erzählen.«

»Hexen«, antwortete Domenicus hasserfüllt. »Sie waren alle Hexen, mit dem Teufel im Bunde!«

»Dann ... dann ist es wahr?« Maria starrte ihren Bruder aus aufgerissenen Augen an. »Du hast davon gewusst?«

»Sie hatten den Tod verdient«, antwortete Domenicus.

»Sie sind lebendig verbrannt«, fuhr Tepesch fort. »Männer, Frauen und Kinder – mehr als fünfzig Menschen. Ich habe sie verbrannt, Vater Domenicus. Aber ich wusste nicht, dass sie da sind. *Ihr* wusstet es.«

»Sag, dass das nicht wahr ist!«, keuchte Maria. »Sag es!«

Ihr Bruder schwieg, und Tepesch fuhr mit kalter, schrecklich ausdrucksloser Stimme fort: »Ihr seid ein Mörder, Domenicus. Ein gewissenloser Mörder und Lügner. Ich werde Euch zeigen, was ich mit Männern mache, die mich belügen. *Packt ihn!*«

Die beiden letzten Worte hatte er geschrien. Andrej sah, dass Biehler genauso schnell reagierte, wie er es erwartet hatte. Er warf sich mit einer blitzartigen Bewegung nach vorne und zog gleichzeitig sein Schwert aus dem Gürtel.

Doch seine Schnelligkeit nutzte ihm nichts. Mehr als ein halbes Dutzend Armbrustbolzen zischte mit einem Geräusch wie ein zorniger Hornissenschwarm heran. Die meisten Geschosse verfehlten ihr Ziel, weil sich Biehler mit fast übermenschlicher Schnelligkeit bewegte, aber einer der Bolzen traf seine rechte Schulter und riss ihn herum, der zweite bohrte sich in sein Knie und ließ ihn stürzen. Der Vampyr brauchte nur Augenblicke, um die Geschosse herauszureißen und sich von seinen Verletzungen zu erholen, aber dann waren bereits Tepeschs Männer über ihm. Biehler wehrte sich mit verzweifelter Kraft, gegen die vielfache Übermacht kam er nicht an. Das Schwert wurde ihm aus den Händen gerissen, dann wurde er zu Tepesch geschleift und vor ihm in die Knie gezwungen.

»Was soll das?«, schrillte Domenicus. »Was fällt Euch ein?«

Tepesch schwieg. Er machte nur eine herrische Kopfbewegung. Seine Männer rissen Biehler wieder in die Höhe und zerrten ihn quer über den Hof in Richtung des Eisenkäfigs und der Pferde hin. Biehler schien zu ahnen, was ihm bevorstand, denn er bäumte sich auf und wehrte sich mit solch verzweifelter Kraft, dass weitere von Tepeschs Männern hinzueilen mussten, um ihn zu bändigen. Trotz aller Gegenwehr wurden seine Hand- und Fußgelenke mit groben Stricken gefesselt, deren Enden an den Geschirren der Pferde befestigt waren.

»Nein!«, keuchte Domenicus. »Das könnt Ihr nicht tun!«

Tepesch hob die Hand, und die vier Pferde trabten in verschiedene Richtungen an.

Biehler wurde in Stücke gerissen. Maria schrie gellend auf, schlug die Hand vor den Mund und wandte sich würgend ab. Domenicus schloss mit einem unterdrückten Stöhnen die Augen. Einzig Frederic sah dem grausigen Geschehen interessiert zu.

»Erstaunlich«, sagte Tepesch. »Man kann euch also doch töten.« Er wandte sich mit erhobener Stimme an die Männer, die Biehler festgehalten hatten. »Verbrennt ihn. Und bleibt dabei, bis auch wirklich nichts mehr von ihm übrig ist.«

»Du Ungetüm!«, sagte Domenicus hasserfüllt. »Du gewissenloser Mörder! Dafür wirst du büßen!«

»Das glaube ich nicht«, antwortete Tepesch gelassen. »Verbrennt die Hexen – das waren doch Eure Worte oder? Nun, ich tue nichts anderes. Ich lasse einen Vampyr verbrennen. Wollt Ihr mich dafür zur Rechenschaft ziehen?« Er beugte sich so weit vor, dass sein Gesicht beinahe das des Inquisitors berührte. »Dankt Eurem Gott, dass ich nicht dasselbe mit Euch machen lasse, Pfaffe! Ich lasse Euch leben. Seht Ihr diesen Käfig dort?« Er lachte. »Sehen wir doch einfach, wie wichtig Ihr Eurem Herrn im Himmel seid. Wenn Ihr bis Sonnenuntergang noch lebt, seid Ihr frei und könnt gehen, wohin es Euch beliebt.«

»Nein«, murmelte Maria. Sie hatte sich wieder gefangen. Zwar war sie noch immer sehr blass, musste aber nicht mehr mit aller Macht gegen ihre Übelkeit ankämpfen. »Bitte, Fürst! Tut es nicht! Ihr würdet ihn umbringen!«

»Aber mein Kind«, sagte Tepesch kopfschüttelnd. »Sein Schicksal liegt jetzt allein in Gottes Hand!«

»Aber ...«

»Hör auf, Maria«, sagte Andrej. »Verstehst du denn nicht? Je verzweifelter du ihn bittest, desto mehr Freude bereitet es ihm, dich zu quälen.« Er drehte sich zu Dracul um. »Bin ich jetzt an der Reihe?«

Tepesch zog in gespielter Überraschung die Augenbrauen zusammen. »Ihr? Aber mein Freund, ich bitte dich! Das alles habe ich doch schließlich nur getan, um dich von meiner Aufrichtigkeit zu überzeugen!«

»Aufrichtigkeit?«

Tepesch nickte heftig. »Du hattest doch Angst, dass ich mir einen anderen Verbündeten suchen könnte. Nun, jetzt gibt es keinen anderen Verbündeten mehr, nicht wahr?« Er lachte. »Es ist schon seltsam, wie? Da suche ich mein ganzes Leben lang nach jemandem wie dir, und mit einem Male sind beinahe mehr von deiner Art da, als ich verkraften kann.«

»Vielleicht hast du den Falschen hinrichten lassen«, sagte Andrej. »*Ich* werde dir ganz bestimmt nicht helfen.«

»Wir werden sehen.« Tepesch deutete auf Domenicus. »Steckt ihn in den Käfig«, befahl er. »Und hängt ihn in die Sonne. Wir wollen doch nicht, dass er friert.«

»Du Ungeheuer«, murmelte Maria. »Wenn du ihn tötest, dann …«

»Dann?«, fragte Tepesch, als sie den Satz unbeendet ließ. Er wartete vergeblich auf eine Antwort, zuckte schließlich mit den Schultern und machte eine weitere, befehlende Geste. »Bringt sie in ihr Zimmer. Aber seid vorsichtig. Sie ist eine Wildkatze.«

Maria funkelte ihn hasserfüllt an, aber sie gönnte ihm nicht den Triumph, sich gewaltsam von seinen Männern in die Burg schleifen zu lassen, sondern drehte sich herum und verschwand schnell und mit stolz erhobenem Haupt. Auf einen entsprechenden Wink ihres Herrn folgten ihr zwei Soldaten, während sich Tepesch endgültig zu Andrej umdrehte.

»Du siehst, ich stehe zu meinem Wort, Delãny«, sagte er. »Hast du dir mein Angebot also überlegt?«

»Du kennst meine Antwort.« Er deutete auf Domenicus, den Tepeschs Schergen in diesem Moment grob in den Gitterkäfig stießen. »Wenn du ihn wirklich töten lässt, könntest du dir große Schwierigkeiten einhandeln. Die Inquisition ist vielleicht nicht mehr so mächtig, wie sie einmal war, aber Rom wird es trotzdem nicht zu schätzen wissen, wenn seine Abgesandten umgebracht werden.«

»Rom«, antwortete Tepesch betont ruhig, »ist wahrscheinlich froh, einen lästigen und unberechenbaren Patron wie Domenicus auf diese bequeme Weise loszuwerden. Außerdem ist es ziemlich weit weg. Und wer weiß: Vielleicht weht ja in wenigen Jahren schon die Halbmondfahne über Rom?«

»Meine Antwort bleibt nein«, sagte Andrej.

Tepesch seufzte. »Schade. Trotzdem … keine andere Antwort hätte ich dir geglaubt, Delãny. Gottlob bin ich nicht auf dich angewiesen. Mit dir lässt sich nicht gut verhandeln. Du bist zu ehrlich.« Er drehte sich zu Frederic um, sah ihn durchdringend an und fragte: »Sind wir uns einig?«

Einig?!

Frederic schwieg endlose Sekunden. Sein Blick irrte unstet zwischen Tepesch und Andrej hin und her. *Einig?!*

Schließlich nickte er. »Ja.«

»Frederic?«, murmelte Andrej. »Was … bedeutet das?«

Tepesch drehte sich mit zufriedenem Gesichtsausdruck wieder zu ihm um. »Du kannst gehen, Delãny.«

»Wie?«, fragte Andrej verständnislos.

»Du bist frei«, wiederholte Tepesch. »Nimm dir ein Pferd und reite los. Du wirst mir nachsehen, dass ich dir keine Waffe gebe, aber darüber hinaus kannst du dir nehmen, was immer du benötigst.«

»Um wohin zu gehen?«

»Wohin immer du willst«, antwortete Dracul. »Du bist ein freier Mann. Ich liege nicht im Zwist mit dir. Trotzdem bitte ich dich, meine Ländereien zu verlassen.«

Andrej schwieg. Er sah Frederic an, aber der Junge machte noch immer ein verstocktes Gesicht, hielt seinem Blick aber nicht mehr stand, sondern starrte zu Boden und begann nervös mit den Füßen zu scharren.

»Und Maria?«

»Wie ich dir schon sagte: Sie ist mir zu jung. Sie wird eine Weile hier bleiben, bis sie sich beruhigt hat, und danach lasse ich sie an einen Ort ihrer Wahl bringen. Ihr wird nichts geschehen. Du hast mein Wort.«

Andrejs Gedanken rasten. Tepeschs Wort war vermutlich nicht mehr wert als der Schmutz unter seinen Schuhsohlen, aber welche Wahl hatte er als die, sein Angebot anzunehmen? Biehlers Schreie gellten noch immer in seinen Ohren. Der Krieger war nicht zu retten gewesen. Und er war viel *besser* als er gewesen.

»Ich möchte mit Frederic reden«, sagte er. »Allein.«

»Ganz wie du willst.« Tepesch schien einen Moment lang darauf zu warten, dass Frederic und er sich entfernten. Als klar wurde, dass dies nicht geschah, zuckte er mit den Schultern und ging davon.

»Was hat er dir versprochen?«, fragte Andrej.

»Nichts«, antwortete Frederic. Er scharrte noch immer mit den Füßen.

»Frederic!«

Der Junge sah nun doch hoch. Er war blass, und sein Mund war zu einem trotzigen, schmalen Strich zusammengepresst.

»Lass mich raten«, sagte Andrej. »Er hat dir angeboten, mich ungeschoren davonkommen zu lassen, wenn du dafür bei ihm bleibst, habe ich recht?«

»Dich und Maria«, sagte Frederic. »Ja.«

»Und du glaubst ihm?«

»Du kannst gehen, oder?«, fragte Frederic patzig.

»Das ist keine Antwort auf meine Frage«, sagte Andrej. »Glaubst du ihm?«

»Wo ist der Unterschied zu dem, was du getan hast?«, fragte Frederic. »Du warst bereit, dich an Abu Dun zu verkaufen, um mein Leben zu retten. Jetzt tue ich dasselbe für dich.«

»Das *ist* ein Unterschied«, sagte Andrej betont. »Abu Dun war ein Pirat. Ein Mörder und Dieb. Aber Dracul ist … *böse.* Er ist kein Mensch, Frederic.«

»Du meinst, so wie wir?«, fragte Frederic.

»Du glaubst, du wärst ihm gewachsen«, fuhr Andrej fort. Tief in sich spürte er, wie sinnlos es war. Frederic verstand ihn nicht, weil er ihn nicht verstehen *wollte.* Trotzdem fuhr er fort: »Du bist es nicht. Auch ich wäre es nicht, Frederic. Wenn du bei ihm bleibst, dann wird er dich verderben. Es wird nicht lange dauern, und dann wirst du sein wie er.«

Und wenn er es schon war? Andrej versuchte mit aller Kraft, sich dagegen zu wehren, aber plötzlich glaubte er Abu Duns Stimme zu hören, so deutlich, dass er sich um ein Haar herumgedreht hätte, um nachzusehen, ob der Pirat nicht wirklich hinter ihm stand: *Hast du schon einmal daran gedacht, dass es vielleicht Menschen gibt, die schon böse geboren werden?*

»Das werde ich nicht«, widersprach Frederic. »Ich habe keine Angst vor diesem … *alten Mann.* Wenn er mir lästig wird, dann töte ich ihn.« In seinen Augen erschien ein verschlagener Ausdruck. »Wir könnten es gemeinsam tun. Versteck dich ein paar Tage. Sobald ich Tepeschs Vertrauen errungen habe, lasse ich dir ein Zeichen zukommen. Ich lasse dich bei Dunkelheit in die Burg. Wir töten Tepesch und befreien alle Gefangenen.«

Andrej sah ihn lange und voller Trauer an. Dann drehte er sich wortlos um, stieg auf das erstbeste Pferd, das er erreichen konnte, und ritt davon.

16

Er ritt direkt nach Osten. Auf dem ersten Stück bewegte er sich sehr rasch, denn er zweifelte nicht daran, dass Tepesch nicht sonderlich viel Zeit verstreichen lassen würde, bevor er zur Jagd auf ihn blies. Das war auch der Grund, aus dem er sich in östliche Richtung wandte. Hier war das Gelände offen, und es gab kaum Möglichkeiten für einen Hinterhalt oder eine Falle. Allerdings näherte er sich auf diese Weise in direkter Linie dem Schlachtfeld. Obwohl seit dem Kampf Zeit verstrichen war, bestand durchaus noch die Gefahr, auf Männer des Drachenritters zu stoßen.

Erst, als er sich dem Schlachtfeld weit genug genähert hatte und der Wind den ersten Hauch von süßlichem Leichengestank zu ihm tragen konnte, wurde ihm klar, dass er diese Richtung keineswegs zufällig eingeschlagen hatte. Sein Tempo war gesunken. Andrej war nicht gut beraten gewesen, seinem Zorn nachzugeben und sich auf das erstbeste Pferd zu schwingen, das sich ihm dargeboten hatte. Das Tier war in keinem guten Zustand. Seine Kräfte erlahmten rasch. Einen langen Ritt oder gar eine Verfolgungsjagd würde es niemals aushalten. Er würde kämpfen müssen, wahrscheinlich früher, als er erwartete, und so hart wie noch niemals zuvor in seinem Leben. Biehlers Schicksal hatte ihm deutlich vor

Augen geführt, dass Tepesch nicht den Fehler beging, seine Art zu unterschätzen. Die Männer, die er hinter ihm herschicken würde, würden wissen, wie gefährlich er war. Und wie sie ihn töten konnten.

Andrej hatte keine Angst. Er hatte in seinem Leben schon so viele Kämpfe ausgefochten, dass er längst aufgehört hatte, sie zu zählen. So mancher davon war scheinbar aussichtslos gewesen. Und seit gestern Nacht war etwas … mit ihm geschehen. Andrej konnte selbst nicht sagen, was es war, aber es war eine sehr große, tief greifende Veränderung, und sie schien noch lange nicht abgeschlossen zu sein. Als er Körbers Blut getrunken hatte, da war noch etwas in ihn eingedrungen; ein Teil der unmenschlichen Kraft und Schnelligkeit des Vampyrs, und vielleicht etwas von seiner Erfahrung. Körber war tot, unwiderruflich, aber etwas von ihm lebte in Andrej weiter. Er hatte einen weiteren Teil des Geheimnisses gelüftet, das seine Existenz umgab.

Als er Malthus getötet hatte, seinen ersten Unsterblichen, war es nicht so gewesen. Aber Malthus, das hatte er längst begriffen, war noch sehr jung gewesen, alt für menschliche Begriffe, aber jung und möglicherweise unerfahren für einen Vampyr. Andrej erinnerte sich gut an das Gefühl flüchtiger Überraschung, kurz bevor sich sein Geist endgültig aufgelöst hatte – aber da war nichts von der abgrundtiefen Bosheit und Stärke Körbers gewesen. Der zweite Vampyr hätte ihn überwältigt, nicht nur körperlich, sondern auch und vor allem und mit noch viel größerer Leichtigkeit geistig, hätte Tepesch nicht im letzten Moment eingegriffen. Nun aber hatte sich Körbers Kraft zu seiner eigenen gesellt. Die Krieger, die Tepesch hinter ihm hergeschickt hatte, würden möglicherweise eine tödliche Überraschung erleben.

Aber zuerst brauchte er eine Waffe.

Sein Pferd trabte über einen letzten, flachen Hügel, dann lag das Schlachtfeld unter ihm. Der Gestank war grässlich, aber der Anblick war nicht einmal so schlimm, wie er erwartet hatte. Überall lagen Leichen, Menschen und Pferde, in einem wirren Durcheinander, Tausende, wie es schien. Doch nirgends bemerkte er eine Bewegung, abgesehen von einigen Krähen, die sich an dem Fleisch gütlich taten. Es gab keine Soldaten, die auf ihn warteten, und auch keine Plünderer.

Er ritt noch ein kurzes Stück weiter, dann stieg er ab und begann die Toten zu durchsuchen. Während er es tat, kam ihm zu Bewusstsein, dass er sich nicht anders benahm als die Plünderer, für die er nur Verachtung übrig hatte. Aber er hatte keine andere Wahl.

Obwohl Tepeschs Soldaten reichlich Zeit gehabt hatten, alles Brauchbare an sich zu nehmen, fand er eine reiche Auswahl an Waffen. Er wählte ein Schwert, das perfekt in der Hand lag und sich fast wie eine natürliche Verlängerung seines Armes anfühlte, dazu einen runden, sehr leichten Schild und, nach kurzem Zögern, auch Helm und Harnisch eines Toten, der ungefähr seine Größe gehabt hatte. Normalerweise bevorzugte es Andrej, ohne Rüstung zu kämpfen.

Durch ihr Gewicht behinderte sie mehr, als sie schützte, und nahm ihm viel von seiner Schnelligkeit, die vielleicht seine größte Waffe war. Aber dieser Kampf würde nicht nur mit Schwert und Schild ausgefochten werden. Zuvor bedeutete selbst ein Pfeil oder ein Armbrustbolzen für ihn keine ernsthafte Gefahr, aber Körbers Schicksal hatte auf dramatische Weise bewiesen, dass selbst für ihn Angriffe tödlich sein konnten.

Nachdem Andrej seine Ausrüstung noch mit zwei Dolchen vervollständigt hatte, von denen er einen in seinen Gürtel und den anderen in den rechten Stiefel schob, wandte er sich der Mitte des Heerlagers zu. Bisher hatte er es vermieden, in diese Richtung zu sehen, aber nun musste er es.

Obwohl er gewusst hatte, was ihn erwartete, war er vor Grauen wie gelähmt. Wo Selics Zelt gestanden hatte, erhob sich nun ein wahrer Wald von Pfählen. Dreißig, fünfzig, vielleicht hundert oder mehr. Tepesch hatte den Schmerz bis in nie gekannte Tiefen erforscht, nachdem die Schlacht vorüber gewesen war.

Es kostete Andrej unendliche Überwindung, weiterzugehen. Aber er musste es. Es gab noch etwas, das getan werden musste.

Andrej schritt methodisch Pfahl für Pfahl ab. Die meisten Opfer waren längst tot, während der grausamen Prozedur oder gleich danach gestorben, aber einige wenige Unglückliche lebten tatsächlich noch. Andrej erlöste sie mit einem raschen Stich ins Herz von ihren Qualen, und bei jedem Einzelnen hasste er sich mehr dafür, Tepesch nicht getötet zu haben, als er die Gelegenheit dazu hatte, ganz gleich, was danach mit ihm geschehen wäre.

Er war vollkommen erschöpft, als er seine Aufgabe beendet hatte. Er war Krieger. Sein Handwerk war der Tod, und er hatte geglaubt, dass es nichts mehr geben würde, was ihn noch entsetzen konnte, aber das stimmte nicht. Es gab immer eine Steigerung.

Unweit der Stelle, an der Selics Zelt gestanden hatte, ließ er sich zu Boden sinken und lehnte Rücken und Kopf an einen der schrecklichen Pfähle. Er schloss die Augen. Das Schwert in seiner Hand schien von unglaublichem Gewicht zu sein. Wären seine Verfolger in diesem Moment aufgetaucht, er hätte sich wahrscheinlich nicht einmal gewehrt.

Stattdessen hörte er Schritte, und noch bevor er die Stimme hörte, wusste er, dass es Abu Dun war, der auf leisen Sohlen hinter ihm erschien.

»Ich wusste, dass du hierherkommen würdest, Hexenmeister.«

Ohne die Augen zu öffnen, antwortete Andrej: »Nenn mich nicht so, Pirat.«

Abu Dun lachte leise, kam näher und ließ sich mit untergeschlagenen Beinen neben ihn sinken. Erst dann öffnete Andrej die Augen und drehte den Kopf, um den Sklavenhändler anzusehen. Abu Dun wirkte erschöpft, aber er sah überraschend sauber aus, bedachte man, was er hinter sich hatte. Erst danach fiel Andrej auf, dass er auch andere Kleider trug: einen schwarzen Kaftan unter einem gleichfarbenen Mantel und einen ebensolchen Turban. Das Einzige, was nicht schwarz an ihm war, waren seine Zähne und das Weiß seiner Augen.

Andrej drehte den Kopf ein kleines Stück weiter und sah, dass Abu Dun nicht allein gekommen war. In vielleicht zwanzig Schritten Entfernung war eine Anzahl Krieger erschienen. Männer mit dunklen Gesichtern und schmalen Bärten, die fremdländische Kleidung, Krummsäbel und schimmernde runde Schilde trugen. Er war offenbar nicht der Einzige gewesen, der das Schlachtfeld genutzt hatte, um sich neue Waffen zu besorgen.

»Was tust du noch hier, Pirat?«, fragte er müde. »Du hattest wirklich Zeit genug. Du könntest bereits eine Tagesreise weit weg sein.«

»Das war ich, Hexenmeister«, antwortete Abu Dun. »Ich bin zurückgekommen.«

»Dann bist du dumm.«

»Deinetwegen.«

»Dann bist du doppelt dumm«, sagte Andrej. »Verschwinde, solange du es noch kannst. Es wird nicht mehr lange dauern, bis Tepeschs Häscher hier sind.«

»Das waren sie bereits«, antwortete Abu Dun. »Acht Mann, mit Büchsen und Armbrüsten bewaffnet. Sie haben auf dich gewartet.« Er fuhr sich mit der flachen Hand über die Kehle. »Sie sind tot.«

»Anscheinend habe ich ihn schon wieder unterschätzt«, sagte Andrej. »Aber bevor du mich für einen kompletten Narren hältst – ich habe keinen Moment lang geglaubt, dass er mich wirklich gehen lässt.«

»Was mich zu einer Frage bringt, die nicht nur ich mir stelle.«

»Warum ich noch lebe und hier bin, statt auf Tepeschs Folterbank?«

Abu Dun nickte, und Andrej erzählte ihm, was geschehen war. Abu Dun hörte schweigend zu, aber sein Gesicht verdüsterte sich mit jedem Wort, das er hörte.

»Dieses dumme Kind«, sagte er schließlich. »Dracul wird ihn umbringen, sobald er hat, was er von ihm will.«

»Oder begreift, dass er es nicht bekommen kann«, bestätigte Andrej. »Ich muss zurück, Abu Dun. Ich muss Frederic retten.«

»Das wäre nicht besonders klug«, sagte Abu Dun. Er machte eine Kopfbewegung zu den Männern, die mit ihm gekommen waren. »Sultan Mehmed hat mir diese Krieger mitgegeben, damit wir die Lage erkunden. Aber sie sind nur die Vorhut. Sein gesamtes Heer ist auf dem Weg hierher. Mehr als dreitausend Mann. Petershausen wird brennen. Und danach Burg Waichs.«

»Mehmed?« Andrej dachte einen Moment nach, aber er hatte diesen Namen noch nie gehört.

»Sein Heer war auf dem Weg nach Westen, doch als er hörte, was hier geschehen ist, hat er kehrtgemacht. Diese Gräueltat wird nicht ungesühnt bleiben.«

»Die Menschen in Petershausen können nichts dafür«, sagte Andrej. »Sie hassen Tepesch genauso wie du. Oder ich.«

»Ich weiß«, antwortete Abu Dun. »Aber der Angriffsbefehl ist bereits gegeben. Jeder einzelne Mann in Mehmeds Heer hat Vlad Dracul den Tod geschworen. Und wer es noch nicht getan hat, der wird es tun, wenn er das hier sieht.«

Andrej ahnte, wie sinnlos jedes weitere Wort war. Aber er musste es wenigstens versuchen. »Noch mehr Tote«, murmelte er. »Es werden wieder Menschen sterben. Hunderte auf beiden Seiten.«

»So ist nun einmal der Krieg«, sagte Abu Dun.

»Das hier ist kein Krieg!«, widersprach Andrej. »Es geht nur um einen einzelnen Mann!«

»Und um ein Mädchen und einen Knaben?«, fragte Abu Dun.

»Wie meinst du das?«

Abu Dun schwieg einen kurzen Moment. »Wenn Mehmeds Krieger Waichs stürmen, dann werden auch sie sterben«, sagte er. »Du weißt, wie es in solchen Momenten ist. Niemand wird überleben. Ich kann nichts tun, um Mehmed davon abzubringen. Er hat einen heiligen Eid geschworen, nicht eher zu ruhen, bis Tepeschs Kopf auf einem Speer vor seinem Zelt steckt.«

»Du kennst diesen Mehmed?«

»Ich habe mit ihm gesprochen«, bestätigte Abu Dun. »Mehr nicht. Er ist ein aufrechter Mann, aber auch sehr hart. Tepesch wird sterben. Sein Heer wird noch heute hier eintreffen.«

Andrej überlegte. Es gab keine andere Möglichkeit.

»Und wenn Tepesch bis dahin tot wäre?«

»Ich habe befürchtet, dass du das fragst«, seufzte Abu Dun. Aber Andrej wusste, dass das nicht ganz die Wahrheit war. Er hatte es nicht befürchtet. Er hatte es gehofft.

»Das ist keine Antwort.«

»Ich kann sie dir auch nicht geben«, sagte Abu Dun. »Ich kann nicht für Mehmed sprechen. Ich lebe nur noch, weil er mich braucht.«

»Du?«

Abu Dun lachte auf. »Meinst du, wir wären ganz selbstverständlich Brüder, nur weil mein Gesicht schwarz ist und ich einen Turban trage? Bist du hier willkommen, weil dein Gesicht weiß ist?«

»Nein, aber ...«

»Mehmed ist Soldat«, fuhr Abu Dun fort. »Er ist hierhergekommen, um dieses Land zu erobern. Aber ich glaube nicht, dass er Krieg gegen Frauen und Kinder führt.« Er bewegte nachdenklich den Kopf. »Weißt du, warum du noch lebst?«

»Weil nicht einmal der Teufel meine Seele will?«, vermutete Andrej.

»Die Männer wollten dich töten«, sagte Abu Dun ernst. »Sie haben dich am Leben gelassen, als sie sahen, was du getan hast.« Er blickte auf das blutige Schwert hinab, das Andrej noch immer in der Hand hielt, und lachte erneut auf diese fast Angst machende Art. »Es ist schon erstaunlich, dass ein Mann, den alle für einen Abgesandten des Teufels halten, barmherziger ist als einer, der von sich behauptet, in Gottes Auftrag zu handeln.« Er seufzte tief. »Hast du den Mut, in Mehmeds Lager zu reiten und ihm gegenüberzutreten? Überlege dir deine Antwort gut. Es könnte dich das Leben kosten.«

Andrej lachte. »Das ist etwas, woran ich mich allmählich schon fast gewöhnt habe«, sagte er. Er stand auf. »Habt ihr ein überzähliges Pferd für mich? Als Dieb bin ich anscheinend nicht sehr talentiert. Ich habe das schlechteste Tier erwischt, das es auf Tepeschs Burg gab.«

Mehmed war ein sehr großer, schlanker Mann mit heller Haut und beinah abendländischen Gesichtszügen. Seine Augen waren schwärzer als eine mondlose Nacht. Er sprach nicht viel, aber wenn, dann tat er es in knappen Sätzen und fast ohne Akzent.

Sie hatten fast den halben Tag gebraucht, um sein Heer zu erreichen, das aus einer gewaltigen Anzahl ausnahmslos berittener Krieger und einer beinahe noch größeren Zahl von Packpferden und Wagen bestand. Wie sich zeigte, war Abu Duns Warnung nicht übertrieben gewesen. Andrej wurde zwar nicht angegriffen, aber die Blicke, die die Männer ihm zuwarfen, waren nicht freundlich. Es war blanker Hass, der ihm entgegenschlug. Tepeschs Gräueltat hatte sich offenbar in Windeseile unter den Kriegern herumgesprochen, und Andrej fragte sich, was geschehen würde, wenn sich die aufgestaute Wut dieser Männer entlud. Es würde ein zweites, noch viel schrecklicheres Gemetzel geben, und diesmal würde es deutlich mehr abendländisches Blut sein, das floss, als muslimisches. Er hatte sowohl die Verteidigungsanlagen Petershausens als auch die von Burg Waichs gesehen. Beide würden dem Ansturm dieses Heeres nicht standhalten.

Durch Abu Duns Vermittlung wurde er zwar zu Mehmed vorgelassen, musste jedoch seine gerade erst gewonnenen Waffen und Rüstungsteile abgeben. Inmitten Tausender von Kriegern brauchte der Sultan ihn nicht zu fürchten. Was er wirklich war, wusste Mehmed nicht.

Mehmed ritt auf einem gewaltigen weißen Araberhengst im vorderen Drittel seines Heeres, umgeben von einem halben Dutzend schwer bewaffneter Krieger, die offensichtlich seine Leibwache darstellten. Die Männer waren deutlich prachtvoller und auch Ehrfurcht gebietender gekleidet als er. Mehmed selbst trug nur ein einfaches weißes Gewand und einen schlichten Turban. Er war nicht einmal bewaffnet.

Sie hielten nicht an. Andrej lenkte sein Pferd neben das des Sultans, nachdem er seine Waffen abgegeben hatte. Abu Dun und Mehmed führten den ersten Teil des Gespräches auf Arabisch, und obwohl Andrej kein Wort verstand, entging ihm doch nicht, dass in zum Teil sehr heftigem Tonfall gesprochen wurde. Mindestens einmal deutete Mehmed mit zornigen Gesten auf ihn, und schließlich brachte er Abu Dun mit einer herrischen Handbewegung zum Schweigen und wandte sich direkt an Andrej.

»Du willst also, dass ich den Angriff abbreche«, sagte er. »Warum?«

Andrej überlegte sich seine Antwort sehr genau. »Weil es ein unnötiges Blutvergießen wäre«, sagte er.

»Viele Menschen würden sterben. Nicht nur meine Leute. Auch deine.«

»So ist nun einmal der Krieg.«

»Das hier hat nichts mit dem Krieg zu tun«, antwortete Andrej. »Es geht nur um einen einzelnen Mann.«

»Den Drachenritter.« Mehmed nickte. »Was bedeutet er dir?«

»Tepesch? Er ist ein Teufel. Ich habe ihm den Tod geschworen.«

»Und trotzdem willst du, dass ich seine Burg nicht angreife? Warum?«

Andrej entschied, Mehmed die Wahrheit zu sagen. Der Araber war ein Mann, den man besser nicht belog.

»Es gibt jemanden in der Burg, der mir sehr viel bedeutet«, sagte er ehrlich. »Meinen Sohn … und eine Frau. Wenn du Waichs angreifst, werden sie wahrscheinlich getötet.«

»Wahrscheinlich«, bestätigte Mehmed. »So wie Vlad Tepesch und alle seine Krieger. Und die beiden Teufel, die an seiner Seite reiten.«

»Und wie viele von deinen Männern?«

»Was kümmert es dich?«, fragte Mehmed. »Jeder Krieger, der heute fällt, wird in den nächsten Schlachten gegen euch verdammte Christenbrut fehlen. Du solltest dich freuen.«

»Der Tod von Menschen freut mich nie«, antwortete Andrej. Er sah in Mehmeds Gesicht, dass das nicht die Antwort war, die er hatte hören wollen. Nach kurzem Schweigen fuhr er fort: »Es ist nicht mein Krieg. Und es ist auch nicht mein Land. Dieses Land hat meine ganze Familie ausgelöscht. Brenne es nieder, wenn du willst. Mich interessieren nur der Junge und die Frau.«

Mehmed dachte eine ganze Weile über diese Antwort nach. »Und die beiden Teufel?«, fragte er schließlich.

»Sie sind bereits tot«, antwortete Andrej. »Einen habe ich getötet. Den anderen hat Tepesch selbst hinrichten lassen.« Abu Dun warf ihm einen überraschten Blick zu, und Andrej fügte hinzu: »Er hat sie selbst gefürchtet. Wer einen Pakt mit dem Teufel eingeht, der muss damit rechnen, das schlechtere Geschäft zu machen.«

»Und womit muss ich rechnen?«, fragte Mehmed.

»Sag den Angriff auf Waichs ab, und du bekommst Tepesch«, antwortete Andrej.

Mehmed verzog die Lippen zu einem dünnen Lächeln. »Das ist ein schlechtes Angebot«, sagte er. »Ich müsste dir trauen, und warum sollte ich das? Nur weil du es sagst? Oder auf das Wort eines Piraten hin, der selbst in seiner Heimat mehr Feinde als Freunde hat?«

»Was hast du zu verlieren?«, fragte Andrej. »Gib mir einen Tag. Wenn ich bis dahin nicht zurück bin und dir Tepeschs Kopf liefere, kannst du Waichs meinetwegen bis auf die Grundmauern niederbrennen.«

»Was für ein großzügiges Angebot«, sagte Mehmed spöttisch. Er schüttelte den Kopf. »Nein. Meine Männer würden mir den Gehorsam verweigern. Sie schreien nach Rache. Diese Bluttat muss gerächt werden.«

»Aber …«

»Ich gebe dir zwanzig von meinen Männern mit«, fuhr Mehmed fort. »Das Heer wird weiterziehen. Wir werden unseren Vormarsch nicht verlangsamen, aber auch nicht beschleunigen. Ihr allein seid schneller als wir. Du hast einen guten Vorsprung. Übergibst du mir Tepesch, lasse ich Petershausen ungeschoren und auch Burg Waichs – vorausgesetzt, seine Bewohner liefern alle ihre Waffen ab. Wenn nicht, brenne ich beides nieder.«

»Ich reite allein«, sagte Andrej. »Deine Männer würden mich nur behindern.«

»*Wir* reiten allein«, verbesserte ihn Abu Dun.

Mehmed schüttelte den Kopf. »Stell meine Geduld nicht auf die Probe, Ungläubiger«, sagte er. »Ich könnte auf den Gedanken kommen, dass der Drachenritter dich geschickt hat, um meine Truppen abzulenken oder gleich in eine Falle zu locken.«

»Ich kann nur allein in die Burg kommen«, gab Andrej zu bedenken.

»Meine Männer werden euch begleiten«, sagte Mehmed bestimmt. »Bringst du Tepesch heraus, lasse ich Stadt und Burg unversehrt. Kommst du ohne ihn, stirbst du.« Er sah erst Abu Dun, dann Andrej ernst und durchdringend an. »Morgen bei Sonnenaufgang wird ein abgeschlagener Kopf meine Zeltstange zieren. Es liegt bei dir, ob es der des Drachenritters oder dein eigener ist.«

Er wartete auf eine Antwort, dann wandte er sich,

ohne Andrejs Blick loszulassen, an einen der Männer in seiner Begleitung. »Gebt diesen beiden frische Pferde. Und du, Pirat …« Er sah Abu Dun an. »Bist du sicher, dass du ihn begleiten willst? Noch bist du ein freier Mann, aber wenn du mit ihm davonreitest, dann gehst du dasselbe Risiko ein wie er. Es könnte sein, dass dein Kopf morgen früh neben seinem auf einem Speer steckt.«

»Ich habe nichts zu verlieren«, sagte Abu Dun.

»Außer deinem Kopf.« Mehmed seufzte. »Gut, es ist deine Entscheidung. Also geht. Und … Delãny.«

»Ja?«, fragte Andrej.

»Tepesch«, sagte Mehmed. »Ich will ihn lebend.«

Obwohl der Weg zurück nach Waichs nicht lang war, kam er Andrej weit und anstrengend vor. Sie hatten die Pferde geschunden, bis sie beinahe zusammenbrachen, und drei der zwanzig Männer, die Mehmed ihnen mitgegeben hatte, fielen unterwegs zurück und verloren schließlich ganz den Anschluss. Der Rest folgte ihnen in geringem Abstand; nicht nahe genug, um ihnen das Gefühl zu geben, Gefangene zu sein, aber auch nicht weit genug, um den Gedanken an eine Flucht aufkommen zu lassen.

Andrej musste gestehen, dass er ihm mehr als einmal gekommen war. Seine Aussichten, unbemerkt in die Burg einzudringen, Frederic und Maria zu befreien und Tepesch nicht nur zu überwältigen, sondern ihn auch noch lebend aus der Burg und in Mehmeds Lager zu bringen, waren klein. Dafür war die Möglichkeit, ihrer Eskorte zu entkommen, nicht einmal *so* schlecht; auf jeden Fall besser, als das Unmögliche zu versuchen und den Drachen in seinem eigenen Bau zu besiegen.

Aber er würde es nicht tun. Er musste zurück, selbst wenn es seinen sicheren Tod bedeutete. Wenn er es nicht tat und die einzigen Menschen verriet, die ihm noch etwas bedeuteten, dann war er nicht besser als die beiden Vampyre, die er getötet hatte.

Sie ritten bis weit in den Nachmittag hinein, ohne mehr als eine einzige, kurze Rast einzulegen, während der sie die Pferde tränkten und sich selbst von den Vorräten stärkten, die Mehmed ihnen mitgegeben hatte. Andrej hatte sich Sorgen gemacht, was geschehen würde, wenn sie auf Soldaten trafen, doch sie blieben unbehelligt. Tepeschs Heer schien sich ebenso rasch aufgelöst zu haben, wie er es zusammengepresst hatte.

Erst, als sie sich Burg Waichs schon fast bis auf Sichtweite genähert hatten, brach Abu Dun das ungute Schweigen, das im Laufe des Nachmittags zwischen ihnen geherrscht hatte. Andrej vermutete, dass er seinen Entschluss, ihn zu begleiten, schon längst bereute.

»Hast du dir schon Gedanken darüber gemacht, wie du in die Burg hineingelangen willst?«, fragte er.

»Nein«, antwortete Andrej. Er hob die Schultern. »Ich werde mir etwas ausdenken müssen.«

»Ein kluger Plan«, sagte Abu Dun spöttisch. »Sicherlich wird er Tepesch vollkommen überraschen.«

»Das will ich doch hoffen«, antwortete Andrej.

»Was erwartest du? Ich habe dich nicht aufgefordert, mich zu begleiten.«

»Eigentlich schon«, behauptete Abu Dun. »Mir ist selten ein solcher Narr wie du untergekommen. Ich möchte zu gerne sehen, wie die Geschichte ausgeht.«

»Das wirst du«, sagte Andrej. »Aber wenn du Pech hast, von der Höhe einer Zeltstange aus.«

Abu Dun zog eine Grimasse. »Um das zu verhindern, frage ich, was du vorhast«, sagte er. »Du musst doch einen Plan haben.«

»Nein«, antwortete Andrej – in einem Ton, von dem er hoffte, dass er ihm diesmal glaubte. »Ich muss in die Burg kommen, das ist alles, was ich weiß.«

»Du könntest ans Tor klopfen«, schlug Abu Dun vor. Andrej schenkte ihm einen erzürnten Blick, aber Abu Dun hob rasch die Hand und fuhr fort: »Das ist vielleicht kein so schlechter Plan. Wir könnten uns für Männer des Fürsten ausgeben und dich als Gefangenen in die Burg zurückbringen.«

Andrej dachte einen Moment ernsthaft über diesen Vorschlag nach, schüttelte aber dann den Kopf. »Das würde nicht funktionieren«, sagte er.

»Du könntest dir Flügel wachsen lassen«, sagte Abu Dun düster, »und über die Mauer fliegen. Was ist mit dem Geheimgang?«

»Nachdem Tepesch ihn uns selbst gezeigt hat und du ihn mit zwanzig Gefangenen als Fluchtweg benutzt hast?« Andrej schüttelte heftig den Kopf. »Ich werde über die Idee mit dem Fliegen nachdenken.«

Abu Dun schwieg, und auch Andrej zog es vor, das Gespräch nicht fortzusetzen. Mit jeder Idee, die sie erwogen und wieder verwarfen, wurde ihm die Ausweglosigkeit ihrer Situation klarer.

Sie ritten weiter, bis sie der Burg sehr nahe waren, dann wurde Andrej langsamer und hielt schließlich an. Die bewaldete Ebene, auf der Waichs lag, schien menschenleer, aber zwischen den Bäumen konnte sich eine ganze Armee verbergen. Und selbst wenn dem nicht so war, würden die Wachen auf den Burgmauern sie sehen, sobald sie auch nur einen Fuß über die letzte Hügelkette gesetzt hatten.

»Wir rasten hier«, bestimmte Andrej, »und warten.«

Abu Dun hatte Mühe, sein Pferd ruhig zu halten. Das Tier tänzelte vor Erschöpfung. Flockiger weißer Schaum troff von seinen Nüstern. »Warten? Worauf?«

»Dass es dunkel wird«, antwortete Andrej. »Wusstest du nicht, dass wir uns nur bei Dunkelheit in Fledermäuse verwandeln können?«

Abu Duns Pferd tänzelte unruhiger. Er hatte große Mühe, es auf der Stelle zu halten, machte aber trotzdem keine Anstalten abzusteigen.

»Ihr bleibt hier«, bestimmte Andrej.

»Ihr? Und du?«

»Ich warte, bis die Dämmerung hereinbricht«, antwortete Andrej. »Sobald es dunkel ist, steige ich über die Mauer und versuche, Frederic und Maria zu finden. Ihr wartet auf mich.«

»Das werden unsere Freunde nicht gerne hören.« Abu Dun deutete auf die türkischen Krieger. Auch sie hatten angehalten, hielten aber noch immer einen gewissen Abstand ein. »Und ich auch nicht. In der Burg sind zu viele Soldaten.«

»Ich habe nicht vor, mein Schwert zu ziehen und Waichs zu stürmen«, antwortet Andrej. Er hob die Stimme und drehte sich zu den Türken herum. »Versteht einer von euch unsere Sprache?«

Einer der Männer stieg aus dem Sattel und kam steifbeinig näher. Der Gewaltritt war auch an diesem Krieger nicht spurlos vorübergegangen. Er sah Andrej aufmerksam in die Augen und nickte.

»Von hier aus gehe ich allein weiter«, sagte er. »Ihr wartet, bis die Sonne untergegangen ist, dann folgt ihr mir. Aber seid vorsichtig. Tepesch hat mit Sicherheit Wachen aufgestellt.«

Der Mann schwieg eine geraume Weile, und als Andrej kaum noch damit rechnete, antwortete er schleppend und mit einem Dialekt, der seine Worte bis zu den Grenzen der Unverständlichkeit verzerrte: »Wir kommen mit. Der Sultan hat es befohlen.«

»Das weiß ich«, antwortete Andrej. »Aber ich brauche euch hier draußen. Nur ein Mann allein hat eine Chance, unbemerkt in die Burg zu kommen. Aber ich brauche möglicherweise jemanden, der meinen Rücken deckt.«

Er war nicht ganz sicher, ob der Mann verstand, was er sagte, aber er widersprach nicht sofort, sodass er mit einer deutenden Geste fortfuhr: »Es gibt einen geheimen Weg in die Burg hinein. Abu Dun kennt ihn. Er wird euch dorthin bringen.«

»Hast du nicht gerade selbst gesagt, dass wir diesen Weg nicht mehr nehmen können?«, fragte Abu Dun.

»Nicht hinein«, antwortete Andrej. »Aber vielleicht hinaus.« Er zuckte mit den Schultern. »Irgendeinen Treffpunkt brauchen wir schließlich, oder? Du erinnerst dich an den Platz, den Tepesch uns gezeigt hat?« Abu Dun nickte. »Dann treffen wir uns dort, nach Sonnenuntergang. Wenn ich bis Mitternacht nicht zurück bin, dann braucht ihr nicht mehr auf mich zu warten.«

17

Es dämmerte, als er sich der Rückseite der Burg näherte. Waichs sah mehr denn je aus wie ein Schatten, dem es gelungen war, Substanz zu gewinnen. Obwohl aus der Burg mannigfaltige Geräusche herüberwehten, hatte Andrej das Gefühl, von einer unheimlichen, lastenden Stille umgeben zu sein, die alles, was er hörte, auf sonderbare Weise unwirklich werden ließ, so dünn und zerbrechlich, als hätte es plötzlich einen Teil seiner Bedeutung verloren. Gleichzeitig schienen sich seine Sinne jedoch deutlich geschärft zu haben: Er hörte Stimmfetzen und raues Gelächter aus der Burg, das Prasseln von Feuer und etwas wie eine Melodie, die jemand ziemlich schlecht auf einer Laute spielte, die noch dazu verstimmt war. Aber er hörte auch die vielfältigen Geräusche des Waldes: das Flüstern des Windes in den Baumwipfeln, das Knacken der Zweige, das Rascheln der Tiere, die sich im Laub bewegten, irgendwo das Rufen eines Nachtvogels ... Er war sicher, dass er selbst das Rascheln der Ameisen und die leisen Grabgeräusche der Würmer unter der Erde gehört hätte, hätte er sich nur ausreichend darauf konzentriert.

Es war unheimlich. Mehr noch: Es machte ihm Angst. Diese unheimliche Sinnesschärfe hatte begonnen, als die Sonne untergegangen war, und sie nahm weiter zu, je dunkler es wurde. Etwas von dieser

Dunkelheit schien nun auch in ihm zu sein. Er war zu einem Geschöpf der Nacht geworden.

Andrej schüttelte den Gedanken mit einiger Mühe ab und sah wieder zur Burg. Er hatte sich Waichs von der Rückseite her genähert und befand sich nun unweit der Stelle, zu der Tepesch sie vor zwei Tagen geführt hatte. Ganz kurz hatte er sogar daran gedacht, den verborgenen Einstieg zu suchen und Waichs auch diesmal durch den unterirdischen Gang zu betreten, sich dann aber dagegen entschieden. Er glaubte nicht daran, dass Tepesch den Gang in eine Todesfalle verwandelt hatte, wie Abu Dun es anzunehmen schien. Für einen Mann wie Vlad Dracul war dieser Fluchttunnel viel zu wertvoll. Tepesch musste nur die einfache Bewegung ausführen, die notwendig war, um einen Riegel vorzulegen. Die Tür war massiv genug, um den Raum am Ende des Geheimganges in eine unentrinnbare Falle zu verwandeln.

Es gab nur zwei Wege in die Burg hinein: durch das Tor oder über die Mauer. Andrej hatte sich für den Weg über die Mauer entschieden; schon, weil es der eindeutig *schwerere* Weg war und niemand erwartete, dass jemand auf diese Weise in die Festung eindrang. Die Mauern waren annähernd acht Meter hoch und vollkommen senkrecht. Früher einmal waren sie glatt verputzt gewesen, aber Waichs war alt; mehrere Generationen lang hatten der Wechsel der Jahreszeiten und das räuberische Wetter Zeit gehabt, an ihren Mauern zu nagen. Andrej war ein guter Kletterer. Er war sicher, dass es ihm gelingen würde, die Mauer unbemerkt zu ersteigen. Hinter den zerfallenen Zinnen patrouillierten Wachen, die ihn nicht schrecken konnten. Andrej wusste, wie Männer auf einer Nachtwache dachten und handelten. Solange er kein verräterisches Geräusch machte, würde niemand stehen bleiben und sich über eine mehr als anderthalb Meter dicke Mauer beugen, um senkrecht in die Tiefe zu sehen. Es war zu unbequem. Der einzig wirklich gefährliche Moment war der, in dem er den Streifen deckungsloses Gelände zwischen dem Waldrand und der Burg überqueren musste.

Er wartete, bis der Posten auf der ihm zugewandten Seite am Ende seines Weges angelangt war, eine kurze Pause einlegte und kehrtmachte, dann huschte er geduckt los und rannte zur Burgmauer. Seine dunkle Kleidung schützte ihn; er bewegte sich so gut wie lautlos. Kein Alarmruf gellte durch die Nacht, es wurden keine Fackeln geschwenkt; das große Tor blieb geschlossen. Andrej presste sich mit dem Rücken gegen den rauen Stein, lauschte in sich hinein und wartete, bis sich sein hämmernder Pulsschlag beruhigt hatte. Dann drehte er sich herum, tastete mit Finger- und Zehenspitzen nach Halt und begann zu klettern.

Andrej war selbst ein wenig erstaunt, wie leicht es ihm fiel. Er war im Klettern geübt gewesen, aber nun erklomm er die Wand beinahe ohne Mühe. Seine Einschätzung war richtig gewesen: Der Mauerverputz existierte nur noch in zerbröckelnden Resten, sodass seine Finger und Zehen überall Halt fanden. So schnell, als hätte er sein Lebtag nichts anderes getan, kroch er die acht Meter hohe Wand hinauf und hielt dicht unterhalb der Zinnenkrone inne. Er konnte die Schritte des Wachtpostens über sich deutlich hören, ja, er konnte fast genau sagen, wo er sich befand und in welchem Tempo er sich näherte. Sogar den Atem des Mannes hörte er. Diese neu gewonnenen Fähigkeiten erstaunten ihn. Es war mehr von dem Vampyr in ihm, als er bisher gewusst hatte, und er fragte sich – fast ängstlich –, was geschehen mochte, wenn er diese Kräfte wirklich entfesselte.

Er würde es erleben.

Als die Schritte des Mannes sich wieder entfernten, zog er sich in die Höhe und mit einer kraftvollen Bewegung über die Mauerkrone.

So lautlos dies vonstatten gegangen war, er musste doch ein verräterisches Geräusch gemacht haben, denn die Wache hielt mitten im Schritt inne und fuhr erschrocken herum.

Andrej zögerte nicht. Mit einer blitzschnellen Bewegung war er bei ihm, presste ihm eine Hand über Mund und Nase und tastete mit der anderen nach der empfindlichen Stelle an seinem Hals. Seine Fingerspitzen fanden einen bestimmten Nervenknoten und drückten zu. Der Mann erschlaffte in seinen Armen und brach zusammen wie eine Marionette, deren Fäden man durchschnitten hatte. Andrej fing ihn instinktiv auf, ließ ihn fast sanft zu Boden sinken und tastete nach seinem Puls. Der Mann lebte, befand sich aber in tiefer Bewusstlosigkeit.

Vollkommen verblüfft starrte Andrej abwechselnd den Bewusstlosen und seine eigenen Hände an. Er hatte nicht gewusst, was er tat, er hatte es einfach *getan*, so selbstverständlich, wie er einen Fuß vor den anderen setzte oder ein- und ausatmete. Er horchte in sich hinein. Wozu war er noch fähig?

Obwohl Andrej sicher war, dass der Mann eine ganze Weile lang bewusstlos bleiben würde, fesselte er ihn sorgfältig und verpasste ihm noch einen sicheren Knebel. Erst dann huschte er geduckt zum Ende des Wehrganges und warf einen langen, prüfenden Blick in den Burghof hinab. Er erkannte jetzt Einzelheiten und Details, die ihm bei seinem letzten Aufenthalt noch nicht aufgefallen wären. Hätte ihn der Gedanke nicht zu sehr erschreckt, wäre er zu dem Schluss gekommen, dass er nachts besser sehen konnte als am Tage.

Der Burghof unter ihm war fast leer. Der Stapel mit Beutegut war noch einmal gewachsen, und neben dem Tor lehnte ein einsamer Wächter an der Wand und kämpfte darum, nicht einzuschlafen. Zwei weitere Männer patrouillierten auf den Wehrgängen, waren aber viel zu weit entfernt, um ihn bei der herrschenden Dunkelheit zu erkennen. Sicher gab es auch Posten hinter den Turmfenstern, doch auch sie stellten keine Gefahr dar. Aus dem Hauptgebäude drangen gedämpfte Stimmen, und zwei Fenster waren schwach erleuchtet, aber im Großen und Ganzen schien Waichs bereits zu schlafen. Ganz weit entfernt, selbst für seine überscharfen Sinne kaum noch wahrnehmbar, glaubte er Schreie zu hören.

Dann sah er etwas, das seine Aufmerksamkeit auf sich zog.

Der Käfig, in den sie Vater Domenicus gesteckt

hatten, hing an einer Kette unweit des Tores zwei Meter über dem Boden, und er war nicht leer. Vater Domenicus lag gekrümmt auf den rostigen Gitterstäben. Andrej konnte nicht sagen, ob er noch lebte. Er empfand nicht eine Spur von Mitleid, aber sein Gesicht verdüsterte sich noch weiter. Hatte er wirklich geglaubt, dass Tepesch sein Wort hielt?

Maria.

Tepesch hatte versprochen, auch Maria kein Haar zu krümmen.

Andrej überlegte in den Hof hinunterzugehen und die Wache am Tor zu überwältigen, entschied sich aber dagegen. Mit jedem ausgeschalteten Soldaten stieg auch die Gefahr, entdeckt zu werden. Ein unaufmerksamer Posten war besser als einer, der plötzlich verschwunden war und dessen Fehlen bemerkt werden konnte.

Stattdessen wandte er sich in die entgegengesetzte Richtung und huschte zum anderen Ende des Wehrganges, wobei er geschickt jeden Schatten als Deckung ausnutzte und sich vollkommen lautlos bewegte. Die Tür, vor der der Wehrgang endete, führte in den großen Hauptturm der Festung und war von innen verschlossen, wie Andrej erwartet hatte, doch vier oder fünf Meter über ihm gab es zwei Fenster; schmal, aber nicht so schmal, dass er sich nicht hindurchzwängen konnte. Nach einem letzten sichernden Blick in den Burghof kletterte er hinauf, zwängte sich mit einiger Mühe durch die schmale Öffnung und fand sich in einer kleinen, unbeleuchteten Kammer wieder.

Er hatte abermals Glück. Die Tür war nicht verschlossen, und auch der schmale Gang dahinter war leer. Der Position des Fensters nach zu schließen, durch das er eingestiegen war, mussten sich Tepeschs Privatgemächer direkt über ihm befinden. Er konnte nur hoffen, dass sich Maria und Frederic noch dort oben aufhielten. Die Zeit, die gesamte Burg zu durchsuchen, hatte er nicht.

Andrej schlich bis zum Ende des Ganges, blieb einen Moment stehen und lauschte. Vor ihm lag eine Treppe. Alles schien vollkommen still zu sein. Dann hörte er die regelmäßigen Atemzüge eines Mannes, der offensichtlich dort oben Wache hielt; nicht allzu weit entfernt, aber eindeutig zu weit, um ihn überraschen zu können, ohne dass er Gelegenheit fand, einen Schrei auszustoßen. Andrej sammelte sich kurz, dann betrat er mit einer gelassen wirkenden Bewegung, aber leicht gesenktem Blick, damit man sein Gesicht nicht sah, die Treppe.

Er hatte sich getäuscht. Diesmal hatten ihn seine neu erworbenen Sinne im Stich gelassen. Die Treppe endete nach etwa fünfzehn Stufen vor einer geschlossenen Tür, und davor standen nicht ein, sondern zwei Männer. Er legte fast ein Drittel der Entfernung zurück, ehe einer der beiden ihn ansprach.

»Heda! Wer bist du? Was willst du hier? Der Fürst ist nicht da.«

»Ich weiß«, antwortete Andrej, ohne den Kopf zu heben. Er ging schnell, aber ohne sichtbare Hast weiter und versuchte, die Männer aus den Augenwinkeln zu begutachten, ohne sie direkt anzusehen. Er war sicher, dass jeder Mann hier auf der Burg sein Gesicht kannte. Die beiden wirkten überrascht und leicht angespannt, aber nicht beunruhigt.

»Tepesch hat mich geschickt. Ich soll das Mädchen holen.«

»Welches Mädchen? Wie …«

Andrej war nahe genug. Mit einer vollkommen geschmeidigen Bewegung schnellte er vor und war plötzlich zwischen den Männern. Er sah, wie sich die Augen des einen vor Entsetzen weiteten, als er ihn erkannte, während der andere nach seiner Waffe griff.

Ihre Bewegungen erschienen ihm langsam.

Andrej schlug dem einen die Handkante vor den Adamsapfel. Noch während der Mann würgend und nach Luft ringend zusammenbrach, packte er das Handgelenk des zweiten und verdrehte es mit einem Ruck. Andrej tastete mit der anderen Hand nach seinem Hals …

Und zog die Finger im letzten Moment wieder zurück.

»Das Mädchen!«, fragte er scharf. »Die Schwester des Inquisitors! Wo ist sie?«

Der Mann wimmerte vor Schmerz, antwortete aber nicht, sondern sah ihn nur aus entsetzten Augen an. Andrej verstärkte den Druck auf seine Hand noch, und der Soldat ächzte.

»Sprich!«

»Das darf ich nicht«, wimmerte der Posten. »Tepesch wird mich töten!«

»Töten?« Andrej lachte. »Das ist nichts. Du weißt, wer ich bin?« Er hob die rechte Hand, krümmte die

Finger zu einer Kralle und tat so, als wolle er sie dem Mann in die Augen schlagen. »Dann weißt du auch, wozu ich fähig bin!«

»Nein«, wimmerte der Soldat. »Bitte nicht! Sie ist in Tepeschs Gemach. Die Tür am Ende des Ganges.«

»Wie viele Wachen? Rede!«

»Keine«, wimmerte der Mann. »Das ist die Wahrheit! Der Fürst duldet keine Männer mit Waffen in seiner Nähe, wenn er sich zurückzieht.«

Andrej griff nun doch nach seinem Hals und drückte kurz und hart auf den Nervenknoten. Der Mann brach wie vom Blitz getroffen zusammen. Andrej verzichtete darauf, ihn zu fesseln, ging jedoch noch einmal zu dem zweiten Wachtposten zurück, um ihn auf den Rücken zu drehen.

Der Mann war tot. Es war nicht Andrejs Schlag gewesen, der ihn getötet hatte. Er war etliche Stufen weit die Treppe hinuntergestürzt und hatte sich den Schädel eingeschlagen.

Andrejs Hände begannen zu zittern. Das Gesicht des Toten war rot von Blut, das aus einer tiefen Wunde an seiner Stirn quoll. Der Anblick brachte ihn fast um den Verstand.

Die Gier war wieder da. Für einen Moment wollte er nichts mehr, als die Lippen auf diesen pulsierenden Storm zu pressen, die bittere Süße aufzusaugen und das Blut und die erlöschende Lebenskraft des Mannes aus ihm herauszureißen. Was machte es schon? Der Mann starb sowieso, und es war nicht schlimm, wenn er seine Lebenskraft nahm, die ohnehin verloren war und verblassen würde.

Es gelang ihm nur mit größter Mühe, die Schultern des Toten loszulassen und sich aufzurichten. Er widerstand der brodelnden Gier, aber nur mit allerletzter Kraft.

Andrej ging wieder nach oben, öffnete die Tür und fand sich in dem schwach erhellten Gang wieder, in dem er bei seinem ersten Aufenthalt gewesen war. Es gab keine weiteren Wachen, aber er hörte ein leises Schluchzen, das durch die geschlossene Tür am anderen Ende des Ganges drang. Andrej bewegte sich im Laufschritt weiter, riss vergeblich an der Tür und stellte erst dann fest, dass der Riegel von außen vorgelegt war. Mit einer ungeduldigen Bewegung schleuderte er ihn zur Seite und stieß die Tür auf.

Diesmal entrang sich seiner Kehle tatsächlich ein Schrei.

Der große Raum wurde von mindestens fünfzig Kerzen erleuchtet, deren Licht in Andrejs empfindlich gewordenen Augen schmerzte. Im Kamin brannte ein gewaltiges Feuer, das die Luft im Raum unangenehm warm und fast schon stickig werden ließ. Zuerst glaubte er, der Posten hätte gelogen und Tepesch selbst stünde hinter der Tür und warte auf ihn. Dann erkannte er, dass es nur seine leere Rüstung auf einem aus Holz gezimmerten Ständer war. Außer ihm befand sich nur noch Maria im Zimmer.

Sie lag auf Draculs übergroßem Bett und war beinahe nackt. Als sie das Geräusch der Tür hörte, fuhr sie erschrocken hoch und raffte die Decken zusammen, um ihre Blöße zu bedecken. Sie weinte. Ihr Haar war aufgelöst. Die rechte Seite ihres Gesichts war gerötet und begann bereits anzuschwellen. Unter ihrer Nase und auf der Oberlippe klebte ein wenig getrocknetes Blut.

Andrej war mit wenigen schnellen Schritten bei ihr. Maria schien ihn jedoch gar nicht zu erkennen, denn sie prallte entsetzt vor ihm zurück, zog die Knie an den Leib und krallte beide Hände in das Bettlaken, das sie bis ans Kinn hochgezogen hatte. In ihren Augen flackerte eine Furcht, die die Grenzen zum Wahnsinn vielleicht schon überschritten hatte.

»Maria!« Andrej streckte die Hand nach ihr aus, aber sie schrak nur noch heftiger zusammen. Aus ihrem Weinen war ein krampfhaftes, gequältes Schluchzen geworden.

»Maria, bitte!« Andrej ließ sich behutsam auf die Bettkante sinken und zog den Arm weiter zurück. Er ließ die Hand halb ausgestreckt, in einer helfenden Geste, die es ihr überließ, danach zu greifen.

Maria hörte auf zu schluchzen, aber sie zitterte so heftig, dass das gesamte Bettgestell zu beben begann. Ihr Blick flackerte. Für die Dauer eines Atemzuges *wusste* Andrej, dass sie ihn nicht erkannte. Dann schrie sie plötzlich auf und warf sich mit solcher Wucht gegen ihn, dass er um ein Haar von seinem Platz auf der Bettkante gestürzt wäre. Sie begann wieder zu weinen, lauter und heftiger als zuvor, aber nun war es nicht mehr dieses krampfhafte, schmerzerfüllte Schluchzen, das sie schüttelte. Es waren andere Tränen; Tränen der Erleichterung, die den Schmerz nicht wegspülten, es aber ein wenig leichter machten, ihn zu ertragen.

Andrej hielt sie fest, bis sie ganz allmählich aufhörte zu zittern und ihre Tränen versiegten. Es dauerte lang. Andrej wusste nicht, wie lange, aber es verging viel Zeit. Endlich, nach einer Ewigkeit, löste sich Maria wieder aus seiner Umarmung und rutschte ein Stück von ihm weg.

»Tepesch?«, fragte er leise. Natürlich Tepesch. Wer sonst?

»Ich habe versucht, mich zu wehren«, sagte Maria. »Aber er ist stark. Ich konnte nichts tun.«

»Dafür werde ich ihn töten«, sagte Andrej. Er meinte es ernst.

»Er hat mich hier raufgeschafft«, fuhr Maria fort, als hätte sie seine Worte gar nicht gehört. »Er hat gesagt, ich bräuchte keine Angst zu haben. Dann kam er zurück. Seine Hände waren voller Blut. Ich habe mich gewehrt, aber er war einfach zu stark.«

Was sollte er sagen? Ganz gleich, welche Worte er gewählt hätte, sie hätten in ihren Ohren nur wie bitterer Hohn geklungen. So sah er sie nur an und wartete darauf, dass sie von sich aus weitersprach, aber Maria erwiderte lediglich stumm seinen Blick. Schließlich erhob sie sich und ging um das Bett herum zum Fenster. Es lag eine Art stumme Resignation darin, die ihren Schmerz vielleicht deutlicher zum Ausdruck brachte, als alle Tränen und jedes Wort gekonnt hätten. Tepesch hatte ihr alles genommen. Es gab nichts mehr, was sie noch hätte verteidigen können. Noch einmal, und diesmal mit einer kalten Entschlossenheit, nahm er sich vor, Tepesch zu töten.

Maria starrte weiter aus dem Fenster auf den Hof hinab. Der Gitterkäfig mit Domenicus hing fast in gerader Linie unter dem Fenster, auf der anderen Seite des Hofes. Andrej bezweifelte, dass ihr Sehvermögen ausreichte, um jetzt mehr als Dunkelheit und Schatten dort unten zu erkennen, aber sie hatte den ganzen Tag über Zeit gehabt, aus diesem Fenster zu sehen. Aus keinem anderen Grund hatte Tepesch sie hier oben eingesperrt statt in irgendeinem anderen Zimmer der Burg.

»Er wird dafür bezahlen«, sagte er leise. »Aber zuerst bringe ich dich hier raus. Draußen vor dem Tor wartet ein Freund, der dich wegbringt.«

Sie starrte noch eine endlose Weile aus dem Fenster, dann drehte sie sich wieder um, ging zum Bett zurück und griff nach ihren Kleidern.

»Weißt du, wo Frederic ist?«, fragte er, wieder zum Fenster gewandt.

»Nein. Er hat mich gleich hier raufgebracht, nachdem du gegangen warst. Aber kurz darauf hat er Männer losgeschickt, die dich suchen und töten sollten. Ich bin froh, dass sie dich nicht gefunden haben.«

»Weißt du, wie viele Männer in der Burg sind?«

»Er hat es mir nicht gesagt. Aber als er vorhin zu mir kam, da schäumte er vor Wut. Ich glaube, es ist ein weiteres osmanisches Heer im Anmarsch. Die meisten Soldaten sind fort, um die Verteidigung der Stadt zu organisieren oder Verstärkung zu holen. Ich glaube nicht, dass noch sehr viele hier sind.«

Das würde die geringe Anzahl der Wachen erklären, dachte Andrej. Aber es erklärte nicht die Tatsache, dass Tepesch auf Waichs geblieben war, statt selbst an der Spitze des Heeres zu reiten und sich dem neuen Gegner entgegenzuwerfen. Tepesch war vieles, aber eines gewiss nicht: ein Feigling.

»Ich bin so weit«, sagte Maria.

»Gut.« Andrej drehte sich um und ging zur Tür, ohne auch nur in ihre Richtung zu sehen. »Bleib immer dicht hinter mir und sei leise.«

Sie verließen den Raum und auch den Flur, ohne jemanden zu treffen. Der Wächter draußen auf der Treppe war noch immer bewusstlos. Auch den Toten hatte noch niemand gefunden.

Andrej lauschte, während sie sich rasch nach unten bewegten. Es herrschte fast vollkommene Stille. Einmal glaubte er, ganz weit entfernt einen Schrei zu hören, aber er war auch diesmal nicht sicher. Dann hatten sie das Ende der Treppe und damit die Tür zum Hof erreicht, und Andrej gab Maria ein Zeichen, ein Stück zurückzubleiben und sich still zu verhalten.

Er musste länger oben im Turm gewesen sein, als es ihm vorgekommen war, denn in der Burg war es mittlerweile vollkommen still geworden. Das Lachen und die Stimmen waren verstummt. Nur hinter einem einzigen Fenster brannte noch Licht. Trotzdem gestikulierte Andrej noch einmal in Marias Richtung, um ihr zu bedeuten, sie solle stehen bleiben, dann straffte er die Schultern und ging mit selbstbewussten Schritten quer über den Hof. Der Posten bemerkte ihn, noch bevor er die halbe Strecke zurückgelegt hatte, aber wie seine beiden Kameraden vorhin im Turm schöpfte er keinen Verdacht. Warum auch?

Er sprach Andrej an, als er noch fünf oder sechs Schritte von ihm entfernt war.

»Was willst du? Schickt dich Fürst Tepesch?«

»Ja«, antwortete Andrej – nachdem er zwei weitere Schritte zurückgelegt hatte. »Ich soll nach dem Pfaffen sehen. Lebt er noch?«

»Vorhin hat er jedenfalls noch gelebt«, antwortete der Wächter. »Aber für Tepeschs Folterkammer taugt er nicht mehr. Er würde es nicht einmal …«

Andrej hatte ihn erreicht, trat mit einer fast gelassenen Bewegung neben ihn, dann mit einem blitzartigen Schritt hinter ihn und schlang ihm den linken Arm um den Hals. Mit der anderen Hand hielt er ihm Mund und Nase zu und zerrte ihn gleichzeitig zurück in den schwarzen Schlagschatten des Tores. Der Mann ließ seinen Speer fallen, der klappernd auf das harte Kopfsteinpflaster des Hofes fiel, und begann verzweifelt in Andrejs Griff zu zappeln; aber nur für einen Moment, bis Andrej den Druck verstärkte und er nun endgültig keine Luft mehr bekam.

»Dimitri?«

Die Stimme drang von der Höhe des Wehrganges herab. »Ist alles in Ordnung?«

»Wenn du schreist, breche ich dir das Genick«, zischte Andrej. »Hast du das verstanden?«

Der Mann nickte schwach, und Andrej nahm langsam die Hand von seinem Gesicht, bereit, jederzeit wieder zuzupacken und seine Drohung wahr zu machen, sollte er auch nur einen verräterischen Laut von sich geben. Er rang jedoch nur keuchend nach Luft.

»Dimitri! Antworte!«

»Tu es«, flüsterte Andrej drohend. »Beruhige ihn! Mach keinen Fehler!«

»Es ist alles in Ordnung!«, rief der Mann. Seine Stimme klang ein wenig atemlos, aber Andrej hoffte, dass es seinem Kameraden oben auf dem Wehrgang nicht auffiel. »Mir ist der Speer aus der Hand gefallen. Ich wäre fast eingeschlafen.«

Die Antwort bestand aus einem kurzen Lachen. »Lass dich nicht dabei erwischen.« Dann setzte der Wächter seinen Rundgang fort.

»Du willst also leben«, sagte Andrej. »Gut. Du scheinst ein vernünftiger Mann zu sein. Ich werde dich jetzt loslassen, aber mein Dolch ist auf dein Herz gerichtet. Wenn du um Hilfe rufst, stirbst du auf jeden Fall.«

Er zog das Messer aus dem Gürtel, nahm vorsichtig den Arm vom Hals des Mannes und trat dann hastig einen Schritt zurück. Der Soldat blieb noch einen Augenblick wie erstarrt stehen und drehte sich dann langsam um. Andrej konnte seine Angst riechen.

»Du weißt, wer ich bin?«, fragte Andrej.

Dimitri nickte. Sein Gesicht hatte alle Farbe verloren. Er war fast verrückt vor Angst.

»Dann weißt du auch, dass ich dich töten und deine Seele verdammen kann, nur mit einem einzigen Blick.«

Dimitri nickte erneut.

»Jetzt bück dich nach deinem Speer«, befahl Andrej. »Bevor deine Freunde auf der Mauer noch Verdacht schöpfen.«

Der Soldat gehorchte, wenn auch langsam und ohne Andrej aus den Augen zu lassen. Wahrscheinlich verstand er nicht, warum er überhaupt noch lebte.

»Wie viele Wächter sind noch da?«, fragte Andrej.

»Drei«, antwortete Dimitri. »Außer mir. Zwei auf den Mauern und einer oben im Turm.«

Das entsprach der Wahrheit, Andrej spürte es. Der Mann hatte viel zu viel Angst, um zu lügen. Einen der Posten oben auf der Mauer hatte er ausgeschaltet, aber gegen die Ausguckwache im Turm konnte er nichts unternehmen. Er vermutete jedoch, dass der Mann seine Aufmerksamkeit auf die weitere Umgebung der Burg konzentrieren würde. In dem fast vollkommen dunklen Hof konnte er ohnehin nichts erkennen.

»Also gut«, sagte er. »Ruf ihn herunter.«

»Wen?«

»Deinen Kameraden, oben auf der Mauer«, antwortete Andrej. »Der, mit dem du gerade gesprochen hast. Sag ihm, dass du seine Hilfe brauchst.«

Der Mann zögerte einen Moment, drehte sich dann aber hastig herum und rief gehorsam nach seinem Kameraden, als Andrej eine drohende Bewegung mit dem Messer machte.

»Savo! Komm herunter! Ich brauche deine Hilfe!«

Er bekam keine Antwort, aber schon bald hörten sie Schritte die hölzernen Stufen hinunterpoltern. Der Mann drehte sich hektisch zu Andrej um.

»Wenn … wenn du mich tötest, wirst du meine Seele dann mit dir in die Hölle nehmen?«, fragte er stockend.

Hätten die Worte Andrej nicht bis ins Innerste erschreckt, dann hätte er darüber lachen können. So aber ließen sie ihn schaudern. Es war nicht das Messer in seiner Hand, das den Soldaten zu Tode erschreckt hatte. *Er* war es.

»Du wirst noch lange leben, wenn du vernünftig bist«, antwortete er. »Du interessierst mich nicht. Mach keinen Fehler, und du wirst leben.«

Schritte näherten sich. Eine groß gewachsene Gestalt, selbst für Andrejs scharfe Augen nur als Schatten erkennbar, kam quer über den Hof auf sie zu. Andrej zog rasch das Schwert aus Dimitris Gürtel, wich wieder in den Schatten zurück und wartete, bis der zweite Wachtposten zu ihnen gestoßen war.

Es war beinahe zu leicht. Andrej trat aus dem Schatten heraus und hob das Schwert. Der Mann erstarrte mitten in der Bewegung.

»Gut«, sagte Andrej. »Ich sehe, dass Tepesch nur vernünftige Männer in seiner Umgebung duldet. Wenn ihr vernünftig seid, geschieht euch nichts. Gibt es außer dem Hauptweg durch das Tor noch einen Weg aus der Burg?«

Dimitri schüttelte stumm den Kopf, doch Savo tat etwas ziemlich Unüberlegtes: Er stürzte sich auf Andrej. Der machte einen Schritt zur Seite, schlug ihm die flache Seite des Schwertes gegen den Schädel, und Savo fiel bewusstlos zu Boden, noch bevor er sein Schwert auch nur halb aus der Scheide gezogen hatte.

»Das war nicht sehr vernünftig«, sagte Andrej, zu Dimitri gewandt.

»Ich werde alles tun, was Ihr verlangt, Herr«, sagte Dimitri hastig.

»Gut«, antwortete Andrej. »Wie viele Sdoldaten sind auf der Burg?«

»Nicht viele«, antwortete Dimitri. »Fünfundzwanzig, höchstens dreißig. Die meisten schlafen bereits«, fügte er noch ungefragt hinzu.

»Tepesch?«

»Ich weiß nicht, wo er sich aufhält«, behauptete Dimitri.

Er würde ihn schon finden. Was im Augenblick zählte, war allein, Maria hier herauszubringen. Er scheuchte Dimitri ein Stück zurück und rief dann mit gedämpfter Stimme Marias Namen. Er musste ihn drei- oder viermal wiederholen, bevor sie reagierte, dann aber kam sie mit schnellen Schritten über den Hof gelaufen. Sie beachtete weder den Bewusstlosen am Boden noch Andrej oder seinen Gefangenen, sondern starrte den Gitterkäfig an, der in zwei Metern Höhe aufgehängt war.

»Lasst ihn herunter!«

Andrej war über diesen Wunsch nicht glücklich, aber er machte trotzdem eine Kopfbewegung in Richtung des Wachmannes. Der trat an eine hölzerne Konstruktion, die unweit des Tors an der Burgmauer befestigt war, und begann an einer Kurbel zu drehen. Es dauerte nicht lang, bis sich der Käfig zu Boden gesenkt hatte.

»Aufmachen«, befahl Andrej.

Der Wächter nestelte einen Schlüssel von seinem Gürtel, ließ sich vor dem Käfig auf die Knie fallen und mühte sich mit dem Schloss ab, das schließlich mit einem schweren Klacken aufsprang. Plötzlich stieß Maria einen spitzen Schrei aus, war mit einem Sprung bei ihm und schleuderte ihn zu Boden. Mit bebenden Händen riss sie die Käfigtür auf, beugte sich hinein und versuchte, nach der gekrümmten Gestalt darin zu greifen. Andrej hörte sie scharf einatmen, als sie sich an einem der spitzen Metalldornen verletzte. Als er näher trat, um ihr zu helfen, stieg ihm ein süßlicher Blutgeruch in die Nase. Tief in ihm begann sich etwas zu rühren, ein Hunger, der zu unwiderstehlicher Gier anwachsen würde, wenn er ihm nachgab.

Andrej kämpfte das Gefühl mit Mühe nieder, schob Maria mit sanfter Gewalt zur Seite und hob Domenicus' verkrümmten Körper aus dem Käfig. Er schien fast überhaupt nichts zu wiegen. Noch einmal wurde der Blutgestank so übermächtig, dass er die lodernde Gier in sich nur noch mit letzter Kraft unterdrücken konnte.

Mit einem drohenden Blick schleuderte er Dimitri zur Seite, trug Domenicus zwei Schritte weit und legte ihn dann behutsam zu Boden. Der Inquisitor lebte noch. Die spitzen Metalldornen hatten ihm zahlreiche Wunden zugefügt, die sich zum Teil bereits entzündet hatten. Die glühende Sonne hatte seinen Körper ausgezehrt und seine Haut verbrannt. Es kam Andrej fast wie ein Wunder vor, dass er nicht bereits verdurstet war.

»Domenicus«, murmelte Maria entsetzt. »Oh, mein Gott. Was … was haben sie dir angetan?«

»Was ihm zusteht«, murmelte Andrej. Maria warf ihm einen zornigen Blick zu, beugte sich aber sofort wieder über ihren Bruder. Andrej bereute plötzlich überhaupt etwas gesagt zu haben. Er empfand keinerlei Rachegelüste mehr beim Anblick des zerschlagenen, wimmernden Bündels, das sterbend in Marias Armen lag. Domenicus hatte den Tod und jede Sekunde Schmerz, die er litt, verdient, aber Andrej empfand bei diesem Gedanken nicht einmal Genugtuung.

»Er stirbt«, schluchzte Maria. »Andrej, er stirbt! Bitte, tu etwas! Du musst ihm helfen!«

»Das kann ich nicht«, sagte Andrej.

»Ich weiß, was er dir angetan hat«, sagte Maria. Tränen liefen über ihr Gesicht. »Ich weiß, dass du ihn hassen musst. Aber ich flehe dich an, hilf ihm!«

»Das kann ich nicht, Maria«, sagte Andrej noch einmal. »Bitte glaub mir. Es hat nichts damit zu tun, was er ist und was er getan hat. Ich hasse ihn nicht. Nicht mehr.« Er schüttelte traurig den Kopf. »Ich *kann* es nicht.«

Maria hatte seine Worte gar nicht gehört. »Du kannst von mir haben, was du willst«, sagte sie unter Tränen. »Bitte, Andrej, tu es für mich! Du … du kannst mich haben. Ich gehöre dir, wenn du es willst, aber … aber hilf ihm! Rette ihn!«

»Bitte, Maria«, murmelte Andrej. Ihre Worte stimmten ihn traurig, aber sie weckten auch noch etwas in ihm, das ihm nicht gefiel und das er hastig unterdrückte. »Ich kann es nicht. Was immer dein Bruder dir über mich erzählt hat – ich bin kein Zauberer. Er stirbt.« Er zögerte einen Moment. Obwohl er wusste, dass es ein Fehler war, fuhr er fort: »Alles, was ich noch für ihn tun kann, ist, sein Sterben zu erleichtern.«

Etwas in Marias Blick zerbrach. Es *war* ein Fehler gewesen. »Du musst ihm helfen«, beharrte sie, nun aber in einem veränderten Ton, der ihm einen eisigen Schauer über den Rücken laufen ließ.

Andrej wandte sich an Dimitri. Hätte der Mann schnell genug reagiert, hätte er den Moment nutzen können, um zu fliehen, aber er stand noch immer reglos zwei Schritte entfernt und starrte Andrej und Maria aus geweiteten Augen an.

»Öffne das Tor«, befahl er.

»Das darf ich nicht«, stammelte der Wächter. »Tepesch wird ...«

»Öffne das Tor, und dann lauf, so schnell du kannst«, wiederholte Andrej, eine Spur schärfer. »In kurzer Zeit lebt hier niemand mehr. Auch dein Herr nicht.«

Dimitri starrte ihn noch einmal aus großen Augen an, dann fuhr er herum und stürzte zum Tor. Andrej wandte sich wieder zu Maria um.

»Du musst hier weg. Mehmeds Krieger werden bald hier sein. Ich werde dich nicht schützen können. Ich muss Frederic suchen.«

Maria nickte. Sie stand auf und legte in der gleichen Bewegung Domenicus' Arm um ihre Schulter, um ihn ebenfalls in die Höhe zu ziehen. Er wimmerte leise vor Schmerz, hatte aber kaum die Kraft dazu.

»Warte«, sagte Andrej. »Ich helfe dir.«

Er trat auf sie zu und wollte nach Domenicus greifen, aber der sterbende Inquisitor entzog sich seiner Hand und versuchte sogar nach ihm zu schlagen.

»Rühr mich nicht an, Hexer!«, würgte er hervor. »Eher sterbe ich, ehe ich zulasse, dass mich deine gottlosen Hände besudeln.«

»Domenicus!«, sagte Maria.

»Rühr mich nicht an!«, wiederholte ihr Bruder. »Lieber sterbe ich.«

Maria machte einen einzelnen, wankenden Schritt. Sie taumelte unter Domenicus' Gewicht, aber sie brachte es fertig, nicht darunter zusammenzubrechen. Noch nicht.

»Abu Dun wartet mit ein paar Männern im Wald hinter der Burg«, sagte Andrej. »Aber es ist viel zu weit bis dorthin. Er ist zu schwer für dich.«

»Er ist nicht schwer«, antwortete Maria. »Er ist mein Bruder.«

»Ich kann ihr helfen, Herr.« Dimitri hatte den schweren Riegel zur Seite gewuchtet und kam zurück. Er atmete schwer. Im ersten Moment kam Andrej dieser Vorschlag vollkommen abwegig vor. Dann aber begriff er, dass der Mann um sein Leben redete. Er hatte gesagt, dass er ihm seine Seele stehlen würde, um ihn ein wenig zu erschrecken und gefügig zu machen, aber der Soldat nahm jedes Wort ernst.

»Du weißt, was geschieht, wenn du mich hintergehst?«, fragte er. »Ganz egal, wo du dich versteckst, ich würde dich finden!«

»Ich weiß, Herr«, stieß der Soldat hervor. »Ich werde Euch nicht belügen.«

Wenn Andrej jemals in die Augen eines Mannes geblickt hatte, der es ehrlich meinte, dann waren es die Dimitris. Er nickte. »Gut, bring sie zu den Männern, die im Wald auf mich warten. Und dann lauf weg.«

Dimitri wiederholte sein hektisches Nicken, dann ging er rasch zu Maria, griff wortlos nach Vater Domenicus und lud ihn sich auf die Arme. Maria seufzte erleichtert und machte einen schwankenden Schritt zur Seite. Sie sah zu Andrej auf, und wieder war in ihren Augen dieser Ausdruck, der Andrej erschauern ließ.

Da war nichts mehr. Wenn es zwischen ihnen jemals so etwas wie Liebe gegeben hatte, dann war sie erloschen, erstickt und für alle Zeiten ausgemerzt unter all dem Hass und der Bosheit, die Tepesch über sie gebracht hatte.

»Geh zu Abu Dun«, sagte er. »Er wird dir helfen. Und auch deinem Bruder. Sag ihm, dass ich ihn darum bitte.«

Er zog sein Schwert und drehte sich wieder um. *Seine Hände waren voller Blut.* Er wusste, wo er Vlad Dracul finden würde.

18

Als er die Eingangshalle des düsteren Gebäudes betrat, traf er auf die ersten Soldaten. Sie waren zu zweit, versahen ihren Dienst aber ebenso nachlässig wie ihre Kameraden auf dem Hof. Einer von ihnen schlief, als Andrej hereinkam, schrak aber hoch und griff nach seiner Waffe, der andere reagierte eine Winzigkeit schneller und stürzte sich mit erhobenem Speer auf ihn. Andrej tötete ihn mit einem blitzschnellen Schwertstreich, fuhr in der gleichen Bewegung herum und streckte auch seinen Kameraden nieder, noch bevor dieser sein Schwert ganz aus dem Gürtel gezogen hatte. Die beiden Männer starben schnell und lautlos, aber der Speer des einen fiel mit einem lang nachhallenden Scheppern zu Boden, das im gesamten Gebäude zu hören sein musste.

Andrej blieb mit geschlossenen Augen stehen und lauschte. Für seine unnatürlich geschärften Sinne hatte das Geräusch geklungen wie das Dröhnen einer großen Kirchenglocke, aber es folgte keine Reaktion. Als das Klingeln in seinen Ohren nachließ, ortete er jedoch andere Laute. Er hörte gleichmäßige Atemzüge anderer Männer, ein unregelmäßiges Schnarchen, die Laute von Körpern, die sich im Schlaf bewegten. Hundert neue Sinneseindrücke und Informationen stürmten auf ihn ein, so schnell und mit solcher Wucht, dass er davon überrollt zu werden drohte. Ihm schwindelte. Es gelang ihm nur mit Mühe, sich gegen diese Flut von Geräuschen, Bildern und Gerüchen zu behaupten und sie schließlich so weit zurückzudrängen, dass er die für ihn wichtigen Informationen herausfiltern konnte.

Noch immer waren Schreie zu hören, auch wenn sie jetzt mehr zu einem Wimmern geworden waren. Nicht sehr weit entfernt befanden sich vier oder fünf Männer, die schliefen. Aber nicht sehr fest. Ein einziger Schrei oder ein verräterisches Geräusch konnten sie wecken. Er musste sie ausschalten.

Sich einzig auf sein Gehör verlassend, fand Andrej nach kurzem Suchen den Raum, in dem sich die fünf Männer zur Ruhe begeben hatten. Er blieb vor der Tür stehen, presste das Ohr gegen das Holz und konzentrierte sich. Er konnte jetzt sogar riechen, was die Männer zu sich genommen hatten. Mindestens einer von ihnen war betrunken.

Andrej öffnete lautlos die Tür, betrat den Raum und orientierte sich mit einem raschen Blick in die Runde. Sein Gehör hatte ihn nicht getäuscht: Fünf von Tepeschs Kriegern hatten sich auf dem nackten Boden ausgestreckt und schliefen. Sie waren komplett angezogen und hatten ihre Waffen griffbereit neben sich liegen.

Er tötete sie alle.

Drei der Männer starben im Schlaf, die beiden anderen fanden zumindest noch Gelegenheit, hochzuschrecken und nach ihren Waffen zu greifen, aber vermutlich nicht mehr, zu begreifen, was mit ihnen geschah. Keiner von ihnen fand Zeit, einen Schrei auszustoßen.

Andrej verließ den Raum, ging in die Halle zurück und lauschte. Er hörte jetzt keine Atemzüge mehr, aber er *spürte*, dass sich noch weitere Männer im Haus aufhielten – mit den gleichen, untrüglichen Instinkten, mit denen ein Raubtier die Nähe seiner Beute gespürt hätte, auch ohne sie zu hören oder ihre Witterung aufzunehmen.

Der Gedanke beunruhigte ihn. War es das, wozu andere Menschen für ihn geworden waren? Beute?

Und wenn es stimmte– was war *er* dann?

Vielleicht hatte die Furcht, die diese Frage in ihm auslöste, ihn zu sehr abgelenkt, vielleicht waren seine neu erworbenen Sinne auch unzuverlässig – das Nächste, was er hörte, war das Geräusch einer Tür, unmittelbar gefolgt von einem überraschten Laut und dem Scharren von Metall. Andrej fuhr herum und sah sich vier weiteren, höchst wachen Kriegern gegenüber, die allerdings von seiner Anwesenheit mindestens ebenso überrascht waren wie umgekehrt er von ihrem Auftauchen.

Aber er überwand seine Überraschung schneller.

Andrej fuhr wie ein Dämon unter die Männer und tötete einen von ihnen schon mit seinem ersten, ungestümen Angriff. Die drei anderen prallten erschrocken zurück, formierten sich aber sofort zu hartnäckigem Widerstand. Sie waren gut.

Andrej hatte alles vergessen, was er jemals über den Schwertkampf und ausgefeilte Techniken gelernt hatte. Er drosch und prügelte einfach mit ungebändigter Kraft auf seine Gegner ein, ohne Rücksicht darauf, ob er selbst getroffen wurde oder nicht, ob er selber traf oder was er traf. Ein zweiter Soldat fiel tödlich verletzt zu Boden. In den Augen der beiden anderen loderte plötzlich Angst auf. Statt zu tun, was ihnen ihr Kriegerinstinkt eingeben musste, statt ihn gemeinsam auf eine Art anzugreifen, die seine Raserei letztlich zum hilflosen Toben werden lassen würde, gerieten sie in Panik. Andrej spürte einen scharfen Schmerz in der Seite, als ein Schwert in sein Fleisch stieß. Der Angriff war eine Verzweiflungstat, die den Mann seine eigene Deckung vernachlässigen ließ. Andrejs Schwert durchbohrte ihn. Er war tot, bevor sein Körper zu Boden fiel. Der Letzte fuhr herum und stürzte durch die Tür davon.

Andrej setzte ihm nach, aber er kam nicht dazu, ihn einzuholen. Der Mann taumelte plötzlich und griff sich an den Hals. Als er zusammenbrach, sah Andrej, dass seine Kehle verletzt war. Ein glutäugiger Riese in der Farbe der Nacht schwenkte sein blutiges Schwert.

Andrej griff ihn, ohne zu zögern, an. Sein Denken war ausgeschaltet. Er handelte ohne Plan, ohne Absicht, ohne Sinn. Er hatte sich in eine gnadenlose Tötungsmaschine verwandelt, die alles vernichten würde, was ihren Weg kreuzte. Sein Schwert zeichnete einen silbern funkelnden Dreiviertel-Kreis in die Luft und prallte mit solcher Gewalt auf die hochgerissene Klinge des schwarzen Riesen, dass blaue Funken aus dem Stahl stoben.

Die Wucht seines eigenen Hiebes ließ Andrej zurücktaumeln, schmetterte aber auch den schwarzen Riesen gegen die Wand und brachte ihn dazu, seine Waffe fallen zu lassen. Andrej fing sein Stolpern ab, sprang in der gleichen Bewegung wieder vor und riss seine Klinge zum letzten entscheidenden Hieb in die Höhe.

»Andrej! Nein!«

Es war die Stimme des Piraten, die er erkannte, nicht sein ebenholzfarbenes Gesicht. Andrej versuchte verzweifelt, den Hieb zurückzuhalten, aber es war zu spät. Alles, was er noch tun konnte, war die Klinge zur Seite zu reißen. Sie prallte unmittelbar neben Abu Duns Gesicht mit solcher Gewalt gegen die Wand, dass sie zerbrach. Ein Schauer aus Metall- und Steinsplittern überschüttete Abu Dun und sprenkelte seine Wange mit winzigen roten Punkten.

Andrej taumelte einen Schritt zurück, ließ das geborstene Schwert fallen und starrte Abu Dun entsetzt an. Sein Herz hämmerte.

»Abu Dun?«

»Ich bin nicht ganz sicher«, antwortete der Pirat. Er hob die Hand, betastete seine Wange und blickte mit einem ärgerlichen Stirnrunzeln auf das Blut, das an seinen Fingerspitzen klebte. »Bin ich tot, oder ist das nur ein Alptraum? Für einen Moment habe ich mir tatsächlich eingebildet, dass du mich umbringen willst.«

»Es tut mir leid«, sagte Andrej. »Ich dachte …« Er brach ab, schüttelte verwirrt den Kopf und setzte neu an: »Wie kommst du hierher?«

»Jemand war so freundlich, das Haupttor zu öffnen«, antwortete Abu Dun.

»Maria! Ich ...«

»Sie ist unversehrt«, sagte Abu Dun rasch. »Und ihr Bruder auch – auch wenn ich nicht weiß, ob es wirklich eine Gnade ist, ihn am Leben zu lassen.«

»Nein«, antwortete Andrej. »Das ist es nicht. Deshalb wollte ich, dass er lebt.«

»Manchmal weiß ich nicht, wen ich mehr fürchten soll«, sagte Abu Dun. »Dich oder euren Gott, der grausam genug ist, einen Mann, der sein Kleid trägt, mit solchen Wunden weiterleben zu lassen.«

»Der Wächter?«

»Mehmeds Leute haben ihn am Leben gelassen, wenn du das meinst«, antwortete Abu Dun hart. »Aber er wird nie wieder ein Schwert in die Hand nehmen.« Er machte eine harsche Geste. »Er hat erzählt, dass Waichs leer steht. Mehmeds Krieger sind bereits in der Burg. Niemand wird überleben. Hast du den Jungen gefunden?«

»Nein«, antwortete Andrej. »Aber ich weiß, wo er ist.«

»Worauf warten wir dann noch?«

Die Burg hallte vom Klirren der Schwerter und den Schreien der Kämpfenden und Sterbenden wider. Wenn Dimitri die Wahrheit gesagt hatte, dann musste die Anzahl der Männer auf beiden Seiten ungefähr gleich groß sein. Mehmeds Männer hatten die Gelegenheit ergriffen, die Burg zu stürmen und ihrem Herrn eine Festung zu präsentieren, über der schon die Fahne der türkischen Heere wehte, wenn er sein Lager aufschlug. Andrej war fast sicher, dass sie siegen würden, aber es würde ein harter Kampf werden, denn ihre Gegner kannten sich in der Festung aus, und sie kämpften um ihr nacktes Überleben.

Es war ihm gleich, wer gewann und ob es Überlebende auf einer der beiden Seiten gab. Es war nicht sein Krieg. Es ging ihn nichts an. Er würde sich nicht weiter hineinziehen lassen, als es unbedingt notwendig war.

Sie hatten die Treppe hinab zum Keller gefunden, denn es gab einen grausigen Wegweiser: die gellenden Schreie der Gefolterten, denen sie nur zu folgen brauchten. Auf ihrem Weg hatten sich ihnen zweimal Soldaten des Drachenritters entgegengestellt, die sich ihnen mit dem Mut der Verzweiflung entgegenwarfen.

Andrej hatte sie allesamt getötet.

Er war erneut in diesen schrecklichen Blutrausch verfallen, in dem nur noch das Töten zählte, in dem er nicht mehr er selbst war, sondern nur noch ein … *Ding*, das vorwärts marschierte, unverwundbar, unaufhaltsam und gnadenlos. Abu Dun war die ganze Zeit an seiner Seite gewesen, aber er hatte nicht ein einziges Mal sein Schwert gezogen.

Sie hatten den Gang erreicht, an dessen Ende die vergitterte Tür zu Tepeschs Folterkeller lag. Die Schreie waren wieder zu einem Wimmern herabgesunken, dem gepeinigten Schluchzen eines Kindes, das verzweifelt um Gnade winselte und doch wusste, dass sie ihm nicht gewährt werden würde. Andrej wusste, wessen Stimme es war. Er hatte sie im ersten Moment erkannt, schon oben auf der Burgmauer, als er sie das erste Mal gehört hatte. Bisher hatte er sich nicht *erlaubt*, sie zu erkennen. Aber jetzt konnte er die Augen vor der Wahrheit nicht länger verschließen. Es war Frederic, der schrie.

Vor der Tür am anderen Ende des Ganges stand ein einzelner, sehr großer Mann, der ihnen ruhig und ohne die mindeste Furcht entgegenblickte. Andrej kannte ihn. Es war Vlad, Tepeschs Vertrauter, den er in der Rolle des Drachenritters kennen gelernt hatte. Er trug nun eine andere Rüstung, die aber kaum weniger barbarisch war als die Tepeschs, und Andrej spürte sofort, wie gefährlich dieser Mann war.

»Ich wusste, dass du kommst, Vampyr«, sagte Vlad. »Ich habe schon eher mit dir gerechnet.«

»Ich wurde aufgehalten«, antwortete Andrej. »Aber nun bin ich da.« Er hob das Schwert, das er einem der Toten oben in der Halle abgenommen hatte. »Gibst du den Weg frei, oder muss ich dich töten?«

»Kannst du es denn?«, fragte Vlad ruhig, »oder brauchst du die Hilfe deines heidnischen Freundes? Ihr seid zu zweit.«

Andrej machte eine Handbewegung. »Abu Dun wird sich nicht einmischen. Wenn du mich besiegst, kannst du gehen.«

»Oh ja«, sagte Vlad höhnisch. »Einen Mann, der nicht verletzt werden kann. Ihn zu besiegen ist schier unmöglich. Es ist kein sehr gutes Angebot, das du mir machst, Hexer.«

»Dann gib den Weg frei«, sagte Andrej.

»Und du lässt mich gehen?«, fragte Vlad zweifelnd. Sein Blick irrte unstet zwischen Andrej und Abu Dun hin und her. Andrej konnte sehen, wie es hinter seiner Stirn arbeitete.

Hinter der Tür schrie Frederic gellend und so gepeinigt auf, dass Andrej fast das Blut in den Adern gefror. »Gib den Weg frei, und du lebst. Oder bleib stehen, und stirb für deinen Herrn.«

»Für Tepesch?« Vlad machte ein abfälliges Geräusch. »Bestimmt nicht.« Er steckte sein Schwert ein, lachte noch einmal kurz und bitter und ging dann hoch aufgerichtet an Andrej vorbei. Andrej wartete, bis er zwei Schritte hinter ihm war, dann drehte er sich herum, hob sein Schwert und stieß es Vlad ins Herz. Der dunkelhaarige Riese kippte wie vom Blitz getroffen zur Seite, prallte gegen die Wand und sackte kraftlos zusammen.

Abu Dun keuchte. »Warum hast du das getan?«

»Weil er den Tod verdient hat«, antwortete Andrej. Er erschrak selbst vor der Kälte in seiner Stimme. Es war nicht die Wahrheit. Es stimmte – der Mann, der so oft in Tepeschs Haut geschlüpft war, war kaum besser als sein Herr gewesen und hatte den Tod tausendfach verdient –, aber das war nicht der Grund, aus dem er ihn getötet hatte. Der wirkliche Grund war viel einfacher: Er hatte es gewollt.

Abu Dun antwortete nicht. Er sah Andrej nur an. In seinen Augen war etwas, das ihn an den Ausdruck in Marias Blick erinnerte und ihm fast ebenso große Angst machte.

Hinter ihnen erscholl ein weiterer, noch gellenderer Schrei, und Andrej fuhr herum und stieß die Tür auf.

Andrej hatte gewusst, was sie sehen würden. Es war nicht das erste Mal, dass er hier war. Und trotzdem ließ der Anblick einen Nebel aus roter Wut vor seinen Augen aufsteigen. Tod. Er *sah* Tod, und er *wollte* Tod.

Der riesige Gewölbekeller war von flackerndem rotem Licht erfüllt. Die Luft roch nach Ruß und ätzendem Rauch, aber auch nach Blut und menschlichem Leid und Sterben. Die großen Metallkäfige, die den Keller unterteilten, waren nach wie vor besetzt. Abu Dun hatte nur einen kleinen Teil der Gefangenen befreit. In die Gitterkäfige waren noch mindestens hundert Männer eingepfercht.

Keiner von ihnen rührte sich.

Die Männer waren tot.

Alle.

»Dieses Ungeheuer!«, murmelte Abu Dun. Seine Stimme zitterte. »Dieses … *Tier!* So etwas tut doch kein Mensch!«

Andrej hörte ihn nicht. Sein Blick war starr auf den Gitterkäfig links neben dem Eingang gerichtet, Tepeschs Folterkeller. Tepesch und Frederic waren allein. Es gab keine weiteren Wächter oder Soldaten. Tepesch hatte Andrej und Abu Dun den Rücken zugekehrt und beugte sich über einen hölzernen Tisch, auf dem eine kleine Gestalt festgeschnallt war. Andrej konnte nicht genau erkennen, was er tat, aber Frederics Schreie gellten spitz und unmenschlich hoch in seinen Ohren.

»*Dracul!*«, schrie er.

Tepesch fuhr hoch. Sein Gesicht war verzerrt, als er es Andrej zuwandte. Er hielt ein Messer mit einer gezahnten, sonderbar gebogenen Klinge in der Hand, von dem Blut tropfte. Andrej wagte sich nicht einmal *vorzustellen*, was er Frederic damit angetan hatte.

»Dracul!«, schrie er noch einmal. »Hör auf! Wenn du Blut willst, dann versuch dir meines zu holen!«

Er stürmte los. Es waren nur wenige Schritte bis zur offen stehenden Tür des Folterkäfigs, aber Tepesch war ihr noch näher, und er musste wissen, dass es um ihn geschehen war, wenn es ihm nicht gelang, die Tür zu schließen. Er lief im gleichen Moment los wie Andrej.

Er war der Tür erheblich näher als Andrej, musste allerdings erst die Folterbank umkreisen, auf der Frederic festgebunden war. Aber er bewegte sich mit fast übermenschlicher Geschwindigkeit – und er würde es schaffen.

Andrej begriff mit entsetzlicher Klarheit, dass er nicht schnell genug sein würde. Er war noch vier Schritte von der Tür entfernt, Tepesch noch zwei. Da nahm er noch ein weiteres, aber entscheidendes Detail wahr: Die Tür hatte ein einfaches, aber sinnreiches Schloss, das es, einmal eingeschnappt, vollkommen unmöglich machte, es ohne den dazugehörigen Schlüssel zu öffnen. Tepesch würde es vor ihm schaffen, die Tür zu erreichen. Vielleicht nur den Bruchteil eines Augenblicks, aber er war schneller.

Etwas flog mit einem hässlichen Geräusch an ihm vorbei. Tepesch keuchte, taumelte weniger als eine

Armeslänge von der Tür entfernt wie von einem gewaltigen Schlag getroffen zurück und prallte gegen die Gitterstäbe. Aus seiner linken Schulter ragte der Griff eines Dolches, den Abu Dun nach ihm geschleudert hatte.

Andrej sprengte die Tür mit der Schulter vollends auf, sprang über Tepesch hinweg und war mit einem Satz an dem gewaltigen Tisch, auf dem Frederic festgebunden war. Er erstarrte.

Ihm wurde übel, als er sah, was Tepesch dem Knaben angetan hatte. Frederic schrie. Er hatte die ganze Zeit über nicht aufgehört zu schreien, ein grässliches, an- und abschwellendes ununterbrochenes Kreischen, das in Andrejs Ohren vibrierte. Er blutete aus fürchterlichen Wunden, die Tepesch ihm zugefügt hatte. Andrej wusste, dass das Blut versiegen und die Wunden verheilen würden, aber was war mit den Verletzungen, die Tepesch seiner Seele zugefügt hatte?

Frederic hörte auf zu schreien. Aus seinem furchtbaren Kreischen wurde ein nicht minder entsetzliches Schluchzen und Wimmern, während er den Kopf drehte und Andrej aus Augen ansah, in denen sich unvorstellbare Pein mit vielleicht noch größerer Verzweiflung mengte. Die Unsterblichkeit hatte einen Preis, begriff Andrej. Und vielleicht war er zu hoch.

»Hilf mir«, wimmerte Frederic. »Bitte, hilf mir!«

Vielleicht war das das Schlimmste, was er ihm antun konnte. Es war dasselbe, was Maria von ihm verlangt hatte. Die vielleicht einzige Bitte, die er nicht erfüllen konnte. Er konnte nicht helfen. Er konnte nicht *heilen.*

Das Einzige, was er wirklich konnte, war zerstören.

Hinter ihm erklang ein Schrei, dann ein Geräusch wie von dumpfen Schlägen. Er drehte sich nicht einmal herum. Zitternd streckte er die Hand aus, wie um Frederics zerstörten Körper zu berühren, wagte es aber dann doch nicht, sondern ließ seine Finger wenige Zentimeter über seinem geschundenen Fleisch schweben. Frederic Wunden begannen sich bereits zu schließen. Das Blut versiegte, und sein Wimmern wurde leiser. Aber er hatte Schmerzen erlitten. Nichts konnte ihm die Qual nehmen, die der Drache ihm zugefügt hatte.

Endlich erwachte Andrej aus seiner Erstarrung. Es war nicht viel, was er für Frederic tun konnte, aber immerhin dies: Er zog seinen Dolch aus dem Gürtel und durchtrennte mit vier schnellen Schnitten die breiten Lederbänder, mit denen Frederics Hand- und Fußgelenke gefesselt waren. Frederic seufzte hörbar, bäumte sich noch einmal auf dem Foltertisch auf – und verlor endlich das Bewusstsein.

Andrej schloss die Augen, versuchte den Sturm von Gefühlen niederzukämpfen, der in ihm tobte, und wandte sich dann um.

Abu Dun hatte Tepesch in die Höhe gezerrt und das Messer aus seiner Schulter gerissen. Tepesch blutete heftig, wehrte sich aber trotzdem nach Kräften, aber der hünenhafte Schwarze hielt ihn so mühelos fest, wie ein Kind eine Gliederpuppe gehalten hätte.

»*Wache!*«, brüllte Tepesch. »*Wache! Hierher!*«

»Gib dir keine Mühe«, sagte Andrej kalt. »Es ist niemand mehr da.«

Er zog seinen Dolch aus dem Gürtel und trat näher.

Abu Dun schlug ihm das Messer aus der Hand.

»Nein! Mehmed will ihn lebend!« Er lachte grollend. »Falls es dir ein Trost ist – er wäre dir vermutlich dankbar, wenn du ihn töten würdest. Mehmed weiß, was er Selic und seinen Männern angetan hat.«

Andrej wusste, dass er recht hatte. Der Sultan hatte ihnen nicht aus Barmherzigkeit befohlen, ihnen Vlad Tepesch lebendig zu übergeben. Wenn er Rache wollte, dann bestand seine furchtbare Aufgabe darin, Dracul an die Türken auszuliefern. Die Grausamkeit der Muselmanen war bekannt.

Und trotzdem kostete es ihn seine gesamte Kraft, sich nicht auf Tepesch zu stürzen und ihm das Herz aus dem Leib zu reißen.

»Fessle ihn«, sagte er. »Und stopf ihm das Maul, damit ich sein Gewimmer nicht hören muss.«

Abu Dun machte sich die Sache einfacher: Er schlug Tepesch die geballte Faust in den Nacken. Der brach bewusstlos in seinen Armen zusammen.

»Bring ihn raus«, sagte Andrej. »Ich kann ihn nicht mehr sehen!«

Frederic erwachte kurze Zeit später. Seine Wunden hatten sich geschlossen, und sein Gesicht hatte nicht mehr dieses schreckliche Totenweiß. Als er die Augen öffnete, wirkte sein Blick verloren; dann kehrte die Erinnerung in seine Augen zurück – und damit der Schmerz.

»Was …?«, begann er.

»Bleib einfach liegen«, unterbrach ihn Andrej. Er versuchte aufmunternd zu lächeln, spürte aber selbst, dass es ihm nicht überzeugend gelang. »Du wirst noch eine Weile brauchen, um dich zu erholen.«

»Es hat wehgetan«, flüsterte Frederic. »So … entsetzlich weh.«

»Ich weiß«, antwortete Andrej. »Aber nun ist es vorbei.«

»Du hast ihn getötet«, vermutete Frederic.

Andrej zögerte einen winzigen Moment. »Nein«, sagte er dann. »Aber er wird dir nichts mehr tun. Abu Dun hat ihn weggebracht.«

»Wohin?«

»Der Sultan will ihn haben«, antwortete Andrej. »Lebend. Ich könnte mir vorstellen, was er mit ihm anstellen wird, aber ich glaube, ich will es lieber nicht.«

Frederic versuchte sich aufzurichten. Er brauchte drei Ansätze dazu, aber Andrej unterdrückte den Impuls, ihm zu helfen. Frederic war durch die Hölle gegangen und tat es vermutlich noch, aber das war ein Weg, den er allein gehen musste.

»Er hat gesagt, dass … dass er mein Geheimnis ergründen will«, sagte er. Sein Blick war ins Leere gerichtet, aber es musste eine von Pein und unvorstellbarem Leid erfüllte Leere sein.

»Indem er dich foltert?«

»Es war meine Schuld«, flüsterte Frederic. »Ich habe es ihm verraten.«

»Was?«

»Unser Geheimnis.« Frederics Stimme zitterte leicht. »Dass man sterben muss, um ewig zu leben. Er sagt, dass … dass der Schmerz der Bruder des Todes ist. Er wollte so werden wie ich. Er … er hat gesagt, dass … dass er das Geheimnis ergründen wird, wenn … wenn …«

Seine Stimme versagte.

»Ich weiß, was du meinst«, sagte Andrej.

»Hat er recht?«, fragte Frederic.

»Er ist vollkommen wahnsinnig«, sagte Andrej. »Keine Angst. Er wird nie wieder jemandem Leid zufügen.« Er machte eine aufmunternde Kopfbewegung. »Kannst du aufstehen?«

Statt zu antworten, versuchte Frederic es. Es bereitete ihm Mühe, und er stand im ersten Moment ein wenig wackelig auf den Beinen, aber er stand.

»Was ist mit Maria?«

»Sie ist in Sicherheit«, antwortete Andrej knapp. »Komm.«

Frederic sah ihn kurz und verwirrt an. Vielleicht war ihm der sonderbare Ton aufgefallen, in dem Andrej geantwortet hatte, aber wahrscheinlich wusste er, was geschehen war.

Sie verließen den Keller. Frederic konnte sich nur langsam bewegen. Auf der Treppe musste Andrej ihm schließlich doch helfen, obwohl Frederic es weiter hartnäckig ablehnte. Er erholte sich nur langsam. Was Tepesch ihm angetan hatte, musste fast zu viel gewesen sein.

Aus einem entfernten Teil der Burg wehte noch

immer Kampflärm heran, aber Waichs war bereits gefallen. Gut die Hälfte von Mehmeds Kriegern hatte sich bereits wieder im Hof versammelt. Etliche von ihnen waren verletzt, aber soweit Andrej es beurteilen konnte, schienen sie keine Verluste zu beklagen.

Abu Dun und sein Gefangener befanden sich unweit des Tores, umgeben von vier oder fünf türkischen Kriegern. Tepeschs Schulter blutete noch immer, wenn auch nicht mehr so heftig wie zuvor. Niemand hatte sich die Mühe gemacht, ihn zu verbinden, aber seine Hände waren auf dem Rücken gefesselt. Seine Nase blutete. Andrej war ziemlich sicher, dass es nicht von dem Schlag kam, den Abu Dun ihm versetzt hatte.

»Vielleicht sollten wir ihn in eine seiner eigenen Zellen sperren«, sagte er. »Wenigstens so lange, bis Mehmed hier ist.«

Bevor Abu Dun antworten konnte, drehte sich einer der Krieger zu ihm herum; der gleiche Mann, der schon vorhin mit ihm gesprochen hatte. »Unser Herr hat befohlen, ihn sofort zu ihm zu bringen«, sagte er. »Und euch auch.«

»Uns?« Abu Dun zog die Augenbrauen zusammen.

»Wir haben vereinbart, dass wir ihm Tepesch übergeben!«, protestierte Andrej. »Lebend! Das haben wir getan, oder etwa nicht?«

»Davon weiß ich nichts«, antwortete der Krieger ungerührt. »Ich habe meine Befehle. Wir reiten sofort.«

»Das war nicht vereinbart!«, begehrte Abu Dun auf. »Willst du das Wort deines Herrn brechen, du Hund?«

Mehmeds Krieger wirkte für einen Moment unschlüssig. Dann drehte er sich mit einem Ruck herum und wechselte einige Worte in seiner Muttersprache und sehr harschem Ton mit einem seiner Begleiter. Der Mann fuhr herum und lief aus dem Tor.

»Also gut«, sagte der Türke. »Ich habe einen Mann losgeschickt, um neue Befehle zu holen. Aber es wird eine Weile dauern, bis er zurück ist.« Er starrte Tepesch hasserfüllt an. »Wir müssen ihn einsperren, schon zu seiner Sicherheit. Ich weiß nicht, wie lange ich ihn vor dem Zorn meiner Männer schützen kann.« Seine Miene verdüsterte sich. »Oder ob ich es überhaupt tun sollte.«

»Sperrt ihn in den Käfig«, schlug Frederic vor. »Soll er von seiner eigenen Mahlzeit kosten. Oder gebt mir ein Messer und lasst mich mit ihm allein.«

»Steckt ihn in den Käfig«, sagte Andrej. »Dort ist er zumindest in Sicherheit.« Er ließ absichtlich offen, vor wem.

Die Krieger sahen unschlüssig aus, aber dann nickte der Mann, der mit Andrej gesprochen hatte. Zwei osmanische Soldaten packten Tepesch und zerrten ihn zu dem Gitterkäfig, um ihn grob hineinzustoßen. Tepesch keuchte vor Schmerz, als er sich an den spitzen Metalldornen verletzte. Die Männer warfen die Tür hinter ihm zu, und der Käfig wurde an seiner Kette in die Höhe gezogen.

»Wo habt ihr Maria hingebracht?«, fragte Andrej, an Abu Dun gewandt.

»In den Wald, unweit der Stelle, an der wir auf dich gewartet haben«, antwortete Abu Dun.

»Ich muss zu ihr. Kümmere dich um Frederic.« Andrej wartete Abu Duns Antwort nicht ab, sondern ging unverzüglich los, aber er kam nur wenige Schritte weit. Einer der türkischen Soldaten vertrat ihm den Weg, und zwei weitere schoben sich unauffällig in seine Richtung.

»Was soll das?«, fragte Andrej scharf. Seine Hand senkte sich auf den Schwertknauf, ohne dass er sich der Bewegung auch nur bewusst gewesen wäre.

Die Männer antworteten nicht, aber sie gaben auch den Weg nicht frei. Andrej zog die Hand mit einer sichtbaren Anstrengung wieder zurück und entspannte sich. Er hatte kein Recht, zornig zu sein. Dass diese Männer mit ihm hergekommen waren und gegen seine Feinde kämpften, bedeutete nicht automatisch, dass sie seine Freunde waren. Abu Dun, Frederic und er waren ebenso Gefangene wie Tepesch, mit dem Unterschied vielleicht, dass auf sie nicht der sichere Tod wartete.

Jedenfalls hoffte er das.

Der Himmel hatte sich wieder zugezogen. Seinem Gefühl nach musste einige Zeit verstrichen sein, bis er Hufschläge hörte.

Es war kein einzelnes Pferd, das zurückkam, sondern ein ganzer Trupp Reiter, die in scharfem Galopp herangesprengt kamen. Andrej hörte sie schon eine geraume Weile, bevor die anderen das Hämmern der näher kommenden Pferdehufe wahrnahmen, ein dumpfes Grollen, das an den Donner eines entfernten Gewitters erinnerte und beinahe mehr zu spüren als zu hören war. Es war eine große Abteilung, mindestens fünfzig Reiter, schätzte Andrej, wenn nicht mehr, und er war nicht überrascht, als er Sultan Mehmed selbst an der Spitze des kleinen Heeres auf den Hof sprengen sah.

Mehmed glitt aus dem Sattel, noch bevor sein Pferd ganz zum Stehen gekommen war, wechselte einige Worte mit dem Soldaten, der ihm entgegeneilte, und ging dann mit schnellen Schritten auf den Käfig mit Tepesch zu. Auf eine knappe Geste hin ließen seine Männer den Käfig herunter, machten aber keine Anstalten, die Tür zu öffnen, und auch Mehmed selbst stand einfach nur da und starrte Tepesch an. Andrej wollte zu ihm gehen, aber Abu Dun legte ihm rasch die Hand auf den Unterarm und schüttelte den Kopf. Er sagte nichts.

Der Osmane blieb lange so stehen, dann drehte er sich herum und kam mit langsamen Schritten auf sie zu.

»Das ist also der berüchtigte Vlad Tepesch, der Pfähler«, sagte er kopfschüttelnd. »Seltsam – ich hätte erwartet, dass er drei Meter groß ist und Hörner und einen Schweif hat. Aber er sieht aus wie ein ganz normaler, kleiner Mann.«

»Der erste Eindruck täuscht manchmal«, sagte Andrej kühl.

Er merkte sofort, dass dieser Ton bei Mehmed nicht verfing. Der Sultan sah ihn eine ganze Weile nachdenklich und mit undeutbarem Ausdruck an, dann sagte er: »Ja. Das scheint mir auch so.«

»Wir haben getan, was wir versprochen haben«,

sagte Abu Dun. »Tepesch ist Euer Gefangener. Und Burg Waichs gehört Euch. Das war zwar nicht abgesprochen, aber nehmt es als zusätzliche Gabe.«

»Wie ungemein großzügig«, sagte Mehmed spöttisch. »Trotzdem: Ich fürchte, ich muss euer Geschenk ablehnen. Die Burg interessiert mich nicht. Sie hat keinen strategischen Wert für uns, und der Aufwand, sie niederzureißen, wäre zu groß.«

»Und die Stadt?«, fragte Andrej. »Petershausen?«

»Es ist, wie du sagtest«, antwortete Mehmed. »Sie ist bedeutungslos. Viele meiner Männer würden sterben, wenn wir diese Stadt erobern, von der nie jemand etwas gehört hat. Mein Heer hat bereits angehalten. Sobald wir wieder zu ihm gestoßen sind, setzen wir unseren ursprünglichen Weg fort. Wir wollten den Pfähler, wir haben ihn.«

»Durch uns, ja«, sagte Andrej. »Warum werden wir noch hier festgehalten? Wir haben unseren Teil der Abmachung eingehalten. Jetzt verlange ich, dass auch du deinen Teil einhältst.«

»Du verlangst?« Mehmed lächelte dünn. »Ich wüsste nicht, was du zu verlangen hättest!«

»Das hat er auch nicht so gemeint«, sagte Abu Dun hastig. »Verzeiht ihm, Herr, aber ich …«

»Er hat es ganz genau so gemeint«, fiel ihm Mehmed ins Wort, leise und ohne Andrej aus den Augen zu lassen. »Und er hat recht. Was würde mich von einer Kreatur wie Tepesch unterscheiden, wenn ich mein Wort nicht hielte?«

»Niemand würde es merken«, sagte Andrej.

»Aber *ich* wüsste es.« Mehmed schüttelte den Kopf.

»Ihr dürft gehen. Es sei denn, ihr wollt bleiben, um Tepeschs Hinrichtung beizuwohnen.«

»Ich habe genug Blut gesehen.«

»Dann geht«, sagte Mehmed. »Und nehmt noch einen letzten Rat von mir an. Geht nicht nach Westen. Wenn wir uns noch einmal gegenüberstehen sollten, dann als Feinde.« Er wandte sich mit erhobener Stimme an seine Männer. »Wir brechen auf! In die Sättel! Und bringt den Gefangenen!« Er sprach an Andrej gewandt weiter: »Wartet, bis wir weg sind. Dann könnt ihr gehen, wohin ihr wollt.«

»Danke«, sagte Andrej. »Ihr seid ein Mann von Ehre, Mehmed.«

»Und ein Mann, der zu seinem Wort steht«, fügte Mehmed hinzu. Da war etwas wie eine Drohung in seiner Stimme, die Andrej nicht mehr überhören konnte, so gerne er es auch gewollt hätte. Er drehte sich herum und ging zu seinem Pferd.

Zwei seiner Männer hatten Tepesch aus dem Käfig gezerrt und stellten ihn grob auf die Füße, ein dritter ging, um ein Pferd zu holen, dass Mehmed offenbar schon für den Gefangenen mitgebracht hatte.

Und plötzlich war eine kleine, schlanke Gestalt hinter ihnen. Abu Dun sog erschrocken die Luft zwischen den Zähnen ein, und Andrej schrie verzweifelt: »*Frederic! Nein!*«, aber es war zu spät.

In Frederics Hand blitzte ein Messer, die grässliche, gezahnte Klinge, mit der Tepesch ihn im Keller gefoltert hatte. Andrej hatte es nicht einmal bemerkt, doch Frederic musste sie aufgehoben und unter seiner Kleidung versteckt haben, zweifellos, um sie genau in einem Moment wie diesem zu benutzen.

Er tat es mit unglaublicher Präzision und Kaltblütigkeit. Einer der beiden Türken schrie auf, als Frederic die Klinge tief durch das Fleisch seiner Wade zog, der andere taumelte mit einer hässlichen Schnittwunde im Unterarm davon, noch bevor sein Kamerad ganz zu Boden gestürzt war. Dann warf sich Frederic mit einem Schrei auf Tepesch. Die Klinge sirrte mit einem Laut durch Luft und Fleisch, wie ihn vielleicht eine Feder verursachen mochte, die schnell durch ruhiges Wasser gezogen wurde. Tepesch fiel lautlos nach hinten. Sein Kopf war fast abgetrennt.

Frederic ließ das Messer fallen. Seine Zähne gruben sich tief in Tepeschs Hals.

Für die Dauer eines Herzschlages schien die Zeit einfach stillzustehen. Mehrere von Mehmeds Kriegern waren losgerannt, doch selbst diese abgehärteten Männer prallten entsetzt zurück, als sie sahen, was der Junge tat. Einzig Andrej und Mehmed bewegten sich auf Frederic und Tepesch zu, so schnell sie konnten. Andrej war ihm deutlich näher, aber Mehmed saß bereits auf seinem Pferd und sprengte rücksichtslos durch die Reihe seiner eigenen Männer hindurch. Er erreichte Frederic und Dracul den Bruchteil eines Augenblicks vor Andrej. Sein Schwert fuhr in einem geraden, ungemein wuchtigen Stich nach unten und durchbohrte Frederic und Tepesch gemeinsam. Frederic hörte auf, sich zu bewegen, und lag plötzlich still. Tepesch bäumte sich noch einmal auf und öffnete den Mund zu einem Schrei, der lautlos verhallte.

Im letzten Moment, bevor er starb, sah er Andrej noch einmal an, und in seinen Augen war ein Ausdruck, der Andrej einen eisigen Schauer über den Rücken laufen ließ. Dann sank sein Kopf zurück, und er war tot.

Mehmed sprang mit einem Fluch aus dem Sattel. Andrej ließ sich neben Frederic auf die Knie fallen und wälzte ihn von Tepesch herunter auf den Rücken. Frederics Augen standen weit offen und waren ohne Leben. Die tiefe Wunde in seiner Brust blutete noch, aber Andrej sah, dass das Schwert sein Herz verfehlt hatte.

»Warum hat er das getan?«, brüllte Mehmed. Er war außer sich vor Zorn. »Hast du es ihm gesagt? War es dein Befehl?«

Andrej hob Frederics leblosen Körper auf die Arme und stand auf.

»Tepesch hat ihn gefoltert«, sagte er leise. »Unten, in seinem Keller. Ich wusste, dass es schlimm war, aber ich wusste nicht, dass … dass er ihn so sehr hasst. Er war noch ein Kind.«

Mehmeds Blick tastete über Tepeschs aufgerissene Kehle, dann über Frederics blutverschmierte Lippen und dann wieder hinab zu Tepeschs Gesicht. »Ein Kind«, murmelte er. »Ja, vielleicht. Aber vielleicht ist es gut, dass aus diesem Kind niemals ein Mann wird.«

»Gewährt Ihr mir noch eine letzte Bitte?«, fragte Andrej.

Mehmed sah ihn fragend an.

»Ich möchte ihn begraben«, sagte Andrej. »Drüben im Wald, nicht auf diesem blutgetränkten Boden. Er hat getötet, aber er war noch ein Kind. Vielleicht hat Gott ein Einsehen mit seiner Seele und lässt Gnade vor Recht ergehen.«

Mehmed verzog angewidert die Lippen. »Tu, was du willst«, sagte er. Er steckte sein Schwert ein, sprang in den Sattel und zwang das Pferd mit einer so brutalen Bewegung heran, dass das Tier ein erschrockenes Wiehern ausstieß und auszubrechen versuchte. »Wir brechen auf!«, rief er. »Bringt Tepeschs Kopf mit! Ich will ihn morgen auf meiner Zeltstange haben, wenn wir unser Lager aufschlagen!«

Seine Männer schwangen sich rasch in die Sättel. Einer der Krieger trennte mit einem Hieb Tepeschs Kopf ab und stieg dann ebenfalls auf sein Pferd, wobei er Tepeschs abgeschlagenes Haupt wie eine Trophäe an den Haaren schwenkte, zwei andere gossen Öl über Tepeschs kopflosem Leib aus und steckten ihn in Brand.

Die Flammen brannten so hoch und heiß, dass Andrej einige Schritte zurückweichen musste. Der Gestank von brennendem Fleisch stieg ihm in die Nase und weckte Übelkeit in ihm. Trotzdem blieb er reglos stehen, während sich die Männer vor ihm zu langen Reihen formierten und dann in scharfem Tempo aus dem Tor ritten.

Als die letzten Hufschläge verklangen, öffnete Frederic die Augen und sagte: »Du kannst mich jetzt runterlassen.«

Andrej setzte ihn behutsam zu Boden und trat einen Schritt zurück. Er versuchte, in Frederics Augen zu lesen, aber es gelang ihm nicht.

»Du Wahnsinniger!«, keuchte Abu Dun. »Warum hast du das getan? Du hättest uns alle umbringen können, ist dir das klar?«

»Habe ich aber nicht, oder?«, Frederic drehte sich mit einem Achselzucken um und sah in die Flammen, die Tepeschs Körper verzehrten. Rotes Licht spiegelte sich auf seinem Gesicht und verlieh ihm das Aussehen eines Gehäuteten.

»Der Einfall mit dem Begraben war nicht schlecht«, sagte er spöttisch. »Einen Moment lang hatte ich wirklich Angst, dass sie mich auch verbrennen würden – oder ob er nicht noch Platz für einen zweiten Kopf auf seiner Zeltstange hätte. Aber ich wusste, dass ich mich auf dich verlassen kann, Delãny.«

Andrej zog sein Schwert. Die Bewegung war sehr vorsichtig, aber sie verursachte trotzdem ein winziges Geräusch, das Frederics übermenschlich scharfe Sinne wahrnahmen, denn er drehte sich langsam zu ihm herum, betrachtete erst das Schwert und sah dann zu Andrej hoch. Er lächelte.

»Was willst du jetzt tun, Delãny?«, fragte er. »Mich töten? Mir den Kopf abschlagen oder mir das Schwert ins Herz stoßen?«

Andrej antwortete nicht. Er starrte Frederic nur an, und das Schwert in seiner Hand begann zu zittern.

»Was … was meint er damit?«, murmelte Abu Dun stockend. »Was meint er damit, Andrej?«

»Du kannst mich töten«, fuhr Frederic (*Frederic?!*) fort. »Ich weiß, dass ich unterliegen würde. Du kannst mich besiegen. Du kannst mich umbringen.«

»Verdammt, Hexenmeister, was bedeutet das?!«, herrschte ihn Abu Dun an.

»Aber dann würdest du auch Frederic töten«, fuhr Frederic fort. »Er ist noch in mir, weißt du? Ich kann ihn spüren. Ich kann ihn hören. Er wimmert. Er hat Angst. So große Angst.«

»Hör auf«, flüsterte Andrej. Das Schwert in seiner Hand begann immer heftiger zu zittern. Es wäre leicht, so leicht. Eine winzige Bewegung. Ein blitzschneller Streich, und alles wäre vorbei.

»Gräme dich nicht, Delãny«, sagte Frederic höhnisch. »Seine Angst wird vergehen. Bald wird er genießen, was ich ihn lehren kann. Du musst dich entscheiden, Delãny. Was ist größer – dein Hass auf mich oder die Liebe zu Frederic?«

»Nein«, murmelte Abu Dun erschüttert. »Das kann nicht sein. Sag, dass ich mir das nur einbilde!«

Andrej antwortete auch jetzt nicht. Er sah den Jungen an, aber er sah ihn nicht wirklich, sondern nur das lodernde böse Feuer in seinen Augen.

»Entscheide dich!«, verlangte Frederic noch einmal. »Töte mich oder geh!«

»Das werde ich für dich tun«, sagte Abu Dun. Er wollte sein Schwert ziehen, aber Andrej hielt ihn mit einer raschen Bewegung ab und schüttelte den Kopf. Abu Dun sah ihn vollkommen verständnislos an, aber dann nahm er die Hand vom Schwert.

»Dann solltet ihr jetzt gehen«, sagte Frederic. »Die Verstärkung, nach der geschickt wurde, muss bald hier sein. Und es sind keine muselmanischen Krieger mehr hier, um für euch zu kämpfen.«

Andrej steckte sein Schwert ein. Seine Hände zitterten nicht mehr. Er empfand keine Wut, keinen Hass, nicht einmal Verzweiflung oder Trauer, sondern etwas vollkommen Neues, Schlimmes, für das er noch kein Wort gefunden hatte.

Wortlos drehte er sich um und ging davon. Abu Dun blieb stehen, folgte ihm dann hastig und passte sich seiner Geschwindigkeit an, als sie durch das Tor traten und die Burg verließen. Auch er schwieg, bis sie die Burg halb umrundet hatten und sich der schwarzen Mauer näherten, zu der die Nacht den Waldrand gemacht hatte. Erst dann fragte er: »Willst du es mir erklären?«

Was sollte er erklären? Andrej hatte keine Antworten, sondern nur eine Frage. Was hatten sie erschaffen?

Was hatten sie erschaffen?

DIE CHRONIK DER UNSTERBLICHEN

Der Todesstoß

Die Chronik der Unsterblichen:

Band 1: Am Abgrund
Band 2: Der Vampyr
Band 3: Der Todesstoß

Über den Autor:

Wolfgang Hohlbein, 1953 in Weimar geboren, zählt zu Deutschlands erfolgreichsten Autoren phantastischer Unterhaltung. Mit seinem Roman »Märchenmond«, den er zusammen mit seiner Frau Heike verfasste, gewann er 1983 den ersten Preis beim Ueberreuter-Science fiction- und Fantasy-Wettbewerb, sein 1993 veröffentlichter Roman »Das Druidentor« rangierte fast ein Jahr lang auf den Bestsellerlisten. Inzwischen haben seine Bücher eine Gesamtauflage von über 8 Millionen Exemplaren erreicht.
Wolfgang Hohlbein lebt mit seiner Frau, sechs Kindern sowie einer stattlichen Anzahl von Katzen und Hunden in der Nähe von Neuss.

Wolfgang Hohlbein

Die Chronik der Unsterblichen

Der Todesstoss

Roman

Weltbild

Besuchen Sie uns im Internet:
www.weltbild.de

Genehmigte Lizenzausgabe für Verlagsgruppe Weltbild GmbH,
Steinerne Furt, 86167 Augsburg

Umschlaggestaltung: Johannes Frick, Neusäß/Augsburg
Umschlagmotiv: Illustrationen von Lukas Frese, München
Gesamtherstellung: CPI – Clausen & Bosse, Leck
Printed in the EU
ISBN 978-3-86800-836-4

2015 2014 2013 2012
Die letzte Jahreszahl gibt die aktuelle Lizenzausgabe an.

1

»Sie sind dort unten, auf der anderen Seite des Hügels. Vielleicht zwanzig, möglicherweise auch mehr.« Abu Duns Atem ging so ruhig, als wäre er gerade aus einem tiefen, erholsamen Schlaf erwacht. Dabei hatte er die gut hundert Meter den steilen, mit tückischem Geröll übersäten Hang hinab im Laufschritt zurückgelegt, und das mit einer Behändigkeit, die man einem Mann seiner Statur und Masse niemals zugetraut hätte. Sein Gesicht verfinsterte sich, als er fortfuhr: »Du hattest recht. Sie verbrennen wieder Hexen.«

Andrej sagte nichts. Was auch? Er hatte gewusst, dass er recht hatte, schon als sie den flackernden roten Widerschein des Feuers am Nachthimmel gesehen hatten, und lange bevor Abu Dun losgelaufen war, um sich mit eigenen Augen zu vergewissern, was auf der anderen Seite des Hügels geschah. Vielleicht lag es an seinen schärferen Sinnen, dass er den Gestank von brennendem Menschenfleisch lange vor dem Piraten wahrgenommen hatte. Er war dem Tod so oft begegnet, dass er seine Nähe deutlicher spürte als andere.

»Wie viele?«, fragte er nach einer Weile.

Abu Dun hob die Schultern. Mit seiner schwarzen Kleidung und dem ebenholzfarbenen Gesicht war der Nubier selbst für Andrejs scharfe Augen kaum zu erkennen. Er ahnte die Bewegung mehr, als dass er sie sah. »Ich habe zwei Scheiterhaufen gezählt«, sagte Abu

Dun. »Wie viele sie darangebunden haben, konnte ich nicht erkennen.« Er spie aus. »Diese Unmenschen! Sie nennen uns Barbaren, aber sie selbst tun Dinge, vor denen selbst der Teufel zurückschrecken würde.«

»Der Teufel vielleicht, aber du?«, fragte Andrej. »Ich war einmal auf einem Schiff, auf dem ich Dinge gesehen habe, die selbst den Teufel erschreckt hätten. Wie hieß doch gleich sein Kapitän?«

Abu Dun beantwortete die Anspielung auf seine Vergangenheit mit einem Grinsen, das seine Zähne in der Nacht fast unnatürlich weiß aufblitzen ließ. »Ich habe auch nie behauptet, besser zu sein als du«, sagte er.

»Das stimmt«, erwiderte Andrej. »Du bist der ehrlichste Pirat, den ich kenne.«

»Ich war Kaufmann«, verbesserte ihn Abu Dun.

»Nur, dass du lebende Waren verkauft hast, ich weiß.«

»Jedenfalls habe ich meine Waren pfleglich behandelt und sie nicht lebendig gebraten«, verteidigte sich Abu Dun. Er grinste erneut, und auch Andrej lachte leise, aber nur für einen ganz kurzen Moment. Zugleich fragte er sich, wieso sie eigentlich so ausgelassen waren, angesichts der unaussprechlichen Gräueltaten, die gerade auf der anderen Seite des Hügels stattfanden. Aber vielleicht war es der einzige Weg, um diese Geschehnisse überhaupt zu ertragen.

»Und?«, fragte Abu Dun nach einer Weile. »Was tun wir?«

»Was wir tun?«

Abu Dun machte eine Kopfbewegung in Richtung

des roten Widerscheins am Himmel. »Gehen wir unserer Wege und tun so, als hätten wir nichts bemerkt?«

»Was sonst? Du hast es selbst gesagt: Es sind zwanzig, vielleicht sogar dreißig.«

»Dreißig Bauerntölpel und hysterische Weiber.« Abu Dun machte eine wegwerfende Geste. »Keine Gegner für uns. Sie werden weglaufen, wenn wir die ersten zwei oder drei erschlagen haben.«

»Ich verstehe!« Verbitterung lag in Andrejs Stimme. »Du meinst, wir erschlagen zwei oder drei Unschuldige, um zwei oder drei Unschuldige zu retten.«

»Du weißt sehr genau, dass das ein Unterschied ist, Hexenmeister«, antwortete Abu Dun immer noch grinsend, aber mit deutlich schärferer Stimme. »Du könntest dich ja auch in eine Fledermaus verwandeln und sie erschrecken.«

»Und ihnen damit einen Grund liefern, um noch mehr Scheiterhaufen aufzustellen«, sagte Andrej kopfschüttelnd. »Außerdem kann ich mich nicht in eine Fledermaus verwandeln, wie oft muss ich dir das noch erklären?«

»Hast du es denn je ernsthaft versucht?«, beharrte Abu Dun.

»Hast du je ernsthaft versucht, dich in einen vernünftigen Menschen zu verwandeln?« Andrej machte eine Kopfbewegung in die Richtung, in der sie ihre Pferde zurückgelassen hatten.

»Verschwinden wir. Es gibt eine Herberge, nicht weit von hier. Vielleicht finden wir dort noch ein Quartier für die Nacht.«

Abu Dun sah ihn überrascht an. Anscheinend hatte

er erwartet, dass sein Freund irgendetwas unternehmen würde. Und natürlich hatte Andrej darüber nachgedacht – aber er wusste nichts über die Menschen hier, über ihre Beweggründe und Absichten. Schließlich konnte er nicht die ganze Welt retten.

»Lass uns gehen«, sagte er noch einmal.

»Ganz wie Ihr befehlt, Sahib«, grollte Abu Dun.

Andrej verzichtete auf eine Antwort. In den gut zehn Jahren, die er den nubischen Piraten und Sklavenhändler nun kannte, waren sie von Todfeinden zuerst zu widerwilligen Verbündeten geworden und hatten später gelernt, einander so zu nehmen, wie sie waren. Mittlerweile waren sie Freunde; aber es gab Bereiche, in denen sie niemals eine Einigung erzielen würden. Andrejs scheinbare Unverwundbarkeit gehörte dazu.

Sie sprachen selten über das Leben, das der Pirat und Sklavenhändler geführt hatte, bevor das Schicksal sie zusammengebracht hatte, aber Andrej vermutete, dass Abu Dun während seiner Zeit als Seeräuber mehr Menschen getötet hatte als so mancher Söldner, und er wich auch heute noch keinem Kampf aus. Andrej war dennoch der weit bessere Schwertkämpfer und überlegenere Taktiker. Umso weniger konnte Abu Dun verstehen, wie sehr es ihm zuwider war, die Waffe gegen einen anderen Menschen zu erheben, obwohl – aber vielleicht auch gerade *weil* – Andrej keinen Gegner zu fürchten brauchte. Vielleicht war er einfach zu oft gezwungen gewesen zu töten.

Sie banden die Pferde los, stiegen auf und wandten sich nach Westen, in die Richtung, in die Andrej zuvor gedeutet hatte. Als sie zehn Schritte weit gekommen waren, stieg auf der anderen Seite des Hügels ein wirbelnder Funkenschauer zum Himmel auf, und fast im gleichen Augenblick erscholl ein so gellender Schrei, dass sich etwas in Andrej zusammenzuziehen schien.

Abu Dun zischte: »Hör gut hin, Hexenmeister. Vielleicht wird dir der Klang den Geschmack des Nachtmahls versüßen, wenn du dich daran erinnerst.«

Andrej schluckte die scharfe Entgegnung hinunter, die ihm auf der Zunge lag. Abu Dun wollte ihn reizen, aber das würde er nicht zulassen. Es war Monate her, dass er das Schwert das letzte Mal gezogen hatte, und noch länger, dass das letzte Mal Blut auf der Klinge des Damaszenenschwertes gewesen war. Er war des Kämpfens müde. Das vom Krieg geschüttelte Siebenbürgen hatte er nicht verlassen, um sich in einem neuen Krieg wiederzufinden.

Nach einem Augenblick wiederholte sich der Schrei noch gellender und noch entsetzlicher, und etwas in Andrej … *reagierte* darauf.

Abrupt brachte er sein Pferd zum Stehen. Das Tier schnaubte unwillig, und auch Abu Dun zog hart am Zügel. »Was?«

Andrej machte eine abwehrende Handbewegung und legte den Kopf schräg, um zu lauschen. Der Schrei wiederholte sich nicht, aber nun, da er einmal darauf aufmerksam geworden war, spürte er es immer deutlicher: Es war kein Gefühl, das er wirklich mit Worten hätte beschreiben können. Aber da war plötzlich etwas Vertrautes in ihm: unersättlicher Hunger und eine Gier, die umso schlimmer war, da sie kein bestimmtes Ziel zu haben schien.

Auf der anderen Seite des Hügels war ein Wesen wie er.

Ein anderer Unsterblicher.

Oder, wie Abu Dun es ausgedrückt hätte, ein anderer Hexenmeister.

»Was hast du?«, fragte Abu Dun noch einmal. Er klang alarmiert.

Statt zu antworten, riss Andrej sein Pferd in engem Bogen herum und ritt den Hügel hinauf. Auf der anderen Seite stoben keine Funken mehr, aber der Himmel glühte jetzt in einem helleren Rot, und er hörte eine schrille Stimme, die verzweifelt um Gnade flehte.

Andrej achtete ebenso wenig darauf wie die, denen dieses verzweifelte Flehen vermutlich galt. Stattdessen lauschte er in sich hinein. Die Präsenz des anderen Vampyrs war noch immer zu spüren, aber sie hatte sich verändert. Die unstillbare Gier, die so sehr Teil seines Wesens war, war zum allergrößten Teil Furcht und Entsetzen gewichen. Vielleicht war es auch die *Stimme* des anderen Vampyrs, die dort drüben diese gellenden Schreie ausstieß.

Das Pferd kam immer langsamer voran. Seine Hufe fanden auf dem lockeren Geröll, das diese Seite des Hanges bedeckte, kaum Halt, und es drohte immer öfter auszurutschen. Vor allem aber polterten die Steine, die das Tier lostrat, mit einem derartigen Getöse den Hügel hinab, dass er ernsthaft befürchtete, das Geräusch könnte auf der anderen Seite zu hören sein. Lange ehe sie auch nur die Hälfte des Weges zurückgelegt hatten, stieg Andrej aus dem Sattel und lief zu Fuß weiter. Abu Dun, der schon eine Weile vor ihm abgesessen war, eilte so leichtfüßig und lautlos neben ihm her, dass sich für einen Augenblick ein Gefühl von Neid in Andrej breit machte.

Oben angekommen, ließen sie sich in die Hocke sinken und legten die letzten Meter bis zur Hügelkuppe auf Händen und Knien zurück.

Andrej erschauerte, als er des Geschehens auf der anderen Seite des Hügels ansichtig wurde.

Die Ansammlung ärmlicher strohgedeckter Hütten ein Dorf zu nennen, wäre übertrieben gewesen. Es waren weniger als ein Dutzend Gebäude, und das einzige, das aus Stein erbaut zu sein schien und ein massives Dach hatte, war die Kirche im Zentrum des Halbkreises, um den sich die übrigen Hütten gruppierten.

Der Ort war fast taghell erleuchtet.

Dutzende von Fackeln, die einfach in die weiche Erde gesteckt worden waren, verbreiteten ein flackerndes rotes Licht, und genau in der Mitte des Dorfplatzes brannte ein gewaltiger Scheiterhaufen. Wie zur Verhöhnung allen christlichen Glaubens bestand sein Mittelpunkt nicht aus einem Pfahl, sondern aus einem aus oberschenkelstarken Rundhölzern zusammengefügten Kreuz, an das eine einzelne Gestalt gebunden war. Obwohl die Flammen bereits fast so hoch wie das Kirchendach loderten und Andrej die Hitze selbst hier oben noch auf dem Gesicht zu spüren glaubte, schien sich die dunkle Gestalt im Zentrum dieser Feuerhölle noch zu bewegen. Aber vielleicht war das auch nur eine Täuschung, hervorgerufen durch das grelle Licht der Flammen, das ihm die Tränen in die Augen trieb – und seine eigene Angst.

Feuer.

Andrej hatte panische Angst vor Feuer, nicht nur, weil er seine fürchterliche Schärfe schon mehr als einmal am eigenen Leib gespürt hatte, sondern weil es zu den wenigen Dingen gehörte, die ihm *wirklich* gefährlich werden konnten. Feuer vermochte ihn durchaus zu töten. Aber da gab es noch etwas: Seine Angst vor Feuer war in den letzten Jahren beständig gewachsen, und zwar in einem Maße, das über das mit reiner Logik Erklärbare hinausging.

Vielleicht sah er die Erklärung dafür gerade vor sich. Er hatte irgendwann aufgehört zu zählen, wie viele Scheiterhaufen er erblickt, die gellenden Schreie wie vieler bedauernswerter Opfer er gehört hatte, die bei lebendigem Leibe verbrannt waren.

»Nun?«, flüsterte Abu Dun neben ihm. »Du hast doch nicht etwa dein Gewissen entdeckt, Hexenmeister?«

»Still!«, zischte Andrej. »Und hör endlich auf, mich so zu nennen.«

Abu Dun grinste breit, aber er hielt gehorsam den Mund, während sich Andrejs Blick weiter aufmerksam über den Dorfplatz tastete. Das Bild erfüllte ihn mit einer Mischung aus Entsetzen und blanker Wut. Er hatte gewusst, was er sehen würde. Abu Dun hatte es ihm gesagt, und er hatte ein solches Szenarium schon zahllose Male erblickt. Trotzdem fiel es ihm schwer, die Fassung zu bewahren. Es kostete ihn fast seine gesamte Selbstbeherrschung, nicht das Schwert zu ziehen und den Hang hinunterzustürmen, um dem grausamen Geschehen ein mindestens ebenso grausames Ende zu bereiten.

Er tat nichts dergleichen, sondern musterte die Vorgänge mit großer Aufmerksamkeit und versuchte, sich jedes Detail einzuprägen.

Abu Duns Schätzung war ziemlich präzise gewesen. Es mussten knapp dreißig Personen sein, die rings um den Scheiterhaufen herum Aufstellung genommen hatten – Männer, Frauen und Alte; selbst einige Kinder waren gekommen, um sich an dem grausigen Schauspiel zu weiden. Aber es waren nur sehr wenige Männer; eine Hand voll, denen Andrej selbst über die Entfernung hinweg ansah, dass sie in keiner guten Verfassung waren. Diesem Dorf musste es ergangen sein wie so vielen, durch die sie in den letzten Jahren gekommen waren: Nahezu alle waffenfähigen Männer waren zum Kriegsdienst gezwungen worden, und die Zurückgebliebenen kämpften verzweifelt ums Überleben.

Im Moment zerstreuten sie sich allerdings damit, dem qualvollen Tod der vermeintlichen Hexe zuzusehen.

Andrej schloss die Augen und lauschte konzentriert in sich hinein. Die fremde Präsenz war noch immer da. Sie schien sogar zugenommen zu haben. Vermutlich war es also nicht die Gestalt auf dem Scheiterhaufen, deren Nähe er spürte.

»Also?«, drängte Abu Dun. »Was willst du jetzt tun?«

Andrej hob die Hand, um ihn zum Verstummen zu bringen, aber er führte die Bewegung nicht zu Ende.

Die Kirchentür hatte sich geöffnet, und ein Mann in schwarzer Priesterrobe trat heraus. Ihm folgten zwei weitere Gestalten, die in eine merkwürdige Uniform gehüllt waren: Topfhelme, Kettenhemden und kurze Röcke aus Lederstreifen, die mit blitzenden Kupfernieten beschlagen waren. Sie trugen Breitschwerter. Ihrer Aufmachung nach zu urteilen, stammten die beiden aus einem anderen Jahrhundert. Dennoch waren sie vielleicht die Einzigen im Ort, um die er sich Gedanken machen musste, sollte es zu einem Kampf kommen. Seine Hand schloss sich um den Schwertgriff, ohne dass er sich der Bewegung auch nur bewusst gewesen wäre.

Die beiden Bewaffneten zerrten eine dritte Gestalt zwischen sich her, deren Handgelenke mit langen Seilen gefesselt waren. Sie trug ein einfaches, schmutzstarrendes Gewand, und das lange Haar hing ihr wirr in die Stirn, sodass Andrej ihr Gesicht nicht erkennen konnte.

»Was haben die vor?«, murmelte Abu Dun.

Genau das fragte sich Andrej auch. Zweifellos war die gefesselte Gestalt das nächste Opfer, das für den Scheiterhaufen vorgesehen war – aber die Hitze des brennenden Reisigstapels war so gewaltig, dass sich ihm niemand auf mehr als fünf Schritte nähern konnte, ohne sich selbst zu verbrennen. Feuer dieser Intensität pflegten sich in ihrer Wut rasch selbst zu verzehren, aber Andrej schätzte, dass es noch eine Weile dauern würde, bis die Flammen weit genug heruntergebrannt waren, um sich dem Pfahl zu nähern. Sie hatten also Zeit.

Andrej beobachtete stirnrunzelnd, wie die beiden Bewaffneten langsam auf den Scheiterhaufen zugingen, wobei sie immer weiter auseinanderwichen. Die

Stricke in ihren Händen hielten sie dabei straff gespannt, sodass ihr unglückseliges Opfer gezwungen wurde, mit weit ausgebreiteten Armen zwischen ihnen auf den Scheiterhaufen zuzustolpern. Als es die Hitze des Feuers spürte, bäumte es sich verzweifelt auf und warf den Kopf in den Nacken, und Andrej erkannte zum einen, dass es sich um eine Frau handelte, und zum anderen –

»Maria!«

Andrej riss in der gleichen Bewegung das Schwert aus der Scheide, in der er aufsprang und losstürmte. Immer wieder Marias Namen schreiend, raste er den Hang hinab, fuhr wie ein Wirbelsturm unter die völlig verblüfften Dorfbewohner und stieß zwei oder drei Männer, die sich ihm in den Weg stellen wollten, einfach zu Boden. Die anderen wichen erschrocken vor ihm zurück, und Andrej stürmte weiter auf den Scheiterhaufen zu. Er wusste nicht, ob Abu Dun ihm folgte, aber es war auch nicht von Bedeutung.

Einer der beiden Bewaffneten hatte ebenfalls von ihm Notiz genommen. Er ließ den Strick um Marias Handgelenk nicht los, und er hörte auch nicht auf, sie auf den Scheiterhaufen zuzuzerren, aber er fuhr trotzdem zu Andrej herum und riss dabei mit der linken Hand das Schwert aus dem Gürtel. Andrejs Waffe vollführte eine blitzartige, halbkreisförmige Bewegung, und das Schwert des Soldaten wirbelte davon; zusammen mit der Hand, die es hielt. Der Mann starrte seinen eigenen Armstumpf aus hervorquellenden Augen an, dann begann er in hohen, schrillen Tönen zu kreischen und sank auf die Knie, und Andrej stürmte in unvermindertem Tempo an ihm vorbei und griff seinen Kameraden an.

Der Mann hatte das Seil losgelassen und sein eigenes Schwert gezogen, das er nun mit beiden Händen hielt, und er erwies sich als weitaus wendiger als sein Kamerad. Andrej musste dreimal zuschlagen, bis er ihn überwand. Mit dem dritten Hieb enthauptete er den Mann.

Noch bevor der plötzlich kopflose Leichnam zu Boden sank, wirbelte Andrej herum, war mit einem einzigen Satz bei dem Priester und stieß ihm das Schwert bis ans Heft in die Brust. Der Mann starb schnell, aber Andrej erkannte an dem Ausdruck in seinen Augen, dass es kein gnädiger Tod war. Er starb in der festen Überzeugung, dem Satan gegenüberzustehen, und Andrej hoffte inständig, dass er ihm nach seinem Ableben auch wirklich begegnen würde, falls es so etwas wie ein Jenseits tatsächlich gab.

Er riss das Schwert aus der Brust des Sterbenden, fuhr herum und war mit zwei gewaltigen Sätzen bei Maria, die zu Boden gesunken war und sich vor Angst und Schmerz krümmte.

Aber es war nicht Maria. Sie sah ihr nicht einmal ähnlich. Das Mädchen war allerhöchstens sechzehn und hatte strähniges rotblondes Haar, und sein Gesicht war vermutlich hübsch, wenn man sich den Schmutz, die zahlreichen blauen Flecke und Prellungen und die nässenden Brandblasen wegdachte. Ihre Augen waren riesig und fast schwarz vor Furcht, und obwohl sie Andrej direkt anblickten, war er sicher, dass sie ihn nicht sah.

Trotzdem sagte er: »Du musst keine Angst mehr haben. Du bist in Sicherheit. Niemand wird dir etwas tun.«

Er bekam keine Antwort. Der Blick des Mädchens blieb weiter auf etwas Unfassbares gerichtet, das sich in unendlicher Entfernung zu befinden schien. Andrej richtete sich auf, drehte sich um und ergriff sein Schwert fester.

Nicht, dass es notwendig gewesen wäre. Ganz wie Abu Dun vorausgesagt hatte, waren die Dorfbewohner in heller Panik davongerannt; spätestens in dem Moment, in dem sie gesehen hatten, wie er die beiden Soldaten erschlug. Zwei oder drei reglose Körper, deren genauen Zustand Andrej im Licht des Feuers nicht beurteilen konnte, gehörten wohl den wenigen, die entweder dumm genug oder zu langsam gewesen waren, Abu Dun aus dem Weg zu gehen, und er hörte entfernte Schreie und hastige Schritte.

Abu Dun selbst kam ohne sonderliche Eile auf ihn zu, und hätte es hinter Andrejs Stirn nicht noch immer gewütet, dann hätte er vielleicht den Anblick bemerkt, den sein Freund bot. Denn der hünenhafte Nubier schleifte eine reglose Gestalt hinter sich her, die er kurzerhand am Fußgelenk gepackt hatte.

Der Ausdruck auf Abu Duns Gesicht war fast noch schwärzer als seine Haut, und er spießte Andrej mit Blicken regelrecht auf.

»Maria, wie?«, grollte er. »Daher also dein plötzlicher Sinneswandel.«

»Ich habe gedacht …«

»Du hast gedacht«, unterbrach ihn Abu Dun wütend, »dass einer von deiner Art in Gefahr wäre, nicht wahr? Was ist jetzt mit deiner hehren Gesinnung? Wie war das doch gleich? Wir haben nicht das Recht, Unschuldige zu töten, um Unschuldige zu retten? Sind die Leute hier plötzlich weniger unschuldig, nur weil diesmal einer von deiner eigenen Art in Gefahr war?«

»Du hast recht«, sagte Andrej leise. »Es tut mir leid. Aber ich … ich konnte plötzlich nicht anders. Ich dachte, es wäre Maria.«

»Deine Maria«, antwortete Abu Dun böse, »ist vermutlich seit zehn Jahren tot. Und wenn nicht, dann will sie nichts von dir wissen. Begreif das endlich!«

Andrej musste sich mit aller Macht beherrschen, um den Piraten nicht anzugreifen. Rasende Wut verschleierte seinen Blick, und das Schwert in seiner Hand schien sich fast gegen seinen Willen heben zu wollen, um nach der Kehle des Piraten zu züngeln.

Dann, so schnell, wie sein Zorn gekommen war, verschwand er auch wieder, und er fühlte sich so erbärmlich, als hätte er sein Ansinnen laut ausgesprochen. Abu Dun schien zu ahnen, was in ihm vorging.

»Wir sollten von hier verschwinden«, sagte er. »Sie sind zwar weg, aber wenn sie ihren ersten Schrecken überwunden haben, könnten sie auf den Gedanken kommen, sich zusammenzurotten und uns als neues Brennmaterial für ihren Scheiterhaufen zu benutzen.«

»Hast du etwa Angst?«, fragte Andrej spöttisch.

»Nein«, antwortete Abu Dun. »Aber ich bin nicht versessen darauf, noch ein paar Schädel einzuschlagen. Es langweilt mich. Die beiden einzigen richtigen Gegner hast du ja für dich beansprucht.«

Andrej blieb ernst. »Wer ist das?«, fragte er mit einer Geste auf den Mann, den Abu Dun am Fuß hinter sich herzerrte.

Abu Dun sah mit gespielter Überraschung auf den Bewusstlosen herab, dann runzelte er die Stirn, als müsse er angestrengt nachdenken. »Oh, das«, sagte er dann. »Das habe ich gefunden. Willst du es haben?«

»Nur, wenn es sprechen kann«, antwortete Andrej. »Lebt es noch?«

»Das werden wir gleich herausfinden«, sagte Abu Dun. Er grinste, ließ den Fuß des Bewusstlosen los und beugte sich über ihn. Andrej konnte nicht erkennen, was er tat, aber es verging nur ein kurzer Moment, bis der Mann die Augen aufschlug und prompt zu schreien begann. Abu Dun versetzte ihm eine schallende Ohrfeige, und die Schreie des Mannes verstummten.

»Schlag ihn nicht tot«, mahnte Andrej absichtlich so laut, dass ihr Gefangener es hören musste. »Wenigstens noch nicht. Ich will mit ihm reden.«

Abu Dun machte ein enttäuschtes Gesicht, erhob sich aber gehorsam und wich einen Schritt zurück, und Andrej nahm seinen Platz ein. Auf dem Gesicht des Mannes machte sich vorsichtige Erleichterung breit, und er versuchte sich aufzurichten. Andrej versetzte ihm einen Fußtritt, und er sank japsend vor Schmerz wieder zurück.

»Bleib liegen«, sagte er drohend. »Du wirst mir jetzt ein paar Fragen beantworten, hast du mich verstanden? Wenn ich mit deinen Antworten zufrieden bin, dann lassen wir dich vielleicht am Leben.«

Der Mann wimmerte nur und versuchte davonzukriechen, und Andrej versetzte ihm einen weiteren Fußtritt. »Ob du mich verstanden hast?«

»Ja, Herr«, japste der Mann. »Bitte, ich … sage Euch alles, was Ihr wissen wollt, aber bringt mich nicht um!«

»Wie ist dein Name?«, fragte Andrej. Als der Mann nicht sofort antwortete, holte er aus, als wollte er ihn noch einmal treten, und der Mann krümmte sich und hob furchtsam die Hände vor das Gesicht.

»Radic, Herr«, stammelte er. »Ich … ich bin Radic.«

»Radic, gut. Du lebst hier?«

»Ja«, antwortete Radic hastig. Sein Blick irrte immer wieder zwischen Andrejs Gesicht und seinem Fuß hin und her. Er wimmerte. Der plötzliche Gestank bewies Andrej, dass er sich vor Angst besudelt hatte.

»Wer waren die Leute, die ihr da verbrannt habt?«, fragte Andrej. »Und warum habt ihr das getan?«

»Zigeuner, Herr«, sagte Radic hastig. »Es waren Zigeuner. Aber sie waren auch Hexen. Hexen und Teufelsanbeter. Alle.«

»Alle?«, fragte Andrej. »Wie viele waren es denn?«

»Fünf, Herr«, sagte Radic. »Fünf und das Mädchen. Fünf haben wir verbrannt, und das Mädchen wäre die Letzte gewesen. Sie war die Schlimmste von allen. Sie hat den bösen Blick, und sie muss mit dem Teufel gebuhlt haben, weil …«

Andrej versetzte ihm einen Fußtritt, diesmal so hart, dass er spüren konnte, wie mehrere Rippen brachen. Radic kreischte vor Schmerz, und Abu Dun warf Andrej einen warnenden Blick zu.

»Hör auf zu wimmern, du Memme«, sagte Andrej

kalt. »Was soll das heißen, sie waren mit dem Teufel im Bunde? Wer hat euch das gesagt?«

»Vater Carol«, antwortete Radic keuchend. »Unser Pater. Der, den Ihr erschlagen habt.«

»Ich hätte gute Lust, dasselbe mit dir zu tun«, zischte Andrej. »Und mit dem Rest von …«

»Wieso hat er gesagt, dass sie Hexen sind?«, mischte sich Abu Dun ein. Er bedachte Andrej mit einem tadelnden Blick, ehe er sich wieder an Radic wandte. »Welche Beweise hatte er dafür?«

»Jeder weiß, dass die Zigeuner schwarze Magie ausüben«, antwortete Radic. Trotz des Zitterns in seiner Stimme klang es fast trotzig. »Seit drei Jahren werden unsere Ernten immer schlechter. Im letzten Winter mussten wir schon hungern. Und jedes Mal waren die Zigeuner vorher bei uns.«

»Oh, und du meinst nicht, dass könnte an den strengen Wintern oder den verregneten Sommern liegen?«, fragte Andrej böse. »Oder vielleicht daran, dass es kaum noch genug Männer im Dorf gibt, um die Arbeit auf den Feldern zu tun?«

Radic sah zu ihm hoch. Er verstand nicht einmal, wovon Andrej sprach.

»Und welche Beweise hatte euer Vater Carol für seine Anschuldigungen?«, fragte Abu Dun. »Ich meine, es gab doch sicherlich eine Gerichtsverhandlung?«

»Wir haben über sie Gericht gehalten«, bestätigte Radic. »Überall verbrennen sie Hexen. Die Kirche hat das Recht dazu, denn sie handelt im Namen Gottes.«

»Hoffentlich weiß euer Gott auch etwas davon«, sagte Abu Dun böse.

»Herr?«, fragte Radic verständnislos.

»Wie hast du das gemeint, sie wäre die Schlimmste von allen?«, fragte Andrej mit einer Geste auf das Mädchen.

»Sie hat sich verraten!«, antwortete Radic. »Gestern Abend, als sie ihre Kunststücke aufgeführt haben, da haben es alle gesehen! Sie war ungeschickt und hat sich mit dem Messer geschnitten. Eine wirklich schlimme Wunde. Aber heute Morgen war sie verschwunden! Das muss Teufelswerk sein!«

»Ich verstehe«, sagte Andrej finster. »Und deshalb habt ihr sie kurzerhand der Hexerei bezichtigt und auf den Scheiterhaufen geworfen. Ihr habt fünf Menschen bei lebendigem Leibe verbrannt, nur weil ihr Zeuge von etwas geworden seid, das ihr nicht versteht? Ich frage mich, wer hier vom Teufel besessen ist.«

»Gib es auf«, sagte Abu Dun. »Ich glaube nicht, dass er versteht, was du meinst. Soll ich ihn töten?«

»Nein«, antwortete Andrej. »Ich habe eine bessere Idee.«

Er ließ sich vor Radic in die Hocke sinken, hob das Schwert und fuhr sich mit der scharfen Klinge über den Handrücken. Radic ächzte, als er die klaffende Wunde sah, die der Stahl hinterlassen hatte. Und er ächzte noch einmal und lauter, als die Wunde schon nach einem Augenblick aufhörte zu bluten und sich wenige Sekunden später wie durch Zauberei wieder schloss.

»Wie du siehst, gibt es durchaus noch mehr Menschen mit denselben Kräften«, Andrej sah ihn scharf an. »Und ich kann dir versichern, dass das noch lange nicht alles ist.«

Radic starrte aus riesigen Augen auf Andrejs Hand. »Was … was scid Ihr?«, stammcltc cr.

»Ich bin nicht mit dem Teufel im Bunde, wenn du das meinst«, antwortete Andrej. »Ich bin etwas Schlimmeres. Etwas, das du dir nicht einmal vorstellen kannst. Ich werde dich nicht töten. Noch nicht. Aber eines Tages werde ich kommen, und dann wirst du Rechenschaft über dein Leben ablegen müssen. Du bist noch jung. Du hast noch Zeit, es wieder gutzumachen. Aber denke daran, ich bin kleinlich, und ich sehe alles. Und wenn du über uns oder das, was hier geschehen ist, auch nur mit einem Menschen sprichst, dann werde ich wiederkommen und deine Seele fressen. Hast du das verstanden?«

Radic nickte, und Andrej lächelte ihm zu und versetzte ihm einen Fausthieb vor die Schläfe, der ihn augenblicklich das Bewusstsein verlieren ließ. Dann stand er auf.

»Beeindruckend.« Abu Dun klatschte spöttisch in die Hände. »Überaus beeindruckend. Aber auch ziemlich dumm. Was sollte das?«

»Mir war danach«, sagte Andrej finster. Das entsprach nicht ganz der Wahrheit. Ihm war danach gewesen, dem Kerl die Kehle aufzuschlitzen.

»Und du glaubst, du hättest ihn damit geläutert?«

»Wahrscheinlich nicht«, gestand Andrej. »Aber wenn sie das nächste Mal eine Hexe verbrennen, dann wird er nicht der Erste sein, der es gutheißt.«

»Wahrscheinlich wird er die Fackel halten«, grollte Abu Dun. Er schüttelte den Kopf. »Können wir jetzt gehen? Ich meine, bevor sie zurückkommen und uns einen Becher Wein und Kuchen zu unserem Plauderstündchen kredenzen.« Er machte eine Kopfbewegung in Richtung des Mädchens. »Deine neue Freundin können wir ja mitnehmen.«

»Gleich«, murmelte Andrej. Er drehte sich langsam im Kreis. Ohne das brennende Kreuz auf dem Platz hätte das Dorf einen fast friedlichen Anblick geboten. Ein armes, aber sauberes Dorf, voller einfacher, aber arbeitsamer und ehrlicher Menschen, die ein gottesfürchtiges Leben führten und zur Kirche gingen, und die dann und wann zur Kurzweil ein paar Menschen verbrannten …

»Gleich«, sagte er noch einmal. »Gibst du mir eine von diesen Fackeln?«

2

Sie waren nach Westen geritten, hatten aber nicht an der Herberge Halt gemacht, in der Andrej eigentlich hatte übernachten wollen, sondern waren ein gutes Stück davor von der befestigten Straße abgewichen und in die dichten Wälder eingedrungen, die das Bild in diesem Teil des Landes bestimmten.

Andrej war noch niemals dort gewesen und wusste sehr wenig über diese Gegend, und so überließ er es Abu Duns Instinkt, den Weg für sie zu finden; eine Entscheidung, die sich als durchaus richtig herausstellte. Eine ganze Weile waren sie durch die nahezu vollkommene Dunkelheit der Wälder geritten, und gerade als Andrej angefangen hatte sich zu fragen, ob er Abu Dun vielleicht doch überschätzt hatte, wurde es vor ihnen hell. Licht, das sich auf still daliegendem Wasser brach, schimmerte durch die Bäume. Wenige Augenblicke später standen sie am Ufer eines ruhigen Sees, der so groß war, dass sein jenseitiges Ufer mit der Nacht verschmolz.

»Ich glaube, hier sollten wir rasten«, sagte Abu Dun.

»Eine gute Wahl«, pflichtete ihm Andrej bei. »Wir haben Glück, dass wir diesen Platz gefunden haben.«

»Das hat nichts mit Glück zu tun.« Abu Dun machte ein verächtliches Geräusch. »Ich bin Nubier, Hexenmeister. Wir können Wasser wittern.«

»Das dachte ich mir«, antwortete Andrej. »Deshalb

habe ich auch darauf verzichtet, mich in eine Fledermaus zu verwandeln und davonzufliegen, um mir ein gemütliches Plätzchen zu suchen.«

Er glitt aus dem Sattel, drehte sich einmal im Kreis, um die Umgebung abzusuchen – als hätte er etwas sehen können! Der Wald war selbst für seine übermenschlich scharfen Augen undurchdringlich – und sah dann nach Osten, in die Richtung, aus der sie gekommen waren. Der Himmel war auch dort pechschwarz. Jetzt. Sie hatten den Feuerschein der brennenden Kirche noch lange gesehen, länger eigentlich, als die zunehmende Entfernung es hätte möglich machen dürfen. Andrej nahm an, dass die Flammen auf die benachbarten Gebäude übergegriffen, vielleicht sogar das ganze Dorf verschlungen hatten. Bei diesem Gedanken empfand er nicht das geringste Bedauern.

Er wandte sich wieder zu seinem Pferd um und streckte die Arme aus, um dem Mädchen beim Absteigen zu helfen. Es hatte die ganze Zeit wortlos und wie erstarrt hinter ihm gesessen, und es reagierte auch jetzt nicht. Sein Blick war noch immer in eine schreckliche Leere gerichtet, und Andrej fragte sich, ob es jemals wieder daraus zurückfinden würde.

»Warte.« Abu Dun trat mit zwei schnellen Schritten neben ihn, hob das Mädchen ohne die geringste Anstrengung vom Pferd und setzte es behutsam zu Boden.

»Kümmere dich um sie«, sagte er grob. »Ich bereite das Lager.«

Andrej nickte dankbar. Abu Dun war nicht glücklich darüber, dass sie das Mädchen mitgenommen hatten, obwohl es genau genommen sein Vorschlag gewesen war. Natürlich hätten sie das Mädchen unmöglich zurücklassen können; das wäre sein sicheres Todesurteil gewesen. Dennoch war sie schon jetzt eine Last für sie, und falls die Dörfler Hilfe holen würden und sie schnell verschwinden müssten – was wahrscheinlich war –, dann würde sie mehr als nur eine Last sein.

»Komm mit!«, sagte er. Die Zigeunerin reagierte immer noch nicht, und Andrej nahm sie bei der Hand und führte sie die wenigen Schritte zum Wasser hinunter. Sie folgte ihm willenlos. Wenigstens etwas.

Er setzte das Mädchen direkt am Wasser ab, ging zu seinem Pferd zurück und kramte ein halbwegs sauberes Tuch aus der Satteltasche. Nachdem er wieder zum See zurückgegangen war und es ins Wasser getaucht hatte, begann er vorsichtig, zuerst die Hände und dann das Gesicht der Zigeunerin vom gröbsten Schmutz zu reinigen. Darunter kam ein Mädchen zum Vorschein, das in wenigen Jahren durchaus zu einer Schönheit heranwachsen konnte.

Andrej spürte, wie sich ein schon fast vergessen geglaubtes Gefühl in ihm regte. Wie lange war es her, dass er keine Frau mehr gehabt hatte? Monate?

Zehn Jahre, dachte er bitter. Seit er Maria verloren hatte.

Natürlich hatte er seither Frauen gehabt. Dutzende, vermutlich Hunderte. Aber das war nicht dasselbe. Andrej war ein körperlich junger Mann in den besten Jahren. Er suchte Frauen für eine Nacht oder die kurze Zeit, die sie das unstete Leben an einem Ort bleiben ließ. Es waren Frauen, die aus einer Laune heraus oder nach einem Becher Wein zu viel das Lager mit ihm teilten; oft genug auch für Geld.

Dieses Mädchen war etwas anderes. Sie war wie er. Ein Wesen von seiner Art. Das Blut, das in ihren Adern floss, war dasselbe wie seines.

Und sie war jung genug, um seine Tochter sein zu können, wenn nicht gar seine Enkelin.

Andrej verscheuchte seine Gedanken und konzentrierte sich wieder darauf, ihr Gesicht zu reinigen. Was er sah, gefiel ihm nicht. Die Prellungen und Brandblasen hatten bereits zu heilen begonnen, aber längst nicht in dem Ausmaß, in dem sie hätten heilen müssen. Außerdem fühlte er, dass sie Fieber hatte. Hohes Fieber.

Er tauchte das Tuch noch zweimal ins Wasser, bis er mit dem Ergebnis seiner Bemühungen so zufrieden war, wie er es unter den gegebenen Umständen sein konnte, und warf das Stück Stoff anschließend fort. Er hatte das Gefühl, dass es besudelt war; als hafte etwas von dem, was man diesem Kind angetan hatte, nun an dem Blut und Schmutz, die das Tuch aufgenommen hatte.

Langsam hob er die Hand, zögerte noch einmal und legte sie dann auf die Stirn des Mädchens. Sie war heiß, und er konnte spüren, wie schnell ihr Puls ging.

Andrej schloss die Augen. Wenn er ihr doch nur helfen könnte! Wie viele Leben hatte er genommen, auf genau diese Art, nur durch eine Berührung mit der Hand? Warum war es so leicht, etwas zu nehmen, und so unmöglich, auf die gleiche Weise zu geben?

Nach einer Weile zog er die Hand wieder zurück

und hob die Lider. Der Blick des Mädchens war noch immer leer. Es hatte mit den Lippen zu zittern begonnen, aber in seinen Augen stand weiterhin das Entsetzen.

»Glaubst du, dass sie sich jemals wieder erholt?«

Andrej schrak leicht zusammen und sah über die Schulter hoch. Er hatte nicht gehört, dass Abu Dun hinter ihn getreten war, aber das überraschte ihn nicht. Trotz seiner Größe und Massigkeit vermochte sich der ehemalige Pirat so lautlos zu bewegen wie eine Katze.

»Ich weiß es nicht«, sagte Andrej ehrlich. »Ich weiß nicht, was sie ihr angetan haben.«

»Ich dachte immer, außer einem Stich ins Herz oder Feuer kann euch nichts umbringen«, sagte Abu Dun. Er grinste, aber Andrej spürte auch, dass diese Worte bitter ernst gemeint waren.

»Das dachte ich bisher auch.« Andrej betrachtete besorgt das Gesicht der jungen Zigeunerin, und Abu Dun sagte:

»Hätten ihre Wunden nicht längst heilen müssen?«

»Sie ist noch sehr jung«, antwortete Andrej ausweichend. »Vielleicht ist sie noch nicht lange …«

»So wie du?« Abu Dun war immerhin rücksichtsvoll genug, das Wort Vampyr nicht zu benutzen. »Hast du vergessen, was Radic erzählt hat? Gestern Abend hat sie sich geschnitten, und die Wunde war am Morgen verheilt.«

»Vielleicht ist sie morgen wieder gesund«, antwortete Andrej. Allerdings fehlte seiner Stimme jegliche Überzeugungskraft.

»Ich kann kein Feuer machen«, sagte Abu Dun.

»Aber wir haben noch etwas kaltes Fleisch. Bist du hungrig?«

»Nein«, antwortete Andrej. »Aber vielleicht möchte sie etwas essen.« Er wandte sich an das Mädchen. »Hast du Hunger?«

Wie erwartet gab es keine sichtbare Reaktion. Aber Andrej glaubte ein schwaches Flackern in ihrem Blick zu bemerken. Wie ein winziger, fast schon im Ersterben begriffener Funke in der erkaltenden Asche eines Feuers.

»Wahrscheinlich braucht sie einfach nur Ruhe«, antwortete Andrej. »Schlaf ist manchmal die beste Medizin.«

»Wo du es sagst – ich könnte auch etwas von dieser Medizin gebrauchen«, sagte Abu Dun. »Aber vorher sollten wir uns unterhalten.«

Das hatte Andrej befürchtet. Er wollte nichts weniger, als dieses Gespräch führen, aber er kannte Abu Dun zur Genüge. Er würde ihm nicht entgehen, nur weil er das Gespräch hinauszögerte.

Indem er so tat, als müsse er sich davon überzeugen, dass mit der Zigeunerin auch wirklich alles in Ordnung war, gewann er noch einige Augenblicke. Dann stand er auf und folgte Abu Dun.

Sie entfernten sich ein paar Schritte – als ob es nötig gewesen wäre, außer Hörweite des Mädchens zu gelangen. Andrej war sehr sicher, dass sie nichts von dem sah oder hörte, was um sie herum geschah.

»Und?«, fragte er, als Abu Dun stehen blieb.

»Was – und? Diese Frage wollte ich dir gerade stellen«, sagte Abu Dun. »Was, denkst du, sollen wir jetzt tun? Dir ist klar, dass sie spätestens nach Tagesanbruch anfangen werden nach uns zu suchen, oder?«

»Hast du vergessen, wessen Idee es war, die Hexenverbrennung zu stören?«

»Ich hatte dabei nicht im Sinn, wie der Leibhaftige aufzutreten und möglichst allen zu beweisen, dass ihr Aberglaube vielleicht nicht ganz so unbegründet ist. Und ich hatte auch nicht vor, den ganzen Ort niederzubrennen. Um ganz ehrlich zu sein, hatte ich etwas Zurückhaltenderes vor.«

»Ich weiß«, sagte Andrej. »Gut, du hast recht. Ich habe einen Fehler gemacht. Ich habe die Beherrschung verloren. Sobald ich eine passende Rute gefunden habe, werde ich mich ein bisschen kasteien.«

»Darf ich das übernehmen?«, fragte Abu Dun grinsend. Dann wurde er sofort wieder ernst. »Du hast sie nie vergessen, nicht wahr?«

»Maria?« Andrej schüttelte den Kopf. »Nein.«

»Ich weiß nicht, ob ich dich verstehen kann«, sagte Abu Dun leise. »Ich habe niemals erfahren, was es heißt, jemanden zu lieben. Aber wenn ich mir dich ansehe, dann bin ich froh darüber.«

»Du weißt nicht, was du redest«, erwiderte Andrej.

»Ich weiß, dass du besessen bist«, sagte Abu Dun. »Wie lange ziehen wir jetzt schon durch die Welt und suchen nach ihr? Zehn Jahre? Wie oft hast du geglaubt, sie gefunden zu haben? Zehnmal? Hundertmal? Und wie oft hast du dich selbst gequält, wenn du zugeben musstest, dass sie es doch nicht war? Heute Abend hättest du uns beide fast umgebracht, nur weil du geglaubt hast, dieses Mädchen wäre Maria.«

»Niemand zwingt dich, bei mir zu bleiben«, antwortete Andrej spröde. »Du kannst gehen.«

»Wie einfach!« Abu Dun wurde böse. »Aber das wäre feige, und Abu Dun ist kein Feigling, der einen Freund im Stich lässt, wenn dieser ihn am meisten braucht.«

Andrej wollte auffahren, aber sein Zorn war nicht stark genug, weil er aus dem Verstand kam, nicht aus dem Gefühl. Statt den Piraten anzubrüllen, flüsterte er leise: »Du hast recht, Abu Dun. Du weißt nicht, was es heißt, einen Menschen zu lieben.«

Für endlose Augenblicke standen sie einfach schweigend da und starrten einander an, und schließlich drehte sich Abu Dun um und ging davon. Auch Andrej blieb nur noch einen Moment stehen, ehe er zum Waldrand zurück ging und sich gegen einen Baum lehnte. Er schloss die Augen. Für Abu Dun oder jeden anderen zufälligen Beobachter musste es so aussehen, als ob er schlafe, aber hinter seiner Stirn jagten sich die Gedanken immer schneller.

Abu Duns Worte hatten ihn mehr aufgewühlt, als er zugeben wollte, und seine Gedanken kehrten gegen seinen Willen zu jener schrecklichen Nacht vor zehn Jahren zurück. Er wehrte sich mit aller Macht gegen die Bilder, die in seinem Geist Gestalt annehmen wollten, aber es war ein Kampf ohne Aussicht auf Erfolg. Es hatte in den letzten zehn Jahren kaum einen Tag gegeben, an dem er sich nicht an die entsetzlichen Minuten erinnert hatte. Die Bilder hatten sich unauslöschlich und für alle Zeiten in sein Bewusstsein eingebrannt.

Sie hatten Draculs Burg verlassen und waren zum Waldrand geeilt, wo Maria auf sie warten wollte. Aber Maria war nicht da gewesen. Stundenlang war Andrej durch den Wald geirrt, hatte ihren Namen gerufen und sich an die immer verzweifelter werdende Hoffnung geklammert, dass sie vielleicht am falschen Ort gesucht hatten, dass Maria sich in der Dunkelheit vielleicht verirrt haben könnte …

Was wirklich passiert war, hatten das erste Licht des neuen Tages und Abu Duns Talent als Fährtensucher offenbart. Sie hatten Spuren gefunden, die eine eindeutige Geschichte erzählten. Maria *war* am vereinbarten Treffpunkt gewesen, aber jemand war gekommen und hatte sie gewaltsam entführt. Tagelang waren sie diesen Spuren gefolgt, bis sie sich schließlich verloren hatten.

Und das war für zehn Jahre das letzte Lebenszeichen von Maria gewesen. Sie waren kreuz und quer durch das Land gezogen, und es war ganz genau so gewesen, wie Abu Dun gerade behauptet hatte: Er hatte ein Dutzend Mal geglaubt, sie gefunden zu haben, und die Erkenntnis, dass es nicht Maria war, war jedes Mal eine größere Enttäuschung gewesen als zuvor. Vielleicht hatte Abu Dun recht, und sie war längst tot oder lebte jetzt in einem weit entfernten Land und hatte vergessen, dass es ihn gab, und *ganz bestimmt* hatte er recht, wenn er sagte, dass er sich nur selbst quälte. Aber er konnte sie einfach nicht vergessen. Vielleicht gab es in seinem Leben nur Platz für diese eine Liebe, und möglicherweise …

Neben ihm ertönte ein Stöhnen, gefolgt von einem

halb erstickten Schluchzen. Andrej fuhr zusammen und sprang in die Höhe.

Die Zigeunerin war aus ihrer Starre erwacht. Sie war auf die Seite gesunken und hatte sich zusammengerollt wie ein schlafendes Baby, aber sie zitterte am ganzen Leib und schluchzte ununterbrochen, und als Andrej bei ihr ankam und die Hand nach ihr ausstreckte, schrie sie auf und schlug nach ihm.

Andrej fing ihren Schlag ab und hielt ihre Hand fest, aber sehr vorsichtig, um ihr nicht wehzutun. Sie schlug auch mit der anderen Hand nach ihm und traf ihn zweimal hart im Gesicht, bevor es ihm gelang, auch ihr zweites Handgelenk zu packen und festzuhalten. Im nächsten Moment rammte sie ihm das Knie mit solcher Wucht in den Unterleib, dass ihm die Luft wegblieb.

Andrej ächzte, drehte sich halb auf die Seite, um einem weiteren harten Tritt zu entgehen, und presste die Zigeunerin mit seinem ganzen Körpergewicht zu Boden. Er war ungleich stärker als sie, und dennoch kostete es ihn seine ganze Kraft, sie auch nur halbwegs in Zaum zu halten.

»Hör doch auf!«, schrie er. »So beruhige dich doch! Wir wollen dir nichts tun!«

Als Antwort riss sie ihre linke Hand los und versuchte, ihm die Augen auszukratzen. Andrej drehte hastig den Kopf zur Seite, sodass sie ihm nur die Wange zerschrammte. Wütend packte er ihr Handgelenk und hielt es diesmal mit deutlich größerer Kraft fest. Die Zigeunerin bäumte sich so überraschend und mit solcher Kraft auf, dass er beinahe umgeworfen worden wäre. Andrej fluchte, presste ihre Hände und Schultern auf den Boden und benutzte sein Knie, um ihre strampelnden Beine zu blockieren. Sie hob den Kopf und versuchte ihn zu beißen, und Andrej drehte hastig das Gesicht weg, bevor er ein Ohr einbüßte.

Hinter ihm lachte Abu Dun leise. »Braucht Ihr Hilfe, Sahib?«, fragte er spöttisch.

Andrej schluckte einen Fluch hinunter, bugsierte sich in eine Position, in der er das zappelnde Bündel unter sich zuverlässig festhalten konnte, ohne dabei ein Auge, ein Ohr oder irgendwelche anderen Körperteile zu verletzen, und presste ihre Hände mit noch größerer Kraft gegen den Boden.

Die Zigeunerin tobte noch einige Sekunden weiter, dann erschlaffte sie plötzlich, als hätte der jähe Ausbruch von Gewalt all ihre Energie aufgezehrt. Im ersten Moment befürchtete Andrej schon, sie könne wieder in jenen Zustand dumpfen Brütens zurückfallen, in dem sie bisher gewesen war, aber ihr Blick blieb klar. Und auch die Angst war noch immer in ihren Augen.

»Hast du dich jetzt beruhigt?«, fragte er. »Du brauchst keine Angst zu haben. Wir sind deine Freunde.«

»Du … du tust mir weh«, antwortete das Mädchen.

»Wenn du mir versprichst, nicht wieder auf mich loszugehen, dann lasse ich dich los«, antwortete Andrej. »Einverstanden?«

Die Zigeunerin zögerte für sein Empfinden eine Winzigkeit zu lange, bevor sie endlich nickte. Dann aber tat sie es, und Andrej ließ vorsichtig ihre Hände los und stand auf. Sofort richtete sie sich in eine sitzende Position auf, sah sich hastig nach allen Seiten um und rutschte dann weit genug zurück, um sich an einen Baum lehnen zu können. Sie zog angstvoll die Knie an den Körper und schlang die Arme um den Leib. Vielleicht glaubte sie ihm ja, dachte Andrej, aber das änderte nichts daran, dass sie noch immer halb von Sinnen vor Furcht war. Erneut ergriff ihn ein kalter Zorn auf die Menschen, die ihr das angetan hatten, aus keinem anderen Grund als dem, dass sie etwas verkörperte, was sie nicht verstanden.

»Wie ist dein Name, Kind?«, fragte er.

»Alessa«, antwortete die Zigeunerin.

»Alessa. Ein hübscher Name. Ich bin Andrej, und das da ist Abu Dun.« Er lächelte flüchtig, als Alessa in Abu Duns Richtung sah und bei seinem Anblick erneut zusammenzuckte. »Keine Angst. Er sieht nur bedrohlich aus. Dir wird er nichts tun. Wir sind deine Freunde.«

Alessas Blick wanderte unsicher von einem zum anderen. Sie hatte immer noch Angst. Vielleicht würde sie den Rest ihres Lebens in Angst verbringen. Und ihr Anblick gefiel ihm auch in anderer Hinsicht nicht. Sie sah nicht gut aus. Weit über die Spuren der Verletzungen hinaus, die man ihr zugefügt hatte, wirkte sie … krank. Und das war eigentlich unmöglich. Wesen wie sie wurden nicht krank. Niemals.

»Sag es ihr«, verlangte Abu Dun auf Arabisch, seiner Muttersprache, die Andrej in den letzten Jahren von ihm gelernt hatte. »Sag ihr, was passiert ist.«

»Hältst du das für klug?«, erwiderte Andrej in derselben Sprache.

»Hältst du es für klug, sie zu belügen und ihr in ein

paar Tagen zu erzählen, dass ihre ganze Familie umgebracht worden ist?«, fragte Abu Dun.

»Erinnerst du dich, was passiert ist?«, fragte er, leise und wieder direkt an Alessa gewandt.

Im ersten Moment reagierte sie gar nicht, sondern starrte ihn nur aus Augen an, die noch dunkler geworden zu sein schienen. Dann nickte sie ganz sacht.

»Sie sind alle tot, nicht wahr? Sie haben sie alle umgebracht. Sag es. Du brauchst mich nicht zu schonen.«

»Du hast es doch nicht etwa mit ansehen müssen?«, fragte Andrej entsetzt.

Alessa verneinte. »Ich habe ihre Schreie gehört«, sagte sie. »Und irgendwie ... konnte ich fühlen, wie sie starben. Mich haben sie sich bis zum Schluss aufgehoben. Wenn Ihr nicht gekommen wärt, dann hätten sie mich auch getötet.« Ihre Stimme wurde bitter. »Ich weiß nicht, ob ich Euch danken soll. Vielleicht wäre ich besser tot.«

»Unsinn!«, sagte Andrej. »Du bist noch jung. Du hast dein Leben noch vor dir. Der Schmerz wird vergehen.«

Er kam näher, blieb aber nach ein paar Schritten wieder stehen, als Alessa mit neu erwachender Furcht zu ihm hochsah. »Aber jetzt erzähl uns, was geschehen ist«, bat er.

Sie blickte stumm zu Abu Dun. Andrej konnte sie sogar verstehen. Auf jeden, der Abu Dun nicht kannte, machte der Nubier einen beeindruckenden und oft genug Furcht einflößenden Eindruck. An die zwei Meter groß, massig gebaut, mit seiner ebenholzfarbenen Haut und stets ganz in Schwarz gekleidet, kam er vielen vermutlich wie der Leibhaftige vor. Als Andrej ihn kennen gelernt hatte, da war diese Einschätzung nicht einmal vollkommen falsch gewesen. Aber das war lange her. Abu Dun war noch immer ein gefährlicher Mann – vor allem für seine Feinde –, aber er hatte sich geändert: Er betrachtete nicht mehr jeden als Feind, der nicht sein Freund war.

»Warum haben sie euch das angetan?«, fragte nun auch er.

»Sie haben behauptet, wir wären Hexen«, antwortete Alessa zögernd. »Zuerst … zuerst haben sie uns in ihrem Dorf willkommen geheißen und uns sogar gestattet, unsere Zelte am Stadtrand aufzuschlagen. Aber dann … dann fingen sie an zu reden. Mit Fingern auf uns zu zeigen und zu tuscheln. Der Pfaffe war der Schlimmste. Du hast ihn erschlagen, nicht wahr?«

Andrej nickte. Er war überrascht, dass Alessa es überhaupt bemerkt hatte.

»Wir haben uns nichts dabei gedacht«, fuhr Alessa fort. »Die Leute sind immer so, überall wo wir hinkommen. Zuerst treiben sie Handel mit uns und lassen uns Kunststücke vorführen, dann fangen sie an zu reden, und am Ende jagen sie uns davon.« Sie lachte bitter. »Weißt du, woher das Wort kommt, mit dem sie uns bezeichnen? Zigeuner?«

Andrej schüttelte wahrheitsgemäß den Kopf, und auch Abu Dun hob nur die Schultern.

»Aus dem Deutschen«, sagte Alessa. »Es kommt aus dem Deutschen, und es heißt so viel wie ziehende Gauner. Und mehr sind wir auch nicht für sie.«

Andrej sah ihr deutlich an, wie Bitterkeit und die Erinnerung an das Geschehene sie zu überwältigen drohten, und um sie abzulenken, fragte er hastig: »Kommt ihr von dort? Aus dem Deutschen?«

Alessa nickte. »Wir waren dort«, sagte sie. Sie schluckte einige Male, um die Tränen niederzukämpfen. »Den ganzen vergangenen Winter über. Auch da haben sie mit Fingern auf uns gezeigt und uns davongejagt. Aber sie haben uns wenigstens nicht verbrannt.«

»Und warum hier?«, wollte Abu Dun wissen. »Was ist vorgefallen?«

»Das weiß ich nicht«, antwortete Alessa. »Gestern Abend haben sie uns plötzlich gefangen genommen und uns den Prozess gemacht.«

Andrej tauschte einen fragenden Blick mit Abu Dun. Warum log sie?

»Einfach so?«, fragte er. »Ohne besonderen Grund?«

»Der Pfaffe hat einige Dorfbewohner zum Schloss geschickt, und zwei Soldaten sind zu uns gekommen«, sagte Alessa – womit sie seine Frage ganz eindeutig *nicht* beantwortete. »Ihr habt die beiden gesehen.«

»Zum Schloss?« Abu Dun klang alarmiert. »Wo liegt dieses Schloss?«

»Nicht weit von hier.« Alessa machte eine Geste. »Auf der anderen Seite des Sees. Wäre es hell, könnten wir es von hier aus sehen.«

»Oh«, machte Andrej.

»Sind dort noch mehr Soldaten?«, fragte Abu Dun.

»Ich weiß nicht«, antwortete Alessa. »Wir waren nicht dort. Aber ich glaube schon.«

»Weiter«, sagte Andrej rasch. »Sie haben euch also den Prozess gemacht. Unter welcher Anklage?«

Alessa schwieg. Ihr Blick verriet, wie sehr es hinter ihrer Stirn arbeitete.

»Du traust uns immer noch nicht«, stellte er fest.

»Doch! Das ist es nicht, aber …«

»Das kann ich verstehen«, fuhr Andrej mit einem Nicken fort. »Ich an deiner Stelle würde nicht anders reagieren, glaube ich. Aber ich habe etwas, um dich zu überzeugen.«

Er zog seinen Dolch. Die Augen der Zigeunerin weiteten sich erschrocken. Statt ihr etwas anzutun, nahm Andrej das Messer jedoch in die linke Hand und zog die Klinge mit einer kraftvollen Bewegung über seinen Unterarm. Alessa keuchte und schlug erschrocken die Hand vor den Mund. Dann wurden ihre Augen noch größer, als sie sah, wie sich die Wunde binnen weniger Herzschläge wieder schloss. Für einen Moment war noch eine dünne, weiße Narbe zu sehen, doch auch diese verschwand.

Andrej steckte den Dolch ein und wischte sich das Blut vom Unterarm.

»Aber … aber das …«, stammelte Alessa. Sie starrte ihn an, dann bekreuzigte sie sich.

»Du siehst, ich kenne dein Geheimnis«, sagte Andrej. »Ich kenne es sehr gut. Ich bin genauso wie du.«

»Dann … dann bin ich nicht die Einzige?«, murmelte Alessa. »Es gibt noch mehr Menschen wie mich?«

»Nicht sehr viele«, antwortete Andrej. Alessas Blick irrte zu Abu Dun, und Andrej schüttelte rasch den Kopf.

»Er gehört nicht dazu. Nur ich. Ich habe einige andere getroffen, aber nur wenige.« Und die meisten hatte er getötet. »Du bist nicht allein, Alessa.«

»Soll das heißen, du bist noch nie einem anderen Vam...«, begann Abu Dun, stockte und verbesserte sich: »... einem anderen Menschen wie dir begegnet?«

Alessa sah unsicher zu ihm hoch. Andrej war sicher, dass ihr das halbe Wort, das Abu Dun um ein Haar ausgesprochen hätte, keineswegs fremd war.

»Ich ... ich bin noch nicht ... noch nicht lange ... so«, sagte sie stockend.

Nun war Andrej an der Reihe, überrascht zu sein. Und alarmiert. »Was soll das heißen, du bist noch nicht lange so?«

Das Mädchen hob die Schultern. Ihr Blick verharrte für einen Moment auf Andrejs nun wieder unversehrtem Unterarm, als wären die Antworten auf alle Fragen dort zu lesen.

»Erst seit dem letzten Frühjahr«, sagte sie. »Ich war krank. Viele von uns sind krank geworden. Fast die Hälfte unserer Familie hat den Winter nicht überlebt, und auch ich habe eine Woche mit schwerem Fieber gelegen. Ich wäre fast gestorben. Aber nachdem ich wieder gesund war, da ... da war ich so. Es hat mir große Angst gemacht.«

»Und die anderen aus deiner Familie?«

»Ich war die Einzige, die das Fieber überlebt hat«, antwortete Alessa. »Niemand weiß ...« Sie brach ab, starrte einen Moment an Andrej vorbei ins Leere und verbesserte sich dann: »... wusste davon. Nur meine Mutter und Anka, die *Puuri Dan* unserer Sippe.«

Andrej blickte sie fragend an.

»Unsere heilige Frau. Jede Sintifamilie hat eine *Puuri Dan*. Die Alten bewahren das Wissen.«

Andrej musste sich beherrschen, um das Mädchen nicht mit Fragen zu überschütten. Plötzlich war er sehr aufgeregt. *Wissen!* Was hätte er darum gegeben, endlich zu erfahren, wer er war, *was* er war, und vor allem, wie er dazu geworden war. Aber er zügelte seine Neugier und sagte nur: »Rede weiter, Kind.«

»Da gibt es nicht viel zu erzählen«, sagte Alessa. »Sie waren sehr erschrocken. Anka hat mir eingeschärft, mit niemandem zu reden und mein Geheimnis für mich zu behalten, und das habe ich getan. Ich war sehr vorsichtig. Niemand hat etwas bemerkt. Aber gestern Abend…« Sie begann zu weinen. »Es war meine Schuld. Wenn ich mich nicht mit dem Messer geschnitten hätte, dann wären die anderen jetzt noch am Leben.«

Andrej legte ihr mitfühlend die Hand auf die Schulter. Ihr Herz klopfte wie rasend, und er konnte selbst durch den Stoff ihres Kleides hindurch spüren, dass ihre Haut glühte. Ihr Fieber musste noch gestiegen sein.

»Mach dir keine Vorwürfe«, sagte er. »Früher oder später musste es passieren. Es ist nicht deine Schuld.«

»Anka hat gesagt, dass ich aufpassen soll«, beharrte Alessa schluchzend. »Sie hat mich gewarnt, was passiert, wenn andere sehen, was ich bin. Selbst in unserer Sippe wusste es niemand.«

»Und was hat sie dir sonst noch über dich erzählt?«, fragte Andrej. Er konnte Abu Duns ärgerliches Stirnrunzeln geradezu körperlich spüren, aber er beachtete es nicht. Sein Herz begann vor Aufregung heftig zu klopfen.

Alessa schüttelte den Kopf. »Nichts.«

»Nichts?«

»Sie sagte, sie würde es mir später erklären«, antwortete Alessa leise. »Wenn ich etwas älter wäre und es besser verstehen könnte. Sie hat nur gesagt, ich sollte mein Geheimnis für mich behalten und mich vor Blut in Acht nehmen. Ich habe das nicht verstanden.« Sie wischte sich die Tränen aus dem Gesicht und sah Andrej fragend an. »Kannst du es mir erklären?«

»Ja«, sagte Andrej. »Später. Wenn du etwas älter geworden bist.« Er wartete gerade lange genug, um die Enttäuschung in Alessas Augen erkennen zu können, ehe er grinsend hinzufügte: »Morgen.«

Alessa war nun völlig verwirrt. Andrej lächelte, zog die Hand zurück und zögerte einen kurzen Moment, ehe er sich mit untergeschlagenen Beinen vollends neben sie ins Gras sinken ließ.

»Ich weiß auch nicht sehr viel mehr als du«, begann er. »Eure *Puuri Dan* hätte es dir sicher erklären können, aber nun, wo sie tot ist …«

»Anka ist nicht tot«, sagte Alessa.

Andrej hob mit einem Ruck den Kopf. »Was sagst du da?«

»Jedenfalls war sie es im Frühjahr noch nicht«, antwortete Alessa. Ihre Tränen waren versiegt, und sie zog lautstark die Nase hoch. »Sie war alt, und die Reise war ihr wohl zu anstrengend. Wir wollten im Herbst wieder zu ihr zurückkehren.«

»Wohin?«, schnappte Andrej.

Alessa dachte einen Moment angestrengt nach und hob dann die Schultern. »Ich weiß nicht mehr genau, wie der Ort hieß. Es war irgendwo im Bayerischen, vielleicht einen Tag von der Grenze entfernt. Wir wollten uns im Herbst dort wieder treffen.«

»Und du bist sicher, dass sie noch lebt?«

»Sie ist sehr alt«, antwortete Alessa zögernd und hob abermals die Schultern. »Aber eigentlich war sie gesund. Nur alt.« Sie fuhr sich mit der Zungenspitze über die Lippen. »Ich habe Durst.«

Andrej stand auf, ging zu seinem Pferd und kam mit seiner Wasserflasche zurück. Alessas Hände zitterten, als sie nach der ledernen Flasche griffen, und sie leerte sie fast zu Gänze.

»Hast du dieses Fieber öfter?«, fragte Andrej, als er die Flasche zurücknahm.

Alessa schüttelte den Kopf. »Ich war nicht mehr krank seit dem letzten Winter.«

»Sorge dich nicht«, sagte Andrej mit einer Zuversicht, die er ganz und gar nicht empfand. Er *machte* sich Sorgen. Große Sorgen. Dennoch fuhr er fort: »Du wirst dich erholen. Wahrscheinlich ist morgen schon wieder alles in Ordnung. Versuch ein bisschen zu schlafen. Das wirkt manchmal Wunder.«

Alessa nickte dankbar und rollte sich gehorsam im Gras zusammen. Sie schlief sofort ein. Andrej sah lange Zeit wortlos auf sie herab, ehe er seinen Mantel von den Schultern löste und sie damit zudeckte. Dann ging er zum See, um seine Wasserflasche zu füllen.

Abu Dun folgte ihm. Als Andrej am Ufer niederkniete und die Flasche ins Wasser tauchte, fragte er: »Was hat das zu bedeuten? Ich dachte, ihr werdet nicht krank.«

Andrej hob die Schultern. »Nichts«, sagte er. »Vielleicht ist sie einfach noch nie zuvor so schwer verletzt worden.«

»Unsinn«, widersprach Abu Dun heftig. »Du selbst bist …«

»Auch meine Wunden heilen heute schneller als vor zehn Jahren«, unterbrach ihn Andrej. »Vielleicht werden wir immer stärker, je länger wir …« Er zögerte. »Je länger wir sind, was wir sind.«

Irgendetwas sagte ihm, dass das nicht die Erklärung war. Es entsprach seinen Erfahrungen, aber es war nicht die Erklärung für Alessas Zustand, der ihm weit mehr Sorgen bereitete, als er Abu Dun gegenüber zugeben wollte.

»Und wie soll es jetzt weitergehen?«, fragte Abu Dun.

»Wir lassen sie eine Weile schlafen, dann reiten wir weiter.« Andrej verschloss die Flasche und stand auf. »Es ist vielleicht nicht so klug, bei Tagesanbruch in Sichtweite dieses Schlosses zu sein, von dem sie gesprochen hat, o du begnadetster aller Fährtenleser.«

»Ich bin keine Eule, die in der Nacht sehen kann.« Abu Dun schürzte beleidigt die Lippen. »Das habe ich mit meiner Frage aber auch nicht gemeint.«

»Sondern?«

»Du weißt ganz genau, wovon ich rede«, antwortete Abu Dun mit einer verärgerten Kopfbewegung auf das schlafende Mädchen. »Manchmal ist es ganz leicht, deine Gedanken zu lesen. Im Moment leuchten sie dir regelrecht aus den Augen. Du würdest am liebsten jetzt gleich losreiten, um nach dieser alten Frau zu suchen, habe ich recht?«

»Nein«, antwortete Andrej. »Später ist es immer noch früh genug.«

Abu Dun seufzte. »Spiel keine Spielchen mit mir, Hexenmeister. Dazu bin ich zu müde.«

»Ein Grund mehr, ein wenig zu schlafen«, versetzte Andrej. »Sobald es hell wird, reiten wir weiter, und dann können wir immer noch entscheiden, wohin. Wer weiß, vielleicht findest du ja bei Tageslicht sogar aus diesem Wald heraus.«

Abu Dun starrte ihn feindselig an, dann drehte er sich um und ging. Schon nach wenigen Schritten war er in seiner schwarzen Kleidung mit der Nacht verschmolzen. Andrej überzeugte sich noch einmal davon, dass Alessa tief schlief, dann entfernte auch er sich ein paar Schritte und streckte sich im Gras aus. Es war kalt. Er fror, und während er einschlief, dachte er voller Bedauern an den Mantel, den er in einer plötzlichen Anwandlung von Ritterlichkeit über dem schlafenden Mädchen ausgebreitet hatte.

Aber es war eine seltsam wohltuende Art von Bedauern.

Er war nicht mehr allein.

Abu Dun weckte ihn. Noch bevor Andrej die Augen aufschlug, wusste er, dass es noch immer tiefste Nacht war, und er spürte, dass etwas nicht stimmte. Mit einem Ruck öffnete er die Augen.

Das Gesicht des Nubiers schwebte über ihm, schwärzer als der Nachthimmel und von einem Ernst erfüllt, den Andrej schon lange nicht mehr darin erblickt hatte.

»Alessa«, sagte er.

Andrej sprang so hastig in die Höhe, dass Abu Dun zurückprallte und ungeschickt auf dem Hinterteil landete. Mit zwei gewaltigen Sätzen war Andrej bei dem Zigeunermädchen und ließ sich neben ihr auf die Knie fallen.

Alessa lag auf der Seite und schien zu schlafen. Ihre Augen waren geschlossen, und auf ihrem Gesicht lag ein friedlich entspannter, fast schon glücklicher Ausdruck. Sie atmete nicht, und als Andrej die Hand ausstreckte und sie an der Schulter berührte, spürte er, wie kalt ihre Haut war.

Hinter ihm stemmte sich Abu Dun ächzend in die Höhe und kam dann zögernd näher.

»Es tut mir so leid«, murmelte er. »Aber sie war schon lange tot, als ich aufgewacht bin. Ich glaube nicht, dass sie gelitten hat. Wahrscheinlich hat sie gar nichts gespürt.«

Andrej hörte nicht einmal hin. Seine Hand lag noch immer auf Alessas Schulter, und die Kälte ihrer Haut schien mit jedem Herzschlag, auf den er vergeblich wartete, zuzunehmen. Er fühlte sich wie gelähmt. Es war unmöglich. Sie konnte nicht tot sein! Menschen dieser Art starben nicht einfach so! Niemals! *Niemals!*

»Es tut mir wirklich leid«, sagte Abu Dun. Er ließ sich neben Andrej in die Hocke sinken und versuchte seine Hand von Alessas Schulter zu lösen. Andrej stieß ihn weg. Es war unmöglich! Es konnte einfach nicht sein!

Der Nubier richtete sich wieder auf, hielt aber jetzt einen respektvollen Abstand zu ihm ein. Er sprach nicht mehr, sondern wartete geduldig, bis Andrej von sich aus das quälende Schweigen brach.

Es dauerte lange, sehr lange. Andrej konnte hinterher nicht sagen, wie viel Zeit vergangen war, bis er endlich aus seiner Starre erwacht war und die Hand vom Körper des toten Mädchens gelöst hatte. Als er sich aufrichtete, schmerzten seine Muskeln vor Verspannung. Abu Dun saß ein halbes Dutzend Schritte entfernt an einen Baum gelehnt und kaute auf einem Stück Fladenbrot herum, das er aus seiner Satteltasche geholt hatte. Dieser Anblick versetzte Andrej in rasende Wut. Dass Abu Dun jetzt aß, kam ihm würdelos vor.

Der Nubier schien seine Gedanken zu erraten, denn er ließ sofort das Brot sinken, schluckte den letzten Bissen hinunter und stand auf. »Wir müssen sie begraben«, sagte er.

Andrejs Zorn war schon wieder verraucht. Er sah auf das tote Mädchen hinab und nickte. Er fühlte sich leer. Das Gefühl, dass etwas Schreckliches geschehen war, das er beim Aufwachen gehabt hatte, hatte sich bewahrheitet. Er hatte Alessas Nähe in sich gespürt, so wie er stets die Nähe eines anderen Unsterblichen gespürt hatte. Nun war dieses Gefühl fort, und in ihm herrschte eine tiefe, fast körperlich schmerzende Leere. Mit Alessa schien ein Teil von ihm gestorben zu sein.

»Ich verstehe das nicht«, flüsterte er. »Warum?«

Abu Dun zuckte nur mit den Schultern. Wenn Andrej es nicht wusste, woher sollte der Nubier die Antwort kennen?

Immerhin versuchte er, eine Erklärung zu finden. »Wir wissen nicht genau, was sie ihr angetan haben«, sagte er mit leiser, mitfühlender Stimme. »Vielleicht haben sie sie vergiftet.«

»Man kann uns nicht vergiften«, sagte Andrej.

»Immerhin kannst du dich betrinken, wie du oft genug bewiesen hast«, sagte Abu Dun trocken. »Das ist auch eine Art von Vergiftung, oder?«

»Bitte, Abu Dun«, sagte Andrej leise. »Mir ist nicht nach Scherzen.«

»Das sollte auch kein Scherz sein«, antwortete der Nubier. »Wenn es etwas gibt, das dich umbringen kann, dann interessiert es mich. Dich sollte es übrigens auch interessieren.«

Andrej fuhr mit einer zornigen Bewegung herum und funkelte ihn an. »Abu Dun!«

Abu Dun versuchte sich in ein Lächeln zu retten, das aber reichlich verunglückt ausfiel. Endlich nickte er.

»Ich begrabe sie. Und danach sollten wir von hier verschwinden. Wir sollten möglichst weit weg sein, wenn es hell wird.«

Sie beerdigten Alessa mit Andrejs Mantel in einer flachen Grube, die Abu Dun im Wald ausgehoben hatte. Der Nubier hatte gewollt, dass sie ihren Körper nur mit Steinen bedeckten, um Zeit zu gewinnen, aber Andrej hatte dieses Ansinnen empört abgelehnt. Der Gedanke, dass wilde Tiere den Körper des Mädchens finden und anfressen konnten, war ihm schlichtweg unerträglich – ganz davon abgesehen, dass die Gefahr bestand, dass der Leichnam gefunden werden und eventuelle Verfolger auf ihre Spur bringen konnte.

Dass es Verfolger geben würde, das bezweifelten weder Abu Dun noch Andrej. Ganz bestimmt waren die Dörfler in ihrer Panik zum Schloss gerannt, um Beistand gegen die Dämonen zu erflehen, die sie so feige und vollkommen grundlos angegriffen hatten, falls man im Schloss nicht ohnehin den Feuerschein gesehen und Truppen losgeschickt hatte. Andrej fürchtete sie nicht. Wenn die beiden Männer, die er im Dorf erschlagen hatte, die Schlagkraft der Truppen widerspiegelten, dann würden Abu Dun und er auch mit einem Dutzend von ihnen fertig werden. Aber sie konnten sich keinen Kampf leisten. Sie hatten Siebenbürgen verlassen, um endlich ein ruhiges Leben zu führen und vielleicht sogar Frieden zu finden, nicht, um eine Spur aus Blut hinter sich herzuziehen. Andrej hatte sich längst eingestanden, dass sein überstürzter Rettungsversuch vom vergangenen Abend ein schwerer Fehler gewesen war. Abu Dun und er waren so auffällig, dass die Kunde dessen, was sie getan hatten, ihnen zweifellos über Tage vorauseilen würde – und zweifellos würde das, was sie den unschuldigen Menschen angetan hatten, mit jedem Mal düsterer ausgeschmückt werden, wenn jemand die Geschichte weitererzählte. Vermutlich würden sie das Land verlassen müssen, bevor sie sich wieder einigermaßen sicher unter Menschen wagen konnten.

Sie folgten dem Ufer des Sees in westlicher Richtung, bis sie auf eine Straße stießen. Andrej war dagegen, ihr zu folgen, aber diesmal war es Abu Dun, der sich durchsetzte. Es war tiefste Nacht. Nirgendwo war ein Licht oder irgendein anderes Zeichen menschlichen Lebens zu sehen, und bis die Sonne aufging, würde noch viel Zeit vergehen. Zeit, in der sie auf der gepflasterten Straße ungleich schneller vorwärts kommen würden als im Wald. Sollten sie auf eine Ortschaft stoßen, so konnten sie die Straße immer noch verlassen und sich wieder in die Wälder schlagen. Abu Duns Ausführungen waren zu zwingend, um ihnen widersprechen zu können, und so willigte Andrej schließlich ein.

Er hätte auch gar nicht die Kraft gehabt, sich auf eine Auseinandersetzung mit dem Nubier einzulassen. Noch immer fühlte er sich leer und so erschöpft, als kämen sie aus einer Schlacht. Er empfand keine wirkliche Trauer über Alessas Tod – dazu hatte er sie nicht gut genug gekannt –, aber er war auf eine Weise enttäuscht, die er sich vorher nicht einmal hätte vorstellen können.

Enttäuscht und beunruhigt. Auch wenn er Abu Duns Worte einfach weggewischt hatte, so enthielten sie doch ein Furcht einflößendes Maß an Wahrheit. Wenn es etwas gab, das in der Lage gewesen war, dieses Mädchen zu töten, dann *sollte* er dem auf den Grund gehen.

Sie ritten, bis sich das erste Grau der Dämmerung am Horizont zeigte, dann zogen sie sich wieder in die Wälder zurück. Die Sterne waren längst verblasst, als sie endlich aus den Sätteln stiegen und ihre Pferde festbanden.

»Eigentlich bin ich noch gar nicht müde«, sagte Andrej, während er seinen Sattel vom Rücken des Pferdes wuchtete und ein Gähnen unterdrückte. »Wir könnten auch weiterreiten.«

»Das ist keine gute Idee«, erwiderte Abu Dun. »Während der nächsten Tage sollten wir lieber nur nachts reiten. Wahrscheinlich ist jetzt schon das ganze Land in Aufruhr und sucht nach uns.«

»Und du meinst, das tun sie nachts nicht?«

»Ich kenne mich in der Dunkelheit aus«, erwiderte Abu Dun in einer Schärfe, die keinen Widerspruch zu dulden schien. »Außerdem wäre es unklug, blind in der Gegend herumzustolpern. Wir müssen uns orientieren und darüber nachdenken, wohin wir gehen.«

»Ich weiß, wohin *ich* gehe«, antwortete Andrej. Er legte seinen Sattel ins taufeuchte Gras und dachte voller Bedauern an seinen Mantel zurück, in dem sie Alessa beerdigt hatten.

Abu Dun zog die Augenbrauen zusammen. Die Art, in der Andrej das Wort *ich* betont hatte, war ihm nicht entgangen.

»Das habe ich befürchtet«, grollte er.

»Was?«

»Lass mich raten«, sagte Abu Dun scharf, »dein Ziel liegt im Norden und Westen. Du willst diese Zigeunerin finden.«

»Manchmal bist du mir unheimlich, Pirat«, antwortete Andrej in nicht ganz so scherzhaftem Ton, wie er eigentlich beabsichtigt hatte. »Liest du meine Gedanken?«

»Ja«, schnappte Abu Dun. »Vor allem, wenn sie so verrückt sind wie jetzt!«

Andrej streckte sich im Gras aus und versuchte, seinen Hinterkopf in eine einigermaßen bequeme Stellung auf dem Sattel zu legen. Es gelang ihm nicht. »Ich bin nicht müde«, sagte er. »Und ich hätte eigentlich erwartet, dass du mich verstehst. Ich muss diese alte Frau finden.«

»Wozu?« Abu Dun lachte rau. »Glaubst du, du müsstest nur zu ihr gehen, und sie würde dir …«

»… erklären, was ich bin, ja«, unterbrach ihn Andrej. »Genau das glaube ich.«

»Du bist verrückt!«

»Ich wäre verrückt, wenn ich es nicht versuchen würde!«, widersprach Andrej. Er setzte sich auf. »Seit mehr als zehn Jahren versuche ich herauszufinden, was mit mir geschehen ist, Abu Dun! Was ich bin und warum sich das Schicksal diesen bösen Scherz mit mir erlaubt hat! Niemand weiß etwas! Die wenigen anderen Menschen, auf die ich gestoßen bin und die so waren wie ich, sind entweder verschwunden oder haben versucht mich umzubringen! Diese alte Frau ist vielleicht die Einzige, die mir meine Fragen beantworten kann!«

»Wahrscheinlich wird sie nur irgendein abergläubisches Gewäsch von sich geben, wie alle anderen«, sagte Abu Dun.

»Alessa hätte sie die Wahrheit gesagt.«

»Alessa«, antwortete Abu Dun, »hat möglicherweise gelogen, weil sie Angst vor uns hatte. Oder sie hat im Fieber gesprochen. Oder diese alte Zigeunerin hat sie auf später vertröstet, weil sie ihre Fragen auch nicht hätte beantworten können – hast du darüber schon einmal nachgedacht?«

»Ja«, sagte Andrej, »das habe ich. Es gibt sicher noch tausend andere Gründe, nicht zu gehen. Du hast recht,

Abu Dun, tausendmal recht. Aber ich muss es versuchen. Es ist die einzige Möglichkeit, vielleicht endlich zu verstehen, was mit mir geschieht.«

Abu Dun seufzte. »Und ich dachte, es wäre endlich vorbei«, murmelte er. »Aber du hast nur eine Besessenheit gegen die andere getauscht, scheint mir.«

Das stimmte nicht. Jedes Wort, das Andrej gesagt hatte, entsprach der Wahrheit, aber dazu kam noch etwas, das er Abu Dun in diesem Moment unmöglich sagen konnte. Wenn er mehr über sich erfuhr, wenn er endlich begriff, was und wer er war, dann würde er vielleicht Maria wiederfinden.

»Der Weg ist sehr weit – und nicht ungefährlich.« Abu Dun gab sich immer noch nicht geschlagen. »Wir würden Wochen brauchen, wenn nicht Monate, und wir wissen nicht einmal genau, wo wir suchen sollen! Das Mädchen hat uns keine Stadt genannt. Eine alte Zigeunerin namens Anka, irgendwo im Bayerischen, eine Stunde von der Grenze entfernt! Weißt du, was für ein riesiges Gebiet das ist, du Narr? Wir können ein Jahr lang suchen, ohne sie zu finden. Falls sie überhaupt noch lebt.«

»Du musst mich nicht begleiten«, sagte Andrej ruhig. »Vielleicht ist es an der Zeit, dass wir uns trennen.«

»Was soll denn das heißen?«

»Ich meine es ernst, Abu Dun«, unterbrach ihn Andrej. »Meine Freundschaft bringt den Tod. Wenn du noch ein wenig leben willst, dann solltest du vielleicht nicht mit mir kommen.«

»Wenn dich schon niemand bedauert, dann wenigstens du selber, wie?«, antwortete Abu Dun finster. Er schüttelte den Kopf. »Wohin sollte ich schon gehen? Wenn ich hier bleibe, ende ich auf dem Scheiterhaufen, dafür hast du ja gesorgt. Und wenn ich zurückgehe, begegne ich früher oder später meinen Landsleuten, die dabei sind, euer verfluchtes Christenreich Stück für Stück zu erobern. Sie sind auch nicht gerade gut auf mich zu sprechen.«

»Trotzdem solltest du …«

»Ich sollte dich begleiten!«, sagte Abu Dun entschieden. »Du überlebst doch keine zwei Tage, wenn ich nicht auf dich aufpasse. Aber ich bleibe dabei, dass es Wahnsinn ist!«

»Habe ich je das Gegenteil behauptet?«, fragte Andrej.

Abu Dun schüttelte den Kopf.

3

Sie brauchten nicht Monate, wie Abu Dun befürchtet hatte, aber mehr als fünf Wochen, von denen sie anfangs noch dem Lauf der Donau folgten, der sie getreulich nach Norden führte. Dann aber wichen sie vom direkten Weg ab, um einen großen Bogen um Wien zu schlagen. Die Nachrichten über das, was in Vater Carols Ort geschehen war, waren längst hinter ihnen zurückgeblieben und würden bald vergessen sein. Oder zu einer der zahllosen Schreckensgeschichten verblassen, die die Menschen sich abends am Feuer erzählten, um sich an dem wohligen Schauer zu erfreuen, der einen überkommt, wenn man vom Unglück anderer hört, während man sich selbst in Sicherheit weiß.

Aber andere, kaum weniger schlechte Nachrichten, holten sie ein und warteten vielerorts bereits auf sie; Neuigkeiten vom Krieg, die Andrej mit tiefer Beunruhigung erfüllten. Der Vormarsch der Türken war ungebrochen. Noch waren ihre Heere nicht in diesen Teil des Landes vorgedrungen, aber die Kunde von ihren angeblichen Gräueltaten eilte ihnen weit voraus, und dass Abu Dun kein Türke war und selbst vor ihnen auf der Flucht, stand ihm schließlich nicht auf die Stirn geschrieben. Menschen mit dunklen Gesichtern, die Turbane trugen, waren in Zeiten wie diesen nicht sonderlich beliebt. Andrej schlug vor, zumindest die großen Städte zu umgehen, und Abu Dun hatte nichts dagegen einzuwenden.

Sie überschritten die Grenze in der Nähe eines kleinen Ortes, der bereits den deutschen Namen Kuschenwalde trug, aber noch nicht auf deutschem Boden lag, und als sie den unauffälligen Grenzstein am Wegesrand passiert hatten, zügelte Abu Dun sein Pferd und sagte: »Irgendwo im Bayerischen. Da sind wir.«

Andrej antwortete nicht gleich, sondern erst nach einer geraumen Weile. Zu seiner großen Überraschung hatte Abu Dun während der gesamten Reise darauf verzichtet, ihn noch einmal auf die vermeintliche Sinnlosigkeit dieser Mission anzusprechen; aber natürlich hatte er gewusst, dass dieser Moment kommen würde, und versucht, sich entsprechend darauf vorzubereiten. Statt all der geschliffenen und wohlfeilen Worte jedoch, die er sich zurechtgelegt hatte, sagte er ziemlich lahm: »Das ist wohl mehr das Fränkische hier. Wir haben noch ein gutes Stück vor uns. Eine Woche, wenn nichts dazwischenkommt. Vielleicht etwas mehr.«

»Wie beruhigend«, sagte Abu Dun spöttisch. »Dann haben wir ja noch eine Woche Zeit, bevor wir anfangen, unsere Zeit zu verschwenden.«

»Ich schlage vor, wir suchen uns erst einmal eine Herberge, um eine vernünftige Mahlzeit zu bekommen«, sagte Andrej. »Und gegen eine Nacht in einem sauberen weichen Bett hätte ich auch nicht unbedingt etwas einzuwenden. Du?«

»Wenn wir es bezahlen können.«

Abu Duns Antwort erinnerte Andrej schmerzhaft

daran, wie beunruhigend schnell ihre Barschaft in den letzten Wochen zusammengeschmolzen war. Sie waren – aus naheliegenden Gründen – nur selten in Gasthäusern eingekehrt und hatten nur zu oft unter freiem Himmel geschlafen und sich von dem ernährt, was ihnen die Wälder und die Natur lieferten, sodass die Reise nur wenig Geld gekostet hatte – aber sie *hatte* Geld gekostet, und sie war lang gewesen. So bedeutungslos dieser Umstand, nach allem, was hinter ihnen lag, auch sein mochte: Sie waren nahezu mittellos, und es wurde allmählich Zeit, dass sie sich Gedanken darüber machten, wie sie ihre zusammengeschmolzene Barschaft wieder aufbessern konnten. Abu Dun hatte auch schon einige Vorschläge gemacht, die Andrej aber allesamt abgelehnt hatte, denn es war genau die Art von Vorschlägen gewesen, wie er sie von einem ehemaligen Piraten und Sklavenhändler erwartet hatte.

»Wir könnten auf dem nächsten Jahrmarkt auftreten«, spottete nun Andrej.

»Und womit?«

»Wir könnten kämpfen«, antwortete Andrej. »Ich bin sicher, die Leute bezahlen gerne dafür, zusehen zu dürfen, wie ein Muselmane geschlachtet wird.«

Abu Dun zog eine Grimasse, war aber klug genug, auf eine Antwort zu verzichten. Andrej hingegen fragte sich, ob er möglicherweise einen gar nicht so dummen Vorschlag gemacht hatte, ohne es zu beabsichtigen. Sie waren immerhin auf der Suche nach einer Zigeunerin – und wo sollte man mit dieser Suche beginnen, wenn nicht beim fahrenden Volk?

Sie ritten weiter. Eine kalte Brise schlug ihnen ins Gesicht, als solle ihnen klargemacht werden, dass sie in diesem Land nicht willkommen waren. Der Sommer neigte sich dem Ende zu, und der Herbst versprach früh und kalt zu kommen.

Eine Weile folgten sie der nur teilweise gepflasterten Straße, die sich in manchmal vollkommen sinnlos scheinenden Kehren und Windungen in ein lang gestrecktes Tal schlängelte, in dem sich eine lockere Ansammlung von Häusern und vereinzelt stehenden Gehöften befand; zu weit auseinandergezogen, um eine richtige Ortschaft zu bilden, aber trotzdem mit einer Kirche in der Mitte und einem großzügig bemessenen Dorfplatz ausgestattet. Es waren hübsche, saubere Gebäude mit weiß gestrichenen Wänden und roten und schwarzen Schindeldächern. Die größtenteils schon abgeernteten Felder, die sich an die Hänge schmiegten, machten allesamt einen ordentlichen Eindruck. Dennoch erfüllte der Anblick Andrej mit Unbehagen.

Abu Dun schien es ganz ähnlich zu ergehen, denn er knurrte leise: »Das gefällt mir nicht.«

»Mir auch nicht«, sagte Andrej. »Aber jetzt frag mich nicht, warum.«

»Weil es eine Falle ist«, erklärte Abu Dun. »Sieh dir dieses Rattenloch an! Niemand kommt dort raus, wenn die da unten es nicht wollen.«

Zweifellos war es ursprünglich anders geplant worden, überlegte Andrej. Man musste schon ein so geschultes Auge haben wie Abu Dun, aber einmal darauf aufmerksam geworden, war es nicht zu übersehen: Das Tal bildete eine natürliche Festung, die auch von wenigen Verteidigern lange gegen eine Übermacht gehalten werden konnte. Aber wenn die Bewohner des Dorfes dort unten jemanden in ihrem Tal festhalten wollten, dann konnten sie es tun.

Aber warum *sollten* sie es tun?, dachte Andrej. Die Leute dort unten kannten sie nicht, und sie hatten somit auch keinen Grund, sie zu fürchten. Sie mussten aufhören, nur an Jagd und Flucht zu denken. Letzten Endes hatten sie Transsylvanien und Siebenbürgen verlassen, weil sie des Lebens als ständig Gejagte überdrüssig waren.

Sie näherten sich dem Dorf nur langsam, und Andrej legte auch keinen besonderen Wert darauf, sich unauffällig zu benehmen. Ganz im Gegenteil: Die Menschen dort unten sollten ruhig sehen, dass sie furchtlos kamen und sich nicht etwa anschlichen.

Seltsamerweise kam ihnen niemand entgegen, als sie das erste Haus erreichten und daran vorbeiritten. Keine neugierigen Kinder liefen ihnen entgegen oder rannten ein Stück hinter ihnen her, keine ängstlichen Frauen lugten durch Fensterläden oder durch Türritzen zu ihnen heraus, keine Männer unterbrachen ihr Tagewerk, um sie misstrauisch zu beäugen. Zumindest der kleine Teil des Ortes, den sie von hier aus überblicken konnten, schien wie ausgestorben zu sein. Aber von der Höhe des Berghanges aus hatte Andrej Bewegungen wahrgenommen, und aus einigen Kaminen kräuselte sich Rauch.

»Das gefällt mir nicht«, sagte Abu Dun zum wiederholten Male. »Wo sind die Leute?«

»Vielleicht ist ihnen bei deinem Anblick so sehr der

Schrecken in die Knochen gefahren, dass sie Hals über Kopf die Flucht ergriffen haben«, erwiderte Andrej spöttisch.

Abu Dun lachte nicht. Sein Blick tastete sich ebenso misstrauisch wie aufmerksam nach rechts und links, und seine Hand legte sich auf den Griff des Krummsäbels, den er anders als sonst an der rechten Seite trug, obwohl er kein Linkshänder war.

»Das gefällt mir nicht«, sagte er noch einmal.

Die unheimliche Stille, die sie umgab, änderte sich nicht, bis sie den gepflasterten Platz in der Mitte des Dorfes erreichten. Hier standen die Häuser ein wenig dichter. Sie bildeten einen fast geschlossenen Dreiviertel-Kreis, in dessen Mitte sich eine weiß getünchte Kirche mit einem schlanken Glockenturm erhob. Das zweiflügelige Tor stand weit offen, sodass Andrej erkennen konnte, dass der Raum dahinter ebenfalls leer war. Aber nun wusste Andrej, dass sie nicht mehr allein waren. Abu Dun sah oder hörte mit Sicherheit nichts von der Falle, in die sie sehenden Auges hineingeritten waren, aber Andrejs übermenschlich scharfen Sinnen entgingen die winzigen verräterischen Zeichen menschlichen Lebens keineswegs. Ein leises, aber hörbares Atmen da, das Rascheln von Stoff dort, ein Schleifen von Metall oder das Knarren einer Bodendiele …

»Sie sind da«, sagte er leise und ohne sich zu Abu Dun herumzudrehen.

»Ich weiß«, antwortete der Nubier ebenso leise und nahezu ohne die Lippen zu bewegen.

»Woher?«

»Wenn sie nicht hier sind, dann sind sie nirgendwo«,

antwortete Abu Dun. »Ich würde mich genau hier verstecken, wenn ich einem Dummkopf auflauern wollte, der direkt in eine Falle läuft, obwohl ihn sein Freund davor gewarnt hat.«

Andrej warf ihm einen schrägen Blick zu, lenkte sein Pferd bis in die Mitte des Dorfplatzes und hielt an. Nachdem auch Abu Dun neben ihm zum Stehen gekommen war, richtete er sich im Sattel auf, sah sich nach allen Seiten um und rief dann mit hoch erhobener, klarer Stimme: »Ihr könnt ruhig herauskommen! Wir wissen, dass ihr hier seid! Wir wollen euch nichts zu Leide tun!«

»Aber sie vielleicht uns«, murmelte Abu Dun. Sein Blick tastete sich weiter misstrauisch und unstet über die Häuser, die den Dorfplatz säumten. Er nahm zwar die Hand vom Schwert, wirkte aber noch immer angespannt und aufs Höchste konzentriert.

Es verging noch eine geraume Weile, in der rein gar nichts geschah, und Andrej fing gerade an, sich Sorgen zu machen, aber dann wurde eine Tür geöffnet, und ein Mann mittleren Alters und ein halbwüchsiger Knabe traten heraus. Beide wirkten angespannt, und sie sahen ihn und insbesondere Abu Dun mit einer Mischung aus Neugier und Misstrauen an, die für Andrejs Empfinden weit über die normale Vorsicht hinausging, die man Fremden gegenüber walten ließ. Andererseits wusste er wenig über dieses Land und noch weniger über seine Bewohner.

Er wollte sein Pferd herumdrehen, um sich den beiden zu nähern, aber Abu Dun schüttelte den Kopf und deutete dann in die entgegengesetzte Richtung, zur

Kirche hin. Als Andrej sich im Sattel herumdrehte, erkannte er eine schmalschultrige Gestalt, die eine zerschlissene Mönchskutte trug und unter dem Kirchenportal aufgetaucht war. Der Geistliche war ihm ein gutes Stück näher als die beiden anderen, sodass er sein Gesicht deutlicher erkennen konnte. Er war uralt und hatte dünnes, schmutziggraues Haar. Um den Hals trug er ein hölzernes Kreuz, und der Ausdruck auf seinem Gesicht war eindeutig als Feindseligkeit zu erkennen.

Trotzdem stieg Andrej vom Pferd, warf Abu Dun einen mahnenden Blick zu, sich nicht von der Stelle zu rühren, und näherte sich mit langsamen Schritten der Kirche. Die Blicke des greisen Mönches ließen ihn keinen Augenblick los. Gleichzeitig hörte er Geräusche hinter sich. Ohne sich herumdrehen zu müssen, wusste er, dass weitere Dorfbewohner aus ihren Häusern getreten waren.

Andrej blieb stehen, als er den Fuß der aus drei Stufen bestehenden Treppe erreicht hatte.

»Wer seid Ihr?«, fragte der Alte, ohne sich mit einer Begrüßung oder irgendeiner Höflichkeitsfloskel aufzuhalten.

»Mein Name ist Andrej«, antwortete der Angesprochene. Er konnte die Feindseligkeit des Mönches fast körperlich spüren. Möglicherweise hatte Abu Dun recht gehabt. Sie hätten nicht herkommen sollen. Trotzdem fuhr er mit einem Lächeln und einer Geste auf den Nubier fort: »Das ist Abu Dun. Wir …«

»Und was seid Ihr?«, fiel ihm der Alte ins Wort. Andrej konnte hören, wie noch mehr Menschen ihre Häuser verließen und ins Freie traten. Abu Duns Pferd begann unruhig mit den Hufen zu scharren.

»Wir sind nur Reisende«, sagte er. »Wir führen nichts Böses im Schilde.«

Die Augen des Alten wurden schmal, und Andrej hatte das sichere Gefühl, etwas Falsches gesagt zu haben.

»Wie kommt Ihr darauf, dass ich das annehme?«, fragte er.

Da der Geistliche offenbar nicht viel von überflüssigen Worten hielt, beschloss Andrej, auch direkter zu werden. »Ihr seid nicht besonders erfreut von unserer Anwesenheit, scheint mir. Dabei habe ich gehört, dass Gastfreundschaft zu einer der vornehmsten Tugenden Eures Landes gehört.«

Der letzte Satz war eine glatte Lüge. Er hatte das Gegenteil gehört, und die letzten Wochen hatten dies auch bewiesen. Je weiter sie nach Norden gekommen waren, desto stärker hatte die Gastfreundschaft der Menschen ab- und ihr Misstrauen Fremden gegenüber zugenommen. Andrej war verwundert darüber. Immerhin kamen sie aus einem Land, in dem seit zehn Jahren Krieg herrschte, in eines, in dem die Menschen wenigstens einigermaßen in Frieden leben konnten.

»Es wird sich zeigen, wie sehr wir von Eurem Besuch erfreut sind«, antwortete der Mönch. »Ihr seid Reisende, sagt Ihr? Woher kommt Ihr? Wohin seid Ihr unterwegs, und warum?«

Andrej fand nicht, dass das den Alten irgendetwas anging. Die Menschen hier hatten möglicherweise Schlimmes mit Fremden erlebt. Vielleicht waren sie auch nur in einem ungünstigen Moment gekommen. Er setzte dazu an, seinem Gegenüber eine höfliche, aber entschiedene Antwort zukommen zu lassen, als er Schritte hinter sich hörte, und eine tiefe Stimme sagte:

»Lass es gut sein, Vater Ludowig. Ich glaube, sie sind harmlos.«

Andrej drehte sich um und musste überrascht den Kopf in den Nacken legen, um in das Gesicht des Mannes blicken zu können, der hinter ihm aufgetaucht war. Er war fast so groß wie Abu Dun, allerdings viel schlanker, und er hatte ein breitflächiges Gesicht mit buschigen Brauen, dem aber trotzdem etwas sehr Offenes anhaftete. Der Blick, mit dem er Andrej maß, war aufmerksam und ein wenig abschätzend, aber ohne Misstrauen und frei von der Feindseligkeit, die er in Ludowigs Augen gesehen hatte.

»Ich bin Birger«, fuhr, er fort, nachdem er es zugelassen hatte, dass Andrej ihn eine Weile musterte. Er streckte die Hand aus, und Andrej griff danach und drückte sie kurz. »Ihr müsst Vater Ludowigs Unhöflichkeit entschuldigen, Andrej. Er hat nichts Gutes mit Fremden erlebt.«

»*Wir* haben nichts Gutes mit Fremden erlebt«, sagte Vater Ludowig. »Und vielleicht wird sich das heute wiederholen.«

Birger schien von dieser Bemerkung keine Notiz zu nehmen, aber er warf Andrej einen Blick zu, der klarmachen sollte, dass er es vorzog, das Gespräch nicht fortzuführen. »Ihr und Euer Freund seid uns herzlich willkommen, Andrej«, fuhr er fort. »Wenn Ihr ein Lager für die Nacht sucht …«

»Frisches Wasser für die Pferde und ein paar Auskünfte werden wohl ausreichen«, mischte sich Abu Dun ein. Er war nicht abgesessen. Andrej sah aus den Augenwinkeln, dass sich der Platz mittlerweile mit Menschen gefüllt hatte. Es mussten weit mehr als fünfzig sein, die einen sich allmählich enger zusammenziehenden Kreis rings um sie herum bildeten.

»Ihr wollt heute noch weiterreiten?«, fragte Birger.

»Wir haben noch einen weiten Weg vor uns«, antwortete Andrej.

»Und nur noch wenige Stunden Tageslicht«, fügte Birger hinzu. »Ihr werdet die nächste Stadt nicht vor Mitternacht erreichen. Es bleibt natürlich Euch überlassen, aber ich würde das Risiko nicht eingehen, in den Wäldern zu übernachten. Es ist nicht ungefährlich, vor allem für Fremde.«

»Wieso?«, fragte Abu Dun.

Birger warf einen raschen Blick auf den schwarz gekleideten Riesen. »Die Wälder sind sehr dicht und unwegsam«, antwortete er. »Außerdem gibt es wilde Tiere und Ungeheuer darin. So mancher, der hineingegangen ist, ist nicht wieder herausgekommen.«

Andrej versuchte vergeblich, einen Unterton von Spott oder gar einer Drohung in seiner Stimme auszumachen. Aber Birger schien durchaus ernst zu meinen, was er sagte.

Andrej sah zu Abu Dun hoch und las die Antwort auf seine unausgesprochene Frage überdeutlich in dessen Augen. Wenn es nach dem Nubier gegangen wäre, dann hätte auch Andrej längst wieder im Sattel sitzen müssen.

»Außerdem kommen nur selten Fremde nach Trentklamm«, fuhr Birger fort. »Wir würden uns freuen, wenn Ihr eine Nacht bleiben würdet. Wir haben kein Gasthaus, aber in meinem bescheidenen Haus ist Platz genug, und etwas zu essen werden wir auch finden.« Er grinste und hatte plötzlich etwas von einem zu groß geratenen Jungen an sich. »Ihr könnt Euch ja erkenntlich zeigen, indem Ihr uns ein paar Geschichten von Eurer Reise erzählt. Wir erfahren nicht viel von dem, was in der Welt vor sich geht.«

Andrej überlegte einen Moment. Abu Dun wollte weiterreiten, und auch er selbst glaubte eine ganz leise, mahnende Stimme tief in seinem Inneren zu vernehmen, die ihm zuflüsterte, dass er auf Abu Dun hören und so schnell von hier verschwinden sollte, wie es nur ging. Aber dann brachte er diese Stimme mit einer bewussten Anstrengung zum Verstummen und nickte.

»Warum nicht? Wir haben so lange auf dem nackten Boden geschlafen, dass ich fast alles darum geben würde, mich wieder einmal in einem richtigen Bett auszustrecken. Und gegen eine warme Mahlzeit hätte ich auch nichts einzuwenden.«

»Gut«, sagte Birger. »Dann kommt mit mir. Mein Haus liegt ganz am anderen Ende des Dorfes, aber Ihr könnt gerne reiten und dort auf mich warten. Und ihr anderen«, fügte er mit erhobener, deutlich schärferer Stimme hinzu, »hört auf, unsere Gäste anzustarren, als wären sie zweiköpfige Kälber. Das ist unhöflich.«

Andrej wusste nicht, wer Birger war und welche Stellung er hier im Ort innehatte, aber die anderen hörten tatsächlich auf ihn. Die Menge begann sich rasch zu verteilen. Innerhalb kürzester Zeit war der Dorfplatz beinahe wieder menschenleer. Nur zwei oder drei Kinder blieben zurück, die die beiden Fremden – vor allem natürlich den schwarz gekleideten Mohren – mit unverblümter Neugier anstarrten. Und natürlich Vater Ludowig. Er schien noch immer von tiefem Misstrauen erfüllt zu sein.

Andrej griff nach den Zügeln, saß aber nicht auf, sondern ging neben Birger her, als dieser sich auf den Weg machte.

»Ihr müsst Vater Ludowigs Benehmen wirklich entschuldigen«, sagte Birger, nachdem sie einige Schritte gegangen waren. »Er ist ein alter Mann, der allmählich wunderlich zu werden beginnt.«

»Was hat er damit gemeint, dass ihr nichts Gutes mit Fremden erlebt habt?«, fragte Andrej.

Birgers Gesicht verdüsterte sich. »Das ist eine schlimme Geschichte«, antwortete er. »Wir sind überfallen worden, von Männern, die genau wie Ihr herkamen und vorgaben, nur ein Quartier für die Nacht und eine warme Mahlzeit zu suchen. Sie haben beides bekommen, und sie haben es uns gedankt, indem sie uns ausgeraubt und etliche von uns erschlagen haben.«

»Eine Räuberbande?«, fragte Abu Dun.

»Es ist lange her«, sagte Birger, ohne seine Frage direkt zu beantworten. »Aber seither traut Vater Ludowig keinem Fremden mehr, der zu uns kommt. Und schon gar keinem, der eine Waffe trägt.«

»Und … Ihr?«, fragte Andrej.

»Welchen Sinn hätte das Leben, wenn man niemandem mehr trauen würde?«, erwiderte Birger mit einem

Schulterzucken. »Ich glaube, dass Gott die meisten Menschen gut erschaffen hat.« Er deutete auf Andrejs Schwert und fragte: »Seid Ihr Krieger?«

»Manchmal.« Andrej lächelte. »Wenn es sein muss.«

»Wenn es sein muss?«

»Wir haben einen weiten Weg hinter uns und einen vielleicht noch weiteren vor uns«, antwortete Andrej. »Ihr habt es selbst gesagt: Die meisten Menschen sind gut. Aber leider nicht alle.«

Birger sah ihn stirnrunzelnd an, und Andrej versuchte sich vergebens darüber klar zu werden, ob der Grund für dieses Stirnrunzeln der war, dass er über das Gesagte nachdachte, oder ob Birger der Umstand aufgefallen war, dass Andrej seine Worte nicht genau wiedergegeben hatte.

»Man muss sich verteidigen«, sagte Birger schließlich. »Ihr kommt aus dem Osten, nicht wahr? Dort wüten noch immer die Türken. Ist es wahr, dass sie auch hierherkommen werden?«

»Ich weiß es nicht«, antwortete Andrej ausweichend. »Aber selbst wenn, dann wird es noch sehr lange dauern. Sie sind weit weg. Sorgt Euch nicht.«

»Ich sorge mich nicht«, erwiderte Birger. »Ich bin nur neugierig.« Er sah zu Abu Dun hoch. »Seid Ihr ein Türke?«

Abu Dun starrte ihn nur finster an, aber Andrej war nicht ganz sicher, wem der Ärger in seinem Blick eigentlich galt – Birger oder ihm.

»Nein«, sagte er rasch. »Abu Dun hat mit den Türken so wenig zu schaffen wie ich. Und er mag sie wohl noch weniger als ich. Er ist Nubier.«

»Nubier?«

»Ein Land in Afrika«, erklärte Abu Dun. »Es ist sehr weit weg.«

»Und wie ist es dort?«

»Warm«, grollte Abu Dun.

Birger blinzelte, sah den ehemaligen Piraten noch einen Herzschlag lang verwirrt an und zuckte dann mit den Schultern.

»Da sind wir«, sagte er. Er deutete auf das letzte Haus am Ortsrand, das, an dem sie vorhin schon einmal vorbeigekommen waren, und beschleunigte seine Schritte. »Ihr könnt Eure Pferde dort im Schuppen unterbringen«, sagte er. »Ich hatte früher selbst ein Pferd, das immer darin stand. Es ist kein Heu mehr da, aber ich werde gleich welches holen.«

»Macht Euch keine Umstände.« Andrej führte sein Tier in den kleinen Holzverschlag – er war so niedrig, dass zwar das Pferd, aber er nicht mehr aufrecht darin stehen konnte –, band den Zügel an einen Pfosten und trat wieder ins Freie. Abu Dun schwang sich ächzend aus dem Sattel und trat weit nach vorne gebeugt an ihm vorbei, und Andrej ließ seinen Blick durch die Gegend schweifen, während er darauf wartete, dass der Nubier zurückkam. Einige Kinder waren ihnen gefolgt und standen tuschelnd auf der anderen Straßenseite, aber ansonsten wirkte der Ort noch immer wie ausgestorben. Seltsam.

Sie betraten das Haus, dessen Inneres einen weitaus geräumigeren Eindruck machte, als sein Äußeres vermuten ließ. Die Decke war ein gutes Stück höher als allgemein üblich; Andrej vermutete, dass Birger das

Haus selbst gebaut hatte und dabei seinen überdurchschnittlichen Körpermaßen angepasst hatte. Auch das Mobiliar war robust und eine Spur größer als gewöhnlich, ansonsten von ziemlich einfacher Machart.

Ihr Gastgeber eilte voraus und machte sich hastig an irgendetwas zu schaffen, das auf dem Tisch lag. Andrej hörte ein Klimpern, während Birger sich herumdrehte und mit einem kleinen Lederbeutel zu einer Truhe eilte, in die er ihn scheinbar achtlos hineinwarf. Dann drehte er sich heftig gestikulierend zu ihnen herum.

»Ihr werdet müde von der Reise sein«, sagte er. »Es gibt ein zweites Zimmer, das ohnehin leer steht. Warum ruht Ihr Euch nicht ein wenig aus? Ich muss noch gewisse Vorbereitungen treffen.«

»Vorbereitungen?«, fragte Abu Dun.

»Ich habe selten Gäste«, antwortete Birger verlegen.

»Macht Euch unseretwegen keine Umstände, Birger«, sagte Andrej, aber Birger winkte ab und ließ ihn gar nicht weiter zu Wort kommen.

»Es sind keine Umstände, im Gegenteil. Ich habe so selten Gäste, dass ich froh bin, dass Ihr da seid. Aber ich glaube, es ist besser, wenn ich noch einmal mit Vater Ludowig rede. Und mit einigen anderen.«

»Anderen?«, hakte Abu Dun nach.

»Macht Euch keine unnötigen Gedanken«, sagte Birger und begann wieder mit den Händen in der Luft herumzufuchteln. »Ich bin bald zurück. Ruht Euch aus oder seht in der Speisekammer nach, ob Ihr etwas findet, das Eurem Geschmack entspricht. Ich bin bald zurück.«

Bevor Andrej oder Abu Dun auch noch eine weitere

Frage stellen konnten, lief er an ihnen vorbei und zur Tür hinaus. Andrej blickte ihm kopfschüttelnd nach, während sich Abu Duns misstrauisches Stirnrunzeln noch vertiefte.

»Wie hat er das gemeint, wir sollen uns keine *unnötigen* Gedanken machen?«, murmelte er. »Vielleicht reicht es ja, wenn wir uns die Gedanken machen, die *nötig* sind.«

Andrej seufzte, aber Abu Dun schien Gefallen an dem Wortspiel gefunden zu haben. »Weißt du, wie du es am schnellsten schaffst, jemanden zu beunruhigen?«, fragte er, nur um seine eigene Frage gleich selbst zu beantworten: »Indem du ihm versichert, dass es keinen Grund gibt, beunruhigt zu sein.«

Wieder seufzte Andrej. »Abu Dun, dein gesundes Misstrauen in Ehren, aber man kann es damit auch übertreiben.«

»Genau wie mit der Vertrauensseligkeit«, murrte Abu Dun. Er wartete einen Moment vergebens auf eine Antwort, dann hob er die Schultern und ging mit langsamen Schritten zu der Truhe, an der sich Birger zu schaffen gemacht hatte. Er klappte den Deckel auf, griff hinein und nahm den Beutel heraus, den Birger zuvor dort hineingeworfen hatte. Andrej zog missbilligend die Augenbrauen zusammen, als Abu Dun ihn öffnete und eine Anzahl Silber- und Kupfermünzen auf seine Handfläche schüttete.

»Lass das!«, wies er Abu Dun zurecht. »Das gehört uns nicht.«

»Du vergisst, mit wem du redest«, sagte Abu Dun.

»Keineswegs«, antwortete Andrej.

Abu Dun machte ein beleidigtes Gesicht, legte den Beutel jedoch nicht zurück, sondern schüttete sich auch noch den restlichen Inhalt auf die Handfläche und zählte den Betrag, ehe er ihn – mit deutlichem Bedauern – in den Beutel zurückgleiten ließ und diesen wieder in der Kiste verstaute.

»Das ist eine höllische Menge Geld«, sagte er. »Genug für unsere Reise.«

»Zu schade, dass du mir dein Wort gegeben hast, nicht mehr zu stehlen«, erinnerte Andrej ihn.

»Hehe!«, widersprach Abu Dun. »Wann soll das gewesen sein?«

»Jetzt gerade«, antwortete Andrej. »Ich weiß, was du jetzt denkst. Vergiss es gleich wieder. Ich möchte keine Schwierigkeiten. Die Leute hier haben uns freundlich aufgenommen.«

»Freundlich?« Abu Dun riss die Augen auf. »Dann möchte ich die Menschen in diesem Land nicht erleben, wenn sie unfreundlich sind.«

»Hör jetzt auf, wenn du keinen Wert darauf legst, *mich* unfreundlich zu erleben«, riet ihm Andrej.

Abu Dun ließ sein prachtvolles Gebiss zu einem breiten Grinsen aufblitzen, aber er hatte auch begriffen, dass Andrejs Worte nicht ganz so scherzhaft gemeint gewesen waren, wie sie vielleicht geklungen hatten. Also ging er nicht weiter auf die vermeintliche Unfreundlichkeit der Dorfbewohner ein, sondern blickte kopfschüttelnd zu der Tür, hinter der Birger verschwunden war.

»Dieser Birger ist ein seltsamer Mann«, murmelte er.

»Wieso?«

Der Nubier hob die Schultern. »Er ist entweder der größte Dummkopf, dem ich je begegnet bin, oder der raffinierteste Lügner, den ich jemals gesehen habe.«

Eine ganze Weile später kehrte Birger in Begleitung einiger anderer Dorfbewohner zurück, und nachdem beide Seiten ihr noch immer vorhandenes Misstrauen allmählich überwanden, kamen sie mehr und mehr miteinander ins Gespräch. Weitere Männer und Frauen und auch etliche Kinder erschienen, sodass Birgers an sich geräumiges Haus schon bald zu klein wurde und sie den lauen Abend nutzten und sich draußen um ein Feuer setzten, das umso höher loderte, je größer der Kreis wurde, der sich darum bildete. Es war kein wirkliches Fest, aber die Stimmung war entspannt und nahezu fröhlich, und nach und nach gesellte sich fast das gesamte Dorf zu ihnen – abgesehen von Vater Ludowig, der den gesamten Abend in seiner Kirche verbrachte und Gott um Beistand gegen die fremden Teufel anflehte, wie das hell erleuchtete Gotteshaus vermuten ließ.

Bis lange nach Mitternacht saßen sie zusammen, und die Dörfler lauschten den Erzählungen von fremden Ländern und abenteuerlichen Reisen, die Andrej und später auch Abu Dun zum Besten gaben. Die meisten dieser Geschichten hatten sie sich gerade in dem Moment ausgedacht, in dem sie sie erzählten. Andrej vermutete, dass zumindest Birger dies ahnte, denn manchmal glomm ein sonderbares Lächeln in seinen Augen auf, aber welchen Unterschied machte das schon? Sie hatten versprochen, sich für die Gastfreundschaft dieser Menschen erkenntlich zu zeigen, indem sie von dem erzählten, was draußen in der Welt vor sich ging. Die meisten der Dorfbewohner würden Zeit ihres Lebens ohnehin nicht aus ihrem Dorf herauskommen.

Spät zogen sie sich in die Kammer zurück, die Birger ihnen zugewiesen hatte. Andrejs Kopf war schwer von dem süßen Wein, dem er in größerem Maße zugesprochen hatte, als gut war, und auch Abu Dun kämpfte mit den Folgen des Gelages. Andrej schlief ein, kaum dass er sich auf dem einfachen, aber sauberen Lager ausgestreckt hatte.

Und erwachte von dem intensiven Gefühl, nicht mehr allein zu sein.

Er blieb mit geschlossenen Augen liegen und konzentrierte sich ganz auf die Eindrücke, die ihm seine Sinne lieferten. Selbst wenn er nicht über die übermenschlich scharfen Sinne eines Unsterblichen verfügt hätte, wäre ihm nicht verborgen geblieben, dass sich jemand bei ihnen im Zimmer aufhielt. Der Eindringling gab sich zwar alle Mühe, leise zu sein, aber er stellte sich nicht sonderlich geschickt an. Stoff raschelte, Andrej hörte scharfe, nur unzureichend unterdrückte Atemzüge, die die Furcht des Eindringlings verrieten, und er glaubte sogar seinen rasenden Herzschlag zu vernehmen. Er roch den kalten, leicht säuerlichen Schweiß eines alten Menschen, und als er die Augen öffnete, nahm er einen verschwommenen Umriss im Halbdunkel des Zimmers wahr. Metall blitzte unmittelbar über seinem Gesicht auf.

Andrej reagierte so schnell, dass der andere vermutlich nicht einmal begriff, wie ihm geschah, ehe er auch schon hilflos in seinem Griff zappelte und vergebens nach Luft rang. Die Waffe polterte mit einem Geräusch zu Boden, das seltsam falsch klang, und obwohl Andrej noch immer kaum mehr als einen Schatten sah, hatte er doch sofort das Gefühl, dass irgendetwas nicht so war, wie es sein sollte.

Auch Abu Dun sprang auf die Füße. Er hatte am vergangenen Abend sehr viel mehr getrunken als Andrej und hätte demzufolge schlafen müssen wie ein Stein, reagierte aber mit der gewohnten Schnelligkeit: Mit einem einzigen Satz war er aus dem Bett und stieß die Läden auf, die Birger vorgelegt hatte. Silbernes Mondlicht strömte ins Zimmer, und für einen unendlich kurzen Moment glaubte Andrej einen Schatten davonhuschen zu sehen, etwas Großes, Dunkles, mit Flügeln, die auf falsche Weise schlugen. Aber er war nicht sicher, und in der nächsten Sekunde, als er das zappelnde Bündel in seinen Händen betrachtete, war er auch viel zu verblüfft, um einen weiteren Gedanken daran zu verschwenden.

»Vater Ludowig?«, murmelte er überrascht.

Der greise Mönch strampelte vergebens mit den Füßen, die sich eine gute Handbreit über dem Boden befanden, und schlug schwächlich mit beiden Fäusten auf Andrejs Hände ein. Sein Gesicht begann sich allmählich blau zu färben.

»Was tut Ihr hier?«, wollte Andrej wissen.

Vater Ludowig ächzte, und Abu Dun, der am Fenster stand und sich den Brummschädel rieb, murmelte: »Höchstwahrscheinlich fällt ihm das Antworten leichter, wenn du die Hände von seinem Hals nimmst.«

Andrej ließ den Mönch so hastig los, dass Vater Ludowig die Balance verlor und gestürzt wäre, hätte Abu Dun nicht rasch zugegriffen und ihn aufgefangen. Obwohl er heftig japsend nach Luft rang und zweifellos starke Schmerzen hatte, riss Ludowig sich hastig los, wich bis in die entfernteste Ecke des Zimmers zurück und schlug das Kreuzzeichen vor Brust und Gesicht. In seinen weit aufgerissenen Augen stand die nackte Angst, während er abwechselnd Andrej und den Nubier anstarrte.

»Vater Ludowig«, versuchte es Andrej noch einmal, nun in verändertem Ton. »Wir haben Euch gestern Abend vermisst. Schön, dass Ihr doch noch gekommen seid.«

Er bedauerte die Worte augenblicklich. Vater Ludowig war nicht in der Verfassung, den Spott darin zu verstehen. Vermutlich würde er alles, was Andrej in diesem Moment tat oder sagte, als Drohung empfinden. Statt auf ihn zuzutreten und seine Furcht damit noch zu nähren, richtete Andrej seinen Blick nach unten und hielt nach dem Gegenstand Ausschau, den Vater Ludowig fallen gelassen hatte. Die vermeintliche Waffe entpuppte sich als kupferner Becher, der in einer bereits eingetrockneten Pfütze auf dem Boden lag.

Andrej ging in die Knie, hob ihn auf und roch daran. Dann tauchte er den Zeigefinger in den winzigen verbliebenen Rest von Flüssigkeit, der sich noch in darin befand, und kostete.

»Weihwasser?«, murmelte er überrascht.

Abu Dun blinzelte, während sich auf Ludowigs Gesicht eine Mischung aus Unglauben und nur ganz allmählich aufkommender Erleichterung breitzumachen begann.

»Habt Ihr Eure Meinung geändert?«, fragte Andrej. »Ihr seid tatsächlich gekommen, um uns zu segnen? Das ist überaus großzügig von Euch.«

Abu Dun warf ihm einen mahnenden Blick zu, und auch Andrej selbst rief sich in Gedanken zur Mäßigung. Ludowig erbleichte schon wieder. Andrej war klar, dass er dem alten Mann wahrscheinlich unrecht tat, aber nach allem, was er mit Männern der Kirche erlebt – und *durch sie* erlitten – hatte, war es ihm einfach nicht mehr möglich, wohlwollend mit ihnen umzugehen. Er wollte es auch nicht.

»Was sucht Ihr hier?«, fragte er geradeheraus.

Vater Ludowig starrte ihn nur stumm und aus immer noch weit aufgerissenen Augen an.

»Erklärt Euch! Wieso kommt Ihr mitten in der Nacht hierher?«

Ludowigs Blick saugte sich schier an dem Becher in Andrejs Hand fest. Er sprach noch immer nicht. Andrej wusste selbst nicht warum, aber aus einem plötzlichen Gefühl heraus setzte er den Becher an und trank die wenigen Tropfen aus, die sich noch auf seinem Boden befanden.

»Ihr seht, heiliger Mann, wir sind nicht mit dem Teufel im Bunde und auch nicht von ihm besessen«, sagte Abu Dun lachend. »Was also wollt Ihr von uns?«

»Ihr müsst gehen«, krächzte Vater Ludowig. Er hatte Mühe zu sprechen und massierte mit der linken Hand seinen schmerzenden Kehlkopf. Andrej hatte nicht mit aller, aber doch mit großer Kraft zugedrückt. Ludowig konnte von Glück sagen, dass er ihm nicht sein vom Alter schon mürbe gewordenes Genick gebrochen hatte. »Das hier ist kein Platz für Fremde. Wenn Ihr wisst, was gut für Euch ist, dann steigt auf Eure Pferde und reitet davon.«

»Das hatten wir ohnehin vor«, antwortete Andrej kühl. »Aber nun, wo Ihr uns so nett darum bittet, bleiben wir vielleicht noch ein paar Tage.«

»Ihr wisst nicht, was …«, setzte Vater Ludowig an, aber er wurde unterbrochen. Draußen polterten Schritte, dann wurde die Tür aufgerissen, und Birger stürmte herein, nackt bis auf einen schmuddeligen Lendenschurz. In der rechten Hand hielt er einen Knüppel, und auf seinem Gesicht lag ein wütend-entschlossener Ausdruck, der aber in Überraschung und dann Betroffenheit umschlug, als er Vater Ludowigs und danach des Messbechers in Andrejs Hand ansichtig wurde.

»Oh«, sagte er.

»Was wollt Ihr mit dem Prügel? Uns wach klopfen?«, maulte Abu Dun. »Das ist nicht nötig. Mein Schädel dröhnt schon genug von Eurem süßen Wein.»

Birger starrte den Knüppel in seiner Hand einen Moment lang verwirrt an, als könne er sich tatsächlich nicht erinnern, wie er überhaupt dorthin kam, und flüchtete sich schließlich in ein Lächeln.

»Ich war … verzeiht«, stammelte er, räusperte sich und setzte neu an. »Ich habe Lärm gehört und wollte nachsehen.« Er ließ den Knüppel sinken und wandte sich stirnrunzelnd an Vater Ludowig. »Was geht hier vor?«

Vater Ludowig starrte ihn verstockt an. Er schwieg. Birger setzte dazu an, seine Frage in schärferem Ton zu wiederholen, aber Andrej kam ihm zuvor.

»Ich glaube, der gute Vater Ludowig ist nur gekommen, um sich bei uns zu entschuldigen.«

Birgers Stirnrunzeln vertiefte sich, während er von einem zum anderen blickte. Schließlich hob er die Schultern und wandte sich direkt an Ludowig. »Wird es nicht Zeit, die Morgenandacht vorzubereiten, Vater?«

Ludowig nickte hastig, nahm den Messbecher an sich, den Andrej ihm hinhielt, und floh aus dem Zimmer. Er schloss die Tür nicht hinter sich, und es blieb eine ungute, schwer mit Worten zu beschreibende Stimmung zurück. Andrej war aber nicht sicher, ob sie nun von Vater Ludowig oder von Birger ausgegangen war.

»Ich muss mich in Vater Ludowigs Namen für die Störung Eures Schlafes entschuldigen«, sagte Birger. »Er ist ein alter Mann, aber das rechtfertigt nicht sein Handeln. Ich werde mit ihm sprechen.«

»Das ist nicht nötig«, wiegelte Abu Dun ab. Er sah aus dem Fenster. »In Kürze wird es ohnehin hell. Wir können ebenso gut jetzt aufbrechen.«

»Ganz, wie Ihr wünscht.« Birger wirkte enttäuscht. »Ich hoffe nur, es hat nichts mit diesem dummen Zwischenfall zu tun.«

»Bestimmt nicht«, versicherte ihm Andrej. »Abu Dun hat recht, wisst Ihr? Wir haben noch einen weiten Weg vor uns.«

»Aber Ihr bleibt, bis es hell ist?« Birgers Vorschlag klang eindeutig wie ein Befehl. »Es ist viel zu gefährlich, nachts durch die Wälder zu reiten. Ihr könnt Euch draußen am Brunnen waschen, wenn Ihr wollt. Das Wasser ist kalt, aber sauber. Ich werde die Zeit nutzen, um ein Mahl vorzubereiten. Ihr könnt es auf dem Weg brauchen, glaubt mir.«

Andrej tauschte einen raschen – und, wie er hoffte, von Birger nicht bemerkten – Blick mit Abu Dun, aber der Nubier zuckte nur mit den Schultern.

Wie Birger vorausgesagt hatte, war das Wasser des gemauerten Brunnens hinter seinem Haus sauber und klar, aber auch eiskalt. Es kostete Andrej Überwindung, sich damit zu waschen, und auch Abu Dun schnaubte und prustete, dass man es im ganzen Tal hätte hören müssen. Rasch trockneten sie sich ab, hüllten sich wieder in ihre Kleider, und als sie ins Haus zurückkamen, erlebten sie eine Überraschung: Birger hatte nicht nur überall Kerzen angezündet, was dem großen, nur spärlich möblierten Raum etwas sonderbar Sakrales zu verleihen schien, er hatte auch bereits den Tisch gedeckt und Speisen aufgetragen, die das Mahl eher zu einem Festmahl geraten ließen. Und er war nicht mehr allein. Andrej hatte nicht bemerkt, dass noch jemand das Haus betreten hatte, doch neben Birger saß jetzt eine dunkelhaarige junge Frau, die sehr zierlich war. Sie hatte dunkle Ringe unter den Augen, und ihre Haut war mit einem kränklichen grauen Schimmer überzogen.

»Da seid Ihr ja schon«, begrüßte Birger seine Gäste. Er klang jetzt wieder so fröhlich wie am vergangenen Abend. Von dem Groll, der ihn in Ludowigs Gegenwart überkommen hatte, war nichts mehr geblieben. Eifrig deutete er auf den Tisch und fuhr mit einer Kopfbewegung in Richtung der jungen Frau fort: »Helga kennt Ihr ja bereits. Nehmt Platz. Die Suppe ist gleich fertig.«

Andrej nickte wortlos in Helgas Richtung, doch obwohl sie ihn ansah, reagierte sie nicht einmal mit einem Wimpernzucken darauf. Er erinnerte sich jetzt, sie schon am vergangenen Abend am Feuer gesehen zu haben.

Während Andrej Birgers Einladung Folge leistete und sich setzte, sagte dieser: »Helga ist meine Schwester. Alles, was von meiner Familie geblieben ist.«

Das dunkelhaarige Mädchen ging an Andrej vorüber, und er registrierte einen schwachen, aber unangenehmen Geruch, den er nur dank seiner überscharfen Vampyrsinne wahrnahm. Es war der gleiche Geruch, den auch Birger verströmte. Jedem anderen Menschen wäre er verborgen geblieben, aber Andrej wusste nun, dass die beiden das Lager miteinander geteilt hatten.

Schwester?

Nun, was ging es ihn an.

Auf Abu Duns Gesicht erschien ein kurzes, aber anzügliches Grinsen, als er sich auf der anderen Seite des reich gedeckten Tisches niederließ, und Andrej warf ihm einen warnenden Blick zu. Anscheinend bedurfte es nicht zwingend des wölfischen Geruchssinns und der Eulenaugen eines Unsterblichen, um gewisse Dinge erkennen zu können. Aber sie hatten nicht das Recht, über diese Leute zu urteilen.

Dennoch: Andrej musste Abu Dun im Stillen recht

geben. Zwar hatte es gut getan, wieder einmal unter Menschen zu sein und in einem richtigen Bett zu schlafen, aber sie hätten nicht herkommen sollen. Irgendetwas war mit diesem Dorf und seinen Menschen nicht in Ordnung.

Birger trug eine heiße Gemüsebrühe auf, der sie ebenso ausgiebig zusprachen wie dem frisch gebackenen Brot und dem Salzfleisch, das Helga kredenzte. Es begann zu dämmern, als sie mit dem Mahl fertig waren. Birger redete die ganze Zeit belangloses Zeug, während Helga kein Wort sprach. Nur dann und wann warf sie Andrej verstohlene Blicke zu, unter denen er sich immer unwohler zu fühlen begann. In ihren Augen, die scheinbar vollkommen ausdruckslos waren, schien etwas wie eine Aufforderung zu liegen, beinahe schon etwas Gieriges.

Unsinn! dachte er. Der Einzige, der hier Gier verspürte, war er. Er hatte keine Frau mehr gehabt, seit sie Transsylvanien endgültig den Rücken gekehrt hatten, was mittlerweile mehr als drei Monate zurücklag. Aber daran würde sich vorerst nichts ändern.

Ihr graues Gesicht zeugte nicht nur von Müdigkeit. Er konnte *riechen*, dass irgendetwas in ihrem Körper wühlte, tief innen und ihr selbst noch nicht bekannt, das sie am Schluss zerstören musste. Schuldbewusst senkte er den Blick in seine fast geleerte Suppenschale.

Birger deutete ihn offenbar falsch. »Noch einen Nachschlag?«

»Nein«, antwortete Andrej rasch. Er sah zum Fenster, hinter dem der Himmel mittlerweile hellgrau geworden war. »Es ist wirklich an der Zeit.«

»Auf ein Wort noch«, wandte Birger ein, als Andrej aufstehen wollte. »Bitte.«

Andrej ließ sich wieder zurücksinken. Er war plötzlich angespannt. Birger hielt ihn nicht nur unter allen möglichen Vorwänden hier fest, weil er ihre Gesellschaft genoss, das spürte er plötzlich. »Ja?«

»Ich weiß nicht recht, wie ich beginnen soll …«, sagte Birger, und Abu Dun unterbrach ihn:

»Nur immer geradeheraus. Du hast unsere Sachen durchwühlt, nicht wahr?«

Andrej sah ihn fragend an, und Abu Dun nickte finster. »Als du dich vorhin gewaschen hast, war ich bei den Pferden. Jemand hat sich an unserem Gepäck zu schaffen gemacht. Er war sehr vorsichtig, aber ich habe es gemerkt.«

»Ich wollte mir nur darüber klar werden, wer Ihr seid«, sagte Birger. »Ich habe nichts gestohlen.«

»Ich weiß«, sagte Abu Dun. »Wäre es anders, dann wärst du jetzt schon tot.«

»Warum?«, fragte Andrej. »Haben wir Euch irgendeinen Grund gegeben, uns zu misstrauen?«

»Im Gegenteil«, antwortete Birger. Er lächelte verlegen. »Immerhin habt Ihr mein Gold nicht angerührt.«

»Gold?«

»In der Truhe, in die ich das Geldsäckchen gelegt habe«, antwortete Birger mit einer Kopfbewegung. »Darunter liegt ein ganzer Beutel voller Gold. Fünfzig Golddukaten, um genau zu sein.«

»Fünfzig!« Abu Dun riss die Augen auf. Das war ein regelrechter Schatz, den man bei einem einfachen Bauern wie Birger ganz gewiss nicht erwartet hätte.

»Sie sind falsch«, sagte Birger leichthin. »Aber es sind gute Fälschungen. Kaum jemand hat bisher den Unterschied bemerkt.«

»Ihr wolltet, dass wir Euch dabei beobachten, wie Ihr Euer Geld in die Truhe legt«, vermutete Andrej. »Warum?«

»Ich bin nicht so über die Maßen misstrauisch wie Vater Ludowig und einige andere hier«, antwortete Birger, »aber ich bin auch nicht dumm. Zu viel Vertrauensseligkeit ist ebenso schädlich wie zu großes Misstrauen.«

»Du wolltest uns auf die Probe stellen«, stellte Abu Dun fest. Er zog eine Grimasse. »Was hättest du gemacht, wenn wir dein Geld und dein falsches Gold einfach genommen hätten und davongeritten wären?«

»Ihr hättet Trentklamm nicht lebend verlassen«, antwortete Birger. Es hörte sich nicht wie eine Drohung an, sondern eher wie etwas, woran es für Birger nicht den geringsten Zweifel gab.

Abu Dun wollte auffahren, aber Andrej brachte ihn mit einer hastigen Geste zum Schweigen. »Und nun, wo wir Eure Probe bestanden haben?«, wollte er wissen.

Birger sah kurz zu Helga hin, ehe er antwortete. »Ich habe Euch einen Vorschlag zu machen«, sagte er.

»Wir sind an keinerlei Vorschlägen interes…«, begann Abu Dun, wurde aber erneut von Andrej unterbrochen.

»Welchen?«

»Ihr seid … Söldner, nicht wahr?«, fragte Birger.

»Und?«, fragte Abu Dun. »Wenn es so wäre?«

»Und Ihr seid nicht besonders wohlhabend«, fuhr Birger fort, noch immer direkt an Andrej gewandt. »Die Reise hat Eure Geldmittel aufgezehrt, habe ich recht?«

»Selbst wenn, glaube ich kaum, dass du dir unsere Dienste leisten könntest«, sagte Abu Dun unfreundlich. »Wir kämpfen nicht für falsches Gold.«

»Ich habe Geld«, widersprach Birger. »Keine fünfzig Goldstücke, aber genug für eine so leichte Aufgabe wie die, für die ich Euch brauche.«

»Wenn sie so leicht ist, warum erledigt Ihr sie dann nicht selbst?«, fragte Andrej.

»Leicht für Männer wie Euch«, antwortete Birger. »Unmöglich für mich.«

Abu Dun wollte schon wieder auffahren, aber Andrej kam ihm erneut zuvor. »Wir kämpfen nicht für Geld, Birger«, sagte er. »Jedenfalls nicht mehr. Es gab eine Zeit, da haben wir es getan, aber die ist vorbei. Es bringt nichts Gutes ein, Menschen für Geld zu töten.«

Abu Dun schien Mühe zu haben, ihn nicht ungläubig anzustarren. Sie hatten sich in den zurückliegenden zehn Jahren so oft und in so vielen Kriegen als Söldner verdungen, dass sie längst aufgehört hatten, sie zu zählen.

»Ich habe Euch gestern nicht die ganze Wahrheit erzählt«, fuhr Birger vollkommen unbeeindruckt fort.

»Stell dir vor, das ist uns aufgefallen«, giftete Abu Dun.

Birger missachtete den Einwand. »Es ist wahr, dass wir einst überfallen wurden«, fuhr er fort. »Aber es waren keine Räuber.«

»Sondern?«, fragte Andrej.

Birger antwortete nicht gleich. Er sah Andrej an, aber während er sprach, begann sich ein sonderbarer Ausdruck in seinem Blick auszubreiten; eine Furcht, als sähe er gar nicht mehr sein Gegenüber, sondern etwas anderes, Schreckliches, das weit zurücklag. »Wir leben seit einer Generation im Streit mit den Bewohnern eines anderen Dorfes, einen halben Tagesmarsch von hier«, sagte er. »Es liegt hoch in den Bergen, an einem fast unzugänglichen Pass. Seine Bewohner sind Heiden, die den Satan anbeten und einem uralten Teufelskult huldigen.«

Andrej musste sich beherrschen, um Birger nicht schon jetzt zu unterbrechen. Wie oft hatte er solche Geschichten schon gehört? Es war immer dasselbe. Und es würde immer dasselbe bleiben, solange es Menschen gab.

»Vor zwei Jahren haben sie uns überfallen«, fuhr Birger fort. »Wir hatten immer schon Streit mit ihnen, und manchmal kam es auch zu Tätlichkeiten. Aber in dieser Nacht sind sie gekommen und haben uns im Schlaf überrascht. Sie haben fast die Hälfte von uns erschlagen und etliche unserer jungen Frauen und Knaben mitgenommen. Das halbe Dorf haben sie niedergebrannt.«

»Und nun wollt Ihr, dass wir die Hälfte ihres Dorfes niederbrennen?«, fragte Andrej leise. Er schüttelte den Kopf. »Ich kann Euch verstehen, Birger, aber diese Art von Söldnern waren wir nie. Euer Streit geht uns nichts an.«

»Sie haben meine Frau und meine Tochter mitgenommen«, fuhr Birger fort.

Andrej sah überrascht zu Helga hin. Sie hielt seinem Blick ruhig und sehr ernst stand.

»Meine Frau ist tot«, fuhr Birger fort. »Ich bin ihnen gefolgt, nachdem meine schlimmsten Wunden verheilt waren. Ich fand ihre Leiche auf halbem Weg in den Bergen. Sie haben sie …« Seine Stimme versagte, und seine Hände begannen für einen Moment so heftig zu zittern, dass er sie zu Fäusten ballen musste. Dann hatte er sich wieder in der Gewalt.

»Ich will keine Rache, Andrej. Einst wollte ich sie. Hätte ich es damals gekonnt, dann hätte ich ihr Dorf bis auf die Grundmauern niedergebrannt und jede lebende Seele ausgelöscht. O ja, ich wollte Rache! Ich hätte mein Leben geopfert, um mich zu rächen! Ich habe Gott verflucht und meine Seele dem Teufel angeboten, wenn er mir dafür geholfen hätte, mich an dem feigen Mörderpack zu rächen, doch er hat nicht geantwortet.« Er stöhnte auf. »Aber das ist vorbei. Rache nutzt niemandem. Es macht die Toten nicht wieder lebendig, wenn man noch mehr Menschen erschlägt. Man kann nicht ein Unrecht durch ein anderes aufwiegen.«

»Amen«, sagte Abu Dun spöttisch.

Andrej schenkte ihm einen verärgerten Blick. »Und was wollt Ihr dann?«, fragte er an Birger gewandt.

»Meine Tochter«, antwortete Birger. »Sie ist jetzt zwölf Jahre alt. Ich möchte, dass Ihr sie befreit.«

»Eure Tochter.« Andrej nickte nachdenklich und sah wieder – diesmal für länger – zu Helga hin, aber sie erwiderte seinen Blick so ruhig und ausdruckslos wie zuvor. »Wieso glaubt Ihr, dass sie noch lebt?«

»Ich weiß es«, antwortete Birger, in einem Ton, der keinen Widerspruch duldete. »Ich spüre, dass sie noch am Leben ist, genauso, wie ich gespürt habe, dass meine Frau tot war. Und dass sie schrecklich leidet! Sie ist jetzt genau in dem Alter, in dem sie den teuflischen Gelüsten dieser Bestien am besten dienen kann.« Ein gequälter Ausdruck erschien auf seinem Gesicht, und für einen Moment schimmerten seine Augen feucht. »Soll ich Euch sagen, was sie meiner Frau angetan haben?«

»Nein«, antwortete Andrej. »Ich kann es mir vorstellen.« Er versuchte, einen verständnisvollen Ton in seine Stimme zu legen. »Ich kann nachempfinden, was Ihr jetzt fühlt, Birger. Aber es ist lange her. Zwei Jahre sind eine lange Zeit, eine sehr lange Zeit. Selbst wenn Eure Tochter noch am Leben wäre, so könnte es sein, dass …« Er zögerte unmerklich, »dass sie vielleicht nicht mehr die ist, als die Ihr sie gekannt habt«, schloss er.

»Ich weiß, was Ihr meint, Andrej«, antwortete Birger. Er hatte sich jetzt wieder in der Gewalt. Seine Stimme klang fest. »Aber ich spüre, dass sie noch lebt, und ich spüre, wie sehr sie leidet. Ich höre ihre Seele in jeder Nacht um Hilfe flehen. Ich hätte sie längst befreit, aber diese Teufel sind auf der Hut, und ihr Dorf ist eine fast uneinnehmbare Festung.«

»Und wir sind nur zu zweit«, sagte Abu Dun.

»Ihr seid Krieger«, beharrte Birger. »Wir sind das nicht, und sie sind es auch nicht.«

»Immerhin haben sie die Hälfte von euch erschlagen.«

Birger machte eine abfällige Geste. »Sie haben uns überrascht. Wir wussten nicht, dass sie kommen. Alle haben tief geschlafen. Für Männer wie Euch wird es sicher nicht schwer sein, in ihr verfluchtes Kloster vorzudringen und meine Tochter zu befreien.« Er wandte sich nun direkt an Abu Dun. »Solltet Ihr herausfinden, dass meine Tochter tot ist, so bezahle ich Euch trotzdem. Macht Euch darum keine Sorgen.«

»Das ist es nicht«, sagte Andrej rasch. »Wir führen solche Aufträge für gewöhnlich nicht aus, das ist alles. Es muss doch hier eine Obrigkeit geben.«

»Den Landgrafen, ja«, grollte Birger. Allein der Ton, der sich dabei in seine Stimme schlich, machte Andrejs nächste Frage überflüssig. Trotzdem stellte er sie.

»Und warum bittet Ihr nicht den Landgrafen um Hilfe?«

»Er ist weit weg«, sagte Birger. »Die hohen Herren in ihren Schlössern interessieren sich doch nicht für das Schicksal solch einfacher Leute. Sie schicken einmal im Jahr ihre Steuereintreiber, sonst kümmert sie nichts.«

So sehr, dachte Andrej, schien sich dieses Land gar nicht von dem zu unterscheiden, aus dem sie geflohen waren. Er schüttelte den Kopf.

»Es tut mir leid, Birger, aber …«

»Habt Ihr jemals geliebt, Andrej?«, unterbrach ihn Birger. »Habt Ihr jemals einen Menschen geliebt wie nichts anderes auf der Welt und ihn dann verloren?«

Andrej schwieg. Er dachte an Maria. Auch an Alessa, aber vor allem an Maria. Er wusste, dass er diesen Gedanken nicht zulassen sollte, aber es war zu spät. Birgers Worte brannten wie Säure in seinem Inneren, und Birger schien sein Schweigen auch richtig zu deuten.

»Habt Ihr das je, Andrej?«

»Selbst wenn wir es täten«, antwortete Andrej ausweichend. »Was, wenn Ihr Euch irrt, und Eure Tochter ist doch tot?«

»Dann wüsste ich, dass ihre Seele endlich Frieden gefunden hat«, antwortete Birger. »Ich wäre zufrieden damit, es zu wissen. Ich ertrage den Gedanken nicht, dass sie womöglich Tag für Tag von diesen Bestien gequält wird – so lange, bis sie anfängt, mich zu verfluchen, weil ich sie gezeugt habe.«

»Wir haben keine Zeit«, sagte Abu Dun. »Der Weg, der noch vor uns liegt, ist weit, und …«

»So weit, dass zwei oder drei Tage wohl kaum ins Gewicht fallen«, fiel ihm Birger ins Wort. Er schüttelte heftig den Kopf. »Ihr wollt nach Nürnberg?«

»Das stimmt«, sagte Andrej.

»Aber Ihr seid fremd in diesem Land. Wenn Ihr den Straßen folgt, verliert Ihr eine Woche, wenn nicht mehr. Ich kenne eine Abkürzung durch die Wälder. Die zeige ich Euch.«

»Nachdem wir zurück sind«, vermutete Andrej.

»Nachdem wir zurück sind«, bestätigte Birger.

»Ihr müsstet uns begleiten«, sagte Andrej. Abu Duns bohrende Blicke beachtete er nicht. Er wusste, dass der Nubier es nicht guthieß, dem Drängen Birgers nachzugeben, und er hatte recht damit, tausendmal recht. Aber Andrej konnte auch Birgers Frage nicht vergessen. Ob er wüsste, was es hieß, einen geliebten Menschen zu verlieren? Es verging seit zehn Jahren kein

Tag, an dem ihn dieses Gefühl nicht quälte. »Wir kennen den Weg zu diesem Dorf nicht, und wir wissen auch nicht, wie Eure Tochter aussieht.«

»Andrej!«, sagte Abu Dun nachdrücklich.

»Ich werde Euch begleiten«, sagte Birger. »Und ein paar von den anderen auch. Wir haben gestern Nacht darüber gesprochen ...« Er hob die Schultern. »Ich will ehrlich sein. Nicht alle sind mit meinem Plan einverstanden. Sie haben Angst, die alte Fehde damit neu zu beleben.«

»Nicht ganz zu Unrecht«, gab Andrej zu bedenken.

»Sie war niemals zu Ende«, antwortete Birger heftig. »Glaubt Ihr, sie lassen uns jetzt in Ruhe? Bestimmt nicht. Sie werden wiederkommen, vielleicht in diesem Jahr, vielleicht im nächsten, aber sie werden kommen.«

»Und dir deine Tochter vielleicht wieder wegnehmen«, schloss Abu Dun. »Euer Streit geht uns nichts an. Andrej!«

»Abu Dun hat recht, wisst Ihr?« Andrejs Stimme wurde sanft. »Wir würden alles nur noch schlimmer machen.«

»Das soll nicht Eure Sorge sein!« Birger blieb hartnäckig. »Ich flehe Euch an, Andrej, helft mir. Nennt mir Euren Preis, und ich werde ihn bezahlen. Ich bin kein armer Mann.«

»Was mich zu der Frage bringt, woher dein Reichtum eigentlich stammt«, hakte Abu Dun nach. »Wie kommt ein einfacher Bauer wie du an einen Beutel mit fünfzig Goldstücken – selbst wenn sie falsch sind?«

»Sie gehörten den Letzten, die der Verlockung meines Geldbeutels nicht widerstehen konnten«, antwortete Birger. »Außerdem war dies einmal eine wohlhabende Gemeinde. Bevor sie uns überfallen und die meisten von uns erschlagen und unser Vieh gestohlen haben.«

»Ihr seid ein Mann, der anscheinend das offene Wort liebt.«

»Das bin ich«, antwortete Birger. »Nun? Wie entscheidet Ihr Euch?«

Andrej konnte Abu Duns flehende Blicke spüren. Und er hatte das Gefühl, einen schrecklichen Fehler zu begehen.

Trotzdem.

»Zwei oder drei Tage, habt Ihr gesagt? Nicht mehr?«

»Und danach bringe ich Euch auf dem kürzesten Weg hier heraus«, bestätigte Birger.

Abu Dun seufzte vernehmlich auf.

4

Kurz vor Einbruch der Dämmerung erreichten sie die Schneegrenze. Sie hatten eine Weile damit zugebracht, sich zu streiten, denn schließlich war es Abu Dun gewesen, der immer öfter auf ihre bedrohliche finanzielle Lage hingewiesen und mehr als einmal darauf gedrängt hatte, etwas zu unternehmen, das ihnen die notwendigen Geldmittel für den Rest der Reise einbringen würde. Infolge ihres Streites hatten sie den ganzen Tag über kaum noch ein Wort miteinander gewechselt.

Sie waren zu fünft: Andrej, Abu Dun, Birger und zwei schweigsame junge Burschen aus dem Dorf, die keinen besonders aufgeweckten Eindruck machten, dafür aber kräftig wirkten. Andrej hatte sich nicht die Mühe gemacht, sich ihre Namen zu merken. Wäre es nach Birger gegangen, dann hätte sich ihnen noch ein Dutzend weiterer Männer angeschlossen, aber sowohl Andrej als auch Abu Dun waren dagegen gewesen. Sie beide hatten nicht vergessen, was Birger selbst über sich und die anderen gesagt hatte: Sie waren keine Krieger, sondern einfache Bauern und Kuhhirten. Ihre Anwesenheit war keine Hilfe, sondern stellte allenfalls eine Belastung, vielleicht sogar eine Gefahr dar.

Andrej war schon nicht erfreut über die Begleitung dieser beiden, hatte es aber bei einem erfolglosen Einspruchsversuch belassen. Mittlerweile war auch das fast bedeutungslos geworden. Er fror erbärmlich. Sie waren den ganzen Tag über immer tiefer in die Berge hinein- und zugleich immer höher geritten. Dort war die Luft so kalt, dass das Atmen fast schmerzte. Nicht weit vor ihnen schimmerte es weiß zwischen den spärlicher werdenden Bäumen.

»Wohin führt Ihr uns eigentlich?«, fragte Andrej. Er ritt unmittelbar neben Birger. Abu Dun hatte es vorgezogen, weiterhin kein Wort zu sprechen und ein gutes Stück hinter ihnen zu bleiben.

Andrejs Atem dampfte in der Kälte. Noch bevor Birger antwortete, drehte er sich halb im Sattel herum und sah in die Richtung zurück, aus der sie gekommen waren. Er war erstaunt festzustellen, welche große Entfernung sie an nur einem Tag zurückgelegt hatten. Dennoch konnten sie Trentklamm noch tief unter sich im Tal liegen sehen. Der Ort lag in hellem Sonnenschein da und bot, angesichts der prickelnden Kälte, die Andrej auf der Haut fühlte, einen geradezu unglaublichen Anblick.

»Es ist jetzt nicht mehr allzu weit«, antwortete Birger. »Vielleicht sollten wir hier rasten und warten, bis es dunkel wird.«

»Ich hoffe, es dauert nicht mehr so lange, wie wir brauchten, um hier heraufzukommen«, mischte sich Abu Dun ein, der mittlerweile zu ihnen aufgeschlossen hatte.

»Wir konnten nicht auf dem direkten Weg reiten«, antwortete Birger. »Sie sind misstrauisch und hätten uns gesehen.« Er machte eine Kopfbewegung nach vorne, zu den scheinbar noch immer unendlich weit entfernten Berggipfeln, die in ewigem Weiß vor ihnen schimmerten. »Wir brauchen nicht mehr lange, um den Berg zu umgehen und uns dem Dorf von der anderen Seite zu nähern. Über den Pass kämen wir niemals ungesehen hinweg.«

Andrej tauschte einen raschen Blick mit Abu Dun. Für jemanden, der immer wieder betonte, dass er kein Krieger war, dachte Birger ziemlich strategisch.

»Ich hätte nichts gegen eine Rast einzuwenden«, sagte Abu Dun. »Es ist widerlich kalt.«

Er schüttelte sich. Andrej nahm an, dass er weit mehr unter der Kälte litt als die anderen, stammte er doch aus einem Land, in dem es nicht einmal ein Wort für Schnee gab.

»Wir können kein Feuer machen«, gab Birger bedauernd zu bedenken. »Es wäre in der Nacht deutlich zu sehen.« Er wandte sich mit einer auffordernden Geste an seine beiden Begleiter. Sie sagten nichts, setzten sich aber gehorsam in Bewegung und ritten voraus, und Birger fuhr mit einem neuerlichen Wedeln der Hand fort: »Rasten wir gleich hier. Stefan und sein Bruder geben darauf Acht, dass sich niemand heimlich anschleicht.«

»Seid ihr eigentlich alle miteinander verwandt?«, fragte Abu Dun.

Birger schwang sich aus dem Sattel des grobschlächtigen Ackergaules, den er ritt, und ließ die Zügel los. Das Pferd entfernte sich ein paar Schritte und begann dann an den Grashalmen zu zupfen, die spärlich auf dem steinigen Boden wuchsen. Andrej hatte am Erfolg ihrer Reise zu zweifeln begonnen, als er die Tiere der drei Dörfler gesehen hatte. Aber die Pferde hatten ihn ebenso überrascht wie ihre Reiter. Sie hatten sich nicht besonders schnell, aber so beharrlich wie Ochsen und geschickt wie Bergziegen bewegt.

Abu Dun und er saßen ebenfalls ab, banden ihre Pferde aber an die Äste eines nahe gelegenen Baumes. Abu Dun sah sich missmutig nach einem Platz um, an dem er halbwegs weich sitzen konnte, und steuerte schließlich das einzige Mooskissen weit und breit an. Andrej setzte sich auf einen Stein und sah wortlos zu, wie Birger seine Packtaschen leerte und Brot, kaltes Fleisch und ziegenlederne Schläuche mit Wein vor ihnen ausbreitete.

»Schon wieder ein Festmahl?«, fragte Abu Dun. »Ich bin eigentlich nicht hungrig.«

»Ihr solltet etwas essen«, erwiderte Birger. »Wir werden hier rasten, und danach haben wir noch einen Fußmarsch vor uns. Wollt Ihr auch noch hungern, wenn Ihr schon friert?«

Abu Dun bedachte ihn mit einem verdrossenen Blick, griff aber dann doch zu, und auch Andrej nahm sich ein Stück Fleisch und eine Scheibe helles Brot und begann zu essen. Birger hatte recht. Sie hatten noch eine lange Nacht vor sich und würden jedes bisschen Kraft bitter nötig brauchen.

»Erzählt uns von diesen angeblichen Teufelsanbetern«, bat Andrej. »Wer sind sie? Was tun sie genau, und welchem Kult hängen sie an?«

»Das weiß niemand.« Birger kniete sich so zwischen sie, dass er Andrej und Abu Dun zusammen im Auge behalten konnte. »Sie tarnen sich mit den Zeichen des

Christentums. Das Dorf ist kein richtiges Dorf, sondern ein altes Kloster mit einer Handvoll Häusern an der Westseite. Angeblich sind es fromme Männer, aber nachts feiern sie schwarze Messen, und die Figur an dem umgedrehten Kruzifix, vor dem sie beten, ist nicht unser Herr Jesus Christus.« Er legte den Kopf schräg und sah Abu Dun an. »Aber damit habt Ihr ohnehin nicht viel im Sinn, nehme ich an?«

»Ist das für dich von Bedeutung?«, fragte Abu Dun.

»Nein«, antwortete Birger. Es klang ehrlich. »Und Ihr, Andrej?«

»Warum fragt Ihr das?«

Birger wackelte mit dem Kopf. »Gestern Abend, als Ihr Vater Ludowig gegenüberstandet – ich hatte den Eindruck, dass Eure Vorsicht mehr seinem Gewand galt als seinen Worten.«

»Ihr seid ein guter Beobachter«, entgegnete Andrej. »Ich hatte in der Vergangenheit einige Begegnungen mit Männern der Kirche.«

»Weiter«, sagte Abu Dun. »Sie leben also in einem angeblichen Kloster. Was genau tun sie dort? Wieso unternimmt niemand etwas gegen sie, wenn sie doch den Teufel anbeten?«

»Sie sind sehr vorsichtig«, antwortete Birger. »Für die meisten sind sie einfach nur Bergbauern und Schäfer, die das Kloster versorgen. Aber wir kennen ihr Geheimnis. Deshalb hassen sie uns auch so. Sicher hätten sie unser ganzes Dorf ausgelöscht, hätten sie nicht Angst gehabt, damit zu viel Aufsehen zu erregen.«

Nachdenklich kaute Andrej auf dem Stück gesalzenen Fleisches, das Birger ihm gegeben hatte. Die Antworten Birgers klangen glaubhaft und überzeugend. Wieder hatte er das Gefühl, dass hier etwas nicht stimmte. So wie am Abend zuvor, als sie ins Dorf hineingeritten waren und er gespürt hatte, dass sie in eine Falle tappten.

»Vielleicht sollten wir uns wirklich ausruhen«, schlug Abu Dun vor. »Es wird eine lange Nacht.«

Birger stand auf. »Ich sehe nach Stefan und seinem Bruder.«

Sie warteten, bis es dunkel wurde. Der Himmel hatte sich fast lückenlos mit Wolken zugezogen, sodass es sehr dunkel war, und die Kälte wurde grausam. Andrej zitterte am ganzen Leib. Er war nicht mehr sicher, ob es wirklich gut gewesen war, so lange zu rasten. Inzwischen war er steif gesessen, und sein Rücken schmerzte.

Abu Dun drehte sich in Richtung der Pferde, aber Birger schüttelte den Kopf. »Von hier aus gehen wir besser zu Fuß«, sagte er. »Mit den Pferden kommen wir nicht mehr sehr weit. Das Gelände wird bald unwegsam.«

Sie marschierten los; Birger an der Spitze, Andrej und Abu Dun dicht hinter ihm. Die Kälte schien schlagartig zuzunehmen, als sie die unsichtbare Grenze überschritten und unter ihren Stiefeln nun endgültig verharschter Schnee knirschte. Das Gelände war so unübersichtlich, dass sie mit den Pferden keine hundert Schritte weit gekommen wären, und ohne Birgers Führung hätten sie sich schon nach fünfzig Schritten hoffnungslos verirrt.

Der Boden schimmerte in einem unheimlichen Knochenweiß, und die Bäume verkrochen sich in den Schatten. Selbst Andrej mit seinen überscharfen Sinnen war beinahe orientierungslos. Abu Dun musste es vollkommen sein. Andrej nahm an, dass Birger sich hier gut genug auskannte, um sich auch mit verbundenen Augen zurechtzufinden.

Die unheimliche Nacht trübte auch Andrejs Zeitgefühl. Er hätte nicht sagen können, wie lange sie schon unterwegs waren. In der Wolkendecke über ihnen erschienen einige Lücken, und bald sahen sie sogar eine bleiche Mondsichel.

Plötzlich hörte Andrej ein Geräusch. Es war unendlich leise, gerade an der Wahrnehmungsgrenze selbst seiner unvorstellbar scharfen Sinne. Aber etwas daran war so unheimlich, dass er mitten in der Bewegung innehielt und sich halb in die Richtung drehte, aus der das Geräusch gekommen war.

»Was habt Ihr?«, fragte Birger.

Abu Dun sagte nichts, aber seine Hand senkte sich auf das Schwert.

»Da ist etwas«, murmelte Andrej. »Ich habe etwas gehört.«

Birger lauschte angespannt, und genau im gleichen Moment, in dem er den Kopf schüttelte und sagte: »Ich höre nichts«, erklang das Geräusch wieder: Etwas wie ein klagendes Seufzen, unendlich weit entfernt und voll abgrundtiefen Schmerzes und noch tieferer Furcht. Er deutete nach rechts in die Dunkelheit hinein.

»Dort.«

»Aber da ist nichts!«, befand Birger. Er hatte nichts

gehört, und wie auch? Selbst Andrej hatte Mühe, die genaue Richtung zu orten, aus der das Stöhnen kam. Er beachtete Birgers Einwand nicht und ging los. Abu Dun zog das Schwert und folgte ihm, und nach kurzem Zögern schloss sich ihnen auch Birger an.

»Andrej, was tut Ihr?«, japste er. »Wir haben nicht viel Zeit! Ich versichere Euch, da ist nichts!«

Andrej missachtete ihn weiterhin, aber Abu Dun sagte: »Wenn Andrej sagt, dass dort etwas ist, dann ist dort etwas.«

»Verschwendete Zeit!« Birger wurde zornig. »Zeit, die wir nicht haben! Glaubt mir, wenn da vorne etwas wäre, dann hätten uns Stefan und Johann längst gewarnt.«

»Ein guter Einwand«, knurrte Abu Dun. »Wo sind sie überhaupt?«

»Sie sind vorausgeeilt, um den Weg zu sichern«, antwortete Birger. »Sie hätten uns gewarnt, wenn sie etwas bemerkt hätten.«

»Falls sie nicht gerade irgendwo dort vorne im Schnee liegen und verbluten«, fügte Abu Dun hinzu. Er fuchtelte mit dem Krummsäbel, und blitzende Lichtreflexe sprangen aus der Klinge und schienen ihnen ein Stück vorauszueilen.

Birger gab auf, und Andrej beschleunigte seine Schritte noch ein wenig. Das Geräusch wiederholte sich nicht, aber nun nahm er einen ganz sachten, aber nur zu vertrauten Geruch wahr. Blut. Frisches, warmes Blut. Er ging schneller, geleitet von dem Blutgeruch, und so rasch, dass Birger und Abu Dun Mühe hatten, ihn nicht zu verlieren.

Er entdeckte den Toten, als er eine flache Hügelkuppe hinter sich gebracht hatte. Der Mann lag mit dem Gesicht nach unten im Schnee, und es hätte der Unmengen von Blut, das im Mondlicht eher schwarz als rot aussah, gar nicht bedurft, um auf den ersten Blick zu erkennen, dass er tot war. Seine Glieder waren auf schreckliche Weise verdreht und verrenkt, und eine seiner Hände war abgerissen und lag ein Stück entfernt im Schnee.

Hinter ihm sog Birger hörbar die Luft ein, und Abu Dun stieß einen halblauten Fluch aus und beschleunigte seine Schritte, sodass er gleichzeitig mit Andrej neben dem Toten anlangte.

Während Andrej neben dem Mann im Schnee niederkniete, nahm er mit leicht gespreizten Beinen und erhobenem Schwert neben ihm Aufstellung und drehte sich langsam um seine eigene Achse, um Andrej gegen einen eventuellen Angreifer zu schützen, der sich in der Dunkelheit verborgen halten mochte.

Andrej drehte den Toten behutsam auf den Rücken und hatte Mühe, ein Stöhnen zu unterdrücken. Er war auf genügend Schlachtfeldern gewesen, um zu glauben, dass ihn nichts mehr erschrecken konnte.

Er irrte.

»Großer Gott!«, keuchte Birger hinter ihm. »Wer tut so etwas?«

Andrej schloss für einen Moment die Augen. Als er sie wieder öffnete, hatte sich sein rebellierender Magen immerhin weit genug erholt, damit er den Leichnam einer zweiten und etwas eingehenderen Musterung unterziehen konnte. Sein Gesicht war nicht mehr zu erkennen, ebenso wenig sein Alter oder seine Herkunft, aber man konnte zumindest sehen, dass er wohl eine Art Soldat oder Krieger gewesen war. Im Schnee neben ihm lag ein zerbrochenes Schwert.

»Habt Ihr diesen Mann schon einmal gesehen?«, fragte er.

»Seid Ihr sicher, dass es ein Mann war?«, gab Birger mit belegter Stimme zurück.

Andrej sah zornig zu ihm hoch, und Birger schüttelte hastig den Kopf. »Er könnte zum Kloster gehören«, sagte er. »Sie tragen diese Art von Schwertern.«

»Sagtest du nicht, sie wären keine Krieger?«, fragte Abu Dun misstrauisch.

»Sie haben ein paar Wachen«, antwortete Birger. »Männer des Landgrafen.«

»Ein paar Wachen, so«, grollte Abu Dun. Seine Stimme bebte vor Zorn, aber er hörte nicht auf, sich langsam im Kreis zu drehen und die Dunkelheit ringsum mit Blicken abzusuchen. »Wie viele sind ein paar?«

»Nicht viele«, antwortete Birger stockend. »Vielleicht ein halbes Dutzend. Bestimmt nicht mehr.«

»Und wann wolltest du uns das sagen?«, fragte Andrej ruhig.

Birgers Blick tastete mit wachsender Unruhe den grässlich verstümmelten Leichnam ab. »Wir wären ihnen vielleicht nicht einmal begegnet«, verteidigte er sich. »Ich hatte nicht vor, das ganze Kloster zu überfallen.«

»Das hatten wir auch nicht«, sagte Abu Dun. »Was hat den Mann umgebracht, Andrej?«

»Auf jeden Fall kein Mensch«, Andrej wandte sich um. »Gibt es Raubtiere hier in den Bergen, Birger?«

»Wölfe«, antwortete Birger, aber Andrej schüttelte sofort den Kopf.

»Kein Wolf könnte so etwas tun. Seht Ihr seinen Kopf? Der Schädelknochen eines Menschen ist härter als Eisen.«

»Vielleicht … vielleicht ein Bär«, überlegte Birger. »Es ist lange her, dass Bären hier gesehen wurden, aber es könnte sein.«

»Was immer es war, es war ziemlich groß«, stellte Abu Dun fest. »Und du hast recht, Andrej – es war kein Mensch.«

Andrej blickte in die Richtung, in die Abu Dun mit dem ausgestreckten Säbel wies, und stand auf. In dem blutigen Schnee war ein einzelner Fußabdruck zu erkennen. Es war nicht der Fußabdruck eines Menschen, aber auch nicht der eines Wolfes oder Bären oder irgendeines anderen Tieres, das Andrej jemals gesehen hatte. Er war nicht einmal besonders groß, aber auf unheimliche Weise verzerrt und missgestaltet. Tiefe Eindrücke im Schnee zeugten von schrecklichen Krallen.

»Allah!«, entfuhr es Abu Dun. »Welche Kreatur hinterlässt solche Spuren?« Er keuchte.

»Ich weiß es nicht«, antwortete Andrej wahrheitsgemäß. »Aber was immer es ist, es ist verletzt.« Er deutete auf die frischen Blutspuren neben dem Fußabdruck. »Und es ist noch nicht sehr weit weg.«

Birger japste, als Andrej aufstand und ebenfalls seine Waffe zog. »Was habt Ihr vor? Ihr … Ihr wollt dem Ungeheuer doch nicht etwa folgen?«

»Ich werde gewiss nicht weitergehen, wenn ich etwas hinter mir weiß, das zu *so etwas* fähig ist«, sagte Andrej entschlossen.

»Aber …«

»Du kannst ruhig hierbleiben und auf uns warten«, sagte Abu Dun grinsend. »Wir sind bestimmt bald zurück. Und wenn nicht wir, dann etwas anderes.«

Birger wurde noch bleicher, aber er verschwendete keinen weiteren Atem auf den Versuch, sie von ihrem Entschluss abzubringen, sondern hatte es im Gegenteil plötzlich sehr eilig, zu ihnen aufzuschließen.

Nach einer Weile fanden sie einen weiteren Fußabdruck, dann noch einen, bevor die Spur abbrach, weil der Boden felsiger und die Schneedecke darauf dünner wurde. Dennoch fiel es Andrej nicht schwer, der Spur weiter zu folgen. Der Blutgeruch wies ihm den Weg.

Sie bewegten sich sehr vorsichtig. Alle ihre Sinne waren bis zum Zerreißen angespannt, und Andrej lauschte mit seinen schärferen Vampyr-Sinnen in die Nacht hinein.

Dennoch sah er das Ungeheuer beinahe zu spät.

Es erschien plötzlich von einem Moment auf den anderen aus dem Nichts, als hätte sich die Dunkelheit vor ihnen zusammengeballt, um schreckliche Gestalt anzunehmen. Andrej fand gerade noch Zeit, einen warnenden Schrei auszustoßen, aber Abu Dun fand nicht mehr genügend Zeit, um darauf zu reagieren. Das … *Ding* hieb mit einer schrecklichen, Krallen bewehrten Hand nach ihm. Abu Dun duckte sich und rettete sich damit das Leben, denn der Hieb streifte ihn nur, statt ihm den Kopf von den Schultern zu trennen, aber die Wucht des Schlages reichte immer noch aus, den Nubier von den Füßen zu reißen und hilflos davonrollen zu lassen.

Andrej erstarrte vor Entsetzen. Niemals zuvor hatte er etwas Schrecklicheres gesehen.

Das Geschöpf war weder ein Mensch noch ein Tier, sondern eine abscheuliche Mischung aus beidem. Es war nicht einmal besonders groß, und es wirkte eher schmächtig, aber ganz und gar nicht zerbrechlich, sondern auf jene Abscheu erregende Weise dünn, wie sie besonders abstoßenden Insekten zu eigen ist. Seine Haut glänzte nass wie rohes Fleisch, und auf dem entsetzlich missgestalteten Schädel wuchsen drahtige, dünne Haarbüschel.

Sein Gesicht war der schiere Albtraum.

Es hatte eine flache, fliehende Stirn, boshafte Augen, die tief unter dreieckigen Knochenwülsten lagen, und eine stumpfe Wolfsschnauze voller schiefer, spitzer Zähne.

Das Schlimmste aber war, dass die gesamte Gestalt … völlig unproportioniert zu sein schien. Ihre Glieder waren unterschiedlich lang, und die Pfote, mit der sie nach Abu Dun geschlagen hatte, hatte mehr und längere Finger als die andere. Das linke Bein, von dem der unheimliche Abdruck stammte, schien gleich zwei Kniegelenke zu haben, während das andere kürzer war und in einem gespaltenen Huf endete. Es war eine dämonische Missgeburt, eine Kreatur, die es nicht geben *durfte.*

»Scheijtan!«, keuchte Abu Dun. Das Wort ließ nicht nur den Dämon herumfahren, sondern riss auch Andrej aus seiner Erstarrung. Als der Unhold sich umdrehte, um sich auf sein gestürztes Opfer zu werfen, riss er das Schwert in die Höhe und stürmte los.

Abu Dun riss entsetzt die Arme vor das Gesicht und trat nach dem dämonischen Geschöpf. Andrej wusste aus eigener leidvoller Erfahrung, wie unglaublich stark der Nubier war, aber das heranstürmende Ungeheuer vermochte er nicht aufzuhalten.

Immerhin verfehlte sein Krallenhieb Abu Duns Gesicht und wühlte nur den Schnee neben seinem Kopf auf. Bevor die Bestie zu einem zweiten Schlag ausholen konnte, war Andrej zur Stelle und schlug mit dem Schwert zu. Seine Klinge biss tief in das gottlose Fleisch des Dämons. Der Damaszenenstahl vermochte mühelos Eisen zu zerschneiden, aber mit der so verwundbar aussehenden Haut des Dämons hatte er alle Mühe. Blut spritzte, und die Bestie stieß ein hohes, schrilles Schmerzgeheul aus, doch sie stolperte nur einen Schritt zurück und wandte sich geifernd zu Andrej um, statt zu Tode getroffen zu Boden zu stürzen. Das Ungeheuer blutete aus einer tiefen Wunde im Oberarm, doch es hätte tot sein müssen.

Andrej setzte ihm entschlossen nach. Sein Schwert stieß nach der Brust des Dämonenwesens, zerriss sein Fleisch und glitt von den eisenharten Rippen darunter ab, und die Bestie sprang mit einem triumphierenden Geheul auf ihn zu und schlug ihm das Schwert aus der Hand. Andrej versuchte zurückzuweichen, aber es war zu spät. Die schrecklichen, asymmetrischen Arme der Bestie schlossen sich zu einer tödlichen Umklammerung. Er spürte, wie die Krallen des Unholds seinen

Rücken aufrissen, dann wurde ihm die Luft aus den Lungen gepresst, und mehrere seiner Rippen brachen.

Er begriff zu spät, dass er einen furchtbaren Fehler gemacht hatte. Das Ungeheuer war deutlich kleiner als er, und es wirkte trotz seiner abstoßenden Hässlichkeit fast komisch. Aber es war ungeheuer stark, und es schien nur aus Wildheit und reiner Mordlust zu bestehen. Andrej stemmte sich mit verzweifelter Kraft gegen seine Umklammerung, aber seine Kraft reichte nicht aus. Noch mehr Rippen brachen, aber er hatte keine Luft mehr, um zu schreien. Wogen aus rotem Schmerz drohten sein Bewusstsein auszulöschen. Wie durch einen wabernden roten Nebel hindurch sah er, wie das grässliche Maul des Ungeheuers aufklappte und sich seine Zähne näherten, um ihm die Kehle aufzureißen.

Er hatte nur noch eine Wahl.

Andrej schloss die Augen, entspannte sich, so gut es die furchtbaren Schmerzen in seinem Rücken und seiner Brust zuließen – und griff nach dem Geist der Bestie.

Er wusste nicht, was er erwartet hatte. Nur sehr wenige Male in seinem Leben hatte er die Katharsis vollzogen, und diese wenigen Male hatte er sie an Menschen vollzogen, nicht an Dämonen.

Es war, als hätte er die Hölle selbst berührt. Hass, brodelnder roter Hass, der keinen Grund brauchte und kein Ziel kannte, schlug ihm entgegen. Der absolute Wille zu töten. Zu vernichten. Da war kein Ziel. Keine wirkliche Absicht.

Schwarze Energie floss in seinen Geist, ein brüllender Strom von solcher Macht, dass er Andrejs Geist für einen schrecklichen Moment einfach mit sich zu reißen drohte. Es war die große Gefahr beim Wechsel, dass der Nehmende zum Opfer wurde, und niemals war er diesem Schicksal näher gewesen als jetzt. Nicht lange, vielleicht für die Dauer eines Herzschlages, war der Kampf unentschieden; eine Winzigkeit nur, und Andrej wäre unterlegen und sein Geist in dem schwarzen Strudel untergegangen und aufgelöst worden.

Er gewann diesen Kampf, aber nur mit äußerster Mühe, und er erlangte keine Kraft aus der gestohlenen Lebensenergie, sondern spürte eine so gewaltige Erschöpfung und Müdigkeit, dass er zurücksank und nicht einmal mehr wahrnahm, wie ihn das zusammenbrechende Ungeheuer unter sich begrub.

Als er erwachte, konnte kaum mehr als eine kurze Zeitspanne vergangen sein, denn das Ungeheuer lag noch immer über ihm, und Abu Dun war gerade dabei, den leblosen Körper von ihm herunterzuzerren. Andrej spürte, wie die messerscharfen Klauen des Dämons seinen Rücken erneut aufrissen, und biss die Zähne zusammen, um einen Schmerzenslaut zu unterdrücken.

Für einen Moment drohten ihm schon wieder die Sinne zu schwinden. Er schloss die Augen und konzentrierte sich mit verzweifelter Kraft darauf, wach zu bleiben. Tief am Grunde seiner Seele brodelte noch immer die Schwärze, die die Lebenskraft des Dämons in ihn hineingespült hatte. Er fürchtete, sie könne sich seiner bemächtigen, wenn er das Bewusstsein verlor.

Endlich löste sich das Gewicht des Dämons ganz

von seiner Brust, und anstelle der schrecklichen Fratze des Mensch-Tier-Wesens erschien Abu Duns besorgtes Antlitz über ihm.

»Andrej! Bist du ...?«

»Es ist alles in Ordnung«, wisperte Andrej, hastig und leise, damit Birger die Worte nicht hören konnte. »Und ich bin auch noch ich.«

Abu Dun atmete auf. »Kannst du aufstehen?«

Andrej deutete ein Kopfschütteln an. »Ich blute«, flüsterte er. »Du musst Birger ablenken.«

Der Nubier verstand. Rasch richtete er sich auf, drehte sich halb herum und versetzte dem dahingerafften Ungeheuer einen Fußtritt. »Gottlose Bestie!«, grollte er. »Was ist das für ein Ding? Sehen alle Raubtiere in eurem Land so aus?«

»Ich habe Euch gesagt, dass es Ungeheuer in den Wäldern gibt«, antwortete Birger. Seine Stimme klang eher verstockt als erschrocken.

Andrej lauschte in sich hinein. Er spürte, dass sich die Wunden in seinem Rücken schon wieder zu schließen begannen; allerdings nicht so schnell, wie sie es hätten tun sollten. Nicht annähernd so schnell. Er war so oft verwundet worden, dass er fast auf den Augenblick genau vorhersagen konnte, wie lange welche Art von Verletzung brauchte, um zu heilen. Die lächerlichen Schnitte hätten längst spurlos verschwunden sein müssen. Seine Verschmelzung mit dem Ungeheuer hatte ihn nicht nur Kraft gekostet, es war, als hätte sie ihn vergiftet.

War das möglich? Noch vor kurzem hätte er diese Frage mit einem überzeugten Nein beantwortet, aber nun musste er an Alessa denken, und ein eisiger Schauer lief ihm über den Rücken.

»Was ist mit Andrej?«, erkundigte sich Birger. »Lebt er noch?«

»Sorgt Euch nicht um mich«, sagte Andrej. Behutsam richtete er sich auf, wobei er darauf achtete, Birger nicht den Rücken zuzukehren. »Ich bin nicht verletzt.«

Birger riss ungläubig die Augen auf, und Andrej hoffte, dass er nur gesehen hatte, wie das sterbende Ungeheuer ihn unter sich begrub, nicht, was ihm seine Klauen angetan hatten.

»Unverletzt?«, fragte Birger ungläubig. »Ihr seid unverletzt?«

Andrej stand unsicher auf. Sein Taumeln war nicht gespielt. Er war so schwach, dass er um ein Haar wieder gestürzt wäre, als er sich nach seinem Schwert bückte.

»Aber das ist doch … unmöglich!« Birger sog scharf die Luft ein. »Großer Gott! Euer Rücken!«

Andrej musste sich beherrschen, um nicht laut zu fluchen. Selbstverständlich hatte Birger seinen Rücken gesehen, als er sich nach dem Schwert bückte.

»Was ist damit?«, fragte er.

»Euer Gewand hängt in Fetzen«, antwortete Birger. »Aber Ihr habt nicht einen Kratzer. Und all das Blut.«

»Das ist nicht meines«, antwortete Andrej. Er rammte das Schwert in die verzierte Scheide. »Ich hatte Glück, Birger, wäre es Euch lieber, es wäre nicht so?«

»Natürlich nicht«, antwortete Birger hastig. »Es ist nur …«

»Warum erzählst du uns nicht lieber, was das für ein Ungeheuer ist«, fiel ihm Abu Dun ins Wort. »So etwas habe ich noch nie zuvor gesehen.«

»Das hat niemand zuvor gesehen.« Birgers Blick flackerte, während er abwechselnd das erschlagene Untier und Andrej anstarrte, aber es war unmöglich zu sagen, vor wem er mehr Furcht empfand.

»Das ist eine sehr kärgliche Antwort, meinst du nicht auch?«, fragte Abu Dun.

»Ich weiß es nicht!«, behauptete Birger. »Vielleicht kommt es vom Kloster. Sie beten dort den Teufel an, das habe ich Euch doch gesagt! Vielleicht ist das einer seiner Dämonen, den sie heraufbeschworen haben, um sie zu beschützen!«

»Zuerst Soldaten und jetzt auch noch Dämonen«, sagte Abu Dun finster. »Gibt es da vielleicht noch etwas, das du uns sagen solltest, Birger? Noch etwas, das uns dort erwartet?«

Birger schwieg verstockt, und nach einer Weile drehte sich Andrej in die Richtung, aus der sie gekommen waren.

»Das werden wir schon sehen, Abu Dun«, sagte er. »Das werden wir schon sehen.«

5

Gegen das graue Zwielicht des Nachthimmels betrachtet, wirkte das Kloster wie das Schloss eines finsteren Magiers, das aus Schwärze und der Materie der Hölle erschaffen worden war, nicht aus Mörtel und Stein. Seine Umrisse waren nicht genau zu erkennen, als wäre es von einer düsteren Macht umhüllt, die mit aller Kraft versuchte, es ihren Blicken zu entziehen.

Andrej blinzelte, und aus dem Geisterschloss wurde wieder das, was es war: ein dunkel daliegendes, nicht einmal besonders großes Bergkloster, das von einem einzelnen Turm überragt wurde.

»Ist alles in Ordnung?«

Es verging ein Moment, bis Andrej begriff, dass es Abu Duns Stimme war, die er hörte, und ein weiterer, bis ihm klar wurde, dass die Frage ihm galt. Mühsam wandte er den Kopf und sah dem Nubier ins Gesicht. Sein Rücken brannte. Er fror.

»Warum fragst du?«

»Weil du zitterst«, antwortete Abu Dun.

»Das ist nur die Kälte«, sagte Andrej. Er wandte seinen Blick wieder dem Kloster auf der anderen Seite des steinigen Kammes zu. Auch wenn er nicht in Abu Duns Richtung blickte, spürte er doch ganz deutlich, dass der Freund ihn musterte.

»Birger müsste längst zurück sein«, sagte Abu Dun. Sein Ton machte klar, dass er lieber über etwas anderes gesprochen hätte. Er wartete vergebens auf eine Antwort. Birger war vorausgegangen, um nach den beiden anderen Männern zu suchen. Zumindest hatte er das gesagt.

»Traust du ihm?«, fragte er Andrej schließlich.

»Birger?«

»Wem sonst? Natürlich Birger.«

Andrej deutete ein Schulterzucken an. »Für diese Frage ist es zu spät, meinst du nicht?«

»Es ist niemals zu spät, um Vernunft anzunehmen«, sagte Abu Dun tadelnd. »Niemand hindert uns daran aufzustehen und unseres Weges zu gehen.«

»Wir haben eine Abmachung«, erinnerte Andrej ihn.

Abu Dun schnaubte abfällig. »Es war nie die Rede von einem halben Dutzend Soldaten«, stieß er hervor. »Und schon gar nicht von dieser Ausgeburt der Hölle. Ist dir klar, dass diese Kreatur uns fast getötet hätte?«

»Mehr, als du vielleicht ahnst, mein Freund«, antwortete Andrej, was Abu Dun zu einem besorgten Stirnrunzeln veranlasste.

»Jetzt, wo wir allein sind«, Abu Dun senkte die Stimme, »kannst du mir sagen, was für ein Ungeheuer das war? Tatsächlich ein Dämon?«

Andrej zuckte mit den Schultern. »Ich glaube nicht an Dämonen«, sagte er. »Außer an solche in Menschengestalt.«

»Dann habe ich mir das wahrscheinlich alles nur eingebildet«, sagte Abu Dun spöttisch. »Genauso wie ich mir einbilde, dass deine Hände zittern.«

»Das kommt daher, dass ich sie kaum noch daran

hindern kann, sich um deinen Hals zu legen«, antwortete Andrej ruppig. »Halt endlich den Mund.«

»Wie Ihr befehlt, Sahib«, kam die spöttische Antwort.

Andrej schluckte im letzten Moment die scharfe Antwort hinunter, die ihm auf der Zunge lag. Jetzt war wirklich nicht der Moment, um einen Streit anzuzetteln. Andrej hatte sich stets geweigert, an die Existenz von Dämonen zu glauben. Aber er hatte sich auch stets geweigert, an die Existenz von Ungeheuern zu glauben – und er hatte gerade mit Mühe und Not die Begegnung mit einem jener Ungeheuer überlebt, deren Existenz er bezweifelte.

»Da kommt jemand«, zischte Abu Dun. Und fügte hinzu: »Birger. Er ist allein. Nein, doch nicht.« Er stemmte sich ein Stück in die Höhe und winkte Birger und seinem Begleiter zu. Andrej sah den beiden schemenhaften Gestalten erstaunt entgegen – wieso hatte Abu Dun sie eigentlich vor ihm entdeckt? –, ehe er sich wieder auf die dunkleren Umrisse dahinter konzentrierte.

Viel gab es indes nicht zu sehen. Das Kloster hob sich kaum gegen die Dunkelheit ab, und von dem Dorf, von dem Birger gesprochen hatte, war überhaupt nichts zu erkennen. Die Finsternis dort drüben schien allumfassend, als sauge etwas das ohnehin spärliche Licht auf.

Andrej fuhr sich mit der Hand über die Augen. Abu Dun hatte Recht. *Er* war es, mit dem etwas nicht stimmte.

»Wenn wir wieder einmal unterschiedlicher Meinung über eine Abmachung sind, Pirat«, sagte er, »dann schlag mich einfach nieder und binde mich auf mein Pferd.«

»Mein Wort darauf, Hexenmeister«, knurrte Abu Dun.

Birger und sein Begleiter näherten sich ihrem Aufenthaltsort, und als sie ihn erreicht hatten, ließen sie sich lautlos neben ihnen nieder. Noch bevor Birger etwas sagen konnte, fragte Abu Dun misstrauisch:

»Wo ist der Dritte von euch?«

»Stefan hält auf der anderen Seite des Passes Wache«, antwortete Birger so rasch, als hätte er diese Frage erwartet. »Damit wir keine unliebsamen Überraschungen erleben.«

»Wie umsichtig«, spottete Abu Dun. »Ich beginne mich zu fragen, wozu du uns überhaupt brauchst.«

Birger runzelte verärgert die Stirn, zwang sich aber dann zu einem verkniffenen Lächeln. »Im Dorf ist alles ruhig. Alle schlafen. Dasselbe gilt für das Kloster. Es gibt eine Wache am Tor, aber es dürfte Euch nicht schwerfallen, sie auszuschalten.«

»Uns?«, wiederholte Abu Dun fragend. Er machte eine Geste, die ihn selbst, Andrej und auch Birger einschloss. »Du meinst sicher *uns* alle?«

»Weiter als bis hier gehe ich nicht«, entgegnete Birger.

»Das war nicht vereinbart!«

»Ich wäre nur eine Last für Euch« Birger blieb beharrlich. »Der Weg in den Kerker ist nicht zu verfehlen. Gleich hinter dem Tor steht ein kleines Gebäude ohne Fenster. Darin befindet sich die Treppe nach unten. Es ist sicher verschlossen, aber die Wache am Tor hat einen Schlüssel.«

»Du kennst dich ziemlich gut aus«, stellte Abu Dun misstrauisch fest.

»Ich habe einen der Kerle gefangen, die bei dem Überfall dabei waren«, antwortete Birger ungerührt. »Im vergangenen Frühjahr, als ich noch auf Vergeltung aus war. Er war sehr redselig, aber es hat ihm nichts genützt. Die Treppe führt direkt ins Verlies hinunter. Wahrscheinlich gibt es dort unten eine weitere Wache, vielleicht auch mehr. Ihr müsst vorsichtig sein.«

Abu Dun wollte auffahren, aber Andrej legte ihm rasch und beschwichtigend die Hand auf den Unterarm. »Lass gut sein, Abu Dun. Es stimmt. Er wäre nur eine Last für uns, vor allem, wenn wir schnell fliehen müssen. Wie erkennen wir deine Tochter?«

»Ihr Name ist Imret«, antwortete Birger. »Sie ist zwölf Jahre alt und hat blondes Haar, fein wie Seide und lang bis auf den Rücken.«

»Du meinst, das hatte sie, als du sie das letzte Mal gesehen hast«, sagte Abu Dun.

Das Gesicht des Dörflers verfinsterte sich. Andrej wünschte sich, Abu Dun hätte sich etwas vorsichtiger ausgedrückt.

»Sie hat ein kleines Muttermal auf der linken Wange«, ergänzte Birger. »Ihr werdet sie erkennen. Sie ist das schönste Mädchen, das Ihr je gesehen habt.«

»Gut«, sagte Andrej, bevor Abu Dun Gelegenheit fand, Birger noch weiter zu quälen. »Das wird wohl reichen. Ihr wartet hier. Wenn irgendetwas geschieht, das Euch nicht geheuer vorkommt, dann bringt Euch in Sicherheit. Wir finden Euch schon.«

Er stand auf und huschte geduckt dem Schatten des

Klosters entgegen. Abu Dun folgte ihm in geringem Abstand, aber schon bald liefen sie nebeneinander her, und als sie sich dem Eingang des Klosters näherten, übernahm der Nubier die Führung, bis er plötzlich stehen blieb, sich auf ein Knie herabsinken ließ und warnend die linke Hand hob. Die andere hatte er auf den Schwertgriff gelegt, die Waffe aber noch nicht gezogen; wohl damit sich kein verirrter Lichtstrahl auf dem Metall des Krummsäbels brach und sie verriet.

»Dort vorne!«, zischte er.

Andrej starrte aufmerksam in die Richtung, in die Abu Dun wies. Erst nach einem Moment sah er den gedrungenen Schatten, der lässig an der Wand neben dem Tor lehnte. Abu Dun hatte den Mann vor ihm entdeckt.

Andrej ging mit schnellen Schritten an ihm vorbei, duckte sich noch tiefer und zog sein Schwert, als er noch zwei Schritte von dem Wächter entfernt war. Der Mann schrak aus seinem Halbschlaf auf, aber es war zu spät. Andrej schlug ihm den Schwertknauf unter das Kinn, und der Schädel des Mannes prallte mit einem knirschenden Laut gegen die Wand. Reglos sank er daran zu Boden, und Andrej winkte Abu Dun heran, ehe er neben dem Posten niederkniete und nach seinem Puls fühlte. Er lebte noch. Gut.

»Andrej! Pass auf!«

Abu Dun hatte seine Warnung laut gerufen. Andrej schrak zusammen und fuhr herum, und aus der Wand über ihm sprühten Funken, als eine Schwertklinge dagegenschlug. Andrej reagierte instinktiv und endlich wieder so schnell, wie er es gewohnt war: Er ließ sich zurückfallen und stieß zugleich das Schwert schräg nach oben. Noch während er mit einer fließenden Bewegung wieder auf die Füße kam, brach der Mann gurgelnd zusammen. Er starb, noch bevor sein Körper den Boden berührte.

»Alles in Ordnung?« Abu Dun kam schwer atmend neben ihm an. »Bist du verletzt?«

Andrej schüttelte benommen den Kopf. »Zwei«, murmelte er. »Es waren zwei Wächter.«

»Birger wird uns eine Menge erklären müssen«, grollte Abu Dun. »Hoffentlich stimmt der Rest seiner Beschreibungen. Aber ich glaube, niemand hat etwas gehört. Wir haben Glück gehabt.«

Zwei!, dachte Andrej. Ein eisiger Schauer lief auf dünnen Spinnenbeinen sein Rückgrat hinab. *Es waren zwei Wächter gewesen!* Aber wieso hatte er den zweiten Mann nicht bemerkt? Er hätte ihn riechen müssen, lange bevor er aufgetaucht war!

Großer Gott, er hätte seinen Herzschlag hören müssen, so nahe, wie er ihm gekommen war!

»Ist wirklich alles in Ordnung mit dir?«, fragte Abu Dun nun leise, aber sehr besorgt.

»Verdammt noch mal, ja!«, schnappte Andrej. »Ich warte nur darauf, dass sämtliche Klosterbewohner angestürmt kommen. Laut genug geschrien hast du ja.«

»Du machst Fehler«, sagte Abu Dun. »Aber das passiert dir sonst nie. Nicht solche Fehler.«

»Ich bin unruhig«, antwortete Andrej fahrig. »Lass uns weitergehen. Wir haben nicht sehr viel Zeit.«

»Aber diesmal gehe ich voraus«, antwortete Abu Dun.

Er ging los, ohne Andrejs Antwort abzuwarten, und trat geduckt durch die offen stehende Pforte, die in einen der großen Torflügel eingelassen war. Andrej folgte ihm. Der kurze Torgang war vollkommen dunkel, und auch der dahinterliegende Hof lag völlig unbeleuchtet da. In dem wuchtigen Geviert, das den Hof einrahmte, brannte nicht ein einziges Licht, und es war vollkommen still.

Andrej spürte etwas. Etwas Altes und Wohlvertrautes, vor dem er trotzdem zurückschrak wie eine Hand vor glühendem Eisen. Etwas regte sich in ihm. Zuallererst glaubte er, es wäre noch immer die Schwärze, die nach dem Wechsel am Grunde seiner Seele zurückgeblieben war, aber das stimmte nicht. Es war nichts Fremdes, sondern etwas, das immer Teil seiner selbst gewesen war, auch wenn er es bisher mühsam unterdrückt hatte.

Gier.

Er spürte eine noch sachte, aber rasch stärker werdende Gier, ziellosen Hunger, der sich langsam in ihm auszubreiten begann, bald aber schon zu einem unerträglichen Brennen und Wühlen ansteigen würde.

»Dort vorne. Das muss der Eingang sein. Wenigstens was das betrifft, scheint Birger die Wahrheit gesagt zu haben.«

Andrej hatte Mühe, Abu Duns Worten zu folgen. Er zitterte am ganzen Leib. Kalter Schweiß bedeckte seine Stirn, und es fiel ihm zunehmend schwer, auch nur das Schwert festzuhalten. Von der Klinge tropfte noch das Blut des Posten, den er erschlagen hatte, und sein Geruch schien immer intensiver zu werden.

Ohne eine Antwort abzuwarten, schlich Abu Dun weiter und verschmolz nach wenigen Schritten mit dem Schatten des Treppenhauses. Andrej folgte ihm erst, als er das Geräusch der Tür hörte und ein roter Schimmer auf den Hof fiel.

Hinter der Tür, die so niedrig war, dass nicht nur Abu Dun, sondern auch er selbst sich bücken musste, um die Schwelle zu passieren, führte eine schmale, sehr steile Treppe in die Tiefe. An ihrem unteren Ende flackerte rotes Licht. Brandgeruch schlug ihnen entgegen, vermischt mit den unverwechselbaren Ausdünstungen eines Kerkers: Blut und eingetrocknete Exkremente, saurer Angstschweiß und der Odem unendlichen Leides, von dem dieser Ort so viel aufgesogen zu haben schien, dass es zu einem festen Bestandteil seiner Wände geworden war. Etwas in Andrej schrak vor diesem Geruch zurück, aber etwas anderes, Schreckliches schien zu jubilieren und dieses teuflische Gemisch einzuatmen und sich daran zu laben wie an einem Becher uraltem köstlichem Wein. Es kostete ihn fühlbare Anstrengung, dem Nubier in die Tiefe zu folgen.

Die Treppe endete in einem winzigen halbrunden Raum, von dem zwei Gittertüren abzweigten, die in finstere Gänge mit niedrigen gewölbten Decken führten. Am Ende des einen flackerte das rote Licht, dessen Schimmer sie schon gesehen hatten, am Ende des anderen herrschte vollkommene Dunkelheit.

»Von zwei Gängen hat er nichts gesagt«, flüsterte Abu Dun. Er sah Andrej fragend an, aber der konnte nur mit einem Schulterzucken antworten. Noch am Morgen hätte er Abu Dun sagen können, wie viele

Männer sich am Ende des jeweiligen Ganges befanden, womit sie beschäftigt waren und wie viele Gefangene es in den Zellen hier unten gab. Jetzt sah und hörte er nicht mehr als der Nubier, vielleicht sogar weniger.

»Wir können immer noch umkehren«, sagte Abu Dun.

»Wir können auch hier stehen bleiben und zaudern, bis jemand kommt und uns einen Stuhl und einen Becher Wein bringt.« Andrejs Stimme klang zornig. Auch das war … nicht in Ordnung. Abu Dun und er stritten oft, aber meistens waren es nur halb scherzhafte Auseinandersetzungen. Er war selten *wirklich* ungeduldig. Etwas geschah mit ihm. Er wusste noch immer nicht genau was, aber es machte ihm Angst.

Große Angst.

Abu Dun legte die Hand auf das in den dunklen Gang führende Gitter. Es schwang mit einem leisen Quietschen der eisernen Angeln auf, die lange Zeit nicht mehr benutzt worden waren. Sofort zog Abu Dun die Hand zurück und versuchte sein Glück bei der anderen Tür. Auch sie ließ sich öffnen, aber deutlich leiser als die andere. Abu Dun schob sie gerade weit genug auf, um seine breiten Schultern hindurchzwängen zu können, steckte das Schwert ein und huschte lautlos den Gang hinab.

Andrej folgte ihm, allerdings langsamer und somit in allmählich größer werdendem Abstand. Anders als Abu Dun hatte er das Schwert nicht eingesteckt. Der Blutgeruch, den die Klinge verströmte, schien immer stärker zu werden, und im gleichen Maße nahm der Hunger zu, der in seinen Eingeweiden wühlte.

Nachdem er die halbe Wegstrecke bis zum Ende des Ganges zurückgelegt hatte, blieb Abu Dun stehen und sah durch die vergitterte Sichtluke einer der zahlreichen Türen, die sich in der rechten Tunnelwand befanden. Lange stand er reglos da. Sein Gesicht war vollkommen ausdruckslos. An seiner verkrampften Haltung erkannte Andrej, dass irgendetwas in der Zelle seinen Blick bannte. Als er neben ihm angelangt war, ging er weiter und gab den Platz für Andrej frei.

Die Zelle, in die er blickte, war fensterlos, aber so klein, dass selbst das wenige Licht, das durch die vergitterte Luke fiel, ausreichte, um sie zu erhellen. An der Wand, auf die Andrej blickte, lehnte ein schon halb mumifizierter Leichnam; der angekettete Körper eines nackten Mannes, der zweifellos schon zu Lebzeiten in diese qualvolle Haltung gezwungen worden war. Der Mann war offenbar verhungert.

Schaudernd wandte sich Andrej ab. Abu Dun war am sichtbaren Ende des Ganges stehen geblieben und lugte vorsichtig um die Biegung. Die rechte Hand hatte er wieder auf das Schwert gelegt, die andere hatte er zu einer mahnenden Geste in Andrejs Richtung erhoben. Es gab nun keinen Zweifel mehr daran, wer die Führung übernommen hatte. Abu Dun wirkte auf Andrej wie ein Riese, ein schwarzer Gigant, den nichts in Gefahr bringen oder erschüttern konnte – aber zugleich auch verwundbar, so zerbrechlich und voller verlockendem Leben, warm und pulsierend, und …

Andrej blieb stehen und presste die Lider so fest aufeinander, dass bunte Lichtblitze vor seinen Augen tanzten. Seine Hand, die das Schwert hielt, zitterte. Nur mit äußerster Mühe gelang es ihm, die mörderische Gier niederzuringen und das Schwert wieder in die Scheide zu schieben. Der Blutgeruch nahm nicht ab. Er schien ganz im Gegenteil noch stärker zu werden, so, als könne er nun nicht mehr nur das Blut auf der Klinge, sondern auch das in Abu Duns Adern riechen.

»Zwei«, flüsterte Abu Dun. »Es sind zwei.« Er deutete auf die beiden Männer, die nur wenige Schritte hinter der Gangbiegung standen und sich mit gedämpften Stimmen unterhielten. »Bleib zurück. Ich erledige das.«

Er zog das Schwert und huschte los, in einer schnellen, fließenden Bewegung. Trotz seiner Größe bewegte er sich fast vollkommen lautlos.

Die beiden Wachposten konnten nicht den geringsten Widerstand leisten. Abu Dun kam über sie wie der Zorn Gottes. Noch bevor einer von ihnen auch nur einen Warnschrei ausstoßen konnte, packte Abu Dun den ersten, wirbelte ihn herum und stieß ihn in Andrejs Richtung. Den anderen ergriff er und schmetterte ihn mit solcher Wucht gegen die Wand, dass der Mann augenblicklich das Bewusstsein verlor.

Andrej fing den anderen Soldaten auf, schlug ihm hart mit dem Handrücken gegen den Kehlkopf, um seinen Schrei zu unterdrücken, und warf ihn dann ebenfalls gegen die Wand; ein hundertfach geübtes Vorgehen, das sie in ihrer gemeinsamen Zeit als Söldner unzählige Male mit Erfolg durchexerziert hatten. Der Mann, unfähig zu schreien, prallte mit dem Kopf gegen die Wand, verdrehte die Augen und begann zusammenzubrechen. Andrej fing ihn auf, um ihn zu Boden sinken zu lassen; nicht nur aus Barmherzigkeit, sondern auch, damit er kein unnötiges Geräusch verursachte.

Der Mann lebte und war vermutlich nicht einmal schwer verletzt, aber er hatte sich eine Platzwunde an der Schläfe zugezogen. Blut lief über sein Gesicht, und dieser Anblick veränderte alles.

Andrej ließ den Mann nicht los. Einen Moment lang erstarrte er, dann gruben sich seine Hände tiefer in den Hals des Bewusstlosen. Statt ihn zu Boden zu schleudern, riss er ihn wieder in die Höhe und rammte ihn mit solcher Wucht gegen die Wand, dass sein Hinterkopf noch einmal und mit deutlich mehr Gewalt gegen den rauen Stein stieß. Obgleich er ohnmächtig war, stöhnte er halb laut, und die Platzwunde an seiner Schläfe begann stärker zu bluten. Süßes, warmes Blut lief über sein Gesicht, lebendig und voller pulsierender Energie.

Andrejs Gier wurde übermächtig: ein Hunger, der zu schierer Qual explodierte und den er stillen musste, *jetzt.*

Wimmernd vor Begierde drückte er den Kopf des wehrlosen Mannes nach hinten, hob die andere Hand und krümmte die Finger zu einer tödlichen Klaue, um ihm die Kehle aufzureißen.

Eine riesige Pranke schloss sich um sein Handgelenk und riss ihn mit solcher Gewalt zurück, dass er glaubte, das Gelenk würde aus der Schulter gezerrt. Andrej schrie vor Schmerz auf, riss sich los und fuhr mit kampfbereit erhobenen Händen herum.

Abu Dun schlug ihm die Faust unter das Kinn, und seine Knie wurden weich und gaben unter dem Gewicht seines Körpers nach. Sein Mund füllte sich mit Blut – seinem eigenen –, und alles um ihn herum begann sich zu drehen. Dann fegte lodernde rote Wut Schmerz und Schwäche davon, und er sprang mit einem Knurren auf die Füße.

Abu Dun versetzte ihm eine schallende Ohrfeige, die bunte Sterne vor seinen Augen explodieren ließ. Andrej taumelte, und Abu Dun versetzte ihm eine zweite, noch heftigere Maulschelle, die ihn endgültig in die Knie zwang. Seine Glieder begannen haltlos zu zittern, und mit einem Male fühlte er sich nur noch schwach. Er sank nach vorne, versuchte vergebens, den Sturz abzufangen, und schlug schwer mit dem Gesicht auf den rauen Boden auf.

Auch jetzt verlor er nicht das Bewusstsein, aber es verging lange Zeit, bis er die Gewalt über seinen Körper zurückerlangt hatte. Mühsam stemmte er sich in die Höhe, öffnete die Augen und sah direkt in Abu Duns finsteres Gesicht.

»Hast du dich wieder in der Gewalt?«, fragte der Nubier.

Andrej nickte. Bevor er antwortete, tastete er mit spitzen Fingern seinen Unterkiefer ab, wie um sich davon zu überzeugen, dass er noch an Ort und Stelle war.

»Was war los?«, fragte Abu Dun.

»Ich …« Andrej blickte schaudernd zu dem reglosen Körper auf der anderen Seite des Ganges hinüber. »Ich weiß es nicht.«

»Aber jetzt ist es vorbei?«

Andrej lauschte einen Moment in sich hinein. Da war noch immer etwas Fremdes und Furchteinflößendes in ihm, aber die grauenhafte Gier war erloschen. Er nickte. »Ja. Ich weiß nicht, was …«

»Das ist jetzt unwichtig.« Abu Dun streckte die Hand aus, um ihm auf die Füße zu helfen. »Du wirst es mir später erklären. Jetzt müssen wir weiter. Ich habe das Mädchen gefunden.«

»Bist du sicher, dass es das richtige ist?«, fragte Andrej. Er stand unsicher auf seinen Füßen. Abu Dun ließ seine Hand los, und im ersten Moment wurde ihm schwindelig, als hätte der Nubier damit auch zugleich eine unsichtbare Verbindung gelöst, über die er ihm Kraft gespendet hatte.

»Die Auswahl ist nicht besonders groß«, sagte Abu Dun. »Bist du sicher, dass du sie mitnehmen willst?«

»Wieso?«

Statt zu antworten, drehte Abu Dun sich herum und steuerte eine der niedrigen Türen an, die auch diesen Gang säumten. Andrej folgte ihm mit schleppenden Schritten. Er hatte das Gefühl, Fieber zu bekommen. Es fiel ihm schwer, sich zu bewegen. Als er neben Abu Dun ankam, hatte er fast vergessen, was der Nubier zu ihm gesagt hatte.

Dabei wusste er längst, was mit ihm geschah, aber er weigerte sich, es hinzunehmen. Nicht nur, weil er Angst davor hatte, sondern weil es allem widersprach, woran er je geglaubt hatte.

Abu Dun hatte bisher an der kleinen Sichtluke gestanden, die es auch in dieser Tür gab. Jetzt trat er zur Seite, um den Platz für Andrej freizugeben.

Auch diese Zelle war winzig; kaum größer als ein Alkoven. Das Mädchen stand nackt und auf die gleiche qualvolle Weise aufrecht an die Wand gekettet wie der Tote, den sie vorhin gefunden hatten, der Tür gegenüber und schien zu schlafen. Als Andrej es sah, fuhr er zusammen wie unter einem Peitschenhieb.

Das Mädchen bot einen Grauen erregenden Anblick. Birger hatte gesagt, dass seine Tochter zwölf Jahre alt wäre, doch Andrej konnte erkennen, dass sie körperlich bereits zu einer Frau herangewachsen war. Ihr Körper war mit unzähligen Striemen, Narben und erst halb verschorften Wunden übersät; Spuren von Peitschenhieben und anderen bestialischen Dingen, die man ihr angetan hatte. Ihre Handgelenke waren unförmig angeschwollen und zu dick vereiterten Wunden geworden, weil sie seit Tagen und Wochen (*Wochen?* dachte Andrej schaudernd. Großer Gott – möglicherweise seit *zwei Jahren*!) mit hoch über den Kopf erhobenen Armen an die Wand gekettet waren. Sie stand fast knöcheltief in ihrem eigenen Schmutz. Selbst hier draußen war der Gestank, der Andrej entgegenschlug, fast unerträglich.

»Diese Teufel!«, grollte Abu Dun. »Sie nennen sich Christen? Bei Allah, für mich sind sie nicht einmal Menschen! Tritt zurück!«

Andrej gehorchte. Abu Dun machte sich nicht die Mühe, einen der bewusstlosen Wächter nach dem Schlüssel zu durchsuchen. Er trat mit solcher Wucht gegen den Riegel, dass dieser zerbarst. Wütend zerrte er die Tür auf, trat in die Zelle und schwang seinen Säbel. Er musste zwei-, dreimal zuschlagen, bevor es ihm gelang, eines der Kettenglieder zu zersprengen, die von Imrets Handgelenken zu einem eisernen Ring hoch oben in der Wand hinaufführten. Dann aber sackte das Mädchen so plötzlich in sich zusammen, dass Abu Dun sie nur mit Mühe und Not auffangen konnte. Sein Schwert klirrte zu Boden. Andrej wartete, bis er die Zelle mit dem Mädchen auf dem Arm verlassen hatte, dann bückte er sich und hob die Klinge auf.

Abu Dun schüttelte den Kopf, als Andrej das Schwert in seinen Gürtel schob und ihm das bewusstlose Mädchen abnehmen wollte.

»Geh voraus«, sagte er knapp.

Andrej drehte sich gehorsam um und eilte voraus, aber erst, nachdem er Imret noch einen Herzschlag lang betrachtet hatte. Der Anblick erfüllte ihn mit einer rasenden Wut. Das Mädchen war abgemagert bis auf die Knochen, war fast so groß wie er, und es gab kaum eine Stelle an seinem Körper, die nicht von Narben oder frischen Wunden bedeckt war. Er wünschte sich nichts mehr als Vergeltung für das, was diesem unschuldigen Kind angetan worden war.

Sein Wunsch sollte sich rasch erfüllen.

Sie hatten den Gang hinter sich gelassen, und Andrej näherte sich der Treppe, als oben auf dem Hof ein gellender Schrei ertönte. Der Laut drang nur gedämpft zu ihnen vor, aber Andrej hatte derartige Schreie zu oft gehört, um nicht sofort zu wissen, dass die beiden Wachen gefunden worden waren.

»Verdammt!«, fluchte Abu Dun. »Das hätte nicht passieren dürfen! *Lauf!*«

Andrej stürmte gehorsam los, aber er war nicht schnell genug. Jede Stufe kostete ihn Anstrengung, es war, als müsse er seinen Körper zu jeder noch so winzigen Bewegung mühsam zwingen. Was immer das Ungeheuer ihm angetan hatte, es wirkte schnell.

Sie stürmten auf den Hof hinaus, der nicht mehr dunkel und still war. Hinter mehreren Fenstern flackerte rotes Licht, und Andrej hörte mindestens ein Dutzend Stimmen, die aufgeregt durcheinanderriefen. Das Torgewölbe war von Fackellicht erfüllt, und auch aus der entgegengesetzten Richtung näherten sich ihnen rennende Gestalten, die heftig zuckende Fackeln schwenkten. Metall blitzte. Jemand schrie das Wort *Alarm!*

Andrej schluckte, wirbelte herum und lief mit Riesenschritten auf den Ausgang zu, doch noch bevor er das gemauerte Gewölbe erreicht hatte, traten ihm gleich vier Männer entgegen. Drei von ihnen trugen die gleichen Uniformen wie die Männer, denen sie bereits begegnet waren, der vierte ein einfaches Priestergewand.

Andrej riss seine Klinge in die Höhe und empfing den ersten mit einem Schwerthieb, der ihn hätte enthaupten müssen. Aber der Hieb war zu langsam, schlecht gezielt und mit viel zu wenig Kraft geführt. Es gelang dem Mann, sein eigenes Schwert hochzureißen und Andrejs Hieb den größten Teil seiner Wucht zu nehmen. Zwar reichte die Kraft immer noch, ihm das Schwert aus der Hand zu schlagen und ihn rücklings gegen die Wand zu schmettern, aber er war nicht einmal verletzt.

Und seine beiden Begleiter bewiesen, dass sie keine verkleideten Bauern waren, die mit Mühe und Not wussten, an welchem Ende sie ein Schwert anfassen mussten, sondern gut ausgebildete Soldaten, die ihr Handwerk verstanden. Während der Mann im Priestergewand hastig ein paar Schritte zurückwich, um sich in Sicherheit zu bringen, zogen sie ihre Waffen und bewegten sich auseinander, wohl um Andrej von zwei Seiten zugleich attackieren zu können, und auch ihr Kamerad schüttelte benommen den Kopf und sah sich bereits wieder nach dem Schwert um, das er fallen gelassen hatte.

Andrej hätte nur einen Augenblick brauchen dürfen, um mit den drei Männern fertig zu werden. Aber er war krank. Die Welt verschwamm immer wieder vor seinen Augen, und das Schwert in seiner rechten Hand schien einen Zentner zu wiegen. Aus dem Augenwinkel sah er, dass weitere Männer heranstürmten.

Nur mit Mühe gelang es ihm, den Schwerthieb eines der Männer abzuwehren; dem des anderen entging er um Haaresbreite. Und hätte Abu Dun ihm nicht beigestanden, dann wäre es bereits im nächsten Augenblick um ihn geschehen gewesen.

Der Nubier stürmte heran wie der Leibhaftige, ein schwarzer Riese, der wie ein Wirbelwind zwischen die Männer fuhr. Den Soldaten, den Andrej entwaffnet hatte, rannte er kurzerhand über den Haufen, gerade als sich dieser nach seinem Schwert bücken wollte, einen zweiten fegte er mit einem fürchterlichen Fußtritt von den Beinen. Der dritte zögerte einen winzigen Moment, welchem der beiden Gegner er sich zuwenden sollte, und seine Unentschlossenheit kostete ihn das Leben. Andrej rammte ihm das Schwert in den Leib und stolperte weiter und auf den Priester zu, noch während der Soldat sterbend zusammenbrach.

Für den Bruchteil einer Sekunde begegneten sich ihre Blicke, und trotz seiner Schwäche und des Fiebers, das immer heißer und qualvoller in ihm brannte, registrierte er, wie erstaunlich jung der Priester noch war und wie vollkommen anders, als er ihn sich vorgestellt hatte. Nicht der grausame Folterknecht, den er erwartet hatte, sondern ein offenes Gesicht mit klaren blauen Augen, in denen maßlose Verwirrung und allmählich aufkeimender Schrecken zu lesen waren, blickte ihn an.

Andrej verscheuchte den Gedanken und stach mit dem Schwert nach ihm. Der Geistliche machte einen hastigen Schritt zur Seite, und die Klinge verfehlte ihn und scharrte Funken sprühend über die Wand.

Bevor Andrej zu einem weiteren Hieb ausholen konnte, versetzte Abu Dun ihm an seiner statt einen Stoß, der seinen Gegner haltlos in das Torgewölbe und auf der anderen Seite wieder herausstolpern ließ. Er fiel auf die Knie, rappelte sich mühsam wieder hoch und wollte sich herumdrehen.

Hinter ihnen polterten die Schritte der Verfolger über den gepflasterten Innenhof der Klosterfestung. Schreie gellten, und flackerndes rotes Licht fiel durch das offen stehende Tor.

»Nimm sie!« Ohne eine Antwort abzuwarten, drückte ihm Abu Dun das bewusstlose Mädchen in die Arme und wirbelte herum. »Ich halte sie auf! Renn!«

Andrej taumelte blind los. Er wusste nicht mehr, was er tat oder warum er es tat. Er führte einfach Abu Duns Befehl aus. Aber er war nicht einmal sicher, ob seine Kraft dafür reichen würden. Das reglose Mädchen wog Tonnen. Sein Gewicht drohte ihn aus dem Gleichgewicht zu bringen und zu Boden zu ziehen. Er brauchte all seine Kraft, um auch nur einen Fuß vor den anderen zu setzen und in die Richtung zu taumeln, in der er Birger vermutete.

Hinter sich hörte er Schreie und das vertraute Klirren von Metall. Als er den Kopf drehte, bot sich ihm ein fast unheimlicher Anblick: Abu Dun stand vor dem weit geöffneten Tor und kämpfte mit zwei Schwertern gleichzeitig. Mindestens ein halbes Dutzend Krieger bedrängte ihn, beschienen vom flackernden roten Licht der Fackeln, das durch das Tor herausfiel. Er sah aus wie ein Dämon, der das Tor zur Hölle bewachte.

Abu Dun war ein Furcht einflößender Gegner, aber diese Übermacht war zu gewaltig, selbst für ihn. Er würde unterliegen.

Andrej verbrauchte seine letzten Kräfte, um weiterzustolpern. Die wenigen ärmlichen Hütten, die sich im Schutze der Klosterfestung aneinanderdrängten wie eine Horde verängstigter Tiere, die den Wolf gewittert hatten, blieben hinter ihm zurück, und er wankte den Hügel hinauf.

Als er ihn überschritten hatte, tauchten wie aus dem Nichts zwei schattenhafte Gestalten vor ihm auf: Birger und einer der beiden Brüder; von dem anderen war noch immer nichts zu sehen.

»*Imret!*« Birger war mit einem Satz bei ihm und

nahm ihm das bewusstlose Mädchen aus den Armen. Er sog entsetzt die Luft zwischen den Zähnen ein, als er sah, in welchem Zustand sie war.

»Sie lebt«, sagte Andrej schwach. Obwohl er vom Gewicht des Mädchens befreit war, taumelte er und wäre fast gestürzt. Er spürte, wie Stefan hinter ihn trat, vielleicht um ihn aufzufangen, sollte er tatsächlich fallen.

»Diese Teufel!«, keuchte Birger. »Was haben sie ihr angetan?!«

»Sie lebt«, murmelte Andrej schwach. »Sie ist ein starkes Kind. Sie wird durchkommen, ich bin sicher. Aber ich muss zurück. Abu Dun. Er hat … die Wachen aufgehalten. Ich muss … zu ihm.«

»Aber Euer heidnischer Freund ist doch längst tot«, sagte Birger. Etwas an diesen Worten war … seltsam. Andrej sah auf. Birger starrte ihn aus brennenden Augen an. Er grinste, aber es war kein menschliches Grinsen.

»Ihr werdet ihn trotzdem wieder sehen, keine Sorge«, fuhr Birger fort. »Schon bald.«

Andrej bemerkte eine Bewegung hinter sich, und er wusste, was sie zu bedeuten hatte, aber er war nicht mehr in der Lage, sie abzuwehren. Er spürte noch den grausamen Schmerz, als Stefan ihm den Dolch in den Rücken stieß.

Dann nichts mehr.

6

Es folgte eine Zeit der Qual, doch obwohl sie aus nichts anderem bestand als aus einem schieren Überlebenskampf, gepaart mit wüsten Fieberträumen, begriff er doch zweierlei: Er lebte noch, und er würde auch weiter am Leben bleiben, und er hatte anscheinend seine Unsterblichkeit verloren oder zumindest einen großen Teil davon eingebüßt. Was er nun erlebte – und vor allem erlitt –, war ihm nicht fremd. Er war unzählige Male verletzt worden, nur dass nun Tage, wenn nicht Wochen vergingen, während seine unglaubliche Wandlungsfähigkeit die Verletzungen sonst binnen weniger Augenblicke heilte.

Irgendwann erwachte er, fiebernd und in Schweiß gebadet und so schwach wie nie zuvor. Geräusche waren rings um ihn herum, Schritte und Stimmen und Gesichter, die sich über ihn beugten, Hände, die größtenteils unangenehme Dinge mit seinem Körper taten.

Er schlief wieder ein, erwachte wieder, schlief wieder ein und erwachte wieder, und irgendwann erwachte er endgültig.

Es war dunkel. Er lag auf dem Rücken auf einem harten Bett, und es war sehr kalt. Er wollte etwas sagen, aber sein Kehlkopf war wie ausgedörrt und fühlte sich an wie heißer Wüstensand. Irgendwo neben ihm brannte eine Kerze, aber ihr Licht reichte nicht wirklich aus, um Einzelheiten zu erkennen, sondern verwandelte die Schwärze nur in ein mattes Glühen aus Gelb und verschiedenen Brauntönen.

Er versuchte sich zu bewegen. Es gelang ihm nicht, aber der Versuch erzeugte eine andere Bewegung links neben ihm, in der Richtung, in der sich die Kerze befand. Etwas raschelte, dann nahm er einen noch dunkleren Schatten in der Dämmerung wahr. Ein Gesicht – es kam ihm seltsam vertraut vor, aber er wusste nicht wieso – beugte sich über ihn, helle und sehr klare Augen blickten mit eindeutiger Sorge auf ihn herab.

»Versucht nicht, Euch zu bewegen«, sagte der Fremde. »Ich bringe Euch Wasser.« Er löste sich in der falschen Dämmerung auf, ohne sich wirklich zu bewegen, und schien im gleichen Moment schon wieder zu erscheinen, einen aus Holz geschnitzten Becher in der einen und ein sauberes Tuch in der anderen Hand. Andrej hätte sein Leben für einen einzigen Schluck aus diesem Becher gegeben, auch wenn ihm erst bei seinem Anblick überhaupt klar wurde, wie durstig er war, aber der junge Mann tauchte nur einen Zipfel des Tuches hinein, beugte sich vor und betupfte seine Lippen. Sie waren so trocken, dass die Nässe im ersten Moment schmerzte, aber zugleich tat sie auch unglaublich gut.

Sein Wohltäter – er trug ein schlichtes dunkles Gewand, fast wie eine Mönchskutte – wartete, bis die wenigen Tropfen auf seinen Lippen versickert waren, dann wiederholte er die Prozedur noch einige Male, bis er endlich den Becher ansetzte und Andrej gestattete, einige wenige Schlucke zu trinken.

»Das genügt«, sagte er, während er den Becher absetzte. »Ich weiß, diese wenigen Schlucke reichen nicht, um Euren Durst zu löschen, aber mehr wäre nicht gut. Ihr würdet Euch wahrscheinlich erbrechen.«

Andrej wusste, dass er recht hatte, aber das machte die Qual nicht geringer. Er versuchte zu sprechen, doch es gelang ihm erst, nachdem er zum dritten oder vierten Mal dazu angesetzt hatte.

»Abu … Dun«, krächzte er. Die beiden Worte brannten wie Feuer in seiner Kehle.

»Versucht nicht zu reden«, sagte der Fremde. »Wenn Ihr Euren dunkelhäutigen Freund meint, er ist am Leben. Macht Euch keine Sorgen. Jetzt schlaft. Ihr habt das Schlimmste überstanden, aber Ihr habt viel Blut verloren und solltet mit Euren Kräften haushalten, wenn Ihr keinen Rückfall riskieren wollt. Also schlaft.«

Andrej gehorchte. Als er wieder erwachte, war die Kerze heruntergebrannt, aber es war trotzdem heller geworden. Graues Zwielicht erfüllte das Zimmer, und es war noch immer bitter kalt.

Er drehte mühsam den Kopf und erkannte eine schlanke Gestalt, die nach vorne gesunken auf einem Stuhl neben seinem Bett saß und schlief. Der junge Prediger, der ihm Wasser gegeben hatte. Es war derselbe Mann, den er nachts im Torgang beinahe erschlagen hätte.

Der Folterknecht.

Es fiel Andrej schwer, in diesem jungen Geistlichen mit den wachen Augen und der freundlichen Stimme eines der Monster zu sehen, die dem unschuldigen Kind all diese Gräueltaten angetan haben sollten. Immerhin schien er die ganze Nacht an seinem Krankenlager gewacht zu haben – wie seine Anwesenheit bewies.

Aber er hätte auch nicht vermutet, dass Birger ihm seine Hilfe dankte, indem er ihm ein Messer in den Rücken stoßen ließ.

Die Erinnerung ließ einen Schatten über sein Gesicht huschen. Birger … Wie hatte er sich nur so in diesem Mann täuschen können?

Vielleicht war die Frage auch falsch gestellt. Er hatte sich nicht wirklich in ihm getäuscht. Er hatte zumindest geahnt, dass mit Birger etwas nicht stimmte, und er hatte ganz tief in sich gespürt, dass er gefährlich war. Warum hatte er nicht auf seine innere Stimme gehört? Und wenn schon nicht auf sie, dann zumindest auf Abu Dun?

Mit dem Gedanken an den Nubier schlief er ein, und als er erwachte, hatte sich das Licht abermals verändert: Heller, sehr klarer Sonnenschein erfüllte das Zimmer. Es roch nach Schnee. Sein Wohltäter stand mit dem Rücken zu ihm vor einer Truhe an der gegenüberliegenden Wand und hantierte an etwas herum, das Andrej nicht erkennen konnte. Gedämpftes Glockengeläut drang durch das offen stehende Fenster herein, und irgendwo weit entfernt wieherte ein Pferd.

Andrej lauschte in sich hinein. Er fühlte sich noch immer sehr schwach, aber er hatte keine Schmerzen, und auch das Fieber war fort. Behutsam richtete er sich auf, schlug die dünne Decke zur Seite und stellte fest, dass er nicht ganz so nackt war, wie er sich unter der rauen Rosshaardecke gefühlt hatte: Ein enger Ring aus Metall schmiegte sich um sein rechtes Fußgelenk, an dem eine massiv wirkende Kette befestigt war. Als er daran zog, stellte er fest, dass ihm die Kette gerade genug Bewegungsfreiheit ließ, um aus dem Bett aufzustehen und zwei oder vielleicht auch drei Schritte zu tun.

»Versucht lieber nicht aufzustehen«, sagte der junge Priester. »Ihr mögt Euch vielleicht wieder kräftig fühlen, aber glaubt mir, Ihr seid es nicht.« Er drehte sich herum, lehnte sich gegen die Truhe und verschränkte die Arme vor der Brust.

»Habt Ihr jetzt ausgeschlafen, Andrej?«

Andrej stemmte sich auf die Ellbogen hoch und fuhr sich mit der Zungenspitze über die Lippen. Er versuchte nicht zu antworten, denn seine Kehle war so trocken, dass sie wehtat, aber der junge Priester verstand wohl auch so. Er füllte Wasser aus einem Krug in den geschnitzten Becher, den Andrej schon kannte, und reichte ihn ihm. Allerdings trat er nicht nahe genug an das Bett heran, um Andrej eine Möglichkeit zu geben, ihn überraschend zu packen.

Andrej nahm den Becher, trank einen gierigen Schluck und hustete qualvoll. Nachdem sich sein Atem einigermaßen beruhigt hatte, leerte er den Becher mit sehr viel vorsichtigeren kleinen Schlucken und leckte auch den letzten Tropfen mit der Zungenspitze von den Lippen. Sein Durst war keineswegs gestillt, aber seine Kehle brannte wenigstens nicht mehr wie Feuer.

»Danke«, sagte er, während er den Becher zurückgab. Er wäre fast vor dem Klang seiner eigenen Stimme erschrocken. »Woher kennt Ihr meinen Namen?«

»Von meinem Vater«, antwortete der Priester. »Ich bin Bruder Thobias. Wie fühlt Ihr Euch?«

»Besser«, antwortete Andrej – was zwar der Wahrheit entsprach, im Grunde aber so gut wie nichts besagte.

»Das freut mich«, antwortete Thobias. Es klang ehrlich. »Eine Weile sah es gar nicht gut um Euch aus. Der Mann hat Euer Herz nur knapp verfehlt. Ihr seid ein zäher Bursche.«

»Aber Ihr habt mich anscheinend auch gut gepflegt«, erwiderte Andrej mit einer Geste auf den straff angelegten weißen Verband um seine Brust. »Ich nehme an, ich soll in möglichst guter Verfassung sein, wenn Ihr mich auf die Folterbank spannt.«

Thobias Miene verfinsterte sich. »Ihr wart unten im Verlies«, sagte er. »Sagt, habt Ihr eine Folterbank gesehen oder irgendwelche anderen Marterwerkzeuge?«

»Ich habe die Zellen gesehen«, antwortete Andrej. »Und das Mädchen.«

»Ich weiß, was Ihr gesehen habt«, erwiderte Thobias ruhig. »Aber ich glaube, Ihr wisst nicht, was Ihr gesehen habt.« Er machte eine Geste, mit der er das Gespräch beendete. »Wir werden später noch Gelegenheit haben, darüber zu reden. Vielleicht. Jetzt solltet Ihr erst wieder zu Kräften kommen. Ich werde Euch eine kräftige Mahlzeit bringen. Ich nehme an, dass Ihr hungrig seid.«

»Eigentlich nicht«, antwortete Andrej. »Jedenfalls nicht sehr.«

»Das wundert mich«, sagte Thobias. »Immerhin habt Ihr zehn Tage lang nichts gegessen.«

»Zehn Tage?«, entfuhr es Andrej.

»Elf, den heutigen mitgerechnet«, entgegnete Thobias. »Ich sagte Euch doch, Eure Lage war sehr ernst. Einige Tage war ich nicht sicher, dass Ihr es schafft. Ich habe für Euch gebetet, und wie es aussieht, hat Gott meine Gebete erhört.« Er gab sich einen Ruck. »Aber nun hole ich Euch erst einmal etwas zu essen, und danach sollten wir Euch waschen und einigermaßen ansehnlich anziehen. Ihr müsst noch heute mit Vater Benedikt sprechen.«

Er sah Vater Benedikt an diesem Tag nicht mehr. Als Thobias nach wenigen Minuten mit der versprochenen Suppe zurückkam, fand er Andrej in tiefem, traumlosem Schlaf vor, aus dem er erst am nächsten Morgen wieder erwachte, halbwegs erfrischt, aber mit knurrendem Magen und so ausgehungert, dass er nicht nur die kalte Suppe vom vergangenen Abend herunterschlang, sondern anschließend noch fast einen ganzen Laib Brot und ein gutes Stück einer Speckseite, und dazu einen ganzen Krug des kalten, klaren Quellwassers trank. Vermutlich hätte er auch dann noch nicht aufgehört, hätte Thobias nicht lächelnd, aber unerbittlich den Kopf geschüttelt, als er ihn um mehr bat.

Stattdessen kam er mit Wasser, einem gewaltigen Stück Kernseife und frischen Tüchern, sodass Andrej sich reinigen konnte, was dringend notwendig war. Zehn Tage, in denen er fiebernd dagelegen hatte, forderten ihren Preis. Er stank kaum weniger schlimm als das Mädchen, das sie aus dem Kerker befreit hatten. Thobias trug nicht nur die schmutzigen Verbände, sondern auch seine Kleider und selbst das Bettzeug nach draußen, um es zu verbrennen. Bevor er ihm half, frische Kleider anzuziehen, bat er ihn, sich auf den Bauch zu legen, damit er sich die Wunde in seinem Rücken noch einmal ansehen konnte. Andrej gehorchte. Thobias betastete die Stichwunde zwischen seinen Schulterblättern mit kundigen Fingern und trug anschließend eine angenehm kühle, nach Kräutern riechende Salbe auf.

»Erstaunlich«, sagte er, während er einen frischen Verband anlegte. »Ich habe schon eine Menge schlimmer Verletzungen gesehen, aber selten einen Mann, der sich so schnell erholt. Die Wunde sieht aus, als wäre sie zwei Monate alt, nicht zwei Wochen. Gehen Eure Krankheiten ebenso schnell vorbei?«

»Ich weiß es nicht«, antwortete Andrej wahrheitsgemäß. »Ich war noch nie krank.«

»Niemals?«, fragte Thobias zweifelnd.

»Niemals.« Andrej griff nach dem Hemd, das Thobias ihm reichte, und schlüpfte hinein. Der Stoff war so grob, dass er auf der Haut scheuerte.

»Gott muss Euch wirklich lieben, mein Freund«, sagte Thobias kopfschüttelnd.

Gott hat damit wenig zu tun, dachte Andrej. *Ganz im Gegenteil. Wenn es ihn wirklich gibt, dann muss er mich ganz außergewöhnlich hassen. Und ich weiß nicht einmal, warum.*

Er sprach nichts von alledem aus, aber Thobias musste seine wahren Gefühle wohl gespürt haben. Er sagte nichts, aber sein Lächeln erlosch. »Vater Benedikt wird gleich hier sein«, sagte er. »Es wäre klug, wenn Ihr nicht darüber reden würdet.«

»Worüber?«

»Dass Ihr nie krank werdet«, antwortete Thobias. »Oder wie schnell Eure Wunden heilen. Vater Benedikt ist ein sehr strenggläubiger Katholik, der das falsch deuten könnte.«

Andrej war plötzlich auf der Hut. Thobias' Worte mochten Zufall sein, ebenso gut aber auch eine geschickte Falle, die er ihm stellte. Aber als er in seine Augen blickte, sah er keinerlei Hinterlist oder Tücke darin.

»Und Ihr?«, fragte er.

»Auch ich bin ein strenggläubiger Katholik, wenn ihr das meint«, antwortete Thobias. »Aber ich bin nicht wie viele hier. Ich glaube nicht, dass Satan es uns so leicht macht. Doch wie gesagt: Ihr solltet Vater Benedikt gegenüber vorsichtig mit dem sein, was Ihr redet. Und noch etwas.«

»Ja?«, fragte Andrej, als Thobias nicht sofort antwortete.

Thobias sah ihm in die Augen, aber sein Blick war nicht mehr so fest wie bisher. Andrej hatte das sichere Gefühl, dass ihm das, was er zu sagen hatte, nicht sehr angenehm war. Schließlich räusperte er sich und sagte: »Ich will ganz offen zu Euch sein, Andrej. Ich bin der Meinung, dass Ihr mir etwas schuldig seid.«

»Zum Beispiel?«, fragte Andrej.

»Zum Beispiel Euer Leben«, antwortete Thobias. »Die Wachen wollten Euch töten. Immerhin habt Ihr und Euer Kamerad fünf von ihnen erschlagen und fast alle anderen übel zugerichtet. Es hat mich meine ganze Überredungskunst gekostet, dass sie Euch *nicht* getötet oder einfach liegen gelassen haben – was auf das Gleiche hinausgelaufen wäre.«

»Und was erwartet Ihr nun von mir?«, wollte Andrej wissen.

Thobias räusperte sich, um seine Verlegenheit zu überspielen. »Vater Benedikt ist unser Abt«, sagte er, »aber er ist nur selten hier. In seiner Abwesenheit leite ich das Kloster, aber das ändert nichts daran, dass er das Sagen hat. Und er ist ein sehr harter Mann. Bedenkt man, womit wir es zu tun haben, so muss er das wohl sein.«

»Aha«, sagte Andrej. Er verstand immer weniger. »Und was wollt Ihr jetzt von mir? Nur zu: Ich weiß, dass ich nur noch lebe, weil Ihr es so wollt.«

»Bitte sagt ihm nicht, wer Euch geschickt hat und woher Ihr kommt«, sagte Thobias. »Niemand hier weiß, dass Birger Euer Auftraggeber ist und Ihr und Euer Freund aus Trentklamm gekommen seid.«

»Warum?«, fragte Andrej misstrauisch.

Thobias wich seinem Blick aus. Er wurde zunehmend unruhiger. »Die Menschen in Trentklamm sind aufrechte und gottesfürchtige Leute. Urteilt nicht über alle, nur weil einige von ihnen schlecht sind. Ich weiß, dass Ihr Birger hassen müsst, aber lasst nicht die Unschuldigen für ihn bezahlen.«

»Und?«, fragte Andrej.

»Vater Benedikt würde Trentklamm niederbrennen und jede lebende Seele dort auslöschen lassen, wüsste er, wer hinter dem Überfall steckt«, antwortete Thobias. »Ich habe bereits mit Eurem Freund gesprochen. Er ist einverstanden zu sagen, dass ihr von einem Fremden in einem Gasthaus einen halben Tagesritt westlich von hier angesprochen worden seid, das Mädchen für Geld zu befreien.«

»Abu Dun hat Euch das zugesagt?«, fragte Andrej zweifelnd.

»Zugesagt vielleicht nicht direkt«, gestand Thobias. »Aber ich habe mit ihm gesprochen, und er hat meinen Vorschlag zumindest nicht abgelehnt. Genau genommen hat er eigentlich gar nichts gesagt.«

»Ja, das klingt nach Abu Dun«, sagte Andrej. »Kann ich ihn sehen?«

»Vielleicht später«, antwortete Thobias. »Sobald Ihr mit Vater Benedikt gesprochen habt. Seid Ihr bereit dazu?«

»Warum nicht?«, fragte Andrej.

Thobias nickte knapp und ging. Ziemlich schnell. Beinahe ein wenig zu schnell, für Andrejs Empfinden. Der greise Abt entsprach Andrejs Vorstellungen von einem alt gewordenen, verbitterten Kirchenoberen. Er ähnelte Vater Ludowig, musste aber einige Jahre jünger sein und war besser genährt und auch deutlich gesünder, aber der Ausdruck von niemals versiegendem Misstrauen und einem tief eingebrannten Groll gegen die ganze Welt in seinen Augen war derselbe wie der in denen Ludowigs.

Er kam nicht allein, sondern in Begleitung zweier Soldaten, die rechts und links von ihm Aufstellung nahmen und die ganze Zeit über die Hände griffbereit auf den Waffen ruhen ließen; und das, obwohl Benedikt streng darauf achtete, nicht in Reichweite der Kette zu gelangen, mit der Andrej gefesselt war. Die

Männer wussten anscheinend, wie gefährlich er war. Andrej meinte einen von ihnen wiederzuerkennen, war aber nicht sicher. Seiner Erinnerung nach hätte der Kampf auf dem Hof auch zehn Jahre her sein können.

Vater Benedikt sah ihn lange und durchdringend an, ohne ein Wort zu sprechen. Sein Gesicht war wie Stein; eine zerfurchte Landschaft aus verästelten Runzeln und Falten, die so tief eingeschnitten waren wie Messernarben. Andrej versuchte in seinen Augen zu lesen, aber es gelang ihm nicht.

»Ihr seid also dieser Söldner«, sagte Vater Benedikt schließlich. Allein die Art, in der er das Wort Söldner aussprach, beantwortete eine Menge der Fragen, die sich Andrej noch gar nicht gestellt hatte.

»Ich bin kein Söldner, Benedikt«, antwortete Andrej.

»Wir ziehen die Anrede Durchlaucht vor, Andrej«, sagte Vater Benedikt. »Oder auch Vater.«

»Durchlaucht?« Andrej hob die Schultern. »Ganz, wie Ihr wünscht. Aber wir sind keine Söldner. Nicht in dem Sinne, in dem Ihr das Wort benutzt.«

In Vater Benedikts Augen blitzte es auf. Andrej wusste, dass er ein gefährliches Spiel spielte. Er durfte nicht den Fehler begehen, sich von Benedikts scheinbarer Würde und Gebrechlichkeit täuschen zu lassen. Vater Benedikt *war* wie Vater Ludowig – allerdings ein Vater Ludowig mit Macht und ziemlich wenig Skrupeln, diese Macht zu nutzen. Oder zu missbrauchen.

»Wie benutze ich es denn?«, fragte Vater Benedikt.

»Wir töten nicht für Geld«, antwortete Andrej.

»Dann nehme ich an, Ihr und Euer Muselmanenfreund habt die fünf tapferen Kameraden dieser Männer hier …«, er deutete auf die beiden Soldaten, »… nur aus reiner Freude am Töten erschlagen?«

Die Tür ging auf, und Thobias kam herein, was Andrej Bedenkzeit verschaffte, um über die Antwort auf die Frage nachzudenken. Er hatte den Eindruck, dass eine Menge davon abhing. Vielleicht sein Leben. Schließlich zog er es vor, gar nichts zu sagen.

»Ihr schweigt«, stellte Vater Benedikt fest. »Nun, das wird Euch nichts nützen, Andrej. Was sollte mich daran hindern, Euch auf der Stelle hinrichten zu lassen? Ich hätte das Recht dazu.«

Thobias hatte neben Benedikt Aufstellung genommen. Er schwieg, und er verzog auch keine Mine.

»Ihr seid ein Mann der Kirche«, antwortete Andrej. »Heißt es in Eurer Bibel nicht, du sollst nicht töten?«

»In *unserer* Bibel?« Vater Benedikt dachte einen Moment über diese Formulierung nach, und Andrej rief sich in Gedanken abermals zur Ordnung. Er durfte diesen alten Mann nicht unterschätzen. Und er sollte ihn erst recht nicht reizen.

»Wir wurden getäuscht, Durchlaucht«, sagte er. »Abu Dun und ich wussten nicht, dass dies hier ein Kloster ist.«

»Wofür habt Ihr es denn gehalten?«, erkundigte sich Vater Benedikt.

»Wir trafen einen Mann, einen Tagesritt westlich von hier«, begann Andrej. »Er erzählte uns, dass er und seine Familie von Räubern überfallen worden seien, die seine Tochter entführt hätten. Er hat uns um Hilfe gebeten.«

»Und selbstlos, wie Ihr seid, habt Ihr dieser Bitte natürlich sofort entsprochen?«, meinte Vater Benedikt spöttisch.

»Nicht sofort«, antwortete Andrej. »Aber er war sehr überzeugend. Und er hat uns Geld geboten, wenn wir seine Tochter zurückbringen.«

In Thobias' Augen erschien ein Ausdruck vorsichtiger Erleichterung. Offensichtlich war seine Geschichte dieselbe, die auch er dem greisen Abt erzählt hatte.

Vater Benedikt wäre ein Narr gewesen, hätte er sich mit einer so simplen Erklärung zufrieden gegeben. Er stellte Fragen, hakte nach, versuchte Andrej durch geschickte Formulierungen zu verwirren und verlegte sich mehr als einmal auch auf ganz unverhohlene Drohungen, aber Andrej blieb bei seiner Geschichte. Trotz der aufgesetzten Ruhe des greisen Abtes war ihm klar, dass er um sein Leben redete, und um das Abu Duns ebenfalls.

Schließlich schüttelte Vater Benedikt den Kopf und seufzte tief. »Ich weiß nicht, ob Ihr die Wahrheit sagt, Andrej«, murmelte er. »Und es spielt im Grunde auch keine Rolle. Nicht für das, was Euch erwartet.«

»Wir haben nichts Unrechtes getan«, beteuerte Andrej.

»Ihr und Euer Freund seid hier eingedrungen und habt mehrere unserer Wachen erschlagen, und Ihr habt eine Gefangene der Heiligen Römischen Inquisition entführt«, antwortete Vater Benedikt hart. »Dafür werdet Ihr Euch verantworten müssen, und ich fürchte, das Urteil wird so oder so der Tod sein.«

Inquisition? Andrej musste sich beherrschen, um nicht vor Schreck zusammenzufahren.

»Falls Ihr die Wahrheit sagt, Andrej«, fuhr Vater Benedikt fort, »wird dies vielleicht nicht Euer Leben retten, doch möglicherweise etwas ungleich Wertvolleres, nämlich Euer Seelenheil. Für den Heiden, der in Eurer Begleitung war, kann ich nicht sprechen. Sein Schicksal liegt ganz allein in Gottes Hand.«

Thobias räusperte sich. »Verzeiht, Ehrwürdiger Vater«, begann er.

Benedikt warf ihm einen unverhohlen ärgerlichen Blick zu, nickte dann aber.

»Andrej und sein Freund«, fuhr Thobias fort, »könnten sich als äußerst wertvoll für uns erweisen.«

Vater Benedikt zog die Augenbrauen zusammen. Er sagte nichts, aber er schwieg auf eine ganz bestimmte Art und Weise, die Thobias' Unruhe noch weiter schürte.

»Immerhin sind sie die Einzigen, die den Mann gesehen haben, der sie hergeschickt hat«, fuhr Thobias fort. »Sie könnten uns helfen, ihn zu finden. Ihr wisst, wie wichtig das für uns wäre.«

Vater Benedikt nickte langsam. »Und du traust diesem Mann, Thobias?«, fragte er. »Einem Söldner? Einem Mann, der für Geld tötet?«

»Nicht weiter als Ihr, Vater«, antwortete Thobias. Wenn er log, dann äußerst überzeugend. »Aber welchen Grund hätte er, jetzt noch zu lügen? Und er ist seinem Auftraggeber nicht verpflichtet. Immerhin hat er ihm seine Hilfe gedankt, indem er ihm einen Dolch in den Rücken gestoßen hat.«

»Das kommt dabei heraus, wenn man sich mit dem Teufel einlässt«, sagte Vater Benedikt. Dennoch schien er einen Moment angestrengt über Thobias' Worte nachzudenken, kam aber offensichtlich zu keinem endgültigen Schluss.

»Ich kann das nicht entscheiden«, sagte er schließlich. »Du magst recht haben, Thobias, aber es bleibt der Umstand, dass diese beiden mit Waffengewalt hier eingedrungen sind und mehrere Männer erschlagen haben. Getäuscht oder nicht, sie müssen sich für dieses Verbrechen verantworten.«

»Aber …«

»*Aber*«, fuhr Benedikt betont und eine Spur lauter fort, »seine Worte entbehren nicht einer gewissen Logik. Ich werde von hier aus weiterreisen und den Fall dem Landgrafen vortragen, denn er betrifft zweifelsfrei auch die weltliche Gerechtigkeit.« Sein Blick richtete sich auf Andrej und wurde bohrend. »Wir mögen hier keine Fremden, die in unser Land kommen und unsere Gesetze brechen.«

»Aber es geht auch um ihr Seelenheil«, sagte Thobias. »Ihr habt es selbst gesagt, Vater.«

»Ich weiß, was ich gesagt habe, Thobias«, wies Benedikt ihn scharf in seine Schranken. Er dachte erneut nach. »Ich werde zum Landgrafen reiten und den Fall dort vortragen. Bis ich zurück bin, überlasse ich die beiden Fremden deiner Obhut, Thobias. Aber auch deiner Verantwortung. Sollten sie fliehen oder gar weiteres Unheil anrichten, wirst du dafür geradestehen müssen. Willst du das?«

»Ja«, antwortete Thobias rasch.

»Ich meine das so, wie ich es sage«, beharrte Vater Benedikt. Er klang sehr ernst. »Rechne nicht mit meiner Großmut oder dem Schutz der Kirche, sollte etwas passieren. Ich weiß ohnehin nicht, wie lange ich dir diesen Schutz noch gewähren kann. Es gibt Stimmen, die meinen, dass das, was du hier tust, an Ketzerei grenzt. Noch kann ich sie zum Schweigen bringen, aber nun, wo das Teufelskind wieder frei ist und offensichtlich wurde, dass es noch mehr von seiner Art gibt, …« Er zuckte mit den Schultern und ließ den Satz unbeendet, was ihn mehr als alles andere zu einer Drohung machte, von der sich Thobias jedoch nicht beeindrucken ließ.

»Umso wichtiger sind Andrej und sein Freund für uns«, antwortete Thobias. »Sie sind die Einzigen, die diese anderen kennen. Sie könnten uns helfen, sie zu finden.«

»Du hast gehört, was ich dazu zu sagen habe«, sagte Vater Benedikt, bevor er sich mit einer schwerfälligen Bewegung zur Tür herumdrehte. Ohne ein weiteres Wort verließ er den Raum, und nach kurzem Zögern – und nachdem er einen fast flehenden Blick in Andrejs Richtung geworfen hatte – folgte ihm Thobias.

Es wurde Abend, bis er Thobias wieder sah, und er machte ein sehr ernstes und besorgtes Gesicht, als er mit dem letzten Licht des verblassenden Tages hereinkam. Kurz zuvor hatte Andrej Hufschlagen und das Geräusch des schweren Tores gehört, das für die Nacht geschlossen wurde. Er nahm an, dass Vater Benedikt und seine Begleitung das Kloster verlassen hatten, was entweder von außergewöhnlichem Mut oder von außergewöhnlicher Dummheit zeugte. Nach dem, was Andrej in diesen Bergen erlebt und mit eigenen Augen gesehen hatte, hätte er es sich gut überlegt, die schützenden Mauern nach Einbruch der Dunkelheit zu verlassen.

Er sprach Thobias sofort darauf an, aber der junge Geistliche schüttelte nur besorgt den Kopf. »Vater Benedikt nimmt die Angelegenheit sehr ernst. Er wird nicht mehr als zehn Tage brauchen, um zurück zu sein. Und ich fürchte, er wird nicht allein kommen.«

»Der Landgraf?«

»Die Inquisition«, antwortete Thobias. »Ich habe Euer Erschrecken vorhin bemerkt, als dieses Wort das erste Mal fiel, Andrej. Ihr fürchtet die Heilige Römische Inquisition?«

»Die Inquisition«, wiederholte Andrej, als ob er damit die Frage beantworten wollte.

Thobias sah ihn aufmerksam an und nickte schließlich. Er fragte nicht, was geschehen war.

»Warum tut Ihr das, Thobias?«, fragte Andrej plötzlich. »Ihr wisst, dass ich nicht tatenlos hier sitzen und auf meinen Henker warten werde. Warum also geht Ihr dieses Risiko ein? Immerhin habe ich versucht, Euch umzubringen. Ihr seid mir also nichts schuldig.«

»Ich halte Euch für einen aufrechten Mann, Andrej«, antwortete Thobias. »Das beweist allein der Umstand, dass Ihr diese Frage stellt. Ihr wusstet nicht, was Ihr tut.«

»Das ist keine Antwort auf meine Frage«, sagte Andrej. »Wenn Abu Dun und ich fliehen, sind Eure Tage in diesem Kloster gezählt.«

»Wenn Gott kein Wunder geschehen lässt, ist mein Leben verwirkt«, antwortete Thobias. »So oder so.

Und nicht nur meines.« Er seufzte tief, schüttelte ein paar Mal den Kopf und kam näher. Mit einer Bewegung, die so mühevoll und schwerfällig war wie die eines um fünfzig Jahre älteren Mannes, ließ er sich auf die Bettkante sinken und faltete die Hände im Schoß. Seine Schultern sanken nach vorne.

»Ihr könnt das nicht wissen, aber Benedikts Worte waren eine Warnung, die ich bitter ernst nehme, Andrej. Die Inquisition ist stark in diesem Land, und ihr Arm reicht weit. Es gibt viele, die insgeheim der Meinung sind, dass unser Tun hier nicht weniger als Hexerei ist und dass *ich* eigentlich auf den Scheiterhaufen gehöre. Verbrennen sie dort, wo Ihr herkommt, auch Menschen, weil sie sie für Hexen halten?«

Andrej schwieg, aber das war Thobias anscheinend Antwort genug, denn er fuhr fort: »Hier tun sie es. Manchmal reicht es schon, den Neid eines Nachbarn zu erregen. Der Vorwurf allein ist oft genug das sichere Todesurteil. Die Menschen sind so dumm! Sie deuten auf ihren Nachbarn und schreien *Hexe!*, weil sie sein Land oder sein Geld haben wollen, und sie klatschen vor Begeisterung in die Hände, wenn das Feuer lodert. Sie begreifen nicht, dass sie vielleicht die Nächsten sind, die brennen.« Seine Stimme wurde leiser. »Vielleicht bin ich der Nächste, der brennt.«

»Wieso?«, fragte Andrej.

Thobias drehte müde den Kopf und sah ihn an. Andrej konnte erkennen, wie es hinter seiner Stirn arbeitete, aber er konnte ebenso deutlich erkennen, dass er in die Augen eines Mannes blickte, der zutiefst verzweifelt war.

»Weil ich helfen wollte«, sagte Thobias schließlich. »Ich wollte den Menschen helfen, ihre Dummheit zu überwinden. Ihnen zeigen, was hinter ihrem Aberglauben steckt, und …« Er brach ab.

»Indem Ihr Kinder foltert?«

Aus der Verzweiflung in Thobias' Augen wurde Bitterkeit, und Andrej begriff, dass er ihn verletzt hatte. Das war nicht seine Absicht gewesen. Es tat ihm leid.

Bruder Thobias stand auf, ließ sich vor Andrej auf die Knie sinken und zog einen Schlüssel aus der Tasche seines Gewandes, mit dem er den eisernen Ring um sein Fußgelenk öffnete.

»Habe ich Euer Wort?«, fragte er.

»Ja«, antwortete Andrej. »Auch wenn diese Frage spät kommt.«

Thobias blickte den Schlüssel in seiner rechten und den geöffneten Eisenring in seiner linken Hand einen Moment lang an, dann zuckte er mit den Achseln und rettete sich in ein Lächeln.

»Kommt mit«, sagte er.

Als sie das Zimmer verlassen hatten, schlossen sich ihnen zwei Wachen an, die auf dem Gang gewartet hatten. So vertrauensselig, wie Thobias sich gab, war er offensichtlich doch nicht. Seltsamerweise fühlte sich Andrej durch diese Erkenntnis eher beruhigt.

Er sah sich sehr aufmerksam um, während sie den langen, fensterlosen Gang und anschließend eine steinerne Treppe hinunterstiegen, bevor sie das Gebäude verließen und auf den Hof hinaustraten. Es war sehr still, und niemand begegnete ihnen. Andrej sah sich um. Der erste Eindruck, den er von der Klosterfestung gehabt hatte, bestätigte sich: Er wäre nicht sonderlich überrascht gewesen zu erfahren, dass Thobias der einzige Geistliche hier war.

Sie überquerten den Hof und gingen die Treppe zum Kerker hinab. Die Gittertüren standen nun beide offen, und die Fackeln waren erloschen; offensichtlich war Birgers Tochter die einzige Gefangene hier unten gewesen.

Sie betraten den Gang, den er und Abu Dun gemieden hatten. Thobias entzündete eine Fackel, steuerte mit raschen Schritten eine Tür am anderen Ende des Ganges an und öffnete sie mit Hilfe eines zweiten, sehr kompliziert aussehenden Schlüssels, den er aus den Tiefen seines Gewandes zu Tage förderte. Nachdem er geduckt durch die niedrige Tür getreten war, steckte er die Fackel in einen schmiedeeisernen Halter an der Wand und entzündete anschließend eine stattliche Anzahl an Kerzen. Dann winkte er Andrej zu sich herein und schloss die Tür, bevor die Wachen ihnen folgen konnten.

»Ich habe Euer Wort«, erinnerte er Andrej.

Andrej antwortete mit einem abwesenden Nicken. Er blickte um sich. Der Raum war weder eine Kerkerzelle noch eine Folterkammer; nichts von dem, was er hier unten erwartet hätte. Vielmehr entpuppte er sich als kleines, hoffnungslos überfülltes Studierzimmer, das mit Büchern, Pergamenten und Folianten vollgestopft war. Auf einem grob gezimmerten Regal neben der Tür reihten sich Töpfe, Tiegel, Gläser und Beutel unbekannten Inhalts aneinander.

»Ihr seid ein weit gereister Mann, Andrej«, begann

Thobias, nachdem er hinter dem schweren Schreibtisch Platz genommen hatte, der nahezu die Hälfte des vorhandenen Raumes einnahm. Andrej blieb stehen; schon weil es gar keinen zweiten Stuhl gab. »Ich vermute, dass Ihr auf Euren Reisen eine Menge Dinge gesehen habt. Dinge, die Euch wie Zauberei vorgekommen sein müssen. Oder wie Hexenwerk?«

»Worauf wollt Ihr hinaus, Thobias?«, fragte Andrej.

Thobias schwieg einen Moment. Es war ihm anzusehen, wie schwer es ihm fiel, weiterzusprechen. »Wir haben vorhin über Hexerei gesprochen, Andrej, und Aberglauben und darüber, wie leichtgläubig die Menschen doch sind. Sagt, Andrej – glaubt Ihr an Vampyre?«

Andrej erstarrte. »Wie?«, murmelte er. Eine eisige Hand schien nach seinem Herzen zu greifen.

»Oder an Werwölfe?«, fuhr Thobias fort. »An Wiedergänger, Untote und Wechselbälger?«

»Ich … ich verstehe nicht …«, murmelte Andrej, aber Thobias hörte gar nicht zu. Vielleicht hatte er sich die Worte mühsam zurechtgelegt und konnte nicht anders, als seinen Text aufzusagen.

»Ich habe früher nicht daran geglaubt«, fuhr er fort, »und ich glaube auch jetzt noch nicht daran – zumindest nicht in dem Sinne, in dem die meisten daran glauben. Obwohl ich *das hier* mit eigenen Augen gesehen habe.«

Er griff in eine Schublade seines Schreibtisches und zog ein Pergament heraus, das er über den Tisch in Andrejs Richtung schob.

Diesmal gelang es Andrej nicht mehr, sein Erschrecken zu unterdrücken.

Auf dem Pergament war eine mit wenig Kunstfertigkeit, dafür aber mit umso größerer Akribie angefertigte Tuschezeichnung zu sehen, die eine Kreatur aus Mensch und Bestie darstellte. Sie sah aus wie ein Wolf, aber zweibeinig und aufrecht gehend, mit einem schrecklichen, schiefen Gebiss und furchtbaren Klauenhänden.

»Ich bin kein großer Künstler«, sagte Thobias, als müsse er sich für die mangelnde Qualität seiner Zeichnung entschuldigen. »Aber genau das ist es, was ich in jener Nacht vor drei Jahren gesehen habe.«

Andrej legte das Pergament zurück. Sein Herz klopfte.

»Ich war damals noch ein junger Novize«, fuhr Thobias fort. »Ich dachte, ich wüsste alles und hätte die Antwort auf alle Fragen. Und natürlich wusste ich, dass es so etwas wie Ungeheuer und Hexen nicht gibt. Dann traf ich diese … diese Kreatur. Sie tötete drei meiner Begleiter und verletzte meinen Vater und mich schwer. Aber wir überlebten, und seither versuche ich, das Geheimnis dieser … *Geschöpfe* zu ergründen.«

»Und was hat das Mädchen damit zu tun?«

»Imret? Birgers Tochter?«

Andrej war überrascht. »Ihr kennt seinen Namen?«

»Wir sind zusammen aufgewachsen«, antwortete Thobias.

»Birger und Ihr?« Andrej war nicht sicher, ob er Thobias richtig verstand.

»Birger«, bestätigte Thobias. »Er ist mein Pate – habe ich das nicht erwähnt?«

Andrej starrte den jungen Geistlichen vollkommen

verständnislos an. Thobias fuhr jedoch ohne Pause fort: »Bis vor fünf Jahren war Trentklamm ein kleiner Ort mit gottesfürchtigen Menschen, die ihre Arbeit taten, in die Kirche gingen und sich um ihre Lieben kümmerten. Und eigentlich ist das auch jetzt noch so.«

Hätte Thobias nicht diesen sonderbaren Blick gehabt und mit einer Stimme gesprochen, als rede er mehr mit sich selbst, dann hätte Andrej ihn an dieser Stelle unterbrochen, denn der Eindruck, den Abu Dun und er von diesem *Ort* und seinen *gottesfürchtigen Menschen* gewonnen hatten, war ein völlig anderer. Aber er war beinahe sicher, dass Thobias ihm gar nicht zugehört hätte. Man konnte dem jungen Priester ansehen, wie ihm die Erinnerung zu schaffen machte, die er mit seinen eigenen Worten heraufbeschwor, und so fasste er sich in Geduld und hörte weiter zu.

»Irgendwann begann es«, berichtete Thobias. »Seltsame Geräusche, die die Menschen nachts aus dem Schlaf rissen. Unheimliche Spuren im Schnee, und … *Dinge*, die den Mond anheulten. Dann wurden die ersten Tiere gerissen.«

»Und schließlich Menschen«, vermutete Andrej.

Zu seiner Überraschung schüttelte Thobias den Kopf. »Es wurde ein Toter gefunden«, sagte er. »Ein schrecklich verstümmelter Mensch, so schlimm, dass alle dachten, der Teufel selbst sei aus der Hölle emporgestiegen, um den Menschen zu zeigen, was sie im Jenseits erwartete. Auch ich dachte das damals, aber heute glaube ich, dass es eine dieser Kreaturen war. Niemand konnte sich vorstellen, dass es Gottes Wille sei, *so etwas* zu erschaffen.«

»Wenn es Euren allmächtigen Gott wirklich gibt, dann habt Ihr aber ein seltsames Bild von ihm«, sagte Andrej. Er bedauerte die Worte schon, bevor er sie ausgesprochen hatte, aber es war zu spät. Thobias sah auf und funkelte ihn an. Der erwartete Zornesausbruch blieb jedoch aus. Stattdessen erlosch die Wut und machte einer Mischung aus Trauer und Bitterkeit Platz.

»So viele sind gestorben«, murmelte er. »So viele unschuldige Menschen, deren Leben ausgelöscht wurde.«

»Ja, ihr sagtet, diese …« Andrej deutete auf Thobias' krakelige Tuschezeichnung. Seltsamerweise hatte er Schwierigkeiten, das nächste Wort auszusprechen. »… diese *Monster* hätten Menschen getötet.«

»Nicht nur sie«, antwortete Thobias. »Das waren auch wir. Ich, Andrej. Nicht mit meinen eigenen Händen, aber mit dem, was ich getan habe. Was ich gesagt habe. Wisst Ihr, was für eine gefürchtete Waffe das Wort ist, Andrej? Schlimmer als jedes Schwert und heißer als jedes Feuer.«

Ob er das wusste? Andrej hätte beinahe laut aufgelacht.

»Nach jener schrecklichen Nacht, in der wir auf das Ungeheuer trafen«, fuhr Thobias fort, »hatte ich nichts Besseres zu tun, als zu Vater Benedikt zu gehen und ihm zu berichten, was uns widerfahren war. Ich habe es in bester Absicht getan, Andrej, das müsst Ihr mir glauben. Ich dachte, ich wäre es den braven Menschen von Trentklamm schuldig, ihre Seelen vor dem Satan zu retten.« Sein Blick und seine Stimme wurden hart. »Keine drei Wochen später erschien die Inquisition in

Trentklamm, zusammen mit einer Abteilung Soldaten des Landgrafen. O ja, sie *haben* den Menschen dort geholfen. Mit Feuer und Schwert haben sie den Teufel aus der Stadt getrieben.«

Seine Stimme brach. Er konnte nicht weitersprechen, und seine Hände schlossen sich mit solcher Kraft um die Tischplatte, dass seine Knöchel knackten.

»Und was hat das alles mit dem Mädchen zu tun?«, fragte Andrej, um Thobias aus der Hölle seiner Erinnerungen zurück in die Wirklichkeit zu holen.

»Imret?« Thobias schluckte. »Sie und Wenzel waren die Einzigen, die das Strafgericht der Inquisition überlebten. Vater Benedikt und ich haben sie hierhergebracht.«

»Um sie zu foltern«, murmelte Andrej.

»Das haben wir nicht getan!«, behauptete Thobias. »Ich weiß, was Ihr gesehen habt, Andrej, aber glaubt mir, es ist nicht das, wonach es aussieht. Wir haben diesen armen Menschen Schreckliches angetan. *Ich* habe ihnen Schreckliches angetan, mit meinen eigenen Händen, und wenn ich eines Tages vor Gottes Strafgericht stehe, dann werde ich ohne Zweifel dafür büßen müssen. Aber es geschah nicht aus Grausamkeit, sondern um ihnen zu helfen.«

»Das sind genau die Worte, die ich einst aus dem Mund eines Inquisitors gehört habe«, zischte Andrej. »Ich glaube, er sprach sie in dem Augenblick, als er die Zangen ins Feuer legte.«

Er fragte sich, warum er das sagte. Erstens entsprach es nicht der Wahrheit, und zweitens war er auf dem besten Wege, sich um Kopf und Kragen zu reden.

Trotz Thobias' unerklärlicher Offenheit lag sein Leben in den Händen des jungen Geistlichen. Er wusste noch immer nicht, was er von seinem Gegenüber zu halten hatte.

Vielleicht war Thobias wirklich das, was er zu sein vorgab, aber möglicherweise war er auch einfach nur verrückt und gefährlicher als Vater Benedikt.

Er wurde auch jetzt nicht zornig, sondern lächelte nur matt, als hätte er genau diese Antwort Andrejs erwartet.

»Ihr habt völlig recht, Andrej«, sagte er. »Es hieße, Gott zu erniedrigen, wollte man behaupten, dass er es zuließe, dass Satans Kreaturen frei auf der Erde wandeln.« Er machte wieder eine Kopfbewegung in Richtung der Zeichnung. »Ich habe diese Kreatur gesehen. Ich habe mit ihr *gekämpft*, Andrej, und sie hätte mich fast umgebracht. Aber ich glaube nicht, dass es ein Dämon war.«

Das glaubte Andrej ebenso wenig. Trotzdem fragte er: »Was sonst?«

»Das versuche ich seit zwei Jahren herauszufinden«, antwortete Thobias. Er schüttelte den Kopf. »Mein Vater und ich haben damals auf Vater Benedikt eingeredet, und am Ende gelang es uns, ihn zu überzeugen. Wäre es nach der Inquisition gegangen, hätten sie Trentklamm bis auf die letzte Seele ausgelöscht und das Dorf am Ende niedergebrannt. Aber es gelang uns, Vater Benedikt auf unsere Seite zu ziehen. Lasst Euch nicht von seinem weißen Haar und seiner Art zu sprechen täuschen, Andrej. Er ist ein sehr weltoffener Mann, der weiß, dass es töricht wäre, alles, was wir nicht verstehen, sofort dem Satan zuzuschreiben. Er gab uns dieses leer stehende Kloster und Zeit, um das Geheimnis der Ungeheuer zu ergründen.«

»Ist es Euch gelungen?«, fragte Andrej. Er kannte die Antwort.

»Ich habe einiges herausgefunden«, sagte Thobias traurig. »Doch ich bin auf mehr neue Fragen als Antworten gestoßen. Und nun läuft unsere Frist ab. Ihr habt Vater Benedikt gehört. Es geht nicht nur um Euch und Euren Freund, Andrej. Oder um mich. Wenn Vater Benedikt zurückkommt, dann wird er nicht allein sein. Sie werden nachholen, was sie vor zwei Jahren versäumt haben, und Trentklamm auslöschen – und diesen Ort hier gleich dazu.« Er schwieg einen Moment, während er Andrej durchdringend und auffordernd zugleich ansah. »Es sei denn, wir finden den Beweis, dass die Menschen hier *nicht* vom Teufel besessen sind.«

Einen Beweis, der vor der Inquisition Geltung finden würde? Andrej wusste, dass dies nahezu unmöglich werden würde. Selbst wenn sie einen unumstößlichen Beweis für die Behauptung hätten, dass der Teufel nicht Einzug in Trentklamm gehalten hatte, wäre das für die Inquisition nur ein weiteres Indiz für die Heimtücke Satans gewesen.

»Und diesen Beweis soll ich bringen?«, vermutete er. Als Thobias nicht antwortete, fügte er kopfschüttelnd hinzu: »Wie stellt Ihr Euch das vor?«

»Wir müssen sie finden«, sagte Thobias. »Birger und die anderen. Wir müssen sie dingfest machen, bevor Vater Benedikt zurückkehrt, oder ganz Trentklamm wird brennen.«

Das war keine Antwort auf seine Frage, aber die hatte Andrej auch nicht erwartet.

»Wieso vertraut Ihr mir?«, wollte er wissen. »Ihr kennt mich nicht. Ihr wisst nichts über mich, außer dass ich hier eingedrungen bin und ein paar Eurer Leute erschlagen habe. Also was sollte mich daran hindern, auf mein Pferd zu steigen und meiner Wege zu ziehen?«

Thobias überraschte ihn ein weiteres Mal, indem er nicht darauf verwies, dass er schließlich Abu Dun als Faustpfand hätte. Stattdessen sah er ihn nur erneut auf diese sonderbar durchdringende Weise an und sagte: »Nennt es Verzweiflung, wenn Ihr so wollt, Andrej. Ich habe keine Wahl, als Euch zu vertrauen. Und ich spüre, dass ich es kann. Ihr habt recht: Ich weiß nicht, was oder wer Ihr seid, aber ich glaube, Ihr seid ein aufrechter Mann.« Ein dünnes Lächeln stahl sich für einen Augenblick in den Ausdruck von Trauer. »Und außerdem habt Ihr noch eine Rechnung mit Birger offen. Also … kann ich auf Euch zählen?«

Das war verrückt, dachte Andrej. Aber zumindest in einem Punkt erging es ihm nicht anders als Thobias: Er hatte keine Wahl.

7

Das Dorf hatte sich verändert. Als er Trentklamm das erste Mal gesehen hatte, da war ihm der Ort wie ein verschlafenes kleines Bergdorf vorgekommen, außergewöhnlich durch diese besondere Lage zwischen den Hängen, die ihn fast zu einer natürlichen Festung machte. Jetzt wirkten die kleinen Häuser nur noch abweisend und feindselig, jedes einzelne eine kleine Festung, die sich wie ein sprungbereit zusammengekauertes Raubtier in die Bergflanken krallte. Etwas Feindseliges, Böses schien über dem Ort zu liegen.

Andrej verscheuchte den Gedanken und fuhr sich müde mit dem Handrücken über das Gesicht. Trentklamm hatte sich nicht im Geringsten verändert. Es war sein Blick, der sich verändert hatte.

Er spürte irgendwo eine leichte Bewegung und wich rasch in den Schutz des Waldes zurück, obwohl es wahrscheinlich gar nicht notwendig war. In den dunkelbraunen und schwarzen Kleidern, die Thobias ihm gegeben hatte, musste er vor dem Hintergrund der Bäume nahezu unsichtbar sein. Außerdem war die Sonne gerade erst aufgegangen und stand als grellweiß lodernde Scheibe genau über den Berggipfeln in seinem Rücken. Wer immer zufällig in seine Richtung blickte, würde nichts anderes sehen als weißes Licht, das grell genug war, um ihm die Tränen in die Augen zu treiben. Auch wenn er Trentklamm unrecht tat und sich der Ort nicht verändert hatte … etwas stimmte nicht mit ihm, mit seinen Menschen. Andrej hatte das unheimliche Geschöpf nicht vergessen, dem er beinahe zum Opfer gefallen wäre.

Etwas von der bemitleidenswerten Kreatur war noch immer in ihm, tief am Grunde seiner Seele, fast vergessen, wie ein schlechter Nachgeschmack, den ein an sich gutes Essen hinterlassen hatte. Indem er die Lebenskraft der Kreatur aufgenommen und zu seiner eigenen gemacht hatte, war er auch ein winziges Stück selbst zu dem Wesen geworden.

Manchmal fragte er sich, wie viel von ihm selbst eigentlich noch in ihm war. Wie alle seiner Art kannte er die Gefahr, die der *Wechsel* mit sich brachte. Der Angreifer war naturgemäß im Vorteil, wenn sein Opfer geschwächt und verletzt war, und mit jedem Leben, das ein Vampyr nahm, wuchs seine eigene Kraft, was zwangsläufig dazu führte, dass er stärker wurde, je länger er lebte, und unbezwingbarer, je mehr Leben er nahm. Und doch … manchmal glaubte er die stummen Schreie all derer in sich zu hören, deren Leben er geraubt hatte, das verzweifelte Flehen der verlorenen Seelen, die Opfer der Bestie geworden waren, die irgendwo tief in ihm schlummerte, und der er seine Unsterblichkeit und seine Kraft verdankte, die er aber zugleich fürchtete wie nichts anderes auf der Welt. Vielleicht war er schon längst nicht mehr er selbst, sondern sah nur noch aus wie der Mann, der vor zehn Jahren sein Heimatdorf verlassen hatte.

Das Geräusch von Schritten drang in seine trübsinnigen Gedanken, ein trockener Ast zerbrach unter einem Fuß, und plötzlich stand Bruder Thobias wie aus dem Boden gewachsen vor ihm. Andrej erschrak, weil der junge Priester so plötzlich vor ihm erschienen war. Seine Sinne hätten ihn warnen müssen. Es war *unmöglich*, sich an ihn anzuschleichen!

Sein Erschrecken war offensichtlich auch Thobias nicht verborgen geblieben, denn der Geistliche legte den Kopf schräg und sah ihn stirnrunzelnd an. »Was habt Ihr, Andrej?«, fragte er. »Ihr seid leichenblass.« Er versuchte zu lachen. Es misslang. »Ihr seht aus, als hättet Ihr ein Gespenst gesehen.«

Vielleicht habe ich das auch, dachte Andrej. Laut sagte er: »Nichts. Ich war … in Gedanken, das ist alles. Was habt Ihr herausgefunden?«

Andrej rief sich zur Ordnung. Es gab eine ganz natürliche Erklärung. Er war noch nie im Leben so schwer verwundet worden wie jetzt. Genau genommen wusste er nichts darüber, wie es war, verletzt zu werden und sich nur allmählich wieder zu erholen. Er nahm an, dass nicht nur sein Körper Zeit brauchte, um seine gewohnte Leistungsfähigkeit zurückzuerlangen.

»Birger und seine Schwester sind verschwunden«, sagte Thobias. »Dazu weitere Männer aus dem Dorf. Niemand hat sie gesehen, seit jener Nacht, in der Ihr …« Er zögerte unmerklich. »In der das Kloster überfallen wurde.«

»Was habt Ihr erwartet?«, fragte Andrej. »Dass er zurückkommt oder darauf wartet, dass wir ihn holen?« Er drehte sich halb herum und warf einen langen, nachdenklichen Blick ins Tal hinab. Trentklamm schien immer noch zu schlafen, obwohl es auch dort unten bereits hell zu werden begann. Andrej trat an Thobias vorbei einen halben Schritt aus dem Wald heraus, wobei er gegen das unangenehme Gefühl ankämpfen musste, schutzlos zu sein und vom Dorf aus gesehen werden zu können. Auch das hatte sich verändert: Er begann, ängstlich zu werden.

»Wo sind sie alle?«, fragte er. »Die Leute müssten doch längst auf den Beinen sein.«

»In der Kirche«, antwortete Thobias. »Ich sagte Euch doch, die Leute hier sind sehr gottesfürchtig.«

»Alle?«, fragte Andrej zweifelnd. »Oder ist heute Sonntag?«

»Ja«, antwortete Thobias – was wohl die Antwort auf beide Fragen darstellen sollte. Kurz darauf jedoch schüttelte er den Kopf und fuhr fort: »Aber das ist nicht der hauptsächliche Grund. Es steht eine Beerdigung an.«

»Wer ist gestorben?«, fragte Andrej.

»Jemand, den Ihr nicht kennt«, antwortete Thobias ausweichend. »Es spielt auch keine Rolle. Wichtiger ist, was ich darüber hinaus in Erfahrung gebracht habe.« Er sah Andrej herausfordernd an. Dann fuhr er fort: »Es sind wieder Tiere gerissen worden.«

Nun wurde Andrej hellhörig. Er sagte nichts, aber das Interesse in seinem Blick schien Thobias zufriedenzustellen. »Wie vor zwei Jahren«, fuhr er in deutlich verändertem Tonfall fort. »Zwei Kühe von der östlichen Weide. Und einem anderen Bauern sind drei Schafe gerissen worden. Außerdem hat der Fuchs gleich einen ganzen Hühnerstall verwüstet.«

»Nur, dass es in dieser Gegend gar keine Füchse gibt«, vermutete Andrej.

»Zumindest ist es etliche Jahre her, dass ein Fuchs gesehen worden ist«, bestätigte Thobias. »Das alles gefällt mir nicht. Es wird Benedikt und den Inquisitor in ihrer Meinung bestärken, dass der Teufel hier sein Unwesen treibt. Das macht es nicht gerade leichter für uns. Die Leute sind misstrauisch und trauen jetzt erst recht keinem Fremden mehr.«

Andrej dachte eine Weile angestrengt nach. Thobias hatte recht, und er hatte nicht die geringste Ahnung, was er tun sollte.

»Bringt mich zu dieser Weide«, sagte er schließlich.

»Welcher Weide?« Thobias blinzelte.

»Der, auf der die Kühe gerissen wurden«, antwortete Andrej. »Vielleicht finden wir irgendwelche Spuren, die uns weiterhelfen.«

»Haltet Ihr das für eine gute Idee?«, fragte Thobias. »Die Leute sind ängstlich geworden. Sie werden die Herde bewachen.«

»Wir können auch hier stehen bleiben und darauf warten, dass sich die Ungeheuer freiwillig zeigen«, versetzte Andrej. »Wer weiß – vielleicht geben sie ja auf und kommen mit erhobenen Armen aus dem Wald, um sich uns auszuliefern.«

Thobias funkelte ihn an, aber dann drehte er sich einfach um und ging davon.

Andrej blickte ihm stirnrunzelnd nach. Seine bissige Antwort tat ihm schon wieder leid, aber er wurde einfach nicht schlau aus dem jungen Geistlichen. Thobias *schien* vertrauenswürdig. Aber eine leise, bohrende

Stimme in ihm warnte ihn beharrlich, nicht zu vertrauensselig zu sein. Thobias hatte ihm zum Beispiel trotz seiner massiven Forderung bisher nicht erlaubt, mit Abu Dun zu sprechen oder ihn auch nur zu sehen. Und wenn er es recht bedachte, dann hatte er ihm auch von den Ergebnissen seiner Forschungen so gut wie nichts mitgeteilt – obwohl er sie doch angeblich seit zwei Jahren betrieb.

Andrej riss sich aus seinen Gedanken und drehte sich ebenfalls um, um Thobias nachzueilen, der schon auf dem Weg zur anderen Seite des schmalen bewaldeten Streifens war, wo sie ihre Pferde angebunden hatten.

Auf halbem Weg dorthin musste er einem dornigen Gebüsch ausweichen. Er tat es, schon um sich nicht die neuen Kleider zu zerreißen, die Thobias ihm gegeben hatte, aber er streckte wie zufällig die Hand aus und streifte einen der Äste. Die fast fingernagellangen, messerscharfen Dornen ritzten seine Haut tief genug, dass einige Blutstropfen über seinen Handrücken liefen.

Andrej wischte sie weg und betrachtete nachdenklich die vier tiefen Kratzer. Sie hörten auf zu bluten und begannen zu heilen, aber viel langsamer, als sie es hätten tun sollen. Die Wunde schmerzte auch viel mehr, als sie sollte. Sie heilte – aber er verlangsamte seine Schritte, um nicht zu früh bei Thobias anzukommen und ihn etwas sehen zu lassen, was nicht für seine Augen bestimmt war.

Er musste *sehr* langsam gehen.

Die Weide – auf dem Weg dorthin hatte er von Thobias gelernt, dass man sie in diesem Teil des Landes *Alm* nannte – die Alm also lag östlich des Dorfes und so weit oben in den Bergen, dass Andrej sich vergeblich fragte, wie die Trentklammer ihre Kühe eigentlich hier heraufbekamen. Der Pfad, den sie ritten, schien allenfalls für Bergziegen bequem zu sein; selbst sein Pferd kam ein paar Mal ins Stolpern, und auf dem letzten Stück saßen sie ab und gingen zu Fuß. Am Zügel führten sie die Tiere hinter sich her.

Die Bergwiese schmiegte sich an den letzten sanften Ausläufer des Hanges, hinter dem das Bergmassiv jäh und fast senkrecht in die Höhe zu steigen begann. Es war eine zyklopische Wand, die geradewegs bis in den Himmel zu reichen schien. Hier oben war es noch warm, doch es gab bereits keine Bäume mehr, sodass sie die Pferde im Schutz der letzten Felsen zurückgelassen hatten. Sie näherten sich der kleinen Herde mit äußerster Vorsicht, wobei sie jede noch so kärgliche Deckung ausnutzten.

Andrej fand ihr Gebaren merkwürdig. Schließlich pirschten sie sich nicht an eine feindliche Festung voller falkenäugiger Scharfschützen an, sondern an zwei Dutzend magerer Kühe, die wahrscheinlich nicht einmal dann von ihnen Notiz genommen hätten, wenn sie mit mehreren Fahnen und gellendem Kriegsgeschrei aus dem Wald gestürmt wären. Aber Thobias hatte darauf bestanden. Es gab eine kleine, roh aus Baumstämmen gezimmerte und fensterlose Hütte am anderen Ende der Alm, in der sich durchaus ein Wächter aufhalten könnte.

Andrej hoffte inständig, dass dem nicht so war. Nicht

nur, weil er befürchtete entdeckt zu werden, sondern vor allem, weil die Gefahr bestand, dass der Mann dem Raubtier begegnete, das die Kühe gerissen hatte. Bei der bloßen Erinnerung an das unheimliche Geschöpf lief ihm noch ein eisiger Schauer über den Rücken. Er selbst, der – unter gewöhnlichen Umständen – viel stärker als ein kräftiger Mann war, hatte es mit Mühe und Not besiegt und diesen Sieg um ein Haar mit dem Leben bezahlt. Ein ahnungsloser Bauer, der auf einen Wolf oder allenfalls einen Bären vorbereitet war, hätte keine Möglichkeit gehabt, sich zu verteidigen.

Sie bewegten sich auf die Felswand zu und näherten sich der kleinen Herde, die träge im Sonnenlicht stand und an dem saftigen Gras zupfte. Allerdings schlugen sie einen Zickzackkurs ein, auf dem sie gut die fünffache Entfernung zurücklegten. Thobias sah immer wieder zur Hütte hin, und so unsinnig Andrej seine Vorsicht auch fand, so schien sie doch anzustecken. Auch Andrej verspürte eine immer stärker werdende Unruhe, der er sich nur mit Mühe erwehren konnte.

»Hier irgendwo muss es gewesen sein.« Thobias machte eine Kopfbewegung in Richtung der Felswand. »Ich selber habe die Kadaver nicht gesehen, aber mein Vater hat mir die Stelle beschrieben. Dort drüben, bei der Felsspalte.«

Andrej blickte konzentriert in die angegebene Richtung. Er sah den Spalt auf Anhieb. Es war ein dreieckiger Einschnitt in der Felswand, der möglicherweise tiefer in eine Höhle hineinführte, vielleicht aber auch nur ein Schatten war.

Andrej verspürte ein eisiges Frösteln, als sie in den

Schatten des Bergmassives traten, und diese Kälte wurde nicht nur vom fehlenden Sonnenlicht hervorgerufen. Irgendetwas Unheimliches ging von dieser Felswand aus. Etwas war hier.

Er blieb stehen und sog prüfend die Luft ein. Da war ein ganz leiser, aber unverkennbarer Geruch, eine Mischung aus Blut- und Verwesungsgestank, gerade noch an der Grenze des überhaupt Wahrnehmbaren.

»Was habt Ihr?« Thobias sah ihn fragend an. Offensichtlich hatte er nichts bemerkt, was Andrej mit einem leisen Gefühl der Erleichterung erfüllte. Anscheinend erholten sich auch seine Sinne allmählich wieder.

»Nichts«, antwortete er, ohne den Blick von der schmalen Felsspalte zu nehmen. Es war nicht nur ein Schatten. Dahinter musste eine Höhle liegen. Der Verwesungsgeruch kam eindeutig von dort. »Seid vorsichtig. Bleibt hinter mir.«

Andrej zog das Schwert aus dem Gürtel und legte die letzten zwanzig Schritte zwar geduckt, aber in gerade Linie zurück, ohne auf irgendeine Deckung zu achten. Dicht vor dem Höhleneingang blieb er stehen, um mit geschlossenen Augen zu lauschen.

Plötzlich stürzten die Sinneseindrücke wie eine Flut auf ihn ein. Jetzt, wo er einmal begriffen hatte, dass seine Vampyrsinne zurückgekehrt waren, schienen sie mit jedem Herzschlag schärfer zu werden. Er konnte Thobias' Atemzüge hinter sich hören, das leise Knacken des Felsens, der sich vor ihnen auftürmte und sich auf seine unendlich langsame Weise ebenso bewegte wie ein lebendes Wesen, selbst das rülpsende Wiederkäuen der Kühe dreißig Schritte entfernt und das Geräusch des Windes, der sich hoch über ihnen an Felsvorsprüngen und Graten brach. Der Verwesungsgestank schien übermächtig zu werden. Aber es war nur der Geruch des Todes, der aus der Höhle drang. Dort war nichts Lebendes. Nichts, vor dem er Angst haben musste.

Er behielt das Schwert dennoch in der Hand, als er gebückt und schräg gehend durch den schmalen Spalt im Fels trat. Dahinter war es sehr dunkel. Thobias hätte vermutlich gar nichts erkennen können. Andrejs nun wieder geschärftem Blick offenbarten sich Felsformationen in den unterschiedlichsten Grau-, Schwarz- und Silberschattierungen. Er entdeckte harte, ungewöhnlich scharfe Konturen. Das war eigenartig; eine selbst für ihn vollkommen neue Art des Sehens.

Dennoch war es sein Geruchssinn, der ihn zum Ziel führte, nicht seine Augen. Er konnte erkennen, dass die Höhle nicht besonders groß war. Hinter dem Eingang erweiterte sie sich zwar, verengte sich nach kaum zehn Schritten aber bereits wieder zu einem Spalt, der kaum breit genug war, um eine Hand hindurchzuschieben. Der Boden war mit Felstrümmern und Schutt übersät, und von der Decke hingen scharfkantige Zacken, unter denen er sich vorsichtig hindurchbücken musste; steinerne Zähne, die nur darauf warteten, nach ihm zu schnappen.

»Bleibt draußen!«, rief er Thobias zu. »Hier drin ist es gefährlich.«

Thobias folgte ihm dennoch. Andrej schwieg dazu. Sollte sich dieser leichtsinnige Narr doch ruhig den Schädel einrennen, wenn ihm danach war. Offenbar gehörte Thobias zu denjenigen, die am besten aus schmerzhafter Erfahrung lernten.

Andrej folgte dem süßlichen Verwesungsgeruch, der mit jedem Moment stärker zu werden schien. Mittlerweile war er tatsächlich intensiv genug, um eine leise Übelkeit in ihm auszulösen. Aber zugleich empfand er ihn auch als fast angenehm …

Er schüttelte den Gedanken ab und stieg vorsichtig über einen metergroßen Felsbrocken hinweg. Hinter ihm knallte es dumpf, und Thobias stieß schmerzerfüllt die Luft aus. Andrej grinste in sich hinein.

Im nächsten Augenblick erlosch sein Grinsen und machte einem angeekelten Verziehen der Lippen Platz, als er sah, was hinter dem Felsbrocken auf dem Boden lag.

Es war ein Stück Fleisch, groß genug, um der Kadaver eines sehr großen Hundes sein zu können, aber schon so sehr in Verwesung übergegangen, dass seine ursprüngliche Form kaum noch zu erkennen war. Andrej ließ sich in respektvollem Abstand in die Hocke sinken und stocherte mit der Schwertspitze nach dem Fleischstück. Ein Schwarm Fliegen stob hoch, summte einen Moment ärgerlich um ihn herum und ließ sich dann wieder auf sein Festmahl niedersinken.

»Großer Gott!«, würgte Thobias neben ihm. »Was ist denn das?«

Andrej stocherte noch zweimal mit der Schwertspitze nach seinem grausigen Fund, ehe er antwortete: »Wenn mich nicht alles täuscht, der Hinterlauf eines Kalbes.«

»Eher einer ausgewachsenen Kuh«, sagte Thobias

angeekelt. Er bekreuzigte sich. »Grundgütiger Jesus, seht Euch das an! Es sieht aus, als wäre er einfach herausgerissen worden! Welche Kreatur ist im Stande, *so etwas* zu tun?«

»Vielleicht ein Bär«, antwortete Andrej, zögernd und ohne rechte Überzeugung. »Ein sehr großer Bär.«

Thobias sah zuerst ihn zweifelnd an, dann drehte er den Kopf und blickte zum Eingang zurück. »Der Spalt ist viel zu schmal für einen Bären. Selbst für einen kleinen.«

»Und Wölfe schleppen ihre Beute nicht in Höhlen«, fügte Andrej hinzu.

Thobias nickte. Er sah erschrocken aus. »Was also war es dann?«

Vermutlich die gleiche Kreatur, der er in jener Nacht gegenübergestanden hatte, dachte Andrej. Wieder rannte eine Armee winziger eisiger Spinnenbeine seinen Rücken hinab. Er hatte mehr als Glück gehabt, diese Begegnung überlebt zu haben.

»Da sind Spuren«, sagte Thobias plötzlich. Andrej sah in die Richtung, in die seine ausgestreckte Hand wies, und tatsächlich entdeckte er Spuren: eine Anzahl verwischter Abdrücke, die weder von einem menschlichen Fuß noch von der Pfote irgendeines Tieres herrühren konnten. Es sah aus, als wäre jemand in Blut getreten und dann in Richtung des Ausganges davongegangen. Andrej war sehr überrascht, dass Thobias diese Spur überhaupt gesehen hatte. Das Licht in der Höhle schien doch besser zu sein, als er angenommen hatte.

»Mindestens eine Woche alt«, sagte er. »Sie werden uns nichts mehr nutzen.«

»Aber die Kreatur war hier«, erwiderte Thobias. »Und sie wird wiederkommen – sobald sie hungrig ist. Wenn wir uns hier auf die Lauer legen …«

»Dann brauchen wir nur zu warten, bis sie die Hühner und sämtliche Schafe aus Trentklamm aufgefressen hat, und schon wird sie wieder hier erscheinen«, führte Andrej den Satz zu Ende. Er stand auf. »So viel Zeit haben wir nicht, Thobias. Lasst uns hinausgehen. Ich bekomme keine Luft mehr.«

Auch Thobias erhob sich und zog den Kopf ein, um sich nicht zu stoßen, während sie nebeneinander zum Ausgang gingen.

Andrej verließ die Höhle als Erster. Er blinzelte, da er im ersten Moment fast blind in der ungewohnten Helligkeit war. Nach dem Verwesungsgestank in der Höhle erschien ihm die saubere Luft hier draußen so süß und wohltuend, dass er für eine Weile nichts anderes tat als dazustehen und tief ein- und auszuatmen. Dennoch registrierte er, dass sie nicht mehr allein waren. Während sie sich in der Höhle aufgehalten hatten, war ein Teil der Herde herangekommen. Als Andrej die Augen öffnete, blickte er direkt in das gutmütige Gesicht einer braun-weiß gefleckten Kuh, die gemächlich wiederkäute und ihn anglotzte.

Hinter ihm polterte Thobias aus der Höhle, und die Kuh stieß ein erschrockenes Muhen aus und rannte davon. Thobias blickte ihr kopfschüttelnd nach und grinste plötzlich: »Vielleicht muss ich meine Einstellung übernatürlichen Dingen gegenüber noch einmal überdenken«, sagte er.

»Wieso?«

»Diese Kuh konnte anscheinend meine Gedanken lesen«, sagte Thobias. Sein Grinsen wurde breiter. »Als ich sie gesehen habe, musste ich an ein Stück saftigen Braten denken.«

Andrej lachte, aber es klang ein wenig schal. Ihm war nicht ganz klar, wie Thobias jetzt an Essen denken konnte; nicht nach dem, was sie gerade in der Höhle gefunden hatten. Andrejs Magen rebellierte immer noch.

»Sie muss irgendwo hier sein«, fuhr Thobias nachdenklich fort. »Ich kann sie spüren, Andrej. Fühlt Ihr es nicht auch?«

Statt direkt zu antworten, sah Andrej sich um. Zur Rechten setzte sich die Felswand fort, bis sie im Dunst der Entfernung verschwamm. Aber zur anderen Seite hin wurde der Berg karstiger. Die senkrecht emporstrebende Mauer verwandelte sich nach und nach in ein Gewirr von Felssplittern und Schluchten, in dem sich eine ganze Armee verstecken konnte. Oder auch zwei.

»Nein«, antwortete er mit einiger Verspätung auf Thobias' Frage. »Aber ich an seiner Stelle würde mich genau hier verstecken. Hundert Männer können ein Jahr nach ihm suchen, ohne ihn zu finden.« Er seufzte. »Wir brauchen Abu Dun.«

»Nein«, sagte Thobias.

»Ich meine es ernst, Thobias«, beharrte Andrej. Natürlich wusste er längst, wie die Antwort lauten musste, aber er versuchte es dennoch weiter. »Ihr überschätzt mich, Thobias. Ich bin nur ein Söldner, der gelernt hat, mit dem Schwert umzugehen. Abu Dun ist der beste

Fährtenleser, dem ich jemals begegnet bin. Ich brauche ihn.«

»Kommt nicht in Frage«, beharrte Thobias, ruhig, aber auch sehr entschlossen. Er konnte nicht anders entscheiden, das war Andrej klar. Auch wenn er sich aus purer Verzweiflung entschlossen hatte, Andrej zu vertrauen, so war er doch nicht dumm. Abu Dun war sein einziges Pfand.

»Dann brauchen wir Hunde«, sagte er nachgebend. »Gibt es Suchhunde bei Euch?«

»Im Kloster?« Thobias schüttelte den Kopf. »Wir hatten zwei Hunde. Aber als Imret und ihr Onkel ins Kloster kamen, mussten wir sie abschaffen. Sie haben sich wie wild gebärdet und waren nicht mehr zu bändigen.«

»Und was ist mit Trentklamm?«, fragte Andrej.

»Dort gibt es Hunde«, räumte Thobias ein. »Aber ich weiß nicht, welchem Zweibeiner ich dort trauen kann.«

»Wie wäre es mit Eurem Vater?«, schlug Andrej vor.

Thobias sah wenig begeistert aus, aber nach einer Weile rang er sich trotzdem zu einem Nicken durch. »Ich werde ihn fragen«, sagte er. »Die Beerdigung müsste ohnehin vorbei sein, und solange es hell ist, werden wir hier nichts finden. Also reiten wir zurück.«

Der Friedhof der kleinen Ortschaft befand sich außerhalb des Tales. Er lag am Ende einer schmalen, tief eingeschnittenen Schlucht, die nur von einer Seite aus zugänglich war, und wurde zusätzlich von einer gut mannshohen Mauer eingefasst, in der sich nur eine schmale, massiv vergitterte Tür befand. Er erinnerte eher an eine Festung als an einen Gottesacker. Oder an ein Gefängnis.

Thobias hatte Andrej angewiesen, in der kleinen Kapelle zu warten, während er nach Trentklamm zurückkehrte, um mit seinem Vater zu sprechen. Andrej hatte sich eine gute Weile in der winzigen, vollkommen leeren Kapelle aufgehalten, ehe er wieder hinausging und ziellos über den Friedhof schlenderte. Thobias hatte ihm zwar eingeschärft, die Kapelle nicht zu verlassen, aber er glaubte nicht, dass jemand zufällig hier vorbeikommen würde, und darüber hinaus schützte ihn auch die hohe Mauer vor neugierigen Blicken.

Diese Mauer erwies sich bei näherem Hinsehen als mehr als sonderbar. Sie war fast zwei Meter hoch und aus massiven Felsbrocken erbaut, die kaum behauen, aber äußerst kunstvoll miteinander vermauert waren. Auf ihrer Oberkante befanden sich spitze eiserne Dornen, die nach innen geneigt waren, und auch der Riegel an der schweren Gittertür war außen angebracht.

Es gab eine Unzahl von Kreuzen. Nun war ein Friedhof naturgemäß ein Ort, an dem es Kreuze in Massen gab, aber hier standen sie nicht nur auf den Gräbern. Auch die Innenseite der Friedhofsmauer war mit Kreuzen übersät, die aus Holz oder Metall gefertigt waren, manche aber auch gemalt oder grob in den Stein geritzt; zum Teil mit großer Kunstfertigkeit, zum Teil in aller Hast. Das Gitter, das den Eingang verschloss, bestand bei genauerem Hinsehen aus einer Unzahl geschmiedeter Kruzifixe.

Es war ein durch und durch unheimlicher Ort. Und was für seine Begrenzungsmauer galt, das traf auf die Gräber in beinahe noch stärkerem Maße zu. Die meisten waren vollkommen schlicht, aber es gab auch etliche, die mit Kreuzen und anderen christlichen (und auch einigen ganz und gar *nicht* christlichen) Symbolen nur so gespickt waren. Auf einigen lagen tonnenschwere Steinplatten, als hätten die Menschen Angst, dass das, was sich darin befand, wieder aus seinem Grab herauskommen könnte.

Andrej fand ohne große Mühe das Grab, das an diesem Morgen frisch ausgehoben worden war; auch wenn es sich von jedem frischen Grab unterschied, das er jemals zu Gesicht bekommen hatte. Statt eines flachen, mit frischen Blumen oder Grün bedeckten Hügels bestand es aus einer zwei mal einen Meter messenden massiven Granitplatte, in die weder ein Name noch ein Geburts- oder Sterbedatum eingraviert war, dafür aber ein Kruzifix mit gespaltenen Enden und ein lateinischer Bibelspruch. Nicht nur, dass ein solches Grab für die einfachen Menschen aus Trentklamm unglaublich aufwändig war, war es auch vollkommen unsinnig. Spätestens wenn sich das Grab zu senken begann, musste die Grabplatte zerbrechen, ganz egal, wie massiv sie auch war.

Es gab noch mehr Besonderheiten. Die vier Eckpunkte des Grabes wurden von vier gürtelhohen Kreuzen gebildet, und ungefähr dort, wo sich das Herz des Beerdigten befinden musste, stand eine mit Wasser gefüllte Schale, auf deren Boden etwas Silbernes schimmerte. Andrej tauchte zögernd die Finger hinein und roch an der Flüssigkeit. Wasser. Aber kein gewöhnliches Wasser, sondern Weihwasser.

Er beugte sich weiter vor und zog fragend die Augenbrauen zusammen, als er erkannte, worum es sich bei dem schimmernden Gegenstand handelte. Es war ein silbernes Medaillon in Form eines Drudenfußes.

Andrej streckte zögernd zum zweiten Mal die Hand aus, und eine Stimme hinter ihm sagte: »Das würde ich nicht tun, an Eurer Stelle.«

Erschrocken fuhr er hoch. Seine rechte Hand senkte sich auf den Schwertgriff, aber er zog die Waffe nicht, als er die Gestalt erkannte, die in Thobias' Begleitung den Friedhof betreten hatte.

»Vater Ludowig?«, murmelte er. Verwirrt blickte er von Thobias zu Vater Ludowig und wieder zurück. Ludowig funkelte ihn voller kaum unterdrücktem Zorn an, während Thobias sichtliche Mühe hatte, sein Grinsen nicht allzu deutlich werden zu lassen.

»Aber Ihr sagtet doch, Ihr kämt …«

»Mit meinem Vater, ganz recht«, feixte Thobias.

Andrej blickte abermals von einem zum anderen, und plötzlich fragte er sich, warum er nicht schon längst von selbst darauf gekommen war. Ludowigs Gesicht war schmal und eingefallen und von Falten bedeckt, und wo in Thobias' Augen ein niemals ganz erlöschendes Lächeln zu sein schien, waren Ludowigs Augen von einem unauslöschlich eingebrannten Misstrauen erfüllt – aber die Ähnlichkeit war unverkennbar.

»*Vater* Ludowig«, murmelte Andrej. »Nun ja.«

»Strengt Eure Fantasie nicht unnötig an, Heide«, ermahnte Ludowig ihn scharf. »Thobias kam zur Welt, lange bevor ich Gottes Ruf empfing und in den Orden eintrat.«

»Nichts anderes habe ich angenommen, Vater«, erwiderte Andrej. Ludowigs Augen begannen Feuer zu sprühen, und Thobias bedeutete ihm mit Blicken, den Bogen nicht zu überspannen. Als er sprach, wandte er sich direkt an Ludowig.

»Du hast es selbst gesehen, Vater. Er hat die Hand in Weihwasser getaucht, und dies hier ist heiliger Boden. Du selbst hast das Grab noch heute Morgen gesegnet – und wie ich annehme, auch die eine oder andere Hostie vergraben. Wie viele waren es? Ein Dutzend?«

»Was soll das für ein Beweis sein?«, fragte Vater Ludowig mürrisch.

»Nun, er könnte kaum all diese Dinge tun, wenn er vom Teufel besessen wäre, nicht wahr?«, erläuterte Thobias. In seiner Stimme war noch immer ein sanfter Spott wahrzunehmen, aber Andrej fühlte auch seine Anspannung.

»Der Teufel ist mächtig«, sagte Vater Ludowig. Er klang eher störrisch als überzeugt.

»Nicht einmal er selbst könnte diesen Ort betreten«, seufzte Thobias. »Du wolltest einen Beweis, dass wir ihm vertrauen können. Du hast einen Beweis. Seine Seele ist rein.«

»Er ist ein Heide«, beharrte Vater Ludowig. »Möglicherweise hat er gar keine Seele, die der Teufel ihm rauben kann.« Er klang jetzt einfach nur noch stur. Andrej wäre nicht überrascht gewesen, wenn er mit dem Fuß aufgestampft hätte. Ludowig *wollte* sich nicht überzeugen lassen.

»Was soll das?«, fragte Andrej an Thobias gewandt.

»Mein Vater ist der einzige Mensch in Trentklamm, dem ich wirklich vertraue«, antwortete Thobias, aber Andrej schüttelte sofort und übertrieben heftig den Kopf.

»Davon rede ich nicht«, sagte er. »Ich meine das hier. Dieses Grab. Dieser ganze Friedhof … wenn man ihn so nennen will.«

»Sprecht nicht so respektlos von Gottes Haus!«, mahnte Vater Ludowig.

»Gottes Haus?« Andrej lächelte wieder, und seine Stimme war voller Spott. Er bückte sich, griff in die Schale und nahm den silbernen Drudenfuß heraus.

»Das hier sieht mir nicht nach einem wirklichen Symbol Gottes aus, Vater Ludowig.«

Ludowigs Augen wurden schmal. »Was ist das?«, keuchte er. »Woher kommt das? Habt Ihr es hierhergebracht, Heide?«

Er wollte nach dem Medaillon greifen, aber sein Sohn kam ihm zuvor und nahm Andrej den Drudenfuß aus der Hand. Rasch schloss er die Faust darum und schüttelte den Kopf.

»Das glaube ich kaum, Vater«, sagte er. »Ich fürchte, es war eines deiner Schäfchen, das der Meinung war, man könne des Guten niemals zu viel tun. Und es schadet ja auch nicht, oder?«

»Ketzerei«, grollte Vater Ludowig. »Ich werde keine Ketzerei in meiner Gemeinde dulden! Ich kann mir schon denken, wer dafür verantwortlich ist!«

»Mit Verlaub, Vater Ludowig«, sagte Andrej. »Aber wenn wir nicht aufhören, unsere Zeit zu verschwenden, dann werdet Ihr in neun Tagen keine Gemeinde mehr haben. Hat Euch Euer Sohn nicht gesagt, warum wir hier sind?«

Vater Ludowig funkelte ihn nur an, aber Thobias nickte. »Ich fürchte, er hat recht, Vater. Wir müssen jemandem vertrauen.«

»Ausgerechnet ihm? Einem Fremden, der noch dazu in Begleitung eines Muselmanen hier erschienen ist? Einem Mann, der dich um ein Haar getötet hätte? Alles hat erst wieder begonnen, nachdem sie gekommen sind.«

Thobias war klug genug, diesen Einwand nicht aufzugreifen. Er warf Andrej einen weiteren, beinahe flehenden Blick zu, es ihm gleichzutun, dann wandte er sich ganz zu Andrej um und sagte: »Hier hat damals alles angefangen.«

Es dauerte eine Weile, bis Andrej begriff, dass diese Worte die Antwort auf seine Frage darstellten.

»Hier?«

»Es ist ein verfluchter Ort«, sagte Vater Ludowig. »Ihr müsst Euch nur umsehen, Söldner! Spürt Ihr nicht den Atem des Teufels?«

»Vater!«, rief Thobias. Er wandte sich wieder an Andrej. »Dies war schon eine Begräbnisstätte, als dieses Land noch von barbarischen Völkern besiedelt war, die heidnischen Riten nachhingen und die Naturgeister anbeteten.« Er wies auf die Kapelle. »Diese Kapelle wurde auf den Grundmauern eines viel älteren Gebäudes errichtet.«

»Eines heidnischen Tempels«, giftete Vater Ludowig. »Es ist ein Schlag in Gottes Gesicht, sein Haus auf den Grundmauern eines heidnischen Tempels zu errichten! Das ist gotteslästerlich!«

»*Was* hat hier begonnen?«, beharrte Andrej. Wie Thobias war mittlerweile auch er zu dem Schluss gekommen, dass es das Vernünftigste war, Ludowigs Worte einfach zu überhören. Er fragte sich, warum Thobias ihn überhaupt mitgebracht hatte.

»Es war vor drei Jahren«, antwortete Thobias. Er deutete ein Schulterzucken an. »Ungefähr. Ich selbst war nicht hier, und die Leute sprechen nicht gerne darüber.« Er sah seinen Vater auffordernd an, aber Ludowig verstummte nun gänzlich. Nach einem Augenblick zuckte Thobias mit den Schultern und fuhr fort: »Es war im Frühjahr. Fremde kamen ins Dorf. Gaukler, soweit ich gehört habe.«

»Gaukler?« Andrej wurde hellhörig.

Abermals hob Thobias die Schultern. »Fahrendes Volk. Spielleute, Zigeuner. Ich weiß es nicht genau.«

»Zigeuner!« Vater Ludowig spie das Wort regelrecht aus. »Gottloses Volk, das nachts nackt um das Feuer tanzt und ohne Scham vor den Augen aller herumhurt!«

»Nun ja, vielleicht nicht ganz nackt«, sagte Thobias besänftigend. »Ich habe nichts gegen das fahrende Volk, Andrej. Im Gegenteil. Die Menschen hier sind arm. Ihr Leben besteht zum größten Teil aus Arbeit und Mühsal, und nur zu oft aus Not. Sie heißen jede Abwechslung willkommen, und was ist schon dabei? Ich glaube nicht, dass Gott etwas gegen ein wenig Freude im Leben hat – sonst hätte er uns kaum die Fähigkeit zu lachen gegeben, oder?«

Die letzte Frage war an Ludowig gerichtet, was Thobias einen vernichtenden Blick seines Vaters einbrachte.

»In diesem Jahr aber«, fuhr Thobias fort, »brachten sie den Tod. Einer von ihnen war krank, vielleicht auch mehrere, und etliche Dorfbewohner haben sich wohl bei ihnen angesteckt.«

»Angesteckt?« Vater Ludowig zog eine Grimasse. »So kann man es auch nennen. Es war die gerechte Strafe für ihr Tun! Sie haben Ehebruch begangen. Herumgehurt haben sie! Was danach geschah, war …«

»… keine große Tragödie«, fiel ihm Thobias ins Wort. »Nachdem die Zigeuner fortgezogen waren, kam das Fieber. Viele wurden krank, und an die zwanzig starben.« Er seufzte. »Das allein wäre schrecklich genug gewesen, doch nachdem die Toten begraben und die Kranken wieder genesen waren, begann das, was auch jetzt wieder geschieht. Tiere wurden gerissen, Menschen verschwanden …« Er hob die Schultern, starrte einen Moment wortlos zu Boden und begann schließlich mit kleinen Schritten vor Andrej auf und ab zu gehen.

»Zwei der Gräber waren aufgebrochen und die Leichen verschwunden«, fuhr er nach einer langen Pause fort. »Von *innen* aufgebrochen, Andrej. So, als wären die Toten wieder aufgewacht und hätten sich aus ihren Gräbern befreit.« Er blieb stehen, sah Andrej aus weit geöffneten Augen an und flüsterte: »Ich habe es gesehen, Andrej. Mit meinen eigenen Augen.«

»Ihr wollt mir erzählen, dass die Toten aufgewacht sind und sich aus ihren Särgen befreit haben?«, murmelte Andrej. Der Klang seiner eigenen Stimme erschreckte ihn – aber der Grund seines Schreckens war ein gänzlich anderer, als Thobias annehmen musste: Thobias' Geschichte ähnelte zu sehr der, die ihm Alessa erzählt hatte.

»Ich weiß, wie sich das in Euren Ohren anhören muss, Andrej«, sagte Thobias. »Aber ich schwöre bei meiner unsterblichen Seele, dass es genau so war. Ich habe es selbst gesehen.«

»Hexerei«, murmelte Vater Ludowig. »Das ist das Werk des Teufels! Was muss noch passieren, bis du das begreifst? Habe ich dich so schlecht gelehrt, das Offensichtliche zu sehen?«

»Du hast mich zu gut gelehrt, das Offensichtliche zu sehen«, antwortete Thobias in einem Ton, der Andrej klarmachte, wie oft die beiden ungleichen Männer dieses Gespräch schon geführt haben mussten. »Es ist zu leicht, alles auf den Teufel zu schieben, Vater. Ich glaube, dass es eine Krankheit ist.«

»Eine Krankheit?«, fragte Andrej.

Vater Ludowig lachte böse.

»Eine grausame und fürchterliche Krankheit, ja, aber doch nicht mehr als das!«, antwortete Thobias überzeugt. »Niemand käme auf die Idee, den Teufel für die Pest verantwortlich zu machen oder für die Blattern.«

»Aber eine Krankheit, die die Menschen von den Toten wiederauferstehen lässt?«, fragte Andrej zweifelnd.

Thobias lachte bitter auf. »Ich könnte Euch eine Menge Erklärungen dafür nennen, Andrej«, sagte er. »Ich habe in Nürnberg Anatomie studiert, bevor ich erfuhr, was hier geschah, und zurückkam. Ihr wäret erstaunt, wie viele vermeintlich Tote in ihren Särgen aufwachen und qualvoll ersticken – wenn sie Glück haben. Die weniger Glücklichen leben noch Tage. Sie reißen sich die Augen aus, zerfetzen sich selbst die Gesichter oder beißen sich in ihrer Verzweiflung selbst die Adern durch, um endlich sterben zu können.«

»Davon habe ich gehört«, antwortete Andrej. »Aber noch nie, dass sie sich selbst aus ihren Gräbern befreien und danach als Ungeheuer umherlaufen.«

Thobias lächelte flüchtig. »Ich höre mich selbst reden, damals, vor drei Jahren«, fuhr er fort. »Ich sagte doch, ich habe Anatomie studiert. Glaubt Ihr nicht, ich hätte nicht mindestens ein Dutzend überzeugender Erklärungen gefunden?«

»Und wieso glaubt Ihr dann nicht selbst an sie?«, wollte Andrej wissen.

»Ich habe Euch von dem Ungeheuer erzählt, das mich beinahe getötet hat«, antwortete Thobias. Andrej nickte. »Eine Sache habe ich Euch bisher allerdings verschwiegen, Andrej. Aus gutem Grund. So grässlich entstellt das Ungeheuer auch war, habe ich es trotzdem erkannt. Es war ein Mann hier aus dem Dorf. Ein junger Mann, gerade so alt wie ich. Als Kinder haben wir zusammen gespielt.« Er deutete auf die Gräber ringsum. »Und vor drei Jahren hat mein Vater ihn auf diesem Friedhof beerdigt, nachdem er in seinen Armen gestorben war.«

8

Ein Zehntel der Frist, die den Menschen in Trentklamm noch zu leben blieb, war verstrichen, als sie ins Kloster zurückkehrten. Die Sonne sank bereits, aber noch herrschte ein helles Zwielicht, und Andrejs immer schärfer werdende Sinne ermöglichten es ihm, sich das Kloster und den kleinen Ort zum ersten Mal wirklich anzusehen.

Nicht, dass es der Mühe wert gewesen wäre. Der Ort bestand aus weniger als einem halben Dutzend wuchtiger Gebäude, die klein, aber allesamt aus Stein gebaut und mit Schiefer gedeckt waren. Materialien, die die Menschen vermutlich in unmittelbarer Nähe gefunden hatten. Holz als Baumaterial, so nahm er an, war hier oben viel zu schwer zu beschaffen und daher weit kostbarer als Stein. Nirgendwo war ein Zeichen von Leben zu erkennen. Obwohl auf den Felsen ringsum ebenso wie auf vielen Dächern Schnee lag, stieg aus keinem einzigen Kamin Rauch auf. Er musste nicht fragen, um zu erkennen, dass das Dorf verlassen war.

Was für die Häuser galt, traf auf die Klosterfestung in noch viel stärkerem Maße zu: Es war ein wuchtiger, aus grobem Stein errichteter Bau ohne überflüssigen Zierrat, der einzig nach Gesichtspunkten der Zweckmäßigkeit errichtet worden war. Er bestand nur aus einem Turm mit einer acht Meter hohen Umfriedungsmauer. Der Krieger in Andrej erkannte sofort die Schwachpunkte dieser uralten Festungsanlage. Dennoch war sie allein durch ihre Lage fast unangreifbar, hoch oben über dem Pass und mit der unübersteigbaren Felswand im Rücken.

»Vor langer Zeit war das eine Raubritterburg.« Thobias hatte Andrejs forschende Blicke bemerkt und beantwortete seine unausgesprochene Frage, wobei sich kleine Dampfwölkchen vor seinem Gesicht bildeten. »Aber das ist sehr lange her. Heutzutage leben wir in zivilisierteren Zeiten. Es gibt schon lange keine Raubritter mehr.«

»Vielleicht, weil es auch nichts mehr gibt, was sich zu rauben lohnt«, murmelte Andrej. Die Kälte, die sich wie ein dünner eisiger Film auf sein Gesicht gelegt hatte und seine Züge lähmte, ließ sein Lächeln verunglücken.

»Da habt Ihr wohl recht«, sagte Thobias. Er maß Andrej mit einem sonderbaren Blick, schwieg aber, bis sie das Tor erreicht hatten und aus den Sätteln stiegen. Zwei Wächter kamen ihnen entgegen und nahmen ihnen die Tiere ab, und obwohl sie sich im Hintergrund hielten, bemerkte Andrej sehr wohl die beiden anderen Soldaten, die im Schatten standen und jede seiner Bewegungen misstrauisch beobachteten.

»Ich möchte mit Abu Dun reden«, verlangte er, während sie durch das Torgewölbe gingen. Thobias wollte sofort widersprechen, aber Andrej kam ihm zuvor und sprach mit deutlich schärferer Stimme weiter: »Und jetzt sagt nicht wieder: Kommt nicht in Frage oder sonst etwas. Ich will nur mit ihm reden, das ist alles.

Ich *muss* mit ihm reden. Wenn Ihr meine Hilfe braucht, dann gestattet Ihr es mir lieber.«

Thobias zog eine Grimasse. »Ihr versteht es, Euer Anliegen zu vertreten, Andrej.«

»Ich ziehe seit Jahren mit einem arabischen Piraten und Händler umher«, grinste Andrej. »Das schult.«

»Und wenn ich dennoch nein sage?«

»Dann sterben wir in zehn Tagen gemeinsam.« Andrejs Grinsen stand auf seinem Gesicht, als wäre es eingemeißelt. »Vielleicht sterbe ich auch zehn Tage vor Euch … Das macht keinen so großen Unterschied.«

»Also gut«, murmelte Thobias nach kurzem Überlegen. »Aber nur kurz. Und ich werde dabei sein.«

Andrej war überrascht, wie schnell Thobias seiner Forderung plötzlich nachgab.

Sie begaben sich unmittelbar ins Kellerverlies hinab, nahmen aber diesmal den rechten Gang. Eine Fackel brannte und verbreitete rotes Flackerlicht und beißenden Gestank. Die beiden Soldaten begleiteten sie, ohne dass Thobias sie eigens dazu auffordern musste. Andrej konnte die Unruhe der Männer spüren, und er roch tatsächlich ihre Furcht. Eine Furcht, unter der sich noch etwas anderes verbarg. Wut. Hass. Andrej gemahnte sich zur Vorsicht. Diese Männer hatten Angst vor ihm, aber sie hatten auch nicht vergessen, was er ihren Kameraden angetan hatte, und würden sich bei der ersten Gelegenheit dafür rächen.

Vor der Zelle, in der das Mädchen untergebracht gewesen war, blieben sie stehen. Das Sichtfenster in der massiven Eichentür war mit schmutzigen Lappen verstopft, sodass Andrej nicht in die dahinterliegende

Zelle blicken konnte. Aber schon während Thobias einem der Soldaten einen Wink gab und dieser den schweren Riegel zurückschob, spürte er den erbärmlichen Gestank, der aus dem winzigen Raum drang. Es stank nicht nur nach menschlichen Exkrementen, nach Blut und Schweiß, sondern vor allem nach Leid. Eine Woge kalter Wut stieg in Andrej hoch; ein Gefühl, das in blanken Hass umschlug, als die Tür weiter aufschwang und er Abu Dun sah.

Der Nubier stand aufrecht an der Wand. Seine Hände waren auf die gleiche Weise an einen eisernen Ring über seinem Kopf gefesselt wie die Imrets zuvor, nur dass Abu Dun um ein gutes Stück größer war als sie, was ihn zu einer gebeugten Haltung zwang, die schon nach kurzer Zeit unerträglich geworden sein musste. Er war nackt, aber vielleicht zum ersten Mal, seit Andrej den Nubier kannte, beschlich ihn nicht ein sachtes Neidgefühl, als er den Körper des riesigen Piraten ansah. Abu Dun war immer noch ein Riese, der Andrej und Thobias selbst in der gebeugten Haltung noch überragte, in der er dastand, aber er war stark abgemagert, so als hätte er nichts zu essen bekommen, seit er in diese Zelle gebracht worden war. Seine Haut starrte vor Schmutz, und seine Augen waren trüb und schienen Andrej im ersten Moment gar nicht zu erkennen. Dann verzog ein Lächeln seine ausgetrockneten, rissigen Lippen.

»Hexenmeister«, murmelte er. Seine Stimme war ein schreckliches Krächzen, als wäre auch seine Kehle ausgedörrt und rissig.

Andrej musste sich zwingen, Abu Duns Lächeln zu

erwidern, und er spürte selbst, wie kläglich der Versuch scheiterte.

»Pirat«, antwortete er.

Abu Duns Grinsen wurde noch breiter. Seine geschundene Unterlippe platzte auf, und ein einzelner Blutstropfen lief über das Kinn des Nubiers. »Nenn mich nicht so.«

»Wenn du aufhörst, mich Hexenmeister zu nennen«, antwortete Andrej. Die Worte klangen schal. Das zehn Jahre alte Ritual, mit dem sie sich begrüßten, kam ihm mit einem Mal wie grausamer Spott vor.

Mit einem Ruck drehte er sich zu Thobias um. Er zitterte am ganzen Leib. »Warum?«

Thobias hielt seinem Blick ruhig stand. Bevor er antwortete, wandte er sich mit einer Geste an die beiden Soldaten, um sie fortzuschicken. Sie gehorchten, aber sie zogen sich nur ein paar Schritte weit zurück. Ihre Hände lagen auf den Schwertern.

»Es war der einzige Weg, ihn am Leben zu lassen«, antwortete Thobias, nachdem die Männer außer Hörweit waren, mit gesenkter Stimme. »Die Männer wollten ihn töten. Er hat ihre Kameraden erschlagen.«

»Macht ihn los!«, verlangte Andrej. »Auf der Stelle!«

»Das kann ich nicht«, antwortete Thobias. »Seht das doch ein, Andrej! Ich bin nicht der Befehlshaber dieser Männer! Sie unterstehen dem Landgrafen und damit Vater Benedikt! Es hat mich all meine Überredungskunst gekostet, Eurem Freund auch nur das Leben zu retten! Sie würden ihn nicht losmachen, auch wenn ich es ihnen befehle.«

»Er stirbt, wenn er noch länger in diesem Kerker

bleibt«, antwortete Andrej. Er musste sich mit aller Gewalt beherrschen, um Thobias nicht zu packen und wie einen tollwütigen Hund zu schütteln und gegen die Wand zu werfen.

»Lass … gut sein, Hexenmeister«, krächzte Abu Dun. »So schnell … sterbe ich nicht.«

Andrej überhörte seine Worte.

»Ihr werdet seine Fesseln lösen«, beharrte er. »Gestattet ihm, sich zu setzen und sich zu waschen! Das ist menschenunwürdig.«

»Ich kann das nicht«, sagte Thobias leise. »Ihr könnt mit ihm reden, und das ist schon mehr, als ich Euch gestatten durfte. Ginge es nach den Männern hier, dann stünde er schon auf dem Scheiterhaufen und würde brennen. Und nun beeilt Euch. Eure Zeit ist fast um.«

Andrej schluckte die wütende Antwort hinunter, die ihm auf der Zunge lag. Sich mühsam beherrschend, drehte er sich zu Abu Dun um. Erst jetzt bemerkte er die schwärenden Wunden und Kratzer, die Abu Duns Körper bedeckten. Sie hatten ihn nicht nur hungern lassen und in dieser qualvollen Haltung hier angekettet, sondern auch geschlagen.

»Wie fühlst du dich?«

Abu Dun stieß einen sonderbaren Laut aus. »Das ist die mit Abstand dümmste Frage, die ich je gehört habe«, antwortete er. »Was glaubst du? Ich fühle mich so, wie ich aussehe.«

»So schlimm?« Trotz allem atmete Andrej auf. Abu Dun hatte mit schleppender Stimme und stockend geantwortet, aber die *Wahl* seiner Worte machte Andrej deutlich, dass er noch immer bei Sinnen war.

»Du kommst bald hier raus«, sagte er. Im gleichen, bewusst aufmunternden wie beiläufigen Ton fügte er hinzu: »Sobald ich dieses Ungeheuer unschädlich gemacht habe.«

Abu Dun musterte erst ihn, dann Thobias aus trüben Augen und wechselte ins Arabische: »Von welchem Ungeheuer sprichst du?«

»Redet in einer Sprache, die ich verstehe!«, verlangte Thobias scharf.

»Heute Nacht«, sagte Andrej, ebenfalls auf Arabisch. »Ich hole dich raus.«

»Ich sagte, Ihr sollt so reden, dass ich Euch verstehe«, stieß Thobias wütend hervor.

»Verzeiht, aber ich habe ihm nur wiederholt, was Ihr gesagt habt«, antwortete Andrej. »Ich spreche auch nur wenige Brocken seiner Sprache und verstehe ihn sowieso nicht.«

Er las in Thobias' Augen, dass er ihm kein Wort glaubte. »Das reicht«, sagte er zornig. »Ihr habt Euren Freund gesehen und Euch davon überzeugt, dass er noch am Leben ist. Der Besuch ist beendet!«

Andrej wollte sein Wort halten und Abu Dun im Laufe der vor ihnen liegenden Nacht befreien. Er befürchtete, dass der Pirat den nächsten Morgen nicht mehr erleben könnte. Dass Abu Dun noch in der Lage gewesen war, sich klar und in zusammenhängenden Sätzen auszudrücken, täuschte ihn nicht über den bedrohlichen Zustand hinweg, in dem er sich befand. Abu Duns Stärke, die ihnen schon so oft das Leben gerettet hatte, konnte ihm in dieser Situation durchaus zum Verhängnis werden, denn wie viele wirklich starke

Männer neigte er dazu, seine Grenzen zu missachten. Wenn der Zusammenbruch kam, dann kam er mit aller Gewalt.

Es sollte jedoch anders kommen. Ob Thobias nun seine Absicht erraten oder tatsächlich verstanden hatte, was er zu Abu Dun gesagt hatte – nachdem Andrej in sein Zimmer zurückgebracht worden war, schloss ein grimmig dreinblickender Wächter den eisernen Ring wieder um sein Fußgelenk.

Kaum hatte Thobias ihn allein gelassen, überprüfte er sorgsam den Ring und die Kette. Beide waren äußerst massiv. Er würde sich nicht selbst befreien können und hätte damit auch keine Möglichkeit, sein Versprechen Abu Dun gegenüber einzulösen.

Weder bekam er Thobias an diesem Abend ein weiteres Mal zu Gesicht, noch wurde ihm Essen gebracht. Als Andrej am nächsten Morgen mit knurrendem Magen erwachte, sah er sich einem ebenso schweigsamen wie ungewohnt übellaunigen Bruder Thobias gegenüber, der ihm eine Schale Suppe sowie ein Stück hartes Brot gebracht hatte. Andrej verschlang beides mit Heißhunger, aber er war keineswegs satt. Thobias missachtete seine fordernden Blicke jedoch und wies ihn nur mit knappen Worten an, sich anzukleiden und ihm zu folgen. Erst nachdem sie die Klosterfestung verlassen und sich schon ein gehöriges Stück entfernt hatten, besserte sich Thobias' Stimmung ein wenig.

»Ich habe mit meinem Vater ausgemacht, dass wir uns bei Sonnenaufgang auf der Alm treffen«, sagte er. »Bei der Höhle, in der wir den Kadaver gefunden haben. Er bringt zwei Hunde mit. Die Spur ist zwar schon älter, aber mit etwas Glück finden sie die Fährte trotzdem noch.« Er sah Andrej fragend an. Als er keine Antwort bekam, fuhr er fort: »Ich werde Euch nicht begleiten können. Es wäre nicht gut, wenn man uns zusammen sieht.«

»Ich verstehe«, antwortete Andrej spöttisch. »Ihr sorgt Euch um Euren guten Ruf.«

Thobias' Gesicht verdüsterte sich, aber er verzichtete auf eine Antwort und konzentrierte sich für eine ganze Weile darauf, sein Pferd behutsam über den abschüssigen und mit Geröll bedeckten Pfad zu leiten. Während Andrej ihm dabei zusah, fiel ihm auf, wie unruhig das Tier war. Sein Schweif peitschte, und seine Ohren bewegten sich unentwegt hin und her. Thobias musste immer wieder an den Zügeln ziehen, um es unter Kontrolle zu halten, und er ging dabei grob genug zu Werke, um dem Tier Schmerzen zuzufügen. Er war kein besonders geschickter Reiter.

»Ihr lasst mich tatsächlich allein in die Berge gehen? Habt Ihr denn keine Sorge, ich könnte nicht zurückkommen?«, wollte Andrej wissen.

»Habt Ihr bisher den Eindruck gewonnen, ich wäre in der Lage, Euch zu irgendetwas zu zwingen, das Ihr nicht freiwillig tätet?«, gab Thobias zurück. Er verzog die Lippen und hob die Schultern. »Außerdem habe ich Befehl gegeben, Euren schwarzen Freund bei lebendigem Leib zu verbrennen, sollte ich nicht zurückkommen.«

»Mir ist dennoch nicht wohl dabei«, sagte Andrej. »Ich bin fremd hier. Ich könnte mich verirren.«

»Das glaube ich kaum«, antwortete Thobias. »Darüber hinaus ist mein Vater viel zu alt, um Euch in die Berge zu folgen. Und ich wüsste sonst niemanden aus Trentklamm, dem wir vertrauen könnten.«

»Das Medaillon«, sagte Andrej nach kurzem Überlegen. »Der Drudenfuß, den jemand in das Weihwasser gelegt hat. Euer Vater schien zu wissen, wer es war. Ihm können wir sicher vertrauen.«

»Nein«, rief Thobias entschieden. Nach einem kurzen Moment hob er die Schultern und fuhr einschränkend fort: »Ich werde darüber nachdenken.« Wieder machte er eine längere Pause, dann ergänzte er: »Aber es wäre gefährlich.«

»Das ist unser ganzes Unternehmen, oder?«

Thobias zog die Brauen zusammen und schwieg.

Kurz nach Sonnenaufgang trafen sie Vater Ludowig bei der Höhle. Er war nicht allein gekommen, sondern in Begleitung eines dunkelhaarigen, kräftigen Burschen, den Andrej in Trentklamm gesehen hatte, und zweier struppiger Hunde, bei deren Anblick Andrej erstaunt die Lippen verzog. Der eine war ein ausgemergelter Schäferhund, dessen linkes Ohr abgerissen und dessen Nase von Narben zerfurcht war, der andere von vollkommen undefinierbarer Rasse und Farbe und klapperdürr. Andrej machte eine abfällige Bemerkung, aber Thobias schüttelte heftig den Kopf.

»Lasst Euch nicht vom ersten Eindruck täuschen, Andrej. Die beiden sind ausgezeichnete Spürhunde.« Thobias deutete auf den Dunkelhaarigen, der Andrej mit einer Mischung aus Furcht und Misstrauen – aber auch mit unverhohlener Neugier – musterte. »Günther hat sie eigenhändig abgerichtet. Er ist ein sehr guter Spurenleser.«

»Ist er …?«, begann Andrej, aber Thobias ließ ihn nicht zu Ende sprechen, sondern unterbrach ihn kopfschüttelnd.

»Nein. Aber er wird tun, was wir von ihm erwarten. Das ist doch so, Günther, nicht wahr?«

Der Angesprochene nickte; widerwillig, wie Andrej schien, und ohne den Blick auch nur für einen Herzschlag von seinem Gesicht zu wenden. Mittlerweile überwog allerdings die Neugier in seinen Augen.

»Weiß er …?«

»Er weiß, was er wissen muss.« Diesmal war es Ludowig, der Andrej ins Wort fiel. »Vor allem über Euch.«

Andrej war klug genug, nicht darauf einzugehen. Stattdessen wandte er sich mit ernstem Gesicht an Günther, hielt seinem Blick eine kleine Weile stand und drehte sich, nach einem begrüßenden Nicken, direkt zu den Hunden um. Langsam ließ er sich in die Hocke sinken und streckte die rechte Hand aus. Der Schäferhund heulte schrill auf und rannte ein paar Schritte davon, während der Mischling die Zähne bleckte und ein tiefes, drohendes Knurren hören ließ. Andrej zog die Hand nicht zurück, hütete sich aber, den Arm noch weiter auszustrecken. Er spürte die Mischung aus Angst und Angriffslust, die die Tiere verströmten, und war zu gleichen Teilen erstaunt wie überrascht. Gewöhnlich schloss er sehr schnell Freundschaft mit Tieren, gerade mit Hunden. Im gleichen Maße, in dem er sich von den Menschen abgewandt hatte, hatte er gelernt, die Sprache der Tiere zu verstehen.

»Macht Euch nichts daraus, Andrej«, sagte Thobias hinter ihm. »Die Hunde sind nicht an Fremde gewöhnt. Günther wird sie führen.«

Andrej sah über die Schulter zu Thobias zurück. Der junge Geistliche war in einiger Entfernung stehen geblieben. Er lächelte, aber seine Haltung drückte Anspannung und Furcht aus. Kühe und Pferde waren ganz offensichtlich nicht die einzigen Tiere, mit denen er nicht besonders gut auskam. Andrej zuckte mit den Schultern, stand auf und begegnete Günthers Blick, als er sich herumdrehte. Der Blick drückte Verwirrung aus.

»Es wird Zeit«, sagte Thobias nun. »Ich muss gehen. Günther wird Euch heute Abend bis zum Pass zurückbringen. Ich will, dass Ihr bis Sonnenuntergang zurück im Kloster seid.«

Er sparte es sich hinzuzufügen: *Oder Euer Freund wird dafür büßen*, aber es war auch nicht nötig, das zu sagen.

Andrej war verwirrt. Bisher hatte der Geistliche alles in seiner Macht Stehende getan, um Andrejs Vertrauen, wenn nicht gar seine Freundschaft zu erringen, und plötzlich benahm er sich wie sein Feind. Warum?

»Dann sollten wir keine Zeit mehr verlieren«, sagte er kühl. »Günther, in der Höhle sind Fußspuren. Sie sind mehrere Tage alt. Glaubt Ihr, dass Eure Hunde die Fährte dennoch aufnehmen können?«

Ohne seine Frage zu beantworten, drehte sich der Hundeführer herum und verschwand zusammen mit seinen beiden Tieren in der Dunkelheit jenseits des Spaltes. Andrej wollte ihm noch eine Warnung vor den

Felszacken zurufen, die von der Decke hingen, aber in diesem Moment hörte er bereits einen dumpfen Knall, gefolgt von einem unterdrückten Fluch.

Thobias entfernte sich ohne ein weiteres Wort des Abschieds und ohne einen besorgten Blick zur Almhütte zu werfen. Auch Ludowig beließ es bei einem abschließenden Blick voller Groll, bevor er seinem Sohn folgte. Andrej schüttelte den Kopf, aber er machte sich nicht die Mühe, sich weitere Gedanken über das sonderbare Verhalten der beiden zu machen. Ein junger Gelehrter und ein verbitterter alter Landpfarrer … er konnte kaum von ihnen verlangen, dass sie angesichts des drohenden Unterganges so ruhig blieben wie er.

Günther kam zurück, begleitet von seinen beiden Hunden, die schwanzwedelnd um seine Beine strichen. Auf seiner Stirn prangte ein roter Fleck, der binnen kürzester Zeit zu einer prachtvollen Beule anschwellen würde.

»Was ich Euch noch sagen wollte«, grinste Andrej, »seid vorsichtig in der Höhle. Die Decke ist sehr niedrig.«

Günther warf ihm einen zornigen Blick zu, aber als er das Glitzern in Andrejs Augen bemerkte, konnte auch er ein Grinsen nicht mehr ganz unterdrücken. Er schwieg.

»Haben die Hunde die Fährte aufgenommen?«, fragte Andrej.

»Ich hoffe es«, antwortete Günther. »Sie ist ziemlich alt. Aber wenn es noch eine Spur zu verfolgen gibt, dann werden sie sie finden.«

Andrej war nicht sicher, ob es das war, was sie sich

wünschen sollten. So dunkel, wie es hinter dem Felsspalt war, hatte Günther vermutlich nicht gesehen, welch grausiges Geheimnis der Berg barg. Andrej fragte sich, was sie tun sollten, wenn sie die Kreatur wirklich finden würden. Oder gar mehrere seiner Art. Zwar hatte Thobias ihm sein Schwert zurückgegeben, aber er wusste nicht, ob diese Waffe ausreichen würde, um sich gegen ein Geschöpf zu verteidigen, das stark genug war, einer ausgewachsenen Kuh ein Bein auszureißen.

Als hätten sie die Worte ihres Herrn gehört, senkten die beiden Hunde die Köpfe und begannen schnüffelnd in größer werdenden Kreisen und Linien zu laufen, ein nur scheinbar willkürlicher Kurs, der sie nach und nach immer deutlicher in östliche Richtung führte. In die Richtung, in der die Felswand allmählich in ein Gewirr von Schluchten und bizarren Spalten überging.

»Sie haben die Spur«, rief Günther. »Folgt mir.«

Geführt von den beiden Hunden bewegten sie sich nach Osten. Sie kamen nicht besonders schnell vorwärts. Die Hunde hielten immer wieder an und liefen witternd im Kreis, bis sie die verloren gegangene Fährte wiedergefunden hatten. Weiterhin achtete Andrej darauf, einen ausreichenden Abstand zu den Tieren zu bewahren – und damit auch zu ihrem Herrn. Andrej bedauerte diesen Umstand. Er hätte gern die Gelegenheit genutzt, mit Günther ins Gespräch zu kommen, um etwas mehr über Trentklamm und die Menschen dort zu erfahren. Aber er spürte, dass es besser war, wenn Günther auf ihn zukommen würde.

Nach und nach wurden die Hunde sicherer. Sie verloren jetzt nur noch selten die Spur, und bald eilten sie so schnell und zielstrebig voraus, dass Günther sie ein paar Mal zurückpfeifen musste, weil Andrej und er sonst nicht hätten Schritt halten können. Der Kurs, den sie einschlugen, wurde immer geradliniger. Als Andrej ihn in Gedanken verlängerte, führte er zu einer besonders steilwandigen, tief eingeschnittenen Schlucht, die nur wenige Schritte breit war, aber so monströs, als hätte jemand den gesamten Berg in zwei Teile gebrochen und nicht ganz sauber wieder zusammengesetzt.

Sie hatten sich dieser Schlucht auf zwei- oder dreihundert Schritte genähert, als Günther zum ersten Mal stehen blieb und das drückende Schweigen brach.

»Dort vorne ist ein Bach«, sagte er, ohne Andrej dabei anzublicken. »Falls Ihr durstig seid, dann solltet Ihr besser hier noch einmal trinken. Weiter oben gibt es kein Wasser mehr.«

Andrej nickte dankbar. Er hatte das frische Wasser längst gerochen. Dennoch bat er: »Zeigt es mir.«

Günther führte ihn zu einem schmalen, aber sehr schnell fließenden Bach, dessen Wasser so kalt war, dass Andrej aufkeuchte, als er sich zwei Hände voll davon ins Gesicht spritzte. Er stillte seinen Durst und trank auch danach noch weiter. Sie waren möglicherweise noch lange unterwegs, ohne eine weitere Quelle zu finden. Anschließend ließ er sich mit untergeschlagenen Beinen ins Gras sinken und genoss das Gefühl, das die Sonnenstrahlen auf seinem Gesicht hinterließen, während sie es trockneten. Auch Günther und die Tiere tranken. Andrej beobachtete die Hunde aufmerksam, aber auch die Tiere behielten ihn ständig im Auge.

»Das sind wirklich ausgezeichnete Fährtensucher«, lobte er sie. »Die meisten Hunde hätten die Spur längst verloren.«

Seine Taktik, Günthers Schweigsamkeit zu überwinden, indem er ihn auf etwas ansprach, das ihm wirklich am Herzen lag, schien aufzugehen. »Es sind die besten«, bestätigte Günther. Dabei gelang es ihm nicht völlig, einen Unterton von Stolz aus seiner Stimme zu verbannen. »Ich weiß, dass sie nicht viel hermachen, aber sie finden jede Spur.« Er blickte zu der finsteren Schlucht hinüber, und ein Schatten legte sich auf sein Gesicht.

»Was ist dort hinten?«, fragte Andrej.

»Die Schattenklamm.« Günther hob die Schultern. »Sie führt ins Nichts.«

»Ins Nichts?«

»Höher hinauf in die Berge«, antwortete Günther widerwillig. »Dort gibt es nichts außer Steinen und Geröll. Wenn sich das Raubtier wirklich dort oben verkrochen hat, wird es schwer für uns werden, es zu finden.«

»Trotz der Hunde?«

»Der Weg wird zu schwierig«, antwortete Günther. »Ich bin nie tief hineingegangen, aber ich habe gehört, dass er vor einer Felswand endet.« Er hob abermals die Schultern. »Ich frage mich, welches Raubtier sich dort verstecken würde.«

»Vielleicht eines, das darauf hofft, dass wir uns genau diese Frage stellen und erst gar nicht nachsehen«, sagte Andrej. Er betrachtete Günther aufmerksam, während er dies sagte, aber auf dem Gesicht des Hundeführers zeigte sich keine Reaktion. Er erwiderte Andrejs Blick ruhig, dann stand er auf und stieß einen kurzen, so schrillen Pfiff aus, dass er in Andrejs Ohren schmerzte. Die beiden Hunde hörten auf, ausgelassen herumzutollen, und nahmen die Fährte wieder auf.

Sie setzten ihren Weg fort, und die Hunde führten sie tatsächlich in direkter Linie zur Schattenklamm. Andrej verspürte bereits ein eisiges Frösteln, lange bevor sie den steil eingeschnittenen Spalt im Fels erreichten. Der Name »Schattenklamm« klang nach düsteren Mächten und uralten Flüchen. Doch je näher sie ihr kamen, desto klarer wurde ihm, dass die wirkliche Erklärung eine viel einfachere war: Die Schlucht war so schmal, dass sie mit Mühe und Not nebeneinander hineingehen konnten, und ihre Wände wichen nach oben nicht nennenswert auseinander. Vermutlich gab es am Grunde dieser Schlucht nur wenig Sonnenlicht. Im Augenblick ihres Eintretens war sie von dem erfüllt, was ihr ihren Namen gegeben hatte: Schatten.

Die Hunde liefen voraus, aber sie waren nicht mehr so ausgelassen wie bisher. Sie erfüllten ihre Aufgabe zuverlässig, aber nicht mit Begeisterung.

Andrejs Blick tastete misstrauisch über die Felswände und den schmalen, mit Geröll und Schutt übersäten Weg vor ihnen, und seine Hand lag griffbereit auf dem Schwert, ohne dass er selbst es auch nur wahrnahm. Vor ihnen rührte sich nichts, nur die Hunde und vielleicht ein paar Insekten, die sie aufgescheucht hatten. Vollkommen kahl lagen die Felsen vor ihnen.

Die Herrschaft der Schatten war hier so vollkommen und das Sonnenlicht so spärlich, dass nicht einmal Flechten und Moose auf dem harten Stein Fuß gefasst hatten.

Dennoch war die Klamm nicht völlig ohne Leben. Etwas *war* hier. Andrej hätte die Hunde nicht gebraucht, um zu wissen, dass sie noch immer auf der richtigen Spur waren. Das Raubtier, das die Kuh gerissen hatte, war hier entlanggelaufen. Er konnte seine Nähe beinahe körperlich spüren.

Und nicht nur ihm schien es so zu ergehen. Auch Günther wurde zusehends unruhiger, obgleich er sich alle Mühe gab, sich seine Furcht nicht anmerken zu lassen.

Sie hatten die Hälfte der Klamm durchmessen, und ihr jenseitiges Ende kam bereits in Sicht. Die Schlucht weitete sich dort auf ein Mehrfaches ihrer anfänglichen Breite, und die Wände rechts und links waren nicht mehr so hoch wie am Eingang der Schlucht. Dafür stieg der Boden in einem steiler werdenden Winkel an und war mit Trümmern und Felsbrocken übersät. Aber es gab wieder Licht und damit Vegetation. Moos, Flechten und üppig wucherndes Gebüsch hangelten sich an den Felswänden entlang.

Günther blieb stehen. »Dort vorne kommen wir nicht weiter«, sagte er. »Nicht einmal eine Bergziege käme den Hang hinauf.«

»Etwas ist dort hinaufgekommen«, antwortete Andrej.

»Wenn es dort oben ist, kann es uns nichts tun«, beharrte Günther. Er schüttelte den Kopf. »Wir müssen nur am Eingang der Klamm eine Wache aufstellen, dann erwischen wir es, sobald es sich zeigt.«

Andrej antwortete nicht gleich, sondern maß den Hundeführer mit einem langen, aufmerksamen Blick. Günther wirkte nicht nur ängstlich, sondern auch erschöpft, stärker, als er es nach dem Weg hätte sein dürfen, der hinter ihnen lag. Seine Augen waren unnatürlich geweitet, und seine Hände zitterten. Vielleicht rührte der Name der Klamm doch nicht nur daher, dass es hier so wenig Sonnenlicht gab.

»Wir gehen noch bis zum Ende der Klamm. Wenn die Hunde der Spur bis dahin folgen, sehen wir weiter«, entschied Andrej.

Günther hatte nicht den Mut zu widersprechen. Mit einem müden Achselzucken wandte er sich um und setzte seinen Weg fort.

Der Weg wurde zunehmend schwieriger, sodass sie noch langsamer vorankamen, und auch Andrej fühlte sich müde und erschöpft, als das Ende der Klamm endlich vor ihnen lag.

Zwei Schritte, bevor sich die Wände vor ihnen weiteten und sie wieder ins Sonnenlicht hätten hinaustreten können, blieben die Hunde stehen. Ihre Ohren stellten sich auf. Der Schäferhund erstarrte, während der andere die Lefzen zurückzog und ein drohendes Knurren hören ließ.

»Sie haben die Spur verloren«, behauptete Günther.

Andrej sah ihn fassungslos an. »Das sieht mir aber ganz anders aus«, sagte er. Sein Blick tastete aufmerksam in die Richtung, in die auch die beiden Hunde sahen. Das Gewirr aus Felsen und wucherndem dornigen Grün war vollkommen undurchdringlich, selbst für seine scharfen Augen. Aber er spürte, dass dort vorne etwas war. Etwas starrte sie an. Belauerte sie.

»Ihr könnt hier bleiben, wenn Ihr wollt«, sagte er. »Ich nehme die Hunde und gehe noch ein Stück weiter. Wartet hier auf mich.«

Abermals hob Günther nur die Schultern und stieß ein halblautes Schnalzen aus, auf das hin die beiden Hunde – widerwillig, aber gehorsam – weitergingen. Nach einem Augenblick waren sie zwischen Felsbrocken und Gestrüpp verschwunden. Andrej wartete noch ein wenig, dann nahm er die Hand vom Schwert und trat entschlossen in den hellen Sonnenschein hinaus.

Die Hunde begannen zu kläffen.

Etwas bewegte sich. Blätter raschelten, plötzlich kollerten Steine, und ein Ast zerbrach mit einem trockenen Knacken. Aus dem Gefühl des Belauertwerdens wurde für den Bruchteil eines Atemzuges Furcht – aus der rasender Zorn erwuchs. Andrej wusste bereits, was geschehen würde, noch bevor aus dem wütenden Gekläff der Hunde ein schrilles Heulen und Winseln wurde. Seine Hand zuckte zum Schwert und riss die Klinge aus der Scheide.

Ein dumpfer Schlag war zu hören. Andrej vernahm das grässliche Geräusch brechender Knochen und roch heißes, spritzendes Blut. Kurz darauf flog etwas in hohem Bogen aus dem Gebüsch und landete mit einem klatschenden Geräusch unmittelbar vor seinen Füßen. Es war nicht zu erkennen, welcher der beiden Hunde dieses blutige, zerfetzte Bündel einst gewesen war.

Andrej prallte mit einem entsetzten Laut zurück. Ein

zweiter, noch dumpferer Schlag erscholl, und auch das Winseln des anderen Hundes erstarb. Andrej konnte spüren, wie etwas Großes, unvorstellbar Wildes und vor allem *Wütendes* auf ihn zukam. Etwas, das viel stärker war als er. Gegen das er jeden Kampf verlieren würde. Und das wild entschlossen war, ihn zu vernichten.

Dennoch blieb er für die Dauer eines einzelnen, dumpfen Herzschlages wie erstarrt stehen. Er war unfähig, sich zu rühren oder auch nur einen klaren Gedanken zu fassen. Alles, woran er denken konnte, war das zerfetzte blutige Bündel Fleisch, das vor ihm lag. Er wollte das Schwert wegstoßen, die Zähne in das warme Fleisch graben und das süße, nach Leben schmeckende Blut trinken …

Hinter ihm stieß Günther einen gellenden Schrei aus, und dieser Laut brach den Bann. Andrej fuhr herum, und da sah er es aus den Augenwinkeln: ein verzerrtes, grässliches Ding, halb Mensch, halb verkrüppeltes Tier, zu stark und zu tödlich, um sich ihm zu stellen. Andrej führte seine begonnene Drehung zu Ende und war mit einem Satz neben Günther und an ihm vorbeigelaufen. Der Hundeführer schrie irgendetwas, aber Andrej verstand die Worte nicht und hörte nur den Klang seiner Stimme: schrill, panisch, von einem Entsetzen erfüllt, das kein Mensch je erleben sollte. Hinter ihm raste das Ungeheuer heran, die gleiche, die Natur spottende Bestie, die er in jener Nacht getötet hatte, aber sie war *wieder da*, mörderischer und wilder denn je, und diesmal würde sie zu Ende bringen, was sie damals begonnen hatte.

Andrej war blind vor Angst. Hinter sich hörte er Günther noch immer schreien, aber er hörte auch die stampfenden Schritte des Ungeheuers, das Poltern von Steinen, und dann wieder einen dumpfen Schlag, gefolgt von einem fürchterlichen Gurgeln und einem schweren Aufprall.

Andrej raste weiter. Er stolperte, fiel, rappelte sich hoch und fiel wieder. Das Schwert entglitt seinen Fingern und fiel scheppernd zu Boden, und als er hochspringen wollte, beendete ein stechender Schmerz in seinem rechten Knie die Bewegung. Er stöhnte auf, biss die Zähne zusammen und quälte sich halbwegs hoch. Dann drehte er sich um, fest davon überzeugt, seinen dämonischen Verfolger heranrasen zu sehen.

Das Ungeheuer verfolgte ihn nicht. Es hatte gute acht oder zehn Schritte hinter ihm angehalten und stand über etwas gebeugt, das Andrej nicht erkennen konnte. Ein schreckliches Reißen und Mahlen ertönte, dann richtete sich das entstellte Geschöpf auf und wandte ganz langsam den Kopf in seine Richtung. Seine missgebildete Hundeschnauze war rot von frischem Blut, und seine Augen schienen wie unter einem unheimlichen inneren Feuer zu glühen. Andrej hatte nie zuvor einen Ausdruck so vollkommener Mordlust in den Augen eines lebenden Wesens gesehen.

Und das war noch nicht das Schlimmste. Viel schlimmer war: Es waren nicht die Augen eines Tieres. Was Andrej anstarrte, das war kein stumpfsinniges Ungeheuer. In diesen schrecklichen Augen, tief verborgen unter grenzenlosem Hass auf alles Lebendige, lauerte eine messerscharfe Intelligenz und ein beunruhigend großes, düsteres Wissen.

Taumelnd stemmte Andrej sich hoch. Das Ungeheuer folgte jeder seiner Bewegungen aus funkelnden Augen, aber es machte keine Anstalten, sich auf ihn zu stürzen, sondern senkte nach einem Moment wieder den Schädel, um sein schreckliches Mahl fortzusetzen.

Während das Reißen und Schlürfen anhielt, bückte sich Andrej nach seinem Schwert, hob es auf und humpelte davon.

9

»Nein, ich weiß nicht, warum es mich nicht getötet hat.« Andrej schüttelte zum wiederholten Mal den Kopf. »Es wäre dazu in der Lage gewesen. Es hätte mich ebenso einholen und töten können wie Günther. Aber es stand einfach nur da und hat mich angestarrt.«

»Vielleicht hatte es Angst vor Eurem Schwert«, sagte Thobias nachdenklich. »Ihr sagt, es hätte nicht ausgesehen wie ein Tier?« Er sah Andrej nicht an, während er sprach, sondern spielte gedankenversunken mit dem Becher, in den er sich einen kräftigen Schluck Wein eingeschenkt hatte. Im Gegensatz zu Andrej hatte er bisher aber noch nicht einmal daran genippt.

»Angst?« Andrej schüttelte heftig den Kopf, setzte seinen eigenen Becher an und leerte ihn in einem einzigen Zug. Thobias runzelte die Stirn, schenkte ihm nach und betrachtete Andrej nachdenklich, als der auch diesen Becher hinunterstürzte. Thobias streckte die Hand nach dem Krug aus und schob ihn so weit von sich fort, wie er konnte.

»Ich glaube nicht, dass dieses … dieses Ding überhaupt weiß, was das Wort Angst bedeutet«, meinte Andrej mit einiger Verspätung. Er warf einen sehnsüchtigen Blick in Richtung des Weinkruges, den Thobias aber nicht beachtete.

Andrej war erst vor kurzer Zeit ins Kloster zurückgekehrt, und er hatte in dieser Zeit gute fünf oder sechs Becher von dem schweren, süßen Messwein getrunken, ohne dass der Alkohol auch nur eine Spur seiner beruhigenden Wirkung entfaltet hätte.

»Aber Ihr habt es gesehen«, sagte Thobias nach einer Weile. »Immerhin.«

»Ihr klingt, als wärt Ihr froh darüber.«

Thobias hob die Schultern. »In gewisser Weise … Es tut mir leid um den armen Günther, aber ich bin dennoch froh, dass ich nicht der Einzige bin, der das Geschöpf mit eigenen Augen gesehen hat.«

»Darauf hätte ich gern verzichtet«, antwortete Andrej. »Aber wir wissen jetzt, dass es noch lebt, und wir wissen auch wo.«

Thobias hörte auf, mit dem Becher herumzuspielen, und sah ihn nachdenklich an. »Dass es *noch* lebt?«

»Wie?«, fragte Andrej. Er hätte sich am liebsten selbst geohrfeigt.

»Ihr sagtet: Dass es *noch* lebt«, wiederholte Thobias.

Andrej hob die Schultern. »Welche Rolle spielt das schon? Es existiert, und wir müssen es vernichten.« Er atmete hörbar ein. »Was uns wieder zu einem Punkt zurückbringt, über den wir sprechen müssen: Abu Dun. Ich brauche ihn. In Freiheit und gesund und stark.«

»Nein«, sagte Thobias ruhig.

»Ich fürchte, Ihr versteht mich nicht«, sagte Andrej. »Ich allein werde mit diesem Ungeheuer nicht fertig.«

»Ihr?« Thobias verzog spöttisch die Lippen, aber Andrej blieb ruhig.

»Noch heute Morgen hätte ich gedacht, dass es nichts auf der Welt gäbe, was mir Angst machen könnte«, sagte er. »Aber das stimmt nicht. Dieses Geschöpf *macht* mir Angst, was immer es auch ist. Ich allein bin nicht in der Lage, es für Euch zu töten.«

»Ich gebe Euch Männer mit«, sagte Thobias nach kurzem Überlegen. »Ihr könnt vier meiner Soldaten haben. Sie sind gut. Nicht so gut wie Ihr, aber sie verstehen ihr Handwerk, und sie werden Euch gehorchen, wenn ich es ihnen befehle.«

»Aber Abu Dun …«

»… braucht Tage, um sich zu erholen«, fiel ihm Thobias ins Wort. Er stand auf und schüttelte den Kopf. »Nein. Selbst wenn ich Euch trauen würde – wir haben nicht die Zeit, um darauf zu warten, dass Euer Freund wieder zu Kräften kommt. In einigen Tagen ist Vater Benedikt mit den Vollstreckern der Inquisition hier. Wir können ihnen den Kadaver des Ungeheuers präsentieren, oder *unsere* Kadaver werden kurz darauf in der Sonne faulen.«

Er sah Andrej einen Moment lang abschätzend an, dann streckte er den Arm aus und schob ihm den Weinkrug hin.

»Hier. Betrinkt Euch meinetwegen, wenn es Euch hilft. Ich wollte, diese kleine Flucht wäre mir gestattet, aber Gottes Gebote sind in dieser Hinsicht eindeutig. Morgen bei Sonnenaufgang stehen die Soldaten zu Eurer Verfügung.« Er machte eine Kopfbewegung auf den eisernen Ring im Fußboden. »Ist das noch notwendig?«

Andrej war im ersten Moment so überrascht, dass er gar nicht antwortete.

»Habe ich Euer Wort?«, fragte Thobias.

Andrej nickte. »Solange Ihr Abu Dun am Leben lasst.«

»Dann sind wir uns einig.« Thobias wandte sich zur Tür, blieb aber noch einmal stehen, bevor er den Raum verließ.

»Ich muss noch einmal fort und mit meinem Vater sprechen«, sagte er. »Ich werde Euch etwas zu essen bringen lassen. Ich selbst werde wohl kaum vor Mitternacht zurück sein.«

»Ihr geht noch einmal nach Trentklamm?«, vermutete Andrej.

»Jemand muss den Menschen dort erklären, was mit Günther geschehen ist«, antwortete Thobias betrübt. »Er war ein tapferer Mann und im Dorf sehr beliebt.«

Und ich habe ihn im Stich gelassen, dachte Andrej. Thobias sprach die Worte zwar nicht aus, aber das war auch nicht nötig. Sie wussten beide, dass es so gewesen war. Andrej versuchte sich einzureden, dass er den Hundeführer nicht hätte retten können. Das Ungeheuer hätte ihn ebenfalls getötet, ebenso schnell und mühelos, wie es Günther erschlagen hatte. Aber dieses Wissen nutzte ihm nichts. Er fühlte sich trotzdem schuldig. Günther war tot, weil *er* darauf bestanden hatte, tiefer in die Schlucht vorzudringen.

»Hatte er Kinder?«

»Günther?« Thobias nickte. »Drei. Und eine Frau, die das vierte erwartet. Ich werde für sie beten.« Damit ging er.

Andrej sah die geschlossene Tür hinter ihm einen Moment lang an und wartete auf den Laut, den der

Riegel machte, wenn er vorgelegt wurde. Er ertönte nicht. Nachdem Thobias ihm vor wenigen Augenblicken gesagt hatte, dass er ihm nicht traute, erbrachte er ihm jetzt den zweiten Vertrauensbeweis. Keine Kette, kein Riegel vor der Tür. Andrej konnte sich nur wundern.

Immerhin hatte er den Wein dagelassen.

Andrej schenkte sich einen weiteren Becher ein, stürzte ihn diesmal aber nicht in einem Zug hinunter, sondern nippte nur vorsichtig daran und trat dann ans Fenster.

Die Dämmerung war noch entfernt, aber es kam ihm so vor, als wären die Schatten bereits länger geworden. Über den Bergen im Westen schien etwas wie eine unsichtbare Düsternis zu liegen; das Versprechen auf kommendes Unheil, dem etwas Endgültiges anhaftete. Was immer geschehen würde, würde geschehen, und es gab nichts, was er dagegen tun konnte.

Andrej trank einen Schluck Wein, aber er schmeckte plötzlich nicht mehr. Seine Hand zitterte, als er den Becher auf dem Fenstersims abstellte.

Was war mit ihm geschehen?

Er kannte die Antwort.

Es war das Ungeheuer.

Der Werwolf.

Es spielte keine Rolle, ob und aus welchem Grunde sich Bruder Thobias weigerte, diesen Ausdruck zu verwenden, und welche natürliche Erklärung für das Vorhandensein dieses Wesens er sich zurechtgelegt hatte. Andrej hatte es *gesehen*. Er hatte ihm Auge in Auge gegenübergestanden. Dem Werwolf. Dem mythischen

Fabelwesen aus tausend düsteren Geschichten, das schreckliche Gestalt angenommen hatte. Er hatte es gesehen, und er war niemals zuvor einem lebenden Wesen begegnet, das ihm solche Angst eingejagt hatte.

Es war ebenso einfach wie erschreckend: Er spürte, dass dieses Geschöpf ihn vernichten konnte. Es war stärker als er, bösartiger und rücksichtsloser. Andrej hatte eine dieser Kreaturen getötet, aber er hätte um ein Haar mit dem Leben dafür bezahlt, und er wusste, dass dieser Sieg nicht seiner Stärke geschuldet war. Er hatte den Werwolf überrascht, indem er ihn auf eine Art angegriffen hatte, die diesem Wesen fremd war. Ein zweites Mal würde ihm der Sieg nicht gelingen. Das Geschöpf, dem er in den Bergen begegnet war, wusste um seine besonderen Fähigkeiten.

Schon die Seele des ersten Werwolfes, die er in sich aufgenommen hatte, hatte etwas in ihm bewirkt, über dessen ganzes Ausmaß er sich noch immer nicht im Klaren war. Aber es hatte ihn geschwächt, statt ihm Kraft zu geben. Sollte er den Vampyr in sich ein zweites Mal entfesseln, um sich dem Kampf mit einem weiteren Werwolf zu stellen, würde er nicht mehr als er selbst aufwachen.

Wie um alles in der Welt sollte er das Ungeheuer besiegen?

Während Andrej weiter nach Westen blickte, hatte er das unheimliche Gefühl, die Nähe des Werwolfes noch immer zu spüren. Er war dort hinten, unerreichbar und sicher hinter der Schattenklamm und dem unpassierbaren Gelände, zu dem sie führte, und dennoch beschlich ihn das Gefühl, dass es zugleich hier war, in seiner unmittelbaren Nähe. In diesem Gebäude. Vielleicht sogar in diesem Raum.

Vielleicht sogar in ihm selbst.

Er schlief erst lange nach Einbruch der Dunkelheit ein, träumte schlecht und erwachte kurz nach Mitternacht von dem Eindruck einer schrecklichen Gefahr, die sich über ihm zusammenballte.

Andrej setzte sich mit einem Ruck auf. Seine Hand schloss sich um das Schwert, das griffbereit neben seinem Bett an der Wand lehnte, und der Blick seiner weit geöffneten Augen tastete unstet durch das Zimmer, das sich ihm in denselben unheimlichen Grau- und Silberschattierungen darbot wie die Höhle, in der sie den Kadaver gefunden hatten.

Er war allein. Selbst ohne sein auf so unheimliche Weise verstärktes Augenlicht hätte er gewusst, wenn irgendjemand im Zimmer gewesen wäre, denn auch alle seine anderen Sinne arbeiteten plötzlich mit nie gekannter Schärfe. Er konnte den Wein in dem Krug riechen, die Reste des längst kalt gewordenen Bratens, den ihm ein schweigsamer Soldat am Abend gebracht hatte, und er hörte ein ganz leises Tapsen, das er voller Erstaunen als das Huschen einer Maus identifizierte, die durch die Dunkelheit lief. Ein kleiner Appetithappen, aber nicht der Mühe wert, aufzustehen und danach zu jagen.

Andrej verscheuchte diesen erschreckenden Gedanken, schwang die Beine aus dem Bett und stand auf. Angestrengt versuchte er sich darauf zu besinnen, weshalb er aufgewacht war.

Er war nicht mehr allein. Das Ungeheuer war hier. Nicht bei ihm im Zimmer, aber in der Burg.

Rasch bückte sich Andrej nach seinen Kleidern, schlüpfte hinein und trat dann ans Fenster. Der Innenhof der Klosterfestung lag dunkel und unbeleuchtet unter ihm. Trotz der Finsternis war sein Sehvermögen nicht eingeschränkter als bei Tage. Er erkannte, dass die Mauer ohne Wache war, und er konnte sogar die Stimmen der beiden Soldaten hören, die unten im Torgewölbe Wache hielten. Auch das Gefühl der Bedrohung kam von dort.

Andrej lauschte in sich hinein. Es war kein Gefühl. Er konnte den Werwolf *wittern.*

Wie am Tag zuvor wusste er, was geschehen würde, und genau wie am Tag zuvor war es zu spät, um es zu verhindern oder auch nur einen warnenden Schrei auszustoßen. Die Unterhaltung der beiden Männer brach plötzlich ab. Für einen kurzen Moment herrschte Schweigen, dann hörte Andrej einen überraschten Ausruf und ein Schwert, das aus der Scheide gerissen wurde.

Er wartete nicht darauf, was weiter geschehen würde, sondern rannte los. Mit zwei gewaltigen Sätzen durchquerte er den Raum, riss die Tür auf und stürmte den unbeleuchteten Gang hinunter, bis er die Treppe erreichte.

Es war ein verzweifeltes Wettrennen gegen die Zeit, und er wusste von Anfang an, dass er es verlieren würde. Immer zwei oder drei Stufen auf einmal nehmend, hetzte er die Treppe hinunter, durch die schmucklose Eingangshalle und hinaus auf den Hof.

Eine Übelkeit erregende Woge aus Blut- und Fäkaliengestank schlug ihm entgegen, als er das Torgewölbe erreichte. Andrej blieb entsetzt stehen.

Die beiden Soldaten waren tot, und obgleich sie einen entsetzlichen Anblick boten, begriff er doch, dass sie eines schnellen Todes gestorben waren. Der Werwolf hatte sich nicht lange mit ihnen aufgehalten, sondern sie blitzartig überwältigt und seinen Weg fortgesetzt. Aber wohin?

Andrej blickte mit wachsender Verzweiflung um sich. Er fand einen einzelnen blutigen Fußabdruck. Wie sich zeigte, war es jedoch nicht nötig, der Fährte des Ungeheuers zu folgen. Ein Schrei ertönte, gedämpft und sonderbar flach, als käme er aus dem Inneren der Erde, dann folgte ein Splittern wie von Holz oder Metall, das zerrissen wurde. Das Verlies!

Mit einem Schrei fuhr Andrej herum und raste auf das Treppenhaus zu. Der Schrei wiederholte sich, während er die ausgetretenen Steinstufen hinunterstürmte Er fand den ersten Toten, noch bevor er den winzigen Vorraum erreichte. Der Mann lag verkrümmt auf den Steinstufen. Offenbar war er nicht einmal dazu gekommen, seine Waffe zu ziehen.

Andrej überwand das letzte halbe Dutzend Stufen mit einem einzigen Satz. Die nach rechts führende Gittertür war aus den Angeln gerissen. Er stürmte hindurch. Flackerndes rotes Licht hüllte ihn ein wie der Schein der Hölle selbst, und er roch Blut und Tod. Die Schreie waren verstummt. Andrej lief weiter und stürmte um die Gangbiegung.

Unmittelbar vor ihm lag ein zweiter Toter, und ein

dritter Mann – noch am Leben, aber so schwer verletzt, dass er binnen kurzer Zeit sterben würde – hockte vor der Wand und starrte aus weit aufgerissenen Augen in seine Richtung, ohne ihn wirklich zu sehen. Das Ungeheuer stand geduckt am Ende des Ganges und zerfetzte mit gewaltigen Prankenhieben die Tür zu einer der winzigen Kerkerzellen. Hinter dem auseinandersplitternden Holz kam eine schwarzhäutige Gestalt zum Vorschein, die aufrecht an die Wand gekettet war. Lärm und Schreie hatten Abu Dun aus seiner Lethargie gerissen. Er sah dem Monstrum aus blutunterlaufenen Augen entgegen, aber Andrej bezweifelte, dass er wirklich begriff, was er sah.

Ein letzter, fürchterlicher Prankenhieb schlug die Tür vollends aus dem Rahmen, und die Bestie warf ihren missgestalteten Schädel in den Nacken und stieß ein schauriges Geheul aus.

»Nein!«, schrie Andrej. *»Nein! Lass ihn in Ruhe, du Ungeheuer!«*

Die Kreatur fuhr herum und bleckte wütend die Zähne. Seine schrecklichen, ungleichen Klauen öffneten sich, mörderische Krallen reckten sich in Andrejs Richtung, und in den glühenden Dämonenaugen loderte ein wilder Triumph auf.

Andrej hatte Angst. Nackte Panik wischte jeden Ansatz vernünftigen Denkens beiseite. Er wusste, dass ihn ein Schicksal tausendfach schlimmer als der Tod erwartete, wenn er in den Griff dieser mörderischen Klauen geriet.

Und dennoch rannte er weiter. Etwas war stärker als seine Angst. Vielleicht war es der Anblick Abu Duns, der ihn weitertrieb. Andrej überwand die wenigen Schritte Entfernung schreiend vor Angst und Zorn und schwang die Damaszenenklinge mit beiden Armen. Aus dem lodernden Triumph in den Augen des Werwolfs wurde ungläubige Überraschung, dann Schrecken.

Keine dieser Empfindungen hinderten ihn jedoch daran, mit unvorstellbarer Schnelligkeit zu reagieren. Andrejs Hieb hätte ausgereicht, ihn auf der Stelle zu enthaupten. Aber der Werwolf schien sich plötzlich in einen Schatten zu verwandeln, der nicht mehr Substanz als flüchtiger Nebel hatte und dann einfach verschwand.

Der Hieb ging ins Leere. Die Schwertklinge bohrte sich knirschend zwei Finger tief in das steinharte Holz des Türrahmens und blieb stecken, und Andrej wurde vom Schwung seiner eigenen Bewegung nach vorne gerissen und prallte mit solcher Wucht gegen die Wand, dass ihm schwarz vor Augen wurde.

Stöhnend ließ er das Schwert los, drehte sich herum und kämpfte mit aller Macht dagegen an, in die Knie zu sinken. Wirbelnde schwarze und rote Schatten tanzten vor seinen Augen. Einer dieser Schatten hatte Klauen und Zähne und lodernde Dämonenaugen.

Andrejs Sinne klärten sich rasch, aber nicht rasch genug. Der Schemen gerann vor seinen Augen zu einer verkrüppelten Gestalt, und Andrej hob schützend die Arme, um das Ungeheuer abzuwehren.

Als gäbe es seine Abwehr gar nicht, fegte der Werwolf seine Arme beiseite, und eine unvorstellbar starke Pranke schloss sich um Andrejs Hals, schnürte ihm die

Luft ab und riss ihn gleichzeitig in die Höhe. Andrej bäumte sich auf, als er den Boden unter den Füßen verlor, und hämmerte verzweifelt mit den Fäusten auf den Arm der Bestie ein. Zugleich trat er nach ihr. Er traf, aber seine Hiebe und Tritte zeigten nicht die geringste Wirkung. Der Werwolf drückte ihn langsam weiter an der Wand nach oben, und Andrejs Bewegungen wurden bereits schwächer. Wieder begannen rote Blitze vor seinen Augen zu tanzen, aber diesmal war es die Atemnot, die seine Sinne verwirrte. Irgendetwas in seinem Hals war zerbrochen, zerquetscht unter dem mörderischen Griff des Ungeheuers. Er würde sterben, aber er würde nicht ersticken, das begriff er mit entsetzlicher Klarheit. Das Ungeheuer hielt ihn mühelos mit nur einer Hand, die andere hatte es erhoben und zu einer tödlichen Kralle geformt, vier verkrüppelte Dolche, die sich in seine Augen und seinen Schädel bohren würden, um das Leben aus ihm herauszureißen. Er hatte keine Wahl. Andrej sammelte sein letztes bisschen Willenskraft, um den Vampyr in sich zu entfesseln und die Bestie auf einer anderen Ebene zu einem Kampf herauszufordern, den er ebenso wenig gewinnen konnte wie diesen ...

... und das Ungeheuer erstarrte.

Der tödliche Schlag erfolgte nicht. In den mörderischen Triumph, der noch immer in den Augen des Werwolfes lag, mischte sich etwas anderes. Verwirrung, aber auch Neugier und Staunen. Drei Herzschläge lang starrte er Andrej mit schräg gehaltenem Kopf an – dann ließ die fürchterliche Pranke seine Kehle los.

Andrej stürzte zu Boden und schlug mit dem Gesicht auf den harten Stein. Er war aus dem Griff der tödlichen Kralle befreit, aber noch immer konnte er nicht atmen. Sein Adamsapfel war zerquetscht. Nach Kupfer schmeckendes Blut rann seine Kehle hinab. Endlich umfing ihn gnädige Dunkelheit.

Er konnte nicht sagen, wie viel Zeit vergangen war, bis die Verletzung geheilt war und das Leben wieder in seinen Körper zurückkehrte. Das Blut auf seinem Gesicht war noch nicht eingetrocknet, und sein Hals schmerzte so sehr, dass der erste Laut, der über seine geschwollenen Lippen kam, ein gequältes Stöhnen war.

Wieso lebte er noch?

Andrej blieb mit geschlossenen Augen liegen, dann hob er die Lider und stemmte sich gleichzeitig an der Wand in eine sitzende Position hoch.

Noch bevor er den Kopf hob und sich umsah, wusste er, dass das Ungeheuer fort war.

Andrej verharrte noch eine Weile, in der er voller Ungeduld darauf wartete, dass die Schmerzen verebbten und neue Kraft aus jenem unerschöpflichen geheimen Speicher in seinen Körper floss, über dessen genauen Ursprung er sich immer noch im Unklaren war.

Er wandte sich der Zelle Abu Duns zu.

Abu Dun stand noch immer in der gleichen qualvollen Haltung da wie vor zwei Tagen, und auch seine Wunden waren nicht behandelt worden. Es sah aus, als seien noch einige frische Prellungen und Schrammen hinzugekommen. Seine Augen waren trüb vom Fieber. Andrej las einen Ausdruck unerträglicher Pein darin, aber auch eine tiefe Erleichterung.

»Worauf wartest du, Hexenmeister?«, krächzte Abu Dun. »Hättest du vielleicht die Güte, mich loszumachen?«

»Nur die Ruhe, Pirat«, antwortete Andrej. »Vielleicht gefällst du mir ja ganz gut da, wo du bist.«

»Nenn mich nicht so«, antwortete Abu Dun, und Andrej erwiderte: »Wenn du aufhörst, mich Hexenmeister zu nennen.«

Er zog mit einiger Mühe das Schwert aus dem Türrahmen, steckte es ein und unterzog dann Abu Duns Fessel einer flüchtigen Musterung. Die Handschellen, die seine Arme über den Kopf zwangen, waren mit einem einfachen Keil gesichert, den er ohne Mühe herausziehen konnte. Abu Dun stieß ein unendlich erleichtertes Seufzen aus und sackte zusammen.

»Ich glaube, ich spare mir die Frage, ob du gehen kannst«, sagte Andrej besorgt.

»Warte einen Augenblick«, stöhnte Abu Dun.

Andrej verzichtete auf eine Entgegnung. Sie wussten beide, dass es wahrscheinlich Tage dauern würde, bis der nubische Riese wieder aus eigener Kraft laufen konnte.

»Wo bist du so lange gewesen?«, murmelte Abu Dun. Er versuchte sich hochzustemmen – und sank mit einem wimmernden Laut zurück.

»Ich habe Wölfe gejagt«, antwortete Andrej. Seine Gedanken überschlugen sich. Dass er Thobias sein Wort gegeben hatte, war im gleichen Moment hinfällig geworden, in dem das Ungeheuer hier aufgetaucht war. Sie mussten von hier verschwinden, bevor Thobias zurückkehrte.

»Warte hier auf mich«, sagte er. »Ich gehe nach oben und sehe nach, ob noch jemand lebt. Und ich besorge uns Pferde.«

Es lebte niemand mehr. Als Andrej kurze Zeit später zurückkehrte, hatte er vier weitere Tote gefunden. Thobias war nicht unter ihnen.

Oben im Hof warteten zwei hastig gesattelte Pferde auf sie. Andrej brauchte seine gesamte Kraft, um Abu Dun die Treppe hinaufzutragen und auf eines der Pferde zu heben. Dem Nubier widerstrebte diese unwürdige Behandlung.

Aber das änderte nichts daran, dass er so schwach war, dass er sich im Sattel festbinden ließ, bevor sie die Klosterfestung verließen.

10

»Das ist die verwegenste Idee, die du jemals gehabt hast, Hexenmeister – und ich habe aus deinem Mund schon eine Menge haarsträubenden Unsinn gehört!«

Wenn man seine Verfassung betrachtete, dachte Andrej, dann entwickelte Abu Duns Stimme eine geradezu unglaubliche Lautstärke. Er saß an einen Baum gelehnt da und sah nicht nur aus, als könne er sich gerade noch mit letzter Kraft aufrecht halten – aber das hinderte ihn nicht, so laut loszubrüllen, dass man ihn noch unten in Trentklamm hätte hören müssen.

Andrej lächelte, aber sein Blick blieb ernst und voller tief empfundener Sorge, während er das zitternde Häufchen Elend betrachtete, das von dem nubischen Riesen übrig geblieben war. Sie waren so lange nach Westen geritten, bis sie einen schmalen, aber schnell fließenden Bach erreicht hatten, dem sie tiefer in den Wald hinein folgten, bis Andrej sicher war, einen mög lichen Verfolger abgeschüttelt zu haben. Nicht, dass er ernsthaft damit rechnete, verfolgt zu werden – zumindest nicht sofort. Selbst wenn Bruder Thobias noch am Leben und mittlerweile zurückgekehrt war, hatte er gar keine Möglichkeit, ihn jagen zu lassen. In der Klosterfestung war nichts Lebendiges mehr gewesen, als sie sie verlassen hatten.

Obwohl das Wasser eiskalt war, hatte Abu Dun darauf bestanden, sich ausgiebig zu reinigen. Jetzt saß er zusammengekauert und in zwei Satteldecken gehüllt und dennoch zitternd vor Kälte da, und Andrej hätte keinen Heller darauf verwettet, dass er sich jemals wieder aus dieser Stellung erheben würde.

»Du musst vollkommen übergeschnappt sein«, fuhr Abu Dun fort, als er keine Antwort bekam. »Was ist passiert? Haben sie dich gefoltert und dir das letzte bisschen Verstand auch noch aus dem Schädel geprügelt?«

»Im Gegenteil«, antwortete Andrej ruhig. Er empfand Schuld, dass sie Abu Dun gefoltert hatten und nicht ihn. »Ich gehe zurück nach Trentklamm, sobald wir einen Platz gefunden haben, an dem du in Sicherheit bist und dich erholen kannst.«

»Ich brauche keine Erholung«, behauptete Abu Dun. »Ein paar Stunden Schlaf und eine kräftige Mahlzeit, und ich bin wieder der Alte.«

Andrej fragte sich, ob Abu Dun diesen Unsinn wirklich glaubte. Es grenzte an ein Wunder, dass der Pirat überhaupt noch lebte. Er würde Zeit brauchen, um wieder zu Kräften zu kommen.

»Ich muss es tun«, beharrte er. »Ich war der Lösung noch nie so nahe wie jetzt, Abu Dun. Ich spüre es.«

»Du warst dem Tod noch nie so nahe wie jetzt, du Narr«, murrte Abu Dun. Er schüttelte den Kopf, stemmte die Hände gegen den Boden und versuchte sich zu erheben, sank aber sofort mit einem grunzenden Schmerzlaut wieder zurück. »Meine Beine«, keuchte er. »Sie fühlen sich an, als wäre jeder Knochen ein Dutzend Mal gebrochen.«

»Es wird dauern, bis du dich wieder bewegen kannst,

ohne vor Schmerzen zu wimmern.« Andrej sah ihn an. »Wie fühlt es sich an, Ketten zu tragen?«

»Du wirst gleich wissen, wie es sich anfühlt, wenn man die Zähne ausgeschlagen bekommt!«, grollte Abu Dun.

Andrej grinste. Er trat zwei Schritte zurück und bot Abu Dun das erhobene Kinn dar. »Nur zu. Ich verspreche dir, nicht wegzulaufen. Und ich werde mich auch nicht wehren.«

»Du bist besessen, Hexenmeister, weißt du das?« Abu Dun wurde wieder ernst. »Du bist besessen von dem Gedanken, etwas herausfinden zu wollen, das du vielleicht nicht herausfinden solltest. Warum nimmst du nicht einfach hin, was du bist?«

»Weil ich es nicht kann«, antwortete Andrej. Er kam wieder näher, zögerte kurz und ließ sich unmittelbar neben dem Nubier mit untergeschlagenen Beinen nieder.

»Deine Neugier wird noch einmal dein Verderben sein«, sagte Abu Dun.

»Ich fürchte eher, dass Unwissenheit mein Verderben ist«, antwortete Andrej. »Erinnerst du dich an Alessa?«

»Thobias' Männer haben meine Beine verletzt, nicht meinen Schädel.«

»Dann erinnerst du dich auch daran, was sie erzählt hat«, fuhr Andrej fort. »Über die Krankheit. Das Fieber, an dem viele gestorben sind. Sie hat als Einzige überlebt, und danach war sie so wie ich. Hier ist das Gleiche passiert, Abu Dun. Es kann kein Zufall sein.«

Er erzählte Abu Dun, was er von Thobias erfahren und vor allem mit eigenen Augen gesehen hatte. Abu

Dun hörte zu, schweigend, aber mit größer werdendem Zweifel. Als Andrej zu Ende berichtet hatte, schüttelte er den Kopf und stieß hörbar die Luft zwischen den Zähnen aus.

»Das klingt nicht nach *dem Gleichen*«, sagte er vorsichtig. »Jedenfalls kann ich mich nicht erinnern, dass du jemals nachts zum Wolf geworden wärst und den Mond angeheult hättest.«

»Aber es hat etwas damit zu tun«, beharrte Andrej. »Ich kann es nicht genau erklären, Abu Dun. Aber es kann kein Zufall sein. Das sagt mir mein Verstand – und ich spüre es. Und da …«

Er brach ab. Abu Dun sah ihn erwartungsvoll an, aber Andrej machte keine Anstalten, weiterzusprechen, sondern starrte an ihm vorbei ins Leere.

»Und da?«, fragte Abu Dun schließlich.

»Nichts.«

»Du wolltest sagen: Und da ist noch mehr«, beharrte der Nubier.

Andrej seufzte. Natürlich hatte Abu Dun recht, und es tat ihm schon leid, dass ihm die Worte überhaupt herausgerutscht waren. Andererseits …

»Du hast recht«, sagte er, noch immer ohne Abu Dun anzusehen. Er vermied es auch weiterhin, während er sprach. »Vorhin, als … das Ungeheuer mich gepackt hatte … Es hätte mich töten können, weißt du? Es hatte mich in seiner Gewalt. Es hätte mich ohne Zweifel töten können.«

»Aber das hat es nicht getan.«

»Nein«, antwortete Andrej. »Das hat es nicht. Und ich frage mich, warum.«

»Nein«, sagte Abu Dun. »Das tust du nicht. Du weißt es.«

Andrej sah den Nubier nun doch an. »Manchmal bist du mir unheimlich, Pirat«, sagte er. »Liest du meine Gedanken?«

»Nur, wenn sie so deutlich auf deinem Gesicht geschrieben stehen wie jetzt, Hexenmeister.«

»Vielleicht hat es mich nicht getötet, weil es mich erkannt hat«, murmelte Andrej. »Vielleicht tötet es keinen seiner Art.«

»Seiner Art? Du meinst, du wirst eines Tages so wie es? Wie dieses Ungeheuer, das wir in jener Nacht getötet haben?«

»Ich bin nicht einmal sicher, ob ich es wirklich getötet habe«, antwortete Andrej. Er lachte bitter auf. »Vielleicht hat es in Wirklichkeit mich getötet, und ich habe es nur noch nicht bemerkt.«

Abu Dun sah ihn nachdenklich an. »Ich glaube, ich verstehe, was du meinst«, sagte er.

»Schön«, erwiderte Andrej. »Ich verstehe es jedenfalls nicht. Nicht genau. Und aus diesem Grund muss ich hier bleiben und versuchen, das Rätsel zu lösen.« Er stand auf, straffte sich und sprach mit veränderter Stimme weiter. »Außerdem geht es um die Menschen in Trentklamm. Dieser wahnsinnige Benedikt wird den ganzen Ort auslöschen, wenn Thobias ihn nicht überzeugt. Ich kann das nicht zulassen.«

»Weil die guten Leute dort sich uns gegenüber so gastfreundlich gezeigt haben«, sagte Abu Dun spöttisch. »Was hast du mit ihnen zu schaffen?«

»Ich werde nicht tatenlos zusehen, wie hundert unschuldige Menschen umgebracht werden«, beharrte Andrej. »Genauso wenig wie du. Jedenfalls würdest du das nicht tun, wenn du in besserer Verfassung wärst.«

»Ich *bin* in guter Verfassung«, behauptete Abu Dun. »Etwas zu essen könnte ich gebrauchen. Ein Wildschwein, oder eine halbe Kuh.«

»Wildschwein? Ich dachte, der Prophet verbietet euch den Genuss von Schweinefleisch.«

»Wer sagt, dass ich es genießen würde?«, versetzte Abu Dun und tat gleichzeitig so, als liefe ihm das Wasser im Munde zusammen.

Andrej stand auf. »Wenn ich dich eine Weile allein lassen kann, versuche ich ein Stück Wild zu jagen«, sagte er. »Lauf nicht weg.«

Es dauerte nicht lange, aber die Beute, mit der Andrej schließlich zurückkam, war mager: ein halb verhungertes Kaninchen, das zu schwach gewesen war, um davonzulaufen, und ein Eichhörnchen, das seine Neugier mit dem Leben bezahlt hatte.

Da sie es nicht wagen konnten, ein Feuer zu machen, verzehrten sie das Fleisch roh. Abu Dun schlang den größten Teil des Eichhörnchens gierig hinunter, ohne sich um Andrejs Warnung zu kümmern, und musste sich prompt übergeben. Als Andrej ihm einige Blätter brachte, um sich den Mund abzuwischen, riss er sie ihm wütend aus der Hand.

»Du kannst dir gar nicht vorstellen, wie leid es mir tut, dass das Ungeheuer Thobias' Männer getötet hat«, sagte er.

»Wie?«

Abu Dun fuhr sich mit den zusammengeknüllten Blättern über die Lippen und schleuderte sie angeekelt davon. »Ja. Ich hätte sie zu gerne selbst umgebracht.« Er warf einen gierigen Blick auf das Kaninchen, das Andrej mittlerweile ebenfalls abgezogen hatte, und griff schließlich danach. Diesmal aß er sehr viel vorsichtiger.

Auch Andrej war hungrig, aber er würde warten, bis Abu Dun fertig gegessen hatte, und sich mit dem Rest zufriedengeben. Der Nubier benötigte die Nahrung dringender als er. Etwas in ihm schrie beim Anblick des blutigen rohen Fleisches vor Gier. Am liebsten hätte er es Abu Dun aus den Händen gerissen, um es selbst zu verschlingen. Was hatte Abu Dun gesagt?

... dass du so wirst wie es?

Nein, er hatte keine Angst davor, dass er so werden *könnte.* Er spürte, dass etwas in ihm bereits zu dem Ungeheuer *wurde.* Und es wurde stärker, jeden Tag vielleicht nur ein winziges bisschen, aber es wurde stärker. Unaufhaltsam.

»Ich habe nachgedacht«, begann er, während der Nubier weiter von dem Kaninchenfleisch aß. »Wir können nicht hierbleiben. Wir brauchen ein Versteck. Einen Platz, an dem wir sicher sind, bis du wieder in der Lage bist, dich allein zu bewegen.«

»Birgers Haus steht im Moment leer«, sagte Abu Dun spöttisch. »Ich glaube nicht, dass es gebraucht wird oder jemand freiwillig dorthin kommt.«

»Das ist nicht ganz das Richtige«, stellte Andrej fest.

Abu Dun hörte auf zu kauen und sah ihn misstrauisch an.

»Der Friedhof«, ergänzte Andrej.

»Wieso habe ich gewusst, dass du das sagen würdest?«, fragte Abu Dun unglücklich.

»Thobias und vor allem Vater Ludowig waren sehr deutlich«, sagte Andrej. »Die Leute fürchten diesen Ort. Es ist kein Friedhof, an den sie kommen würden, um ihre Verstorbenen zu besuchen. In der Kapelle sind wir sicher. Wenigstens für ein paar Tage.«

Abu Dun verzog das Gesicht, ersparte sich aber jede Antwort und kaute stattdessen weiter. Andrej konnte ihm ansehen, dass er immer wieder gegen Übelkeit und Brechreiz ankämpfte. Es gelang ihm jedoch, die Nahrung im Magen zu behalten.

Sie blieben noch eine Weile sitzen, dann half Andrej dem Nubier dabei, wieder in den Sattel zu steigen – was er zwar nur mühsam, aber aus eigener Kraft schaffte. Andrej musste ihn auch nicht mehr festbinden, bevor sie losritten.

Sie kamen nur langsam vorwärts. Der Wald war sehr dicht, und weder Andrej noch Abu Dun kannten sich hier aus. Erst kurz vor Anbruch der Dämmerung erreichten sie das schmale Seitental, an dessen Ende der ummauerte Friedhof lag.

Obwohl er wusste, wie schwer Abu Dun das Laufen fallen würde, bestand Andrej darauf, abzusteigen und die Pferde davonzujagen, um keine verräterischen Spuren zu hinterlassen.

Es fiel Abu Dun allerdings nicht schwer zu gehen.

Es war ganz und gar unmöglich.

Er machte einen einzelnen tastenden Schritt und brach mit einem Schmerzensschrei zusammen.

Andrej musste ihn tragen. Zwei- oder dreihundert Schritte, von denen jeder einzelne schwerer wog als der zuvor. Andrej setzte ein Dutzend Mal ab, und er war bald froh um jedes Pfund, das Abu Dun im Laufe der beiden letzten Wochen verloren hatte. Dennoch schien der Nubier mit jedem Schritt schwerer zu werden. Als Andrej sich durch das geschmiedete Tor quälte, hatte er das Gefühl, eine Tonne auf den Schultern zu tragen. Dem Zusammenbruch nahe, erreichte er die Kapelle und schickte ein Stoßgebet zum Himmel, dass die Tür nicht verschlossen sein würde.

Sie war nicht verschlossen, aber die Angeln waren so alt und verrostet, dass sie sich schwer öffnen ließ. Nachdem Andrej Abu Dun behutsam auf dem Boden abgelegt und kurz Atem geschöpft hatte, kostete es ihn alle Kraft, die er noch aufbringen konnte, die Tür zu öffnen und in die Kapelle zu stolpern.

In ihrem Inneren war es so dunkel, dass er trotz seiner verstärkten Sehkraft nur vage Umrisse erkannte. Auf den Fenstern lag eine fingerdicke Schmutzschicht, und bei jedem Schritt, den er machte, wirbelten Staubflocken auf, die zum Husten reizten. Diesen Raum hatte seit Jahren niemand mehr betreten.

Andrej untersuchte ihn trotzdem, kurz, aber sehr gewissenhaft, dann ging er zurück und holte Abu Dun. Nachdem er ihn in eine einigermaßen bequeme Lage gebettet hatte, kehrte er zurück zum Anfang des Tales, um die Satteldecken und ihr übriges Gepäck zu holen, dass sie dort zurückgelassen hatten. Als er zum zweiten Mal in die Kapelle trat, war er so erschöpft, dass er gerade noch die Tür hinter sich schließen konnte, ehe er sich auf dem nackten Boden ausstreckte und auf der Stelle einschlief.

Er erwachte von lautstarkem Stöhnen und dem sauren Geruch nach kaltem Schweiß. Abu Dun.

Andrej fuhr mit einem Ruck hoch und registrierte beiläufig, dass es ein wenig heller geworden war. Graugefärbtes Sonnenlicht sickerte durch Löcher und Ritzen in der verkrusteten Staubschicht auf den Fenstern wie durch einen halb vermoderten Bretterzaun; draußen herrschte heller Tag.

Das Stöhnen wurde lauter. Abu Dun lag auf dem Rücken und fantasierte lautstark in seiner Muttersprache. Sein Gesicht glänzte von kaltem, ungesundem Schweiß, und er lag nicht still, sondern warf sich gequält im Schlaf hin und her.

Andrej ließ sich neben ihm auf die Knie sinken, zögerte noch einen Moment und rüttelte dann an seiner Schulter. Abu Dun brauchte Schlaf, aber dies war kein erholsamer Schlaf, sondern ein Fieber, das seinen Körper weiter auszehren würde.

Drei- oder viermal musste Andrej an Abu Duns Schulter rütteln, bevor der Nubier endlich die Augen aufschlug. Andrej war dennoch nicht sicher, dass er wirklich wach war. Abu Duns Augen blickten trüb, und für einen Moment glaubte er tatsächlich, die verzehrende Flamme des Fiebers zu erkennen, das dahinter loderte und ihn langsam von innen heraus auffraß.

»Durst«, krächzte Abu Dun. »Ich … ich habe Durst.«

»Wir haben kein Wasser«, sagte Andrej bedauernd. Er verfluchte sich, und das nicht zum ersten Mal. Sie hatten nicht nur kein Wasser, sie hatten *nichts.* Ihre Flucht aus der Klosterfestung war mehr als überhastet gewesen – dabei hätte es nur eines kurzen Aufschubs bedurft, um Vorräte und Wasser zu suchen. Dieser Fehler hätte ihm nicht unterlaufen dürfen. Früher wäre ihm dieser Fehler nicht unterlaufen.

»Ich gehe und suche Wasser«, sagte er. »Ich bin sicher, dass ich welches finde, keine Sorge.«

Er wollte aufstehen, aber Abu Dun griff nach seinem Arm und hielt ihn mit solcher Kraft fest, dass es wehtat.

»Nein!«, keuchte er. »Lass mich nicht … nicht allein.«

Andrej versuchte sich loszumachen, aber Abu Dun hielt ihn mit so verzweifelter Kraft fest, dass er ihm die Finger hätte brechen müssen. »Du brauchst Wasser«, sagte er. »Du hast hohes Fieber.«

»Hilf mir«, murmelte Abu Dun. »Ich … ich brauche kein Wasser. Du kannst mir helfen.«

»Aber dazu muss ich …«

»Du kannst mir helfen«, unterbrach ihn Abu Dun. »Du weißt es. Mach … mach mich so wie … wie du.«

»Du weißt, dass ich das nicht kann«, sagte Andrej leise.

»Du kannst es«, beharrte der Nubier. Er stöhnte. Sein Körper zuckte unkontrolliert in Fieberkrämpfen. »Ich sterbe, Hexenmeister. Ich will, dass du … dass du mich verwandelst. Mach mich zu einem wie dich. Mach mich zum Vampyr.«.

»Du weißt nicht, was du da redest«, sagte Andrej,

aber Abu Dun unterbrach ihn erneut, indem er ihn mit schriller Stimme anschrie:

»Du bist es mir schuldig! Sie haben mir das alles nur deinetwegen angetan!«

»Das weiß ich«, meinte Andrej sanft. »Und es tut mir unendlich leid. Aber ich kann nicht tun, was du von mir verlangst.«

»Du schuldest es mir«, beharrte Abu Dun. »Ich bin seit zehn Jahren bei dir. Ich habe dir hundertmal den Hals gerettet, und jetzt lässt du mich sterben. Ich verlange es. Hörst du, Hexenmeister? *Ich verlange es*!«

Andrej befreite sich nun doch mit sanfter Gewalt aus Abu Duns Griff. Er verzichtete auf eine Antwort. Sie wäre ohnehin sinnlos gewesen. Im gleichen Moment, in dem er seine Hand abgestreift hatte, war der Nubier wieder zurückgesunken und hatte zu stöhnen begonnen. Seine Augen waren noch immer weit geöffnet. Andrej bezweifelte, dass er ihn noch gehört hätte. Er fantasierte und hatte hohes Fieber. Seine Stirn schien zu glühen, als Andrej vorsichtig die Hand darauf legte. Er brauchte dringend Wasser. Andrej stand auf und verließ mit sehr schnellen Schritten die Kapelle.

11

Auf diese Weise vergingen die nächsten drei Tage. Andrej hatte sowohl Wasser gefunden als auch genügend Wild erlegt, und er hatte in den Jahren, die sie auf der Flucht vor dem Krieg und den heranrückenden Türken in den Wäldern gelebt hatten, gelernt, rauchloses Feuer zu machen, sodass sie nicht mehr gezwungen waren, das Fleisch roh zu verzehren. Als der ärgste Dreck aus der Kapelle geschafft war, hatte Andrej es nach langem Zögern und mit einem schlechten Gefühl am Ende doch gewagt, nach Trentklamm zu gehen und Kleider für Abu Dun zu stehlen.

Abgesehen davon hatte er fast die gesamte Zeit an Abu Duns Lager verbracht. Der Nubier hatte beinahe ununterbrochen geschlafen. Sein Fieber war nur langsam gesunken, aber es hatte schließlich nachgelassen, und schon am zweiten Tag hatte er aufgehört zu fantasieren und im Schlaf um sich zu schlagen.

Kurz vor Sonnenaufgang des vierten Tages – noch drei Tage, bis Vater Benedikt und die Inquisition hier sein würden – erwachte Abu Dun zum ersten Mal klar und ohne Fieber und verlangte mit schwacher, aber sehr klarer Stimme nach Wasser und etwas zu essen. Andrej stand sofort auf und brachte ihm beides. Sie hatten genügend Wasser, und vom Vortag war noch die Hälfte eines Hasen übrig, den Andrej mit bloßen Händen erlegt und an einem Stock über dem Feuer gebraten hatte, das in einem vor direkter Sicht geschützten Loch hinter der Kapelle angelegt war.

Er sah mit großem Vergnügen zu, wie Abu Dun den gesamten Braten verzehrte und anschließend einen gierigen Blick auf den Haufen abgenagter Knochen warf, schüttelte aber bedauernd den Kopf.

»Es ist nichts mehr da«, sagte er. »Und du solltest auch nicht zu viel essen, sonst wird dir am Ende wieder übel.«

»Du bist wie eine Mutter zu mir«, sagte Abu Dun, während er den letzten Bissen mit einem gewaltigen Schluck Wasser hinunterspülte und anschließend so kräftig rülpste, dass man es noch auf der anderen Seite der Berge hören musste.

Andrej verzog das Gesicht. »Du bist wieder ganz der Alte«, sagte er. »Zweifellos.«

Abu Dun zog eine Grimasse, antwortete aber nicht, sondern warf einen neugierigen Blick auf den Stapel unordentlich gefalteter Kleider, der neben Andrejs linkem Knie lag. »Du hast Kleidung besorgt?«

Andrej schob ihm die Kleider zu. »Es beleidigt mein Schönheitsempfinden, andauernd deinen nackten schwarzen Hintern ansehen zu müssen. Die Sachen dürften dir passen. Sie stammen aus Birgers Truhe.«

»Birger?«

Andrej schlug bedeutungsvoll mit der flachen Hand auf einen Beutel unter seinem Hemd. Ein leises Klirren war zu hören. »Ich habe auch den Rest aus der Truhe mitgebracht. Man kann nie wissen, wofür man es braucht.«

»Du warst in Trentklamm?«, fragte Abu Dun nach.

»Sei unbesorgt«, beruhigte ihn Andrej. »Niemand hat mich bemerkt. Und niemand wird merken, dass ich da war. Es war deine eigene Idee, hast du das schon vergessen? Birgers Haus ist verlassen. Selbst wenn jemand merkt, dass die Truhe leer ist, werden sie glauben, dass Birger die Sachen geholt hat.«

»Birger.« Abu Dun hielt das zerschlissene, aber blütenweiß gewaschene Hemd in die Höhe, das Andrej ihm gebracht hatte, und betrachtete es missmutig. Es war lang genug, um ihm zu passen, aber er würde alle Mühe haben, seine breiten Schultern hineinzuquetschen; selbst jetzt, wo er so abgmagert war.

»Es war dein Vorschlag«, erinnerte Andrej ihn erneut.

»Ich erinnere mich, was ich gesagt habe«, antwortete Abu Dun. Er ließ das Hemd sinken. »Ich erinnere mich auch an einige andere Dinge, die ich gesagt habe.«

»Du hattest hohes Fieber«, sagte Andrej. »Die meiste Zeit hast du nur wüst vor dich hin gesprochen. Obwohl ich nicht sagen könnte, dass es ein großer Unterschied zu dem war, was du sonst redest.«

Der Nubier blieb ernst. »Du weißt, was ich meine«, sagte er. »Ich … Ich wollte nicht …«

Andrej unterbrach ihn mit einer erschrockenen Geste. Er hatte etwas gehört; ein Geräusch, das so leise war, dass es Abu Dun mit Sicherheit entgangen war, das aber eindeutig nicht hierhergehörte und das näher kam.

»Was?«, fragte Abu Dun.

Andrej wiederholte seine mahnende Geste und

stand mit einer fließenden Bewegung auf. »Nichts«, flüsterte er. »Zieh die Sachen an. Ich sehe nach.«

Abu Dun wollte widersprechen, aber Andrej beachtete ihn gar nicht, sondern drehte sich rasch herum und ging zur Tür. Alles war ruhig, als er die Kapelle verließ. Über dem Friedhof lag noch immer das silbergraue Licht der Nacht, an das Andrej sich trotz allem noch nicht wirklich gewöhnt hatte, das ihm aber mit jedem Tag auf sonderbare Weise vertrauter wurde. Es war beinahe so, als verwandle er sich allmählich in ein Geschöpf der Dämmerung, das mehr in der Dunkelheit als im hellen Licht des Tages zu Hause war. Ohne auch nur einen Blick in den Himmel hinaufwerfen zu müssen, wusste er, dass die Morgendämmerung noch gute zwei Stunden entfernt war.

Dennoch war der Himmel im Osten nicht vollkommen schwarz. Das düsterrote flackernde Licht von Fackeln war über der Mauerkrone zu sehen, und er hörte die Geräusche nun deutlicher, die ihn alarmiert hatten. Schritte. Stimmen. Das Rascheln von Stoff und das Knistern brennender Fackeln. Menschen kamen. Viele Menschen.

Andrej huschte durch das geschmiedete Tor und wandte sich dem Eingang des Tales zu, aber er legte nicht einmal die Hälfte der Distanz zurück, ehe er wieder anhielt und sich in den Schatten eines Felsens kauerte.

Es war eine ganze Prozession, die sich dem Friedhof näherte; zwanzig, vielleicht dreißig oder mehr Gestalten, die Fackeln trugen und in drei Reihen marschierten. Andrej hörte Stimmen, aber er konnte die Worte nicht verstehen, nur eine Art eintönigen Singsang, der klang wie ein Gebet.

Er hatte genug gesehen. Lautlos von Schatten zu Schatten huschend kehrte er zur Kapelle zurück und schloss die Tür hinter sich.

»Was ist los?« Abu Dun hatte sich mittlerweile angezogen und stand unsicher auf den Beinen. Er schwankte nicht, aber seine verkrampfte Haltung machte Andrej klar, welche Mühe ihm diese einfache Handlung abverlangte. Es sah nicht so aus, als würde er ein nennenswertes Stück gehen oder gar laufen können.

»Eine Beerdigung«, antwortete Andrej.

»Eine Beerdigung? Jetzt?«

Andrej hob die Schultern. »Die Leute hier haben eben andere Bräuche als bei uns.«

»Eine Beerdigung, Stunden vor Sonnenaufgang?« Abu Dun runzelte die Stirn. »Das sind wahrlich sonderbare Bräuche. Wir müssen von hier verschwinden.«

»Dazu ist es zu spät«, antwortete Andrej kopfschüttelnd. »Das Tal hat nur einen Ausgang. Wir würden ihnen direkt in die Arme laufen.« Er zwang sich zu einem aufmunternden Lächeln, spürte aber selbst, wie kläglich es misslang. »Aber mach dir keine Sorgen – niemand wird hier hereinkommen. In diesem Raum ist seit mindestens zehn Jahren niemand mehr gewesen, bevor wir kamen. Wenn wir kein verräterisches Geräusch machen, passiert uns nichts.«

»Und wenn sie doch hereinkommen?«

»Dann lasse ich mir Flügel wachsen und fliege davon«, sagte Andrej. »Und du bist in Schwierigkeiten.«

»Sehr komisch«, murrte Abu Dun. Er machte einen

vorsichtigen Schritt, blieb stehen und lauschte einen Moment in sich hinein, bevor er einen weiteren Schritt tat.

Andrej war mittlerweile zum Fenster gegangen. Er befeuchtete seinen Daumen mit der Zunge und rieb ein winziges Guckloch in den Schmutz auf der Scheibe, gerade groß genug, um hindurchsehen zu können, aber um auf gar keinen Fall von außen bemerkt zu werden.

Seine Mühe wurde belohnt. Von seinem Standpunkt aus konnte er sowohl das Tor als auch einen guten Teil des Friedhofgeländes überblicken. Es verging nicht mehr viel Zeit, bis der rote Feuerschein heller wurde und schließlich die ersten Mitglieder der Prozession durch das schmiedeeiserne Tor schritten.

Andrej war nicht sehr überrascht, Vater Ludowig an der Spitze der Prozession zu erblicken. Er trug keine Fackel, hatte aber beide Hände um ein hölzernes Kruzifix geschlossen, und seine Lippen bewegten sich unentwegt im Gebet.

Hinter ihm traten vier Männer durch das Tor, die einen schlichten, aus frisch gehobelten Brettern gezimmerten Sarg zwischen sich trugen. Er war vollkommen schmucklos und offensichtlich in großer Hast gebaut, aber Andrej fiel selbst über die große Entfernung auf, wie massiv die Bretter waren, aus denen er bestand; und wie viele Nägel man benutzt hatte, um den Deckel zu befestigen. Es war wie bei dem Grab, das sie vor ein paar Tagen besichtigt hatten: Jemand schien wirklich großen Wert darauf zu legen, dass der, der in diesem Sarg lag, auch darin liegen blieb.

Den Sargträgern folgten fünf oder sechs Männer in einfachen Kleidern. Hinter ihnen gingen vier weitere Männer, die einen zweiten Sarg zwischen sich trugen.

»Zwei!«, flüsterte Abu Dun überrascht. Er stand neben Andrej und hatte sich ein eigenes Guckloch gemacht. »Und sieh nur, am Ende der Reihe. Das sind zwei weitere, nicht sehr alte Gräber … nein, drei. Und ich dachte, das Leben in den Bergen wäre so wohltuend.«

Andrej brachte Abu Dun mit einer ärgerlichen Geste zum Verstummen. Der Nubier hatte recht: Die Grabreihe war deutlich länger geworden, seit er zusammen mit Thobias und Vater Ludowig hier gewesen war. Wieso war ihm das nicht aufgefallen? Er hatte die Kapelle im Laufe der zurückliegenden drei Tage häufig verlassen und wieder betreten.

Die Prozession näherte sich dem Ende der Grabreihe. Andrej gab den Versuch auf, die Männer zu zählen oder ihre Gesichter erkennen zu wollen, aber ihm fiel auf, dass es sich ausnahmslos um Männer handelte. Keine Frauen, keine Kinder. Die beiden Verstorbenen schienen keine besonders großen Familien gehabt zu haben.

Die Särge wurden abgesetzt. Die Männer mit ihren Fackeln bildeten einen dichten Halbkreis, in dessen Zentrum einige Dörfler begannen, mit mitgebrachten Spitzhacken und Schaufeln eine Grube auszuheben. Mit vereinten Kräften ging die Arbeit schnell von der Hand. Trotzdem dauerte die gesamte Zeremonie eine gute Stunde. Andrej war fremd in diesem Land und kannte weder seine Menschen noch deren Sitten und

Gebräuche. Dennoch hatte er den Eindruck, keinem christlichen Begräbnis zuzusehen – obwohl viele Kreuze zu sehen waren und Vater Ludowig nahezu ununterbrochen betete.

Endlich wandten sich die Trauergäste – falls es überhaupt solche waren – einer nach dem anderen um und gingen; nicht mehr in einer geschlossenen Prozession, sondern in einzelnen kleinen Gruppen. Schließlich blieb nur noch Ludowig zurück. Bei ihm waren zwei Männer, die Fackeln trugen und es sich offensichtlich zur Aufgabe gemacht hatten, auf ihren Priester Acht zu geben.

»Allah sei Dank«, murmelte Abu Dun, als endlich auch Ludowig und seine beiden Begleiter den Friedhof verlassen hatten. »Ich dachte schon, er wollte gleich hier bleiben.«

»Wieso?«

»Er ist ziemlich alt«, sagte Abu Dun mit todernstem Gesicht. »Möglicherweise lohnt sich der weite Rückweg gar nicht mehr.«

»Du bist wieder ganz der Alte«, erwiderte Andrej. »Zumindest deine Späße sind so schlecht wie eh und je.«

»Wieso Späße?« Abu Dun sah ihn einen Moment lang so überzeugend ernst an, dass Andrej tatsächlich Zweifel kamen, dann grinste er plötzlich und breit und wollte sich zur Tür wenden, aber Andrej schüttelte den Kopf.

»Noch nicht. Ich möchte sichergehen, dass niemand zurückkommt.«

Seine Vorsicht war völlig überflüssig. Niemand kam

zurück, um noch einmal am Grab seines Bruders oder Vaters zu weinen, und es erschien auch niemand, um einen Drudenfuß abzulegen oder das Grab auf andere Weise magisch zu versiegeln. Nach einer Weile verließen sie die Kapelle und näherten sich vorsichtig den beiden frisch ausgehobenen Gräbern. Andrej lauschte mit all seinen übermenschlich scharfen Sinnen in die Nacht hinein, aber da war kein Geräusch mehr, das nicht hierhergehörte. Sie waren allein.

Dennoch erlebten sie eine Überraschung. Es gab nicht zwei Gräber, sondern nur ein einzelnes, breit genug, um zwei Särge nebeneinander aufzunehmen. Auf diesem Grab lag kein Stein, und es gab nur ein einfaches Holzkreuz ohne Beschriftung.

»Was suchen wir hier?«, fragte Abu Dun, nachdem sie eine ganze Weile schweigend nebeneinander dagestanden und den flachen Hügel aus frischer Erde angestarrt hatten. Das Grab roch gut; nicht so, wie ein Grab riechen sollte, sondern nach *Leben.* Sonderbar.

»Ich weiß es nicht«, gestand Andrej. »Aber irgendetwas ist hier nicht so, wie es sein sollte. Oder wie man uns glauben machen will, dass es ist.«

»Du bist auch ganz der Alte geblieben«, sagte Abu Dun spöttisch. »Du liebst es noch immer, in Rätseln zu sprechen.«

Andrej machte eine unwillige Geste zu den frischen Gräber ringsum. »Fünf Tote in weniger als zwei Wochen, das nenne ich auf jeden Fall nicht üblich«, sagte er.

»Vielleicht ist eine Krankheit ausgebrochen«, sagte Abu Dun achselzuckend. Nach einem kurzen Augenblick fügte er hinzu: »Oder es sind die Soldaten aus dem Kloster.«

»Die man extra den langen Weg hierhergeschafft hat, um sie auf diesem Friedhof beizusetzen?« Andrej schüttelte wenig überzeugt den Kopf.

»Dann doch eine Krankheit«, beharrte Abu Dun. »Wer weiß, vielleicht sogar die Pest. Wir sollten machen, dass wir von hier verschwinden, bevor wir uns am Ende noch anstecken.«

»Unsinn!« Andrej sah sich suchend um, und er entdeckte fast sofort, wonach er Ausschau gehalten hatte: Die Dörfler hatten Spitzhacken und Schaufeln nicht wieder mitgenommen, sondern in ein paar Schritten Entfernung liegen gelassen. Vielleicht hatte Abu Dun recht, und es standen tatsächlich noch mehr Beerdigungen an, sodass es die Mühe nicht lohnte, das Werkzeug ständig hin- und herzuschleppen.

Er holte zwei Schaufeln und reichte eine davon Abu Dun. Der Nubier starrte sie an, als handle es sich um ein besonders ekliges Getier, das noch mit den Giftzähnen klapperte.

»Was soll ich damit?«

»Mir beim Graben helfen«, antwortete Andrej. »Ich will wissen, woran diese Leute gestorben sind.«

»Bist du verrückt?« Abu Dun verschränkte die Arme vor der Brust. »Außerdem bin ich krank und darf mich nicht so anstrengen, das hast du selbst gesagt.«

Ohne ein weiteres Wort zu erwidern, begann Andrej zu graben. Der lockere Boden machte es leicht, rasch vorwärtszukommen. Abu Dun sah ihm eine Weile mit finsterer Mine zu, zog sich aber bald ein Stück zurück; auch, weil die eine oder andere Schaufel Erdreich ganz zufällig in seine Richtung flog.

Zu Andrejs Erleichterung – aber ebenso großen Überraschung – war das Grab nicht besonders tief. Er hatte kaum einen halben Meter gegraben, als die hölzerne Schaufel auf Widerstand stieß. Er schaufelte schneller, legte nach einem Augenblick den ersten und wenige Augenblicke später den zweiten Sarg frei.

»Mach nicht so viel Lärm«, sagte Abu Dun grinsend. »Du weckst ja die Toten auf.«

Andrej warf die Schaufel nach ihm, ging in die Hocke und begutachtete die Särge aufmerksam. Seine erste Einschätzung war richtig gewesen. Die Särge waren roh und mit offensichtlich sehr viel mehr Hast als Sorgfalt zusammengezimmert, aber äußerst stabil. Ohne Werkzeug hatte er keine Möglichkeit sie zu öffnen.

Andrej zog sein Schwert, schob die Klinge mit einiger Mühe in den schmalen Spalt zwischen Deckel und Sarg und benutzte die Waffe als Hebel. Im ersten Moment geschah nichts. Andrej verstärkte seine Anstrengungen und fürchtete schon, seine Schwertspitze könnte abbrechen. Dann aber gab der Sargdeckel nach. Die Nägel glitten mit einem sonderbar weichen, fast seufzenden Laut aus dem Holz. Im nächsten Augenblick folgte der Deckel, der zur Seite kippte und zerbrach.

Andrej wusste nicht, was er erwartet hatte – aber darunter lag nichts anderes als das, was man in einem Grab gewöhnlich fand: ein Toter. Der Mann konnte nicht viel älter gewesen sein als Thobias. Seinen eingefallenen Wangen und dem gequälten Ausdruck auf seinem Gesicht nach zu schließen, war er keines sehr leichten Todes gestorben.

»Und?« Abu Dun kam näher, blieb aber in größerem Abstand stehen, als notwendig gewesen wäre, und beugte sich neugierig vor.

Andrej fegte die Reste des zerbrochenen Sargdeckels mit einer Handbewegung zur Seite und betrachtete den Toten genauer. Der Mann war vor nicht sehr langer Zeit gestorben; Andrej nahm sogar an, erst im Laufe der zurückliegenden Nacht.

»Ich weiß nicht«, sagte er unentschlossen. »Die Pest war es jedenfalls nicht.«

Er überlegte noch einen Moment, dann wandte er sich dem anderen Sarg zu und öffnete ihn auf die gleiche Weise wie den ersten, nur mit etwas weniger Mühe. Auch in ihm lag der Leichnam eines Mannes, der allerdings deutlich älter gewesen war als der erste.

»Wenn Ihr damit fertig seid, die Totenruhe zu stören, dann sollten wir uns unterhalten, Andrej.«

Obwohl Andrej die Stimme sofort erkannt hatte, vergingen noch einige Augenblicke, bevor er sich langsam herumdrehte.

Thobias war lautlos aus dem Schatten herausgetreten. Er trug eine gespannte Armbrust in der rechten und einen beidseitig geschliffenen Dolch in der linken Hand. Anscheinend war er allein gekommen, aber er schien keine Furcht zu empfinden. Auf seinem Gesicht lag ein Ausdruck grimmiger Entschlossenheit.

»Eine beeindruckende Vorstellung«, spottete Abu

Dun. »Es ist bisher nur wenigen Männern gelungen, sich an mich anzuschleichen.« Er machte eine Kopfbewegung auf die Armbrust in Thobias' Hand. »Kannst du damit umgehen, Mönchlein?«

»Auf diese Entfernung?« Thobias hob die Schultern. Er stand keine fünf Meter von Abu Dun entfernt. »Wollt Ihr mich prüfen, Heide?«

»Aber du kannst uns nicht beide töten«, sagte Abu Dun. »Mich vielleicht oder Andrej – aber einer bliebe übrig und würde dich töten.«

»Was macht das für einen Unterschied?«, fragte Thobias bitter. »In drei Tagen lebt in diesem Tal ohnehin niemand mehr.«

»Niemand muss sterben, Thobias«, sagte Andrej rasch. Er warf Abu Dun einen mahnenden Blick zu, aber er sah, wie sich der Nubier insgeheim zum Sprung spannte. Unter anderen Umständen hätte er Abu Dun durchaus zugetraut, mit Thobias fertigzuwerden, trotz dessen Waffen, aber nicht in dieser Situation.

Sehr vorsichtig, um Thobias nicht zu einer Unbesonnenheit zu treiben, richtete er sich auf und schob das Schwert in den Gürtel zurück.

»Hört mir zu, Thobias«, sagte er. »Ich weiß, was Ihr denken müsst, aber es ist nicht so, wie es den Anschein hat.«

»So?«, fragte Thobias bitter. »Wie ist es dann? Welche Geschichte wollt Ihr mir erzählen, Andrej? Noch mehr Lügen?«

»Ich habe Eure Männer nicht getötet, Thobias«, sagte Andrej in beschwörendem Tonfall. »Es war das Ungeheuer. Dasselbe Geschöpf, das Günther getötet hat. Abu Dun und ich konnten ihm mit Mühe und Not entkommen.«

»Lügen«, sagte Thobias. Seine Stimme zitterte. »Nichts als neue Lügen.«

»Ihr wisst, dass es nicht so ist«, sagte Andrej ernst. »Wenn ihr mir nicht glauben würdet, hättet Ihr mich längst getötet. Ihr hättet aus dem Schatten heraus auf Abu Dun geschossen und ihn vermutlich auch getroffen, und Ihr hättet wahrscheinlich sogar noch die Zeit gefunden, auch noch einen zweiten Pfeil aufzulegen und mich zu töten. Aber Ihr habt es nicht getan. Warum?«

In Thobias' Gesicht zuckte es. Die Armbrust in seiner Hand schwenkte ganz langsam herum und richtete sich nun auf Andrej. »Sagt Ihr es mir!«, verlangte er.

»Weil Ihr wisst, dass ich die Männer nicht getötet habe«, antwortete Andrej. »Wäre ich es gewesen, dann wäre ich nicht geflohen, sondern hätte auf Euch gewartet, um Euch auch noch umzubringen. Es war das Ungeheuer. Der Werwolf.«

Thobias fuhr unmerklich zusammen. Die Armbrust in seiner rechten und der Dolch in seiner linken Hand zitterten.

»Ich … ich glaube Euch nicht …«, stammelte er.

»Und warum sind wir dann noch hier?« Andrej machte eine wedelnde Handbewegung zu den beiden aufgebrochenen Särgen. »Warum tun wir das hier? Wir wären längst hundert Meilen weit weg, wenn Ihr recht hättet.«

Thobias schwieg. Auf sein Gesicht hatte sich ein Ausdruck purer Qual gelegt, und dann …

… öffnete der jüngere der beiden Toten die Augen und stieß ein leises Winseln aus!

Andrej sprang mit einem entsetzten Keuchen zur Seite, aber seine Bewegung kam zu spät. Der vermeintliche Tote richtete sich auf, mit einer sonderbar steifen, nicht wirklich lebendig wirkenden Bewegung. Seine Hand zuckte vor und umklammerte Andrejs Fußgelenk mit solcher Kraft, dass er das Gleichgewicht verlor und fiel, und noch während er stürzte, sah er, wie Thobias die Armbrust herumschwenkte und abdrückte. Die Sehne entspannte sich mit einem peitschenden Knall, und der gut handlange Bolzen traf den lebenden Toten präzise zwischen die Augen, durchbohrte seinen Schädel und trat am Hinterkopf wieder aus. Der Mann sank lautlos zurück in den Sarg, und der schreckliche Griff der Totenhand löste sich von Andrejs Knöchel.

Noch bevor sich Andrej wieder in die Höhe gestemmt hatte, war Abu Dun über Thobias. Mit einer einzigen Bewegung entrang er ihm den Dolch und schlug ihm zugleich die Armbrust aus der Hand. Blitzschnell wirbelte er ihn herum, schlang den Arm von hinten um Thobias' Hals und riss ihn von den Füßen. Thobias bäumte sich auf, begann verzweifelt mit den Beinen zu strampeln und versuchte hinter sich zu greifen, um Abu Dun die Augen auszukratzen. Der Nubier lachte nur. Abu Dun mochte in einem bemitleidenswerten Zustand sein, aber er war immer noch stark genug, um Thobias mit einer beiläufigen Bewegung das Genick zu brechen.

»Abu Dun!«, rief Andrej. »Lass ihn los!«

Abu Dun drehte sich nur lachend zu ihm herum,

wobei er Thobias wie eine gewichtslose Stoffpuppe herumschleuderte. Der Prediger hatte aufgehört mit den Beinen zu strampeln, und aus seinen Schreien war ein halb ersticktes Keuchen geworden.

»Lass ihn los, Abu Dun!«, ermahnte Andrej ihn scharf. »Du bringst ihn ja um!«

»Genau das habe ich vor«, antwortete Abu Dun. »Allerdings nicht so schnell. So leicht werde ich es deinem Freund nicht machen.«

Er ließ Thobias fallen. Der junge Priester brach zusammen, schlug beide Hände gegen den Hals und rang würgend und hustend nach Luft. Abu Dun starrte ohne die geringste Spur von Mitleid auf ihn hinab, dann schob er den Dolch in den Hosenbund, bückte sich nach Thobias' Armbrust und brach sie ohne besondere Anstrengung in Stücke.

Mit schnellen Schritten war Andrej bei Thobias und kniete neben ihm nieder. »Ist alles in Ordnung?«, fragte er.

Thobias wollte antworten, brachte im ersten Moment aber nichts als ein weiteres qualvolles Husten heraus. Aber er nickte.

»Schon … schon gut«, keuchte er. »Gebt mir … nur einen Augenblick.«

Andrej sah wütend zu Abu Dun hoch. »Du hättest ihn beinah getötet!«

»Gut«, sagte Abu Dun. »Schade, dass es nur beinahe war.«

»Lasst ihn«, sagte Thobias. »Es geht schon wieder. Ich kann Euren Freund verstehen. Ich an seiner Stelle hätte wahrscheinlich auch nichts anderes getan.«

Er stand auf. Sein Atem ging noch immer schnell, aber er erholte sich rasch. Er schien viel zäher zu sein, als Andrej angenommen hatte. Nachdem er einen letzten ängstlichen Blick auf Abu Duns Gesicht geworfen hatte, setzte er sich in Bewegung und ging an Andrej vorbei auf das geöffnete Grab zu. Abu Dun und Andrej folgten ihm.

Der Mann im Sarg war nun endgültig tot. Der Ausdruck von Qual war von seinem Gesicht verschwunden und hatte einem Ausdruck fassungslosen Staunens Platz gemacht. Er würde sicher kein zweites Mal von den Toten auferstehen. Der Armbrustbolzen hatte seinen Schädel fast zur Gänze durchschlagen; nur das dreifach gefiederte Ende ragte noch wie ein barbarischer Kopfschmuck aus dem Schädelknochen über der Nase.

»Ein wahrer Meisterschuss«, lobte Abu Dun.

»Früher konnte ich sehr gut mit der Armbrust umgehen«, antwortete Thobias mit belegter Stimme. »Aber ich dachte, ich hätte es verlernt. Ich hatte nur Glück.«

»Wie mir scheint, hatten wir das alle«, sagte Abu Dun. »Aber wie kann das sein? Der Mann war doch tot. Das … das ist Zauberei!«

Er verstellte sich außerordentlich gut, fand Andrej. Das Zittern in seiner Stimme hätte sogar ihn überzeugt.

»So etwas wie Zauberei gibt es nicht«, antwortete Thobias. Auch seine Stimme klang erschüttert. Er starrte den zum zweiten Mal Gestorbenen aus schreckgeweiteten Augen an, dann beugte er sich über das andere offene Grab. Sorgsam tastete er nach dem Puls des Toten, hob seine Augenlider und tat noch einige andere Dinge, die Andrej nicht genau begriff. Schließlich richtete er sich auf und sah zuerst Abu Dun und dann Andrej an.

»Es beginnt wieder«, murmelte er.

»*Was* beginnt wieder?«, fragte Abu Dun.

Statt zu antworten, bückte sich Thobias nach der Schaufel, die Andrej fallen gelassen hatte, und ging zu dem benachbarten frischen Grab.

»Helft mir!«

Andrej und Abu Dun tauschten einen verwunderten Blick, während Thobias bereits wie von Sinnen zu graben begann.

Auch zu dritt benötigten sie über eine Stunde, um die Gräber zu öffnen und die darin befindlichen Särge ans Tageslicht zu bringen. Die Sonne ging auf, lange bevor sie mit ihrer Arbeit fertig waren.

Die beiden ersten Särge enthielten die Leichen eines Mannes und einer Frau, die zweifellos tot waren und es auch bleiben würden. Der Mann, der in dem letzten Sarg lag, den Andrej und Thobias aufbrachen, bot einen anderen Anblick. Einen schlimmeren Anblick.

Auch er war tot. Die Verwesung hatte bereits eingesetzt. Und er war offenbar keines friedlichen Todes gestorben. Sein Körper lag in einer derart verkrümmten Haltung im Sarg, als wäre in allen seinen Gliedmaßen mindestens ein Knochen gebrochen. Seine Haut hing in Fetzen. Er hatte sich selbst das Gesicht zerfleischt, und alle seine Fingernägel waren zersplittert.

»Großer Gott!«, flüsterte Thobias. Er bekreuzigte sich, und auch Andrej spürte, wie ihm alles Blut aus dem Gesicht wich. Selbst Abu Dun sog beim Anblick des Leichnams entsetzt die Luft zwischen den Zähnen ein.

Es musste ein entsetzlicher Todeskampf gewesen sein, dachte Andrej, der Stunden, wenn nicht Tage gedauert hatte. Der Mann musste am Schluss mit solcher Verzweiflung um sich geschlagen haben, dass es ihm tatsächlich gelungen war, eines der massiven Bretter zu zertrümmern, aus denen der Sarg bestand. Erdreich war eingedrungen und hatte seine Panik vermutlich noch gesteigert.

»Ein Toter, der im Grab wieder erwacht«, murmelte Abu Dun.

»Er war niemals tot«, antwortete Thobias. Langsam setzte er sich auf und fuhr sich mit dem Handrücken über das schweißnasse Gesicht. Er hinterließ eine schmierige breite Schmutzspur, ohne es überhaupt zu bemerken.

»Niemals tot?«, fragte Abu Dun. »Warum haben sie ihn dann begraben?«

»Weil sie geglaubt haben, dass er tot ist«, antwortete Thobias. »Ich habe von solchen Fällen gehört, während meines Anatomiestudiums – aber ich habe es noch nie mit eigenen Augen gesehen.« Er erschauderte sichtbar. »Mein Gott. Ich hätte nicht gedacht, dass es so grässlich ist!«

»Was soll das heißen – sie haben geglaubt, dass er tot ist?«, fragte Abu Dun. »Ein Mensch lebt, oder er ist tot. Sein Herz schlägt, oder es schlägt nicht, so einfach ist das.«

»So einfach ist es leider nicht«, antwortete Thobias. Er sah wieder in den geöffneten Sarg hinab. Sein Gesicht war grau vor Entsetzen. Doch so sehr ihn der Anblick auch erschreckte, schien es ihm gleichzeitig kaum möglich zu sein, den Blick davon abzuwenden.

»Es kommt vor«, fuhr er fort. »Sogar öfter, als man glauben mag. Die Kranken hören scheinbar auf zu atmen. Die Körpertemperatur fällt, und das Herz schlägt nur noch unregelmäßig. Manchmal bluten sie nicht einmal mehr, wenn man in ihre Haut schneidet.«

»Das hast du dir ausgedacht«, behauptete Abu Dun. Seine Stimme zitterte leise.

»Selbst ein erfahrener Arzt hätte große Mühe festzustellen, dass diese Menschen noch leben«, fuhr Thobias fort, ohne Abu Duns Einwurf auch nur zu beachten. Vermutlich hatte er seine Worte gar nicht gehört. Er starrte den Toten noch immer an. »Sie werden für tot befunden und beigesetzt.«

»Und wachen irgendwann wieder auf«, vermutete Andrej. »Nach Stunden, oder vielleicht auch Tagen.« Ihn schauderte. »In einem Sarg. Tief unter der Erde. Lebendig begraben. Das ist … eine entsetzliche Vorstellung.«

Thobias nickte. »Manche haben vielleicht Glück und ersticken im Schlaf. Aber die meisten …« Er brach ab und starrte wieder in den Sarg. »Unvorstellbar.«

»Und danach werden sie zu lebenden Toten?«, fragte Andrej. »Von einer solchen Krankheit habe ich noch nie gehört.«

»Das hat niemand«, antwortete Thobias. »Wir wissen so wenig über den menschlichen Körper und seine Geheimnisse. Niemand weiß etwas. Auch ich nicht, Andrej. Vielleicht ist es eine Krankheit. Vielleicht auch etwas anderes. Großer Gott, vielleicht habe ich mich die ganze Zeit über geirrt, und es ist doch das Werk des Teufels.«

Andrej tauschte einen verstohlenen Blick mit Abu Dun, auf den der Nubier mit einem ebenso verstohlenen Nicken antwortete. Die Geschichte, die Thobias gerade erzählt hatte, ähnelte auf beunruhigende Weise dem, was sie von dem Zigeunermädchen gehört hatten.

»Gesetzt den Fall, es ist eine Art … Krankheit«, begann Andrej vorsichtig, »und nicht das Werk des Teufels – wieso ist die Welt dann noch nicht von Werwölfen und Vampyren bevölkert?«

Er behielt Thobias scharf im Auge, als er das Wort *Vampyr* aussprach, aber der Priester zeigte keine Reaktion. Er hob nur die Schultern und starrte weiter in den geöffneten Sarg hinab. »Das weiß ich nicht«, antwortete er mit leiser, beinahe tonloser Stimme. »Vielleicht ist es nur das Endstadium einer Krankheit, Andrej. Vielleicht sterben neun von zehn, vielleicht alle von tausend, bis auf einen.« Er hob in einer Geste völliger Hilflosigkeit die Hände. »Ich weiß es einfach nicht, Andrej.«

Das glaubte Andrej, aber er war dennoch erstaunt über das Ausmaß des Schreckens, der sich auf Thobias' Gesicht abzeichnete.

»Aber ist es nicht genau das, was Ihr die ganze Zeit über vermutet habt?«, fragte er.

Endlich riss Thobias den Blick vom Gesicht des Toten los und sah Andrej direkt an. »Vermutet … ja. Vielleicht. Aber es ist ein Unterschied, etwas zu vermuten und so etwas zu sehen.«

»Und das sagt ein Mann der Wissenschaft?«, wunderte sich Andrej.

»Wissenschaft?« Thobias lachte bitter. »Wir sind keine Männer der Wissenschaft, Andrej. Wir stümpern herum, das ist alles. Wir wissen nichts.« Er blickte wieder in den Sarg hinab. »Und vielleicht sollten wir auch manches nicht wissen.«

Der Unterton in Thobias' Stimme entging Andrej keineswegs. Der junge Prediger war nahe daran, endgültig die Kontrolle zu verlieren. Er musste irgendetwas tun, um Thobias wieder in die Wirklichkeit zurückzuholen. Jetzt.

»Wir müssen die Gräber wieder schließen«, sagte er. »Wenn Vater Benedikt und die Inquisition kommen und das hier sehen, wird es schwierig sein, ihre Fragen zu beantworten.«

»Es ist noch viel schlimmer«, sagte Thobias.

»Was soll das heißen?«

Thobias antwortete nicht sofort. »Es hat einen weiteren Toten im Dorf gegeben«, sagte er schließlich. »Gestern. Ein Bauer, der nicht von der Arbeit auf seinem Feld zurückkam. Sie haben ihn gefunden. Etwas hat ihn regelrecht in Stücke gerissen.«

Andrej sah zu den geöffneten Gräbern hin, aber Thobias schüttelte den Kopf. »Er wurde verbrannt.«

»War das Eure Idee?«

»Die meines Vaters.«

»Dann habt Ihr einen sehr klugen Vater«, sagte Andrej.

»Das habe ich«, sagte Thobias. »Aber es wird die Menschen in Trentklamm auch nicht retten. So wenig wie meinen Vater oder mich selbst.« Sein Blick flackerte noch immer, aber er fand langsam zu seiner gewohnten Fassung zurück. »Wir könnten versuchen, Birger und seine Brut zu finden und zu töten. Vielleicht verschont Benedikt die Menschen in Trentklamm aber auch, wenn wir ihm etwas anderes geben, das er verbrennen kann. Ihr wisst, wo es sich verbirgt, Andrej.«

»In den Bergen«, sagte Andrej. »Jenseits der Schattenklamm.«

»Halt!«, mischte sich Abu Dun ein. Auf seinem Gesicht begann sich eine Mischung aus Ungläubigkeit und Zorn breitzumachen, während er abwechselnd Andrej und Thobias musterte. »Nur damit ich das richtig verstehe. Ihr erwartet, dass ich dort hinaufgehe und mich diesem … diesem *Ding* entgegenstelle, das ein Dutzend Soldaten getötet hat?«

»Sag mir nicht, du hättest Angst«, sagte Andrej.

»Sag du mir einen einzigen Grund, aus dem ich das tun sollte«, erwiderte Abu Dun. Er verzog die Lippen und wandte sich mit einem höhnischen Blick an Thobias. »O ja, jetzt erinnere ich mich. Immerhin habe ich lange genug Eure Gastfreundschaft genossen. Wie konnte ich das vergessen?«

»Es war nicht seine Schuld«, sagte Andrej.

Abu Dun hörte ihm gar nicht zu, und auch Thobias starrte eine geraume Weile aus blicklosen Augen an ihm vorbei ins Leere. Schließlich wandte er sich mit leiser, beinahe flehender Stimme direkt an den Nubier.

»Ich weiß, wie sehr Ihr mich hassen müsst, Abu Dun«, begann er. »Ich verlange nicht, dass Ihr mir verzeiht oder auch nur versteht, warum ich Euch das angetan habe.«

»Wie großzügig«, höhnte Abu Dun.

»Ich bitte nicht für mich«, fuhr Thobias fort. »Ich bin bereit, für das zu bezahlen, was Euch angetan wurde, Abu Dun.«

»Seid Ihr sicher?«, fragte Abu Dun. Seine Augen wurden schmal. »Die Rechnung könnte höher ausfallen, als Ihr ahnt.«

»Macht mit mir, was Ihr wollt«, sagte Thobias leise. »Ihr könnt mich töten, wenn es das ist, was Euren Rachdurst stillt. Es ist mir gleich. Ich bitte für die Menschen unten im Dorf. Wenn ich mit meinem Leben für die von hundert Unschuldigen bezahlen kann, dann soll es mir recht sein.«

»Niemand will Euren Tod«, sagte Andrej.

»Vielleicht nicht Euren Tod, Mönchlein, aber vielleicht einen Arm oder ein Bein. Oder beides«, grollte Abu Dun.

»Abu Dun!«, rief Andrej scharf.

»Ich bitte Euch, sucht dieses Ungeheuer«, flehte Thobias. »Vernichtet es! Es ist der einzige Weg, die Menschen in Trentklamm zu retten. Und noch viele andere mehr.«

Andrej schwieg. Er sah Thobias an, dann länger und schweigend Abu Dun. Der Nubier hielt seinem Blick lange stand, aber schließlich schüttelte er den Kopf.

»Ich wusste ja schon immer, dass du verrückt bist, Hexenmeister.«

»Und?«, fragte Andrej. »Was meinst du damit?«

Abu Dun seufzte tief. »Ich gebe es ungern zu«, sagte er, »aber ich muss wohl ebenfalls verrückt geworden sein.«

12

Die Schnelligkeit, mit der sich Abu Dun erholte, war geradezu unheimlich. Sie hatten die Gräber wieder geschlossen, soweit es ihnen möglich gewesen war. Anschließend war Thobias verschwunden, um mit zwei gesattelten Pferden zurückzukommen. Zusätzlich hatte er saubere Kleider, Lebensmittel für mehrere Tage und zwei warme Kapuzenmäntel aus grober brauner Wolle mitgebracht.

»Die werdet Ihr brauchen«, erklärte er, als Abu Dun die Stirn runzelte. »Oben in den Bergen ist es kalt. Der Schnee schmilzt dort nie.«

»Woher habt Ihr diese Kleider?«, fragte Andrej misstrauisch. Die Zeit, die Thobias fort gewesen war, hätte vielleicht ausgereicht, nach Trentklamm und zurück zu gehen und die Pferde zu holen, aber kaum, um all diese umfangreichen Vorbereitungen zu treffen.

Statt zu antworten, holte Thobias ein in Lumpen eingeschlagenes Bündel aus dem Gepäck hervor, das er Abu Dun reichte. Als der Nubier es auswickelte, kam sein eigener Krummsäbel zum Vorschein.

»Was hattet Ihr eigentlich vor?«, fragte Andrej. Er schwankte zwischen Überraschung und Wut. »Uns umzubringen, oder Euch wieder unserer Dienste zu versichern?«

Das Letzte, womit er gerechnet hatte, war eine Antwort, aber er bekam sie. Thobias zuckte mit den Achseln und wich seinem Blick aus. »Ich weiß es selbst nicht genau. Ich war … ich weiß nicht, was ich wollte.«

»Woher wusstet Ihr überhaupt, dass wir hier sind?«, fragte Abu Dun.

»So groß ist die Auswahl an Verstecken nicht«, antwortete Thobias. »Seid froh, dass ich gekommen bin und nicht die Soldaten des Landgrafen.« Er machte eine Kopfbewegung zu den Pferden.

Andrej war nicht ganz sicher, aber er glaubte eines davon wiederzuerkennen. Wenn es nicht der Rappe war, mit dem er vor vier Tagen aus der Klosterfestung geflohen war, dann dessen Zwillingsbruder. »Ihr solltet aufbrechen. Mein Vater erwartet euch in der Almhütte. Ihr findet den Weg?«

Andrej tauschte einen überraschten Blick mit Abu Dun, nickte dann aber. »Wozu?«

»Wir warten auf Nachricht von Vater Benedikt«, antwortete Thobias. »Euch bleibt nur sehr wenig Zeit, um das Ungeheuer zu stellen. Vielleicht zwei Tage.«

»Wer sagt Euch, dass wir nicht einfach auf die Pferde steigen und unserer Wege gehen?«, fragte Abu Dun.

»Niemand«, antwortete Thobias. »Tut, was immer Ihr mit Eurem Gewissen vereinbaren könnt.«

»Ich bin Heide, Mönchlein«, sagte Abu Dun, während er den Mantel zurückschlug und den Krummsäbel umband. »Und ein Mohr dazu. Ich habe kein Gewissen.«

»Wir haben vor allem keine Zeit für diesen Unsinn.« Andrej drehte sich um und ging zu seinem Pferd. Er war jetzt sicher, dass es der Rappe war. Ohne ein weiteres Wort stieg er in den Sattel und wartete voller Ungeduld darauf, dass Abu Dun es ihm gleichtat. Auch der Nubier saß auf, allerdings mit bedächtiger Langsamkeit. Er warf Thobias einen herausfordernden Blick zu.

Sie ritten los. Andrej war davon ausgegangen, dass sie wegen Abu Duns Verletzungen nicht besonders schnell vorwärtskommen würden, aber das Gegenteil war der Fall. Vielleicht um seinem Ärger Ausdruck zu verleihen, legte Abu Dun ein Tempo vor, bei dem sich Andrej sputen musste, um überhaupt mithalten zu können. Erst als sie das Seitental verlassen hatten, an dessen Ende der Friedhof lag, hielt er an.

»Was sollte das?«, fragte Andrej, während er an ihm vorbeiritt und die nach rechts führende Gabelung des Weges nahm. Seine Versicherung Thobias gegenüber, den Weg zur Bergweide hinauf zu finden, war etwas zu vorschnell gewesen. Er kannte die Richtung, aber er war dennoch fremd hier, und letztendlich sah ein Baum aus wie der andere.

»Was?«, fragte Abu Dun arglos.

»Du weißt genau, was ich meine«, erwiderte Andrej. »Ich erwarte nicht, dass du Thobias in dein großes schwarzes Herz schließt …«

»Das ist gut«, sagte Abu Dun. »Ich hätte auch viel mehr Lust, ihn in meine große schwarze Faust zu schließen.«

»… aber er hat recht, weißt du?«, fuhr Andrej fort. »Wir müssen Birger stellen. Und alle, die bei ihm sind. Und vorher müssen wir das Ungeheuer finden.«

»Du meinst, du musst ihn stellen, und du musst das Ungeheuer finden«, fasste Abu Dun Andrejs Äußerung genauer zusammen.

Andrej riss mit einem so heftigen Ruck am Zügel, dass das Pferd unwillig schnaubte und den Kopf zurückwarf. »Du musst nicht mitkommen«, sagte er scharf. »Es ist ganz allein meine Sache. Ich habe kein Recht, dich in Gefahr zu bringen. Geh deiner Wege. Oder warte hier auf mich. Vielleicht komme ich ja zurück.«

Auch Abu Dun zügelte sein Pferd. Sein Gesicht verfinsterte sich – aber nur für einen Moment. Dann konnte Andrej sehen, wie sein Zorn verrauchte und etwas … anderem Platz machte.

»Es tut mir leid«, sagte er. »Ich wollte nicht …« Er überlegte kurz und setzte dann neu an: »Vermutlich hast du recht. Aber ich kann diesem Mönchlein einfach nicht vertrauen. Könntest du es an meiner Stelle?«

»Wahrscheinlich nicht«, gestand Andrej. Er ritt weiter, und er konnte fast körperlich spüren, wie sich die Spannung zwischen ihnen auflöste wie die letzten Wolken eines Hochsommergewitters.

Es war nicht das erste Mal, dass sie nahezu grundlos in Streit zu geraten drohten. Bisher hatte Andrej angenommen, dass es an Abu Duns Zustand lag. Ein Mann, der dem Tod so knapp entkommen war, war nicht sehr duldsam. Aber das war nur ein Teil der Wahrheit. Der andere – unangenehmere – war, dass auch er ungerechter geworden war. Er veränderte sich weiter.

Nachdem sie eine geraume Weile schweigend nebeneinanderher geritten waren, ergriff Abu Dun erneut das Wort. »Was ich vor ein paar Tagen gesagt habe, Andrej … dass … dass du mir etwas schuldig bist …«

»Ich sagte dir doch bereits, das ist vergessen«, unterbrach ihn Andrej. »Du musst dich nicht entschuldigen. Du hast im Fieber geredet. Da reden die Leute oft wirres Zeug.«

»Aber es war die Wahrheit«, sagte Abu Dun leise.

Andrej wandte den Kopf und sah ihn an. Abu Dun wirkte nicht niedergeschlagen oder verlegen, und auch sein Tonfall war nicht der einer Rechtfertigung. Er wirkte sehr ernst.

»Was soll das heißen?«

»Jedenfalls war das am Anfang so«, sagte Abu Dun. »Das ist die Wahrheit, Hexenmeister. Ich bin damals bei dir geblieben, weil ich insgeheim die Hoffnung hatte, eines Tages so zu werden wie du.«

»Einsam?«, fragte Andrej. »Immer gehetzt? Ohne einen Ort, an den ich gehöre, oder einen Menschen, den ich lieben kann?«

»He!«, wandte Abu Dun ein. »Du hast doch mich. Ich sollte dir böse sein.«

»Zwecklos«, antwortete Andrej. »Stell dir nur vor, wie unsere Kinder aussehen würden.«

Abu Dun blieb ernst. »Wie alt bist du, Hexenmeister? Sechzig? Siebzig?«

»Ich weiß es nicht genau«, antwortete Andrej wahrheitsgemäß. »Ungefähr.«

»Und du siehst aus wie dreißig.«, sagte Abu Dun. »Eines Tages wirst du sechs- oder siebenhundert Jahre alt sein, und du wirst immer noch aussehen wie fünfunddreißig. Du wirst nie krank. Deine Wunden heilen wie durch Zauberei, und du bist so stark wie zehn Männer. Kannst du es einem Mann verdenken, dass er auch so werden will?«

Vermutlich hätte Andrej an Abu Duns Stelle nicht anders gedacht. Niemand, der ein solches Leben nicht selbst gelebt hatte, konnte ermessen, welchen Preis er dafür zahlte.

»Und jetzt?«, fragte er. »Jetzt willst du nicht mehr so werden wie ich?«

»Natürlich will ich das«, antwortete Abu Dun. »Und eines Tages werde ich dich dazu bringen, es zu tun, Hexenmeister. Aber nicht jetzt.«

»Dann ist es ja gut«, sagte Andrej abweisend. Er mochte diese Gespräche nicht, und Abu Dun wusste das. Eines Tages würde Abu Dun in seinen Armen sterben, hoffentlich erst in vielen Jahren, grau geworden und friedlich. Und auch er selbst würde nicht sechs- oder siebenhundert Jahre alt werden. Er würde auf dem Scheiterhaufen enden, wenn er nicht Glück hatte und zuvor einem Schwert begegnete, das besser geführt wurde als das seine. Die Welt war nun einmal so. Er war anders, und die Menschen und das Schicksal billigten auf Dauer nichts, was sie nicht verstehen konnten und was ihnen Angst machte.

Er verscheuchte den Gedanken. Im Moment gab es anderes zu tun. Vielleicht sollten sie versuchen, die nächsten drei Tage zu überleben, und sich danach Gedanken um die nächsten drei Jahrhunderte machen.

Allmählich ritten sie höher in die Berge hinauf. Es wurde kälter, obwohl die Sonne ihr Licht mit geradezu verschwenderischer Freigebigkeit über den Himmel verteilte. Andrej war schon bald froh, dass Thobias ihnen die warmen Mäntel gegeben hatte. Dabei war das Land rings um sie herum noch grün. Der

Winter kam früher in diesem Teil der Welt, als er es gewohnt war.

»Was ist mit Ludowig?«, fragte Abu Dun. »Traust du ihm?«

»Thobias' Vater?« Andrej dachte über diese Frage nach, ohne zu einer wirklichen Antwort zu gelangen. Er hob die Schultern. »Ich denke schon.«

»Einem Pfaffen?« Abu Dun schüttelte ungläubig den Kopf. »Ausgerechnet du traust einem Kuttenträger? Wie kommt das?«

Sie hatten die Bergwiese erreicht. Statt einer Antwort machte Andrej eine Kopfbewegung zu der kleinen Hütte an ihrem jenseitigen Rand hin. »Er wartet dort drüben auf uns.«

Abu Dun sah ihn mit wachsender Verwunderung an, aber er beließ es bei einem Achselzucken. Sein Blick verharrte noch einen Moment auf Andrejs Gesicht und begann dann misstrauisch das weite Grün der Alm abzutasten.

Sie ritten weiter. Nichts schien sich geändert zu haben, seit Andrej das letzte Mal hier gewesen war; selbst die Kühe waren noch da. Neben der Hütte war jedoch jetzt ein Maulesel angebunden, auf dessen Rücken eine zerschlissene Decke lag. Vermutlich das Tier, mit dem Vater Ludowig gekommen war, obgleich die Vorstellung Ludowigs auf dem Rücken eines störrischen Maulesels Andrej ein Lächeln abrang.

Als sie sich der Hütte auf zwanzig Schritte genähert hatten, hielt Andrej das Pferd an und hob die Hand.

»Was?«, fragte Abu Dun knapp. Seine Rechte senkte sich auf den Griff des Krummsäbels.

Andrej konzentrierte sich für einen Moment. »Hier stimmt etwas nicht«, sagte er. »Da ist Blut.«

»Blut?« Abu Dun sah ihn verständnislos an. »Was meinst du damit?«

»Blut«, wiederholte Andrej. Er machte eine Kopfbewegung zur Hütte hin. »Dort drinnen. Ich kann es riechen.«

»Riechen? Auf diese Entfernung?« Abu Duns Stimme ließ keinen Zweifel daran aufkommen, was er von dieser Behauptung hielt.

»Irgendetwas stimmt hier nicht«, wiederholte Andrej. »Bleib zurück.«

»Dein Vertrauen ehrt mich zutiefst«, sagte Abu Dun, erntete damit aber nur einen weiteren ärgerlichen Blick Andrejs.

»Ich brauche jemanden, der mir Rückendeckung gibt«, schnappte Andrej. »Hier stinkt es geradezu nach einer Falle!«

Der spöttische Ausdruck verschwand von Abu Duns Zügen. Stattdessen sah der Nubier plötzlich angespannt und aufs Höchste konzentriert aus. Gleichzeitig mit Andrej schwang er sich vom Pferd und zog seine Waffe. Er musste einen Schmerzensschrei unterdrücken, drehte sich aber herum, um die Wiese und den mit Felsbrocken und -trümmern durchsetzten Waldrand auf der anderen Seite im Auge zu behalten.

Andrej näherte sich der Hütte mit äußerster Vorsicht. Der Blutgeruch wurde stärker, aber aus der offen stehenden Tür drang nicht der mindeste Laut. Er ging schneller, blieb dicht vor der Tür noch einmal stehen und trat dann ein, das Schwert halb erhoben und die linke Hand abwehrend vorgestreckt.

Da die Hütte keine Fenster hatte und er direkt aus dem grellen Licht der Mittagssonne kam, benötigten selbst seine überscharfen Augen einige Sekunden, bis er sich so weit an die Dunkelheit gewöhnt hatte, dass er wenigstens Schemen erkennen konnte.

Die Hütte war winzig, ein einziger drei mal fünf Schritte messender Raum, dessen spärliche Einrichtung vollkommen zertrümmert war. Hier musste ein gnadenloser Kampf getobt haben.

Aber er war vermutlich nicht von langer Dauer gewesen.

Vater Ludowig lag verkrümmt in einem Winkel der Hütte. Er lebte noch, wie seine röchelnden Atemzüge bewiesen, aber schon das war ein Wunder. Selbst ein viel jüngerer und kräftigerer Mann hätte die furchtbaren Verletzungen und den schrecklichen Blutverlust kaum überleben können.

Andrej schob das Schwert in die Scheide, ging zu ihm und kniete neben dem sterbenden Pfarrer nieder. Ludowigs Augen waren geschlossen. Aus den tiefen Schnitt- und Risswunden an seinem Hals und in seinem Gesicht lief noch immer das Blut. Er würde sterben.

Andrej streckte die Hand nach dem so zerbrechlich aussehenden Hals des alten Mannes aus, um ihm eine letzte Gnade zu erweisen und sein Leiden zu beenden, führte die Bewegung aber nicht zu Ende. Es war nicht notwendig. Er sah, dass Ludowig nicht noch einmal erwachen würde.

Erfüllt von Trauer und Zorn richtete Andrej sich auf und suchte den Boden mit Blicken ab. Er fand die Spur fast sofort. Ein verschmierter blutiger Abdruck, der zu einem Wesen gehörte, das nicht ganz Mensch, aber auch nicht vollständig Tier war, sondern eine widernatürliche Mischung aus beidem. Sie führte vom Leichnam des Priesters fort zur Tür und brach dann ab, aber Andrej wusste, wohin sie führen würde. Dennoch ließ er sich noch einmal in die Hocke sinken und streckte die Hand aus. Die Spur war noch frisch; das Blut noch nicht eingetrocknet.

Rasch stand er auf und trat wieder aus der Hütte. Abu Dun war mittlerweile näher gekommen und führte die beiden Pferde an Zügeln hinter sich her. Er stellte keine Frage. Ein Blick in Andrejs Gesicht reichte, um zu wissen, was geschehen war. Abu Dun saß auf, als Andrej noch zehn Schritte entfernt war und zu laufen begann. Er drehte die Pferde in die Richtung, in die sie nun reiten würden, und hielt Andrej den Zügel hin. Sie sprengten los, kaum dass Andrej in den Sattel gesprungen war.

»Wie lange ist es her?«, schrie Abu Dun über das Donnern der Pferdehufe hinweg.

»Nicht lange!«, rief Andrej zurück. »Nur ein paar Minuten. Vielleicht holen wir ihn noch ein, bevor er die Schattenklamm erreicht!«

Zum ersten Mal seit langer Zeit hatte er das Gefühl, zu Abu Dun zu gehören. Es waren nur Winzigkeiten; die Selbstverständlichkeit, mit der sie sich verständigten und mit der jeder zu wissen schien, was der andere dachte und von ihm erwartete.

Für die Strecke, die Günther und ihn fast einen halben Tag gekostet hatte, brauchten sie kaum eine Stunde. Zwei- oder dreimal glaubte Andrej, eine geduckt huschende Gestalt im hohen Gras zu sehen, aber jedes Mal erwies es sich nur als Täuschung oder als Schatten, der ihnen Bewegung vorgaukelte. Andrej ließ sein Pferd in einen raschen Trab und schließlich in Galopp fallen, nahm das Tempo aber schließlich wieder zurück, als deutlich wurde, dass Abu Dun nicht mithalten konnte, ohne sich über die Maßen zu verausgaben. In Gedanken gemahnte er sich zur Vorsicht. Auch wenn Abu Dun sich bemühte, es sich nicht anmerken zu lassen, befand er sich in einem Zustand, in dem jeder andere Mann schon längst vor Erschöpfung zusammengebrochen wäre. Er aber war viel zu stolz, um das zuzugeben. Andrej musste auf ihn Acht geben.

»Und jetzt?«, fragte Abu Dun, als sie endlich am Eingang der Schattenklamm angelangt waren. Vor ihnen hörte der Grasboden auf und ging in den steinigen Untergrund der Schlucht über. Andrej schwieg einen kurzen Moment, dann schwang er sich aus dem Sattel und ließ sich in die Hocke sinken.

Es war unheimlich. Der Geruch war ganz schwach; nur ein Hauch. Aber er war wahrnehmbar – als Mischung aus Fäulnis, altem Blut und Wildaroma.

»Es ist hier entlanggekommen«, sagte er. »Vor nicht allzu langer Zeit.« Er war fast sicher, dass die Fährte alt war, möglicherweise mehrere Tage. Es war der Geruch von etwas Gefährlichem und Wildem.

Abu Dun runzelte die Stirn. »An dir ist ein Bluthund verloren gegangen«, sagte er.

Andrej sah zornig zu ihm hoch. Abu Dun grinste noch einen Moment lang weiter, dann erlosch sein Grinsen und machte einem ernsten Ausdruck Platz. »Entschuldige.«

Andrej stand auf, drehte sich herum, um wieder in den Sattel zu steigen, und beließ es bei einem Kopfschütteln. Mit den Pferden würden sie noch zwanzig Schritte weit kommen.

Ohne dass es eines weiteren Wortes bedurft hätte, stieg auch Abu Dun ab und ließ sich vorsichtig zu Boden sinken. Sie nahmen ihr Gepäck, wandten sich um und drangen Seite an Seite tiefer in die Schattenklamm ein. Andrej beobachtete Abu Dun aus den Augenwinkeln. Der Nubier hielt scheinbar mühelos mit ihm Schritt, aber seine Bewegungen waren längst nicht so forsch und sicher, wie er es von früher kannte. Andrej konnte *riechen*, dass Abu Dun nicht gesund war.

Sie brauchten annähernd doppelt so lange, um das Ende der Klamm zu erreichen, als Andrej erwartet hatte. Abu Dun wollte sofort weitergehen, aber Andrej schüttelte den Kopf und ließ das Gepäck von der Schulter gleiten.

»Wir machen eine Pause«, sagte er. »Die Kletterei wird anstrengend genug.«

»Und du bist der Meinung, dass ich es nicht schaffe«, ergänzte Abu Dun ärgerlich.

»Ich bin nicht einmal sicher, dass *ich* es schaffe«, antwortete Andrej mit einer Geste auf den steil ansteigenden, mit Geröll und Felstrümmern übersäten Hang. »Wenn ich dieses Monstrum wäre, dann würde ich genau dort oben warten. Sollten wir vollkommen erschöpft dort oben ankommen, dann gäbe es keine Fluchtmöglichkeit, falls wir in einen Hinterhalt geraten.«

Abu Duns Gesichtsausdruck machte deutlich, was er von dieser Erklärung hielt. Er schwieg jedoch, ließ sich in den Schatten eines Felsens sinken und schloss die Augen. Im nächsten Augenblick war er eingeschlafen und begann lautstark zu schnarchen.

Andrej gönnte ihm zwei Stunden Ruhe, bevor er ihn wieder weckte und sie ihren Weg fortsetzten. Abu Duns Dankbarkeit drückte sich in einem Schwall bissiger Bemerkungen über die verlorene Zeit aus. Seine Bewegungen waren weder kraftvoller noch sicherer geworden. Aber wenigstens war er nicht noch schwächer geworden.

Erst am späten Nachmittag erreichten sie das obere Ende des Hanges; eine felsige Hochebene ohne Vegetation, über die der Wind pfiff und die so öde und feindlich wirkte, wie sich Andrej die Rückseite des Mondes vorstellte. Der Weg den Hang hinauf war kaum länger als eine halbe Meile gewesen, aber viel steiler, als Andrej befürchtet hatte. Nicht nur Abu Duns, sondern auch seine eigenen Kräfte hatten mehrmals versagt, und sie hatten in immer kürzeren Abständen anhalten und sich ausruhen müssen. Jetzt blieb ihnen nur noch wenig Tageslicht, und Andrej hatte das Gefühl, dass sie weiter von ihrem Ziel entfernt waren denn je.

Abu Dun sprach aus, was Andrej nur dachte. »Wenn deine Ungeheuer wirklich hier oben sind, dann müssen sie sehr genügsam sein«, sagte er, während sich sein Blick langsam und sehr misstrauisch über die kahle Weite vor ihnen tastete. Die Hochebene war nicht endlos, aber doch groß genug, um die verschwommenen Schatten an ihrem Ende wie ein neues Gebirge aussehen zu lassen, das in einem anderen Land lag.

Als er nicht antwortete, sah Abu Dun ihn stirnrunzelnd an und fragte: »Hast du die Fährte wieder aufgenommen?«

»Ich bin kein Hund«, sagte Andrej verärgert. Er wollte noch weit mehr sagen, aber er beherrschte sich. Sie waren beide müde, erschöpft und reizbar.

Außerdem kam Abu Duns Bemerkung der Wahrheit näher, als Andrej zugeben wollte. Die unheimliche Verbesserung seiner Sinneswahrnehmungen hatte ihn bisher allenfalls verwirrt, aber mittlerweile machte sie ihm Angst.

»Das ist schade«, sagte Abu Dun nach einer Weile. »Dann werden wir sie wohl kaum finden.« Er schüttelte müde den Kopf. »Nimm es mir nicht übel, Hexenmeister – aber das war keine von deinen besseren Ideen. Lass uns zurückgehen.«

Andrej blickte zweifelnd den Hang hinab. Der Abstieg würde noch schwieriger werden, als es der Aufstieg gewesen war, und damit noch länger dauern. Er schüttelte den Kopf.

»Morgen«, sagte er, »bei Sonnenaufgang.«

»Du scheinst ganz versessen darauf zu sein, hier oben zu übernachten, wie?«

»Ich bin überhaupt nicht versessen darauf, auf halber Strecke zu übernachten«, antwortete Andrej, »oder mir zwischen den Felsen den Hals zu brechen. Und ich …« Er brach ab.

»Und was?«, fragte Abu Dun.

Andrej schwieg. Abu Dun wollte seine Frage wiederholen, aber Andrej machte eine rasche, mahnende Geste und legte mit geschlossenen Augen den Kopf zur Seite, um zu lauschen.

Er hörte nur das Geräusch des Windes, der fast ungehindert über die Ebene strich und sich heulend an Felsen und Findlingen brach. Und trotzdem.

»Sie sind hier«, sagte er.

Abu Dun blickte ihn zweifelnd an, aber Andrej wiederholte sein Nicken und deutete in die Leere hinaus. Nichts rührte sich, und er konnte auch nichts von ihnen hören, so angestrengt er auch lauschte. Aber er konnte sie spüren. Sie waren da, und es waren mehrere Werwölfe. Zwei, vielleicht sogar drei.

»Bist du sicher?«, fragte Abu Dun, und seine Stimme klang brüchig.

»Ja«, antwortete Andrej. »Sie kommen näher.«

Mahnend hob er die Hand, damit Abu Dun zurückblieb – vielleicht zum ersten Mal, seit er Abu Dun kannte, musste er nicht fürchten, dass der Nubier ungestüm voran und vielleicht mit offenen Augen ins Verderben lief –, zog sein Schwert und machte einen vorsichtigen Schritt. Er strengte seine Augen so sehr an, dass es schmerzte, aber er sah dennoch nicht mehr als Schatten und eingebildete Bewegungen, die nur eine Ausgeburt seiner überreizten Nerven waren.

»Ich sehe nichts«, sagte Abu Dun nach einer Weile. »Bist du ganz sicher?«

»Sie können sich doch nicht unsichtbar machen, zum Teufel«, murmelte Andrej. Aber konnten sie das wirklich nicht? Er wusste so entsetzlich wenig über die Geschöpfe, mit denen sie es zu tun hatten. Nicht mehr als das, was sie von Bruder Thobias erfahren hatten.

»Da!«

Abu Duns Schrei war gellend. Die drei Schemen tauchten wie aus dem Nichts auf, struppig-geduckte Schatten mit glühenden Augen und messerscharfen gekrümmten Reißzähnen, die sich mit absoluter Lautlosigkeit bewegten und mit einer Schnelligkeit, dass Andrejs Blicke ihnen kaum folgen konnten.

»Was immer passiert, sie dürfen dich nicht verletzen!«, rief er. Dann waren die Ungeheuer näher gekommen, und ihm blieb keine Zeit für weitere Erklärungen.

Andrej empfing den ersten Werwolf mit einem wuchtigen, beidhändig geführten Schwertstreich, von dem er fürchtete, dass er ins Leere gehen würde, noch bevor er die Waffe ganz gehoben hatte. Er wusste aus leidvoller Erfahrung, wie übermenschlich schnell und stark die unheimlichen Monster waren.

Dennoch erfüllte der Schwerthieb seinen Zweck. Der Angreifer duckte sich mit geradezu spielerisch anmutender Leichtigkeit unter Andrejs Klinge weg, aber er war für den Bruchteil einer Sekunde abgelenkt. Mehr brauchte Andrej nicht. Er vollführte eine blitzartige halbe Drehung, riss den Fuß in die Höhe und fegte dem Ungetüm die Beine unter dem Leib weg. Gleichzeitig warf er sich zur Seite und führte das Schwert in einer komplizierten, nach oben gerichteten Drehbewegung, um den zweiten Gegner in Empfang zu nehmen.

Andrej hatte weder damit gerechnet, den ersten Werwolf mit seinem Tritt tatsächlich zu Boden zu werfen, noch damit, dass sein Schwertstreich treffen würde.

Aber er warf den Angreifer zu Boden, und seine Klinge traf und bohrte sich knirschend in Fleisch und zerbrechende Knochen. Ein markerschütterndes schrilles Heulen erklang. Blut spritzte, und die furchtbare Wucht, mit der die Klinge aufprallte und den Widerstand nicht nur traf, sondern zerschmetterte, hätte ihm die Waffe um ein Haar aus der Hand gerissen.

Andrej stolperte haltlos nach vorn und machte einen raschen Ausfallschritt, um sein Gleichgewicht wieder zu finden. Gleichzeitig fuhr er herum, um sich dem dritten Monster zuzuwenden.

Es war nicht mehr nötig.

Seine Abwehr hatte wenig Zeit in Anspruch genommen, doch diese kurze Spanne hatte auch Abu Dun gereicht, um mit seinem Gegner fertig zu werden. Er richtete sich gerade wieder auf. Sein Atem ging schwer, und die Klinge seines Krummsäbels schimmerte im Mondlicht schwarz vom Blut des getöteten Werwolfes. Der Ausdruck auf seinem Gesicht glich eher Verblüffung als Schrecken.

Der Werwolf, den Andrej zu Boden geschleudert hatte, kam umständlich wieder auf die Beine. Seine Bewegungen wirkten fahrig und fast kraftlos. Sie hatten nichts mehr von der schattenhaften Anmut und Schnelligkeit, die Andrej bei seiner ersten Begegnung mit einem dieser Ungeheuer so erschreckt hatten. Der Begegnung, die ihm fast zum Verhängnis geworden wäre.

Abu Dun hob sein Schwert, aber Andrej machte eine rasche Geste, und der Nubier erstarrte mitten in der Bewegung.

»Warte«, mahnte Andrej. »Irgendetwas stimmt nicht.«

Abu Dun murrte. Aber er blieb stehen und betrachtete das struppige Geschöpf stirnrunzelnd, statt es sofort anzugreifen.

Der Werwolf hatte sich taumelnd erhoben und bleckte drohend die Zähne – nur, dass die Geste nicht wirklich drohend wirkte, sondern …

… ängstlich.

Andrej war fassungslos. Das Geschöpf wirkte so abstoßend wie nichts anderes, das Andrej je zu Gesicht bekommen hatte – aber es hatte *Angst.*

Und es war krank.

Andrej konnte es riechen; einen sachten, aber wahrnehmbaren Geruch nach Krankheit und Tod, der sich unter den Raubtiergestank des Werwolfes gemischt hatte und ihn an das Fieber und die Schmerzen erinnerte, die er selbst für endlose Tage kennen gelernt hatte.

Er wiederholte seine mahnende Geste in Abu Duns Richtung, raffte all seinen Mut zusammen und trat der Bestie einen Schritt entgegen. Das Schwert hatte er gesenkt, hielt es aber immer noch zur Verteidigung bereit in der rechten Hand.

»Hör mir zu«, sagte er, langsam und fast übermäßig

betont, damit die Kreatur ihn verstand. »Du kannst mich verstehen, habe ich recht?«

Der Werwolf fauchte; ein Laut, der katzenhaft klang. Sein schreckliches Gebiss schnappte in Andrejs Richtung, aber auch diesmal wirkte die Bewegung eher Mitleid erregend. Andrej senkte das Schwert weiter.

»Wir wollen dich nicht töten«, fuhr er fort. »Es ist nicht notwendig, dass wir gegeneinander kämpfen. Hast du das verstanden?«

Das Ungeheuer starrte ihn noch einen Moment lang aus brennenden Augen an – und fuhr mit einer rasend schnellen Bewegung herum, um in der Dunkelheit zu verschwinden.

Abu Dun riss mit einem Fluch das Schwert hoch und setzte ihm nach. Er schaffte jedoch nur zwei Schritte, ehe er mit einem gemurmelten Fluch die Verfolgung abbrach und zurückkam.

»Das war wirklich klug von dir, Hexenmeister«, grollte er. »Wir hätten das Biest erwischen können!«

Andrej antwortete nicht gleich, sondern sah einen Moment konzentriert in die Richtung, in die der Werwolf verschwunden war. Er konnte den schwächer werdenden Geruch des Geschöpfes noch immer wittern. Es war ein vertrauter Geruch. Und doch: Etwas hatte sich geändert. Zu all der unstillbaren Blutgier, dem Zorn und Hass auf alles Lebendige und Atmende war etwas Neues hinzugekommen, ein Empfinden, das alles andere überlagerte und mit jedem Atemzug stärker wurde: Verzweiflung. Eine dumpfe, bohrende Verzweiflung. Ein Gefühl jenseits aller Hoffnung und allen Selbstbetruges, das aus dem unumstößlichen Wissen um den bevorstehenden Untergang gespeist wurde.

»Sie haben Angst«, sagte er leise.

»Angst.« Abu Dun sprach das Wort auf die gleiche Art aus, auf die er vielleicht einen Schluck kostbaren Wein auf der Zunge zergehen lassen würde. Dann nickte er. »Wenn die anderen nicht besser sind als diese drei, dann haben sie allen Grund, Angst zu haben.«

Andrej warf ihm einen verärgerten Blick zu, auf den Abu Dun mit einem breiten Grinsen antwortete. Andrej schürzte wütend die Lippen und drehte sich mit einem Ruck herum.

Mit zwei schnellen Schritten war er neben dem Werwolf, den er mit dem Schwert niedergeschlagen hatte, und ließ sich neben der verwundeten Kreatur auf ein Knie hinabsinken.

Das Geschöpf hatte das Bewusstsein verloren, und Andrej musste kein zweites Mal hinsehen, um zu wissen, dass es auch nicht wieder erwachen würde. Sein Schwerthieb hatte dem Ungeheuer eine tiefe Wunde zugefügt. Sie blutete so stark, dass der sterbende Werwolf in einer Blutlache lag; warmes, pulsierendes Rot, das nach Verfall und Tod zugleich roch, abstoßend und so unglaublich verlockend, dass er all seine Willenskraft aufbieten musste, um sich nicht vorzubeugen und die Lippen in den warmen Strom zu tauchen, die Lebenskraft des Geschöpfes in sich aufzunehmen und …

»Andrej?«

Irgendetwas war in Abu Duns Stimme, das ihn aufschrecken ließ. Andrej fuhr hoch und blinzelte verständnislos in Abu Duns Gesicht, das mit einer Mischung aus Sorge und mühsam unterdrücktem Entsetzen auf ihn hinabsah. Er wusste nicht mehr, was er gesagt hatte, was er gedacht hatte. Was er *getan* hatte.

»Ist alles in Ordnung?«

Allein das Zittern in Abu Duns Stimme verriet, dass ganz und gar *nichts* in Ordnung war. Trotzdem nickte Andrej, stemmte sich hoch und blickte einen Herzschlag lang verständnislos seine eigenen Hände an. Sie waren schmutzig und dunkelrot und schwarz von halb eingetrocknetem Blut. Nicht von seinem Blut.

Er fuhr sich mit einer fahrigen Geste über das Kinn und spürte eine klebrige Wärme, die an seinen Wangen und auf seinen Lippen haftete. In seinem Mund war süßlicher Kupfergeschmack, und er fühlte sich so lebendig und stark wie seit Ewigkeiten nicht mehr, aber zugleich auch von einem Entsetzen gepackt, das nicht zu beschreiben war.

Großer Gott – hatte er das Blut ... *getrunken?*

Er starrte Abu Dun an, las die Antwort auf seine unausgesprochene Frage in dessen Augen und fuhr herum, um so schnell in die Dunkelheit zu stürmen, wie er nur konnte.

Selbst einem Menschen, der nicht über Andrejs besondere Fähigkeiten verfügte, wäre es vermutlich nicht besonders schwer gefallen, der Spur der Kreatur zu folgen. Die Hochebene war nicht so kahl, wie es im ersten Moment den Anschein gehabt hatte. Es gab dünnes Moos und niedrige, dornenbesetzte Büsche, durch die der flüchtende Werwolf rücksichtslos gebrochen war. Obwohl sich Andrej nicht erinnern konnte, auch dieses Geschöpf verwundet zu haben, gab es eine dünne, aber deutliche Blutspur.

Abu Dun hielt die ganze Zeit Abstand zu Andrej. Die wenigen Male, als sich ihre Blicke trafen, wich Abu Dun ihm aus, als hätte er Angst, dass Andrej etwas in seinen Augen lesen könnte, das er dort nicht lesen sollte.

Sie erreichten ihr Ziel schnell: eine große, unregelmäßig geformte Höhle, die im schrägen Winkel in den Berg hineingestanzt zu sein schien.

Steintrümmer und Geröll bildeten einen asymmetrisch geformten Fächer auf dem Boden direkt vor der Höhle. Ein leichter, aber sehr unangenehmer Geruch wehte ihnen entgegen und wies ihnen den Weg. Es war der Geruch von faulendem Fleisch, Blut, aber auch von etwas anderem, Schlimmeren.

Andrej blieb drei Schritte vor dem Eingang stehen und zog sein Schwert wieder aus dem Gürtel, bevor er sich zu Abu Dun umwandte. Der Nubier war vier Schritte hinter ihm stehen geblieben und musterte ihn auf eine Art, die Andrej einen Schauer über den Rücken laufen ließ. Auch er hatte seine Waffe wieder gezogen, aber Andrej war plötzlich nicht mehr sicher, warum.

»Sie sind dort drin«, sagte er.

Abu Dun nickte. Er sagte nichts.

»Vielleicht wäre es besser, wenn …« Andrej zögerte einen Moment und setzte dann mit festerer Stimme noch einmal an: »Vielleicht sollte ich besser allein gehen.«

Abu Dun grinste. »Hast du Angst, ich könnte etwas sehen, was mir schadet?«, fragte er.

»Vielleicht«, antwortete Andrej ernst.

»Nein«, erwiderte Abu Dun grimmig. »Wir gehen beide dort hinein oder keiner.« Sein Grinsen wurde breiter und erinnerte für einen winzigen Moment wieder an den alten Abu Dun, den Andrej kannte. »Glaubst du, ich habe Lust, mir die nächsten fünf Jahre die Geschichten deiner ausgedachten Heldentaten anhören zu müssen? Auch meine Geduld kennt Grenzen, Hexenmeister.«

»Wie du meinst«, antwortete Andrej, leise und sehr ernst. »Aber ich warne dich. Wenn eines dieser Ungeheuer dich verletzt, werde ich dich töten.«

»Wenn ich dadurch so werde wie du, dann würde ich nichts anderes von dir erwarten«, antwortete Abu Dun, immer noch grinsend, aber im gleichen ernsten Tonfall wie Andrej. »Und ich verspreche dir dasselbe«, fügte er leise hinzu.

Dazu ist es zu spät, mein Freund, dachte Andrej bitter. *Aber vielleicht werde ich dieses Versprechen dennoch von dir einfordern.*

Er sah Abu Dun noch einen Moment lang durchdringend in die Augen, dann wandte er sich um und trat gebückt durch den niedrigen Höhleneingang. Er hätte es niemals laut ausgesprochen, aber er war unendlich froh, Abu Dun bei sich zu wissen.

Andrej lauschte mit angehaltenem Atem. Da waren Geräusche, die nicht natürlichen Ursprungs waren, aber sie waren zu leise und zu weit entfernt, um sie einordnen zu können.

Er hob die Hand, damit Abu Dun zurückblieb, bis sich seine Augen an das blasse Licht in der Höhle gewöhnt hatten. Es dauerte nur wenige Momente, bis sich ihr Inneres in das gewohnte unheimliche Labyrinth aus grauen und silberfarbenen Schatten verwandelte und er wenigstens einige Schritte weit sehen konnte.

»Dort hinten.« Seine Schwertspitze deutete auf einen unregelmäßig geformten Spalt am hinteren Ende der Höhle, der tiefer in den Berg hineinführte. Er war sehr schmal. Andrej war nicht sicher, ob er sich wünschen sollte, dass Abu Dun hindurchpasste.

Er lauschte einen Moment. Die Geräusche wurden deutlicher, und er ging mit klopfendem Herzen weiter.

Er hatte Angst. Nicht Angst vor dem Tod. Oder Angst davor, angegriffen oder verletzt zu werden, sondern Angst vor dem, was er vielleicht entdecken würde, wenn er durch diesen Spalt ging.

Das Erste, was er sah, war trübrotes blasses Licht, das hinter der Biegung eines steil nach unten führenden Ganges flackerte, in den der Spalt mündete. An manchen Stellen war er so niedrig, dass Andrej sich auf Hände und Knie niederlassen musste, um seinen Weg fortzusetzen. Mindestens einmal hörte er Abu Dun hinter sich schmerzerfüllt grunzen, als er versuchte, seine breiten Schultern mit aller Gewalt durch den schmalen Spalt zu quetschen.

Andrej spürte die Nähe des Werwolfs, lange bevor er ihn sah. Das Geschöpf lauerte hinter der Gangbiegung. Er konnte seinen Zorn spüren, seinen grenzenlosen Hass auf alles Lebendige und vor allem Schöne, der das Geschöpf zerfraß – aber vor allem spürte er seine Angst.

Es kostete Andrej nicht die geringste Mühe, dem Krallenhieb der Bestie auszuweichen, als er sich auf Händen und Knien um die Gangbiegung schob. Blitzschnell packte er den zuschlagenden Arm der Bestie, verdrehte ihn mit einem harten Ruck und warf sich gleichzeitig zur Seite. Der Angreifer stieß ein schrilles, hündisches Heulen aus, verlor den Boden unter den Füßen und prallte mit furchtbarer Wucht gegen den Felsen. Aus dem erschrockenen Heulen wurde ein fast menschliches Kreischen, das in ein Wimmern überging. Der Kampf wäre vorüber gewesen, noch bevor er wirklich begonnen hatte, wäre der Gang nur ein wenig höher gewesen.

Als Andrej auf die Füße sprang und sein Schwert hob, prallte sein Kopf so heftig gegen die Höhlendecke, dass ihm für einen Moment die Sinne schwanden. Er sank auf die Knie, biss die Zähne zusammen, um ein Stöhnen zu unterdrücken, und kämpfte mit aller Macht darum, nicht das Bewusstsein zu verlieren. Bittere Galle sammelte sich unter seiner Zunge. Das Schwert in seiner Hand wurde schwerer und schwerer. Er nahm nur noch Schatten und huschende Bewegungen wahr.

Als sich sein Blick klärte und der pochende Schmerz in seinem Hinterkopf nachzulassen begann, hatte sich der Werwolf wieder in eine halb hockende Stellung erhoben. Seine schrecklichen fingerlangen Reißzähne waren drohend gebleckt. Die Augen des Wesens glühten düster und unheimlich. Bruder Thobias hätte vielleicht eine natürliche Erklärung dafür gefunden, aber Andrej schien es, als blicke er direkt in die Hölle.

Die Kreatur versuchte sich aufzurichten, aber ihre Bewegungen waren fahrig und hatten keine Kraft mehr. Die furchtbaren Klauen, die Fleisch und Knochen so mühelos zerreißen konnten, kratzten hilflos über den Stein. Statt sich abzustoßen und auf seinen Gegner zu stürzen, fiel der Werwolf nach vorn. Sein missgestalteter Kiefer schlug mit solcher Wucht auf dem Stein auf, dass einer seiner Zähne abbrach und Blut aus seiner durchgebissenen Zunge über seine Lippen sprudelte. Aus dem drohenden Knurren wurde ein Mitleid erregendes Winseln.

Andrejs Gedanken klärten sich allmählich. Er hörte, wie sich Abu Dun hinter ihm durch den Felsspalt schob, und der Lärm, den er dabei verursachte, verriet ihm, dass der Nubier versuchte, sein Schwert zu heben und sich aufzurichten.

»Nicht«, sagte er hastig.

Er wusste nicht, ob Abu Dun auf seine Warnung reagierte, aber der Werwolf hob ruckartig den Kopf und starrte ihn an. Ein Ausdruck unsagbarer Qual erschien in seinen Augen, und plötzlich war alles, was Andrej empfand, ein tiefes, schmerzerfülltes Mitleid. In der Qual dieses bedauernswerten Geschöpfes erkannte er seine eigene wieder.

»Nicht«, sagte er noch einmal. Diesmal galt das Wort dem Werwolf, und in den Schmerz des Geschöpfes mischte sich eine verzweifelte Hoffnung.

Andrej senkte langsam und zitternd das Schwert. Die Spitze der hundertfach gefalteten, scharfen Waffe aus Damaszenenstahl deutete nun nicht mehr auf das Gesicht der Kreatur. Die dunkelrot glühenden Augen des Geschöpfes flackerten. Noch immer waren sie von Misstrauen und brodelndem Hass erfüllt.

»Nicht«, sagte Andrej zum dritten Mal. »Wir müssen nicht kämpfen. Es ist nicht nötig, dass wir uns gegenseitig töten.«

Es war nicht zu erkennen, ob das Geschöpf seine Worte tatsächlich verstand oder ob es nur auf den beruhigenden Ton oder seine Gesten reagierte. Aber als der Werwolf sich das nächste Mal in die Höhe stemmte, waren seine Bewegungen nur noch abwehrend. Seine Fänge und Krallen blitzten drohend, aber er würde nicht mehr angreifen. Andrej konnte seine Angst *riechen.*

»Was bedeutet das?«, fragte Abu Dun hinter ihm. Seine Stimme zitterte vor Anspannung.

»Still!«, sagte Andrej erschrocken. »Er wird uns nichts tun. Aber mach jetzt keinen Fehler, ich flehe dich an!«

Langsam senkte er weiter das Schwert. Die Spitze der Klinge berührte den Felsboden mit einem klirrenden, nachhallenden Laut, und ein Zucken durchlief den Werwolf. Der Zorn in seinen Augen war nun endgültig erloschen. Andrej sah nur noch Angst und vollkommene Hoffnungslosigkeit.

Da fasste er einen Entschluss. Sehr viel vorsichtiger als beim ersten Mal richtete er sich auf, schob das Schwert in den Gürtel und streckte dem Werwolf die nackte Hand entgegen. Abu Dun sog entsetzt die Luft zwischen den Zähnen ein.

»Wir sind nicht deine Feinde«, sagte Andrej, langsam, laut und übermäßig betont, damit das Geschöpf seine Absicht verstand, wenn schon nicht die Worte.

Der Werwolf winselte. In einer verkrümmten Haltung, zu der er weniger durch die niedrige Höhlendecke als vielmehr durch seinen missgestalteten Körper gezwungen wurde, stand er da.

»Bei Allah!«, keuchte Abu Dun. »Was tust du?«

»Nicht!«, sagte Andrej erschrocken. »Bitte, Abu Dun, schweig!« *Ich hoffe, ich weiß, was ich tue.*

Der Werwolf blickte Abu Dun und ihn abwechselnd und mit flackerndem Blick an. Seine schrecklichen Klauen öffneten und schlossen sich ununterbrochen, aber trotz der dolchlangen mörderischen Krallen hatte diese Geste nichts Bedrohliches mehr.

Andrej konnte nicht sagen, wie viel Abu Dun sah, aber was *er* erblickte, zog sein Herz zu einem harten Stein zusammen.

Das Geschöpf sah entsetzlich aus. Andrej fragte sich, ob es der Werwolf war, der Abu Dun und ihn attackiert hatte, aber er bezweifelte es. Das Wesen sah nicht so aus, als sei es in der Lage, sich schnell zu bewegen. Seine Beine waren ungleich lang, und das linke Knie war so unförmig angeschwollen, dass es fast unmöglich schien, dass das Wesen mehr als einen oder zwei Schritte tun konnte, ohne zu stürzen. Dasselbe galt für die Arme: Wo Ellbogen-, Schulter- und Handgelenke sein sollten, waren grässlich angeschwollene, nässende Geschwüre und verhärtete Knorpel. Der Körper des bemitleidenswerten Geschöpfes war mit zahllosen eiternden Geschwüren und Wunden übersät, und auch das Blut, das über seine Lippen quoll, schien nicht allein aus seiner zerbissenen Zunge zu stammen.

»Bei Allah«, murmelte Abu Dun. Seine Stimme bebte. »Was … was ist das?«

Statt zu antworten, trat Andrej mit ausgestreckter Hand einen halben Schritt weiter auf die Kreatur zu. Der Werwolf schnappte nach ihm. Seine Zähne schlugen mit einem alarmierenden Laut zehn Zentimeter vor Andrejs Fingern zusammen, aber selbst diese Bewegung war lediglich ein weiterer Ausdruck seiner Furcht.

»Verstehst du mich?«, fragte Andrej. *Gott im Himmel, wenn es dich gibt, dann mach, dass es mich versteht! Lass es nicht so enden!*

Das Geschöpf verstand ihn.

Es konnte nicht antworten. Wenn es jemals menschliche Stimmbänder gehabt hatte, dann waren sie längst nicht mehr in der Lage, verständliche Laute oder gar Worte zu bilden. Dennoch verstand Andrej es, vielleicht, weil etwas in ihm schon zum Teil der Welt dieses entsetzlichen Geschöpfes geworden war.

»Ich gehe jetzt weiter«, sagte Andrej betont. »Ich will dir nichts tun. Und ich glaube, du willst mir auch nichts tun – habe ich recht?«

»Du bist völlig wahnsinnig«, murmelte Abu Dun. »Es wird dich zerreißen, sobald du ihm auch nur eine Sekunde lang den Rücken zudrehst.«

Noch vor wenigen Augenblicken hätte Andrej diese Einschätzung geteilt. Aber seit er die grenzenlose Verzweiflung in den Augen des Geschöpfes erblickt hatte, war sein Misstrauen verschwunden. Er machte erneut eine besänftigende Geste in Abu Duns Richtung, dann nahm er die Hand vom Schwertgriff und schob sich langsam, mit angehaltenem Atem und ohne die Kreatur auch nur einen Sekundenbruchteil aus den Augen zu lassen, an dem Werwolf vorbei. Der Gang war so schmal, dass sie sich fast berührten, obwohl Andrej sich mit dem Rücken an der Wand entlangschob. Er konnte den sauren Schweiß des Ungeheuers riechen, seine Krankheit und die rasende Furcht, die in ihm wühlte.

Endlich hatte er das Ende des niedrigen Stollens erreicht. Vor ihm weitete sich der Fels zu einer gut zehn Meter hohen und mindestens fünfmal so langen steinernen Kathedrale, die von zwei fast erloschenen Feuern in düsteres, blutfarbenes Licht getaucht wurde, das so schwach war, dass selbst er Mühe hatte, mehr als Schatten zu erkennen.

Andrej richtete sich auf und trat zwei Schritte in die Höhle hinein.

Es waren fünf, und Andrej wagte nicht zu sagen, wie viele von ihnen noch am Leben waren oder wie lange sie es noch sein würden.

Die Hölle tat sich auf. Aber vielleicht war es auch nur ein Blick in seine eigene Zukunft, der er erhaschte.

»Bei Allah!«, keuchte Abu Dun hinter ihm. »Was … was ist das? Ich …« Er begann zu würgen. Offensichtlich konnte er mehr sehen, als Andrej angenommen hatte.

Langsam und mit zitternden Knien trat Andrej an die größere der beiden Feuerstellen heran. Die fünf

Gestalten waren in einem unregelmäßigen Halbkreis darum verteilt. Es waren zwei ausgewachsene und drei kleinere Gestalten, aber es war Andrej unmöglich, mehr über sie zu sagen, nicht einmal ihr Geschlecht ließ sich bestimmen. Auch nicht, welcher Art sie angehörten.

Was Andrej erblickte, das war eine grässliche Mischung aus Mensch, Tier und … noch etwas, das zu beschreiben ihm die Worte fehlten.

»Aber das … das kann es nicht geben«, stammelte Abu Dun. »Das … das kann nicht sein!«

Andrej wollte antworten, aber seine Kehle war wie zugeschnürt. Er hatte gedacht, dass das Geschöpf draußen im Gang das Entsetzlichste wäre, was er je gesehen hatte. Doch diese fünf Gestalten hier waren … bemitleidenswerte Missgeburten, die einfach nicht leben *konnten*.

Andrej sank erschüttert auf die Knie und streckte die Hand nach einer zarten, kindergroßen Gestalt aus, wagte es aber nicht, die Bewegung zu Ende zu führen. Seine Finger zitterten, nur Zentimeter von einem Gesicht entfernt, das einmal menschlich gewesen sein mochte.

Andrej schloss stöhnend die Augen. »Großer Gott«, flüsterte er.

»Gott?«, murmelte Abu Dun mit mühsam beherrschter, aber trotzdem hörbar zitternder Stimme. »Wenn euer Gott so etwas zulässt, Hexenmeister, dann bin ich froh, nie zu ihm gebetet zu haben.«

Andrej riss sich mühsam von dem entsetzlichen Anblick los, und es kostete ihn noch einmal unendlich viel

Kraft, sich dazu zu zwingen, auch die anderen Gestalten aufmerksamer zu betrachten. Eine war offensichtlich tot, die anderen lagen im Sterben. Andrej war sicher, dass keine von ihnen die Nacht überstehen würde. Er betete, dass es so sein würde.

13

Schlurfende Schritte näherten sich; Schritte wie von jemandem, der nur mühsam sich zu bewegen imstande war, und dem jede noch so kleine Regung unendliche Mühe und grenzenlose Pein bereitete.

Andrej wandte den Kopf und warf einen raschen Blick in Abu Duns aschfahles Gesicht, ehe er den Werwolf erkannte, der sich mühsam in ihre Richtung schleppte. Es war das Geschöpf aus dem Gang, aber etwas an seinem missgestalteten Gesicht kam Andrej plötzlich auf so grässliche Weise bekannt vor, dass er fast in Panik den Blick abwandte und den Gedanken tief in sich erstickte, noch bevor er wirklich Gestalt annehmen konnte.

»Andrej, was … was bedeutet das?«, stammelte Abu Dun.

Andrej konnte sich nicht erinnern, ihn jemals so erschüttert erlebt zu haben wie jetzt. Auch er hatte sich auf die Knie herabsinken lassen. Er hielt das Schwert noch immer in beiden Händen, aber er tat es auf eine Art, als wäre es keine Waffe mehr für ihn, sondern etwas, woran er sich mit verzweifelter Kraft festklammerte, um nicht endgültig den Halt zu verlieren.

»Sie sterben«, antwortete Andrej leise. Er war nicht einmal sicher, ob er die Worte wirklich aussprach oder nur dachte.

»Hel … fen.«

Andrej und Abu Dun fuhren im selben Moment wie unter einem Schlag zusammen und herum, als sie die zu einem furchtbaren Krächzen verzerrte Stimme hörten. Der Werwolf war herangekommen und dicht neben Abu Dun zu einem zitternden Bündel zusammengesunken. Sein Gesicht lag im Schatten, sodass der furchtbare Anblick Andrej erspart blieb, aber die Stimme … Sie war kaum menschlich, ein gurgelndes Krächzen, Stimmbändern abgerungen, die nicht dazu geschaffen waren, Laute einer menschlichen Sprache hervorzubringen – aber er erkannte sie!

»Birger?«, murmelte er fassungslos. »Das kann doch nicht … nicht sein!«

Aber es war Birgers Stimme, so, wie das so schrecklich entstellte Gesicht immer noch Birgers Gesicht war. Hätte er sich nicht geweigert, es sich einzugestehen, hätte er ihn schon draußen auf der Ebene erkannt.

»Hilf … uns«, krächzte Birger. »Du kannst … uns … helfen.«

Abu Duns Augen quollen vor Entsetzen fast aus den Höhlen, aber er schwieg, und auch Andrej ließ eine geraume Weile verstreichen, bevor er antwortete.

»Helfen? Aber ich wüsste nicht wie. Was ist hier geschehen?«

Das Etwas, dessen Gestalt Birger angenommen hatte, hob mühsam den Arm und streckte eine zitternde Klaue in Andrejs Richtung aus; eine Geste unendlicher Hilflosigkeit und so flehend, dass Andrej mehrmals schlucken musste, um den bitteren Kloß loszuwerden, der sich plötzlich in seiner Kehle gebildet hatte.

»Bruder«, krächzte Birger. »Du bist ... wie wir. Aber du lebst. Du kennst das Geheimnis.«

Bruder ... Andrej spürte, wie ihm ein eisiger Schauer über den Rücken lief. »Ich kann das nicht«, antwortete er leise. »Ich weiß nicht, was mit euch geschehen ist. Und ich weiß auch nicht, wie ich euch helfen könnte.«

»Du hasst mich«, krächzte Birger. Er sprach langsam, mühevoll, mit großen Pausen und einer Stimme, die immer schwächer wurde, weil ihm das Sprechen so große Anstrengung abverlangte. Er brauchte Minuten, um wenige Sätze hervorzubringen, aber Andrej zwang sich, ihm ruhig zuzuhören.

»Du ... hasst mich. Ich kann das ... verstehen. Ich habe versucht, dich umzubringen, und ... und deshalb kannst du mir ... nicht helfen. Ich ... ich wusste nicht, wer ... wer du bist.«

»Das hat damit nichts zu tun«, widersprach Andrej, aber Birger schien seine Worte gar nicht gehört zu haben.

»Ich bitte ... nicht für ... mich«, fuhr er stockend fort. »Töte mich, wenn es deinen Rachedurst ... befriedigt. Töte mich oder ... oder sieh zu, wie ... wie ich sterbe. Aber rette die anderen. Rette ... rette meine Tochter.«

Andrej starrte entsetzt auf das zitternde, kaum noch lebendig zu nennende Fellbündel, vor dem er kniete. »Das ist Imret?«, keuchte er.

»Sie ... sie ist unschuldig«, fuhr Birger fort. »Ich habe

den Tod … verdient, aber sie hat … dir nichts getan. Rette sie. Sie … sie ist von deinem Blut.«

»Was sagst du da?« murmelte Abu Dun.

»Wir alle sind von … von deinem Blut«, stammelte Birger. »Du bist wie wir. Aber du … du wirst leben. Du weißt, wie … wie man den zweiten Tod … überwindet. Rette meine Tochter, ich flehe dich an!«

Der Kloß in seinem Hals war wieder da, härter und bitterer als zuvor. Plötzlich fiel es auch Andrej schwer, zu sprechen.

»Es tut mir leid«, flüsterte er. »Aber ich kann das nicht. Ich würde es tun, wenn ich es könnte, aber ich weiß nicht, was ich tun kann.«

Birger wimmerte. Andrej konnte sehen, wie auch noch das letzte bisschen Kraft aus seinem Körper wich und er ein zweites Mal und endgültig in sich zusammensackte.

»Dann erweise uns eine letzte Gnade und töte uns, Bruder«, krächzte er. »Lass uns … lass uns nicht qualvoll sterben.«

Andrej schloss die Augen, nickte und legte die Hand auf den Schwertgriff, aber die Waffe schien plötzlich in ihrer ledernen Umhüllung festgewachsen zu sein. Es gelang ihm nicht, sie zu ziehen.

»Ich kann es nicht«, sagte er. »Bitte verzeih mir, Birger. Aber ich kann nicht.« Er atmete tief und hörbar ein und aus. »Aber ich werde bei euch bleiben, bis es vorbei ist.«

Es wurde Morgen, bevor Andrej so weit war, sein Versprechen zur Gänze einzulösen. Birger war nach einer Stunde gestorben und fast zur gleichen Zeit auch die anderen, aber der Todeskampf des bemitleidenswerten Geschöpfes, das noch vor wenigen Tagen seine zwölfjährige Tochter gewesen war, dauerte fast bis zum Sonnenaufgang. Vielleicht war es Zufall, vermutlich aber die Grausamkeit des Schicksals, das ihr nicht nur dieses unsagbare Leid angetan hatte, sondern ihr auch die Kraft und Zähigkeit der Jugend gab, mit der sie bis zum allerletzten Moment gegen das Unausweichliche kämpfte.

Die Feuer waren längst heruntergebrannt und erloschen, aber von irgendwoher kam Licht, ein flackernder grauer Schein, der alle Farben auslöschte und fast noch unheimlicher war als das rote Blutlicht der Feuer. Draußen musste bereits wieder heller Tag geworden sein, als sich Imret ein letztes Mal aufbäumte und einen gellenden Schrei ausstieß, um dann endgültig zu erschlaffen.

Andrej atmete hörbar auf, als der Kopf des Mädchens zum letzten Mal in seinen Schoß sank. Neben ihm regte sich auch Abu Dun; zum ersten Mal seit Stunden, wie es ihm vorkam.

»Es ist vorbei.«

»Allah sei Dank!«, sagte Abu Dun grimmig. »Ich wusste nicht, dass du so grausam sein kannst.«

»Grausam?«

»Ich hätte es nicht mehr lange mit angesehen«, antwortete Abu Dun. »Warum hast du den Wunsch ihres Vaters nicht erfüllt und ihre Leiden beendet?«

Andrej kannte die Antwort auf diese Frage. Tatsächlich war seine Hand im Laufe der Nacht mehr als einmal wie von einem eigenen Willen beseelt zum Gürtel gekrochen und hatte sich um den Schwertgriff gelegt, aber jedes Mal hatte er den Arm wieder zurückgezogen, ohne die Waffe zu ziehen. Das Mädchen hatte sich mit dem Tod einen unglaublichen Kampf geliefert, und jedes Mal, wenn sich ihr Körper erneut aufbäumte, jedes Mal, wenn sie dem Tod erneut getrotzt und einen weiteren qualvollen Atemzug genommen hatte, war die wahnsinnige Hoffnung in Andrej stärker geworden. Die Hoffnung, dass sie es am Ende vielleicht doch schaffen könnte, dass etwas in ihr stärker war als das grausame Schicksal, das ihr ein zweites Leben geschenkt hatte, nur um es ihr nach kurzer Zeit erneut zu nehmen.

»Ich verstehe das nicht«, sagte Abu Dun kopfschüttelnd. »Das können nicht die Ungeheuer sein, vor denen Vater Ludowig und die gesamte Heilige Römische Inquisition zittern, oder?«

Andrej schwieg. Abu Dun hatte nur ausgesprochen, was er die ganze Zeit über gespürt hatte, auch wenn dieser Gedanke noch nicht so klar formuliert gewesen war. Trotz der nur schwachen Beleuchtung konnte er die Höhle weit genug übersehen, um zu erkennen, dass dies nicht einmal die schrecklichen Ungeheuer waren, vor denen Trentklamm zitterte. Er sah die kümmerlichen Überreste eines halb verhungerten Kaninchens, das wahrscheinlich schon zu Lebzeiten zu schwach gewesen war, um davonzulaufen, einen ausgerissenen Strauch, an dem noch ein paar kümmerliche Beeren hingen … Diese bemitleidenswerten Kreaturen waren kaum in der Lage gewesen, sich auf den Beinen zu halten. Sie hätten es sicherlich nicht geschafft, einer ausgewachsenen Kuh ein Bein auszureißen oder Vater Ludowig so zuzurichten, wie sie ihn gefunden hatten.

Andrej stand auf. Auch Abu Dun erhob sich und sah ihn auffordernd an, aber Andrej machte keine Anstalten, sich herumzudrehen und zum Ausgang zu gehen, sondern starrte weiter aus blicklosen Augen ins Leere.

»Wir können sie nicht begraben«, sagte Abu Dun nach einer Weile.

»Ich weiß«, antwortete Andrej. Der Gedanke, die Toten einfach hier liegen zu lassen, war ihm zuwider, aber sie hatten keine andere Wahl; sie verfügten weder über die Zeit noch über die notwendigen Werkzeuge, um die Toten zu begraben.

»Und was machen wir jetzt?«, fragte Abu Dun, als Andrej wieder schwieg.

»Was wir jetzt machen?« Andrej wusste genau, was Abu Dun meinte. Aber er wollte nicht sprechen. Begriff der Nubier denn nicht, dass er im Moment überhaupt nichts tun wollte?

»Wir können unserer Wege gehen«, antwortete Abu Dun. Er machte eine ausholende Handbewegung. »Unsere Aufgabe ist erfüllt. Thobias wollte, dass die Ungeheuer vernichtet werden. Sie sind vernichtet.«

»Diese bemitleidenswerten Geschöpfe sind tot«, antwortete Andrej. »Das Ungeheuer …« Er schüttelte den Kopf. »Nein.« Widerwillig drehte er sich um und sah Abu Dun an. »Ich fürchte, du irrst dich, mein Freund. Es ist noch nicht vorbei.«

Abu Dun runzelte die Stirn. »Du meinst …?«

»Ich meine, dass hier irgendetwas nicht stimmt«,

sagte Andrej lauter. »Sieh dich doch um! Du glaubst doch auch nicht, dass das hier die blutgierigen Bestien sind, die seit Wochen die Menschen in Trentklamm in Angst versetzen und das Vieh auf der Weide reißen?«

»Sie waren krank«, gab Abu Dun zu bedenken. »Das muss nicht immer so gewesen sein. Und gestern haben sie uns angegriffen.«

»Aus Verzweiflung«, antwortete Andrej heftig. »Sie hatten Angst, das ist alles. Hier stimmt etwas nicht, Abu Dun. Bruder Thobias hat sich entweder geirrt …«

»… oder er hat uns belogen«, führte Abu Dun den Satz zu Ende. Er grinste kalt. »Obwohl ich mir das eigentlich nicht vorstellen kann. Ich meine: Er ist ein Mann der Kirche. Die erwählten Verkünder des göttlichen Willens würden doch niemals absichtlich die Unwahrheit sagen, oder?«

Sein Zynismus – so vertraut er ihm auch war – brachte Andrej schier zur Raserei. Als er auch diesmal nicht antwortete, geschah es aus dem einzigen Grund, dass er Abu Dun sonst beschimpft hätte.

»Du willst also wirklich zurück nach Trentklamm?«, fragte Abu Dun kopfschüttelnd. »Warum? Rechnest du damit, dass sie uns dankbar sein werden?«

Vermutlich konnten sie froh sein, wenn man ihnen nicht auf der Stelle die Kehlen durchschnitt, dachte Andrej bitter. Laut sagte er: »Willst du die Menschen im Ort einfach ihrem Schicksal überlassen? Du weißt, was mit ihnen geschieht, wenn Vater Benedikt mit der Inquisition hier auftaucht.«

»Und?«, fragte Abu Dun hart. »Ich bin ihnen nichts schuldig.«

»Das ist deine Entscheidung«, erwiderte Andrej kühl. Er hob die Schultern. »Draußen geht die Sonne auf. Wenn wir uns beeilen, können wir noch vor Sonnenaufgang wieder in Trentklamm sein. Du musst nicht mitkommen, wenn du nicht willst.«

»Und dich allein in dein Unglück laufen lassen?«, schnaubte Abu Dun. »Wenn ich dich länger als eine Stunde unbeobachtet lasse, machst du doch wieder nur irgendwelchen Unsinn.«

»Versuch es nicht, mein Freund«, sagte Andrej leise.

»Was soll ich nicht versuchen?«

»Mich aufzuheitern.«

»Wer sagt, dass ich das vorhabe?«

Gegen seinen Willen musste Andrej lächeln. Er führte das Geplänkel nicht weiter fort, sondern ging an Abu Dun vorbei zum Gang, blieb aber noch einmal stehen, bevor er die Höhle verließ. Selbst seine übermenschlich scharfen Augen sahen nicht mehr als ein Durcheinander aus Schatten und Umrissen, aber mehr musste er auch nicht erkennen. Er würde den Anblick nie wieder im Leben vergessen.

»Du hast dein Versprechen nicht vergessen?«, fragte Andrej leise.

»Unsinn«, sagte Abu Dun. »Dir wird nichts geschehen. Du bist unsterblich, hast du das schon vergessen?«

»Das dachten Birger und die anderen auch«, antwortete Andrej leise. »Ich will nicht enden wie sie, Abu Dun.«

»Das wirst du auch nicht«, erwiderte Abu Dun. »Du wirst nichts spüren, das verspreche ich dir.« Er gab sich einen sichtbaren Ruck. »Schon, weil ich dir gar nichts antun werde. Und jetzt komm. Wir haben noch einen langen Weg vor uns.«

Ganz wie Andrej befürchtet hatte, gestaltete sich der Rückweg deutlich schwieriger als der Aufstieg. Sie brauchten länger als bis zur Mittagsstunde, um wieder zur Schattenklamm hinabzuklettern. Unten angekommen waren beide so erschöpft, dass sie eine ganze Weile rasten mussten, ehe sie wieder genug Kraft gesammelt hatten, um ihren Weg fortzusetzen.

Am Eingang der Schattenklamm angelangt, erlebten sie eine unangenehme Überraschung: Die Pferde waren nicht mehr da.

»Genau das habe ich befürchtet«, nörgelte Abu Dun. »Und was machen wir jetzt?«

Andrej zuckte als Antwort nur mit den Schultern. Wieso war er eigentlich überrascht? Er hatte nicht ernsthaft erwarten können, dass die Pferde hier warten würden, bis sie irgendwann zurückkommen würden. Sie hatten sich nicht einmal die Mühe gemacht, die Tiere anzubinden.

Er hob noch einmal die Schultern. »Was sollen wir schon tun? Wir gehen zu Fuß.«

»Dann erreichen wir Trentklamm heute nicht mehr. Jedenfalls nicht vor Einbruch der Dunkelheit.«

»Und ganz bestimmt nicht, wenn wir hier herumstehen und reden.« Andrej ging mit schnellen Schritten voran, noch bevor Abu Dun auch nur die Möglichkeit hatte zu antworten. Er mahnte sich selbst zur Mäßigung. Abu Dun hatte seine Anordnungen bisher mit

Gleichmut ertragen, aber auch seine Geduld musste Grenzen kennen. Er hatte nicht das Recht, den Nubier für etwas zu bestrafen, woran diesen keine Schuld traf.

Für die Strecke, die sie zu Pferde in weniger als einer Stunde zurückgelegt hatten, brauchten sie zu Fuß ein Mehrfaches dieser Zeit. Es begann zu dämmern, als sie die Alm erreichten. Selbst wenn sie stramm durchmarschierten, würden sie Trentklamm erst weit nach Mitternacht erreichen. Andrej entschied sich dafür, in der Almhütte zu übernachten. Abu Dun schwieg zu diesem Vorhaben, aber man musste keine Gedanken lesen können, um zu erkennen, wie wenig ihm die Vorstellung behagte – so wenig wie Andrej selbst. Aber sie waren beide erschöpft und am Ende ihrer Kräfte. Sie brauchten eine Rast und einen Ort, an dem sie wenigstens ein paar Stunden schlafen konnten.

Die Hütte war verlassen. Jemand hatte Ludowigs Leichnam fortgeschafft und die schlimmsten Kampfspuren beseitigt, aber Andrej kam es vor, als könne er den Gestank von Blut und Gewalt noch deutlich riechen. Seine Sinne offenbarten ihm noch mehr: Zwei, vielleicht sogar drei Männer waren hier gewesen, um Vater Ludowig zu holen. Es konnte noch nicht lange zurückliegen. Einer von ihnen hatte draußen hinter der Hütte gegen die Wand uriniert, und ein anderer hatte ganz leicht nach Weihrauch gerochen. Vielleicht war es Bruder Thobias gewesen. Es war unheimlich, aber Andrej konnte sogar sagen, wie lange sie sich in der Hütte aufgehalten hatten.

Wohlweislich erwähnte er Abu Dun gegenüber nichts davon. Stattdessen bedeutete er dem Nubier, das einzige, unbequeme Bett in der fensterlosen Hütte für sich zu nehmen, und erstickte seinen Widerspruch mit der Ankündigung, dass er ohnehin noch nicht müde sei und bis Mitternacht draußen Wache halten würde. Der Nubier wusste so gut wie Andrej, dass er nichts dergleichen vorhatte, aber er beließ es bei einem Kopfschütteln und war eingeschlafen, noch bevor er sich ganz auf der Pritsche ausgestreckt hatte.

Andrej verließ die Hütte, entfernte sich ein paar Schritte und ließ sich mit untergeschlagenen Beinen ins Gras sinken, um dem Sonnenuntergang zuzusehen. Im Gegensatz zu dem, was er Abu Dun gegenüber behauptet hatte, war er furchtbar müde – und zugleich von einer kribbelnden Unruhe erfüllt, die es ihm fast unmöglich machte, still zu sitzen.

Nach einer Weile legte er den Kopf in den Nacken und sah in den Himmel hinauf. Die Sonne war mittlerweile vollkommen untergegangen, aber es war nicht wirklich dunkel geworden. Der Mond war am wolkenlosen Himmel zu einer nahezu perfekten Scheibe geworden; morgen Nacht würde Vollmond sein. Ob die Unruhe und die fremdartige, erschreckende Gier, die er verspürte, damit zu tun hatten?

Andrej merkte nicht, dass sich seine Lippen zu einem bitteren Lächeln verzogen. Er hatte immer geglaubt, dass es nichts gäbe, was ihn erschrecken könnte, und nichts, was er wirklich fürchtete – und nun tat er alles in seiner Macht Stehende, um die Augen vor einer Wahrheit zu verschließen, die sich so überdeutlich offenbart hatte, dass auch Abu Dun sie längst erkannt hatte. Es hatte alles mit dem Mond zu tun.

Er hob die Hand, hielt sie ins Mondlicht und betrachtete die feinen Härchen auf seinem Handrücken, die im kalten Licht der Nacht schimmerten wie Spinnweben aus Silber. War die Behaarung dichter geworden?

Nein!, entschied Andrej. Ihm wuchsen auch keine spitzen Ohren, und er musste auch nicht die Hand heben und sein Kinn betasten, um sich davon zu überzeugen, dass sich sein Gesicht noch nicht in eine spitze Wolfsgrimasse verwandelt hatte. So einfach war es nicht. Er würde sich gewiss nicht in eine missgestaltete Wolfskreatur verwandeln, und er würde auch nicht den Mond anheulen und nachts Schafe auf den Weiden reißen. Was mit ihm geschah, war viel schrecklicher. Das Ungeheuer hatte ihn verändert, entweder als es ihn verletzt hatte oder als er dessen Seele in sich aufgenommen und seine Lebenskraft verzehrt hatte, und diese Veränderung war noch immer nicht abgeschlossen. Andrej wusste jetzt weniger denn je, was am Ende dieser Verwandlung stehen würde, aber er hatte entsetzliche Angst davor.

Morgen, dachte er. Morgen Nacht war Vollmond. Spätestens dann würde er erfahren, was aus ihm geworden war – und wer den Kampf damals auf dem Weg zum Kloster wirklich gewonnen hatte.

Er hörte ein Geräusch und reagierte mit einer Schnelligkeit, die ihn selbst verblüffte. Blitzschnell, dennoch lautlos, sprang er auf die Füße und huschte geduckt zur Hütte zurück. Er konnte das Geräusch noch nicht zuordnen, wusste aber sofort, dass es nicht in diese Umgebung gehörte. Es bedeutete Gefahr. Mit angehaltenem Atem presste er sich in den Schatten der Almhütte und blickte aus eng zusammengekniffenen Augen in die Richtung, aus der das verräterische Geräusch gekommen war. Es waren Hufschläge. Er hörte den Hufschlag von mindestens drei, wenn nicht vier Pferden, obwohl der jenseitige Waldrand mehr als hundert Schritte entfernt war. Metall klirrte, und er vernahm das Knarren von eingefettetem Leder. Sättel. Metallene Waffengurte und Schwertscheiden, die gegen gepanzerte Oberschenkel und die Flanken der Pferde schlugen, waren auszumachen, dazu das Brechen von Zweigen. Nur noch wenige Augenblicke, und die Reiter würden die Alm erreicht haben. Aber wenn er nur ein winziges Quäntchen Glück hatte, würde die Zeit reichen.

Andrej huschte durch die Tür und setzte dazu an, Abu Duns Namen zu rufen, doch es erwies sich als nicht notwendig. Obwohl der Nubier tief geschlafen hatte, waren seine Reflexe so gut wie eh und je. Noch bevor Andrej den zweiten Schritt in die Hütte hinein getan hatte, fuhr er mit einer gleitenden Bewegung in die Höhe. Metall schimmerte in seiner Hand. Andrej hatte nicht einmal gemerkt, dass er mit dem Schwert in der Hand eingeschlafen war.

»Was?«, fragte er knapp. Seine Stimme war klar, vollkommen wach und angespannt. Sie klang nicht wie die Stimme eines Mannes, der aus tiefstem Schlaf hochgeschreckt war.

»Soldaten«, antwortete Andrej ebenso knapp. Ohne ein weiteres Wort der Erklärung fuhr er wieder herum und blieb auf der Türschwelle stehen. Am Waldrand auf der anderen Seite der Alm waren zwei Pferde aufgetaucht. Die Reiter in ihren Sätteln waren ausnahmslos hoch gewachsen und dunkel gekleidet. Auf ihren Körpern brach sich schimmerndes Mondlicht. Sie trugen Rüstungen, oder zumindest Brustharnische und Helme. Noch während Andrej hinsah, gesellten sich ein weiterer und schließlich ein vierter Reiter zu den beiden ersten.

»Verdammt!«, fluchte Abu Dun hinter ihm. »Was um alles in der Welt suchen die hier?«

»Was glaubst du wohl?«, murmelte Andrej. Seine Gedanken überschlugen sich. Er zweifelte nicht daran, dass Abu Dun und er ohne größere Probleme mit diesen vier Männern fertig werden konnten, aber er wollte einen Kampf vermeiden. Sie waren nicht hier, um noch mehr Blut zu vergießen.

Die vier hatten am Waldrand Halt gemacht und machten nicht nur keine Anstalten weiterzureiten, sondern stiegen jetzt einer nach dem anderen aus dem Sattel. Sie blickten in Richtung der Hütte – Andrej konnte zwar keine Einzelheiten erkennen, wohl aber die hellen Flächen ihrer Gesichter, denen das Mondlicht auch noch den letzten Rest von Farbe genommen hatte. Sie waren nicht zufällig hier.

Aber Andrej wusste auch, dass sie von ihrer Position aus so gut wie nichts erkennen konnten; selbst er hätte die Hütte nur als schwarzen Schatten vor noch schwärzerem Hintergrund erkannt.

»Los!«, befahl er. »Und keinen Laut!«

Hintereinander huschten sie aus der Hütte. Andrej verbarg das Schwert unter seinem Mandel, damit sich kein verirrter Lichtstrahl auf dem Metall der Klinge brechen und sie verraten konnte, behielt die Waffe aber in der Hand, während sie um das kleine Gebäude eilten und Schutz in den tieferen Schatten auf seiner Rückseite suchten.

Hier konnten sie nicht bleiben. Noch bevor sich Andrej herumdrehte, spürte er, dass sich die Soldaten auf die Hütte zu in Bewegung gesetzt hatten. Sie gingen in gerader Linie, strebten dabei zugleich aber auch leicht auseinander und hatten ihre Waffen gezogen. Andrej gab nicht den geringsten Laut von sich, runzelte aber besorgt die Stirn. Was er sah, gefiel ihm ganz und gar nicht. Wer immer diese Männer waren, sie schienen ganz genau zu wissen, wo und nach wem sie zu suchen hatten. Sie verstanden ihr Handwerk. Andrej hatte eine genaue Vorstellung davon, wie es weitergehen würde: Die Männer würden sich der Hütte in einer weit auseinandergezogenen Linie nähern und das Gebäude in einer Zangenbewegung umgehen, bevor zwei oder vielleicht auch drei von ihnen die Tür einschlugen und mit gezückten Schwertern eindrangen.

»Ich nehme die beiden auf der rechten Seite, du die auf der anderen«, flüsterte Abu Dun.

Andrej hob als Antwort nur die Schultern. Auch wenn er sich widerwillig eingestand, dass Abu Dun vermutlich recht hatte, hätte er einen Kampf dennoch lieber vermieden. Nicht nur, weil er jedem Kampf lieber aus dem Weg ging, statt ihn zu suchen. Diese Männer waren ihm vollkommen unbekannt. Er hatte keinen Grund, sie zu töten – und er hatte fast panische Angst vor dem, was vielleicht geschehen würde, wenn er das nächste Mal Blut vergießen würde. Diese mörderische Gier war noch immer in ihm, vielleicht nicht mehr ganz so wütend wie bisher, vielleicht aber auch nur schlafend. Er hatte vor nichts mehr Angst als davor, sie mit dem Geruch von Blut zu wecken.

»Machen wir es so?«, flüsterte Abu Dun, als er keine Antwort von Andrej erhielt.

Abermals hob Andrej nur die Schultern. Mit seiner Frage erinnerte Abu Dun ihn an etwas, das ihm immer schmerzhafter deutlich wurde: Er begann Fehler zu machen; schwerwiegende Fehler. Es war, als müsse er für die zunehmende Schärfe seiner Sinne mit einem Verlust seiner Denkfähigkeit bezahlen. Zwar hatte er instinktiv richtig entschieden, die Hütte zu verlassen, in der Abu Dun und er in der Falle gesessen hätten, aber Schutz in den Schatten auf ihrer Rückseite zu suchen, war ein großer Fehler gewesen. Es war dunkel, aber die Farbe der Felswand hinter ihnen war selbst in der Nacht hell genug, sodass sich ihre Gestalten deutlich davon abheben mussten.

Trotzdem kam es nicht zum Kampf. Die Soldaten hatten die Hälfte der Bergwiese überwunden, als eine fünfte Gestalt am Waldesrand auftauchte, auch sie nur ein beinahe substanzloser Schatten wie die Männer vor ihr. Dieser Reiter saß auf einem gewaltigen weißen Schlachtross. Unmittelbar vor dem dunkleren Hintergrund des Waldrandes hielt er sein Pferd einen Moment lang an, als lege er Wert darauf, gesehen zu werden. Dann ritt er los, im ersten Moment fast gemächlich, dann schneller und schließlich in rasendem Galopp. Aus dem Schatten wurde ein Umriss, der Tiefe gewann. Trotzdem blieb der Reiter ein Schemen in der Farbe der Nacht, hinter dem die Schöße eines schwarzen Kapuzenmantels herflatterten. In seiner Hand blitzte ein Schwert, als er sich dem ersten der noch immer ahnungslosen Soldaten näherte.

Abu Duns Augen wurden groß. Er sog scharf die Luft ein. »Aber das ist doch ...!« Er wollte aufspringen, aber es war viel zu spät. Die Männer waren noch mindestens dreißig oder vierzig Schritte entfernt, und der schwarz gekleidete Riese näherte sich ihnen unaufhaltsam und mit Furcht einflößendem Tempo.

»Ja, du hast recht, Abu Dun«, murmelte Andrej. »Das bist du.«

Erst im allerletzten Moment bemerkten die Männer die Gefahr, die sich ihnen näherte, und fuhren herum. Zu spät. Der Krummsäbel des Reiters fuhr herab und tötete den ersten Soldaten so schnell, dass er nicht einmal mehr dazu kam, einen Schrei auszustoßen. Ohne auch nur einen Deut langsamer zu werden, riss der Angreifer sein Pferd herum, sprengte auf den nächsten Soldaten zu und schlug auch ihn zu Boden. Der Mann hatte nicht die geringste Möglichkeit, sich zu wehren. Trotzdem riss er sein Schwert in die Höhe, als der Krummsäbel des Angreifers niedersauste. Aber das verlängerte sein Leben nur um den Bruchteil eines Herzschlages. Die Klinge des Soldaten zerbrach, und der Krummsäbel setzte seine tödliche Bahn fort und enthauptete den Mann.

Die beiden überlebenden Soldaten taten das einzig Mögliche und suchten ihr Heil in der Flucht. Ihre Taktik, sich der Hütte in einer weit auseinandergezogenen Linie zu nähern, um nicht in einen Hinterhalt zu laufen, wurde ihnen jetzt zum Verhängnis. Zu viert und in geschlossener Formation hätten sie sich vielleicht gegen den unheimlichen Angreifer verteidigen können, so aber hatte er leichtes Spiel mit ihnen. Nicht einmal eine Minute, nachdem der erste Krieger gefallen war, sank auch der dritte Mann unter einem furchtbaren Schwerthieb des schwarz gekleideten Reiters zu Boden. Dann riss der unheimliche Angreifer sein Pferd herum und sprengte auch hinter dem letzten überlebenden Soldaten her.

Erneut wollte Abu Dun aufspringen, und wieder legte ihm Andrej die Hand auf den Unterarm und schüttelte den Kopf.

»Warte.«

Abu Dun riss sich los. Aber er lief nur wenige Schritte weit, ehe er stehen blieb und das Schwert sinken ließ. Aus der grenzenlosen Wut, die sich auf seinem Gesicht abzeichnete, wurden Überraschung und Unglauben, und dann fassungsloses Staunen.

Der schwarz gekleidete Riese hatte ohne Mühe auch den letzten flüchtenden Soldaten eingeholt und schwang seinen Säbel. Aber der Hieb war schlecht gezielt. Die Klinge streifte den Flüchtenden nur und schleuderte ihn nicht zu Boden, ließ ihn aber taumeln. Für den Angreifer selbst war sein eigener Hieb ungleich verheerender. Von der schieren Kraft seines eigenen Schlages nach vorne gerissen, verlor er den Halt im Sattel und wäre um ein Haar vom Pferd gestürzt. Der Krummsäbel entglitt seinen Fingern und verschwand in der Dunkelheit. Sein Pferd bäumte sich erschrocken auf und stieg wiehernd auf die Hinterläufe. Der Reiter klammerte sich mit verzweifelter Kraft an die Zügel, fügte dem Tier damit aber nur noch mehr Schmerzen zu, sodass es in Panik mit den Vorderhufen ausschlug, den Kopf zurückwarf und seinen Peiniger abschüttelte. Der Reiter sprang sofort wieder auf die Füße, machte aber nur einen einzelnen, taumelnden Schritt, ehe er benommen stehen blieb, sich vorbeugte und die Handflächen auf die Oberschenkel stützte. Er brauchte nur einen Moment, um wieder zu Kräften zu kommen.

Die wenigen Augenblicke reichten dem Soldaten jedoch, um seinen Vorsprung auszubauen. Er war verletzt und taumelte, aber die Todesangst gab ihm die Kraft, sein Tempo zu steigern. Der unheimliche Angreifer bückte sich nach seinem Schwert. Er humpelte leicht, als hätte er sich bei seinem Sturz aus dem Sattel verletzt, und er verlor weitere, kostbare Zeit damit, sein Pferd wieder einzufangen und aufzusitzen; genug Zeit für den flüchtenden Soldaten, um den Waldrand zu erreichen und auf eines der dort angebundenen Pferde zu steigen.

»Keine Sorge«, sagte Andrej, als Abu Dun eine unschlüssige Bewegung machte, aber dann wieder stehen blieb. »Er wird entkommen. Das muss er sogar.«

»Ich weiß«, murmelte Abu Dun. »Sonst könnte ja niemand davon berichten, dass hier ein großer schwarz gekleideter Mohr sein Unwesen treibt und ahnungslose Soldaten abschlachtet.« Er knirschte so laut mit den Zähnen, dass Andrej damit rechnete, Blut auf seinen Lippen zu sehen, als er sich zu ihm umwandte.

»Ich nehme meinen Vorschlag zurück.«

»Welchen?«

»Unserer Wege zu gehen«, sagte Abu Dun grimmig. »Ich möchte jetzt doch deinem Freund Thobias die eine oder andere Frage stellen.«

»Seltsam«, antwortete Andrej. »Aber ich hatte gerade dieselbe Idee.« Er machte eine Kopfbewegung zum Waldrand und die dort angebundenen Pferde. »Wenigstens müssen wir nicht zu Fuß gehen.«

Sie hatten den Feuerschein schon von weitem gesehen, ein unheimliches rotes Lodern, als wäre der Himmel mit Blut getränkt, aber Andrej hatte sich bis zum Schluss geweigert, seine Bedeutung zu verstehen. Ein brennender Heuhaufen. Ein Lagerfeuer, um das sich die Dorfbewohner versammelt hatten, um ein Fest zu feiern oder Gäste willkommen zu heißen. Ein Holzstapel, der Feuer gefangen hatte … Es war erstaunlich, auf wie viele überzeugende oder auch abwegige Erklärungen sein Hirn kam, um nicht sehen zu müssen, was offensichtlich war.

Es war Trentklamm, das brannte.

Nicht nur ein Haus. Nicht nur ein Heuschober oder ein Holzstapel. Der Ort brannte von einem Ende zum anderen. Obwohl sie am Waldrand Halt gemacht hatten und auf die grausige Szene aus der gleichen Entfernung wie am Tag ihrer Ankunft hinabblickten, hatte Andrej das schreckliche Gefühl, die Hitze der brennenden Häuser auf dem Gesicht zu spüren und den Gestank von brennendem Holz und Stroh und vor allem Fleisch zu riechen. Er spürte weder die Hitze, noch roch er irgendetwas anderes als die kalte klare Luft, die von den Bergen herabströmte und Rauch und Brandgeruch von ihnen forttrug.

Lange Zeit saßen sie schweigend nebeneinander in den Sätteln und sahen auf den brennenden Ort hinab. Winzig erscheinende Gestalten bewegten sich zwischen den brennenden Gebäuden.

Andrej erkannte sehr wohl, dass sie viel zu weit entfernt waren, um Einzelheiten zu sehen, aber es war wie mit dem Gestank und der Hitze: Er wusste, was dort unten geschah.

»Da scheint jemand vorschnell gewesen zu sein«, sagte Abu Dun nach einer Weile, die vermutlich nur Augenblicke gewährt hatte, Andrej aber wie eine Ewigkeit vorkam. »Oder waren wir drei Tage länger in den Bergen, als ich dachte?«

»Auf jeden Fall zu lange«, antwortete Andrej, ohne den Blick von der brennenden Ortschaft zu nehmen. Seine überempfindlichen Augen schmerzten und begannen allmählich zu tränen, aber er war nicht in der Lage, den Blick von der schrecklichen Szenerie abzuwenden. Er konnte nicht sagen, wie viele der winzigen, um ihr Leben rennenden Gestalten wirklich dort unten zu sehen waren und wie viele seiner Einbildung entsprangen.

Oder gerade lange genug, wisperte eine dünne Stimme irgendwo in seinen Gedanken. Ein Schauder durchfuhr ihn. Er hatte das Gefühl, dass jetzt alles einen Sinn ergab. Alle Antworten lagen vor ihm. Aber er fand die richtigen Fragen nicht.

»Was sollen wir tun?«, fragte Abu Dun.

Andrej hob die Schultern. Er kannte auch diese Antwort.

»Wir könnten immer noch davonreiten«, schlug Abu Dun vor. Schon der Ton, in dem er diese Worte aussprach, trug die Antwort in sich. Andrej machte sich nicht einmal die Mühe, etwas zu entgegnen.

»Dort unten sind mindestens fünfzig Soldaten«, sagte Abu Dun – was nach Andrejs Einschätzung übertrieben war. Trentklamm hatte zwar an die hundert Einwohner, aber es brauchte keine fünfzig Soldaten, um ein Bauerndorf dieser Größenordnung auszulöschen. Wenn die Männer dort unten ihr Handwerk verstanden – woran Andrej keine Sekunde lang zweifelte –, dann reichten fünfzehn Männer.

»Mehr nicht?«, fragte er kalt. »Wenn es so ist, dann reicht es, wenn du mir Rückendeckung gibst.«

Abu Dun seufzte. »Du meinst das ernst, wie?«, fragte er. »Du willst tatsächlich dort hinuntergehen und sie alle erschlagen?«

Andrej versuchte, mehr Einzelheiten in dem Gewirr aus loderndem roten und gelben Licht und vollkommener Dunkelheit unter ihnen zu erkennen, aber es gelang ihm nicht. Immerhin sah er, dass es ein Gebäude in Trentklamm zu geben schien, das die Angreifer bisher verschont hatten: die Kirche. Aber vielleicht brannte die Kirche nicht, weil sie das einzige Gebäude des ganzen Ortes war, das aus Stein gebaut war.

»Ich weiß nicht, was ich meine«, sagte er leise, mehr an sich selbst gewandt als an Abu Dun. Mit einer fast übermenschlichen Anstrengung riss er sich vom Anblick des brennenden Dorfes los und sah den Nubier an. »Ich weiß nicht, was ich will. Sag du es mir.«

Das ebenholzfarbene Gesicht des nubischen Riesen blieb vollkommen ausdruckslos. »Wir haben deine Heimat verlassen, weil du des Krieges müde warst, Hexenmeister«, erinnerte er Andrej leise, fast sanft. »Bist du sicher, dass wir hierhergekommen sind, nur um gleich einen neuen anzufangen?«

»Er ist doch längst im Gange«, antwortete Andrej leise. »Ob mit oder ohne uns.«

»Ohne uns wäre mir lieber«, sagte Abu Dun. Aber er klang nicht überzeugend.

»Der Soldat wird geredet haben«, gab Andrej zu bedenken. »Wer immer in deine Verkleidung geschlüpft ist, um die drei Soldaten zu erschlagen, wollte, dass er entkommt. Du fällst auf, mein Freund. Man wird dich überall suchen.«

Abu Dun machte eine abfällige Bewegung. »Wenn ich für jede Stadt, in der ich gesucht werde, ein Geldstück bekäme, wäre ich ein reicher Mann«, sagte er. Dann schürzte er die Lippen. »Andererseits hast du recht, Hexenmeister. Weißt du, dieser Kerl hat meinen Mantel, und den hätte ich gerne zurück.« Er hob die Schultern. »Ich hänge daran.«

Nach Andrejs Meinung war dies kaum der richtige Moment für Scherze; nicht einmal, wenn man Abu Duns Humor kannte, der mindestens so schwarz war wie sein Gesicht.

Statt zu antworten, schloss Andrej für einen langen Moment die Augen und legte den Kopf in den Nacken, bevor er die Lider wieder hob. Der Himmel war noch immer wolkenlos, und der Mond schien größer geworden zu sein. Mitternacht war längst vorüber. Er schätzte, dass kaum mehr als drei oder vier Stunden bis Sonnenaufgang blieben. Vier Stunden, in denen Trentklamm bis auf die Grundmauern niederbrennen würde. Es gab nichts, was sie dagegen tun konnten.

Aber vielleicht gab es noch ein paar Leben, die sie retten konnten.

»Du reitest zum Kloster«, sagte er. »Bruder Thobias wird bestimmt erfreut sein, dich wieder zu sehen. Aber lass ihn am Leben. Ich muss ihm ein paar sehr wichtige Fragen stellen.«

»Das werde ich nicht tun«, Abu Dun klang bestimmt.

»Thobias am Leben lassen?«

»Dich allein dort hinuntergehen lassen. Ich kenne das nun zur Genüge. Du schickst mich unter einem Vorwand fort, weil du den ganzen Spaß für dich allein haben willst. Aber diesmal falle ich nicht darauf herein.«

Andrej starrte ihn an. Abu Duns breites Grinsen hielt noch einen Moment lang an.

»Du wirst es nicht allein schaffen dort unten«, sagte er.

Andrej schwieg beharrlich weiter, und nach einem weiteren Moment begann sich Abu Duns Gesicht zu verdüstern. Wahrscheinlich lag es nun am schwachen Licht der Nacht, aber Andrej kam es plötzlich schwärzer vor als schwarz.

»Sie werden dich töten, wenn du dort hinuntergehst«, warnte Abu Dun.

»So schnell bin ich nicht umzubringen«, antwortete Andrej.

»Ich weiß, wie zäh du bist«, erwiderte Abu Dun. »Aber du bist weder wirklich unsterblich noch unbesiegbar.« Er hob die Schultern. »Muss ich dich daran erinnern, dass selbst ich dich schon einmal besiegt habe?«

Andrej schwieg.

»Ich verstehe«, seufzte Abu Dun. »Du willst sterben.«

»Du weißt doch, dass ich das gar nicht kann.«

»Du willst sterben, weil du Angst hast.« Abu Dun überhörte seine Antwort. »Du fühlst dich für das alles hier verantwortlich, und außerdem hast du Angst vor morgen Nacht.« Er machte eine Kopfbewegung zum Himmel. »Morgen ist Vollmond.«

»Du glaubst doch nicht etwa all diesen Unsinn, den man sich über Werwölfe erzählt?«

»So wenig, wie ich an Vampyre glaube«, sagte Abu Dun.

»Das ist …«

»… ein Unterschied?«, unterbrach ihn Abu Dun. »Ich denke nicht. Und selbst wenn – für dich ist es keiner. Du willst sterben, aber das werde ich nicht zulassen, verstehst du? Sich einfach aus dem Staub zu machen, ist feige.«

»Selbst wenn es so wäre – glaubst du, dass es mir hilft, wenn du ebenfalls umgebracht wirst?«

»Was glaubst du, wie lange ich noch lebe, ohne dich?« Abu Dun schüttelte grimmig den Kopf. »Du hattest viele Gelegenheiten, Hexenmeister. Jetzt wirst du mich nicht mehr los.«

Rasende Wut kochte in Andrej hoch. Er musste sich mit aller Macht beherrschen, um nicht herumzufahren und Abu Dun niederzuschlagen. Statt ihn anzuschreien, sagte er jedoch nur mit leiser, vor Anspannung zitternder Stimme: »Ich habe dich für klüger gehalten, Pirat. Willst du sterben?«

»Früher oder später tun wir das doch alle, oder? Abgesehen von dir vielleicht.«

»Wenn du jetzt mit mir kommst, wird es eher früher der Fall sein als später. Sehr viel früher.« Um seine Wut zu beherrschen, zwang er sich, Abu Dun mit einer vernünftigen Begründung zu überzeugen. Als ob Begründungen noch von Bedeutung gewesen wären! »Sollte der Soldat wieder zurückgekehrt sein, überlebst du nicht einmal die erste Minute.«

Abu Dun schwieg. Andrej konnte sehen, wie es hinter seinen dunklen Augen arbeitete, aber er schluckte jede Erwiderung hinunter, die ihm auf der Zunge lag. Vielleicht sah er das, was Andrej gesagt hatte, tatsächlich ein; wahrscheinlicher aber war, dass er seine Wut spürte und genau wusste, dass jede denkbare Antwort zu einem Streit führen konnte.

»Es ist wichtig, Abu Dun«, fuhr Andrej fort. »Ich muss mit Thobias reden. Du kannst hinterher mit ihm machen, was du willst, aber ...«

»Worauf du dich verlassen kannst, Hexenmeister«, fiel Abu Dun ihm ins Wort, aber Andrej fuhr fort:

»... aber ich muss ihn sprechen. Mein Leben könnte davon abhängen. Und das Leben anderer auch.«

»Dafür, dass du so sehr an deinem Leben hängst, gehst du ziemlich leichtfertig damit um«, grollte Abu

Dun, zuckte zugleich aber mit den Schultern und machte sich daran, das Pferd auf dem schmalen Weg zu wenden. Es war nicht einfach. Ebenso fiel es Andrej schwer, dem Tier, das sie am Waldrand gefunden hatten, seinen Willen aufzuzwingen. Die Pferde waren erstaunlich widerspenstig.

»Ich warte bis zum nächsten Sonnenaufgang auf dich«, sagte Abu Dun, »keinen Augenblick länger.«

Andrej nickte ihm nur zum Abschied zu. Er wartete, bis der Nubier verschwunden war, dann drehte auch er sein Pferd herum und ritt langsam weiter, hinunter ins Tal, dem brennenden Ort entgegen.

14

Die Stadt loderte nicht von einem Ende zum anderen, wie es vom Berg herab den Anschein gehabt hatte, aber die Zerstörung des Dorfes war dennoch weit fortgeschritten. Etwa ein Drittel der Gebäude stand in hellen Flammen oder war bereits niedergebrannt und zu rauchenden Ruinen geworden. Skelette aus schwarz gewordenen, mürben Balken, die noch immer mörderische Hitze und Gestank verströmten, oder auch nur mannshohe Aschehaufen, in denen es hier und da noch rot glühte, säumten seinen Weg. Trümmer lagen verstreut auf der schmalen Straße, die sich zwischen den Häusern hindurchschlängelte, aber Andrej fiel auf, dass es einzig Trümmer und Überreste der brennenden Gebäude waren: verkohlte Balken, hölzerne Dachschindeln und verbranntes Stroh – keine Möbelstücke, keine Kleider, keine weggeworfenen oder verlorenen Habseligkeiten, die von dem verzweifelten Versuch der Menschen kündeten, wenigstens einen Teil ihres Besitzes aus den Flammen zu retten. Was über Trentklamm gekommen war, war kein Unglücksfall gewesen.

Den ersten Toten fand Andrej, kaum dass er die Ortsgrenze überquert hatte. Der Mann lag mit ausgestreckten Gliedern mitten auf dem Weg. Er war kein Opfer der Flammen geworden, auch wenn sein Körper schlimme Verbrennungen aufwies. Was ihn getötet hatte, war jedoch zweifelsfrei der Armbrustbolzen gewesen, der zwischen seinen Schulterblättern heraus ragte.

Andrej machte sich nicht die Mühe, aus dem Sattel zu steigen, um den Toten zu untersuchen. Er kannte den Mann nicht, schloss jedoch aus seiner Kleidung, dass er zu den Dorfbewohnern gehört haben musste. Er konnte nichts mehr für ihn tun. Selbst ohne seine unheimlichen Instinkte hätte er auf Anhieb gesehen, dass er tot war. Nachdem ihn der Bolzen niedergeworfen hatte, waren brennendes Holz und Stroh auf ihn hinabgeregnet und hatten seine Kleider und sein Haar in Brand gesetzt und ihm weitere Wunden zugefügt, die kein Mensch hätte überleben können. Der Ausdruck auf seinem geschwärzten Gesicht verriet, dass er schnell gestorben war, ohne lange leiden zu müssen. Andrej mutmaßte, dass dies längst nicht für alle Bewohner des Dorfes galt. Spätestens jetzt wurde ihm klar, wie schrecklich sich Bruder Thobias geirrt hatte. Vater Benedikt hatte keine zehn Tage gebraucht, um zum Landgrafen und zurück zu reiten. Er war längst wieder heimgekehrt, und er war nicht allein gekommen. Andrej konnte die Spuren der Inquisition erkennen.

Wieder begann sich dumpfer Zorn in ihm breitzumachen, aber diesmal versuchte er nicht ihn niederzukämpfen. Während er langsam weiter in den Ort hineinritt, wuchs in ihm eine kalte Entschlossenheit, Benedikt und die Männer, die mit ihm gekommen waren, zu töten. Sie hatten kein Recht, so etwas zu tun. Niemand hatte das Recht.

Plötzlich wurde ihm deutlich, was er gerade gedacht hatte, und ein eisiger Schauer lief ihm über den Rücken. Sein Zorn war verständlich, aber es war noch gar nicht so lange her, da hatte ein anderes Dorf gebrannt, auf der anderen Seite der Berge und in einem anderen Land, aber aus demselben Grund. Wer war er, dass er sich anmaßte, entscheiden zu können, was richtig war und was falsch?

Vielleicht war diese Frage falsch gestellt. Vielleicht musste sie lauten: Wer war er geworden?

Er verscheuchte den Gedanken und konzentrierte sich mit aller Macht auf die Straße, die er entlangritt. Seine Augen tränten von dem grellen Licht und von dem beißenden Rauch, den die brennenden Häuser verströmten. Das Prasseln der Flammen war so laut, dass es jedes andere Geräusch übertönte. Das Feuer machte das Pferd so unruhig, dass Andrej immer größere Mühe hatte, das Tier unter Kontrolle zu halten. Aber Lärm, Licht und Hitze, die ihm so große Schwierigkeiten bereiteten, waren zugleich auch seine Verbündeten. Er musste sich keine Gedanken darüber machen, frühzeitig gesehen zu werden, denn das Wüten der Zerstörung gab ihm zugleich auch Deckung. Weiter zur Dorfmitte hin nahm die Anzahl der brennenden Gebäude sogar noch zu; Lärm und Licht würden dort vermutlich unerträglich sein.

Das Pferd scheute, als ein brennender Strohhalm auf seine Mähne fiel und der Schmerz tief in seinen Hals biss; diesmal so überraschend und heftig, dass Andrej es nicht sofort wieder in seine Gewalt brachte. Das Tier versuchte auszubrechen, stieg auf die Hinterläufe und schlug wild mit den Vorderhufen aus, aber Andrej zwang es mit roher Gewalt wieder in seinen Willen. Erst danach schlug er mit dem Handrücken nach dem brennenden Stroh und fegte es davon. Das Pferd nutzte die winzige Unaufmerksamkeit, um erneut auszubrechen. Diesmal versuchte es nicht, seinen unwillkommenen Reiter abzuschütteln, sondern ging einfach mit ihm durch, und dieser zweite Ausbruchsversuch war selbst für Andrej nicht aufzuhalten. Er versuchte hastig, sich an Zaumzeug und Sattel festzuklammern, aber seine Reaktion kam zu spät. Er verlor den Halt, stürzte rücklings aus dem Sattel und landete so heftig auf dem Bauch, dass er einen Moment lang benommen war und mit geschlossenen Augen und stöhnend liegen blieb. Sein rechtes Knie fühlte sich an, als hätte jemand einen glühenden Nagel hindurchgetrieben, und er spürte, wie warmes Blut an seinem Bein hinunterlief.

Als seine Gedanken aufhörten, sich wie wild im Kreise zu drehen, hörte er ein gehässiges Lachen. Hinter ihm ertönte dumpfes Hufscharren.

»Ich sage doch immer, dass du ein miserabler Reiter bist, Hässler«, sagte eine Stimme. »Du hast dein Tier einfach nicht unter Kontrolle, und …«

Andrej stemmte sich mühsam und mit zusammengebissenen Zähnen hoch und drehte sich in der gleichen Bewegung herum. Die Worte brachen mitten im Satz ab und gingen in einen überraschten Laut über.

Hinter ihm war ein Reiter aufgetaucht. Der Mann war ein gutes Stück größer als er und fast so breitschultrig wie Abu Dun, wirkte aber viel plumper. Sein

Pferd war auf die gleiche Art gezäumt wie das, von dem Andrej gerade heruntergefallen war, und auch seine Kleidung glich der, die Andrej trug. Sie hatten beide dunkle Hosen und helle Hemden an, aber wo Andrej ein schwarzes Wams über dem Hemd trug, hatte der andere eine mit ledernen Nieten besetzte Weste. Er trug schwere Lederbänder um das Handgelenk und eine ebenfalls lederne Kappe, die mit zahlreichen Nieten verstärkt war, sodass sie ihren Träger fast so zuverlässig schützte wie ein Helm, aber nicht dessen hinderliches Gewicht besaß. Das Ganze sah aus wie eine Uniform, und in dem schlechten Licht und bei all dem Rauch war die Ähnlichkeit wohl gerade groß genug gewesen, Andrej mit einem seiner Kameraden zu verwechseln.

Und vielleicht war das auch der einzige Grund, aus dem er nicht angegriffen worden war, dachte Andrej. Er hatte sich zu sehr darauf verlassen, dass ihn seine neu erworbenen wölfischen Instinkte vor jedem Hinterhalt warnen würden. Ein Fehler, der ihm bestimmt nicht noch einmal unterlaufen würde.

Auch der andere hatte seinen Irrtum schnell erkannt. Aus der Schadenfreude, die auf seinem Gesicht gelegen hatte, war Überraschung geworden, die jäh in Misstrauen und Wut umschlug, als er in Andrejs Gesicht blickte und begriff, dass er nicht seinem Kameraden gegenüberstand. Einen Herzschlag lang saß er reglos im Sattel und starrte auf ihn hinab, und Andrej konnte in seinen Augen lesen, wie er ihn einzuschätzen versuchte.

»Wer bist du?«, fragte er. Seine rechte Hand glitt

zum Griff des plumpen Schwertes, das er im Gürtel trug, und Andrej musste sich beherrschen, um nicht dasselbe zu tun. Der Mann unterschätzte ihn – was jedem passierte, der Andrej zum ersten Mal sah; er war weder besonders groß noch von außergewöhnlich kräftiger Statur. Außerdem war der Reiter Zeuge geworden, wie Andrej ungeschickt vom Pferd gestürzt war. Wenn er sein Pferd herumriss und davonsprengte, hatte Andrej keine Möglichkeit, ihn einzuholen. Er stand drei oder vier Meter entfernt, und Andrejs Knie pochte noch immer vor Schmerz. Es würde Minuten dauern, bis er wieder in der Lage war, zu laufen oder auch nur normal zu gehen.

»Wer du bist, habe ich gefragt!« wiederholte der Soldat. Dann beging er einen Fehler, der ihn das Leben kosten sollte: Er schwang sich mit einer zornigen Bewegung aus dem Sattel, zog das Schwert halb aus dem Gürtel und ließ den Griff dann mit einem verächtlichen Laut wieder los, während er auf Andrej zutrat. Bei einem Gegner, der sich nur mühsam auf den Beinen halten konnte und kaum halb so viel wog wie er, glaubte er keine Waffe nötig zu haben.

»Hast du deine Zunge verschluckt, Bauerntölpel?«, fragte er. »Wie kommst du an Hässlers Pferd? Hast es ihm gestohlen, wie?«

»Nein, Herr«, antwortete Andrej leise. Er tat so, als ob er eingeschüchtert den Blick senken würde und machte zugleich einen humpelnden Schritt zurück – der keinen anderen Sinn hatte als den, sein Knie auf die Probe zu stellen. Es tat noch immer weh, aber er konnte sich bewegen. »Ich habe es nicht gestohlen.«

»Wie kommst du dann an das Pferd?«, wollte der Soldat wissen. Das Misstrauen in seinem Gesicht war mittlerweile vollends erloschen und hatte einer boshaften Vorfreude Platz gemacht. »Na, spielt keine Rolle. Ich werde ihn fragen. Oder besser noch – ich hebe dich für ihn auf, damit er dich fragen kann, wenn er zurück ist. Ich fürchte nur …«, er lachte hart, »… dass er nicht besonders guter Laune sein wird, wenn er den ganze Weg von der Alm hinab zu Fuß laufen musste.«

»Das muss er nicht«, antwortete Andrej.

Der Soldat blieb stehen. »Wie meinst du das?«

»Weil er tot ist«, sagte Andrej. »Und du es auch gleich sein wirst.«

Diese Unverschämtheit verschlug dem Soldaten die Sprache. Einen Augenblick lang starrte er Andrej mit offenem Mund an, dann verzerrte sich sein Gesicht vor Wut, und er stürzte sich mit hochgerissenen Fäusten auf seinen viel kleineren Gegner.

Andrej empfing ihn mit einem Fußtritt, der zwar eine neue Woge heißer Schmerzen durch sein Knie jagte, den Burschen aber auch stolpern und mit einem hilflosen Krächzen auf die Knie fallen ließ, wo er sich würgend krümmte. Vermutlich wurde ihm bereits in diesem Moment klar, dass er seinen Gegner falsch eingeschätzt hatte. Andrej trat ruhig auf ihn zu, wartete, bis er wieder zu Atem gekommen war und nach dem Schwert zu greifen versuchte, und entrang ihm die Waffe ohne die geringste Anstrengung. Mit der linken Hand schleuderte er das Schwert über die Schulter davon, mit der anderen schlug er dem Soldaten gleichzeitig so hart ins Gesicht, dass dieser nach hinten geworfen wurde und endgültig auf den Rücken fiel.

»Um deine Frage zu beantworten, mein Freund«, sagte er. »Mein Name ist Andrej Delãny. Ich stamme nicht aus dem Dorf. Ich bin hier nur zu Gast – genau wie du. Aber ich habe den Eindruck …« Er sah sich um. »… dass ihr euch nicht wie Gäste benehmt. Habt ihr das Dorf angezündet?«

Der Soldat stemmte sich stöhnend auf die Ellbogen hoch. Sein Gesicht war grau vor Schmerz und blutüberströmt, und er bekam immer noch nicht richtig Luft. Aber das Flackern in dem Blick, mit dem er Andrej maß, zeugte von viel mehr Wut als Schmerz oder gar Angst. Der Soldat hatte keineswegs aufgegeben, sondern betrachtete ihn mit neuem Respekt, während er vermutlich überlegte, auf welche Weise er ihn angreifen würde. Er beantwortete Andrejs Frage auch nicht, sondern stellte selbst eine. »Hast du Hässler getötet?«

»Nein«, antwortete Andrej wahrheitsgemäß. »Aber ich war dabei, als er starb.« Er wich einen halben Schritt zurück, um nicht in unmittelbarer Reichweite des Soldaten zu sein, falls dieser überraschend aufspringen sollte, und zog nun sein eigenes Schwert. Die Blicke des Mannes streiften kurz die Waffe, ehe sie sich wieder auf sein Gesicht richteten. Andrej sah, wie er vorsichtig die Muskeln anspannte und versuchte, die Beine auf eine Art anzuwinkeln, die nicht sofort auffiel.

»Wer bist du?«, fragte der Soldat noch einmal. »Was willst du hier?«

Andrej seufzte. »So geht das nicht, mein Freund«, sagte er. »Du stellst mir nur Fragen. Aber du gibst keine Antworten.« Vorsichtig ließ er sich in die Hocke sinken und streckte das Schwert vor. Er hatte nicht vor, ihn zu treffen, aber der Mann prallte erschrocken zurück. »Ich schlage vor, du fängst damit an, meine Fragen zu beantworten.«

»Du bist tot, Teufel«, zischte der Soldat. Seine Stimme zitterte vor Wut, immer noch nicht vor Furcht. Er hatte keine Angst, sondern wartete nur auf eine Gelegenheit, sich zur Wehr zu setzen. Andrej konnte all dies in seinen Blicken lesen, aber viel deutlicher noch konnte er es riechen. Er musste vorsichtig sein. Wenn er den Mann töten musste, dann schnell. Der Wolf in ihm begann immer stärker zu erwachen. Er durfte ihm kein Blut zu schmecken geben.

»Ich will dir nichts antun«, sagte er ruhig. Er zog das Schwert zurück, zögerte einen winzigen Moment und schob es dann in den Gürtel. Der Soldat hielt dies vermutlich für einen Fehler, aber für Andrej war es überlebenswichtig. Die Dunkelheit in ihm wurde machtvoller.

»Beantworte meine Fragen, und ich lasse dich am Leben.«

»Du bist von Sinnen«, antwortete der Soldat. Er lachte hässlich. »Du wirst sterben, ganz egal, mit welchem Teufel du im Bunde bist. Du bist schon tot. Wir werden dich vernichten. Dich und deine Teufelsbrut.«

»Weil ihr so viele seid?«

»Genug für dich«, entgegnete der Soldat. Jede Spur

von Furcht war aus seiner Stimme gewichen, jetzt, da Andrej das Schwert eingesteckt hatte. »Wir haben dieses Teufelsnest ausgebrannt, und du wirst ebenfalls brennen.«

»Wir? Du gehörst zu den Leuten des Landgrafen?«

Der Soldat richtete sich erneut auf. Die Bewegung war langsam, aber sehr zielgerichtet. Andrej wollte nicht mit ihm kämpfen, aber er spürte, dass er es musste. Einer von ihnen würde diesen Ort nicht lebend verlassen. Langsam stand auch er auf und verschränkte die Arme vor der Brust.

»Geh«, sagte er ruhig. »Steig auf dein Pferd und reite davon, dann bleibst du am Leben.«

Statt zu antworten, stieß der Soldat ein wütendes Knurren aus und stürzte sich auf ihn. Andrej empfing ihn auf die gleiche Art wie das erste Mal: mit einem Fußtritt in die Weichteile. Aber damit hatte der Soldat gerechnet. Mit einer blitzschnellen Bewegung fing er Andrejs Fuß ab und drehte ihn mit einem Ruck herum, der seinen Knöchel gebrochen hätte, hätte Andrej nicht genau das erwartet und sich herumgeworfen.

Er beließ es nicht bei einer halben Drehung. Für einen Sekundenbruchteil lag sein Körper nahezu waagerecht in der Luft, dann stieß er mit dem linken Bein zu und rammte dem Soldaten den Fuß mit solcher Gewalt ins Gesicht, dass sein Kiefer brach. Der Soldat kippte mit einem gurgelnden Schrei um, schlug die Hände vor das Gesicht und begann zu wimmern, während Andrej mit einer fast anmutig erscheinenden Rolle wieder auf die Füße kam und über ihm war, noch bevor er wirklich begriff, wie ihm geschah.

»Ich sage es noch einmal«, sagte Andrej mit leiser, mühsam beherrschter Stimme. *Geh!*, dachte er verzweifelt. *Steig auf dein Pferd und geh! Ich will dich nicht töten. Ich darf es nicht.* »Steig auf dein Pferd und verschwinde, solange du es noch kannst!«

Der Soldat kämpfte sich taumelnd auf die Füße. Sein Gesicht war zu einer verzerrten, blutigen Fratze geworden, in seinen Augen loderte der Wahnsinn. Er hatte nicht gehört, was Andrej sagte. Blut lief in Strömen aus seinem zerschmetterten Mund, und Andrej sah, dass ihm mehrere Zähne fehlten. Er musste allein vor Schmerzen fast verrückt werden. Aber er gehörte nicht zu den Männern, die aufgaben, wenn sie begriffen, dass ein Kampf verloren war.

Dennoch versuchte es Andrej. Als der Soldat heranstürmte, steppte er zur Seite und ließ ihn über sein vorgestrecktes Bein stolpern. Während der Angreifer fiel, rammte er ihm den Ellbogen in den Nacken. Der Soldat stürzte mit weit vorgestreckten Armen zu Boden und schlitterte meterweit davon. *Bleib liegen!*, dachte Andrej fast verzweifelt. *Bleib in Gottes Namen liegen!*

Sein Gebet wurde nicht erhört. Der Soldat stemmte sich wimmernd in die Höhe, spuckte Blut und Zähne und versuchte sich zu ihm herumzudrehen. Andrej hämmerte ihm die Faust gegen die Schläfe, war mit einem Satz hinter ihm und schlang dem Mann den Arm um den Hals, bis dieser in seinem Griff zusammensackte. Eine schnelle Drehung, ein Ruck, und es wäre vorbei gewesen. Zweifellos hatte der Mann den Tod verdient. Aber er wollte ihn nicht töten; noch immer nicht. Er durfte es nicht. Wenn er jetzt Blut vergoss, dann hatte der Wolf in ihm gewonnen.

Der Mann regte sich nur noch schwach, aber er bewegte sich, und das Schicksal war grausam genug, ihn nicht das Bewusstsein verlieren zu lassen, was ihm möglicherweise das Leben gerettet hätte. Seine Sinne klärten sich rasch. Er bäumte sich in Andrejs Griff auf und schlug ziellos nach hinten. Andrejs Fingernägel schrammten über die Wange des Soldaten und hinterließen vier brennende Spuren aus blutigem Schmerz, und etwas in Andrej … zerbrach.

Blut. Er roch das Blut des Mannes und spürte seinen Schmerz, und der Wolf in ihm stürzte sich mit einem gierigen Heulen auf die hilflose Beute, fegte den jämmerlichen Rest von Andrejs freiem Willen davon und übernahm endgültig die Kontrolle.

Es war wie in jener Nacht vor dem Kloster, nur hundertmal schlimmer. Er wusste nicht, was er tat und wie lange es dauerte, aber die Schreie des Soldaten hallten lange, endlos lange und unmenschlich schrill über die Straße, und als es vorbei war, lebte der Mann immer noch, aber er konnte nicht mehr schreien. Alles, was er hervorbrachte, war ein gurgelndes Röcheln.

Entsetzt von seinem eigenen Tun sprang Andrej hoch und prallte zwei taumelnde Schritte zurück. Seine Hände waren voller Blut. Sein Mund war voller Blut, aber die Gier in ihm war noch immer nicht gestillt, sondern schien mit jedem Herzschlag schlimmer zu werden. Der grausige Trank hatte seinen Durst nicht gestillt, sondern ihn noch geschürt. Was hatte er getan? Gott im Himmel, was war aus ihm geworden?

»Töte … mich«, stöhnte der Soldat. »Ich flehe dich … an. Hab Er … barmen! Töte … mich.«

Andrej starrte ihn an. Der winzige, menschlich gebliebene Teil in ihm krümmte sich vor Entsetzen, als er sah, was er dem Mann angetan hatte, aber der Wolf triumphierte. Er trank den Schmerz des Mannes, labte sich an seinem Leid und seinem Sterben, und er hinderte Andrej daran, seine Fassungslosigkeit abzuschütteln und dem Sterbenden die letzte Gnade zu erweisen und ihn von seiner Pein zu erlösen.

»Töte … mich«, gurgelte der Sterbende. »Hab … Erbarmen.«

»Das werde ich nicht tun«, antwortete Andrej kalt. »Aber ich lasse dir deine Seele, wenn du mir sagst, wie viele ihr seid und wo ich die anderen finde.«

»Zwan … zig«, stöhnte der Soldat. »Wir sind … zwanzig. Dazu der … der Inquisitor und Vater Benedikt.«

»Der Inquisitor?« Andrej trat wieder auf den Soldaten zu und streckte die Hände aus. »Wer ist er? Wo finde ich ihn? Sprich, oder ich fresse deine Seele!«

Das konnte er nicht. Andrej, der Vampyr, hätte es vielleicht gekonnt, aber das … Ding, in das er sich verwandelt hatte, hatte keine Verwendung für eine Seele. Es wollte Blut, das war sein Lebenselixier. Der Sterbende bäumte sich auf und versuchte vor ihm davonzukriechen, aber sein zerschundener Körper hatte nicht mehr die Kraft dazu.

»In der Kirche!«, keuchte er. »Sie … sie sind in der Kirche.«

»Und die anderen?« Andrej machte eine drohende

Bewegung. »Die Leute aus dem Dorf? Wo sind sie? Habt ihr sie alle umgebracht?«

»Sie … sie haben viele … verbrannt«, gurgelte der Soldat. »Aber nicht alle. Noch nicht. Sie … sie machen ihnen den Prozess. Jedem …«

»Aber das Urteil steht schon fest, nicht wahr?« Andrej verzog die Lippen zu einem kalten Grinsen. »Alles muss eine Ordnung haben. Schließlich bekommt jeder seinen gerechten Prozess.«

»Sie … sie sind mit dem Teufel im Bunde«, stöhnte der Mann. »Jeder weiß das. Alle hier sind … sind Teufelsjünger.«

Andrej wollte widersprechen, aber in diesem Moment fiel sein Blick auf seine eigenen, zu Klauen gekrümmten Hände. Sie hatten sich nicht wirklich in Klauen verwandelt, wie die Gliedmaßen der bedauernswerten Kreaturen, die Abu Dun und er in der Höhle gefunden hatten, aber der Anblick war fast schlimmer. Sie waren so rot vom Blut des Soldaten, dass es aussah, als trüge er dunkelrote nasse Handschuhe, die bis an die Ellbogen hinaufreichten. Es hätte des bitteren Kupfergeschmackes auf seiner Zunge nicht mehr bedurft, um ihm zu beweisen, wer das schlimmste Ungeheuer war. Dieser Anblick war es, der ihm noch einmal die Kraft gab, der brennenden Gier zu widerstehen; vielleicht zum letzten Mal.

»Ich halte mein Wort«, sagte er, »ich werde deine Seele nicht nehmen.«

»Töte … mich«, flehte der Sterbende. »Hab doch … Erbarmen.«

Das war ein Wort, das Andrej nichts mehr bedeutete. Er starrte noch einen Moment mitleidlos auf den Soldaten hinab, dann drehte er sich um und ging langsam weiter. Er musste nur wenige Schritte weit laufen, bevor das Prasseln der Flammen die Schreie des sterbenden Mannes verschlungen hatte.

15

Es war Andrej klar, dass er nicht auf direktem Weg zur Kirche gehen konnte. Wenn der sterbende Soldat die Wahrheit gesagt hatte – woran er nicht zweifelte –, dann hatte er es immer noch mit mindestens sechzehn Gegnern zu tun, den Inquisitor nicht mitgerechnet. Das waren selbst für einen Mann mit seinen außergewöhnlichen Fähigkeiten eindeutig zu viele Soldaten, um ohne Strategie gegen sie zu kämpfen. Er war nahezu unsterblich, aber *nahezu* bedeutete nicht *vollkommen*. Wenn er blindlings losstürmte, dann würde er in sein Verderben laufen.

Vielleicht wäre das das Beste, dachte Andrej finster. Für Abu Dun, für die Menschen hier und vor allem für ihn selbst. War das vielleicht der wirkliche Grund, aus dem er zurückgekommen war?, fragte er sich. Nicht um die Menschen hier zu retten oder das Geheimnis seiner Herkunft zu lüften, sondern weil er den Tod suchte? Beunruhigt schüttelte er den Gedanken ab. Er hätte zu einer Antwort kommen können, die ihm nicht gefiel.

Auf dem Weg zum Dorfplatz begegneten ihm keine weiteren Menschen mehr, weder Soldaten noch Trentklammer, und auch der Kirchplatz selbst bot einen anderen Anblick, als er erwartet hatte. Die Handvoll Häuser, die den runden Platz säumten, waren nicht niedergebrannt, zeigten aber deutliche Spuren der Gewalt, die auch hier gewütet hatte: eine eingetretene

Tür hier, ein zertrümmertes Fenster dort, ein paar geschwärzte Dachschindeln, wo die Flammen von einem der benachbarten Gebäude übergegriffen hatten und in aller Hast wieder gelöscht worden waren.

Dennoch ließ ihn der Anblick für einen Moment erstarren; vielleicht, weil er zu sehr dem jenes anderen Dorfes ähnelte, in dem sie Alessa gefunden hatten, nur dass die Vorzeichen hier genau umgekehrt waren: In jenem Dorf auf der anderen Seite der Berge waren es die Fremden gewesen, die ahnungslos in ihr Verderben gelaufen waren; hier hatten die Fremden den Tod gebracht.

Und er hatte eine blutige Spur gezogen. Andrej sah keine Toten, aber unmittelbar vor der offen stehenden Kirchentür waren zwei gewaltige Scheiterhaufen errichtet worden. Einer davon schwelte noch, der zweite brannte lichterloh – was aber gewiss nicht mehr lange so bleiben würde –, und nur einige Schritte entfernt waren vier Soldaten damit beschäftigt, einen dritten Scheiterhaufen zu errichten. Sie machten sich allerdings nicht die Mühe, Reisig oder Feuerholz herbeizuschaffen, sondern verwendeten Materialien, die sie kurzerhand aus den benachbarten Häusern geholt hatten: zerbrochene Möbel, Teile von Fensterrahmen und Bodendielen …

Weit mehr als das Vorhandensein der Scheiterhaufen selbst machte dieses Vorgehen Andrej klar, dass die Soldaten nicht vorhatten, in diesem Ort noch irgendjemanden am Leben zu lassen. Er fragte sich, warum Vater Benedikt und der Inquisitor überhaupt über die Trentklammer zu Gericht saßen, anstatt sie gleich zusammen mit ihren Häusern zu verbrennen.

Zwei Soldaten lösten sich von ihren Kameraden und kamen auf ihn zu. Andrej fuhr erschrocken zusammen, wich geduckt ein paar Schritte zurück und senkte die Hand auf das Schwert. Schnell musste er aber erkennen, dass sie nicht einmal in seine Nähe kommen würden, sondern unterwegs zu einem der Gebäude auf der linken Seite des Platzes waren – vermutlich, um weiteres Brennmaterial zu holen.

Das Haus stand ein wenig abseits. Sämtliche Fenster und die Tür standen offen, aber dahinter brannte kein Licht. Es war leer und seine Bewohner vermutlich zusammen mit allen anderen in der Kirche; dem einzigen Gebäude im Dorf, das groß genug war, um so viele Gefangene aufzunehmen. Wahrscheinlich war das auch der einzige Grund, aus dem die Ungeheuer in den schwarzen Roben es nicht ebenfalls angezündet hatten.

Andrejs Hand schloss sich fester um das Schwert, während er die beiden Soldaten beobachtete, die nebeneinander und ohne sichtbare Eile auf das Haus zu gingen. Sie unterhielten sich, aber Andrej sah nur die Gesten, mit denen sie ihre Worte begleiteten. Obwohl in seiner unmittelbaren Nähe kein Haus brannte, war das Tosen der Flammen selbst hier noch deutlich genug zu hören. Es übertönte nahezu jedes andere Geräusch. Für Andrej wäre es ein Leichtes gewesen, den beiden Männern zu folgen und sie zu töten, ohne dass ihre Kameraden es auch nur bemerkt hätten.

Seine Hand zuckte so erschrocken vom Schwertgriff weg, als hätte er glühendes Metall berührt. War das wirklich er, der diesen Gedanken gehegt hatte? Wie viel von ihm war noch er selbst?

Er schüttelte den Gedanken ab und konzentrierte sich stattdessen auf die Kirche. Das zweigeteilte Portal stand offen, aber dahinter waren nur flackerndes Licht und unruhige Bewegung zu erkennen. Für einen kurzen Moment blitzte ein Lichtstrahl auf, als jemand – wohl ein Soldat – an der Tür vorbeiging, aber Andrej konnte keine Einzelheiten erkennen, so sehr er seine Augen auch anstrengte. Ihm war klar, dass sich die meisten Soldaten im Inneren der Kirche aufhalten mussten. Er konnte nicht einfach zur Tür hineingehen, sondern musste einen unauffälligeren Weg wählen. Die einzige Möglichkeit bestand darin, die Kirche und damit den gesamten Platz in weitem Bogen zu umgehen und sich dem Gebäude von der Rückseite her zu nähern.

Andrej warf einen letzten, prüfenden Blick in den Himmel hinauf, bevor er losging. Bis Sonnenaufgang waren es noch gute zwei Stunden; sicherlich eineinhalb, ehe es auch nur zu dämmern begann. Dennoch war der Mond bereits untergegangen, der Himmel war leer bis auf das glitzernde Band aus Sternen; Diamantsplitter, die ein nachlässiger Gott auf seinem Weg über das Firmament verloren hatte. Konnte das der Grund sein, aus dem die grausame Gier in ihm nicht mehr ganz so quälend war wie bisher? Sein Blutdurst war noch lange nicht gestillt, aber noch vor einer halben Stunde wäre es ihm nicht möglich gewesen, die Mordlust zu zügeln, die ihn beim Anblick der beiden Soldaten überfallen hatte. Vielleicht, überlegte er, wäre es klüger, bis zum Sonnenaufgang abzuwarten. Aber wie viele Leben würden diese zwei Stunden kosten?

Er entschied sich gegen das Warten, und sei es nur, weil diese Wartezeit bewiesen hätte, dass er endgültig begonnen hatte, die Nacht zu fürchten.

Um den Dorfplatz und die Kirche in sicherem Abstand zu umgehen, legte er weitere zwei oder drei Dutzend Schritte des Weges zurück, den er gekommen war, und schlug dann einen großen Bogen. Es dauerte eine ganze Weile, bis er auf die Rückseite des Gotteshauses gelangte, denn er bewegte sich sehr vorsichtig und hielt immer wieder an, um zu lauschen oder sich aufmerksam umzusehen. Einige Male unterbrach er seinen Weg, um eines der leerstehenden Gebäude zu durchsuchen. In keinem der Häuser fand er ein lebendes Wesen, aber er konnte die Gewalt und den Tod, die hier getobt hatten, *riechen*.

Als er endlich die Rückseite der Kirche erreichte, musste er feststellen, dass seine Mühe vollkommen umsonst gewesen war. Das Gotteshaus war zwar erstaunlich groß für einen Ort wie Trentklamm und so wuchtig und wehrhaft erbaut, dass es schon fast einer Festung glich, aber es besaß keinen zweiten Eingang. Die Fenster der Kirche waren schmal und zusätzlich vergittert, sodass es vollkommen unmöglich war, auf dieser Seite hineinzugelangen. Die Ähnlichkeit mit einer Festung war beabsichtigt: Wie in vielen Orten dieser Größe diente die aus massivem Stein erbaute Kirche den Dorfbewohnern nicht nur als Versammlungsort und Gebetshaus, sondern auch als Zuflucht bei einem Unwetter oder einem Angriff.

Im Augenblick hatte sie allerdings die Funktion eines Gefängnisses übernommen.

Andrej schlich geduckt an das Gebäude heran, presste sich mit klopfendem Herzen und angehaltenem Atem unter einem der schmalen Fenster gegen die Wand und lauschte. Die Geräusche, die durch das Fenster zu ihm drangen, ergaben in ihrer Gesamtheit ein Bild, so klar, als könnte er es sehen: Dort drin waren Menschen, viele Menschen. Niemand schien zu beten, aber er hörte ein dumpfes, an- und abschwellendes Raunen und Murmeln, dessen Tenor eher von Leid und Angst als von der geflüsterten Zwiesprache mit Gott kündete. Ein Kind weinte, und die halblaute, zitternde Stimme einer Frau versuchte es zu trösten. Daneben vernahm er schwere Schritte, wie sie die genagelten Stiefel eines Soldaten hervorriefen. Der sterbende Soldat hatte die Wahrheit gesagt. Die Gefangenen und ihre Wächter befanden sich in der Kirche.

Andrej richtete sich vorsichtig auf, legte den Kopf in den Nacken und blickte an der rauen Wand des Kirchenschiffes empor. Die Verlockung, einen Blick durch das Fenster zu werfen, war groß, aber er widerstand ihr. Zu gefährlich war es, dass genau in diesem Moment einer der Soldaten zufällig in seine Richtung sah oder gar ans Fenster trat. Stattdessen suchte er sehr aufmerksam das gesamte Gebäude nach einer Möglichkeit ab, ungesehen hineinzugelangen. Und seine Mühe wurde belohnt.

Sämtliche Fenster auf dieser Seite waren vergittert, aber das galt nicht für den Turm. Der Einstieg lag gute acht oder neun Meter über ihm, und die Fugen im Mauerwerk des Turmes waren so schmal, dass es schon großen Geschicks und einer Menge Kraft bedurfte, um an der Wand emporzuklettern. Aber Andrej war ein geschickter Kletterer, und nun kam ihm zugute, dass er nicht bis Sonnenaufgang gewartet hatte. Bei hellem Tageslicht hätte er es nicht gewagt, an der Wand hinaufzusteigen, aber in der noch immer vorherrschenden Dunkelheit und auf der Rückseite der Kirche würde ihn niemand sehen.

Er überzeugte sich sorgsam davon, dass er nichts bei sich trug, was ihm aus den Taschen fallen oder auch nur ein verräterisches Geräusch verursachen würde, zurrte den Schwertgurt fester um die Hüfte und griff nach oben. Seine Fingerspitzen tasteten über die raue Wand und suchten nach Halt. Die Mauer war nicht so glatt, wie es auf den ersten Blick den Anschein gehabt hatte, aber dennoch verging eine ganze Weile, bis er eine geeignete Stelle gefunden hatte und mit dem Aufstieg begann.

Er brauchte länger, um die wenigen Meter in die Höhe zu steigen, als er erwartet hatte, und oben angekommen stieß er sofort auf die nächste – und möglicherweise unüberwindliche – Schwierigkeit. Obwohl Trentklamm ein so winziger Ort war, dass man auf den meisten Karten vergebens danach gesucht hätte, wartete seine Kirche mit einem erstaunlichen Luxus auf: einer bronzenen Glocke, welche die Möglichkeit, im Turminneren hinabzuklettern, erschwerte.

Andrej fluchte in sich hinein. Die Geräusche aus dem Inneren der Kirche waren nun deutlicher wahrzunehmen. Es waren mindestens zwei Stimmen darunter, die er kannte: die von Thobias und die von Vater Benedikt. Beide schienen in einen heftigen Disput mit einer dritten Person verwickelt zu sein. Andrej konnte jedoch nicht verstehen, worum es dabei ging.

Vorsichtig, um nicht die Glocke zu berühren und damit sein eigenes Ende einzuläuten, schlängelte sich Andrej in den Turm hinein. Seine Finger tasteten vergeblich nach einer Fuge im Stein, einer Lücke, irgendetwas, woran er sich festhalten konnte. Das Innere des Turmes war verputzt, als hätten seine Erbauer gewusst, dass jemand auf diesem Wege eindringen würde, und alles in ihrer Macht Stehende getan, um ihm den Weg zu erschweren.

Andrej schlängelte sich weiter, presste sich mit dem Rücken gegen die eine und mit durchgedrückten Knien gegen die andere Wand und fand mit dieser Methode unsicheren Halt. Einen Moment lang überlegte er, genau auf diese Weise bis ganz nach unten zu steigen; eine Technik, die eine Menge Kraft beanspruchen würde, aber durchaus Erfolg versprechend schien. Dann sah er nach unten und stellte fest, dass auch das unmöglich war: Der Turm war nur hier oben so schmal. Zwei Meter unter ihm wichen die Wände jäh auseinander.

Ganz kurz erwog er die Möglichkeit, nach oben zu greifen und den Klöppel aus der Glocke zu entfernen, um einfach am Glockenseil hinunterzuklettern, aber diesen Gedanken verwarf er sofort wieder. Er befand sich nicht in der Lage, handwerkliche Meisterstücke zu vollbringen, und er würde dafür Werkzeug benötigen, das er nicht hatte. Ihm blieb nur noch eine Wahl: Er stürzte sieben oder acht Meter weit in die Tiefe und versuchte erst gar nicht, seinen Sturz abzufangen.

Der Aufprall war so hart, dass er auf der Stelle das Bewusstsein verlor, allerdings nur für einen Augenblick. Von Schmerzen gepeinigt erwachte er. Das Blut rauschte in seinen Ohren, und seine Fantasie quälte ihn mit tausend Schreckensbildern. Möglicherweise war er Thobias und den anderen direkt vor die Füße gefallen, und wahrscheinlich war das Erste, was er sah, wenn er die Augen aufschlug, ein halbes Dutzend Speerspitzen, die auf sein Gesicht gerichtet waren. Stöhnend wälzte er sich auf den Rücken und hob die Lider.

Er war allein. Das Ende des Glockenseiles baumelte einen halben Meter über seinem Gesicht, und der Boden, auf dem er lag, war nass und glitschig von seinem eigenen Blut. Weit entfernt und verzerrt vom dumpfen Hämmern seines eigenen Herzens, das noch immer überlaut in seinen Ohren dröhnte, konnte er die Stimmen von Thobias und den anderen hören. Niemand hatte etwas von seinem Eindringen bemerkt, so unglaublich es ihm auch selbst erschien.

Andrej blieb eine geraume Weile reglos auf dem Rücken liegen und wartete darauf, dass sich sein Körper erholte und die Verletzungen heilten, die er sich bei dem Sturz aus sieben oder acht Metern Höhe zugezogen hatte. Es dauerte wahrscheinlich nur Minuten, aber für ihn schienen Ewigkeiten zu vergehen. Irgendwann spürte er, dass die Regeneration abgeschlossen war. Aber er war schwach, unglaublich schwach. Schon die kleinste Bewegung kostete ihn fast mehr Kraft, als er hatte.

»… flehe Euch noch einmal an, Hochwürden«, hörte

er Thobias' Stimme. Immerhin konnte er jetzt die Worte verstehen, wenn auch nicht sehr klar. »Im Namen Gottes, Ihr könnt das nicht wirklich wollen! Es sind mehr als sechzig Menschen, noch immer!«

Andrej stand auf. Er war so schwach, dass er taumelte. Um ein Haar hätte er das Glockenseil ergriffen, um sich daran festzuhalten.

»Bruder Thobias, ich kann Eure Gefühle verstehen«, antwortete eine andere, Andrej unbekannte Stimme. »Auch wenn ich sie nicht gutheißen kann, so mag doch zu Euren Gunsten sprechen, dass diese Menschen hier Eure Brüder und Schwestern sind. Ihr seid mit ihnen aufgewachsen und haltet sie für Eure Freunde, und früher einmal waren sie das sicher auch.«

Andrej wartete mit geschlossenen Augen, bis das Schwindelgefühl hinter seiner Stirn verebbte, dann blickte er sich um. Er befand sich in einer kleinen, vollkommen leeren Kammer, die nur eine einzige Tür hatte. Sie war grob aus kaum bearbeiteten Brettern zusammengenagelt, durch deren Ritzen nicht nur die Stimmen drangen, die er hörte, sondern auch flackerndes gelbes Licht. Andrej spähte durch eine der fingerbreiten Ritzen.

»Das ist nicht der Grund, Exzellenz«, hörte er Thobias sagen. Er lief aufgeregt in dem kleinen, bescheiden eingerichteten Raum auf und ab, der auf der anderen Seite der Tür lag, und er war nicht allein. Der Mann, den er mit Exzellenz angesprochen hatte, stand aufgerichtet neben einer anderen Tür, die vermutlich ins eigentliche Kirchenschiff hineinführte, und trug ein schlichtes schwarzes Gewand. Er war allerhöchstens dreißig, schätzte Andrej, und hatte ein offenes Gesicht, aber mitleidlose harte Augen. Sein Haar war so schwarz wie sein Gewand. Ein goldenes Kruzifix hing an einer Kette um seinen Hals. Es musste der Inquisitor sein, von dem Thobias gesprochen hatte. Sein bloßer Anblick versetzte Andrej in Zorn. Da bemerkte er eine weitere Person im Raum: Vater Benedikt. Er stand mit dem Rücken zu Andrej, aber er erkannte die gebeugte Gestalt und das schüttere graue Haar.

»Doch, Thobias, das ist der Grund«, antwortete der Inquisitor ruhig. Seine Hand tastete nach dem Kruzifix auf seiner Brust und schmiegte sich darum. »Ich will offen sein, Bruder Thobias. Ihr habt es nur Benedikts Fürsprache zu verdanken, dass Ihr nicht ebenfalls in Ketten auf der anderen Seite der Anklagebank steht. Vielen von uns ist das, was Ihr in den letzten Jahren dort oben in Eurem Kloster getan habt, ein Dorn im Auge.«

»Und Euch ganz besonders, nicht wahr?« Thobias' Stimme zitterte vor Aufregung. Er war unruhig, aber Andrej lauschte vergebens auf einen Unterton von Angst.

Vater Benedikt fuhr erschrocken zusammen und sog hörbar die Luft zwischen den Zähnen ein.

»Was ich denke, steht nicht zur Debatte«, antwortete der Inquisitor ungerührt. »Was zählt, ist, was ich sehe. Und ich sehe einen Ort, dessen Menschen sich offensichtlich von Gott abgewandt haben und in dem schwarze Magie und Teufelswerk die Stelle von Gottesfurcht und Demut einnehmen.«

»Nicht alle, Exzellenz«, sagte Thobias verzweifelt.

»Ihr mögt recht haben. Es sind … schlimme Dinge geschehen, das will ich nicht bestreiten. Aber es war nicht die Schuld der guten Leute hier. Es ging von den Fremden aus. Alles begann, nachdem dieser Andrej und der Heide, der bei ihm war, hierhergekommen sind!«

Andrej runzelte die Stirn. Er hatte keine Dankbarkeit von Thobias erwartet, aber das …?

»Wie bedauerlich, dass sie nicht mehr hier sind, um Stellung zu diesen Vorwürfen zu nehmen, nicht wahr?«, sagte der Inquisitor.

Thobias wollte antworten, aber Vater Benedikt kam ihm zuvor: »Verzeiht, Exzellenz«, mischte er sich ein. Seine Stimme war voller Angst, auch wenn sie kaum mehr als ein Flüstern war. »Aber Bruder Thobias hat recht. Ich selbst habe mit diesem Andrej gesprochen, und ich habe das Böse gespürt, das ihn umgibt. Dieser Mann ist der Teufel. Thobias hätte sich nicht mit ihm abgeben dürfen, das ist wahr, aber er ist jung, und sein Glaube an die Wissenschaft hat ihn blind gemacht.«

Der Inquisitor seufzte. »Ich bitte Euch, Vater Benedikt! Wofür haltet Ihr mich – für ein Ungeheuer? Ich bin nicht hergekommen, um unschuldige Menschen umzubringen, sondern um sie zu retten!« Er wandte sich an Thobias. »Ich kann und will nicht darüber urteilen, ob Euer blinder Glaube an die Wissenschaft Ketzerei ist oder nicht, Thobias. Das sollen und werden andere entscheiden. Aber wenn das, was hier geschieht, nur eine Krankheit ist, müsstet ihr die Menschen dann nicht heilen? Und sagt: Wenn ich ein übles Geschwür hätte, würdet Ihr es nicht ausbrennen, damit es nicht meinen ganzen Körper vergiftet?«

»Natürlich«, antwortete Thobias, »aber …«

»Und würdet Ihr nicht in Kauf nehmen, auch ein wenig gesundes Fleisch mit zu verbrennen, um die Ausbreitung der Krankheit zu verhindern?«

»Das habt Ihr doch bereits getan!«, antwortete Thobias heftig. »Birgers Familie ist ausgelöscht. Die, die nicht in die Berge geflohen sind, habt Ihr verbrannt! Wie viele wollt Ihr noch töten?«

»So viele, wie nötig sind«, antwortete der Inquisitor hart. »Glaubt nicht, dass es mir Freude bereitet. Aber wenn ich auch nur eine einzige unschuldige Seele rette, dann hat es sich gelohnt.«

»Indem Ihr hundert andere Unschuldige opfert?«

»Selbst wenn es so wäre, wäre ihnen Gottes Lohn gewiss«, wandte der Inquisitor ein. »Es geht um ihre Seelen.« Sein Lächeln wurde noch härter. »Und auch um Eure, Bruder Thobias, auch wenn Ihr das immer wieder zu vergessen scheint.«

»Warum sprecht Ihr nicht offen?«, fragte Thobias höhnisch. »Wir sind allein. Niemand hört uns zu. Niemand wird erfahren, was hier gesprochen wird. Wenn es mein Leben ist, das Ihr wollt, dann nehmt es! Stellt mich vor Gericht. Bezichtigt mich der Ketzerei. Ich werde alles zugeben. Tötet mich, wenn Ihr wollt, aber lasst die unschuldigen Menschen hier am Leben!«

Der Inquisitor musterte ihn kühl, dann schüttelte er den Kopf, seufzte hörbar und sagte: »Gebt Acht, dass ich Euch nicht beim Wort nehme, mein Freund.«

»Es ist mir gleich, was mit mir geschieht. Mein Schicksal ist doch ohnehin schon entschieden …«, schnappte Thobias. Seine Stimme bebte vor Zorn.

Die Tür wurde aufgerissen und traf den jungen Inquisitor mit solcher Wucht im Rücken, dass er haltlos nach vorne stolperte und gestürzt wäre, hätte Thobias ihn nicht im letzten Moment aufgefangen. Ein junger Soldat stürmte herein und erstarrte vor Schreck, als er sah, was er angerichtet hatte. Er begann zu zittern und fiel mit gesenktem Haupt auf die Knie – ein Gebahren, das Andrej weit mehr über den Inquisitor verriet als alles, was er bisher gesehen und gehört hatte.

»Verzeiht, Herr«, stammelte er. »Ich wusste nicht, dass …«

Der Inquisitor brachte ihn mit einer herrischen Geste zum Verstummen. »Schon gut«, sagte er. »Was ist los? Warum stürmst du einfach so hier herein?«

»Der Heide, Herr!«, antwortete der Soldat. Andrejs Herz machte einen schmerzhaften Sprung. »Der Mohr! Wir haben ihn gefangen!«

Nicht nur Andrej erschrak bis ins Mark. Auch Vater Benedikt fuhr sichtbar zusammen, und Bruder Thobias wurde kreidebleich und tauschte einen raschen Blick mit Benedikt, der dem Inquisitor aber offensichtlich entging.

»Ihr habt ihn gefangen?«, vergewisserte der sich ungläubig. »Wo? Wo ist er?«

»Er war auf dem Weg zum Kloster«, antwortete der Soldat. »Er hat zwei von uns erschlagen und drei weitere verletzt, bevor wir ihn überwältigen konnten. Sie bringen ihn gerade her!«

»Lebt er?«, fragte Thobias.

»Ja«, bestätigte der Soldat. »Wir haben ihn gefesselt. Die anderen bringen ihn her. Ich bin vorausgeeilt, um

Euch Bescheid zu geben. Er wird in einer halben Stunde hier sein.«

»Gut«, sagte der Inquisitor. »Dann werden wir jetzt vielleicht endlich erfahren, was hier wirklich vorgeht.«

Er stürmte so schnell aus dem Raum, dass er den völlig eingeschüchterten Soldaten um ein Haar von den Knien gerissen hätte, und war verschwunden. Der Soldat rappelte sich mühsam auf und folgte ihm, und auch Vater Benedikt wollte sich ihm anschließen, aber Thobias hielt ihn mit einer Handbewegung und einem angedeuteten Kopfschütteln zurück. Er wartete einige Momente ab, dann ging er zur Tür, warf einen Blick nach draußen und schloss sie schließlich wieder.

»Das hätte nicht passieren dürfen«, zischte Vater Benedikt aufgebracht. »Wieso lebt er noch? Du hast mir gesagt, er und dieser Andrej wären tot!«

»Ich war sicher«, sagte Thobias. Er hob die Schultern. »Anscheinend habe ich meine Brüder und Schwestern überschätzt.«

»Oder diesen Andrej unterschätzt«, fügte Vater Benedikt düster hinzu. »Was, wenn er auch noch am Leben ist? Wenn er gar zurückkommt?«

»Was sollte er schon ausrichten können?«, fragte Thobias. Er fand seine Beherrschung rasch wieder, und als er weitersprach, lächelte er sogar. »Und wer würde ihm glauben? Mach dir keine Sorgen. Morgen Nacht, wenn der Mond aufgeht, wird jeder begreifen, dass der Teufel in Trentklamm stärker ist denn je.« Er seufzte, drehte sich halb herum und sah für einen Moment so genau in Andrejs Richtung, dass dieser davon überzeugt war, dass er seine Anwesenheit entdeckt hatte. Aber dann irrte sein Blick weiter und blieb schließlich auf Benedikts Gesicht hängen. »Bis dahin haben wir noch viel zu tun. Und nur noch sehr wenig Zeit.«

Nichts von alledem, was Andrej gehört hatte, schien irgendeinen Sinn zu ergeben. Er war noch immer bestürzt über die Erkenntnis, dass Thobias ganz offensichtlich vorhatte, Abu Dun und ihn für die unheimlichen Vorfälle der letzten Tage verantwortlich zu machen – aber er konnte ihn sogar verstehen. Abu Dun und er waren Fremde für ihn, und wenn er die Wahl hatte, sie zu opfern, um das Leben der Menschen hier zu retten, dann konnte er gar nicht anders entscheiden.

Andrej wartete, bis Thobias und Vater Benedikt den Raum verlassen hatten, dann versuchte er, die Tür zu öffnen.

Es ging nicht.

Die Tür war verschlossen. Andrej zwängte die Finger in den schmalen Spalt zwischen den Brettern und zog mit aller Kraft. Das Holz knirschte, hielt dem Druck aber stand, und als er sich in die Hocke sinken ließ und die Tür genauer untersuchte, sah er den Schatten eines wuchtigen Riegels, der von der anderen Seite vorgelegt war. Es gab keine Hoffnung, sie gewaltsam aufzubrechen – jedenfalls nicht, ohne dass der Lärm jeden alarmiert hätte, der draußen in der Kirche war.

Andrej richtete sich auf, trat einen Schritt zurück und zwang sich, seine Möglichkeiten in aller Ruhe abzuwägen. Es waren nicht besonders viele.

Er verstand noch nicht das ganze Ausmaß dessen, was er gerade gehört hatte, doch ihm wurde klar, dass nichts so war, wie er bisher geglaubt hatte. Thobias hatte ihn anscheinend von Anfang an belogen – aber warum?

Hätte Andrej es nicht besser gewusst, dann wäre er spätestens, nachdem er das Gespräch von Thobias und Benedikt gehört hatte, überzeugt gewesen, dass dieser alles in seiner Macht Stehende tat, damit der Inquisitor Trentklamm auslöschte.

Er verscheuchte den Gedanken. Vielleicht hatte Abu Dun von Anfang an recht gehabt, und das alles hier ging sie nichts an. Aber dazu war es jetzt zu spät.

Es überraschte ihn nicht, dass Abu Dun erneut in Gefangenschaft geraten war. Er hatte nicht damit gerechnet, dass der Nubier sein Wort halten und oben am Kloster auf ihn warten würde. Vermutlich hatte er einfach abgewartet und war dann umgekehrt, um ihm zu folgen. Wenn Andrej überrascht war, dann darüber, dass die Soldaten nur zwei Männer bei dem Versuch, Abu Dun zu überwältigen, verloren hatten. Offensichtlich war der Nubier noch lange nicht wieder im Vollbesitz seiner Kräfte.

Abu Dun würde in einer halben Stunde hier sein, und Thobias schien daran interessiert zu sein, den Inquisitor in Trentklamm ein Blutbad anrichten zu lassen. Und er war in diesem Glockenturm gefangen, so zuverlässig und sicher, wie es Abu Dun in Thobias' Kerker gewesen war. Andrej sah nach oben, musterte die glatt verputzen Wände des Glockenturmes mit wachsender Ungeduld und griff schließlich nach dem

Glockenseil. Ein kurzer Zug reichte, um den Klöppel in Bewegung zu setzen.

Das Ergebnis war ein dumpfes, lang anhaltendes und überraschend lautes Dröhnen, das in dem engen gemauerten Schacht fast schmerzhafte Lautstärke erreichte. Andrej ließ das Seil los, überlegte es sich dann anders und zog noch einmal daran. Während er weiterläutete, wurden draußen aufgeregte Stimmen laut, polternde Schritte näherten sich. Andrej löste die Hand vom Seil, drehte sich um und verschränkte die Arme vor der Brust. Er hörte Schritte von mindestens zwei, vielleicht drei Männern, dann wurde die Tür aufgestoßen, und derselbe aufgeregte Soldat stürmte herein, der gerade mit dem Inquisitor gesprochen hatte.

»Ich bitte um Verzeihung, wenn das frühe Glockengeläut stören sollte«, sagte Andrej lächelnd, »aber ich bin auf der Suche nach einem Freund. Sein Name ist Abu Dun, und er ist ziemlich groß und ziemlich schwarz. Habt ihr ihn gesehen?«

Er erwachte in vollkommener Dunkelheit. Wie immer, wenn er wirklich schwer verletzt worden war, hatte er im ersten Moment Mühe, sich zurechtzufinden. Es fühlte sich an wie das Auftauchen aus einem tiefen, klaren und unendlich kalten See, auf dessen Grund etwas Unsichtbares lauerte, das ihn wieder in die Tiefe zu ziehen versuchte – nicht mit Gewalt, sondern mit der flüsternden Stimme des Versuchers. Manchmal war es schwer, ihr zu widerstehen, und manchmal fast unmöglich. Während er allmählich dem heller werdenden Licht hoch über sich entgegenglitt, verspürte er eine Müdigkeit, wie er sie nie zuvor empfunden hatte. Keine körperliche Schwäche, sondern etwas, das schlimmer war, die Frage: Warum das alles. Es wäre so leicht, einfach aufzugeben und sich der Verlockung zu stellen, die am Grunde der großen Dunkelheit lauerte, die er so oft betreten, aber noch nie vollends erforscht hatte.

Der Grund, aus dem er sich auch jetzt entschloss, den ewigen Kampf wieder aufzunehmen und dem Tod erneut zu trotzen, war die Schwärze, die ihn umgab. Sie erinnerte ihn an etwas.

Abu Dun.

Etwas war mit Abu Dun passiert. Er musste etwas für ihn tun, für ihn und die Menschen hier. Er wusste nicht mehr, was oder gar warum, aber der Gedanke war stark genug, sich ihn wieder dem Licht zuwenden zu lassen und den langen, qualvollen Weg zur Oberfläche fortzusetzen.

Und da war noch etwas: Die Dunkelheit, durch die er glitt … enthielt etwas. Es war ein unheimliches Gefühl, völlig neu und erschreckend, und seine ganze Tiefe sollte ihm erst später zu Bewusstsein kommen, lange nachdem er wirklich aufgewacht war.

Er war nicht mehr allein.

Der große Abgrund enthielt plötzlich mehr als das letzte Geheimnis, das er noch lange nicht zu erkunden bereit war. Etwas war bei ihm, etwas Düsteres, Lauerndes und unglaublich Starkes. Es machte ihm Angst. Er –

– schlug die Augen auf und sah im ersten Moment

nichts. Völlige Dunkelheit umgab ihn, aber er hörte Geräusche und Stimmen, und der zweite, fast unerträglich starke Eindruck, den er hatte, war der süßliche Geruch von Blut, der aber seltsamerweise die unheimliche Gier in ihm nicht weckte. Er war nicht allein. Dennoch war nichts Lebendiges an seiner Seite.

Andrej lauschte noch einen Moment, dann setzte er sich auf und betastete seinen Körper. Er spürte den breiten Riss in seinem Gewand und klebriges, erst halb eingetrocknetes Blut, was ihm bewies, dass er noch nicht lange hier liegen konnte – wo immer dieses *hier* war. Und Erleichterung; eine tiefere und weit größere Erleichterung, als er sich eingestehen wollte. Was er getan hatte, war riskant gewesen.

Die drei Soldaten hatten ihren Schrecken erstaunlich schnell überwunden, und sie hatten nicht anders reagiert, als Andrej erwartet hatte: Mit gezogenen Schwertern hatten sie sich auf ihn gestürzt. Manchmal, dachte er spöttisch, während er sich vorsichtig weiter in die Höhe stemmte, war es beinahe schwerer, einen Kampf zu *verlieren*, als ihn zu gewinnen. Zumindest, wenn man nicht wollte, dass der andere merkte, dass man absichtlich unterlag …

Er war zwei- oder dreimal getroffen worden, bevor es ihm gelang, sich derart in die Klinge eines der Angreifer zu werfen, dass an der Tödlichkeit der Verletzung kein Zweifel mehr bestehen konnte. Als Andrejs Hände weitertasteten, spürte er auch an seinem Hals halb eingetrocknetes klebriges Blut. Obwohl er ganz eindeutig tödlich getroffen worden war, hatten die Soldaten es für nötig gehalten, ihm noch die Kehle durchzuschneiden – ein Umstand, der viel darüber verriet, wie sehr sie ihn fürchteten.

Andrej spürte einen eisigen Schauer, als ihm klar wurde, *wie* riskant sein Plan gewesen war. Sie hatten es dabei belassen, dem vermeintlich Toten die Kehle durchzuschneiden. Ebenso gut hätten sie auf den Gedanken kommen können, ihm den Kopf abzuschneiden oder seinen Leichnam auf einen der Scheiterhaufen zu werfen, die draußen vor der Kirche aufgebaut waren.

Er stemmte sich weiter in die Höhe, erstarrte aber mitten in der Bewegung, als seine tastenden Finger auf etwas Weiches stießen. Angeekelt zog er die Hand zurück, schüttelte den Kopf über seine eigene, ungewohnte Schreckhaftigkeit und tastete erneut in die Dunkelheit hinein. Seine Finger fuhren über ein kaltes, erstarrtes Gesicht, rauen Stoff und etwas, das sich wie bröseliger Stein anfühlte … Blut, das zu Schorf eingetrocknet war. Neben ihm lag ein Toter. Er war schon geraume Zeit tot, Stunden, wenn nicht Tage.

War das der Grund, aus dem sich der Wolf in ihm nicht gemeldet hatte, dachte er schaudernd? Weil die Bestie nach *frischer* Beute gierte?

Andrej schüttelte den Gedanken mühsam ab, richtete sich weiter auf und drehte sich mit weit vorgestreckten Armen einmal im Kreis, um sich zu orientieren. Er war vollkommen blind, was bedeutete, dass er entweder *wirklich* nichts mehr sehen konnte – eine Möglichkeit, über die er lieber nicht nachdachte –, oder in einem fensterlosen Raum war. Vielleicht tief unter der Erde. Hatte man ihn in die Krypta gebracht? Das hätte die Anwesenheit des zweiten Toten erklärt.

Aber diese Kirche war nicht groß genug, um eine Krypta zu haben, überlegte Andrej. Und hätte man sich die Mühe gemacht, ihn bis zum Friedhof am anderen Ende des Tales zu schaffen, wäre er unterwegs aufgewacht. Er glaubte nicht, dass er lange bewusstlos gewesen war, trotz der Schwere seiner Verletzung, denn das Blut auf seiner Kleidung war noch nicht ganz getrocknet. Draußen war es noch immer dunkel, und der Raum, in dem er sich befand, hatte keine Fenster, so musste es sein.

Aber wo war er?

Er hörte ein Geräusch. Ein schwerer Riegel wurde scharrend zurückgeschoben, und Andrej reagierte sofort. Blitzschnell ließ er sich zurücksinken, rollte halb auf die Seite und schloss die Augen.

Der Riegel wurde vollends zurückgeschoben. Die Tür sprang mit einem Knarren auf, und Fackellicht und das Murmeln gedämpfter Stimmen drangen zu ihm herein. Andrej blieb vollkommen reglos liegen, aber er wusste trotzdem, wer zu ihm kam: Bruder Thobias, der Inquisitor und Benedikt. Vielleicht hatte er die Schritte der Männer erkannt, aber er hatte das Gefühl, dass er sie eher *witterte.*

Die Schritte kamen näher, und eine brennende Fackel warf rötliches Licht und unangenehm trockene Wärme auf sein Gesicht. Andrej spürte, wie sich jemand über ihn beugte und ihn musterte, und er versuchte, so flach wie möglich zu atmen. Wären der Inquisitor oder einer seiner Begleiter auf die Idee gekommen, ihn mehr als nur *flüchtig* zu untersuchen, so wäre seine Verstellung aufgefallen.

»Ist er das?«, fragte der Inquisitor.

»Ja.« Das war Thobias' Stimme. Sie klang … sonderbar, fand Andrej. Verändert. Ängstlich.

»Das also ist Andrej«, murmelte der Inquisitor. Die Fackel kam näher, und die Hitze des brennenden Holzes wurde unangenehm. Funken fielen auf Andrejs Gesicht und fraßen sich zischend in seine Haut.

»Nach allem, was Ihr mir erzählt habt, Thobias, habe ich ihn mir … *anders* vorgestellt. Gefährlicher.« Die Fackel wurde zurückgezogen, und der Inquisitor fuhr nach einer Pause und mit leicht veränderter Stimme fort: »Aber der Teufel verbirgt sich oft in der Maske des Harmlosen, nicht wahr?«

»So ist es, Exzellenz«, bestätigte Thobias.

Der Inquisitor seufzte. Wärme und Licht der Fackel entfernten sich weiter von Andrejs Gesicht, und er wagte es, einen vorsichtigen Atemzug zu tun. Gebannt lauschte er weiter, während er gleichzeitig versuchte, die Geräusche zuzuordnen, die durch die offen stehende Tür hereindrangen.

»Es ist bedauerlich, dass die Soldaten ihn erschlagen haben«, sagte der Inquisitor nach einer Weile. »Ich hätte ihn gerne verhört.«

»Sie hatten vermutlich keine andere Wahl«, gab Benedikt zu bedenken. »Wie sie sagten, hat er sie angegriffen.«

»Es ist ein Wunder, dass er sie nicht alle getötet hat«, pflichtete ihm Thobias bei. »Glaubt mir, Exzellenz, ich habe diesen Mann kämpfen sehen. Ich wäre nicht erstaunt gewesen, hätte er Eure Krieger überwältigt.«

»Ich auch nicht«, sagte der Inquisitor. Etwas nachdenklicher fügte er hinzu: »Ich frage mich nur, warum er zurückgekommen ist?«

»Zweifellos, um seinen Kameraden zu befreien«, erwiderte Benedikt. »Warum sonst?«

»Und zu diesem Zweck lässt er sich im Glockenturm einsperren und läutet Alarm, damit ihn die Soldaten finden und niederstrecken?« Andrej konnte das Kopfschütteln des jungen Geistlichen beinahe sehen. »Wohl kaum.«

»Vielleicht hat er sich überschätzt«, wandte Thobias ein.

»Überschätzt?«

»Die Männer, die er im Kloster getötet hat, waren keine wirklichen Soldaten. Es waren Bauern und Tagelöhner, die der Landgraf mit Uniformen ausgestattet und zu mir geschickt hat, um mir Schutz zu geben. Keine gut ausgebildeten Krieger wie die, die in Eurer Begleitung gekommen sind, Herr. Wenn Andrej geglaubt hat, er hätte es hier mit der gleichen Art von Männern zu tun, dann hat er eine tödliche Überraschung erlebt.«

Der Inquisitor schwieg zu diesen Worten. Schließlich entfernte er sich raschelnd einige Schritte und blieb vor der Tür noch einmal stehen. Es war Andrej unheimlich, wie genau er nur anhand von Geräuschen und Gerüchen erkennen konnte, was rings um ihn herum vorging.

»Das mag so gewesen sein«, sagte der Inquisitor

seufzend. »Dennoch ist es bedauerlich, dass wir nicht mit ihm sprechen konnten. Obwohl er vermutlich ohnehin nicht geantwortet hätte, wenn er wirklich der ist, für den Ihr ihn haltet, Thobias.«

Seine Kleidung raschelte erneut, als er mit den Schultern zuckte. »Wir haben noch immer den Mohren. Ich werde hinausgehen und ihn verhören – auch wenn ich nicht glaube, dass er reden wird.« Er machte einen einzelnen Schritt und blieb wieder stehen. »Begleitet Ihr mich nicht?«

»Sofort, Exzellenz«, antwortete Thobias. »Es ist nur …«

»Ja, ich verstehe«, sagte der Inquisitor. Seine Stimme wurde leiser, und ein Unterton von Mitgefühl lag plötzlich darin, den Andrej bei diesem Mann niemals erwartet hätte. »Ihr wollt Abschied nehmen. Das gestehe ich Euch gerne zu. Aber bedenkt, es gibt noch viele Fragen, die auf eine Antwort warten.«

Er verließ den Raum. Die Tür wurde nicht hinter ihm geschlossen, und es wurde auch nicht dunkel. Als Andrej unendlich behutsam die Augen einen schmalen Spalt öffnete, sah er, dass der Inquisitor die Fackel an Benedikt weitergegeben hatte. Sowohl er als auch Thobias blickten in seine Richtung, aber nicht direkt auf ihn, sondern auf das, was neben ihm lag. Der Leichnam, den er gespürt hatte.

»Das war riskant«, sagte Benedikt nach einer Weile und erst, als er anscheinend sicher war, dass sich niemand mehr in unmittelbarer Nähe befand, der seine Worte hätte hören können.

»Was?«, fragte Thobias. Andrej hatte die Augen wieder geschlossen, aber er konnte den verächtlichen Gesichtsausdruck des jungen Geistlichen ahnen. »Ihn darum zu bitten, dass ich noch einen Moment hier verweilen darf? Ein Inquisitor würde selbst einem verurteilten Verbrecher nicht die Gnade verweigern, ihn Abschied von seinem toten Vater nehmen zu lassen.«

Diesmal konnte Andrej ein fast unmerkliches Zusammenzucken nicht mehr verhindern. Es wurde nicht so sehr von der Erkenntnis, dass der Tote neben ihm Thobias' Vater war, verursacht. Es war die vollkommene Kälte und Gefühllosigkeit in Thobias' Stimme. Gleich, ob er sich gut mit Ludowig gestanden hatte oder nicht, dieser Mann war sein *Vater* gewesen. Gott im Himmel, was für ein Ungeheuer *war* Thobias?

»Glaub mir, ich kenne Martius. *Ich* war es, der ihn zur Inquisition gebracht hat, vergiss das nicht. Er ist ein harter Mann, aber er verschließt sich nicht der Logik wie viele seiner Brüder«, sagte Benedikt.

»Und?«, fragte Thobias.

»Was ist, wenn er dir am Ende glaubt und von hier fortgeht, ohne seine Arbeit zu Ende zu bringen?«, fragte Benedikt.

»Darum sorge dich nicht«, antwortete Thobias abfällig. »Dieser Narr denkt genau das, was er denken soll. Wenn die Sonne das nächste Mal aufgeht, wird hier niemand mehr am Leben sein. Martius ist zufrieden, und wir können endlich in Frieden und Sicherheit leben.«

Er kam wieder näher. Andrej konnte spüren, wie er erst seinen toten Vater, dann ihn musterte. »Ich verstehe nicht, warum er zurückgekommen ist«, sagte er.

»Ich hätte ihn für klüger gehalten.« Er seufzte, bewegte sich einen Moment unruhig auf der Stelle und wandte sich dann um.

»Ich möchte, dass du bei ihm bleibst, Benedikt. Falls er aufwacht, muss jemand da sein, der es ihm erklärt.«

Benedikt sog hörbar die Luft ein. »Du glaubst ...?«

»Nein«, sagte Thobias, noch ehe sein Onkel die Frage ganz aussprechen konnte. »Aber ich will kein Risiko eingehen. Nicht jetzt, wo wir dem Ziel so nahe sind.«

»Und was soll ich ihm sagen, wenn er erwacht?«, fragte Benedikt unsicher.

»Dir wird schon etwas einfallen«, antwortete Thobias leichthin. »Immerhin bist du sein Bruder. Ich muss jetzt gehen. Martius wird diesen Heiden verhören, und ich fürchte, dass selbst er sich den Fragen eines Inquisitors nicht lange widersetzen kann. Wir wollen doch nicht, dass am Ende noch alles herauskommt, oder?«

»Aber ...«, begann Benedikt, brach dann aber mitten im Wort ab. Thobias' Schritte entfernten sich, und nur einen Moment später fiel eine Tür zu, nicht die des Raumes, in dem sie sich befanden, sondern weiter entfernt.

Andrej wagte es, erneut die Augen zu öffnen. Er konnte Benedikt nicht genau erkennen, sondern sah nur einen Schatten. Aber früher oder später musste er seine Maskerade aufgeben. Unendlich langsam drehte er den Kopf auf der harten Unterlage, auf der er lag.

Benedikt stand unmittelbar neben ihm, hatte ihm aber den Rücken zugedreht und sich halb über die harte Pritsche gebeugt, auf der Ludowigs Leichnam aufgebahrt war. Die brennende Fackel in seiner Hand zitterte so stark, dass der gesamte Raum von unheimlich huschenden Schatten erfüllt war. Die rasselnden Atemzügen Benedikts waren deutlich zu hören.

Andrej richtete sich langsam auf. Er brauchte mehr als eine Minute für die Bewegung, und noch einmal die gleiche Zeit, um die Beine von der Liege zu schwingen und ganz aufzustehen. Benedikt regte sich nicht, sondern starrte weiter reglos und wie gebannt auf den nackten Leichnam des alten Mannes vor sich hinab. Andrej trat vollkommen lautlos einen Schritt von der Liege weg und drehte sich herum. Dann war er mit einer einzigen Bewegung bei der Tür und warf sie zu.

Benedikt fuhr herum. Seine Augen wurden groß, und ein Ausdruck vollkommener Fassungslosigkeit erschien in seinem Blick. Dann schlug dieses Erstaunen jäh in Schrecken um.

»Aber …«, krächzte er. »Aber das … wie …?«

»Nur, damit ich das richtig verstehe, Vater«, sagte Andrej spöttisch, während er die Arme vor der Brust verschränkte und sich gegen die Tür lehnte. »Ihr seid zurückgeblieben, um die Totenwache an Ludowigs Bett zu halten und nicht etwa an meinem? Jetzt müsste ich erzürnt sein.«

Er bezweifelte, dass Benedikt seine Worte überhaupt hörte. Die Augen des grauhaarigen Geistlichen quollen vor Entsetzen schier aus den Höhlen, und sein Gesicht hatte alle Farbe verloren und war nun tatsächlich grau. Sein Blick war der eines Mannes, der allmählich begreift, dass er dem Leibhaftigen selbst gegenübersteht.

»Nein«, stammelte er. Speichel lief aus seinem Mundwinkel und hinterließ eine glitzernde Spur auf seinem Kinn, ohne dass er es bemerkte, und in seinen Augen begann der beginnende Wahnsinn zu flackern. Andrej war alarmiert. Er hatte kein Mitleid mit diesem Ungeheuer in Menschengestalt und würde ihn töten, bevor er diesen Raum verließ – aber zuvor musste er ihm noch einige Fragen beantworten. Zumindest *eine*.

»Teufel!«, stammelte Benedikt. »Du … du bist der Teufel!«

»Nicht mehr als Ihr«, antwortete Andrej. »Vermutlich noch nicht einmal annähernd so sehr wie Ihr.« Er trat einen halben Schritt auf Benedikt zu, mit dem Ergebnis, dass dieser einen spitzen, halb erstickten Schrei ausstieß und so heftig zurück und gegen die Liege mit Ludowigs Leichnam prallte, dass diese bedrohlich zu wanken begann.

»Komm mir nicht zu nahe!«, wimmerte er. »Du bist tot! Du kannst nicht mehr leben!«

»Wie Ihr seht, kann ich das sehr wohl«, antwortete Andrej ruhig. »Und ich nehme an, ich bin nicht der Einzige in diesem Raum, der dieses Kunststück beherrscht. Was meint Ihr, *Vater Benedikt* – wollen wir herausfinden, ob Ihr ebenso schwer umzubringen seid wie ich?«

Er war mit einem einzigen Schritt bei Benedikt, riss ihm die Fackel aus der Hand und schleuderte ihn zu Boden. Der alte Mann fiel, krümmte sich und begann zu wimmern. Auf seinem Gewand erschien ein dunkler Fleck, und Gestank erfüllte den Raum.

»Ich lasse dich am Leben, wenn du mir eine einzige Frage beantwortest«, sagte Andrej. »Warum?«

Benedikt wimmerte noch lauter, und Andrej versetzte ihm einen harten Tritt in die Seite. Ein Teil von ihm empfand nichts als eine Mischung aus grenzenloser Verachtung, aber auch Mitleid mit dieser jämmerlichen Gestalt, die sich da in ihrem eigenen Schmutz vor ihm auf dem Boden krümmte, aber ein anderer, immer stärker werdender Teil *genoss* den Schmerz, den er dem Mann zufügte.

»Warum?«, fragte er noch einmal. »Warum das alles, Benedikt? Nur aus Grausamkeit? Waren Abu Dun und ich nur Spielbälle für euch, so wie all die Menschen hier?«

Er kannte die Antwort auf seine Fragen längst, aber er wollte sie aus Benedikts Mund hören; vielleicht weil die Erklärung, auf die er selbst gekommen war, zu ungeheuerlich klang.

»Geh!«, wimmerte Benedikt. »Geh weg! Lass mich! Du … du kannst nicht mehr leben! Ich habe gesehen, wie du gestorben bist! Du gehörst nicht zu uns!«

Andrej senkte die Fackel. Gierige Flammen leckten nach Benedikts Hand und fraßen sich zischend in seine Haut, und plötzlich roch es durchdringend nach verbranntem Fleisch. Der Geistliche kreischte, warf sich herum und presste die verbrannte Hand gegen die Brust. Seine Schreie waren laut genug, um auch draußen gehört zu werden, aber das war Andrej gleich. Das Mitleid, das er für einen Moment empfunden hatte, war erloschen. Er spürte den Schmerz – und viel mehr noch die *Angst* – des Mannes, und er sog beides mit großen, gierigen Zügen auf wie einen kostbaren Wein. Es war nicht der Vampyr in ihm, der sich am Entsetzen des Mannes labte, sondern etwas anderes, Schlimmeres. Was hatte Thobias gesagt? *Wenn der Mond das nächste Mal aufgeht …* Großer Gott, in was würde er sich verwandeln, wenn es so weit war?!

»Warum?«

»Wir wollen doch nur leben!«, schluchzte Benedikt. »Ist das denn ein Verbrechen?«

»Wir? Wer ist wir? Birger und die anderen, meinst du?« Andrej stocherte mit der Fackel in Benedikts Richtung, um seiner Frage Nachdruck zu verleihen, achtete aber darauf, ihn nicht noch einmal zu treffen. »Sprich!«

»Thobias«, keuchte Benedikt. »Thobias und ich. Thobias war der … der Erste, der die Verwandlung überlebt hat. Alle anderen vor ihm sind gestorben, so wie Birger und seine Familie. Sie wären ohnehin gestorben, Andrej! Sie sterben alle. Nur Thobias hat es überlebt.«

»Und du«, sagte Andrej hart.

Benedikt schüttelte den Kopf. Er richtete sich halb auf und kroch mit kleinen, zitternden Bewegungen von Andrej fort. In seinen Augen flackerte die Todesangst. »Doch nur, weil er mir geholfen hat«, stammelte er. »Er besitzt die Macht, versteh doch! Er … er ist etwas Besonderes.«

Ja, dachte Andrej finster. *Das ist er. Ganz zweifellos.* Er schwieg.

»Er hat mich gerettet«, fuhr Benedikt fort. »Ich war tot. Wie alle anderen. Ich bekam das Fieber und starb daran, aber Thobias hat mich zurückgeholt. So wie er auch seinen Vater zurückholen wird.« Er fuhr sich mit der Zunge über die Lippen. Sein Blick irrte unstet zwischen Andrejs Gesicht und der Fackel in seiner Hand hin und her. »Versteh doch!«, stammelte er. »Thobias ist nicht wie … wie Birger und all die anderen. Er besitzt Macht über den Tod! Er kann ihm trotzen! Er … er könnte auch dir zur Unsterblichkeit verhelfen. Ich bin sicher, er würde es tun! Denke darüber nach! Du könntest Unsterblichkeit erlangen, du und dein Freund! Ihr würdet …«

Andrej versetzte ihm einen Faustschlag, der ihm auf der Stelle das Bewusstsein raubte. Benedikt erschlaffte und sank reglos zurück, und Andrej richtete sich schwer atmend auf und maß ihn mit einem verächtlichen Blick.

»Danke«, murmelte er. »All das habe ich schon, weißt du? Aber nicht um den Preis, den du dafür bezahlt hast.« Der Wolf in ihm wurde stärker. Es kostete ihn all seine Kraft, sich nicht auf die reglos daliegende Gestalt des Geistlichen zu stürzen und die Zähne in seinen Hals zu schlagen, um sein warmes, süßes Blut zu trinken. Beute. Mehr war der Mann in diesem Moment nicht mehr für ihn, und vielleicht würden Menschen nie wieder irgendetwas anderes für ihn sein, wenn der Mond das nächste Mal aufgegangen war.

Er wollte den Raum verlassen, wollte weg von hier, fort aus der Nähe dieses … *Dinges*, das unmenschlicher war als all die vermeintlichen Ungeheuer, die Abu Dun und er oben in der Höhle gefunden hatten, trotz seiner menschlichen Gestalt.

Stattdessen machte er einen Schritt weiter in den Raum hinein und trat an die schmale Pritsche mit Ludowigs Leichnam.

Der Anblick versetzte ihm einen tiefen Stich. Der alte Mann, seiner Kleidung beraubt, war fast zum Skelett abgemagert, und sein ausgezehrter Körper war von zahlreichen Narben übersät; Spuren überstandener Verletzungen und schlecht verheilter Geschwüre. Er hätte so oder so nicht mehr lange gelebt, begriff Andrej, auch wenn ihm der Werwolf nicht den halben Arm abgerissen hätte – ein Werwolf, der niemand anderer als *sein eigener Sohn* gewesen war.

Er fragte sich, ob Ludowig gewusst hatte, wer ihn umbrachte, oder ob Thobias wenigstens das letzte bisschen Barmherzigkeit aufgebracht haben mochte, es schnell und so zu tun, dass der alte Mann nicht sehen konnte, wer ihn angriff.

Barmherzigkeit gehörte nicht zu den Tugenden des Wesens, in das sich Thobias verwandelt hatte.

Er hörte, wie Benedikt hinter ihm wieder zu Bewusstsein kam – überraschend schnell, wenn er bedachte, wie hart er zugeschlagen hatte –, verzichtete aber darauf, sich umzudrehen und ihn ein zweites Mal zu schlagen. In wenigen Augenblicken würde er die Kirche verlassen haben, und dann war es vollkommen gleich, ob Benedikt ihm Verfolger hinterherhetzen konnte oder nicht. Er war mittlerweile sogar froh, den Geistlichen *nicht* getötet zu haben. Andrej empfand Genugtuung darüber, ihn – und vor allem Thobias – nicht selbst zu töten, sondern ihn der Gerechtigkeit der Inquisition zu überlassen. Er war sicher, dass Martius – vielleicht zum ersten und einzigen Mal, seit es die Heilige Römische Inquisition gab – tatsächlich *Gerechtigkeit* walten lassen würde. Und er …

Der Angriff kam selbst für ihn zu schnell.

Benedikt stöhnte, und zugleich erscholl ein grässlicher, reißender Laut, und Andrej spürte, wie etwas gegen ihn prallte und ihn mit grausamer Wucht von den Beinen riss. Die Fackel entglitt seinen Händen und rollte davon. Funken sprühten, und irgendetwas begann zu brennen.

Andrej stürzte über den toten Vater Ludowig, stieß ihn mitsamt der Pritsche zu Boden und ächzte vor Schmerz, als ein harter Schlag an seinem Hals explodierte und ihm den Atem nahm. Blindlings riss er die Arme in die Höhe, stieß mit der Fackel zu und wurde mit einem schmerzerfüllten Jaulen belohnt, das nun endgültig nichts Menschliches mehr hatte. Der Schatten, der ihn angesprungen und zu Boden geschleudert hatte, verschwand für einen Moment. Nicht lange, aber gerade lange genug, um Andrej erkennen zu lassen, dass es Benedikt war.

Nur, dass Benedikt nicht mehr Benedikt war.

Er war überhaupt kein Mensch mehr.

Sein Gewand war zerrissen, und darunter war ein missgestalteter, fellbedeckter Körper zum Vorschein gekommen, verkrüppelter und erbarmungswürdiger, als es der Birgers und seiner Familienangehörigen jemals gewesen war, ein grauenerregendes … *Ding* voller nässender Geschwüre und Wucherungen, das nicht so aussah, als könne es sich überhaupt bewegen – was es aber dennoch tat, und das mit entsetzlicher Geschwindigkeit. Andrej warf sich zur Seite, konnte aber trotzdem nicht verhindern, dass ihn ein fürchterlicher Fußtritt traf, der ihm nicht nur den Atem nahm, sondern ihm mehrere Rippen brach und ihn an den Rand der Bewusstlosigkeit schleuderte. Er krümmte sich, riss schützend die Arme über das Gesicht und versuchte auf die Beine zu kommen, aber es blieb bei dem Versuch. Unmenschlich starke Hände packten ihn, rissen ihn in die Höhe und schmetterten ihn mit so grausamer Wucht gegen die Wand, dass er haltlos daran zu Boden sank und nun tatsächlich das Bewußtsein verlor; wenn auch nur für zwei oder drei Sekunden.

Als sich die Dunkelheit wieder von seinen Sinnen hob, stand das grauenhafte Wesen, in das sich Benedikt verwandelt hatte, breitbeinig über ihm. Sein Gesicht war ein Albtraum aus Zähnen und schaumigem Geifer, und in seinen Augen loderte die gleiche, furchtbare Gier, die auch Andrej in sich spürte, aber ungezügelter, *böser.* Dieses Wesen hatte längst aufgehört, gegen den Wolf in sich zu kämpfen.

Andrej fragte sich, warum er noch am Leben war. Sein ganzer Körper schien ein einziger pulsierender Schmerz zu sein, und die bloße *Nähe* des unheimlichen Geschöpfes allein schien ihn zu lähmen.

Es war vorbei. Er hatte schon einmal am eigenen Leib gespürt, wie unvorstellbar *stark* diese Geschöpfe waren, viel stärker als er selbst. Die einzige andere Waffe, die ihm zur Verfügung stand – der Vampyr in ihm, der Leben nehmen konnte, ohne sein Opfer auch nur zu berühren –, war in diesem Moment zu seinem größten Feind geworden. Er zweifelte nicht daran, dass er auch diesen Werwolf auf die gleiche Weise wie den ersten hätte vernichten können – aber um den Preis, selbst zu einem dieser Ungeheuer zu werden. Er hatte bereits Kämpfe gegen diese unheimlichen Wesen ausgefochten, und einen weiteren würde er ganz bestimmt nicht gewinnen.

Wieso also tötete ihn das Wesen nicht?

Dann begriff er.

Der Werwolf war nicht gekommen, um ihn zu töten.

Er war gekommen, um ihn zu einem Wesen zu machen, wie er selbst eines war.

Andrej keuchte vor Entsetzen, als sich die schreckliche, mit fingerlangen messerscharfen Klauen bewehrte Hand des Ungetüms nach seinem Gesicht ausstreckte. Verzweifelt presste er sich gegen die Wand und versuchte vor der näher kommenden Bestie zurückzuweichen, aber das Ungeheuer folgte ihm mit Leichtigkeit. Es spielte mit ihm, genoss seine Angst und wurde mit jedem Augenblick stärker, in dem es sein Entsetzen spürte. Seine mörderische Klaue strich über Andrejs Stirn und Wange, sanft, fast liebkosend, und ohne seine Haut auch nur zu ritzen.

Andrej trat nach ihm. Er traf, aber das Monstrum wankte nicht einmal, sondern stieß nur einen schrecklichen bellenden Laut aus, der wie die grässliche Verhöhnung eines menschlichen Lachens klang.

Andrej wich weiter vor ihm zurück, bis er das Ende des Raumes erreicht hatte und es nichts mehr gab, wohin er fliehen konnte. Verzweifelt unternahm er einen erneuten Verteidigungsversuch und schrie vor Entsetzen auf, als sich die mörderische Klaue zum entscheidenden Hieb hob.

Ein peitschender, heller Laut erklang; einen Sekundenbruchteil, bevor die Stirn des Werwolfs in einer sprudelnden Wolke aus Knochensplittern und Blut auseinanderflog. Das Ungeheuer brach wie vom Blitz getroffen zusammen und begrub Andrej unter sich. Die Krallen der sterbenden Bestie fuhren mit einem scharrenden Geräusch über die Wand und bohrten sich unmittelbar neben seinem Gesicht in den festgestampften Lehm des Bodens. Andrej bäumte sich auf, stieß den sterbenden Werwolf von sich und sprang auf die Füße.

Noch bevor er die Bewegung halb zu Ende gebracht hatte, erklang das peitschende Geräusch ein zweites Mal. Ein dumpfer Schlag traf seine Schulter, und der Armbrustbolzen riss ihn mitten in der Bewegung herum und nagelte ihn an die Wand. Seltsamerweise spürte Andrej in diesem Moment nicht den geringsten Schmerz, aber jegliche Kraft wich aus seinen Gliedern. Durch sein Gewicht wurde die eiserne Spitze des Geschosses knirschend aus dem Stein gelöst. Er kippte nach vorn, schlug auf das Gesicht und kämpfte zum wiederholten Male innerhalb kürzester Zeit gegen einen Sog aus wirbelnder Schwärze, der sich in seinem Inneren auftat und ihn verschlingen wollte. Plötzlich setzte der Schmerz ein. Stöhnend tastete Andrej nach seiner Schulter, schloss die Hand um den gefiederten Schaft des Geschosses und versuchte es herauszuziehen. Es gelang ihm nicht.

Schritte näherten sich, und ein harter Tritt traf seine Hand und schleuderte sie zur Seite.

»Hör auf!«

Martius hatte nicht einmal die Stimme gehoben, aber

die Worte klangen so scharf, dass der Mann, der über Andrej gebeugt stand, einen halben Schritt zurückwich, statt ihn erneut zu treten. Dann fühlte sich Andrej gepackt und in die Höhe gerissen. Der Soldat warf ihn mit solcher Wucht gegen die Wand, dass ihm erneut die Luft wegzubleiben drohte. Kraftlos sank er wieder in die Knie, hatte aber dieses Mal genug Kraft, um die Augen offen zu halten. Vor ihm stand ein Soldat des Inquisitors. Es war einer der drei Männer, die ihn im Glockenturm überwältigt hatten. Er wirkte ebenso fassungslos wie zuvor Benedikt.

»Geh zur Seite! Lass ihn!«

Der Soldat *trat* nicht zur Seite, er *floh* vor Andrej, und an seiner Stelle trat Martius in Andrejs Blickfeld. Sein Gesicht wirkte ungerührt, aber sein Blick flackerte. Er hatte die linke Hand so fest um das goldene Kruzifix vor seiner Brust geschlossen, dass die Knöchel wie weiße Narben durch die Haut stachen. In der anderen Hand trug er Andrejs Schwert. Hinter ihm standen weitere Soldaten. Einer von ihnen hatte bereits einen neuen Bolzen auf seine Armbrust gelegt und trat unruhig von einem Bein auf das andere, um in eine Position zu gelangen, aus der heraus er auf Andrej anlegen konnte, ohne den Inquisitor zu gefährden. Auch Thobias war unter den Anwesenden. In sein Gesicht stand das blanke Entsetzen geschrieben. Aufgeregte Stimmen und polternde Schritte drangen durch die Tür hinein.

Mühsam versuchte Andrej sich aufzurichten. Die Bewegung ließ einen grässlichen Schmerz in seiner Schulter explodieren. Stöhnend hob er die Hand, presste sie auf die noch immer blutende Wunde und versuchte erneut, den Pfeil herauszuziehen.

»Unglaublich«, murmelte Martius. Er sah kopfschüttelnd auf Andrej herab, und allmählich erschien ein Ausdruck von Verwirrung auf seinen Zügen. »Das ist …«

Hinter ihm erscholl ein überraschter Schrei, als Thobias die umgestürzte Pritsche sah, auf der zuvor sein Vater gelegen hatte. Er stürzte an Martius vorbei, fiel neben dem misshandelten Körper des alten Mannes auf die Knie und streckte die Hände nach ihm aus, schien es aber doch nicht zu wagen, ihn zu berühren.

Martius sah kurz in seine Richtung, wandte sich aber sofort wieder zu Andrej um und betrachtete ihn argwöhnisch. Wortlos trat er zurück und gab dem Soldaten einen Wink. Der Mann, der gerade damit beschäftigt war, ein neues Geschoss auf die Armburst zu legen, spannte die Waffe zu Ende und wechselte sie von der rechten in die linke Hand, bevor er Martius' Befehl nachkam und Andrej derb in die Höhe zerrte. Der stöhnte vor – diesmal vorgetäuschtem – Schmerz und presste wieder die Hand gegen die Schulter.

»Unglaublich«, murmelte Martius noch einmal. »Das ist wirklich unglaublich.«

»Ich … ich verstehe das nicht, Herr«, stammelte der Soldat, der unmittelbar neben ihm stand. Sein Blick flackerte unstet zwischen Andrej und dem Inquisitor hin und her. Seine Hände zitterten so stark, dass er sichtbare Mühe hatte, die Waffe, die er wieder auf Andrej gerichtet hatte, zu halten. »Ich schwöre Euch, dass wir ihn für tot gehalten haben, Herr. Wir …«

Martius unterbrach ihn mit einer Geste, ohne den Blick von Andrejs Gesicht zu wenden. »Schon gut«, sagte er. »Du hast dir nichts vorzuwerfen. Ich *weiß*, dass er tot war.« Er schwieg einen Moment. Ein nachdenklicher Ausdruck machte sich auf seinen Zügen breit. »Ich frage mich allerdings, ob er *jetzt* lebt … oder ob er überhaupt jemals gelebt hat.«

Offensichtlich erwartete er eine Antwort von Andrej. Als er keine bekam, scheuchte er den Soldaten zur Seite und trat dichter an Andrej heran. Er war entweder ein sehr mutiger Mann, dachte Andrej, oder ein sehr dummer, denn in seinen Augen war keinerlei Furcht zu erkennen. Langsam hob er die Hand, schloss die Finger um den Schaft des Armbrustbolzens, der aus Andrejs Schulter ragte, und riss ihn mit einem Ruck heraus.

Andrej brüllte vor Schmerz und fiel wieder auf die Knie. Für einen Moment trübten sich seine Sinne, und der Wolf in ihm wurde übermächtig. Wut, blanke, rote Wut verschleierte sein Denken. Er verspürte ein einziges Verlangen: sich auf Martius zu stürzen und ihm das Herz aus dem Leib zu reißen.

Stattdessen presste er die Hand auf die Schulter und schob sich schwankend an der Wand in die Höhe. Es kostete ihn unendliche Überwindung, die lodernde Gier niederzukämpfen, aber es gelang ihm. Diesmal noch.

Martius betrachtete ihn aus mitleidlosen, kalten Augen, trat einen Schritt zurück und prüfte die Spitze des Armbrustbolzens mit dem Zeigefinger. »In der Tat«, höhnte er, »ein echter Pfeil. Jetzt verratet mir doch, warum Ihr *keine echte Wunde habt!*«

Die letzten Worte hatte er geschrien, während er gleichzeitig die Hand ausstreckte und Andrejs ohnehin zerstörtes Gewand über der Schulter weiter aufriss. Das Fleisch darunter war voller Blut, aber die Wunde begann sich bereits zu schließen; so schnell, dass Martius es sehen *musste.*

»Er ist der Teufel!«, keuchte Thobias. »Tötet ihn! Ihr müsst ihn verbrennen, Martius, ich beschwöre Euch! Verbrennt ihn, ehe er uns alle ins Verderben reißt!« Er lag neben Martius auf den Knien und hatte Kopf und Oberkörper seines Vaters in seinen Schoß gebettet. »Verbrennt ihn!«

»Später«, antwortete Martius kühl, während er sich bereits wieder zu Andrej umdrehte. »Der Teufel? Wenn das stimmen sollte … gäbe es eine größere Herausforderung für einen Mann Gottes, als mit dem alten Widersacher selbst zu sprechen? Sagt, Andrej – seid Ihr der Teufel?« Er schüttelte den Kopf, trat einen weiteren halben Schritt zurück und maß Andrej mit einem neuerlichen, langen Blick von Kopf bis Fuß. »Nein. Ehrlich gesagt, glaube ich nicht, dass Ihr der Teufel seid. Aber wer seid Ihr dann, Andrej Delãny? Ein Mensch doch wohl kaum.«

Statt zu antworten, sah Andrej ihn nur an, während er zugleich versuchte, sich einen Überblick über den Raum zu verschaffen. Abgesehen von Martius und Thobias befanden sich zwei Soldaten mit ihnen hier drin, aber draußen vor der Tür liefen immer mehr Männer zusammen, die wahrscheinlich durch den Lärm und Benedikts Schreie angelockt worden waren. Er war wieder weit genug bei Kräften, um sich einen

Kampf mit Martius und den beiden Männern durchaus zuzutrauen – aber mit einem Dutzend Krieger?

»Vielleicht gibt es hier tatsächlich einen Teufel«, sagte er nach einer Weile. »Aber ich bin es nicht.«

»Wie meint Ihr das?«, fragte der Inquisitor.

»Sprecht nicht mit ihm, Martius, ich beschwöre Euch!«, keuchte Thobias. Er stand auf, wobei er den reglosen Körper seines Vaters ohne die geringste Mühe in den Armen hielt. Er brachte es sogar noch fertig, in der gleichen Bewegung die Pritsche aufzurichten, die Andrej umgeworfen hatte. Martius betrachtete sein Tun stirnrunzelnd, aber schweigend, und Thobias fuhr aufgeregt fort: »Hört ihm nicht zu! Er verwirrt Eure Sinne, ich beschwöre Euch. Er hat auch Benedikt und mich getäuscht. Er redet mit der Zunge des Teufels! Verbrennt ihn!«

»Das ist seltsam«, erwiderte Martius nachdenklich, während sein Blick unablässig von Thobias zu Andrej glitt. »Es ist noch nicht lange her, da wart Ihr der Meinung, dass das alles hier nichts mit dem Teufel zu tun hat – oder irre ich mich?«

»Ich habe mich getäuscht!«, stammelte Thobias. »Dieser Teufel hat meine Sinne verwirrt, so wie er es jetzt mit Euren versucht! Glaubt mir! Ich … ich sehe es jetzt ganz klar. Teufelsbrut. Sie alle sind des Teufels! Dieser ganze Ort ist ein Höllenpfuhl. Ihr müsst ihn ausbrennen! Tötet sie alle, solange Ihr es noch könnt!«

Martius wollte gerade zu einer Antwort ansetzen, aber in diesem Augenblick geschah etwas Schreckliches.

Der Leichnam des alten Mannes in Thobias' Armen *bewegte sich*!

Martius' Augen wurden groß. Er sog scharf die Luft ein, und der Mann neben ihm hob instinktiv seine Armbrust und zielte auf Thobias. Auch der zweite Soldat fuhr herum und riss seine Waffe in die Höhe.

»Nicht!«, keuchte Thobias. »Es ist nicht so, wie Ihr glaubt! Ich kann das erklären!«

Für einen unendlich kurzen Moment schien die Zeit stillzustehen. Angst lag wie etwas körperlich Greifbares in der Luft, und Andrej wusste, dass die Männer schießen würden. Sie hatten einen Mann gesehen, der offensichtlich von den Toten auferstanden war, und nun erwachte ein weiterer vermeintlich Toter unmittelbar vor ihren Augen; sie konnten gar nicht anders, als mit Entsetzen zu reagieren und ihre Waffen abzufeuern.

Und Andrej begriff auch, dass dies seine vielleicht einzige und allerletzte Möglichkeit war, hier herauszukommen. Aber er regte sich nicht, und auch die Männer feuerten ihre Armbrüste nicht ab. Etwas … geschah. Die Zeit floss weiter, aber Andrej war plötzlich nicht mehr in der Lage, sich zu bewegen; als wäre die Verbindung zwischen seinen Gedanken und seinem Körper auf geheimnisvolle Weise unterbrochen. Den beiden Soldaten und auch Martius erging es sichtlich nicht anders.

»Ich flehe Euch an, Exzellenz!« Thobias sah den Inquisitor beschwörend an und bettete den Körper seines Vaters zugleich behutsam auf die Pritsche. Der alte Mann stöhnte. Er begann am ganzen Leib zu zittern, und selbst die schreckliche Wunde in seiner Schulter blutete nun wieder.

»Was … bedeutet … das?«, stieß Martius mühsam hervor. »Das ist Zauberei!«

Seine Stimme schwankte, und sein Gesicht war weiß vor Entsetzen. Er umklammerte das Kruzifix vor seiner Brust mittlerweile so fest, dass Blut unter seinen Fingernägeln hervorquoll. Trotzdem lockerte er seinen Griff nicht, als wäre der Schmerz, den er sich selbst zufügte, das Einzige, was ihn noch davon trennte, endgültig den Verstand zu verlieren.

»Nein, das ist es nicht«, antwortete Thobias. »Ich kann es erklären, wenn Ihr mir die Gelegenheit dazu gebt, Martius … Bitte!«

Der Inquisitor begann stärker zu zittern. Seine Hand hatte plötzlich nicht mehr die Kraft, Andrejs Schwert zu halten. Es polterte zu Boden. Niemand reagierte darauf.

»Was … was geschieht hier?«, stöhnte Martius. »Sprecht!«

Thobias beugte sich über seinen Vater und legte ihm die Hand auf die Stirn. Der alte Mann keuchte, bäumte sich wie unter Krämpfen auf und sank mit einem gurgelnden Laut wieder zurück. Die Wunde in seiner Schulter begann zu schäumen, und plötzlich roch es nach verbranntem Fleisch. Martius stöhnte erneut auf, und einer der Soldaten begann zu würgen.

»Allein …«, stammelte Thobias. »Ich erkläre es Euch, aber allein. Nur Ihr und ich.«

»Seid Ihr von Sinnen?«, murmelte Martius. Aber seine Stimme klang falsch. Die Worte sollten Empörung zum Ausdruck bringen, aber seine Stimme klang völlig anders – als koste es ihn all seine Kraft, die Worte auch nur auszusprechen.

»Glaubt mir, Martius, was ich Euch sagen werde, ist nur für Eure Ohren bestimmt. Ihr wollt bestimmt nicht, dass jedermann es hört.«

Martius starrte Thobias an. Sekundenlang spiegelte sich der innere Kampf, den er ausfocht, deutlich auf seinem Gesicht, dann nickte er; langsam und widerwillig.

»Also gut«, presste er mühsam hervor. Ebenso mühsam drehte er sich zur Tür und hob die Hand. »Schließt die Tür. Niemand kommt herein, bevor ich ihn rufe. Ihr beide bleibt hier.«

Der letzte Satz galt den beiden Soldaten, die mit ihm hereingekommen waren. Beide Männer waren bereits auf dem Weg zur Tür gewesen und hielten jetzt mit leeren, schreckensbleichen Gesichtern inne.

»Ganz, wie Ihr wünscht, Herr«, sagte Thobias mit seltsamer Betonung. Er legte den Riegel vor, drehte sich ohne die mindeste Hast herum und trat auf einen der beiden Soldaten zu. Ein sonderbarer Ausdruck, fast ein Lächeln, erschien auf seinem Gesicht, als er die Hand hob und auf den zweiten Soldaten deutete.

»Töte ihn«, befahl er.

Andrej wollte sich auf ihn stürzen, aber er konnte es nicht. Er hatte die Herrschaft über seinen Körper noch immer nicht wiedererlangt.

Ebenso wenig wie der bedauernswerte Soldat. Der Mann starrte Thobias aus aufgerissenen Augen an. Er begann zu zittern. Ein gequälter Ausdruck erschien auf seinen Zügen, als er die Armbrust hob und sich halb herumdrehte. Unendlich langsam, wie gegen einen furchtbaren, unsichtbaren Wiederstand ankämpfend, richtete er die Waffe auf seinen Kameraden.

»Nein«, wimmerte er. »Ich … ich kann … das … nicht.«

»Tu es!«, sagte Thobias lächelnd.

Der Soldat wimmerte wie unter unerträglichen Schmerzen, hob die Armbrust weiter und betätigte den Abzug. Sein Kamerad wurde nach hinten geschleudert und brach lautlos zusammen, und der Soldat ließ keuchend die Waffe fallen. Er krümmte sich.

»Gut gemacht«, lobte Thobias. »Jetzt du. Dein Dolch!«

»Herr!«, stammelte der Mann. »Ich …«

Thobias stieß einen unwilligen Laut aus, riss den Dolch aus dem Gürtel des Mannes und stieß ihm die Klinge bis ans Heft in die Brust. Er seufzte.

Lächelnd drehte er sich zu Andrej und Martius um, schüttelte bedauernd den Kopf und warf den Dolch zu Boden.

Das helle Klirren brach den Bann. Von einem Herzschlag auf den anderen reagierte Andrej. Mit einer blitzschnellen Bewegung bückte er sich nach dem Schwert, das Martius fallen gelassen hatte, riss es hoch und stürzte weiter.

»Nicht doch«, sagte Thobias.

Andrej erstarrte. Mit einem ungläubigen Keuchen taumelte er zurück, blieb stehen und blickte seine rechte Hand an, die einen eigenen Willen entwickelt zu haben schien und sich langsam senkte. Die Finger öffneten sich, und das Schwert klirrte ein zweites Mal zu Boden.

»Das ist schon besser«, lobte Thobias. »Ihr seid stark, Andrej. Erstaunlich stark. Ich muss Euch besser im Auge behalten, scheint mir. Aber Ihr werdet einen umso wertvolleren Verbündeten abgeben, wenn Euch das ein Trost ist.«

Verzweifelt stemmte sich Andrej gegen die unsichtbaren Fesseln, die seinen Willen gefangen hielten, aber es gelang ihm nicht, sie auch nur zu lockern. Der fremde Wille, der den Befehl über seinen Körper übernommen hatte, war nicht Thobias' Wille. Es war etwas anderes, Stärkeres. Etwas, das tief in ihm geschlummert und auf seine Gelegenheit gewartet hatte. Der Wolf war endgültig erwacht.

»Kämpfe nicht dagegen an, Andrej«, sagte Thobias sanft. »Es ist sinnlos. Du gehörst schon mir. Hör auf, dich zu wehren. Du bereitest dir nur selbst Qual. Und es gibt nichts, was du fürchten müsstest, glaub mir.«

»Was … bist … du?«, stammelte Martius. Er umklammerte immer noch das Kruzifix. Blut lief über seinen Handrücken und zeichnete eine gezackte rote Spur bis in seinen Ärmel hinein. »Du bist der Teufel!«

»Nicht doch«, sagte Thobias kopfschüttelnd. Er warf einen raschen, prüfenden Blick auf seinen Vater – der alte Mann zitterte immer noch wie unter Krämpfen, aber die schreckliche Schulterwunde hatte sich mittlerweile fast ganz geschlossen. Darunter war etwas Dunkles zum Vorschein gekommen, das sich allmählich über seine Haut auszubreiten schien, Kein Schorf. *Fell*, dachte Andrej entsetzt.

Thobias ging auf Martius zu, hob den Arm und löste die Hand des Inquisitors gewaltsam von dem goldenen Kruzifix. Mit einem Ruck riss er die Kette entzwei und schleuderte das Kruzifix davon. Dann hob er Martius' Hand langsam vor sein Gesicht und betrachtete aus glitzernden Augen das Blut, das darauf schimmerte. Er schnüffelte, wie ein Hund, der Witterung aufgenommen hatte – und begann langsam, das Blut von Martius' Handrücken zu lecken.

Der Inquisitor stöhnte. »Teufel!«, keuchte er. »Du … du Teufel!«

Thobias ließ seine Hand los und trat einen Schritt zurück. Sein Lächeln erlosch. »Warum musstet Ihr hierherkommen? Was haben wir Euch getan, Euch und Eurer allwissenden Kirche, Exzellenz?« Seine Augen blitzten, und für einen Moment schien etwas Dunkles, Tierisches durch seine Züge zu schimmern. »Wir wollten nichts weiter als das, was alle wollen – in Frieden unser Leben leben. Warum konntet Ihr uns nicht einfach in Ruhe lassen?«

»Teufelsbrut!«, keuchte Martius. »Ihr werdet brennen! Ihr werdet für alle Ewigkeiten in der Hölle brennen!«

»Ja, das mag sein«, sagte Thobias. Er schüttelte den Kopf, als hätte er eingesehen, wie sinnlos es war, das Gespräch fortzuführen. Einen Moment lang musterte er Martius noch nachdenklich, dann trat er wieder an die Liege seines Vaters heran.

Ludowig hatte die Augen geöffnet. Sein Blick flackerte. Es waren die Augen eines Mannes, der die Hölle gesehen hatte, dachte Andrej schaudernd. Mit verzweifelter Kraft bäumte er sich gegen den fremden Willen auf, der seinen Körper beherrschte, aber es war sinnlos.

»Gebt Euch keine Mühe, Andrej«, sagte Thobias, ohne ihn auch nur anzusehen. Er hob die Schultern. »Oder versucht es meinetwegen weiter. Vermutlich seid Ihr es Eurem Stolz schuldig. Es macht keinen Unterschied.« Er beugte sich tiefer über seinen Vater und legte ihm die flache Hand auf die Stirn. Ein beruhigendes Lächeln erschien auf seinen Zügen, und als er weitersprach, war seine Stimme sanft; als rede er mit einem kranken Kind. »Es wird alles gut. Beweg dich nicht. Die Schmerzen werden gleich vergehen.«

»Was ... was hast du ... getan?«, keuchte Ludowig. Seine Stimme klang verzerrt, voller Qual, und kaum noch wie die eines Menschen.

»Es wird alles gut, Vater«, sagte Thobias. Er seufzte, richtete sich wieder auf und sah erst Andrej, dann Martius an. »Bist du zufrieden, Pfaffe?«, fragte er böse. »Freut es dich, zu sehen, was du diesem alten Mann angetan hast – einem Mann, der sein Leben in den Dienst desselben Gottes gestellt hat, in dessen Namen du seine Brüder und Schwestern umbringst?«

»Hör auf, Gott zu lästern!« schrie Martius. »Mach ein Ende, du Monstrum! Töte mich, aber ich werde am Ende doch triumphieren, denn meine Seele wird an Gottes Seite sein, während deine für alle Ewigkeiten in der Hölle brennt.«

»Töten?«, sagte Thobias stirnrunzelnd. »Nein. Hab keine Angst, Martius. Ich habe nicht vor, dich zu töten.«

»Thobias«, stöhnte Ludowig. »In Gottes Namen! Was … was tust … du?«

Thobias wandte seine Aufmerksamkeit für einen kurzen Moment wieder seinem Vater zu. Der alte Mann war mittlerweile wieder so weit zu Kräften gekommen, dass er sich aufsetzen konnte. Aber er hatte sich auch weiter verändert. Seine Schulter war unförmig angeschwollen. Schwarzes, borstiges Fell begann aus seiner Haut zu sprießen, und etwas stimmte mit seinem Gesicht nicht mehr: Es schien auf einer Seite auseinanderzufließen, wie eine Maske aus weichem Wachs, die zu lange in der Sonne gelegen hatte.

»Gleich, Vater«, sagte Thobias. »Ich erkläre es dir gleich. Du wirst alles verstehen, glaub mir. Aber im Moment ist keine Zeit dafür.« Er schüttelte den Kopf und sah Andrej vorwurfsvoll an. »Irgendwann werdet Ihr begreifen, was für Schwierigkeiten Ihr mir bereitet habt, mein Freund. Alles wäre so einfach gewesen, hättet Ihr Euch nicht eingemischt.« Er seufzte erneut. »Nun zu Euch, Exzellenz. Ihr werdet hinausgehen und genau das tun, weshalb Ihr hergekommen seid. Sagt Euren Männern, dass dieser ganze Ort vom Teufel besessen ist. Ihr müsst diesen Höllenpfuhl auslöschen – das waren doch Eure eigenen Worte, oder?« Er lachte hässlich. »Wie ich die Männer einschätze, die Ihr mitgebracht habt, wird es Euch keine besondere Überredungskunst kosten. Tötet sie alle. Vernichtet Trentklamm. Niemand darf überleben.«

»Thobias!«, keuchte Ludowig. »Was … was tust du?!«

»Was notwendig ist«, antwortete Thobias hart.

»Nein!«, rief Ludowig. »Das … das kannst du nicht tun! Nicht alle diese Menschen! Sie … sie sind deine Schwestern und Brüder! *Du kannst nicht alle diese Menschen umbringen wollen!*«

»Es muss sein«, befand Thobias. »Nur so können wir Ruhe finden, Vater.«

»Aber du …«

»Sie werden nicht aufhören«, fuhr Thobias in verächtlichem Ton und mit einer Kopfbewegung auf den Inquisitor fort. »Glaubst du, wenn er geht, kommt an seiner Stelle nicht ein anderer? Trentklamm muss vernichtet werden. Nur wenn sie glauben, dass wir alle tot sind, werden sie uns in Frieden lassen.«

»Nein«, keuchte Ludowig. Er zitterte am ganzen Leib, aber nun nicht mehr vor Schmerz, sondern vor blankem Entsezten über das, was er hörte. »Das kann nicht sein! Tu das nicht, Thobias, im Namen Gottes! Wir … wir können weggehen. Wir können fliehen, irgendwohin, wo sie nicht nach uns suchen!«

»Sie würden uns überall finden«, erwiderte Thobias. »Wir hätten nirgendwo Ruhe.«

»Aber …«

»Gebt Euch keine Mühe, Vater Ludowig«, sagte Andrej. Selbst das Reden fiel ihm schwer. Alles würde so kommen, wie Thobias es geplant hatte, und vielleicht war das sogar gut so. Andrej schauderte. Das war nicht er, der diesen Gedanken hegte. Der Wolf begann nicht nur von seinem Körper Besitz zu ergreifen, sondern schlich sich bereits in seine Gedanken ein. »Ihr werdet Euren Sohn nicht umstimmen, Vater. Er hat das von Anfang an so geplant, nicht wahr?«

Die letzte Frage war an Thobias gerichtet, der sie mit einem Nicken und einem kalten, nur angedeuteten Lächeln beantwortete. »Ihr und Euer schwarzer Freund wart ein Geschenk Gottes. Ich habe lange auf jemanden wie Euch gewartet, Andrej.«

»Jemanden, dem Ihr die Schuld an allem geben könnt«, vermutete Andrej. »Euer Plan ist aufgegangen. Jetzt müsst Ihr nur noch abwarten, bis Martius' Männer den Rest der Stadt niedergebrannt und alle Männer, Frauen und Kinder erschlagen haben.«

Thobias lächelte, und sein Vater richtete sich weiter auf. Er hatte sich erneut verändert. Sein gesamter rechter Arm war mittlerweile von schwarzem Fell überzogen, und die Hand begann sich zur Kralle zu biegen. Sein Gesicht war zur Grimasse geworden, nur noch zur Hälfte menschlich.

»Nein«, wimmerte er. »Nein! Nein!«

Und damit warf er sich auf Thobias.

Der Angriff kam völlig überraschend. Thobias taumelte haltlos einen Schritt nach vorn und versuchte sich aus dem Griff Ludowigs zu befreien. Für einen Moment lockerte sich der Würgegriff des fremden Willens, der Andrej gefangen hielt.

Er versuchte nicht, sich nach dem Schwert zu bücken. Andrej blieb nur Zeit für eine einzige Bewegung: Er ergriff die brennende Fackel, die noch immer zwischen ihm und der Pritsche lag, und stieß sie Thobias mit aller Macht ins Gesicht.

Thobias brüllte vor Schmerz und Wut. Seine Faust schmetterte Andrej die Fackel aus der Hand, und ein zweiter, ungleich härterer Schlag mit dem Handrücken schleuderte ihn vollends zu Boden. Benommen blieb Andrej liegen und versuchte dann in die Höhe zu kommen.

Als er die Augen öffnete, bot sich ihm ein schrecklicher Anblick. Thobias rang noch immer mit seinem Vater. Er hatte sich weiter verändert. Das Ungeheuer in ihm hatte Überhand genommen – aber auch Thobias war verwandelt.

Auch er war zum Werwolf geworden, aber was Andrej erblickte, war nicht die schrecklich missgestaltete Kreatur, die er erwartet hatte, sondern ein auf eine wilde Art beinahe schönes Geschöpf; eine unglaubliche Mischung aus Mensch und Tier. An diesem Werwolf – dem ersten wirklichen Werwolf, den er sah, wie Andrej jenseits aller Zweifel begriff – war nichts Dämonisches oder Abstoßendes. Es war ein Geschöpf von so unvorstellbarer Fremdheit, dass sich etwas in Andrej bei seinem bloßen Anblick zu *rühren* schien.

Die Kleider des Geschöpfes brannten. Andrejs Fackel hatte sein Gesicht verfehlt, aber sie hatte den Stoff seiner schwarzen Priesterrobe in Brand gesetzt, und die Flammen breiteten sich rasend schnell aus. Der Werwolf schrie vor Schmerz und Wut, versuchte Ludowig abzuschütteln und gleichzeitig mit der anderen Hand die Flammen zu ersticken, die aus seinem Gewand schlugen, aber es gelang ihm nicht. Ludowig klammerte sich mit der Kraft der Verzweiflung an das unheimliche Wesen, das einst sein Sohn gewesen war, und es gelang ihm, Thobias aus dem Gleichgewicht zu bringen, sodass sie aneinandergeklammert gegen die Pritsche stolperten und zu Boden fielen.

Thobias schrie lauter. Die Flammen leckten über sein Gesicht, versengten sein Fell und mussten ihm heftige Schmerzen zufügen, aber all das steigerte seine Wut noch. Messerscharfe Krallen fuhren aus seinen Fingern, schlugen auf Ludowig ein und rissen Fleischfetzen und Blut aus seinem Rücken und der Schulter. Auch Ludowig schrie vor Schmerz. Aber er ließ nicht von seinem Opfer ab, sondern klammerte sich mit größerer Kraft an Thobias.

Andrej ergriff sein Schwert. Blitzschnell rollte er sich herum und rammte es dem Werwolf bis ans Heft in den Rücken.

Das Ungeheuer schrie. Es war ein unmenschlich hoher, spitzer Laut voller Schmerz und noch größerer Wut. In Todesangst löste er Ludowigs Griff, fuhr herum und streckte die schrecklichen Klauen nach Andrej aus.

Plötzlich erstarrte er. Aus seinem Schrei wurde ein Krächzen, dann ein Wimmern. Er machte einen letzten, taumelnden Schritt, griff mit beiden Händen nach der Schwertklinge, die aus seiner Brust ragte und fiel auf die Knie. Sein Wimmern erstarb.

Andrej schoss in die Höhe, zog das Schwert aus dem Rücken des Werwolfes und wich hastig einen halben Schritt zurück, die Waffe mit beiden Händen zum Zuschlagen bereit erhoben. Aber er wusste, dass er sie nicht mehr nötig hatte. Der Werwolf war tot. Die Dunkelheit in ihm war im gleichen Moment erloschen, in dem das Leben Thobias verlassen hatte.

»Gott im Himmel«, murmelte Martius. »Was …?« Er erwachte urplötzlich aus der Lähmung, in der er die ganze Zeit verharrt und dem schrecklichen Geschehen zugesehen hatte, war mit einem Satz neben Ludowig und schlug mit bloßen Händen die Flammen aus, die aus dem schwarzen Fell auf seinem Arm und seiner Schulter züngelten. »Vater Ludowig! Was ist mit Euch? Was hat Euch dieses Ungeheuer angetan?!«

Ludowig wälzte sich stöhnend auf den Rücken und schob Martius' Hände fort. Sein Gesicht war zu einer Grimasse verzerrt, aber Andrej ahnte, dass es nicht der körperliche Schmerz war, der ihn wimmern ließ.

»Wir müssen raus hier«, entschied Andrej. Er steckte das Schwert ein und hob den Fuß, um die Flammen auszutreten, die aus Thobias' Gewand leckten. Das Feuer hatte bereits auf die Tür und den Rahmen übergegriffen, und in dem alten, trockenen Holz breiteten sich die Flammen mit unheimlicher Schnelligkeit aus. Die Luft war schon jetzt heiß und so voller Qualm, dass man kaum noch atmen konnte.

»Martius! Ludowig! Schnell!«

Tatsächlich wollte Martius nach dem alten Mann greifen, aber Ludowig schlug seine Hand beiseite und richtete sich in eine halb sitzende Position auf.

»Geht«, flüsterte er. »Bringt Euch in Sicherheit.«

»Ihr versteht anscheinend nicht«, rief Andrej verzweifelt. »Die Kirche wird niederbrennen!«

»Lasst mich«, beharrte Ludowig. Sein Blick suchte den verkrümmt daliegenden Körper dessen, der einst sein Sohn gewesen war, und plötzlich erschien ein Ausdruck in seinen Augen, der Andrej einen Schauer über den Rücken laufen ließ. Ludowig würde sie nicht begleiten, das begriff er.

»Ich bleibe hier.«

»Dann werdet Ihr sterben«, sagte Martius leise. Er bekreuzigte sich.

Ludowig sah ihn an. »Ihr wisst, dass ich bleiben muss«, sagte er. »Geht. Aber … verschont die anderen, ich beschwöre Euch.«

»Die anderen?«

»Die Menschen hier im Ort sind unschuldig«, flüsterte Ludowig. Seine Stimme wurde schwächer, und mit seinem Körper begann eine unheimliche Veränderung vonstatten zu gehen. Andrej konnte spüren, wie sich Ludowigs Seele auflöste.

Martius musste es wohl auch spüren, denn obwohl die Hitze immer größer wurde und die Flammen immer rascher um sich griffen, machte er keinen Versuch, sich in Sicherheit zu bringen, sondern starrte nur aus dunklen Augen auf den sterbenden alten Mann herab.

»Ihr verlangt viel von mir, Vater Ludowig«, sagte er heiser. »Vielleicht mehr, als ich Euch versprechen kann.«

»Es … es ist vorbei, Martius«, murmelte Ludowig. Seine Stimme wurde leiser, fast mit jedem Wort, das er sprach. »Thobias und ich waren … die Letzten. Gefährdet nicht Euer Seelenheil, indem Ihr Unschuldige tötet. Und jetzt geht. Schnell!«

Martius schien noch etwas erwidern zu wollen, aber Andrej ließ ihm keine Zeit dazu. Ludowig hatte recht. Alles brannte lichterloh. Noch während der Inquisitor versuchte sich zu bekreuzigen, packte Andrej ihn am Arm und riss ihn mit sich.

Als sie die Tür erreichten, fing die Decke Feuer. Eingehüllt in Flammen und dicken, erstickenden Qual stolperten sie aus dem Raum und noch einige Schritte weiter, bis Martius endgültig das Gleichgewicht verlor und auf die Knie fiel. Auch seine Robe hatte Feuer gefangen. Andrej beförderte ihn mit einem Stoß endgültig zu Boden, warf sich über ihn und versuchte, die Flammen mit seinem eigenen Körper und bloßen Händen zu ersticken. Drei Soldaten eilten herbei, packten ihn und zerrten ihn mit grober Gewalt von Martius weg. Er wurde zu Boden geworfen, und eine Speerspitze richtete sich drohend auf sein Gesicht.

»Aufhören!«

Andrej atmete erleichtert auf. Als er sich hochzustemmen versuchte, stieß die Speerspitze erneut nach seinem Gesicht, schrammte über seine Wange und hinterließ einen tiefen, blutigen Kratzer darauf. Andrej hob hastig die Hand an die Wange, um die Wunde zu verbergen, ließ sich aber zugleich wieder zurücksinken, um dem übereifrigen Soldaten keinen Vorwand zu liefen, ihn endgültig niederzustechen. Aus den Augenwinkeln sah er, wie zwei, drei Männer zugleich auf die Flammen in Martius' Gewand einschlugen und sie endgütig erstickten.

Mühsam, aber sehr schnell, stemmte sich der Inquisitor in die Höhe und scheuchte die Männer davon. »Verschwindet! Mir fehlt nichts! Raus hier – und bringt die Menschen in Sicherheit. Sofort!«

Nicht alle Soldaten gehorchten. Die meisten eilten hastig davon, aber zwei oder drei bleiben stehen und starrten abwechselnd Andrej und den Inquisitor an. Einer versuchte sogar, sich der Tür zu nähern und die Flammen zu ersticken, die mittlerweile auch die Außenseite des Rahmens in Brand gesetzt hatten und gierig nach den Stützbalken leckten. Nur noch wenige Minuten, dachte Andrej, und die gesamte Kirche würde in Flammen aufgehen. Keine Macht der Welt konnte das noch verhindern.

»Habt ihr mich nicht verstanden?«, schnappte Martius. »Raus hier! Draußen im Kirchenschiff sind Menschen, die eure Hilfe brauchen! Bringt sie in Sicherheit!«

Auch die letzten Soldaten suchten nun das Weite, und endlich wagte es Andrej, vorsichtig aufzustehen. Seine Finger fuhren über das Blut auf seiner Wange. Die Schnittwunde darunter war verschwunden. Auch Martius war diese weitere schnelle Heilung nicht entgangen, wie sein Blick deutlich machte. Andrej begann zu einer Erklärung anzusetzen, beließ es dann aber bei einem angedeuteten Achselzucken.

Aus der offen stehenden Tür hinter ihnen schlugen weitere Flammen, und dahinter tobte ein Sturm aus weißer und gelber Glut. Für einen entsetzlichen Moment glaubte Andrej, eine Bewegung inmitten der tobenden Höllengluten zu sehen. Aber vermutlich hatte er sich getäuscht, und es war nichts anderes als ein Trugbild, entstanden aus dem Tanz der Flammen und seiner eigenen Furcht.

»Werdet Ihr Euer Wort halten?«, fragte er leise. Er war nicht sicher, ob Martius seine Stimme überhaupt hörte, aber er bekam eine Antwort.

»Ich habe ihm mein Wort nicht gegeben, Andrej.«

Andrej fuhr herum. Seine Hand schloss sich um das Schwert. »Ihr wisst, was ich meine, Inquisitor«, sagte er wütend. »Soll dieser alte Mann wirklich umsonst gestorben sein?«

Martius starrte an ihm vorbei. Das gleißende Licht der Flammen spiegelte sich in seinen Augen, und wahrscheinlich war es nur die unerträgliche Helligkeit, die die Tränen verursacht hatte, die jetzt über seine Wangen liefen.

»Also?«, fragte Andrej, als Martius nicht antwortete. »Was werdet Ihr tun?«

Der Inquisitor schwieg noch immer. Sein Blick war starr in die Flammen gerichtet, und seine linke Hand tastete nach der Stelle auf seiner Brust, an der bisher das goldene Kruzifix gehangen hatte. Aber sie stieß ins Leere.

»Geht«, flüsterte er.

Andrej war nicht sicher, was Martius meinte.

»Geht, Andrej Delãny«, wiederholte Martius. »Euer Begleiter ist unversehrt. Nehmt ihn mit und verschwindet. Und sorgt dafür, dass sich unsere Wege nie wieder kreuzen.«

»Ihr lasst uns gehen?«, vergewisserte sich Andrej.

Martius riss seinen Blick von den Flammen los. Sein Gesicht wirkte versteinert. »Wer seid Ihr, Andrej?«, fragte er. »Was seid Ihr?«

»Wollt Ihr das wirklich wissen?«, fragte Andrej.

Martius schüttelte den Kopf. »Nein«, sagte er. »Ich will es nicht wissen. Ich könnte Euch nicht gehen lassen, wenn ich es wüsste.«

»Aber Ihr lasst uns gehen.«

»Eine Stunde«, sagte Martius. »Ihr und dieser Mohr, Ihr habt eine Stunde Vorsprung. Nicht mehr. Das ist alles, was ich für Euch tun kann.«

Und mehr, als sie brauchten. Andrej drehte sich um, machte zwei Schritte und blieb dann noch einmal stehen. »Und die Menschen hier?«, fragte er. »Werdet Ihr sie in Frieden lassen?«

»Wofür haltet Ihr mich, Andrej?«, fragte Martius kalt. »Für ein Ungeheuer?«

»Nein«, antwortete Andrej. »Für einen Inquisitor.«

Martius schwieg. Er starrte ihn nur an, und Andrej erwiderte seinen Blick und wartete darauf, Triumph oder wenigstens Zufriedenheit zu verspüren, aber er empfand weder das eine noch das andere. Die fremde Macht in ihm war erloschen. Er war wieder er selbst. Sie lebten, und Abu Dun und er hatten eine Stunde Vorsprung, mehr als genug, um sich in Sicherheit zu bringen, selbst wenn Martius' Männer danach Jagd auf sie machen würden – was Andrej nicht einmal glaubte. Er hatte allen Grund, zufrieden zu sein, aber dieser Sieg schmeckte schal. Es war nicht die Art von Sieg, auf die er Wert legte.

Er drehte sich um und ging mit schnellen Schritten nach draußen, wo Abu Dun auf ihn wartete.